46

中国社会科学院
文学研究所 总纂

中国文学史
资料全编

「两个口号」
论争资料选编（上）

LIANGGEKOUHAO LUNZHENGZILIAOXUANBIAN

中国社会科学院文学研究所现代文学研究室 编

现代卷

知识产权出版社

内容提要：

　　本书选录了 1935 年前后，围绕"国防文学"与"民族革命战争的大众文学"两个口号的论争文章及有关团体的"宣言"凡 220 余篇，包括文学、戏剧、电影、音乐、美术等几个方面。凡是参加讨论和论争的具有代表性及较知名的作家，凡是较有内容的文章都选入了，并且照顾到除论争中心上海之外的各地的反响，具有较高的史料价值。

责任编辑：马　岳　　　　　　**装帧设计：**段维东

图书在版编目（CIP）数据

　　"两个口号"论争资料选编/中国社会科学院文学研究所现代文学研究室编. —
北京：知识产权出版社，2009. 1
　　（中国文学史资料全编·现代卷）
　　ISBN 978-7-80247-364-5

　　Ⅰ. 两⋯　Ⅱ. 中⋯　Ⅲ. 现代文学—文学史—史料—中国　Ⅳ. I209.6

　　中国版本图书馆 CIP 数据核字（2007）第 104002 号

中国文学史资料全编·现代卷
"两个口号"论争资料选编（上）
中国社会科学院文学研究所现代文学研究室　　编

出版发行：**知识产权出版社**

社　　址：北京市海淀区马甸南村 1 号　　　　　邮　编：100088

网　　址：http://www.ipph.cn　　　　　　　邮　箱：bjb@cnipr.com

发行电话：010-82000860 转 8101/8102　　　传　真：010-82005070/82000893

责编电话：010-82000860 转 8171　　　　　　责编邮箱：mayue@cnipr.com

印　　刷：北京市兴怀印刷厂　　　　　　　　 经　销：新华书店及相关销售网点

开　　本：720mm×960mm　1/16　　　　　　印　张：61.75

版　　次：2010 年 1 月第一版　　　　　　　 印　次：2010 年 1 月第一次印刷

字　　数：910 千字　　　　　　　　　　　　定　价：123.00 元（上、下）

ISBN 978-7-80247-364-5/I · 092（2398）

汇纂工作小组
名单

（按姓氏笔画排列）

王润贵　刘跃进　刘福春　严　平

张大明　杨　义　欧　剑　段红梅

编 辑 说 明

中国社会科学院文学研究所向来重视文学史料的系统整理与深入研究，建所50多年来，组织编纂了很多资料丛书，包括《古本戏曲丛刊》、《古本小说丛刊》、《中国现代文学史资料汇编》、《近代文学史料汇编》、《当代文学史料汇编》以及《文艺理论译丛》、《现代文艺理论译丛》、《古典文艺理论译丛》等。其中，介绍国外文艺理论的3套丛书，已经汇编为《文学研究所学术汇刊》9种30册，交由知识产权出版社出版。该书出版后，国内一些重要媒体刊发评介文章，给予充分肯定。为满足学术研究的需要，2007年初，中国社会科学院文学研究所与知识产权出版社商定继续合作，编辑出版《中国文学史资料全编》，将以往出版的史料著作汇为一编，统一装帧，集中出版。

这里推出的《中国文学史资料全编·现代卷》就是其中的一种。本卷主要以《中国现代文学史资料汇编》为基础而又有所扩展。《中国现代文学史资料汇编》的编纂工作启动于1979年，稍后列入国家第六个五年计划社科重点项目。该编分为《中国现代文学运动、论争、社团资料丛书》、《中国现代作家作品研究资料丛书》、《中国现代文学书刊资料丛书》即甲乙丙3种，总主编陈荒煤，副主编许觉民、马良春，编委有丁景唐、马良春、王景山、王瑶、方铭、许觉民、刘增杰、孙中田、孙玉石、沈承宽、芮和师、张大明、张晓翠、杨占陞、陈荒煤、唐弢、贾植芳、徐迺翔、常君实、鄂基瑞、薛绥之、魏绍昌，具体组织主要由徐迺翔、张大明负责。此项目计划出书约200种。至20世纪末，前后20多年间，这套书由数家出版社陆陆续续出版了80余种，还有数十种虽然已经编就，由于种种原因，迄今尚未出版。"现代卷"包括上述已经出版的图书和若干种当时已经编好而尚未出版的图书。

这项工作得到了中国社会科学院文学研究所和知识产权出版社的高度重视，为此成立了汇纂工作小组。杨义、刘跃进、严平、张大明、刘福春等具体负责学术协调工作，于2007年11月，向著作权人发出《征求〈中国文学史资料全编·现代卷〉版权的一封信》，很快得到了绝大多数编者的授权，使这项工作得以如期顺利开展。为此，我们向原书的编者表示由衷的谢意。为尽快将这套书推向社会，满足学界和社会的急需，除原版少量排印错误外，此次重印一律不作任何修改，保留原书原貌，待全部出齐，视市场情况出版修订本。为此，我们也诚挚地希望广大读者能给予充分谅解。

《中国文学史资料全编·现代卷》出版后，我们将尽快启动"古代卷"、"近代卷"和"当代卷"的编纂工作，希望能继续得到专家学者的大力支持和热心参与。

现代卷汇纂工作组

目　录

"两个口号"论争资料选编（上）

原出版说明……………………………………………………………1

"国防文学"（企）………………………………………………………3

关于"国防文学"（立波）……………………………………………5

民族自卫运动与民族自卫文学（梦野）……………………………7

国防文学的内容（梅雨）……………………………………………11

作家在救亡运动中的任务（何家槐）………………………………13

国防戏剧与国难戏剧（田汉讲述　彭家礼笔录）…………………17

新文化需要统一战线（新文化社同人）

　　　——代发刊词……………………………………………………22

国防文学的建立（胡洛）……………………………………………26

"国防文学"和民族性（张尚斌）…………………………………30

非常时期的文学研究纲领（立波）…………………………………32

我们坚决要求建立文坛上的联合阵线（孙逊）……………………37

民族危机与国防戏剧（周钢鸣）……………………………………39

谈国防文学（于必）…………………………………………………44

评"国防文学"（徐行）

　　　——张尚斌：《"国防文学"和民族性》…………………46

中国文艺之前途（徐懋庸）…………………………………………49

作家们联合起来（鼎）………………………………………………51

所谓非常时期的文学（角）……………………………………… 53

战争文学简论（曾道生）…………………………………… 56

谈"国防文艺"（灿颖）………………………………………… 60

所谓非常时期文学（梅雨）………………………………… 62

当前文艺应有的动向（梅魂）……………………………… 65

"国防文学"的感想（风子）………………………………… 68

我们要执行自我批判（狄克）……………………………… 70

国防文学论文辑前记（《生活知识》编者）……………… 72

文艺界的统一国防战线（力生）…………………………… 73

建立"国防文学"的几个前提条件（周楞伽）…………… 78

中国的反帝文学与国防文学（王梦野）………………… 81

国防文学与弱小民族文学（梅雨）………………………… 90

国防文学的特质（宗珏）…………………………………… 95

"国防文学"和"文学国防"（张仲达）…………………… 98

再论所谓非常时期的文学（角）………………………… 100

国防文学问题（何家槐等）

　　——《文学青年》文艺座谈第一回 …………………… 103

一个疑问（周楞伽）……………………………………… 108

再谈非常时期文学（梅雨）……………………………… 110

国防音乐特辑前言（《生活知识》编者）………………… 112

论国防音乐（霍士奇）…………………………………… 113

国防音乐必须大众化（巍峙）…………………………… 119

"国防戏剧"与音乐（沙梅）……………………………… 121

现阶段中国文学必然之倾向（柳丹）…………………… 123

请看今日的"民族文学理论"（胡玉虎）………………… 128

国防文学的社会基础（永修）…………………………… 130

国防文学与民众解放（谷人）…………………………… 132

国防文学批评的建立（式加）…………………………… 134

略论国防电影（由径）…………………………………… 136

需要一个中心点（波）…………………………………… 139

《中国文艺之前途》的原文（节录）（徐懋庸）………… 141

谈国防演剧的实践（章泯）……………………………… 143

文学上的统一战线问题

    ——《文学青年》文艺座谈第二回 ……………… 146

"国防文学"等等（M·I）………………………………… 155

国防音乐之建设（罗明）………………………………… 157

"荒谬"的"驳斥"（旅冈）……………………………… 159

在血腥的国耻纪念日我们要求"国防电影"的生产（孙逊）……… 162

我们现在需要什么文学（徐行）………………………… 165

国防电影诸问题（孟公威）

    ——国防电影论之一 ……………………………… 170

学生运动与国防戏剧（旅冈）…………………………… 174

你们的眼睛在那里（胡牧）……………………………… 176

不是空嚷，也不是标语口号（义梧）…………………… 181

人民大众向文学要求什么？（胡风）…………………… 184

现阶段下文学的内容与形式（波）……………………… 187

文艺界联合问题我见（何家槐）………………………… 189

关于国防文学（周扬）

    ——略评徐行先生的国防文学反对论……………… 198

《赛金花》座谈会………………………………………… 203

历史与讽喻（夏衍）

    ——给演出者的一封私信 ………………………… 212

《水浒传》和国防文学（周木斋）……………………… 216

想到什么就写什么（茅盾）……………………………… 221

向文艺家协会提议（苏达）……………………………… 224

中国文艺作家协会成立——全国作家统一战线的开始

    为民族救亡运动共同努力 ………………………… 227

中国文艺家协会组织缘起………………………………… 230

中国文艺家协会简章……………………………………… 232

中国文艺家协会宣言……………………………………… 234

已加入本会会员名录（文艺家协会）…………………… 236

"人民大众向文学要求什么？"（徐懋庸）…………… 237

中国新文学的一个发展（立波）……………………………… 240

中国现阶段文学之诸问题（石夫）…………………………… 246

今后中国文学的路向（蒋平）………………………………… 259

从文艺家的联合说到剧作者协会（陈楚云）………………… 264

几个重要问题（鲁迅）………………………………………… 266

抗日文学阵线（龙贡公）……………………………………… 269

创作口号和联合问题（绀弩）………………………………… 276

文学的新要求（奚如）………………………………………… 281

急切的问题（龙乙）…………………………………………… 284

国防文学的理论与实践（柳林）……………………………… 286

"国防文学"和作家的联合战线（洛底）…………………… 298

国防文学与民族主义文学（未白）…………………………… 301

现阶段的文学（周扬）………………………………………… 304

青年与"老人"（夏丏尊）…………………………………… 310

希望更多的人参加（郑伯奇）………………………………… 311

一种力量（许杰）……………………………………………… 313

大家拿出诚意来（陈子展）…………………………………… 315

感想（艾思奇）………………………………………………… 317

偶感（关露）…………………………………………………… 319

希望（梅雨）…………………………………………………… 321

一种特殊的空气（傅东华）…………………………………… 324

一个有历史意义的会合（李兰）……………………………… 326

作家们！更进一步的握手吧（唐友耕）……………………… 328

答托洛斯基派的信（鲁迅）…………………………………… 330

论现在我们的文学运动（鲁迅）

　　——病中答访问者，O.V.笔录……………………………… 333

创作活动的路标（耳耶）……………………………………… 335

现实形势和民族革命战争的大众文学（路丁）……………… 344

一点意见（张天翼）…………………………………………… 349

在国防的旗帜下（郭沫若）…………………………………… 351

中国文艺工作者宣言…………………………………………… 354

为"国防文学的民族性"问题答周楞伽先生（张尚斌）…………… 356

从走私问题说起（屈轶）………………………………………… 359

国防·污池·炼狱（郭沫若）…………………………………… 363

新的形势和文学的任务（艾思奇）…………………………… 367

关于《论现在我们的文学运动》（茅盾）

　　——给本刊的信 …………………………………………… 373

关于国防诗歌（关露）………………………………………… 377

论"国防文学"（李田意）……………………………………… 380

论国防绘画（渠明然）………………………………………… 384

一点意见（孟公威）…………………………………………… 387

对于国防文学的意见（郭沫若）……………………………… 391

理论以外的事实（徐懋庸）

　　——致耳耶先生的公开信 ……………………………… 393

论当前文学运动的诸问题（辛人）…………………………… 399

关于"国防文学"与"民族革命战争的大众文学"的

　　论争（苏林）……………………………………………… 416

人民大众对于文学的一个要求（柳林）……………………… 423

战争文学·反战文学·国防文学（阜东）…………………… 427

再论"国防电影"（上）（孟公威）…………………………… 431

国防文学是不是创作口号（荒煤）…………………………… 434

我对于国防文学的一点浅见（征农）………………………… 437

关于国防文学（艾芜）………………………………………… 440

国防文学的任务等等（魏金枝）……………………………… 441

我对于国防文学的意见（罗烽）……………………………… 442

国防与国防文学（林娜）……………………………………… 447

我的意见（舒群）……………………………………………… 450

对于国防文学的我见（戴平万）……………………………… 451

国防文学的随感二则（叶紫）………………………………… 452

一点意见（沙汀）……………………………………………… 455

新的形势和文学界的联合战线（黄俞）……………………… 456

看了两个特辑以后（杨骚）…………………………………… 463

评两个口号（梅雨）

——附评龙贡公的《抗日文学阵线》·················· 472

论两个口号（张庚）······························ 479

关于引起纠纷的两个口号（茅盾）·················· 482

"两个口号"论争资料选编（下）

与茅盾先生论国防文学的口号（周扬）·············· 487

国防文学与现实主义（凡海）······················ 492

给青年作家的公开信（茅盾）······················ 498

中国新音乐的展望（吕骥）························ 501

关于国防文学的论战（《读书生活》编者）

——答艾文君····························· 507

答徐懋庸并关于抗日统一战线问题（鲁迅）·········· 513

目前中国文化界的动向（艾思奇）·················· 523

关于国防文学的几个问题（黄泽浦）················ 528

关于国防文学的几个问题（倪平）·················· 531

论国防文学和文艺界联合（辛丹）·················· 535

国防文学与诗歌大众化（蒲风）···················· 538

国防电影小论（怀昭）···························· 540

统一战线的口号问题（利青）······················ 544

《赛金花》余谭（夏衍）·························· 549

《赛金花》的再批评（郑伯奇）···················· 552

关于《赛金花》（阳翰笙）························ 566

庚子事变与赛金花（田汉）························ 568

"这也是生活"······（鲁迅）···················· 573

"创作自由"不应曲解（茅盾）···················· 577

对于两个口号的一点意见（唐弢）·················· 580

我对于"国防电影"的意见（姚克）················ 582

论文学上的联合（列斯）

    ——从国际说到中国 …………………………………… 586

现阶段的文艺批评（胡洛）………………………………… 593

今年是第五年了（许达）…………………………………… 598

作家应该从"九一八"之后写些什么（凡海）…………… 601

执行文学上的统一战线纪念"九一八"（陈白尘）……… 603

关于国防艺术的话（徐抗）………………………………… 604

蒐苗的检阅（郭沫若）……………………………………… 606

把我们的笔集中到民族解放的斗争吧！（俞煌）………… 615

关于国防文学的论争（丁非）……………………………… 619

国防文学的几个创作实践问题（凡海）…………………… 627

哲学的国防动员（陈伯达）

    ——新哲学者的自己批判和关于新启蒙运动的建议 …… 636

文学的国防动员（杨骚）…………………………………… 641

戏剧的国防动员（张庚）…………………………………… 646

电影的国防动员（凌鹤）…………………………………… 652

音乐的国防动员（吕骥）…………………………………… 656

对于文学运动几个问题的意见（吕克玉）………………… 659

我们要动员一切的武器（章晟）

    ——"国防文学"与"通俗文学" …………………… 670

东北事变与国防音乐（霍士奇）…………………………… 672

音乐者的新任务（周钢鸣）………………………………… 674

文艺界的统一战线问题（《新认识》社同人）…………… 677

文艺联合运动的原则诸问题（孙雪韦）…………………… 684

对于运用文学上统一战线应有的认识（荃麟）…………… 693

文艺界同人为团结御侮与言论自由宣言…………………… 701

旧的口号新的内容（胡绳）………………………………… 703

也投一票（唐弢）…………………………………………… 706

国防文学的典型性格（北鸥）……………………………… 710

我所希望于广州文艺界（李桦）…………………………… 715

国防文学的需要（陈翔凤）………………………………… 717

作家统一起来（厉厂樵）…………………………………… 719

国防文学集谈（郭沫若辑）………………………………… 720

现阶段的文学问题（任白戈）……………………………… 746

半夏小集（鲁迅）…………………………………………… 759

我观这次文艺论战的意义（莫文华）……………………… 762

非常时文艺与民族阵线（少青）…………………………… 765

克服分裂的倾向（吴敏）…………………………………… 768

民族革命战争的大众文学运动当前的实际问题（洪濛）… 772

国防诗歌应走的路线（雷石榆）…………………………… 777

关于国防诗歌（袁勃）……………………………………… 779

国防文学中的诗歌（李磊）………………………………… 781

文学界两个口号问题应该休战（陈伯达）………………… 784

当前的文艺论争（狄恩）…………………………………… 787

鲁迅先生和"抗×统一战线"（黄既）…………………… 793

关于国防文学的几个问题（任白戈）……………………… 795

诗的国防论（林林）………………………………………… 803

文艺的驱敌政策（黄既）…………………………………… 815

文艺的标帜（吴绍文）……………………………………… 820

国防文学的理论建设（北鸥）……………………………… 827

论战的新趋向（慕容）……………………………………… 832

《赛金花》的演出（郑伯奇）……………………………… 835

剧作者言（夏衍）…………………………………………… 837

《赛金花》座评……………………………………………… 838

论"国防文学"口号的正确性（季里）…………………… 847

在国防战线上北平剧人联合起来！（阿D）

　　——第三民众教育馆戏剧座谈会纪详 ………………… 851

我们对于当前文学运动的意见（清天）…………………… 854

北平文化动态（I）（奂英）……………………………… 856

鲁迅灵前答客问（郑伯奇）………………………………… 859

中国青年作家协会宣言……………………………………… 861

文学与救亡（夏明夷）……………………………………… 865

一九三六年的小说创作（立波）

    ——丰饶的一年间……………………………………867

谈《赛金花》（茅盾）……………………………………880

《现阶段的中国文艺问题》后记（杨晋豪）……………883

宗派主义和阴性的斗争（姚克）…………………………886

在民族的旗帜下统一起来！（胡春冰）

    ——大题小述之一…………………………………891

在诗歌的联合战线上（雷石榆）…………………………893

谈"差不多"并说到目前文学上的任务（光寿）………895

我对于民族文艺的一点意见（丘正欧）…………………903

中国诗歌作者协会宣言……………………………………906

诗歌的新启蒙运动（孟英　袁勃）………………………909

附录一………………………………………………………912

  中国现阶段的文艺运动（史痕）………………………912

  国防文学与民族意识（孔均）…………………………920

  民族危机与国防文学（孔均）…………………………922

  社评：文学与民族精神之关系…………………………924

  "国防文学"访问记及其它（吴漱予）…………………926

  新文学建设诸问题（徐北辰）…………………………932

  由民族主义谈到国防文学（孔均）……………………941

  人民阵线与中国（孔均）………………………………943

附录二………………………………………………………946

  "两个口号"论争资料编目………………………………946

原出版说明

　　第二次国内革命战争后期，党中央为实现向抗日战争的战略转移，于一九三五年底制定了抗日民族统一战线的英明政策，得到全国各界爱国进步力量的广泛拥护。以上海为中心的党所领导的革命文艺界，为宣传和贯彻党的这一方针政策，曾就如何建立文艺界抗日民族统一战线问题展开过一次争论，这就是"国防文学"与"民族革命战争的大众文学"两个口号的论争。这个论争在当时的文化界发生过较大的影响，在后来的学术界也引起过不同看法的争论。

　　十年浩劫期间，林彪、"四人帮"曾借"两个口号"论争问题大做文章，诬蔑"国防文学"为"投降主义文学"、"卖国文学"，否定毛泽东同志对第二次国内革命战争时期左翼文艺运动的科学评价，制造了所谓"文艺黑线专政"论，以为其反革命政治阴谋服务，给现代文学史的研究造成极大混乱。打倒"四人帮"之后，文艺界、学术界对"四人帮"的流毒甚广的谬论邪说进行了必要的批判，推倒了所谓"文艺黑线专政"论，澄清了被他们歪曲了的历史，并就如何正确评价"两个口号"的论争展开学术讨论。这种研究和探讨不只是一时的任务，而是研究现代文学史的重要课题之一。但是，有关资料长期以来很少有人系统地收集整理，成为现代文学史研究工作的一大欠缺。为了适应目前以及今后长期研究工作的需要，我们收集编选了这本书，作为现代文学史的研究资料之一。这一工作才刚刚开始，我们正协同全国各高等院校和研究机关，将在两三年内编出一套完整的现代文学史研究资料来。

　　书中选录论争文章及有关团体的"宣言"二百二十余篇，包括文学、戏剧、电影、音乐、美术等几个方面。凡是参加讨论和论争的具有代表性及较知名的作家，凡是较有内容的文章都选入了，并且照顾到除论争中心上海之外的各地的反响。阐述"民族革命战争的大众文学"口号的文章已全部收录。为了使读者查阅便利，并对论争的概貌一目了然，文章一律按发表的时间顺序排列。另外，我们还选了几篇国民党方面反应的文章附录于后，供读者参考。

　　涉及"两个口号"的文章数量很多，仅从我们查阅到的三百余种报刊上，就发现了四百八十多篇。由于篇幅的限制，这些文章不可能也没有必要全部印出，其总目附于书后，可供查阅。这个目录一定还有遗漏，读者如果发现这方面的资料，望能提供给我们，以便于补遗。

　　本书由王保生、沈斯亨、张大明、孟繁林、桑逢康编选。对于编辑工作存在的问题，欢迎读者批评指正，以利改进。在编选过程中，得到北京图书馆、上海图书馆、中国科学院图书馆等单位的大力协助，特此致谢。

中国社会科学院文学研究所现代文学研究室

一九七八年八月

"国防文学"

企

　　一位可尊敬的友人曾经和我谈起黄海之战，说那是一个很好的历史题材，当时清廷官吏的昏庸腐败，对于东邻小国的轻视心理，都值得去描写和暴露。我因此想到了 A. NoviKov-Priboy 的写日本海之战的《对马（Tsushima）》。作者是亲自参加过日俄之战的，故写来特别真实生动，又因为作者现在是一个前进的作家，所以对于反映在海军上的沙皇俄国的腐败与矛盾能作尖刻的分析。《对马》如实描写了 Roxhdesvensky 舰队的情形。可笑的检阅和操练，在道格海岸对渔船的惊惶的射击，舰队的巡视各地，海军大将，官吏和水兵以及他们的情绪。它记叙了他们的生活故事，他们的相互关系，冲突和阶级利益。在这当中所展开的不只是 Roxhdesvensky 舰队在对马附近的沉殁，而且是整个沙皇帝国的崩溃的开端。所以 D. Zaslavsky 说："《对马》是一首史诗——一首战争和革命的诗。"

　　这种作品，在苏联是属于"国防文学"（Literature of Defence）一类的。国防文学，如 D. Mirsky 所说，并不是资本主义国家的市民们所熟知的那种狂妄的"爱国文学"，它和大战后的和平主义的文学也不相同。它的任务是在于防卫社会主义国家，保卫世界和平。它揭露帝国主义怎样图谋发动战争，怎样以科学为战争的武器。这样题材的作品，最有名的是 N. Jikhonov 的《战争》。《战争》对帝国主义战争，新战争准备的重要的方面作了浮雕的描写。它灌输了读者以对于帝国主义的憎恶，而且展示了战争之革命的解决的前途。

除了《对马》和《战争》以外，属于"国防文学"的作品自然还有许多。从前还有过海陆军文学同盟（洛卡夫）的组织，出版过一个杂志，叫做《洛卡夫》，就是专登这类的作品的。在这刊物上所发表的单是名作家的作品就有：Tarasov-Rodionov 的《男爵之死》，《第五号弹药筒》，V. Stavsky 的《友情》，N. Zalka 的短篇，Naluiskin 的《塞凡斯塔波尔》，Ivanov 的《纳伊普汉的讲和》等。

但是看看我们中国吧：不要说黄海之战那样的历史题材没有人写，就是关于"一二八"战事和东北义勇军的游击战争的作品，不也还是稀少得很吗？在战争危机和民族危机直迫在眼前，将立刻决定中国民族的生死存亡的今日，"国防文学"的作品在中国是怎样地需要呀。

这种作品是和宣扬吃人肉喝人血的蒙古人精神或是凭吊帝国炮火下的大都会的毁灭的作品绝然对立的。它将暴露帝国主义的侵略战争的狰狞面目，描写各样各式的民族革命战争的英勇事实，并且指示出只有扩大发展民族革命战争才能把中国从帝国主义瓜分下救出，使它成为真正独立的国家。

这样意义的"国防文学"就是目前中国所最需要的！

1934年10月2日《大晚报》

关于"国防文学"

立 波

一年多以前，曾经有人在《火炬》上谈到了"国防文学"，它所遭到的反应是一直到现在沉默。那时候，"九一八"和"一二八"的炮火和血腥的气味已经遥远，而更深的民族危机，也还在潜伏状态中，国防的任务，很容易被常态的日常生活所遮盖，对于这个很有意义的口号的无视，原也是常情。

可是现在，华北的局势急转直下，第二套傀儡已经登场，它由牵线者牵动串演的把戏越来越多，越演越露了。另一方面，爱国运动英勇的行动，冲破了一切敌人的防御线的时代，又是一个多么英雄的时代！

在这时候，我们的文学，应当竭力发挥它的抗争作用，应当防御疆土，帮助民族意识的健全成长，促成有着反抗意义的弱国的国家观念，歌颂真正的民族英雄；我们应当建立崭新的国防文学！

国防文学（Literature of National Defence）原为苏联所倡导。可是，它移到中国来，并不是毫无考虑的袭取；它有着客观情势的要求：除了少数明暗的汉奸，谁不要防卫我们可爱的中国？同时它也有着和苏联的国防文学不同的任务：在苏联，它是防卫工农的伟大建设的，在中国，它是解放民族的一样特殊武器；在苏联，它主要是对付国外的敌人的，在中国，它反抗国外的敌人，同时更要进攻国内汉奸卖国者。中国的国防文学，是反帝反汉奸的广大群众运动中的意识上的武装。

国防文学和过去带着民族虚无主义（National Nihilism）倾向的国防主义的文学，有些不同。它一方面固然不抛弃国际主义的终极目的，一方面却采取民族主义的形式，这是目前中国的国际主义最现实的形式。在被侵略的国家和民族，不先把国家和民族的敌人击退，不先谋国家和民族的独立和完整，人们的国际主义的理想，绝对不能实现，这是不说自明的事。

但是，国防文学所包含的民族主义绝不是侵略的日尔曼主义，也不是"民族文学"的民族主义。国防文学的民族主义，它不是反帝运动的极端破坏者，至于侵略，更谈不到。"国防文学"的民族主义，不只是不能侵略，而且也没有侵略的企图；它懂得一个民族的真正的解放，只有在一切民族通通得到解放以后，才有最后的成功的保障，"国防文学"的民族主义所以和国际主义不相违背者，理由就在这里。

在国防文学的旗子下面，一定要除去一切狭窄的宗派思想和意气；凡中国人，只要不是万恶不赦的卖国卖民的明中暗里的汉奸，只要不是甘心做亡国奴的豚犬，都是国防文学的营盘里的战友。国防文学营盘里的任何朋友的通行证，上面只有简单的两句话："我是中国人！我反对汉奸和外敌！"

在这样的简单的条件之下，国防文学的形式和内容却是无限多样，无限广阔的。它可以用一切小说，诗歌，戏曲，札记等等的形式，可以用《震动全球的十日》实录的体裁，更可以用济希的报告的手法，也可以用多斯·帕索斯的影片式的摄取，而"纪念"一样的感性的追悼文章，更是学生运动的历史记录的最好例证。

目前中国的国界，不只是在海滨，在河口和鸭绿江畔等等地方；目前的中国，到处是边疆，有外人的踪迹以及他们的轰炸，榨取，和掠夺的勋业的地方，有汉奸的无耻的脚迹的地方，都是中华民族的边界，都需要我们的防卫。因此，不但内地农民，义勇军，以及北平学生的壮烈的爱国运动是我们国防文学的内容，凡是反汉奸，反经济出卖，反对 Inflation 的任何文学，都有国防的作用。

但是，在这样广阔的内容里，我们应当抓住目前最中心的一点。目前国防文学最中心的内容应当是什么？应当是华北的傀儡戏和北平的学生在寒风中的英勇的示威的事变，以及正在蔓延全国的广大爱国运动的火花。

1935年12月21日《时事新报·每周文学》

民族自卫运动与民族自卫文学

梦 野

我们的民族已经到了最后的生死关头了！

为民族底生存，实行民族的自卫！这是除了汉奸及自愿作亡国奴的人以外，中华民族底每一份子一致的呼声。

在敌人飞机，坦克，步骑的战网之下，冀东防共自治政府的出现，与华北新的傀儡政权的登台，铁的事实警告我们：中华民族的故土，五千年文化的发源地，转瞬即将由汉奸与准汉奸拱手献敌！全部中国发生了快要继满洲而沦为殖民地的巨大危险！

北平学生与市民两次壮烈的救亡示威，已激起了全中国的响应，从广州到武汉，从天津到南京，从长沙到杭州，从开封到蚌埠，从青岛到上海……，甚至于南洋与海外，挽救危亡的民族自卫运动，以更广大的姿态与较"五四"，"五卅"，"三一八"，"九一八"以后北平的南京与上海反日示威更英勇的行动展开来了！

神圣的民族自卫战争的火把，又经举起！当以日本帝国的军队作前导与后援的伪满武装进攻宝昌，沽源，冀东汉奸武装（即前战区保安队！）侵占塘沽，大沽的时候，当地驻防的爱国士兵，立刻效法"一二八"上海战争与榆关及长城战争的自动抵抗的牺牲精神实行抗战了。

为民族生存而抗争！为民族自卫而战斗！我们的苦难与我们的热血已经沸腾，我们忍耐到最后的一分钟了，在这最后的一分钟，我们底最后的牺牲决心丝毫不能迟误，一个神圣的战争——民族自卫的战争就要起来呵！

全中国的民众已经在怒吼了！——全世界的弱小民族，阿比西尼亚，埃及，巴西……都在怒吼！

大众文学运动的战士们，爱国的文学作家们，以及一切从事文学，爱好文学的青年朋友们！

我们在紧迫的民族危机之下讨生活，广大民众的英勇的民族自卫的战斗姿态活跃在我们面前。我们能不自己问自己，我们怎样来参加民族自卫工作？我们怎样做？我们怎样写？

仅止是日常的工作已经不够了！亭子间里埋头写作，或是书斋与图书馆中底静心研究，对于我们当前的情势呈现着何等距离，发生了多大矛盾？我们能不警觉地反省吗？

是的，我们不能等到敌人的炮弹打在我们自己头上才跳起来，我们也不能坐待民众底烽火骚动了我们度深心再行投笔去从戎呵。

我们不自认为认清现实的人么？或者是现实主义者么？

我们不是用我们自己民族的语言文字写作么？我们不是口口声声为民族底大众而写作么？

当我们底民族快要不能自存，大众群起为自己与民族底生存而斗争而抗战的时候，我们实当如何？我们底职责与任务是什么呵！

我们——文学活动者，首先是在上海——应该速行结合在"民族自卫"的旗下。形成"民族自卫的文学阵线"，不独要打破从来的文人相轻的习气，流派主义的圈子，个人主义的成见，而且要广泛地团结整千的文学青年，整万的读者大众在这一统一的阵线上，运用文学底各种武器，通俗小说，诗歌，戏剧，杂文与散文，尤其是一般的通俗文。努力扩大民族自卫运动深入到全国大众中去！

我们对于北平学生联合会底主张（见其通电，告民众书，及在九日和十六日市民大会上的决议）和上海文化界救国运动宣言中八项纲领应该表示积极地赞助和实际地行动；我们觉得上海学生底救国工作显然落后，上海文化界救国运动的范围应该由三百余人发起因而展开到全部文化界，估计上海的职业的文化界（即以文化事业为其职业的人们），为数在数万以上（包括教育界，新闻界，出版界，著作家，艺术家，电影从业员等），其他智识分子尤属不少。我们，文学活动者，以时代的耳目口鼻自拟的文学家们，应该站在上海和全国底文化界前头，用全力来工作，号召文化界全体——只要愿意"保卫中华民族底文化与自由"的人们都应该无分畛域地团结在一起——为民族自卫的巨大力量，来反抗奴化我们民族和其文化的帝国主义强盗，并要求集会结社言论出版及一切文化上的自由权利。

我们在参加民族自卫的实际工作中，或正在这一运动的急烈的潮头——如在各地示威运动或反汉奸行动里——底文学青年们应该不放弃我们底笔头的任务，敏捷地抓紧那些生动的火热的可以大书特书在我们民族现在及将来的历史上底每一个画面或连环画，就用你粗野的跳颤的笔触描写或表现出来吧，只要是正确的与真实性的，那便是我们最好的报告文学！甚至于一个抱采访新闻态度的新闻记者也能记下一篇新闻文学的生动的作品来呢！——我们如果不忽视这样地写作，而真正肯如此来把握我们底主题（民族自卫）与题材（民族自卫运动底一切形象）从事写作的话，那不止是使大众得到热切的情报，而且发生文学的组织并提高战斗情绪的作用。我想现在流行的任何一个大众读物的通俗刊物都愿意拿出大大的地盘来登载这些（称得起）名贵的作品。

我们实在应该赶紧舍弃那些"身边琐事"的氛围气，隐士式的幽默，人世的悲观基调，虚无主义的哲学味儿，最没有骨气的呻吟与叹息，这一些都是亡国文学！一切的亡国文学和奴隶文学（即文学上的汉奸）是相差不远的。还有一种可谓商女文学（这是取"商女不知亡国恨，隔江犹唱后庭花"之意；不过，这年头儿，商女中亦有已知亡国恨者，"一二八"时京沪商女有解囊捐输的），如"眼睛吃冰淇淋，心灵坐沙发椅"的电影论者便是。——我们这民族，当前的历史——远自鸦片烟战争，近自"九一八"，尤其是现在——展开了最伟大最丰富的文学资料，任我们千百个优秀的以及一般的作家怎么样也吸取或抒写不完，假若我们肯进入于这些史实的当中，或投身于时代底巨大心灵——大众生活深处的话。因此，我们应该怎样鼓励一般的从事写作者及职业的作家们，如何地从我们的民族的不幸的历史中去选择，寻求，探取：烙印在我们大众已死的白骨上和活着的鲜血里底痕迹与丝纹，把这些具体的不可磨灭的形象，透过各自的特殊的手法与风格，刻画出来，雕型出来，模造出来，表现出来！我们民族的文学底伟大作品便要产生出来。是的，一定的！我们的民族，不仅是在最近五年，十五年，二十五年以来，而且是将近一百年以来，几乎是从早到晚，朝朝夕夕，在迎受西方的及东方的帝国主义不断的欺凌与压迫，现在是到尽头了！我们底民族或者是翻过身来，或者是灭亡起去，现在已是决定的时期！民族自卫文学——即为民族的独立与解放而战的文学应该迅速产生出来，而且发展起来！已经是不容迟缓了，这是我们每一个为民族自卫运动而努力的文学的从事者自身所应推进的艰巨任务与前途的希望。

十二月，十九日，夜，——一九三五年

《客观》第1卷第10期

国防文学的内容

梅 雨

由于民族危机的加深，国防文学的倡导是有其重大意义的。

在本刊十五，十六两期对于国防文学已有具体的阐明，现在我们再进一步问：我们要从什么地方去获得国防文学的题材呢？

今日伟大的现实已给国防文学提供了异常丰富的题材，它是一个广大的沃源，是一个还未开拓的处女地。华北汉奸的活动，北平以及各地学生英勇的示威，塞外冰天雪地中的义勇军的奋斗，以及正在进行着而又日趋扩大的神圣的民族战争自然是我们的题材；而历史上富有反帝意义的各种事变，如鸦片战争，黄海之战同义和团事件，以及近年来华北华东几次伟大的民族战争亦是还没有被发掘过的题材。苏联有许多国防文学就是从史实里掘得它的题材的，《对马》是一例，《溃灭》，《铁流》（前年举行的远东国防文学大会曾推荐过）等又是一例，拉甫莱纳夫的《伊特勒共和国》暴露帝国主义压迫弱小民族的黑幕，不顾民族利益的政客，军人的丑态，最后描写了大众的军队的反抗，也是一例。此外敌人阵营里的动态亦是我们的题材。甚至我们国内含有破坏国防作用的一切事件，亦是我们的题材。

我们的目的是摧毁敌人与汉奸。可是同时，我们要暴露今日文化界那些把奴隶文化披上眩目的彩饰，而提倡亡国灭种的提携的斯从们的狡计，我们亦要暴露那些反帝运动的积极的破坏者，同他们在文学上的活动所包含的反动作用，使大家能够认识明的和暗的敌人的面目。我们要歌颂我们塞内外英勇的战士的不屈的战斗，歌颂我们的民族英雄，他们为中国民族的解放而流血，要是他们那值得热爱，值得夸耀的工作同姿态被反映在文学里时，定能使我们反抗的情绪分外昂扬。

我们的阵线是非常广阔而又整齐的。挽救民国的危机是每个中国人，自然也是每个作家的义务。我们只有一条路，一条十分清楚的路——不是主人就是奴隶，不容我们迟疑同犹豫。我们希望各个作家带着他们艺术的武器来参加。我们不问那作家的思想，习惯，个性，以及对人生，对艺术的主张，只要是拥护文化的，爱护自由的，热爱中国的以及反对汉奸同外敌的，就是我们阵营里的同志，都是争取我们的独立与自由的战线里的同志。

今日，我们所处的是一个空前紧张的，苦难的时代，现实用坚强的步武在我们面前迈步。但我们的文学却逃在阴暗的角落里，比照着这伟大的现实实在是难填的缺陷。我们非把文学提到这个现实的高度——与现实一样的高度不可。文学与政治任务是不能分离的，我们希望作家再不要从事细致的身边琐事的描写，我们应当用文字的武器去吹起自由的热情，把这惊天动地的事实反映在作品里，用文学去教育大众，刺激大众，使他们积极地参加民族解放的神圣工作。

我们的国防文学是一柄双锋的利剑。它的每一行，每一句，每一字都充满着汗与血，黑暗，紧张，恐怖同呐喊。我们谨请求中国的作家们，用我们自己的画布与呼声，向我们，向全世界的兄弟，向我们的后代，陈述着这一苦难的时代里那英勇的战斗的场面同故事！

1936年1月11日《时事新报·每周文学》

作家在救亡运动中的任务

何家槐

在上海文化界救国会的宣言中，有几句话是很沉痛的：我们文化人在当前爱国救亡运动的高潮中，实在还没有尽我们时代的任务。

它指出教师，新闻记者，杂志编辑，作家，出版家，以及戏剧电影的工作人员。它以为这些文化人不能尽他们的天职是很大的遗憾。

在这篇短文章中，我不想涉及各个文化部门，却只打算说一说"尚未做到尽自己的良心，用自己的笔，代表大众说话，并指导大众行动"的作家们。

不消说，作家们在过去曾经部分地描写了反帝战争，各地反帝运动，以及义勇军的斗争。可是在量与质双方，都是非常的贫弱。在短篇小说中，诗歌中，剧本中，都有这一种现象。长篇或中篇的创作尤其稀少，比较知名的只有《八月的乡村》，《南国之夜》，《生死场》，《齿轮》，《边城》，《万宝山》，《义勇军》，《丰年》等等几部。在上海战争前后，仿佛也曾经有人提倡过民族自卫文学，发表过一些论文和创作，但成果却是很少，这不能不使人感到寒伧。不过，在这时期产生了一些富有战斗性的反帝散文和小品，却是颇值一提的事实。

可是反帝作品正是最有益于大众的读物；描写反帝运动的悲壮，反帝战士的英勇，帝国主义者的残暴，以及汉奸的卑鄙无耻的作品，也正是大众最需要作家供给的精神食粮。如何满足这种迫切的需要，告诉大众以伟大的抗争和正义的出路，激发他们斗争情绪，指导他们的实际行动，换句话说，就是如何集中所有的精力，在文学领域内，利用这种特殊的方式，激发和推进中国的救亡运动，应是目前作家们的主要任务。

在这艰苦的任务中，作家们不但要应用现在一切可能的题材，如义勇军的抗战，汉奸的卖国，知识分子的分化，学生运动的悲惨壮烈的事实（与军警抗战，女学生越城开门，劫夺水龙，自动开车，跳进河沟捞铁轨，啮雪解渴……），写成民族解放战争的史诗，而且要能描写我国古代的，以及域外的民族解放史和领导民族解放的英雄。

我们的民族英雄值得复活的，如岳武穆，文天祥，薛仁贵，花木兰，苏武，史可法，冯子材，蔡公时，邓铁梅；民族解放中可歌可泣的史实，如鸦片战争，黄海之战，琼山之战，义和团事变，太平天国，"五四"，"二七"，"五卅"，一九二五到一九二七年的大革命，汉口和九江租界之收回，万县惨案，"九一八"，"一二八"等等，都足以供爱国文人写成历史小说，小品，诗歌，戏剧。胜利的史实（如琼山之战）固足以鼓舞大众和揭破"无力抵抗"的欺骗，就是失败的史实（如黄海之战等）也足为救亡图存的教训。至于域外的故事，如罗马大将史雪比索（P. C. Scipisogr）与范冰斯（Fabins）因为坚决抗敌，终于击败加太基的侵略大王汉纳堡（Hanniba）；俄国亚历山大第一在民众力量的压迫之下，抱着宁可焚毁莫斯科的决心，终于使横行全欧的魔王拿破仑溃退；此外如苏联的内战，美国的独立战争，保加利亚的民族解放运动，以及最近的巴西革命和英勇的阿比西尼亚抗战等等，不用说也供给了我们的作家一些材料。它们虽不能象我们自己的民族运动史一样的能够打动人心，但如把这些材料用另一种形式改作或改编，也未始没有意义。至于域外的著名民族英雄，如意大利的葛利玻尔底（Garibaldi），法国的贞德（Joan of Arc），美国的华盛顿和林肯，保加利亚的范雪尔·拉符斯基（Vassil Levsky）和斯蒂芬·喀拉杰（Stephan kar）等等的英雄事业，也同样是我们写作的题材。

刚在最近的一些日子，《每周文学》上重新提出了国防文学的号召，这是很有意义的，因为国防文学不但包含着反帝作品，而且也包含着反汉奸和反封建的作品。不反帝中华民族就无以生存，不反对汉奸和支持汉奸的封建余孽就无从反帝，这是有机的"三位一体"，绝对不能够分开。利用全国的财力，兵力，民力，敌人的分化和真正友邦的援助，救亡运动的最后目标一定可以胜利地实现。一切作家都应该以艺术这一武器来表现我们的伟大民族和它所蕴藏着的伟大力量。这应是一种英勇的，积极的，斗争的艺术，一种新的真正的写实主义。为要完成这种艰苦的"英雄事业"，每个作家都得亲自参加如火如荼的救亡运动，在实践中来体验这种有血有肉的，活生生的历史。说到国防，自然我们决不赞成象菲列宾那样的国防——完全在美国的代理人奎松（M. L. Quezon）统治之下，为着美国可以打破华盛顿九国公约限制的，变相的帝国主义军备的扩充。我们要有自己独立的国防——建立在伟大的群众力量之上的，真正为着保卫民族利益的国防。现在有些杂志虽则也在讲什么国防教育或别的漂亮话，可是事实上却只在跟着人家鼓吹黩武主义或军国主义，对于保卫民族利益的责任却绝对不能负担。记得过去曾有些自命不凡的"民族英雄"的口号，这种人心目中所存的观念，正是"奴隶国防"的反映。还有写过《国门之战》和《大上海的毁灭》的人现在也象金人的缄默了。我们所要提倡的国防或民族自卫文学，决不是表现和歌颂这种傀儡式的国防，它的建立和解放民族的政治任务应有密切的联系。

现在一九三六年已经开始了，这一年无疑地会带给我们民族以更恶劣的运命，我们"友邦"的欲火，已经延烧到整个太平洋。这使得很多人盼望英美能够同心协力地联合起来去灌救。可是老是徘徊犹豫的约翰牛，眼看大英栗子（British Chestnut）在这过猛的烈火下快要烧成焦炭，却还是没有勇气卷起袖子去抢救，山姆大叔为了避免牺牲和报复一九三一年的宿仇，到如今也还只是袖手旁观，不曾给大英以结实的援助，虽则这把狰狞的野火也烧得他心焦。因此，很明显的，如果我们的同胞不能立刻起来自己防卫自己，那我们只有在血腥的火焰中，象灯蛾似的无声地灭亡。

总之，在生死存亡的现阶段，作为战士之一的作家们，责任确是无比的繁重，盼望大家互相督促和鼓励，在也是无比的艰难中完成自己的使命。我们应该不单在口头上，而且最主要的，是在行动上表示出我们自己的力量。我们对于救国事业应有坚决不移的，象潘尼洛比

（Penelope）似的节操。文天祥尚且能够起兵为最后的决斗，为蒙古军所执以后，居狱四年，终于不屈而死。史话上有名坚固的脱洛城（Troy）尚且为一木马的深入敌营所破，只要我们能够深入大众去唤醒和鼓励他们，一同负起救亡的责任，还有什么困难不能克服呢？

1936年1月11日《时事新报·每周文学》

国防戏剧与国难戏剧

田汉讲述　彭家礼笔录

　　前几天接到这边罗敦伟先生来信，要我到此地来作一次演讲。约的时间是四点半钟，我曾按时到了这里，没有看见一个人，现在能够同大家见面，自己觉得非常荣幸。

　　演讲的题目是罗先生一相情愿出给我的。最近因为个人事情太忙，而且时间也很匆促，讲稿可以说还没有脱稿。所以今天晚上所讲的当然不仅不能使诸君满意，同时，在内容方面也不能谈得很充分。

　　但是这个问题，却是一个严重的问题。所以也有略谈一下的必要。为节省时间，不要耽搁诸位的晚餐计，只预备讲二三十分钟。

　　再者，关于这个题目还有两句话要声明一下。罗先生出这个题目不是没有原因的。不久以前，个人曾在这个同一会场里提出一个口号，以为在这个国难日形严重的今日，我们应该努力从事国防文学与国难文学。罗先生不过改了两个字。

　　讲到本题，个人准备分为三点来说说。第一是国防与国难的关系，第二是国防国难与戏剧的交涉，第三是现阶段戏剧家的任务。

　　关于第一点，个人以为国难与国防不是对立的，彼此有着很大的关系，可以说，国难是国防的动态。国防做得不好，也会发生国难，中国，对于帝国主义的侵略，虽然已经很久，但是不仅没有国防，连国境也是没有的。日本在东北的武力掠夺，认为是自卫行动，即是表示中国不是一个国家，也没有国境。差不多可以说，中国的国防即是日本的国防。我们知道，日本所用的地图，是以东京为中心的。而划一个大圈，将中国也包括此图形以内。从广东一直到东三省都是日本的国防线。可见他们并没有把中国当做一个独立的国家。没有国界，也更没有国防，这种情形，当然不是一天造成的，这里不必去追究。其实象这样对付中国的也不仅日本一国。法国之于云南及粤南九岛；英国之于新疆的种种侵略行为也都是不承认中国有国界有国防。在中国本身，自己也是马马虎虎。平时毫不注意，直到东三省失掉之后，然后大家纷纷研究东三省是经济宝库蕴藏如何丰富，有多少多少金矿，多少多少煤矿。……以及失去的土地是多少多少方里。平时对于那地方有多大，国界如何划开的，谁也没有问过。再说到吴淞口，在"一二八"战争没有攻破以前，大家都说这是中国的国门。设备应该是怎样了不得，构造应该是怎样坚固，防范应是如何周密。其实是大谬不然，在被日本炸毁之后，我们去参观过，原来没有一个炮台不是露天的躺在地上。一个国家的第一个门户竟是这样超出意料的马虎。听说吴淞炮台的炮楗都被人偷去了。对于国防既是这样马虎，自然容易招致国难。其实，所谓国防也并不是把某一些部建设起来便算完事。要充实国防的基础，需要整个国民的总动员。所以，要解除国难必须充实国防。否则在大侵略的最后关头必要遭受严重的打击，国难是无法避免的。

第二，我们要讲到国防国难与戏剧——也可以说是与文化的交涉。关于这一点，这里只能简单的说说。中国的戏剧运动从过去说到目前为止，可以分为三个时期。过去有许多人，以为戏剧是非政治的，对于政治是没有关系的。当然曾发生过一度争论，讨论艺术的社会价值。有的人主张为人生而艺术，有的人主张为艺术而艺术，结果是没有结论。到现在这一类的争论是不存在了。对于中国戏运的发展过程，倘使用一个作为社会问题的研究者态度来观察，它的发生，发展和没落都有着莫大的社会性，与中国的近代政治史和经济史都有很大的关联。这是谁也不能否认的。

西洋戏剧的进入中国的初期在资本主义侵入中国与土著的布尔乔亚接触的时候才开始。随着辛亥革命新的戏剧运动也很迅速向前推移。在这个时期里，便有许多西洋戏剧被介绍到中国来，如春柳社等等，都是那个时期产生的。但是到了袁世凯称帝的时候，封建势力重复抬头，给第一期戏运一个很大的打击。后来第一次世界大战开始。中国新兴的资产阶级又迈步前进。而且在这个时期，又有一个划时代的五四运动，因而新兴戏剧又行发展。那时西洋戏剧如易卜生的作品都大量的输入中国来。在欧战告终，新兴的无产阶级受了重创，第二时期新戏便渐趋没落。旧戏又盛行起来，梅兰芳之类的演戏，大受欢迎。那时张季直先生想在南通创设小戏场，请欧阳予倩先生主其事，结果还是失败，构成梅兰芳的全盛时期。

到近年来戏运又有了很大的变化，大家感到旧的道路不够，而要求一种新的路线。过去的戏运与国语运动平行的，现在的戏运却是与大众语运动平行了。从前戏运的基础是放在上层阶级，现在是在广大的下层阶级了。在过去，所谓戏剧差不多成为中层分子的抒情手段，过去也曾有人这样评判个人的初期作品，我自己也有这样的感觉，慢慢感到不满，后来与社会现实多有接触，感到从事戏剧的人应该负起新的任务。几个志趣相投的人对这个问题都很感兴趣，由介绍而至创作，都开始以社会现实的题材为描写的对象。于是戏剧的本质便有了一个大变化。以前文学家是不谈政治的，关在象牙之宫里不问国家事，如在八国联军的时候，当时便有"国家兴亡谁管得，满城齐说叫天儿"的诗句。直到戏运变质之后，戏剧才与国防国难发生联系。

最后，我们要讲到现代戏剧家的任务。在国难日益严重的现在，中国戏剧家应该干些什么？这个问题是去年几个干戏剧的人聚在一块的时候提出来的。那时我们曾谈到国防文学的重要。这个问题是由苏联作家出了一本小说《对马》而引起的。这部小说的内容是描写日俄战争在对马岛海战的情形，作者亲身参加过那次战争，战败被俘。就把当时的情形记录下来，然后加以整理，以小说的体裁发表的（出版后九个月加印了二十九版。日本早有翻译）。苏联的作家们把凡关于东方问题的作品都列为国防文学。由于我们想到我国可写的材料更多，现在都摆在那里还没有人动。比如中东战争很需要我们用新的观念，对当时的情形加以描写，加以批评。对于中国国民性，尤有加以攻击的必要。就封建性来讲，在几次战争的时候，比如威海卫的军舰参加战争，而南方的海军便声明"我们南洋并没有打呀！"在"一二八"上海战争的时候，中国×军严守中立。这情形与以前有什么两样？

甲午战争的时候，日本便说是同李鸿章一个人打，并不同中国交战。前年的长城抗战又何尝不是地域战争？中国的殖民地性到现在仍是原封未动。这些东西都是极值得描写的材料。而且二十年代的中国青年对于这些宝贵的经验就没有好好的接受下来。甲午的经验忘了，中东的经验忘了。"九一八"之后的东北义勇军的英勇抗战，我们干吗不写呀？所以，国防文学在中国实有提倡的必要。中国自己的斗争场面，自己不去描写，反让对中国问题有兴趣的外国人去写。譬如，万县事件，中国就没有人写过，而苏联却有人描写。还有许多大的事变，现在还摆着未动，如南京路的事件等等。因为以上的种种原因，所以感到中国目前应该有所谓国防戏剧与国难戏剧。过去本想提出这个问题，恐怕有毛病没有提出来。现在看来，至少我们的国难文学是成立的。

不过在目前的中国，帝国主义的压迫一天比一天加紧，要图解放当然不是一天所能做到的。同时，作家们仅仅在作品里加上许多打倒拥护的口号也是没有用的。没有通过艺术的手腕的，概念化的作品，内容是不会好的。目前中国最主要的问题是如何突破当前的危机，要突破这个危机须有充分的准备，须要长期的努力，须要结合一切艺术部门作艰苦的努力，使每一个中国人都能接受这样的作品，使这样的作品普遍化。所以，我们想，至少国难文学或国难戏剧是成立的。今天是圣诞节，今年已经完了，伟大的一九三六年就在目前，日本朝野上下狂呼着一九三五——一九三六年是日本的非常时，当然更是中国的非常时，中国的一切大问题在一九三六年可以得到一个解决。第二次大战是绝对不能避免的，假使大战一旦爆发，中国瓜分的日期是更加迫近了。如果能够突破危机，民族解放便在这个时候可以完成，否则便只有彻底的殖民地化。在这个伟大的时代里，作家们应该集中力量，在如何突破这殖民地的危机，即如何解除国难的大目标之下努力，把一切琐屑的争点暂时丢开。这样才能有好的作品产生，才能够写出被压迫的民众争求解放的伟大意识。不然，绝对不会产生好的作品。中国的文化原来是非常低落，任何艺术部门的人才都是异常寥落。如果再不集中力量在一个大目标的下面努力，结果力量只有更加涣散，绝对不能抵抗帝国主义者的加紧的进攻。站在时代前面的艺术家，应该负起自己应负的责任来，唤起全国民众，以大众的力量来抵抗帝国主义的侵略，解除本身的束缚。所以这里特别重新提起这问题。

在过去谈国防，只限于军事方面的国防，政治方面的国防乃至经济方面的国防。现在就两样了。在这个时候，国防是全体民众的任务。过去的文学家不问国事的态度，无疑的是放弃了自己的责任！

今天晚上，得着这个机会同诸位研究社会问题的先生们谈话，并且重新把这个问题提出来，个人觉得不是没有意义的事。在座的诸君，一定不乏有深刻修养的艺术家，希望有所指教，艺术本来不是某种特殊人物干的。尤其是戏剧，这个精神粮食差不多是大众每一个人都要吃的东西。戏剧是属于大众，为大众，靠大众的力量才能向上发展的。同时，当前的国难和民族危机也必须用大众的力量才能突破才能解除，都不是少数人所能做到的事。

末了，今天因为时期短促，不便误了诸君的晚餐时间，不能多讲。再者题目是罗先生出的，个人近来事情很忙，一点也没有预备，今天临时扯七拉八的杂凑起来，讲得很不充分，希望在座诸君和罗先生多多原谅。完了。

田先生的讲稿，系由彭家礼先生笔录的，因为付排仓卒，来不及送给田先生校阅。如有与原意出入的地方，希望田先生原谅。编者附志

1936年1月15日《中国社会》第2卷第3期

新文化需要统一战线

——代发刊词

新文化社同人

去年八月中国工人阶级优秀的政治家王明在莫斯科共产国际第七次代表大会上的讲演，无疑地给了中国工人阶级的政治运动以莫大的冲动。在他的讲演里他指出了目前的中国革命的主要内容乃是抗日反蒋民族自卫的神圣斗争，在这一斗争里中国觉悟的工人应该联合一切不愿做奴隶的人们起来组织抗日联军和国防政府。他为这国防政府提议了十条政纲：

一、抗日救国，收复失地。

二、救灾治水，安定民生。

三、没收日本帝国主义在华一切财产充抗日经费。

四、没收汉奸卖国贼财产土地粮食交给贫苦同胞和抗日战士享用。

五、废除苛捐杂税，整理财政金融，发展工农商业。

六、加薪加饷，改良工农军学各界生活。

七、实行免费教育，安置失业青年。

八、实行民主自由，释放一切政治犯。

九、实行中国境内各民族一律平等政策，保护侨胞在国内外生命，财产，居住和营业的自由。

十、联合一切反对帝国主义的民众（日本国内劳苦民众，高丽，台湾❶等民族）作友军，联合一切同情中国民族解放运动的

---

❶ 本文发表时，高丽（整个朝鲜半岛）、我国台湾都在日本占领之下——编者注。

民族和国家，对一切对中国民众反日解放战争守善意中立的民族和国家建立友谊关系。

这个讲演不但教给了中国工人阶级应该怎样正确的运用统一战线来达到自己的同时也不能不是全民族的解放，而且也正面的粉碎了日本帝国主义和它的一切爪牙们所制造的下流的俗谭，说为了中国民族的生存就不能不剿赤防共，不能不联合日本的军阀资本家和拥护联合日本军阀资本家的蒋介石卖国政府。事实上中国的革命工人自始就是最彻底的民族主义者，而且从一九二五年的五卅惨案以来，中国工人阶级曾经不断用了自己的生命来证明这一点，他们的血写的历史，除了假冒伪善，拿川康云贵本位来冒充什么中国本位的英雄们无人能够抹煞和否认的。就是现在，就是那些英雄们正连川康云贵也在向帝国主义特别是英帝国主义零卖，正连川康云贵的人民也在被当作仇敌而加以惨酷的屠杀的现在，紧随着王明的讲演以后，中国的工人阶级也早就伸出他们的久经百战的双手，对全中国不忍坐视自己的民族在日本帝国主义的虎口和蒋介石政府的狗口里糊里糊涂灭亡的人们，各党各派各阶级的领袖群众都在内，提出立刻共同作战的要求来了。

文化运动是政治运动的一种反映。在这里，我们以为和政治上的统一战线一同，一切清醒的文化工作人员，一切清醒的智识分子，实在也有统一战线的迫切的需要。

文化上的统一战线——这决不是什么新奇的事情。我们的敌人为要反对文化的进步，向来是有他们的统一战线的。积极的例如尊孔读经以及所谓存文，这是中日满老早就合作了的，而且中国做得特别出色，不但南京，就是北平，济南和广州也在争先恐后，结果，果然是各有所长，很难判出高低；消极的例如封闭《新生》，查禁和取缔各种不敦睦邦交的书报言论，那就不但是中日满合作，简直还是中日满英法美合作，声势汹汹，大有十字军和八国联军之概了。敌人有这等的统一战线，而我们的反抗呢？我们的反抗却是散漫零乱得很。文化人是爱自由的；敌人把我们的什么自由都奸污过了，惟有这一宗宝贝自由，反对统一战线的自由，却给我们保护得挺好，因为这样，有组织的敌人才可以永远占着无组织的我们的上风呢。但是我们能让事情永远这样吗？不能，自然是不能，因为那我们就中了敌人的暗算了。

但是我们听到一种谨慎的反问：我们不中反动的暗算，可不又中了革命的暗算吗？用统一战线来反抗统一战线，难道这不是工人阶级的一种阴谋吗？对于这样的反问，工人阶级的回答是很简单的。它如果是什么"阴谋"，那就是"阴谋"着保卫受侵害的中国和中国文化；我们以为，这样的"阴谋"，那些反问的朋友们也不能没有。或者我们的忖想是错了，那些朋友们所要最先保卫的其实倒是自己的安全和清白。不过即使如此我们也可以说，在危墙的下垂着手，未必比拿着武器更安全，在浑水里面做隐士，未必比在烈火里的更清白吧。因此，要保卫自己安全和清白，也就不能不参加统一战线：工人阶级的"阴谋"，它的内容就是如此。

工人阶级坚决的相信，横在目前中国文化界的唯一重大的分野，既不是自然科学，人文科学或纯粹科学，应用科学的区别，更不是精神文明物质文明，现实主义浪漫主义乃至幽默不幽默，抽烟不抽烟的对立，却是一个或降或战或生或死的问题。中国文化和整个中国民族一样，光彩一天天暗淡，道路一天天狭小。东北四省和河北战区，已经连语言文字都不能自由发展，在小学校里日文成了必修的科目；同样的命运，现在正向整个华北扩张。除了在苏维埃和东北人民革命军的势力之下，全中国的民众没有一个地方可以得到反对日本帝国主义的言论出版集会结社的法律权利。蒋介石政府因为攘内媚外，制造了国内一年严重一年的灾荒和经济危机，使教育经费，学术机关，学校和教员学生的数目大量减跌，出版界也因为读者的购买力消化力薄弱变了死城似的不毛之地，在这样的景况底下的智识分子，自然很难不贫血，失眠，独身和忧郁，很难不成为无业可就，无家可归的漂鸟了。但是蒋介石政府对于文化的"恩惠"，还不止这些。它还要用文化统治来抢劫；抢劫不了，它还要收买；收买不了，它还要屠杀！工人阶级坚决的宣布日本帝国主义和蒋介石政府的统治是中国文化界共同的致命的敌人。如果不反对中国文化而保卫这个统治，就得反对这个统治而保卫中国文化：在这一选择之前，任何其它意见的歧异都是次要的。谁要是把那些次要的歧异夸张起来，使共同的阵线破裂，谁就是对真正的敌人做了缴械的蠢事，谁就是在客观上支持敌人。

工人阶级诚恳的告诉中国文化界全体：它自己是决不会做这样的

蠢事的；如果它从前做了，现在也决不再做。相反的，它要求和旁的各种立场的文化人和智识分子合作，并且要求他们也彼此合作，只要他们准备多少尽他们所可以发挥的才能来抗日反蒋，来保卫中国和中国的文化。工人阶级爱护中国的文化，因为那是过去几千年来中国的劳动人民用毕生的血汗建立培养起来的，现在中国的劳动人民也正在对它的感激，纪念，改造和希望之中生活着。工人阶级愿意站在第一线来打倒加于中国文化的一切国外和国内的摧残压迫，来争取和拥护中国文化的完美的发展和自由的创造。工人阶级懂得目前中国智识分子的辛勤的贡献，因此对于他们的生活的苦难和欲望抱着充分的同情，所有他们的为经济利益的斗争，工人阶级都在注意着，希望随时能够参加和赞助。

凡是怀疑工人阶级有所谓"阴谋"的，现在可以明白那是一回什么事了。自然，我们并不隐讳，也象旁人并不因为加入了统一战线而变成我们的一样，我们也不会因此而变做旁人。在阶级没有消灭以前，各个阶级总有各个阶级不同的目的，所以在保卫中国和中国文化的这一点上，各个阶级的群众虽然可以一致，而且必须一致，但是这被保卫了的中国和中国文化的将来究竟应该如何，那却是各人有各人的腹案，除了历史，无论什么人也没有权利互相强人苟同的了。因此，资产阶级在统一战线里提防着自己的队伍给赤化，工人阶级也不得不警告着自己的队伍务必不要染上了腐败的自由主义跟偏狭的国家主义，务必不要染上了和平改良的幻想。工人阶级愈是为统一战线而斗争，愈加要记牢政治和文化的物质的基础和党派性。工人阶级在统一战线里决不能一刻放松了对于别的任何阶级的批评。最左的悲天悯人和安邦济世也不是我们的道路。我们的中国——是苏维埃的中国。我们的文化——是走向社会主义的普罗列塔文化。我们要坚持而且说服旁人：只有它才是真正的抗日反蒋的中国新文化！

1936年2月1日《新文化》创刊号

国防文学的建立

胡　洛

一　国防文学的提起

我们说的国防文学，实在就是民族的自卫文学。正如我们需要民族自卫的战争一样，我们也需要民族的自卫文学——国防文学。

只要是略有良心的人，他便会清楚地认识中国是处在怎样一个危急的地位。土地一块一块地抢去了，敌人在吸着我们的血，蹂躏着我们的同胞。在这样的情形下，正好象一只猛虎扑向我们来，我们能忍耐么？我们能不为生存而反抗么？其实，帝国主义对我们的压榨已久了，被侵略的结果，事实已回答了我们。我们是生活在穷困里，我们整天地叫苦，我们的农民只能吃观音土，吃树皮，我们的穷同胞只能活活地冻死。许多人破产，许多店倒了……我们能闭着眼睛怨天么？这是事实，是帝国主义给我们的恩惠！我们已走到了穷途，但敌人不但没有放松我们，反而加紧侵略。这该是翻身的日子了，不然，大家闭着眼睛等死么？

没有问题的，我们是需要民族的解放。只有从帝国主义的铁蹄下解放出来，我们才有生路。铁的事实告诉我们，许多被压迫的民族都在反抗了。埃及，印度，菲列滨……尤可佩服的是阿比西尼亚。这不是教训么？自然，我们也不能忘记，民族的解放（殖民地的反叛）对于世界是负有如何重大的使命。在帝国主义时代的民族问题，已有更伟大的意义。殖民地解放战争正可以摧毁这世界的体系——毁灭资本主义制度。谁都知道，帝国主义是依赖殖民地来销售其货物取得原料，殖民地正是帝国主义的生命之泉源。可是，民族解放的斗争，到了今日帝国主义时代，都必然会激烈起来。同时，民族问题也必然会产生质的变化，转化为整个的国际问题，那便是说，民族的解放斗争，必然会破坏帝国主义的世界经济体系，促进帝国主义国内的阶层斗争，同时也就是促使这世界飞跃到自由的王国去。

文学不是少数人的消遣品，文学也得负起这伟大的使命。因此，我们要建立国防文学，使文学从无生气里，颓废里，淫靡里出来。我们的作品一定是有生气的，鼓舞大众的，反帝的，反汉奸的。只有这样的文学才可以促进民族解放的抗争，才可以给中国文学留下光荣的纪念碑。事实上，这样民族自卫的文学已在生长了，《八月的乡村》描写了一群抗争的义勇军，《生死场》描写了一幕民族解放的斗争，"不管是男的，女的，老的，少的，一个个站起来，站到解放斗争的战线上。"……我们都希望不断地有更伟大的作品出现。

二　国防文学的内容

在我们提起国防文学时，我们应当心汉奸们的曲解。国防文学不是黩武主义的文学，也不是奴隶的国防文学。我们歌颂的战争，是反帝反汉奸的战争，而不是那残酷的，反进化的屠杀。一个意大利作家，他可以歌颂阿比西尼亚的反抗；但是他竟象皮蓝得屡般歌颂意大利的侵略战争，他便是个黩武主义的奴隶作家。同样，国防文学不是侵略主义的文学，每个作家都得认清自己的使命，我们的使命在谋民族的解放。凡反对，阻碍或曲解国防文学的都是我们的敌人！

国防文学具有着怎样的内容呢？国防文学的内容一定是反帝，反汉奸，反封建的。在反帝的过程中，一定要反对汉奸。与帝国主义是不可分离的，不打倒汉奸，我们便无法去打倒帝国主义。然而，有人以为汉奸无用打倒，因为，汉奸是依附于帝国主义的，只要打倒帝国主义，汉奸自然会不打自倒。这是大错。事实上，在反帝的过程里，首先碰着的便是汉奸。北平学生运动是个例子。不冲破汉奸的防线，反帝便不可能！在反帝的最初阶段，实际上都是反汉奸的斗争。我们要反帝，同时也要反汉奸。只有把反帝与反汉奸联系起来，民族解放才有成功的可能。国防文学的内容便是如此，它是反帝的，鼓舞着大众反帝的情绪，同时它也反汉奸的，揭露汉奸的丑恶的行为，卖国的行为……。

国防的文学便依照着这个路线走。作家们便朝着这目标，选择他的题材。实在说来，题材是广阔的，许多有意义的题材等着我们的作家采用：义勇军的抗争，农民的怒潮，塞内外的民族英雄，学生运动的悲壮事实，历年的反帝运动；另外，我们还需要暴露的作品，暴露汉奸的丑态，暴露帝国主义的残酷，民族资本的衰残，农民的痛苦，都市的畸形……数不尽的题材是等候作家去发掘。不过我们得注意，凡暴露的作品绝非消极的，在暴露里要指示我们一条光明的路。总之，我们需要暴露的作品，鼓舞大众抗争的作品，歌颂民族战士的作品。

三　作家们集合起来

无论是怎样一个运动，都应当集体去做。我们举起了国防文学的大旗，同样我们的作家们便应当在这旗帜下集合起来。只要是有良心的作家，只要是赞成反帝反汉奸的作家，他们都应当集合在一块，共同推动这个民族解放的运动。事实上，是中华民族的作家们，只要他们不是汉奸，不甘心做亡国奴，他们总会集合起来，共同奋斗。

一个作家也是个"人"，因此作家便不应当超脱现实，他也应当象"人"一样参加到社会中来。对于民族解放运动，作家不仅要在纸上表现他的态度，尽他的责任；同时还应当参加这个运动，当作一员战士地参加进去。整日在亭子间里喊叫，是不够的。同样，一个作家应觉悟到生活对于作品的重要，没有生活的体验，无论如何是不能产生伟大的作品的。没有参加到义勇军抗敌的队伍里去，无论如何是不能写出那部《八月的乡村》来。作家要想创作伟大的作品，要想写出激动大众的作品，便只有参加到生活里去，参加到民族抗争的队伍里去。

在国防文学的旗帜下，作家们应该集合起来。不仅集合，作家们还应走到实际来，从生活里，抗争里去体验，学习。只有这样，国防文学才有前途。

不仅此，我们还希望着新的作家产生，尤其希望从大众里产生出新作家来。只有生活在大众里的作家，才可以写出更动人，更伟大的作品。

1936 年 2 月 5 日《客观》第 1 卷第 12 期

"国防文学"和民族性

张尚斌

有人说，"国防文学"的提出，有缩小文学的范围的危险。如果说这话的人，真正这样担心事，那是有些过虑。大概，看到了自己国家的时势的作家，总不会感到"国防文学"的"狭小"吧。中国文学，在目前，如果不肩起"国防"任务，就要失掉反映现实的意义。

关于"国防文学"的题材等问题，已经谈得很多了，在这篇短论里，我想谈谈它的社会层性。

不带社会层性的文学是没有的，一切超然的文学，都是一种假自由，真虚伪的文学。如果我们认为上面的话是对的，就必须生出下面的疑问：中国"国防文学"是关于哪一个社会层的呢？

帝国主义者在中国的野心，是市场的直接占领，这种野心，在它握有中国的关税权，和工厂建立权的优越条件之下，带着十足的现实性，因此，帝国主义者并不满足于中国民族工业的买办性，它要完全消灭中国的工业。"一二八"的炮火所燃烧的商务印书馆工厂和三友实业社，并不纯粹是战时的愤气，而东北四省和华北的中国实业，现在怎样了呢？中国民族工业，就是十足的带着买办性，也还是不能避免毁灭的前途。

"一二八"战争的时候，中国的资产者，对抗敌军尽了不少后援的力，他们的物质接济和精神鼓励，虽然没有广大的勤劳大众的援助的伟大，却也是不能忽略的史实。这史实，证明了中国的民族资产者，有许多是还有着反帝的强烈要求的。

殖民地中国的小资产者的反帝要求，比资产者的反帝要求更为普遍，因为，中华民族被凌迟的惨痛，他们也和中国的勤劳大众一样，最先要感到。

中国的缙绅们，因为他们在经济上的反动性，反帝国防的要求是比较不大明显的，然而个别的也不能说完全没有。

中国各种阶层的民众中，都有反帝的要素，而勤劳大众却是他们的主体。杂阶层和那被历史注定了他的反动命运的阶层的个别的反帝要素，都要附在广大的勤劳大众的反帝大军里，才能够有力量。

"国防文学"的任务，首先是认识和反映中国反帝斗争的情境和力量。自然，它要看清楚反帝的主力军，可是，它也不能不注意主力军的大小同盟者。"国防文学"首先是中国劳动大众文学，可是在为着民族和社会解放的斗争上，它又是全中国民族的文学。它要描写英勇抗敌的大众，它也要描写"毁家纾难"的人们。

在文学的建设力量上，也证明：要建立"国防文学"，首先要靠中国劳动大众的文化人。微弱的，没落的中国封建文化决没有养育"国防文学"这种新的文学的能力。新的文学需要新的人群的努力，而这种新的人群，也正是民族文化的最前锋；他们没有忘记本阶级的利益，正因为这样，他们也就最焦急于民族的存亡，他们本阶层的目前利益和全中国民族的目前利益，恰恰是一致的。

"国防文学"是以劳动大众和他们斗争生活为内容的主体，以劳动大众的文化人做建设的前锋的一种新的文学，可是在"民族"这字的真实意味上，它又是中华民族的真正的民族文学，它要反映民族解放运动中的一切斗争情境，描写各种各样的民族英雄。

1936年2月9日《大晚报》

31

非常时期的文学研究纲领

立 波

在目前，中华民族的国耻，"已经打破古今中外历史的一切记录"（王造时语），而敌人正在进行着不费一颗子弹的大阴谋，来全吞中国。死有余辜的文人丁文江，早叫我们退到堪察加去，可是，除了可以卖掉祖考的骸骨，妻女的贞羞的少数汉奸，何处是我们真正的中国人的退路堪察加？敌人的侵略野心，不到全部灭亡我中国，决不为死塌。我们的前途，要不是抗争，就只有死亡和灾难的东洋大海。

在这种非常时期，我们的文学研究，从最初一课到"最后一课"，都应当为了救中国。"中国是我们的祖国，中华民族——就是我们，我们母亲大地的儿女们"。我们不能让人家强暴或阴谋的灭亡祖国，我们更不能甘心被人家驱去做"前锋"，去替他们侵略和平主义的苏联，做那不名誉的替死鬼。

为了要这样，所有的文学大师和学徒，都应当把自己的"每一点钟，每一滴血"献给我民族。注意并参加一切形式的救亡运动，鼓劝并鼓动已发未发的民族革命的战争。我们更要用革命的民族主义，教育大众，改造落后的民众的思想。

中华民族解放的事业，应当成为文学大师和学徒的个人事业，我们要和垂危的民族一块儿生死，和受侵略的大众一道喜怒。只有这样，才能够保证我们目前的文学的成功。因为，只有这样，才能够汲取现实中的"丰富的印象"，搜集并贯彻现实中的活生生的材料，看清民族救亡运动的发展方向，高扬自己的革命的民族精神，而且，只有这一切渗进了创作活动的时候，才能够使我们的文学有深度的真实性和饱满的民族解放的情热，然后可以有力的影响读者。

和目前民族解放运动失掉"有机的关联"的文学者，绝对不能够产生新鲜有力的作品。他们的最大努力，至多造出些温室里苍白的幽花，以博得公子哥儿，小姐太太们的微笑和冷泪，不是为了民族解放的战斗者的营养品。

为了替我们战斗的文学内容，获得和它相照应的明快有力的文学形式，我们要批判的学习过去和现在的艺术大家们的文学经验，可是，我们要认清楚，就是他们的成功，也决不是单靠技巧，他们有丰富的生活经验和对于现实的深刻观察和理解。从来没有单单焦躁于技巧的文学者，能够成就伟大的作品的。

为了更明确的了解现实的现象和它的历史的动态，我们应当了解现代世界和中国的形势。我们更应当达到现代中国的知识分子的文化水准，应当学习目前人类智慧的最大成就——革命的世界观。但是，我们也不是说，一定要先懂得了世界观，然后才能够提笔。

为着学习和体验，团体的研究比个人孤立的探求，更要有效。我们应当立即组织或参加文学团体。文学者大都是爱保持自己的个性的，可是"个性并不会因为融化在集团生活中而趋于消灭。相反地，只有在集团生活中，个性才能有它的最高的表现"（巴比塞语）。

创作的实践比理论的探求更要紧。而且，文学的才能，应当伴随着创作实践的大胆。我们要不断地把创作的成果，献给大众，来发动他们的战斗气氛，改良他们的思想。我们要"改革当地报纸的文艺栏"（徐懋庸意见），要建立农村文艺，工厂小报，街头壁报，学校壁报等，发行文学小册子。用自己团体的旺盛的创作力来匡扶各地微弱的文坛。能够这样，一定不只是自己的成功，也是真正的有益于危亡的民族的解放任务。

但无论是组织或个人的文学活动，我们在目前，都有一个中心，那就是怎样更直接而露骨的肩起国防的任务。在这里，我们要谈到"国防文学"。

"国防文学"原是一九三○年，苏联组成的"赤卫海陆军文学同盟"（简称"洛卡夫"）所倡导的一种文学。在他们自己国内的所建设的花园样的新世界逐渐成功，而帝国主义的猪鼻子不断想突进这花园的时候，"国防文学"要发挥巨大的防卫作用。"国防文学"在苏联的有名的收获，是普里白伊的《对马》（中国还没有译本）和铁霍洛夫的《战争》（中译快出了，茅盾译），还有许多的长篇，短篇和诗。

"洛卡夫"有四个关系杂志。"洛卡夫"的作家参加军队的生活，组织讲习会，研究会，来探讨创作方面的防御的课题。他们的批评家更指出：为了军队的建设，军队技术的获得，军队的教育等等的斗争，和赤卫军一切英雄的描写，都应当是"国防文学"的主题。而世界战争的经验，对劳动者农民努力建设的号召，对世界勤劳大众防卫苏联的号召等，都应当是"国防文学"的中心任务。而"国防文学"对于泛系主义的战争文学和有产者的麻醉人欺骗人的"和平主义"的文学，都要给以无情的打击。

"国防文学"在中国被提起，有着新的重大的意义和任务。中国"门户开放"以后，疆土日蹙，而军事经济政治文化的国防，一天天被破坏。到最近四年，我们更失掉了半个中国，失掉了万里长城。我们要收复失地，更要在民众的意识领域普泛的建立民族防御的工事。

近百年来，尤其是最近四年间，我们产生了无数可泣可歌的民族战争的活生生的史料，失败的如黄海之战，胜利了，而终于被汉奸卖了的，如谅山之战，"一二八"战争，还有东北义勇军的长久的血战，这些事件中，产生了多少牺牲者和民族的英雄！描写这一切，来保存战斗的经验，勖勉后死者，也是我们的任务。

目前的中国一方面有英勇的英雄男女，另一方面也有阴险无耻，丑态百出的汉奸和他们的卖国事件，我们要暴露这一切，把它们和民族英雄的叙事诗对置，给国民明划出抗战和投降的"两条路"，并用艺术的形象，告诉大家："今日之事，非抗战即投降，绝无余地，容我回旋"（马相伯名言）。

敌人不会放松我们的大地，而抗战的男女，也不会放松敌人。民族战争要更扩大，这图谋解放的神圣战争要使得一切不愿意做亡国奴的男女参加。"国防文学"要鼓动并扩大民族战争，激起落后的民众的爱国情绪，提起他们的最后胜利的信念，打击一切散播不能抗敌的麻醉剂的亡国妖言。

在这些任务之下，"国防文学"可以找到最繁多的题材和主题。在目前的中国，"国防文学"的题材和主题，"触目皆是"（参看《文艺群众》，二期）。

"国防文学"的意识的提出，虽是在最近，可是，它的实践，早曾有过的。"一二八"战争，产生了茅盾的《右第二章》，李辉英，张天翼等人的小说，白薇，适夷，李健吾诸人的脚本，史铁儿诸人的诗。东北义勇军的长长的抗战，产生了《八月的乡村》，《生死场》。南中国的外侮，产生了艾芜的《南国之夜》里的短篇。对这些小说，我们都要有慎重的评价，研究它们的长处和短处，汲取里面的创作经验。

不消说，对于国外的作品，首先要采取苏联的花蜜。不但是行将出现的铁霍洛夫的《战争》等作品我们要研究，就是《铁流》和《溃灭》等作品，我们也得把它们当作建立"国防文学"的艺术的模范，因为，中国今日，在另一种意义上讲，也正是《铁流》和《溃灭》的时代。

"国防文学"是要鼓动民族解放战争，却和"民族主义"的提倡喝人血吃人肉的"黄祸"主义，绝然不同。"国防文学"是主张防卫自己，却决不主张反守为攻的侵略人家。它是要以弱小民族解放的战争反对一切侵略战争。因此它和非战文学决没有矛盾。而巴比塞的同情弱小民族解放的反战文学，正是"国防文学"强大的一翼。他的《火线下》（可惜还没有中译）和《光明》（可惜译得太不好）和其他短篇（如《外国人》有中译）也是"国防文学"的优美的旁支。而雷恩的《战争》，也是值得阅读的作品。

真正能够同情中国解放的国家，除了苏联，首先是各弱小民族的人民，他们的声音使我们感到亲切，他们的反抗，更能在精神上给我们许多兴奋和助力，因此，弱小民族文学也是我们的友伴，茅盾译的《桃园》，《雪人》和其他散在的弱小民族的作品，《译文》和《世界知识》所载的短篇，黑人休士的诗和小说，犹太人宾斯奇的《在黑暗中》和其他戏曲，我们都可以特别在这里提出。更象激动匈牙利民族反抗精神的裴特非的诗（中译有《勇敢的约翰》等），描写大战中比利时民族自卫的《比利时的悲哀》（俄，安德列夫作）等，也都值得诵读。

"国防文学"还是一块新垦地，还等待大批文学园丁的劳动。它的理论，也等待更深入的检讨。如"国防文学"的阶层性问题，它和标语口号的区别，它和现实主义，和进步的浪漫主义的关系等问题，都还需要精确的阐明。这些问题和创作实践中所要引起的新的问题，都可以作为非常时期的文学研究的课目。

1936年2月10日《读书生活》第3卷第7期

我们坚决要求建立文坛上的联合阵线

孙　逊

　　本月十日的本刊上，曾经登载了立波君的一篇以"反对谩骂，要求团结"来"希望于文学者们"的文章，作者敏锐地批判了某些文学者意气的幼稚行动，并着重指出"新文学目前最重大的任务"；他认为"艺术这个特殊武器"，在现在必须"服务于神圣的民族解放战争"，"站在民族革命的前哨"，"号召汉奸以外的中华全体人民，参加救国救民族救自己的广大运动"。然而这个"特殊武器"的有效地应用，则有待于作为"时代的触角"的文学者们"实行大团结"。

　　我完全同意立波的正确意见。

　　中国文坛在近年来呈现了当前的混乱现象，"文人相轻"虽则是"古已有之"，然而却"于今为烈"！层出不穷的无原则的纠纷，把整个文坛糟塌得乌烟瘴气！假定我们有功夫加以清算的话，我们将痛心地发现在这些纠纷中，正不知浪费去几许精力！这些纠纷的制造原因，大概不外：一在纠纷中某些人可以借为登龙之阶，于是不惜加工赶造；二由于对艺术的意见的分歧，而起论争，但渐渐失去了常态，走向纯意气的争执。

　　然而，边陲——甚至是腹地不断的烽火，告诉我们民族的生存受到了绝大的威胁，国家的生命已是朝不谋夕，我们将失去了一切保障！敏感的文学者们自能立刻意识到"除了救国，我们中国人的前途就只有亡国丧家的颠沛和奴服的命运"！应该立时警惕到：民族断送了生命，我们将无龙可登；同时应该为了抗御强敌，求得民族的生存，而暂时放弃成见，"把不同意见的细节，消融在共有的同胞热情之中"。建立起文坛上的联合阵线，来执行民族革命战争的号筒任务，已是迫不及待的当务之急！

然而这并不是说我们就根本取消了一切论争，正相反地，在救国反帝的立场上我们更应开展广泛的自我批判，对我们的阵线加以善意的，精密的检讨，以研究过去的经验和教训，来确定新的战术，以展开未来斗争的场面。但应切记：凡一切论争不得超越救亡运动的轨范，并且为了预防浪费，即使此轨范内的论争，必要时都应加以适当的制止。每个文学者应牢记：目前我们最战斗的中心任务是在：

"求得中华民族的解放"！

国防文学之是否能正式被建立和展开，联合阵线之成果如何对它是有着莫大的决定意义的。

中华民族正遭遇着历史命运的磨难，作为"时代触须"的文学者们！携手吧！让我们高歌着进行之曲，求得全民族的解放，完成历史付给我们的伟大任务，在民族解放史上写下光荣的一页。

1936年2月14日《大晚报·火炬》

民族危机与国防戏剧

周钢鸣

　　由于××帝国主义不断地进攻，汉奸傀儡不断地出卖，民族危机日益加深。从东三省的侵占开始，扩大到热河，到滦东战区，到整个华北——冀，察，鲁，晋，绥远，再进至内蒙变相地独立，毫无止境的，以整个独占中国，实现其大陆政策。同时第一第二第三第四号的傀儡连续出现，大小汉奸们的联合出卖，而敌人的势力更深入华中华南，并不断地增加在华驻屯军数倍至十余万以上；太阳旗已招展在整个中国领土的大陆上；从武力的侵夺土地，而进至于政治的"防共自治"，"经济提携"，"文化合作"等更进一步地多方面侵略。但敌人不仅整个地想灭亡中国，使中国完全殖民地化为止，复企图借"南京会议"，"反苏协定"以驱使中国人作帝国主义进攻和平的社会主义的苏联的先遣队，作炮灰，以达到帝国主义"借刀杀人"的阴谋。但××帝国主义这种阴谋，除了少数卖国贼汉奸愿做帝国主义的尖兵和鹰犬之外，每个不愿做亡国奴的中国人，谁都会起来揭破这种阴谋，认清××帝国主义是侵略我们的最大敌人，苏联是弱小民族解放战线上和平的友人。我们应不分党派的团结起来，武装动员去争取中华民族的解放，与领土主权的完整，把敌人赶出中国的每一尺一寸的领土以外去；这是我们神圣的责任，是每个不愿做亡国奴的中国人的神圣责任。所以在敌人正准备一切以对我的时候，我们应当而且必要地把一切力量都集中在抗敌救亡运动上。除此以外我们没有第二条路可走——除非是甘愿做亡国奴，当牛马和作炮灰。

在目前，我们要组织一切民众，作反帝抗×统一的民族阵线，在经济，军事上我们要建立和巩固我们的国防，在文化运动上我们已提出实行"国难教育"，建立"国防文学"，现在我们要提出的是建设"国防戏剧"。"国防戏剧"的主要任务是配合着当前客观形势，作推动整个争取民族解放运动中教育和组织大众的一特殊的力量。

在文化领域各部门中，戏剧艺术是最有力最有效的艺术，它能用最形象的（包括面貌，动作，声音，色彩……）直接表现，把观众的情绪组织统一起来。它可以很快地把活的现实——大众英勇反帝抗×的斗争，用活的形象重现于舞台上，它能把被压迫被侮辱的人们——亡国奴的可歌可泣的历史和教训重现在观众的眼前；所以戏剧艺术力量是直感的，活底形象地，它的感动力煽动性和教育唤醒大众的手段是最有效的。因此在唤醒大众起来争取民族解放的运动中，"国防戏剧"的提出是必要的。

"国防戏剧"的建设，是同"国防文学"有着共通点，所不同的地方，是在表现的形式上。"国防文学"的提出和它在民族危机加深的现阶段所尽的任务，在《每周文学》，《文艺群众》和《火炬》上已有相当的说明了。"国防戏剧"的正与"国防文学"的任务是统一的，是动员一切剧作家，演出家，舞台技术家来发挥他戏剧艺术的武器，在民族危机和争取独立中所应尽的任务，就是在保卫国土，唤醒大众作反帝抗×反汉奸，争取中华民族的解放与领土主权的完整。这就是"国防戏剧"在一般戏剧中的特殊性。"但是我们也不能因之而把它孤立起来，恰恰相反，国防戏剧是跟一般现实的戏剧一样，相互之间是有着极紧密的联系的。它不过是在特殊的情况底下所产生的一种新的戏剧而已。因此我们不能把它和一般戏剧分离开来，而要把它与一般戏剧构成一个完整的关系。我们而且要尽量发挥它的特殊性，使它成为救亡运动底推动力而膨大起来。只有这样，才能充分地表现出国防戏剧的建立底丰富的意义。"（旅冈：《谈谈国防戏剧》）

同时，任务应是决定内容的，"国防戏剧"所负着的任务，应当是作为充实内容的必要前提（这不是机械图式的，而它的主题是与客观形势相配合的）。所以关于"国防戏剧"的内容和创作纲领，我可以概括的说一下：

（一）"国防戏剧"的剧作的主题，是反帝抗×反汉奸，争取中华民族的解放；要把大众反帝抗×反汉奸的革命情绪，如学生救亡运动，请愿，示威等具体地形象表现出来，唤起落后民众的觉醒，以保卫祖国，收复失地，把敌人驱出中国去。

（二）"国防戏剧"必须描写××帝国主义侵略中国的阴谋，及种种暴行，如"九一八""一二八"×帝国主义屠杀中国大众的各种惨案，以暴露敌人的残酷面目。同时我们更要描写中国大众在外寇内贼双重压迫下的英勇的斗争，如"一二八"士兵和大众的自动抗×，英勇地牺牲和作战情形，以及东北义勇军，人民革命军在关外抗敌的英勇斗争；和军阀屠杀国内大众的战争，不接济义勇军，和逮捕义勇军领袖，压迫爱国运动等题材。

（三）"国防戏剧"必须揭穿欺骗大众的理论，如唯武器论，等待主义，失败主义……等。把"九一八""不抵抗主义"，长官命令不抵抗等事实，和暴露汉奸傀儡的一切卖国行为，签定丧权辱国的卖国条约，如"淞沪协定"，"塘沽协定"，"何梅协定"和卖国外交等的丑恶行为。

（四）我们必须把每次有关民族存亡的事变，迅速地在剧作中作最明确地反映和批判。远的如各次失地丧权的事变，近的如××纱厂××人打死中国工人梅世钧的事件，编成实录的戏剧，使大众很快地认清事变的真实意义和教训，以加强反帝抗×的情绪。

（五）我们必须采用中外民族解放历史为题材，以提高抗敌情绪，充实斗争的经验与力量。如亡国的惨痛，印度，朝鲜，台湾，安南，琉球，以及东北❶等亡国奴的被压迫被侮辱，被惨杀的生活实情，用血的事实搬上舞台来，以促国人警醒。此外关于民族的解放的反帝历史，如历史上的"南北美"的解放战争，"中法之战"，"中日之战"，"鸦片战争"，"义和团"，"洪杨革命"，岳飞，文天祥，史可法等民族英雄和秦桧，吴三桂，曾国藩等卖国贼的行为，用批判的方法整理，把它表现出来。最近的如阿比西尼亚大众反抗意大利法西斯蒂，埃及反抗英帝国主义，苏联劳苦大众抵抗自卫军和各帝国主义的联合

---

❶ 本文发表时，文中各国家和地区，包括我国台湾和东北都在殖民统治之下——编者注。

干涉，防卫社会主义建设等英勇的斗争题材，作为我们大众的当头棒和教训。

（六）并须认清残余封建势力是中华民族解放的障碍力，因此，在反帝斗争的当前，必须同时作反封建的斗争，在剧作上应有明确的表现，如"读经救国"，迷信，命运论等思想。

除了以上各点之外，我们必得注意的就是，"国防戏剧"它不是狭义的爱国主义的戏剧，它是反对灭亡中华民族的帝国主义者，汉奸，而不是个别民族的人民大众；相反地，他是与一切被压迫的民族和帝国主义国内被压迫大众，和和平主义者相联合统一起来。同时"国防戏剧"虽也是鼓吹战争的戏剧，但不是象法西斯蒂的帮凶邓南遮，比兰台罗，以及"民族主义"所鼓吹的帝国主义的战争和侵略弱小民族的吸血战争，而是鼓吹民族解放的革命战争。此外，"国防戏剧"还要表现民族英雄，但不是希特拉式的御用剧作家们所提倡的"领袖崇拜"和"英雄主义"，"国防戏剧"所表现的"民族英雄"是真正为民族解放而牺牲奋斗抗敌，能代表大众的斗争情绪和要求的人，是群众人格典型化的英雄，而不是那出卖民族的汉奸卖国英雄领袖。所以"国防戏剧"的内容必须是表现英勇的事件，可歌可泣的故事，一切都必须与争取中华民族的解放，和领土主权完整有不可分离的决定意义。

关于"国防戏剧"的形式，应当提倡通俗化的，尤其是在对话方面要求得能表现出充分的斗争意义。同时更应提倡方言戏剧，使它能深入各个社会层的，和各个地方性的大众中间去，以收到更大的唤醒大众的效果。至于演出表现方面，不论派别和形式的戏——京戏，粤戏，说书，弹词，播音，露天舞台，化装表演，都应在这"国防戏剧"的目标下联合起来：用他们自己所特具的力量，特殊的表现方法，作有力的表现。给与它每种特殊观众的影响，以增高他们的接受性。所以只要集中在这唯一的和共同的观点之中，什么形式都可以成"国防戏剧"的形式。

自"九一八"事变爆发后，我们中国的剧作家已经部分地产生了反帝抗×内容的戏剧（请参看本辑所编的《国防剧作编目》），但这比起这五年来的历史事变，和民族危机的加深来，是太过落后于客观的现实了，太不够反映民族的存亡，和唤醒大众了。为着民族危机的深刻化，亡国灭种的事变即在眼前，每个不愿做亡国奴的剧作家，演出家，舞台技术家，都要立刻团结起来，来推展戏剧救亡的运动，和接受"国防戏剧"这个紧急的建议。

为着"国防戏剧"的开展，我们要求每个剧作家，要多量地产生以"国防戏剧"为主题的剧作，或改编反帝抗×的优秀文学作品，如《八月的乡村》等。同时我们应跟国际前进的剧作家去学习，如特莱查可夫描写英帝国主义屠杀中国大众的《怒吼吧！中国》；村山知义描写鸦片战争，英帝国主义侵略中国，使中国沦为殖民地的《最初的欧罗巴之旗》，和苏联优秀作家伊凡诺夫的《铁甲列车》（请参阅本期金鉴先生介绍），和苏联有重大历史意义的伏玛诺夫描写内战时期抵抗白卫军和各帝国主义干涉，英勇击退敌人的柴伯叶夫的电影和戏本（据说不久将到上海开映）。此外在苏联几部划时代的小说中如《毁灭》，《铁流》和脑维珂夫—普理波衣的《对马》，铁霍诺夫的暴露帝国主义的《战争》（茅盾译，将出版）。至于暴露汉奸们的丑恶，我们可以学习拉甫捏夫的《伊特勒共和国》，这部小说是描写汉奸型的典型名著。

每个不愿做亡国奴的戏剧家们，一致的起来吧！参加整个民族解放斗争的阵营里，来建立我们的"国防戏剧"吧！

1936年2月20日《生活知识》第1卷第10期

谈国防文学

于　必

在目前民族解放运动的高潮之下，为配合目前乱动中的大时代，为适应一般大众的需要，整个文化的各部门必得对本身作一个新的清算，新的检讨与再认识，以决定未来的路线。同时，文学于现在，也必得担起它的任务，以推进现今划时代大变革的开展。

事实的教训，把一切伪饰的理论压碾成粉碎：中国民族的整个解放，存在，决不是依助于民族主义的胜利，决不是依助于统治者底抵抗。惟有在与中国大众密切的联络和不断训练的过程中，才能建立起中国民族解放运动的巩固阵线。

我们知道，中国在资本帝国主义武装分割与支配之下，要想争取民族的解放，一定要经过很长的路途与极端严重的斗争。整个民族阵线的巩固，不单在于知识阶级的领导与组织，同时更须要提高大众文化的水准，使一般大众的认识普遍化。在大众认识的提高中，必会增加许多力量，这是毫无疑义的事。从事文化运动者，应当极力发挥艺术各部门的组织大众及启发大众的功能，如简单的图画，及戏剧大众化，音乐大众化等，都是极端需要即刻加以彻底改进的。

无疑的，废除汉字与拉丁化运动的推行，在中国大众新文化的发展中，定要占着极重要的地位。然而，我们的废除汉字绝对不是机械的废除，而是在大众文化向高度发展的过程中逐渐扬弃了汉字。文化各部门的通俗化，它的重要性决不在推行拉丁化之下！

"文学"在艺术各部门里是比较重要的，同时又是最易与大众隔膜的一门，关于如何发挥文学的启发大众，指导大众及组织大众的功能，如何使大众易于接受文学的指示，大众文学应当采取何种形式，这都不是空言所能决定，而是须要不断的试验与改革的，在现今一般讨论这一问题的人，把目前所需的新文学叫国防文学。

关于国防文学的具体办法，现今文坛上还未见到，然而在一般原则上，即国防文学的本质上，我们以为：

第一，国防文学决不是一种特殊的产品，也不是一件偶然的变革，他是超离了商品化的文坛与畸形发展的文坛底文学常态之回复，从狭的圈子里解放出来，与大众产生密切的关联，以达到文学的感受及指示作用。

第二，国防文学创作的作者，在实践上必得与大众有相当底瞭解和认识，参加救亡的民族解放运动，这样作品才能充实，大众能感到亲切，才能达到指示及影响的作用。

第三，国防文学不是过去狭义的民族主义文学的重生，它是以浅明而简单的形式写出，以中国大众为立场，发挥文学的感受作用，以达到中国民族阵线的巩固。

第四，国防文学必得采取最通俗而显明的形式，在大众文化灌溉之前，要有渐进的步伐，是逐渐的提高，不是机械的提高或近于强迫的接受。

在现今沉寂没落的文坛里孕育着文学的新发展，国防文学就是一个大的转机，每一个作家都应当在这件大的民族解放运动中贡献他的力量。新的文学是生产在大众群里的，是生存在大众群里的，国防文学是超离商品化而与大众切合的唯一转机，作者们，读者们，都应当极端留意来推行他！

如果作家们连时代的尾巴还把不住，除了没落还有什么呢？！

1936年2月20日《泡沫》第1卷终刊号

评"国防文学"

—— 张尚斌:《"国防文学"和民族性》

徐 行

　　帝国主义者的飞机大炮,伴随他的商品和资本,摧毁了中国的城市和乡村,这个摧毁的过程,是长期的,又是非常复杂的。在最近一百年来,中国所感受的帝国主义侵略的形式,有经济上的,有政治上的,有文化上的,这种种的侵略归结起来,都是为着要把中国变成一个纯粹的殖民地。

　　为什么帝国主义要把中国变成殖民地呢? 这是毫无疑问的,为着要占领中国的市场,夺取中国的原料,剥削中国的劳力。并不是为着争夺民族的光荣或为着人种的差别,所以帝国主义者并不毁灭殖民地的人种,而只要镇压殖民地的反抗。因此不反抗的就可以继续生存,而且还能得到保障,保障着替他们开路。这就是殖民地国家内,政治上的傀儡作用和经济上的买办作用发生的根源。

　　所谓"以华制华"的政策,理论上和事实上的根据就在这里。德国十九世纪的一位辩证论的军事学者克劳色维茨曾经这样说过,掠夺者总是爱和平的。这就是掠夺者总是希望被掠夺者不要反抗,让他和平地掠夺和榨取。自然这是不可能的。于是帝国主义者就用得着殖民地的傀儡和买办了。而殖民地的旧的统治力量,一方面慑于外力之强大,另方面慑于内乱之烽起,为着苟延自己的统治权力,就不得不对外投降,对内屠杀,以求得帝国主义者的欢心而尽其出卖人民的作用。所以在工业较有发展的殖民地国家内,从来就不能有一个全民的反抗帝国主义的战线。印度，中国和埃及等处的事件就很明显地证实了这个真理。这个真理就痛击"帝国主义者并不满足于中国民族工业的买办性"的论调，同时也痛击着"国防文学……又是全中国民族的文学"的根据。

"'一二八'的炮火所燃烧的商务印书馆工厂和三友实业社，并不纯粹是战时的愤气"，然而也非"并不满意于中国民族工业的买办性"，倒是因为它们多带点"中国民族工业"的气味，也因此而保存了其他所谓"中外合资"的企业，现在并进行"中日合资"的"中兴公司"。至于说"'一二八'战争的时候，中国的资产者，对抗敌军尽了不少的后援的力"，这手法果然是很灵巧，但主张马上停战以救市场的也是那些人，我们"国防文学"的"理论家"也应该知道。还不要忘记，那些人曾经要求扩大租界。如果这些是四年前的旧帐，对新理论家有点茫然，那末最好是看看现实。陶行知先生虽然不反对"国防文学"，但他所作《十二月运动与五四运动》一文，里面就说过"五四学生运动一起来，商人不久就罢市，做学生的后盾，所以五四运动是得到了大商人的拥护。现在国家的危险比五四时代要严重一百倍，但是二三十天的时间过去了，商人还没有起来作有效的表示。因为现在中国的大商人是更加变成了帝国主义的买办，所以和学生走上相反之路了"。

这样，总算说得明白，陶行知先生不但承认大商人"和学生走上相反之路了"，并且承认它走上相反之路，是"因为现在中国的大商人是更加变成了帝国主义的买办"的缘故。如果说它"更加变成了帝国主义的买办"，"和学生走上相反的路了"就使帝国主义更加"不满足于中国民族工业的买办性"，甚至可以"证明了中国的民族资产者，有许多是还有着反帝的强烈要求的"，那末有意或无意地成为中国民族资产者的辩护士，用诡辩来掩蔽事实。

所以我们敢断言，不但"微弱的没落的中国封建文化决没有养育'国防文学'这种新的（？！）文学的能力"，就是连所谓"还有着反帝的强烈要求的""中国的民族资产者"也没有任何能力。

我们的意见是，无论"中国各种阶层的民众中，都有反帝的要素"那回事，更不能有"全中国民族的文学"，——"国防文学"。如果

"国防文学"的论客说"它要描写'毁家纾难'的人们"，那末它的主人公就是梁作友。据说汉书上有这样一个故事："汉武帝元狩四年河南人卜式，输财县官以助边。天子使使问式……使者曰：'子何欲？'式曰：'天子击凶奴，愚以为责者宜死节于边，有财者宜输财也。'……上以式终长者，欲尊显以风百姓，乃召式为中郎。"如果汉朝有一个"毁家纾难"的卜式，那时没有租界，也没有外国银行，连轮舶火车都没有，更说不到飞机，所以视"钱财如粪土"。现在除梁作友以外，我们好象没有听见"毁家纾难"的"义士"。

老实说，我们决不幻想"阶层的目前利益和全中国民族目前的利益恰恰是一致的"，也不幻想"全中国民族的文学"。我们只知真正彻底反帝的社会层是中国出卖劳力的大众，只有他们是前锋，也只有站在这观点上的文学才是挽救中国的文学。

1936年2月22日《礼拜六》第628号

中国文艺之前途

徐懋庸

今后的中国文艺，将繁荣起来呢？或者将衰落下去呢？我看，衰落的因素是很多的。

第一，整个中华民族，倘竟无抵抗地被帝国主义所灭亡，那么中国人的一切自由都将丧失，文艺的创作和出版的"自由"当然也不会单独剩下，虽然也许会有奴隶文艺的发生，但中国人的"人的"文艺是一定要衰落的。

第二，对于帝国主义的侵略，中国大众倘竟起来抵抗了，那就会有广大而持久的战争，需要巨量的实践的斗士。文艺工作者虽然还可以捏着笔作"歌手"，但"歌手"是不要多的，多数的人得放下笔，去肩枪。加以战争物质条件的缺乏，未必有大量的纸张和油墨，让文士们浪费，就是对于文艺书物的购买量，也要跌得极低了，所以在这种情况下，中国的文艺也是一定要衰落的。

第三，假如帝国主义的侵略并不急迫，伟大的民族革命斗争也不起来，中国，一直是照现状的下去，那么，中国文艺的前途将如何呢？我以为也仍然免不了衰落。这只要看两年来的事实就好。这两年来，凡有好的短篇文艺作品，多半不能在报章杂志上发表，好的书呢，没有书店敢印。结果是作家自己凑出钱来，办刊物，印书，然而发卖上还是多着困难和阻遏。到了将来，作家们是要日见其穷的，而且常要"××"的，自费办报出书的事情都要没有，虽然"打打麻雀"，"踏雪寻梅"，以及"文坛消息"之类的作品还能够印行，但真正的文艺是一定要衰落的。

在种种促其衰落甚至灭亡的情势之下，文艺倘仍要存在，那就必须有艰苦的斗争；而文艺之所以还要存在，必须是为了适应整个救国运动的需要。

"国防文艺"，现在已经由多数作者决定了这样的名称；这名称所包涵的意义，就是今后中国文艺所要完成的使命了。

民族危机决定了中国文艺运动的新使命；"国防文艺"建立运动的开始，划出了中国文艺的新时代。

"国防文艺"运动的任务应该是：

第一，全国觉悟民众的抗×情绪和行动的反映。

第二，全国未觉悟民众的唤醒和推动。

第三，全国反动势力的暴露和摧毁。

为要完成上述的任务，"国防文艺"运动必须具有如下的几种特质：

第一，实践的而非空谈的。

第二，大众化的而非学院派的。

第三，集体的而非个人的。

一切文艺上的问题的论争，一切文艺上的派别的分歧，如今都要在一个简单的原则之下重新清算了，这原则，就是对于救国运动的配合的程度。假如今后的文艺工作者离开了救国运动，再为了枝节的问题或个人的原因而争论分化，这必至在外来的危机之先，就自陷中国文艺于衰落灭亡。文艺的衰亡本不足惜，如果是因为作者都将力量输给实际的救国行动的话；但这样的衰亡，实在太可悲了。

1936年2月23日《社会日报》

作家们联合起来

鼎

在这个苦难的时代，在这个存亡危急的关头，还有什么不可解释的怨恨能把我们的前进作家们彼此分化，甚至成为敌体，互相仇视呢？

站在一条线上的，大家联合起来，一同走向前去吧！

在这个苦难的时代，在这个存亡危急的关头，有什么个人的嫌隙芥蒂可容存在呢？

放大了眼光，敞开了胸怀，坚定了意志，手牵着手，一齐向前走吧！

是凡同道的人，便不容个人之间有任何嫌隙芥蒂。

抛弃了一切的偏狭与成见，放下了感情的有色眼镜，严格的辨别敌与友，谨慎的施予爱和憎。

同道的，爱；非同道的，憎：爱憎原是容易分明的。

这爱憎决非个人的爱憎，乃是由正义感出发的爱憎。

老朽的，腐化的，当然无可救药了；已经卖身投靠的，当然无可救药了。除此以外，只要还有一分得救希望的，便都该救他。

为丛驱雀，驱之于敌人的营幕中，是最不智的办法。

在这个苦难的时代，在这个危急存亡的关头，除非是良心已经灭绝，谁不勃勃的起而应这时代的感召呢？

凡具有正义感的，凡对民族的危机有深切感觉的，凡对时代的呼召有迅速感应的，便都是同道的人，便都该站在一条线上，为民族，为文化而努力，而奋斗。

站在一条线上的，联合起来，一同走向前去！

"分化"是敌人们最凶狠最有效的武器。

为什么要把这武器授与他们呢？

个人间的小小嫌隙，在这大时代的压榨之下，都应涣然冰释。感情上的小小芥蒂，是不应该影响一个前进的作家，使他忘记友和敌的分别的。

凡是有希望的伟大作家，都具有极广博的胸怀，可以尽量宽容和谅解他的同道者。即使同道者们犯了大错误，也只应给以劝导，给以善意的批判，不应便施严厉的抨击。

应该一致加以抨击的，只有出卖民族的犹大们和无可救药的废物们。

凡有一分得救希望的便该救他。

在这个存亡危急的关头，即使同道者们一体联合起来，尚且感觉到力量单薄，还那里经得起一下分化，乃至互相怨恨，互相抨击呢？

让个人间的小小嫌隙，像小露点见到朝阳一般立刻消失了吧。

在这个苦难的时代，在这个存亡危急的关头，有什么不可解释的怨恨值得把我们的前进作家们分化了呢？

站在一条线上的，联合起来，一同走向前去吧！

为民族的生存，为文化的维护，凡是同道的作家们都该站在一条线上，联合起来，一同走向前去！

1936年3月1日《文学》第6卷第3号

所谓非常时期的文学

角

据说非常时期的教育也快实施了。应着这所谓非常时期的要求，文学也当然不能逍遥事外。于是所谓"救国文学"，"国难文学"，"国防文学"等等的名词陆续出现了。

其实所谓"非常时期的文学"，就已成了名词的矛盾，因为到了真正的非常时期，文学是不能存在的，也并不需要的，例如俄国十月革命的前后。

希望文学居于领导的地位，来应付非常的事变，或非常的局面，那就唯有叫文学先变了质。然而文学变质之后就已不复是文学，于是文学终于难辞"落后"的恶谥。

是的，文学是本质地落后的，因为文学以形象为原料，而形象不能不有现实做根据，所以文学往往跟在现实后边跑。

对于这种本质的缺陷，也曾有人表示过不满，或甚至于愤怒，企图要用理论和人力去克服它。例如苏联当一九二八—二九年间开始实行五年计划的时候，批评家的狄克推多 Averbakh 曾经对文学下过严厉的命令，说："苏联已经按照确定的计划进入一个建设的社会主义的时期了，而且正以如狂的速度向前迈进，文学却还落在一般工业发达的后边。现在他必须以更大的速度前进，去参加这一般的运动。"但结果呢，这个"文学的五年计划"不但无补于苏联文学的发展，并且反足以做它的一种障碍，终至到了一九三二年四月，Rapp 也解散了，这位文学的狄克推多也被放逐了。而尤其厉害的一个挖苦，就是真正表现五年建设的作品，如卡塔耶夫的《前进罢时代》倒反出于一个同路人之手。

这段事实是说明了文学的生长并不能全靠火功来促成，却须有适宜的土壤来培养。苏联当时轰轰烈烈实行了五年计划，原曾供给文学以一片肥饶的土壤，所以收获到底还相当可观。倘使连一点现实的基础也没有，而要企图建设起文学的空中楼阁，那就是幻想。

把文学的推动力估价过高的人们，大约都是把"前进"和"落后"几个名词的观念太机械化了。文学永远跟在现实后边跑，固然要算是"落后"，但是文学太跑到现实前面，使现实没有追上的可能，那却只是"乌托邦主义"，并不能算是"前进"。"前进"就是拉了现实向前跑，并不是忍心把现实丢在后边，听他对自己可望而不可即。故最重要的还在于估量现实，并不是夸张现实。这其中，现实始终不失为一个枢纽，所以目前"前进"和"落后"的文学派别之分，毕竟还不过是"倾向的写实主义"（Tendencious realism）即"新写实主义"（New-realism）和"旧写实主义"之分罢了。

所谓"倾向"，就是文学的力量的唯一泉源，因为一切斗争的最后决胜不就在集团的倾向吗？不过在文学中，倾向的表现仍旧是形象的，不是概念的。谁要因在作品中找不着"打倒"一类的字样，便以为未能与"时势"打成一片，那就只显得他自己的浅薄。

集体的倾向须靠文学的力量造成，这是文学的唯一功能。因为集体的倾向确定之后，势必就要进入了行动时期，那才是真正的非常时期。这时候，文学就可以功成身退，没有他的职分了。代之而起的是标语口号，然而标语口号终于不是文学。故所谓"非常时期的文学"，毕竟是名词的矛盾。

但到了非常行动的最高潮过去之后，文学就又要出来尽它的追记的任务。这所追记下来的东西，就是平常所谓的"时代文学"。照例，唯有在"时代文学"里才能见得到轰轰烈烈的东西，因为他是非常行动的反映。在"倾向文学"里，这样的东西是见不到的，因为他还没有这种轰轰烈烈的现实做背后。

故把所谓"救国文学"或"国防文学"想象做标语口号的文学，固然是错。就是希望从所谓"救国文学"或"国防文学"里去寻求一点轰轰烈烈的表现，也仍旧是幻想。在现阶段，即使有所谓"救国文学"或"国防文学"产生出来，也总不外是倾向文学的性质。

唯有用血打草稿然后用墨誊写下来的文学，才是真正伟大的文学。

1936年3月1日《文学》第6卷第3号

战争文学简论

曾道生

第一次世界大战一开始，欧洲的大小文豪们，大都唱着战歌，叫青年为"祖国"，或者是为了更"高尚"的人类的缘由：为"正义"，为反驳敌国的"野蛮"去战死。那样怀恋着异国和辽阔的海洋的绿蒂，那时候，却偏狭而盲目的诅咒一切德国人的"野蛮"，"住在云石和黄金的宫里做他的想象的梦"的法朗士，也走出来鼓吹战争。安德烈琐莱说战争是"生物学上的斗争"，这是和马里内蒂称"战争是人类的卫生学"的说法，一模一样的。德国所有的文人，差不多都是威廉第二的战斗同志，意大利丹农雪乌更亲自驾了飞机，打到殖民地，在大战期间，除了极少数的卓见，市民文学不再是假装的和平之神的羽翼，象在平常一样，欧洲文士们的心里都失掉了天平。当罗曼罗兰凭着人道，在"战争以上"指摘战争是毁灭文化和人类的行为时，范哈仑回驳他："人家正在动刀动剑的时候，应该不再拿牢着天平。"这话中又充满了民族国家的"情热"。

对于战士，诗人是无际限的感佩，或者是，象《浮士德》里糜非时特非勒司所说的诗人一样，"把一切尊贵的性情，堆上了他们。狮子的勇气，鹿子的快捷，南欧人的热心，北欧人的忍耐。在宽大之中包含阴险，以青年的情热诱得女儿痴恋"。到战士死了，又替他加上"爱国英雄"，"民族英雄"的冠冕。

现在，我们的"国防文学"也歌颂英雄，也要描写为祖国，为正义而战的英勇行动，也要鼓动民族的战斗和战争，来回答民族敌人的"野蛮"行动，这不是和欧洲大战时候的爱国的战争文学，没有两样吗？

欧美的屠伯和亚洲的强盗，现在又在加速度的准备新的战争，他们的文学，又入了战时的兴奋状态；"为祖国死沙场"的老话，于今又响亮起来了。新的战争文学在各国的当局的奖励之下，格外的发达起来。歌颂过第一次世界大战的老人还在：意大利的老大作家说墨沙里尼进军非洲是开化蛮族传播文明，而某国军部的左右，写了许多进攻中国的血的叙事，肉弹三勇士是有名的一例。"法国的理论家伐洛称誉战争是民族革命"。美国一位作家梅其姆在他的戏剧《谁战胜》里说世界大战是"为民主而战"，说"我们要使全世界国家都变成民主国"。德国更把反对战争的一切作家全部驱逐，剩下来的都是放火英雄的崇拜者。世界又临到了新的烽火旁，而世界的市民文学家，除了转向者，中间人，都在替人类的新的劫数服务，把一切可能想象的好名义，加上了战争：说他们的战争是"民族革命"，是传播文明，开化野蛮的工作，是为着"全世界国家的民主"，是"英雄主义的来源"。

现在，我们的"国防文学"也要鼓动民族革命，要抵御野蛮，为了世界的民主而战，要做"英雄主义的来源"，在这些地方究竟和战争文学有什么不同？人也许说，战争文学加于战争的好名义，是虚假，我们的，却是真实。这是实在的，不过，这样说，还有些近于概括。就是能够说服自己，也还不够说服一切的人。我们要把战争文学和"国防文学"的本质上的不同，作深一层的分析。

市民战争文学的一个最主要的特质，是它的吸血兽性。《×人之血》的作者，公然主张吸人血，吃人肉，是最显面露骨的例子。在欧洲，帝国主义的歌人，没有一个不主张摧毁殖民地人民的人性，屠杀殖民地，新近去世的"军国主义诗歌的大主教"吉百龄就是在印度人的血的灾祸之旁，洋洋得意的人。许多解释第一次大战的经验的人，在血泊里，发明了"战争是人性之必不可免的特性"，泛系文学者更带着吸血兽的红眼睛，向殖民地，甚至于向自己的同胞，歌唱那种杀人的"安全游戏"。这是无怪其然的事，他们所拥护的经济，他们的政治，是杀人的政治。因此，他们的文学，就不能不是"穿着美学的外褂之新的，现代化的活人祭"的祭文。

和这相反的是"国防文学"的人道主义。它要解放自己，并不想杀人家。也许，也避免不了杀和被杀吧，但那是"血的压迫"的反射，它没有吃人喝血的嗜好企图，更没有这样的理由。它的反对侵略，它更必然要和现代吃人的经济制度对立，不这样，它就没有解放民族的最终胜利的。

市民战争文学的第二个特质是种族的偏见。没有种族偏见，帝国主义的侵略和火并，都要失掉一个强大的理论根据。为了掠夺殖民地，帝国主义者，一定要说殖民地的人民是低等人种，文明需要他们来传播，于是，他们的文学家也跟着呐喊了。我们不是看见了，这次墨沙里尼的行军，悲观的，人生不可知论的皮蓝德娄，便马上收拾起悲观，知道了墨沙里尼行军的心意是在开化非洲吗？

种族的低劣，人民的野蛮，都是"白人的担子"，而"开化"他们，也是"肉弹三勇士"的神圣的荣耀。但是，我们的"国防文学"，必然要谢绝这"开化"，请他们放下他们的"担子"，虽然我们不是狭义的爱国主义者，但我们很明了自己的民族性并不低劣，我们不看轻人家，我们也不看轻自己，她更要使人家不能看轻自己。这民族主义并行不背的特质，是"国防文学"不同于怀着民族的偏见的帝国主义战争文学的第二点。

为了侵略和火并，帝国主义者要驱使他们国内的劳动者农民和青年，上火线，替他们送死，他们要使他血肉市场，充满了盲目的战斗气氛，"杀呀，战吧！"为谁而战？不说出来；为什么要杀？也不说。就这样，战争文学家们鼓动人家去死，自己和自己的主人，坐享战争的厚利。

"国防文学"者也歌颂英雄的战斗，但他不旁观，他自己也是英雄事业的参加者。他的英雄，是自觉的殉送者，他懂得爱自己，他是为了民族解放，也就是为了自己的社会解放去执行一代人的神圣义务，他的行动不是受人家的鼓动而发的，纯粹是由于他自己"认识和自动"。"国防文学"要描写这样自觉的英雄，这是和战争文学制造盲目的战斗者，绝不相同地方。

"国防文学"是现实斗争的正确反映，是写实的。他描写英雄，也描写灾难和疾苦。他不象战争文学，企图在战壕之内，替兵士，在做炮灰之前，造出一些"幻想的小花"，使他看见连长排长的勋章，看见个人腾达的全梦（参看《申报周刊》上川麟君的文章）。

　　"国防文学"有着主义和信念，就是悲剧吧，中间也流溢着胜利的乐观气氛。虽然经过种种灾难和失败，有勇气谋民族自由解放的人，终于要胜利。他们有这种信心，更因此，产生一种乐观气氛。日帝国主义者，目前虽猖獗，但是他们的墓穴，究竟太近，他们僵死的命运，实在太决定的了，反映在他们的文学中的一种隐约的烦忧，必不能免。狄纳莫夫说，这种没落艺术，"在那种狂乱的战斗气氛的后面，在那种喝血的残暴的后面，常常有一种市民切骨的恐惧，对革命对苏联，对自己国内的劳动者和他们的殖民地"。由于这种恐惧，常常流溢着他们的悲悲切切的声音，这个，和"国防文学"的乐观的斗争气氛，是一种显明的对照。

1936年3月1—8日《大晚报·火炬·星期文坛》

谈"国防文艺"

灿 颖

民族解放运动的高潮中，徐懋庸先生在《大众生活》上提出一个文艺的目标："国防文艺"。他的意见是：

> "国防文艺"并不是拥护一阶级的政治生命的"民族文艺"，这是拥护大众的民族生活的文艺。"国防文艺"应该描写大众的救亡运动，歌颂真正为民族而奋斗的民族英雄，帮助使健全的民族意识的成长，发挥保卫疆土的抗争作用，暴露汉奸的阴谋和丑态，而且应该刺激起汉奸们的觉悟。

现阶段，我们认为"国防文艺"的提出是正确的。"民族文艺"之旗曾做过卑鄙的"自由人"招摇撞骗的幌子，到后来终于瞒不过群众的耳目，显出"御用"的叭儿相，同时，所谓"民族英雄"也者又不能"捍卫国土"，"为人民谋福利"，反而使民众一天比一天穷困。当然，"民族文艺"在广大的群众间失去了作用。历史的教训使群众知道，自己的自由解放只有自己的力量才能获得，所以他们已英勇地担负起历史的使命而努力。在文艺的领域中，决不是叭儿式的歌舞升平，而是英勇的斗争的大众生活的记述。

文艺是客观现实的反映，在现实变动的时候，文艺的内容也随着变动。我们要知道，文艺虽然是社会的产物，但它可以有力地影响社会；文艺和客观现实是这样不可分地辩证地联系着。

这曙光就要来到的前夜，世界上的弱小民族已风起云涌地抵抗帝国主义的侵略，被压迫的饥饿群众也坚强地起来为生存而格斗，就这样掀起了世界的自求解放的狂潮。在中国，学生群众已英勇地做了中华民族解放运动的开头，正在向广大的民众运动蜕变着。无疑地，不甘心做亡国奴的人们，一定要致全力去做民族解放工作。在文艺方面，要和实生活配合起来，把行动的实践通过创作的实践表现出来。这种宝贵的经验的记录，必然地能启发苦闷彷徨中的人们诱导他们去参加救亡的阵营；坚定民族战士的意志，增加勇气去克服更艰苦的困难；刺激只能见到个人私利的汉奸卖国贼，使他们的仅有的人性的理智得到猛省。所以，"国防文艺"对于我们有急切的需要。

除了同意徐先生对于作品大众化（采用新文字和方言）之外，还希望于"国防文艺"的作者："忠实地反映现实"。就是把起始对于救亡工作的疑惑，退缩，和终于把它克服，变成一个急进的先锋——都需要在这斗争过程中来表现。

文艺是大众的东西，希望每一个作为民族战士的作者，都能尽一点力量，来完成这个历史的任务。

1936年3月5日《新潮》第1期

所谓非常时期文学

梅 雨

当国防文学这问题被一部分正视现实的青年作家提出来之后，它立刻就成为今日中国文坛上争论的中心，这现象是极可喜的。但我们的《文学》，对这一问题，一直保持着缄默的态度，而且二月号的"文学论坛"上，角先生那篇"应景文学"与"符咒文学"，又以讽嘲的态度来批评它。关于这，我曾有一篇批评登在上月二十五日的《每周文学》上，这的确为一部分读者所不满。

但三月号的《文学》，尤其是在"文学论坛"上那两篇短论：《作家们联合起来》同《所谓非常时期的文学》终于把他们的态度显示给我们了。虽然在角先生的《所谓非常时期的文学》中，还有一些不尽使我们满意的地方，但角先生既没有象旁的文艺刊物一样，以缄默及其他的奸计来扼杀国防文学的居心，所以，我们还是很欣幸的，欣幸国防文学今后的阵营里多了一支友军。老实说，由于各作家各文学杂志对于国防文学的态度，我们可以划出一条文学战线的图形来的。

亦许角先生对于国防文学的存在，尚有某种程度的怀疑，所以他在行文的时候，对于国防文学这名词总要加上个引号同"所谓"两个字。其次角先生对于"非常时期的文学"的否认，对于政论文学的贬值等等，都是我们所不同意的，以下就是我个人的意见。

角先生说："其实所谓'非常时期的文学'就已成了名词的矛盾，因为到了真正的非常时期，文学是不能存在的，也并不需要的，例如俄国十月革命的前后。"所谓"真正的非常时期"，据角先生下文的意见，是指"集体的行动确定之后"的"行动时期"。把非常时期局限为"行动时期"（它是非常时期的最后阶段），因而说非常时期文学是不存在的，这说法我们不能同意。我以为当历史的进展到了它的转形期，一个体制正在急剧崩坏；另一个新的体制正在被创造的过程中，这混乱而又骚动的时期便是非常时期（我们除开二个体制的轧轹之外，再加上民族的危机，所以我们的"非常"，实在是旷古所未有）；而且在这时期，文学是需要的，是存在的。只有濒于破灭者：象今日的意大利与德意志，在吃人的教义的禁锢之下，他们才没有文学，因为他们把旧的毁了，而没有创造出新的，这正是这般不义者应得的命运。

这里，我们并不徒作一个名词的争执，故意把讨论引进牛角尖去。而是因为我们今日的国防文学本就是非常时期的文学。前于或后于这个时期，都没有产生国防文学的客观条件。假若否认非常时期的文学的存在，那么国防文学的存在便成为不可能。有谁敢于说我们今日没有走到非常时期呢？而且，在这非常时期里，如果我们的文学不反映当前的现实，积极地负起煽动与组织大众的任务，那么，我们所希望于文学以及文学所给予我们的，又是什么呢？

亦许，在是进"行动时期"的时候，文学在量与质上将大大地萎缩，作者与读者的数字，亦即文学的需要将大大地减退，拉丁就有这么一句格言："Silent Musae Inter Arma"（在战时，文学女神休息了）。但也不能说全不需要，全不存在。要是没有十月的风暴，亦许没有勃洛克与马耶阔夫斯基，而那个语言的红骑兵，射击敌人的好枪手的贝丁尼，不唯是十月的产儿，他的诗亦有着鼓舞士气等作用。

其次角先生说："希望文学居于领导的地位，来应付非常的事变，或非常的局面，那就唯有以文学先变了质。然而文学变质之后，就已不复是文学，于是文学于难辞'落后'的恶谥。"为什么变了质呢？为什么不复是文学呢？据角先生的意见，是因为"代之而起的是标语口号，然而标语口号终不是文学"。其实文学始终反映现实的，"落后"（指落后于现实）并不是恶谥，超越现实的作品实在只是乌托邦主义，它本身的价值是颇可怀疑的。但反映现实亦有它的积极的作用，它可以造成集体的倾向来应付非常的事变或局面。而正因为客观的现实是非常时期，所以在作品里，它特别富于政治的色彩，打倒什么之类的口号标语，亦不见得就使文学变了质，亦不见它一定是概念的而不是形象的表现。即使是真正的政治文学，虽然它在艺术的成就上比较逊色，但亦不应把它摈在文学的范围之外。我们的理论家为什么那样害怕标语同口号？其实严格地说，那一类作品没有它的政治作用？文学并不是一种超越的存在。

角先生以为"就是希望从所谓'救国文学'或'国防文学'里去寻求一点轰轰烈烈的表现，也仍旧是幻想"。是的，轰轰烈烈的事迹现在正在被酿造中，但当前不是又有许多事迹亦够轰轰烈烈么？我们不是有许多血气的男男女女在创造着历史的"奇迹"么？所谓"时代文学"毕竟与现在要有相当的距离，它对于我们今日的国防并没有什么作用与意义。因为它是"到了非常行动最高潮过去之后"出现的东西。那时候不是失去了敌人，就成为奴隶，都无所谓防。

我国的国防文学并不是想靠火功来促成，我们的国防文学是有它适宜的土壤的！岂只适宜，它且是非常的肥沃，只是我们的作家并未或正在用它的血泪去栽植勇武的花枝罢了。《八月的乡村》等已把事实昭示给我们，东北角那"动天地泣鬼神"的壮烈行为，以及另一部分放下锄头，荷起枪杆，光头赤足为未来的中国命运而奋斗的人们的壮烈行为，假如还不足为土壤，还不足被表现，那么我们究竟需要什么样的文学？

不过创作大多是在记忆工作紧张的阶段，一部伟大作品的产生需要相当时间的间隔。要更完善地，更艺术地表现目前这轰轰烈烈的现实亦许要到明天。因此，我们对那些在艺术上尚为草率的作品，我们要给予极大的宽容，我们不能说那些不是文学作品。国防文学这个概念不只是文学，而且是国防的文学，它是现阶段文学的特质。无国时没有所谓防，无敌人时亦无所谓防。所以我们不应把能够发挥国防作用的作品期之于明天。要是怀着这种用心，那就是取消国防文学。

为着"文坛"篇幅的限制，的确再不能说下去了。末了让我再重复说一遍：国防文学是非常时期的文学，这名词并不矛盾，这种文学是存在的，亦是需要的，我们对今的作家们的要求非常简单：给我们国防文学的作品！角先生如说这是火功，让我们把肥沃的土壤指示给他看看吧！

1936年3月8日《大晚报》

当前文艺应有的动向

梅 魂

近来各方面关于文艺意识的讨论，盛极一时，这显然有一种共同的进步的趋向。就是各方面已经脱离了言志和载道的论战，而集中于时代的需要上，使文艺的意义，成为推动时代的工具，这未尝不是可喜的现象。

文艺是时代的产品，同时它具有推动时代的力量，那是无可否认的。然而，在一个动乱的时代，代表厌世观的文学，很容易抬头，许多作者为着逃避现实，往往故意置身世外，把文艺当作消闲的玩具。另一种比较进步的，也不过以抒写个人的悲愤为基点，而不能正确地适应时代的需求，最多只是流于嫉世的讽刺。这在时代的意义上说来，不但是不够，而且文艺本身的价值，也就大可怀疑。

可是，这也有其必然的原因：在中国过去的文艺，因为种种的压迫，不容易产生正视现实的作品，这是环境使然。在封建的，专制的社会里面，文艺往往成为士大夫专有的玩意儿，比较值得注意的民间文学，又为士大夫们所鄙视，不容易流传于久远。而士大夫文学，不是歌功颂德，就是表现一种消极的意识，虽然技巧很好，也不能发生伟大的作用。所以文艺的意识，在这种限制之下，当然是很模糊的，不积极的。

我们现在只就和民族方面有密切关系的部分来说。中国过去受外族压迫的时代，最痛苦的莫过于东晋，南宋，以及明末。在这几个时期，代表民族意识的文学，应该是特别发展的吧？但事实上并不如是。

在东晋，虽然有刘琨，祖逖之流，可是那时盛行的文艺，却还是所谓"性灵派"或是"修词派"的居多数。在南宋，也有岳飞，辛弃疾，陆放翁他们，做了许多慷慨激昂的文章，但梦窗，白石一流，以雕琢词句为工巧的词调，却占领了后来的词坛。明末则更不堪言状，春灯燕子，在索虏渡江之日，仍然盛唱于秦淮。后来虽有亡国孤臣，独抒愤慨，已经无补于事。这种经过，都是很令人痛心的。

然而，这里头也不全是无因而至的，中国从前每一次受制于外族，大抵都有内在的原因。招致五胡乱华的是八王之乱，招致金元入寇的是蔡京，贾似道的当国，而满清入关以前，则有流寇之乱，入关以后，则有四镇之争和马士英，阮大铖的弄权。老实说，必先有内部的崩溃，然后有外寇的凭凌。所以人心先去，大祸随之。但越是内乱的利害，就越不容易说话，所以文学上的反映，最多不过是一种乱离的呼号和现实的逃避，拿文学来挽回劫运，那是绝无仅有的了。

就现在中国情形看来，一般人对于文艺的注意，远不如对于文艺的反感。许多人以为现在还要树立门户，大唱文艺救国论，实在有点儿滑稽。所以有人说，与其做十篇文章，不如放一个炸弹。自然，我们不能徒然反对这些蔑视文艺的论调，而应该切实地反省，当然第一个要解决的问题，就是我们现在的文艺，应该表示的是那一种意识！这种倾向，现在已经快要统一起来了。

不过，因为中国一般文化水准的低落，所以文字的力量，也比较减少。譬如现在一般文学家所做的号称大众化的文章，是不是大众所能了解的呢？道地的，十足的，欧化的笔调，是不是比八股文还要难懂呢？这些都是走到反对方面的，徒然的努力。因此，我们对于文艺动向的研究，不管是意识也好，内容也好，题材也好，技巧也好，总而言之，现在所争论的问题，还没有触到问题的中心，换言之，就是不能适应多数人的需要，假如文艺真正有推动时代的力量的话，这一点，我们就不能不特别的注意。

现在文艺意识的倾向，是比较可以乐观的，例如国防文学，国难文学，民族文学这一类的名词，在一般刊物上已经不断地提出来，可见当前民族斗争的急切，已经成为文艺一致的动向。一般文艺家，都能够觉着文艺的时代的使命，而同时，在环境上，虽然不能完全排除外力的压迫，但以技巧来表现这种正确的意识，却也不十分的困难。当前唯一的问题，就是我们怎样才可以把这种文艺散播到民间去，我以为这不是单调的什么拉丁化，大众化一类的口号，所能解决的。

自五四运动以来，白话文的势力虽然发展的很快，但白话文的倾向却未可乐观。因为白话八股的气息，一天比一天浓厚，这是无可讳言的事。结果如林语堂之流，便提倡什么语录文字，当然我们是不同意的，难道除了语录文字以外，就没有更浅显的白话文了吗？不过，替代这种白话八股的文章，现在还不能多得，这是我们应该惭愧的。所以拿民族意识做中心的文艺，原则上虽然很对，但表现的办法，却很值得研究。

对于这一点，我以为现在与其创造文学家所认为伟大的文艺，不如努力把文字简单化，通俗化，更来得重要。这一个问题，我们不能轻视它，因为象我们一般受过相当教育的人，写起文章来，往往术语连篇，使文字程度较浅的人们，难于了解。因此，现代的文艺，仍然不能脱离士大夫阶级的气味，也可以说是智识阶级的专利品。那么，随便意识怎样的正确，也不能发生多大力量。固然，这个问题，并不是短时间所能解决，可是我们不能不首先努力来解决这个问题。

所以我希望一般努力文艺工作的人们，应该稍为移转他们的注意点。我的意思，对于文艺作品，现在除了意识的问题以外，还要把握下面几个条件：第一，文字要通俗化，要用纯粹的口语来写，不要再搬弄八股式的白话。第二，要简单，要明瞭，意义不怕平凡，不必陈义过高。第三，文字的体裁，最好是用故事式的，平话式的，把民族意识融化在许多有趣的故事里面。第四，是要扼要的，亲切的，适合大众身份的，来唤起它们的自觉。因为我们现在已经没有充裕的时间来准备训练，而另一方面，则这种训练的工具却又需要很切。所以我们应该节省讨论某一个问题的时间，把全副精神用在实行方面去。如果尽在那里高唱某种意识的口号，而实际上所做的文章，始终跳不出少数智识阶级的范围，最多不过使文坛热闹一点，或者令鄙夷文艺的人们更在旁边冷笑几声而已。

1936年3月11日《中心评论》第7期

"国防文学"的感想

风 子

我曾经写过一篇叫做《论非常时》的文章，痛心于华北问题既已发生，胡适之博士的五十年计划不能不动摇的今日，学者们才大梦初醒似的发现了这个非常时；因为由我看来，"一二八"，"九一八"，乃至"五三"，"五卅"，"五四"，早就是我们的非常时了。因此我更痛心于这非常时的长此继续，没有能够达到它的最高潮——也就是民族抗战的地步，使这"非常时"三个字的字面上也失去了重大的意义。

由这种观点出发，为防止抗战的被忽略，和督促非常行动的最高潮早日到来起见，在这个时候提出国防文学或非常时期文学来，是十分需要的。

但我们却也看到了反面。三月号文学的"文学论坛"里，有一篇角先生的短文，题目是《所谓非常时期的文学》，在这篇文章里，角先生首先指出非常时期就是战时，而在战时，文学是不能存在，而且也并不需要的，所以他断定："非常时期的文学，就已成了名词的矛盾。"

这里我们得来一点解释：我们说非常时期，是包括一切苦难的时代，并不专指战时。我们眼前并没有看到民族的抗战，然而却也不能说不是一个非常时期。汉奸也，傀儡也，失地也，敌机侦察也，在在都说明了这个时期的非常。而在这非常时期里，也还有文学，还有专登文学的刊物，它证明了这一名词的并不矛盾。

其次，角先生以为在现阶段，即使有所谓救国文学或国防文学产生出来，也总不外是倾向文学的性质，因为它没有轰轰烈烈的现实做背后，不能成为时代文学，甚而至于还有跌入"乌托邦主义"去的危险。

这一点，我们也仍旧认为是多余的杞忧。提出国防文学问题的作家们，并不希望文学追出现实的头上，去挂在幻想的半空里，而是感觉到眼前的文学，还没有把握住伟大的现实，例如北平学生的示威行动，全国大众的救国运动，义勇军的抗敌，傀儡的丑戏，汉奸的卖国等等，我们不是没有现实可以"根据"，而是作家们的笔尖没有触到这伟大的现实。所以，国防文学的提出，是要使文学接近现实，并不是超出现实，这正是它不同于那浅薄的民族主义文学的地方。

还有一点必须明白的：国防文学的正面敌人是帝国主义，它的主要任务是反帝，抗×也是反帝任务的一种。它同时还得扫除封建，肃清汉奸，和进攻一切奴才以及奴才的厮从们的巢穴。因此，那题材的丰富，现实，是可以不劳挂虑的。更何况国防文学的倡导者，还主张描写我国古代的，以及域外的史实呢！

关于古代的和域外的史实，因为国防文学的读者对象是广大的群众，所以我个人的意见，以为岳飞，文天祥不必复活，抗金和拒元的战争里，有千千万万岳飞和文天祥，是不能复活的。我们所应该描写的，是整个群众的斗争，如义和团事变，"五卅"运动，美国的独立战争，保加利亚的民族解放运动等等。我们不能抹煞正确的史实，更不能忘记我们的读者对象。

以上是我看到角先生的文章，因而想到的，也就算是我对这非常时期里的国防文学的感想。

1936年3月11日《时事新报·每周文学》

我们要执行自我批判

狄 克

> 自我批判之于我们，
> 犹如空气，
> 水一样的需要。
>
> 约瑟夫

我们需要批评家，理论家来帮助读者，作者。过去由于批评家底态度不好，作家们就喊着什么"圈子"啦，"尺度"啦的，和批评家们对立起来了，以致于作家和批评家当中隔离得很远：作者不管批评家底意见如何，批评家也不问作者底反响如何。这现象在去年还存在着，不过已经好了些。作家已经开始接受批评了。但是我们底批评家还是没有能够英勇地执行他底任务！

我不抹杀去年努力的结果。批评了苏汶底理论，建立了国防文学底路线。但是，对于自我批判作的不够，甚至就没有作，也是没法否认的事。

《雷雨》从发表到现在一年多了，《八月的乡村》，《生死场》发表也快三四个月了，我们见到一个较详细的批评吗？《雷雨》在国外演出多次了，《八月的乡村》，《生死场》也得到很多读者了，难道我们底批评家还没有得到阅读的机会？不会吧？或者是满意了那些作品吗？也未必吧！或者说：为了要鼓励作者，对于他们严厉的批评，是不合适的。或者说：等些时自然有人写的。然而，这是多么错误的事！

是的，对于那些贡献给文坛较好的作品的作者，我们应当加以鼓励，应当加以慰勉。然而，一个进步的文学者，是绝对的不会反对正确地给他些意见的，甚至他正迫切需要。如果只是鼓励，只是慰勉，而忘记了执行批评，那就无异是把一个良好的作者送进坟墓里去，我不必举远例，头些时候青年诗人×××底诗集出版以后获得赞美，大家忘了批评他，如何呢？他没落下去了！再看《雷雨》作者底单行本序文，又显出一种非常不好的态度：他不高兴别人给他底意见。他已经在自傲了！假如他底《雷雨》发表以后，就得到正确的批评，那是不会有这现象的。

《八月的乡村》，《生死场》内容上没有问题了吗？

《八月的乡村》整个地说，他是一首史诗，可是里面有些还不真实，象人民革命军进攻了一个乡村以后的情况就不够真实，有人这样对我说："田军不该早早地从东北回来"，就是由于他感觉到田军还需要长时间的学习，如果再丰富了自己以后，这部作品当更好。技巧上，内容上，都有许多问题在，为什么没有人指出呢？

将这部作品批判以后至少有下面的几点好处：

（一）田军可以将《八月的乡村》改写或再写另外一部，（二）其他的正在写或预备写的人可以得到些教训，而不再犯同样的错误，（三）读者得到正确的指针，而得到良好的结果。

我相信现在有人在写，或预备写比《八月的乡村》更好的作品，因为读者需要！

批评家！为了读者为了作者请你们多写点文章吧！多教养作者吧！许许多多的人们在等待着你们的批判！不要以为那些作家是我们底就不批评！我们要建立国防文学，首先要建立更为强健的批评！我们要结成联合阵线，首先要建立强健的批评！更为了使作家健康，要时时刻刻地执行自我批判！

1936 年 3 月 15 日《大晚报·火炬·星期文坛》

国防文学论文辑前记

《生活知识》编者

自从《每周文学》提出了"国防文学"的主张以后，立即得到了广大的回声。作家和青年，口头和纸上，都热心的讨论，询问，回护这主张，这并不是寻常的偶然的事，这是在深的民族危机中，文学上的民族意识的最明确的呼号。

中国新兴文学史，可以说整个是一部反帝画史。而现在，我们所说出的"国防文学"，是反帝文学的更具体，更显露的一种。不到中华民族已经真正解放，"国防文学"的建设，始终是我们文学的最中心的任务。

现在，我们这里辑了几位作家关于国防文学的意见。我们没有广为征求，而这新的理论还需要许多完美的宏论，我们愿意这论文辑是砖头，能够引出更完丽的璞玉。

和理论的建设同时，我们要求中国全体作家，都参与"国防文学"的创造。

1936年3月20日《生活知识》1卷11期

文艺界的统一国防战线

力 生

中国的文化界里面,恐怕要算文艺界的派别最复杂,问题顶繁多。加以"文人相轻,自古已然",而且"于今为烈"的缘故,"此亦一是非,彼也一是非",论争纷纷,常常使人眼花撩乱,莫明其妙。在这种情形之下,我们要正确地认出中国文艺的发展的动向来,实在很不容易。

话虽如此,近几年来的中国文艺,却是有着一贯的动向。这动向,并非任何文艺作者的意向所自由选定,而是现实的社会形势所决定的。近几年来的现实的社会形势,决定了怎样的文艺动向呢?那是:使文艺日渐替大众服务,为大众所有,而且由大众来运用。当大众在斗争中的时候,文艺就作为斗争的武器。适合这个动向的文艺,在这几年来就在大众的欢迎之中,发展得最迅速,最广大。其他的一切纠纷现象,不过都是别的反动文艺要阻遏这动向之际激发起来的浪花罢了。

中国的现实形势发展到现在,已经把全国大众在一条战线上统一起来了,这战线就是救亡的民族革命战线。同时,今后中国文艺的动向,也被现实形势决定得更统一更分明了。这就是,国防文艺的发展。

从今以后,文艺界的各种复杂派别都要消灭了,剩下的至多只有两派;一派是国防文艺,一派是汉奸文艺。从今以后,文艺界上的各种繁多的问题,有了一种裁判的法律了,那就是国防文艺的标准。从今以后,"文人相轻"的条件,变成简单了,那就是,谁不参加救国运动，谁就可"轻"。

这并不是我个人的如意算盘，而是有具体的事实可以证明的。

"一二八"四周纪念的那一天，上海每周文学社征求了许多作家的意见发表出来（见那天的《时事新报》），从那许多意见中，我们看出，现在的大多数的作家，虽然他们所处的社会地位和所有的个人利害，都相差很远，但他们的忧国之心和爱国之情，却是一致的；他们都表示着，不但共同站在一条战线上实践救国运动的可能，而且有绝对的必要。我们现在摘录几个作家的意见在下面：

（一）郑振铎

这几天鞭炮响个不停，商店的门板也都闭上了，冷清清的宛然是"一二八"的时候的情形。然而还怀念着"一二八"这场壮烈的牺牲的究竟有谁呢？

听说庙行镇的纪念碑已树立起来了；可是十九路军百战余生的战士们到那里去了呢？

"一二八"的下午，我从闸北湖州会馆走过，那边的戴笠的兵士们正排着队伍，刺刀插上了枪尖，准备出发，向火线上出发。这批壮士们大概都已成了最初的一批牺牲者了吧？

避难到沪西，在一张帆布床上躺着，在蒙眬的半睡半醒的状态里，听见了朴朴朴朴的机关枪声在互相应答着，一时全身的血都为之凝止住了，"果然打了么？"退让依然是免不了牺牲！

紫灰色的战云！炮弹和被灾的住宅的混合的光云！——终夜的悬挂在北方的天空上。朴朴朴朴的机关枪声不停地在应答着，大炮轰轰地在响着。"我们能做什么事呢？"

一眨眼已是第四年了：谁还怀念着"一二八"这场壮烈的牺牲呢？

我们曾做些什么事呢？

"我们能做些什么事呢！"

（二）邵洵美

我们这一辈的中国人太享福了，时局虽然不太平，但绝少经过什么大变乱。生在这种时代里面的人，顶容易趋向颓废的路上去：翻印古书，提倡幽默，都是颓废时代必然的现象。"一二八"事起，我以为这正好是对症良药；但是药性一过，旧病复发，现在华北问题，所为又是一张老方子，而病人却已经有一种瘫麻的症象；恐怕非多量的强心针不救了。

（三）丽尼

一九三二年一月二十九，在长江中部一个城市里，在清晨的报纸上看完了上海专电，我只是感觉一阵怯懦的惨痛，好象在我眼前的只是一场帝国主义者对于弱小民族的屠杀——除非呢，我没有别的理解。但是，慢慢地，我看见了一个反帝前线底存在，对于那前线，我一直信任着，并且愿意尽我所能的来推动它，开展它。

（四）王任叔

"一二八"战争，可说是民族反帝的战争。这一战争，虽然遭到了惨败；但因此却给予我们民众以一种更正确的民族意识。

在文学里，我以为也是同样的。自从"九一八"以来，民族革命的文学之应该被提起，那是必然的。一到现在，因客观的环境的日益险恶，额角不雕字的汉奸们在种种的方式下和帝国主义妥协或向帝国主义投降。帝国主义的势力，已经到了立时可以扼杀民族的生命的地步。于是"国防文学"的口号，在各种小型刊物上提出来了。这在我以为是应该的。但在这当儿，我们应该注意到的，是如何在这扩大并坚固的民族战线中，切实履行文学的反帝任务。

"一二八"距今是四年了，在这四年中，中国的文学界，是没有把这文学的反帝任务忘却过的。但现在应该是大联合的时候了，我以为。

（五）谢六逸

"一二八"的国难我亲自领受，所以这四年以来，深深地印在我的心上。

"一二八"淞沪之战是反抗帝国主义侵略的战争，也是民族光荣历史的一页。我国的作家没有将这种可贵的题材，写成功伟大的作品，这实是一件恨事。

在"一二八"战役后，日本有一个通俗作家直木三十五（已故）曾经跑到庙行一带去实地视察，返国以后，写了一种通俗长篇，书名叫做《爆弹三勇士》，用意无非鼓动日本国民去做军国主义的牺牲品，影响是很大的。

我们是被压迫的民族，象这一类的题材，理应早经作家们采用，写成长篇小说或戏剧，然而并没有。到了今天，试问：我们的《爆弹三勇士》在什么地方呢？

"一二八"已经到了四周年了，今后的文学界应做的工作，我们要详细反省一下。

（六）邱韵铎

四年前的今日，在中国民族解放斗争史上是最光荣而且沉痛的一个划期性的日子。——十九路军的士兵与英勇的上海民众联合起来作了一次壮烈的抵抗。

凡有民族良心的中国人，应该立即起来为中国的民族生存而斗争。有所写作，就应该立刻联系到唤起民众，教育民众，组织民众，甚至武装民众的任务，使历史上的"一二八"继续发扬光大。

以上六个作家，往常对于文艺和一切事情的主张，并不一致，但是对于目前的救国运动以及救国运动中的文艺的任务，都怀着同样的见解和热情，可见今后的文艺工作，应该跟救亡工作联系起来，这是没有人怀疑的了——除了那些意识的或非意识的汉奸作家。

关于这一层，还有两件事，很值得说一说。

第一是林语堂的改变态度。我们知道，林语堂在过去两三年间，因为对于现实的认识不足，曾经是提倡幽默，赞美闲适，鄙薄大众，反对革命的。但是现在，迫近眉睫的亡国之祸促起了他的觉悟，所以他也积极地谈论国事，同情大众，反对起压迫民众抗帝运动的汉奸来了。

第二是左翼作家联盟的解放。我们知道，中国的左翼作家，是文艺界中最先负起了反帝的任务的。他们过去曾有一个组织，这个组织有五年的历史。五年以来，它在惨酷的压迫之下坚决地奋斗，而遭到了巨大的损失，另一面也建立了伟大的业绩。现在，据说这个组织已经解散了，解散的理由，据说是因为反帝国主义打倒汉奸的统一战线，既已在各界建立起来，左翼作家也应该参加这个广大的战线，自己们的组织无继续存在之必要了。

左翼作家联盟成立的时候，鲁迅先生曾经说过："我以为联合战线是以有共同目的为必要条件的。我记得好象曾经听到过这样一句话：'反动派且已经有联合战线了，而我们还没有团结起来！'其实他们也并未有有意的联合战线，只因为他们的目的相同，所以行动就一致，在我们看来就好象联合战线。而我们战线不能统一，就证明我们的目的不能一致，或者只为了小团体，或者还其实只为了个人，如果目的都在工农大众，那当然战线也就统一了。"

目前才真是目的一致的时代，反帝救国，打倒汉奸，就是全国工，农，兵，商大众以及文化人的一致的目的。汉奸以外的各派文艺作家，也已一致表示，以这为文艺工作的目的了！这自然是一个可慰的现象。

但是，目前的事情，贵乎实践，而不尚空谈。我们的作家，虽然已经多数表示了上述的志愿，但是他们实践的程度如何呢？——这是我们今后所要按时考察的。

1936年3月20日《生活知识》1卷11期

建立"国防文学"的几个前提条件

周楞伽

自从"国防文学"这四个字被提出来了以后，就有一部分惯于为主子帮闲的二丑，在一旁冷笑着说："我们只配谈国难文学，那里配谈国防文学！"这些失去了自信心的失败论者，他们的眼光里只看见敌人武器的厉害，永远看不见中华民族自身所具备的伟大的力量。对于这些甘心做亡国奴的人们，他们的论调早已不值一驳，我们尽可老实置诸不理，不必多说他们什么。

不过要建立国防文学，首先就得号召全国各地所有从事文学的人们，不论是有名的无名的（只要不是专门写风花雪月和歌功颂德的奉仕文学的人），结成一个统一战线才行。这在我个人看来，就觉得颇有几分困难。虽然这困难也很容易克服，倘若大家都能把整个民族的危机摆在前面，自动把过去一切无谓的论争抛过一边，团结起来的话。

这里我不想谈国防文学的理论和内容，因为这一类的文章现在已经有了不少，而且就是在本特辑内，我想也一定有人在写。我只想谈谈建立国防文学（首先是结成文学作者和文学爱好者的统一战线）的几个前提条件。

第一是个人意见的消除。文人相轻，原是自古已然的风气，要是在太平时节，就大家打打笔墨官司，也没有什么要紧，有时真理还可以因此愈辩愈明。可是现在民族的危机一天比一天深刻；敌人的铁蹄已经蹂躏了我们半壁山河，而且有囊括我们整个领土使全成为他殖民地的野心，我们身当这样危难的局面，倘若还不肯把个人的意见消除，化敌为友，大家向着同一的目标携手前进，那不但对不起民族，也对不起自己。当日清兵已经入关，而东林，复社，党争未已，自召覆亡之祸，历史上的殷鉴不远，我希望所有喜欢闹个人意气的文人，大家都能细想一想。

第二是右倾机会主义的克服。每一个时代里，都不会没有机会主义者，这原不是什么稀奇的事体，不过在目前这救亡运动风起云涌，一个轰轰烈烈的时代已摆在当面的时候，大部分知识分子还不能克服右倾机会主义的倾向，实在未免显得太弱。现在再也不容我们说什么"机会还没有到来"的话了，因为你在等机会，敌人却在抓机会。终于有一天，你的机会没有等到，敌人的铁蹄却已踏到了你头上，那时候看你怎样办？说这种话的知识分子，大抵都把个人生活看得太重，他们实在没有细想一想，个人生活原是和整个民族联系在一起的，要是连整个民族都覆亡了，个人生活又怎么能够维持呢？

第三是左倾宗派主义的清算。过去的左翼文坛，随着政治路线造成的种种幼稚的错误，这里可以按下不提。可是在目前这样伟大的时代里，有些人还牢抱着宗派观念，停留在过去关门主义的幼稚阶段上，这实在是很不应该的。近来常常和许多热情的青年朋友接触，觉得他们差不多都有一种共同的苦闷：没有一个健全的组织来领导他们。其实领导的组织并非没有，缺点是构成这组织的分子都抱着关门主义，不肯开放门户，容纳所有进步的青年共同参加殖民地民族解放斗争。这种错误是很危险的，倘若任他发展下去，不加纠正的话，说不定有一天以领导群众自命的人，会反而成为群众的尾巴。

关于左倾宗派主义的错误，以及由这错误所造成的不可挽救的过失，新近××在他的《论反帝国主义的统一阵线和中国民族解放运动》中已经痛切批判地指出了。这里我们不妨再引用他报告中的两节：

> "我相信××××注意我们积极与消极的经验，注意我们人民的民族生存受到了威胁的国家现势，××××现在就必须更进一步地发展反帝国主义人民战线的策略，为最勇敢最广泛最有力的运动，从而中国人民将在这个基础上愈快愈好地真正联合起来，作联合的反帝斗争并挽救危亡。"

"××如何才能更进一步发展这些策略呢？根据我的意见，（中略）应该向全国，向一切政党，团体，军队，群众组织，和著名的政治与社会的人物，发表一个宣言，和我们一起组织一个全中国统一的人民国防政府。"

我不必多说这引起全场一致欢呼的报告含有如何重大的意义，我只想着重地指出，既然政治上有了这样贤明的见解，作为反映政治，推进政治的文化团体，无论如何不该再坚持过去的关门政策，应该号召一切不愿当亡国奴的作家，建立文学上的广大的国防阵线。

1936年3月20日《生活知识》1卷11期

中国的反帝文学与国防文学

王梦野

揭起了抗×反帝文学的战旗

一九三〇年，是中国现代社会史文化史划时代的一年。就在这一年，"文艺大众化"，具有鲜明的目的意识，被倡导起来。这是由于中国大众势力在大流血之后又重新抬起头来的缘故。

紧接着这一年，便爆发了"九一八"事变。这一巨大的历史事件的发生，是以我们的"东邻"为首的帝国主义对于中国猛烈进攻的开始，空前的民族危机展开了，抗×反帝的斗争澎湃了。

大众文学，原已结成了一条阵线，在这时，便揭起了抗×反帝的战旗；这一面战旗，高举在中国大众民族解放的队伍的前哨，煽起了民族革命战争的血潮，形成了以后中国文学的主流！

文学作了民族的号声，为被杀戮与侵害的大众怒吼。一个小型的报纸——《文艺新闻》，活跃于读者大众间，销数激增，超过了两万；它的力量虽还没有负起更大的任务，但它确曾表示了中国文艺界对于野蛮的进攻的抗议。

但真正广泛的抗×反帝的大众文学，是出现于全国各地街道，学校，工厂，兵营，农村中的壁报与墙头小说。这一种新型的短篇创作（墙头小说）是手榴弹式的文艺武器，它虽不是直接袭击敌人的，但它是尖锐地激起大众去和敌人拼命的；它英勇地出现过，特别在北平的胡同里，那古城的城墙上；可惜它在文学本身并没有留下什么引人注意的成绩，但这不是今日要惋惜的。

尽过较大的宣传，组织作用，不独煽动了群众的抗×情绪，甚至直接组织过群众运动的，是几个抗×短剧：适夷的《S·O·S》，田汉的《乱钟》。这两个独幕剧是敏捷地抓住了日军占领沈阳之一日，一个大学里的学生，一个无线电报局的职工，被激起反抗××帝国主义的最初的场面；在群众的愤懑情绪与自动反抗的实际行动的反映里，暴露了汉奸的不抵抗主义。在反×与反不抵抗主义这一点上，这两剧曾起过增涨群众的斗争高潮的作用。这两剧在上海，北平与各地出演次数之多是打破中国舞台剧的记录的。记得北平"呵莽剧社"假清华礼堂公演的一次，吸引了三千多的农民农妇小孩与士兵，倾村倾家地去观看，收得了极大极好的戏剧效果。（以后，还有一次也是在北平城内上演这两个剧和《工场夜景》，观众和来制止演出的军警发生武装冲突，台上台下，演员与观众竟一致地演起一场斗争剧来了。）

这两个短剧是"九一八"事变后最早产生的具有力量的抗×反帝的文学作品，以戏剧的形式（而且是独幕剧）出现，这是值得我们注意的。即使是一个历史的伟大事实，刚刚发生之后就要产生反映它的伟大作品，这就文艺的产生过程说来是不容易的；一种为大众迫切需要的简捷形式是应该被提出来的了，而戏剧的艺术效果与社会效果更有其独到的功用。

当时，文艺出版物中的权威杂志——《北斗》，严肃地提出了文学上之反帝任务问题——抗×反帝文学的理论，为有民族良心与爱国热情的文学家与青年界讨论了，这一直引导我们顺着这一伟大的主流前进，到现在……

"一二八战争"与报告文学

"一二八"，×帝国主义的炮火要想吞噬"一切的中心"的大上海，这个三百万人的大都会！十九路军士兵和民众的自动抗敌的神圣战争，轰动了全世界，每一个中国人，燃起了民族复仇的烈焰。多少英雄上了前线，多少志士遭了牺牲，无数的男女献出了自己的力量！文艺界也有的投笔去从戎，有的扛起战旗高唱战歌，在枪林弹雨之下，尸堆血泊之中，冒着战云烽火，挥洒着鲜血热泪，前线后防，出入生死，留下了他们的足迹，描下了抗敌的英勇，中国民族革命史上光荣的书页；虽然他们写下得太少了，但毕竟是可纪念的。

战争中，最尖锐的小型刊物——《文艺新闻》，特发行一种号外：《烽火》三日刊，后来又收集在《上海的烽火》一个小册子内，这可以说是一种文艺的战报；许多采访是适夷诸人亲自上火线，从战壕中得来的珍奇纪录。可惜当时致力这种工作的人太少了，这个刊物也太小了。

另一个成集的小册子是：《上海战争与报告文学》，大都是一些文艺家和新闻记者或战争中的通讯员，宣传员，参战者及实际工作者的纪录，通信，报告，速写，回忆录等短篇文学。这是报告文学在民族革命战争中的出现，也是报告文学最先在中国新文艺中的出现，一种大众文学的新形式的生产，Journalism 的新近成果，这又是值得我们注意的一个文学问题。（注：报告文学，最早的提出是沈端先在《北斗》一卷上的论文。Journalism 的倡导，则开端于《文艺新闻》上的讨论。）

还有一个上海民众抗日会编印的小册子，少年丛书之一：《一二八之夜》，是一个"上海抗日血战故事集"（我只在后来看见过一集，不知当时是否不止出版这一集；这只是一个八十页的小手本，印数一定很多的，在大众中一定很流行过）。内包含五个短篇故事：一、《一二八之夜》（记抗战的开端）；二、《一个义勇军的自述》（记作战，抵抗，死守，被骗退却，民众捐输与外兵同情）；三、《神勇五烈士》（记大刀砍杀，夺敌坦克的勇敢军人之壮烈牺牲）；四、《爱国的汽车夫》（记胡阿毛被逼开车，运日军军火入浦）；五、《她瞒不了连长的虎眼》（记女侦探，汉奸之捕获）。这是一个极通俗的，墙头小说体裁的宣传册子，它是出于文艺工作者之手，即无多大的艺术评价，但仍然是稀罕的不可蔑弃的东西：因为它在大众中反曾发生较大作品更普遍深入的影响。

在"一二八"战争当时产生的，反映这个"胜利的；但是失败的"的民族革命战争的文艺，大都是些报告文学的作品，因为只有这样的作品才能敏感地，迅捷地反映。但如果我们只注视这一时的成果，当然不会满意的；伟大作品的产生必得在这以后若干时。我们所要留意的是"一二八"对于中国文学前途有了怎样巨大的影响？已产生并会产生怎么样的作品？文艺家们对事变采取了怎样的态度？它们的创作生活由此引起若何的变化？这一些问题。而且，我们不能单纯地孤立地着重当时这少许报告文学的作品，我们应该洞察在这少许作品的前头或后面，隐现了文艺家们更多的实际工作。许多艰巨的工作也许随烽火灭了，也许被败北主义者践踏完了，也许为汉奸与恶魔一扫而光了，也许是时代的巨灵把它掩藏了，看不见痕迹；但有许多血，许多泪，仍然辉映着以后的一些黯淡的日子呵！而且，今后要发扬光大起来呢。

"一二八"以后反帝文学的主要作品

我们试检查中国自有新文学以来的不丰富的业绩，我们可以发现近三十年来的社会变动，在文学上总可找到反映它的，各个时代的代表作品——不论它是如何不够与艺术的成就有的不大：辛亥时代，鲁迅——《阿Q正传》；五四时代，叶绍钧——《倪焕之》；五卅时代，茅盾——《虹》，胡也频——《光明在我们前面》；大革命时代，蒋光慈——《短裤党》，白薇——《炸弹与征鸟》；一九二七年以后时代，茅盾——《蚀》（三部曲），华汉——《地泉》（三部曲）；一九三〇年时代，丁玲——《一九三〇年春上海》，茅盾——《子夜》等等。这略举的少数作品中有的是不朽的了，我相信，追写这些不远的年代的伟大的作品稍后相继出现仍然是有希望的。

至于"九一八"，"一二八"以后，已有若干代表这个国难的非常时代的作品产生了呢？我们的革命的民族主义——抗×反帝文学的作品（即今日以"国防文学"相号召的）有了多少成绩呢？对于对伟大作品的产生焦急与失望的人们，对于对每一个新兴文学运动斥责为空喊口号而投以侮蔑之箭的文坛豪客们，对于对前进文学事业正在推动与努力劳作的作家学徒们，一个统计与检阅，都是需要的；但如果说"清算"呢，时期还太早吧？伟大的作品还有待呀。我且把截至"一二八"四周年为止，这四年来已出版的反帝文学的主要作品作一个一览表在这里，至于一一批评，一则个人学力低浅；一则时间与篇幅有限，只好期望朋友们和自己容后来作。

一九三二至三六年春——

（A）长篇创作

李辉英：《万宝山》——一九三三年三月出版

铁池翰（即张天翼）：《齿轮》——一九三二年九月出版

林　箐：《义勇军》——一九三三年一月出版

黎锦明：《战烟》——一九三四年出版

田　军：《八月的乡村》——一九三五年八月出版（一九三四年十月作）

肖　红：《生死场》（中篇）——一九三五年十二月出版（一九三四年九月作）

马子华：《他的子民们》（中篇）——一九三五年十一月出版（一九三四年十月作）

周楞伽：《炼狱》——一九三六年一月出版（一九三四年十一月到一九三五年十月作成）

（B）短篇小说

茅　盾：《右第二章》（见复刊后之《东方杂志》）

艾　芜：《咆哮的许家屯》，《南国之夜》，《欧洲的风》（收集在良友文库《南国之夜》里）

周楞伽：《饿人》（见新中华丛书文艺汇刊之一，这个集子据说因此篇被禁，后删此改名《旱灾》）

李辉英：《九月十八日沈阳》（？）（见《申报月刊》）

金　魁：《逃难》（《文学季刊》）

（C）戏剧

田　汉：《乱钟》，《暴风雨中的七个女性》，《回春之曲》

适　夷：《S·O·S》，《工场夜景》

白　薇：《长城外》（电影脚本，见《文学》一卷二号，三号）

李健吾：《老王和他的同志们》

余见上期本刊国防剧作编目

——上演剧本：《活路》

按照上面这个简表所列举的作品，且就几个长篇扼要地作一次简单的分析吧：

以题材而论，写"九一八事变"的序幕的万宝山事件的有李辉英的《万宝山》；描述"九一八"以后的学生运动及"一二八"的上海战争的有张天翼的《齿轮》；以上海战争中工人义勇军的活动为主题的有林箐的《义勇军》；企图表现"一二八"战争的前线与后方及战争中社会生活的各方面的，前有黎锦明的《战烟》，最近有周楞伽的《炼狱》；写东北义勇军的苦斗的有田军的《八月的乡村》；写被掠夺后的东北农民的觉醒与反抗的有肖红的《生死场》；写南中国封建领域下的奴隶民生活及帝国主义的侵入与土皇帝的压榨所激起之反叛的有马子华的《他的子民们》。

采取了如上的题材而苦心地创作了他们的作品的，可以说都是具有前进的时代意识与民族热情的作家。但是这些作家们的成就，却是依于他们的实践生活所赋与他们的创作手法（或表现方法）来决定的，即艺术的素养，所谓技巧问题，也不能不制限于这一点上。所有的写这些作品的作家，尽都是知识分子；而这些作家，这些作品中表现最正确，艺术上较成功的，不能不推新进的田军与肖红女士的《八月的乡村》和《生死场》。假若他们没有和失去的天空，土地，受难的人民共过生死，同流过血与泪，挨过敌人的炮火，擎抢持刀打起火把邀合同伴一道和敌人拼过命，他们是万难把茂草，高粱，蝈蝈，蚊子混和着战歌（《八月的乡村》），农民农妇对于牛羊马牲畜的爱情（《生死场》），写得那么逼真；许多人物——《八月》中的李七嫂，李三弟，小红脸，铁鹰队长，高丽姑娘，陈柱司令……《生死场》中老王婆，老赵三，二里半……写得那么生动；生活的场面，斗争的场面，自然的风景与感情的波流都是那么活跃地出现在我们（读者）眼前：由此"显示着中国的一份或全部，现在和未来，死路与活路。"（鲁迅：《八月的乡村》序中语）当我们看见那些"蚊子一样的愚夫愚妇们悲壮的站上了神圣的民族战争的前线，蚊子似地为死而生的他们现在是巨人似地为生而死了，"（胡风：《生死场》读后记中语）就要深深感知：中国的生命完全支持在他们的生死战斗的身上；中国若不亡，若得救，由于他们！

李辉英的《万宝山》的失败由于他缺乏对于东北复杂的农村关系（××帝国主义，汉奸，鲜农与军阀地主，农民之利害之错综交织及其阶级之分野）的明确的理解与认识，对于农民生活又无深刻的体验，因此他在主题上和描述上都有很大错误。

《齿轮》，却没有把握住"时代的大轮子"的"核心"，也没有表现出"时代的大轮子"的"动力"来；因此虽写得滑稽热闹，但终只是浮光掠影。

《义勇军》，并没有把民族革命战争的各种关联表达出来，只是孤立地写了几个武装的工人，作者的认识是概念的，写法也多错误，对于战争完全缺乏实际的经历。

黎锦明的《战烟》，在题材的组织上，结构的编排上都不得法，他没有上过战场，他也不理解一个伟大的战争，他所摄写的是浮动的战烟的模糊的影象。

《炼狱》的企图是极伟大的；作者不独要写出"一二八"战争，上海的动乱，而且他是要描写"一二八"时代的中国社会的面面，及各种人物的典型。但是由于作者实生活的经验尚不够充分抒写他的极复杂的题材；题材的处理上一个贯穿全书的中心（主题）没有很好建立；人物的典型缺少现实的真实性的典型——"时代的核心"里的典型——而且重要的典型的个性表现也不真切；情节的与人物的行动发展上有过于浪费的地方（如写孙婉霞盲目地到农村去占了甚多的篇幅），松懈了紧张的布局；有这许多的缺点，使我们感觉到他的成功不及其企图之大。他的成功赶不上题材同样复杂处理却见适当的茅盾的《子夜》；也赶不上题材较为单纯表现却很深切的田军的《八月的乡村》。此书之仍不愧为"一二八"以来中国文学上一伟大收获，乃在其题材的伟大性，内容的丰富，场面的热闹，技巧的相当熟炼与文笔的极其通俗，这等地方。当还没有一个人把"一二八事变"的全面，纪录及抒写在文学的史册上，周楞伽君以其一年的劳绩，构成这部三十万字的长篇巨著，他的努力，他的创作精神，是极值得钦佩的。

短篇的创作，取了"九一八"，"一二八"，义勇军，民族危机与经济破产，帝国主义的侵略与民众之反抗……等等题材的作品，散见于《北斗》，《文学月报》，《现代》，《文学》，《文学季刊》，《水星》，《创作月刊》，《东方杂志》，《申报月刊》，《新中华》……这许多杂志和一些已成集的单行本里的，仔细搜集起来，虽为数不多，至少也有三四十篇以上吧，上表所列举的几篇，我认为是可以作为代表作品的，所以特行提供出来。

戏剧方面，除三五短剧《乱钟》，《S·O·S》，《扬子江的暴风雨》，《活路》外，采取了中心的题材，抓紧了积极的主题，创造了完美的形式的成功剧作，至今未见；还让外国人写的脚本，《怒吼吧，中国》，《最初的欧罗巴之旗》，早出现于我们所述的这个时候（"九一八"）以前，然至今仍是我们的有力的反帝的革命的剧本。被压迫的中国大众是极迫切需要喊出他们的战斗声音的戏剧的，可是伟大的剧作家呢？田汉的灵魂已经被魔鬼俘虏了，《回春之曲》是诗人的呢，还是大众的呢？《暴风雨中的七个女性》之最勇敢者仍然是守护着王城或是被王城守护，《长城外》的作者白薇是病了三年……爱国的剧团，找不到救国的剧本！

上表中没有提到诗歌作品，我们实在太少听见诗人的洪音与歌人的巨唱了；惟一可指的作者史铁儿，已故的歌的作者聂耳，他们歌唱了我们民族的悲壮的进行曲。此外，一九三三年出版的臧克家的《烙印》，他所留下的是生活的人生的烙印，未能更深沉地留下一个民族的时代的烙印。蒲风的《茫茫夜》，仅有二三篇反帝意识的作品。一九三五年出版的田间的《未明集》，表示作者对于现实的勇敢，对于民族的积极，格调也优美纯熟，但尚缺少沉重的力的诗歌。陈子鹄的《宇宙之歌》，情感的热烈似不如其呼喊的热烈，鲜明的反帝作品也是没有的。一两个新进的诗歌刊物中我们还很少获得引人注意的佳作。大众的反帝救亡斗争的日益激越，战斗队伍中将产生我们的民族诗人吧。

反帝文学之开展——国防文学运动

败北主义者领导"一二八"的伟大民族革命战争归于失败，民众的血的胜利终于经通敌的汉奸出卖了。随着这无耻的投降，是对于一切抗敌行动与言论的镇压：许多在大众中作反帝活动的作家，许多为民族正义而斗争的文艺工作者，被一条"危害民国"的锁链织成的网把他们罗继住；凡一切真理的典籍，吐露黑暗的痛苦与光明的冀求的普遍情感的文艺出版物，都遭受了查禁；民族文化的受难较满清时代尤为惨厉，反帝文学必然走上它的厄运。这一个厄运，曾引起于一九三三年八月来华的国际反战作家们的声援与抗议，但以后的情况并未见改善，恶化反而加深了。

然而，厄运也并不能将文化处死。虽有少数作家背离了，消极了；另一小部分作家流亡了，潜伏了；但整个的反帝文艺的阵线仍然在苦斗中加强与扩大。几年以来，由"大众语"到"新文学"的提倡；由反"复古"到"通俗文"的斗争；由排斥"消闲小品"到"杂文"的兴起；由"第三种人论战"到"民族的统一阵线"；这几件重要的文艺工作的战绩，都是围绕在"反帝"及"反封建"的中心目标之下进行的。一切的支流与旁流，漩涡与急湍，潮汐与波涛，都是汇合到一个主流，倾泻入文艺的中国海，与世界的大洋去的。时代的洪水，必然越过一切阻碍，暗礁，滩险，而汹涌澎湃。

伴随着一九三五年末反帝反民族汉奸的全国救亡运动的新高潮，由于民族解放斗争要求一个全民武装的"国防战争"，所以一个相适应的"国防文学"运动就鼓吹起来，推行起来。这用不着解说，是自"九一八"，"一二八"以来的"反帝文学"的新进展。今后中国文学的主流将顺着这一条"国防文学"的战壕而前进！

今天，文学者的任务，就是团结成一条民族文艺的新军，集合在"国防文学"的统一阵线上，执行文学上的（广泛的文化战野上的，意识领域内的）反帝国主义，反民族汉奸的战斗任务！

（注）关于国防文学问题，本文不及多所论述，请参阅下列诸论文：

一、《民族危机与民族自卫文学》（《文艺群众》第二期）

二、《国难文学与国防文学》（《申报·文艺周刊》）

三、《民族自卫运动与民族自卫文学》（《客观》第十期）

四、《国防与国防文学》（《客观》第十二期）

五、《非常时期文学研究纲领》（《读书生活》三卷七期）

六、本刊上期"国防戏剧特辑"，"本期本辑"

七、将于四月五日出版之《文学青年》，"国防文学"专号

1936年3月20日《生活知识》1卷11期

国防文学与弱小民族文学

梅 雨

弱小民族文学被介绍到中国来，到现在虽有十几年的历史，但在质量方面说，都是贫乏到出人意料之外的地步。现在除开二十几本单行本外（其中有一些是重复的，有一些是古典的，又有一些是不纯是弱小民族文学作品的结集），就只有那些散布在各刊物报章上的短篇了。而且亦许是介绍者个人兴趣的关系，亦许是作品搜集困难的关系，我们所见到的弱小民族文学，大多是探求人生意义的低音的哀歌，或是牧歌样的，唱咏田园的作品，真正能够找出赋有反抗侵略者的精神的，实在寥寥可数。以前，我们的文坛曾因太戈尔的来华，而翻译了他的一些戏曲与诗歌，又因显克微支同雷芒德的获得诺贝尔奖金，而使读者看到一点波兰的近代文学，但除开这奴才的同狭义的爱国主义者的作品之外，如果没有几个进步的翻译家（其中大多数是世界语学者）的介绍，我们简直没有跟进步的弱小民族文学接触的机会。亦就为着这一点，我在着手写这篇文章时，实在感到极大的困难。

上面我们已经说过，在已有的那些弱小民族文学里，赋有反抗侵略者的精神的实属寥寥可数，其实，就是这些含有反抗精神的作品，我们亦不能无条件地接受的。有一部分，它的反抗是来自民族的历史的偏见，有一部分是源于宗教信仰的纠纷；至于真正是反帝的，热望民族的自由与解放的作品，其中亦有些含着"侵略的民族主义"的毒素。这些，假如我们不站在进步的世界观上给予严正的批判，对于国防文学的前途亦还是有害的。

事实上，某些弱小民族，如台湾❶，朝鲜以及战前的波兰的文学作品并不是国防文学。他们国已亡了，根本就无所谓"防"，即使他们暴露了侵略者的丑行与残酷，亦描画了亡国者的苦痛与他们非人的遭遇，以及对于已往的祖国同未来的光明的憧憬，但这些只是我们国防文学中消极的部分。至于要从中国现有的弱小民族文学中找到积极的食粮，我想多少是要使我们失望的。

虽然，即使它只是我们国防文学中消极的部分，在我们看来，这些作品依然还是很可宝贵的。用艺术的形象，表现了侵略国非人的暴行，正加强我们民族自卫的决心；表现了亡国奴可悲的境遇，正清切地告诉我们，目前只有抗战这一条路。波兰显克微支的《血与剑》等，罗马尼亚沙多维奴的《流浪的人们》，台湾杨逵的《送报夫》，吕赫若的《牛车》以及朝鲜张赫宙的《山灵》等等都是这一类的作品。在《火与剑》同《流浪的人们》里，作者把波兰人怎样浴在鲜血里，怎样被虐杀，被放逐而过着流浪的生涯都告诉我们，那样的生活我们是深知的，因为我们已有几千万的兄弟遭到了同样的灾厄。在《送报夫》，《牛车》同《山灵》等作品里，不惟显示了今世活地狱的一角，且亦有力地打击了中国那些无耻的学者的阴险同狡黠，他们是以蒙古及满洲征服了中国而反被中国所同化来作为不抵抗的遁辞。其实，现在我们的敌人并不是一个经济上比我们落后的小小的游牧野蛮部落，而是一个不只要征服，而且要深入，破坏同征服中国整个经济制度的帝国主义者，上面那三个短篇里，台湾朝鲜的民众，怎样的被掠夺，被榨取，这一点是暴露得再清楚不过的了。自然我们的国防文学亦需要描写工农以及一般民众的苦痛，他们从地主资产阶级那里受到残酷的剥削同压迫，对于这些，我们必须寻根溯源，指出那种造成那些痛苦，维系和操纵那些反动势力的最后的幕后人。今日的中国到处都是边疆，无处没有敌寇，这类文学正是国防文学强大的一翼。所以《送报夫》等三篇，虽然主要的对象只是农民，在这一点上，却也值得我们揣摩的。

在其他的弱小民族文学里，亦有一些发挥国防作用的作品。就是

❶ 1895 年，日本通过《马关条约》，割占了我国台湾——编者注。

已亡国的弱小的民族虽无所谓国防，但他们都晓得反叛，而且到今日，他们也都有了反叛的决心了。而反映在文学上的那种反叛的姿态与精神，亦是我们国防文学的一种营养。关于后方面，有朝鲜作家赵重滚以侨居东京之朝鲜青年参加了十一月七日的示威游行而被拘捕的事件为题材的《示威》，金斗熔的十五场剧《朝鲜》（一九二八年曾在东京上演），同长篇小说《春》与权焕的《血》，《春》与《血》都是以朝鲜斗士生活为题材的作品。还有辛石然的长篇《火焰》，这是以在龙川的平安北道爆发的小作争议为题材的。而台湾的，我们至今还不大了了。

此外，亚美尼亚作家阿哈侬垠的《更夫》，描出了一个不信命运只知道抵抗与复仇的梅列克。描写波兰农民沉着的抵抗以及上流社会的无耻的，有波兰作家普鲁士的《哨兵》。保加利亚作家伐佐夫的《村妇》，写的是一个迷信，固执，然而又是健壮勇敢的帮助反叛者的乡里的妇人。匈牙利诗人裴特非有它激动了匈牙利民族的反抗精神的《勇敢的约翰》；而在克罗基作者桑陀药里斯基的《娜耶》里，我们更看到一个英勇的民族的女儿——娜耶。她说："我们死也不屈服的！村长和POPE把我们出卖！他们把好地挑给自己，随手又送给地主们。他们掠夺我们个精光，我们怎么办？可是这些贪狼们还没满足，他们现在又要我们祖宗的坟园了。这是我们父亲，我们父亲的父亲几代葬着的，——这是二百年前我们从海尔兹戈维耶到这里来的时代就是我们的！"（《桃园》九十二页）

今日我们又不是被出卖了么？我们又不是给剥夺个精光么？我们祖宗的坟园又不是被占据去了么？我们都是母亲大地的儿女，我们不是民族的虚无主义者而是热爱着祖国的人们，那么娜耶的反抗精神，亦是我们所要歌颂，所要表现的。

提到《娜耶》，使我们记起伊里奇的一句话："没有妇女，就没有真正的群众运动。"所以在弱小民族的文学里，时常出现了一些英雄，而她们的雄姿亦时常引起我们的兴奋。当波兰兵蹂躏了乌克兰的时候，女英雄瓦贝罗瓦在生产后几日终于弃舍了襁褓中的儿子，追随在大队的后边，再度负起传达的责任。我们看到瓦西里·格卢西曼的《兵士母亲》里这悲壮的描写时，我们便想到《娜耶》的作者在文后所说的话："一个民族有她这样的女儿，这样民族，不怕她没有前途啊！"现在我们是多么迫切地需要这一类的作品啊！

前进的印度作家兼诗人爱哈比华豁在他的诗集《叛逆》，《暴风雨之前》，《伤痕》，以及剧本《锁链中的印度》等作品里，亦表现了印度大众对于侵略者的反抗，作品里"充满着对外国压迫者的怒气"。在近作小说《Guenuy Kamgar》里，他优秀地表现了印度劳动者大众怎样组织工会，怎样与工会中的奸细抗争，沉在幻想中的印度青年又怎样觉悟过来，而当统治者以及外兵枪击工人时，勇敢的革命党，以及平时是迷信和胆怯的妇女们又怎样地奋发，抗争起来。这些，对于我们国防文学的建立，有着很大的帮助。

向压迫者提出抗议，而给以沉重的诅咒的，再没有象益尔昌的《阿索尔之死》更表现得动人了。这里所表现的不是狭隘的种族的偏见，而是爱和平的爱斯奇摩人向压迫者白色人种的有力的抗议。此外，在抗争的过程中，"汉奸们"无耻的出卖革命者，在保加利亚赫里马的《蝮》里亦有深刻的描写。这些，对于我们的国防文学亦是有益的。

然而，我们必须指出有一部分弱小民族文学只是狭义的爱国主义的文学，是"侵略主义"的文学，这些毒素，我们的国防文学是不会有亦不应有的。我们国防文学的任务是求中国民族的自由解放，而不想成为一个侵略其他民族的国家；我们反对的是帝国主义者同汉奸，我们的敌人不是个别民族的人民大众。在帝国主义时代的民族问题是世界被压迫民族的解放整个锁链中的一环，我们必须站在进步的世界观上，给那些封建的同落后的爱国主义意识一个严正的批判。

反战文学本来是国防文学有力的一翼。而战后各弱小民族在这方面亦有着许多优秀的作品。在匈牙利有拉兹古（他的《重归故乡》是与巴比塞的《炮火》齐名的），保加利亚有伐佐夫，爱沙尼亚有屠格勒斯，希腊有坎茨甫涅等等。在那些作品里，他们暴露了统治者的欺骗，战场上的残忍同战士们的觉醒。现在民族解放战争是伴同着反帝国主义战争的，这些反战的作品亦是我们宝贵的资料。

就是在弱小民族的阵营里，亦还是一样隐藏着自己的敌人吧。在印度，我们看见了太戈尔，他是我们学者曾经为文捧场的典型的奴隶诗人；在罗马尼亚，有所谓巴尔干的高尔基的伊斯特莱契，虽然他的作品曾经有过成就，但后来却变为一个可鄙的叛徒。前者的作品是我们的国防文学应该唾弃的，而后者的态度，亦是我们的作家所要诅咒的。他们都走进了死胡同，没有出路。

对照着太戈尔这个典型的白种人的奴隶，印度有了他光荣的作家爱哈比华黐，今日弱小民族文学里的二个阵营是很分明的。我们上面所列举的那些作家，如朝鲜的，台湾的，印度的，匈牙利的，保加利亚的，在他们的作品里，不只诅咒反抗压迫者，而且为着未来真理的王国而斗争，他们热爱自国的同胞，亦同样热爱着世界各处的被压迫的兄弟，因为他们的目的是同一的，他们的敌人自然亦是同一的。所以我们看到在弱小的民族文学里，由于作家态度的不同，划出抗战与投降，生与死，主人与奴隶的两条路。我们的作家必须认清这一点，排斥那些是中华民族的掘墓者的汉奸作家，而且在他们的作品里，用汉奸同卖国事件来作为英勇的民族儿女与坚决的抗争的陪衬，给中国的大众指出一条解放与自由的正确的道路。

（后记）这篇文章内容的贫乏是不免的，因为弱小民族文学，我们实在介绍得太少了，而且文中所举的作品，有些还是未经介绍的。末了，我们希望翻译家，能够迅速地负起这一重任。

二月十八日于北平

1936年3月20日《生活知识》1卷11期

国防文学的特质

宗　珏

　　国防文学，它之所以迥异于一般文学，是在于它适应着当前客观的形势的要求，而当作民族解放斗争中的最尖利的武器地被提供出来。这不是说，它这样地就与一般文学分离，而独自孤立。不是的，它应该比一般文学更切实而具体地担负起反映现实的积极的任务；这反映，与一般现实的事物之反映所不同的，只在于它更深刻地捉住了当前民族自卫斗争的形势，配合着政治行动的密切的关联，以巩卫和拯救我们这个沦亡中的民族和破碎的国家。

　　我们的国家和民族已经到了存亡危急的关头，远东帝国主义还驾乎一切帝国主义之上，打算疯狂地独占了我们的国家，使之完全殖民地化。这具体的"大陆政策"之实践，是以一九三一年九月的东北事变为其开端（自然，我们也决不会忽视了"九一八"以前的事变），次年一月的上海事变为这实践之续，而今，华北又紧接着变相沦亡，而且他们还觊觎着华南以及华中。这些事变，在明示着中国仅有两个前途：其一就是甘心在帝国主义的铁蹄下做亡国奴；其二就是要求民族的独立解放，而与帝国主义者作决死的战争。屠刀已临到我们的颈上，是决不容我们迟疑了的。重说一遍：要，就是死亡，不然，就只有抗争！

　　这两个前途之中，坚决的中国大众选择了后面的一条路。除了汉奸卖国者之外，绝对没有人愿意一再在敌人的淫威下屈服下去。目前客观的情势促使着任何派别和任何阶层的中国人，都得抛弃以前的仇恨和成见，一致在救亡的共同的目标之下，与远东帝国主义作坚决的斗争。文学是反映最真实底现实面的镜子，在目前这种急迫的局势里，自然应该有着最忠实的表现。国防文学是在这种特殊的情势之下被提供出来的，它底时代意义也就是应该在现阶段的事态中得到说明；而它的主要的内容，也无疑的是形象艺术化的地反映这些富于战斗性的民族解放斗争的事变。

象这种富于历史意义的国防文学，我们并不是没有例证的。象近代史中底义和团的反帝斗争，以及鸦片战争……等，日本进步的剧作者村山知义就曾经运用来做过他底剧作的题材。同时，苏联社会主义建设的初期之遭遇到国际帝国主义的围攻，也产生了不少伟大的国防文学的创作。关于这，立波先生在《非常时期的文学研究纲领》一文中，曾比较详尽地提到。我们当前这个危难的时代，虽然并不相同于苏联初期或我国鸦片战争的时代，但是无疑的也是到处充满着伟大的为巩固国防而斗争的烈焰，象学生运动，市民救国运动，以及到处的汉奸警察与群众的斗争，对敌人进攻的反抗……等等，每一个题材，几乎都饱含着战斗的时代意义，可以作为鼓动群众抗敌底热情的文学创作。如果说，国防文学的现实底内容，与一般现实的日常生活的题材有不相同之处，大致就在这里。

然而，我们必须提倡国防文学，与一般所谓"民族主义"的文学是没有丝毫共同之点的。因为那些文学，是在民族敌人的唆示和策动之下，提倡喝人血的文学，是帝国主义鼓动它的奴才去厮杀劳苦大众的兄弟之表征，这不是大众文学，是狭义的"民族主义文学"；也许可以说，是汉奸文学，因为这刚好与满洲的汉奸们所高唱的"王道生命的愉快"（满洲出版的《新小说》创刊号）并无二致。因之，我们必须指出一般弱小民族的解放斗争的题材和可贵的历史教训，以及同情弱小民族底革命的国家的斗争与经验，……都有被采择为我们的国防文学的内容与题材之必要与可能，因为国防文学的解释并不是寄附在狭义的爱国主义之上的。并且，就是我国的历史上的有关国防的事变，也一样可以运用；不过这里应该有一个附带的条件，就是必须在被批判地了解和认识之中去采用，才有可能。

再其次，我们应说到国防文学在当前民族联合战线中的作用。它是号召一切有良心，有正义感底爱国的作家，都一致地起来担任这伟大的文学的工程，强调着现实的事变去作我们底形象艺术的表现。在这伟大的民族解放斗争的时期中，一切文学上底无聊与无谓的论争，以及脱离现实的作品，必须停止去写作。大家一致地创造国防文学，担负起伟大的时代底任务，只有这样，中国文学才有光荣伟大的成果。

二月十八日，一九三六年

1936年3月20日《生活知识》1卷11期

"国防文学"和"文学国防"

张仲达

"国防文学"这名词，是Literature of National Defence的译名，这自然还可以有别种译法，但译做如今的样子，也未尝不正确。最关紧要的是它所具的性质。"国防文学"的性质是怎样呢？简单地说来，这是一种配合民族斗争的文学，不过，它并非帝国主义者御用的，鼓吹侵略的民族主义文学，也并非已经灭亡的民族的哀以思的民族文学。今日的中国，当然不是帝国主义的国家，但也不曾完全灭亡，它是遇着灭亡的危机，却还有"国防"可言的。中华民族，在这种状况之下，它的斗争，自有其特殊的目的，方法和步骤，被这种民族斗争的现实所决定的中国文学，当然具有特殊的性质，主要的是唤起大众，强固国防，抵抗侵略，所以叫"国防文学"。

但自从要求"国防文学"的言论一发表之后，各方面的反对也就起来了。首先是"权威"的《文学》杂志，以为这个名词根本不通；其次，轮到那个什么陶亢德，——他说：

> "我呢，既不是'沉醉于象牙塔里的作家'，当然不敢反对，至于是不是并不需要中国土地完整的人（不是作家），则连自己也不敢说，也不是'最聪明的'人，会因怕'遭到各方面的攻击'，对于这个问题不参加任何意见而取着抹杀的态度，所以要以一个中国人的资格，敬向倡导国防文学者说一句话——犹如一个作家对当局说话一样——就是：当心给一向嘲笑我们为文字国的人，把

国防文学倒转来成为文学国防，那是于我这个不是前进作家的区区中国人，也是与有辱焉的。"

种种的反对有种种的道理，真是管不了许多，对于民族国家的事情呢，实在也不好勉强任何人。谁若要卖国，做汉奸，在今日也是很自由的，何况区区反对"国防文学"的小事。但陶亢德的文章，却对我们提出了新问题，就是"国防文学"这东西到底需要不需要？

陶亢德，做过幽默大师的下手，他的说什么"国防文学"，"文学国防"，原本是一种颠倒文字的游戏，自以为弄着幽默，其意若曰：你们提倡"国防文学"的人，就应该亲自去杀退敌人，假如杀不退，单是在文学上鼓吹抵抗，那是无用的，变成了"文学国防"，要被敌人见笑的，而且连他的脸上也不光彩了。

实际的杀敌是拿枪的人们的任务，但弄文学的人们，却只有笔，所以他只能写出有助于国防的文学，却不能亲自杀敌。但是，看现在的主张"国防文学"的人们的意思，大抵是倘有拿枪或参加别的实际工作的必要时，也愿意去的。不过，当他们写"国防文学"的时候，总归还是在后方的文人。叫人一手拿枪杀敌，一手握笔写"国防文学"的责备，是不合理的。但倘有身在前线，实行斗争的人，对于文学工作，觉得不够，那时还能令人心服的。至于那陶亢德，他算什么，他难道在实践什么救国工作？他自己连对于"文学国防"都不出力，怎么倒嘲笑起"国防文学"来了。至于一向嘲笑我们为文字国的人们，对于"国防文学"，恐怕也不见得会轻视。

现在我们回头来说陶亢德所引以为辱的"文学国防"罢，这是不是也需要的呢？我以为，这其实也是需要的。理由很简单，只要看文学上也有侵略主义，文学上也有汉奸活动，就知道文学上也得有个国防。这国防就是所有不忍民族沦亡的作家的联合阵线。

1936年3月24日《时事新报·每周文学》

再论所谓非常时期的文学

角

本刊前期发表《所谓非常时期的文学》一文，有人提出质问，现在答复如下：

第一，我们发表那篇文字的用意，并不是"对于目前有些作家提出的非常时期文学表示异议"；相反地，我们正是要替这些作家的提议做一个补充（不敢说是"纠正"）。

据徐懋庸先生自己指出，所谓"国防文学"的任务应该是：第一，全国觉悟民众的抗敌情绪和行动的反映；第二，全国未觉悟民众的唤醒和推动；第三，全国反动势力的暴露和摧毁。这三种任务，其实只是一种任务，就是第二种。因为，为什么要反映全国觉悟民众的抗敌情绪和行动呢？就为要唤醒和推动全国未觉悟的民众。为什么要暴露全国反动势力呢？也就为要唤醒和推动全国未觉悟的民众。那末，所谓"国防文学"的唯一目标，无非是要在全国已觉悟未觉悟的民众当中造成一种共同的抗敌情绪和倾向了。所以，我们之指出"国防文学"应该是"倾向文学"，至少对于给这个名词做界说的徐先生不能算是"异议"。

但是，我们为什么定要指出"国防文学"是"倾向文学"的性质呢？（质问者并不曾提到这一层，但言下似乎诧异我们为什么要提出这个名词，所以这里顺便说明一下。）那也可以拿徐先生自己的话来打底子。徐先生说："国防文学"应该具有三种特质，第一就是"实践的而非空谈的。"这可说是天经地义一般的真确。但是"空谈"容易而"实践"艰难，我们所以要特地提出"倾向文学"性质这一个限定，正是为要加强"实践"这个条件起见。因为我们所说的"倾向文学"，就是"倾向的写实主义"；作家们如不自己去"实践"，他们就无"实"之可"写"，只能拿标语口号来充数了。我们认为这一个限定比徐先生指出的那个"特质"更加具体，也更能有效。

为了同一理由，我们又强调地指出标语口号决不能冒充文学：因为标语口号可以坐在楼上写，而写实文学则须作者身历斗争场。

但是为辩护文学本身的功能，使它不致和标语口号混同起见，我们也要特别提出这一点。我们相信，文学的功能是造成集体行动的倾向和冲动，标语口号的效用则只能发生在集体行动的倾向和冲动已经造成之后。譬如军士在前线，须先有杀敌的情绪和倾向，冲锋号方始发生效力，否则你就吹破了冲锋号也是枉然。文学的特殊功能就在不用标语口号的形式而却能逼得读者心里自然而然喊出我们期望他喊的那句标语口号来（而唯有这样的标语口号才是有用的）。倘有人不明文学的这种特殊功能，而在迫不暇择的时候就拿标语口号来权当文学，那就只足证明他是一个不敢"实践"的怯懦者（或至少懒惰者），不然就是一个最最不可教诲的"文学无用论者"了。我们并不是说"国防文学"目前已有这样的倾向，但我们不能不有这样的预防。总之，我们不外是为诚心拥护"国防文学"，为对于"国防文学"的期望太深，才起了这样的"杞忧"的。

明白了上述的用意，那么我们之所以把"非常时期"这个名词限于行动时期（就是战争时期）而只认目前为"非常时期"的前夜，也就不难看出理由了。因为象徐先生自己尚且相信文学到了真正"非常时期"就要"衰亡"（关于这一点，已有专文纠正），那末在一般人心目中，自然难免要以为现在已经到了"非常时期"，谁耐烦他妈的文学！这样，"国防文学"就自己先截断了路。

质问者又提到"火功"和"土壤"的分别，我们的答复是："火功"就是理论的鼓吹，计划的策动，命令的勒迫；"土壤"就是现实的基础和推动。质问者自己提出的《铁流》和《毁灭》两个例，我们相信它们正是由俄国内战的"现实"即（"土壤"）培养起来的，决不是由内战的"理论"或仅仅是"计划"（即"火功"）鼓吹策动出来的。

质问者又问："目前中国这样动乱的现状还不够供给文学做土壤吗？"是的，就以本刊区区的篇幅而言，现实有过"九一八"，我们也就有过《咆哮的许家屯》了；现实有过"一二八"，我们也就有过《老王和他的同志们》了；现实有过"一二九"，我们也就有过《一二九前后》了。这当然是微乎其微，当然还尽有展开去反映的充分余地，但是我们讲的是以后的事情。以后怎么样呢？我们前次一篇文章的结论是：

"唯有用血打草稿然后用墨腾写下来的文学，才是真正伟大的文学。"

这难道还不明白吗？

国防文学问题

——《文学青年》文艺座谈第一回

何家槐等

座谈主催者：《文学青年》同人。

时　　间： 一九三六，二，十六，午后六点至八点卅分。

参　与　人： 何家槐，王任叔，白薇等廿六人。

主　席：（开场白）我们要筹办这个刊物已有些时候了。特为邀请诸位做特约撰稿人。今天到的也不算少了，但有的先生，事情忙，或因辗转通知不周没有能到。今天虽由我们做主人，可是谈不到有什么招待，只有对诸位抱歉，并且道谢。

　　一个刊物的出版，不在乎出版者，全靠作家们。我们一开始就是和诸位作家取得联系的，尤其是与青年文学者的联系。……在救亡的文化运动向前开展中，文艺界应为国防文学而努力！我们这刊物就认定这个作中心目标。我们希望一般作家打破以前那种文人相轻的气习，不要闹什么派别，大家团结在国防文学之旗下。救亡运动已经掀起了全国的怒潮，不独学生起来了，现在大众也起来了，尤其最近大众的主力军，上海的工人们表现更加有力。作家们虽有许多人参加救亡运动，但有的作家还是离开现实稍远，与大众隔膜的，这确是作家的实际生活上的一个问题。我们希望已成名的作家更有新的进步，文学青年们多多学习，加深应有的修养。

今天，我们除了征求大家一些对刊物的编辑上的意见，首先要讨论我们的中心目标，即："**国防文学问题**"。请大家发表意见！（全场严肃的沉默，有一会儿。）

何家槐：国防文学问题，各刊物——《时事新报·每周文学》，《申报·文艺周刊》，《读书生活》，《改造》，《知识》，《客观》……都已提出来了。一般青年作家都表示极热心；但是有批作家——特别是资格较老的作家们——却冷淡得很，漠不关心的样子。这样，对国防文学这个问题，我感觉有两种态度：一个是，好象《文学》的编辑他们那些作家，比如《文学》，简直从它看不见什么救亡运动的影子，二月号上的那篇《即景文学与应景文学》，好象是说现有反映救亡运动的文章是应景文学，好象应景文学是要不得的，即景文学是什么呢？……另一个是，对国防文学问题的讨论，是蛮热烈的，但是嫌空洞一些，不具体。这是我们要谈的，怎么使得我们不空洞，具体化？……

（间息有顷，主席征求发言，无人说话，主席说："为省得挨时间起见，我们也可以挨次地说，先请王任叔先生——）

王任叔：……中国的病，不外乎两种，一是封建的，一是帝国主义的。救国的路，也不外乎反帝，反封建。文学呢，也不外乎反帝，反封建，这两种主义。今日中国文学主要的目标是这两点，这就是国防文学的实际内容。不过，文学总归是一种艺术品，文学不能是单纯的东西；国防文学决不是喊空口号就完了，我们要提防再走过去这一条败路。说到创作上来，有人要描写汉奸：它的题材是一个东北的农民，他受了长期的军阀，地主，捐税，剥削，灾荒，压迫，种种的痛苦，到了生活不下去的时候，日本人来了，他听了汉奸的宣传，好象日本人来了，可以解决他一切的痛苦，他真实地希望……我们能说这个农民是汉奸吗？他是错的，但他不是汉奸！这就不单纯，这题材包含一些复杂的关系。一个口号是单纯的，但一篇文学作品却不能是那么单纯的。国防文学的范围，也不能限制得很狭小。一切推进中国前进的文学，反对开倒车的，广泛地说就是国防文学。譬如说，《阿Q正传》的内容，是暴露封建社会的黑暗，借阿Q那样一些人物来发掘那时代的中国的国民性；《子夜》更复杂了，它在说明中国封建残余，买办资本家和帝国主义的关系；我们不能说，《阿Q正传》和《子夜》，就不是国防文学的作品。……我们一方面需要老作家们反映现实的丰富的题材的作品，一方面当然需要尖锐地表现救亡斗争的作品。……

白　薇：（声音低沉地）国防文学无疑是必须的，要紧的是怎么写的问题。本人这近两三年都因为病，看的东西太少了，对外界情形一点不熟悉，我随便说几句话。……现在华北以及华南，随着××的疯狂进攻，汉奸也非常猖獗，许多青年固然都热烈参加爱国运动，但也有一些青年遭受了严重的压迫，不积极作斗争，反而跑向不好的方面，甚而去做汉奸！这是为什么？这无非是因为帝国主义和走狗们合作地来压迫青年，驱使青年走到汉奸的一方面，这当然绝不是青年的出路，而且是很危险的，有些投到恶势力下的青年他们也感觉到这样，但他们以为是没有办法。——这样的题材，我觉得还没有被我们采取，注意，采取这样的题材，写成剧本或是小说，这是国防文学很可采取的题材。完了。

时　且：（因为有学校方面的救国工作即须去做，告辞；主席特先请他发言）我简单地提出两点意见：（1）参加救国运动的实际工作的青年作家，应该抓紧斗争的题材，反映英勇的民族解放的姿态到文学上来；（2）一般专门从事写作的作家们，为了正义，为了同情，为了救亡的共同意志，为了抗敌除奸的一致目标，必须联结成一条统一战线。怎样积极地帮助学生们的，大众的救亡运动？……请大家讨论！

张天翼：我刚从南京来，坐了一夜的车，没有睡觉，身体很疲倦，一时想不起说什么话来。……我同意王任叔先生的意见，国防文学，不能局限在狭小的范围内。……至于怎样做的话，我还提不出具体的意见。

周木斋：国防文学就是救国文学。救国怎么救法？这是一个大问题。……反帝国主义和反封建势力，这便是我们救国的道路，以反帝反封建作为文学的内容，这就是救国文学，亦即国防文学。

林淡秋：大家说到反帝反封建的文学就是国防文学，但是，反帝反封建的意识程度有多大的差别！《子夜》，《阿Q正传》，也可以说是国防文学，但是，直接，尖锐对民族解放运动有激发作用，推动作用的文学是更迫切需要的——国防文学。问题是老作家们由于一种单纯的，专门的写作生活限制了他，使得对于救国运动，对于群众的战斗生活隔膜了，至少是不接近，故写不出一种强烈的斗争气息的作品。大众中还没有产生出自己的作家来。因此我们还很少健全的，有积极的主题的国防文学的作品。我希望作家们组织起来，实际参加救国运动，与群众的斗争生活打成一片，最低限度是要密切化起来，以增进作家们创作生活与实际生活的联系。

何家槐：（第二次发言）我对于几位先生的意见，没有什么大不同意的，但对于刚才有的人的发言，觉得对国防文学的中心意义没有明确的意见，林淡秋先生的意见是明确些，很好的。再次是，大家对于国防文学怎样写作，写作方法上的问题都还没有什么具体意见——我也缺乏具体意见。——关于作家们应该而且需要一个组织，广泛的围绕着国防文学做中心的组织，"作家协会"，或者旁的什么团体……。这样的座谈会，我希望能够继续举行，不知下次还能招待大家（对主席）不？或者想旁的办法……刊物方面，最好常常地多多地和文艺青年们联络。……

关　露：今天大家被请来是讨论刊物问题，但现在大家都谈的国防文学问题，这一问题应该当做刊物的中心目标，许多朋友都谈得很多了，我补充一点。……我们的东北失去了，华北也就要丢了，华南危急，中部遭了大水灾，全国农村破产，都市空前的恐慌……我们随时随刻，随便一个什么地方，一条街，都可以看见国难的标志，惨痛的景象！街上的房子烧了，乡下的田园毁了，一个参加"一二八"作战受伤的人，一只因为战争无家可归的狗，甚至于一株树，一枝花，一片草，都留下国难的痕迹，这许多，都是我们的题材，我们要多多表现！表现的最好的一种形式，是——诗歌，因为诗歌能表现一种热烈的或是沉痛的情感，它最直接，也最感动人，它最容易激起大众的共鸣。……努力国防文学的，尤其要特别注重诗歌的制作，诗歌，她是太被人忽视了！……这是我要补充的一点小意见。

（主席看看时间已经花得不少了，国防文学的意义，这样一个问题，大家的意见，大都由发言的几位说出来了，其他的人表示没有多的新的话要说，于是宣告这个问题暂且讨论至此停止，"以下还要请大家谈谈刊物的编辑方面的意见，举行第二回的座谈的时候，再继续发挥这个问题。大家都没有用晚饭，大家都饿了，请用茶点吧！"大家快活地吃东西，自由地谈笑——）

——完——

记者附白：当时的记录是很简略的，因为是笔记，不是用的速记法；整理的时候对于说话的人的意思与语气在记录上有不联贯的地方，是凭得我的贫弱的记忆把它补充起来的。这样的记录实在太不高明，倘有与发言人原语或原意不符的地方，还请原谅！

M·I

1936年4月5日《文学青年》创刊号

一 个 疑 问

周楞伽

二月九号的《火炬·星期文坛》上，登了张尚斌先生的一篇《"国防文学"和民族性》。对于这篇文章的内容，我完全同意。的确，在这民族危机到了空前未有的严重程度的现在，只要不是甘心媚外的汉奸，谁都不能不提出"国防"的要求。文学是时代的反映，为了响应大众反帝的怒潮，争取全民族的解放起见，"国防文学"的提出，正是针对这时代的一味最对症的药剂。

然而不幸得很！在张先生那一篇短短的文章里，却给我发现了一个绝大的语病。张先生是这样的向我们说着：

> "'一二八'战争的时候，中国的民族资产者，对抗敌军尽了不少后援的力，他们的物质接济和精神鼓励，虽然没有广大的勤劳大众的援助的伟大，却也是不能忽略的史实。这史实，证明了中国的民族资产者，有许多是还有着反帝的强烈要求的。"

这是不是事实呢？不！不！绝对不是这么一会事！事实所昭示给我们看的中国的民族资产者，不是"有许多还有着反帝的强烈要求"，而是卑鄙无耻地向敌人投降，出卖全民族的利益。

一个事实常常包含着不同的两面，前面是显露的，后面却是隐晦的。张先生只看到中国的民族资产者对抗敌军的物质接济和精神鼓励的显露的前面，却没有透过事实的外衣，看到他们卑鄙无耻地向敌人投降出卖全民族的利益的隐晦的后面。也可以说是仅仅看到了浮面的现象，而没有把握住事实的本质。

何况所谓物质接济和精神鼓励，也不是中国的民族资产者出于自己本心的自发的行动，而是迫于清议，不得不然。倘若我们不怕麻烦，去翻一翻过去的旧账，就可以看出"一二八"当时，中国的民族资产者，对抗敌军的物质接济和精神鼓励，跟广大的勤劳大众比较起来，是显得如何单薄可怜。

据我所知，则"一二八战争"中国军队的失败，实在还是中国的民族资产者卑鄙无耻地向敌人投降出卖民族利益的结果。那一套"张松献地图"的好戏，据说就是出于中国民族资产者的授意。关于这一桩故事，我曾把它织入我所作的长篇小说《炼狱》里面，有些人以为这是我臆造的事实，但凭着我的良心来说，我所暴露的却完全是真实。

中国的民族资产者，由于中国目前所处的次殖民地的地位，由于中国经济根本只能成为帝国主义各国的附庸，他们也就只好永远安分守己的在帝国主义手下做一名买办。帝国主义的一顶铁帽子紧紧的压住了他们，他们除了在他们的主子面前献媚乞怜做汉奸以外，再也莫想自己伸出头来。所以，要中国的民族资产者和广大的勤劳大众一样有着反帝的强烈要求，那简直是缘木求鱼的事；而说他们和广大的勤劳大众一样有着反帝的强烈要求，那更是离开事实千万里的滑稽的论调。

这样的论调，要是出于甘心作汉奸者的口，那我们可认为是烟幕弹，不值一笑，但出于自己的阵营里面，我们却有严厉地批判这错误的必要。

1936年4月5日《文学青年》创刊号

再谈非常时期文学

梅 雨

文学是表现现实的，这是尽人皆知的事情。

在三月号的"文学论坛"里，角先生这样写："把文学的推动力估价过高的人们，大约都是把'前进'和'落后'几个名词的观念太机械化了。文学永远跟在现实后边跑，固然要算是'落后'，但是文学太跑到现实前面，使现实没有追上的可能，那却只是'乌托邦主义'，并不能算是'前进'。'前进'就是拉了现实向前跑，并不是忍心把现实丢在后边，听他对自己可望而不可即，故最重要的还是在估量现实，并不是夸张现实。"这段话我们是可以同意的，假如不把"现实"当作"事实"解释的话。但我们通观全篇，文中所指的"现实"，却似乎与"事实"混同了。

一般人时常以为"现实"就是"事实"，现实只存在于今天，无疑的，这是最相反的见解，它把现实卑俗化了。请设想没有"明日"的"今日"同没有"今日"的"明日"的情况吧！没有"明日"的"今日"是多么黑暗，而没有"今日"的"明日"又多么虚妄！在我们看来，所谓现实，并不只包括事实，即观念，思想，计划，以及关于未来的幻想等等也都是包括在内的。换句话说：文学所要表现的现实，不只局限于"今日的"，而且包括着依存于今日的"明日的"一切。我们以前幻想着一个没有剥削关系的经济组织，现在这被幻想着的经济组织不是在我们实现着么？象这样的例子我想是不必多举的。我们的先哲曾经这样说过："一个没有幻想的工作者是世上最可怜的人，"

那么，即使说"一部没有幻想的文学作品是世上最卑俗的作品，"我想是并不过分的（这里我们得附带说一句：亦惟有把现实这名词的观念太机械化的人，才会认定进入了"行动时期"——即所谓"真正的非常时期"的"标语口号文学"——即所谓"非常时期的文学"，是名词的矛盾）。

在目前这样的非常时期里，它提供给文学的材料，较之以前的任何一个时代都是复杂得多而且丰富得多。但我们所谓表现现实，是否就是表现在生活的海洋里起伏着的一切的浪头呢？要正确地表现现实的一切是不必要而且不可能的。我们所要表现的，乃是民族的解放这伟大的过程。为民族的解放而作的斗争，现在是开始了，而且还在继续着，把我们这英勇的斗争的目的及方向，把我们时代的真实的内容，把我们的民族斗士的典型的诸特性，表现在我们的作品里，这是我们最重要的要求。

为什么我们要提倡国防文学？为什么我们说国防文学是"非常时期的文学"？这些不是明瞭得很么？

基于我们上面对于"现实"的见解，我们的国防文学不是记录的叙述的，写真式的表现的文字，而是要把在民族解放斗争过程中的最基本的，最特征的，最典型的东西加以形象化。这斗争是绝对地英雄的，这事业是绝对地英雄的，我们应该用英雄的言语来表现这绝对地英雄的斗争与事业，我们应该用积极的浪漫主义来渲染这绝对地英雄的斗争与事业。（这里我们并没有把积极的浪漫主义来与新的写实主义对立的用心，它不过是新的写实主义的本质的一面。关于这些，我们有机会再谈吧。）

1936年4月5日《文学青年》创刊号

国防音乐特辑前言

《生活知识》编者

在音乐不发达的中国，无论在理论上，在作品上，都没有什么旗帜鲜明的派别，或拿某种理论某种主义来标榜的作家。虽然从外表上看起来，大家都没有什么意见似的，却不是说没有意见存在每个人的心底。其所以过去表现得好象大家都没有意见似的，只不过是各人都怀着不同的意见在心底，没有机会表露出来罢了。所以当《渔光曲》的配音在国外受到批评的时候，我们就听到各方面不同的意见，这些意见在当时虽然并没有汇集形成对立的营垒，事实上已经说明了我们的乐坛是不浑沌的，存在了各种观点不同的派别，把大家分别得很清楚。使得乐坛平静无事的还有一个重要原因，便是拿不批评，不发表意见作为最残酷的批评，因此即使各人有很多意见也不容易汇集起来成为一般的所谓阵线，发生火并。所以要在这样的一个乐坛中提出一个什么问题，或者做一个什么运动是很不容易的。

现在我们向这平静的乐坛上提出一个国防音乐的问题来，实在是一个空前的冒险，因为我们知道它一定要遇到许多消极的暗礁，但我们更希望这只是估计错误的不灵验的预言。我们还是要把这个问题提向我们的音乐家，希望马上能得到很热烈的讨论，不久会得到我们所预期的结果。

1936年4月5日《生活知识》第1卷第12期

论国防音乐

霍士奇

　　一般地，也许是因为技术的缘故吧，音乐家似乎常常是最落后的，更多地是离开了大多数人的生活，孤立在一个狭小的世界里。虽然我们底巴德列夫斯基是一个为民族生存而斗争的政治家，同时也是一个伟大的音乐家，反格耐尔也曾热烈地参加过一九四八年的德国革命，以至被迫逃亡到瑞士。象他们这样的人在音乐史上到底是少而又少，大多数是厌恶政治，尽管他们的生活是由某种政治力量支持着的，虽然他们也和其它的艺术家一样，曾经，也许是一直到现在，是生活在黑暗的社会里，暴力的统治底下，感受到苦闷和绝望，却从来没有出现过一个以反抗现实社会，或讽刺社会为其作品之主要特征的作曲家，顶多是宿命地，个人地唱着一些绝望的伤感的悲歌吧了。大概就正因为他们是脱离大多数人的生活，孤立在一个狭小的世界之故吧。

　　因此，把社会生活真实地反映出来的音乐作品，或者代替大多人喊出他们的要求的作品，简直找不到几个。但并不是绝对没有，譬如晓报底一些钢琴曲，革命练习和《马卒卡舞曲》，就是表现他的革命思想，指示他底国人以出路和爱国精神的作品；舒满底《两个投炸弹的兵》，李士尔的《马赛革命歌》，波蒂儿底《国际歌》，就是反映着法国大革命时期大多数民众要求自由，解放的伟大作品。要是拿音乐作品之全部数量来比较，这是多么可怜的数目呵！一直到现在，除了苏联亚沙夫耶夫底《巴黎之火》以外，就没有一部写伟大的法国大革命的歌剧。

在西欧传统的音乐（西欧新兴的音乐如苏联的音乐，过去是不为中国所知的）影响之下的中国近代音乐艺术，因为是继承西欧资本主义的音乐传统，不承认音乐的革命的武器性，看不见它的社会意义和任务，所以一直到现在并没有获得广大的发展，不曾深入到大众之中去，也没有为大众服务过，自然也没有成为解放大众的武器。虽然在观念上否认了消遣品的主义，却也还关在艺术至上主义的塔顶上，实际上恐怕还不免是作为少数人的消遣品而存在的。

话虽这么说，中国的新音乐，消极地作为反映现实社会生活，积极地作为唤醒大众，激动大众，教育大众，组织大众，属于大众，为大众服务，为大众争取解放的武器之一的新音乐艺术已经获得了。并且已经获得了广大的发展和大多数的拥护，继承了《孟姜女》和《凤阳歌》的道路，适应着当前的政治要求，有了更积极的内容和更高的形态。当然，这绝不是什么天才关在房子里偶然创造出来的，而是基于社会要求必然地产生出来的。假使没有"九一八事变"的发生，假使没有不抵抗的中国军队，就不会有义勇军，自然就不会产生唱遍全国的《义勇军进行曲》（聂耳作曲），这是很明白的。有××帝国主义的存在，就必然有"九一八事变"的发生，这也是不要证明的真理了。

由于事实的急剧发展，四年内敌人侵占了东北四省后，华北又在变相的傀儡组织之下由无耻的汉奸们断送了，福建也风闻要宣布自治了。另一方面几个月来各地救亡运动的汹涌，民众已经表现了伟大的力量。大多数人认识了要挽救目前危急的形势，只有全国民众团结起来，一致抗敌才能获得民族之解放和独立。当国土每天都有被汉奸们断送掉的危急情形之下，只有全国民众武装起来，由现在的政府，全国军民合作建立一个强有力的国防政府，一致抗敌，才能完成我们坚强的国防，保证中华民族的独立和解放。

在军事政治上我们既主张要有国防政府，在文化方面，我们以为也要和政治适当地配合起来，才能完成它的任务。所以也主张要建立起国防文化的阵线。音乐，也和教育，文学，戏剧以及其他艺术一样，要负起当年的紧急任务。不只要负担起唤醒和推动全国未觉悟的民众的责任，或者在他们中间造成一种抗敌的情绪和倾向，如《文学》四月号论国防文学所说的，应当更进一步，积极地把全国民众组织起来，把他们的抗敌意识转化成为实际的行动。国防音乐的提出就是基于这要求之上。

下面我们就关于建立国防音乐的几个基本问题来谈谈：

一　国防音乐应以歌曲为中心

无疑地，国防音乐要广播到每个农村和每个城市中去。不论是老，少，男，女，不论是文盲，或是识字的，都要在国防音乐的影响之下，只有通过音乐把全国人民组织起来，成功一条阵线，才能保证抗敌的胜利，和民众的独立和解放。

就音乐本身说，乐器曲音乐当然比歌曲来得有力量，但在中国乐器还没有改善，各种乐器的配合还没有建立在科学方法上，而大多数人因为一般文化修养的过低，对于纯粹乐器音乐还没有具备相当的理解力的时候，自然歌曲比乐器音乐来得更有力量，这也实在因为歌曲主要地是建立在语言文字上面。它能把一种特定的意义简明地告诉给每个唱歌的人和每个听众。所以我们主张国防音乐应该以歌曲为中心。

二　关于歌词和乐曲

在一般歌曲创作上本来就有很多困难，在国防音乐的创作上困难也许特别多，比方说，要创作一个能适合全国各地民众的歌曲，大概就是不可能的。第一语言的不同（包括读音和语汇的不同）就很能影响到歌曲的流传；要在许多文盲中推行一种新的歌曲也是很费力的工作；而全国大多数人的生活是固定在一个很小的范围以内，他们的文化水准大都是很低的。这种种条件已经决定了我们的歌辞和乐曲创作的形式和必备的条件。我以为要制作一个能通行全国的歌曲是不可能的。我们决不能忽视方言，特殊生活形式对于他们的影响。所以我主张除了要向他们推行新文字外，在歌曲的创作上，

歌辞　要采用新文字依照方言口语并写。

乐曲　要尽可能地民歌化。

必要的时候，也不如根据流行在他们日常生活中的歌曲，对于歌辞加以改编，或者模仿他们口头的歌曲创制新的歌曲。总之，不论是创作也好，改编也好，总以容易歌唱，容易记忆，便于歌唱，便于记忆为主。这里要声明的就是容易歌唱，便于歌唱绝不是千篇一律，粗制滥造，还应当能满足他们的要求。就目前的情形说，一般地，似乎分部合唱还不迫切地需要，当然，这并不是说不需要合唱音乐，相反地是慢慢地要向他们提倡合唱音乐。

三 国防音乐不是孤立的

也许有人以为国防音乐是和一般音乐对立的，那样就错了，那不仅把国防音乐孤立了起来，而且也减低了国防音乐的力量，曲解了国防音乐的意义。我们应当把国防音乐看作是在某种特殊政治情形之下产生的一种新音乐，而必须把它和一般音乐紧密地联系起来构成一个完整的系统，才能发挥它的特殊性。国防音乐和一般音乐不同的只是它负有和一般音乐更不同的使命，它要在争取民族独立和解放的这一斗争中完成它唤醒民众，激动民众，组织民众的神圣任务。进一步，我们不仅不以为它是孤立在一般音乐之外，和一般音乐对立，事实上一般音乐会因它的诞生而会得到有意义的答示，获得新的方向和新的活动。而国防音乐要完成它伟大的任务也必需获得一般音乐的合作和辅助。

四 国防音乐的主题

当"九一八"，"一二八"发生以后，曾经激动了我们的音乐家创作了一些抗敌的歌曲，如黄自先生的《旗正飘飘》，《抗敌歌》，胡周淑安先生的《抗日歌》，黎锦晖先生的《向前进攻》，《齐上战场》，《义勇军进行曲》等，可惜的是他们不曾继续在这方面努力，虽然缺憾地是所产生的歌曲多是局限在狭义的抗战的一方面，没有发挥出民族解放运动的特殊性，所以没有获得伟大的成果。

就目前的情形看，前面所举的这些歌曲不够表现目前的真实情形，不够满足大多数人的各方面的要求。说到国防音乐主题，我们就应当看明白建立国防音乐之客观的政治的要求。目前我们是要争取民族存在，独立和解放，不是狭义的国家主义的抗敌复仇运动，是和全世界一切被压迫民族的解放运动，全世界被压迫大众的解放运动有极紧密的联系的；所以国防音乐的主题也不应当局限在抗战的一隅，更不要强调狭义的国家主义的复仇心理，也不能高唱同样错误的灭亡敌人的民族的侵略者的歌曲。

无疑地，国防音乐的主题除了反×，反汉奸，反内战，争取民族独立和解放以外，还应当加上以下的主题：

1. 暴露民族敌人侵略的阴谋；

2. 暴露民族敌人屠杀民众的残酷行为；

3. 暴露敌人在侵略战争中的残酷和罪恶；

4. 暴露汉奸压迫救国运动的残暴行为；

5. 揭穿带有麻醉性的和欺骗性的等待论，战败论以及其它错误理论；

6. 与民族解放斗争有关的各种历史事实叙述；

7. 表现大众英勇的斗争（如"一二八"，"一二一六"）和参加各种英勇斗争的英雄（如抗敌的李红光）；

8. 反对帝国主义侵略弱小民族（如意阿事件）；

9. 反对帝国主义分割殖民地及其它的战争。

此外，也应当尽量采取各民族解放运动作为题材，激动，提高我们的抗敌情绪；表现亡国后被虐杀被侮辱的惨痛以觉醒同人。同时封建思想也是我们应当反对的，因为它是阻碍民族解放的侧面敌人，国防音乐也应当汲取反迷信，反命运的题材创作反封建的歌曲。

五　歌曲的种类

为了要获得我们所期待的效果，国防音乐必须通过全国民众。因此，在统一的题材上要用各种不同的手段去表现。这样才能通过全国的工，农，商，学，兵，妇女，儿童构成一条统一的战线。这在创作上也是必需注意的，譬如说，同是一首抗敌歌，就可以有儿童，妇女，士兵，商人的不同，这都要依照各别的生活方式去决定，同时音乐本身上也要加以注意，比方说八岁以下的儿童用的歌曲和十岁以上的儿童用的歌曲，在音域上就有很大的差别。

在这桩伟大的工作之前，我们决不因为自己的能力不够而停止，反之，我们更应当加倍地努力于这伟大的神圣的工作之完成，这样才算是为民族生存而斗争的战士。自然这决不是几个人或少数人能完成的工作，这是需要全国从事音乐的人来参加的，我们需要无数的演奏者歌唱者把这些伟大的作品唱奏给无数的人民听，也需要无数的教师去传授这些歌曲给无数的人们，更需要忠实的理论批评家对于国防音乐的理论加以详确的阐明，同时对于一般音乐予以正确的批判，引导我们的作歌曲者，帮助我们的演奏者和歌唱者，纠正一般人对于一般音乐和国防音乐的误解和歪曲。

实际上，我们全国的大中小学的音乐教师，职业的及业余的音乐家，歌曲作者，演奏者，歌唱者，理论家，音乐学校和艺术学校的学生，能会聚在一条阵线上，组织起来，我们的力量也绝不薄弱的。为着整个民族的生存，我们相信每个从事音乐工作的人都会放弃他们对于某些个人的意见，打破他们狭小的生活牢笼，走到为民族生存的最前线，勇敢地负担起这伟大的艰苦的工作来，更进一步，会组织起来，有系统地有计划地来完成这艰苦的伟大的神圣的工作。

一九三六年四月五日

1936年4月5日《生活知识》第1卷第12期

国防音乐必须大众化

巍峙

民族危机一天一天的加重，中国民众的抗敌情绪也一天一天的激昂起来：要求生存，要杀退××帝国主义的吼声，在全国每一个角落里不停地响着；救亡的意识更是很猛烈的进展着。因此，怎样来加强这种情绪，使民众思想统一，以发动整个民族力量的工作，无疑的便成了当前救亡运动中需要最迫切的工作了。

在最近已经有人从事国难教育运动，并提出建设国防文学，国防戏剧等等。这些文化运动是一致的主张唤起民众，建立民族文化的国防，巩固意识上的阵线，作抗敌除汉奸收回失地的准备。

现在，我们又要提出的是要求把国防音乐迅速的建设起来。

谈到音乐，在目前是着重在唱歌方面，因为它对于大众的生活的影响很大，是和大众最接近的一种艺术；同时，我们又想到"靡靡之音"在过去所造成的恶果，我们认为实有建设国防音乐，一扫颓废享乐的风气的必要。

国防音乐在目前的时代任务是和别的文化工作一样，以灌输民族知识，唤起民众为最大的目标。它是救亡运动中的一种重要的部门，它不会再是个人的消遣品了。

在从事这种运动的时候，我们先要认清的，就是音乐虽容易深入民间，容易被大众接受，但西洋古典派音乐和西洋学院派的音乐，绝对不是目前的中国大众所能了解的，所以建设国防音乐的第一个条件就是"大众化"。

音乐的大众化，具体的说来（在这里是以歌曲为主）可分为歌词的通俗化和旋律的简易化两方面。

关于歌词的写作，除了在原则上是要有力的反映现实外，同时要竭力写得非常通俗，使农工商学兵，老幼男女很能懂得；只有大众能明了歌词的意义，才能形成大众一致救亡的意识。

单是歌词的通俗还是不够的，难唱的旋律也会限止歌曲的进展。有些人有意把旋律弄得艰奥难学，自诩自己音乐程度的高深。这样使大众根本无法接近这种歌曲，更没有了解它的可能了。在推行国防音乐的时候，我们希望一般的作曲家要努力消除"曲高寡和"的现象，我们的歌要简单易学，要能普遍，要大众能"和"，要成为大众的好友。

有些人也许认为旋律简单，就会感觉乏味，不能引起学习的兴趣。这种见解和说文字通俗化会流于庸俗化一样，这实在是似是而非的。我们知道，旋律简易而悦耳动听的歌曲，在过去和现在非常的多；聂耳先生的遗作，可说是一个最大的铁证。

为了做到上面这二点，我们希望从事这种工作的音乐家，诗人，一切欢喜作歌作词的人们，要努力和大众接近，了解大众的语言，习惯和接受的程度，积极地制出大众所需要的歌曲来！

一九三六，四，一

1936年4月5日《生活知识》第1卷第12期

"国防戏剧"与音乐

沙 梅

无论在理论上或事实上都证明了文化也是有力的斗争武器。所以"国防文学"经人提起以后，跟着戏剧界就又提出了"国防戏剧"。为了这个运动之路线的正确，在本刊上大家出了特辑作热烈的讨论。

音乐界已有了救国会的组织，而且正努力于救亡音乐运动，可是在本刊我又把"国防戏剧"与音乐拉住一起说，似乎人家会以为这是多余的事。其实不然；不然得很！

把音乐运动与其诸姊妹艺术的运动分离开来是不可能的，因为无论于理论或事实上，他们都有铁的连环性，历史上早有了证明。

音乐运动需要别种艺术运动的帮助，而它也应帮助别的艺术，这样才能增加其发展的效果。所以为了"国防戏剧"得到更有力的开展，那就不能不将音乐抓住一起。因为这两种艺术都是舞台，旷场上活动的东西。

在舞台上对话最尖锐的时候，如果随之以壮烈的歌，其效果将如之何？在一切姿态动作的时候，如在幕后配以情调相符的音乐，其效果又将若何？把纯粹对话的剧与有插曲及配音的剧在舞台上对比一下，其不同的效果是怎样，我想读者也会想得到吧！

在演完一个话剧后，如果开个与话剧情绪相同的音乐会，那末，其效果更特别更有力了。因为彼此情调的反照，使观众的情感更深刻更强烈地起共鸣的作用。

　　独立的救亡音乐运动自然应当建立，然而同时与"国防戏剧"联合一起行动，谁敢说句"不可"呢！

1936年4月5日《生活知识》第1卷第12期

现阶段中国文学必然之倾向

柳 丹

现阶段中国的文学，在社会的基础矛盾的冲击与回转中，无疑地已经被前进阶级的意识的前卫所发动而站到现实的写实主义的路的前端，并且，由于大众的反帝，反汉奸，反封建情绪高潮的积累，由于极度的客观环境的需要，当前中国的文学必然会向这条正确的路迈进。

现阶段中国的文学，当然还不就是中国前进阶级自己的文学，但，它的进展却正是被决定于这自为阶级的进展，并追随着这阶级的一般的任务。

象前进阶级自己一样，在将来到的大时代的前夜，凡属于文学各部门的写作者莫不有同一的感受：

走向前进阶级写实主义之路。

这是已经表现的事实。

这是一个伟大的正确地反映现实的矛盾的尖锐程度的感受，而且，这感受应该是昨日的文学和明日的文学中间的桥梁，经历这道桥梁，前进阶级才从社会的上层扩展了自己的任务，才从敌人——资产阶级手中夺取了既经开拓的领域。

这不用去怀疑，搭架这道桥梁自然更需要全个感受了前进阶级对现制度的殊死战的要素的文学各部门的写作者的努力。

时代的巨轮会无情地把每个人的自由辗碎，将它纳入必然发展的途径。

属于文学各部门的写作者也免不了这种遭遇的到临。

这种遭遇的到临要从文学的实践表现出来，要从作品中反映出来，便不单是描摹了现社会的外景，并且必须解剖与暴露对象的内形。

被它正荷负着的任务所决定，现阶段中国的文学并不需要仅仅真实地去描摹现社会的远景近景的作品，主要的，它必需能深刻地显露出这尖锐的矛盾社会的内容，它的出现必须以一种具象化的形态。

文学的作用不相同于一架摄影机，文学的内容决不是一张底片上的映象。

文学的内容必须真实地说明了历史的过程和社会经济发展的质的突变。

因此，在目前，凡属于文学各部门的写作者自己之间的首要商榷就以"怎样去充实作品的内容"为重心。

写作者对于自己的作品的内容应该如何去充实，自1925年以来，已有无数次富于价值的探讨。正确的结论，概念的说：从社会一切事象中取得题材，将题材通过正确的社会观与艺术观，再以强调的情感用各种形式表现出来，那就表现了文学的真实的具体的内容，那就形成了意德沃罗基的突击队。

不过，已往文学领域中的贫弱状况，决不可掩饰，实际上并不曾发现多量文学的突击前卫。

就最近的事实来观察，在1935年这贫弱的领域中也还出生了几部小型的尖锐的作品与刊物（《八月的乡村》，《丰收》，《生死场》等）获得了广大的赞颂。这由于几个青年写作者努力的成绩，恰好解答了文学在现阶段应该以何种倾向与形式展开它的内容诸问题。

譬如，东北各地义勇军对帝国主义者的抗争，内地农民对现统治者的死斗，工场劳动者对资产阶级的冲击，尤其是以"一二·九"、"一二一六"救亡运动为基点而展开的全国大众反帝、反汉奸、反封建斗争的大联合，莫不给予了现阶段的写作者以直觉与实感的启示。

当前，客观的现实几乎全般的成为写作者的题材了，如果写作者仍然要写出象已往一样的无内容的空洞的，陈腐的，浮雕的，片面的，个人的作品，那自掘坟墓的人就去他的吧！

整个文化各方面的发展，现在正环绕前进阶级的意识的核心回转着离心和向心的运动，所以，单只从写作与阅读或其他的学习是不够的，写作者必须有现实生活的认识与实践，才能真实的担负起写出伟大作品的任务。

这个任务的力量才能抵消了无限度的离心力的向外拽。

对立的，反前进阶级意识的写作者纵使他有极强韧的附着力，也必然要被不可抗拒的离心力抛了出去，就象抛出一颗加速的炮弹。

文学的内容是受了历史的期间性的规定的，这一期间的文学正是这一期间切实的需要，所以，在目前，当作加速的炮弹抛出去的应该是：幽默文学，消闲文学，颓废文学，民族文学，踏踏文学，遗产文学。

当前切实的需要是国防文学的建立。

国防文学的内容必定是尽量呈显了反帝，反汉奸，反封建的全面。在这样尽量的呈显中，写作者的作品每字行间必须达到能帮助大众对于事实正当的理解，所以，写作者在他的作品中，对现实不仅是全面的暴露，并且要作稳健锐利的突击。

由于中国现存的文字与语言不统一，同时资产阶级及封建势力御用的方块汉字的缚束，以及前进阶级尚未从历史的进展上达到自己规定的文化水准，现阶段的中国文学所授予前进阶级的影响的确过于微弱，然而，有一部分劳动者和农民层也很需要简单的通俗化大众化的小型报告文学与暴露文学的作品，属于前进阶级的意识阵营的写作者必须在这个要求的战线上调整步伐，洒流一点汗和血。

当前，中国前进阶级除有少量的报告文学的习作，自己确没有更高意义的作品，可是，前进阶级的文化运动不曾经从一九三五年带来了一个伟大光荣的信号的火花么？

靠着前进阶级自己的力量把这信号的火花渐渐燃烧起辉煌的光焰了。

这是新文字运动！

新文字运动的开始推动才到一年的光景，就已经展开了极广大的自信力，中国前进阶级已经有自己的文字，自己的读物和自己的写作了！

这个可惊的高速度的发展，一方面证实了前进阶级已经真确的患着广大的文化饥渴症，一方面指出了这自为阶级的一般任务已经实践到不可再曲折的限度。

新文字运动是前进阶级的文化的发展的晴雨计。

新文字运动是东方伟大的革命！

前进阶级的文学从新文字的热风与暖流的孕育中茁长了自己的文学。

不过，前进阶级的文学在现阶段并不立刻就能建设起不可摧陷的长城，这中间，还必须经历过一道桥梁才能铺成了永恒的大路。

新文字运动和它的推进工作也属于搭架桥梁的任务。

所以，凡属于文学各部门的写作者，当前都应该尽力去搭架起这道桥梁，参加到前进阶级的意识阵营中去学习去推进新文字运动。

随后，前进阶级才使用自己的新文字建造起自己的文学，写述自己的作品。

这样，一切资产阶级及封建的文化壁垒被前进阶级冲破了，他的文学阵营随着方块汉字而总崩溃了。

这并非作过高度的估价或是夸大的预言，这确是历史事迹与现有事实的昭示，前进阶级不但要建立自己的文化，并且要从敌人——资产阶级手中夺取一切权力（生产机关与其他上层建筑），创立自己的世界。

处在前进阶级的文学与文字的蓬勃生长中，我们坚决信任，并且事实坚决的表现也是这样，凡属于文学各部门的写作者确有他历史的正当的任务，无论谁都不能抹煞搭架桥梁者的劳绩与效果。

我们更坚决的说，并且事实坚决的表现也正是这样，现阶段中国的文学必然属于前进阶级的意识阵营，并且，属于这意识阵营的文学各部门的写作者更应该一致联合起来，共同致力于这历史正当的任务，使它和前进阶级的任务有同一的倾向并挺进于同一的途径。

有人说：这个大联合"在这苦难的时代"，"在这个存亡危急的关头"，"即使是同道者们犯了错误"，"凡有一分得救的希望的便该救他"。

这，凡能理解文学的阶级性的文学各部门的写作者都不能表示同意。

因为，这时代并不是人道主义的拔救时代，当前写作者的任务只是争取和突击，无需激情地去施予慈爱与怜悯。

并且，凡属于文学各部门的写作者即使正在进行昨日的文学与明日的文学之间过渡的任务，也不免要受两种不同力量的影响，一种力要将落后与动摇的拖入后方资产阶级的文学的泥沼，另一种力要使年青勇敢的走向旭日初升的前进阶级的文学的前方。

所以，在现阶段只有向前进阶级的前方进行的文学各部门的写作者才真能彻底联合起来。

有谁自愿陷入泥沼里去拔救不可拔救的人？

最后，以诚恳的音调再重复地申述我们的主题吧！

现阶段的中国文学必然会站在前进阶级的意识战线并进行在现实的写实主义之路。

它的内容不但暴露了现实矛盾一切尖锐的内景，更须对现制度作全力的突击。

它的机构全般需要通俗化，大众化。

反对幽默文学，消闲文学，颓废文学，民族文学，踏踏文学，遗产文学。

建立国防文学。

迫切的需要小型的尖锐的暴露文学与报告文学。

作品的题材侧重于大众反帝的抗争，工场劳动者的冲击，农民的死斗。

尽全力追随前进阶级推进新文字运动。

不背反文学底历史的发展与倾向的文学各部门的写作者联合起来，走向同一的路。

走进新兴的前进阶级底意识的阵营。

1936年4月15日《忘川》第1期

请看今日的"民族文学理论"

胡玉虎

　　"民族文学",这名词高唱得很久了,但是也已经完结得很久的了,这一回的"卷土重来",实在只是"回光返照而已"。

　　最近有一位名叫吴复原的,似乎很"客观地","谦虚地"提出了"民族文学乎?国防文学乎?"的问题。但文中的说话到底是否"客观",是否"谦虚",或者正是乱咬狂吠,那倒不得而知,但死人肚里,自己是一定明白的。

　　仔细看起来,这位"理论家"——"真正的民族文学"的"理论家"——是有两大目标:其一是要剿灭国防文学,其二呢,更要紧的,是要把民族文学重整旗鼓。其实是旗已被撕,鼓也破了,是再也重整不起来的了。他既有重整旗鼓的雄心,就不能不登场说话。一开头,他就来了一通自我批评式的对于过去民族文学的估价,他说:"记得以前有许多人呐喊过民族文学,他们所谓民族文学就是为艺术而艺术的谬见(原文如此——虎注)……"他接着说:"因为这些理论的不健全,创作方面也随之而贫弱。在无形中也就消声匿迹了。"

　　哈哈,这段妙文,真是自骂自。在"许多人"中间,吴先生,你自己也是在内的吧,何必曲折地说他们,何不干脆地说自己呢?据我们所知,"为艺术而艺术"的,自有人在,与"民族文学者"是有点相同,而又不尽相同的。鲁迅先生说过:"头等聪明人不谈这些,就成了'为艺术的艺术'家;次等聪明人竭力用种种法,来粉饰这不通,就成了'民族主义文学'者,但两者是都属于自己'不愿通',即'不肯通'这一类里的。"

这样说来，民族文学"理论的不健全"，"创"的"贫弱"，以至于"消声匿迹"，那是民族文学者自己都已经不打自招了。

但是据这位吴先生说，自"九一八事件"发生以后，"主张民族文学的人们，都感到文学理论的错误"，而且据说，"这错误，不特曲解民族主义的本质，并且阻碍它的发展"。读了这段文字，再想想多年以来民族主义者没有"文学"，没有"艺术"的事实，真有点儿"未免令人可笑"（吴先生自己的话）。

对于这些错误，应该怎样勇敢地矫正，重新估定它的新价值呢？吴先生用了下面的括号以内的原文说道：

第一，"绝对不能放弃内容"；

第二，"这内容不是消极性，而是积极性"，"我们所谓民族文学要有积极性，就是我们所处理的主题，就是要有民族精神的新表现。"

第三，"它的形式也是极力使它最高艺术化"，"而形式方面也跟内容的发展而溶成优美的技巧"。

这样列举起来，未免太麻烦，我们只想说，吴先生所说的"积极性"等等，是不是指"长期抵抗"，"心理抵抗"以外的实际抗×？假定是抗×，那么，目前中国人民的一切抗×的理论和实践，如此地遭受内外的压迫，是不是应该规定着把它表现出来呢？又，吴先生们所说的"最高艺术化"，究属是指些什么，假使说要利用一切技巧来遮掩其欺骗麻醉作用的话，那恐怕应该称之为"最低艺术"吧！

要真能尽反帝抗×的任务，实在有提出国防文学的必要，但这决不是象吴先生们所说"国防文学就是反帝的"，这句话所可说尽；它却是为了保卫我们的祖国，同时也是为了肃清内部的汉奸的一道坚实的壁垒。但吴先生们是不愿也是不承认这层，所以硬要扭曲着事实，说什么"国防文学早已包含在民族文学里面"，这才真"是痴人说梦"了！

最可笑的，是：吴先生还在振振有词地说着梦呓："我们要创造自己的东西，而成为真正的民族文学。"

1936 年 4 月 19 日《大晚报·火炬·星期文坛》

国防文学的社会基础

永 修

国防文学的基础问题，是很重要的，我早已想写这样一篇文章；在看了徐行先生的文章（《礼拜六周刊》，六二八期）以后，我尤其觉得不能不对这个问题有所阐明。

徐先生是反对国防文学的，他根本否认了国防文学的建立；可是最严重的问题，还是他根本否认了广泛的"全民"战线。

张尚斌先生那篇登在《火炬》上的原文，我没有看见，因此我也不能多说什么话；可是，如果徐先生的引文不错，那末帝国主义者"并不满意于中国民族工业的买办性"这句话，显然是有很大的语病的，因为帝国主义者对于"买办性"不但不会表示不满，而且很欢迎，他们所不满意的，却是"民族性"。而且"全民的反抗帝国主义的战线"，应该改成"全民的反抗某帝国主义的战线"，"中国各种阶层的民众中，都有反帝的要素"，也应该改成"中国各种阶层的民众中，都有反对某帝国主义的要素"，如果不是这样讲，那就是不能容许的错误。

可是我的着眼点，却在徐行先生这种机械的，甚至可以说是犯了取消错误的论调。他这种论调，照我的理解，不但是文学本身的问题，而且是民族解放运动中的政治认识的问题。

徐先生所持的最大理由，是中国的民族布尔乔亚因为买办性非常浓厚，他们的利害是和帝国主义者完全相一致的。这并没有错误。可是这是一般的说法。目前的事实，却很清楚地指明政治形势的特点，是一个对于我们有特殊利害关系（存亡关系）的帝国主义，想用种种方法（最主要的当然是傀儡政权），把我们的整个民族独占，把它从半殖民地化转到完全殖民地化。因此其他各帝国主义对于这个帝国主义的利害冲突，也一天天的紧张和尖锐起来。

中国的买办们，是代表各帝国主义集团的不同利益的，因此他们无疑地也有相互间的矛盾。在目前这样危急的关头，别说"民族性"较为显著的民族工业家，就是不是代表这个特殊帝国主义的利益，而且跟它利害刚刚相反的买办们，即使不直接的或公开的参加救亡运动，至少也会采取赞成，同情，中立，或者不积极地表示反对的态度。虽则这种参加或拥护是个别的，暂时的，不诚意的，动摇的，可是却不能完全抹杀这些部分的影响和作用。甚至在某种特殊的场合，军阀，官僚，地主（尤其是中小地主），富农，也有这种可能性。至于小布尔乔亚，进步的知识分子，以及下层的士兵等等，当然更是民族抗战中的最可靠的同盟者了。

我们决不否认主要的和领导的救国力量，是出卖劳力的大众（仿佛徐先生连农民也不承认是基本的救国力量），可是单靠这一力量，却是不够的。我们一定要联合一切不愿当亡国奴的"中国人"（除了卖国贼汉奸）共同起来组织抗敌救国的"全民"阵线，换句话说，我们一定要设法实现"工农商学兵"的联合阵线，才能完成这个历史的任务。

徐先生不曾了解这一特点，却很肯定的武断说："我们决不幻想'阶层的目前利益和全中国民族的利益恰恰是一样的'"，这简直是根本反对"不问派别，阶层，团体，个人，宗教，信仰，只要是赞成和拥护救亡运动的，都可以而且应该联合起来"——这个神圣的正确的号召。

我认为国防文学的主要内容，就是抗敌和反汉奸，凡是和这有关联的，都可以说是它的题材。因此它的范围很广泛。它的社会基础就是每个"中国人"都要参加的，"全民"的救国运动。它表现每一件值得表现的救国运动，描写每一个值得描写的民族战士（当然不是脱离群众的英雄）。如果称这种文学为"全中国民族的文学"，难道有什么错误吗？难道张尚斌先生犯了一点语病，我们就可以根本否认广大民众的战线，根本反对适应现阶段的政治号召的国防文学，而且竟随便加人以一顶"民族资产者的辩护士"的帽子吗？……

1936年4月19日《大晚报》

国防文学与民众解放

谷　人

民族争求解放的声浪，随事实的逼迫与演进，冲入了弱小者的心门——似六月里的太阳般的燃炙着每个人的感情——更由于近年来"友邦"一惯的"亲善"（？）政策，使我民族的生存已渐趋向末路；更加国内汉奸对"友邦""亲善"政策的接受，于是八百万方里的土地及数千万民众的生机，便算做了个人情——去年间接出卖了华北；最近华南又变相自治了。使我们不能不感叹当局的功绩（？）。

民族的存亡已处在这一息的关头，命脉马上就有被截断的可能；而一般持笔文学的人们能坐以待毙吗？是的，不，这是我们应尽的责任——神圣的责任；何况存亡还有我们的份呢？所以当敌人正准备一切对我们的时候，我们应抛弃一切的私仇与成见，站在一条战线上：对内唤醒一般民众，使他了解自己当前的危机，铲除内部一切的汉奸走狗；对外决不怜悯的剥露帝国主义侵略卑鄙的丑态，给以大众认识的坚定与敌人作殊死战；以战争中求得和平，民族才能得到真正的解放。

今再将民族解放斗争和文学的趋向略述一点：

在"九一八"事变的前几年，由于大众劳力流血之后，"文艺大众化"又重新抬起头来，且已具有确切的意识。"九一八""光临"以后，时代巨轮推动的结果，因之更有大众文学出现了！这时期也可谓"反帝文学"——和"民族解放"斗争已站在一条战线上，作了斗争迈进的战旗，领导着大众踏到反帝求解放的征途——田军的《八月的乡村》；萧红的《生死场》等已揭起鲜明的旗帜，飘荡在空中。

经过了"九一八"和"一二八"以后，在吼怒了的上海，不，在吼怒了的整个中华民族，竟有许多有名与无名的作家们，不惜牺牲一切（有许多热情作者，新闻记者亲自上了头条战线，采取宝贵的材料），产生了很多不朽的大众文学作品。仅就几册有名的介绍给读者，如：

周楞伽：《饿人》

适　夷：《S·O·S》

艾　芜：《南国之夜》

张天翼：《齿轮》

当然，还有很多很多；但因页幅的关系，不能一一的介绍。总之，中华民族英勇抗战与力求解放斗争的光荣，更显著的进一步使文学迈到"文学大众化"的大道；这些不可磨灭的作品，象战鼓似的激动了每个奴隶的心，使他们潜伏着对现实透彻的认识与毅力，将做后继的战士。所以此时文学的前后，皆已和"民族解放"斗争有着相当的联系。

而现在的事实较以前更逼近了，民众的身上受到双重的压迫，国家民族灭亡已悬在千钧一发的形势；我们欲避免这种形势，惟有上面说过的"对内与对外"的办法，和再以"全民武装"的"国防战争"——只有这是我们的出路。

"国防文学"是符合"民族解放斗争"的需要，并助以"全民武装""国防战争"而产生的文学——但较"反帝文学"是一个更新的进展。

"国防文学"是负着这个光明伟大的使命而落产了，它的重要性，凡是合乎"有机动物"的"人"的条件者，皆能想象的；但汉奸卖国贼等除外。望一切的作家们加勉，不要辜负了时代，不要辜负大众的热望。

四月十六日

1936年4月20日《众生》第1卷第4期

国防文学批评的建立

式　加

要使国防文学的理论不再停留在空洞原则的重复上，而能真正成为创作上批评上的主导路线，这一方面固然有待于国防创作的实践的成果，但是另一方面却有赖于国防文学批评的建立。因为，如大家所知道，批评家在相当的程度上是作家，读者的教师，批评是文学战线上的一个最重要的阵列。

目前中国批评界的惨澹和贫乏是毋须讳言的，国防文学的提出并没有在批评界引起如在广大读者中所引起的那样热烈的反响。我们遇到的是冷淡，闪避和暗嘲。有的人非难国防文学缩小了文学的范围，有的人认定非常时期没有文学。对于这些反对的论调虽曾加以指摘和批评，但国防文学的理论还是没有十分深入发展。这主要地是因为这个理论还没有很好地应用到具体的批评活动上来，批评和创作实践之间还存在着某种的间隔。

批评的任务不但在于对作品的社会的内容加以分析，同时还在于给那作品以一定的评价。为民族解放的斗争是一切意识形态的活动之基本的政治的方向。艺术作品的评价不能和这个总的方向离开。把高的评价给予有助于民族解放事业的作品，是战斗的批评家的职责。文学应当服务于民族解放的斗争，艺术之真实性和历史的具体性必须和那在民族解放的精神上去教育读者的任务紧密地结合，如果有谁说这是倾向的（Tendencious），那末我们的回答是：古今来一切伟大的艺术作品都是倾向的，而我们的这个倾向性正和客观现实的发展行程相一致。

我们要在国防文学批评原则之下引导作家向民族解放运动之艺术的正确的反映这个目标走去，不但把光荣给予正面地描写了民族革命斗争的作品，就是对于一切不完全地或者并不十分正确地反映了这种斗争的作品也给以新的正当的估价。从《庚子事变弹词》到以中国为题材的国际革命文学的作品，如《欧罗巴之旗》，《怒吼吧中国》等等，值得我们研究和借鉴。目前烧遍全国的抗敌斗争的火焰和近百年中国被凌辱的血的历史提供了关于国防的无限丰富的材料。《八月的乡村》和《赛金花》都同样地属于国防文学的范畴，虽然前者有较多的积极的意义。在形式上，国防文学也可以而且应当是多样的。需要史诗般的大作品，同时也需要报告文学，速写，甚至说书，连环图画等等小的通俗的形式。我们要多方面地具体地来研究与国防有关的一切过去和现代的作品，保证和扩大国防文学的内容和形式手法上的多样性和广泛的范围，只有这样方才能达到国防文学之实践的意义。

批评上的宗派主义对于国防文学批评应当是完全无缘的。空前的国难逼着大多数自由主义的作家都站到救亡的统一战线上来，他们的笔下自然地流露了对于强敌的愤怒和爱国的热情，但是同时自然也掺杂着艺术的知识阶级的杂多的层所特有的偏见和幻想，对于民族解放的道路还不能有清楚而正确的认识。在思想意识上帮助这些作家，指出他们的进步性和落后性，使文学上的民族阵线坚固起来，是国防文学批评的主要任务之一。要完成这个任务，应当把一切批评上的"骂"与"捧"以及"友"的宗派主义的残余肃清。

1936年4月21日《时事新报·每周文学》

略论国防电影

由　径

　　在不愿意做亡国奴者都自觉地统一到反帝抗×的民族战争中去做着神圣的救亡工作的当儿，我们已经见到许多文化运动者各以自己所研究的学术与所从事的事业配合到关于争取整个民族自由独立的运动——国防运动上去了。如"国难教育"之由方案的建立到推行，"国防化学"与"国防医学"之研究与准备，"国防文学"，"国防戏剧"与"国防音乐"等艺术部门的热烈讨论与创作等。

　　电影，在文化领域的各部门中是最有力量最有效果的艺术，是教育大众组织大众最直接最广泛最战斗的武器，在这救亡御侮运动中的作用与使命应当是最重大，这一点想来当是每一个不愿做亡国奴的电影从业员，专门家和爱好者所深知的了。那末让我们来谈谈国防电影。

　　讲到中国的电影艺术，我们可以说是与救亡御侮以俱来的。因为中国之有电影虽是近二十年来的事，可是直到五六年前还一直在不学无术的商人市侩手中摄制着"火烧"，"仙侠"这类东西来毒害大众，以幼稚的技术与低级趣味来牟利，没有艺术价值和文化意义，不能当作艺术的分野而存在。直到《野玫瑰》的产生，中国电影才在技术幼稚与内容荒唐的园地中开发生一朵完美的"玫瑰花"，奠定了中国电影艺术的基石。《野玫瑰》的内容虽是偏重在男女罗曼史的抒叙，而是以男主人公的荷枪抗敌与女主角去当战地看护做高潮的。所以《野玫瑰》是中国电影艺术的基石，也就是反帝电影的嚆矢。

　　以《野玫瑰》为起点直数到去年的《乡愁》，其中优秀的作品，为观众所拥护的作品，一大半可以说是国防电影。约略地可以分成四类来看。

第一类是《野玫瑰》型的男女罗曼史，伦理纠葛，农村破产等素材为经，以遭受侵略和抗敌战争为纬或结束的，如《奋斗》，《华山艳史》，《同仇》，《挣扎》，《小玩意儿》与《人之初》等等。这儿我们该特别提到《同仇》这一作品，它在要求着救亡的统一战线的目前是应该特别被珍视的，因为它不但描写了兵士与民众的抗敌情绪与事实，而且描写了统一战线的影响与效果。

第二类是民族革命与战争的历史性质的作品，如《自由之花》，《红羊豪侠传》与《自由神》等，其中前两张因作者的观点或技术的关系，以国防电影的好题材未能成为好作品，只后者完成了帝国主义侵略下民族反抗的时代——以"五四"，"五卅"，"六二三"到"一二八"——的纪念碑。

第三类是暗示地写某帝国主义的侵略阴谋，或者正面描述抗敌义勇军的英勇斗争的，如《还我山河》，《东北二女子》，《东北义勇军血战史》，《战地历险记》，《恶命》和《美人心》等。其中除了最后的一种由于作者的错误认识，强调着所谓美人心，而把黑水白山间的义勇军活动写得极不真实之外，前数种可惜由于物质的技术的限制（多半是小公司出品），未能达到成功的境地，完成国防的电影任务，可是那种制作的态度，正面写述的勇气，历尽艰辛去实地取材的精神，以及宝贵的真实的画面是极值得重视的，尤其是出之于小公司。

第四类是比较完整的或者可以说是真正国防电影的，有《民族生存》，《烈焰》，《中国海的怒潮》，《大路》，《逃亡》，《风云儿女》和《乡愁》等等，从主题的抓取，素材的处理到表现织接各方面看，多是成功的作品。只是由于遭遇太恶，如《民族生存》的屡遭迫害，以致摄成的宝贵作品，不能与世人相见，结果弄得剪接错误，前后不联贯地出映在小戏院里。又如《大路》的不得不过于晦涩，《乡愁》的流于感伤，这些损失当不是说句惋惜话所济事的，我们得认清楚谁毒害了国防电影？

让我们再重复一句：中国电影艺术成国防的产儿，从《野玫瑰》到《乡愁》这中间优秀的为观众所拥护的作品，大半是国防电影。但是《乡愁》以后呢？由于某帝国主义不断的侵略，由于汉奸傀儡们的加紧出卖民族利益，《乡愁》以后的"国难"是深沉到无以复加的境地了，在作品方面不说象流于感伤的《乡愁》一样的东西是没有，就是连如火如荼的救亡运动的新闻胶片我们都不曾见到一时！这说起来决不仅是痛心就完了的！

中国电影是与帝国主义支配下的殖民地政治，经济与文化同命运的，民族不自由，独立，解放，电影不能单独的健全和发扬，我今日的中国电影从业员，专门家和爱好者们要不能把"开麦拉"这武器对准了国防线内外的敌人与汉奸，那末他日国亡后连将无江可隔，无商女可当明星，来给我们拍摄"后庭花"了！

1936 年 4 月 24 日《大晚报·每周影坛》

需要一个中心点

波

有一位读者写信来问：现在常见一些论文里用了"非常时期的文学"或"国防文学"等字样；究竟所谓"非常时期的文学"或"国防文学"有没有什么区别？

又一位读者写信来问："非常时期的文学"和"国防文学"是否是同一东西的两种说法？

这两位读者的疑问，骤视之似乎有点"幼稚"，然而如果当真是"幼稚"的话，那也不足为怪：我们还没见过关于此一方面的很有系统很具体的说明的文章——不，即使有了，一般的读者也不能读到的。

另有些读者或者早已把"非常时期的文学"和"国防文学"认为一物的异名了；这本来也使得。有几位作者是这样地在使用的。但是上举两位读者那种不肯含糊的精神却更值得钦佩。

在我们想来，如果说是"非常时期的文学"，那就所含的意义和问题都非常广泛。四五年来，我们是生活在"非常时期"；四五年来愈演愈剧的"国难"，农村破产，工业崩溃，天灾，"人祸"，都可以包括在"非常时期的文学"这一名目的题材之下。

不过一切社会现实都有其中心点。民族的"病象"固然千头万绪，而"病根"却不能不是一个或两个。如果文艺的使命仅止于复写现实，"拷贝"现实，那么，罗列"病象"而不下诊断，亦不失为一张"脉案"，否则，指出那"病根"，并且整一民众对于此"病根"之认识，促进民众对于铲除那"病根"的决心，却是万分必要的！

因此，对于"非常时期的文学"我们必须进一步追问道："非常时期"需要怎样性质的文学？

而现在已经成为一种潮流的对于此一质问的回答，就是"国防文学"！

这是唤起民众对于国防注意的文学。这是暴露敌人的武力的文化的侵略的文学。这是排除一切自馁的屈服的汉奸理论的文学。这是宣扬民众救国热情和英勇行为的文学。

这是讴歌为祖国而战，鼓励抗战情绪的文学。然而这不是黩武的战争文学。相反的，这是为了世界的真正和平，为了要终止一切侵略的战争的战争文学。

这是民族的文学，咏赞民族自救的文学。然而这不是狭义的民族主义的文学。这对于民族的敌人固然憎恨，然而对于敌人营垒里被压迫被欺骗来做炮灰的劳苦群众却没有憎恨。不但没有憎恨，而且应以同志般的热心唤醒他们来和我们反抗共同的敌人。对于甘心做敌人伥鬼的汉奸，准汉奸，应给以不容情的抨击，唤起民众注意这种"国境以内的国防"。

"国防文学"的战线是多方面的。这不仅是描写了民族自救的英雄的战争，不仅是描写了不怕压迫不畏诬蔑的民众救国运动；凡是现代的我们的社会现象，——从都市以至农村，从有闲者的颓废生活，小市民的醉生梦死，以至在生活线上挣扎的劳苦大众的生活，都可以组织在此一题目之下。不过凡此种种的题材都必须有一中心思想，即提高民众对于"国防"（使民众了解最高意义的国防）的认识，促进民众的抗战的决心，完成普遍一致的武力抵抗侵略的行动！

这是历史所赋予的我们的作家们在现阶段不可逃避的使命！

《中国文艺之前途》的原文（节录）

徐懋庸

一个多月前，曹聚仁先生约我替《社会日报》写一篇星期论文，而且限定要谈文艺问题，催促了好几次，使我不得不践约，于是草草地写了一篇《中国文艺之前途》，总共只有千把个字。

因为写得太简单了，就给文学社的横先生看出了许多"语病"，在六卷四期的"文学论坛"里，一连给了三篇的专文纠正，同时角先生在纠正别一位的一篇文章的时候，也附带地对我有所纠正。

对于两位先生的纠正，我自然是很感谢的。但是横先生他们当纠正之际，却不免有曲解我的原文的意思之处，因此我去了一封简略的信，略有所声明。据傅东华先生回信上说，他已决定把我的信在五月的《文学》上发表出来了。

记得《每周文学》的编者，当说到周文先生与文学社为了《山坡上》一文而起的纠纷时，曾有这样的话："这虽是了不得的大事，但可谈的问题也还有。"这一回，文学社对我的纠正，由我自己想来，却是这样："可谈的问题虽也还有，但并不是了不得的大事"，和"《山坡上》问题"刚刚相反。因此，我除写了那封声明的信之外，就不想再说什么了。

但世上的确有好事之徒或是非的注意者。自从四月号的《文学》出版后，旬日以内，我先后接到许多朋友的书信和口信，询问我的原文登在那里。因为有许多人是没有看《社会日报》的。其中有许多，而且不但是好事或注意是非，竟还想对看两造的言语，断定谁是"真理"。我想对于无论那一种朋友，都有给他们看看我的原文的义务，但过时的《社会日报》无从买得，口头和书信的撮述又嫌简略，而且逐个答复也太麻烦，因此找出原稿，特别在《生活知识》上，再发表一次。

"真理"是在那一方面呢？由我自己说来，是双方都有。因为我看出横先生的立论，是站在和我的相同的原则上的。他所攻击的是我的"语病"。就是角先生罢，虽然也对于非常时的文学的见解和别人有些不同，但他毕竟也是赞成"国防文学"，对于"国防文学"希望很深的。（见四月号"文学论坛"）

也有的人问我对于"文学论坛"给我的纠正有何不满，那我只有一点，就是，我以为倘只是攻击语病，那最好采用《中学生》杂志的"文章病院"的办法，如今给横先生们在"论坛"上那样一论，使有些人看来，不免好象是原则上的立异了。

以下便是《中国文艺之前途》的原文：（略）

1936年5月1日《生活知识》第2卷第1期

谈国防演剧的实践

章 泯

在这整个民族存亡的严重关头，在这抗敌救亡的热情和行动普遍在全中国的民众——甚至侨外同胞之中的现阶段中，演剧——这与社会联系得特别密切的演剧艺术，将取怎样姿态来表现，即是说，演剧艺术在这样一种非常时期中，它的社会机能应是什么样的！这个问题当然是从事于演剧及爱好演剧的人们不能不特别想到的。恐怕用不着怎样考虑，人人都会直觉地，本能地认为，目前演剧的中心应是反映抗敌救亡的热情和行动，应是组织起大众的思想和情感来，赴向抗敌救亡的伟大目标之强有力的国防武器。

这样的国防演剧无疑应是目前演剧活动的中心，只要自己觉得自己还是中国人（不是汉奸不甘心做亡国奴），只要不是那抱着"为艺术而艺术"的腐尸当作美人来迷恋着的人，谁都不愿在目前的演剧活动中放弃了这一中心。

在原则上，这国防演剧运动之应展开是毫无问题的：它——国防演剧——是大众所要求的，因它是现在民众的精神上的粮食；它——国防演剧——同时还是大众——这慈母养育出来的健壮的孩子，所以大众一定还很宠爱它。

现在该在国防演剧的实践问题上来谈谈了。

首先我应注意国防演剧的内容，因为它是决定整个国防演剧运动的发展和效能的中心力量。

当然国防演剧主要是应把握着那些直接或间接的抗敌救亡及反

汉奸的热烈的，悲壮的思想和行动，说具体点，如义勇军的艰苦，英武的奋斗，悲壮的牺牲，以及铁蹄下的广大的民众的挣扎，牺牲，同时还有各式各样的汉奸的活动，都是国防演剧应表现的。

在国防演剧的这些表现中，因演剧已作为国防的一种抗争的有力的武器，所以更特别要把握牢那主题的积极性，不仅不以对现实作静的暴露为满足，并且还要站在发展的立场上来指示出现实的必然的发展，即是说，在这新旧，敌我的交战中，旧的势力终不会把新的势力制服，那依存于旧势力上的"敌"——也可以说是旧势力的化身——绝不能把那依存于新势力上的"我"消灭去的，只要"我"在不断地，充分地发挥着战斗的力。

这种主题的积极性，在国防演剧的表现中，应由剧作者，导演者，演员来共同把握着，强调着。这样它才能充分地发挥出。

在这国防演剧的表现中，还应特别强调那集团意识：因为在这条无限长的国防阵线上，个人的意义是溶化在集团的意义中的，个人虽有他固有的力量，但是集团的力量可就大多了。这国防阵线是更急需这种集团的力量的，所以国防演剧要把这集团意识尽量发挥，强调，以便国防演剧能很有力地完成那国防任务。

这种集团意识，在国防演剧的表现中，也应由剧作者，导演者，演员来共同把握着，强调着，这样它才能完满地表达出。

现在该谈谈国防演剧的形式和技术上的问题了。

这国防阵线的组成是复杂的，演剧如要在这整个的国防阵线中充分发挥出它的国防效能，它无论如何不能单纯地以一种演剧形式活动，正相反，它除了在可能范围内创造新的演剧形式之外，还应特别努力去尽量利用一切已存的演剧形式来表现，务使其能更广泛更有效地为人接受。

在国防演剧的技术上，我们一方面固然要求最高的最成熟的技术上的表现，因为，这样，那内容才能充分而适当地被表现出。不过，同时，我们也不反对有那些粗率而有力的即兴的演剧，因为它们——特别是在这狂风暴雨的现阶段——是可以存在着的，它们的存在并不是没有它们的意义的，它们也是能尽一定社会职能的。它们的出现，主要是由于人们的那种普遍的，不可抑制的情感之表现的要求。它们是素朴，单纯而真实，是很合一般民众的口味的，这样的演剧，在现在这抗敌救亡的情感激昂而普遍的时期中，是有它的存在的价值或地位的，因为我们不能马上训练出许多的演剧人材，更不能把无敌的民众都加以演剧的训练；同时也不应认为没有较高技术就不作，因噎废食，而缩小演剧的活动和影响的范围。

末了还有两个问题与国防演剧运动的发展和完成也有很大的关系。一是通俗化的问题，一是联合阵线的问题。

在目前这整个文化要求着通俗化（民众抬起头来迫切地要求更深地明白他们自身，他们处的社会甚至世界）的情势之下，这与民众特别密切的演剧无疑是更应通俗化了。尤其是这建立在更广大的民众身上的国防演剧，当然更迫切地需要通俗化，只有这样，才能更广泛地，更有效地把大众紧密地组织于一定的目标。

在国防演剧的活动中，要是忽略了这通俗化的问题，那无异于解除了国防演剧的一部分的武装，减弱了它的战斗力。所以在国防演剧中，这通俗化问题一定要由剧作者，导演者，演员来给予适当的解决，才能充分地发挥出国防演剧的战斗力。

至于联合阵线问题，在整个的国防演剧的活动中，更是一种重要的要素，因为国防阵线是抗敌救亡的整个民族形成的；所以演剧在它参加到抗敌救亡的国防战线时，它必然也要在它本身上形成一种联合阵线完成为一种更大的战斗力，这样才能充分地完成它所负担的国防任务。同时，凡是见到目前的民族危机，而有点抗敌救亡意思的从事于演剧的人们及爱好戏剧的人们，都必然会站在抗敌救亡的联合阵线上来，共同在演剧上完成国防的效能。

国防演剧运动，只有在它本身上形成了一种联合阵线，同时在行动上参加到整个国防阵线，才能发展，完成。

1936年5月1—2日《大晚报》

文学上的统一战线问题

——《文学青年》文艺座谈第二回

一

周楞伽

诸位先生：我是素来不善说话的，许多朋友都知道上一次的座谈会讨论国防文学问题时，我几乎连一句话都没有说过。可是，现在因为受了种种刺激，使我这素来不善说话的人也不得不出头来说几句话了。

今天大家到这里来讨论"文学上的统一战线问题"，然而事实上只要稍稍留心一点文坛现状的人，差不多谁都能够这样觉着：我们的文坛虽在同一目标之下却形成了两种不同的倾向，一是那些提倡国防文学的人，另一是对国防文学抱冷淡态度，却埋头在从事写作或者在作一些无谓的论争的人。

这原是时代进展的过程中所必然有的现象，过去的历史已经告诉了我们。每当时代进展了一步的时候，一部分人随着时代飞跃到前面去了，一部分人却落后跟不上，这时候就免不了要吵架，前进的人怪落后的人走得太慢，落后的人却怪前进的人不该只顾扬着旗子朝前跑，不来提携他们。其实两边都有一些不是最好的办法，应该是前进的人走慢一步，落后的人走快一步，使两者取得联络。这在兵法上也是非常重要的，我们从来没有看见在前线作战，不充实后防而能取胜的道理。不过这联络在时代刚向前进的时候却几乎很难办到，于是乎吵架愈厉害，成见也愈深，在同一的阵营里面形成宗派对立之势，这是阻碍着大伙儿前进的。

我们试回溯一九二八年的文坛当时情形，便觉和今日相象：提倡普罗文学的创造社与鲁迅先生一派的人互相攻击，但伟大的时代力量却把对立的两方统一在一条路线上了。历史作了事实的最好说明人。

对于目前文坛的分裂与不融洽的形势，在我个人觉着非常痛苦，我自己不站在任何一方面，但我考察两方面的朋友，在原则上没有背道而驰的，为什么在行动上却要采取相异的姿势呢？

假若有人来问我，你对于国防文学是赞成还是反对的呢？那我的回答将是赞成的也是反对的；赞成的是国防文学的原则，反对的是只知道空嚷国防文学却不知道实际地去制作出永久留在人们心里的国防文学来，甚至脑海里根本就没有制作国防文学作品的企图的人。

我说这话，并不含有不满意现在倡导国防文学的诸位先生的意思，我对于他们的热情并且是非常钦佩的；不过仅有热情不能产生作品。一口气要所有的人都来从事国防文学的制作也是办不到的。

一个运动起来，要使许多远离或旁观的人都来参加并执行任务，这也不是轻易可以办到的事。不断的说服是必须的，绝对不该排斥他们，同时更应该尊重他们各人的自由意志，不要把自己的心去度别人的心，强他们作他们不愿意的事体。目前我们文学界有一种好的现象，就是不同的倾向和意气之争虽然是有的，但目标却都是一致的，一个共通的目标是：谁都有企求光明的愿望，并且谁都有把整个民族从帝国主义和封建势力的双重压迫下解放出来的意志，不过步伐稍有参差不齐罢了。

我虽不是医生，却约略能够窥见一些目前文坛的病源和症结，那就是现在提倡国防文学的先生们有流入过去的标语口号化的倾向，而另一些切实从事写作的先生们呢，却是很看不起这倾向的。当然不免要站在一旁冷视，这冷视对于充满了热情倡导国防文学的先生们难免引起一种反感。从这里，应该展开一个论争，可惜目前却只听见流言，论争却还隐藏着，或是已经在"打埋伏"了？

关于国防文学的讨论，目前已经很多，国防文学也成了大众一致的要求，倡导国防文学的先生们目前的日常课题，第一是制作出一些国防文学的作品来，不必再多发空议论。而另一些先生们也该把个人主义的创作态度改变过来，在作品中加进一些积极的浪漫的成分，以尽推动启发的作用，希望他们写出技巧成熟的国防文学的作品来。我想，好的国防文学的作品，单凭青年的热情与革命的浪漫精神，不能有伟大的成就，伟大的成就，应该产生在现实主义与战斗的浪漫主义结合的胎衣之下。

我们需要诗，但也需要散文，我们需要浪漫的战歌，但更需要写实的巨著。我们大家一致结合在一条坚实的统一战线上，努力我们的创造，这样不是可以形成文学上的一种新的宏伟的力量么？

今天我把我心头的一些感觉，如实地说了出来，这在我是一件痛快的事情。说得也许有不对的地方，希望诸位先生的批评指教和讨论。

二

金 鉴

周楞伽先生的意见是有缺点的，他把赞成国防文学与反对国防文学的倾向过于夸大了。虽然这两种倾向是存在的，但我们主要的是给以高级的综合。至于以创造社的活动比把现在，是很不妥的；因为前后的意义与形势都已起了重大的变化，再以倡导国防文学的人为浪漫的，也不妥，他们都是现实主义者。实际上，提倡的人并不仅在叫喊，也在实际地创作；实际在创作的人，也并不见得反对国防文学的提倡。

对于统一战线，目前主要的是做的问题。如果大多数的作家都参加实际救亡运动，则统一是绝对不成问题的。许多不统一的青年，在救亡运动中都统一起来了。因此，第一，我们要求作家实际地去参加救亡运动。第二，我们要求他们以笔作武器来参加救亡运动。第三，我们应学习各国的统一战线的经验：一领袖问题——没有领袖来领导，成立统一战线是困难的，但这绝不是偶象式的崇拜，我们要求有权威的作家来领导统一战线，二在西欧各国都举行公开的谈判，即使那与现实隔离最远的团体，也与之公开谈判。作家协会在成立前，也应与各种作家公开的谈判，集合他们。三我们应有诚恳的民主精神，取友伴的态度，因此才可以说服，集合他们，但汉奸的作家自然除外。

<h2 style="text-align:center">三</h2>

何家槐

周先生的意思是极诚恳的，不过似乎并不怎样与事实相符，金先生已经给以解释了。我觉得事实上根本没有这样的两种对立。如果说现在文坛上对于国防文学有种种不同的意见，那也只是意见的不同罢了，并不是什么冲突；意见不同当然可以，而且必需讨论的，只要根本的目标相同，只要讨论时态度诚恳。但意气之争，却是不能容许的，因为如果不排除意气，所谓统一战线就只是一句好听的空话。

文艺界的情形似乎比较复杂，尤其是作家的组织问题，大家对于统一战线似乎都没有彻底的了解，谈固然比较容易，做起来却是很困难。譬如作家协会这一类组织，是文艺界统一战线的具体运用，可是现在还有一些作家不赞成。他们反对的理由，大约可以分为下列几种：第一，他们以为作家协会是组织不起来的，因为作家们的感情大都来得特别丰富，意见不容易一致。第二，他们以为即使组织成功，也不过是局部的团体，不能网罗一切人才。第三，他们认为宣传"宽容和大度"的态度是要不得的。其实，我们绝不是反对互相的批评。如果有人做出什么卑劣无耻的行为，自然应该给以严正的批判，因为统一战线绝对不是互相敷衍，互相捧场或互相勾结。可是统一战线最大的目标，是团结一切有利于救亡运动的力量，只要不是汉奸卖国贼，我们都应该以诚恳的态度相待，不应谩骂或任意排斥。我们批判的目标，应该集中在那些在救亡运动中动摇，消极，甚至投入相反阵营去的人，而不是琐琐碎碎的事情。第四，还有些人生怕一加入文艺界的统一战线，就要失去了自由，这是绝对不正确的，恰恰相反，只要不妨碍到整个的救亡运动，什么自由都可以允许；而且所以要实现文艺界的统一战线，也是根本为的争取大家所要希求的最高限度的自由，怎么倒会限制个人的自由呢？

说到国防文学这一层，自然我们也是根本不赞成只讲空话的。我们要求作家们创作有国防意义（反对××帝国主义和汉奸卖国贼）的作品，也要求理论家提出更具体的意见，不但鼓励目前的创作，指示未来的途径，而且也要评论过去已有的反帝和反封建的作品。至于其他几点，因为周先生的话我听不十分清楚，不能多说了。

<h1 style="text-align:center">四</h1>

洪　道

在政治的意见上，已经很早就有一般清醒的文化工作者提出"统一战线"的口号，认为要驱逐凶狠的敌人，作民族解放斗争，非得把整个民族中各阶层的人员，除了没有良心的汉奸以外，不管前进的或落没的，联结成坚实强固的阵线不可，共同向大家的敌人反攻。这在事实上，我们看到大部分报章杂志上的言论和意见，除了汉奸荒谬可耻的言论，已形成这么一种联合，针对着目前敌人疯狂的侵略和汉奸的无耻行为，艰苦地在执行民族解放斗争的神圣的任务。

过去历史和当前现实所给予我们的教训和经验，"统一战线"这一策略之运用是有着极大的效用。弱小民族的土耳其因运用这策略而走上自由解放的平坦大路，最近如西班牙人民阵线的胜利，正是"统一战线"运用得法的结果。文化运动脱不了和政治运动的关连，谁说文化工作者不应该坚固的联合在一起争取奴隶解放的胜利呢？但是作为文化活动一部门的文学者，到现在还在把目光注视在私人的意见上，把精力集中的用在个人的纠纷上，而忽略了民族解放斗争这一大前提下统一联合的课题，这在作为文学的青年学徒的我们看来，实在感到非常痛心的事。敌人和汉奸们已经联合成一条战线，扬着尊孔，读经，存文等反动的旗帜来扑灭文化，破坏文化，而以保卫文化拥护文化为己任的作家们不但不在"统一战线"这主题下努力，反而自己操着干戈，意气纷争。这类的"演习"是只有让敌人和汉奸看了开心发笑的。自己的阵营还未建立反先送给敌人和汉奸一个扰乱的机会，有艺术良心的作家们请平心静气的想想，这是不是我们自乱战线呢？在抗敌救亡争取民族解放的大前提下，我请求有良心的作家们，都能牺牲各自的私见，把花在极小纠纷上的精力用来做一番伟大的光荣的事业，给全中国的知识分子和一切文化人一个好榜样，团结御敌！

但是我不同意周先生的"前进的退后一步，落后的赶上一步"的持中主张，这主张是妨碍"统一战线"的积极的进步的。在"统一战线"的阵线里面，要使斗争积极开展，前进阶层的作家必须保着自身的独立性，把握住斗争过程中群众的要求和自己主张的密切联系，起领导的作用，使落后阶层的作家们获得正确的指导；对于一切落后的不正确的甚至反动的意识，要采取严肃的态度给予严厉的批判，提高大家的斗争意识，一面肃清混进作家阵线里来的，表面穿着人的衣服而其实皮肉里包着全副狗骨头的汉奸份子；一面前进份子不降低自己的主张去迎合落后份子，而是领导着落后份子获取更充实的斗争经验。大家要有提出批判接受批判和克服自己错误的勇气和精神，绝对不感情意气用事，不用谩骂作攻击的武器，不因私见而形成派别，只有在斗争中互相教育，互相批判，那末，大家的斗争意识和情绪都可充实和提高起来，参差不齐的步伐自然有一致的希望，英勇的救亡抗敌的作家阵线自然可以巩固。先进者以斗争中所得的教训和经验，正是我们年青学徒们追随着去学习的，我是期待着他们的积极的行动起来！这只是我个人一点肤浅的意见而已。

五

胡 洛

作家与作家之间，从来便存在着许多隔膜，我们似乎也听得厌了，什么"京派"与"海派"，什么"文人相轻"，什么"意气之争"……自然，这都是无可否认的事实。过去有许多的争吵，分门立户，有些固然是有意义，但大都令人感到齿冷。"勇于私斗"也许本来就是这老大民族的恶习，然而，这种精神却正是致我们死命的根源，不克服这种恶习，作家无论如何是没有什么力量来推动这民族的解放运动。

可是，若因为这"恶习"便断定作家们绝对不能结合，这也是不可恕的错误观念。在这样一个"非常时期"，作家们都遭遇了同一的命运。很明白的，"私斗"不仅不能打破这残酷的命运，而且还间接地给敌人造成机会，虽然各人的信念，见解，不完全相同，但大家的敌人却是相同的。为了击破敌人，为了民族的解放，作家必然会放弃一切的私见，结合成一坚强的队伍。在西欧也有同样的情形，象法国，西班牙等，为了毁灭共同的敌人，各种不同信仰，不同阶层，不同派别，不同宗教的人，统统凝固成极有力的阵线，只有这种联合的阵线，才足以给敌人以死命的打击。

听说作家协会的将由发起而趋于成立，这足以说明，我们的作家并不是不能结合的；这也证明我们的作家还是可以为了民族的生存消解了一切的意气与私见。这更证明作家们有了彻底的觉醒，他们已觉到只有用伟大的集体力量，才可以负起历史的使命，推动民族的解放斗争。

这只是一个统一战线的开始，我们知道这条路还有着许多艰难。文人的"恶习"绝不会立刻消灭，我们得当心它，在艰苦的斗争里来彻底消灭它！我们希望这阵线能更广大地展开来，一切有良心的作家都能热烈地拥抱起来。同样，我们希望这团结能与民族解放运动紧相联系着，实际地参加救亡的工作，使作家的"笔"，实际地推动这解放的巨轮！

作家的结合，无疑地将成为中国文化史上最光荣的一页。然而，我们绝不能以这开端为满足，因为我们还有很长的路要走。而且这条路是艰难而崎岖的，非用作家们的集体力量来克服不可！

六

列　斯

在最近，由于××帝国主义和汉奸们积极的活动，使我们整个的国度进一步地陷入了完全殖民地化的状态中，民族的危机也随着日益深刻化，因此，广泛地展开，加强目前民族解放统一战线的范围和力量，已是成为客观现实迫切的要求，同时也是我们目前最紧急的任务。

是社会改革有力武器之一的文学和我们从事文学的人，因为要配合这伟大的高潮，为着要在整个民族存亡的关头，负起每个人应负的任务，无疑的，更需要立刻建筑起一道坚强的文坛的统一阵垒，本着这特殊的工具——文学作集体的活动。

但是，不幸得很，在我们文坛上，早就有人提出统一战线这正确的号召，然而提则提了，但直到现在，却还看不到它应有的雄姿。这当然一部分是为着客观残酷的环境和主观力量使然，但文坛上有人对这号召不能清楚地了解而采取了冷淡的态度来作为响应，尤其是象最近若干无必要争论的出现和偶然的陷入宗派的毛坑的论调，也都是使我们文坛上的统一阵线不能象其他一样飞快发展的另一主因。这种不幸的现象，在这么严重的环境下，不只是遗憾而已，还可以说是一种极大的损失，一种无可宽恕的罪恶。

谁都知道，要树立我们文坛坚强的阵线，进而要使它能够发挥出积极的作用，那就绝对不能把这事只推在几个人的身上，哪怕这少数人有什么"动天地泣神鬼"的力量和勇气。这民族解放的任务者，除了是集中一切有救亡意识的人们来共同地开拓和垦殖外，那就没有什么途径可循了。我们文坛，也何尝不是这样的？

这种论调绝不是什么架空的幻想。试遍找古今的历史，我们能够看到有一个国度或集团，在强敌压境，命脉垂危的时候，是靠少数人的力量，而不是集中全民众的力量以求解放的？这告诉我们：文坛上的统一阵线也必须是大众的结合。明白了这个浅显的道理，我们文坛上每个有"正义感"的人，就应该马上摈弃无谓的论争，个人的私嫌，文人相轻的恶习惯而共同携手来遂行这图存的工作，应该是再没有什么逡巡犹豫的余地吧。

当然，我并不是硬说我们不应该对某种错误的行为，歪曲的理论作无情的抨击，而是说当我们最主要的敌人——××帝国主义和汉奸还存在的一天，当我们联合阵线刚在萌芽，生长的现在，对于一个这不是"罪大恶极"的同道者的错误，似乎不应作过于严厉的苛责，尤其是这同道者还不是完全丧失了"正义感"的时候。因为这在直接上可以影响到同伴情绪的低落，间接上也有着破坏或分化统一战线构成的积极的作用。但是，如果用更严的态度，毫无"俗气"地批评同伴的错处，或者把犯过轻微错误的同伴吸收进来，使他在实践中克服自己，不消说，这是非常正当而无可疵议的一回事。然而，最重要的是我们万不能因为同伴中有一个稍犯差错，就笼统地否定了目前整个阵线存的价值——这样只是表示了无视现实和"因噎弃食"的庸俗的见解罢了。

　　如果我们能够更进一步地认识这统一战线的内容，那末，在共同救亡这最主要的目标下，即使对于以前是文坛上真正的敌人，而现在他能够翻然悔悟地愿意合作的人，我们不但可以容纳，而且欢迎；虽然这种希望是非常的淡薄，但这种具有耿耿赤诚的"宽容和大度"，在图存的原则下，也还是十二分的切要。出乎此，就恰等于解除自己的武装而陷进了宗派主义的陷坑。我极诚恳的希望我们大家能够对美国的作家大会，巴黎的文化拥护会议作更深刻的认识和应用。

1936年5月5日《文学青年》第1卷第2号

"国防文学"等等

M·I

1，国防文学是什么？——国防文学，是民族自卫的文学；抗敌的，保卫和平的，民众为祖国而战的文学。在半殖民地的中国说来，国防文学，主要的是反帝国主义的，反汉奸国贼的，鼓吹民族解放战争，支持领土完整，人民自由独立的一种文化武器，一种意识形态的艺术的武装，这便是今日中国大众所急需的一种文学——国防文学。国防文学是政治上的，经济上的，整个民族思想上的国防的（自卫的）要求的现实主义的反映（即与客观相适应的表现），也可以是革命的浪漫主义的讴歌的。在前者，如对于群众救亡斗争的描写与汉奸面目之暴露；后者，如对于民族英雄之赞美，热情的英勇的自我牺牲的救国行为的鼓励……是。

2，国防文学的内容与形式——简单地说，国防文学，必须是以民族解放斗争为其内容之中心。至于其形式，则以何种样式最直接，明快，富于魄力与煽动，恰恰足以表达其内容并加强其神采为适当，便采取何项形式。形式不独是内容的统一物，而且是补足内容，使其相得益彰的。报告文学，是国防文学易于采取便于运用的一种通俗化的形式；但其他一切的文学形式：不论是抒情体诗，纪事体诗或集体主义的诗歌，戏剧，小说……都是可以作为国防文学的形式的，因其题材之不同而其采用也就有别了。

3，所谓"非常时期的文学"——这一个名辞大概是"文学"的论坛上所揭橥的，它的意义不若"国防文学"之明确。但所谓"非常时期"者，自然是指"九一八"以来空前的民族危机之下的这一个时期，这时期中的人民大众是处在内外夹攻，生死交战的挣扎状态里的。"非常时期的文学"的特色，便须抓紧这一切农村破产，经济恐慌，内战，外交，诸种情况而加以表白。不过，我们如果要指出一个中心点，那便不能不以帝国主义的进攻与广大民众的抵抗这一点作为旗号，而把执行这一任务的文学新运动——国防文学来说明"非常时期的文学"的具体的实质了。

4，"国难文学"——这一个名词，虽有人提出但并未能确立。因文学不仅在解释现实，而且在于予现实以推进，单是表现国难的命运的一种文学是不够的；真正作为大众的呼声的文学不能如此消极。国难日深了，我们必须加紧解除国难，惟提倡国防方可以驱除强敌，从国难的险状中救出垂死的民族的生命来，这是我们大众一致的目标；因之，我们的文学目标是有希望的有前途的积极争取出路的国防文学，而不是呻吟的哀怜的无生气的坐以待毙的绝唱——"国难文学"，那可能引导我们陷进定命论的毛坑里去的！

5，国防文学与"民族主义文学"——我们并不反对民族主义。被压迫的民族自求生存，争取出路，反帝国主义，为自由独立而战，这正是我们所主张的革命的民族主义。然而，我们必须反对狭义的民族主义，降敌的民族主义，对外卑怯对内威武的民族主义，复古的开倒车的民族主义，口头仁义道德实际无耻下流的民族主义。这一切以民族做幌子奴才做骨子的汉奸意识现形在文学里时，我们不认为是发扬民族意识的民族主义文学，而只能认为是"奴隶的"民族主义文学或"商女的"民族主义文学；而真正的革命的民族主义文学便是国防文学。

附注：请参阅《客观》半月刊第12期，胡洛《国防文学的建立》一文；《文学》5月号"论坛"第一篇。

国防音乐之建设

罗 明

　　假如我们承认音乐是大众求解放的一种武器，那么在目前这样形势底下，就必然要建立国防音乐，而国防音乐也就应当是属于大众的，为大众自己所使用。这样也许有人会替国防音乐担心，为音乐本身着急，如一般反武器性的文学论者看国防文学一样。实际上，国防音乐的建设不仅不会把音乐推向消灭的路上去，反而要获它的新生命，和新的发展。只有把现实决定给它的任务加给它，才能显出它的特性和伟大的才能。也只有逃避现实的音乐，才会死灭，不为大众所需要。很明白地：在为民族生存而斗争的行进中谁要唱《妹妹我爱你》，《桃花江》，《教我如何不想他》，《山在虚无缥缈中》，这些不现实的唱曲呢？不怕它们有着如何华美的躯体，婉转的曲调，曾经被多少人热爱地歌唱过，可是这时候还是逃不了被遗忘被抛弃的命运。

　　如果说在非常时期内，音乐将要死灭的话，恐怕所死灭的音乐，并不是属于大众的音乐而只是作为生活底装饰或消遣娱乐而存在的少数人底音乐。自然，那些专门从事作为生活底装饰或消遣娱乐之创造和唱奏的人，也会随着他们底音乐殁落，被人遗忘。夏利亚平之一再出现于少数上海居民之前，就正因为他是被他祖国无数的人民所遗弃了，所以他自己在预为他已死而还在人间的生命叹息着"在墓前流泪的，只有我底妻子而已"。这大概是一个最好的证明。

　　国防音乐也正如其它各种国防文化一样，要适应当前的社会要求，自然就得具有特殊的内容和形态的，所以尽管苏联有军队"反映战斗的精神，它底战无不利的力量，英勇的历史和它的对于祖国的坚韧不动摇的忠心"（见《生活知识》国防音乐特辑《苏联的"国防音乐"》一文）的国防音乐；阿比西尼亚有鼓励男子的女子军歌（见《申报周刊》第十二期）；而我们的国防音乐除了象他们那些的主题以外，也还要加上一些适合我们特殊情形的主题，如霍士奇先生在论国防音乐（见《生活知识》国防音乐特辑）一文中所举列的。自然，歌曲的一般形态也应当具备我们自己的民族的特性。

即使苏联的国防音乐和我们的国防音乐各自具有特殊的内容和形态，它的本质是不变的，苏联之着重在防卫国境，和我们或阿比西尼亚之着重在收复失地，反抗敌人（虽然阿比西尼亚也是被侵略的弱小民族，可是和我们的情形不同，他们是英勇地在和敌人抗战，而我们却有着不同的情形，在这一点上，他们底国防音乐和我们底国防音乐显然会表现出不同的姿态），都只是唤醒大众，组织大众反对帝国主义的侵略，争取民族之完整，独立和解放，建立人种永远和平的局面。

也许有人会说，目前中国的国防已经被敌人破毁，还有什么国防可说呢？这真是多么错误的想法呵！难道说既被破坏的国防就永远不需要了么？就不能再建立起来么？何况目前是每分钟都有失去国土的可能。所以，我们应当说，在政治军事方面全国的人民应当更加倍地努力从事国防的建设，音乐，在整个文化阵线中也应当把它的国防工事赶快完成起来，坚固起来！

由于事实的说明，国防音乐之建设（在整个国防文化阵线之中）是不容丝毫疑虑的，所以它的重心决不是在建设的争执上面，应当是在如何去建设的研究和建设的实践上。这，自然需要在整个文坛开展广大的讨论。需要整个文坛来从事这伟大的工事之建筑，我们特别希望国立音乐专科学校全体，各艺术学校的音乐教授和音乐系同学提出一些有教益的意见和作品。

1936年5月7日《大晚报》

"荒谬"的"驳斥"

旅 冈

　　时间过去得并不很久，大约是一个月之前吧，编辑《夜莺》的方之中先生，又追随着徐行先生之后，以"佳申"的笔名在"礼拜六"上发表了"逐一驳斥"国防戏剧的文章。这篇大作自然也跟徐先生是同一鼻孔出气，认为"国防戏剧之提出"，"正跟国防文学一样"，是"内容荒谬"的。方先生和徐先生的企图，不用说正是打算取消了国防文学和国防戏剧。这，在他们的观念中，自然也有他们的"有声有色"的理由，这理由是什么呢？

　　第一，他们认为目前的中国已经无国可防了，那末要巩固我们的国防，组织以民意为依归的国防政治组织，"便成了多余的"。

　　第二，他们否定了统一战线在救亡运动的现阶段中的作用，把汉奸的学者，和一部分依附敌人的汉奸，买办资产阶级，奸商……等，和革命的，有良心的各阶层的爱国的民众（"无论什么阶级，什么派别……"旅冈：《谈谈国防戏剧》）混淆起来。

　　第三，他们没有认清楚国防戏剧及国防文学，以至于整个国防的人民阵线的必然产生的理由。所以，他们就以为国防文学及国防戏剧只是根据了谁的"理由来规定"，而企图否定了它所拥有绝大多数人的意见的反映，力生先生在《文艺界的统一国防战线》那篇文章上所指引出许多作家对民族解放的一致的意见，即其明证。由于这结果，他们否定了国防戏剧及国防文学的特殊意义，特别是在现阶段所产生的理由，那完全不是偶然的事。

从上面这三个理由，我们可以对方先生的"驳斥"作一个明白的分析。

关于第一点，只要不是悲观论者，不是汉奸，总不至同意了方先生那种无国可防的意见。诚然，敌人已经是"进了门"，甚至内奸也满布了国内，我们失去了八百余万方公里的领土……但是，我们能够说，在这种情势之下，我们就用不着用守卫我们未失的领土和收复失地了么？我们就甘心顺伏地做敌人的奴隶了么？问题是极浅明的，这就是说，只要我们还有一尺一寸土地可守，只要我们四万万的同胞还未完全死尽，还是有国可防的！在目前，阿比西尼亚之英勇的抗战，巩固自己的国家，不正是一个极明显的例证吗？否认我们巩卫国防的意义，可以说，正是方先生不愿意了解国防戏剧的最大的原因。这原因最大的关键是由于一种偏见和错误的方法论贻害了他们的。

关于第二点，否定了统一战线在现阶段的作用，没有分清了自己的敌人（远东帝国主义及其御用的汉奸）和自己的同盟军，无异即分散自己的力量；所以，方先生就看不见这伟大的事变的发展，象"一二九"一直到最近的学生救国运动，以至于展开各阶层的总动员，都是从这一基础上出发的。我们不否认有人破坏了这运动和作用，或者有人因受打击而动摇，但是这也是不足打破统一战线底伟大的成果的。只有汉奸们才企图利用离间及种种中伤来破坏这条路线。

由于上面这二个原因，结果自然使方先生一贯的做出了否定国防戏剧的结论。把国防戏剧之特殊意义混淆到什么"旱灾文学"或"水灾戏剧"中来，把文学运动的主潮的本质和现象分离，象水旱灾之在文学上的反映，与国防戏剧之民族解放运动中的反映之本质上的不同，方先生是不会也不愿意去了解的。水旱灾是一种社会现象，所以不能成为戏剧或文学运动的主潮，而国防文学与国防戏剧则否，它是整个思想体系的运动——民族革命战争的思想上之反映，——之更高度的发展，方先生看不到这一点，把本质的和现象的混淆了。这结果，只是方先生驳斥国防戏剧的理论和实际都落了空。而且，国防戏剧既是"在特殊的情况底下所产生的一种新的戏剧"，则它不但具有特殊的社会意义，而且也有它的历史的意义，所以使它成为一种艺术形式之更高度的发展。国防戏剧之所以稍为不同于过去反帝戏剧的主要点，是它在现阶段的统一战线之中产生，它包涵了任何不愿做亡国奴的阶层的成份和个人，它采择一切优点，作为击破远东帝国主义和汉奸的武器之一。所以，目前各种戏剧形式所包涵的戏剧，必须容纳国防戏剧的特殊内容，而且也只有在多样的戏剧形式中才能使国防戏剧发挥它的积极性。因为紧抓这一潮流，是一般汉奸的戏剧家或文学者所不愿做的！

最后，方先生似乎有意避开正面的讨论，于是一再在我文章本身上去加以诠释，这盛意自然是可感的。然而这只极其琐碎的事，只要从文章上看去能够得到全篇的了解，已够满足；何况在文意上，这"了"字并未失我原意，假如每一个人都不是断章取义的话，我想，这种考古式的考究一定是多余的。我愿意告诉方先生，国防戏剧和国防文学是不愿意使每一个中国的戏剧家及文学家不参加到这救亡战线上来的。

1936年5月7日《大晚报》

在血腥的国耻纪念日我们要求
"国防电影"的生产

孙　逊

　　任何人都得承认：在教育大众的艺术部门里，电影艺术是起着最积极的作用的，绝不是文学，戏剧，绘画，音乐所能望其项背。也正因为它起着最积极的作用，所以，中国进步的电影在萌芽时代就遭受了空前的浩劫——在剪刀下不知丧失了几许生动的场面，而在检查室的字纸篓里，更不知埋藏了几许电影杰作！

　　然而，虽然在强烈的压力下，中国电影界在相当时期内还是呈现了蓬勃的不可遏止的朝气，产生了几部颇有斤两的影片——如《逃亡》，《新女性》，《桃李劫》等一流作品，给中国影坛开了新的记录，树立下不可磨灭的历史上的功绩，这固是值得骄傲的胜利！但在近来，国难愈加严重，"邦交"愈加需要"敦睦"，而压力也是越来越重了，照自然的法则——压力愈高，反抗力愈强——来说，是应该遭受到必然的反抗的，可是在事实上，我们一些从事于电影事业的艺术人们却在这种压力面前败北下来，我们没有看见再接再厉，我们只看见了些颇具声望的艺人们从艺坛上悄悄地遁走而销声敛迹了！在这个伟大的民族自救运动里面，他们表现了意外的无能和怯弱，他们退缩了，甚至于变节和降服！整个的艺坛只剩下一些桃色影片在撑撑场面。我们打开报纸的影戏广告来看，所谓第一流戏院所开映的差不多完全是一些消散爱国情绪和削弱民族信念的外国片子，这是何等可耻可叹的事啊。

电影批评的黄金时代是过去了！在而今，我们非但看不见前年下半年以及去年初春的影评界的轰轰烈烈的论战，即使要找一二篇稍有可观的电影批评也已经可是绝无仅有——其实，他们即使要想批评，根本没有片子也就无从批评起，这正是影坛衰落的一个有力的反证，而一些关于电影的画报或刊物，也只下流无聊地谈些女人的口红和大腿！过去的勃勃有生气的园地，而今只剩下一片凄凉的荒丘，这又是值得悚目惊心的严重的现象！

我们的艺人呢？从海外归来的制片家和明星，在最初，国人是对他们有了很大的希望的，以为他们对今后的国内电影事业，一定有一番新的贡献，谁不热切地付给他们以无上的企望！谁不引颈期待着他们新的创造！然而，他们除发表了些谈话和请人捉刀代作一篇"游记"之外，他们所给予人的也只是空虚和失望！现在，更是飞鸟各投林，游历的游历，婚嫁的婚嫁，他们在电影艺术上获得了盛名和利益，于是他们便忘记了他们伟大的使命！这些，都给整个的电影园地画出一幅日暮途穷的凄寂图画！

然而，在国难日益深重的现在，在万分迫切地需要经过一切艺术的形式去唤起全国民众对国难的认识以求全民一心，共抗强敌的现在，在艺术上，占着最重要的先锋地位的电影界的空前落后的现象，应该被视为艺术界一大耻辱！同时也是艺术界的一个绝大的损失！

中国的现状迫切的要求一切艺术部门担负起战斗的任务来——尤其是最前线的电影艺术！为了挽救这一民族的危机，我们要求从事于电影艺术的伟大匠人们坚决地担负起这一艰巨的任务，记取这一伟大的现实，在进步的影评人的善意而诚挚的督促和领导之下，创造出伟大的作品来！

在文坛上我们要求产生伟大的文艺作品，在影坛上我们同样要求产生出伟大的影片！

在文坛上我们要求建立"国防文学"，在影坛上我们也同样要求建立起"国防电影"！

我们不敢对每个从事于电影的艺人寄托以过分的奢望，我们只要求你们拿出良心来，看一看这血腥的现实，五年前亡了满州，去年"自治"了华北，当亡国奴的运命，已经一天天的接近了。国亡之后，你

们要继持现在这种可怜的地位，也已经是不可能了。我们希望全中国
的电影制作家从业员团结起来，国而忘家，公而忘私，为着你们的
祖国，和为着你们的子孙，努力地来制作发扬民族自卫精神的"国防
影片"。

1936年5月8日《大晚报》

我们现在需要什么文学

徐 行

　　时序又到五月了，古历的五月是充满了"舍生取义，杀身成仁"的"佳话"的，所以至今各地还有龙舟竞赛。公历的五月在中国也有一个别名，所谓"多难之月"就是。既然是"多难"，就应该有"毁家纾难"的"义士"，然而我们只看到"戒备"。这是一般"无用武之地"的英雄们的伟业，不谈也罢。却不料文坛上有一种人跳出来，说是"兄弟阋于墙，外御其侮，这个民族的古训，在今天，有了新的意义。"也好象真的是"有了新的意义"，在不"外御其侮"的时候，正大演其"兄弟（？）阋于墙。"这时候，文学家的任务是什么？据几个"国防文学"的"理论家"说："凡一切论争不得超越救亡运动的轨范，并且为了预防浪费，即使此轨范内的论争，必要时都应加以适当的制止。"那末我们现在是受"适当的制止"的时候，就只好装死救国，否则"碰上"枪头不就是"浪费"么？

　　是的，按照这些"理论家"的意见，上面那些话也不免是"浪费"。因为艺术的各流派各个人，都有他们的不同的思想习惯，和各色各样的艺术的行李，各种未曾了结的旧账。但是，"在一个一般适合的艺术纲领之下，他们应当把不同意见的细节，消融在共有的同胞热情之中。"这话看来很有"同胞的情热"，可惜"思想习惯"，"行李"，"旧账"到底不能"消融"。虽然"在《每周文学》的'一二八特辑'中，我们看到二十几个不同界域的作家，对于'一二八战争'的感想，以及对于目前的文学的态度，都大体相同，"然而最近在"京沪文艺界联欢会"上的"笑语杂沓"也是应该知道。尤其是那里有一段故事很值得注意，有人演说"……昔广东某留学生回来，说西洋文明这也好，那也好，中国一切都是坏的。而守旧的父亲，听得大怒，赏两大耳光，他还是说父亲也是西洋的好。"这分明是对革新者的嘲笑，然而这还不可怕，怕的却是吃了"两大耳光"以后，马上改口，说"兄弟阋于墙，外御其侮"之类。甚至还从此造出许多"理论"，什么"帝国主义并不满足于中国民族工业的买办性"，什么"证明了中国的民族资产者，有许多是还有着反帝的强烈要求的。"什么"别说'民族性'，较为显著的民族工业家，就是不是代表这个特殊帝国主义的利益，而且跟它利害刚刚相反的买办们，即使不直接的或公开的参加救亡运动，至少也会（！）采取赞成，同情，中立，或者不积极地表示反对的态度。"谁若稍持异议，就叫做"机械的，甚至可以说是犯了取消错误的论调"，剩下的只是不问"派别，阶层，团体，个人，宗教，信仰，只要是赞成和拥护救亡运动的，都可以而且应该联合起来——这个神圣的正确的号召"。

好吧，我们不再引申这些"理论家"的意见，但是我们不能不指出这些"理论"是有害的。

我们固然不能机械地了解"无祖国"的话，那话在原则上是千真万确的，然而在特种情形下——例如在目前的日趋殖民地化的中国——是应当有"保护祖国"的号召，如伊利契在社会主义与战争和其他各种文献中所说一样。然而同时不应忘记他的一个原则上的界限——"何种阶层处于某一时代的中心，决定它的主要内容，它的主要发展方向，该时代的历史环境的主要特点等等。"总而言之，"不应作理论上的让步和以原则为买卖"（恩氏致给李卜克内西的关于联合战线的信）。显然，"国防文学"的"理论家"完全丢开了这些；他们完全否认了一九二五年——二七年间的血的教训，把些被历史车轮轧碎了的废物说得俨然是同路人了，不，而且是"兄弟"了；他们完全否认一九二七年后我们在文化上的新的作用和成功，把保持这种作用和成功的斗争作"意气的争执"；他们处在一九三六年还在发出一九二五——二七年前的"全民"的"不问派别，阶层，团体，个人，宗教，信仰"的梦呓。

老实说，我们要作"保护祖国"的号召，是把这个号召与远大的目标联系起来的，是国际主义的，不是爱国主义的。而"国防文学"的"理论家"则不然，他们一视同仁，把仇敌化为"兄弟"，他们没有理论照着前途，而在诉诸"同胞情热"。这在恩氏给拉伐格的信中说过，"这些老爷们研究着 M-ism，然而是这一种的，是五十年前你在法国很熟悉的，是 M 所说过的：在这场合我只晓得一桩，我自己就不是 Marxist！"他言及这些老爷们，或许也象海涅谈到自己的模仿者一样："我布的是龙种，而收的是臭虫。"

如果在一八七一年前法国的有产者还能企图民族战争的伟业，可是一到内战爆发过后，就再不能回光返照了。在中国虽然情形是有些不同的，可是一般地自一九二七年以后也走上了同一的道路。"五三"，"九一八"，"一二八"，"一二九"等事件完全证明了这个铁的真理。假令"民族性较为显著的民族工业家……买办们……甚至在某种特殊的场合，军阀，官僚，地主（尤其是中小地主），富农……""中国各种阶层的民众中都有反帝的要素"，或"都有反对某帝国主义的要素"，那末我们也应该认清他们的手法有些不同，有的简直是为着使劳苦大众的仇恨转一个方向，有的也是为着利用广大民众的民族感情而发财。真的彻底要求民族解放的只有最受压迫受剥削的劳苦大众。所以无论有意或无意混淆这种事实的人，就是自觉或不自觉的有产者的辩护士。

我为着读者了解确定的立场起见，不妨把《法国内战》那本书里面的一段名言再引用一次：

> "在新时代最残酷的战争后，战胜的和战败的军队都联合起来共同打击勃洛列达利亚特。这种空前的事件，不是证明俾斯麦所想的一样，刚开始自己道路的新社会遭受了最后的失败，不是的，它证明旧的布尔乔亚的社会完全瓦解。旧世界还能企及的最伟大的雄迹，这就是民族战争，然而它现在只是政府的强盗分赃；这分赃除了延误阶级争斗外就没有任何其外目的，并且只要阶级争斗成为内战火焰爆发时，民族战争马上就会飞到鬼门关去。阶级统治再不能用民族的外衣来笼罩；一切民族政府反对勃洛列达利亚特都是一致的。"

顺便我也不妨指出"国防文学"的"理论"的社会根源，这对读者是很有意义的。我已经说过这些"理论家"已经陷在爱国主义的污池里面，然而这是怎样发生的呢？这里有两个最主要的社会根源：

第一，因为我们的"理论家"多半是从没落的中小地主和破产的小有产者脱胎出来的。他们完全是按照自己的经济状况和意识形态来迎合新的社会运动的。这种分子是爱国主义的最好产地。所以伊利契说："爱国主义是这样的一种情感，它与小的私有者的经济条件刚巧相连。"例如一个小私有者的农民，他是与产生的地方的土地相结合的，他安土重迁，但是他爱国的情热是非常狭小的。他只求保全领土，想不到明日的新社会。

第二，因为我们的"理论家"只是不满意现状，对明日的社会必然出现一点并没有确定的信仰。尤其他们都有身家性命的关系，并不要求真正的彻底的改革。不但是这样，而且当着新社会临产前发生阵痛时，他们马上对旧状发生留恋，所以他们遇事只求方便，总怕碰着尖锐的地方；可是社会的发展并不是直线的，而是曲折的螺旋式的，一九二七年以来的波澜，是要使他们头昏眼花的，只要有机会他们就让步。

因为有这两种原因，所以现在文坛上满布着爱国主义的浊气。这浊气倒是"取消主义"在作怪。

这取消主义是一种国际现象，然因时间和空间的不同而有各种形式的表现，我们不必详细分析它的各种形式，只要举出一个事实就可以证明它的内容是什么？在苏联实行新经济政策的时候，曾经在文坛出现了取消主义。它的代表人物瓦朗司基于一九二四年时这样说过：

> "没有勃洛的艺术，而且在勃洛独裁过渡时代也不会有的。这时代文化领域的任务，在使勃洛列达利亚首先获得以前各世纪的技术，科学，艺术。于是日程上的问题不是创造勃洛艺术，而是这种过渡艺术，它用批评的途径接受以前一切收获和成绩，帮助勃洛列达利亚特战胜布尔乔亚，在使布尔乔亚的文化与艺术适合勃洛列达利亚特的利益，毫不将较合我们时代的新形式和新体裁除外。"

　　如果苏联的取消主义还奢谈勃洛列达利亚特的利益，那么我们的取消主义连这点也没有。然而否认勃洛艺术是一样的，而且使大众服从有教养社会层的思想，成为它的奴隶，也是一样的。故当时苏联勃洛作家大会认为"谈到文学领域内似乎可以有各种文学思想派别的和平合作和平竞赛，是一种反动的乌托邦。"

　　有人问，苏联也有"国防文学"的口号，为什么我们就不应提出这口号来呢？是的，苏联可以有，中国却不应有。因为"某一时代的统治思想，永远只是统治阶级的思想。"我们现在是在要求思想解放的时代，要解放就要有一种最先进的思想，只有它是指南针，是灯塔，是路标，凡是要求解放的人们只有拿它作武器，它应该是战斗的，是比其他思想更优秀更完善，这就是新兴的社会科学的理论和用这理论所领导的文学，就是我们经常所说的社会主义的现实主义的文学。这与庸俗的应时的现实主义——美国乔伊士的现实主义——专写现实的一枝一叶，而无前途的文学是不同的。而且文学中最主要的是思想，用艺术手段表现的思想应该是纯洁的，而不是不问派别，阶层，团体，个人，宗教，信仰的混血儿。黑格尔说得好："艺术家在教育上应该与时代并立。"而我们的"国防文学"的"理论家"却落在时代后面去找"同胞的情热"。

　　苏联作家协会的章程上有这样的话，社会主义的现实主义是苏联文艺和文学批评的基本方法，要求每个作家真实的，文艺的，在现实革命的发展上有历史眼光去具体描写现实，而且真实的有历史眼光去具体描写现实，须与社会主义精神上劳苦人们的思想教育的任务相结合。我们也有权把这种要求提在每个文学家的面前。我们要求每个作家描写目前大众反对侵略者压迫者和剥削者的斗争，要求每个作家艺术的真实的具体的描写社会的全面，然而要有历史的眼光，要能教育劳苦大众走向光明的前途，而不应把主题放在几个或一个"毁家纾难"的英雄上面，我们应该描写的是集体的精神，而不是歌颂个别的英雄。有时虽通过个别英雄的典型表现集体的意识，但不能用虚伪的如"民族资产者有许多是还有着反帝的强烈要求的"典型来欺骗大众。

1936 年 5 月《新东方》第 2 号

国防电影诸问题

——国防电影论之一

孟公威

国防电影这问题，本刊前此已经有两篇文章，专门讨论过了。一篇是说明在目前电影作家的制作国防电影的必要；一篇是数述着中国电影中的带有国防性的片子，而指出目前的作家反对于这问题，冷淡的非是。

本来关于这问题，只是几篇文章讨论到是不够的。同时，在"国防电影"这一问题下，还有很多方面应该接触到，下边我暂将一时想得到的提出来，供给热心之士，做讨论的参考。

一 什么是国防电影

这是一个首先得解决，而目前显然给误解的问题。这问题，是给两方面误解着。第一，他们把国防电影的题材，误解为非常窄狭的。一定要写军事直接战争，象东北义勇军活动那样，而这些题材的电影，在制作上，和检查上，都是十分困难的。不但这样，这些战争的题材，许多作家的生活体验，也非常生疏，因为上述的理由，中国的电影的制作，就客观地，或则主观地避开这些题材的采用了。

和这误解相反，有一些人就把国防电影的定义扩大到无大不大。他们认为凡是表现"现实"的作品，都是广义的国防电影，因此象表现"不景气"的电影，也是国防的。这解释假使不附加以说明，也是十分危险的。因此就这样发展下去，将走到实质上取消国防电影的地步。

是的，中国国民经济的崩溃，最大的原因，是帝国主义的经济侵略。表现"不景气"，正是暴露帝国主义的侵略。但是问题就在这里，假使只是表现出中国社会经济的破产，而不说明原因，是为了帝国主义的经济侵略，还是不能完成他的国防任务的。因为只表现出中国社会经济的崩溃，并不能引起对于帝国主义者的愤恨的。这不过是一个绝端的例子，其他类似的，自然还多，我想读者一定能够举一反三的。

当然，我并不说"表现现实"的影片，是不必制作。但是我们首先得知道"国防电影"，这一口号的提出，是针对着目前这非常危急的时期的。我们只要一想"国防电影"这口号，为什么在这时候提出，那末，就知道在"表现现实"这号召，特别强调"国防"这课题的必要了。革命后的苏联文学，是步步的抓紧着"现实"，但当社会主义建设开始时，还不得不特别提出对于五年计划的强调。不是一个很好的证明吗？

我自然知道眼明手快的作家们，假使真正有心抓取现实，那末，他们一定不会放过"国防"的。因为在目前"民族危机"是最大的现实。它的坚强，不是连一切较落后的通俗文学作家，在他们的时调小曲之中，也充分得到反映了吗？是主观的要求，是现实的压迫，我们都不管，而"国防艺术"的创作，不是一二个人的标奇，是明明白白的。

二 制作的态度

无论怎样一种题材，作家们因为态度的不同，而能创造出两种不同效果的作品来。因此在"国防电影"的制作实践之前，我们对于制作的态度，不得不再三注意了，那些连"民族危机"也不敢接触的"赢虫"，我们且不去说他，就是敢于取采"民族解放"这题材的作家，他们的态度也何等不同啊！

有些人，虽则非常明白"民族危机"的深刻，但是他们就在这"深刻的"民族危机中感到幻灭和绝望。特别是在一切救国运动遭到横压的目前,特别是英勇的阿比西尼亚的民族解放战争,遭到失败的目前,他们的勇气,更加消失,因此,假使他们在这样一个情绪之下,产生作品,无疑地将在客观上帮助侵略者著。

作家的态度的决定,总是根据他们的认识的。就中国的"民族解放运动"说罢,假使只看一个外表,当然要绝望了,但是我们只要就详细的观察各方面,然后再就各种关系的总和上看去,就知道中国的"民族解放运动",是有着前途的。不但有前途,并且不斗争,而解放就会灭亡;了解了这一点,那末,他们的制作,当然有助于这一个神圣的运动了。

复次,这一个胜利的信念,绝不是唯心的。同时,我们也不能同意于那种只是感情的所谓"道义"胜利的见解,这也是"民族危机"中很普遍的现象,就是他们认定民族解放运动在实质上,是决定失败的。但是要争得道义上的胜利,于是他们就完全不注意战略和战术,完全不注意事实的说而坚持着"死"就是胜利的见解。这种人,我们在主观上,自然不能恶意的理解他们,但是对于这一个运动——国防,也不是正确的助力,理由简单得很,"死"不是帝国主义者所希望于我们的吗?

三 统一战线的误解

这是目前提倡国防电影者所不得不更作注意的问题,中国社会,是资本主义,和封建残余的混血儿,本来布尔乔亚的历史命定的反帝反封建的任务,他们并没有完成,而把仔肩另外加到一群人身上,但是这样并不就是布尔乔亚们就不想反帝反封建,正相反,他们因为最近的种种经验,使他们中间的进步分子,渐渐觉到只有胜利的完成了反帝反封建的任务,才有出路,他们已经知道自己再也没有力量,完成这巨大的任务,于是他们要求合作,要求领导。

同时在别一方面,要完成自己的任务,也非附带完成反封建反帝不可,在这场合国防的统一战线,就有结成的必要了。

说得极端一点,目前的"民族区别",再不是横的,而是纵的了。帝国主义既然和中国的封建残余合作,来压迫"中国民族",所以这封建残余，是再也不能算是中国民族的一环的，他们自然不要国防。而除此以外中国民众，却没有一个人不希望中国的完整，没有一个人，愿意做亡国奴，这样他们之间，到底还有什么不能合作的地方，而不结成国防的统一战线呢？

退一步说，中国民众的各阶层，即使的确有矛盾，但是在反帝国防的伟大运动之前，这些较小的问题，也应当暂时搁置的，帝国主义和封建势力，已经联合起来，我们之间，难道还不应统一吗？

帝国主义不但和中国的封建残余结合，同时各个帝国之间，也有默契的，因为各个帝国主义之间已经默契，全世界被压迫民族，以及帝国主义国家的被压迫民众，就也有统一起来的必要。所以，上边所说的统一战线，也并不限于国内，而要扩大到全世界的。

统一战线的胜利的例子，也举不胜举了，在法国，在西班牙，在印度，最近都因为统一战线的强固和扩大，而胜利了，这是值得我们民众，特别是制作国防电影的作家所深常思考的。

反帝国防是一个伟大的神圣的运动，在这一运动中，作家们将有汲不尽的瓶作泉源，"中国民族"，将在这运动中解放，中国电影，也将在这运动中，开展一条光芒万丈的前途。

最后，我们还得接触到一个问题，就是有几位"论客"，他们在嘲笑"国防电影"，认为中国没有"国防"，有什么"国防艺术"？这种错误见解，客观上是帮助帝国主义的，难道东北义勇军以及不久以前如火如荼的救国运动，他们都没有看见吗？

在战事我们需要"国防"，在艺术上，当然也需要"国防"的，这不是"国防"有没有的问题，而是要不要国防的问题。

关于国防电影的问题还多，主要的好象"艺术性"和"现实的深度"问题等，但因为篇幅关系只能另文讨论了。

1936年5月15日《大晚报》

学生运动与国防戏剧

旅　冈

　　学生运动在中国的民族解放运动中是一个很大的推动力，从"五四运动"以来，中国每一次反帝的怒潮，差不多都有学生们的慷慨激昂的吼声；而"九一八事变"后，学生之成为救亡运动的前锋部队，更是极其鲜明的事实。这种之血的事实和战斗的史迹，在殖民地和弱小民族的斗争的史实中，造成了最光荣灿烂的一页，这一页，是足以使侵略者为之发抖的！

　　从"五四"运动到现在，中国的民族危机一天一天的加深，学生运动在这漫长战斗之中，已经获取了好些宝贵的战斗的经验。特别是"一二九"以后，中华民族已经临到生死存亡的关头，学生们在……用最后一滴血的奋斗来呼号和抗争，以拯救我们这个破碎的国家和垂危的民族。这些血的洗炼，比"五四"时代更光荣灿烂了！

　　我们能说中国三天内就要灭亡吗？我们能够说目前已经无国可防吗？……尤其是，我们能够否定统一战线在学生运动中的正确的运用么？要是没有成千成万的各阶层的群众来援助这一运动，学生运动就决不能坚持得这么长久。也许有人以为这次学生运动早就已经"流产"了，要是真的会这样盲目去观察，那末最近平津学生之为追悼郭清而示威游行，……我不晓得他将怎么去为这些铁一般的事实去掩饰？

　　学生运动是英勇的，悲壮的！这悲壮的战斗决定了中华民族能战胜暴敌的光辉的前途！

　　在戏剧上，我们适应着事实之急迫的需要，提出了国防戏剧，这是现阶段中国戏剧运动底飞跃的突进，是在历史的途径中所必然产生的。学生运动既是民族解放运动中最含丰富的历史意义的一种推动力，所以，在国防戏剧中，它是应该被作为一种最有力题材之一。从戏剧上，它反映出在和汉奸卖国贼的斗争中之血淋淋的真实面，表现出有良心的爱国的人民之热烈的援助和同情，这同情，是完全基于一个最主要的共同目标（抗敌）之上的。由于这基点出发，任何人都应该抛弃了一切仇视，成见和无谓争执，而完成了统一战线的抗敌救亡的任务。

执是之故，国防戏剧应该立刻反映到学生运动的光荣的史迹和事件，即管这些事件是发生在任何地域之中——在敌人侵占的武装区内或汉奸满布的内地，以至于各国学生对于这运动的响应等。不过，我们这里只是在原则上略为指出这几点，在题材的处理上，有好些地方仍须待我们详细加以商讨的。

在这国难日亟的四五年来，可以具体地采摘为题材的学生运动史实并不罕见，可是能够从事于这方面的发掘和创造的剧作着实太少！这，尤其是在国防戏剧的建立已经走上奠基时代的现在，实在是件不容忽视的事。

这种现象的发生不是证明国防戏剧没有建立的可能，恰恰相反，这刚刚证明了非把每一个有良心的剧作者集中在统一战线之下，去反映这些现实的真实面不可！这更可以说，国防戏剧毫无成见地要求各种不同的集团和派别的戏剧家参加这一运动，才可以补偿我们没有广泛地容纳了各式各样的国防戏剧的题材的损失！

我想，假使曾经参加这英勇的战斗的学生们能够来写作这样的剧本，一定比较合适得多。因为他们比较我们知道得更多，而且体验得更真实！为了救亡运动的展开和扩大，我很希望学生们能够积极参加这样的创作活动。

"五九"国耻纪念后一天，一九三六

1936年5月17日《大晚报·戏剧与音乐》

你们的眼睛在那里

胡 牧

看看非"国防文学"的理论

文学是反映真实的现实的镜子，为了配合这急迫的时代的需要和推进现阶段的民众运动，自不能放弃其教育大众记载史实的任务。以是，"国防文学"的主张便被狂热地提供出来。

有充分的历史条件为根据，有多数有良知的作家和读者的赞和，这主张一经提出，各方面立刻唤起热烈的响应，无疑的这已将是廿世纪末叶非常时期的中国文学所能走的最适当的路线了。可是，多难的国度里，文人的步骤也是难于一致的，"国防文学"遇到的刁难也可就不少。由"国防文学"名词的怀疑而至文学价值的根本抹煞；斜刺里跳出一位二丑来把"国防文学""文学国防"的倒转歪曲，算是插科打诨；继着又是一位大花面大喝其"民族文学乎？国防文学乎？"这些"批评家""幽默家"虽然尽了漠视，歪曲，嘲笑的能事，但闭起眼睛说梦话，毕竟是空的，没有防止得"国防文学"洪潮的流行，反而显露了他们的无知丑态。

现在，我们且把那些论客们的宝贝陈列着玩赏玩赏罢——

"国防文学"的怀疑论

"国防文学"怀疑论首先是从一个"权威"杂志的"短评家"播

放的。他以为：

> "'非常时期的文学'就已成了名词的矛盾，因为到了真的非常时期，文学是不能存在的，也并不需要的。"

这里包含着有两点意思！第一是把非常时期局限为行动时期，行动以外就不容许有什么文学工作了。再伸引到第二个说法，就是，中国目前还容许文学存在，便不算是"非常时期"，既非"非常时期"何来"非常时期的国防文学"？

其实所谓"非常时期"并非如此狭窄地局限于"行动时期"的。行动时期只是非常时期发展到最后的阶段。我们把某一时期加上"非常"二字，因为这时期正代表着两个不同的体制急激地交替的历史过程；在此过程中，大众革命行动的实践，固然重要，负有唤醒大众组织大众政治作用的文学工作，也是不可少的。至于中国现在是否有个非常时期，凡注意客观情形的人都会了然于中——领土百姓被敌人大量的杀夺，国家民族已到了非生即死的关头，难道还当不上"非常"的称谓吗？那么，于这敌人还未完全把我们吞下，国内还有残剩的土地可守的今日，做人民的就很应该扬起防守自己国土的英勇斗争，做文化人的也很应该将防守国家的革命意识及抗争的热情感传给未能一致醒觉的同胞（当然，没有谁反对作家同时参加实践的工作）。而这位"短评家"的"国防文学"怀疑论，也就不免犯着幼稚病的错误了。

文学无用论

由"怀疑论"的开演，于是乎又有"文学无用论"的出现——把一时代的文学趋向讥之谓口头念念的"符咒"，还给"国防文学"下曲解曰"国防文学者，借文学之力量来防御敌国之外患者也"。接着就劝人"不要相信文学万能"（事实上，提倡"国防文学"的人并未有文学万能的想头）。这样的论客在中国的文坛里，原来是"古已有之"的。他们的生活和实际行动隔离得太远，就疏忽了文学的政治作

177

用；他们有闲，所以又把文学看成消闲的小品。他们既不承认文学有用，但常常为一些火辣的文章刺得不安而要为文诱导别人"安份守己"，眼看捐客们大吹"王道"向人民施放烟幕，则又故意装作痴聋。这算是个什么东西呢？这样的"食古不化"，除了引人"哑然失笑"外，你想他对文学有什么贡献吗？

"国防文学"文学国防的倒转论

这本来不算什么论客，他们也有一身"文学无用论"的病菌；但在这骚乱的时代里，他们更会装作清闲，更会懂得怎样惹那些比他们更清闲的主子们发笑。他们寄生于资产阶级的抚绥里，身份是清客，当你提出"国防文学"时，他无心研究问题本质的重要性，重要的是在别人剧烈的讨论中，象对付任何事情一样又去卖弄一下二丑的本领。于是说：

> "我呢，既不是'沉醉于象牙塔里的作家'，当然不敢反对，也不是'最聪明的'人，会因怕遭到各方面的攻击，对于这问题不参加任何意见而取着抹杀的态度。所以要以一个中国人的资格，敬向倡导国防文学者说一句话——犹如一个作家对当局说话一样——就是：当心给一向嘲笑我们为文字国的人，把国防文学倒转来成为文学国防，那是于我这个不是前进作家的区区中国人，也是与有辱焉的。"

这些就是"幽默"二师（因为上有"幽默"大师林语堂在）陶亢德的话。所谓"任何意见"，还不过是靠"幽默"吃饭的人的一贯小技，他不是真怕别人"嘲笑"，倒是想把别人真诚的态度嘲笑一下，以显示出自己"游戏人间"的人生哲学。记得鲁迅先生在《帮闲法发隐》一文这样说过：

> "譬如吧，有一件事，是要紧的，大家原也觉得要紧，他就以丑角身份而出现了，将这件事变为滑稽，或者特别张扬了不关

紧要之点，将人们的注意拉开去，这就是所谓"打诨"。……假如有一个人认真地在告警，（略）这时他就又以丑角身份而出现了，仍用打诨，从旁装着鬼脸，使告警者在大家的眼里也化为丑角，使他的警告在大家的耳边都化为笑话。耸肩装穷，以表现对方之阔，卑躬叹气，以暗示对方之傲；使大家心里想：这告警者原来都是虚伪的。"

陶先生不正是这样惟妙惟肖的扮演着的"小丑"吗？明乎此，我们可毋须担心陶先生脸上的荣"辱"，也不必妄想陶先生这一类型的人能够参加什么救亡工作。反之，就是"文学国防"吧（不见得是不需要的），在这"宇宙疯"的角色看来，不是也和"国防文学"一样感到可怕的威胁吗？

"国防文学"即民族文学论

也和"倒转"论者一般无耻呢！"民族主义"者看见有人那里倡说"国防文学"，认为用武的机会到了，高兴得很！就不免忘形地叫道"国防文学乎？民族文学乎？"他们的论据是："国防文学就是反帝的"，"民族文学者也是这个解释"，所以"国防文学，早已包含在民族文学里面"。

真是天晓得，"民族文学也是反帝的"！"民族文学"的出现，谁也知道是"一二八"后革命的"大众文学"狂起勃兴，震撼了统治者的江山，统治者灼惶之余才利用好听的名词和技艺，当为蒙蔽民众的戏法。可惜，连戏法也演得太糟了——无论嘴角上的理论多么漂亮："我们所谓民族文学要有积极性……要有民族精神的新表现。"骨子里却老是创造不出一篇真能代表民族新精神的东西，象"长期抵抗""心理抵抗"的口号一样，足其量不过替主子们发挥点欺骗的作用，在渐渐觉悟的读者前抛头献丑罢了。至于"国防文学"呢，可就不是这样；它是发动大众抗争的革命武器，它的倡导者的心中充满了为祖国的存在而牺牲的热血与激情，它的任务并不如论客的曲解"只是反帝的"那么偏狭，对于凡是出卖祖国利益及阻碍救亡运动的汉奸也要毫不留情地痛击的。正因为如此，很快的它得到了广大读者群赤诚的拥护。而"民族文学"论者还想藉卑污的手段象剿×一样剿灭它，是多么可怜的阴谋啊！

不论"国防文学"否认论者也罢，"文学无用论"者也罢，二花面（小丑）大花面也罢，企图靠这些浅薄的理论来扼死"国防文学"，无非都是"痴人做梦"。

在民族危机这样深重的当前，民族自卫的运动已在各地开展进行着。文学不能脱离社会而生长，就应与社会的现实密切地联系着。不是站在民族自卫的立场推动抗争加强抗争的力量，便即是有意无意地妨害自卫抗争的发展，所以，择在目前的两条路：不是抗争就是死亡；在今日大动乱的历史转换期间（即所谓"非常时期"），文学的领域也象实践的革命战线一样，只需要前进的尖兵，而不需要敌人面前的逃客和隐士的。

一切非"国防文学"的论客们，你们的眼睛究竟放在哪里？

1936年5月20日《书报展望》第1卷第7期

不是空嚷，也不是标语口号

义 梧

周楞伽先生在《文学青年》的"文艺座谈"上，再提起了国防文学的问题，正确的对于那些对国防文学抱冷淡态度的学院论文家，表示了很大的遗憾之后，自己又重新表示了态度：

> "假若有人来问我，你对于国防文学是赞成还是反对的呢？那我的回答将是赞成的也是反对的；赞成是国防文学的原则，反对的是只知道空嚷国防文学却不知道实际地去制作出永久留在人们心里的国防文学来，甚至脑海里根本就没有制作国防文学作品的企图的人。
>
> "我说这话，并不含有不满意现在倡导国防文学的诸位先生的意思，我对于他们的热情并且是非常钦佩的；不过仅有热情不能产生作品。一口气要所有的人都来从事国防文学的制作也是办不到的。"

对周先生这段话，许多点，我却有相异的意见。我觉得周先生对国防文学的理论活动有些轻视的意味，这意味的发展，更形成了他后文的"现在提倡国防文学的先生们有流入过去的标语口号化的倾向"的误会的陈述。

首先，周先生似乎将创作实践的要求加于理论活动的人们身上，因而责备他们只知道"空嚷"国防文学，却不能实际地去制作作品，这是不对的。理论者不一定能够而且不一定需要兼做创作家，他本职的活动，已经是够重要。他可以根据正确世界观和学识，评识作品的社会价值，具体的历史的考察创作活动的发展和运动，发现创作活动的法则，展望文学的前途和我们的路线。

目前国防文学的理论，确还留在一般原则的空疏议论的阶段，但因此就认为提倡的人只有热情，也未免将他们那由于正确的思维方法的运用所产生的民族解放运动中的文学前卫者的智谋，评价太低了。难道明确的提出了千万大众共同要求的文学主张，是仅有热情所能成功的么？而且，对物事的相当的热情一定是对于物事的"把握"和"认识"的相当的理性的同在物，而"认识"在两者之中是起着决定作用的。

说这些话，丝毫没有掩饰目前这方面的理论的空疏的缺憾的意思，相反，从事国防文学理论活动的人，应当因着周先生这个包含了一些不大正确的意见，却同时怀无限善意的提示，去克服这缺点，具体的历史的建立这崭新的文学艺术的理论体系。

至于这新文学主张提出之后的创作实践，虽然很嫌不够，但也不象周先生所估计："根本就没有制作国防文学作品的企图的人"。相反，这种人已经有了，而且我们的国防文学并不是虽已有的反帝文学的成果，一刀割断我们要承继过去已有的佳果，在不久以前我们已经有了《八月的乡村》和《生死场》等优秀之作，最近更有反汉奸的《赛金花》剧本和短篇小说《没有祖国的儿子》，却能够使人感到相当的满意。

这些作品，保证了国防文学决不会"流入过去的标语口号化的倾向"。

而且，周先生自己所主编的《文学青年》上的报告文学，有许多也可以说是国防文学的有力制作，小莎的《抬棺游行》里；郭清的老父亲看到出狱的儿子，"不是儿子的笑容，只看见一条伤痕满身的尸首，不闻儿子的娇声，只听到围观者嘤嘤的啜泣"的一段和"小个子"读祭文的一段，有类于基希的风格。这不但不是标语口号，而且超越了吾国过去的报告文学的艺术水平。

说国防文学的提倡者有"流入过去的标语口号化的倾向"的这些

意见，并不是源出周先生，而是国防文学运动的许多旁观理论家的意见；但我不知道要是他们读了上面作为例子的几篇作品以后，是否还是抱着那种见解？

而周先生的态度和那些先生们的态度又是绝然两样的。周先生是站在赞成国防文学的立场，不断的以自我批判的精神，提出质疑，对不好的倾向提出暗示和警告，这种关心祖国，因此也就关怀国防文学的情意的殷挚，是侪辈中不可多得的。

我是一个国防文学的热心主张者，依我个人的感想，对于周先生新的质疑，作了上面这个有些芜杂的解释，不知道周先生有认为满意之点没有？我现在，提出下面的口号，向作家和理论家反复，来作为本文的结束：

我们要求一切形式一切风格的国防文学作品。

我们也同样需要历史的具体的国防文学的理论体系与批评。

1936年5月26日《时事新报·每周文学》

人民大众向文学要求什么？

胡　风

一

　　"五四"以来，形成了新文学的主流的是现实主义的文学，反映了人民大众底生活真实，叫出了人民大众的生活欲求的文学。然而，在殖民地的中国人民大家底头上，贯穿着一切枷锁的最大的枷锁是帝国主义，它底力量伸进了一切的生活领野，在人民大众里面散播毒菌，吸收血液。所以，新文学底开始就是被民族解放底热潮所推动，人民大众反帝要求是一直流贯在新文学底主题里面。

　　然而，"九一八"以后，民族危机更加迫急了。华北问题发生以后，整个的中华民族就已经走到了生死存亡的关头。因为这，人民大众底生活起了一个大的纷扰，产生了新的苦闷新的焦躁，新的愤怒新的抗战，凡这一切形成了一个新的历史阶段。这个历史阶段当然向文学提出反映它底特质的要求，供给了新的美学的基础，因而能够描写这个文学本身底性质的应该是一个新的口号——

　　民族革命战争的大众文学！

　　所以，为了说明这个口号，首先要指出的是产生它的现实的生活基础：

　　第一，在失去了的土地上面，民族革命战争广泛地存在，继续地奋起；

　　第二，在一切救亡运动解放运动里面，抗敌战争——民族革命战争底运动是一个共同的最高的要求；

第三，人民大众底热情，底希望，底努力，在酝酿着一个神圣的全民族革命战争底实现，那战争能够团结和动员一切不愿做亡国奴的不愿做汉奸的人民大众；

第四，从太平天国运动到"一二八"战争的一切伟大的反帝运动，只有从民族革命战争的观点才能够取得真实的评价……。

从这个分析里面我们可以明白，"民族革命战争的大众文学"所依据的是动的现实主义的方法，因为它正是现实的社会要求在文学上的集中的表现；然而，同时这个口号里面还含有积极的浪漫主义的一面，因为在民族革命战争运动里面蕴藏有无限的英雄的奇迹和宏大的幻想。

二

那么，"民族革命战争的大众文学"是统一了一切社会纠纷的主题的。不过在这里应该指明：是统一了那些主题，并不是解消了那些主题。

例如——

封建意识和复古运动都会在大众里面保存甚至助长"亚细亚的麻木"；

对于劳苦大众底生活欲求的阻碍，压抑，都会减少甚至消灭他们底热情，力量；

醉生梦死的特权生活，滥用的权力，在动员和团结人民大众的活动里面都是毒害……。

这一切，是帝国主义助手，是产生汉奸的社会地盘，是养成汉奸意识的实质条件，由这些新引起的一切社会纠纷应该包含在"民族革命战争的大众文学"的主题里面。所以，"民族革命战争的大众文学"应该说明劳苦大众底利益和民族利益的一致，说明在民族革命战争中谁是组织者，谁是克敌的主要力量，谁是自觉的或不自觉的民族奸细。

三

从现实的生活要求产生的"民族革命战争的大众文学",一方面也是继承了"五四"的革命文学传统,尤其是综合了"九一八"以后的创作成果的。

"九一八"以后,反帝运动底最高形态发展到了民族革命战争,在文学上那也得到了反映,到最近且已争得了一些成功的纪录。在这些作品里面我们看到了民族英雄底比较真实的面貌,人民大众在民族革命战争中新表现的英雄主义,尤其是民族革命战争和人民大众生活的血缘关系。这是"民族革命战争的大众文学"底先驱,是提出这个口号的作品的基础。

"民族革命战争的大众文学"应该批判地承继那些作品新开拓的道路,勇敢地追过那些纪录,从各个角度上更广泛地更真实地反映民族革命战争运动,推动民族革命战争运动,用思想力宏大的巨篇也用效果敏快地小型作品来回答人民大众底要求。

一九三六,五月九日晨五时

1936年6月1日《文学丛报》第3期

现阶段下文学的内容与形式

波

在中国，现阶段是一个大动乱的时代，是全民族为着生存与凶暴的帝国主义，出卖民族的刽子手作生死决斗的关头。在这种非常时期下，文化各部门都在急剧地变化着，开展着。起着领导时代作用的文艺也就必然地肩起这非常时期的任务。"一二九运动"后文艺界的活跃，和"国防文学"的提出就是明证。

"国防文学"既经是应了中国当前的需要而被提出的，则站在"民族解放运动"的立场，重新评价文学的内容与形式乃是一件极重要的，极有意义的事。

一般的说来，文学的内容与形式当取着密切的接合，不能分开来的。它们间的关系是：内容有决定形式的作用，而当形式固定了时却往往又阻碍了内容的发展。白话对文言而起的革命正是旧的形式和新的内容冲突的露骨表示。

关于"国防文学"的内容与形式问题，还没见过有系统的讨论文献。归纳起零散在各期刊上的论文，"国防文学"的本质不外下列数点：（一）是组织大众的意识，齐一大众反帝，反汉奸，反封建的运动的工具；（二）是以正确的世界观，新美学的背景，正视了现实，沿着历史的动向，表现被压迫阶级的意欲，鼓动他们执行其社会的历史使命的最好工具；（三）是用新写实主义的手法，针对着现实，极泼刺地艺术的地表现着各帝国主义——尤其是日本帝国主义进攻中国的情形，和政府不抵抗政策下卖国行为的丑态；在不妨碍文学体制和内容与形式统一的条件下，更该影射出它们底时代背景以及较更重要的经济因素；（四）不是过去狭义的民族主义文学的重生，它是以浅明而简单的形式指出，以中国大众为立场，发挥文学的感受作用，以达到中国民族阵线的巩固；（五）是真实生活经验的纪录，斗争情况的描写，无情的对黑暗面的暴露和愤恨——尖锐的分析现实，批判现实，同时暗示出前进的道路——指导现实。自然，这些本质不会是一成不变的。在发展的过程，添减的变化是不可避免的。

动乱，离散，集团的力量与热情，帝国主义的炮弹，……是中国现阶段的画像。在这种场合大众不要去读那以诙谐的笔锋描写的麻醉文学是很显明的事实。再说，这种紧张的现实也绝不是那些小丑式的文人所可打诨得出来的——即这革新的内容绝不适合于那腐旧的形式。

把这种紧张的现实气氛当作文学的内容而表现出来，其形式有下面几种：（一）报告文学；（二）墙头小说；（三）街头壁报；（四）群众朗诵诗，剧；（五）工厂，农村，兵营……的速写；（六）新内容的大鼓，弹词，和连环图画；（七）其他。要来分论各种形式——体制的特征或使用方法，不是这小的篇幅所可允许的；但抽象说来，它们有如下的共同的特点：（一）积极方面——能以泼剌的手法，简练的字句，忠实地纪录出客观的现实，并赋予艺术的活力，正确的批评。也因之才能吻合群众底口胃，激动群众的情绪，而达到唤醒，组织与领导群众行动的效果。（二）消极方面——可以免除了小说中繁琐的描写，无用的字句的雕饰，以之节省读众与听众的时间。自然，这种形式必将跟民族解放运动的开展而增加或减少其效用。

时代已不允许我们沉默了。只要不想抱住司艺女神的白尸而殉节在象牙之塔里的话，就该勇敢地抛掉一切的幻想，去到大众的队伍里，在实践的过程中体验大众的生活，思想，感情，欲意，等等。也惟有如此才会把现实的骨髓真切地表现到文学作品里，而发生那推动社会的伟大作用。"理论离不开实践"，这是努力于"国防文学"的文化工人所该深深记着的。

1936年6月1日《火星》半月刊第1卷第6期

文艺界联合问题我见

何家槐

研究军事学的人告诉我们，如果要进行胜利的民族革命战争，那末我们不论运用哪一种战略——运动战或阵地战，外线战或内线战，进攻战或防守战，歼灭战或消耗战，——共同的而且唯一的基础必需是：全民总动员和全民总武装。

集中一切力量，把一切交给民族革命战争，这是一个最重要的，最正确的号召。不但在其他各界应该如此，就是我们文艺界也应该把自己团结起来，为国效劳。

"……我以为战线应该扩大。在前年和去年，文学上的战争是有的，但那范围实在太小，一切旧文学旧思想都不为新派的人所注意，反而弄成了在一角里新文学者和新文学者的斗争，旧派的人倒能够闲舒地在旁边观战。"

这是鲁迅先生在一九三○年三月二日的一段演辞，很好地说明了联合战线的重要，虽则联合战线的性质已经不同。以后文艺界的联合战线，虽则没有完全实现鲁迅先生的理想，却也做到了一部分。譬如大众语论争的展开，对于文化运动意见书的发表，手头字和拉丁化运动的兴起和深入，都是新文学和新思想的胜利；而这些胜利的基础都是一次比一次扩大，因为参加这几次斗争的人数，都是一次比一次增多，他们之中的信仰，立场，倾向，社会关系，个人利害，自然也因此一次比一次复杂，可是他们却有一个共同的目标，就是拥护新文化和反对旧思想。关于共同的目标，鲁迅先生也说过一段很有意义的话：

　　"……最后，我以为联合战线是以有共同目的为必要条件的……我们战线不能统一，就证明我们的目的不能一致，或者只为了小团体，或者还其实只为了个人，如果目的在工农大众，那当然战线也就统一了。"

很显然的，自从"九一八"以来，敌人的侵略，是一天天的加紧，它并吞了东北，又占据了华北，现在正在进窥华南和华中，预备一鼓气灭亡整个中国，这种把我国从半殖民地变成完全殖民地的推移，是目前政治形势的基本特点。这一个特点不但在政治上是个有历史意义的新时期，使所有不愿当亡国奴的人联合起来，开展神圣的民族战争，而且也很快的反映到文化界来。文艺界虽则比较的落后一点，但也早已展开了关于联合战线的热烈的讨论，提出了制作适应这个非常时期的国防文学的号召，而且已经筹备了实际团结文艺界的组织。参加这次讨论和文艺界组织的分子，比起以前几次运动来，实在是要复杂得多的；可是他们却有一个共同的目标，那就是在文学领域内进行救亡的工作。

　　在这样一个大规模的阵线之中，无疑的会有非常复杂的现象。参加这个"包罗万象"的队伍，自然各有不同的立场和观点，可是这并不能作为反对作家联合的道理，因为我们为着争取民族的解放，不但要团结一切抗敌救国的基本力量，就是一切可能的抗敌同盟者，我们也应该团结在一起，决不应该遗漏一个爱国的中国人。然而巩固和强大阵线，和阵线里面的一切动摇，妥协，投降与变节的倾向斗争，却是万分必要的。

　　但是在一个作家还没有完全脱离民族阵线之前，我们就不能用谩骂的态度，不能随便加人以一顶帽子。如果我们不分皂白的，对于在救亡运动上可以站在一条战线上的作家，运用起迎头痛击的批评方法，那结果一定是不堪设想的，一定会有意无意地隔绝一个可以共同做一点抗敌工作的分子。我以为在这外敌积极进攻和内奸拼命拍卖的时候，批评家们应该特别的严肃，应该特别的负责，因为我们在目前需要每一个汉奸以外的中国人，利用每一分对于救亡运动有用的力量；即使这个人或这个力量，是如何的动摇，如何的微渺，如何的薄弱。

> "……纵使团结三人五人，纵使一个小小的集会，纵使发表一个抗议，纵使捐助一个铜子给人民抗敌的事业，纵使是打击一个最微末的汉奸，纵使组织一个小小刊物……都含有民族革命战争总动员的意义……"

这就是所谓集腋成裘，积沙成塔。所以不问观点和立场，趣味和嗜好跟我们如何不同，只要他还有救亡抗敌的热意，我们都应该采取善意的和批判的态度，单只告诉他们应该怎样做或做些什么，还嫌不够，我们一定要指出来为什么要这样做，而且要用事实去证明。而且，如果更进一步说，即就是过去主张错误的人，只要现在他们以行动来表示他们抗敌救国的志愿和决心，不再做危害民族的丑事，我们也愿意而且应该与之携手。

这里，我们可以举引国外的例证。如去年六月举行的巴黎保卫文化大会，在那到会的代表二十多国，人数多至二百七八十人的作家和学者中，固然有进步的作家和评论家如巴比塞，勃洛克（J. R. Block），马洛（A. Malraux），罗曼罗兰，尼善（P. Mizan），佛兰克（W. Flank），基希（E. E. Kisch），潘菲洛夫，伊凡诺夫等等，可是同时也包含了福斯脱（E. W. Foster），赫胥黎（A. Huxley）以及耿痕脱（L. P. Quint）这些比较落后的作家。福斯脱出身于英国的布尔乔亚，中庸，稳健，为最有绅士教养的代表作家之一，他既不是泛系主义者，自然也不是康姆主义者，而且因为年龄（一八七九年生，去年为五十六岁）和教育的关系，他还宣言支持英国原有的政体，可是在保卫文化大会讲演英国自由的时候，他也反对在英国前年通过的《公安拥护法》，不合法的检查，压迫和平主义者，奖励告密，不合理的罚金等等桎梏。对于英国泛系的暗中蠢动，他表示很大的不安，如果第二次世界大战发生了，他更明白表示决不站在个人主义和自由主义的立场上。他希望作家自由的扩大，希望作家负起社会的使命。赫胥黎原是一个中产家庭出身的人，这种中产社会层，过去曾经是，而且现在也仍然是英国资本主义制度的主要支柱之一。他的所有小说和散文，虽则大都是描写旧社会的腐烂生活，它的丑恶和没落，现代科学与私有社会和它的对立。但他并不懂得毁坏劳动者们的身心的，决不是科学本身，而是因为它的占有者是个专想牟利的阶层，他想象不到一个无阶层的社会，找不到一条正确的出路，因此他著作中的人物——如《英勇的新世界》（Brave New World）中的彭纳特·马克思（Bernard Marx）都是带着悲观的色彩。可是他也反对泛系和掠夺战争妨碍文化的进展，参加了文化保卫大会。至于耿痕脱，原是很受尼采，杜斯妥也夫斯基以及蒲鲁东等等影响的一个安那琪主义者，怀疑，不安，漠然地反抗着人类，神和社会。可是他却相信苏联能够创造新社会，对于文化保卫大会表示着忠诚的信仰，因此他也参加了这个大会，大会上也热烈地欢迎着他。

所以一个作家的应否联合，最主要的条件，就是共同的目标，鲁迅先生早已说到这点了。可是在鲁迅先生说这句话的时候（一九三〇年），情形与现在大不相同，现在的联合应该范围更大，目标更大，因为现在能够接受抗敌救国的这个广泛的纲领，愿在文艺界尽一点救亡任务的作家，确在一天一天的增多，战线已不仅是新旧文学的对垒（当然并不是停止新文学运动，这一点后面再说），目前的主要的斗争，为汉奸作家与非汉奸作家的斗争。这和在这世界革命与战争的新周期的前夜，为了反泛系和战争，为了反对威胁文化的公敌，欧美的作家比以前任何时期都要更广泛的，更大规模的联合起来，情形和理由都是完全一样的。

人们的变化，在现社会确是很快的。新的团体和新的战士，在天天地加入社会解放运动的阵营里来，为着艰苦的事业奋斗，或者起码同情于这种事业。曾经以响亮的嗓子赞助过法国帝国主义组织"国际警察"的维他马加拉——一位将军的儿子和退了职的军官，尚且公然地反对法国帝国主义，赞助工人的事业；在不久以前举行的伦敦英苏交谊会中，居然有一向是泛系支持者的伯爵和顽固透顶的主教参加，更何况只是在政治认识上比较落后的人。还有一个更明显的例子，也可以举出来当作一个参考。在一九三〇年国际革命作家联盟（IURW）曾经向全世界的作家提出一个问题："如果帝国主义列强向苏联宣战，什么是你的态度呢？"过了两年以后（一九三二年）又提出了一个问题："当这中国被××帝国主义所侵略，远东战争已经快要转变成所有帝国主义者反对苏联的时候，你们在做点什么，又打算做点什么？"在这两年的短时期中，很多的作家变了。一方面在一九三〇年还是拥护苏联的奥·佛莱哈代（O. Flaherty）和特里斯丹·雷米（Tristan Remi）已经转入反动的阵营，原是《凯洛格公约》信仰者的高尔斯华绥（John Galsworthy）在一九三〇年还提一提这个公约，到了一九三二年，就连提也不提了。另一方面那些在一九三二年绝对否认战争危机的布尔乔亚作家，如刺威格（Stefan Zweig）和安特生（Sherwood Anderson）等等，在二年以后却都认识了自己的错误。这是因为这两年的经济危机，使得欧美很多知识分子纷纷的睁开了眼睛，罗曼罗兰，德莱赛（Dreiser），以及萧伯纳这些很优秀的"灵魂的技师"，都把他们的视线转向着苏联。

国际革命作家联盟认为这是一个文学上的国际点名（International Roll-call）；这个点名不但检阅了帝国主义参谋本部后防的革命文学阵线，而且是一个"暮鼓晨钟"，它警告作家："预备！让我们马上行动，再不能坐失时机啊！"

为着配合这种为了人类文化之进步而斗争的战士的增加，这个革命作家的国际组织，已经决定解散了，以后反泛系和反战的阵线，一定会更其广阔和整齐。

我以为现在我们所倡导的文艺界联合阵线，也正是文学上的民族点名（National Roll-call）；它的目的是要唤醒凡是有正义感的作家们一齐起来反帝反汉奸，救护民族和国家，所以规模愈大愈好，决不应限制在少数进步作家的小集团里。这在前面我已一再说起，现在不厌繁复的再引几句话吧：

> "……只有广大的群众，甚至平日最落后的群众，一旦卷进了大革命的浪涛的时候，才能完成预定的目的……革命所凭借的，不能只是一部分先进的分子，而是凭藉着一般的人民……"

然而，在目前，对于这样的统一战线，有些人还有着种种的怀疑；或以为这样做就是把文学活动向后拉，就是等于把自己解除武装，放弃自己的目标和立场，认敌为友。他们认定这是社交式的虚伪，换句话说，就是上层的勾结，因此打击这个，排挤那个，仿佛只有他们才是"圣洁的教徒"。这无疑的是宗派的观点，它的来源，第一是由于不了解新的形势；第二是由于不会活用社会科学的理论，不会把理论和实践配合起来，却始终迷恋于死的教条；第三是小资产阶层的根性在那里作怪。

又有人根据个人间的琐屑的纠纷，认为组织文艺界联合战线，就是无异于偏袒无文的文人和为商人所豢养的文人，容许他们大批的翻印"虫蛀的古籍"和"腐儒的呓语"。可是这种了解，无疑地也是错误的。因为联合战线决不是没有目标的乌合之众，也不是大家客客气气，握手言欢的宴会；却刚刚相反，这个争取民族解放的统一战线，当然是反对政治文化上的一切反动的复古运动的。我们认为无论出版家的竞印古书是出于什么动机，不论编辑者的整理古书是持有何种理由，客观上或多或少的总是有利于反动的文化运动，容易给野心家利用为麻醉和欺骗的工具。所以不要说程度较浅的读者，就是思想已经相当成熟的人，或者专门家，在这国亡无日的时候，也应该暂时抛弃自己的嗜好和兴趣，多做一点配合现实需要的研究，使研究工作和整个的救亡运动联系起来。如果共同的活动完全与个人的工作分离，那又何须乎集团的生活？如果一个联合阵线的构成分子不但不能加强反帝反汉奸的力量，反而在无意间减弱了它的作用和影响，那末我们一定要对他劝导和批判。

甚而至于旧文学者，如礼拜六派等等，在他们有参加民族解放运动的诚意，而且他们的工作能够促进这个运动的条件之下，我们当然也是欢迎的。

我们大家现在所共同主张组织的文艺界统一团体最基本的宗旨，就是致力中国民族解放；所以要联络友谊，商讨学术，争取生活保障，主要的目标就是为的集合力量，加强力量，就是为的推动神圣的民族解放战争。所以只要不违反这个基本的目标，就是在文学的本身问题上主张有所不同，也可以而且必须通力合作。而这种合作，我再着重的提醒怀疑这个真理的作家，不但不会妨碍到新文学运动，反而可以加强它的影响和作用，可以更清楚的指出新文学在救亡运动中的功效和前途。

又有一种高调，根本反对更广泛的联合战线，而这种更广泛的联合战线，正是文人大团结的基础。他们的理由是只有劳苦大众才是彻底反帝的社会层，这并没有谁能够否认，可是他们依据这个前提，却得出一个奇怪的结论："所以我反对现时一般人所瞎说的什么'不问派别，阶层，团体，个人，宗教，信仰，只要是赞成和拥护救亡运动的，都可以而且应该联合起来'的胡言。"这简直是无视于现实，抹杀而且否认在这存亡的紧急关头，不但是勤劳大众，就是其他各阶层，甚至买办（当然并非代表远东帝国主义利益的买办）和中小地主，富农都有抗敌的要求与可能。虽则这种要求是不强烈的，不坚决的，只是暂时的，容易动摇的，动机不纯正的，可是如果运用得当，把这些或强或弱的势力结合起来，显然一方面可以分散敌人的力量，一方面可以加强我们自己的阵线。我们要知道勤劳大众固然是抗敌救国的先锋，可是单靠这阶层却是不够的，一定要联络一切友军，使一切可能抗敌的力量汇合和集中起来。这无论如何是对勤劳大众有利的办法。如果不知道这种战略的运用，却故意要一再不管时间与空间的引用《法国内战》的片言只语，把它们机械的教条化，浮在云雾里奢谈"明日的新社会"，无非是卖弄风情的，最恶毒的阴谋，想欺骗勤劳大众，叫他们去孤军奋斗，置他们于死地罢了，和正确的社会科学理论的正统的发展，是毫无姻缘的。

又有一种曲解，也许比前一种高调还要厉害。他们说：现在这样做，是"自己取消了八九年来用血染出来的我们这'主体'所由来的正确而光辉的那个巨人底人格，折扣为彼此都对的，多元的混乱场面。"可是事实并不是头脑制造得出来的，不论你怎样的巧妙，怎样的搜肠括肚，事实却还是事实。而这几年来的事实，却是恰恰证明了，这种有意的曲解，很显然的，在一九二五一二七年的时候，整个国度还是处在半殖民地的状态，而现在已有一大部分领土沦为远东帝国主义的完全殖民地，而且在外敌和内奸的夹攻之下，全国也正处在完全殖民地化的境地。由于这种民族危机的严重，整个的社会关系和力量的对比，已经大不相同，民族革命的联合战线，已经有了和十年前不同的新的条件和环境。

此外还有一种诬蔑，说是现在的联合战线，等于"笑语杂沓"的"京沪文艺界联欢会"，是替他们捧场。可是这种无耻的侮蔑，真是不值一驳的。大家明白现在有些奸滑的汉奸们也在骂人为汉奸，丧权辱国的人也在奢谈着国防，而且他们的一批喽罗们，还热热闹闹的出过什么"国防教育专号"。可是因为他们在说空话和假话，我们不但不能"洁身自好"的避免谈真话，而且为了揭穿这些人的假面具，我们更要发挥救亡的真理。例如有一位大谈"国防教育与艺术教学"的教授，就说着什么救亡一定要学越王勾践似的"卧薪尝胆"，"生聚教训"，叫我们不要"轻于一掷"，却要"预备一掷"，这种与提倡国防的真义刚刚相反的等待主义的欺骗，我们还没有很好的给以打击，给以清算。我们固然不赞成"光谈联合"，却也反对那种企图封闭人家的嘴巴，却只容自己散布一些歪曲理论的说法，因为理论与实践，是应该互相统一的，"没有革命的理论，就没有革命的行动"，这是一句大家都很熟悉的名言。还有一些对于"祖国"，"国防"，"救国"这些名词的运用，其实并不是存心反对的，却有一种不小的疑惧，以为这些名词只是重复有产者层的宣传，我们是应该避免了不用，否则便会成为他们的俘虏。为了纠正这种错误，我可以引用一段库西宁的话：

> "为着联合战线而奋斗，我们又再提出了自由，和平，民主——也许在目前甚至可以提出平等与博爱来——这些号召，很多人对于这点都表示疑惧，……在布尔乔亚的革命时代，自由是个革命的号召。于是变成了改良主义的，最后却简直变成了反革命的……可是这些号召，不是可以直截了当的弃而不用，新酒必须装入旧瓶。……"

难道在我们这个"全民任务"和"阶层任务"紧相连结着的国土里，在目前这样迫切需要总动员抗敌的时候，可以乱七八糟的提出"无祖国"的那种号召来？这是最简单的真理，然而也是最中心的问题，可是有许多作家竟不了解这点，或者是根本不想了解这点。

末了，我想带便谈一谈同人团体的问题，因为这与联合战线的问题很有关系。我认为同人团体是需要的，可是同人团体必须在统一战线的组织之内，否则就有容易造成狭窄的行会主义和宗派思想，造成分裂的危险，与联合战线的真义完全相反。

现在正是中国的存亡关头，为了对付共同的民族敌人，象罗曼罗兰说的一样："我们甚至准备同魔鬼订立条约。"我们要号召一切有正义感和爱国心的作家，在这紧急时期中手拉着手，共同起来组织一个利用文艺为武器的救亡队伍，"谁侵害它，就请谁吃些苦"。希望爱说漂亮话的朋友们不再站在圈外观望，随便骂人，却也来共同为着这件工作而努力。应该把形势的重要程度分别清楚，不要再让你自己的感情失去平衡，因为"这种平衡失去以后，便要使人们对于宝贵东西失去了知觉"。

> "我们目下的当务之急，是：一要生存，二要温饱，三要发展。苟有阻碍这前途者，无论是古是今，是人是鬼，是三坟五典，百宋千元，天球河图，金人玉佛，祖传丸散，秘制膏丹，全都踏倒他。"（鲁迅：《华盖集》四三页）

中国的全体作家们，在这样的时候还不联合起来"踏倒"阻碍我们前途的"恶魔"吗？！

五月，二十日

1936年6月5日《文学界》创刊号

关于国防文学

——略评徐行先生的国防文学反对论

周　扬

徐行先生接连地在《礼拜六》《新东方》等刊物上发表了他的反对国防文学的意见，这意见是应当加以驳斥的。因为，第一，他攻击目前所提倡的民族革命统一战线的主张，认为这样的主张是"胡言"，是"梦呓"，这是一个非常严重的基本认识的问题。第二，他的意见正代表着一部分"左"的宗派主义者，他们对于国防文学虽然到现在还是保持着超然的沉默的态度，但是他们的宗派主义对于文艺上的统一战线或多或少地发生了阻碍的力量。第三，他在他的文章里播弄"左"的词句，而且抄引先哲的遗言，来装饰他错误的论点，这很可以迷乱一部分读者的视听。

首先我们应当指出徐行先生的错误的根源，就是他对于统一战线的理论和中国目前形势之完全的无理解。他根本否认，或者是简直不知道，反帝联合战线是现阶段殖民地或半殖民地国家的民族革命的主要策略，同时也不了解远东帝国主义并吞中国的行动是怎样在全中国范围内卷起了民族革命的新的高潮。千千万万勤劳大众起来为自己的民族的生存抗争，广大的小资产者和知识分子也转入革命。就是一部份民族资产者，许多乡村富农和小地主，对于这个新的民族运动，也都可能采取同情中立或甚至参加。民族革命的统一战线的现实基础非徐行先生一人所能抹杀，民族革命的统一战线的主张正是从现实出发，依据最前进的理论和策略的一种现实变革的主张。

徐行先生援用一八七一年巴黎事件和关于这事件的先哲的遗训来作为他反对一切政治上文化上国防阵线的理论根据，这就恰恰证明了他完全不了解目前的新的形势，不懂得把正确的理论原则活泼地运用于特殊的具体的环境。徐行先生劝批评家在动手写文章之前参考一点史料，这诚然是一个可贵的劝告，但在参考史料之际，我以为如果没有正确方法的灵活的运用，史料这个东西就不但不能帮助你了解现在，反而会使你害着消化不良症。对于一个机械的方法论者，我希望他牢记下面的箴言："唯物论的方法如果不当作历史的探究的指导路线，而当作伸张和分割历史事实的现成的模板使用的时候，就会转化为它的反对物。"

徐行先生因为没有正确的方法论的指引，缺乏对于现实运动的深刻的认识，所以他把握不住时代的飞跃的进展和各个社会层的相互之间的关系的激遽的变换。在这个巨大的社会变化中，最敏感的艺术知识阶级的杂多的层，虽还是各自抱着不同的人生观艺术观，但在对于垂危的自己民族的运命的关心和民族解放的要求上却多少是一致的。而且五四以来的优秀的作家大部分都带着反帝反封建的精神。国防文学就是一方面继承这个过去文学的革命传统，一方面立脚于民族革命高潮的现实上，把文学上的反帝反封建的任务推进到一个新的阶段的文学。自然，没有谁能够否认一九二七年以后我们在文化上的新的作用和成功，没有谁能够否认站在勤劳大众立场上的革命文学是最彻底的反帝反封建的文学，是新文学运动的中坚力量。正因为有这样的力量，所以我们不但要保持这种作用和成功，而且要使之更加扩大。我们要承认在革命文学之外还有广大的中间文学的存在，他们拥有着大多数的读者。他们并不如徐行先生所说，尽是些"被历史车轮轧碎了的废物"。要知道历史的车轮可以轧碎人，也可以推动人前进。许多的事实证明了这一点。在统一的民族阵线上，我们在中间的或甚至落后的文学者中可以找着不少的同盟者，文学上的各种救亡的力量需要有一个新的配置。革命文学应当是救亡文艺中的主力，它不是基尔特文学，而是广大勤劳大众的文学，在民族解放的意义上，又是全中国民族的文学。国防的主题应当提供到每个革命作家以及一切汉奸以外的作家的创作实践的日程上。国防文学运动就是一个最大限度地动员文艺上的一切救亡力量的运动。要完成这个文艺上最广大的动员，我们不能不驳斥徐行先生的下面似的"左"的论调：

> "我们只知真正彻底反帝的社会层是中国出卖劳力的大众，只有他们是前锋，也只有站在这观点上的文学才是挽救中国的文学。"

以为只有勤劳大众的文学才是挽救中国的文学，这样的说法无异于缩小目前救亡文学的基础和范围，把革命文学从它的友军拉开，使它陷于绝对孤立的地位。我们应当认清，一切中间层的文学，只要是抗敌救国的，只要是多少反映了民族运动的某些方面的，虽不是取着勤劳大众的立场，对于中国民族的解放依然有着益处。我们对于这类文学中的反帝的要素应当给以应有的评价，同时自然也要具体地指出这些作品中所表现的小有产的观点和世界观怎样妨碍了对于民族革命之本质的认识和正确的艺术的反映。只有这样，国防文学才能广泛地展开和深入。

国防文学不是狭义的爱国主义的文学，但如果没有强烈的民族的感情浸透着，就会减少它对于读者的艺术的伸诉的力量。徐行先生深恶痛绝于"爱国的情热"，骂国防文学的主张者降陷入"爱国主义的污池"。他又引用了一位先哲的名言，说爱国主义是这样一种情感，它与小的私有者经济条件刚巧相联。可是他"刚巧"忘记了这位先哲自己就曾经夸耀过大俄罗斯民族，一点儿也没有轻视过民族的感情。民族的感情正可以激起我们对于自己民族的奴役状态的火一般的憎恨，正可以鼓励我们为民族的自由解放而斗争。在最近的一篇叫做《没有祖国的孩子》的小说里，我们被小主人公对于祖国旗的热烈的怀恋之情所感动，但这里却不是一种偏狭的爱国主义的感情，而是和国际主义的精神很自然地调和着。无条件地藐视民族的感情，如果不是出于一种汉奸意识，就至少有帮助汉奸，在心理上叫大家准备去做亡国奴的危险。

然而徐行先生最害怕的是"爱国主义的浊气"会污损了文坛，破坏了文学的纯洁。他说：

"文学中最主要的是思想，用艺术手段表现的思想应该是纯洁的，而不是不问派别，阶层，团体，个人，宗教，信仰的混血儿。"

这是观念论的滥调。所谓"纯洁"是一个抽象的标准，如果用这个标准去衡量艺术作品的价值，那我们对于果戈理，托尔斯泰，巴尔扎克这些作家的伟大就无从说明，因为他们的思想都并不是怎样纯洁的思想呵，他们的作品之所以不朽是在反映了一个时代客观的现实，它的发展和矛盾。思想的内容，对于艺术作品固然有着决定的作用，但是如吉尔波丁所指示，艺术之丰富的思想的内容不是抽象的超历史的思想的丰富，而是和现实的本质方面之具体的艺术的描写紧相结合的。

艺术创造的主体原是非常复杂；包含了各种不同的社会成份的。问题并不在缩小主体——即局限于徐行先生所认为"纯洁"的一部分，而倒在如何诱导各色各样的成份都参加到民族解放运动里面去。假使在我们面前的，是一个有才能的作者又忠于现实的话，那末，不管他所属的阶层，所抱的信仰，以及他对于民族革命之真义的理解的程度，他一定能够在他的作品里面反映出这个革命的某些重要的方面来。我们丝毫不看轻进步的世界观的烛照的作用，但现实本身的教育的意义，却也是不能忽视的。

国防文学运动就是要号召各种阶层，各种派别的作家都站在民族的统一战线上，为制作与民族革命有关的艺术作品而共同努力。国防的主题应当成为汉奸以外的一切作家的作品之最中心的主题。这不但没有缩小作家的创作的视野，反而使它扩大了。现在和过去的现实中所包含的一切有国防意义的主题必须具体地广泛地去发现。为民族生存的抗争存在于政治的，经济的，文化的，日常生活的——一切场面。主题的问题是和方法的问题不可分离的，国防文学的创作必须采取进步的现实主义的方法。徐行先生却把这两者描写成对立的东西。

进步的现实主义的方法就是在现实的革命发展中真实地，具体地，历史地去描写现实，以图在社会主义的精神上去教育勤劳大众。在发展中去认识和反映现实，这是一个重要的方法论的原则，因为看不见发展的人决不会把握真实。没有对"明日"的展望，"今日"就

201

没有前途，同样，没有"今日"，"明日"就成了空虚的妄想。国防文学不是乌托邦文学，它首先要反映现在中国人民为自己民族解放的实际的抗争，它的各个方面和目标。没有现在的这个抗争，徐行先生所梦想的"明日的新社会"也就无从实现。"保全领土"在徐行先生辈看来，也许是一种"非常狭小"的"爱国的情热"吧，然而这正是千千万万失去了土地的人民以及全中国不愿做亡国奴的人民的共同的要求，正是达到"明日的新社会"的必经阶段。给这种广大人民的民族解放的要求以艺术的表现，就正是国防文学的基本任务。它应当把这和以社会主义的精神去提高读者对于民族革命的本质之认识的任务结合起来，向读者昭示："社会主义革命就是民族的救星，而且替它开辟蒸蒸日上的道路。"（地米特罗夫）

向国防文学要求最进步的现实主义的作品，是正当的，但国防文学的制作者却并不限于能运用高级的创作方法的作家，就是思想观点比较落后的作者，也应当使之为国防创作而努力。在这里国防文艺批评就应演着极重要的角色。国防文学运动是一个文学上的民族统一战线的运动，为着这运动的广大的开展，对于象徐行先生那样的"左"的宗派的观点，有时时加以纠正和指摘的必要。最后就让我引用吉尔波丁的下面的话："一切宗派主义不可避免地会招致和现时的政治任务的隔离"来结束我这篇不充实的短文。

1936年6月5日《文学界》创刊号

《赛金花》座谈会

主催者： 剧作者协会
出席者： 凌　鹤　章　泯　张　庚　尤　竞　陈明中　旅　冈
　　　　　徐　步　龚川琦　陈楚云　贺孟斧　周钢鸣
记录者： 周钢鸣
日　期： 一九三六，四，十六，下午

开始讨论：

周：在本月发表的《赛金花》这个剧本，想大家都看过了。这个剧本
　　我们认为是在建立"国防戏剧"被提出后，第一次收获到一个很
　　成功的作品。为了使得"国防戏剧"的剧作更健全坚实地成长，
　　我们对《赛金花》这一剧作，应给以严格地和较高的评价。想来
　　这对于作者和读者都有很大的意义。大家已经看过，请发表意见。

贺：我还没有看过。

陈（楚云）：我现在正在看，想听大家的意见。

张：那么让我先来发表点意见吧！在我看了这个剧本之后，曾在《大
　　晚报·星期文坛》上，写过一篇批评，我现在把那批评的意见重
　　说一下：第一我觉得作者还没有把主题弄清楚，似乎是以赛金花
　　个人作主题，又象是以庚子事件作主题。照现在看，作者是把戏
　　的主题放在赛金花身上，背景是庚子事件，但令人看起来却成了
　　两个主题。因为在作者处理这题材时就遇到一种困难，还是从严

正的历史家的地位来挥动一枝史笔呢？或是站在讽刺家的立场来加以笑骂呢？结果作者取了后者。取了后者就必然从另一方面去发展，历史事件就非退到配景的地位不可。因此赛金花这人物出现了。现在这剧本成了赛金花的一段故事，然而不，作者绝不甘心它落到一个女人感伤的历史中去，于是有时候庚子的历史事件又突出在浮雕的背景之前来。因为这个原故，第七场没有庚子事件的背景，就多少给人一种不联贯的感觉，但仔细追寻，只能说，在庚子事件这条线索上不相属，而在赛金花故事上却是一个必然的发展。所以看上去又象完整，又象多余。第二在人物方面写得最成功的是赛金花，其次是李鸿章。其他的太简单图式化，因为许多人物不是从事件来表现他的性格，而只用对话的形式说出，这是不够把人物凸现出来的。第三作者的写作方法是 Skcteh 的，没有更深刻地发掘出他们数千年来阶级传统的灵魂，内面的生活。在整个的剧的发展上是没有系统，不集中，不够力量。这为了作者要多多的取得讽刺的意义。固然这剧作在讽刺本身上很成功，但整个戏剧行动上的散漫，还是因讽刺过分，分散了力量之故。

凌：读完了这个剧本很高兴，（一）作者很细心地，能在琐碎的材料中整理出这样的题材，是很成功的。八国联军的事件跟我们还不十分生疏，作者能在这一事件中映出外交上出卖民族国家的卑污，叩头外交的丑态，都暴露出来了。我很替作者担心，把这过去的历史写出来，怕与读者现实生活不相联，觉得花这样的精力来写现实更有意义。（二）历史剧我觉得是第二重要的。（三）作者想把拳乱作主题，整个剧的结构是在历史事件中。赛金花在偶然的机会中成了一个爱国报国的人物，以至她后来的冷落情形，这对于读者是很感动的。以八国联军为穿插，出了这样伟大人物；但这剧的罗曼谛克的气味很重的。若是作者从正面来写历史剧，我想给读者的感动力更大。（四）在创作方法上写人物的性格有些很成功的。但多是从反面的去讽刺这些人物，不是从正面写的，所以觉得太漫画化了。我们现在可以举一个例子，象最近开演的《却派也夫》这个电影里的人物，写那个白军的将军很威武的；同时在苏联其他的电影里也常看到写敌人时很漫画化，这些都不妨碍的，譬如在《却派也夫》里的强调敌人，同时也就加强了在却派也夫击退敌人时的英勇，更有力量。这样的写法人物更见真实。所以我觉得为了对否定的人物全盘地否定时，是应该写得更真实些。漫画化的手法是可以用，但不能太夸大，那样就不会真实了。（五）里面的人物有些写得失了身份，譬如象保定府的那个布政司廷雍和那个按察使樊恫，摆香案跪在离城三十里地投降的事，都不象是官了，还有那个在天津洋务总局办外交的，哈德曼问他："外交官？唔，会干些什么？官：（迟疑，又惶恐）会……会，……奴才只会叩头，跟洋大人叩头！"这些讽刺痛快是痛快极了，但是有失人物的身份，太夸大了。（六）特别好是孙家鼐这个人物的性格很成功，李鸿章这人也写得很真实。赛金花这个人物当然是写得最成功的，不过里面赛金花说的那几句话"皇家的恩典，是轮不到我这样的人的，我！……但愿能做一个太平时代的百姓！"这我觉得作者太看得起她了。赛原本是一个很庸俗平常的妓女，在那时不过很偶然地造成了她这个人物，她未必有这种超越的思想。（七）作者表现外国人是很概念的，是一般中国人所理解的外国人，不象外国人的味儿。（八）作者原想用人物来表现这八国联军伟大的历史事件，结果反被人物的牵累，变成历史作背景烘托人物了。（九）全剧里面我觉得第五场以前都好，第五场以后的戏，结构就松了，不及前几场好。最好是第一场，把那个时代的官场的氛围气绘影绘声地表现出来了，觉得非常贴切，第二场的拜把也写得很好，把那时候朝廷大臣，在兵临城下的时候还在作乐，讽刺暴露得无遗。（十）在第七场里的那个魏邦贤的名字有改一下的必要，不然会令人联想到赛金花以后的丈夫魏某上去。除此以外，这个剧本令我非常地高兴。

章：首先我要说的是作者的创作态度是一个新的成就。因为遇到这种历史剧的题材。若是作者幼稚一点的，就会走上从前郭沫若他们那种用着旧形式来表现新内容的——旧瓶装新酒的方法。其次更庸俗一点的就会从罗曼谛克的事件去发展。现在作者把这两种方法都摆脱了，而采取一种批判的态度来整理这历史题材是很成功的。关于人物方面，在这剧作里表现的也很朴实，譬如赛金花她"愿做一个太平时代的百姓"，这种要求也是很朴实的。赛金花生在当时也不见浪漫，她当过公使夫人，见过很多世面，懂得很多人情世故，我觉得她那种要求不过分，都是很朴实的。

凌：关于赛金花这个人物，在同情她时，我承认是可以这样写的，但她本身仍是一个庸俗的妓女，她的要求一定要合她的身份。

章：我觉得作者对于她的同情并不是过分的，不过对于戏剧形式我倒有一种偏见，第一，我总觉得舞台应比电影经济。对于《怒吼吧，中国！》以及《赛金花》，我都觉得不能满足舞台的条件。《赛金花》想采用电影手法，不是绝对不可以，但必须要适合于舞台，更有效果，更经济，方可以采用。象《怒吼吧，中国！》，《赛金花》所采用的，还是不适合于目前的中国舞台条件。这也许是我的偏见，在舞台要求绝对要经济，象这样一场一场地处理是不经济的。在舞台一个最精彩的戏，应当用三五幕就可以表现出来。所以这种处理手法用在电影上是不见偷懒，但用在舞台上就现出偷懒来了。第二以《赛金花》这样的剧作处理不经济，就会影响到演出的普遍化。我们非常希望好的剧本产生，所以好剧本产生时，不能普遍的演出，这是一个很大的损失。

凌：从目前的剧运上着想，正如章泯所说的一样。不过我们看作者对《赛金花》的取材是很困难的。大凡后一代的人写前一代的历史，在处理上是多麻烦的。

尤：刚才听了张凌两位的意见，我有些不同意。象凌鹤所说的把人物漫画化，是不够力量的；和强调赛金花。我想若是更强调赛金花时，那末作者所要表现的更要简略了，会减少对现实反映的力量，我觉得作者的讽刺是恰到好处的。譬如他暴露当时的投降外交，以目前汉奸的投降卖国的事实来对比，就可以看出作者并不夸张。象保定府的那种官，摆香案跪在城门口投降，这种事情是有根据的。记得从前崂山的一位布政司，有一次香港英国舰队的一只兵舰来了，那位布政司就跪在海边上去迎接，请军舰的舰长上岸，一直跪了几天。后来军舰上的外国人用望远镜来望，看见海边上

有一个很矮的人，一直立在那里几天都不走，那位舰长很奇怪，
当时就问翻译，翻译告诉他那是中国的官在那里跪接舰长上岸。
那个舰长听了觉得很可笑，但是限于上峰的军令，不许登岸，就
复信去请那位布政司到兵舰上来，请他吃点东西。当时那位布政
司还要求舰长在向满清政府发出的感谢信上，一定要把他这种跪
迎候的接待情形附加上去，替他说是布政司某某招待尤为周到等
等。后来这个文件呈了上去，经抚台看了，觉得这位布政司太无
耻，把他撤职了。把撤职的文件一道呈给藩台，那藩台大加申斥，
说那位布政司的接待周到，会办理洋务，非但不撤他的职，倒把
那位抚台的职撤掉了。起用那布政司来代抚台这职位。由此我们
就可想而知，当时的满清官吏的办洋务是怎么一回事，那种叩头
外交是并非过分的。所以我觉得作者所讽刺的人物并不夸张，而
且特别使人高兴。张庚说讽刺把力量分散了，其实不然，譬如在
当时兵荒马乱的时候，要人们不去办理国家大事，却专门来对付
女人。当时在兵临城下时还在拜把，开宴会，惊动满朝的文武大
员，在唱后庭花，和现在的许多情形，象在玄武湖开游湖大会，
大捧电影明星有什么两样？这种情形对照起来，难道是讽刺得过
分吗？不过不够的地方我觉得还有两点：（一）是义和拳的排外
运动，但这种排外运动是建立在反帝的基础上。当时这种反帝
运动的姿态，反帝民众的情绪，是带着一种封建迷信的色彩，一
种原始的民族主义运动。这一点作者没有把这一运动的意义，充
分表现出来。（二）作者在表现八国联军，当时各帝国主义的内
部矛盾也不够，虽然在第五场上李瓦外交谈判时有些提示。但是
还不够。

张：我有几句声明，刚才尤竞没有充分了解我的意见。我的意见是：
　　在这种题材里，不一定要以赛金花故事发展下去，而应当是以历
　　史中心事件来发展，从历史事件中来发展人物，而现在却是用历
　　史来烘托出人物赛金花个人了。

凌：这点我是同意的。

张：还有关于讽刺，我并不是反对，不过讽刺一定要有条件，讽刺的
　　意味要与整个主题有关，有线索，要跟着主题同时发展。象第二

场崇文门失火时，立豫甫说的"可惜满朝大红大紫的官员里面竟没有一个懂得大势的官儿……"和金荣爵当时吓得两腿发软站不起来，这些都是讽刺得非常好而且深刻的。所以讽刺若是把它过分地夸张了，就会成文明戏，礼拜六派。同时讽刺时应以作品里的人物来讽刺，不应当由作者自己出面来讽刺。这就是说是在作品里造成讽刺的条件，和值得被讽刺的对象。

凌：关于义和拳的事件写得太模糊，第三场抢妇女时的两个义和拳的话是强盗的话。虽然当时的义和拳里面不一定就是个个反帝的，也有趁火打劫的，不过作者对义和拳始终没有给以分析。第二，作者没有从正面把这原始性的拳乱表现出来。

尤：是的，作为这主要的历史事件的拳乱，我们没有看见几个代表这一方面的人物，却只看见几个混蛋。

凌：不过在这些人物的嘴里，是不容易把这事件说出来的，因此作者很困难。

张：作者似乎想用义和拳的无知，来烘托当时为政者的无知，象在第二场里金荣爵这些人物。我想这个剧本要演出时，可用外国四教士们被赶出来的时候，说出当时义和拳的反帝性较好一点。

凌：但这也是有限度的，最好在第三场的两个义和拳中，可以用一个说出来。

张：用一两个人说出，这是很不好的，这是说教的口吻，很概念化的。

尤：孙家鼐这个人物我觉得表现很成功，他对赛金花那种顽固的态度始终是不变的，在第五场李鸿章利用赛金花办外交时，他仍是顽固地反对她。同时更现出李鸿章的老奸巨猾。

张：还有一点我对凌鹤是不同意，他以为第五场戏坏，其实第五场的李鸿章跟瓦德齐的外交谈判是很可以做戏的。

徐：（一）我很同意张庚的意见，就是作者没有把主题弄清楚，剧的发展，到后来似乎把前面的重心忘掉了。到了第七场更加跟前面联不起气，走向另一个主题去了。（二）在表现那时洋人对中国的观念，是很真实的。洋人的观念都以为中国人是野蛮的，愚蠢的，譬如看小脚画辫子这些事情。

凌：现在我们要谈到赛金花这人的真实性了。我说赛金花本来就是一个俗人。她完全是被动的，很偶然的，也是很成功的人物。她不是什么了不起的爱国救国人物，譬如她同外国军队采办粮食这些事，不过在那个时代的确是找不出一个可同情的人物。比较她还可以同情一点。所以作者在第七场是为她而写的。同情是可以的，不过太夸大了一点。同时也要认清楚，造成赛金花这人物完全是客观的原因。

尤：既然对于赛金花可以同情，在五年后也不会忘记前面的，所以第七场戏的结束是可以的。

陈：（明中）这剧本太情感化了，同时对赛金花我们是要批判的，不要盲目地给以同情。我觉得最感动人的是第七场，最坏也是第七场，因为它感人太深了。在暴露满清官场的腐败是成功的，但表现民众反帝的情绪是没有看见，这是很大的缺点。末了对于作者每场的标题，觉得是诗意和感伤的；象第七场的标题"可是他们给她的报酬呢"，象这样的标题完全是集中在赛金花个人身上的。我想我们应当想到"这一历史事变给与我们中国的大众是什么呢"？

章：从戏剧的本质上讲，不论悲剧和喜剧，都需要情调的统一。在戏剧的本质上来看，有悲剧喜剧，悲喜剧；若是把它写成悲喜剧平行地发展时则很容易失败，有伤情调的统一的。悲喜剧里也有轻重之分的。悲的成分多，可成为悲剧，一件艺术作品是要情调统一才可以获得效果。《赛金花》这剧本的致命伤也在这里，就是在它的情调不统一。若是把当时的官场的情形发展下去，是可以成为一个完整底喜剧的。若是把赛金花悲剧底发展，则是着重在个人悲剧的结果。现在是作者把它悲喜剧平行地发展了，这是在剧的情调上是不统一的。若是把它喜剧地发展，会比赛金花悲剧底地发展更有效果。

尤：关于悲喜剧不能平行发展，这是对的，但我以为笑里仍不能妨碍悲剧的成分，而这悲剧是整个民族的悲剧。

章：你那样看是从片段看的，而不是从整个剧看。这剧的调子是不统一的。最后一场是一个最悲剧的。

凌：关于最后这一场，我觉得赛金花在这里是可同情的，但，给以这完全的同情是值不得的。

周：大家发表意见很多了，我也来发表一点意见。（一）我觉得这剧本的主要点是在暴露满清当时官场的腐败昏庸，暴露外交的卖国误国。这是很成功的。而且作者是做到了。（二）在表现当时反帝方面的民众情绪是不够的，从这里我们看到作者对于下层生活的隔膜，这当然有作者的苦衷，搜集这种材料是很困难的。（三）我觉得这剧本最失败的地方，是作者没有把当时各帝国主义屠杀中国大众残酷情形表现出来，这是忘掉了国防历史剧作的主要意义。我以为写历史剧最主要的意义有几点，第一要把这一历史运动的主要轮廓勾清楚。同时加以分析。第二要把新兴的运动代表人物加以强调，塑成那一运动中的典型。第三把对于新运动站在相反的地位上的人物，加以暴露讽刺和否定。第四要充分地把外来势力的政治性，残酷性，给以无情的表现。但现在我们来看《赛金花》，作者只做了一部分。所以我认为把这作品列在"国防戏剧"的代表作上，还不够积极煽动性的。尤其是作者在选取了这一伟大的八国联军入津事件作题材。这一题材的本身就充满了各帝国主义屠杀殖民地中国的火药味，和中国大众血肉的惨酷图画，而作者把这忽略了。而这些残酷的实景，却给赛金花个人轻松的罗曼谛克成分，和个人感伤的悲剧掩盖了，所以我觉得作者选了这样的题材，应当着力在正面去写历史，把当时义和拳和一般反帝的农民大众原始性的运动姿态反映出来，把各帝国主义联军在天津北京屠杀中国大众的残酷狰狞面目表现出来，光是暴露当时的外交误国卖国，还不够发挥国防戏剧的力量。

凌：各国联军屠杀的情形，有一点点提到，如赛金花所说联军的杀人，但是很不够。

周：因此在这一剧本里的暴露还不够深刻，我们只看见李鸿章他们在办外交，而不能更明快地看到他们是在办卖国外交，在出卖中国大众。所以一方面在暴露官场的丑恶，卖国外交的奴性；一方面还得暴露帝国主义的残酷。如果把这两者有机地结合表现出来，是可以相对地加强剧的效果，则暴露卖国外交的讽刺性更大。象现在××帝国主义不断地侵略，民众抗敌救国情绪的高涨而汉奸卖国贼更进一步的压迫救国运动，和更进一步地出卖；这三件事正有机地展开在我们前面，使我们更清楚地看出汉奸卖国贼的丑态。

凌：好了，现在我们可以作一个结论。这个剧本是讽刺清末的官场的腐败丑恶。但帝国主义的对殖民地的压迫表现得不够，看不见民众反帝的原始反抗情绪和对于义和团的分析不够，表现模糊，对赛金花则给与过多的同情，是值不得的。最后就是整个剧的调子不统一，减少了它艺术上的完整性。除此以外，我们毫不否认的，这剧作是在中国提出建立"国防戏剧"的口号后，第一次收获到的伟大的剧作，我们十分希望努力剧运舞台人，把它演出介绍给中国千万的观众。

1936年6月5日《文学界》创刊号

历史与讽喻

——给演出者的一封私信

夏　衍

　　××兄：信收到了，我那贫拙的习作在您的导演之下有一个上演的机会，这在我当然是一件非常愉快的事了。感谢您对于这作品的诚挚的批判，更想借这个机会粗率地回答您所提出的几个疑问。

　　第一，您说这作品最大的缺点是在不曾正面的说明庚子事变的历史的意义，不曾充分地剖析义和团发生的原由，单描画了几个事变中的人物的容貌，而使历史的事件退处到背景的地位，所以，您以为"既经接触到这个伟大的悲剧的时代，就该抛开赛金花个人的故事，而正面的去描写这一个时代"。

　　在答复这一个问题之前，我得简单地说明这习作的作意。去年深秋，我在一个北国的危城里面困处了两个月之久，在当时的那种急迫惶遽，可也点缀了不少喜剧材料的空气里面，使我惊异地发现了李伯元三十年前在《官场现形记》中所描写的人物，依旧还活生生的俨然存在我们的前面；我将这种印象讲给居停的房主人听，他就很兴奋地和我讲述了三十七年之前他所经历过的庚子战后的情景。对于这种毫不思索地可以唤起的"联想"，自不免有了很多的感慨，于是我就想以摘露汉奸丑态，唤起大众注意"国境以内的国防"为主题，将那些在这危城里面活跃着的人们的面目，假托在庚子事变前后的人物里面，而写作一个讽喻性质的剧本。

　　因为最初的着想如此，只想对于那些愿为奴隶和顺民的人们加以讽嘲和咀咒，所以在性质上说，这习作只是以反汉奸为中心的奴隶文学的一种。高踞庙堂之上，对同胞昂首怒目，对敌人屈膝蛇行的人物，从李鸿章孙家鼐一直到求为一个洋大人的听差而不可得的魏邦贤止，固然同样的是作者要讽嘲的奴隶，就是以肉体博取敌人的欢心而苟延性命于乱世的女主人公，我也只当她是这些奴隶里面的一个，我想描画一幅以庚子事变为后景的奴才群象，从赛金花到魏邦贤，都想安置在被写的焦点之内。我不想将女主人写成一个"民族英雄"，而只想将她写成一个当时乃至现在中国习见的包藏着一切女性所通有的弱点的平常的女性。我尽可能的真实地描写她的性格，希望写成她只是因为偶然的机缘而在这悲剧的时代里面串演了一个角色。不过，我不想掩饰对于这女主人公的同情，我同情她，因为在当时形形色色的奴隶里面，将她和那些能在庙堂上讲话的人们比较起来，她多少的还保留着一些人性！

为着要使读者能够在历史的人物里面发见现今活跃着的人们的姿态，也可以说是为着要完成讽喻（allegory）的作用，我于是避开烦琐的自然主义的复写，而强调了可以唤起联想的，与今日的时事最有共同感的事象。但是，构成历史的各种动因，是复杂而错综的，我们不能将历史的诸种动因固定化和一样化起来，我们该从历史的流动过程里去，而把握历史事象的发展。讲庚子事变，它在历史上的意义是中日战争之后的各帝国主义侵略中国的加紧，清朝威势的失坠，外国资本和以宣教师为先锋的帝国主义势力的侵入腹地，政治腐败，教民凭借洋人势力，勾结官厅，压迫民众，于是在满清暴政下面重压着的农民大众，从民族的仇恨，激起了"反清灭洋"的反抗。可是这种运动只是一种原始的农民暴动，迷信神权，没有明确的政治思想，所以在它形成了一种群众力量之后，就被封建的统治所在利用，换上了"扶清灭洋"的旗帜，而变成了替几个清室贵族争夺领导权的工具。结果，因为他没有明确的政治主张，没有组织，不懂策略，所以在国内引起了民众的反抗，在国外招致了八国联军的攻击，而终于遭遇了惨痛的失败。在这整个历史事实里面，帝国主义侵略中国的加紧，满清政府的愚昧无能，和在这种环境之下产生出来的凌虐同胞和谄媚外人的"风气"，很和我们目下生存着的现状有许多共通的地方，但是当时帝国主义的性质，各帝国主义相互间的关系，中国当时在国际上的地位，政治经济状况，人民文化程度，民众组织力量，……显然的已经和目前情势不一样了。现在，这作品的主要目的是在讽喻，而讽喻史剧的性质上就需要着能使读者（观众）不费思索地可从历史里面抽出教训来的"联想"。我希望读者能够从八国联军联想到飞扬拔扈，无恶不作的"友邦"，从李鸿章等等联想到为着保持自己的权位和博得"友邦"的宠眷，而不恤以同胞的鲜血作为进见之礼的那些人物。但是，我却绝不希望读者从原始的农民暴动联想到目前的民族自卫运动，更不希望读者从那无组织的乌合之众的失败联想到救亡自卫的前途。

对于这个问题如何处理，我在写作过程里面惶惑了许久。道路，是决定了的，第一，从作者的观点，分出更多的篇幅来分析庚子事变的成因，叙述它的经过，和批判它的错误，第二，那就是简单地说明了义和拳的成因之后，就集中力量来强调事变里面和目前情势有共同感的几个因子，而意识的地避开了对于目前救亡运动没有推动作用的那些事象。您对于我的希望是前者，而我终于定了后者的路了。原因，只是为了假使走前者的路，那不仅方法要从讽喻史剧改为正规的以批判为原则的史剧，就是题名也非从《赛金花》改为《一九〇〇年在北京》不可，因为，这已经完全是别一个性质不同的戏了；假使依旧维持原有的plot不变，那么全般的处理事变也许会形成伤害作品的"多余"，不强调某一些动因而只概念的处理全般，那就会使读者联想到作者所不希望他们联想的方向。我不抛开赛金花个人的故事，而只画了一幅面目不很凸出的庚子为背景的奴才群象，原因就在这么一点。承朋友们帮助，替我陆续的搜集了许多关于拳乱的史料，我未来还想再写一个正面的处理事变的剧本，可是为了上述的原委，使我觉得既然同样的"写失败的历史"，那是在明快地激动观众之点，无疑的刘永福台南抗敌的历史，要比庚子的题材好得多了。上次和您讲起的《明末遗恨》的计划，我想将李闯写成《自由万岁》中的Villa一般性格的农民暴动的首领，将吴三桂写作宁愿送给敌人，不愿让给家奴的民贼，但是同样的为着要避开有不良效果的联想，我不愿象普通小说戏剧一样地将最大量的同情，寄托在一个无能的崇祯帝的身上。

第二，是夸张了的讽刺是否损害作品真实性的问题。在这一点，我的态度已经说明在上述的作意里面，我为着要对那些在危城中活跃的人们投掷最难堪的憎恶，自不能不抓取他们的特征而加以夸张的描写，我要剥去他们堂皇冠冕的欺瞒大众的外衣，而在观众面前暴露他们"非国民"的丑态。对于真实性的问题，当我计划这作品的时候，曾在东京出版的杂志《织近》上面读过一篇江森盛弥氏的论讽刺文学的文章，他以为决定讽刺文学之艺术价值的客观的真实性应该有三个主要的条件，就是第一，讽刺不应局限于私人的怨恨，而一定要有一定阶级之舆论的拥护；第二，讽刺不单单突击部分的弱点，而一定要深入对象的本质；第三，讽刺的支持者应该是在历史的新的登场者的舆论。我同意这种见解，而素朴地引出一个结论，就是：只要立脚在和现实矛盾的发展相对应的一个现实的根据上面，那么即使在方法上取了夸张，空想，拟态，乃至浪漫架空的手法，在效果上依旧可以对观众给以真实的感动。在海涅的许多政治的抒情诗里面，他常常用他独特的浪漫主义的手法，将读者引进架空的世界里面，可是在批判现实和对丑恶投掷丑恶之点，依旧能使读者感到《德国冬天的故事》中的真实性的。至于习作《赛金花》里面的讽刺是否超过破坏真实的程度，那是只能在上演的反应里面来判断了。

第三，是关于演出的方法，对于这一点，假使您能同意我上述的处理历史的态度，那么我希望能够不拘泥于自然主义的写实方法，而创造作一种适应于讽喻史剧的新的形态。强调和我们有共同感的事象，而省略不必要的描写，明快和沉痛，这是我所期待的效果。为着这种目的，不妨采取单纯化的"表征的"舞台装置，而将更多的注意集中在音响和照明方面。

仓卒中写了这些，当然还有欲言未尽的地方，希望您能给我更深入的批判。

四，三〇

1936年6月5日《文学界》创刊号

《水浒传》和国防文学

周木斋

　　《水浒传》是反抗官僚的文学作品，也是国防文学的作品。这里，是说后者，也附带到前者。

　　《水浒传》的根源，是南宋民间对于北宋末年宋江等三十六人的故事扩大而为一百单八个人的英雄传说。这传说的意义除了对官僚的憎恨以外，就含有国防的意味，因为南宋正是一个受异族侵略下的偏安局面。郑振铎先生在《水浒传的演化》一文中说："这个传说，又很快的便为文人学士所采取，而成为几部盛传各处的英雄传奇。宋末遗民龚圣与作宋江等三十六人赞自序说：'宋江事见于街谈巷语，不足采著。虽有高如，李嵩辈传写，士大夫亦不见黜。予年少时壮其人欲存之画赞。'……南宋时候为什么会盛行这种'水浒传奇'呢？宋江等三十六人的故事为什么会那末快的便成了一种英雄传说了呢？这个理由是很简单的。周密跋龚氏的三十六人赞说：'此皆群盗之靡耳，圣与既各为之赞，又从而序论之，何哉？太史公序游侠而进奸雄，不免后世之讥。然其首著胜广于列传，且为项羽作本纪，其意亦深矣。识者当能辨之。'换一句话，便是龚氏之作三十六人赞是有深意的。他处在异族的铁蹄之下，颇希望有宋江之类的豪杰出来，以恢复故邦。南宋之盛行'水浒故事'便也是这个心理。他们为金人所侵略，畏之如虎，便不禁地会想起了'能征惯战'的'水浒'英雄来。虽然只不过是想慕而已，却也聊足以快意……又，宋江诸人是离南宋时代很近的人，关于他们的遗闻逸事，一定是故老野民口中所津津乐道着的。"从"街谈巷语，不足采著"和"士大夫亦不见黜"，"此皆群盗之靡耳"和问辩的口气看来，可知龚圣与和周密都是士大夫，因而丢开反抗官僚不管，只取是英雄的一点，和民间的兼有两种心理不同，士大夫是局限于国防的，是那时的国防观念。

这还没有明说，最显明的，是明嘉靖时的郭勋本《水浒传》，也是使《水浒传》达到最完美的本子，首先加入征辽，正式把《水浒传》称为国防文学，这时还没有加入征田虎征王庆，所以作为国防文学是特地的。郑振铎先生在同文中又说："嘉靖凡四十五年。我们只要看前三十几年的大事便可知当时的时势是并不怎么乐观的：……在这三十几年中，前半是蒙古人的犯边，后半是倭寇的侵入东南诸省。当时吏治的腐败，军兵的无用，在都足以使人愤恨。郭本作于此时，自然会有心想到要草莽英雄来打平强邻的了。"

给予显明的解释的，有晚明李卓吾的《忠义水浒传序》，如说："《水浒传》者，发愤之所作也。盖自宋室不竞，冠履倒施，大贤处下，不肖处上，驯致夷狄处上，中原处下，一时君相犹然处堂燕鹊，纳币称臣，甘心屈膝于犬羊已矣。施罗二公，身在元，心在宋，虽生元日，实愤宋事，是故愤二帝之北狩，则称大破辽以泄其愤，愤南渡之苟安则称灭方腊以泄其愤。敢问泄愤者谁乎？则前日啸聚水浒之强人也。欲不谓之忠义，不可也。是故施罗二公传水浒，而复以忠义名其传焉。夫忠义何以归于水浒也？其故可知也。夫水浒之众，何以一一皆忠义也？所以致之者可知也。今夫小德役大德，小贤役大贤，理也。若以小贤役人，而以大贤役于人，其肯甘心服役而不耻乎？是犹以小力缚人，而使大力者缚于人，其肯束手就缚而不辞乎？其势必至驱天下大力大贤而尽纳之水浒矣。则谓水浒之众皆大力大贤，有忠有义之人，可也。然未有忠义如宋公明者也。今观一百单八人者，同功同过，同死同生，其忠义之心，犹之乎宋公明也。独宋公明者，身居水浒之中，心在朝廷之上，一意招安，专图报国，卒至于犯大难，成大功，服毒自缢，同死而不辞，则忠义之烈也。真足以服一百单八人者之心，故能结义梁山，为一百八人之主。最后南征方腊，一百单八人者，阵亡已过半矣，又智深坐化于六和，燕青涕泣而辞主，二童就计于混江，宋公明非不知也。以为见几明哲，不过小丈夫自完之计，决非忠于君，义于友者所忍屑矣。是之谓宋公明也。是以谓之忠义也。传其可无作欤？传其可不读欤？"

胡适之先生在《水浒传新考》一文中说："我们从百二十回本的《发凡》上知道'忠义'二字是李卓吾加上去的。"但是又说："日本冈岛璞翻刻的《忠义水浒传》，有李贽的《读忠义水浒传序》一篇。此序虽收在《焚书》及《李氏文集》，但《焚书》与《文集》皆是李贽死后的辑本，不足为据。"不过明嘉靖时书林余氏双峰堂的《新刊京本全像插增田虎王庆忠义水浒传》已先标明"忠义"二字。至于以为《序》不是李卓吾所作，或者对的。因为杨定见假托李卓吾的《出像评点忠义全书》，既然有自己所作而假托李卓吾的《发凡》，就不应没有李卓吾的《序》。又，杨定见在标明自作的《小引》中说："取卓吾先生叙《忠义水浒传》文读之，"这话似乎真的有李卓吾的《序》，但有了也总之不应不收，所以这话其实还是指自己假托李卓吾的《出像评点忠义水浒全书》。不管是否是李卓吾所作，总可以作为给予《水浒传》的国防文学的一种解释。

再看《序》的内容，破辽是后来加入的，不是施耐庵，罗贯中所能知道，而且，解释还是属于作《序》的人，不要以为属于加入征辽的人，比较妥当。以"忠义"二字来概括《水浒传》，分别忠义为"忠于君，义于友"，这大致是对的。比较说来，忠倾向于是统治阶级的道德，义倾向于是流氓无产者的道德。《水浒传》的一百单八个好汉，大致可说是流氓无产者的集团，他们都讲义气，这个谁也承认。但他们反抗官兵，怎么也能说忠？原来他们所反抗的，只是贪官污吏，土豪劣绅，这就表示他们忠于国家，忠于民族，他们的忠才是真正的忠，不是统治阶级用以统治，欺骗，麻醉的忠。然而他们受时代的限制，没有形成正确的国家观念和民族意识，所以他们的忠便表现为对于"朕即国家"的君。他们反抗统治阶级，但对君是例外。尤其是宋江，在晁盖死了，刚一"权居尊位"的时候，便把聚义厅改为忠义堂（第六十回）。这是宋江一个人的转变么？假使这样，他便真的要"权居尊位"，不能久了。"今观一百单八人者，同功同过，同死同生，其忠义之心，犹之乎宋公明也。独宋公明者，身居水浒之中，心在朝廷之上，一意招安，专图报国"。这两方面的话倒过来，就合于这里的二义。史丹林说布罗尼诺夫，斯丹卡来新，潘格支柴夫，"三个作乱的领袖都是沙皇信徒。他们反对地主只是'为着我们的好沙皇'。这是他们的战斗口号"。宋江也是这样，从第一百二十回"宋公明神聚蓼儿洼，徽宗帝梦游梁山泊"里可以看出。"大贤处下，不肖处上，驯致夷狄处上，中原处下"，反面也表示作《序》的人的希望。政治腐败的原因招来异族统治的结果，这本来并不错，不过发展却成为义是手段而忠是目的，忠君意识压倒义友意识，而这义友意识又局限于"服毒自缢，同死而不辞"，不彻底的反抗，结果征辽以后，自身也归败亡。这在历史的解释，是正确的，但从现实的批评，是错误的。

杨定见假托李卓吾的《发凡》第三条也说："忠义者，事君处友之善物也。不忠不义，其人虽生已朽，而其言虽美弗传。此一百八人者，忠义之聚于山林者也。此百廿回者，忠义之见于笔墨者也。失之于正史，求之于稗官。失之于衣冠，求之于草野。盖欲以动君子，而使小人亦不得借以行其私，故李氏复加'忠义'二字，有以也夫。""失之于衣冠，求之于草野"，义不容辞，忠也属于他们的。但加"忠义"二字是为"欲以动君子，而使小人亦不得借以行其私，"也值得深思。又，自作的《小引》说："（袁）无涯曰：'《水浒》而忠义也，忠义而《水浒》也，知我罪我，卓老之《春秋》近是，其先《水浒》哉，其先《水浒》哉！'吾笑曰：'唯，唯，非卓老不能发《水浒》之精神，非无涯不能发卓老之精神……'于是相视而笑，煮茶共啜，取卓吾先生叙《忠义水浒传》文同声读之，胥江怒涛，若或应答。""胥江怒涛，若或应答"，不是凭空的，下署"书于胥江舟次"，而又不是单纯的"即景"，胥江取名自伍子胥，有吴亡于越的"生情"。胡适之先生的《新考》又说："此书（《出像评点忠义水浒全书》）之刻，当在崇祯初期，去明亡不很远了。"

据郑振铎先生的演化说，《钟伯敬先生批评忠义水浒传》"今藏于巴黎国家图书馆，中国极少见。少见的主因，在于钟氏的序文，颇有些不敬清人之语：'嘻，世无李逵吴用，令哈赤猖獗辽东，每诵秋风思猛士，为之狂呼叫绝！安得张韩岳刘五六辈，扫清辽蜀妖氛，翦灭此而后朝食也，'"《水浒传》的被称为国防文学，就在于"秋风思猛士"，这真是具体的说明。钟伯敬是明万历时人，在杨定见以前。

《水浒传》因时代的关系，屡次被称为国防文学，——过去并没有国防文学的名词，但实在也是的。现在有国防文学的名词了，因国防文学从使我想到屡次被作为国防文学的《水浒传》。现在又是《水浒传》再被作为国防文学一次的时代，然而没有人提起《水浒传》，却另外有国防文学，这是和过去不同的地方。这里提起，不是再来一次，而是对于所知道的把《水浒传》作为国防文学，就历史和现实给予说明和批判。

1936年6月5日《文学界》创刊号

想到什么就写什么

茅 盾

先讲一点从报章上看来的事。

最近苏联文艺界起了个轩然大波。不妨说是"文艺上的斯泰哈诺夫运动"。

这就是清算"公式主义"（Formalism）和自然主义的运动。

本来从去年秋，斯泰哈诺夫运动风靡了全苏联以后，文艺界中也就起了呼应；然而依据了"斯泰哈诺夫运动"的精神，在文学艺术上提出具体的论点来的，我以为不能不推本年三月中开始的清算文学艺术上的公式主义和自然主义的运动。

这运动的导线是《真理报》上的批评音乐和舞蹈的两篇论文。论文的要旨揭出苏联的艺术文学犯了严重的公式主义与自然主义的错误，特别是公式主义的错误尤为普遍而严重。

立刻就有文学艺术的主要团体开会讨论这个问题。苏联作家会在三月十日，十三日，十六日，集合主要的批评家，小说家，戏曲家，诗人，散文家，连开了三次的讨论会。艺术工作者会也在同时开了两次的讨论会，许多有名的艺术家和文学家发表意见，并宣言自己的作品以前都是公式主义的，此后则誓将和公式主义斗争。（A. 托尔斯泰说他的最近脱稿的剧本是"清一色的公式主义"，歌手伊玛·耶乌痕森〔Irma Yaunzem〕投一篇长文到报纸上，说她自有演唱以来都是公式主义，以后她誓必忘记了她的老调，别创新腔。）

可是在此人人踊跃认错的当儿，M. 柯尔曹夫（Mikhail Koltsov）

在《真理报》上发表了一篇论文《自欺的安心》，指出公式主义的清算不是大家一阵子认错就算完事的；而且认错到说自己是彻头彻尾的公式主义者，也未免太"公式的"了（他举 A. 托尔斯泰为例）；他说，对于公式主义的斗争方在开始，不是在结束。

据苏联作家会第三次讨论会对于公式主义分析的研究，则谓文艺上的公式主义是发生于作家或艺术家对于他所表现的人生有不尽了然的时候，而这不尽了然则起因于作家或艺术家的与现实生活隔离，——不成为急剧进展的人生中的活动份子而只成为观察者，因为，"只有他自己也是创造时代的要角时，他方能写出时代的不朽之作"。

苏联的作家不是常和工场和集体农场接触的么？然而他们的作品还是不免于公式主义，不能以真切的活生活的描写抓住广大读者的心灵；作家会的书记斯泰夫斯基（Stavsky）甚至说，大多数作家只为了自己的"消遣时光"而写作，不为广大读者的需要而写作。清算公式主义的运动就是要把表现社会主义建设的文艺作品在质的方面提高。

我想：我们这里的作品，犯了公式主义的错误的，大概也不少吧？我对于我所描写的人生，就有若干部分是不尽了然的，并且还有颇生疏的，然而我亦大胆写了。我们这里有一个时期，风行农村破产的描写，如果把这些作品研究起来，公式主义的批评大概逃不过罢？

可是我们的作家尽管犯了多么严重的公式主义的错误，但却确是为了读者的需要而写。读者需要的对象太多，又因社会生活的急剧变动，需要的对象也时时变换着，迫切地提出在我们面前，然而我们的写作条件又太坏了，生炒热卖，在所不免，——这是我们这里公式主义产生的根源罢？

我不想为我自己辩护，然而我要为我的同行们向读者说一句话：在前进意识的文艺作品的产量和非前进的乃至有毒的文艺作品的产量尚是一与二之比的现在，即使是犯了公式主义错误的作品，也比完全没有好。敌人杀过来的时候，即使没有机关枪来挡御，标枪也是武器；终不成因为机关枪尚未造好，就连标枪也不用罢？

所以在苏联，大举清算公式主义是为了社会主义文化建设的利益；但在我们这里如果批评家们要求作家们说：不够真实；怎么你不学习得再多些，这才来动笔呀！——那就是无异"自己缴械"，虽然这械也许只是标枪，然而到底是械，那就倒是为了"反革命"的利益了。

自然我不是说作家们应当满足于标枪而不求进于机关枪。作家们应当一面以标枪应急，一面努力求进于机关枪。可是在批评家方面，倘使只以尺度提得高高为不失其批评家的尊严，虽然主观上是执行"自我批评，"而客观上是削弱了前进文艺作品在广大群众中的影响。特别是对于一个新进作家的处女作，或最初的几篇作品，这种求全的责备是违背了战略的笨办法。

自然，为爱护一个有希望的新进作家计，"自我批评"是必要的；然而，在目前正要在广大读者群众中间扩大前进文艺的影响的时候，"自我批评"应当在批评家，作家和读者的讨论会中举行。在亲爱空气的讨论会中，可以尽量指出表现的不够真实的地方以及技术上的缺点。

只有一点，必须发表文字公开批评；这就是作品中的意识的不正确，乃致政治认识的错误！

我想：在"国防文学"的呼声中，作家们不得不应需要而努力了；自然也有好的作品产生，但自然也不免流于公式主义的错误。从标枪也极需要的意义上，我觉得批评家向来用惯的批评"公式"应得也清算一下了，——特别是他批评到新发现的作家。

五月，一九三六年

223

1936年6月5日《文学界》创刊号

向文艺家协会提议

苏 达

经过了一个长时期的筹备，文艺家协会已经成立了，这是中国文学史上一个最重大的纪念，非常值得庆祝的。我们看它的组织缘起，以及其他作家在文章里所提到的话，知道这一组织是由于中国文艺家底需要而自动地组成的；因此，这次获得了多数文艺家底拥护，是当然的事。

对于文艺家协会（以下简称协会），我们要求它做些什么呢？它的章程上是这样说的："联络感情，商讨学术，争取生活保障，推进新文学运动，致力中国民族解放"，这是一个总的原则。我自己却有下列的意见，希望参加协会的考虑和采纳。

第一，我们要学习西欧以及美国作家大会的经验。关于这一点我认为非常重要。比方保卫文化大会，他不但包括了一切进步的作家，而且还把那些超现实主义者吸收进去，使他们也来尽一个文化人底责任。在今日，我们协会的任务就是要把全国的文艺家在保卫文学和民族生存这一共同目的上结合起来，这一点何家槐先生新出的《文学界》上，有很明白的解释。

第二，同上面相联系的是我们要和世界的文化团体取得联络。我们知道在世界上有许多同情和援助我们的文化人；他们和我们之间有着超出国家民族的爱情；对这爱情，我们应当容纳。也只有在互相联系中才能互相学习。

第三，在互相学习中，把我们自己的理论工作紧张起来，是更其必要的。从过去的事实上看，我们毫不客气地说，我们理论工作做得还不够；虽然客观上有许多困难在，但是并没能加以克服。以致对于汉奸理论的打击，创作的批评都没作到十分好。以后的工作更加繁杂了，我们的工作必须紧张。

第四，我希望会员能够严格地执行自我批判。我们先哲底著作中有着很多的教训，告诫我们不检点自己对于自己是多么有害。在敌人用全力向我们联合进攻的时候，尤其需要检查自己的缺点，用正确的理论，方法，加以克服，弥补；也只有严格地执行自我批判，才能使我们每个成员健全，使团体巩固。

第五，我们要推动各刊物组织读者会。这是和执行自我批判同一意义的工作。关于读者会，五月号《文学》和前两期本刊上都曾论到，这里不必重述。我认为协会应当推动和帮助各刊物把读者会组织起来，结集广大的读者在自己的周围。

第六，提倡集体创作。我们知道一个人的力量总没有一个集团的大；一个人对于生活的体验，认识，总是有限得很的。因此，在苏联，日本，等等国家，集体创作的生活早就在作家群中开始了。可是集体创作在中国有着更大的意义。我们可以使每个人把他在行动里所感到的，看到的，全说出来，由一个或一个以上的人去整理，写作，再经过大家的修改而成为千万人的创作；那将是最成功的作品。还有一点，就是，集体创作可以打击小布尔的个人英雄主义，可以互相学习，容易执行自我批判。

第七，消灭无谓的论争。在以前我们常常看到许多浪费的无谓的论争，为了一点并不是了不起的事，便拉拉扯扯地拖上四五个月，消磨了作者与读者的时间，而且给敌人许多便利。我认为这是没有组织的原故。现在我们有了协会的组织，对于这些只是个人与个人的事，最好通过组织关系来解决。我们曾经说过，读者会是对于读者和作者都有益的，把无谓的论争消灭也是如此。同时，我认为只要把大的事看重些，无谓之争自然可以不发生的，而且无谓之争决不就是自我批判，决不能随便混同。

第八，对于新作家加以教养。关于这问题以前曾经讨论过，而且实行过的；但是，为了没有一个包括全国作家的组织的原故，作起来

225

的确困难。由于目前政治形势的紧张，我们看到许许多多用救亡运动作题材的作品，那都是些青年人写的。他们在修养上自然不够，但是他们写作时的感情是真实的；所以那些作品还是那样感动人。在这里，他们的需要就是创作经验丰富的作家对于他们的指导。所以我提议协会组织一个委员会专门来负责解答全国青年人底文学上的疑问；全体会员都要负担修改文稿的责任。同时，用中国的境况作基础的《给初学写作者的一封信》也是有著作的必要的。

第九，会员编辑的刊物，协会要援助和指导它们。当然，最好是协会可以单独地出一个刊物，在未达此目的以前，我以为最好把既存的刊物加以改革。要使每个刊物的特色强调起来，甚至在编者同意下完全改变性质。

第十，前面说的那九条，都要以最后这一条做基础，而且忘记这一条便失却组织协会最大的意义。那就是：我们不能和目前救亡运动分离，因为文艺家并不是一种特殊的人，当民族灭亡的时候，文学将同语言一齐被敌人消灭。于今，我们应用协会这组织，来完成文艺家在民族革命战争中的任务。

1936年6月7日《大晚报》

中国文艺作家协会成立

——全国作家统一战线的开始 为民族救亡运动共同努力

昨天午后两点钟，四马路大西洋菜社内有一个文艺作家的结集的盛会。

整整两点钟我们所知名的一些作家，差不多全都到了。身材短小，面目清癯，架了细边玳瑁框眼镜，穿着浅灰哔叽长衫，西裤白皮鞋的，是划时代巨著《子夜》的作者茅盾先生；高大魁梧，戴黑眼镜的是戏剧家洪深先生；圆面孔上有一副深度的近视眼镜，身体有些发胖的，是另一位著名的戏剧家，现在明星公司编剧的欧阳予倩先生；座上唯一"年高德劭"，头发已经有些秃顶的，是《爱的教育》的译者，开明书店的编译主任夏丏尊先生；翻译了很多世界名著，如《堂·吉诃德》，《失乐园》……等等的作家傅东华先生，是一位瘦长的中年人；新任《文学》编辑的王统照先生是老实道地的山东人样子；创造社干部的郑伯奇先生也是瘦长子；胖胖的是赵景深先生，终年穿一袭蓝布长衫的是曹聚仁先生，白薇女士的头发披得很长，也戴着眼镜；《文学界》编者徐懋庸先生年纪还青，样子也很朴实，《光明》编者沈起予先生是矮矮的个子，穿一套米色的西装……此外，为我们所最熟悉的沙汀，陈子展，孙师毅，许杰，徐蔚南，许幸之，杨骚，丽尼，叶紫，戴平万，艾思奇，朱曼华，关露，林淡秋，何家槐，崔万秋诸先生；以及许多名字已经为文艺爱好者念得烂熟，面貌却还有些陌生的新进作家，如孔另境，庄启东，侯枫，周楞伽，唐弢，马子华，立波，舒群，陈企霞，荒煤，梅雨，戏剧作家章泯，张庚，尤兢，旅冈先生……等等，也全都到了。总计人数，大约总在七八十个之间。

这一次文艺作家的集会，并不是什么沙龙中的雅集；这是作家们因为民族危机日益加深，感觉到有团结一致，来定局他们历史任务的必要而组织的团体，这是"中国文艺作家协会"的成立大会，也就是作家的统一战线的开始！

会开始了，用了茶话会的形式，先由傅东华君报告筹备的经过，及已加入协会的会员人数，已有一百一十八人——昨天已加入而未到会的（有许多因为不在上海，有许多因为另外有事情），还有郭沫若，郑振铎，赵家璧，叶圣陶，徐调孚，马宗融，朱自清，王任叔，艾芜，李健吾，马国亮，钱歌川，谢六逸，吴景嵩，周木斋，汪倜然……等数十位。——报告以后，公推茅盾，夏丏尊，欧阳予倩，洪深，傅东华为主席团，由夏丏尊主席。

夏丏尊老先生一站起来，便用一口道地的绍兴（他是上虞人）话很客气地说："我今天是吃了年龄的亏，因为今天到会的，要算我的年纪最大，所以大家要我做主席，实际上我对于文艺是毫无贡献，实在惭愧得很……"

接着由于主席的敦促，有来宾新闻记者陆诒的演说，大意分为两点，一点是说环境这样困难，希望全国作家放弃成见和一切宗派思想，在民族救亡运动的大目标底下团结起来。一点是说作家要完成优秀的"国防文学"的创作，应该亲自去参加斗争，充实生活。接着有著作家协会筹备会代表金则人，青年文艺家救国会代表陈企霞。……诸位的演说，因为意思都差不多，这里"表过不提"。

此后开会的程序是：讨论通过简章，通过协会宣言，选举协会理事，临时动议等。

从开会到散会，足足化去四个钟头。大家热烈地讨论着，空气非常紧张。因为座位排的是"一字长蛇阵"的形式，所以和主席相反的一端的会员说话都听得不很清楚。而隔弄的什么院什么书寓里面，又清晰地送过来尖嗓子的歌声和胡琴声，时时来扰乱听感，形成了两方面空气的强烈的对照。诗人许幸之在纸上改写了两句李商隐的诗："商女不知亡国恨，隔巷尤唱后庭花。"隔座的人看了，不禁一齐发出了莞然的微笑。在讨论到简章第七条"本会会员每人缴纳会费一元"的时候，傅东华先生忽然站起来声明：刚才收取的一元是开会的茶点费，并不是会费，请大家不要误会。于是大家又都禁不住轰笑起来。

　　大会选举的结果，是茅盾，夏丏尊，傅东华，洪深，叶圣陶，郑振铎，徐懋庸，王统照，沈起予等九人为理事，郑伯奇，何家槐，欧阳予倩，沙汀，白薇等五人为候补理事。——成立会在暮色苍茫中散会以后，当选的理事立即举行了第一次的理事会。

1936年6月8日《大晚报》

中国文艺家协会组织缘起

　　我们要过集体的生活，这已是一句老话，但这句老话，在目前却有它的新意义。我们的文坛，一向是个纷乱的，混沌的局面。这种纷乱与混沌，不知减弱了多少影响，浪费了多少精力。但在这样严重的局面之下，实在不能再让我们继续这种可怕的损失。

　　我们时常"杞忧"我们的文坛如果长此散漫下去，没有集体的生活和精神，讨论和研究，那末前途怕是非常黯淡的。不但不能负起为时代先驱的任务，就是要防止"文化"上的压迫和摧残，保全苟延残喘的生命，也显然是不可能的。在美国，已经成立了包含安德生，德莱塞等百余作家的美国作家大会。西欧作家如赫胥黎，亨利希曼等，也都参加了巴黎的保卫文化大会，和反战的进步作家纪德，罗曼罗兰等携手。我们尤其需要团结和亲爱的合作，因为我们的环境比之他们可以说是要坏过百倍。

　　当然，现在是个苦难的，非常的时代，我们所处的，尤其是一个窒闷的环境。国土的沦丧，主权的损失，经济的破产，一切生活的日趋贫穷化，这些条件都使得我们的前途更形惨澹，更没有光彩，我们已经感到同样的威胁，受到同样的痛苦。

　　犹豫不决，是不能解决问题的；退避畏缩，也是无出路的。

　　为了保卫文学和我们民族的生存，为了负起为时代先驱的任务，我们有积极的起来组织文艺家协会的必要。我们极恳切的希望赞成我们这主张的作家签名，一同来进行这个有意义的工作。

发起人	王任叔	王统照	方光焘	白 薇	立 波
	艾 芜	沙 汀	李健吾	李 兰	沈起予
	宋云彬	何家槐	吴景嵩	邱韵铎	周楞伽
	林淡秋	邵洵美	茅 盾	洪 深	夏丏尊
	荒 煤	徐调孚	徐蔚南	徐懋庸	马宗融
	马国亮	许 杰	曹聚仁	张梦麟	傅东华
	杨 骚	郑伯奇	郑振铎	赵家璧	赵景深
	叶圣陶	钱歌川	谢六逸	戴平万	丽 尼

中国文艺家协会简章

一、名称　本会定名为中国文艺家协会。

二、宗旨　本会以联络友谊，商讨学术，争取生活保障，推进新文艺运动，致力中国民族解放为宗旨。

三、会员　凡有译著发表，赞同本会宗旨，恪遵本会章程，由会员两人之介绍，经理事会通过者，得为本会会员。会员有违反本会宗旨及会章之行为，得由理事会加以警告，警告二次无效者，得由理事会宣布除名。

四、组织　本会最高权力机关为会员大会：由会员大会选举理事九人，候补理事五人，成立理事会；由理事会选出常务理事五人处理经常事务；理事会设总务，出版，调查，研究，同乐等五部，每部设正副主任各一人及干事若干人。

五、各部工作大纲

　　甲、总务部：处理本会经常事务，设文书，会计，庶务，交际四股。

　　乙、出版部：计划出版定期刊物及丛书等事宜。

　　丙、调查部：调查国内外文艺活动与出版状况，及本会会员著作权益有无被侵害等情事。

　　丁、研究部：设"理论"，"创作"，"翻译"，"文艺史"等四组，凡本会会员至少应加入一组，从事研究。

　　戊、联谊部：计划及办理会员同乐之事务。

　　以上各部办事细则另订之。

六、会议　会员大会每年举行一次。由三分之一以上会员之提议或理
　　　　　事会之决议，得召集临时大会。理事会每月举行一次。各
　　　　　研究组每两星期开研究会一次。

七、经费　本会会员每人缴纳会费一元，每年缴纳常年费二元。必要
　　　　　时得举行募捐。

八、分会　凡各地有十人以上之文艺家，赞成本会宗旨，取得会员资
　　　　　格者，得设立分会。

九、总会　本会总会设立于上海。

十、附则　本简章得由会员大会议决修正之。

中国文艺家协会宣言

光明与黑暗正在争斗。

世界是在战争与革命的前夜。

中华民族到了生死存亡的关头！

从去年十二月，普遍于全国的救国运动的壮潮展开了中华民族解放运动的新阶段。从去年十二月起，全民族一致的救国阵线的建立，成为中华民族迫切的要求！

从去年十二月起，中华民族目前最主要的敌人加紧它的强暴的侵略：增兵，走私，干涉我们的小学教科书讲到"国耻"。最近他们的外交官已经公开宣言：中国可走的只有两条路，不是对他们作战，便是向他们屈服！

是的，我们目前可走的只有两条路！

从去年十二月起，事实已经告诉我们：尽管汉奸们如何欺骗蒙蔽，尽管有些神经麻木的同胞，还在幻想敌人的"适可而止"，然而广大的民众早已认识了只有武力抵抗才能够不做亡国奴！广大的民众坚决地不愿做亡国奴！

文艺作家有他特殊的武器。文艺作家在全民族一致的救国阵线中有他自己的岗位。中国文艺作家协会在今日宣告成立，自有它伟大的历史的使命。

是全民族救国运动中的一环，中国文艺家协会坚决拥护民族救国阵线的最低限度的基本的要求：团结一致抵抗侵略，停止内战，言论出版自由，民众组织救国团体的自由！

是文艺家的集团，中国文艺家协会要求作家们切身权利的保障，要求同一目标的作家们的集体的创造和集体的研究。

中国文艺家协会特别要提议：在全民族一致救国的大目标下，文艺上主张不同的作家们可以是一条战线上的战友。文艺上主张的不同，并不妨碍我们为了民族利益而团结一致；同时，为了民族利益而团结一致，并不拘束了我们各自的文艺主张向广大民众声诉而听取最后的判词。

是全民族一致救国的要求使我们站在一条线上，同时，亦将是民族解放斗争的更开展与更深入，无情地淘汰了一些畏缩的，动摇的，而使我们这集团锻炼成钢铁一般的壁垒！

中国文艺家协会要求更多的作家们来共同负起历史决定了的使命。

把我们的笔集中于民族解放的斗争吧！

中华民族自由解放万岁！

已加入本会会员名录

（文艺家协会）

王任叔	王季愚	王统照	王梦野	方士人
方光焘	尤兢	大保	子冈	孔若君
白薇	白曙	艾芜	艾思奇	立波
列斯	朱自清	朱曼华	任白戈	任钧
沙汀	李健吾	李兰	沈起予	宋云彬
辛人	何畏	何家槐	吴文祺	吴景嵩
吴耀宗	汪倜然	邢桐华	邱韵铎	周白月
周木斋	周钢鸣	周楞伽	林林	林娜
林淡秋	邵洵美	邵灵芬	茅盾	郭沫若
郁达夫	洪深	胡洛	侯枫	夏丏尊
荒煤	徐调孚	徐蔚南	徐懋庸	柳倩
马子华	马宗融	马国亮	唐弢	高滔
凌鹤	孙师毅	旅冈	许幸之	许志行
许杰	许瑾	曹聚仁	陈子展	陈云浩
曾虚白	庄启东	崔万秋	舒群	章泯
张庚	张春桥	张梦麟	张沛霖	傅东华
傅彬然	梅雨	杨骚	贾祖璋	盛焕明
雷石榆	郑伯奇	郑振铎	赵家璧	赵景深
叶圣陶	叶紫	钱歌川	臧克家	臧云远
蒋怀青	欧查	欧阳予倩	欧阳凡海	谢六逸
谢冰心	丰子恺	戴平万	罗烽	丽尼
魏猛克	魏金枝	关露	顾仲彝	顾均正
芦焚				

"人民大众向文学要求什么？"

徐懋庸

这是胡风先生所出的题目。胡风先生自己就在《文学丛报》第三期上，答复着这问题，他以为人民大众所要求的现阶段的文学，是"民族革命战争的大众文学"。

"民族革命战争的大众文学"的现实生活的基础，据胡风先生所指出，是这样的：

第一，在失去了的土地上面，民族革命战争广泛地存在，继续地奋起；

第二，在一切救亡运动解放运动里面，抗敌战争——民族革命战争的运动是一个共同的最高的要求；

第三，人民大众底热情，底希望，底努力，在酝酿着一个神怪（当是"圣"字）的全民族革命战争底实现，那战争能够团结和动员一切不愿做亡国奴的不愿做汉奸的人民大众；

第四，从太平天国运动到一二八战争的一切伟大的反帝运动，只有从民族革命战争的观点才能够取得真实的评价。——

胡风先生所分析的这四项原则，大体上是不错的。但是，我们觉得他这分析欠明确，欠具体。"民族革命战争"，诚如胡风先生所说，是从太平天国运动以来就被大众所要求所发动着的运动，但由于现实的演变，各阶段的"民族革命战争"有各阶段的特殊的意义和方式，所以太平天国运动与辛亥革命不同，辛亥革命与一九二七年的革命不同，一九二七年的革命又与一二八战争不同，到了现阶段，"民族革命战争"固然还是"民族革命战争"，但我们决不可忽略了目前的特殊的现实所赋予这战争的特殊的意义。这特殊的现实，就是××帝国主义的灭亡中国步骤的加紧，因此，这特殊的意义，是抗×的民族革命战争的全民统一战线的组织。但是，我们在胡风先生的全文里，没有看到这样的指示，而且，在他的分析里，只对于"失去了的土地"上的战争，予以"民族革命战争"的名称，他并不认识"民族革命战争"，即在未失的土地上面，亦早已发生着或正在发动着。倘把"民族革命战争"只认作是"失去了的土地"上的战争，那简直完全取消了现阶段的全国性的民族革命运动的意义。因此，他所说的"民族革命战争"一语，使我们觉得笼统，空洞，而他所提出的"民族革命战争的大众文学"这文学上的新口号，也变成笼统和空洞了。

实际上，关于现阶段的中国大众所需要的文学，早已有人根据政治情势以及文化界一致的倾向，提出"国防文学"的口号，而且已经为大众所认识，所拥护。但在胡风先生的论文里，对于这个口号片言只语也不曾提起，犹如他虽然说了"团结一切……"之类的话，却绝对不提"统一战线"这已经普遍应用的口号一样。胡风先生是注意口号，自己提出着口号的人，那么为什么对于已有的号召同一运动的口号，不予批评，甚至只字不提的呢？"国防文学"这口号，在胡风先生看来，是不是正确的呢？倘是正确的，为什么胡风先生要另提新口号呢？倘若胡风先生以为确有另提新口号之必要，那么定然因为"国防文学"这口号有点缺点，胡风先生就应该予以批评。不予批评而另提关于同一运动的新口号，这在胡风先生，是不是故意标新立异，要混淆大众的视听，分化整个新文艺运动的路线呢？

不论胡风先生的本意如何，现在他既已提出了新口号，使中国现阶段的现实文艺运动有了两个口号，那么，我们就把这两个口号——"国防文学"和"民族革命战争的大众文学"——来比较一下子罢。

在前面我们已经说过，胡风先生所说的"民族革命战争"这一句话，笼统，空洞，不足以表示目前的现实，不足以对太平天国运动之类的战争表示分别。但当××帝国主义实行破坏我们的国防，并吞我们的疆土的时候，我们的民族革命战争所应取的主要的战争，乃是国防战争。所以我们需要一个国防政府，所以，我们的文化工作，需要发挥国防作用，那么，文学之应为"国防文学"，也是当然的事实了。

但是我们曾听有些人在私下议论，以为"国防"两字，本来含有不良的意义，容易被虚伪的民族主义者利用而发生相反的作用。不错，目前是连"友邦"政府也在喊着"国防"的口号的。但是，对于这一层，我们却不必顾虑。因为，正确的理论告诉我们，"一句话只是一句话"，这就是说，在一句话的本身上，是一无所有的。许多口号，只在被实践的时候，才有价值。不同的实践会使同一句口号分出种种不同的价值。"革命"，"社会主义"等等的伟大的名词，都被与时代背驰者妄用过，然而至今根本无损于它的在正确的实践之下所具的真实的意义。关于"国防"这个名词，巴比塞在《从一个人看一个新世界》上这样解释着道：

"——国防是一种神圣的义务。许多伟大的名词，都被在资本主义的厨房里加油加酱的乱用过。所以，倘不给这些名词第一次的下一个真正的定义，那是没有道理的。国防这名词，当它表示野心侵略，'你得让我'的意义的时候，当它表示破坏和自杀，当它表示民族侵略的第一阶段的时候，那是可恨的，但是，当它表示进步的阶段，表示把大众提拔出奴隶状态的时候，当它表示痛恨那些侵略国家的时候——国防是比生命还应该重视的东西。"

况且在目前的中国，那些不抵抗的，放弃国防的，妥协投降的汉奸，是决不敢来利用"国防"这个名词的，因为假如利用了这名词，他们就毫无方法掩饰他们的卖国行为。假如怕被利用的话，"民族革命战争"这口号，同样可以被利用。况且"国防文学"现在已经得到广大的群众的理解和拥护，在事实上已经成了一个最广泛的动员文学上的一切民族革命力量的中心口号了。

于内容之外，还有技术上的比较。一个要号召广大的群众的口号，必需简短显豁。"民族革命战争的大众文学"这一个名词，由十一个汉字所组成，这实在是很不宜用于口号的。

所以，我以为现阶段的中国民族革命战争文学运动，应该是"国防文学"运动。

1936 年 6 月 10 日《光明》创刊号

239

中国新文学的一个发展

立 波

文学的民族救亡阵线上，提出了国防文学的主张，不过半年，中国各地和南洋，都有应和，而其他艺术部门，也都有这同样的倡导。这决不是一个普通的，偶然的事件。文学而能获得这么广大的影响的这个事实，决不是少数人主观的规定所能成就，而是由于这主张本身，是全中国极大多数人民，处于民族危难的新环境下的一种普遍的生活实际的要求，在意识领域里的最自觉最明确的反映的缘故。

现在，关于国防文学的一般理论，已经很多，似乎已经没有再来添说的必要了；但是，具体的历史的考察它的性质，法则和运动的理论，目前还是很缺乏。"理论活动不仅要和实践并肩齐进，而且还要跑到它的前面去，……一种理论，如果是一种真的理论的话，给与实践者以指南的力量，明晰的展望，工作的信赖，我们的主张的胜利的信仰"。这个政治名言，在某种程度上，适用于文学。我们要使国防文学理论更开展和更深入，来保证创作活动的更巨大的成功，使文学更能够配合现实运动的发展，而成为民族解放事业中的一种锐利的武器。

一切文学的发生和发展，固然是社会现实的矛盾诸条件以及这种种条件之下的人民要求的反映，但，同时也一定是文学的历史传统的反映和发展。因此，在讨论国防文学的时候，回溯前此一期的新兴文学的性质，特征及其发展的痕迹，是一个紧要的工作。

一九三〇年成立的一个进步的文学团体，曾订了一个文艺的理论纲领；这纲领，简略的说明了艺术的一般性质和社会使命之后，更具体的规定了他们的艺术内容和社会立场：

> "艺术如果以人类之悲喜哀乐为内容，我们的艺术不能不以勤劳者在这黑暗的社会之'中世纪'里面所感觉的感情❶为内容。
>
> "因此，我们的艺术是反封建的，反资产者的，又反对'失掉社会地位'的小有产者的倾向。我们不能不援助而且从事勤劳者艺术的产生。"

一九三〇年以后的新兴文学运动，大体是依照了这条纲领而进展的。

"二七"以后的中国勤劳者，经过"五卅"的巨大的反帝运动，已经表现了他们那种新人类的雄姿和力量，他们再不容许任何人的漠视，而他们自己，也有了中国人民的民族和社会解放运动的领导者的自觉。

在文学领域，他们也因此要求自己的文学。凭着多年蓄积的经验，和这经验所铸成的意识和心理，他们不满于"五四"时代的资产者的文学❷；也不满意"五四"以后的许多富有良心的小有产者，关心祖国和祖国人民的灾难，却又抵不住周围黑暗的高压，因而忧郁颓废，或流为虚无主义者的种种倾向❸；对于另外一种小有产者，以同情被压迫者的"人的文学"相号召的自然主义人道主义者的态度❹，他们也觉得还太模糊。他们要求明确的站在自己的立场，歌咏自己和自己周围的生活和挣扎的文学。于是，在那最初带着明确的政治主张的文学团体的纲领上，他们那样简朴的规定了勤劳者在现社会所感觉的"感情"为文学的内容。

这个规定，无疑的是过于狭隘。他们不但没有估量，在半殖民地的中国，农民和许多杂阶层，是他们自身解放事业的参与者，因此，

---

❶ 这里所指感情，应当包含思想和生活。要不然，就是纲领的起草人，是抱着"文学是以感情为内容"的观念论者的见解的。

❷ 这里所指是那些明白的站在资产者立场，对勤劳大众的欺骗的说教，如胡适的《平民学校校歌》，康白情的《女工之歌》。但是谁也知道，"五四"时代一切反封建的优秀艺术，直到现在也还是有进步的意义。

❸ 创造社许多作家是这种种倾向的代表。

❹ 文学研究会的许多作家。

这些社会成分的思想，情绪和意志，也应当被规定为文学的主要内容之一。他们更不懂得，对于现实抱着分析与研究的态度，"只问病源，不开药方"的旧自然主义作家，只要他们真正没有主观的理想化的倾向，那末，就令他们不是站在勤劳大众的立场上，他们的艺术也还是有社会价值，也还是对于人民大众的解放事业，有所帮助的。

一九三〇年顷的钱杏邨的批评，就是纲领实践者的一个典型的例子。他的活动的初期，的确有一种新兴者的精力，但同时，这里紧紧的伴着他的认识的不足和见解的偏狭。他遵奉了那个"纲领"的反封建课题，却轻视了鲁迅作品的反封建的重大意义；他否定小有产者的倾向，因此，以一九二七年以后的知识分子的各种思想倾向为主要内容的茅盾前期的作品成了他批评的重要对象之一，但他没有理解，在茅盾的著作里所表现的一个时代特质，和那种展览小市民性格的教育的意义。这一切——尤其是对《阿Q正传》的评价的失当——都是后来他自己也承认了的一种错误。

一九三〇年左右的文学主题，大部分是知识分子的恋爱与革命的冲突，小资产者献身革命的种种心理矛盾，革命的浪漫行为，革命的乌托邦思想等。这些书的作者，在主观上，常常是想作为真正的革命使徒而出现，而以革命为很大的骄傲的，蒋光慈的以"东方革命歌人"自况，就是适例。但他们大都是小市民式的主观的理想家，而对于现实的认识，又不够防止他们的理想流于空想，因此，他们生活在中国的现实，眼睛却老望着远方，望着太空。

除了这种空想的特征以外，那时候的文学，还有使主题和形式都公式化的一种特点，这也是由于他们的革命理想没有和各种各样的生活现象相互渗透，而成为生活的本来的东西的缘故。描写广州事件的王独清的诗篇和描写农民骚动的蒋光慈的小说，都失败在这一点上。

他们的思想和意识，不但是和大众的生活，缺乏有机的渗透与融和，就是在他们自己的生活上，他们的思想和意识，也常常露出勉强添加上的人工的破绽。优秀的女流作家丁玲的《韦护》，作者所以倾注无限的同情者，并不是由于他是实践家，却是由于他有着不同于大众的纤细的感情和苍白的知识分子的手，还有一种雄辩，和一种忧愁的缘故，这完全是一个替作者自己的阶层——小有产者层——辩护的人物，不是革命者；然而那时候的丁玲，谁能说她不是革命的呢？蒋光慈，洪灵菲的主人公，也都是带着大众不能理解的知识分子的种种情绪和思想的人物；然而，谁能够怀疑他们的革命的人格么？文学中表现的思想和生活，就常常是这样的露着破绽的。

自然，那时候，也有用别样的精神，凝视许多新的现象和新的问题的人们。罢工问题，工厂的日常生活等，都是惹起作者和读者注目的主题。因为生活的不熟悉或艺术的感动力不足的种种缘故，这方面也并没有可以长时期深印人心的巨大的绘卷，然而他们的确是给与了文学一种新的精神，替后来的努力者，开辟了一种新的途径。

提起这个时期以后的文学的时候，使人最不能忘记的，要算是鲁迅这时期中的杂感，和茅盾的小说，这都是新兴文学的影响力最大的成就。这种文学的成功，一方面固然是由于作者超越的才能，和丰富的文学经验与生活经验，另一方面，也显然是由于思想的更精进。有了进步的世界观，使鲁迅的"脱手一掷的投枪"更锋利，更准确，又使茅盾的《子夜》能够牵涉到那么广阔。思想性的优越，是艺术成功的保证之一。

非常事变，使现实运动一瞬间的发展，有平时几个月或几年的成就，记得这是乌拉其密尔对于政治运动的一个指示，这指示，在某种限度上，多少适用于文学的发展。"九一八"，"一二八"事变的发生，给与了我们的文学的一种巨大的刺激，造成了一九三二年以后的一个飞跃的时期。在反帝运动的新的高潮中，新的文学主题空前的涌出，而新的作家不绝的产生。目前文学上许多优秀的力量，大部分是那个时期的新人，而许多旧的作家，也因着那时候的时势和他们反映时势的功绩，使他们的声名有了新的更大的张扬。

中国过去文学和世界文学的经验的积蓄，文学理论的进步，使这时期的新旧作家的创作精力，都分外的高扬；如果将文学的成就与现实运动的开展相比，文学自然还是落后的；但它究竟克服了运动初期的许多大的缺点，空想的，公式般的作品已经减少，而作家们的艺术手法和思想也更能相互融和，意识和生活，也更能互相渗透，他们不再需要过去纲领的戒条一样的规定了。这是"九一八"以后的发展特征。

到去年华北事变爆发以后，中国的政治局面，起了一个新的基本变化。中国快要从半殖民地国家地位降落到某帝国主义者掌握中的完全殖民地的地位了。人民大众的反帝要求，更具体的表现在反某帝国主义的要求中，而国亡种灭的危惧，又使得民族解放运动的动力空前的扩大，甘心误国和卖国者，只是少数汉奸；因此，反封建的任务，在反汉奸任务之中，找到更具体的表现。民族解放运动的动力扩大到汉奸以外的一切人民，而反帝反封建的任务，更具体的表现在抗敌救国的使命中。这种民族战争的新形势和这种形势下的民族意识的昂扬，就是中国新兴文学，在现阶段发展的现实诸条件。

这种现实条件之下的中国新兴文学的发展形态，就是国防文学的形态。

国防文学，是汉奸以外的中华民族全体人民抗敌救国的一种意识领域的武器。它以民族战争中各方面，各地带，各阶级的人物及其行动，思想，情绪和意志为描写的中心对象；它要给一切人民以争取祖国的自由解放的思想，道德和情绪上种种煽动；它要反映外敌蹂躏之下的这无限多角形的现实的过去和现在，使人民更清晰的明瞭他们祖国的地位，使他们从自身的生活出发，更锐利，更快速，更敏感，更理想也更实际的感觉到生之挣扎的迫切，因而感觉到为民族解放事业而努力的重要。就这样，使文学真正的成为民族解放事业的一部，就这样，使文学成为民族战争中的一种有力的武器。

我们已经知道，这文学，是民族战争中的新形势下的产物，同时也就是中国新兴文学的一个更合理更高度的发展，因此，它必须承继过去文学的一切经验和教训，克服过去的缺点，包摄它的一切优秀的东西；同时，它也要获取世界文学的一切丰富优美的经验，这样，才能够保证这种文学无限辉煌的成就，才至使它流于狭隘或无力。

这文学，既是中国新兴文学的更合理更高度的　个发展，自然也要承继中国进步社会力量的进步世界观。但是，过去经验已经昭示，对于站在各种社会立场的各流派的真正艺术的轻视，是一种错误。巴尔扎克虽然有正统王朝派的政治意见，还是看到了贵族社会灭亡的不可避免，看到了真正未来的主人，市民阶层的抬头；在这一点上，佛里德里支看见了巴尔扎克的现实主义的革命性。托尔斯泰是一个不欢喜革命，有意避免谈到革命的贵族，可是，乌拉其密尔却从他的艺术中，看到了农民俄国的革命的镜子的意义。对一切有才能的作家，我们应当依据他的艺术的客观效果，他的艺术在客观上所给与民族解放事业的教益的程度，而给以评价，不管他的立场和信念，我们要强调他的优点，指摘他的谬误，使他能够更直接的为民族解放事业服务。

至于一切已经把握了进步世界观的作家，自然应当尽量使民族解放事业，成为作家的个人事业，这样，才能够正确的反映大众的争斗中的光辉的生活，光景，思想，情绪和意志，才能够制作最有助于中华民族解放事业的发展与完成的思想深刻，情绪饱满，影响力巨大的新兴文学。

1936年6月10日《光明》创刊号

中国现阶段文学之诸问题

石　夫

A　现阶段之特质

一　非 常 时 期

自"五四""五卅"所展开的中国民族解放斗争，目前已到存亡最后的关头了。

二十年来，随着半殖民地之深化，"九一八""一二八"所带来的血腥，世界不景气所加临的压榨，大水灾大旱灾的延续，与军阀的高压，封建的抬头，这一切都在说明着除了民族解放，便是灭亡。

这一九三六的艰苦年头，敌人的血手，已涂污遍整个南北，谁还能说这不是非常时期？

文学上，逐年来农村创作的风行，战争小说的增加，描写着饥饿，哭泣，愤怒，呼号。现实的苦痛，已坚实地领导着写作者走向现实主义之路。

在大众反帝，反汉奸，反封建的英勇斗争中，去年已出现了活生生的《八月的乡村》，《生死场》等读物。

这非常时期，我们将用怎样的汗和血，去敲起时代的警钟，暴露现实的丑态；去歌唱东北义军的抗战，工场劳动者的突击，和内地农民的斗争！

不要忘记"五卅"民族解放斗争的未完任务！

不要忘记"五四"新文学革命的功能！

只有大家才能肩负起这非常时期的新任务。

二　新阶段之突进

与客观的实践相伴随，中国新文学传统，在一九二九年前后，已发生了质的变化，对人生积极的态度，和动的现实主义的描写，形成了文学的主潮。历年来新兴文学理论的介绍，现实诸问题的讨论与清算，创作的实践的展开，更密切地使文学和生活斗争联结在一起，突进到一个更新的阶段。

近数年来，风行一时的自由文艺论战，民族主义文学的清算，现实主义的讨论，伟大作品产生的问题，接受文学遗产的问题，科学历史小品的提倡，文言白话和大众语的论战，以及最近新文字运动的风行，典型问题的讨论，国防文学的提倡，这一切事实的积累，无一不在强调的更具体的把这新阶段的一般任务展开：

文学不仅与大众生活紧密地联系起来，且已为大众所把握，成为大众斗争的武器。它已不再满足于认识生活，而更要求创造生活，把一切社会纠纷的主题统一在反帝的新的意义上面，集中的表现在民族战争的大众文学中。它要求描写现实的诸典型，艺术地，具象化地去表现它。

三　作家集团运动

民族的危机与新的任务的要求，使作家更阔大了眼界，明白自围和孤立的无能，与逃避的幻灭悲哀，而期求在集团的力量下去寻求出路，打开民族的僵局！因此各地发起了"作家大联合"的呼声，和实地的集团运动。

作家是时代的灵魂和喉舌，是新的未来社会的晴雨表。虽然各个作家囿于自身生活环境的限制，或远或近的去接近现实，认识现实，虽然接近的道路有各种各样，但一般的说来，作家总更较为敏感地先觉地与现实相追随，或强或弱地在向未来迈步。所以凡不是死了心的，甘愿卖身投靠去制造奴才汉奸文学的作家；凡不是出卖掉灵魂，去贩卖青年毒物，和低级享乐的作家；凡不是葬埋在古旧的书蛀中发出骷髅死尸气的呻吟，以眩视听的作家，总该会感到目前迫切的危机，和历史所付与的巨大任务吧！

如今已再不是个人主义的时代，只有集团的力量和斗争，才能使各个人的才能和智慧，得着充分发展。孤立的个人，在这大时代中，只有被洪流淹没的决定命运。何况这艰辛的任务，是怎样迫切地在要求我们！所以凡属稍有正义感的作家，都应该联合起来，纵有一分力量，也不应抹杀，不应浪费，援时代以一只手，作新建筑物里的一个砖头。

所以此种集团运动，不应仅限于从事写作的作家，且应由一切文学爱好者志愿者组织起来，传播开去，它应在学校里，朋友间，同事间，工厂和兵营中，更广泛地利用各种关系，组织结合。且每个集团，应该更健全的成长起来，尽量发挥每个集团的特性。一个理想的作家集团，必须把自己底主要活动放在自己的生活环境中，从生活的实践里，去体验感化，写出大众的欲求，好恶，和日常的生活斗争。它所写出的东西，必须尽量地反映出这有特性的集团活动，和它所关联的生活环境底色调和动态，并藉以推动这集团的活动与环境的生活。

这样的作家集团，现阶段中是会坚实的成长起来的罢！

B　一般问题的开展

一　形式与内容的统一问题

形式主义者，往往把内容和形式分离，不是藉了外面的做作和装饰来遮饰内容的空虚，便是把极有价值的内容捻进种种的把戏，藉此镀金，以致损害了自己的工作。

形式否定者，把内容认做了一切。不是将那露骨的思想，露骨的判断与宣传，生硬地注入材料溶液中；便是把材料记述式地写出，不通过形象化的更由那被溶解了的辉煌的金属底形相所铸成，结果同是失败。

内容和形式，原是不可分的整一体——如水和它的形式液体之不可分离一样。所与作品底形式的肉体，和那构想，那内容，本全溶合于不可分的整体的统一中。

从社会一切事象中取得题材，将题材通过正确的社会观与艺术观，再以强调的情感，用最适当形式表现出来，这样，内容取了决定的因素。

内容自在的努力，要向着一定的形式。对于一切所与的内容，可以说只有一个最后的形式能够适应。作家多多少少总能够发见一个最明快地显示出使他感动的思想，现象及感情来，而给予读者以最强印象那样的表现形式。

但同时形式也是和全时代及全流派有联系的。现实主义这一口号，在方法上说是属于形式的，但同时在本质上说，又是属于内容的。且形式发展到极度会变质而为内容，内容亦复会变为形式。一种文学之主潮，在新运动初期，总是内容较重于形式，末期则形式较重于内容。

不过，真正的艺术作品，必须是内容和形式互相统一的东西。只有在生活和创作的实践中，才能完成这种统一。仅有创作的实践，不够一个写作者，仅有生活的实践，也不能算一个完美的艺术家。

二 主观与客观

新写实主义的最大特征，即要求着客观真理的描写。但那并不是摄影式的造作，对于现实生活无差别的冷淡态度，更不是所谓超阶级的态度，而是没有何等主观的偏见与粉饰的现实的描写。

其实，在现实创作过程中，客观虽占了决定的要素，主观也一样演着能动底作用的。

当我们描写一件题材时，我们首先必须去把握现象中本质的东西，由社会的阶级的观点来烛视现象，然后才能把人们在那复杂性里面，那生活的形象里面去描写。所以要求客观的真实，必须主观认识的深刻与健全，而这，必须在生活的实践中去获取，必须自己属于勇敢的大众中之一员。

求知于天花板固然是不对的；不追随客观的实践，把空的理论作公式化机械化的观念式的制作，也是不对的。

只有真实的新写实主义作家，才能艺术地处理极有价值的题材，从中引出真实的结论。他丝毫不离事实，而又同时能指示出善恶。

只有实践中，才能求得主观与客观的统一。

三 理想与现实

一部不朽的作品，必含有他伟大的理想——即对于未来社会的憧憬与追求。但这决不是空想或幻想，而是建基于现实的领地上的。只有从现实出发，真实地描写现实，突击现实的作品，也才更富有深刻的理想。赛万提斯的《吉诃德先生》，和戈果理的《死魂灵》便是这样的东西。

一般写作者，往往把理想视为个人脑里的所有物。甚至藉紊想的飞跃，想开出一朵理想的花来，这样不依据客观现实的本质出发的理想，只能说是空想，是梦呓，至多也只能是片面的假象的东西。

新写实主义的理想，必须是建基在现实上面，必须是将来能达到的现实。

在高尔基《论现实》一文里说："现实有两个，一个是支配的'掌握着权力的'诸社会层的现实……另一个是隶属者，被征服者，服从者的现实。"这不能和解的两个现实，我们不仅只求描画它外景，而更须解剖与暴露出它的本质，摘发出两个现实的丑恶的矛盾。我们必须如高尔基所说："我们的作家的工作，是困难而且复杂的，它不单只要批评旧的现实，不单只要把旧的现实的缺陷的传染性摘发出来；他们的任务是要研究，要具体化，要描写，并且要藉此来肯定新的现实。他们必须努力在旧的腐败物的堆集中，看出未来的火是怎样燃烧起来，怎样燃烧着。"

这"新的现实"即他说的"第三个现实"，我们便叫它做理想。

所谓现实主义底浪漫主义，它便是踏过日常个人的真实限界，综合现实，而强调着这理想的幻梦制作出来的。它照耀现实，充实现实，它把我们做成全体劳动人类与整个社会的同人与同时代人。

只有奠基在现实上的理想，才属真正的理想。

四　接受遗产

这问题已被多数人提出讨论过了。

然而市场上大批古书的翻印，《世界文库》里过半古董的掘销，不正在这好听的美名下进行吗？

我们不需要复古，我们不需要腐臭的古董，来锈蚀我们宝贵的生命，来遮蔽我们血肉的眼睛。

从那震撼时代的作品里去学习吧。从那有纪念碑性的宝库里去发掘吧。我们需要更多的翻译，我们需要划时代的史诗。

不仅只求学得技巧的皮毛，更要去摄取那时代的呼吸，那典型的动脉，来观察，来战取，来丰富我们自己，来创造新形式与新内容的时代的歌。

五　语言和大众化

自文言白话和大众语论争的展开，目前的新文字的施行，已由实践给了我们一个确信的回答：

文学要能够大众化，首先必须是属于劳动大众的语言，属于大众自己的东西。如今大众已有自己的新文字，在用自己的话，来写作自己的东西了。

由于拉丁化的标音文字的提倡，直接给予了大众记述自身语言的工具，使过去语体文中占优势的文言成分，无形失去了地盘，而过分的欧化句子，也不能不被驱逐。大众不特有许多土话方言，丰富了创造了新的语汇，即语言的色彩，也付予了新的形式，在质量上有了新的革命。

一个作家，首先必须透熟地去把握这种新的语言，去选择它，精练它，作操纵语言的技师。把那复杂的内容，用那艺术的单纯，聪颖的简朴去表现它。只有这样，才能更真实的传出大众的感情，思想和意志，才能被大众理解和爱好，而感化提高他们，根深蒂固的种在勤劳大众当中。

一般误解"大众化"和不懂"语言"的重要性的，不是期求降低文化水准去屈就大众，便是粗制滥造的来迎合大众，这是一个极大的错误，大众是不会去读它的。

让荣誉归于能把复杂有意义的社会内容，用了使千百万人都感动的强有力的语言艺术的单纯，表现出来的作家吧！

六　典型与个性

这问题目前正被胡风周扬先生热烈地讨论着。

文艺上的典型，须得通过个性化的创作过程，须是"一个具体的活生生的人物"，这是他们所都同意的。论争点只在胡风先生把"作为典型的人物，是代表了许多个体的个性，是包含了某一社会群底普遍的个性"，而周扬先生却否认典型是代表许多个体的个性这一说法，而强调着"个人的多样性"的。

本来典型人物，原就是从多样性的个人的类型里，概括集中得来，并不是一个真实的真人，然而却比一个真人更为真实，这原因就在于它代表了许多个体的个性，所以它的个性更较为凸出鲜明，栩栩如生，几千百年后还能遗留在众人的脑子里，不会忘去。它不仅代表了某一类型的个性，而且也代表了那一时代群的个性。不立在动的观点去把握个性，而静的狭义的去注视个人的多样性，那所写出的东西纵然是真人，但决不是典型。

艺术因为和科学不同，所以它所概括的事务，必须通过感象的个体（this one）被表现出来，正如胡风先生说："艺术里面的社会物事，须得通过个人的物事，须得个人的物事给以温暖，给以血肉，给以生命。个人的物事使社会的物事'活起来'。没有了个人的物事，就不是艺术，没有了社会的物事，就不是典型，不能达到艺术的使命。这就是典型个性化理论的主点。"

目前一般作家，因为生活不丰富和观察的不够，不能集中，概括，许多总把偶然的，不一般的个性，当作了典型去描写，甚至空想的创出些理想的人物把它认作典型。所以文坛迄今还只产生了一个阿Q。

在这时代的激流中，我们需要各种社会群里的典型——那代表着某社会群中普遍个性的典型。集中，概括，是现阶段要求一般作家的新任务。

C　作家的新任务

一　作家与实践

在上述一般问题中，贯串着一个主要的要求，便是作家的实践。只有实践，才能达到诸问题的解决与完成。实践有两义，第一是对于生活的实践，即作家对于现实的把握的深入，同生活战斗，体验与观察，且去推动它。第二是对于创作的实践，即创作的修养学习过程，技术的训练，题材的处理和语言文字的操纵，把握。这两者实有不可分的联系。离开了生活的实践，便等于离开了写作的源泉，他纵写出来，也是隔离的不必要的东西。离开了创作的实践，便不知道应该怎样去摄取题材，处理，选拣与表现它，结果往往失败。绥拉非靡维支没有上过战场，和他多年的深刻的观察，与崇高的修养，便写不出伟大的《铁流》。法捷耶夫没有作过突击队员，和他苦心的二十来遍的修改，《毁灭》也决不会这样成功。

伟大的诗篇，属于把握现实，突击现实的人们，属于忠实献身艺术的写作者。

苏联文学顾问会给初学写作者的一封信里说，"写你所深知者"。卢那卡尔斯基说："艺术家不可不极诚实，而且不可不从实生活撷取自己底形象。凡是故意变更了生活的形象的，都是说谎的艺术家，都是在×底关系上反叛的艺术家，再说一遍，艺术家不可不绝对地诚实。"

实践是造成艺术家诚实的唯一条件。

二　艺术的制作

近年来中国创作的进展中，最显著的是作品日趋于具象化。客观的环境，已再不需要口号式的宣传，已再不满足于在艺术中

253

仅求得一些认识，仅求一些新的事实来丰富我们的知识，他更期望能体验作家伟大的感化。

库普斯加耶说过："大众是在形象上思索的，除了形象他就不会想。"大众对于一件事，他不但要头脑意识，还要全神经系统被唤起来注意它，这才可以说是真的知道它，这也才是目前大众所需要的作品。

> "作家是教师，他叫人走到不可不如此的方面去。他是说教家。但作家倘若成了干枯的说教家，倘若不用活生生的形象而用干枯乏味的形式，那时他就必然从自己的艺术脱落了。因为作家所有的力量——是存在用形象说教的中间的。因此我们应该努力，使××××的心脏，都在艺术的形象中响动。艺术是最有力的最耐久的斗争武器。艺术比什么都可以更有力地影响大众，也比凭藉什么都可以更完成国事，文学越加少有真正的技术和真正的人物，那作品便越加少有效果。"（卢那卡尔斯基）

目前民族革命战争的大众文学，它便首先强调着这样的要求——艺术的制作。

三　向先进作家学习

我们多数的青年作家，由劳动阶层所产生的新作家，比起先进的在写作上有经验的作家来，我们还是一个小孩子。虽然我们会长大起来的，我们，有着未来；我们的内部，比一般老作家的内部，健全的多；但在写作的经验上，作品的技术上，文字的操纵上，我们都应该虚心地去向先进作家学习，只有这样，才能使我们丰富，健全，很快的成长起来。

虽然多数的同人作家，往往只描写出些生活现象，或则引出不当的结论，或则什么结论也不给，但我们是应该批判地去接受的。

虽然被御用的作家，只教导些丑恶，但碰巧也能给出伟大的艺术的材料或启示，巧妙地反映出大众，也不应该忽视的。

何况据过去经验，同人作家在文学上是尽了非常大的任务。写出了不少有力的作品。难道当我们还是未成年小孩的时候，我们不愿受他们的营养与滋补，去开出更大的花，结出更大的果实吗？

不要满足于自己的天才，不要自诩于前进的真理，只有虚心地学习，才是真正的天才者，真正的前进者。

四 民族革命战争的大众文学的建立

文艺是训练群众的武器，认识现实的工具。随着民族救亡运动的展开，民族革命战争的大众文学，在现阶段中，实负着这重要一环的伟大任务。它与整个民族解放斗争相伴随，拿文学做信号，喊出群众的苦痛和要求，喊出民族的危险和出路，喊出我们的敌人，喊醒我们的同伴，决定路线，指示方向，统一我们行动的。

在这民族存亡危急的关头，关外义军的抗战，铁蹄下残喘的呼号，汉奸走狗官僚豪绅的丑恶，还有比这更有价值，更迫切需要描写的题材吗？

作为一个现实的写作者，在现阶段中，我们需要强调的去建立民族革命战争的大众文学。

这决不是一般人所误解的空喊文学，口号文学，而是要尖锐的去把握现实，在斗争中用血来打底稿的文学。

也不是说它便代替了一切文学部门，它只是这民族解放斗争中的一个过程，一个主流，一个重要的环。

只有把握着每个重要一环的写作者，才能产生出大众所需要的伟大的诗歌。

五 报告文学及其他

为了要接近大众，供大众自身学习写作，现阶段中我们还要利用一切的形式，如报告文学，暴露文学，农村通讯，工场通讯等，我们都得竭力提倡，因为这是大众日常生活记录最直接的手段，和暴露统治者丑恶最有效的方式。

生动，朴质，逼真地写出我们的生活，我们的不满，我们的要求，热望和斗争，写出汉奸封建的内幕，以及帝国主义的暴行。

我们宁肯忽略结构和技巧诸外形，但我们要更真实直接地传出我们活生生的生活内容与热烈的情绪。

在生活中去创造出尖锐的崭新的东西来。

D　关于批评

一　我们所需要的批评家

由于过去批评家的浅薄和错误所留下的恶影响，许多写作者都还固守着这个意见：我们不需要批评家！有的则说现时还用不着专门的批评家。这都是趋向极端，和不了解现阶段情势的话。

自然，象过去死读了两本文艺理论，便当着剪刀尺子去衡量别的一切作品，是我们所不需要的。捧场，谩骂，武断和诬蔑，一切丑角式的批评，也不是我们所需要的。

我们所需要的批评家，必须对现实是一个实践者，对于围绕他的诸现象之间底联系底客观的决定，必须有深刻的认识者，必须是个推动者，因为只有这样的批评家，他才能真切的认识作品，认真的去批评作品。卢那卡尔斯基告诉我们："批评家，并非是说明从最大到最小底文学之星座运动的必然法则的，文学的天文学者，他并且是一个斗士，并且是一个建设者。"

在目前新的理论急待建立，许多有害的倾向，应当匡正，新兴作家应当助导的时候，在幽默文学，奴才文学，汉奸文学淆乱视众的时候，我们需要批评家。

我们需要同时是斗士又是建设者的批评家。

二　作品的评价

作为现实的批评家，他是应该努力去发现所与作品的基本的社会的倾向——它所意识地或无意识地在瞄准或在打击的东西。他是应该顺应这个基本的，社会的支配调子，去做一般的评价，并且他必须辩证法地用着分析的方法去进行。且需要有大的熟练和大的感觉的，如一看好象太一般或太隔离，而其实却有影响及于社会生活底问题底提出的巨大意义的作品，只有利用社会的感觉，才能认识和评价它。

并且也不应该因作品底代表小市民或某一阶层，便不在评价之例。批评家的直接任务，不是从所与作品的已经产出及倾向的见地，而是从利用它于我们底建设的可能这一个见地来再评价的。

还有，当艺术家凭他的直感浸透于统计学和论理学所不能到达的领域，揭出新的东西来时，这时我们往往还没有正当的规范，这里恐怕只有在各个批评家和读者中间底意见底冲突中，才能形成真实的判断。这并不在那问题的决定的解决而是在那提起和加工，批评家的工作，仍然是必要的。

至于形式上，当有着新颖的内容而仍藉着旧的形式而出现时，这缺点是应该指摘出来的。或有着新的有兴味的构想，而艺术家还未能将言语的丰富，句子的构成的意义上那形式的富源作为我有的时候，这也应该由批评家指示出来的。

三　批评家与作家的合作

过去的许多批评家，总自以为有站在作家之上的权利，因此所博得的，是作家满含愤怒的叫喊。

这种与作家的隔离，批评家不但不能收到教育作家的效能，且亦至不能更深刻去了解作家的作品，因而为大众所摈弃。

一个真正的批评家，他首先必须亲密地同作家站在一起，与作家协作。不但不以自己为有更高的存在，并且他还要从作家里去学习许多东西。他会以热心和感激对待作家，随时都对作家恳切如兄弟。只有这样，他才更能了解作家的志向与意图，创作的诸过程，和被描写的特种生活情况。因而批评也更确切正当，使作家信赖。

一个极好的批评家，他不特是一个极其坚定的现实的战士，并且是一个有丰敏的感觉和宏博的知识的人。当年青的作家，一般地有弄出许多形式的错误之惧的时候，这里无疑地必须有切实的指导的批评；当年青作家因为关于生活法则底幼稚观念底结果，因为对现代的基本的无理解的结果，而犯着最素朴的谬误的时候，他也必须指出这种错误。在目前有多数的没经验的年青的写作者正在出现的时代，他应该是忠实可靠的引路者。真实伟大的文学，就正是由于伟大的作家和有伟大才能的文艺批评家底协力成长起来的。

但所谓合作，决不应该陷入于做批评家的最大罪恶的优柔和妥协，而只应该是先验地有善意的去批评。他底伟大的喜悦，是寻出好的方面来，把它在那全般的价值上，示给读者。协作的目的，是在用诚挚的态度，去帮助，匡正，警告，使作家更接近地密切联合在一起。只有很少的时候，可以有努力于用绝灭夸口的虚伪要素那样的嘲笑或侮蔑，或者洞穿重甲般的批评的劲箭，来杀掉有毒的东西的必要。自然如奴才文学汉奸文学和其他外表有甜味的毒物，批评家是决不要忘掉战斗的精神，去指摘攻发出来的。

只有在合作中，批评家与作家两者才能健全的成长，负起这伟大的现阶段的新任务。

1936年6月10日《榴火文艺》创刊号

今后中国文学的路向

蒋 平

一

谁也不能不承认目前的中国已到了危急存亡的时候了。相伴着国民经济的总崩溃，一般大众乃至一般小市民的急剧贫困化，××帝国主义的独占侵略，因为国际客观局势的变化，已更积极地展开，在政治上，经济上，军事上乃至文化上实行把中国整个变成朝鲜，台湾之续的工作，由东三省以致热河，由热河以致华北，由华北以致沿海七省和长江流域……。

一块一块地商割，一块一块地断送，转瞬间偌大的中国就要没有有良心的中国人的立足之地了，作为国民一份子的文艺界人士难道对这竟熟视无睹吗？

全国民众反×革命情绪的高涨已经是不可否认的事实。在出版界的反映，尤其是十分鲜明的。当这购买力几乎完全削尽，市场几乎全部崩溃的时候，一般的出版业莫不受到绝大的影响，然而尖锐的以介绍和讨论国际和国内政治经济和社会形势为主要目的的刊物，却一天天发展起来受到广大群众的欢迎。这无疑地证明觉醒了的民众是在要求着对于社会现实的正确的认识，追求理智的武装，以加强他们的感情上的勇气，实行作决死的斗争。然而我们文坛如何呢？作为直接或间接欺骗麻醉工具的复古派，存文派，官僚文学，走狗文学，鸳鸯蝴蝶主义等之外，那曾经为社会上前进势力尽过意识的和客观的动力的新文艺界，在要求所谓文学的严肃性，艺术的超越性的口号之下，竟也显呈着退入新的象牙之塔的倾向！自然，我们不能否认客观的压迫使稍尖锐的作家和作品就要受到生命的摧残，但同时，一般文坛人物之过分迷恋于作家之个人的伟大，和作品的技巧的优越，恐怕也是不能否认的事实吧。要求作品的艺术的深造，是作家必须抱定的目标；同时，所谓真正伟大的艺术成就须等时间来判断，也是一部份的真理。诚然。但我们却不知道如果脱离了现实，这种深造的伟大的艺术怎么能够成功？目前"把握现实"，"社会主义的现实主义"等口号是高唱入云了的，而除一位不知名的作者耗尽心血自己秘密出版的一部《八月的乡村》以外，事实却没有给我们看见多少真正现实地反映了大众的惨酷的痛苦和英勇的斗争的作品，特别是关于反帝国主义的决死抗战！结果是，文艺出版物乃至整个文坛竟呈现了不能否认的衰颓的现象。

为了挽救民族的危机，也为了争取本身的进步发展，文艺界是不得不奋发起来展开一种新的运动的了。

二

这个运动必然还是依归于现实的，但它不能只是一个散漫的无中心目标"对于一切现实之形象的反映"的要求，它那须是把握现实核心从而统一现实底一切面目，集中于它的最尖锐的锋头：伴随它的发展的总路线，在实践中描绘现实，说明现实，推动现实底进展的一个统一的积极的运动。

在目前的中国，现实的核心是什么？谁都知道是×帝国主义的加紧侵略，和全国民众统一的抗×神圣斗争的一个对立。这样说，我们决不是以为除抗×以外没有别的斗争，而是认定目前一切斗争都可以统一在这个之下。我们反对帝国主义，要求殖民地解放，但我们第一步必得对那作为一切帝国主义的急先锋的××给一个致命的打击。我们描写工农乃至一般民众的痛苦，他们地主资产阶级那里所受剥削和压迫，我们必得推根溯源，指出造成那种痛苦，维系和操纵那些腐化势力的最后的幕后人。我们反对再分配世界的大战，迫求未来的光明。

我们必须认清，在殖民地和半殖民地，只有反帝国的神圣民族战争能消灭帝国主义战争，能开辟走向我们的最终目标的路，而眼前这个神圣战争当面第一个敌人，是残酷非人的×帝国主义。我们决不是以为文学的园地，应只限于反×的民族斗争的描写，但我们却认定新的文学运动的任务应该是：

第一，全国民众激昂的抗×情绪和行动的反映。

其次，我们当然不能忘掉目前全国民众抗×情绪如此高涨，而一个统一的广大的实际斗争至今还不能展开是什么原因。我们必得记住口头尽量欺骗，而实际则尽力摧残一切自发的，散见的实地抗×运动，用各种方式去零碎整块地出卖民族利益，钳制和麻醉民族意识，摧残民族文化的是谁。我们应该在文学活动中具象地指出清除卖国贼是民族政治经济的乃至文化的解放中一个重要的任务，而这个任务怎样在各地实际的发展着。我们应该指出一切卖国贼之中，不但有坦白的，意识的，而且有隐藏的，无意识的——我们尽管可以塑绘腐化没落分子，但同时也得表明他们正是束缚民族解放的间接工具，我们不可忘记在描写大众对眼前当地的压迫发动斗争时，他们直接地间接地也是做着反帝的民族斗争。别方面，我们也可以在无知的农民的描绘中，表明原始的无自觉的暴动，怎样反而会被狡猾的帝国主义和其走狗利用来破坏他们自己的利益。

如此，我们的运动第二个任务，是指明大众的真正解放，必须而且正在民族的英勇战争发展开来，而在这个战争中，扫除内奸国贼是一个重要的工作。

规定这样两个主要的任务，我们并不是限制了文学的活动地域，恰恰相反，我们可以把一切现实的反映统一在里面，使文学成为一个更有系统的活动，随着那个中心斗争的发展而发展，正如苏联的文艺活动之统一于社会主义建设那个伟大的现实之中一样。

三

根据上述的现实的任务，我们可以看出这一运动的性质，必定是：
第一，实践的而非空谈的。关于这我们不但要避免过去狂喊口号

261

的"革命的浪漫蒂克",不但要克服坐在都市亭子间里想大众生活（如农村）的幻想主义，同时还要清算目前流行的琐碎的人物描写，个性刻画，乃至偏重形式而忽略内容的一种倾向。劳苦大众的生活和斗争，自然是必得实地参加，切身体验，才能真正了解和现实地反映的。显著的例证，如前面提过的《八月的乡村》，就是眼前很广大的一份题材，知识分子乃至一般市民阶层的动摇和分化，也应该是在具体的事实展开中，摄取他们的身心的切实的反应，而不能只是抽象的心里态度的说明。关于这，高尔基的 Klim Samkin 是一部最好的课本。

第二，大众的而非经院的。这里的大众化主要是形式上的问题，就是文字通俗的问题。我们当然不反对艺术的深造，同时我们更要求艺术的普及。我们的文学是以大众为主体，以大众为对象的，如果要达到这目的，除了形式上尽量大众化之外没有第二条路。大众化决不是庸俗化，因为后者是本身的恶劣粗鄙，而前者则是以明白浅显，接近大众口语的文辞传达有深刻意识的内容。这是谁都知道的。我们的问题是怎样把这早被广泛地提出和注意的问题在文学的园地内实践起来。在这里，我们以为最先应该一方面尽力反对反动的复古运动，存文运动等，别方面与目前广泛的文字通俗化运动，语言改革运动有机地联系起来；一方面意识地克服自己残留的文言余毒，别方面在实践中学习大众的表现文法。

第三，集体的而非个人的。目前的民族解放斗争本身原是一个广大的集体运动，我们的文学运动，假如是与那斗争统一的它必然是集体的。只有集体的活动，方能贯彻一方面教育民众别方面向民众学习的任务。只有集体的活动，方能达到我们要求言论自由，文化解放，乃至民族解放和社会解放的目的。这是毫无疑问的。同时我们只有在集体的活动中，方能克服和改造我们本身的个人主义遗毒。我们不否认文学的活动中会有浓厚的个人成份，但我们反对作家以个人的艺术上的成就和荣誉为他底唯一的目的，把文学限制成为一种个人主义的活动。我们要求作家个人在艺术修养上和制作上的努力。但我们更要求这种个人努力统一在集体的运动之下，以集体的发展为他的总目标。

四

综合以上的说明，我们可以明白这个新的文学运动是统一在一个总的民族解放运动之下的，是协助着那整个运动以民族的解放来促成大众的社会的解放，以民族的解放战争来消灭帝国主义的侵略战争，以民族的新文化的建立来推动世界的新文化的建立的一支生力军。如此，我们可以说它是一个民族的形式革命的内容。

在暂时没有肯定的名称以前，我们拟称它为"民族的革命文学运动"，或者"国际文学运动"。

这里我们以不很成熟的形式，提供了一个建议，我们承认它是十分切要的，不仅在广义上——集中全国一切力量拯救民族的危机，或在狭义上——团结所有新文艺界人士挽回文坛的衰颓。照目前的胚胎的形式，在意义的分析，任务的规定，性质的说明，特别是怎样切实推行的计划上，完全谈不上够充分了，完备，具体的。我们希望每一个关心于民族整个的，特别文化的前途，每一个有志于把中国文学与目前伟大的现实配合起来，使它向前进发的工作讨论，每一个不肯做卖国贼，不甘做亡国奴的文艺界人士，能够破除成见，参加进来，共同展开讨论。进一步，更由讨论达到行动，从而展开一个空前伟大的统一的中国文学新运动。

1936年6月10日《新地》创刊号

从文艺家的联合说到剧作者协会

陈楚云

　　文艺家的使命，无疑的是站在时代的前驱，启发群众，领导群众
走上光明之路的。在中国民族危机急迫万分的现在，我们的文艺家虽
然尽过相当的责任，但我们如果严格地说来，都是非常不够的，他并
没有站在最前线，去鼓励群众，领导群众，常是落在群众的后面的。
文艺家有他特殊的斗争武器，但他并没有将这武器充分地来运用在民
族解放斗争上，比起学生，工人，妇女，店员及其他各阶层的群众的
救亡工作，都还不如。别的不说，一九三五年中，在文化中心的上海，
除了一二原有的文艺刊物外再也不能看到真的代表国防文学的刊物
的出现，专集的产生也是寥若星辰，这固然是环境的关系，但文艺家
对于本身任务的怠工，也是最主要的原因。直到今年，各种的文艺刊
物和专集虽然比较多了，国防文学也由原则的讨论而反映到作品的内
容了。这固然是可喜的现象，然而离大众的迫切要求，还是相当的远。
真正是反映实际斗争的文艺作品，还是贫弱，文艺家还没有都能从实
际的行动中去摄取题材，还没有站到民族解放运动的尖端。我们热烈
地希望，中国的文艺家都团结在一个组织之内，切实地负起民族解放
运动的使命。

　　其次，在文艺界里，我们看到一种很不好的现象，就是小派别和
个人的小意见，老是不能弄到一致，小部分人老是脱离不了"文人相
轻"的恶习，这给全国的青年极不好的影响，使青年失掉中心的信仰。
民族的危机已经到了这样严重的时候，在政治上我们看到政见完全不

同的各派，除了汉奸之外，差不多都要捐弃过去的成见，携起手来，建立民族抗争的联合战线。在文艺界中，反而遗留着这种恶现象，甚至主张本来一致的一群作家里，还有意见的分歧，还有哓哓不绝的个人意气的论争，还不能紧密地携起手来，这现象是可怕的！我们恳切地希望，文艺家先第一要做的工作，就是设法把这种恶现象消除。

最后，我们说到艺术一部分的戏剧界，也同样没有把他本分的任务担负起来。随着救亡运动的开展，各地的群众，自发地组织起剧团，到农村去公演，然而演来演去还是几个剧本，能够适应当前的现实题材的剧本的缺乏，是目前极普遍的现象。但我们的剧作者，并没有尽量的去加紧工作，产生出多量的适合国防戏剧主流的剧本，供给各地的剧团上演，实际的剧运工作也做得非常的缺乏。这种种弱点，我们是深深地感觉到了的。剧作者协会，就是想要来弥补这种种缺点，但光就剧作者协会的本身，力量还是非常的薄弱，我们要求文艺家给我们以帮助，和我们紧紧地携起手来。戏剧是启发大众情绪最直接而又最有力的一种艺术形式，我们相信，文艺家中，不单是写小说或诗歌的，一定也有许多喜欢写戏剧的戏剧家，我们诚恳地要求他们多多地产生目前所迫切需要的剧本，促进戏剧运动随着民族解放运动而开展。

1936 年 6 月 14 日《大晚报》

几个重要问题

鲁　迅

一　学生救亡运动

从学生自发的救亡运动，在全国各处掀起澎湃的浪潮这一个现实中，的确可以看出，随着帝国主义者加紧的进攻，汉奸政权加速的出卖民族，出卖国土，民族危机的深重，中华民族中大多数不愿做奴隶的人们，已经醒觉的奋起，挥舞着万众的铁拳，来摧毁敌人所给予我们这半殖民地的枷锁了！学生特别是半殖民地民族解放斗争中感觉最敏锐的前哨战士，因此他们所自发的救亡运动，不难影响到全国，甚至影响到目前正徘徊于黑暗和光明交叉点的全世界。再从这次各处学生运动所表显的各种事实来看，他们已经能够很清楚地认识横梗在民族解放斗争前程一切明明暗暗的敌人，他们也知道深入下层，体验他们所需要体验的生活，组织农民，工人，加紧推动这些民族解放斗争的主力军。在行动方面，譬如组织的严密，遵守集团的纪律，优越战术的运用，也能够在冰天雪地中，自己动手铺设起被汉奸拆掉的铁轨，自动驾驶火车前进，这一切，都证明这次学生运动，比较以前进步得多，这是一个可喜的现象！但缺憾和错误，自然还是有的。希望他们在今后血的斗争过程中，艰苦的克服下去。同时，要保障过去的胜利，也只有再进一步的斗争下去；在斗争的过程中，才可以充实自己的力量，学习一切有效的战术。

二 关于联合战线

民族危机到了现在这样的地步，联合战线这口号的提出，当然也是必要的，但我始终认为，在民族解放斗争这条联合战线上，对于那些狭义的不正确的国民主义者，尤其是翻来覆去的投机主义者，却望他们能够改正他们的心思。因为所谓民族解放斗争，在战略的运用上讲，有岳飞文天祥式的，也有最正确的，最现代的，我们现在所应当采取的，究竟是前者，还是后者呢？这种地方，我们不能不特别重视。在战斗过程中，决不能在战略上或任何方面有一点忽略，因为就是小小的忽略，毫厘的错误，都是整个战斗失败的泉源啊！

三 目前所需要的文学

我主张以文学来帮助革命，不主张徒唱空调高论，拿"革命"这两个辉煌的名词，来抬高自己的文学作品。现在我们中国最需要反映民族危机，鼓励争斗的文学作品。象《八月的乡村》，《生死场》等作品，我总还嫌太少。在目前，全中国到处可闻到大众不平的吼声，社会上任何角落里，可以看到大众为争取民族解放而汇流的斗争鲜血，这一切都是大好题材。可是前进的我们所需要的文学作品的产量还是那么贫乏。究其原因，固然很多，如中国青年对文学修养太缺少，也是一端；但最大的因素，还是在汉字太艰深，一般大众虽亲历许多斗争的体验，但结果还是写不出来。

四 新文字运动

汉字不灭，中国必亡。因为汉字的艰深，使全中国大多数的人民，永远和前进的文化隔离，中国的人民，决不会聪明起来，理解自己所遭受的压榨，整个民族的危机。我是自身受汉字苦痛很深的一个人，因此我坚决主张以新文字来替代这种障碍大众进步的汉字。譬如说，一个小孩子要写一个生姜的"姜"字，或一个"鸢"字，到方格子里面去，能够不偏不歪，不写出格子外面去，也得要化一年功夫，你想汉字麻烦不麻烦？目前，新文字运动的推行，在我国已很有成绩。虽然我们的政治当局，已经也在严厉禁止新文字的推行，他们恐怕中国人民会聪明起来，会获得这个有效的求知新武器，但这终然是不中用的！我想，新文字运动应当和当前的民族解放运动，配合起来同时进行，而进行新文字，也该是每一个前进文化人应当肩负起来的任务。

鲁迅先生病得很厉害——气管发炎，胃部作痛，不能执笔。本文是《救亡情报》记者的一篇访问记，因为所谈的都是几个重要的现实问题，故加上一个题目转载于此。——编者

1936年6月15日《夜莺》第1卷第4期

抗日文学阵线

龙贡公

替中国文学运动作出显明的划期的粉线，包含了攻势的全新内容的口号"民族革命战争的大众文学"可以用下面的电讯证明它底充分的正确性。

这是五月卅日，中国全体人民最痛心地追悼他们底殉难先烈的时候，路透社向全世界各方面发出来的电报：

> 东京：外相有田今日语接见新闻访员时，重申日本对华政策
> 之三点：即（一）承认"满洲国"（二）合作防共（三）
> 遏灭一切反日运动。……（卅日路透电）

> 神户：须磨今晨抵此时宣称，"今之局势，为中国必须对日
> 相互维系与对日作战之两途中，选择其一耳。余已正
> 式向蒋院长切实说明此点，日本如退让一步，即不啻
> 总退却！日本必须抱其不可变更之自信与勇往直前"
> 云。须磨现正首途赴东京，准备向外务省报告中国现
> 势。（卅日路透电）

驻南京总领事须磨切实勇敢地向全中国民众做了明显的，绝不含糊的挑战。他底话是真的，而且已经声明他们绝不退让。中国的文学者及其他全体人民必须今天就得考虑而且决定：对日作战呢，还是立刻亡国呢？

答案只有一个。而且这答案不从嘴巴说出来，也不写在公文上，这答案藏在全国民众开赴前线时的庞大歌声，甚至草鞋踏地和枪柄跟水壶碰撞声里。

紧接的明天就必得爆发的民族革命战争（在东北四省广大肥沃的土地这战争一直继续到现在永远没有停顿过，而且英勇的民族战士们保证每一天必须得到一个新的胜利）将动员全中国人民，包含主要的基本部队劳苦大众，爱国军士，商人，知识分子，甚至买办豪绅，政客军阀。

这伟大的战争将把中国陆地改变成暴风雨中的波涛汹涌的广大无边的海，澎湃着，激动着，放出震耳朵的空前的强烈的歌声。一支两支污秽龌龊的细流绝不会成为它底即使是最轻微的耻辱。

抗日文学阵线也在这时候结合起来。各种文学团体，各种主义派别的文学活动者，文学青年，文学爱好者，甚至出版家，臂扣着臂构成一个力量雄厚的阵线。

于是全民族革命战争的整个战线里有了因为过度劳动和饥饿而皮黄骨瘦的劳苦大众，有了因为风吹雨打，瘟疫疾病而焦黑如炭的军士，也有了胖白好看的先生女士们。然而这正是伟大的，滑稽——但是可能的；并且这是挽救全民族的灭亡命运的唯一的伟大势力底总和。为了救国，一个文学家同一个地主在同一条阵线上作战，假使他不是个人的自我崇拜者，僭妄的疯狂病者，决没有可耻的理由……

对于一个作家本身的思想信仰，话可是就不能这么简单了。

思想底决定作者，犹如水底决定鱼一样。水和鱼是中国传统应用最广而又最灵巧的比譬物事，没有一个人不知道。假如我们说："把人和人结合起来吧"，"使人们知道生存意义因此而提高他底生存底欲望，又因此而激动他底创造力吧"——除了作者底思想把纷然杂陈和模糊暧昧的社会现象整理成有系统的真实，使它强烈地显出它底思想性之外，还有什么别的方法呢！——也许多少总会发生变态或转形，但一种思想，更常常的是一个作者终身的东西。没有了它作者不会写出一行作品，不知道怎样开始去认识现实。我们说到认识的时候第一件联想物便是思想信仰，后者是前者底决定的因素。为了它，世界的作家们宁愿被罚下地狱，泰然地受下种种惨苦来完成他们底伟大的杰构。

而假如我们在那伟大的抗日文学阵线之前悬挂一块横布招，写着"进来这里面的请撤销各自的思想信仰"这些字样，恐怕真正的艺术家，那里面一个也不会有的。如果我们招致一些和文学关系很少或简直没有的人到文学阵线来，那么为了他底救国效果，倒不如让他参加到别的部门去，万一那个人竟是一位肉店老板，那他将既不能卖肉也不能创作。

问题是可以这样说明的：即是在各个文学者，各个文学团体底为本身的思想信仰底奋斗过程中，发现爱国救国的民族革命战争底最大的一致。奋斗是通过爱和憎，努力和争论，远到工作结果的最单纯的形式。不能奋斗——求所信底实现，就不能工作，也不能参加战争。企图把面目显明的各种各样的文学者搅成一锅文学浆糊是愚蠢而又不能想象的事。

在这里又可以第二次证明"民族革命战争的大众文学"底正确性。

大众文学的特质在于以人民大众底利益做绝对的前提。少数统治者和剥削者虽在抗日的场合里和人民大众是同盟者，而在基本意义上是有着不可调和的利害冲突的。没有因爱国而拒绝领取版税的作家，同时没有因爱国而把版税增加到百分之五十的出版家，在目前这例子极其显明。因此作家虽是极度宽容，但是凭着作家的主观希望，把富农描写做民族英雄到底是不可能的事。

文学运动虽可划成种种的阶段，但它的本体却是一个不可分割的发展物。有明天就必然也有昨天，忘记昨天是跟不知道有明天一样地可笑。所谓进步的作家走过什么路来的，我们可以不必理会吗？难道民族革命战争不是一个发展阶段而是一个突然的变方换向吗？

以上这些理由是极其粗浅的说理，和这些紧密关联着的其他类似的理由只要稍稍加进思考力便可发见许许多多。

其中最重要的（超乎所有的理由之上）是中国人民大众底要求和进步底思想信仰底合一。进步作家底思想（他们底现实主义的创作态度紧紧伴随着）能够解剖现实，证明民族革命战争底胜利就是中国人民大众底胜利，由这胜利酿造出来的利益就是中国人民大众底利益，并且这是容易的事。困难的任务在于怎样依据被急迫的民族战争底危机所激发的中国人民大众底要求，由作家底生活的实践和创作的实践来提高他们底力量，使这些力量运用起来成为不可侮的，不能战败的巨力，并且使大众对自己的巨力确信，追求，不断地产生。

中国底人民大众一向和国家结着最悲惨的关系。他们正在逐渐失掉国家的信仰。——这好象连官方的学者都知道而且不加以讳饰。

现在要动员全民族大众所能发挥的总力量了，我不知道除了以人民大众底利益做主要的前提之外，还有什么别的可能的措置。一篇作品也许要使一个或十个地主官僚失望，但它却能获得成千成万人民大众底欢心和最热烈的支持，我们底选择还要费什么踌躇吗？比方有这样一种事实：在已经开仗之后，某省需要立刻完成一条运输粮械运兵抗敌的公路（海口被封锁是可能的，因此内地的交通占主要的位置），必须征工开辟。事实底经过和文学创作的吸收这事实做题材都必要考虑这些问题：人民大众能够明白这回开辟公路和以前他们底血淋淋的经验不同么？他们能够知道这是自己的利益而踊跃参加么？地主豪绅不会即令在这样的场合里还乘机图利么？他们能够相信地主豪绅，和后者那些人一同工作而感情上不会产生矛盾的不快么？——地主豪绅底救国力量虽微小得可怜，但也得加入巨大的力量底总和里，他们一变成不救国的汉奸就得马上被消灭，不过无论如何这些软弱力量底估计要摆在坚强的人民大众底力量底估计后面。甚至它们底取舍还要看和主要的基本力量底冲突程度来决定。

我曾经看见过一些没有被人民大众底感情拥抱着，也不曾以此为修养基础来开始歌唱的诗人。他们烦躁地叫嚷着：

> "唉呀呀，我爱国爱得不得了，
> 我们大家来爱国吧！"

一个劳动者将要毛骨悚然地发出疑问："兄弟，你生了什么毛病呀？"——这也可以说明为什么知识分子创作出来的爱国调子并不为大众所爱悦。"爱国"这名词单独运用的时候是空洞而不切实的，在小学教科书上也许能满足一部分智力薄弱的孩子；一个劳动者凭着他底生活经验和思想力却常常比一个诗人（同样比小说家理论家）知道得更多。

中国文学界底现实主义的创作态度底把握浮泛而微弱，这可以用即使在理论上是简单的问题而仍然不被一般人普遍了解来作证。作品能够透过复杂综错的现实而为大众利益奋斗的还少得非常之少。有些作品竟连简单的初步的文艺形式（这里还不论新的或旧的，创造的或袭取的）都不能很顺利地驾御。把这样的创作水准再降低到单纯空洞的"爱国"观念，就是只在每字句每行段生进不能比"爱国"二字含义更多的空虚观念，这是应该的事情么？

就使我们相信一个笼统的观念也能成就某程度的博大作品（这纯然是一个假设），我们还要考虑这些：即是一个知识分子的作家，由于他底生活底窒息和猥琐，和与人民大众底生活隔离的可悲的孤立，他底想象力，幻想和空想究竟被允许到什么程度。

没有一个知识分子在接近伟大的群众场面的时候不发生内心的战栗和激动的，这就可以证明人民大众底绝大的魄力往往能够令知识分子忘记自己的地位，假面，卑微的计较，和足以自骄的知识。我们要感受这种魄力底激动使自己伟大起来。

而这样做，——假如一个作家企图能够罗曼谛克地望见未来的壮丽的远景，让自己的思索象怒云或狂风似地在空中奔腾，跟人民大众一般能够实感到高远的，目前还未能看见而必然伴着无边的欢乐来临的什么东西，他也只有毅然把自己投身在为人民大众底利益而奋斗的战地里，接近大众，达到获取大众底利益就是获取自己的利益，同时自己的情绪经过纯净化成为大众的情绪这锤炼过的水准，才有可能。

大众底日常的愤懑，忧郁和怀疑，意志力跟罪恶底不可分解的纠葛关系，生活底要求和文化底要求等等必然成为文学底主要泉源。在创作过程中我们底诸作家一旦发现这伟大无比的人民大众，他们底生活上的种种活动，他们底痛苦和快乐，他将切实知道所有的自己的错误而获得比任何人所举出的任何例子和范围都要丰富一万倍的主题，题材，兴趣和工作对象。

"民族革命战争的大众文学"这口号底含义中的民族革命战争是人民大众生活上的种种活动底中心。但我们底创作家和批评家不能忽视这中心以外的种种其他的活动——如果没有了它们，大众底利益将无所凭借，他们的革命力量将无法提高到最高度，因此那中心活动也将成为没有固定的内容的空框子。

胡风先生在《文学丛报》第三期上发表了一篇《人民大众向文学要求什么？》的文章，在第二段底开头，他说：

> "那么，'民族革命战争的大众文学'是统一了一切社会纠纷底主题的。不过在这里应该指明：是统一了那些主题，并不是解消了那些主题。"

这问题应该特别着重地提出："民族革命战争的大众文学"集中了一切大众生活底主题，这口号把一切为了大众利益而被处理着的主题集中到自己四周来，说明它们底更高的意义。在民族革命战争的抗战期中，如果我们描写了一个热心新文字运动的脚色——我们所爱的人物，这主题只有比在平时得到更高的意义和评价，绝不能做汉奸文学看待的。它因为集中在全民族目前最高的要求旁边而发出更大的光辉。这回我们非防止自己陷落主题单纯化（我们可以想起主题积极性的理论所留给我们一直到如何还有未熄的余焰的公式主义倾向）的危险中不可。一小部分自以为是的浅薄者流常常要误解，以为只有一个主题，就足以表现全民族底慷慨激昂，其余的都该冷淡和轻视，因而多少损毁了革命的主力。

以淫靡邪荡著名的杂志编辑家穆时英先生在去年八月二十四日一篇叫做《檄》的文章里说过如下的话：

> "……我是黄帝的子孙，在我的血管里流着的是汉族的血，我骄傲我自己的汉族的血统，我们的民族，而且热爱着我们祖先赤手开辟出来的大好河山。对于一切人所施于我们民族底侵略都是不能忍耐的。无论什么主义都好，第一，先须使我们这民族脱离一切束缚而成为独立自尊的民族。……"

如果不知道说这句话的是什么人，浅薄者流也许就会欣然满意了的。但因为穆时英先生是汉族的子孙，所以一向对于满族的子孙流了许多同样宝贵的血而且沦为奴隶的事他丝毫不感兴趣，而在目前汉奸危机达到了顶点的时候，他反而好象后悔说过了那番空言壮语似地一声不响，忍耐得很到家了。

谁是真正的爱国者呢！

六月二日，一九三六

1936年6月15日《夜莺》第1卷第4期

创作口号和联合问题

绀弩

最近一期的《文学丛报》上有一篇胡风先生的文章：《人民大众向文学要求什么？》在那文章里头，作者提出了一个新的创作口号："民族革命战争的大众文学。"我以为这是值得我们注目的。文坛上已经有了比这简练的创作口号，那口号已经发生了不小的影响，不但文学，就是一般艺术的领域都正在应用着。这影响就证明它有着大的适用性，不应该忽视，抹煞，或轻率地作字句上的吹求。不过现在这个新的口号，却更明确地更不含糊地指出了现阶段文学底内容底特质；更明确地更不含糊的指出现阶段的作家所应该努力的方向；一切的误会，曲解和野心底利用都不容易加到它底头上来。这是这口号最特色的地方。

为什么要提出这口号呢？作者说：

> "九一八"以后，民族危机更加迫急了。华北问题发生以后，整个的中华民族就走到了生死存亡的关头。因为这，人民大众的生活起了一个大的纷扰，产生了新的苦闷新的焦躁，新的愤怒新的抗战，凡这一切形成了一个新的历史阶段。这个历史阶段当然向文学提出反映它底特质的要求，供给了新的美学的基础。因而能够描写这个文学本身底性质的应该是一个新的口号——民族革命战争的大众文学。

作者又说：

"九一八"以后，反帝运动底最高形态发展了民族革命战争，在文学上也得了反映，到最近且已争得了一些成功的纪录。在这些作品里面我们看到了民族英雄底比较真实的面貌，人民大众在民族革命战争中新表现的英雄主义，尤其是民族革命战争和人民大众生活的血缘关系。这是"民族革命战争的大众文学"底先驱，是提出这口号的作品的基础。

同时，作者强调这一口号底现实的基础说：

第一，在失去了的土地上面，民族革命战争广泛地存在，继续地奋起；

第二，在一切救亡解放运动里面，抗敌战争——民族革命战争底运动是一个共同的最高的要求；

第三，人民大众底热情，底希望，底努力，在酝酿着一个神圣的全民族革命战争底实现；那战争能够团结和动员一切不愿做亡国奴的不愿做汉奸的人民大众。

第四，从太平天国运动到"一二八"战争的一切伟大的反帝运动，只有从民族革命战争的观点，才能够取得真实的评价……

不错，用民族革命战争答复帝国主义，尤其是某一个帝国主义底无餍的侵略，是一切不愿意做亡国奴不愿意做汉奸的人民大众底共同的最高的要求。在有什么出什么的号召之下，一切不愿意做亡国奴做汉奸的作家，都应该把他们底笔和一切力量用在民族革命战争底实现，扩大，响应和胜利上，都应该面对着这一伟大的现实。无疑地，"民族革命战争的大众文学"在现阶段上是居于第一位的；它必然象作者所说："会统一了一切社会纠纷的主题。"

这样说来，"民族革命战争的大众文学"绝不是今日以前的文学底全盘否定，倒是"五四"以来的新文学运动底高度发展。这一点是有些在文坛上提出和响应一个创作口号的论者所常常忽视了的。作者

不但强调了"九一八"以后的"民族革命战争的大众文学底先驱"即
"提出这个口号的作品的基础",并且对"五四"以来的新文学作了
如下的估计:

> "五四"以来,形成了新文学的主流的是现实主义的文学,反
> 映了人民大众底生活真实,叫出了人民大众的生活欲求的文学。然
> 而,在殖民地的中国人民大众底头上,贯穿着一切枷锁的最大的
> 枷锁是帝国主义,它底力量伸进了一切的生活领野,在人民大众
> 里面散播毒菌,吸收血液。所以,新文学底开始就是被民族解放的
> 热潮所推动,人民大众反帝要求是一直流贯在新文学底主题里面。

所以从现实生活要求产生出来的"民族革命战争的大众文学"不
但承继了"九一八"或"五卅"以后的创作成果,同时也承继了"五
四"的革命文学底光荣的传统。在那么一篇并非长篇大论的文章里面,
作者底说明却是很绵密的。

既然民族革命战争是一切不愿意做亡国奴汉奸的人民大众底共
同要求,既然这神圣的战争能够动员一切不愿做亡国奴汉奸的人民大
众,既然每一个作家都应该为这战争底现实扩大,响应和胜利而努力,
那末,在"民族革命战争的大众文学"的口号之下,文坛上的联合问
题,就必然会被强调了。联合或联合战线底意思,无非说,只要是不
愿意做亡国奴汉奸的作家,只要他能够给民族革命战争底总阵线以多
少帮助,哪怕帮助是间接而又间接的,都应该不管他是什么出身,不
管他参加过怎样的派别,不管他有过怎样奇特的见解,甚至不管他曾
在文学领域里传播怎样有害的东西——一切不管,从现在起,大家携
起手来,向共同的目标进取。

然而联合的意思却没有把一切不关宏旨的个人的东西统一起来,
也并不需要每个作家都写和别人相同的作品。反之,每个作家都可以
从各个不同的视角去选择他所研究熟习的题材,用他自己底笔调去描
写。我们固然需要歌颂民族革命战争表现民族革命英雄的诗篇,同时
也需要表现封建剥削之下的人民大众底生活苦痛和斗争,需要暴露汉
奸卖国贼以及一切没落的官僚买办底腐败生活底丑态,……并且在那

些作品里面都不难指出只有民族革命战争可以解除人民大众底枷锁，结果汉奸卖国贼们底寿命。老实说，只要作家不是为某一个帝国主义和汉奸卖国贼效力的，只要他不是用封建的，色情的东西来麻醉大众减低大众底趣味的，都可以在"民族革命战争的大众文学"这一口号之下联合起来。至于每一个作家都应该积极地参加种种救亡运动或进步的文化活动，在各人底生活环境里发动种种反日反汉奸卖国贼的斗争，我想是不消说的。这不仅因为一个作家同时是一个中国人，应该担负起救国的任务，同时也因为离开了社会的实践，就是断绝了创作底源泉，作家就写不出有生命的东西。

于联合有害的是关门主义倾向，在理论上或行动上都是应该首先克服的。例如为有人向作家要求正确的世界观，这是"辩证法唯物论的创作方法"底重提。这口号在过去的苏联文坛上留下了宗派主义的错误，是周知的。宗派主义，在目前的中国，我们都希望它早日绝迹。有人说："不是国防文学，就是汉奸文学。"这又是"不是同志就是敌人"的老调。它忽视了两者之间底间隔，忽视了那间隔当中的各种文学活动和它底发展路线，结果会拒否了作家底倾向和进步。此外，有人为了自己私人底利害运用联合来打击真心为大众服务的人，用种种手段阻止别人和联合接近，自然是更要不得的。

近来有人提议："停止无谓论争。"这是很值得推许的，希望大家都有先从自己停止起的决心。不过，停止已有的无谓论争，里头应该包含着不制造或助长无谓论争的意思。例如《山坡上》问题，大概已经停止了吧；本来无关天下国家大事，谓之"无谓"大概不会有人替它呼冤。然而要免掉这样的论争，最好先没有编者大段地"斧削"别人底文章的事实。其次，如果少几个说"公平话"，这笔账也该早完结了。公平本不容易，纵然真正公平，也未必不被两方面都不满意，小些的问题，还是多一事不如少一事的好。再如巴金先生底《大度与宽容》和《文季》复刊词上的话，固然不是"无谓"，但在谈整个民族底紧急问题的场合，暂时让它受受屈，也不算过分吧；不过要没有《大度和宽容》那样的文章，先应该向在出版界有权力的先生们请愿，再莫因为私人底便利，阉割别人的文章。

总之，我同意"民族革命战争的大众文学"这一创作口号，愿意为全国作家底大联合而努力，并且觉得我们应该有倔犟的坚韧的毅力去说服或劝诱每一个倔犟的坚韧的个人主义者或有这种倾向的作家。我们底前途，是全民族的解放！

1936年6月15日《夜莺》第1卷第4期

文学的新要求

奚 如

　　中国近几年来劳苦大众的文学运动，已经是谁也不能否认地在发展着。

　　虽说它至今还没有发展到高度的阶段，但它由于前进的知识分子将灵魂浸透了大众的辛苦，饥饿，挣扎，奋斗的血液所创作的成果，以及大众本身所创作的一些实生活的速写，报告文学，通讯，诗歌之类，都说明了它是崭新，活跃，而且有力。

　　它不但击退了枯萎无生气的封建文学，使他们象"存文会"那样发出"文存一切存，文亡一切亡"的垂死的哀鸣，同时，它也击退了胡适之，梁实秋的歌颂美国文化的那样软脚病的梦呓。而且，它还击退了说文学是"自由"的，企图在屹然对立的场合上，装着超然一切，而其实不过是助长那早该灭亡的阶层的"清白人"！

　　鲁迅先生在给美国一个兄弟杂志上写过一篇关于中国文学近势的论文，就特别提出了这点："除了劳苦大众的新兴文学，此外，在中国别无文学可言！"（大意如此，原文不在手边。）

　　这原因是什么？就是中国从鸦片烟战争以来，帝国主义对中国一方面进行土地的占领，和政治，经济，文化的操纵；另一方面根据于各自的势力圈，培养出了一批魔王，作为中间人统治着半殖民地奴隶。于是，有了残余的封建势力和买办的资产阶级的结合，形成一具又愚蠢又野蛮的枷锁——"暴力"！

　　这"暴力"，不光阻扰了一切的进步，甚至于大演其复古的丑剧。

真是黑暗而且麻木！

因此，作为代表中国应该本能地朝着历史的进化阶级——资产阶级性的民权革命——前去的动力的责任，自然落在劳苦大众的肩上了。而作为这一"责任"的呼声的文学，也就必然是代表了一切进步的，优秀者的要求。对外，它由来已久地高举着反帝先锋的旗帜，对内，它始终坚持着扫除封建残余，给农民以土地的主张。

直至"九一八"以后，××帝国主义用野蛮的武力，逐渐但也大胆地侵占我们的土地，屠杀我们的同胞，造成了亡国灭种的恐怖，在我们全民族的头上。

在这非常时期，一切不愿当亡国奴的人们，都有了不分派别，不分阶级，象兄弟一样，手携手朝侵略者进攻，爆发神圣的，广大的民族革命战争的要求和决心。

于是，在反映现实的文学上，也迫切地需要一个最中心的，一致的课题——民族革命战争的文学！

它将是那些在东北冰天雪地里苦斗的义勇军，人民革命军的冲锋号；它将是国内一切英雄斗争的各种抗日力量的进行曲；它给被压迫者以光明的确信，以勇敢的鼓舞，动员一切力量走上肉搏的前线去！

但这之间，我们应该要注意的，是这新的文学的基点，绝对不是推翻过去的成绩而存在的。不然的话，我们只有走上飘摇无主的路，甚至自己取消了自己。

所以，我们对于有些没有中心执着的人，喊出什么"全民族的文学"，应该给以纠正。因为那是形而上学的，不从发展的具体的本质上去看的错误，和抹煞了广大而且主导力量的作用。

如果用那观点去创作，将会有什么收获呢？

除了混乱（指作品中社会性的典型问题，以及偶然性与必然性的问题等等……），只剩一无所有！

同时，我们也极小心而严厉地去防止别一种空谈高调的倾向。那倾向，主要的是他们不了解目前联合作战的客观要求，及其对于减削汉奸卖国贼底力量的作用。结果，他们无形地击走了广大活跃的友军，替侵略者尽了保镖的任务。

难道孤军作战，被敌人各个击破，才是百分之百的勇敢吗？

由于目前文坛上混乱的情形，提出这一新的，正确的，统一的创作口号："民族革命战争的大众文学"，是非常切合历史整体的要求和任务的。

一九三六年二月十八日夜

1936年6月15日《夜莺》第1卷第4期

急切的问题

龙 乙

　　如果民众目前需要文化战线之展开，和需要行动一样迫切地来强化与反映实际斗争，那么，今日的中国一切文学艺术努力者应该用全力来担起这个责任。

　　洋溢在中国每个角落，每个地域，宝贵的现实资料达到了从来没有过的丰富程度，这些现实资料，是有一个神圣的，综合了一切被压迫者的需要的"民族革命战争"给予了激发。它的范围，并不限定于学生知识群或工人群，而普及于任何阶层，任何式样的民众；它的反映，是多种多样的；它的内容，并非单纯的狭义的爱国主义，而是作为一条红线贯穿了所有现阶段历史的社会的问题，提示了总的解决。在这些面前，我们一切文学艺术努力者曾经尽过多少力量？

　　不能否认，目前伟大的民族斗争在文学领域的反映是微薄而幼稚的。

　　（一）理论活动还没有紧随这个主题广泛地展开，明确地有力地建设一个基础。

　　（二）理论活动还没有动员一切主要杂志刊物，优秀作家。

　　许多小型杂志上蓬勃地出现了不少的速写，墙头小说，尤其是报告文学，描写了群众的斗争行为的片断。这些，都是大众饥渴般的需要下从会场从队伍里面忙迫地写出来的。我们能够而且应该给与这些作品以很高的评价，但我们也不能不指出其中还没有完满做到的几点：

（一）被描写的群众多数是没有面貌的。

（二）热情的运用上是刻凸的，空洞的，没有血肉的。

（三）广大的农民群众工人群众以及一切阶层在各别的位置上的辉异的反映没有给与很完备的注意，而我们的视野就几乎只限定于学生群众示威游行的表面行动上。

艺术的深造并非是不必要的，这不是单纯的"形式"问题，而包含了综合现实的诸方法。我们的伟大时代中间，民族革命战争中的无数英雄人物英雄行动应该有比现在更好的更具象的更艺术的更综合的描写。浪漫主义的创作方法可以有，但在这当中避免把现实内容单纯化与抽象化是十分必要的。

因此，我们除了需要一个更有代表意义的口号，我们还迫急地需要一切优秀的作家起来参加理论与创作的实践，使我们的"民族革命战争的大众文学"更加丰富起来，更能负起文化斗争的大众任务，需要他们来教育幼稚的作者，提出经验组织的诸方法问题。

因为民族革命战争在现实的反映是多种多样的，如前面所说，我们的作家与一切文学艺术努力者不必范围在表面的浪漫行动的描写；相反，我们很需要广大深刻的各角落各阶层的触及，这上面，我们的作者会不愁题材的枯竭的——在可能的争取合法性的意义上，这也是重要的战术。

现在有的"不是自然科学人文科学或纯粹科学应用科学的区别，……乃至幽默不幽默抽烟不抽烟的对立，却是一个或降或战或生或死的问题！"我们不希望有一个文学者走在群众后面，更不希望当着广大民众英勇斗争着和热心地产生着自己的作品的时候，会有人玩弄着意见的把戏。

最后我说明，"民族革命战争的大众文学"这一口号的提出是有无比的正确性的，愿意一切文化战斗员为着民族的生死存亡集中到这一口号下面努力；但是，在一致的目标下，并不绝对拒绝分工合作的道路，因为目前比实践争论重要，只有能够真诚地实际地为民族解放斗争做出工作成绩的才能证明它的发展的前途，不然，民众自己会抛弃它！

1936年6月15日《夜莺》第1卷第4期

国防文学的理论与实践

柳 林

Ⅰ. 国防文学之产生的时代背景

全国的文学大师，文艺学徒，有良心有热血的青年们！历史给了我们最大的苦难，也给了空前的希望：全世界在分娩前的阵痛中滚动，挣扎，中国民族更临到生死关头！资本主义的列强到了现阶段的帝国主义时代；经济的危机自从一九二九年以来成为各资本主义国家的致命的伤痛，同时，另一个经济体系——苏联的社会主义建设的成功更给它们最大的威胁：这样一面是各帝国主义对苏联的联合进攻形成了资本主义与社会主义两个世界之对立的战争。同时，帝国主义为了挽救其本身的危机，更加紧了对于殖民地的剥削，对弱小民族经济落后的国家的进攻，结果，殖民地的反抗战争也更加普遍地爆发了。同时，在殖民地的分割，市场的抢夺中扭成了帝国主义者之间的冲突的死结。

在此整个的世界的矛盾中，半殖民地的中国受到了各帝国主义的更甚的压迫与剥削，而某帝国主义的疯狂的侵略，更企图继朝鲜，台湾，东北四省❶之后，使整个中国殖民地化。在此行将亡国的惨祸之下，赋有依赖性的民族资产者既不能独立的彻底的实行抗敌，代表地主资产者的最反动的封建的统治者只有出卖民族利益而苟安自存；对内是压迫与欺骗，对外则出卖与投降。而中国民族的惟一出路：只有

---

❶ 本文发表时，整个朝鲜半岛，我国台湾、东北地区都被日本占领——编者注。

人民大众所领导的反帝抗敌的联合阵线的民族解放斗争，在此统一阵线之下，除了少数的汉奸之外，容纳所有的抗敌的党派，团体与民众。

这反映在文坛上，要求着各流各派的作家们一致联合起来参与救亡运动，在中国民众的意识领域里建立起"国防"的战线：

"国防文学"便是在此历史的现阶段的中国的现实中的正确地把握了文学和政治的关系的文学的实践所必然产生的婴儿。

Ⅱ. 对于国防文学之一般的误解之批判

一般"学院派"气息的文人和一些对于文学的效用没有正确认识的人的误解，是有意无意地否认了"国防文学"之存在的理由，客观上成为"国防文学"的敌人。

"文学就是文学了！还有什么'非常时期'不'非常时期'，什么'国防'文学呢？！"

这几乎是一种普遍的质问：这原因是由于传统的"文学无用论"支配了一般人对于文学的见解。

但是，我们知道，文学不但要认识生活，并且可以当作组织人类的手段——斗争的武器：那么，便会明白"国防文学"是更明确地强调地指出了在现阶段的中国的文学的特殊性——特殊的任务。

其次，"学院派"的先生们咬文嚼字的谬论更其可笑。

譬如，在《文学》月刊的三月号和四月号的"论坛"中的一位论客；在《论所谓非常时期的文学》的题目下巧妙的曲解，抹杀了"国防文学"：

首先，他不承认现在是"非常时期"，这样，"非常时期文学"，"国防文学"，"先就是名词的矛盾"，且到了"真正的非常时期"，"文学是不能存在的"。这样的"名词"解释，便间接地否认了"国防文学"之产生的现实的必要。

把"国防文学"来一个规规矩矩的"文学概论"式的分类："所谓'国防文学'或'救国文学'"，"毕竟还不过是'倾向的写实主义'即'新写实主义'。"

这样忽视了"国防文学"的特殊任务，自然可以把"国防文学"当作翻新花样的空洞名词而于以"取消"了！

可是，这种不能把握动的时代的特征的机械论者，托洛茨基的普罗文学的否定论的谬误我们是早已领教过了。

如果不是对于现实瞎了眼睛的人是不会被他们的欺骗的。

至于预断"国防文学"将是"标语口号"的所谓"杞忧"，话虽说得委婉，仍不过是惯见的侮蔑革命文学的惟一毒手：

因为论者的提出"标语口号"，并非劝勉"国防文学"的写作者应努力于表现的技巧，不要徒然的喊几句"标语口号"……等等的善意的"杞忧"；而是在否认了"国防文学"之后而来的侮辱，栽赃。

事实上，在中国大革命前后所产生的革命文学，其写作技术的幼稚，过多不消化的概念与政治口号等等初期的幼稚的弱点，我们已经作过历史的批判与清算了。现阶段的文学无论在内容或形式上已经有了新的进展，绝不会毫无差错地走向过去的旧路。

况且，文学常常可以依它的本来的性质而发展出多样的形式，显示其多方面的才能。在大众斗争的政治文化时代，文学正应该在文学的特殊性中把握政治和文学的关系，意识地效力于政治的目的（这在目前便是发动，帮助统一阵线的民族解放斗争）。

杂文，速写，报告文学……这都不是大学教授的讲义中原来就有的东西。

在此，我们可以特别提出：现在的苏联可以"写作技术"当作重要课程给"初学写作者"谆谆的讲授；可是在生死关头的中国的青年们还不到"安心读书"的时候。写作的技巧永远是青年们所当学习的，可是更不能忘却所应表现的苦难的现实，所以，问题只在是否诚意的要我们获得坚锐的工具；如果只是大谈"艺术"，"修养"，而抛开现实的任务，那便是假装前辈的"文学界的学究"们的诱惑青年们"到文学的课堂里去"的阴谋。

学究们可以象文学中的论客讲究现在是"真正非常时期"，或者"非常时期的前夜"一样来咬文嚼字，或者否认了"国防文学"之存在只把"实践"当作咒语（论非常时期文学之论文中曾屡言"实践"之重要）来企图赎罪。而在现实中生长着的"国防文学"并没有因为"名词的矛盾"而"不能存在"，倒是大众的热烈拥护之下迅速的建立起来。

"九一八"以来，在国内所产生的反帝作品的一部分即打下了"国防文学"的基础。短篇小说如艾芜的《咆哮的许家屯》描写农民们在×军的抢劫与奸淫的暴行之下疯狂的反抗，"咆哮"起来了！楼建南的《战地的一日》以亲身的经历，叙述现在沪战时兵士大众抗战的英勇，与市民的反帝抗×的热情。其余有茅盾的《右第二章》，周楞伽的《饿人》等。戏剧如适夷的《S·O·S》，《工场夜景》，白薇的《长城外》等。长篇小说如周楞伽的《炼狱》企图表现"一二八"事件中复杂的社会各方面的关系。李辉英的《万宝山》描写了"九一八"的序幕。田军的《八月的乡村》与萧红的《生死场》更是伟大的作品，前者叙述×帝国主义屠杀下艰苦地英勇地斗争的东北人民革命军的游击战争，后者告诉我们在残酷的苛待下的东北农民的坚决反抗。

伴随着在空前的民族危机下建立起来的中国大众的反帝，反封建，反汉奸的抗敌联合战线，"国防文学"广泛而坚强的生长起来了！

在目前，各大杂志，都有热烈的讨论，国防文学的作品在不断的产生：如《东方文艺》中列弓射的《阿弓》（小说），《文学丛报》创刊号中许幸之的《一二八上海战争》（诗歌）和《文学青年》创刊号中"一九三六，三，八，上海"的国际妇女节游行示威的三篇报告文学……在北平《国防文艺》已经出过四期。这一切，都是现实的例证，告诉我们国防文学在现实的迫切需要中如何迅速的发展。

Ⅲ. 国防文学的任务

"艺术本质的地是战斗的！"高尔基这样说过。

文学作品，它是有闲者的消遣品，替统治者尽了麻醉，掩饰与欺骗的作用，或是大众的苦痛的呼喊，新时代前进的鼓号……无论怎样，它绝不会没有作用的：一个作家各有他由于环境与教养所决定的意识，这意识支配了他对于所描写的事物的爱或憎，每个作家都代表了某些人的利害在说话，为了这，或为了那；文学在尽它的神圣的或者丑恶的任务。

加里宁说过：艺术是认识生活，组织人类的武器。

在原始社会的艺术最早的萌芽的歌谣里：劳动歌是组织劳动的手段，恋爱歌可以作为组织家庭的手段。

到封建社会的时代：一面是歌功颂德粉饰太平帮助暴君们去侵略；征伐，压迫民众的专制政府所豢养的"客闸文人"——"帮忙文人"；和士大夫阶级的逃避现实而自我陶醉的隐士之流的山林文人——帮闲文人。而对于所谓"民间疾苦"，只有极少数的穷苦流离的诗人来描写，但多陷于宿命的感伤与脆弱的怜悯而已，封锁在愚蒙无知里的大众，表现了他们的生活的艰苦与被压迫的愤恨的歌谣俚曲，也间杂了不少的迷信的，宿命的因素，没有自觉的反抗意识。而这，正是统治者的御用文人们可怕的"教化"在民众的意识领域里播散了毒素的缘故。

资本主义的初生，它抱有个人的自由的理想；人性的发现，充破了封建的篱笆！在形式上也脱去了过去的硬壳，而产生新的姿态。但个人主义不是走向理想的个人自由的正确的路，资本主义发现的结果，并没有产生每个个人都得到合理发展的合理的社会；倒是社会的财产集中到极少数个人的手里，更大多数的人则沦为无衣无食的机器的奴隶。

少数人是自由了，更大多数的勤劳大众不过是换了一架更沉重的枷锁！

资本家的工厂里的工人的血汗是被厂主吸取着，全世界的殖民地的穷乡僻壤，荒山旷野里的农民也被国际间帝国主义者直接间接的压榨，剥削……

这反映在半殖民地的中国：以"个人主义"为基调的"五四"以后的新文化运动随着它所从属的阶级——民族资产者的夭折而夭折了！文学上也只非常薄弱地写完了它的文学史上的页数。

以"集团主义"为基调代表了劳苦大众的新的革命文学在一九二七年大革命之后蓬勃地生长起来。

数年来，在反动的封建势力的笼罩下。一般的社会陷入于混沌的状态中：社会的秩序跟着经济的破产在加速的崩溃；统治者在疯狂的作最后的挣扎：一面是少数凶恶的屠手，一面是在饥寒，失业与斗争中挣扎的大众。

在这时，都市的资产者与小资产者的知识分子生活在不可解的烦恼里：他们追求着肉欲的享乐，炽燃着色情的火焰（穆时英的《公墓》，白金的《女体塑像》，墨绿衣衫的《姑娘》等集的短篇小说可以作为代表）；或是在空洞与寂寞的幻想里，用神秘的笔尖乱画着蒙眬的图案（为戴望舒的诗，南星的散文等）。而一般憎恨现实而又不肯艰苦的实践只披着虚无的大衣而盲目的诅咒者只能写出神经病的诗章。

他们都各有其社会的根据，各各代表了一大部分人，许多徘徊歧途的青年步上了他们的后尘。他们虽以不同的姿态而出现来自不全相同的来路，可是必然地或速或缓地走向没落与死亡这一条归路。

殖民地的统治者所豢养的叭儿狗们也在"民族文学"的招牌下吠声吠影的狂叫，掩饰，辩护现实的丑恶，卑劣地唱出颂扬着大众敌人的所谓民族英雄，鼓吹侵略思想的诗歌（这些人的污点将也是不朽的，可以看到他们的举目皆是的大作，在此还不便把它举出）。

相反地，"九一八"，"一二八"之后，大量"反帝"作品产生了！"大众语"问题的提出，是为了文学之成为大众的而要求文学用语的大众化，文学之应为大众的利益与斗争的胜利而努力已在大多数从事文学者的意识中形成了确定的信心，在文坛上成为敌对者所不能阻止的倾向：这些，都是在不断转变中的现实的要求的结果。

一年来，亡国的大祸降临到四万万五千万的中国人民的头上了！在亡国之后，大众将受帝国主义的更甚的压迫。此时，大众的最大敌人便是某帝国主义与出卖民族利益的汉奸，真正为了大众及一切不愿作亡国奴的中国人民都应该一致地参加民族解放战争，建立统一的"国防"阵线：这一现实的课题便说明了"国防文学"所应负起的特殊的任务。

从上面的事实，我们可以得到一个显明的比较：

A. 国防文学与民族主义文学——国防对内则唤起了大众，反对压迫大众出卖民族利益的汉奸卖国贼；对外则发动反抗帝国主义的侵略的民族解放斗争。相反地，民族主义文学对内则帮助统治者压迫劳苦的大众，其对外在帝国主义的国家则鼓舞战争颂扬侵略，在殖民地弱小民族则阿谀卖国的首领，甘心投降帝国主义充当侵略其他弱小民族（或弱小民族的同情者）的帮凶。

所以，国防文学是大众的革命的自卫的文学，民族主义文学则是帝国主义者及其殖民地的走狗们的反动的侵略的文学。

　　国防文学可以"民族"为畴范而反对帝国主义的侵略，待得民族的自由解放，它的终极目的是全世界各个民族的自决。民族主义文学则以"民族"相标榜，麻醉民众去作侵略战争的牺牲或完成压迫大众出卖投降的行为。它的惟一企图是少数民族中的少数人的统治。

　　两者是根本不相同的东西。

　　B. 国防文学与新写实主义——国防文学是无论在内容或形式上都是新写实主义发展到一个新的阶段上的新的姿态。所以两者之间又绝不能象《文学》中的那位论者画一个等号，因为国防文学是更进一步地认取了现阶段的中国的现实的特殊任务，即在形式上也会有某些部门的特殊发展。

　　C. 国防文学的任务——无异的国防文学是要负起发动并巩固全国人民的反帝，反封建，反汉奸以求到当前惟一的反抗×帝国主义的侵略的民族解放斗争的联合战线的神圣的任务。

　　离开事实便没有真理，离开现实便没有文学。在当前亡国的大祸之下，文学的标帜也只有一个："国防"！

　　D. 国防文学的形式与内容。

　　现实给予国防文学的惟一主题：发动并巩固反帝抗×的全国人民的民族解放战争！

　　那么，凡是能够鼓舞大众促成统一的民族解放的战线的围绕着这一主题的一切形象都是我们所可采取的题材：

　　在这里，我们可以把最重要的提出几项来：

　　1. 醒觉大众的反帝抗敌的斗争与各地民众一般的反抗运动：

　　（例如东北四省的人民革命军，义勇军；广大的内地的反帝狂潮与一般的反封建反汉奸的民众爱国运动，如学生运动，市民救国运动，民族解放先锋队，发生于农村的抗×义勇军以及反抗封建剥削的抗捐，抢粮的农民运动。）

　　2. 帝国主义者（尤其是×帝国主义）与汉奸们的残酷的压迫与屠杀，卑劣的欺骗与出卖的丑行：

　　（如各帝国主义如何在矛盾中一致地抢劫中国的土地财富，屠杀中国的大众。×帝国主义如何残酷地屠杀东北的抗×的大众并以"毒化"，"愚民"，"收买"，"欺骗"等卑劣手段麻醉毒害一般民众。

封建军阀如何残酷的屠杀反帝抗×的大众，汉奸们执行了帝国主义的命令压迫民众的爱国运动，卖国贼如何无耻的出卖民族利益，献媚敌人，卑劣的欺骗民众等。）

3. 中国国内一般的民众与海外华侨的在日常生活中的抗×反帝不满现状的情绪——潜伏的意识与要求。

4. 帝国主义者尤其是××帝国主义国家内的革命大众对于我们的援助与同情。

5. 全世界各弱小民族的反抗压迫的英勇斗争与侵略者的凶残手段。

6. 弱小民族的解放运动的援助者，革命的先进国家的斗争经验。

7. 中外古今历史上的经验与教训：（取材于中外历史故事的历史小说，故事，传奇等。）

翻译，这是要我们和创作同样重视的！例如上面所述（4）、（5）、（6）几乎全都要依赖翻译外人的作品，（3）和（7）项也大多不是汉字的写作。即是（1）、（2）两项也有要借重译品的：如最近苏联传尔曼的游击队长便是描写苏、满交界处中、苏、韩人的反×游击战争的。

总之，一面是地域的关系我们需反映了全世界的各地的各国作家的作品。再则由于我们一般的文学水准的低下，更需要输入外来的食粮。

这样，翻译成为一部艰重的工作。

一切的题材，我们要把握它的对于现实的积极性：无论是对于敌人丑恶行为的暴露，对于大众的英勇斗争的描写或是从过往经验上获得可贵的教训……从各方面来唤醒，鼓舞，教训全国已觉悟未觉悟的大众。

从此，我们可以认取了整个内容的积极性与特殊性。

同时，在这里我们仍特别提出作家的世界观的问题：这绝不象某些人（杜衡——苏汶之流）所说的"作家的主观"可以"自由"，事实上，他所要求的"自由"也正受过他的"客观"的限制；世界上没有超脱的"自由"，真正的"自由"必需把握了正确的世界观：假如我们不否认"客观"的题材是通过作家的"主观"而再现——事实上，"客观"的题材是经过了"客观"的取舍而且涂上各个作家的"主观"的爱与憎的复杂的颜色；因为作品并不是现实的复印（Copy）：那么，一个作家如果没有正确的世界观（主观）便看不到"客观"事实中的真实，结果在作品里必定掩饰，抹杀，歪曲了事实，只有具有正确的世界观的作者，才能把握"客观"现实中的真实，正确地表现了题材的真实性。

在形式上，国防文学是大半的继承了新写实主义与革命的浪漫主义的写作的手法（新写实主义与革命的浪漫主义的形式问题，在此不必多作叙述）。同时，国防文学将有更新的形式发现，并就原有的文学形式的某几部门的特殊的发展：

在过去已是如此：因为物质条件的限制，作者以时间与精力的分配，恶劣环境的压迫等关系，大凡富于战斗性的进步的作品多是以简明有力的形式写出，以潦草装订劣质纸张的小册子印出，或在小型的刊物上突然的出现。几乎绝少《世界文库》一样的烫金精装，或大摇大摆的走上市场的整期整卷的刊物。

在日益严重的环境下，以至不久的将来必然到来的战争的混战时期中：因了物质的缺乏，作者与读者的时间与精力的限制：长篇的著作将很少的产生，短篇的小说，尤其是墙头小说，报告文学，和农村通讯，工厂通讯，战地通讯，国外通讯等通信文学。

特别是独幕剧因为演出的便利，和戏剧所特有的现实的感人的性能，将为大众所最易接受，最受大众欢迎，大众所最需要的艺术形式。在"一二八"沪战时候后防及战地的独幕剧之屡次出演便是明证。

诗歌是最能直接的感动人的鼓舞战斗情绪的角色，它一反以往的个人的微弱的呻吟，将在新时代的集团的进军里充当引起群众的共鸣激发悲壮的战斗的号手！

同时，更因为中国大众几乎完全是文盲的缘故，诗歌又可以化装为流行的为大众所熟悉的歌曲，小调以口头上的传颂广大的流行起来，给大众以文学的教养。

自然，对于民间流行的唱本，弹词以至章回小说的形式都不妨利用。在过渡时期中，新的文学的质素大都要经过这些流俗的形式输入给大众。

在此必须特别提出的：国防文学的作品必须尽量应用——以至完全改用"拉丁化新文字"来写作；因为方块的汉字可以说全与大众无

缘，而惟有新文字才会成为大众的文字。所以我可以强调地说："不用新文字，便没有国防文学！"

至于所谓"表现了伟大的历史的长篇巨著"的"时代文学"必须有"轰轰烈烈的现实做背景"，等到"非常行动的最高潮过去之后"再由文学来尽"追记的任务"等等问题，这固然也是必然的事实；但我们并不能象《文学》中的论客一样专为了预测将来的"杞忧"撇开现实的国防文学的建立的问题。

E. 国防文学之实践性

文学一般地必须是植根于现实的社会生活的基础：因为惟有如此方能表现了社会的时代的真实以尽其推动时代的任务。

国防文学的特殊任务更规定了它对于时代的实践的密切的联系。

譬如报告文学，通信文学都是极富于时间性的东西。以至于小说，戏剧，都要抓住现实的题材：

随时随地把救亡斗争的各面迅速地反映出来。

惟有使国防文学黏着斗争的实践才能产生更现实地更有效的感动大众的作品。

（在上面所述"国防文学的任务"与下面要说的"作家实践的必要"里都有它的充分的说明。）

F. 作家实践的必要

所谓"实践"，在此是指作家的社会斗争的实践：

真到了战争时期，也许需要大多数的作家都抛掉笔管握起枪杆。但是，在后方在前线都还有笔的用处：问题只在不要隔离现实的关在书房里，参加现实斗争中的任何部门都是一样，倒不一定每个人都无分日夜的爬在战壕里。

而在战前，只是在不同的环境中以不同的方式与民族解放的斗争——一般地说救亡运动取得有机的联系；

此种"实践"，首先绝不是站在个人的（形形色色的有毒的渣滓的个人主义）脚根上，为了"个人的完成"而去"寻找经验"：当然生活经验必须通过个人的泡制，但是在摄取与表现上都必要先洗净有毒的"个人的基调"。所以，文学的工作者之参与实际的斗争，不但（1）直接增加了政治斗争的力量，（2）获得丰富的写作的材料，并且，（3）可以在斗争中纠正自己认识事物的观念与方法，尤其是学习集团的情绪，劳苦大众的灵魂——感觉的方式。

因为在半殖民地的中国，目前所有的文学写作者几乎全是小有产者以上的知识分子。而对于文学的写作，仅仅是理性的认识还是不够的；惟有受革命的洗礼，与大众同一情绪的去领受，学习了大众的灵魂，感情，才会完全正确的了解斗争，真实地表现出新时代的大众。不然，通过小有产者等个人主义的氛围而张望大众的斗争的眼睛，是看不见正确的形象，不能深入底层的。凡真正为了大众，为了民族的自由与解放的写作者，都应该从这一点克服自己。

G. 实践的方式与统一的组织

至于文学者的实践方式，一面可以个人的方式而通过学生群众，工农大众，一般的民众团体以至军队，散匪等以参加救亡运动（或是从中发动）。

我们必须广泛地在各级学校，农村，工厂以至军队，各种社会团体，行政机关中扩大组织文学的社团，这在过去，各处的学校中较大的城市中亦常有研究文艺的组织。这对于青年们几乎是惟一的教训的利器。

配合着救亡运动之迅速的开展，文艺的团体需要扩大的组织起来，联合起来！

在北平，已产生了数十个文艺团体，且共同地组织了一个"北方文学社"。在那里所包括的各文学团体与社员们，过去，也许是来自各种各样的文学流派，但现在他们是聚合在一起了：

我们要将全国的有热血有良心的爱好文艺的青年组织起来！

从各级学校以至普通的社会关系上依照地域的划分在全国各大都市，各县城以至市镇乡村成立各种文艺研究会，文学青年联欢会，诗社及剧团，文学出版社等等互相读书，研究，讨论并发行刊物。再由各地方的文学团体成立全国文学界的联合大会，以取得整个的联系统一的行动。

这些，绝不是纸上的空洞夸大的计划而是要见诸实行的：我们一定不会象统治者的某种运动一样命令式的强奸民意的硬去推行：正象过去的学生大众的救亡运动的一样，由于大家的共同的需要，同时爆发，大家一齐伸出联合的手臂来！

同时，各个文学社团必然地要与教育界，新闻界，出版界，艺术家，电影从业员等文化界艺术界互相影响，合作，建立合力并进的关系，以配合某一个政治斗争，和整个的救亡运动联系起来！

因为国防文学不同于一切关在"象牙之塔"的文学，它要献身于时代的战场上，在此亡国的惨祸降临到四万万五千万中国人民的头上时，要在全国人民的意识领域里建立"民族的防御工事"，发动"民族解放的斗争"！

全国的文学大师，英勇的青年作家们！

最悲惨的命运迫临我们的目前，最最伟大的责任搁在我们的肩头；凡不甘作奴隶的人们起来！

集中到文学的"国防"的前线上来吧！

一九三六，五，十九，北平

附注：本文根据本社讨论结果起草

1936年6月15日《浪花》第1卷第1期

"国防文学"和作家的联合战线

洛　底

　　当前中国民众底最大危机，就是已经临头的亡国惨祸。历史的教训，同现实的证明，都给了我们一个神圣的指示，这就是：任何足以危害民族生机的嫌隙，每一个中国民众都该积极参加抗敌的民族解放斗争，来合力争取中华民族底生存的时候了。所以，在政治上，我们已经可以看到一个强有力的救国阵线存在了。

　　这个为了争取民族解放的大团结，反映在文学上，就有了"国防文学"这个口号提出来。"国防文学"既然是这样产生的，它自然就根据着民族解放斗争底需要而定下它底纲领。具体地写下来，国防文学底任务是：描写在帝国主义侵略和汉奸底出卖下，中国民众所受的痛苦，唤起民众底觉悟；描写帝国主义侵略之残酷，和汉奸出卖民族利益之无耻，以激发民众反帝斗争的情绪；歌颂民族英雄英勇的抗战行为，赞扬伟大的为民族生存而有的战斗，来鼓励民众，增加民众抗敌的决心；指示目前惟一的出路，和抗战底必胜前途，来坚定民众武装抗敌的意志和争取民族解放的自信。和这个目的相符合的文学，就是"国防文学"，如田军底《八月的乡村》，萧红底《生死场》，周楞伽底《炼狱》，李辉英底《万宝山》等，都是"国防文学"最显明的代表作品。

　　可是，有些人对于"国防文学"发生一些疑惑，或者以为是"普罗文学"底重复；或者以为又是狭隘的"民族主义文学"变相出现，因而加以攻击。其实这都是误解。

　　"国防文学"绝对不完全等于"普罗文学"。"普罗文学"是为世界劳苦大众争取解放，虽然也反对帝国主义底侵略，但主要的是抨击社会上的经济剥削和政治上的压迫；而国防文学则不完全是这样。"国防文学"主要的是为全国的民众争取解放，号召全国民众，反抗帝国主义对中华民族领土和主权的侵略，反对汉奸出卖民族底利益，争取全国民众底解放。也就是说把中国革命底反帝和反封建这两个任务之第一个提到了一个更迫切的阶段。

　　"国防文学"也绝对不是狭隘的"民族主义文学"。通常所说的"民族主义文学"，固然主张反抗别民族底侵略，但却也主张侵略别的民族，所以和黩武主义，和侵略主义都有不可分的联系。"国防文学"则是以和平为基础，无论防卫或进攻都是为了真正的和平而奋斗！所以"国防文学"虽然认为侵略我国的某帝国主义者是中华民族不共戴天的仇人，但那一国内并未曾主张侵略我国，和反对侵略我国的大多数民众，却仍然是中国民众极好的朋友。

　　所以，全国的作者，以及文艺爱好者，都应该消除对于"国防文学"的怀疑，误解，立即参加到"建设国防文学"的大旗下，巩固文艺领域的国防，协力争取中华民族的解放。

　　"国防文学"是文艺界一条最广泛的联合战线，绝对地要求着各界，各阶级，各集团，各种宗教下的文学作家和文学爱好者来共同参加国防文学的建设。国防文学底门户，除了对于奴才文学者及文化汉奸之外，对于一切的作者或文学爱好者都完全是开放的。

　　另外还有一部分人，对于国防文学也存着一种误解，他们以为国防文学者攻击一切还没有积极参加救亡斗争的人们；其实这是错误的。国防文学者殷切地盼望全国文学作者和文学爱好者都积极参加到"国防文学"的旗帜下来，但也绝对不否认个人要求底程度和环境有差异这一个事实。有些人，恐惧着亡国的惨祸，却不能积极参加救亡的行动，这是可能的。但这是因为感受到的痛苦不切身，觉悟底程度不够，决不是甘心作亡国奴；只要对现实有更进一步的认识，也会积极起来，走上抗敌的前线。

　　所以，对于尚未积极参加救亡斗争的作者和文学爱好者，国防文学者只有更深刻地来提示，来劝解，决不允许妄加攻击。固然国防文学者有时也表现得目前只有两条道路，一个是积极地卖国，一个是奋起参加救国工作：没有第三条路可以走；但这是急切地盼望大家参加救国阵线，决不是说凡不积极参加救国行动的就都是甘愿作亡国奴或者是汉奸。即使退一步说，有人拿着"国防文学"的招牌，"攻击"了那些还没有积极参加救亡阵线的文学作者或爱好者，但这倘若是在"国防文学"还没有被普遍地注意的时候，也许是要引起人们底注意，不过是采用一种挑战的姿态罢了，我们有权利要求大家谅解；倘若这事情发生在"国防文学"已经极普遍地被注意到的时候，那就只能表示他自己底狂妄，决不能代表国防文学者本有的态度。

所谓"国防文学"，就是这样一个为全民族利益战斗的文艺上的联合战线，是绝对公开的，欢迎一切爱国的作家和文学爱好者参加，而且除非对于绝对没有唤醒希望的出卖民族利益的汉奸，也决不轻易加以排斥。国防文学者殷切地期望全国文艺界底瞭解，诚恳地要求全国文艺界底合作。

一九三六年五月作于北平

1936 年 6 月 15 日《浪花》第 1 卷第 1 期

国防文学与民族主义文学

未 白

世界上的弱小民族都挥动着强壮的双臂，向压迫他们的帝国主义争取自由解放的时候，我们的国家里，汉奸们无耻地排演着丧权辱国的傀儡剧，国土一天比一天少去，××帝国主义的牙爪，深深地扎进我们每一个人的肉里。

历史告诉我们，中国的民众也是酷爱着自由，和平，也有为了争取自由平等而必然产生的反帝情绪，但是实际上连这点极可宝贵的反帝的意识都不允许存在，统治者竭力设法将它抑压下去。我们瞧一下"一二九"北平学生群众掀起的救亡运动，是被怎样残酷地，非人性地加以"取缔"，"逮捕"，"惩罚"！

当强盗式的×帝国主义的侵略不曾消灭时，民众的抗×情绪是不能减去丝毫的；不管汉奸们怎样活动。

这抗敌救亡的旗帜之下，凡是一个中国人都应该在同一战线上争取民族的自由解放。这种群众的需求表现在文艺的领域里，产生了国防文学。

文学是社会现实的产物，它反映社会上各方面的形态，同时，它也直接间接地启发人们的思想，领导地迈进新的，更高级的社会去。有一部分人说，文学的任务是造成大众的集团的倾向，使大众为了这个倾向努力。当这个集团的倾向造成之后，进入行动时期，文学算是尽了它的任务，停滞着，直到斗争期过去，文学再出来反映斗争期中各种形象，艺术地重现在纸上。这是犯了机械论的错误。他只能表面地将文学和行动对立起来，以为两者不能得兼；实际上，这两者是不能分离的。

当制造集团的倾向时，本质的地已是一个斗争过程——和残余封建势力，资本主义的个人主义斗争。集团的倾向造成之后，要使它更坚定，更有力量，文学就成为最有力的利器。所以，机械地划出"行动期"固然是一个错误，否定了斗争期间的文学尤为荒谬。

现在，就国防文学和"民族主义文学"的社会基础，将它们的本质简明地分析一下。

在这中华民族极端危急的存亡关头，每一个热血的民众，都有一致的要求："对×宣战！""收复东北失地！"但是，民族主义文学者都扁起嘴来，学着统治者的口吻，嗤笑道："嗤，宣战！凭什么？还是安静些吧！等到自己有力量的时候再拼也不晚。"于是"十年生聚，十年教训"的遗训也就搬了出来。说到收复失地，他们更说得漂亮："岂只东北失地该收复，朝鲜，台湾就忘了吗？我们强了以后，何尝不能把××当作我们殖民地呢！"

显而易见的，它代表了社会上特殊的一群：他们因了顾恋目前这种舒适的生活，不能加入为生存而斗争的大众的战线。同时，在他们不汗颜要退到"堪察加"去的心里，竟藏着一颗征服"强国"而自己取而代之的野心！由于私人利益的重视又不能为大众打出一个解放的道路，只得无休止地退让和拼命地想拉住向前迈进的大众，希望永远做他们的奴隶，受他们的榨取——形成最丑恶的法西斯蒂政治。

反映在文学方面，就成为"民族主义文学"。它歌颂民众的敌人为"民族英雄"——踏着民族的尸体而为自身谋福利的英雄们，制造许多"乌托邦"的国家环境，和尽力掩饰现实的真实。为了使民众都成为"顺民"，胜利时用"光荣"来麻醉，失败时用"忍耐"来欺骗。更要尽力灌输狭义的民族主义思想，敬仰神话式的勇士，目的在利用广大的群众为他们出力，忍耐，拼命，掠夺！

这就是民族主义文学的内容。

国防文学恰恰相反，它是以最大多数的群众的利益为前题。它不需要幻想，而需要行动！大众们没有丝毫侵略别个民族的野心，并且深深地知道，侵略我们的是××帝国主义，不过是极少数的一部分人；

反之，帝国主义国家的被压迫大众也是我们的朋友，可以同患难，共生死！本来，因了统治者的一再欺骗已经觉悟，使建筑在大众身上的政府发生动摇，趋于总的崩溃。

国防文学正是切合了大众的需要而产生了。它毫不容情地揭露社会的丑恶，批判汉奸理论，培栽认识社会的各种知识，歌颂真正为大众谋福利的民族英雄，建造合理的新社会。它的前途以群众运动的胜利为胜利。

国防文学的社会基础是稳固的，绝对不象所谓民族主义文学那样脆弱，一步步地向坟墓迫近。

1936年6月15日《浪花》第1卷第1期

现阶段的文学

周 扬

　　新文学诞生了还不到二十年，在这个并不算长的生命历史中，它经验了量和质两方面的巨大的成长。沿着中国社会解放运动的基本的道路，反帝反封建的道路而前进，作为历史现实之真实反映的文学，也就是一系列的反帝反封建斗争的充满生气色彩丰富的图画。

　　自从鸦片战争以后，中华民族不断地遭受了帝国主义的经济，政治，文化种种侵略，这构成了中国人民大众的苦难的源泉，引起了他们的要求民族解放的无止境的运动。但是在半殖民地的中国，民众的压迫者和剥削者一方面是帝国主义，另一方面也就是封建势力。为了压迫和榨取勤苦大众更为便利的缘故，帝国主义和它的一切财政上军事上的力量就在中国维持并且推动封建残余以及他们全部军阀官僚的上层建筑。封建势力就这样结托于帝国主义，比帝国主义更直接地来压榨勤劳大众，使得中国民众的反帝的斗争必然地要和反封建的斗争相联系。"五四"时代的作家一开始就带着极端深刻的对于封建势力的痛恨，当时最初发现的一篇鲁迅的《狂人日记》就充满着痛恨吃人礼教的辛辣激烈的思想。

　　封建势力和帝国主义在中国保有不可分离互相依附的关系，因此，反封建的文学常常包含了反帝的意义。而且一九三〇年前后，以勤劳大众的思想和情绪为主要内容的革命文学更是明确地发扬着"五卅"反帝传统的精神。但是反帝文学的高潮却发生在"九一八"，"一二八"以后。巨大的社会事变不能不在文学上找出它的反映。不管高踞当时文坛的所谓"民族主义文学家"怎样闭合了他们的"血盆大口"，变成了"寒蝉"，革命作家们大部分都亲身地参加了反帝运动，并且在作品上有力地回答了敌人的炮火。以沈阳事变，上海战争中士兵工农和小市民的生活和斗争为题材，当时辈出的新人，如张天翼，沙汀，艾芜，李辉英，耶林，葛琴等都送出了他们有意义的新鲜的作品。具有浓厚煽动剧性质的田汉，适夷的抗敌剧本在当时反帝的实际运动上也曾发生了非常巨大的作用。

华北事变以后，中国的形势起了一个新的基本的变化。远东帝国主义并吞了整个华北，又在准备并吞全中国，亡国的危惧把一切不愿做亡国奴和卖国贼的中国人逼上了一条唯一的道路，就是一致向侵略者展开神圣的民族革命战争。全民族救亡的统一战线正以巨大的规模伸展到一切的领域内去，文学艺术的领域自然也不能例外。

国防文学就是配合目前这个形势而提出的一个文学上的口号。它要号召一切站在民族战线上的作家，不问他们所属的阶层，他们的思想和流派，都来创造抗敌救国的艺术作品，把文学上反帝反封建的运动集中到抗敌反汉奸的总流。

对于国防文学抱着怀疑的人大都是不同意于国防文学的这个全民族的性质。他们看不见在民族危难中各社会层的相互之间的关系的急遽的转换，也不了解小资产阶级知识分子是民族革命中可靠的同盟者。他们以为只有工农大众文学才是民族革命的文学，而忘记了如现代一位伟大革命家所指出的："中国的一切反帝斗争将明白地带有民族的和真正人民的性质。"因此，凡是站在民族的和真正人民观点上的文学在现在都有它充分的积极意义。宗派的自满对于我们是毫无因缘的。我们要承认革命文学之外的广大的中间层文学还拥有着大多数读者这个事实。所以要完成文学上抗敌救亡的任务，我们不但要创造自己最尖锐的革命作品，同时也要联合那些在思想和艺术上原和我们有着不小的距离，但由于一种民族共同的利害而和我们日益接近，愿和我们站在一起来反对我们民族的最凶恶的敌人的作家，和他们取得密切的合作，通过他们的媒介，把民族革命的影响扩大到革命文学还没有侵入的读者层去。

国防文学的反对论者的错误的中心就是不了解民族革命统一战

线的重要意义。徐行先生的"胡言"，"梦呓"，且不去说它，这里我要指出的是胡风先生在他的《人民大众向文学要求什么》里面对于民族革命的形势的估计不够。他认为民族革命战争只在"失去了的土地"上"存在"和"奋起"，而忘记了民族革命战争的主力在全国范围内不平衡的发展和它的巨人般的存在。他也没有认识促进全民族革命战争之实现的是人民救亡阵线的实际活动，而决不只是象他所说那样的空空洞洞的"热情"，"希望"等等，他抹杀了目前弥漫全国的救亡统一战线的铁的事实，所以对于"统一战线"，"国防文学"一字不提，在理论家的胡风先生，如果不是一种有意的抹杀，就不能不说是一个严重的基本认识的错误。

实际文学上的统一战线的形成，已经不只是一种可能，而是一种存在。许多有着不同的艺术好尚和人生信仰的作家，在笔端和口上，由宣言和行动，都一致地表现了为民族的自由解放而努力的共同决心。文艺界已有了新的大团结。这是中国新文学运动史上值得大书特书的事件。这个团结不一定马上能够收到国防作品的成效，但无论如何，使国防文学的创作实践有了更广大的动员基础。在这里，不妨把国防文学创作的标准放低一些，重要的是动员大家都去写。李健吾的《老王和他的同志们》和靳以的《离散》，不管它们意识上和技巧上的缺点，应当以那主题的意义而得到较高的评价。

这并不是说这一切作家之间已经有了意识形态上的完全一致，为最前进的立场和思想的斗争从此可以终熄了。不，斗争并未终熄，只是斗争的形态改变了，它必需适合于民族革命的总的斗争，同时也要顾到各阶层的作家的政治认识和意识成熟的程度上的差异。这就使得最前进的作家在这文学战线上的作用成了多方面的，广泛的而且困难的。《夜莺》上的一位作家（恕我忘记了他的名字）所说的"八九年用血染出来的我们这'主体'所由来的正确而光辉的那个巨人的人格"，也只有在斗争中才能达到更光辉的发展，如果固守着自己的"纯洁"，怕沾染了"多元的混乱场面"，那才真是"自己取消"！

国防文学的号召，在今天有着它的特殊意义，就是革命文学已经有了不少优秀的反帝作品。革命作家大都和反帝的主题结有很深的因缘。"九一八"以后，他们作品的大部分在某种程度上都可以称为国防文学。以描写东北失地和民族革命战争而在最近文坛上卷起了很大注意的《八月的乡村》，《生死场》以及旁的同类性质的题材的短篇，都是国防文学的提出之作品现实的基础和根据。

由《八月的乡村》和《生死场》，我们第一次在艺术作品中看出了东北民众抗战的英雄的光景，人民的力量，"理智的战术"。两位作者都是生长在失去了的土地上，他们亲身地经历了亡国的痛苦，所以他们的作品表现出在过去一切反帝作品中从不曾这么强烈地表现过的民族的感情，而这种感情又并非狭义的爱国主义的，而是和勤苦大众为救亡求生的日常斗争密切地联系着。这两篇作品的出现，恰恰是华北事变以后，民族革命战争的新的全国规模的高潮中，民众抗敌的情绪分外昂扬的时候，它们的很快获得了广大读者的拥护，正说明了目前中国大众所需要的是甚么样的作品。

失去了的土地，没有祖国的人们，这种种的主题在目前有着特别重要的意义。最近露面的新进作家舒群，就是以他的健康而又朴素的风格，描写了很少被人注意的亡国孩子的故事，和正在被侵略中的为我们所遗忘了的蒙古同胞的生活和挣扎，而收到了成功的新鲜的效果，成为了我们的一个重要的期待。

在救亡运动广泛地开展，民族革命战争火花一般地到处爆发的时候，现实的发展是这样地急剧猛烈，作家们不能从容地把这大时代的事件和人物熔铸到他的艺术形象和典型里。而民族革命的斗争又比甚么时候都更迫切地要求文学上的表现。于是能够很敏捷地直接地反映社会事变，日常生活和斗争的小型作品，如速写，报告文学等，在文学的民族战线上演了它"轻骑兵"的角色。我们已经看见了一二既成作家以抗敌救国为题材的优秀的速记，和许多新人的关于学生运动，上海示威游行等等救国行动的报告文学和通信。后者虽然大部分都是在艺术上不成熟的东西，但是由于他们所反映的生活自身的迫力，他们对于读者群众发生了很大的鼓动和教育的效果。在这里，美学主义的哓舌是没有用处的。在这火热的民族革命战争中，都够成为美学者，那不过是高尔基所说的"冷淡的犬儒"罢了。

但是对于一个进步的优秀的作家，我们应当非常看重，我们有向他们预约国防作品的权利，却不能以这样那样的题材强求他们。我们要了解创作过程的几微和复杂，以及每个作家的特殊的生活经验，特殊的作风，而且要考虑到作家对于现实运动，从抽象的把握到用卓越的形象去具体表现，还须得有相当的过程。同时，国防文学的范围应当放得更广大一点。一看好象和国防主题无关的作品，仔细一检讨，也往往可以在那里面掘发出国防的意义来。因为国防问题在全中国民众已是一个实生活的问题。以沙汀那样的作家来说吧，他选的主题虽不是在国防前线，他虽没有描写大众抗敌反汉奸的斗争，但是他的作品却告诉了我们在帝国主义封建势力压迫下的大众是在过着怎样黑暗和惨苦的生活，更由于他世界观把握的明确，艺术技巧的熟练，使读者在落后的事件和人物上获得了明确的时代的概念和展望。这样的作品，在前进的运动中不会失去它的重要性，它在国防文学中自有它的地位。只有傻子和疯汉才会因为作者的主题还停留在民族战争的侧面的壕沟里，就认为他的作品是属于"汉奸"的文学。当然，我们也并不是以他的这样的作品为完全满足，相反地，我们希望他采取积极的国防的主题，因为我们确信这样的主题被一个不轻于选取新的主题的作家描写出来的时候一定会有更辉煌的成就。但是这只在作家对于民族革命斗争的实践的实际的参加和他的艺术的创造结合起来了的时候才有可能。

把一切作家引到国防的主题，有的人就要怀疑，这不是将要使文学的题材单调化了吗？不，相反地，这不但没有缩小主题的范围，反而使之扩大了。在这个主题里面无限多样地包藏了革命文学的其他一切主题。在社会发展的主流上把握广大现象和复杂情形，不局限于民族革命战争的激化的场面，而触及在帝国主义汉奸压迫下的一切民众的日常生活和斗争，这就是国防文学的内容的境界。在这普遍全国的民族革命的高潮之中，人民的无际限的多角形的生活现实将要和国防主题趋于一致。一个小小的劳资争论，一个小小的农民纠纷，一个学生的行动，和甚至一种个人的悲剧，都可能带着民族革命的意义，因为民族革命的斗争已经伸入了全中国人民的一切生活领域。

而且同一个主题可以从多种多样的角度去接近。恩格司曾经指出，以一个西铿金（拉萨尔戏曲中的人物）为主题可以写成几十篇不同的戏曲，而伊里奇也曾分析，托尔斯泰所表现的并不是甚么新的东西，而是十九世纪农民俄罗斯知识分子共同反覆说过的事情。所以我们不要惧怕题材的单调，重要的倒是在学习怎样处理一切有意义的主题。

历史的主题大部分都还在未经掘发的状况里。鸦片战争以来，中国民族有多少胜利的和失败的英雄事件，有多少从不曾被人描写的民族英雄。这些丰富的过去的题材使国防文学的主题有了一种历史的阔度。民族革命不但有它的现在，将来，同时也有它的过去，我们要从过去的再评价里引出于民族革命有益的教训。《赛金花》作者夏衍在这一方面的继续的努力给国防剧作开辟了一个新的园地。

从现实的主流出发的国防文学无疑地是最现实主义的文学。现实提供了我们以各种各样的材料，但要表现现实的真实，就决不能无差别地描写一切生活现象，而必须把握时代的中心内容，社会发展的主要目标和方向。国防文学不但要描绘民族革命斗争的现状，同时也要画出民族进展的前面的远景。有一位古典作家说，眼睛看不到鼻端以外的现实主义比最疯狂的幻想还要坏，因为它是盲目的。国防文学就同时应当以浪漫主义为它的创作方法的一面。

和最广泛的内容相照应的是形式风格的最大的自由。从长篇叙事诗到短的速写，以及报告文学等等，都是国防文学的形式。各种倾向的艺术家的多样的手法，在他奉仕民族解放的条件之下，不但应当被容许，而且应当保证它们的广泛的运用。只有这样，才能使国防文学的内容和形式都丰富起来。

1936年6月25日《光明》第1卷第2号

青年与"老人"

夏丏尊

我曾赞成文艺家协会的组织，在发起人单子上签过名，可是接连几次的筹备会都没有参与，一次是人不在上海，还有一次是别有要事。

成立会在星期日下午二时，我到会已二时半，会员到的约莫五六十人，有许多是认识的，有许多还是初见。坐定以后就有人告诉我筹备会已把我列入了主席团，主席团共有五个人，今天成立会的临时主席就预备推我。理由是因为年龄最大。我去找其余四位朋友，请他们在开会时改推别人。他们不答应，说我年龄最大应该做主席。于是证据确凿，理由充分，在开会以后，我就被宣告为临时主席。不得已老了脸皮，戴起了老光眼镜来读章程读宣言，执行会务到下午六时光景才止。

"老先生"的称呼是我近来常常受到的，我每听到这称呼总觉得有些难堪。今天到会的六十七个会员，任何人都比我年青，"我年龄最大，"这是千真万确的事实。直到散会以后，我还不能忘却这五个字——"我年龄最大！"

我今年才满五十岁。论理还不算迟暮。可是在别人眼里，已是老人，连自己也觉得不是青年了。这是值得惭愧的。当代文人如罗曼罗兰如萧伯讷如高尔基都是高龄的人物，他们却不曾老，在一般人的心目中还是青年。

1936年6月25日《光明》第1卷第2号

希望更多的人参加

郑伯奇

一九三六年六月七日中国文艺家协会在上海正式成立了。

从新的文学运动开展以来，文艺家的组织问题曾经提起过多少次。我自己参加过的已经有过三四回：或者是中途顿挫不及成立，或者成立不久即无形解散；虽说每次都因环境限制不免"昙花一现"的命运，至今想起来，总觉得非常可惜。

这次文艺家协会的成立也曾经过了许多的困难和曲折，终于能在这样盛大的规模之下宣告成立，这是值得欣慰的。

那天我迟到了二十多分钟，已经是黑压压的挤满了一屋子的人了。后来三间打通的屋子竟然没有座位，许多人只得挤到墙边去站立，可见到会的人是很踊跃的了。再打开名单一看，我们就可以看见参加的范围的确很广。这是以前几回所没有的。不过，这一百几十名中，我所不熟悉的，乃至我意想不到的人固然不少；可是我们比较熟悉的，或者我们认为应该参加的人却也有许多并未列名。为使这协会成为惟一的组织，我不能不希望更多的人踊跃地参加，同时更希望会员诸君虚心努力将这组织更加扩大，这是我在成立当时的第一个感想。

每次文艺家团体的组织，都有客观形势的要求。据我所参加过的来讲，有的为人权保障运动所促进，有的为民族解放运动所激成；即此次协会的成立，也有伟大广泛的救国运动为时代背景。这足以证明文艺家的组织都有它的历史的使命。为忠实于这种使命，在这样的形势下成立的组织必然地要担负起它的政治上的任务。这固然使这种组织有意义，然而也常使它不幸短命。这次的文艺家协会正当救国运动的高潮宣告成立，对于救国运动当然负有应尽的责任。但，协会的宗旨明明规定为"联络友谊，商讨学术，争取生活保障，推进新文艺运动，致力中国民族解放"；除最后一句说明救国运动的任务以外，其他四项都是协会作为一个职业团体的任务。对于这种任务，我希望协会不要忽视。从来的几次组织都因太强调政治任务，而忽视了一个职业团体的日常任务，所以不免"昙花一现"；这次协会应该将这两种任务联系起来，平均发展，成为文艺家的一个永久的组织。这是对于协会的第二个感想。

一个团体的维持，除个人的问题以外，经济问题也是很重要的。文艺家的团体对于这点本是力量薄弱的。有些人不免因此犹抱悲观。但协会的工作本有出版一项，"计划出版定期刊物及丛书等事宜"，在这工作的实现上面，我们不是可以同时解决经济问题吗？如以为这些工作不易即时举行，那么，选辑会员的作品，编辑文艺年鉴比较是轻而易举的。在各国文艺家协会都实行这种办法，我们也不妨尝试尝试。这样，经济的困难解决了，协会的成绩也可以表现出来，我希望协会的负责人能讨论实行起来。这是我的第三个感想。

我的这三个感想，同时也是三个希望，我以为都相当切要的，所以，我公开地表示出来，当做协会成立的祝辞。

一九三六·六·九

1936 年 6 月 25 日《光明》第 1 卷第 2 号

一种力量

许 杰

在中国文艺家协会成立大会的会场中，我第一次看见了中国文艺家的盛大的阵容！

他们都是把自己当作全民族的救亡阵线中的一环，才来参加这一盛大的集会的。他们的心坎中都荡漾着只有在反帝反封建的口号之下，一致的团结起来，做中国民族解放运动的斗士，才是目前中国文艺家的出路，也是中国民族解放运动的出路的唯一的意识。

我看见他们在宣读着宣言：

"光明与黑暗正在争斗。

世界是在战争与革命的前夜。

中华民族已经到了生死存亡的关头。"

我觉得有一阵的力，通过了这许多参加大会的文艺斗士们的沉毅而勇敢的心坎，通过了这许多参加大会的文艺斗士们的兴奋而坚决的脸上，又在他们的沉着与默契的情态中，把他们的心与心连锁了起来。

我想着，这已经不是什么"文人相轻"或"文人相重"的时候了吧！中国的文艺家们，已经走上了一个新的阶段了。那些只因着一些私人的意见，用力的竖起自己的招牌，来攻击别人，以推销自己的货色的先生们，应该在黑夜中，躺在自己的床上，深深地咀嚼着自己的偏狭吧！

同时我又听见一个人的提议：

一切的文艺家们，应该在生活与行动中，找取他们的写作的题材！

大家应该到东北去，到华北去，到广大的民众的队伍中去！和广大的民众连结起来，在广大的民众中间，写出他们的咆哮。替他们声诉！

一阵激烈的掌声之后，我又发觉得一种力量，在各人的面上荡漾。

我想着，这已经不是什么文字的游戏或躲在小房子里面写作东西的时候了。中国的文艺家，已经一个个的坚实起来，毁弃了文学家的吓人的幌子，真真的负起中华民族的大众的一员的任命，走出了狭隘的著作室，参加进民族解放的阵线了。那些仍旧把文艺当做个人的消遣，当作他们的主子的雅玩，当作他们的理想的逋逃薮的作家们，也将深深地觉得自己的无聊吧！

我看着他们宣读着宣言，看着他们选举着理事，听取着他们许多有意思有毅力的提议，……一直到了散会，我才带着一颗坚实的心，走出了会场。

1936年6月25日《光明》第1卷第2号

大家拿出诚意来

陈子展

我除了在南国艺术学院教过书，和南国社有过相当的关系以外，没有参加过其它的文艺团体，无论是在朝的或在野的，公开的或秘密的。直到最近，我才参加了中国歌曲作者协会和中国文艺家协会。

为了歌曲作者协会和文艺家协会发起人先后诚意地邀请参加，我不能不有一点诚意的表示，所以我就先后决定了参加这两个团体。并不一定我在文艺上或歌曲上有过什么研究，会有什么贡献，感到什么兴趣，乃至自居什么家，但是觉得恰在我们中华民族到了一个生死存亡的关头，除了出卖民族利益的大小汉奸以外，都该参加民族解放斗争的战线，我们的作者或作家，拿著我们自己的"特殊的武器"站在同一的战线，向着共同的敌人进攻，我是不能不拿出诚意来，和一切肯认我做伙伴，我也肯认他们做伙伴的相见，而且切望大家都拿出诚意来，并要当心革命的骗子，救国的骗子，十年来我们受骗够了！

这样，我就又参加了中国文艺家协会成立的盛举，并且竭诚拥护这个大会的开宗明义的特别提议：

"在全民族一致救国的大目标下，文艺上主张不同的作家们可以是一条战线上的战友。文艺上主张的不同，并不妨碍我们为了民族利益而团结一致；同时，为了民族利益而团结一致，并不拘束了我们各自的文艺主张向广大民众声诉而听取最后的判词。……中国文艺家协会要求更多的作家们来共同负起历史决定了的使命。"

最后我还得高呼一声："全中国的前进的文艺家联合起来！"

1936年6月25日《光明》第1卷第2号

感　想

艾思奇

在作家协会的成立大会上，我始终感觉到一种融洽的空气。把成百的成员，相当复杂的文艺作者聚集在一处，而能够表现出一致的愿望和情绪，这实在不是偶然的事。

一位来宾的演词感动了我：他指出从来文艺作者中间是怎样缺少一致的可能性，而现在却在共同的目标下团结起来了。

是的，是不一致的文艺作者在现在也可能走上一致的路径了。这有它的现实的根源，这就是说，民族危机所课给中国人民的任务，也有一部分压到文艺作者们的肩上来了。广大的中国人民现在都明白，只有大众联合起来，才能够争取民族的生存。作家并不是超越在社会人间之上的神仙，因此他们也就要在这图存运动中联合起来。

图存运动现在是普遍到了全世界。压迫和死神的威胁实在太大了，因此，不愿意叩头求荣和不愿意死的人，自然就要结成一个联合战线，共同起来反抗。

文艺家协会的成立，是中国人民图存运动的一环，它是必要的，它是有历史意义的。

我们现在还看见有一些人，对于这联合运动表示忧虑和怀疑。他们相信联合战线的重要，但又怕自己把人联合不过来，却反而被人联合了去；反而被人利用到另外的目的上去。

这忧虑，自然是出于爱护的热诚。然而我们也可以给他们辩解说：这是用不着忧虑的。人如果要利用他只能有两种目的：或是在联合中来破坏大众的利益，事实上就是破坏联合，或是在这联合中使个人得到利益，增高个人的地位和声名。

倘是企图前者，那他决不会把大多数人联合过去。因为联合者有联合的共同利益，他要破坏联合，他同时就出卖大众的利益。人民别的会忽略，自己的利益总看得清楚的，这就不会轻易受骗。

倘是企图后者，那么，有时就是真的被联合过去一下也无妨。我们要的是民族的生存，他为的是个人的地位和声名。要紧的是他能否把自己的力量老实的供献给人民。倘若能够的话，我们把个人的地位换来一份民族的利益，有什么不可以？倘若能够的话，我们何必为了个人的私事，而抛弃了有用的力量。

我觉得法国人民阵线的榜样很可以给我们学习。这阵线是被社会党的领袖联合过去了，里昂伯伦被捧进了内阁，然而在人民阵线的压力下，文明的死敌固然被打倒，劳苦大众的利益的要求，也得到了圆满的胜利。

文艺作家协会在今天成立了。文艺界的图存运动在这里奠定了基础，希望更多的作家们从此解除了一切怀疑和忧虑，勇敢地走到联合战线上来。

1936年6月25日《光明》第1卷第2号

偶　感

关　露

一个阴雨的天气，六月七日的下午两点钟，在福州路的一个西菜社的房间里，排了一长条有六七十个座位的餐桌，桌子两旁坐满了少年和壮年的作家们。这是正当帝国主义者威胁着我们，我们的民族危机到了十分尖锐的时候，我们的许多努力文艺的作家们，在"国防文学"的统一战线下，成立着轰动中国文坛的文艺家协会。围坐着的这些男女们，他们衣服有整齐的，也有破旧的；他们的身体有壮健的，也有衰弱的；但是在他们中间，表现着的振作，活跃，团结，和一致的精神，却是没有分别的。

我们的许多作家当中最年长的，是夏丏尊先生，其次是茅盾，王统照和傅东华先生；他们是许多青年作家当中的先辈，但是都带着和青年作家一样的少壮的热情。

两点半钟的时候，作家们都已经到得非常整齐，主席团就开始宣布开会了。

会议的开始，先由主席致开会词，述说在国难当前，为了统一抗敌的战线，"文艺家协会"的组织和成立的必要。其次是新闻记者陆诒先生的热烈的演说，大意是：希望全国的文艺作家，要各人放弃一切成见和宗派观念，在救亡运动的总战线下团结起来。作家们如果要完成"国防文学"的真实，而且优越的作品，一定要亲自去参加实际的斗争。

会场的秩序是整齐的。会议中间每一个人的精神都是紧张的。在会场里使我得着一个特殊印象的人，是与我隔座的一位爱写长小说的作者S君。他是一位三十多岁的好象早已作了父亲的壮年，长着稀薄的头发，瘦长的脸，在一个适宜于和服的身体上，穿着一身挺直的西装。

他素来的文学趣味和生活，我好象都有一点熟悉；记得在不久以前，他还向朋友们提起过唯美主义的文学。他时常主张一个文学作者可以不参加实际斗争，而只坐在房间里写作。"国防文学"被人提出来了，有一个朋友问他"国防文学"是什么，他说"国防文学"是对国难文学而言的，换一句话，就是说"国防文学"是真正为着抗敌和为民族解放而斗争的文学。我问他："你还主张唯美主义的文学吗？"他说："也许要不可能了；我不是转变，只是站在人民的立场，我也许要暂时放弃我的主张。"

这日他也来了，他来得比我还要早一点。从开会起直到散会为止，他始终是表示着忠恳和严肃。会场中他没有发过言，但是他都拥护我们的提议。

时候已经是六点钟了。餐室外边原来是阴沉的天，现在正降着濛濛的小雨。这天气是使人疲乏的，但是会场里的人们，象是并不曾关心到这个使人疲乏的天气。S君从容地从餐桌旁边站起来，走到窗户面前，看了一看外面的天气，重新又坐回到自己的座位上。

"你感觉着困倦吗？你对这天气起了怎样的感觉？"

在大家记名投票的时候，坐在这位作者旁边的一位剧作者，当他写好了自己票子的时候，向他诙谐地问着。

"没有的事。我平常是讨厌会议的，每逢会议我都感觉厌倦，不过今天这会议太使人兴奋了。天气！……也许象今天这样的情绪不会引起我那样的情绪。"S君说。

"我问你的是，对这天气的美的感觉。"这剧作者说。

"是的，这天气是一点病美，不过，我想着阿比西尼亚的战歌是更美的。因为我想，它能引起更多人的感觉。"S君说。他的眼睛里闪耀着往日的回忆。

天色薄暮了。主席团报告了被选人的票数以后，接着宣布散会。

走出会场的时候，那位剧作者用眼睛向我送了一个微笑，意思是说："S君以后要转变文学观念了。我们要他，毕竟他也需要我们呢。"

1936年6月25日《光明》第1卷第2号

希 望

梅 雨

文协成立大会是在七号开的，这是中国文艺界自一九三〇年三月以来唯一划时期的集会。我相信未来的史家都会用朱红的大笔来记叙它，在我们的文学史上留下不朽的一页。

我幸而能够有机会参加这一伟大的集会，当日在会场里曾有不少的感想，现在就借这机会，分别把它记在下面。

已往我们文坛上曾有许多纷争，其中有不少是由误会引起的，而误会又大都因为作家们相互间过于隔阂。无疑的，这是作家们精力的浪费，也是漫无组织的文坛必然发生的现象。然而现在一切都在"抗敌第一"这总目标下取得协调了，所以文协不惟在救亡的大纛之下，团结了许多在文艺上主张不同的作家，且借着组织的关系，消除了各自之间那些不必要的误会。在会场里，我看见许多曾互相攻讦的作家们在亲密的谈话，许多各不认识的作家在互相点头，这种亲密，正是文协未来成功的极好保证。当主席诵读宣言，念到"在全民族一致救国的大目标下，文艺上主张不同的作家们可以是一条战线上的战友"，这使我感到极大的兴奋。是的，当参加文协的作家们都"坚决拥护民族救国阵线的最低限度的基本要求，团结一致抵抗侵略，停止内战，言论出版自由，民众组织救国团体的自由"时，我们大家实在都是同一战线上的战友。我觉得以后我们讽刺与诅咒的笔锋，该一齐转向我们的敌人了。

我谨慎的读着大会分发给我的名单，立刻我发觉有许多为读者所熟悉,所敬服的作家们还没有参加这一集会。这是我们最遗憾的一点。我们相信好些没有加入文协的作家,他们的笔还是一样地集中于民族解放的斗争,因为他们过去工作的表现使我们确信这一点。但现代的战场上,最能收效的是集团的战争,各自为战,则绝对不能取胜。作家的分散,无疑减弱了文协本身的力量,使它的斗争加倍艰苦,然而这绝不会使我们灰心,我们不明白究竟是什么原因使我们前进的作家们对文协采取观望的态度,也许由于谨慎,也许由于怀疑,也许不明了文协的立场与态度。总之,文协的发起人在未成立之前,既未能充分说明协会的意义和立场,现在文协惟有在工作上来答复一切的怀疑与毁谤,从而取得他们的信任。

在目前,文艺界是再不能分裂的了,除开无耻的汉奸及其豢养的文人,其余一切的人都是我们的友伴。前进的作家假如不愿与不同主张的友伴携手,那么,一方面正证明他们对自己的能力不信任,另一方面,也大大地削弱自己的战斗力,增加了敌人的气焰。现在文协的宣言公开发表了,他向每一个作家宣示它的立场,主张与态度。我相信每一个前进的作家都会支持它。所以我们要求每一个愿意负起这一历史的使命的作家们,假如不信任文协的主持者,那么就请加入文协来,监察会务的进行,与不良的倾向斗争,以所有的力量争取这目标的实现。这是典型的战士的态度。我们不愿意有一个非汉奸的作家站在组织圈外,更不愿意有另一个与文协的立场,主张同态度相同的组织,因为这都足以削弱文协的力量,使它的工作更加困难。

六日晚上,即文协成立大会的前晚,有一位参加文协的朋友在报上看到高尔基病危的消息,特地同我商量,想在明天大会上提议慰问鲁迅同高尔基。而在当日会场上,我也陆续听到许多朋友们谈到这一事情,所以我们还没有动议之前,另一位朋友已正式提出了。自然这提议立刻全体通过,在这里,我们也可以看出文协的态度。文协并没有陷在狭义的爱国主义的泥沼里,现在世界上每一个前进的作家集团,象"全苏作协","全美作协","巴黎拥护文化大会"等全都关心着中国的存亡,尽他们的力量为被压迫的中国作声援,文协自然愿意同他们携手;而慰问病危的高尔基,也许是第一步的表示。而鲁迅是我们最进步,最有战斗性的作家的一员,他的健康自然是我们所关心,文协在这决议上显示了它对这站在同一战线上的作家的敬爱。

文协是成立了，大会已经过三点钟的时间，除开几条有时间性的动议之外，未曾留下什么宝贵的方案。然而大会以后的工作是异常繁重的，尤其是许多作家还没有加入来的现在。我希望参加这一组织的作家们以勇往的精神，来争取我们的目标的实现。

1936年6月25日《光明》第1卷第2号

一种特殊的空气

傅东华

假使在人类的社会里边，暴力便是一切，那么所谓文艺家这一种人类早就应该绝种了。假使一个民族里边的少数无赖，竟可以依持暴力，将别一个民族完全征服，那么文艺家们之企图用集体的力量将民族解放斗争的一部分使命担当在自己身上，也就是滑天下之大稽了。

然而我们只能相信"哀莫大于心死"，也只能相信唯有真正的文艺家是民族的"心"。所以当这民族命脉不绝如缕的关头，我们纵不主张"强心"是唯一的工作，却不能不主张它是迫切的工作。

"心无二用"这一个原则，可适用于个人，也同样可适用于集体。但这并不只是我们宣言里所谓"把我们的笔集中于民族解放斗争"的意思。为稿费而创作，创作决然创不好；为做官而革命，革命决然革不成：此无他，就因心有二用故。推而至于为发财而慈善，为泄忿而爱国，都可以视同一例。

心无二用，然后能为做事而做事；然后做起文章来，不至于离题十万八千里；然后能丢开个人，毫无畏的为集体服务。这也可以说是一种"为艺术而艺术"。

"为艺术而艺术"已为现代人所诟病了。然而天底下真正"为艺术而艺术"的艺术家能有几人！从前曾有几个为科学而科学的科学家受到宗教法庭的虐害；从前曾有几个为思想而思想的思想家遭到政治法庭的极刑。但是他们受虐害遭极刑，原是那"艺术"中的应有节目。所以他们不愿接受后代人的可怜；他们有他们自己的乐趣。这就是心无二用的效果。

心有二用的就不同了。他们口中念念有词，念得出一大串美丽悦耳的题目，然而"一心以为有鸿鹄将至"！

在中国文艺家协会成立大会席上，我感到了一种特殊的空气：不是紧张，却又并非松懈；不是兴奋，却又并不消沉；不是激昂，却又并非阴郁——我感到了一种的严肃，却不曾见有谁金刚怒目。你也可以说，不金刚怒目就不曾表现斗争的精神！——好吧！

诚然，金刚怒目之为人现代应有的态度，似乎已经恨之哲学所批准的了。恨之哲学原也有它的圣经的根据，就是"以牙还牙"。但是现代的泛恨主义却比圣经的格言更要高明些，因为只消把原有的四个字改动一个字，改做了"以牙还肉"，实践起来就容易多了。择其咬得动者而咬之，为其可免损牙也；是之谓"怕硬而欺软"。择其近在口边者而咬之，为其可以省力也；是之谓"远交而近攻"。于是乎恨有公式：儿子恨老子，学生恨先生，青年恨老年，作家恨书店。公式既立，便终朝都可有咬牙切齿的机会，更无余牙可作"还牙"之用了！

捐小恨以养大恨，留余牙以备还牙，庶几乎替我们这文坛保全几分坛格，是所望于协会者。

1936年6月25日《光明》第1卷第2号

一个有历史意义的会合

李 兰

　　我和白薇一前一后走进会场时，场内只到了五位文艺家，因为那时离开会的时间尚有十分钟。我们坐定不久，只听得走廊里一大阵脚步响，接着便进来了六、七位，其中不知谁带了一位年约十岁上下的男孩。白薇悄悄对我说："那个小兄弟恐怕是一位少年文艺家吧？"
"我希望是。"我这么应着，便两人都笑起来了。实在的，我们需要而且是在热切地期待中国的少年文艺家的出现。

　　快到两点钟的时候，人们象赶赴战线的将士一般，一阵一阵不断地拥到，虽然会场已扩大过三次，但好象还不够用似的。可不是么？坐在茅盾先生旁边的夏丏尊先生只离开座位走动了一会儿，位子就被人占去了；做记录的何家槐先生，只能偏着身子坐在桌子角上写，戏剧家又是影评家的章泯与尤竞先生，因为到迟了，只有坐特别座的份儿。也不坏，章，尤两位倒是处处如意，他俩另坐在一张特设的小条桌的两端，面对着整个会场的阵容，倒象煞是在那儿看电影或话剧呢。

　　尚未正式开会时，会场里到处人头攒动，话声琅琅，有的人是在乘此难得的机会认识几位同道，有的人是旧友重逢在话离衷，而几位刊物的编者也在特别活动乘机拉稿。

　　傅东华先生简明地报告了"筹备经过"之后，被推定的主席夏丏尊先生爽快地就了席，可是冒头也来了一句客套话："我是吃了年龄的亏。"议程进行得颇为顺利，几位来宾的致词，使会场的空气紧张了不少，《宣言》与《简章》都是在商讨的融洽的空气中而修改而通过了。在讨论工作时，一位会员指出了过去文艺家们对救亡工作的不努力，接着另一位会员提出我们非出会刊不可，因为那是加紧工作的方法之一。同时又有人提议，在这国难严重时期，文艺家要参加到民众中去，到华北去，到东北去。两三丈长的桌子的那一端，又有一位会员立起来发言了。他的声音与其说是洪亮，倒不如说是满载着迫切与热望，他说：

"我们这个集团对于新进作家，是不是要尽量提拔扶持？我们晓得许多人的作品简直是无法拿出去，对于这些人的作品，我们是不是要帮他们介绍？还有疾病穷苦的作家，我们是不是要救济？"

"当然要的！"这几乎是全场一致的回答。接着茅盾先生请记录把这一提议列于会议记事的备忘录中，以便联谊部讨论工作细则时，再详加检讨。

在许多议案已决定交理事会讨论或办理之后，我们高兴的选举了我们的理事。会议中的一切，可说都进行的迅速而有秩序。谁说文艺家只会摇笔杆讲空话呢？今天不也显示了我们文艺家也干得出并井有条的事体来吗？你只望望傅东华先生，他虽是那么瘦癯癯的，可是多好的精神呀，不混错一件小事，不遗漏一个人名，周到明晰，耐劳负责，真是工作上的好伙伴！

当选理事的名单宣读过后，在临时动议中，几乎是好几位会员联名似的同声喊出了："我们要争取言论自由，要极力设法援救那些被摧残的作家。"结局，全场一致通过，交理事会负责办理。最后的两个动议是：发电报慰问苏联文豪高尔基的病，派代表慰问我们的敬爱的作家鲁迅的病。

一直到六点多钟，主席宣布散会了，可是全场中的人依然留恋不舍似的，谁也不提起脚就跑。真的，这一天的空气是太融洽，太诱惑人了。我们都被一件同一的东西拉得紧紧的，几乎融为一体了，各人的心胸都那么敞开着，心泉的交流，好似肉眼也可以看见。是的，覆舟的乘客在大家快要落水时，还能不协力共济吗？

1936年6月25日《光明》第1卷第2号

327

作家们！更进一步的握手吧

唐友耕

　　跟着国难的严重，和救亡运动的展开，中国大多数有良心的作家们都很快地担负起了号召大众参加救国运动的使命，这是他们的责任，也可以说是由于全民族的要求，因为真正前进的作家，是应该听命于大众的。但是，不忍言得很，正在这种严重的时期，我们听到了一些使人不能置信的"流言"，说文坛上有小派别，救亡运动的文艺上的统一战线难以形成。和这种消息相配合的，我们也看见了许多小而又小的争吵（只能说争吵，因为割掉了一段文章和割掉了五六省土地比较起来，实在是太小了），文艺界以外的人在叹息，好象"文人"永远脱不了"相轻"的习惯。

　　但是，这种密云不雨的不愉快的空气，终于打破了。一旬来，我们连接地看到了两个文艺团体的宣言，包括一百十几个会员的"中国文艺家协会"，和包括六十几个会员的"文艺工作者协会"都成立了，而且他们都向全国大众宣言，愿意用他们特有的工具，来参加救亡的活动，除出极少数人之外，中国所有的优秀的作家，都已经包括在这两个协会里面，这是一桩非常可喜的事情。但是，为着要使我们的力量更集中，为着要不使那些爱破坏者再有挑拨离间和造谣撞骗的机会，我们不能不对两个协会有更进一步的希望。

　　有一份报纸在报道这个消息的时候，安上了一个使人啼笑皆非的标题，叫做"两个阵容，一条战线！"战线既然一致了，阵容为什么还要有两个呢？大众的见解，是以为一条战线，是只该有一个阵容的。

　　我们也知道，文学家总有文学家的性癖，他们相互间总有些"人"

的关系，历史的关系。但是在大前提之下，这些都不妨碍统一战线的结成，反过来说，也只有在救亡运动的紧张的斗争里面，才能解消了这种旧的关系。我们希望作家们能够把小的不满，反感，乃至仇恨暂时抛开，因为我们面前有一个更大的仇恨，就是要灭亡我们的国家，奴役我们的大众的敌人。对于过去残害过大众的军阀刽子手，现在只要他肯去杀敌人，我们还可以不和他去算旧账，文坛上的旧账难道我们还忍心细算吗？我们没有任何权利拒绝任何中国人来参加救亡运动，要紧的是我们要用集体的力量，来要求每个参加者都用实践来证明他的不是"投机"。这种宽容不是出诸个人，而只是为着整个民族需要这样的联合。抛弃小我，这是现阶段每个有良心的文学家的责任。拗执于旧账而不顾大体，这是旧式文人的习气，利用这种旧账来挑拨离间，造谣生事，藉以提高自己地位，更是民族的罪人。

现在两个协会都已经将自己的任务规定了，目标认清了，那么我们要求两协会的负责者应该很快地互相提议，使组织很快地合并最少，应该立刻发出一个共同宣言，说明相互间兄弟的关系，免得爱国的大众惶惑忧虑，更可免得再使汉奸有造谣的机会。为着反对帝国主义战争，为着反对法西主义荼毒民众，第三国际去年曾经一再地向第二国际提议合作，到现在，还在提议着，事态的关系虽则不同，不过这种为着大众的利益而不惜一再地提议的大精神，是值得供我们文学家的参考的。

最后，我还希望参加两个协会的会员们自动地起来做这种合并的活动。在做这种活动的时候，希望先做到下面这几项事情：第一，文字上口头上停止无谓的人身攻击，讽嘲和暗箭，也要射向真正敌人身上去！理论问题以对大众影响为前提，公开地讨论；第二，一切文艺刊物应该立刻打破小集团倾向，撤废稿件障壁，过去被人认为对立的刊物互换稿件，在共同目标上努力。

寇深矣！文学家们！大众都在期待着你们更进一步的握手。大众不懂得"文坛"的掌故，不懂你们相互间的关系，但是谁在为救亡运动努力，谁在诚实地工作，这是很明白地可以从你们的实践，从你们活动的客观的效果上看出来。让大众来抛弃那些自命清高的"雅士"和为着文坛的地位而纠合小派别的"英雄"吧。

1936年6月27日《永生》第17期

答托洛斯基派的信

鲁迅

一　来　信

鲁迅先生：

　　一九二七年革命失败后，中国康缪尼斯脱不采取退兵政策以预备再起，而乃转向军事投机。他们放弃了城市工作，命令党员在革命退潮后到处暴动，想在农民基础上制造Reds以打平天下。七八年来，几十万勇敢有为的青年，被这种政策所牺牲掉，使现在民族运动高涨之时，城市民众失掉革命的领袖，并把下次革命推远到难期的将来。

　　现在Reds打天下的运动失败了。中国康缪尼斯脱又盲目地接受了莫斯科官僚的命令，转向所谓"新政策"。他们一反过去的行为，放弃阶级的立场，改换面目，发宣言，派代表交涉，要求与官僚，政客，军阀，甚而与民众的刽子手"联合战线"。藏匿了自己的旗帜，模糊了民众的认识，使民众认为官僚，政客，刽子手，都是民族革命者，都能抗日，其结果必然是把革命民众送交刽子手们，使再遭一次屠杀。史太林党的这种无耻背叛行为，使中国革命者都感到羞耻。

　　现在上海的一般自由资产阶级与小资产阶级上层分子无不欢迎史太林党的这"新政策"。这是无足怪的。莫斯科的传统威信，中国Reds的流血史迹与现存力量——还有比这更值得利用的东西吗？可是史太林党的"新政策"越受欢迎，中国革命便越遭毒害。

　　我们这个团体，自一九三〇年后，在百般困苦的环境中，为我们的主张作不懈的斗争。大革命失败后我们即反对史太林派的盲动政策，而提出"革命的民主斗争"的道路。我们认为大革命既然失败了，一切只有再从头做起。我们不断地团结革命干部，研究革命理论，接受失败的教训，教育革命工人，期望在这反革命的艰苦时期，为下次革命打下坚固的基础。几年来的各种事变证明我们的政治路线与工作方法是正确的。我们反对史太林党的机会主义，盲动主义的政策与官僚党制，现在我们又坚决打击这叛背的"新政策"。但恰因为此，我们现在受到各投机分子与党官僚们的嫉视。这是幸呢，还是不幸？

先生的学识文章与品格，是我十余年来所景仰的，在许多有思想的人都沉溺到个人主义的坑中时，先生独能本自己的见解奋斗不息！我们的政治意见，如能得到先生的批评，私心将引为光荣。现在送上近期刊物数份，敬乞收阅。如蒙赐复，请留存×处，三日之内当来领取。顺颂健康！

陈×× 六月三日

二　回　信

陈先生：

先生的来信及惠寄的《斗争》《火花》等刊物，我都收到了。

总括先生来信的意思，大概有两点，一是骂史太林先生们是官僚，再一是斥毛泽东先生们的"各派联合一致抗日"的主张为出卖革命。

这很使我"糊涂"起来了，因为史太林先生们的苏维埃俄罗斯社会主义共和国联邦在世界上的任何方面的成功，不就说明了托洛斯基先生的被逐，漂泊，潦倒，以致"不得不"用敌人金钱的晚景的可怜么？现在的流浪，当与革命前西伯利亚的当年风味不同，因为那时怕连送一片面包的人也没有；但心境又当不同，这却因了现在苏联的成功。事实胜于雄辩，竟不料现在就来了如此无情面的讽刺的。其次，你们的"理论"确比毛泽东先生们高超得多，岂但得多，简直一是在天上，一是在地下。但高超固然是可敬佩的，无奈这高超又恰恰为日本侵略者所欢迎，则这高超仍不免要从天上掉下来，掉到地上最不干净的地方去。因为你们高超的理论为日本所欢迎，我看了你们印出的很整齐的刊物，就不禁为你们捏一把汗，在大众面前，倘若有人造一个攻击你们的谣，说日本人出钱叫你们办报，你们能够洗刷得很清楚么？这决不是因为从前你们中曾有人跟着别人骂过我拿卢布，现在就来这一手以报复。不是的，我还不至于这样下流，因为我不相信你们会下作到拿日本人钱来出报攻击毛泽东先生们的一致抗日论。你们决不会的。我只要敬告你们一声，你们的高超的理论，将不受中国大众所欢迎，你们的所为有背于中国人现在为人的道德。我要对你们讲的话，就仅仅这一点。

最后，我倒感到一点不舒服，就是你们忽然寄信寄书给我，不是没有原因的。那就因为我的某几个"战友"曾指我是什么什么的原故。但我，即使怎样不行，自觉和你们总是相离很远的罢。那切切实实，足踏在地上，为着现在中国人的生存而流血奋斗者，我得引为同志，是自以为光荣的。要请你原谅，因为三日之期已过，你未必会再到那里去取，这信就公开作答了。即颂大安。

鲁迅　六月九日

（这信由先生口授，O.V.笔写。）

1936年7月1日《文学丛报》第4期，《现实文学》第1期

论现在我们的文学运动

——病中答访问者，O.V.笔录

鲁 迅

　　"左翼作家联盟"五六年来领导和战斗过来的，是无产阶级革命文学的运动。这文学和运动，一直发展着；到现在更具体底地，更实际斗争底发展到民族革命战争的大众文学。民族革命战争的大众文学，是无产阶级革命文学的一发展，是无产阶级革命文学在现在时候的真实的更广大的内容。这种文学，现在已经存在着，并且即将在这基础之上，再受着实际战斗生活的培养，开起烂漫的花来吧。因此，新的口号的提出，不能看作革命文学运动的停止，或者说"此路不通"了。所以，决非停止了历来的反法西斯主义，反对一切反动者的流血的斗争，而是将这斗争更深入，更扩大，更实际，更细微曲折，将斗争具体化到抗日反汉奸的斗争，将一切斗争汇合到抗日反汉奸斗争这总流里去。决非革命文学要放弃它的阶级的领导的责任，而是将它的责任更加重，更放大，重到和大到要使全民族，不分阶级和党派，一致去对外。这个民族的立场，才真是阶级的立场。托洛斯基的中国的徒孙们，似乎糊涂到连这一点都不懂的。但有些我的战友，竟也有在做相反的"美梦"者，我想，也是极糊涂的昏虫。

　　但民族革命战争的大众文学，正如无产革命文学的口号一样，大概是一个总的口号吧。在总口号之下，再提些随时应变的具体的口号，例如"国防文学"，"救亡文学"，"抗日文艺"……等等，我以为是无碍的。不但没有碍，并且是有益的，需要的。自然，太多了也使人头昏，混乱。

不过，提口号，发空论，都十分容易办。但在批评上应用，在创作上实现，就有问题了。批评与创作都是实际工作。以过去的经验，我们的批评常流于标准太狭窄，看法太肤浅；我们的创作也常现出近于出题目做八股的弱点。所以我想现在应当特别注意这点：民族革命战争的大众文学决不是只局限于写义勇军打仗，学生请愿示威等等的作品。这些当然是最好的，但不应这样狭窄。它广泛得多，广泛到包括描写现在中国各种生活和斗争的意识的一切文学。因为现在中国最大的问题，人人所共的问题，是民族生存的问题。所有一切生活（包含吃饭睡觉）都与这问题相关；例如吃饭可以和恋爱不相干，但目前中国人的吃饭和恋爱却都和日本侵略者多少有些关系，这是看一看满洲和华北的情形就可以明白的。而中国的唯一的出路，是全国一致对日的民族革命战争。懂得这一点，则作家观察生活，处理材料，就如理丝有绪；作者可以自由地去写工人，农民，学生，强盗，娼妓，穷人，阔佬，什么材料都可以，写出来都可以成为民族革命战争的大众文学。也无需在作品的后面有意地插一条民族革命战争的尾巴，翘起来当做旗子；因为我们需要的，不是作品后面添上去的口号和矫作的尾巴，而是那全部作品中的真实的生活，生龙活虎的战斗，跳动着的脉搏，思想和热情，等等。

六月十日

1936年7月1日《现实文学》第1号、7月10日《文学界》第1卷第2号

创作活动的路标

耳 耶

一

现实主义文学的创作口号是从现实生活的土台产生出来的。没有某种现实生活的要求，就不会有某种创作口号；纵然有，也不能得到真实的力量。同时要知道一种创作口号的正不正确，应该从作家创作实践上着眼，离开了作家的创作过程，就会失掉衡量任何创作口号的尺度。

国防文学这一口号是华北问题发生以后提出的。"九一八"以来，中国民族危机更加紧迫，东四省的失去，增加了无数的失地失家失业的人民；无数的人民在"亡国奴"的头衔之下忍辱含垢地和生活搏斗；无数的人民在远东帝国主义强盗的白面，红丸，鸦片，赌博，娼妓等等的亡人之国，灭人之种，倾人之家，绝人之后的政策下面灭亡；无数的人民抛弃了自己的田园，抛弃甚至杀死了自己的家小，扛起梭标，马棒，抬枪，土炮以及无论什么粗笨的武器，在深山旷野中，在丰林茂草中，或者在冰天雪地中，无衣无食地用血和肉来回答××强盗的飞机大炮和马队的围剿，是周知的。无耻的汉奸，无耻的卖国贼在东北，在华北，在中国各地毫无忌惮地用一切的手段，把中国无辜的人民成千成万成亿成兆地，剥得赤条条，捆得紧绷绷地，奴颜婢膝千柔百顺地献在××强盗的魔手底下，毒牙底下，铁蹄底下，也是周知的。中国的人民大众只有一条路可走，联合一切不愿做亡国奴的，一切汉奸卖国贼以外的人来打倒驱逐××帝国主义强盗和它的走狗汉奸卖国贼们。华北问题发生以后，更扩张了这一危急的形势，更加紧这一迫切的要求，也更促进了这一要求的实现。这是一个新的现实，这新的现实必然会向文学要求反映它的特质，必然向作家提供了新的美学的基础，必然使每一个不是汉奸，不是卖国贼，却是真正的中国人的作家受刺激受感动，而无所逃于天壤之间，而不能已于创作的反映。国防文学的口号是在这样的情形之下被提出来的。因为这口号本身简单，容易说，容易记，发生了相当的适用性，不但在文艺领域，就是一般艺术的领域，也正相当地应用着。如果有正确的说明，正当的发展，它不难立刻动员现中国各阶层各派别的作家，从各自的视角来反映这新的现实，不难招致更多的更熟练的更充实的《八月的乡村》，《生死场》，《炼狱》等等作品，在最近的将来出现而为中国民族革命战争的一个大的助力。这口号是有用的。虽然因为过于简单，不免笼统，含糊；虽然什么兄弟阋于墙，买办也反帝之类，并不算是最好的说明。

不幸有一位徐行先生在《礼拜六》，《新东方》等刊物上发表了几篇国防文学的反对论。他说："国防文学的理论家的提出联合阵线是完全否认了一九二五—二七年的血的教训"。"我们只知道真正彻底反帝的社会层是中国出卖劳力的大众，只有他们是前锋，也只有站在这观点上的文学才是挽救中国的文学"。"其余各阶层都是被历史车轮轧碎了的废物"。"所以我（他）反对现时一般人所瞎说的什么不问派别，团体，个人，宗教信仰，只要赞成和拥护救亡运动的都可以而且应该联合起来的胡言"。于是他举出"社会主义的现实主义"这口号来代替国防文学。此外对于国防文学这名词他也说了些不必要的话：好象"国防文学"就是"爱国主义"似的。

为了避免把问题弄得更多纠纷，这里且不作国防文学是不是爱国主义的探讨；如果是为了大众的生死，民族的生存，为了动员作家来面向现中国的新的现实，纵然在外观上有若干和爱国主义类似之点，也不算国防文学这口号的致命缺点；而且纵然是真正的爱国主义者，也仍在联合阵线的邀请之列。关于这，徐行先生也没有怎样申说，他的文章的重心是放在联合问题上的。但是既是着重在联合问题，徐行先生的只有某阶层真正彻底反帝的话是多余的。没有人说某阶层不是象徐行先生所说的那样，也没有人说另外的阶层都和徐行先生所特别提出的那一阶层完全一样；并且某阶层真正彻底反帝，这命题完全不能证明其余的阶层就简直不会反帝。我们所要讨论的是能不能够联合和应不应该联合，谁"真正"谁"彻底"是不说自明的事。

中国是个半殖民地国家，鸦片战争以来，束缚着社会进展的不仅是没落的封建社会，同时也是国际帝国主义，在现阶段上尤其是远东帝国主义，也只有国际帝国主义才是贯穿着一切束缚的总束缚。因此中国的历来的社会运动，虽然都是社会解放运动，同时也是民族解放运动；虽然这民族解放的要求，在每一次的运动中因为种种关系，表现得或隐或现，或强或弱。农民暴动的义和团是这样，豪绅地主和市民阶级的戊戌变法也是这样，以后的辛亥革命，"五四运动"，更以后的"五卅运动"以及徐行先生所说一九二五——二七的革命运动更无一不是这样。既然社会解放运动同时就是民族解放运动，那末，无论那一运动的主力属于哪一阶层，那一阶层就都可以而且应该联合在某一时期某一场合的同盟者，才不使自己成为孤军，陷于绝境。满清政府尤其是西太后派的反动政权，尚且能够成为农民暴动义和团的支持者（义和团的失败原因很复杂，不能仅认为被政府利用这一点），说出卖劳力以外的各阶层都是"被历史车轮轧碎了的废物"，简直不能部分部分地或个别个别地参加反帝尤其是反日；以为要他们参加就是忘记历史的教训，这意见是应该撤回的。

至于拿苏联的"社会主义的现实主义"来代替国防文学完全是离开作家的创作过程的空谈，无视了苏联和中国这两国人民的现实生活之间的本质的差别，也无视了两国创作水准的距离，不懂得我们的任务是要根据"社会主义的现实主义"的方法原则来设定具体的创作路标。

二

记得鲁迅先生说过："辱骂和恐吓决不是战斗。"可是在许多驳回徐行先生的意见的文章中，有不少的人的战斗精神都被辱骂和恐吓所代替了。姑且举五月二十四日《星期文坛》上一篇短评作例，题目叫做《无耻的论客》，当然是指徐行先生的，可是没有提到徐行先生的文章上的半个字，里头却尽是辱骂和恐吓。什么"无耻的论客们"啦，什么"猖狂而吠"呀，什么"这些无耻的虚伪的戴着左的招牌的论客们"咯，"这些中华民族的送葬者"呀，"包庇这些落伍的论客……让其高唱民族的葬歌"呀，"把这些无耻的论客扶进棺材里去"呵……等等。只少说"无耻的论客"就是汉奸，就是卖国贼。倘只从徐行先生个人方面说，纵然骂煞，也不会有什么问题，因为他应该为他的错误理论负责；可是这样辱骂和恐吓下去，于国防文学或联合阵线的前途着想应该有说几句话的必要。

周扬先生在《文学界》创刊号发表了一篇《关于国防文学》，他说："国防文学运动就是要号召各种阶层各种派别的作家都站在民族统一战线上为制作与民族革命有关的艺术作品而共同努力。"这个解释大概会被《无耻的论客》的作者同意的吧。既然被号召的是各种阶层各种派别的作家，就不能没有各种的对这号召的看法，由于各种作家和这号召的距离的或远或近，对这号召的响应当然也有缓急迟早，如果有的作家迟延了他的响应或者甚至表示了怀疑，也正是各种阶层各种派别作家的本色——他们本来并不是统一的。如果一声号召，就大家摩肩接踵，争先恐后，一个不剩地都跑来了，那岂不是说那些各种不同的作家早就统一了，联合了，因之也用不着现在还来号召了么？并且一表示迟延或怀疑，就被指为"无耻的论客"，"民族的送葬者"，就该"扶进棺材里去"，岂不是凡已表示或将表怀疑的人就永久没有响应这号召的机会了么？岂不是说这号召就是圣旨，就是金科玉律，一切作家，不需思考，不需表示自己的意见，除了乖乖地服从以外不能有任何的态度了么？如果这样雷厉风行，顺我者昌，逆我者亡（扶进棺材里去），岂不会使已经响应了的人人自危，怕以后仍有半点不到之处；还未响应的人，反正无法，爽性不来么？如果有人反唇相讥，说他无异取消了联合战线的工作原则，……我不知道他将用什么话来辩护。

联合战线的组织者或拥护者，没有一个人的态度是应该这样的。他们必需用充实正确的理论，诚恳真挚的热情，殷勤地反复地去劝诱，说服，招致"各种阶层各种派别"中的每一个有成见的人，每一个象牙塔里的人，每一个有个人主义倾向，虚无主义倾向以及任何不好的倾向的人来响应这神圣的号召，至少守善意的中立。只有这样，联合阵线才能扩大，才能坚强，才能汉奸和非汉奸之间划一条明确的界限，才能冲破汉奸卖国贼的营垒乃至帝国主义的营垒。这是个伟大的工作，可是也是个艰苦的工作，这工作绝不是辱骂和恐吓所能代替的。关于这，何家槐先生有一段很中肯的文章：

> "一个作家还没有完全脱离民族阵线之前，我们就不能用谩骂的态度，不能随便加人以一顶帽子。如果我们不分皂白的，对于在救亡运动上可以站在一条战线上的作家，运用起迎头痛击的批评方法，那结果一定是不堪设想的……我们在目前需要每一个汉奸以外的中国人，利用每一分对于救亡运动有用的力量；既使这个人或这个力量，是如何的动摇，如何的微妙，如何的薄弱。"
> （《文学界》创刊号《文艺界联合问题我见》）

可惜的是何家槐先生这样说了之后，在同一篇文章里，马上就"随便加人以一顶帽子"，从某某是"小资产阶层的根性"，是"无非是卖弄风情的最恶毒的阴谋，想欺骗劳苦大众……置他们于死地。"——刚刚和自己的意见相反。

同是"随便加人以一顶帽子"，而用意更为巧妙深远的是周扬先生，他说徐行先生的意见"正代表着一部分左的宗派主义者，他们对于国防文学虽然到现在还保持超然的沉默的态度，但是他们的宗派主义对于文艺上的统一战线或多或少地发生阻碍的力量"（见《关于国防文学》）。这里且不说周扬先生怎样在那里谎报敌情，为他人虚张声势；也不必问他所钦定的"左的宗派主义者"究竟是些怎样的人物；要指出的是他把一切罪过都推在"左的宗派主义者"身上而洗清统一战线的一部分工作者的工作上的任何缺点。统一战线如果一帆风顺，自然百事大吉，假如有半点风吹草动，都是因为"左的宗派主义者"保持了"超然的沉默的态度"的缘故。这样，"左的宗派主义者"们站着不动，担负着统一战线内部的一切责任；它内部的工作者自己倒象不相干的邻人，逍遥自在得很。可是我不懂有这么多的"左的宗派主义者"存在，统一战线的工作者为什么不引以为耻辱，为什么不拿理论来说服他们，使他们化除成见，为什么要先给一次"左的宗派主义者"的帽子之后一脚踢开去？徐行先生发表了不了解当前情势的意见，所以他是"无耻的论客"，是"民族的葬送者"，自然不屑教诲；可是"左的宗派主义者"据周扬先生说不过仅仅"超然"而已，为什么没有人来教诲得试试看呢？并且既然"超然"着"沉默"，周扬先生何以知道他们是"左的宗派主义者"呢，莫非他们额角上雕了字的么？表示了怀疑，理合与汉奸同罪，"扶进棺材里去"；"超然"着"沉默"着，也被斥为"左的宗派主义者"而不被容纳，如果统一战线真正不过如此，那面目岂不太狰狞，容量也岂不太狭小了么？

为了联合战线的健康，为了争取民族革命的胜利，不但《无耻的论客》的作者之流，就是作为理论家的周扬先生的言论，我都希望他们能够自己清算一下。吉尔波丁的名言："一切宗派主义不可避免地会招致和现时的政治任务的隔离"，岂不是周扬先生所引用的么？周扬先生自己的意见究竟超出了"一切宗派主义"的范围没有呢？

三

前面说过国防文学这口号是从现实生活的土台产生出来的，因为简单，容易说，容易记，发生了相当的适用性。因为它的长处也只有这一点。所谓"国防"，我们知道是指半殖民地反抗帝国主义侵略说的；可是，在另外的场合，例如社会主义国家在被帝国主义进攻的场合（苏联就有过和这一样的口号），帝国主义国家之间互相冲突乃至帝国主义国家侵略殖民地半殖民地的场合（据徐懋庸先生说："目前是连'友邦'政府也在喊'国防'的口号"——见《光明》创刊号），岂不都可以应用的么？——所以大家应该晓得，我们半殖民地中国人民大众所要实现的"国防政府"，是为了民族革命战争的需要，是为了争取民族革命战争的胜利的。

近来被提出的口号"民族革命战争的大众文学"，完全没有这样缺点。它具体地明确地指出了现中国新的现实的特质，差不多用不着什么说明，一眼之下就可了解。而且，虽然解释国防文学的文章有些是随口说出的，但比较清楚的解释，无不证明现阶段的创作口号，只有叫做"民族革命战争的大众文学"才和新的现实吻合，毫无疑憾。

例如周扬先生《关于国防文学》：

> 他（徐行）根本否认……反帝联合战线是现阶段殖民地或半殖民地国家的民族革命的主要策略，也不了解远东帝国主义并吞中国的行动是怎样在全中国范围内卷起了民族革命的新的高潮，千千万万的勤劳大众起来为自己的民族的生存抗争……
>
> 国防文学就是……一方面立脚于民族革命高潮的现实上……

又如何家槐先生的《文艺界联合问题我见》：

> 如果要进行胜利的民族革命战争……
>
> 集中一切力量，把一切交给民族革命战争……
>
> 使所有不愿当亡国奴的人联合起来，开展神圣的民族战争……

既然在说明国防文学的时候，不能不屡次三番地提到人民大众，屡次三番地提到民族革命战争，现在这个最能说明本质的包含度最大的总口号"民族革命战争的大众文学"的形成，难道不是当然的么？

然而这里来了一个天外奇谈，徐懋庸先生说的"民族革命战争的大众文学""笼统"，"空洞"，倒是国防文学具体明确（《光明》创刊号）。是的，因为国防文学具体明确，所以周扬，何家槐两先生不能不拿"人民大众"和"民族革命战争"这些字样去解释它；因为它具体明确，所以徐行先生说它是爱国主义；也因为它具体明确，所以据何家槐先生说"丧权辱国的也奢谈国防"；更因为它具体明确，所以徐懋庸先生自己也"曾听（当是听见）有些人在私下议论，以为'国防'二字本来含有不良的意义"，并且"'友邦'政府也在喊着'国防'"（徐懋庸先生的话）。不用说也是因为它具体明确，所以徐懋庸先生必需申明："一句话只是一句话"，"在一句话的本身上是一无所有的"（徐懋庸先生忘记了这句话只是为了说明正确的口号必需用实践去实现这一点）。凡此种种都是由于国防文学这四个汉字具体明确的原故——理论到了这样，真可算得神出鬼没了！其实徐懋庸先生已经把自己的论点完全"取消"了。既然"一句话只是一句话"，"在一句话的本身上是一无所有的"，那就国防文学和"民族革命战争的大众文学"这两句话之间完全失掉了"比较"的可能，两句话完全一样（都是"一无所有"），徐懋庸先生又根据什么来说这是空洞笼统，那是具体明确的呢？

"民族革命战争的大众文学"这口号为什么"空洞""笼统"呢？据徐懋庸先生说是"不足以表示目前的现实，不足以对太平天国运动之类的战争表示分别"。如果徐懋庸先生"分别"不出，那实在是件无法可想的事，我决不愿浪费笔墨。可是他的意思好象国防文学倒可和什么战争"分别"似的。他忘记了他们自己的刊物，《文学界》上有一篇周木斋先生的文章，证明了《水浒传》就是国防文学。国防文学连和《水浒传》上的战争都无法"分别"，徐懋庸先生真好意思来在"民族革命战争的大众文学"上想空头心事。

我这样说，并不是反对国防文学，只是说国防文学，只有以"民族革命战争的大众文学"为内容才能得到正当的解释，也只有在"民族革命战争的大众文学"这个总口号之下才能看出积极的作用。"民族革命战争的大众文学"这口号不但不象徐懋庸先生所说，会"混淆大众的视听"，"分化整个新文学运动的路线"，并且刚刚相反，它充实了国防文学的内容，使"大众的视听"变得非常明确毫不"混淆"；同时也"统一了一切纠纷的主题"（胡风先生的话），如果无法证明这口号和国防文学是根本相反的东西，"分化"什么"路线"的话只会反而落在徐懋庸先生自己的头上。

然而最有趣的是徐懋庸先生说："这特殊的现实，就是××帝国主义的灭亡中国步骤的加紧，因此特殊的意义，是抗×的民族革命战争的全民统一战线的组织。"但是我们在胡风先生的全文里，和徐懋庸先生的话字句完全相同的指示是没有的。可是那里头有"九一八'以后，民族危机更加迫急了。华北问题发生以后，整个的中华民族就已经到了生死存亡的关头"，而且徐懋庸先生所引用的话里头就有：

"人民大众的热情，的希望，的努力，在酝酿着一个神圣的全民族革命战争的实现，那战争能够团结和动员一切不愿做亡国奴的不愿做汉奸的人民大众。"难道这些话都在"全文"以外么？徐懋庸先生又说："在他的分析里，只对于'失去了的土地'上的战争，予以'民族革命战争'的名称，他并不认识'民族革命战争，即在未失的土地上面，亦早已发生着或正在发动着。'"可是在同一页上他引用的胡风先生的"四项原则"（徐懋庸先生这样称呼）里头，在第一项说了"在失去了的土地上面"之后，第二项就说："在一切救亡运动解放运动里面，抗敌战争——民族革命战争的运动是一个共同的最高的要求。"却明明指的"失去的土地"以外。徐懋庸先生把眼睛望到什么地方去了？

徐懋庸先生"随便加人以一顶帽子"，和周扬先生们的战略完全相同，完全是存心诬蔑，完全是宗派的成见。我不知道这些理论家们，何以总要在论点之外甚至抹杀别人的论点来一套花样？

我愿意反对"民族革命战争的大众文学"这口号的徐懋庸先生不要忘记了自己的出发点才好。

1936年7月1日《现实文学》第1号

现实形势和民族革命战争的大众文学

路 丁

一

"九一八"后，整个民族的危机，一天进迫一天，直到现在，全民族已到了生死存亡的关头。这并不是一个空洞的口号，也不是一个恫吓，这除了满足于他自身狭隘的物质生活的平凡动物，和趁机想升官发财的汉奸外，谁都会切身的感到的。

这一个伟大而艰难的时期：一方面，残暴的×帝国主义由于自身的腐烂，想变整个中国和中国人民为她的附庸，为她的奴隶，来刮人家的肉补自己的疮；并且，从她本身条件的决定和她一切的一贯表现上，是不达目的不干休的。但，另一方面，从去年"一二九"以来，以学生救亡运动为开始，"随着帝国主义者加紧的进攻，汉奸政权加速地出卖民族，出卖国土，民族危机的深重，中华民族中大多数不愿做奴隶的人们，已经醒觉的奋起，挥着万众的铁拳，来摧毁敌人所给予我们这半殖民地的锁枷"（鲁迅和《救亡情报》记者的谈话）的英勇神圣的民族革命战争已在各方面酝酿，开始，或发展起来。

在这个时期，全国的人民，不管他是哪一阶层，哪一阶级，哪一派别，无论他是站在什么立场，无论他帮助多少或哪种力量，只要他不愿意亡国灭种，只要他不甘心做卖国汉奸，都统一到全民族所要求的神圣的民族革命战争中来；汇合一切的有利力量，向我们主要的敌人血战到底，把中国全民族的生命夺回来。

神圣的民族革命战争将取得最后的胜利。因为它非但是为了民族的生存而战，非但为了抵抗侵略而战，并且，它是为了全人类的真理而战。

神圣的民族革命战争在现在它已取得了绝大的优势，特别是我们中国：第一，苏联革命的成功与成长，是给全人类一个启示，是给叛变真理的兽性的人们一个铁锤样的打击，使真理更凸显，更光辉。第二，资本主义自身崩溃，使帝国主义国内的劳苦大众展开了新的斗争局面，他们，一方面向着自身的统治者伸出了无情的铁拳，一方面，却与弱小民族渐渐的更紧密的连起同情共感的臂膊。第三，全世界的弱小民族，由于血的教训，使她们更觉到非站到一条战线上去，不能取得自身的自由与解放。第四，十年来中国革命的教训和经验，使新的前途有了更强固更锐利的基础，并且，以这个基础为中心，加上由于日帝国主义疯狂的冒险并吞全国的行动，掀起全国人民的觉醒，民族革命战争已转入了新的时期，已扩张到以抗×为目标的决生死的全民战线。

神圣的民族革命战争是现实环境中的主流。"那影响扰动了每一个角落里的实际生活"（《作家》五月号五四二页，胡风著《文学修业的一个基本形态》）。"甚至影响到目前正徘徊于黑暗和光明交叉点的全世界"（鲁迅谈话）。

二

文学是反映现实的，推动现实的。

"现在我们中国，最需要反映民族危机，鼓励斗争的文学作品"（鲁迅谈话）。

现实的形势已紧迫到这样地步，文学活动的领域已不能使你稍有停留地统一到当前的民族革命战争的主流下面去。"民族革命战争的大众文学"的提出，非但是"使向来的反帝文学取得了新的意义"（《文学修业的一个基本形态》），并且，对于现阶段文学质量方面，只有更深刻的和这个口号相配合，它的积极意义才更辉煌，更充实。

七八年来，中国文学上发生过不少的论战。而且，这些论战，或大或小的给予了新文学向更高阶段推进的动力：对第三种人的文艺自由论辩，是打下了前进作家对文学态度一个新的确定；随了这个论战的结论，新的写实主义理论便展开了它不可动摇的风向；"文学大众化"这口号也就根源着这理论基础，反映到作家的实践工作中来。

然而，在开始转向的时期，一部分新进作家的作品，蓬勃地倾向了"标语口号"化，这种倾向在某一阶段是有它的意义的，但决不能由它继续发展。这现象可喜的是经过短时期的争论和究讨，直到目前，"新文学的一切比较进步的领域，形成了一个主流：在人生上是积极的态度，在文学上是动的现实主义的方法"（《文学修业的一个基本形态》）。

随着现实主义理论基础的稳固和在实践上的开展，文学上便发生了技术方法的论战，广泛的大众语论争和接受文学遗产问题，便是前进作家更深入浸透到现实中去的一个表现。作家们已要求怎样把握现实描写现实，和感到封建僵尸的方块字渐渐不足表现他所接触的活生生的现实了。

直到现在，由于国际文学的影响，特别是苏联；由于前进作家的不断努力，明显的在文学作品上表现出几种好的特点：

一、细心的注意到描写，避免了抽象的叙径。

二、从实生活中去找题材，找人物，不是从脑子里去构故事。

三、部分的作品，在努力典型的创造。

四、词汇的丰富和口头语多量的运用。

五、出于大众之手的，用着"生活记录""速写"等类标题，大量的出产的报告式作品。

但是，现实环境在急转的剧变了，已没有一刻时间由你徘徊由你停留了，伟大的作品，已和快要爆发的民族革命战争紧结起来了，血的草稿在每个生活的圈里刻下，作家们的我们的一伟大作品，将和他的生命一样，不去抗战，便要消灭。

我们的作家是不是都把自己的创作活动和这个现实生活里的主流密切地联系起来呢？是不是已深深的接触到下层的主导力量的生活中去呢？我以为谁也不能作肯定的回答吧。

有生命的作品还十分不够，由于方块字的艰深，大多数生活血泊中的大众还不能全武装起来。并且，关于动的现实主义的曲解，典型论的混乱，一些"理论家"还在为已经成为过去的宣传的"标语口号"抱腰，以及对创作态度，人生态度的错误观点等等，还在有意无意的毒害着我们的已经争得的武器。

三

现阶段，动的现实主义的方法，只有更具体的运用到"民族革命战争的大众文学"里，才能更发挥了这方法的作用；同时，"民族革命战争的大众文学"也只有动的现实主义的方法才能表现出它的伟大。在这过程中，文学活动将从七八年来的经验中更切实的负起它的使命；它反映着当前的民族革命战争这一主流的奇伟姿态，它更把这主流推向胜利的海洋中去。

"民族革命战争的大众文学"的内容，以现在最前卫，最坚强，最有决定性的抗战，为它描写典型环境最主要的对象；不过，并不是说其他的，现实所发生的事实，就不要它，象在后方千百万广大的工农大众所过着的悲惨生活，和从他们中间所发生的不断斗争，也是在这统一主题下所必需要描写的，至于其他各处，各方面，在目前潮流激荡下，所发生的一切激变的，动摇的，崩溃的，和反动的环境，也都是在这正确的主题下面，尽量的反映出来。总之，"民族革命战争的大众文学"并不是狭义的把文学的范围缩小，而是动的现实主义的一个发展，一个和目前现实形势的配合，现实生活主流的集中表现。

"民族革命战争的大众文学"的内容，只是描写了典型环境是不够的，它必须和典型的人物相配合，那环境才有了生气，有了力量。典型人物的描写是任何伟大作品的主体，只有那些被环境弄眩了眼的"理论家"，才死抱住了环境而忘记了人物，跌入构造故事，标语口号的梦呓的深渊中去。

现实生活里的典型人物是有多样的。但我们必须要以在民族革命战争中占了最基本的队伍为我们最高的对象。不过，作家们仍旧要在其他各方面的队伍中，尽可能以这个主题为中心，撮出各方面的典型人物，表现出他在现实中将发生某种作用。

"民族革命战争的大众文学"的形式，将以使大众易瞭解易接受的形式出现，这种形式是随着创作实践的开展而演进着，大概，它是分了"正面的描写"和"反面的暴露"。至于，"报告"，"速写"，"记录"……等形式，则是训练千百万大众作家的初步的，最有效的形式。

可喜的，"民族革命战争的大众文学"已有了可以武装起全体大众的武器——拉丁化新文字，"民族革命战争的大众文学"将随着这个武器的广布开来，而更灿烂地耀着未来的光芒。

"手触生活"，这是苏联文学顾问会给青年作家的第一个教条。我们的作家，浸透到神圣的战斗中去吧，随着这个主流的激荡洗练自身吧，"真实的文学修业只有认真地沉入到现实生活里才可以达到"（《文学修业的一个基本形态》）。我们的作家们的伟大作品，将和他生命一样，不去抗战，便要消灭。我再重复讲一句。

一九三六·六·六

1936年7月1日《现实文学》第1号

一 点 意 见

张天翼

民族革命战争的大众文学，不用说，历史已为我们确定了这个前提。可是在实践上，我们会发出这样的疑问：题材会不会受限制呢？

假如把世界上具象的东西抽得干干净净，只剩一个人代表帝国主义，一个人代表被压迫民族，那只好在他两个人身上找东西。然而文艺作品是非深探进复杂的现实社会不可的。

帝国主义既不是天上掉下来的，也不是孤零零的单枪匹马的好汉。它闹的蹩扭多得很——跟它自身内部，跟它的兄弟行，跟新长成的青年人，跟殖民地民族。它的伸手到我们这里来，当然有它的帮手——直接的或间接的。

这整个结构，是一个个环子套成功的。我们如能击破其中的一个环，一样的可以打散它。

譬如汉奸，和作汉奸虎伥的或直接倚仗洋势的一些劣绅，不用说，当然是我们的大敌。即如土财主的恶势力。那种超经济的剥削，那些用来麻醉我们的陈腐教条，也都是民族革命战争的大阻碍。因此，在目前这阶段，一切反封建的主题也尽了它神圣的任务的。

这是对现实的认识的问题。

要是对现实不能认识，不能把握，不能深入，即使专写战壕，写轰炸机，写东洋赤佬打中国人耳光，也仍然是空虚的东西❶，就跟以

---

❶ 张恨水就写过这些东西，比一比不是以反帝行动题材的《阿Q正传》看呢？

农村事件为题材不见得就是反封建的作品，是一样的。

否则，那是真实的，也就是有力量的东西。

为什么呢？因为世界上只有一个真理：历史只向这一个方向走着。一切复杂的结构，也循着这必然的方向在变动——在分解，在合并。因此，把握着今日的真实的作品里，当然已经证明了我们的明日的胜利。

这条路线最基本的，也是最广大的：一切"积极性的"主题都锥形地汇流到那个目标上，为了现今现实社会的要求之故。

但这里，我们又不得不想到一些写作上的问题，如茅盾先生所虑到的"公式主义的错误"，以及脸谱主义，空想出来的民族英雄，等等。

因为这战争是困苦的，不免也有挫折的时候。同一阵线里，当然也会有怯弱的，动摇的分子。帝国主义的国家里，也象我们的一样，有好人也有坏人。而他们那些军阀财阀也不是天生的残忍，跟汉奸不是天生的卖国贼是一样的。

总之，我们如不深切认识我们的对象，凭空造出个十全十美的上帝似的英雄来，仍旧是白费力气的。❶

我们还得再提醒我们自己：认识现实，把握现实，深入现实。

1936年7月1日《现实文学》第1号

---

❶ 至于写一个典型的民族英雄，是个活生生的"人"但较实际的人物高些，完美些，那不叫做"空想"，而是把现实里提炼了一下，蒸馏了一下，就是说，它仍是从现实得来的。

在国防的旗帜下

郭沫若

近来有些自命为"前进"的朋友们怕说"爱国"，好象一说了"爱国"便不"前进"了的一样。其实这是太不"前进"的"前进"。

假使是生在帝国主义的国度里的人，或其顺民，他要"爱国"，那自然是爱他的帝国主义的国，他自己便是一位帝国主义者。这是可耻的！

但假如是生在被帝国主义侵略的国家，而那国家又到了岌岌不可终日之势的时候，生在那儿的人觉醒了起来要认真地"爱国"，那他所当取的必然是反帝国主义的行动。他的"爱国"的情绪愈真，则他的反帝的行动便愈炽，他是一个爱国主义者同时也就是一个反帝主义者。他对于在反帝战线上的邻人，不用说是要感觉着无限的亲密的，他是一个爱国主义者同时也就是个国际主义者。这样的爱国有什么可怕？

同一事物随着时代与环境形势之不同而有相反的不同的意义。鸦片落到医生手里是药，落到嗜好者手里是毒。武器落在法西斯手里是杀人，落在前卫手里是救人。战争落在帝国主义手里是侵略，落在弱小民族手里是保卫。这些是平而且常的事情，说不上什么理论。

我自己是在现代中国的中国人，我敢于宣称：我有充分的资格来爱国。我相信就是伊尔，就是伊里奇，他们如是生在现在的中国，目击着毫不加掩足的帝国主义者，以战车坦克飞机炮舰轧杀自己的无抵抗的同胞，整村整落地屠杀，整船整舰地运人到海里去活沉，而一些无耻之徒明目张胆地出卖国家，出卖民众，他们也必然要大声急呼地叫人"爱国"。

问题不是"爱国"可不可，而是"爱国"真不真。凡是真正爱国的人，处在目前，救济中国的路是只有一条。而这条路也就是达到人类解放的一条。解放人类的一个强力的引擎是落到了解放后的我们中国，这是历史课在我们身上的使命。路已经早就辟在那儿，就和开了的闸一样，无论是红水白水清水浊水，你迟早自会涌到这儿来，除非你只是水里的暗礁，或在水面上漂浮着的自负清高的芦草。

以"爱国"为幌子的人，自来是很多的。如一些所谓"国家主义者"，一方面高唱着"外抗强权"，而一方面又和军阀勾结起来把认真"外抗"着"强权"的人认为"国贼"而要"内除"。事实上他们只是在替"强权"做着内应工作的"国贼"。有好些中行说的后继者而自装为"痛哭流涕"的贾谊，有好些秦桧的追随者而自称是"精忠报国"的岳飞。有好些卧着钢丝床，尝着龙肝凤胆的勾践主义者，他们的"生聚"是聚来放逐范蠡，他们的"教训"是训来屠杀文种。那些假装的东西是应该深恶痛绝的。就是这些假东西把中国弄得来快要到无可挽救的地步，把人类解放的工程也弄得几乎要成画饼了。

但是事实胜于雄辩。十年来的事实已经替我们作了无上的宣传。十年前多数的人不明白帝国主义是什么，任你说到口敝唇焦，一些御用学者还要给你加以曲解。但是，现在怎样了？帝国主义者的狰狞面孔，自己在银幕上给了我们以一个超等的拓大。几年前的海藏楼的大名士郑孝胥，不是忧先天下的大贤吗？现在怎样了？殷汝耕是我的一位相识，前十年他在上海亲自对我说道："一些年少气浮的人不知要把中国领到何处去？"说得很凄然。现在怎样了？这几年来的事实摆在那儿，究竟谁个是中行说，谁个是秦桧，谁个是贾谊，谁个是岳飞，谁个是真真正正地在卧薪尝胆，谁个是堂堂皇皇地在卖国殃民？答案在大家的腹里都是写得明明白白的，大家不是都在翘望着，大家不是都跟着来了吗？

在这样的认识之下，目前的文艺界树起了"国防文学"这个旗帜，得到了多数派的赞成，而结成了广大的统一战线，我认为是时代的要求之一表现。"问题，只是解决它的物质条件已经具备或至少在其生成过程中已可了解，然后才发生出来的"。这个运动不是某一派人或某一个人的主张或发明，而是客体上已经具备了那样的要求。大众都已经陆续在动员了，你自认为大众喉舌的文学家怎能例外？

目前我们的"国防"是由救亡运动，即积极的反帝运动之大联合以期获得明日的社会之保障。向着这个积极的反帝运动动员了的大家才是我们的"主体"，值得我们拥护到底的主体。"国防文学"便是这种意识的军号。

这篇未完成的文字，本是《国防·污池·炼狱》的初稿，是在一个星期前写的。因我中途改变了笔调，故尔没有完成。现在《文学丛报》向我征稿，朋友们劝我不防就把这篇寄去。我说怕重复，他们说这样的意见就是重复上千万遍都是可以的。好，我便把这个流产了的东西仍然送出去盛在酒精瓶子里。

一九三六年六月十六日追记

1936年7月1日《文学丛报》第4期

中国文艺工作者宣言

　　中国不是从昨天起才被强邻压迫，侵略，我们民族的危机并不是一朝一夕所造成。展开在我们眼前的这大崩溃的威胁是有着它的远因和近因，有着它的发展的路径的。我们，文艺上的工作者，目光从来没有离开过现实工作，从来没有放松过争取民族自由的奋斗。我们并不是今天才发见救亡图存的运动的重要。

　　所以，在现在当民族危机达到了最后关头，一只残酷的魔手扼住我们的咽喉，一个窒闷的暗夜压在我们的头上，一种伟大悲壮的抗战摆在我们的面前的现在，我们决不屈服，决不畏惧，更决不彷徨，犹豫。我们将保持我们各自固有的立场，本着我们原来坚定的信仰，沿着过去的路线，加紧我们从事文艺以来就早已开始了的争取民族自由的工作，我们决不忽略或是离开现实，反之，我们将更加紧紧地把握住现实。我们不敢过大的估计自己的力量，但我们将为着目标的远大，忘却自身的渺小。我们相信各部门的文化工作在任何时期都没有一刻可以中断，我们以后将更加沉着而又勇敢地在这动乱的大时代中担负起我们的艰巨的任务。我们愿意接受同意我们的工作的人的督促和指导。我们愿意和站在同一战线的一切争取民族自由的斗士热烈地握手！

　　　　　鲁　迅　　巴　金　　曹　禺　　吴组缃　　蒋牧良

　　张天翼　　马宗融　　方光焘　　杨　晦　　陆少懿

靳以　　齐同　　孙成　　大戈　　奚如
曹靖华　赵家璧　田间　　克夫　　李溶华
鲁彦　　陆蠡　　世弥　　丽尼　　荒煤
萧乾　　芦焚　　方之中　辛人　　东平
姚克　　路丁　　钟石韦　马子华　天虚
叶籁士　徐盈　　澎岛　　宋之的　周彦
黎烈文　以群　　胡风　　溅波　　草明
萧军　　孟式钧　张香山　王余杞　俯拾
孟十还　萧红　　周而复　杲杲　　欧阳山
万迪鹤　黄源　　尹庚　　周文　　任文川
孙用　　葛琴　　王元亨

1936年7月1日《文季月刊》第1卷第2期

为"国防文学的民族性"问题答周楞伽先生

张尚斌

《文学青年》创刊号上，周楞伽先生曾批评我在《星期文坛》上发表的那篇《国防文学和民族性》的文章。我说"中国的民族资产者，有许多是还有着反帝的强烈的要求"。周先生说，这不合事实。他认为"事实所昭示给我们看的中国的民族资产者，不是'有许多还有着反帝的强烈要求'，而是卑鄙无耻的向敌人投降，出卖全民族的利益"。

我们不能不说，对于作为一个阶层的中国民族资产阶层，周先生的话是对的。一九二七年以后，民族资产阶层，早投降了封建残余帝国主义者，这事情，"九一八"以后，更加显露。可是，我们不能说，一个阶层的×动性，能够毫无遗漏的概括这阶层中的每一份子。正和其他阶层有他的逆子一样，×动的资产阶层也有许多逆子。作为例子，我们可以举出过去的中国报业巨子资产者经济学专家，和某高级军官，现在也有许多资产者出身的进步文化人和政治家。他们的确是有着反帝尤其是反日的强烈要求的。

"二七"以后崛起的中国第四阶层及其同盟，毫无疑义的，是一切反帝运动的领导者，到现在，他的力量更加强大了。但是为了对抗强暴的东方帝国主义和他的走狗的残酷压迫和剥削，在半殖民地中国的这种特殊的环境之下，第四阶层及其可靠同盟一定要把一切可能的直接间接的反日力量团结在自己的旗下。第四阶层及其同盟者不是好当单骑杀敌的英雄，他们是要求民族和自己的生存，为这缘故，他们要用最大智慧发现并组织所有的反日力量，而且要认识发现并助长一切间接于反日有益的力量，如反对某某特定汉奸的某派别，某军事集团等，用种种方法使这些间接反日力量转为直接反日的因素。只有这样，第四阶层及其同盟者才能够在目前特殊的政治环境之下，加速自己和全民的民族和社会的解放。

更进一步说，"九一八"，"一二八"以后，汉奸们露骨的投卖，"友邦"对我们的"友爱"的日益浓厚，已经使中国各阶层的关系，起了很大的变化。不仅是许多落后的劳苦群众有了更明确的政治觉醒，而且，其他阶层的分子都日益×倾，民族革命战争的动力，空前的扩大了，民族解放运动的运动力的这种变化，是目前喧嚣传播着的民族联合阵线的一个重要基础。

当然，如果把杂阶层和少数个别的民族资产者的反日力量，决心和彻底的程度，估价成为广大的劳苦大众的一样的高位，这是不对的。但是，他们有一分力量，我们就用尽他们的一分，有一分钟的反日决心，就和他同走一分钟，而且，更应当用一切教育力量，使他们反日的信心坚固，使他们的反日行为彻底。这种教育政治落后的人民的力量，有十余年的血腥奋斗的经验的中国第四阶层及其同盟者现在是具备了的。

周先生说："中国的民族资产者，由于中国目前所处的次殖民地的地位，由于中国经济根本只能成为帝国主义各国的附庸，他们也就只好永远安分守己的在帝国主义的手下做一名买办。帝国主义的一顶铁帽子紧紧的压住了他们，他们除了在他们的主子面前献媚乞怜做汉奸以外，再也莫想自己伸出头来。"这段话，也还是一般的看到民族资产阶层的整个，而没有分别的去看他的组织分子。不看见树林只看见树木固然是错误，徒对树林一瞥，而不仔细再看树木，在某些时候，也是不对的。而且，周先生好象判决了资产者的最终命运，他没有留意阶层关系的变动，也不知道，在中国个别的民族资产者，也是可以走上资本主义以外的前途的。

周先生又认为许多民族资产者的应和反日斗争，非出"本心"，而是"迫于清议"。他们的动机，本来用不着问；就是非出"本心"的他们的应和，也一样于反日的斗争有利。而况，他们的行动，一定是由于他们自身利益决定，不得不然。决不是单单"迫于清议"。

上面所论，全是关于中国革命运动的动力和性质的问题，似乎与文学无关；但这就是我们的时代的特征，而时代的特征——依照乌拉机密尔的意见——就是文学的特征的原因。国防文学一定是反映了这种时代特征的这个历史特定阶层的主要文学形态。

我在《星期文坛》上发表的那篇《国防文学和民族性》，本应题为《国防文学的阶层性和民族性》，因为某种原故，"阶层性"字样删了，内容是论这两者的关系的。但发挥至不详尽，发表后周先生批评了，而《礼拜六》上面的徐行先生曾三次"抄书评论"，赐以"胡说"的高评。后者当另作答，这里，且对周先生所指摘各点，回答如上，不知道周先生还有什么意见？

附：

周楞伽先生看了这篇文章原稿以后所加按语：

"我对张尚斌这篇文章完全同意。我不否认我那篇《一个疑问》内容包含着相当的错误，完全是由张先生过去的论调太笼统含糊而起，现在张先生既承认他过去的论文'发挥至不详尽'，那我的错误也就可以由他这篇文章，得到纠正的机会了。其实如若不是张先生笼统地说：'中国的民族资产者都有反帝的强烈要求，'而指出那是属于一阶层中个别的或部分的，我也根本不会发生什么疑问的啊！"

尚斌按：我没有说，"中国的民族资产者都有反帝的强烈要求"，而是说："中国的民族资产者，有许多是还有着反帝的强烈要求。"不过，我承认，"有许多"也不妥，应当说"有一小部分"。又有朋友认为说民族资产者，有许多是还有反帝的强烈要求强烈两字不要，虽然这对于那少数人民并无大误，我也可不固执己见。

从走私问题说起

屈 轶

还让我先从走私问题说起吧。

走私的直接的破坏作用是什么呢？

一、是广东，上海，北平一百三十余家糖厂的停闭。

二、是火柴业被迫与日商陇川植田两火柴公司商榷，组织中日合办的"火柴产销合作联营社"，叫中国火柴工业寄生于日本的资本下。（见今年四月十八日《中华日报》）

三、是向来以华北为市场的各地面粉工业，因"日货面粉偷运抵津刻达二十八万袋，粉价大跌……而不得不停车减工，以免亏损血本。"（见四月二十一日《申报》）

四、是丝织，棉织，瓷业等等民族工业，因人造丝，棉织匹头，瓷器等等的走私而大受压迫……

所以，走私的直接的破坏作用，是民族工业的破产。

现在，如其有什么民族资产阶级的作家，把他那因走私而身受到的苦痛与压迫如实地写了出来；即使他无视了"停车减工"下的大众的更厉害的苦痛，不加叙述与描写。或者，即使他带便描写了大众的苦痛，仅作为他挽救民族工业的呼声的"张本"，若是他写得逼真，写得有声有色，写得十分客观；那么，象这样的作品，在"反帝抗×"的意义上，我们也得给以相当的估价，而允许它有存在的理由吧。

自然，走私的影响，是间接传达到中国广大的劳苦大众身上的。这影响的传达，是通过现实的政治的机构（因走私而减少税收，紊乱了"国家的财政",不得不取"挖肉补疮"的手段,加重了别的税收)及经济的机构(因走私而使民族工业破产,把成千成万的劳苦大众从生产机关中赶出来)而及于大众身上。如其我们的作家,站在大众的立场上,从各方面来描写这一问题,或如实地将大众因走私而受到的苦痛与压迫呐喊出来。这样的作品,无疑地是我们所要求的,应予以最高的估价的。但在其作品所指示的终极之点上,却还是带有极其有力的"反帝抗×"的意味。

在这里所表现的,是两个"真实"。资产阶级的作家所表现的"真实",和大众作家所表现的"真实"。

本来这两个"真实",相距是颇为遥远的。而且在本质上,这两个"真实",应该是对立物,相互矛盾,冲突的。然而,在这里,我们不能不说,这两个"真实"统一于一点上。那就是在他们作品中所有的共同倾向:"反帝抗×"。这因为在走私的影响下,民族资产阶级与劳苦大众所受于帝国主义的经济侵略的压迫,是有相同之点的。

推而广之,在这人类的"自由的王国"还没有建设起来以前,每一个民族,必得有守护它的土地的必要,每一个民族里的每一个民众,必感受到因失去了土地而兑来的政治上与经济上的苦痛。为去除这苦痛,每一阶层的民众,必须暂时减轻(不是放弃)阶层对立的比重,一起联合起来,去防护他们的土地。

自然,这里,我们不能忘却劳苦大众的主导的作用。而且实在也没有理由可以忘却。但因为不使这联合战线一下子就起裂痕,而削弱"反帝抗×"的力量,我们在这里,似乎不应徒在形式上强调了大众的主导作用。

在事实上,只有大众是最积极最本质的"反帝"的分子。但在这国家被汉奸出卖的现在,各阶层民众,已经到了身家性命财产,什么也没得保障的时候,他们的"反帝抗×"的热情,就成为大众所领导的战线上的一股极大的力量。这中间,大众就得以理性而驾驭之。且因阶层的本质的决定,他们只有依附于大众的领导下才能联合起来,巩固起来。所以,一定要显明地揭出大众的立场,是不必要的。大众决不会丧失他们自己的立场。

文艺上当初揭出了国防文学的口号,那意义是非常地含糊的。因为揭出者一开始就没有基于现实政治的分析的关于国防文学的纲领与诠释。在这政治上正确的"国防"两字的意义还没有被人们普遍认识的时候，揭出者只这么空洞地喊了一句："我们需要国防文学！"于是听到的人就有两个感想：一是把国防两字看得极其狭义。以为国防文学必须描写对于×帝国主义的抗战的情形，因而发生了口号文学的复归的忧虑。其次是把国防两字看得极其广大，甚而与"某家老店"的招牌混合起来，成了你来一个陆稿荐，我也来个陆稿荐的情形。——自然，我们知道陆稿荐总有一家真正老牌的。国防也有它一个真正的牌子。但揭出者工作的不充分，是无可饶恕的错误。

后来有人解释了，但还嫌零碎而缺乏系统。最初是徐懋庸君与横君意见的不统一。把国防文学看作了另一种文学，而叹息"正牌文学"必致灭亡的徐君的两元论，那是错误的，在这里不必再说。但从说明目前的总的政治形势，而系统地给予国防文学一种范畴的文字，我们还没看到过，这也无怪反对者的迭起了。

到今日为止，关于国防文学的解释，大约有如下的几种提示：

（一）国防文学，不仅是描写抗战的文学。"一个被侵略而濒于灭亡的民族，它的社会生活的种种方面，全是和我们眼前这伟大的课题有联系的……在战鼓和喇叭以外，我们要通过文艺的手段从种种方面去培养它，燃烧它，锻炼它。"——惕的意见。

（二）国防文学允许"中间文学"的存在。——周扬的意见。

（三）国防文学最合式的形式，是报告文学的形式。——徐懋庸的意见。

根据这一二两种的意见看来，胡风所提出的"民族革命战争的大众文学"，和国防文学有其相同处，亦有其不同处。相同处，即今日一般依据组织国防政府的政治的原则而提出国防文学者们，并没有忘却大众的主导的作用（说明的不够，那是事实）。正和胡风在其口号下特别强调"大众文学"四字一样。然而，这一强调，不能适合国防政府的联合战线的原则，那是显然的，这就是它的不同处。如其胡风所指的大众是"人民大众"，不是如在我们这古老的国土上历来所使用的"大众文学"的意义，那么，他也应一样承认"中间文学"的存在；即如我在上面，关于走私问题中所提示到的，那种资产阶级的作家所写下来的作品的存在。在这里，就无另立名目的必要。抛撒私人间的芥蒂，为最大的目的而服务，那是一切的文艺家和文艺理论家所应有的坦白的胸怀。证之于胡风历年来文艺理论的表现，我们一定能得到他对国防文学的一个可贵的意见：予以批评或讨论，而毅然为巩固文艺界的联合战线而努力（这是作者衷心话。因为中国人太多神经质了，常把正面话看做反面话，所以特别在此注明）。

艺术毕竟奉仕于真实的。一切文艺政策的决定，如其不能把握到隐藏于现实之下的真实，那也徒有政策而已。

但现实是复杂多态的。而真实要求单纯。真实就在这复杂多态的现实的诸关系上通过一条单纯的线而走向历史的前途去。

在今日中国社会的现实，更其来的复杂多态。人民大众所受到的各方面的苦痛与压迫也一样极其复杂多态的。然而他们得追原于一个最本质的共同的因素，那就是帝国主义的侵略，尤其是×帝国主义。在这一点上，他们就暂时统一了相互间的冲突与矛盾，而负起了历史所赋予的使命，向联合抗战这一单纯的路上走去。大众又得从这路上，不固执于宗派的成见，不放松与机会主义的斗争。在某一时期，推进到更高的一阶段，这是对现实所要求的单纯的真理。

艺术文学只有与真实合一，才有它的生命。政策与口号的决定，同样需要把握住这一真实。过去历史的分析是要紧的，未来的历史的指示，是应该把握到的。而现阶段现实的分析，更不能忽视。我们不忽视胡风所站的尊贵的立场。但他对现阶段复杂的现实的分析却稍稍疏忽了一点：即对于统一战线的认识，不够深入。因之他提出的口号，仍带有宗派的偏执的色彩。回过来说，在胡风这个"民族革命战争的大众文学"的口号下，那种因走私而写出资产阶级的苦痛而显示了反帝的倾向的文学作品，是否被允许呢？但无疑地，这是今日的中国的一种客观的真实呀！

1936年7月10日《光明》第1卷第3号

国防·污池·炼狱

郭沫若

"国防"——在英文是 National Dofence——本来是军事性质的用语。在初"国防文学"这个新的旗号标举出来的时候，大家都觉得有点异样。然而过细考虑起来，在目前的救亡关头上要找一个共同的目标以促进战线的统一，除掉用这个名义而外，觉得也象没有再适当的语汇了。

本来一切的用语都是一种有社会性的规约，我们现在只要公约着规定了"国防文学"的定义，那名称便和实际宾副起来，纵使是用 BCD 或者丁丙乙，都是不妨事的。幸好"国防"的音韵上的效果也还相当，而广义地说来，内涵也有充分的伸缩性，既简单而又概括，并且还多少有些新鲜。

现在让我来发表一些个人的意见吧。

第一层，我觉得"国防文学"不妨扩张为"国防文艺"，把一切造形艺术，音乐，演剧，电影等都包括在里面。凡是不甘心向帝国主义投降的文艺家，都在这个标帜之下一致的团结起来，即使暂时不能团结，也不要为着一个小团体或一个小己的利害而作文艺家的"内战"。——自然，一定要"内战"的人在这儿也是无法强制的。最好请一边在这时挂出免战牌。

第二层，我觉得国防文艺应该是多样的统一而不是一色的涂抹。这儿应该包含着各种各样的文艺作品，由纯粹社会主义的以至于狭义爱国主义的，但只要不是卖国的，不是为帝国主义作伥的东西，因而，

"国防文艺"最好定义为非卖国的文艺，或反帝的文艺。

第三层，我觉得"国防文艺"应该是作家关系间的标帜，而不是作品原则上的标帜。并不是一定要写满蒙，一定要写长城，一定要声声爱国，一定要句句救亡，然后才是"国防文艺"。我们只是在"国防"的意识之下把可以容忍的"文艺"范围扩大了。最好是由我们自己的立场来说话，我们站在社会主义立场的人每每有极端的洁癖，凡是非同一立场的人爱施以毫不容情的打击，在目前我们确应该改换这种态度了。要认定凡是非卖国的，非为帝国主义作伥的人或作品，都和我们的目标相近，我们都可以和他们携手。为扩大反帝战线的必要起见，我们尽可以做些通权达变的工作。

以上是我草率地抒写出来的一些意见，暂且作为规约决定上的一点资料吧。

我听说有好些朋友，担心着"国防文艺"的提倡会堕入"爱国主义的污池"，因而在怀疑，反对，对于统一战线不肯积极地参加。我看这也正是洁癖的一种表现。——"带着白色的手套是不能够革命的"。

其实一切的事物随着时代的变化与环境形势的不同都有相反的不同的意义。鸦片落在瘾客手里是毒，落在医生手里是药。武器落在法西斯手里是杀人，落在前卫手里是救人。战争落在帝国主义手里是侵略，落在弱小民族手里是保卫，"国防"正是这样，爱国主义也正是这样。

解释是很简单的。

假使是帝国主义的国度里的国民又或其顺民，他要主张"爱国"，他所爱的自然是帝国主义的国，他自己便是一位帝国主义者。这种的爱国主义自然是一个"污池"。

然而，假如是生在被帝国主义侵略的国家，而那国家又临到了岌岌不可终日之势的时候，大家觉醒了起来要认真地爱国，要来积极地作反帝的斗争。这样的爱国主义或者可以目为"炼狱"，然而怎好视之为"污池"？

事物应该从其关系上去求辩证的了解，不好守着一个定规去死看。

炼狱式的爱国主义者，他的"爱国"的情绪愈真，则他的反帝的行动便愈炽，他是一个爱国主义者，同时也就是一个反帝主义者。

炼狱式的爱国主义者，他的反帝的行动愈炽，对于同站在反帝战线上的邻人（友邦及敌国里的朋友）自会倍觉亲爱，他是一个爱国主义者，同时也就是一个国际主义者。

这种的爱国主义者和"污池"式的爱国主义者是应该严加区别的。

污池式的爱国主义者在中国自然并不乏人。譬如所谓"国家主义者"的一群，他们一方面高唱着"外抗强权"，而一方面又和军阀勾结起来把认真"外抗"着"强权"的人认为"国贼"而要"内除"，事实上他们自己在不识不知之间便成为了替"强权"做内应工作的"国贼"，而他们所爱的"国"其实是帝国主义的国。又譬如"痛哭流涕"的中行说，"精忠报国"的秦桧，卧着钢丝床，尝着龙肝凤胆的勾践主义者，一向也是遍地皆是的。那些摩登勾践，他们的"生聚"是"聚"来放逐范蠡，他们的"教训"是"训"来屠杀文种。

然而事实胜于雄辩，这些"污池"式的爱国主义者的假面具不是已经剥得精光了吗？十年来的事实摆在那儿，究竟是谁在爱国，谁在卖国，谁在真正的卧薪尝胆，谁在一味的媚外欺人，不仅欺人的人自己明白，便是被欺的人也是早已明白了。海藏楼的大名士不是当年忧先天下的范仲淹么？殷汝耕是我的一位相识，他在十年前在上海亲自向我慨叹过："一些年少气浮的人不知道要把中国领到什么地方去？"说得十分凄然。现在是怎样了？

天下的人都已经是明白了的，但因为赤手空拳，有大多数的事还在待望，但他们所待望的已不是十几二十年前的"真命天子"，而是他们心目中所认为的真正的"爱国者"了。

让我们推开窗子说句亮话吧。在目前的中国，只有进步的现实主义者才是真正的爱国主义者，而真正地有爱国情热的人，他所走的路也就是进步的现实主义的路，虽然他没有明确的意识。

事理是很明白的，而且事实上大多数的人都已经是明白的，处在目前要"爱国"，要真正地"爱国"，那非彻底地采取反帝行动是不行。人能彻底地采取反帝行动，这所走的不便是目前的进步主义者的路吗？所不同的只在意识的明确与否，只在目标的远近如何。然而目前的行动是一致的，路是一道的，我们当然并不放弃我们的奢望，要拥护着——我特意用着"拥护"这个字——一切爱国的人和我们同路到底。革命的"主体"须要知道并不是少数所谓前进的洁癖大家，而是总动员下的爱国大众。

同路到底的事也并不是难事：因为中国的出路是只有一条开在那儿的。凡是要想求生，要想做人，要想爱国的人，早迟都会向这条路上走。而这条路的尽头却是人类解放的新天地。二十世纪的真正的中国人，生下地来便带着了反帝的使命。历史毫不容情地把我们中国人选成了反帝的战士放在最前线上了。我们是被逼着不能不和最猛恶的毒龙徒搏。这徒搏，期间是很长的，而且是很艰苦的，危险的。但毒龙被我们屠杀了的一天，便是我们得到解放的一天，也便是人类得到解放的一天。

在这样的意识之下，我相信，要进步的现实主义者才是真正的爱国主义者，而真正有爱国情热的人所走的也就是进步的现实主义者的路。

在这样的意识之下，我也相信，"国防文艺"可以称为广义的爱国文艺。

前进的主义不是跨在云端里唱出的高调，不是叫人洁身自好地在亭子间里做左派神仙。

请大家把"白色的手套"脱下吧。

这儿是一座炼狱。

要想游乐园的人非经过此间的锻炼不可。

一九三六年六月十四日

新的形势和文学的任务

艾思奇

现在再没有人把什么永久的东西当做文学描写的对象了，再没有人说文学是超时代超现实的神品了，这只是被时代遗弃了的没落者的失望的自遣，是无力正视现实的一种粉饰。

前进的文艺作者都承认，文学是，而且必须是跟着时代变化，时代的每一个新的形势，必然要在文学上提起新的任务。

文学是怎样担负起它的时代任务呢？文学能担负起这任务，就在于它是现实的反映。就象科学用理论反映现实一样，文学用具体形象把现实的一切动态反映出来。所谓反映，并不是零零碎碎毫无系统的陈列，而是要把现实的运动，趋势，前途，也呈示出来，不单只反映现实，也同时预示着将来。这就是说，正确的反映，同时也就是指示。在人们拼着苦痛，拼着血肉去争取更好的未来的时候，文学是和科学一样，对于他们的行动要尽相当的指示作用。

时代的新的形势，不但对文学提供了新的写作对象，新的美学的基础，同时也把需要解决的新的问题摆到作者的前面。最能反映现实的文学，是最有时代意义的，也就是最有行动的意义的。

因此，我们可以说：文学的生命就是现实主义。凡有价值的作品，都有它的现实主义的一面。我们自然不能说每一个作者都是现实主义者。相反地，我们要说，多数的作者甚至于伟大的作者，都常常站在一种特定的立场，戴着特定的棱镜，也就是抱着一种代表作者的社会地位的世界观，而把现实的形象歪曲了。在特定的世界观的着色眼镜之下，作者甚至于会把现实的材料拖到非现实的空中去。但不论怎样，作品如果有价值的话，那价值不在他的世界观，而在那虽然被歪曲但也在某种程度上反映出来了的现实的内容。我们承认《雷雨》这部戏剧是有价值的作品，因为它里面写出了几个很现实的人，象那在旧社会旧道德的压抑底下苦闷着的周繁漪周萍等人物，是就在现在的中国也有很多地方存在着的。作者的世界观使他想把这些人物带到神秘主义和宿命论的彼岸里去，但也幸而这神秘主义和宿命论没有完全压坏了这几个人的真实的描写，才使剧本有深刻动人的力量。

这是一些基本理论上的问题，为什么要拿到这里来谈呢？这是为要表明，凡是有才能的作者，在世界观上即使有种种不同，但在反映现实的这一点上，却多少都有值得重视的地方。也就是说，新的形势和新的任务被提起的时候，文学的事业并不单单是最前进的作品才能推动；就是比较落后的作者，在一定的条件之下，也可以成为这任务的一部分的担任者的。

我们的前进的文学界常常有狭量的关门主义的倾向。他们带着前进者的骄傲，把自己当做唯一的挖掘现实的工作者，而忘却了文学战线上还有其他可携手的友人。这错误，是在于把文学看做少数人的事业，看做天才的事业，不知道文学所要反映的具体现实，是非常广泛的，多方面的。一部分最前进的作者虽然能把握着现实的最本质的方面，却并不能汲尽现实的真实性。如果我们对于文学不仅仅以较片面的反映为满足的话，就应该从更多的作者中去找寻合作者。我们当然不能幻想要一切的作者都成为我们的合作者，这是不可能的。但在每一种新的形势到来的时候，除了少数最前进的作者之外，还站着许多有才能的可以合作的作者，却是无疑的事。我们可以放弃了他们么？如果放弃了，他们将依从着那不正确的世界观的引导，渐渐走向衰败没落的道路上去，在文学上说，这也不能不算是很大的损失。如果我们明白，担负时代任务的力量是一点一滴也不能让它白白丧失了的话，那就应该号召他们，鼓励他们，督促他们，让他们少用些工夫在那不正确的世界观方面，多用些工夫在现实的反映方面。

因此，依据着新的形势来给文学规定任务和口号，并不是单限于少数最前进文学者圈子里面的事，而是要把更广大的作者拉过来，用集团的笔，全面地写出现实的真相和现实发展的前途和道路。政治上的联合战线，在文学上也有反映，不单只是行动上的反映，也是写作上的反映。

在目前的新形势之下，我们要的是什么口号呢？有人提出"民族革命战争的大众文学"，有人提出"国防文学"，我的意见，是赞同国防文学这一方面。因为这口号是最切合现阶段的需要，而且也最能号召一切可能的写作力量，团结到民族革命的阵营中来。

要明白这一点，对于新形势不能不先有一个明白的理解。

新的形势是在于民族危机的加紧，半殖民地的中国已经就要被东方帝国主义者全殖民地化了。殖民地化的企图，自然不是从今日开始的，我们可以回溯到"九一八"，不，还可以回溯得更早一点，说：在田中内阁所造成的济南惨案时代就已经发端了。这就是说，从七八年前起，在中国已开始了被殖民地化的过程，这过程是到最近一年才更加深刻化起来的。这深刻化是不是引起了新的特质呢？引起了的，现在的民族危机已经发生了新的特质，也因此才有新的形势。有人以为"九一八"以来的中国只看见整个的殖民地化的过程，只看见殖民地化的程度上或数量上的增加，而忽视了最近一年来的新的质的变化，这是不对的。所谓新的特质，一句话，就是民族的危难已到了最后的生死关头。在这以前，敌人的殖民地化的企图还只是部分部分的实现，而现在却逼到了这样一个地步：它逼着中国，或是抗战，或是整个的国家整个的民族全都被敌人吞下。

更具体地说，这新的形势包含着以下几点：

第一，敌人是集中一切军事，外交，经济，文化各方面力量来对中国作全面的侵略，侵略的魔手几乎没有一个角落里不伸张到，也就是几乎没有一个角落里的中国人不感到侵略的威胁。

第二，驻军的增加，走私的扩大，以及其他新的毒辣的侵略方式，使那些甚至于想做汉奸或想做王道顺民过太平日子的人也感到了威胁，使许许多多的阶层的人都渐渐地感到抗争的需要。

第三，因为敌人的侵略已经到了要全灭中国的地步，在全国各党派各阶层的前面显现成一个最危险的大敌，不先克服了这个大敌，大家都要同归于尽。因此，除了极少数甘心做汉奸的人外，相互间的纷争，都觉得要设法和缓下来，共同联合一致，对付最大的敌人。这就是抗敌联合战线发生的基础，也是新形势中最重要的东西。

谈新形势而忘记了联合战线，是不对的，就是对于联合战线的不正确的理解，也是非常有害：联合战线是不是要解消了社会的一切纠纷而不谈呢？不是的，人民所受的封建的压制和经济的剥削，没有丝毫改善，这会减低了他们实行抗敌战争的热情。然而联合战线是不是仅仅把过去的一切社会纠纷统一着呢？也不是的，内部的激烈争斗照样继续下去，怎有力量来对付外来的大敌？如果说联合战线是仅仅统一着这些纠纷，那就等于根本不要联合战线。联合战线是以抵抗大敌为目的，在联合战线之下的一切问题的解决，都得要以抗敌联合的利益为前提：某种社会纠纷如果损害了联合战线（如过高的社会斗争口号，会把一部分战友吓退），那我们宁可不用激烈的形式而用改良的方式来解决这纠纷，某种社会纠纷如果对于联合战线没有利益的话，当然要不客气的解决这纠纷。在新形势之下的社会纠纷和过去的社会纠纷，在解决的方式上是不同的，忽略了这一点，也就谈不上新形势的了解。我们不能说封建势力（如小地主甚至于军阀之类）一定都是汉奸，我们不能说压抑着劳苦大众的人（如民族资产阶级之类）一定都不能走到联合战线上来，这是机械的了解，不是动的辩证法的了解。在新形势新条件之下，这一类的人也有一部分可以转向到抗敌的战线上来的，虽然我们不能否认，他们的转向是带着很多的踌躇，动摇，和疑虑的成分。

为什么在这新形势之下，在文学领域里我们要赞同国防文学的口号呢？因为这口号是文学界的联合战线的口号，它可以号召广大的作者来尽他们的时代任务，而不把这任务局限在一部分前进者的圈子里。

一个作家代表着一定的社会层。这社会层如果是一些寄生者的群团，他们脱离现实，脱离生产，做着高超的美梦，那么，代表他们的作者也会跟着他们播弄文字技巧的粉饰和欺骗。如果这同样的社会层在新的条件之下受到了现实的打击，感到了地位的不安，在疑虑和彷徨中渐渐倾向到抗敌的方面来的时候，代表的作者把这样的转变过程反映出来，这不但在文学上有相当的贡献，同时在社会的意义上，他们的作品也对他的阶层尽了一种指示的任务。它对他们说："看吧，我们的路只有这一条，抛弃了那美丽的空想，走到联合战线上来吧！"象这样的作者和作品，就是单单站在政治上来说，我们也能放弃了吗？

我们相信在新的形势之下，有许许多多这样可能的社会层，也有许许多多这样可能的作者。我们在政治上用联合战线的口号要把这些社会层尽可能地号召到抗敌战线上来。在文学上，我们得要用国防文学的口号，号召这些作者，叫他们去指示他们所代表的社会层，把在迷梦中的人警醒，把在彷徨中的人坚定起来，使他们知道为国防而战是比什么也更切迫需要的事。因为国家亡了，自己的生存就全没有保障。

广泛的各种社会层中的转变中的现实，不是一部分前进的作者所能汲尽的。前进的作者在作品所做的指示，也不一定能够说服那比较落后而又有走到联合战线来的可能的人们。用他们自己的作者去说服他们，是最便利的事。要把各党各派的作者号召起来，意义也就在这里。

为什么我们要赞同国防文学的口号，而认为"民族革命战争的大众文学"不恰当？因为这一个口号用在现阶段里是太狭隘了。提出这口号的胡风先生，是把着眼点完全放在"劳苦大众"上面，而忽视了在新的形势下，抗敌的可能力量不只是"劳苦大众"，就是一部分民族资产阶级，乡村富农，小地主，以及小资产阶级，都有走到抗敌阵线上来的可能性。胡风先生说："'民族革命战争的大众文学'应该说明劳苦大众的利益和民族利益的一致，说明在民族革命中谁是组织者，谁是克敌的主要力量，谁是自觉的或不自觉的民族奸细。"这样的见解现在已经旧了。现在已经不能一概地说谁一定是自觉或不自觉的民族奸细，现在的形势使我们可以说：可能成为民族奸细的人以及对于民族抗争不感到兴趣的人，也渐渐转向到抗敌联合战线下面了。我们现在不但可以说明民族的利益和劳苦大众的利益的一致，我们现在还可以说明，民族的危亡，对于其他的阶层的利益也是有害的，凡是真正要争取生存的人，都应该走到抗敌战线上来，实行保卫国土，收复失地。

我们现在不单单要说明谁是民族战争的组织者，谁是克敌的主要力量，还要指出更广大的国民是怎样渐渐走到联合战线的组织里来，怎样在动摇，彷徨和疑虑中终于转变过来，而形成抗敌的伟大力量。

这样，展开在我们的前面而值得文学来反映的现实，是更广泛了。这样广泛的现实的动态不是一部分前进文学者所能完全汲尽，要号召更多数的作者来和我们前进的作者合作，不是很必要的么？

对于这些作者的号召，自然也不是毫无条件的。他们走到联合战线上来，无疑地也随带着他们自己的世界观，无疑地他们仍不会完全脱去了旧的恶习，文字技巧的粉饰和欺骗仍会在他们的作品里残留着。因此，把这些作者号召过来，同时也要给予战友的批评。号召的意义，就在于要不使他们放任在自然生长的状态中，以致有腐化的危险，而要把他们中间的新鲜的生命扶植起来，要他们对于自己阶层的转化的现实过程的反映多努力些，而在世界观方面少来一些顾虑。

1936 年 7 月 10 日《文学界》第 1 卷第 2 号

关于《论现在我们的文学运动》

——给本刊的信

茅 盾

编辑先生：

　　附上鲁迅先生的《论现在我们的文学运动》一文，及《答托洛斯基派》一信。这是希望贵刊能够把这两篇转载出来。

　　我以为《论现在我们的文学运动》一文是特别重要的。因为我记得，大概一个月以前，胡风先生在《文学丛报》上发表了一篇文章，把"民族革命战争的大众文学"作为现阶段的文学运动的口号提了出来。然而胡风先生只把这概括的总的口号葫芦提了出来，而并没有指明，为了要和现阶段的民族救亡运动的要求相配合，还应当有更具体的口号——"国防文学"。胡风先生那篇文章显然还有以"民族革命战争的大众文学"一口号来代替"国防文学"一口号的目的。因而他那篇文章就引起了许多质难（例如徐懋庸先生的一篇文章）。后来《夜莺》第四期有龙贡公和绀弩等各位先生的论文，都是响应着胡风先生的文章的（即《文学丛报》第三期所登的那一篇），然而胡风先生前文中最显然的缺憾与错误，龙贡公他们也相沿而未有补救。

　　因为《夜莺》第四期是以"民族革命战争的大众文学"特辑一栏发刊了那几篇文章的，这自然很引起注意，同时也引起了青年人一些疑问：胡风的议论（在救亡运动等点上）其实也和喊着"国防文学"口号的人们的议论并无二致，那么，新口号的提出何以是成为必要呢？龙贡公一文（《夜莺》第四期）内有"把这样的创作水准再降低到单纯空洞的'爱国'观念，就是只在每字句每行段生进不能比'爱国'二字含义更多的空虚观念，这是应该的事情么"这样的语句，这显然是指"国防文学"一口号是"单纯空洞的爱国观念"了，龙贡公这话是不是负责说的？他难道当真没有看到在本年正月里就有过好多篇短文力说"国防文学"决对不是狭义的民族主义，也不是"单纯空洞的爱国"主义；过去四五个月里散见于各刊物上的关于"国防文学"的短论确曾相互补充地作了比较完全的正确的"国防文学"的界说，难道龙贡公当真都没有看到么？难道他虽然看到，但仍以为"国防文学"四字本身就会"把……创作水准降低到单纯的空洞的爱国观念"么？如果他当真是这么想，那他未免是口号万能主义者了！口号本身并不是万能的，口号的"力量"在于给它的解释如何以及它的正确的运用；龙贡公难道当真不知道这一点么？

以上这些疑问，我觉得是发自洁白的心坎，是不应当忽视的。因而从胡风先生最初在《文学丛报》那篇论文以及最近《夜莺》那个特辑所引起的青年方面的疑问和不安的心情，应当加以廓清的！

我认为鲁迅先生现在这篇文章里的解释——对于"民族革命战争的大众文学"与"国防文学"二口号之非对立的而为相辅的，——对于"国防文学"一口号之正确的认识（随时应变的具体的口号），正是适当其时，即纠正了胡风及《夜莺》"特辑"之错误，并又廓清了青年方面由于此二口号之纠纷所惹起的疑惑！

鲁迅先生此文是病中答客问，所论略简，但虽然简，却是明确而且扼要，而且触及的现文坛的重要的问题，已经很多。这些问题，过去的四五个月来，零零碎碎也有得论及；但是鲁迅先生的意见是大家十分期待着的。我个人很赞成鲁迅先生在此文中的各项意见。

我个人还有一点附加的意见，即是：推动民众抗×情绪与揭发汉奸理论以及"等待主义"（指等待世界大战，而我们收渔人之利）……等等的"国防文艺"在现阶段是文艺创作者主要的课题！我们有使这运动更普遍更深入于民众的绝对的必要！

我请求，编辑先生！我这短信也能在贵刊占用了一点篇幅！

此颂

撰祺！

茅　盾　六月二十六日

附记：收到了茅盾先生寄来的鲁迅先生的两篇文章，和茅盾先生自己的一封信，我们觉得这几篇都是对于现在和将来的中国文学运动会有重大影响的文字，所以郑重地发表在这里。

鲁迅先生虽在病中，对于现在的中国文学运动，仍给这样的指示，这是我们所非常感激的。我们记得，自从"国防文学"这口号被提出以来，已半年有余。这半年中，这口号已被全中国的文学界所正确地接受，热烈地拥护，成了现阶段的中国民族革命战争文学的中心口号。同时，这口号也曾遇见过许多的反对论，但那些反对者，不是根本反对这口号的原则的人们，便是鲁迅先生所说的"托洛斯基的中国的徒孙们"。至于站在同一的立场上，对这口号和这口号之下的许多论文，作自我批判的人们，却很少见。譬如最近胡风先生和《夜莺》四期上的特辑的几位作者，他们替现阶段的文学运动提出了另一口号，看他们的立场跟"国防文学"原没有什么不同。但是他们对于"国防文学"这口号，却取了无视的态度，且提出一个新口号，而给予这口号的理论基础又显然犯了错误，因此，在读者中间起了不良的影响，以为同一运动而竟有对立的两派，大背"统一战线"的原则。现在鲁迅先生的文章，方才首先从同一原则上，来解释"国防文学"和民族革命战争文学的关系，我们觉得这种态度，至少是能使问题明朗化的。

鲁迅先生说，"民族革命战争的大众文学，""大概"是一个总的口号，但即使是总口号，也需要"随时"提出"具体的"口号，在这里，鲁迅先生指示着：一个口号必须配合各阶段的特殊的现实。所以茅盾先生以为在现阶段的具体的口号，必须是"国防文学"，而不能用笼统的"民族革命战争的大众文学"来代替它。鲁迅先生和茅盾先生的意见，我们可以举出一点来证明。譬如"大众"两字，在向来是被解释作"工农大众"的，工农大众当然是全民大众的"主体"，但在现阶段的救亡运动中，既如鲁迅先生所说，应该"要使全民族，不分阶级和党派"，一致参加，当然不限于工农大众，那么"民族革命战争的大众文学"这口号，是不是能够表现现阶段的意义，是一个值得讨论的问题。

但是，我们希望，这个问题，能在鲁迅先生和茅盾先生的提示之下，展开广大的讨论。本刊下期，拟多登关于这个问题的讨论文字，希望一般作者和读者踊跃参加。

最后，因为环境关系，鲁迅先生的《答托洛斯基派》一信，不能在这里刊出，好在另外两个刊物上已经发表，可供读者参看。

——编者

1936 年 7 月 10 日《文学界》第 1 卷第 2 号

关于国防诗歌

关　露

　　中国文艺家协会的宣言里说过，"把我们的笔集中于民族解放的斗争吧"！这就是说，中国目前的这时期，正到达了一个民族危机最深刻的时期，所有的文艺作者们，都应该站在救亡的统一战线上，创作挽救民族，反抗民族敌人的国防文学。所有我们的文艺作者们，也都应该要使我们文艺的作品，作为反帝抗敌的武器。

　　自然，我们的诗的作者们，要站在和一切文艺作者们的同一立场，去写作救亡的诗歌，即是说，我们的每一个诗人，都应该站在民族斗争的最前线，做一个民族解放的政治诗人；可是在这样的使命下面，我们应该重新要注意的，便是，现在我们应该要用什么方法去选择题材，怎么样在我们的诗里能表现民族的情绪，充实救亡的声音，用我们的歌唱，去唤起我们一切同胞，把原来我们要努力的大众诗歌，更广泛更积极地变为民族的生存斗争而歌唱的国防诗歌。

　　现在我们首先要申说的就是诗人和题材的问题。原来我们所要写的大众诗歌，虽然是很广大地要反映大众的生活，为广大的群众而歌唱，但只是限于某一种大众的阶层：在国防诗歌的任务上，我们所要歌唱的，是要代表中国人民的各阶层，全民族。也可以说，要代表——除开投降和卖国的汉奸而外，中华民族全体人民的每一个人的情绪。

　　这样我们的题材广泛了，从前一些自己感觉到缺乏实生活，和无法找到题材的诗人们，现在随时可以找着写作的题材。民族的苦难，参入在我们每一天的生活中，也在每一个人的生活中。每一个人的脑子里都有民族敌人的阴影。为着争取民族生存的抗争的思想和情绪，对于诗人们都变成诗的思想情绪，在这时候，不是诗人们要去寻找题材，是题材逼迫着每个真实的诗人们去写作。苏联有一位诗人曾说："普希金创作的时候，他并没有想到自己要做一个什么主义者，他只写他非写不可的东西。"

现在我们诗人们的题材对象不是狭小的，不是受着某一种生活范围的限制，是时时刻刻都要站在反帝反汉奸的统一战线上。被我们这现实的广大的生活逼出我们的诗歌；同时，也唯有站在这样一个立场上才会产生出我们伟大的诗来。记得阿比西尼亚的诗人曾这样地歌唱过。

> "歌唱——我的朋友是忠实的：
> 跟他，我大胆地到战阵中去。
> 一切的信任都是对于他，这样一个朋友的，
> 跟他，我从田野到远方。
> 跟他，我是不孤独的，
> 他时常总是跟我在一起。"

阿比西尼亚的诗人这样地歌唱，他们是为着全阿比西尼亚的。他们能用民族的热情唱出他们的歌声；现在，我们对于民族的斗争应该学阿比西尼亚，我们的诗人也应该学习他们歌唱，我们诗歌的出路，是要把广大的题材，诗人的情绪和歌声集中在民族感情联合的一点上去。

我们诗的题材是这样的：在广泛的民族斗争的意义上找寻对象。至于我们的写作方法呢，怎么样能把这样广泛的题材装入我们的诗歌，使我们的诗歌发着高度的热情，使我们的诗能够变作国防的武器。关于写作上的问题，苏联的诗人也谈过，记得苏联有一位诗人批评乌克兰的诗人说："他们以为写诗要用呐喊起头，才能表现诗的热烈情绪，于是他们写诗的开始总爱用'呵'，'呵哈'的字眼。还有些人，他们一开始便想着自己要作一个什么主义者，漫浪主义或者是写实主义者。其实这都是不必要的。主要的是要把自己的生活，参加到时时都在斗争着的实生活当中；现实的生活是伟大的，由伟大的堆积着的人

类的事业，决定我们的作品形式，形式问题不是首先费人思考的。"

这段意思，我们当前的诗人可以拿来作为一种写作的参考。我们民族的惊人的，悲剧和喜剧的事业，民族的欢欣和愤怒，怎么能够活跃地，具体地跑到我们的诗里来，主要地是要我们的诗人们，积极地参加到救亡和民族抗争的现实的生活中，整个民族的斗争生活，便是诗人们自己的生活；把自己非说不可的话，非发泄不可的感情，写在自己诗里。马亚可夫斯基最初没有想到他要作一个未来主义者，他只知道和许多革命作家们站在一起，反对帝国主义的战争，和求被压迫者的解放，把他的诗写在罗士塔的窗子上（Windows of Roma），使每一个经过罗士塔（无线电经理处）的人们，都能吟诵他的诗。海涅也没有想到他要作一个政治讽刺诗人，他只知道讴歌政治的斗争，去求日耳曼民族的解放。

现在我们的诗人，主要地也不是想着自己一定要写抒情的浪漫的或其他什么主义的作品，主要地是怎么能够站在抗敌救国，反帝反汉奸的斗争当中，从堆积起来的伟大的民族事业中，寻找和创造出我们诗的字句和语言，表现出我们在反帝抗敌中的诗的思想情绪。我们的诗是可以抒情的，但不是个人的抒情，我们的诗是可以浪漫的，但不是幻想着纯美和天堂；我们可以从极小的生活的歌颂中，都带着祖国的关心。这是我们的诗人们现在所要努力的。

1936 年 7 月 10 日《大晚报》

论"国防文学"

李田意

　　只要不是固执旧见，以"为艺术而艺术"为至高原则的人，谁也不能否认文学除了它的本身的艺术之外，还有其重要的使命。因时间，空间之不同，它的使命也随之各异。现代的文学不同于古时候的文学，因为二者不是在同一的时代之内。英美的文学不同于苏俄的文学，因为它们不是产生在同一的国度里。

　　中国现在遭受了空前的国难，人民的处境和亡国奴差不了多少。所以弄到现在的境地的原因，任何人都知道是我们没有巩固而健全的国防的结果。中国人在精神上，呈现着松懈的状态，毫无卫国的观念。在物质的设备方面，更简陋得可怜，敌人携其近代式的利器来侵，可以毫不费力的，遂其所欲。而在上者仍不知觉悟，数载以还，因循苟且，一无进展。直到最近，情势更为紧张，敌人益形猖狂，眼看着全国上下，将弄到冤亲俱了的境地。一般有志的文人，不甘这样偷生下去，看见了目前的情况，认清了当前的任务，乃大声疾呼的倡起了"国防文学"。因时，因地，可以说正切合现在中国的需要。

　　"国防文学"之提倡是中国文学界的一大转机。在过去，中国的文学界，呈现着极混乱的状态。我们文坛上也曾提倡过自然主义，模仿过外国自然主义的作品；也曾提倡过浪漫主义，模仿过外国浪漫主义的作品；也曾提倡过民族主义的文学，拿极褊狭的理论强用在文学作品里面；也曾提倡过革命文学，普罗文学，坐在租界的洋楼上幻想工人的罢工。表面看去，这许多种文学真是五光十色，无美不备，而仔细分析，没有一种文学抓住了时代的核心，道出我们中国当前的需要。现在"国防文学"之提倡，可以使杂乱的中国文坛趋于统一化。凡是具有爱国热忱，存心挽救中华民族的文人，都可以在"国防文学"的阵线下，联合前进，完成当前文学的使命。过去一切的模仿文学，冒牌文学，帮闲文学，帮忙文学，投机文学，鸳鸯蝴蝶文学，风花雪月文学，全可以在"国防文学"的洪流里，销声匿迹。

"国防文学"刚刚提倡，这个号召，自然是已经博得大家的同情，而其内容如何，形式如何，用什么做对象，拿什么作题材，到现在还未得到正式的解答。而且尤其紧要的是大家速速得到具体的结果，不要老在理论上争执，应当赶快拿作品来。

我以为"国防文学"的对象，应当是整个的民众。它不仅要鼓励或讴歌知识阶级的抗敌情绪，而且应将这一种情绪设法打进整个的民众队伍里。事实告诉我们，欲保卫祖国，挽救民族，决不是一部分知识阶级空言所可奏效，必须全民众一齐动员而后可。而且最富有战斗力，最能受苦，最有耐性，最彻底的还是一般下层阶级的民众。高等阶级往往苟且偷生的多，甚至为了自身的利益而和敌人勾结的也不少。即如一时激昂，到相当时期，即会变卦的。所惜者，一般民众，现在尚未完全觉悟，努力"国防文学"的人，在这一方面应当特别注意。

"国防文学"的目的，当然是唤起民众对国防的注意。我们知道，所谓国防，不一定完全注意对外。因为对外时，肃清内部也是极迫切的问题。我们不仅在作品里暴露敌人武力的，文化的，政治的，经济的侵略，还要揭发我们国内丧心病狂的人们的卖国行为。"国防文学"绝不是极褊狭的宣传工具。生活在这国家多变的时代里，只要不是甘心坐在艺术的宫中，靠幻想创作的文人们，就应当看一看当前的环境，将许多令人痛心的事实写出来。

"国防文学"决不是消极的。它决不能将当前种种痛心的事实，表现出来，就算完事，它应当为一般民众指示出一条道路来。所以决不是任何人都可以随便当文学家。真正的文学家不仅要有丰富的经验，对于时代有明确的认识，将一切侵略者的暴劣行为，及一切无耻者的卖国勾当和盘托出，而且对于为民族生存而斗争的战士，和抵抗一切侵略者的英勇行为应尽量的讴歌。讴歌之后，还不算了，同时并应当给他们最大的鼓励，指示出他们应走的路子，使他们继续不断，再接再厉地做去。

"国防文学"决不是讴歌一切战争的文学。一个快要灭亡的民族，为了自己的生存，向侵略者死拼。这一种英勇的斗争，绝对应当受赞美。而一个残暴不仁的国家，为了满足他们领土和其他的野心，不惜大动干戈，屠戮他国的人民，这一战争暴行，则绝对应当受憎恶。"国防文学"鼓励为民族生存而战争的最后目的，是在消灭一切的侵略战争，求得世界的真正和平。

努力"国防文学"的人们，应绝对避免过去的派别之见，主义之争。诚以国事如此，不容再作无谓的争执了。大家都应当绝对的废除成见，抱着一个共同的目标，以诗歌，小说，或戏剧的形式，创造出有内容，有力量的作品来。

"国防文学"的取材应当是多方面的。我们既知道，它的目的是唤起民众对国防的注意。只要不违犯这个总目标的材料都可以写进作品里面。一个悲壮的战争可以写，一个民众的行为也可以写。都市可以做你写作的背景，乡村也可以做你写作的背景。

"国防文学"并不是说你在字里行间，总离不了"流血呀"，"打倒呀"，"救国呀"等字样，方可以称得起好的作品。主要的是看你的作品，是不是有丰富的感情，巧妙的艺术手腕，对于时代是不是有深刻的认识。

"国防文学"是生产在大众中而且流行在大众中的。所以它的形式，它的文字，务求简单，务求明白。我们主要的是看一篇文字有力量没有力量，不看它深奥不深奥。而现在中国到底采用什么的文字最合适，还希望大家赶快讨论出一个结果来。

历年来中国文坛的大毛病是好创新名词，而不务实际。这一次"国防文学"四字的出现，确实新鲜动听，正合中国的需要。希望不要再蹈过去的覆辙，弄到中途夭折的地步。凡确具有整理和统一中国文坛的志向的人们，应坚忍不拔的作去，打破目前的一切难关，以尽当前文人们的最大责任。"国防文学"应当是为民族生存为世界和平的大纛，应当是憎恶一切侵略者和汉奸的丰碑。它的使命重大，它的用意深远，决不能让投机者随便破坏。凡只会抄袭他人，空喊口号，歌功颂德，吟风玩月，或坐在洋楼幻想工人罢工的文人，请不必趁火打劫，也高执着"国防文学"的大旗！

1936年7月10日《人生与文学》第2卷第2期

论国防绘画

渠明然

　　除去了部分的甘愿为敌人效劳的汉奸以外，在广大人民阵线的中间，却已经坚固地展开了反帝国主义阵线，与保卫中国领土完整独立解放的暴风雨样的有力的要求，发动了抗争的目的，针对着这些的于是在艺术界文化界以一致，以联合战线作号召，树立了国防艺术的基础。

　　只要是清醒的而且要避免那亡国奴的悲惨命运的人们，总应当承认这是对的，而且是必要的吧！我们不应当丧失了自己的机枪——艺术。

　　国防文学呼声，是已经从理论走向实践的阶段了。接着国防音乐，国防戏剧，国防电影的口号，也英勇的撼动，在群众中间，播下了新鲜的谷粒。当然花在现在还没有开起来，但是已经在萌芽了！我们是看到的。

　　这现象是可喜的！而且迫切地需要加以扩大，发展，成为普遍的倾向。但特异的，而且觉得可悲的是我们的坐在华贵的高楼的，不愿为政治漩涡所牵涉的画家们，却还保持高贵的沉默，这沉默是属于奴性的沉默（我不愿抹杀了一切说话，在木刻与漫画方面，是比较有进步的倾向的，不过没有坚实的结合，与缺乏明显的号召的）。而我们的画家们，不但是沉默就为止的，并且还高兴干一些毒害大众的工作。

　　设若不是带了灰色的眼睛，那么中国社会现阶段的客观形势，以及我们所应负起来的反帝与反封建的任务，是该晓得吧？然而出奇的是，在欧美资本主义社会发展到日趋没落了的艺术的作风，也会跟随着买办阶级一同流进古老的落后的中国；于是野兽主义，未来主义，超现实主义，恶魔主义等等的高级的手淫，也莫明其妙地强制着中国大众接受；而一方面封建残余的传统的复活，山水画——出世思想的再被提起。我们的画家们也许除去了静物，肉体，风景以外，是再不能看到别样的事物，有意地，无意地，直接地，间接地对绘画实施婴儿杀戮！用着背来朝着现实，以安眠药水迷困了群众，这是尽了反动的作用的。

但是在这样的矛盾与多样的复杂的情况当中，而敌人的与内奸的擂鼓已不容我们熟睡的时候，我们提出了，国防绘画这一个口号，是非常重要的。

我们不是绘画的无用论者，同时也不是艺术至上主义者，我们应当确信绘画应当属于最多数民众的教育的工具，而同时是为大众认识现实的最容易使用的手段，是比较艺术的其他的部门更便利的使大众接收；在与具体的实际的群众的自卫的行动当中，国防绘画当然也应当建立起新的形式与新的内容，而给予阻遏中国革命运动的敌人，与其忠实的爪牙以临头的痛击！

有什么能够比绘画更能唤起强烈的刺激，新鲜的印象，通俗的形式么？我并不想把绘画的效果估量得太高，但是除去音乐以外，在一个并不需教养的群众，于极短的时间内，可以充分获得了一种激动，一种情感的昂扬，通过那作品的内涵的意义的，恐怕绘画是比文学，戏剧，电影能够更深入民间，更可以明显的发挥了"国防"的意义的吧？

同时绘画不但是最容易普遍的使大众理解的艺术，而且是为大众自己的所能应用的；在某一个人的中间，总是具有表现的动机，创作的要求，与艺术的素质的。在文化低落的中国，文学音乐是比较离开了群众，不能被群众自由的表现，可是绘画是能满足了这缺陷的，一个原始人，一个儿童，我们可以接触到他们的粗野的绘画，在参加现实斗争的群众当中，他们的材料是比我们更多而更丰富的，那么在这一块孕藏着无量丰富资源的处女地里，我们也无疑的将发现到光耀的宝石。

在我们的画家的身旁，堆积着伟大的国防的题材，"一二八"士兵英勇的抗战，冰天雪地里的义勇军的艰苦的生活，爆发在全国的学生运动的火花，以及历史上的事件，"五四"，"三一八"，"五三"，"五卅"，省港大罢工等等的不朽的记忆，我们是随处可以应用，而且是取之不尽的。在画面上我们暴露了帝国主义残酷的面目，汉奸，和失败主义的叛变，嘲笑揭发那些帝国主义番犬的无聊的卑劣的企图，也相反的表白了民众抗敌的真诚的意志，不屈的毅力，以及那些使敌人惊心碎胆的行动！自然这是要与实际的生活斗争联系起来的。

在苏联的版画里，有多卜洛夫的阿夫洛拉军舰放弹，缪立震特的俄国内战史中格林皇宫被民众占领时状况，这非常值得做我们建立国防艺术（绘画）的参考；在《毁灭》与《一周间》中，我们也看到伟大的插图，那些插图是与他们在书中所说的国防意义相呼应的。

虽然我们的国防绘画的内容，是隶属于一个主要的基本的范畴之下，但在绘画的工具与技巧方面，我们可以采用了多用的发展，漫画的讽刺笔调也好，木刻也好，油绘也好，水彩画，墨笔画也好，甚至于一枝单色的粉笔，在行人道上，墙壁上，也可以积极的表现出国防绘画的目的与任务的！

在新写实主义，与新浪漫主义风行了文学的领域，绘画也将确定了与这时代的相同的基调，而国防绘画是更应适合于这倾向的。

艺术不仅是历史的记录与反映，同时是时代的先导。艺术离不了政治，这已经是准确的定论，不用说明的，所以艺术在目前的中国，是应与多数的民众政治的步调，不能有所差异的。在具有进步思想的，而不愿做殖民地的奴隶，忍受着亡国奴命运的画家们！不管是出身或从属于何种阶级的，都应当联合起来，站在一条阵线上，抵御着共同的仇敌，无耻的对手，为着保卫中国民族的自由解放神圣的义毅而抗争，而努力，从速的来参加鼓励建立我们的国防绘画。

不是我们的友，便是我们的敌，让被汉奸们所御用的画家们追求苹果，妇人，醇酒吧！我们无疑地会给他以沉重的拳头，使他们走进牛角尖中去的。

希望这个问题，能得到广大的反响与公开的讨论。

一九三六年七月十四日《大晚报》

一 点 意 见

孟公威

前几天，包括了大部分电影批评者，和副刊编者的"艺社"，主催了一个"中国电影的题材问题座谈会"，邀请电影从业员参加讨论。这一个空前的会谈，虽则因为时间的限制，还不能得到很好的结论，但是无疑地，在这一个座谈中，我们得到了不少可贵的意见。关于这一次座谈的详细记录，因为还没有结论，所以，大家主张不发表，这里我只想把我自己的意见写下，因为在这座谈会上，我没机会说出我的意见。

首先，我认为这座谈一开始，就谈到为什么侦探滑稽肉感等影片的再兴，是非常适当的。因为这是一个"清算"，是一个"分析"。某电影从业员，关于这问题发表了很多可贵的意见，他认为过去一个时候，进步的从业员，曾经和批评者，结成过一条严密的防止那些低级的侦探滑稽肉感影片的战线，但到了不久，这战线中的弱点，暴露出来了，于是这些低级的侦探滑稽肉感影片，就闯了进来，这弱点，就是进步的从业员的作品，非常热心于内容的向上，而忽略了技术上的改进，因此，观众们虽则非常愿意接受那些影片的内容的指示，而在一些拙劣的手法之下，他们是无法"受诱惑"的。这趋势的形成，一方面是从业员的主观倾向，而前期的批评者的忽略影片的技术，也是一个原因。

补充他的说法的，是一个批评者的话。他说不但技术的拙劣，是一个原因，主要的却是取材的"公式"。他们往往在同一角度下，看同一个存在；因此他们就同样的描写这存在的一角；这种无改进的重复，观众当然得厌倦了。

在这两个重要的原因之外，另一个从业员更提出了更本质的问题，他认为上两种的确是原因之一，而最重要的，却是作家们的作品的内容，并不能很好的适应着时代的进行的步伐。好象"九一八"是中国一个重大的民族危机，但是到了"一二八"，这民族危机已经不复和"九一八"时同样了。不但是更加深刻，同时在反映方面，也完全不同样的。从"一二八"到华北的塘沽的协定，以至增兵走私，也一个阶段一个阶段的改变。这改变是非常急促而且明显的。艺术而假使是活生生的时代的反映，那末，这几个阶段中的作品，必然应该逐步改进，而现在，我们看到的中国电影，明明不是这样的，他们还是把"九一八"或则"一二八"时候的"老方子"来引用到塘沽协定，增兵走私的时候，当然观众们不会再受吸引了。

自然，他的话是最本质的。但前面两个人的话，我们也不应忽视。我们首先得承认电影是艺术，艺术是借着形象而思维的。所以，他在内容方面，主要的是多方面的反映现实，而在技术方面，就是适应着内容的多样性，而活生生的多彩的表现。这是一个存在的两面，没有方法可以分开讨论的。所以，即使更极端的象摄影灯光等，也不能和内容没有关系，自然只就技术本身方面说，我们也有提高的必要，因为这和一般的水准有关，它是可以增强或则削弱内容的力量的。这点，高尔基为了潘菲洛夫的《布罗斯基》的用语问题，和绥拉绥摩支的激烈的论争，是很好的说明和指示。题材在创作上的优位性，并不和技术对立着讲的。

有一个先驱者，曾经说明读了老巴尔扎克的作品，是比读了当时的法兰西的社会史更容易明了当时的法兰西的社会的全貌，这就是说艺术只有凭借着的形象表现的特性，才能取得应有的胜利。作者的主观的理解，有时误会屈服在强固的现实的下边，现实本身是能动性的，他的不静止的发展着，所以，艺术家，是无法"刻舟求剑"式的去做的，所以在人物方面，他所能的是抓取最主要的地方，而创造一个"典型"，而在这典型之下也无妨碍，不但无妨碍，并且更需着个性的活跃，换一句创作全体上的话，就是提取最主导的现实，而需要人各方面用各种方法去表现他的。

第一个发言的从业员，更说到低级的侦探片肉感片滑稽片的再兴，虽则因为企业家的觉到了一切凝固了的定型了影片不卖钱，但是低级的侦探肉感片滑稽片也不是最卖钱的，根据一个老资格的发行人的报告，《火烧红莲寺》的赚钱，远比《姊妹花》《再生花》少，这是说明了"开玩笑"的朋友，究竟比可以倾吐心腑的朋友容易忘掉。

据我看来这统计的正确性，是可以宝贵的。在这一个正确的比较之下，有多少骗人的"花言巧语"，失却价值。所以，低级的侦探片，滑稽片，肉感片，决不是中国电影的出奇。即使只就营业上讲，中国电影，到底要是观众的可以倾吐心腑的友人，但是在目前中国最大多数的观众，不，全体观众的心腑中，最痛苦的是什么呢？

第一就是"国亡无日"的痛苦，真象另一个电影从业员所说，从"九一八"，"一二八"到现在，民族危机，是一步一步的深刻。到目前，已经到了最后关头了。不一定在北方，即使在南方的小城，内地，也同样可以感到帝国主义的魔影的威胁。这严重的民族危机，已经和全体民众的日常生活分不开。所以，中国目前的广大的民众胸中，最大的痛苦，最大的愤怒，是帝国主义，尤其是日本帝国主义的压迫。因此，他们所想的，就是如何解除帝国主义加到自己身上的压迫？他们所要知道的，就是怎样解除这帝国主义者加到自己身上来的压迫的方法？

因为压迫的重，因为痛苦的厉害，他们已经一般的感到不是彻底的取得民族的解放，就只有做"亡国奴"的前途。因此，他们是愿意（也只有如此）集中一切所能来反抗。他们大部分已经把抗敌这件事，提到自己所有的任务的第一项。这时候，他们所要求着的一切（从经济武力直到艺术），当然完全以"国防"为中心。因为他们对于不是抗战，就要陷入万劫不复的地步这一点，已经看得太清楚了。

他们最大的痛苦，既是被侵略，他们最大的希望，既是抗敌战，那末"国防电影"的必然能为他们的可以"代时牢骚"的良友，"激发勇气"的号角，乃至"指示方法"的导师，是没有问题的。所以，真正的"国防电影"的制作，他的将为广大的观众所拥护，也没有问题的。

艺术创作不必替企业家利润着想，是对的；但是电影，因为它的产业性强，就不能不顾到企业家的营业了。因为至少要使企业家能够维持他的企业，作家才能够著作下去。企业家的利润，当然建筑在观众身上的，"国防电影"的可以取得观众的欢迎，当然也就是企业家的保障。

在目前"国防运动"是在每一个不做"亡国奴"的人民中间兴起了。各种方法，各种姿态，是提供了作家以汲不尽的创作泉源。企业家在"国防电影"的制作上，可以保障营业胜利；作家在"国防电影"的制作上，可以制作优秀的作品；观众也只有在"国防电影"参观中，增加起抗敌的热情和勇气！

"国防"是一个最强的现实，他将成为中国民族甚至中国电影的救援和生命！

1936年7月19日《大晚报》

对于国防文学的意见

郭沫若

记者　请先生谈谈国防文学的意见如何？

郭氏　首先，我该得说，我是站在国防文学旗帜下边的。近年来，中国受着××帝国主义的侵略，弄到了岌岌不可终日的形势。一般的国民，都觉醒了起来，知道非一致联合起来努力做反帝的工作，是会要遭到灭国灭种的危险的。因此，在政治方面，早就有国防政府的提倡。最近，文学界的人，又以国防为联合战线的标帜，得到了多数派的同意，这是当然的事体。

所谓国防文学，就是在目前的情势之下，强调着救亡反帝的文学。有些人，以为用国防这两个字，有堕落在狭义的国家主义的危险。因而更有一部份人，标新立异地提出了什么"民族革命战争的大众文学"这个口号来和国防文学对抗。这些都很明白的是错误了的理论和举动。

假如是帝国主义国家的国民，或者他的顺民，他们要主张国防，要提倡爱国，那自然是我们所应当反对的。但我们处在被帝国主义侵略下的国家，而且这国家又处在危急存亡的时候，我们要来提倡国防，提倡爱国，就是加紧我们的反帝工作。我们的反帝的情绪愈热烈，反帝的工作愈紧张的时候，对于反帝战线上的友邦，或敌国里面的朋友，我们自会感觉着加倍的亲密。象这样的爱国主义，同时就是国际主义，这是丝毫也没有忌避的必要的。

中国要救亡的路，只有一条，而这一条路，也就是得到全人类解放的路。目前的救亡运动，就是反帝运动。我们只有一致团结努力和帝国主义斗争，然后才能解救得自己的灭亡。这个斗争，是很长远的。中国人的得到解救，意思就是帝国主义的被打倒。历史是把我们中国人，放在了反帝战线的最前线。我们和帝国主义这条毒龙徒搏，我们把这条毒龙打倒的一天，便是我们得到解救的一天，也就是全人类得到了解救的一天。国防文学应该把这种意识强调起来。

目前，凡是正正真真的爱国者，他走的路就是这样。不过有的人，意识不明瞭，目标没有这样的远大而已。在国防文学的旗帜之下，我们自然要保守住我们的救济中国并救济全人类的立场；而同时，也欢迎一切真正的爱国者。只要是真正爱国的人，他走的路，是和我们走的一样的路。但我们也要随时提醒他们的意识，放大他们的目标。

一九三六年七月六日

1936年7月25日《东方文艺》1卷4期

理论以外的事实

——致耳耶先生的公开信

徐懋庸

耳耶兄：

在《现实文学》创刊号上，看到你的《创作活动的路标》一文，我觉得很高兴。我是文艺界的"统一战线"的参加者，"国防文学"口号的赞成者之一，因此常常希望朋友们也参加这种工作，赞成这个口号，并且也常常希望朋友们对于这种工作的进行和这个口号的理论多做贡献和批评。你是我的友人之一，但你一向对于"国防文学"的问题的态度，是比较"超然"和"沉默"的。我的记忆倘若不错，那么你在《夜莺》第四期上的表示赞成胡风先生所提出的"民族革命战争的大众文学"这口号的文章里，还是不愿提到"国防文学"这四个字的。有一处是偶尔说到它了，却把"另外有个口号"这样的字眼去代替它。但是到了现在，你毕竟以友人的态度，对"国防文学"发表起系统的意见来了。这事情，实在是使我很高兴的。

你的《创作活动的路标》一文，分作三节，归纳起来，大意如下：

第一节，你说明"国防文学"这个口号的现实生活基础，是抗×的要求，而且"因为这口号本身简单，容易说，容易记，发生了相当的适用性，不但在文艺领域，就是一般艺术的领域也正相当地应用着。如果有正确的说明，正当的发展，它不难立刻动员现中国各阶层各派别的作家，从各自的视角来反映新的现实……"末了，你对于根本反对"统一战线"和"国防文学"的徐行，也"相当"下着批评。

在第二节里，你对于有些统一战线的工作者的谩骂徐行，却认为不当；并且说，指"超然"者和"沉默"者为"左的宗派主义者"，也是不对的。

第三节，你说"国防文学"这口号的解释者，都"不能不屡次三番地提到人民大众，屡次三番地提到民族革命战争"。因此，你主张"国防文学，只有以民族革命战争的大众文学为内容才能得到正当的解释，也只有在民族革命战争的大众文学这个总口号之下才能看出积极的作用"。

在第三节的末了，你对于我发表在《光明》创刊号上的请问胡风先生那篇文字，给了"相当"带些"谩骂"的批评。譬如，说我的理论，"真可算得神出鬼没"，又如因为《文学界》上登载了一篇周木斋先生的《〈水浒传〉和国防文学》，你就说我"真好意思来在民族革命战争的大众文学上想空头心事"。什么叫做"空头心事"，我不懂。我看了胡风先生发表在《文学丛报》上的主张"民族革命战争的大众文学"的口号的文章，有点怀疑：提出质问，并且说了自己的一点意见，是有的。但事隔一月有余，迄未看到胡风先生本人的答覆，而且也不见胡风先生对于他的口号再有所阐释，这使我很觉奇怪。但现在既由你出来代他辩解，给我以驳覆，我想这也是一样的。

你对于全体的"统一战线的工作者"和我个人，既然都尽了诤友的义务，那么，倘若我发现了你的理论的缺陷之处，而也跟你来讨论一番，想你一定是容许的吧。但是不幸，我虽然蒙你赐以"理论家"的嘉名，却实在不大懂得理论上的种种微妙的道理。我所知道的只有一些事实，但这些事实，却也有供你和"理论家"们参考的价值，所以我想在这里，分了项跟你谈一谈。

第一，据我所知："国防文学"是现阶段的文艺界统一战线的口号，并不单是左翼革命文学的现阶段的口号。在这里，我觉得鲁迅先生最近所发表的《论现在我们的文学运动》一文里的话，是应该注意的。鲁迅先生说："民族革命战争的大众文学，是无产阶层革命文学的一发展，是无产阶层文学在现在时候的真实的更广大的内容。"鲁迅先生的指示倘是真实的，那么"民族革命战争的大众文学"这口号，仅是现阶段的无产阶层革命文学的口号，而不是统一战线的口号（对于鲁迅先生的主张，我还有另外的一点意见，暂且保留）。所以胡风先生企图把这口号来代替"国防文学"而作为统一战线的口号，是不行的。

第二，但现在中国的统一战线的"国防战争"，其性质当然是民族革命底的。所以在文学上，"国防文学"也具有"民族革命战争文学"的内容。你耳耶兄的主张："国防文学"，只有以民族革命战争的大众（但这"大众"应作"全民大众"解，不应作"工农大众"解——庸）文学为内容，才能得到正当的解释。这实在很正确。但在事实上，你不是已经看到，解释国防文学的人们，是"屡次三番地提到人民大众，屡次三番地提到民族革命战争"的吗！这不是表示着，这些"国防文学"的解释已经是"正当"的么？而且在事实上，一般人的解释中国的"国防"，不是并没有如你所忧虑似的，当作"帝国主义国家之间互相冲突乃至帝国主义国家侵略殖民地和半殖民地"的意义么（我想这样的"糊涂的昏虫"，是决不会有的，现在的中国人，谁会糊涂到连中国是帝国主义呢，还是殖民地半殖民地呢都弄不清楚呢）？据你说来，"国防文学"这口号，只要有了"正确的说明"，是"不难立刻"发展的，现在，在事实上，"说明"既已"正确"，"解释"既已"正当"，而且既已"相当地"（其实是普遍地）被应用着——总而言之，一切都如你所希望似的做到了，而你还要说它"不免笼统含糊"，这是为什么呢？

第三，我要对你说一说"国防文学"这口号的产生的时间。单说这口号的产生，那并不是"华北问题发生以后"的事情；这在两年以前，进步的刊物上就有人立过这个名目，不过在当时，却并没有得到巨大的反应（这当然是由于现实形势之故）。等到"华北问题发生以后"，进步的刊物上所提出的抗×救国文学的口号，本有两个，一个是"民族自卫文学"，一个是"国防文学"，但当统一战线一组织，救亡运动一开展，"国防文学"这口号，就和"国防音乐""国防戏剧""国防电影"……一同，成为文艺界的中心口号，这时它已经不是为左翼所专有，而是属于统一战线的了。这口号的发展过程中，在起初，理论上当然是免不了有许多缺点的，但是从友人的立场，对于这些缺点作过自我批评者，我从未见过，有之，则只是徐行等的根本反对的谬论。我记得今年三四月间，有一回你我相见，曾经谈到这问题，你那时说："国防文学这口号并没什么大缺点，未始不可以用，只是容易被某些人所利用。"当时我就告诉你，你所顾虑的这一层，绝对不成问题，因为某些人非但并不利用，且已在激烈地攻击了。这之后，你就没有什么别的意见表示过，一直到了现在，你才第一次用文字来发表你对这口号的议论。若要对于目前的纠纷中的一切人的态度下判断，我以为这一个时间的过程，也是可供参考的。

第四，我在《光明》创刊号上所发表的那篇文章，并非如你所说，是要"证明"胡风先生的口号"和国防文学根本相反"。我只是质问胡风先生的无视"国防文学"这口号的理由。倘若胡风先生也如老兄现在这样，指出"国防文学"的缺点，说明"国防文学"必须隶属于他所提出的总口号，把"国防文学"和"民族革命战争的大众文学"的关系确定一下，把他对"国防文学"的意见表明一下，那么我的那篇文章的写法就要两样。但是胡风先生解释他那口号的文章，既然十分笼统空洞，他对于"国防文学"的态度又十分暧昧，那我就有质疑的资格。而且，胡风先生既然企图想建立一个文学运动的口号，那就也有解答一切人的质疑的义务。不幸直到现在，我尚未得到他的指教。（是不屑罢？）因此，直到现在，我还怀疑着他对于"统一战线"和"国防文学"的态度，也还怀疑着他提出另一口号的动机。我从他的解释他那口号的原文里，只看到他漫谈全民族的革命战争，并没有明白的指示抗×的统一战线。你问我"眼睛望到那里去了"？我的"眼睛"是望到他的文章里的，但是我总觉得他那作为一个指导的理论家的号召的文章，是不明确的，是笼统空洞的。

以上四点，是我要跟你谈谈的主要的事实。此外，还有几点，也可以友谊地说一下。

你的反对辱骂和恐吓，我觉得是对的。但我又觉得我们的态度，似乎也应该因人而异。譬如你说鲁迅先生是反对谩骂的，但他对于有些糊涂的"我友"也骂为"糊涂的昏虫"。徐行的一切反"统一战线"和"国防文学"的文章，显然表示着他的倾向的恶劣，即使骂他是"无耻的论客"，也不算十分过火，至于说他是"左的宗派主义者"，我以为毫不冤枉，你实在不必为他辩护。徐行既然如此，凡是在言论和行动上跟徐行一样的人们，当然也是"左的宗派主义者"，这是无疑的，是可以说的。至于许多对"国防文学"保持"超然"和"沉默"的态度的人们，却又和徐行不同，我以为他们并不尽是"左的宗派主义者"，但也难免有着"左的宗派主义者"在。"超然"的，"沉默"的人原是有等等的。在这里，我要引你的一段话，你说：

> 既然被号召的是各种阶层各种派别的作家，就不能没有各种的对这号召的看法；由于各种作家和这号召的距离的或远或近，对这号召的响应当然也有缓急迟早；如果有的作家迟延了他底响应或者甚至表示了怀疑，也正是各种阶层各种派别作家的本色——他们本来并不是统一的。如果一声号召，就大家摩肩接踵，争先恐后，一个不剩地都跑来了，那岂不是说那些各种不同的作家早就统一了，联合了，因之也用不着现在还来号召了么？并且一表示迟延或怀疑，就被指为"无耻的论客"，"民族的送葬者"，就该"扶进棺材里去"，岂不是凡已表示或将表示怀疑的人就永久没有响应这号召的机会了么？岂不是说这号召就是圣旨，就是金科玉律，一切作家，不需思考，不需表示自己底意见，除了乖乖地服从以外，不能有任何的态度了么？如果这样雷厉风行，顺我者昌，逆我者亡（扶进棺材里去），岂不会使已经响应了的人人自危，怕以后仍有半点不到之处；还未响应的人，反正无法，爽性不来么？如果有人反唇相讥，说他无异取消了联合战线的工作原则，……我不知道他将用什么话来辩护。

你的这番话，在以与前进的立场"距离"较"远"的作家们为对象的时候，是对的。但对于距离"近"的，或者是同一立场上的人们，就不适用。我再告诉你一件事实，据说，当文艺家协会由少数作家发起的时候，曾经致信许多作家，请他们一同作发起人。这结果，有许多是答应了，鲁迅先生是回了一个信，赞成这宗旨，但举了几个正当的理由，说个人暂不加入，而胡风先生和别的许多作家们，却置而不覆，绝对地表示"超然"和"沉默"；待得发起人会成立，又去征求他们做基本会员时，他们依然保持"超然"和"沉默"。耳耶兄，我要请你注意，象胡风先生那样的人，平日的"距离"，要算是"远"的呢，还是"近"的？他还是有"个人主义倾向"的呢，还是有"虚无主义倾向以及任何不为的倾向"的？他的"超然"和"沉默"跟一个礼拜六派作家的"超然"和"沉默"，是不是可以同日而语的？如其不然，那么，我们对于他的行为该给以怎样的评价呢？

此外我还要跟你说一说周木斋先生的文章的事情。周先生的文章发表在《文学界》本来不是我的责任，也不影响到我的发言的自由，但你既然拉扯到这一层，我也不妨在这里谈一谈。我以为"国防文学"既是统一战线的口号，而它的内容，又并不限定得十分狭隘，那么，周先生的把描写反抗卖国的统治阶级的战争的《水浒》批判地解释为国防文学，是毫不抵触现在的"国防文学"的原则的。周先生的文章我曾仔细看过，我觉得并没有错误。

最后，我要答覆你的那句"'分化'什么'路线'的话，只会反而落在徐懋庸先生自己的头上"的话。我因为怀疑胡风先生的态度，所以唯恐他的行为有分化的作用，我实在是非常痛恨分化的行为的。但是，假如在我自己的言论和行为上，竟也有着分化统一战线的地方，那我一定负完全的责任，愿意认错，愿意改正。这要请你和一切我友随时严厉地指教。我以为在广大的统一战线中，战友的迅速而直白的自我批判，是比平时更为要紧的。

1936年7月25日《光明》第1卷第4号

论当前文学运动的诸问题

辛 人

我们正生活在一个伟大的时代里。历史把那光荣的然而是绝对需要不断地苦斗的使命课给我们的艺术文学。现实的发展一步步接近"人类前史"的最后，历史这巨人正在我们的面前展开一个新的形势，要求我们更确切的，更勇敢的，更机警的力量的运动。

我们一贯的行动和表现，都是为着争取民族的社会的解放，我们的努力已经获得相当广大的效果；但正如《浮士德》中所说："人在努力时，总有错妄。"我们每一阶段的努力是越来越有效果，而一切有效的努力，都应该从我们的伟大胜利的过程中的优点的昂扬和弱点的扬弃上出发。

周知地，我们文学一开始就是战斗的。"五四"以来的反封建斗争，"五卅"以来的反帝斗争，新兴文学的为人民大众的斗争，"九一八"以来的更加强力的抗敌除奸的斗争，这一切是不能切离的整个巨干，在各个特定的阶段上开结了历史的花果，而且把更丰富，更多样，更结实的收成，留结我们和我们的子孙的手里。我们是伟大的史业的担手，我们的艺术文学将是历史的光荣的纪念碑。

我们严肃地果敢地站在这辉煌的，巍峨的使命的当前。我们必须更透彻认识现实的发展，必须集中更广泛的力的因素，来消灭人民大众最直接的暴敌和奸徒的战伍。

"战争文学"在殖民地和半殖民地

我们还清楚地记得：当中东路战争时，一些"民族主义"的文学者曾竭其全力，鼓吹当时的"民族英雄"，把这"误会"（中俄复交时某院长语）的污点当做"民族的"宝贝。他们狂妄到完全践踏了孙中山氏的最重要的遗旨，视友为仇，大喊表扬"主权"和"国防"的文学。同样地，他们又在特定势力的支配下，歌颂军阀的残酷的，可恨的混战；只要翻开作为他们的机关志的《前锋》月刊，就可以看到一大堆虚伪的，失却形象性的方块字句。在"九一八"到"一二八"前后，现实的明显的指示使"民族主义"的以至国家主义内容细胞起了重要的分化和变化。比较纯洁的都逐渐地离开了这种狭窄的门户，剩下的一部分自然更加"责任繁重"了。他们有的也在"愤哭"着"大上海的溃灭"，敲着破锣要"杀到东京去"，借此来搅乱当时一般大众反对不抵抗主义的实际步调。然而，当他们的锣声还没有敲完，侵略者的铁蹄已经由东北而华北，并把毒爪伸入华南和华中了。敌人的炮声掩盖了他们的破锣声响，东北的义勇军，全国大众的抗敌除奸的行动和呼声震颤了他们的后台的地基。现在他们不能不回过头来，套上另一付苦脸谱，努力鼓吹"镇静"了。他们皱着眉头说："为了适应当前的这客观环境，于是我们不得不忍痛运用政治手腕——一次上海协定，二次华北协定，暂时避免和××帝国主义的正面冲突，以便抽回大军来……"来做什么呢？来进行围攻发动抗敌除奸运动的人民大众的内战。

他们在这时候提出了"民族革命战争文学"的幌子——我们知道一切反历史发展的势力，是时常不能不窃取一些进步的词句，来作它的腐败的内容的幌子的。——把这个口号说得"最具体"的，恐怕要真是一位叫做殷作桢的先生的一本小型的大著《战争文学》❶吧。

为什么这本小册子要叫做《战争文学》呢？因为据著者说："总之，现代文学的主要倾向，是'战争文学'。"接着这位著者便花了三四章的篇幅，来叙述"'战争文学'的起源及其发展"，欧战前后的

---

❶ 《大风文库》，第六种，一九三五年十一月出版。

"战争文学"，"战争小说"，和"非战文学的不能存在"。——往下，便提出"我们的战争文学"和"民族革命战争文学的内容与形式"了。

在记帐式的罗列人名和作品的叙述中，我们看到这位著者把《铁流》的著者绥拉菲莫维支并列在意大利法西斯主义作家邓南遮之流的"战争文学"作家里，把战后小资产阶级作家分化——或则公然站在帝国主义战争的旗帜下（如罗蒂 Pierreloti 和比兰台罗 Pirantero 等），或则明显地站在反对帝国主义战争的旗帜下（如巴比塞，罗曼罗兰等）——看做都是倾向于"战争文学"的现象，因而笼统地否定"非战文学"的存在；并且武断地说："第一次大战以后，多数欧洲作家都改变了他们的作风，从事战争的鼓吹。"不错，世界大战使许多作家改变了作风，世界大战粉碎了空想的人道主义的非战论者的迷梦；然而，他们因此都跑上"战争的鼓吹"的道路么？

假如承认事实是不应该歪曲的话，那末便非直截地加以否定的回答不可。第一次世界大战使世界文学起了分化的破裂，这是事实。然而紧接着世界大战之后，有奋起争取社会民族的解放的十月革命。这伟大的壮举的发生地，从此之后一贯地成为一切弱小民族和全世界被压迫大众争自由和平的有力的友人，她揭开了人类的新的幸福的历史的序幕，她用其全力来支持世界真正的和平，和一切的帝国主义法西斯战争主义对立。这伟大的革命的完成，以及由此而更加蓬勃的弱小民族及被压迫大众的解放运动，对于世界文学的动向，具有决定的影响。欧洲大战使世界文学破裂分化了，但十月革命和全世界被压迫大众的解放运动，却使世界文学找到新的广大丰富的发展的途径。肖伯纳（我们永远也不会忘记：这位大作家参访了十月革命的发生地，又马上来巡视澎湃着民族革命战争的高潮的中国，再到那法西斯军阀专横的日本去过），罗曼罗兰，德莱塞，巴比塞（他们所组织的反战调查团，曾由马莱爵士等负责在上海开过反战大会）甚至纪德这些在世界大战爆发起就"改变作风"的大作家，都是在"从事战争的鼓吹"么？还是不断地与日俱增地在为真正的世界和平与人类自由而奋斗呢？

借用这位著者的斩钉截铁的说话："这是不容否认的一般的事实，谁否认，谁就是盲目的。"

　　然而，另一方面，我们也不否认欧洲大战后有些作家专门在"从事战争的鼓吹"，因为在欧洲大战之后，一些反动的统治者为维持其因战争而更感动摇的最后的地位，便采取了窒息一切自由，绝灭一切发展的法西斯独裁政治。从意大利到德国，以至现在的日本和别的法西斯或准法西斯的国家，都有一联的反历史的表现。这种潮流当然地影响着世界文学，造成一串法西斯的或准法西斯的作家的出现。法西斯思想家把尼采和柏格森的某方面——反历史的方面，占为其文化艺术的思想的基础，来和科学的社会主义的思想主流对立。他们也主张改革现实，但他们的所谓改革是指消灭布尔乔亚的最后的形式的德谟克拉西的政治形态，"革新"为法西斯蒂的独裁政治。譬如我们东邻的有枪阶级法西斯蒂们，就发动过"五一五"和"一二一六"的武装行动，企图直接取得全部的政权。他们须要"改革"，但他们所要的不是革命的改革——"革命"这两个字在东邻是禁说的，刊物上要用××去代替——他们所要的是"皇道维新"。他们要阻碍历史的必然的发展。因此，代表他们的文学，也就不能不从事"战争的鼓吹"了。因此，那些文学不能不歪曲现实，将吸血鬼歌颂为救世的耶稣，将侵略的恶魔歌颂为和平的天使（比兰台罗公然对纽约新闻记者说：意大利出兵阿比西尼亚是为了"发展现代文明，拯救野蛮民族"；在东邻当局进行武力侵略和经济的，文化的侵略时，听说东邻的"大众文艺家"菊池宽又要来华宣扬"文化"了）。因此，那些文学不能不是没有形象的真实性的。日本的自由主义作家，已在大叹日本现在是"没有诗的时代"了；这从黑格尔的预言资本主义社会不是"诗的现实"，艺术在这社会里必遭绝灭的学说着想起来，委实也有点"可叹"。

　　但我们即使把法西斯蒂统治下的国家的艺术文学拿来看看，也可以发现两种敌对的倾向。德国一方面有法西斯化的文学家，一方面也有革命的以至象亨利·曼（H·Mann）那样的进步的文学家；日本一方面有法西斯化的"大众文艺"之流的作家，一方面也有革命的进步的作家。而且后者总比前者蓬勃有生气。

　　这是"不容否认的铁一般的事实"，为什么这位著者偏要加以抹煞不该呢？欧洲大战固然使空想的非战文学"不能存在"了，但代之而起的却是更实际，更有效的行动的非战文学，不但反战，而且反法，因为帝国主义战争在现代是和法西斯主义不能切离的。为什么这位作者偏要把这种为人类的自由和平而奋斗的文学，搅进鼓吹帝国主义战争的文学里，而加上一顶"战争文学"的笼统的帽子呢？

这原因，我们不能简单地归之于他是"盲目的"这事上。

我想，没有别的缘故，这位著者的这种观点都是从鼓吹帝国主义战争的法西斯文学理论中蜕化来的。这只要看他把意大利的法西斯文人邓南遮称为"著名的民族诗人"（这完全是意大利法西斯蒂的口气哟）便可了然。这种观点在于抹煞全世界人民大众的为自由与和平的奋斗，这种观点在于欺骗大众说：世界没有不要战争的国家，连苏联的文学也是"战争文学"呢。这种观点在本质上就是反映帝国主义者和汉奸们无耻地诬蔑着的一件事：苏联是"赤色帝国主义（？）"。这原是一切最反动的人们用来鼓吹和掩饰他们的野蛮侵略战争或反动的内战的口头禅，不道这种调子竟从企图"复兴民族"的著者的尊口流出！

这样地！这位著者站在本质上是帝国主义＝法西斯主义＝战争主义的立场上，主张我们也应该有"战争文学"，但这"战争文学"是"中国的政治环境"所决定的。

这一点是重要的。一切的法西斯主义者不能不主张文学和政治的不可分离，因为他们站在最反动的斗争立场上。他们可以用极国民的，极民族的口号，但那口号的内容却只是非常狭隘的少数者底利益。当然，我们知道这位著者是没有资格作帝国主义的法西斯理论家的。但我们在上面证明过，而且现在更要来作进一步的证明：他是站在帝国主义者的利益上而承袭着法西斯侵略战争的理论的。作为一个中国人而站在帝国主义的立场，这大家一看就明白。我也不必先给他什么称号。

我们知道帝国主义者侵略我们，在许多方式中最"和平"最"友善"的方式是一方用经济侵略，投资，放债，来给军阀进行"建设"，或则支配汉奸资本，在农村中进行"复兴"；另一方面，又挑动军阀的内战，或教他们进行抑制民众的觉悟的行动。

这就是从一般上说来的"中国的政治环境"。这位著者便从以帝国主义者因而也是军阀的利益为前提的立场，把这些亡国灭种的野蛮行为合理化了。他所提出的"民族革命战争文学",包括着两种主要的内容。第一是鼓吹内战,据说这是反对"封建军阀",但我们知道历来的军阀混战,总是甲说乙是"封建军阀",乙又说甲是"封建军阀",因而开起仗来的。其次是鼓吹屠杀求生存的大众的内战,据说这是防止"后方的扰乱",但我们知道全国大众的要求是抗敌除奸的民族社会解放,"九一八"后首先向日本帝国主义宣战的是谁?提议停止党派的斗争,集中全国力量对外的又是谁?跋涉数千万里的长途受尽无数的迫害争取抗敌除奸的实现的又是谁?这一切,汉奸们并不是"盲目"地看不见,可是他们是帝国主义的附属物,他们害怕这种事实,他们拒绝这种提议,他们不能不用尽一切无耻的欺骗来抹煞这种事实,他们不能不用尽一切最野蛮的迫害来阻止这种事实!我国的不抵抗主义者并不是托尔斯泰式的不抵抗主义者,我国的不抵抗主义者是和最残酷的对内对大众战争密结为一体的。最后,是鼓吹"复兴农林的建设"与"民族复兴"的"新英雄"。当然,也还有"反帝"的口号,反帝是孙中山氏以来一贯的主张,自然不能不添上去陪衬。

然而在这三项主要的内容中,被认为最急切最重要的是第二项——鼓吹对大众的战争。这种战争被插上"一致对外"的旗帜。这种"一致"不是他们要和人民大众一致来救国,而是要人民大众和卖国汉奸一致去亡国。

这种理论的汉奸性难道还不明显吗?

但为什么要把这种汉奸内容的文学,称为"民族革命战争文学"呢?这和不抵抗主义者天天在叫着"国防"一样,只是一种欺骗的幌子;因为民族革命战争和国防正是全国的人民大众的一致的要求,他们不能不利用这些口号来进行无耻的欺骗,把麻药毒药塞在这些口号里,以完成"清道夫"的任务。

上面还没有详尽地说我们当前的现实。

自"九一八"野蛮主义的炮声轰响以来,"天下第一关"的招牌首先变成了敌人博物馆里的"历史的"展览品,文化中心地的上海也被敌人排演了轰炸的残酷剧,"文化的古城"已经踏上而且继续在走着满洲和内蒙的道路,同样的危机遍布在华南沿海各省;其他帝国主义更用别的方式来作"不甘落后"的掠夺,汉奸们更变本加厉地公开卖国送民。伟大的中华民族的生命已临到千钧一发的危机了。

我们的民族危机是孤立的，突然的么？

绝对不是的。我们的民族危机是全世界的资本主义制度总危机的现象的一环。我们已经看到：资本制度总崩溃的最后的危机，在经济上造成了通货膨胀，国外倾销等形态；在政治上造成了法西斯主义，战争主义等形态。这两种形态是互相作用而向着同一目的的——加强剥削大众，加紧侵略和再分割殖民地——齐下的双管，从农村到都市，无数的同胞的生活，被世界经济恐慌的潮流冲毁，各地的华侨，被驱逐被加紧剥削虐待；从东北到全国大多数地方，我们同胞的血肉被法西斯侵略主义不断地蹂躏牺牲。而这一切，是由无耻的汉奸挥着血腥的屠刀在帮同进行着的。

在不断的侵略和节节的退让下，全国各社会层的生存都受着严重的威胁。"巢覆卵倾"，这是一个很明显的道理。严重的压力，使我们社会上各种力的相互关系起了新的变动。抗×救国的要求，普遍地存在各阶层人民大众的心坎里。反帝战线广泛的扩大了，从东北的义勇军，人民革命军，国内勤劳大众的武装抗敌力量，学生群众的救国运动，到每一个阶层的抗日救国的组织和表现，都在各种不同的程度上进行着同一的民族解放战争的神圣事业。这运动是全世界人民大众的反战反法运动，争取和平自由运动，为社会的民族的解放而斗争的革命运动的现象的一环。这一点和上述的民族危机的国际性，是我们应有的认识，不然我们便易陷入狭义的国民主义的谬误中去。

为什么敌人能够这样长驱直入地来压迫我们呢？首先，自然是无耻的汉奸们的卖国行为所造成；然而另一方面，也是由于救国力量的分散所致。敌人和汉奸已公开地联合来压迫我们，例如殷汝耕之流和×寇的所为即是一个小例。在这种情形下我们就有联合一切抗敌救国的大小力量，马上来抵抗外敌反对内奸的必要。汉奸们的"统一"是要造成亡国的统一战线，我们的统一战线是坚决地反对内战，把内战转变为抗敌除奸战的救国阵线。抗敌救国的统一阵线是全国人民的生命线，也是敌人和汉奸的死亡线。

这就是我们当前的"政治环境"，这是亡国阵线和救国阵线尖锐地对立的中国现实。因此在文学上我们也看到代表这两种倾向的主流，一方面是鼓吹内战，掩饰亡国的汉奸文学，目前在"满洲国"，华北"成熟"着，而在国内也被鼓吹着，但却挂着"民族革命战争文学"（？）的幌子。他们用一切欺骗和歪曲来装在文学里，被捏在帝国主义者的手心里却要说是"替天行道"的"复兴民族"的"英雄"。我们看到上述那位著者的替帝国主义者说教，不禁想起了张天翼氏一篇小说《欢迎会》——在欢迎会的演剧中，为了导演和演员工作的错误，结果出台时汉奸念着"爱国"的台词，"民族英雄"念着汉奸的台词。《战争文学》的著者是一口地把两种台词都念出来了。

另一方面是反对内战，积极救国的大众文学，即民族革命战争的大众文学以至国防文学。这种文学是尖锐地反对敌人和汉奸的，是反映真正的民族革命战争的现实，促进民族社会的解放的。关于这，我们在后面再详细说到，这里不能不先来谈谈我们在这现实的新形势中应该采取怎样的实践上的方针。

文学上的统一战线

目前我们最重要的任务，是建立一个广大的抗日救国的文学上的统一战线。这是基于当前的现实，为了争取反帝运动的全民性质的可能性的实现，把进步的文学运动推进一个更高的阶段。

统一阵线的提出的根据不但存在于我们现实的横面的发展情势的要求里，而且存在于我们现实的纵面的发展法则的要求里。

我们已经熟知：政治是现实发展的最尖锐的反映，政治常常是一切意识形态部门中的最先觉者和指导者。

在这空前的民族危机下，表现在正确的政治上的任务，是建立全国抗×救国的统一战线。成立国防政府，组织抗日联军。

这种政治行为不但在客观上有其重要的根据，即在主观上也有其重要的根据。W·M（S·Y·Chan）氏在其近著《抗日救国政策》对此有天才的明确的指出。这指出是成为我们认识当前的现实和把握当前的任务的最有力的最正确的指针吧。我们有简单地介绍于此的必要：——

提出救国统一战线的第一根据，"就是中国全体人民抗日救国斗争的日益开展和必须把这个斗争组织起来"。

第二个根据就是中国革命发展的基本特点：（一）现阶段中国的革命，基本上还是由革命运动的两大巨变——反封建残余的运动和反帝运动——汇合而成的。这两种运动特别是反帝运动都具有极广泛的全民的性质。（二）中国革命底的人，是一切帝国主义的列强，这就须要灵活地利用它们间的矛盾来打击那最直接最受人民憎恨侵略者。（三）革命与反革命之间的武装斗争，带着比较长期的性质。（四）中国革命直到现在，在地域上发展不平衡。

第三个根据，不仅是基于中国勤劳大众的武装革命力量的势力的增长，而且也基于它们的弱点。

第四个根据，"就是在已经脱离帝国主义和封建势力的支配的领域和还没有脱离的区域中，我们的理论上和实践中所表现的错误和弱点，有加以纠正的必要"。

在这一明确的分析里面，指示出中国现实的发展的基本的特征，指示了我们的主观力量的努力的方向。这四点明确的分析，是中国的抗敌救国的统一战线的重要的根据和前提。这明确的分析和指示，对于我们的文学活动和创作实践，具有最重要最正确最深刻的巨大意义。

文学上的抗敌救国的统一战线的必要性和重要性，也完全包括在这正确的分析和指示里。统一战线的提出，只是使我们的实践更加具体，使我们的任务更加强化。统一战线的作用，是"不仅吸收最广大的，真正革命的，真正觉悟的和真正纯洁的分子，而且吸收中国社会上各阶级和阶层中一切可能的，那怕是暂时的和动摇的同盟者及同路人，来参加民族解放和社会解放的斗争，使中国革命尽可能地得到更多的力量和发展到更广大的范围"。为了完成伟大的艰苦的中国民族社会的解放，我们应该"聪明地和灵活地去动员一切可能的，无穷的，最广泛的民众力量，并采用革命斗争一切可能的形式和方法，以便一方面使革命能有持久和耐战的力量。另一方面尽可能地缩短长期性的过程，以便保证革命能战胜敌人，终于取得完全的胜利"。❶

这个困难的光荣的任务，现在还不能在文艺界乃至别的一些领

---

❶　W·M·《抗日救国政策》P. 46—49。

域，获得完全的正确的理解。而其中最障碍的，是各种形式上的宗派主义。

在大革命前后两三年间，文学上的宗派主义特别浓厚。当时的革命作家虽然留下了光荣的功绩，然而也带着一些宗派主义的弊害。当时有好些人是在福本和夫所倡导的福本主义（Fu Kumotoism）的政治思想的间接的影响下的。这理论的特征是努力结成最左的党派，把一切因宗派主义之故而分裂的现象合理化了，叫做"结合之前的分裂"❶，这种理论在更加明显的现在的现实看来，更是幼稚地不行的了。

在钱杏邨氏的批评里也呈露着一种宗派主义的抗战主义的缺点。钱氏在《批评的建设》一文中说："我们在政治上要肃清残余的封建势力，在文艺上我们也要肃清资产阶级文艺的残余的毒焰。"又说："我们只要捉住政治的实际，便可以认识资产阶级文艺的真相，批评家抨击这种文艺运动，便是在政治上肃清残余封建势力的反映的排演……"政治上的封建势力和文艺上资产阶级势力究竟怎样联系的呢？为什么在政治是"封建势力"，在文艺是"资产阶级势力"呢？这是当时政治任务和文学的游离的明证。钱氏后来虽然也写了一点批评"鸳鸯蝴蝶派"的文学，然而，比方对于中国的批判的现实主义文学的发展的无理解，不是理论上的机械和宗派的过失的表现么？

目前的现实，给予我们以实现反帝以至反封建的革命任务的最大的可能性，为了完成这一光荣的任务，造成庞大的救国革命文学阵线，我们必须认清本身的某些弱点，和宗派主义以至"行帮主义"作无容赦的斗争。应该在日常活动，以至于对待一般的杂志的态度上，采取更适合当前形势的新方法。作为一个负着重要的历史任务的文学者，应该具有高于一般未曾完全觉悟的人的"宽容"，因为群众不是一听见正确的理论和口号就马上会走来跟我们一起，怎样使他们注意正确的理论，这才是重要的事。而这就须要我们用不折不挠的耐苦的精神，注意各种程度上的要求，排除一切宗派主义和"行帮主义"，把这参差不齐的各种要求引汇到一个目的上来。只有这样，我们才能广泛地破坏"意识的保守性"。

---

❶　福本主义在一九二七年曾被 Comintern 严格地批判过。

"必须用十分坚决的态度，去消灭任何在帝国主义汉奸统治下的区域的群众政策和群众工作中所犯的'左的'——关门主义的严重错误和传统。同时，在已脱离帝国主义汉奸统治的区域中，也必须在我们的政策各方面起一个转变，首先是使我们的政策，具有明确的人民性质和民族性质。" ❶

争取工作的具体化，踏实化，扩大化，这是统一战线的要求。这种方针和那放弃一切的"握手言欢"的形式主义者无缘。随着现实的开展，在统一战线上的形式主义一定也会生长起来，这将是我们一个重要的需要克服的事情吧。有形式而放弃内容，这是投降，不是联合。只有灵活地，强实地充实具体的内容，才能保证统一战线的前途，只有更强化地表现我们抗敌救国，反帝反封建的行动，才能保证统一战线的发展。

统一战线的客观的必要性，主要的是上述的中国的现实所决定的；同时，作为国际现象的一环的我们的现实，也不能忽视其国际性的存在。目前我们看到法西斯主义者在国际上积极团结（柏林大收白俄，××集结白俄，意大利航空处长瓦尔列在六月二十四日访柏林，积极谋德，意，波，英成立欧洲法西斯国际的实现——发展下来当然连日本国也包括在内——"达达尼尔海峡会议"中反苏集团的此唱彼和，以至德奥协定的成立等等），另一方面是人民阵线和平阵线的胜利的团结（法国西班牙比利时左翼人民阵线的胜利与苏联和平外交的密接化等等）；在文学上也反映着这种现象，这在前面我们已经讲过一些了。但在这里，我们要着重地再提一下。

几年前，戴望舒氏曾经写过这样的话：纪德是一个"第三种人"，但在法国却大得左翼作家的欢迎，中国的进步作家却只会对"第三种人"进行内战。戴氏把纪德定为"第三种人"，并断定我国的"第三种人"就是纪德那样的人，这种笼统的看法已经由鲁迅先生在《再论"第三种人"》一文中尖锐地正确地指摘过了。现在我们特别提起这事，我们希望大家把视线再扩大些，看看纪德现在是什么样的人。另外，看看国际作家的动向，看看赫胥黎（A·Huxley），胡史特（Fosrter），

---

❶ W·M·《抗日救国政策》P. 88。

亨利·曼（H·mann）等人，看看巴黎国际作家文化拥护大会，美国作家大会……这一切没有给我们以影响么？在民族危机这样严重的现在，"第三种人"的作家们应该诚恳地想想他们有了什么积极的表现。

我在这里随便举出一个例子。今年四月出版的《星火》二卷四期上，有"韵律诗六首"：我们任意地拿上两首来看看吧——

> 相似的路里与相似的屋门
> 静读的少年芭蕉树下的人
> 方便的夏雨那较好的声音
> 清新的早晨是夜来的宁静
>
> ——《宿北大东斋》
>
> 五月榴花之望红日在远方
> 远方迟寂寂的好意的彷徨
> 夏之天气不测冷风降下了
> 无名的系念里独坐的长廊
>
> ——《五月》

象这样的诗，和我们有什么关系呢？在这些诗中有一点现实的真实吗？爆发了伟大的学生救国运动的策源地，在这里变成一座深山里的古刹；悲壮的五月，在这里变成一串灰色的无聊日子。这是我们的现实么？这是我们的声音么？

每一个真正地拥护艺术的人，不能不正视民族的现实，因为没有现实的内容的艺术是没有生命的；每一个真正地拥护自由的人，不能不擎起抗敌除奸的旗帜，因为敌人和汉奸是不容许我们有一点真正的自由的。我们诚恳地愿望一切不愿离开现实，不愿做亡国奴的文学者团结起来，在广大的阵线里各种要求"不免有意见的不同，有多义的解释，有暧昧性，但却有一个共同的目标。这种统一战线一定逐渐可以减少相互间的误解，而在清算了这种误解之后，共同的力量是比部份的力量来得大的"。❶

❶　A·Kantorowicz：《文学上的统一战线》。

民族革命战争的大众文学和国防文学

是的，我们要强调文学和现实的关系，为了艺术的生命和前途；是的，我们要强调抗敌除奸的任务，为了作为艺术创造的主体的我们和我们的民族社会的生命和前途。

除了甘心艺术的没落，除了甘心作亡国奴的人外，谁也不能来反对这种一致的要求。

对于艺术文学和现实的关系，现在还有一些人在有意无意地曲解，这是应该加以纠正的。譬如向培良先生说："思维的作用，往往只在于适应环境，但纯粹适应环境，却不是生命的本来的目的。我们所执着的任何一点，企图成立适应的，似乎都是只为了作为再进一步的基础，而且，正因为无论在那一点，我们都不会成立最完全的适应，所以我们才抛弃之而向前进。这样，不断地成立适应而又破坏这适应，才使生命燃烧起盛大的火焰来，所以，艺术在什么时候，也不会'适'于产生它的那社会的。广泛地说起来，一切艺术，除掉那些衰老虚伪的而外，都是未来主义的，即都是要从思维所企图成立适应的社会前进一步的。"❶

尽管这些话说得多么委婉曲折吧，也不能遮住其中的大破绽——使艺术脱离社会现实。这里且不必多指摘把"思维"与感情断然切离的不妥，单就事实上来说，思维何曾只在于"适应环境"？

一切的科学，只要是并不歪曲现实的，何曾不是"不断地成立适应而又破坏这适应"？在认识现实分析现实和变革现实的目的上，以思维为"主"的科学和以感情为"主"的艺术，并没有什么不同的，不同的是它们所使用的表现手段而已。如果因此就说艺术无论"什么时候"都不"适"于"环境"，都是"未来主义"的，那么一切科学又何曾不是这样呢？

不但这样，这种说法还有流于法西主义倾向的危险。墨索里尼已

---

❶ 《六艺》创刊号，《评费里契〈艺术社会学〉》。这篇文章的笔者抱着"一切艺术都是未来主义"的观点，所以不但不能纠正费里契的机械的社会学的观点，而且陷在更错误的迷阵里了。

经把意大利的未来派变为官许的艺术了。意大利未来主义也大提倡他们的"能动精神"，这种"能动主义"和向培良先生所说的艺术是"超越"现实的说法，并没有什么不同。墨索里尼曾宣言过："能动主义——就是未来派，是国家主义，是法西主义。"❶因为意大利未来派是没有站在反映现实的发展的真实上，所以他们的"能动"不能吻合着历史的法则来推进现实，反而作了反历史的法西主义的工具。现在意大利的未来主义的文学，其内容可概括为一个公式——这个公式是他们自己宣布出来的——"攻击＋拳头的宗教——战争准备。"

我们并不反对艺术应该"超越"现实，但这"超越"不能不依据着现实的法则。不然就会流于邪途。没有"现在"就没有"未来"，可见作为基础的还是"现在"；凡是真正的"未来"的艺术，不能不是真正的"现在"的。

我们的"现在"是什么呢？这就是民族革命战争的现实，我们要表现出这个现实，然而我们不止于卑俗的客观主义的抄写，我们更要深入这个现实，把握着它的发展的前途，即瞻望着未来。我们已经积极的提出"民族革命战争的大众文学"这个口号，当然，如果专从创作方法上看来，也即是民族革命战争的现实主义；我们不但不限制创作只能呆板地抄写客观现象，我们还要积极掘进现实的奥底，在健全的浪漫主义上眺望未来。只有这样，才能完成动的现实主义的艺术的任务。

民族革命战争的大众文学！这并不是凭空想出来的口号。它存在我们的现实里，存在于以我们的现实为地基的一切文学里。一切的口号，应该能概括一般的现象，显示出现实的本质，应该能使提出这口号时的环境的需要，体现着一般的历史的需要。民族革命战争的大众文学，它和过去的现实文学贯通着一条红线，而且当然，它的第一个前提是全国日益澎湃的抗敌除奸的现实，是因为有过去一般的反帝反封建诸作品的存在，是因为有反映这一现实的象《八月的乡村》那样辉煌的诸作品的存在。

而最重要的，是这个口号指出了民族革命战争的本质方面。民族

---

❶　M·马尔且列蒂：《意大利法西主义与艺术》。

革命战争的中心，当然是人民大众；但这问题还有许多人误解，譬如韩侍桁先生就这样地说过：

> "现今中国的革命，是小资产阶级的革命，是小资产阶级领头为无产阶级的革命，在这样革命的时代下所要求的文艺，是为无产阶级作下一个预备的阶段的小资产阶级的革命文艺。" ❶

在这里我不想讨论得太远去，我想指责的是韩先生底理论概念的混乱。在韩先生的心目中，一切进步的作家和领导群众的人，都是"小资产阶级"，为什么呢？因为他们有"知识"，而没有"资产"，是不能有"知识"的。所以"无产阶级"呢，因为既无"资产"，当然也非无"知识"不可。然而，革命是须要知识的，所以，无知识的应受有知识的"领导"。

这种误解，就是把凡有知识者视为"小资产阶级"。事实上，人民大众可以获得自己的知识者，不管他是毫无"资产"或曾经有一点资产。在文学上也同样，一个小资产作家不是注定终身应做小资产作家的。这种定命论只能来说明那种主张艺术是"客观环境"的"自然的"产物，看不到艺术创造的主体的能动的机能的作家们。

民族革命战争的大众文学这口号，就是指出"大众"是民族革命战争的重心的口号。同时，我们应该指摘一切静止的形式的观点——以为有知识的必都是小资产阶级，以为"劳心者必役人，劳力者必受役于人"的生物学的"天演公理"（我在这里想附带地指出，韩侍桁先生的理论并没有科学地扬弃了泰纳，居友等的生物学的朴素的唯物艺术观，而且接受了，强化了他们的不正确的方面的）。我们的文学是大众的，因而必然地是为大众的，因此文学的大众化（这里头包括新文字运动主要手段）成为一个重要的努力的方面。因为是大众的，所以必须有大众性；因为是为大众的，所以必须要大众化。大众化本来就包括在大众性里，但在目前的中国，这一点有特别提出来强调的必要。

---

❶ 《文学评论集》二〇八页。

那么，民族革命战争的大众文学，就是表现民族革命战争的现实，加强文学的大众性，努力文学的大众化的文学。这文学是把"新写实主义"文学的大众性昂扬到一个新的更广泛的因而是更巩固的阶段，同时把过去"文艺大众化"的任务昂扬到更高的一个阶段。

把新文学的大众性发展到更广泛的地基上，这并没有损失或削弱它的大众性，反而是巩固它的大众性。所谓大众性在现阶段上主要的是意味着反帝反封建的两大性质，而象上述一样，这两大任务是具有全民的性质的，特别是反帝的任务。因此，一个进步的作家，在现阶段上他的创作一定非昂扬到更广泛的全民的地基上不可（《八月的乡村》，《生死场》），而一切不逃避现实的作家，也必然地应该汇合到这条大河里来。这只有把文学的大众性安置在更广大的更巩固的基础上，更保证其发展的前途。同时，更丰富其题材的多样性，形象的真实性，典型的现实性。过去文学上有一种公式主义——这和理论及行动上的宗派主义是具有历史的血缘的——写非大众的人物必有反动的脸谱，写大众的人物必有革命的脸谱。这种毛病在民族战争的大众文学中一定可以减少或除去（现在有若干可以作为民族革命战争的大众文学的出发点的作品，和从前比较起来，是很少这些毛病了）。为什么呢？因为我们的现实是多样的，复杂的，丰富的，一个肯深入现实的作家一定不会感到题材的单调；同时，民族革命战争的大众文学的艺术形式，也因此应该是多样的，例如讽刺，幽默等等都是。

幽默，讽刺，浪漫主义等，本来都是喜剧和悲剧的艺术样式的要素。不过幽默在中国曾被用为逃避热烈的现实工具，所以一般人对它不大有好的观念。然而幽默的作用及地位是不容我们忽视的。这一点卢那卡尔斯基说得很清楚：——

"现代的喜剧是怎样的呢？我们的有些理论家说出这样的意见：大众是不知幽默的。事实上，幽默是什么呢？那是和人之心的笑。那神情，虽然是笑，但也能够理解为滑稽，可怜，或可笑的。所以……对于狭量的不彻底的小市民，不应该笑，而必要微笑。不应该对他讽刺，而必要幽默。'大众是没有容赦的，他如果笑起来，就要彻底地笑煞的。'有些人之所以达到这错误的结论，是因其在自己面前只看见孤立化的抽象的大众及其敌人。然而事实上这却是错误，大众（这伟大的阶级）是教育者。他教育贫农和中农，教育非常接近自己的农业劳动者，教育自己落后的阶层，教育自己本身，教育知识分子。哦！他们是怎样地必要教育哟！……大众的内部在根本上是正确的，但对于若干缺点的要素，幽默是很好的矫正者。因此，幽默的喜剧，是指摘缺点，指示如何排除这缺点的温存的讽刺的喜剧。——这是摆在人们面前的镜子，这镜子并不是使人一望就吃惊地开始去找钉儿和绳子，而是使人一望就觉得有洗脸刮脸的必要的。"

在我们要联合一切的阶层的真正爱国的份子，来进行抗敌除奸的事业，来完成民族社会解放的事业的当前，这种幽默不是很必需的吗？用来矫正我们自己和我们的友人。

最后，关于国防文学这口号有说几句的必要。我认为国防文学这口号是有提倡的必要的，然而，它应该是民族革命战争的大众文学的主要的一部分，它不能包括整个的民族革命战争的大众文学的内容。

以国防文学这口号来否定民族革命战争的大众文学这口号，是和用后者来否定前者同样地不充分的。国防文学这口号的时候性不能代替民族革命战争的大众文学这口号的时期性，同样地，在时期性中也应有时候性的存在。

鲁迅先生说："但民族革命战争的大众文学，正如无产革命文学的口号一样，大概是一个总的口号吧。在总的口号之下，再提些随时应变的具体的口号，例如'国防文学''救亡文学''抗日文艺'等等，我以为是无碍的。"这正是说明：在一个时期性的口号下，应该提出有时候性的具体口号，以适应和引导各种程度上的要求；因为后者常常是作为容易感染普通人民的口号的缘故。

1936年8月1日《现实文学》第1卷第2期

关于"国防文学"与"民族革命战争的大众文学"的论争

苏 林

全国性的民族危机，震动了每一个不甘作亡国奴的中国人，各阶层各党派间的关系都有了新的变动。除了少数汉奸之外，都有抗日的要求与可能。同时，中国大众数年来反帝反封建的革命斗争，发展到当前的环境中，劳苦大众的生活要求与民族利益成为一致的，它的主要任务便是广大的开展民族革命的抗×战争，于此，它必然地联合一切抗×的友军，发动一切抗×的力量。

这不但不会抛开劳苦大众，却正是大众的斗争更扩大，更实际的新的发展。

从此，我们明白文艺界的联合战线成为绝对的必要，"国防文学"是被正确的提出了。

"国防文学"的唯一主题便是"民族革命战争"：凡是抗×战争的英勇姿态，前进大众的反封建汉奸的艰苦斗争，汉奸与侵略者残暴无耻的丑行，以至整个社会生活中直接间接与革命战争有机地联系着的各种斗争都可作为创作的题材。

在作家之群中，我们必须号召广大的作者集中到"国防"的阵线上，各流各派的作者，凡是同情抗×战争的联合阵线的都有参加的资格。惟有广大的作者的参加，才能使联合阵线扩大，坚固起来，战胜汉奸，卖国贼的阻碍，走向最后的胜利。

在联合战线的阵营中，必然要以真正的彻底的代表大众的力量作为主导；使各流各派的作者，在民族革命战争的大众文学的实践中，由"联合"，"同情"或"中立"的立场进步到以大众的利益为一切作品的出发点。这是要在现实行动的不断的开展中不断地吸收，克服，斗争，所以在联合阵线中是不断地收容着仅只还是"同情"或"中立"的份子。

关于这一问题，徐行先生在《新东方》和《礼拜六》等刊物上所发表的"国防文学"的反对论的意见：

> "我们只知道真正彻底反帝的社会层是中国出卖劳力的大众，只有他们是前锋，也只有站在这观点上的文学才是挽救中国的文学。""所以我反对现时一般人所瞎说的什么不问派别，团体个人，宗教信仰，只要赞成和拥护救亡运动的都可以而且应该联合起来的胡言。"

如果徐行先生真正想为了大众而又能懂得在当前的环境中如何才能得到斗争的胜利的话，他便不会认联合阵线为"瞎说"，"胡言"。

×　　　×　　　×

"国防文学"是我们对于现阶段的文学的具体的标帜。而"民族革命战争的大众文学"这一口号的提出，是在这口号的本身就明显的说明了"国防文学"的本质的特点。

两者在本质上是没有什么不同的。

问题只在我们把那一个作为唯一的旗帜，对于号召文艺界的联合阵线，那一口号是更便利更适用。从此，可以选择一个最切合现实的名子。

徐懋庸先生在《光明》创刊号中有篇文章以为"民族革命战争的大众文学"的提出会分化整个新文学运动的路线，混淆大众视听，这是武断的说法，因为"民族革命战争的大众文学"恰是以正确地具体地说明了"国防文学"的内容。

同时，相反地以为"国防文学"的"国防"二字太含糊，笼统，因为帝国主义国家也有它的"国防",社会主义的苏联有它的对帝国主义者的侵略的"国防";可是,我们不是已经有了"国防文学"的正当的解释么:我们的"国防",便是半殖民地的中国大众的民族革命的战争。我们不必从字眼的本身吹毛求疵。

至于胡风先生在《文学丛报》第三期《人民大众向文学要求什么》一文中提出"民族革命战争的大众文学"时,已为大家所注意,但对号召了不少参加讨论者与赞助者的"国防文学"却一字不提,这无论是无意的忽略或有意的蔑视,事实上是无视了这一当前的现实问题。作为一个当前的民族革命战争中的忠实的文学工作者,是不应当采取这种态度的。

在此,我们极端的同意于聂绀弩先生的意见:

> 因为"……被号召的是各种阶层各种派别的作家,就不能没有各种对于这号召的看法;由于各种作家和这号召的距离的或远或近,对这号召当然也有缓急迟早;如果有的作家迟延了他底响应或者表示了怀疑,也正是各种阶层的本色——他们本来并不是统一的。"

> 所以"联合战线底组织者或拥护者……他们必须用充实正确的理论,诚恳真挚的情热,殷勤地,反复地去劝诱,说服,召致'各种阶层各种派别'中每一个有成见的人,每一个象牙塔里的人,每一个有个人主义倾向,虚无主义倾向的及任何不好的倾向的人来响应这神圣的号召,至少守善意的中立。"

> "这是个伟大的工作,可也是艰苦的工作,这工作决不是辱骂和恐吓所能代替。(《现实文学》第一期《创作活动的路标》)

我们不要"辱骂和恐吓",可是必须担当"诚恳真挚"地"劝诱,说服"的"艰苦的工作",开导,督促"并不是统一的"作家们向前迈进。

我们再三地引出吉尔波丁的名言:

> "一切宗派主义不可避免地会招致和现时的政治任务的隔离。"

我们引出这句话，不是企图来指责某些人或某个人陷入了“宗派主义”，而是在统一阵线的形成中所有的作家应该不惮烦的时时自省的。

象胡风先生在《海燕》创刊号，《文艺界的习风一景》一文中所指出的“动物的个人主义”（高尔基语）的私欲是卑劣的诬蔑，无谓的吵架的源泉（大意如此）。在现代中国的作家之群中，前进的作家们更应该能时时检查是否不自觉地在自己的意识的底里蕴藏着动物的个人主义的不洁的渣滓？虽然自己批评了“宗派主义”，而自己又是否不自觉地陷入于“宗派主义”的圈套？尤其是在联合阵线的形成中是否为各执己见的顽固与愚蠢所误？是否运用了最正确最完善的手段？

无疑的，我们不能不向一切作家—理论家们要求：我们得意识地使每一句话，每一个字都为了当前的文学的课题而写出，不应有任何出发自“宗派主义”或“个人主义”的，虽然表面似乎是极其纯正而事实上是伤害战友而帮助敌人的无目的的私斗。

我们不妨就“国防文学”与“民族革命战争的大众文学”所发生的纠纷这点事实来检查一下：

“国防文学”最早曾由徐懋庸先生提出：但是惟因了它的内容适合于（出发于）当前的现实的要求，才能在很短时间内，引起广大的作家们的注意，讨论与参助。

“民族革命战争的大众文学”这一口号的提出，在这名子的本质就全面的说明了“国防文学”。徐懋庸先生硬说它“笼统”，“空洞”，这无论有意无意是犯了主观的错误。我们不能怕有人会把“国防文学”误会作××帝国主义侵华的“国防”而反对“国防文学”；也绝不可能把在“笼统”，“空洞”的帽子嵌到“民族革命战争的大众文学”的头上。这在一般读者，有可能推想到徐懋庸先生是抱着以为是自己所独创的牌位作迷信的辩护。

而“国防文学”事实上已在广大的作家与读者中形成了对于当前文学的唯一标识（这是就作者所见到一般人的谈话而得到的）。“民族革命的大众文学”用来作为说明“国防文学”的内容特质时是必须的。但是否用来代替“国防文学”作为号召统一阵线的旗帜？

就事实说，“国防文学”这名字，简单，通俗，容易记忆，容易说出——这是表面的一点好处——尤其是对于联合阵线的号召，在一般社会上更易被了解，被接受。而"民族革命战争的大众文学"在这名字的本身就有了更具体更确切的说明。从这点上是该代替了"国防文学"的。但"国防文学"已经为大家所熟悉，且后者的名字太长，我们是否一定以后者代替前者或仅作为前者的说明是无须议决式的判定的。

而"民族革命战争的大众文学"这一口号，是胡风先生在《作家》第二期中《文学修业底一个基本形态》和《文学丛报》第三期《人民大众向文学要求什么》等文以一贯的把"民族革命战争的大众文学"作为当前文学的唯一标帜的态度而号召，如此，便不该对已经摆在大家目前的"国防文学"置之不理，这种"冷淡"的态度对敌人亦不应如此，对于同道者更是最刻薄的！会使人感觉到一副"宗派主义"者"另起炉灶"的顽固自持的面孔。

再次，即使为了在"国防文学"的旗帜下，在上海或其他地方所号召的作家的组织不能正确地领导文艺界的联合阵线，但真正忠实的有才能的联合战线组织者，也应该从中督促，领导之。绝不容无能的消极的"冷淡"，这是最笨拙的文学工作者。因为尤其在联合阵线的今日，这给于一般群众一个很大的怀疑——很大的损失！

退一步说，即使"另起炉灶"，也应该以诚恳的态度善意地同时也不客气地批判旧的而提出新的。我们不需谦逊，更鄙夷自立门户者的那副最世俗的矜持的尊容。

×　　　　×　　　　×

在这新的现实下的文艺界的新的形势中，联合阵线的正确的理解与运用在作家之间是必然要经过一番热烈的讨论的。

象徐行先生之根本反对"文艺界的联合战线"的论调，我们不能随便说他有某种恶意，而客观上是犯了"左的宗派主义"者的认识不够的错误。

同时，我们也绝不能忘记大众的主导的作用。丢掉了多年来用血的斗争所争取的文学伟业，而把联合阵线误为杂乱的"混合"，并予以过高的估计和奢望。

在这里，鲁迅先生在《现实文学》创刊号《论现在我们的文学运动》一文里的意见给出了最确切的说明：

> "民族革命战争的大众文学，是无产阶级革命文学的发展，是无产革命文学在现在时候的真实的更广大的内容"。所以，"决非革命文学要放弃它的阶级领导责任，而是将它更加重，更放大，重到和大到要使全民族不分阶级和党派，一致去对外。这个民族的立场，才真是阶级的立场"。

这是给了象徐行先生之类的论调的具体的答复。

紧接着的一句话：

> "但有些我的战友，也竟有作相反的'美梦'者，我想，也是极糊涂的'昏虫'"。

投向联合阵线而忘记自己的前进作家们，是会走上另一条岐途。我们惟有从现实的环境与过去的历史的发展中才会得到联合阵线的正确的理解。

联合阵线不会从天上掉下，也不是无来由的突然的降生，它是要有主导者的发动，组织和领导的。

在此，联合阵线的组织者该如何最巧妙的完成这一任务呢？

关于这，前面所引聂绀弩先生的意见是值得注意的。我们必须以诚恳真挚的态度去劝诱并说服同情者以至中立者。因为各阶层各派别是各有本色而并不统一的。

对于同道者是要执行严格的自我批判。对于同情者，参加者，都应该尽力地加以劝诱，教育，善意的批评与领导，使其更进一步的前进。对于中立者也不放弃殷勤的劝诱与教育。惟有对于极少数的汉奸才给与全情的抨击！

联合阵线组织者，一切忠实的文艺的工作者！

在目前如何巩固并扩大文艺界的联合阵线成为我们的唯一任务：为了这，我们必须根除一切锋头主义，固执己见的无谓的，浪费的，可耻的"文人相轻"的恶俗！

我们不能护短，替自己辩护，把整个文学运动当作各自的私产，招牌而争辩。我们不必要争霸称雄的标新立异，忠实的有才能的联合阵线的组织者，他不该落在群众要求的背后，更不该对同路的部队采取"冷淡"的态度；任何的文艺团体我们要尽量的加入，诚恳地批评，领导；我们不能一意孤行，每一个号召要顾到作者群众的情绪，估计最后的效力——是否对于真正的联合阵线有益。

我们不仅从现实环境，历史发展中得到文艺界的联合阵线的理解，我们更需要忠实的有才能的联合阵线的执行者！

不必要"辱骂和恐吓"（鲁迅语），不要"随便加人以一顶帽子"！为什么要以"英雄"的姿态把真理当作盾牌而横冲直撞？为什么对于并非敌人的友军施以致命的打击？为什么在劝人要"诚恳""说服"时，对于见解稍有的不同的作家的名字上冠以"作为理论家的××先生"的字样？为什么对于十几年前的旧的论敌，直到历史翻了几个滚的今日还要采取"先天"的敌对态度？不该做"历史"小的杂文巧妙地蔑视从血中战斗过来仍在血中战斗着的战士！最勇敢最伟大的战士，他不但能攻击目前的敌人，对于过去的敌人和自己必要的是同样的客观的批判，不该不分青红皂白的什么什么"们"都是"流氓"！

前进的作家！中国大众的斗士们！

血的魔手的屠杀降临到全国大众的头上了！这使每一个麻木的人梦中醒来，对于敏感的作家，这是最后的自省的机会！

我们不仅要作最勇敢的战士，更要作最完全的战士！

对于从知识份子的泥沼里生长出来的作家们自我的批评还迫切的需要："英雄主义"，"个人主义"，"宗派主义"的残渣是否还滞留在意识的深处！？

在这新的环境中，斗争是广泛的开展着，每个战士大显身手，也正是最需要互相批评，互相督促的时候！

"我们对于一切文学的论争的开展，创作的活动；一言一动都必要估计对于"民族革命战争"的终极目的，当前的"联合阵线"的胜利是否有益"。——愿意把这句话供献给所有的为民族革命战争的胜利而奋斗的艺文工作者。

1936年8月1日《浪花》第1卷第2期

人民大众对于文学的一个要求

柳 林

在文艺的领域里，"民族革命战争"的旗帜，可能号召了大多数不甘作亡国奴的各流各派的文学工作者。

围绕着"民族革命战争"这一主题，联合阵线的主导者必要发动最多数的笔杆从事写作。对于各流各派的作者，应有正确的教育与领导，使其不但是抗×战争中的同路的友军，而且成为站在勤劳大众的立场而写作的民族革命战争的忠实的彻底的斗士。

这在近数月来各地"作家协会"，文艺社团的相继成立，正是我们踏上向前迈进的前途的第一步。

可是，文学上的理论的论争只在几个知识分子的书案上兜圈子，甚至，进步的作品也只是给几个专门从事文学的写作者互相赏识；自然，这也是客观上必然的经程，我们不是唱高调说这不必要，不切实际，而是我们要迅速地把握更进一步的要求。

在此，人民大众对于文学的一个要求是：**"给我们合口味的新的食粮！"**

这不是有意以"拿出货色来"的口号，去为难理论，讥讽理论之无用。而是因为几乎所有的文学刊物和单行本至少是大都市里的高中以上的学生才能读得到，读得懂；这是因为经济能力和文化水准两者和大众的距离太远的缘故。真正是劳苦者能够买得起，又读得懂的，一般的说，几乎完全没有！

也许作者和读者都不知不觉的写下去，读下去，又写，又读，再，……

一般的说，是小资产阶级的知识份子的作者写给小资产阶级知识份子的读者！

永远在这个圈子里循环。

即所谓新的形式，大众文学的作家们，至多在文章上嵌进几个"妈那巴子"，"奶奶雄"的所谓"口头语"；事实，整个内容完全和劳苦大众相距十万八千里。同时，印行和发卖更完全受商人牟利的支配！

当然，这也是必有的经程，我们不是要唱高调，故意责备。不过当前的现实迫使我们的提出更进一步的要求。

在这空前危难下，惨酷的耻辱的灾祸会打到每一个人的头上，各阶层的份子即从自身利害的感受，也有了新醒觉与要求，救亡运动的急迅速的开展，在这行程中，犹疑动摇的知识份子极少数曾做了无耻的汉奸与屠手，大部分在继续前进，更坚定更前进的份子会毫无犹疑的踏上工农大众的正途。

在此，我们把作家们当作一般的知识份子看待，不过，他们会更锐敏的感到直接的耻辱与迫害，很多自觉的勇敢的前进的作家，会自动地走进工农大众的队伍里，和大众一道生活，一起斗争，为大众而写作，写出真是大众的作品。

惟有在社会的实践中训练自己，才是作家们最切实的道路。

才能吻合民族革命斗争的巨浪唱出激越的，雄壮的，伟大的大众合唱的诗歌。

在目前，我们有一个具体的提议：

文艺工作者不要再只各自盲目的写作，即使前进的作者，在个人对于尖锐的现实不只无意识的感受，而要有意的观察，深入；在作家之群中亦不应完全自由的产生，要有个合理的计划与限制。

写作者要通过"作家协会"或普通的友谊关系，在或多或少的团体中，共同商讨共同参加的写作计划。譬如，几个人都经过的每种事件的集体创作，不同地域不同社会生活的作家写出同一时代浪潮的不同的反映。

其次，更切实的要求，作家协会，或文艺团体，要作一个大规模调查以产生写作的计划：按各个作家估计自己的生活经验，写作才能与兴味，分别走到不同的部门去。每一部门最重要的有它所决走的写作的对象。譬如，专门写给工人，农民或兵士看的。

因为在"民族革命战争"这一要求下的作品，最有效的作品是直接对于某一社会群体，某一特殊事变，甚至一特殊团体，各就其生活实况与目前的遭遇鼓动其战斗的情绪。

这是需要大批的写作者，分别制作工人的，农人的，兵士的，以至商人的，学生的，人力车夫的，学徒店员的，小贩的，流浪者的，乞丐的，土匪的……同时，北方的和江南的农民不能给予同样的作品（譬如地主和佃户间的关系就不一致），各省，各县，甚至各个村庄都各有其特殊的地方性。工人则煤矿工人，纱厂工人，手艺工人，码头脚夫，熬小盐的等等都不一样。

作品的形式上，绝不必要遵守什么"小说作法"，什么戏剧的"三一律"，豆腐干，十四行的诗体。可以是歌谣，小调，唱本，以至流行的乐谱，军歌，独脚戏的演词，独幕剧；小说自然要是描写的，形象的生动的艺术作品，但不一定拘定客观的描写，故事式的，童话式的，宣传文字的主观的煽动，新闻式的，报告文学……我们要拿极少的文字反映某一社会层的生活的全面，譬如农人的耕作的劳苦，迷信的愚弄，礼教的压迫，借债的榨取，租米的担负，税款的勒索，兵役，筑路等强迫拉夫，贪官污吏，土豪劣绅，官军土匪的欺污，掠夺，蹂躏……分段的由不同的故事说出，或由一个人物的遭遇的贯穿，使农民读者对于其身受生活有了全面的了解，再配合以当前发生的直接间接与抗敌战争有关系的事件，譬如"失去了的土地"上的掠夺，屠杀，战区的炮火的毁灭，内地的汉奸活动，外人测量，示威，强卖毒品，包庇私货，逮捕，杀人，强占房产，抢夺财产，以至汉奸政权的千重万重的税款的勒索，征兵，拉夫，修公路，筑碉堡等替帝国主义"杀中国人"的清道夫的残暴无耻的勾当……从此，以觉悟大众的抗敌反帝，反封建，打倒汉奸卖国贼的斗争的英勇行动，激发农人们走上"民族革命战争"的战线。

这只是就农人的一例，在各方面的群众中，我们的作家自然会发现了汲取不尽的题材，发挥了被埋葬着的真正的创作的才能。

由于劳苦者的经济能力与时间的限制，我们只能写数百字的短篇，至多是不过五千字或一万字的小册子，这种大批的丛书式的小册，印刷和装订都要简单，价钱只有几个铜板，顶多不要过五分钱。

　　文字上尽量简明，通俗，使读者读得懂，有兴味。要合乎口头语，但目的在读者能懂且感觉是生动的"活的语言"——这自然要真懂得大众的生活与情绪的作者方能胜任。不然硬加上几个"鸡巴"之类的字眼，反而更觉讨厌。同时，需要留心的是文字的"洗炼"，不只迎合大众，而要提高他们的文化水准；劳动者说话一句两头都带"妈的"，"肏娘"的口病，但作品不一定抄照。且象农人们所不熟悉的语汇，如"示威"，"抗税"，"斗争"，"反抗"，"帝国主义"……"播种汽车"，"集体农场"，"拖曳机"等名词需要酌量不断的输入。

　　拉丁化新文字在此是唯一的工具，除不得已暂时用汉字写作外，大众的文学是和新文字不可分离的同时并进的。就文学说，是不可能通过难学的象形的汉字交给大众的。走向大众的文学要执着新文字的武器！

　　话说回来，这一切制作的计划，必须由大的文艺的团体去执行。印刷费也要由文学团体自己筹画，至少，在发售上不能以商人牟利为转移，而要有计划，有组织地通过各地文学团体散播到广大的大众中去。

　　自然，我们不是不知道，无论在社会环境和经济能力，较之在合理的社会里进行着的文学的工程，客观条件的顺逆有天地之差。但这绝不是幻想，在救亡运动广泛的开展，群众组织风起云涌的这新的环境中，我们可能更必要结合一切文艺工作者走向这更切实更正当的道上来！

1936年8月1日《浪花》第1卷第2期

战争文学·反战文学·国防文学

阜 东

现在，世界的文坛上又充溢着硝药的气味了。

欧洲，世界，现在已踏过战士们的鲜血汇成的血泊，回到原来的地方来了。东西方野心家的掠夺战已经开始，凡尔赛会议后世界的新地图，也已大大地被涂改了。二十二年前那场几乎灭绝全人类的可怖的大战，随着时间的奔逝，在某些人的脑海是渐次褪淡了，象一个模糊的恶梦一样地。

一九一四年大战前后爱国文人们所竭力嘶声地向民众宣传鼓动的那些好听的词句，象"为祖国战死"，"为正义而战，为人道而战，为救济欧洲的文化而战"那一类冠冕堂皇的演词，又在东西方的野心家及其帮凶者的嘴里喊出来了。现在成为意大利，德意志同日本文坛上最显着的现象之一，便是战争文学的巨量的产生。文学的和平思想，即使是无力的人道主义者的思想，在这些国度里，也是不许其存在的了。一九一八到一九二五年的革命高扬期内，为着麻醉群众而曾经十分盛行的和平主义，当各帝国主义国家开始了世界的再分割，殖民地的再掠夺的时候，也不能不脱下它的假面，露骨地高唱战争了。现在，这一类的作品在那些国度里，正采取着最通俗的形式，同最精密的方法分布到大众中去。今天是对苏作战的小说，明天是对美或什么作战的小说。稍为明白这几个国家的文坛现状的人，对我这些话一定会相信的。

这些新的"英雄"的文学（它的代表作者在日本是三上于萝吉（已

死），吉川英治，白井乔二等；在德国是约斯特·倍敏和堡等；在意大利为邓南遮，皮兰得娄等），从艺术的观点上来说，是一点艺术价值也没有的。象拉狄克所说的一样，它们不过是未来死尸制造所的广告而已。

这是必然的。建立在泛系主义上的文学，完全拒绝了创作任何艺术作品的可能，而在这种逃避现实的所设哲学基础之上，活泼的，健壮的，艺术的形象自然也不能够产生。他们只有把文学用来奉仕战争，在读者的思想上开始战争的准备。市民文学本质的特点之一，就是富于吸血的兽性。它用一切虚伪的形象来使他们无理的掠夺与残忍的杀戮等丑恶的行为美化，神圣化。而这种倾向在没落期的市民文学中，尤表现得显明。

随着时势的推移，作为这些战争文学的主题的，不必只是种族的偏见，对于新的人类同新的文化的仇视，已成为他们最积极的主题，铁霍纳夫在《战争》里曾这样说："世界上有过对龙（中国）的战争，对新月（回教）的战争，但现在要发动的，都是对镰刀与锤子的战争。"这是现在战争文学与战前，及大战期间的战争文学，在本质上不同之点。

在反战成为和平人类最重要的任务之一的现在，这一类主张吃人肉，喝人血的文学，是应当如以灭绝的。我们应当认清没落期的市民文学的和平主义是完全破产了，真正的反战文学的作品，只有在另一个阵营里才能找到。

×　　　×　　　×

大战后，反战文学是曾经盛行一时的。作家们把他们亲身的经验，反映在各目的作品里，所以我们看到的是战场上的残忍，兵士们的疲倦。然而反战的作品在本质上也还是有等差的，有许多作品只是市民文学的和平主义的产物。雷马克的《西线无战事》同《战后》便是最好的例子。

雷马克在他的作品里虽然尽情地描写了战场上的残忍与惨酷，但他并没有对这战争提出抗议。他一面反对战争，一面又承认帝国主义者的统治权。《战后》的主人公从前敌回到后防之后，当时革命的浪潮正在奔腾着，然而他并不愿意参加，只希望当一个小学教师，想在教育上实现他的理想。他反对战争，但那是消极的皮相的，他还不会了解战争的本质，同怎样才能消灭这战争。这一类的作品并不能够负起反战的任务（然而，现在，连这样的作品也被认为是危险的，有害的。雷马克现在是被放逐了）。

由旧人道主义出发的反战文学也一样是无力的。这一点，我们可以引用罗兰本身的话来作证明。在一篇文章里他说一九一四年大战开始，我高声喊着，"反对世界刽子手"的时候，我带着一个被征服者的悲痛的骄矜这样写着："我写，并不是为着说服欧洲，而是为着稍为宽舒我的良心。"我们的足没有踏着地面呵！个人主义出发的以"良心"为基础的人道主义，虽然反对战争，但它是架空的，只是知识分子一种理想罢了。这一点罗曼是已发觉而且觉悟过来了。

只有新的阳性的人道主义作品才是真正的反战文学的作品。巴比塞的《火线下》便是第一部真正的反战作品，他不惟表现了人民大众的疲惫，战争加于人民大众身上的苦役，而且表现了他们对战争的深刻的认识，他们对屠户们的反抗心。他把大战前后欧洲屠户们的谎话全都揭穿了。"人们为什么要打仗呢？"对这问话，巴比塞这样回答："没有人知道为什么要打，但我们知道人们是替什么人打，他们是为着少数人的利益而打呀……这种人才是我们的仇敌，也是德国人的仇敌，德国人也是可怜的被逼被骗出来打仗的，不要忘记你的真正的仇敌，认清了你真正的仇敌吧！"因此，他们爱着战壕的对面，也即在他们的"敌人"的阵营里的清醒的人——李卜克乃西。

只有深刻地暴露帝国主义战争的本质，指出这一战争的牵线者，同显示如何才能消灭驱使无数的大众走入屠场，为一小部分人的利益而牺牲的不良社会制度，这样的文学才是真正的反战文学。巴比塞的《火线下》之能够获得比一切反战文学更为伟大的评价，就是在这一点上。

只有在新的世界观的烛照之下，积极的反战文学才能够产生。把战场的残忍暴露出来，象一般的反战文学作品那样只能够收到部分的消极的效果罢了。

×   ×   ×

在目前，我们国防文学论者也是倡导反战文学的。这并没有自相矛盾的地方。民族革命战争与帝国主义战争在本质上全然不同，后者是喝血的，侵略的战争，而前者并没有侵略任何国家的企图，而是为着正常的防卫。在半殖民地同殖民地的国家里，只有民族革命战争才能消灭一切强盗们的掠夺战争，所以国防文学也必然是反战文学。它鼓吹大众为祖国而战，然而并不是奉仕少数者的利益，而是为着保卫我国家的独立与民族的解放，是奉仕全民族的利益的。也是奉仕全世界人类大众的利益的。在帝国主义国家里的被压迫的人民与被侵略国家里的大众的有力的合作之下，帝国主义战争才能够完全消灭。从这一观点出发的文学才是健康的反战文学，才能获得反战的效果。

帝国主义国家的反战文学同被压迫国家的国防文学是两位一体的，是前进文学的辩证的两面。两种文学的并驾齐驱，就能够发挥极大的反战作用。

1936年8月3日《大晚报》

再论"国防电影"（上）

孟公威

　　"国防电影"虽则本刊一再提出讨论，但是其他报张上的反响，是非常不够的。这除了表示一部分"电影理论家"，不热心于这问题，在"国防"战线上怠工外，更表示出另一部分"电影理论家"，对于这问题，没有力量涉及。自然，"电影汉奸"们的故意抹杀，或则曲解，是不算在内的。

　　我并不想否认"国防电影"在从业员和批评家之间有零星的讨论者。同时，在他们零星的讨论以后，似乎有了一个"凡是现实主义的电影，都是国防电影"的结论了。

　　实际上，这结论是不但不对，并且非常有害的。假使读者们不是健忘的话，那末，一定记得二个月前，笔者在本刊上发表一篇《国防电影诸问题》，首先对这种过宽或过狭的规定"国防电影"的定义，给以指摘。

　　笔者的大意，认为过宽的课定"国防电影"和过狭课定"国防电影"，同样是将在实质上走到取消"国防电影"的险地。

　　因为对于"国防电影"最容易走到的过狭的课定，就是把"国防电影"，只认为采取"义勇军抗敌""学生救国运动""走私"等作品。"义勇军抗敌"那类，在国防最前线的题材，当然是"国防电影"制作上，最值得表现的东西。但是"国防线"，亦不是这样单纯的。在前方，在后方，在军事，政治，经济，以及文化，艺术，科学各方面，都有"国防性的"。几句话说，是一定要在各方面强调"国防任务"，才真的能达到国防的目的。只是注意了前线的直接抗战，这种机械的方法，是一定失败的。

同时艺术的多样性，也决不能让作家的眼睛只看在一二样最表面的存在，而忽略了其他一切。

不但这样，在一个非常错综的中国，社会里帝国主义的势力，已经控制了某些人。而他们就是有权力阻止"国防电影"的制作。这样，假使我们的"国防电影"还只囿于一个狭小的圈子，他们的阻力，一定更大！

过狭的课定"国防电影"，一方面忽视了国防的全貌，同时又重复了公式主义，并且会遭到阻力，那末，过狭的课定"国防电影"，就是实质上取消国防电影是没有疑义的。

但是"凡是现实主义的电影，就是国防电影"的定义的危险性，决不会比上边的所说的过狭的课定"国防电影"少的。

我们知道"国防电影"这口号的提出，是在一个特定的时期，这时期的特征，就是敌人的军事，政治，经济，文化等侵略非常加紧，"国防电影"是针对着这为主为奴的民族危机，而提出的。他本身有着十足的行动性，所以，他所应该表现的就是和"国防有关"的一切。

举例说，经济危机下的农村破产，是一个现实。所以凡是表现农村破产的作品都是"现实主义"的作品。但是这种作品我们无法承认他是国防的。因为农村破产的原因很多，我们一定要表现出农村破产的一个主因，是"帝国主义"侵略，那才能引起广大的群众的对于帝国主义的憎恶，而收到国防效果。

再说表现有闲者的淫逸和没落的作品，我们也不能不承认他是"现实"的。但我们无法承认他就是"国防电影"，因为他和国防无关，而一接触到他们对于帝国主义的勾结，那才是"国防电影"。因为这一接触，才关到了"国防电影"这在一个特定时期，所提出的口号的特性。

"真实问题，是文学的生死问题"。这决定在电影方面同样可以引用。当这口号在苏联已经普遍的讨论和接受以后，名批评家 I Bes Palov 在他的报告中，一果力说："只有社会主义的劳动，社会主义的建设，为过去与未来的社会主义而作的斗争，为完全肃清经济及人类意识中的资本主义要素而作的斗争——才是我们的美学的内容，我们对于美的见解和美学的理想是站在这一点上的，这是现实所出现而在艺术中被实现着的。"他举出了苏联社会的最强固的现实，最"行动"的现实，作"现实主义"的口号的内容的诠释。何况在中国"国防电影"这特定口号之下，反而解消他的"行动"的"国防"的特性，用"凡是现实主义的电影，都是国防电影"，这规定来说明他，无疑地将走到实质上解消"国防电影"的绝地！

　　"国防是最强固的现实，而现实的不都是国防的"，这还不够清楚吗？

1936年8月9日《大晚报》

国防文学是不是创作口号

荒 煤

在民族危机已经到了最后的生死关头的这一个新形势下,提出一个新的文学口号——国防文学,自然也有它底特殊的意义,这绝不是偶然的!

无论国防文学的提出,曾经遭受过反对和曲解,甚至在目前还有一小部分人疑惑着,然而在另一方面:在华北层层压抑下的卅余种小型的文艺刊物上都唤着国防文学是事实,在华南和南洋,甚至是一处偏僻的内地,甚至是在一张极小的报纸副刊上都唤着国防文学也是事实;这事实是证明国防文学这一口号已经获得了全国广泛的反响和拥戴!这一些反响和拥戴当然包括着广大的文艺青年和群众,而广大的群众却正是一个理论及口号最有力的识者和最勇敢的实践者,那么,还有什么可以比这更能说明国防文学的明确性呢?

我以为,在现在,无论有人污蔑国防文学是单纯的空洞的爱国观念也好,担心国防文学被汉奸利用也好,都让群众去答复他吧!现在的问题已经不是争论这一口号"对"或是"错"了,问题是:在这一口号既已被广大的群众所拥护,在国防文学旗帜下站在联合战线上的人——理论家是应该怎样进一步去建立和巩固国防文学的理论,创作者是应该怎样进一步去把国防文学这一口号反映到自己的作品上来,探讨国防文学在创作方面的各种问题。这是每一个响应国防文学的人应该担负起来的责任和义务!

有人以为国防文学这一口号只是对于作家们的一个号召,那意思就是怀疑国防文学并不能算是创作口号。这是完全错误的！仅仅把创作者号召到国防文学的旗帜之下就能说是国防文学的任务么？把创作者号召到国防文学的旗帜下还能无视地让他们去写些无聊的作品么？那么，用这一口号——国防文学去号召创作者的意义在哪里呢？国防文学要是不想法鼓励要求创作者把他特殊的武器如何运用着去为了我们的受难的民族尽一部分力量，我们要这一个事实上等于是空的口号做什么？

当然，在目前，各创作者的世界观是并不一致的，而且每个作者也有他写作的自由，要是说站在国防文学的旗帜下的作者就应该有一致的世界观，限制他写作的自由，这种想法是太机械的；然而，既然是同伴或是战友，不应该去向他要求和说服么？而且，这种要求是群众的要求！

无疑义地，国防文学不仅仅是一个号召作家们组织的口号，而且也是一个创作的口号！那么，怎样把这一口号反映到作品上面来呢？这里，我们就可以碰见两个值得注意的问题了——

第一，有许多人就以为国防文学的写作范围太窄狭；这种看法是肤浅的。固然，写东北义勇军抗战及华北等地的群众示威运动等等题材有它最高的评价，但是只要作者肯去仔细地观察一下，就是最平常的恋爱问题也同样可以写出有国防文学意味的作品来！这是很勉强很无谓的么？绝不！事实上是这样：我们敌人的疯狂的侵略已经逼近每一个中国人的咽喉了，我们一切的生活里面也都可以看到那只魔手的！

第二，就又有人害怕因为生活圈子的狭窄会去写出一些概念的作品来。其实，刚才说过，我们的一切生活都与×帝国主义侵略有关，一个创作者并不要都去写义勇军——自然，他去写的这种精神也是可佩服的，那也是作者愿意把眼睛去向着广大的现实的很好的说明——每一个人都有他自己的生活：他活在一些什么样的人们和环境里面，他接触到一些什么现象，这就是生活，而这生活里面只要仔细去观察，就不会不能发现有国防文学意味的题材。那么，就说只写作者自己熟悉的生活也够了么？不，对于广大的群众的要求，这是不够的！我觉得，一个作者有被群众要求的义务，他也可以去写义勇军——这里，

作者又有被要求去体验生活的义务了——他能够去体验那生活当然
最好，但不能够时，有了仔细的观察和正确的联想，甚至仅仅根据一
条新闻材料，也未尝不可以去写的。这种东西写出来难免不有些概念，
但还是广大的群众需所要的：例如新近在各地上演得到极大的拥戴的
剧本《走私》和《东北之家》就有许多地方是概念的。在过去，好多
读者对于蒋光慈作品的热爱，尤其是很好的证明。当然，这不是鼓励
作者去写概念的作品就以为满足了。

　　总之，国防文学无疑地是一个创作的口号，现在主要的问题是应
该如何去应用，如何在作品方面去实现，我希望赞成国防文学的每一
个作家把这一运动扩张起来，以作品去打碎那些对于国防文学污蔑的
冷嘲的理论！

1936 年 8 月 10 日《文学界》第 1 卷第 3 号

我对于国防文学的一点浅见

征农

　　一到上海，就有朋友要我对于"国防文学"发表一点意见，起初，我因为不明白这问题论争的主要点在那里，不愿随便插嘴；但后经一想，自己既是一个文学学习者，对于这样一个重要问题，是应该有所表白的，于是就乘《文学界》编者征文之便，写出如下的一点浅见来。

　　在国势极其危殆的现在，我认为：在文学上，提出"国防文学"的口号来，是正确的，这可以分开几方面来说。

　　一、"国防文学"是一个组织的口号。即是要求全国有正义感的文学家统一在一个共同的目标——救亡——下来。所谓"统一"，并不是要大家捐弃己见"一笑而散"的意思，也不是说拿自己的意见去"统一"别人。最好的解释，不妨引出那句"兄弟阋于墙，外御其侮"的老话来。就是说，不管你在文学上是唯美主义者或自然主义者，都要把注意集中到那当前的最紧要的抗敌救亡问题，把这个问题当成先决问题之一看待，这是全国文学家（汉奸除外）一种自然的要求。因为，如果这个先决问题不解决，国亡家破了，还有什么唯美主义自然主义好谈呢，在统一战线内，你尽可以拿你原来的面目出场，只要不越出"统一"的规范以外，只要在救亡的总目标下是统一的。倘把这个口号看成无条件地要大家捐弃成见的把戏，那就要成为一种空想，在阶级的社会，希望文学上没有派别，是不可能的。兄弟不管怎样不和，外侮来了，自然大家先要去御侮，否则只好同归于尽。但不要以为他们间的不和就这样解决了。不是的，他们间的不和还是存在，不过，这种不和，只有让他们在外侮被除去了以后再去求解决，或者就在御侮的过程中去求解决。从这里出发，同时也就可以看出，要拿自己的意见去"统一"别人的意见一样不可能。救亡是全国民众的要求，也只有集中全国民众的力量，才能完成它的任务。各人自己老是认为只有自己才能救亡，一手撑起"只此一家"的招牌，一手又挂出"闲人免入"的禁令，结果各人走各人的路，力量一不集中，要想救亡，反而自杀。"国防文学"这口号，在组织的意义上，实含有打破文学界向来的"宗派主义"的作用。

二、我们既然明白"统一战线"有一个共同的总目标，那么，反过来说，如果这个总目标不成立，就是没有达到"祸临眉睫"的时候，这个"统一战线"也就"统一"不起来。所以"国防文学"这个口号，又是一个"行动"的口号，要求全国文学家一致起来御侮救亡。"行动"，自然不是要大家拿起枪杆子，而还是"不离本行"，要大家从笔杆上去负起救亡的责任。消除"内战"最好的方法，就是积极的"对外"，在统一战线下，各式各样的文学家，都应该把他们的笔杆对准那共同的敌人，从各个角度，去观察敌人的面目，以各样的色调把它表现出来。没有行动，"统一"就不可能，"国防文学"也就失了它的主要意义了。

三、"国防文学"这个口号，并不提供文学者一定的创作方法，它不是一个创作方法上的口号。国防文学，只如上面所提及，除唤起文学家们注意当前的共同敌人，集中力量向当前的共同敌人进军外，并不要求文学者要有一致的世界观，也不要求他们要有一样的表现手法——并没有国防文学创作方法这样东西的存在。不管你用的是自然主义的写法也好，浪漫主义的写法也好，或者现实主义的写法也好，只要笔杆是对准敌人，只要所写的不离开这个共同的总目标，都可以的。不过，据我想，参加"统一战线"的文学家们如果真正能够做到这一点，创作方法是自然而然的有渐趋一致的可能的。因为创作方法，原是由作家的实践中发展，长成。

四、从以上几点看来，"国防文学"既不能恶意地看成民族主义文学，也不能狭义地看成战时文学，它是反帝反汉奸文学运动的进一步的展开，更普遍地更积极地展开。它的对象，异常广泛。在否定方面，有敌人的欺骗，残暴，野兽般的疯狂，有汉奸们的卑污无耻。在肯定方面，有全国各阶层民众正在进行的抗敌的英勇斗争。它唤醒了各类作家从自己的小天地内解放出来，唤醒了各类作家从实践中去丰富自己的创作生活。这里的实际的路，是一条宽大的路，是任何一类作家都应该走而且愿意走的路。因此，国防文学，一方面是目前民族解放实际斗争的必然反映，另一方面，也是全国作家在这斗争中，在建立新文学的过程上所发出来的一次最后的警钟。

1936年8月10日《文学界》第1卷第3号

关于国防文学

艾 芜

我以为口号并非永久不变的，而是在某一时期取其能号召大众切合现实就对。

照这原则看来，目前国防文学的提出，在现阶段文学运动上，无疑是再好没有的了。

因为华北日益危急，华南也频频告警，今日临头吃紧的大事，请问，孰过于国防？而且，谁能眼睁睁看着，本国的山川原野，尽让敌人来吞并？谁愿意民族的勤劳同胞，而且也连自己活生生去作敌人的奴隶？当然除了该杀不知羞的汉奸而外，无论哪一阶层的作家，都愿意在文字这方面，鼓励国人以共赴国难的。

倘还有人说国防文学这口号不激烈，缺乏漂亮，不消说他是忽视当前的现实了。我敢说一句，在这一年内，国人果能防卫中国，不致成为养肥敌人的牧场，不致成为敌人扩大侵略的阵地，就单这一点，已对于新的时代新的社会，有着不小的帮助了。然则，我们哪能把国防文学这口号，只看成土头土脑的呢？

末了，我以一个作者的资格来说，对于国防文学这口号，我是衷心加以接受，而且愿意在这标帜下面努力习作的。

1936年8月10日《文学界》第1卷第3号

国防文学的任务等等

魏金枝

国防文学的任务，乃是外抗强敌，内除汉奸，这是已经毋庸疑义的了。但我们中国的强敌，决不单是东邻一国，汉奸也决不单是殷汝耕一辈，可是我们为什么暂时放弃其余的帝国主义者和收买私货的一些小商人，而一定要把东邻一国，和相当于殷汝耕这一辈为攻击的目标呢？一句话，这是文学上的策略。

这一策略是什么？就是打倒有意妨碍我们民族生存的主要敌人，而把愚蒙的无知的近视的我们的同胞，拉到我们的战线上来，以充实我们的力量，并且侧转已经对向次要敌人的笔锋，准对着主要的敌人身上去。这不是投降，更不是梦想，而是受了事实的教训。

什么是事实的教训呢？正如鲁迅先生所说："因为现在中国最大的问题，人人所共的问题，是民族生存的问题，所有一切生活（包括吃饭睡觉），都与这问题相关，例如吃饭可以和恋爱不相干，但目前中国人的吃饭和恋爱，却都和日本侵略者多少有些关系，这是看一看满洲和华北的情形就可知道的。"

根据于这一意义，我以为应该将国防文学的战线，从拉丁文的作品，延续到文言文的作品；从无产阶级的反日，连接到资产阶级的反日，从口号的标语，展长到长篇的小说，从消极的抵制，到积极的战斗。一句话，只有先发动这一战斗，才会从战斗中锻炼民族的自身，免疫性的心理是存不得的。

我对于国防文学的意见

罗　烽

在没有说到国防文学问题之先，要简略地说一些关于目前统一战线的意义和它的必然性。这论题之外，我不必引证目前国际文坛上，以及政治上，是怎样普遍化地应用这个新的策略，来打击他们的唯一的敌人，以及结果，确真号召了全民族的总动员，而且在这总的策略之下，获得了从来未有的顺利的胜利。我单单讲中国目前的形势，即使他一向是做惯美梦的，一向是与世无闻的悠闲，享乐的人，他也感觉出自身的危机，这危机在什么地方呢？当然，不只是单来拿"东北"，"华北"以及"华南"等等部分的区域可以显示和满足这个答复的，如果，他的感觉不死，无论是用耳，是用目，是用自身的体验，大者，在整个的领土，主权上，小者，在日常生活，生存上，就是更微末的举手，投足，呼吸之间，试问，用哪一点能以证明：中华民族是有领土，有主权，有生活向上，有生存无危，以及有举手，投足，呼吸的自由？还用说吗，中华民族早已被那贪婪的，凶残的魔鬼的巨手攫扣住了！而且到今天——几乎不能等待明天！——除了体无完肤之外的最大的危机，不要怕，该睁开眼睛看看它那流着涎水，露着獠牙的血盆大口怎样在张着吧！当这时，中华民族是该叩首投降呢？还是该奋起抗争呢？这可以从我们失了的土地上的英勇的义勇军的抗战上，从河山日危的华北，华南，以及整个中国所涌起的广大的救亡运动上看得出来，事实早已告诉我们：中华民族不是投降，而是在积极的抗争！抗争！

在这积极的抗争的开展和进程中，我个人曾经参加过两种运动的活动，第一，在东北义勇军整个成分分析，不待我说明一般地已经看得出来，那不止是直接受损害，受压迫最深的贫农，苦工，和无路可走的兵士们的结合，它之所以能于飞机，大炮，机关枪的重重威胁之下，有条不紊地，坚强地和敌人抗战，使敌人疲于奔命，实在是因为那里有着更多的被腥血的巨波卷到一条战线上去的其他复杂的阶层，有军阀，政客，有富农，商人，也有学生——譬如土龙山的农民暴动，就是大地主谢文东领导的，而且一直到现在他仍是继续干着反满抗×的事业——有了这样的融合，才能铸成一条坚固的阵线，这是用事实证明出来的；第二，我刚从故乡被逼到上海不久，随着华北日危，救亡运动就揭竿而起了，有人说，他只是说：救亡运动纯粹是一部分学生的应景运动，我想，说这种话的人，不是个短视，就是个瞎子，而且是没有耳朵，这样五官不备的人，他如何能"觉"得出，这运动是：不分派别不分阶级，所汇合的洪流呢？

我承认：领导某一个运动的理论，都是从事实中培养出来的，他如无论在政治与军事方面的策略的变更，也不会只是要求新的创造而不估计目前新的形势。因此，我更承认："统一战线"这策略是从不可毁灭的事实中，从不能忽视的形势中产生出来的。在目前，这一个策略的确立，丝毫不容许我怀疑！

象这样的解说，似乎近于烦琐了。其实，我还嫌它简略，因为它刚够烘托出国防文学的轮廓；但是，这样，我就可以用不着几句话，说出国防文学在现阶段文学运动里是否完全适应，若没有那个简略的解说就很难使它明朗一些的。我的说明，可以用两个互相维系的公式来代替：

① 中华民族当前第一个主要的敌人是：××帝国主义。它的压迫是：超过了固有的封建势力，超过了一切的——这里当然包含其他的帝国主义，——压迫与剥削，而是：明目张胆地并吞中国！加紧地使全民族趋于灭亡！

② 中华民族当前第一个主要的急务是：巩固国防，加紧地从全民族危亡当中解救出来。同时，我们不能忽略：与固有的封建势力斗争，我们不能忽略：与一切压迫与剥削我们的斗争。

对于这公式的第二点后半部，或者就有人要指问我：既然是全民族的生死关头，全民族共同来担当国防，何以又提到阶级间的斗争，这不是明显地是挑拨阶级斗争，破坏战线吗？并且，既已说全民族的急务，何以终归代替某一个阶级说话？我认为有这种理解的人，他是忘记了，也可以说是不懂社会进展的意义，以及文学运动的历史，和它的使命。

最后，我以为不管谁，有意或无意地蔑视国防文学是褊狭的爱国主义，我们都不必津津与辩，因为他这种加冕，对于目前整个的运动是丝毫没有损害的，而且正因为我们有了战线的统一，才有国防文学这口号的需要。所谓国防，也只有有国家的民族才配去"防"，然而，根本没有"爱"国的决意，自然"防"字也就无从谈起了。如果，我这意见，并没有给国防文学错下了定义，以后，我希望我们的理论家在国防文学与民族主义文学之间，有一个明确的说明，起码一个作者是万分需要它的。

这些话，当然还有许多必须补充的地方，为了时间关系，我将放进创作方式问题里面谈。

附：对于创作方式的意见

作者的对象是读者，两者之间的媒介是作品。读者对于作品是一种要求，他要求刺激，他要求知识，总之，他要求最富有时代性的东西，供应这种要求的，还是作者的笔。

作者怎样才能供应这种要求呢？当然，不是靠着笔的天才，以及什么灵感之类的玩意，我是这样说：一个作者的要求，完全与读者的要求相等的，其差别的地方是：读者系从作者的作品里，而作者却非从社会里不行，他从那里可以得到体验或经验和一个不脱现实的想象力。

有人担忧：国防文学这创作范围过于狭小了。自然是，单按照《辞源》上来解示这两字，那是绝没有更广泛的题材给作者的。其实呢？正相反，如果他本身若是个作者的话，他就会感到：这个多角的，复杂的巨网，已经使一个作者，没有方法从那里挣脱出来，那么，还担忧什么呢？应该担忧：一个作者他会不会从那巨网几万分之一的方孔里攫取他的题材。

描写义勇军和描写"友军"，描写爱国者和描写汉奸，其效果是相等的；但是，作者可不能忽视了自己的体验或经验，和一个不脱现实的想象力，反之，第一，就不免犯了公式主义的毛病；第二，容易歪曲现实，空洞，终于失掉读者的信仰力；第三，在作者本身将留下一个无休止的遗憾。

因此，我不主张：作者去描写为自己所模糊的东西，我不主张：故意扩大他自己没有把握的内容，最好是拣自己最熟习，最接近，最有把握的题材，任它是巨网的几万分之一，只要是时代里锻炼出来的，一把锋利的匕首也有很大的功用的。

再者，在我们这一个总的目标之下的创作，无论是诗歌，戏剧，小说，以及现在最需要的报告文学等等……无论采取的是：暴露，提示和启导……第一内容要是没有通过感情的和技巧的组织，无疑地归于失败！

目前形势规定每一个文艺工作者，都是抗敌救国的战士——直接和间接，正面和侧面——每一个文艺工作者，都应当立刻武装起来：要有枪，也要有子弹，更要有弹不虚射，百发百中的射术，反之，不但不能保障自己的战线，给敌人以致命伤，而且，容易被敌人缴了械的。

我有这样一个比拟：

枪＝文学的形式，子弹＝文学的内容，射术＝文学的技巧。

总之，这三者是不容须臾分离的。

最后，我常听作者本身说："作品公式化是批评家给规定的。"初看，是有点理由；但仔细分析，这却是作者的自辱。我们把公式除外，本来该先有作品，然后才有批评，如果事实颠倒，就是作者自己情愿陷于公式的泥沼里，那该怪作者自己没有大胆的独创性。

同样地，我希望我们的理论家，马上给公式主义的文学，下一个明确的定义，因为没有一个确定，很容易使目前正在开展着的文学，一齐被归纳到模棱两可的圈套里去。

此外，我对于国防文学附带地贡献三点拙见：

① 积极地让国防文学跟新文字联系起来。

445

② 从崭新的作品里，提拔崭新的作家。

③ 每一个刊物上，或是单独地附在"文协"里，设一个对于国防文学质疑和解答的部门。

1936年8月10日《文学界》第1卷第3号

国防与国防文学

林　娜

这时是民族存亡的关头！

祖国被人危害了，全民族正处在仇敌底铁蹄下企图着生存。为着祖国，为着全民族的命运，我们认为在文学领域上，"国防文学"这一创作口号的提出，是完全正确的。因为它不是唱高调，或无视现实的空泛的号召，它是切中着客观的需要，和全民的要求而产生的。

不管反对者的否定或曲解，叫的怎样动听和响亮，事实从它的提出直到现在，这几个月短短期间中，它在全国所得到的普遍影响和反应，已完全把那些否定论者的曲解和冷淡完全粉碎了。在这时我们认为问题的中心，不是在于"国防文学"这一口号的正确与否，而是在于创作家们应该在创作上去反映，怎样去反映！

有人说："国防"这两字在政治上的号召是可以的，如果应用到文学上，成为创作口号，那就不可能了。这一种说法，完全是无视于文学战斗性的一种说法，而且明显地说明着，他们是完全不了解于现阶段中华民族所处客观环境的严重性。在这时，我们敢说，除了那些丧尽良心的汉奸和卖国贼子外，才看不到"国防"的需要和意义；因为抗敌图存，在现阶段已成为全民的迫切要求了。

常有人提出了如下的责问："××帝国主义可以提出了国防，反动阶级也可以提出了国防，到底我们这儿的国防是属于哪一种国防呢？"

是的，这是事实，但是老爷们！我们要退一步来想一想，侵略者的"国防"和被侵略者的"国防"在本质上是完全不同的！因为前者是侵略性质的，而后者是自卫性质的，比如日本帝国主义所讲的"国防"和苏联所讲的"国防"，就有完全相反的意义了。

那么，"国防"是不是含有狭义的爱国主义的错误呢？不！这是一班不了解"国防文学"本质的人的误解。顶着民族主义盔甲，背着帝国主义盾牌的那一班文人，不是也在满嘴喊着的"祖国，祖国，我们要祖国啊"吗？然而，那不是"国防"，因为本质上他们就已经是全中华民族的敌人了。这儿，我们所认为"国防"的，是含有时代性的。最少在反×反汉奸的抗争步调上是这样。因此，一个"国防文学"作者在写作上，将要忠于现实的反映，特别是现阶段的现实，我们必须要用自己的笔去描写着整个民族的危运，我们要告诉全民族：侵略者对我们的要求，不单是一个东北，一个内蒙，一个华北，而是全中国，全民族，我们要揭发那些卖国贼子以及汉奸的出卖真相和阴谋，以至于全民的抗争情绪。

可是，写作家们应当怎样去把这一口号，用艺术手腕在作品上反映出来呢？在这儿就有人说："写吧，挑出那最尖锐的，最有国防性的题材写吧！……"

于是乎有人写着：满洲人民及义勇军抗敌反汉奸的题材，"一二九"学生反×运动的题材……固然在积极性方面这是做到的，但它引起了人们的误解。这错误的观念曾影响着不少的读者和作家，直到现在还这样，他们认为只要是写义勇军抗敌行动的，写学生救亡运动的，都是"国防文学"，超过了这个范围的都不是。这个错误观念产生的结果，是把"国防文学"的范围缩小。有积极性的，尖锐的正面描写的作品，在现阶段固能吸住了大部分读者的欢迎，且是非常必需的，而从侧面，以至于反面的描写，只要它不超出了反帝反封建……等范畴之外，都可以说是"国防文学"，都有其现实的意义和评价的。我们知道"国防"的意义是广阔的，多方面的，从一个细小的日常事务，从一篇历史的史料都可以找出了"国防"的意义，写成一篇动人的"国防文学"；因为"国防"的需要在现阶段的中国，已不只存在在某一部分地方某一些人中，而已渗透进了全民族的日常生活。

报告文学和速写，也是表现"国防文学"的最好形式。

　　然而，同时我们不要忘记，集体创作对于"国防文学"的建立的特殊意义，他们用的形式是尖锐的，简浅的，而所提出的问题，都是一些活生生的现实的反映，特别是在对×方面。然而，以我的意见，不妨把集体这两字扩大，无论怎样，两三个人是不够的，如果能在一个百十的群众会上产生出一篇集体创作，我以为将会更完整和真实。

　　　　　　　　　　1936年8月10日《文学界》第1卷第3号

我 的 意 见

舒 群

我的意见，仅仅是一点关于国防文学创作上的，因为对于这口号的本身，我是毫无疑义的赞同，而且愿意实践。

我可以分做这样的几点说：

1. 我们应当注意我们作品的公式化。一个初学写作的人，尤其是应当避免。由于专凭着一个单纯的合理观念去处理题材，这遗恨就常常发生。其实每一种题材都会包含着一种较高的意义，只要我们能比较地从各个角度去观察，发掘它，我们就可能得到适当的处理手段，也就不会流于公式化的毛病。

2. 我们不能承认剪取了一段最现实的题材就会产生一篇完好的作品，不管是写义勇军也好，不管是写反帝，反汉奸也好，不管是写了多少激烈的口号也好，因为作者若果缺少写作的经验，结果使一段最现实的题材很容易写成一段新闻，所以我们注意采选了题材，也不要忘记写作的技巧。

3. 一个作者在决定一篇题材之前，应当想想是不是自己所熟悉的。如果一篇题材勉强了作者，很难产生一篇完好的作品；就是不失败，也绝不会深刻的。

这也许是一般人早已了解的，熟知的，不过我写作的经验太少，也只知道这一点。

1936年8月10日《文学界》第1卷第3号

对于国防文学的我见

戴平万

我对于国防文学的意见，简单地写在下面：

（1）在中国眼前的客观情势下，提出了国防文学这口号，我认为是对的。这只要看口号提出后，上海以及各地的爱好文学的人们，很热烈地起来拥护，就可以知道这口号是适合时代的需要，是正确的。

（2）关于这口号的提出，曾有人想把提倡者卷落在"爱国主义的泥坑"中。其实，在中国的现势下，即使是爱国，也不至于非推落到"主义的泥坑"去不可的。可是关于国防文学的论争，已经很是热闹，而且好象已是缓缓地看出了它的真实性，所以我不再多说。不过，如果还有人认为这口号还应该致之"泥坑"的，那么，最好是去读一读《国家与革命》和《左倾小儿病》，要是再有怀疑，那就只好去问问这两部名著的作者了。

（3）关于国防文学的内容，也已经有人说过，只要是反×反帝的作品，都属于它的范围内，是非常广泛的。然而，谁也没有权利来说，除了国防文学之外，不允许其他的文学的存在；同时，国防文学也不能无所不包的，它不过是一个运动的主要口号，并非"法宝"。

（4）这一运动的展开，倒不是什么"主要"，"次要"之争，而是应该马上开始讨论怎样去写作，并且努力于产生关于国防文学的作品及其文学批评。因为现在的情形，很象高尔基说的一句话："创作落后于现实，批评落后于创作。"

1936 年 8 月 10 日《文学界》第 1 卷第 3 号

国防文学的随感二则

叶 紫

一　你为什么不多写些国防的作品

有几位朋友，不只一次对我说：

"你是赞成'国防文学'的吗？"

"赞成的呀！"我说。

"那么，你为什么不多写些关于'国防'的作品呢？"

"你是说我写关于'国防'的东西写得太少吗？"我真心地问。

"不是的！我是说——而且从来也没有看见你写过这一类的作品呀！……譬如：东北义勇军的抗日血战，华北汉奸混入的蠢动，走私以及……"

"啊——"我打断他的话头，说，"那么你的意思是以为只有这一类的作品才能算'国防文学'吗？假如他一向没有这一类的生活经验呢？……假如他只能多方面地描写和反映一点帝国主义者的经济和文化的侵略呢？……当然喽！"我加重着说，"我们并不否认写义勇军和汉奸，浪人之类的作品为'国防文学'的第一义！"

"那么，这样——你就只能算一个无作品的或冒牌的'国防文学家'了喽！"

他笑着说，并且把一顶预先制就的"国防文学家"的高帽子给我戴上了。他将"国防文学"了解成为一种"派别"或永久的"主义"之类的名词，而忘记了这不过是一种现阶段中的"文学运动"。而且将作品的圈子给你划得那么狭小。

这是一位好教师，他不但教你立刻去制造连你看都没看见过的"大炮"，"飞机"和"毒瓦斯"，而且还嘲笑和否认了你目前所熟用的"匕首"，"投枪"，"大刀"和"九响棒棒"❶之类的功用。

然而，从此我们却可以看到一般人对于"大炮"和"飞机"似的"国防"作品，是怎样的在热烈地希望着。

二　找不到国防的材料

有一位在长沙的报纸上编副刊的朋友，写一封信来，说：

"……我很赞成'国防文学'，我也很愿意提倡'国防文学'。可是，我们这里的环境不好，因为我们这里的人民群众是看不到'国防'，而且看不到帝国主义者的直接的侵略的。很多人民还不晓得东北四省在地图上的什么地方呢。……稍为识几个字的人，都被压迫，威胁得只能说'提携''亲善'了，你叫我怎样去找寻'国防'的材料呢？没有材料，又叫我怎样去'提倡'呢？……"

我回他的信说：

"那么，我的亲爱的朋友，除东北四省以外，在长沙就看不到日本以及任何帝国主义者的直接侵略了吗？——经济的，文化的和武力的。长沙会成为一个例外的——跳得出帝国主义者及其走狗汉奸们的侵略和高压的铁手的——乐土吗？……人民大众为什么会不晓得东北四省在什么地方的呢？……教科书以及图书报章上为什么会忽然失掉东北四省和'国耻'的字眼的呢？……您们的日常用品上所刻的招牌，记号，为什么会只有 MADE IN……什么什么的呢？……湘江上为什么会有那样多的外国兵舰的呢？……亲爱的朋友，你还能嫌你那里的'国防'材料不丰富吗？

---

❶　"九响棒棒"是一种老式的步枪名字。

只要你愿意做，随手一抓就是的呀！……"

这也是一位好教师，他就用他这样的理论天天教他的副刊读者群众，他以为只有在东北四省才配，才有材料写"国防"作品，只有等待长沙的环境好了——人民大众通通亲眼看到帝国主义者占领了长沙之后，才配提倡"国防文学"。他没有看见"仁丹"的广告已经贴遍了每一个穷乡僻壤，没有看见无"耻"的教科书的毒箭，已经深深地刺进了每一个天真的幼稚的灵魂。

然而，从此我们也更可以看到内地的帝国主义者的势力，及其走狗汉奸们是怎样在倾全力地执行"愚民"工作，"粉饰太平"和压制"国防"的言论。

1936年8月10日《文学界》第1卷第3号

一 点 意 见

沙 汀

国防文学，这不是一种学派，也不是一种主义，而是以现阶段的现实为依据所提出的一种广大文学活动上的标帜。正因为这样，所以这口号并不显示出一种集体的立场和创作方法上的规定。它仅只提出了怎样的主题和题材是目前最中心的，而要求一般创作者来履行这一任务。

我自己是接受这口号的，因为一个创作者既然应该用他的笔为时代社会服役，我是没有权利来拒绝一种正当的任务的。并且说句扫兴的话，就是因为经验的限制，我只能接受而不能履行，这至少也可以给那些能够写作这种主题的朋友一点鼓励。何况依照国防文学的主张甚至解说，它的题材并不限于义勇军的抗战，也没说过，若是站在一种正确的立场所创作的别样主题的作品，便会毫无意思。

关于这问题的原则上的争论，已经充分了，并且已经得到普遍的响应。我想，倘是没有别的有力的反驳，我们今后应该从事于一种具体的批评和创作的建立。

1936年8月10日《文学界》第1卷第3号

新的形势和文学界的联合战线

黄俞

社会上的一切活动，都和政治有密切的关系。纵然你不参加政治活动，也不能不和政治发生关系。抱了"高超"态度的人，厌弃政治的龌龊，也只是表示他对政治不愿意同时也不敢去深切的认识，没有改变社会的意志，实际上却是满意现状，自觉或不自觉的支持着他所认为龌龊的现状。相反的，一个高谈政治，狂喊民族革命战争的人，如果对当前的政治形势估计的不正确，就不会提出正确的策略和口号，来发动和组织广大的群众，领导这个伟大的群众的力量，走上胜利的道路。这样，纵然你嘴里说着"民族革命战争"，满口"大众"，民族革命战争，也不会实现。

提出"民族革命战争的大众文学"口号的胡风先生，正是不理解新的政治形势的一个。

胡风先生在《人民大众向文学要求什么？》中说：

"然而，'九一八'以后，民族危机更加迫急了。华北问题发生以后，整个的中华民族就已经走到了生死存亡关头。因为这，人民大众的生活起了一个大的纷扰，产生了新的苦闷，新的焦躁，新的愤怒，新的抗战，凡这一切形成了一个新的历史阶段。"

这里，胡风先生没有说明华北问题发生以后，和"九一八"以后有些什么"质"和"量"的不同，没有指出人民大众生活上所起的大的纷扰，和一切"新的"的内容，更没有说明这个新的历史阶段的外部和内在的原因。对这些一切没有深切和正确的认识，只知"新"而不知什么是"新的"和所以有这"新的"的原因，对新的形势的了解，也必然是模糊的，不正确的。

新的形势至少包括着下列各点：

第一、××帝国主义并吞东四省之后，现在又并吞了整个华北，而且正准备并吞全中国，把中国从各帝国主义的半殖民地，变为××的殖民地。这是目前形势的基本特点。

第二、"九一八"以后提出来的"武装人民，进行反×的民族革命战争，保卫民族的独立统一和领土的完整"这口号，已经成了各党各派和全民的一致要求。反×民族革命的高涨，不但唤醒了劳苦大众，以至于最落后的阶层，使他们积极的参加民族革命斗争，就是广大的小资产者群和知识分子，也转入革命。就是一部分民族资产者和若干的富农和小地主，甚而至于一部分军阀，也都有同情中立以致参加民族解放运动的可能。一句话，民族革命的战线是扩大了。

在此地又不能不说到为什么民族革命的战线是扩大了。这是不了解新形势，怀疑或反对联合战线的人应该最彻底的明白的。

A、××帝国主义在东北四省，在冀东内蒙，以至于在华北对人民的剥削和压迫，使全国人民——不仅是劳苦大众，同时也使有产者群感觉到亡国后，在××帝国主义的统治下的悲惨痛苦的生活。

B、走私的扩大和中×经济提携的急迫猛进，使得民族资产者受到最直接的切肤之感。

C、几年来中国在有增无减的严重的经济恐慌之中，农村破产，工厂倒闭和非民族化，银行停闭，商业衰落，造成了大批的失业失地，饥饿流亡和死亡。就是工商业者也遭受很大的打击。更加上连年不断的水旱蝗灾，不仅是劳苦大众，就是城乡中的中小资产者，也都走上死亡线。他们也就更加了解，这种地狱生活的责任者，是帝国主义，主要的是××帝国主义和汉奸卖国贼。

D、许多小资产者和一部分民族资产者已经在亲历的生活经验和政治经验中，打破了对于空言谎语的欺骗政策的幻想。

有了这几个主要原因，全国人民一致的接受了"民族革命战争"

的口号，认为只有抗×救国才是生路。民族革命战线，正是在这个基础上扩大起来。

第三，全国各党各派各阶层都感觉到亡国大祸临头，都认为只有抗×的民族革命战争才是出路，也就都觉得有联合的必要，只有集中一切力量去对付主要的敌人才有生路。一句话，都有组织这个力量的必要。

但是胡风先生对这些一切都不理解。因此，在说明"民族革命战争的大众文学"的"现实的生活基础"时：

第一、他只说"在失去的土地上面，民族革命战争广泛地存在，继续地奋起"，而否认了在未失去的地面上，也存在着和奋起着民族革命战争。

第二、他只说"在一切救亡运动解放运动里面，抗敌战争——民族革命战争的运动是一个共同的最高的要求"，而否认了在尚未参加救亡运动和解放运动的人群中，也都有这样的要求。而且有这个要求的人民，一天比一天多，参加到运动里来的，也是一天比一天多。中心的问题——这是胡风先生忽略了的，但是这正是和胡风先生的论争中最重要点之一，是怎样将站在救亡运动解放运动的外面的人，用最适当的口号和方法，组织到救亡运动里来。

第三、他说"人民大众的热情，的希望，的努力，在酝酿着一个神怪（？）的全民族革命战争的实现，那战争能够团结和动员一切不愿做亡国奴的，不愿做汉奸的人民大众吧"，而不理解不是民族革命战争的爆发，才能够团结和动员一切不愿做亡国奴的人民大众，也不是一个基本的口号就是可能。我们应该提出目前的行动口号和行动纲领，团结和动员人民大众，并且在实践中将基本口号和纲领和当前的口号和纲领联合起来。

第四、他只说"从太平天国运动到'一二八'战争的一切伟大的反帝运动，只有从民族革命战争的观点，才能够取得真实的评价……"而否认了反帝运动在各个阶段都有其不同的国际环境和国内各阶层的力量的对比，有着不同的群众基础。再加上各阶段的反帝运动的领导之正确强弱，和民族彻底的解放革命的总任务的关系，都是在取得对各阶段的反帝运动的真实评价时不能忽略的。不懂得这些相异点，而单从相同的民族革命战争的观点去取得评价，这个评价还不够真实。

和胡风先生的争论，应该从对这新形势的认识的不同出发。如果不从这个基本的不同点出发，将难以了解这次争论的重大意义，难以彻底的找出胡风先生错误的根源，也难以着手说服胡风先生和同他意见一致的人们。

我们在说明目前的新形势的应注意的各点时，就着重的说到民族革命战线的扩大，有结合抗×联合战线的必要，而胡风先生对于这一点，在他的文章里一个字都没有提到。

现在要进一步的讨论什么叫联合战线？联合战线是否也适用于文学界？怎么样才能结合文学界的抗×联合战线？

"广泛的联合战线，一方面是在集中最大的力量去对付最主要的敌人，另一方面在于使广大的群众，根据于他们自己的政治经验，来了解领导者的主张的正确，争取他们到正确的领导之下。"

联合战线是在于团结各党各派各阶层的力量，建立广大的群众基础。联合战线要在正确的领导下，在群众参加救亡运动解放运动中，团结千千万万的群众，进到伟大的民族革命的战场上去。

联合战线的目的是组织救国的力量，实现持久的胜利的民族革命战争。联合战线的形成是战斗的。一方面要经过大小的民族的社会的斗争，吸收最广泛的群众来参加，要经过商议妥协和让步来团结可能继续参加联合战线的团体和个人，另一方面要和反对者怀疑者以及联合战线内的动摇，妥协和投降的倾向作斗争，以扩大和巩固联合战线，坚强人民大众对于领导者的信仰，联合战线的成分是复杂的。其中有基本力量的劳苦大众，可靠同盟者的小资产者群和知识分子，有民族资产者地主和实力派。联合战线正是在洗刷动摇投降分子，吸收坚决勇敢的分子中壮大起来。

如果认为除了抗×主力军之外，同盟者以至于暂时可能的联合抗×的分子都是靠不住的，迟早要走上妥协的道路的，那是削弱了救国的力量，放弃了教育和领导人民的重任。相反的，以为联合之后就安然无事，或者联合战线可以和平的形成和壮大，同样是错误的理解。

在新形势之下，文学界也不是例外的表现了一般的要求民族革命战争，主张抗×救国，迫切的需要联合。虽然文学家的社会背景不同，世界观不同，但是抗×救国却是一致的。虽然文学作品的内容不同，有的专致力于描写抗×军队英勇的抗战，劳苦大众的非人的生活和坚决的民族的和社会的斗争，有的只致力于或者开始致力于描写抗×救国的同盟者以及同情中立者在大祸临头的今日所受的压迫和他们的呼声，但是主题都是抗×救国的。文学界的任务，正是在于团结文学界中的不愿做亡国奴的分子，用文学界全部的力量，在作品方面，反映现实并指示，在理论方面，用集体的力量建立正确的适应现阶段的文学理论，在行动方面，使文学界在一般的抗×联合战线中占有力而光荣的地位。

在文学界的联合战线中，前进的文学家有着极重大的任务。他们应该是文学界联合战线中的主力军，领导者。他们不仅应该团结和领导文学界联合战线，还要负起提高文学理论，对汉奸文学理论作坚决的斗争，提高作品水准，随着抗×救国运动的发展，提高联合战线中的同盟者同情中立者对于文学的任务的深切认识的责任。同时，他们也应该是抗×救国运动中积极的实践者。

这是对文学界抗×联合战线问题应有的认识。

要想建立文学界联合战线，一定要提出一个能够号召广大的作者来参加联合战线的口号，我认为最适当的口号就是"国防文学"。"国防文学"当作文学界联合战线的口号，正象"抗×救国"是全民的联合战线的口号似的，最能被一切不愿做亡国奴的文学家所接受。在这个口号之下，"北平已产生了数十个文艺团体，并且共同的组织了一个'北方文学社'。在那里所包括的各文学团体与社员们，过去，也许是来自各种各样的文学流派，但现在他们是聚合在一起了"（《浪花》创刊号，柳林作《国防文学的理论与实践》）。上海中国文艺家协会，是上海文学界前所未有的大团结，也是在国防文艺的联合战线的口号下组织起来的。这些事实，证明了"国防文学"这口号的正确。

国防文学"应该是多样的统一而不是一色的涂抹。这儿应该包含着各种各样的文艺作品，由纯粹社会主义的以至于狭义爱国主义的，但只要不是卖国的，不是为帝国主义作伥的东西。因而，'国防文艺'最好定义为非卖国的文艺，或反帝文艺"（郭沫若：《国防·污池·炼

狱》）。然而胡风先生所主张的"民族革命战争的大众文学"，只是
"说明劳苦大众的利益和民族利益的一致，说明在民族革命战争中谁
是组织者，谁是克敌的主要力量，谁是自觉的或不自觉的民族奸细"
（《人民大众向文学要求什么？》）。他对于抗×救国的同盟者，同
情中立者是忽视的，对于非说明"谁是组织者，谁是克敌的主要力量，
谁是自觉的或不自觉的民族奸细"的作品是关门的。他虽然"不是一
色的涂抹"，却也不是"多样的统一"而是"圣洁的教徒"的孤立。

国防文学"应该是作家关系间的标帜，而不是作品原则上的标
帜"。"我们只是在'国防'的意识之下把可以容忍的'文艺'范围
扩大了"（郭沫若）。这是"民族革命战争的大众文学"的主张者所
不了解的。所以他们高喊着"企图把面目显明的各种各样的文学者搅
成一锅文学浆糊是愚蠢而不能想象的事"（龙贡公：《抗日文学阵
线》）。又说"因此作家虽是极度宽容，但是凭着作家的主观希望，
把富农描写做民族英雄到底是不可能的事"（同上）。根本以为富农
救国是乌有的事实。就是作家反映事实的描写了富农救国，也认为是
"不可能的事"而加以摈弃。他们不主张把"可以容忍的文艺范围扩
大"，而不顾现实的紧紧的抓紧了"所谓进步的作家走过什么路来的
（想来是指'普罗文学'——作者），我们可以不必理会吗"（龙贡
公）？局促在应该和可以扩大而不去扩大的狭隘范围之内。

国防文学既然是文学界团结的一个标帜，应该在这个标帜之下团
结一切不愿做亡国奴的文学家，就是和"文学关系很少"（不是没有），
我们也不但要"招致一些"，还要尽可能的都"招致"进来（这也是
我们龙贡公先生不同意的地方）。我们希望和在联合战线内和仍站在
外面的文学家不发生"内战"，希望为了"国防"而牺牲不必要的"内
战"，但是，为了原则上的不同，"内战"是不能避免也不必避免的。
"内战"如果是理论上的争论，为了团结整个的文学界到正确的理论
之下来，那是有益的，必要的。国防文学的联合战线，正是要在争论
和批判中扩大和巩固起来。这种"内战"不是感情的，是理智的。不
是漫骂和攻击，是严格的批判和耐心的说服。不是错误的盲目坚持，
是勇敢的承认和改正错误。

这里，是对"国防文学"应有的认识。

461

　　"国防文学"，还是"民族革命战争的大众文学"？这个争论已经开始了一个多月。在这短短的时期中，"国防文学"的主张者都能够一致的从对新形势的正确认识出发，更深刻的解说了"国防文学"的必要和意义，更充实的巩固了"国防文学"的理论基础。这将无疑的说服不少怀疑和反对"国防文学"的人们，吸收他们到文学界的联合战线中来。而"民族革命战争的大众文学"的主张者的意见，并不一致，但是都或多或少的显露了对新形势和文学界的新任务的认识的不正确或不够。同时也不能不指出，就是在主张"民族革命战争的大众文学"在现阶段上是居于第一位的文学家中间，也有承认联合战线的必要和意义的人。他们也公开的承认"文坛上已经有了比这（民族革命战争的大众文学这口号——作者）简练的创作口号，（想来是指国防文学——作者）那口号已经发生了不小的影响，不但文学，就是一般艺术的领域正在应用着。这影响就证明它有着大的适用性，不应该忽视，抹杀或轻率地作字句上的吹求"（绀弩：《创作口号和联合问题》）。但是，因为他们对"民族革命战争的大众文学"这口号的"不适用性"不了解因而对"有着大的适用性"的口号怀疑或反对。这也使我们敢大胆的有根据的预言，在不断的讨论和说服之中，"民族革命战争的大众文学"的主张者们中间的大部分，都会迟早的团结到"国防文学"的联合战线中来。

　　但是，目前的争论是不容混淆的。这是一个严正的原则上的斗争。那个把它解释成"意气之争"，是贬低了这次争论的意义，那个认为它是分裂文学界的联合战线，同样的是漠视了这次争论的必要。同时，那个不从原则上来批判，只说两个口号都差不多，而企图使大家不再提起的消解论争，也是有害于文学界联合战线的扩大和巩固的。

　　要紧的是将争论集中在几个原则问题上去，不要为了枝节而妨碍到鲜明的原则问题的讨论。参加讨论者的共同目标，应该是使大家对于"新的政治形势"，"文学界的联合战线的可能和必要"，"怎样才能建立文学界的联合战线"，"哪一个口号最能号召文学界的联合战线"等问题，有一致的正确的认识。

1936年8月10日《文学界》第1卷第3号

看了两个特辑以后

杨 骚

绪言：东 抄 西 袭

看了《现实文学》及《夜莺》的两个"民族革命战争的大众文学"特辑，觉得有些即使自己不说人家也会说，人家已经说过自己也不妨再说一遍的话非说不可。

"真理不会因被反复申述而破坏"，那么，就让我"东抄西袭"一下吧。

一 两个作家的认识？

在这两个"特辑"里，我首先看的是龙贡公的《抗日文学阵线》和张天翼的《一点意见》；理由很简单，因为这两位是我个人颇熟识颇注意的作家。现在先说张天翼吧。

张天翼在《现实文学》的"特辑"里开山见面地说："民族革命战争的大众文学，不用说，历史已为我们确定了这个前提。"

接着，他发表了一些关于题材的颇可宝贵的意见，便把那篇文章结束起来，对于那所谓确定了"民族革命战争的大众文学"的什么历史或历史怎样，真的就"不用说"，一句也不提了。

这种态度是太过朴素了。当然，作者一定有他的见解，但他应该说明出来，什么历史？历史怎样？为什么是"确定了"？我们需要知道这些。在目前一般读者，文艺爱好者，甚至许多青年文艺家被"民族革命战争的大众文学"这一口号弄得头晕目眩，莫明其妙（因为这一口号是在无视已经普遍化了的"国防文学"这个口号的葫芦中被突然提出来的）的时候，又在若干论客企图以这一口号来代替"国防文学"这口号的喧嚷中，为着要使问题明朗化，一位相当拥有读者群众的作家，不管他对这一口号完全或部分地肯定或否定它，能够把自己对它的认识发表（公地不是私地）出来，是很有意义的。张天翼是我们读者很注意的一个作家，我们当然很希望能够得到他对于这一口号的见解，但可惜得很，他只肯让我们知道他是在赞成这一口号而已！

其次是龙贡公。

龙贡公也是赞成"民族革命战争的大众文学"这一口号的。他在《夜莺》的"特辑"里性急地说"民族革命战争的大众文学"这一口号，是替中国文学运动作出显明的划期的粉线之后，为着要证明它的正确性，不大恰当地引用了两通路透社发出的电讯。现在不怕麻烦，把他所引用的两通电讯照录如下：

（1）东京 外相有田今日接见新闻访员时，重申日本对华政策之三点：即①承认"满洲国"，②合作防共，③遏灭一切反日运动……（卅日路透电）

（3）神户须磨今晨抵此时宣称，"今之局势，为中国必须对日相互维系与对日作战之两途中，选择其一耳。余已正式向蒋院长切实说明此点，日本如退让一步，即不啻总退却！日本必须抱其不可变更之自信与勇往直前云"。须磨现正首途赴东京，准备向外务省报告中国现势。（卅日路透电）

我说"不大恰当"，是因为这两个电讯，不但也可以证明"国防文学"这一口号的正确性，而且还可以证明龙贡公本人所痛绝厌恶的狭义爱国主义者所提出来的种种文艺上乃至政治上的口号的。

背后龙贡公又说："在这里又可以第二次证明'民族革命战争的大众文学'的正确性"（该特辑二一五页第七行）。除此以外，好象没有第三次的证明。然而不幸得很，在那里，我们第二次失望了。我们在那里，只看到龙贡公在神经过敏地恐怕"肉店老板"混进文艺战线来，（其实，如果有个肉店老板因远东帝国主义的压迫，连肉店都开不成功，觉得非参加民族解放的斗争不可，又觉得自己最适合于"文艺战线"，有写作的才能，那么，就让他混进来又何妨呢？难道文坛是神圣和娇羞到非检查身份证书不准进来的吗？）在太过深刻地想象"浅薄者流"（龙贡公语）企图把面目显明的各种各样文学者搅成一锅文学糨糊及把创作水准降低到单纯空洞的"爱国"观念等的一些忧虑，推测的意见，却找不到什么地方可以说明"民族革命战争的大众文学"这一口号的正确性。当然，龙贡公的这篇文章里有许多叙述颇觉深刻的常识的意见，和许多为着爱护中国文学运动而起的似乎不必要的担心，是也值得注意一下的；可是当为证明什么划期的粉线"民族革命战争的大众文学"这口号在中国文学运动的现阶段被提出来的正确性，却完全无力或完全无关系。

二　一点意见

据我想，无论哪一分野的运动，要有新的运动方针，才有新的口号被提出。因此，一个被提出的新口号的正确与否，须得看这一口号和新的运动方针合致与否来决定。在现阶段，中国的文学运动取的是什么方针呢？无疑地是集中在为民族解放而斗争的抗×反帝反汉奸这个目标之下，不分阶级和党派且不问身份地联合一切不愿意做亡国奴的作家参加作战，来形成一条巨大有力的联合战线。那么，"民族革命战争的大众文学"这一口号被提出的是否正确，就只有看它和这个新的运动方针是否合致而定了。

合致了吗？不。

三　忘记了联合

"民族革命战争的大众文学"这一口号是怎样解释，为谁提出来的呢？为不分阶级和党派且不问身份的联合战线提出的呢？还是只为无产大众提出的？关于这一点，总观《现实文学》和《夜莺》的两个"特辑"，只有在鲁迅那篇《论现在我们的文学运动》一文中，能够找到明显的解答。至于其余诸家的解释，则大都是极含糊或甚至不可解者。随便举一个例吧，象路丁在一篇题为《现实形势和民族革命战争的大众文学》的论文中，于混乱地分析了现实形势及新文学的发展过程之后，下着断语说："'民族革命战争的大众文学'并不是狭义的把文学的范围缩小，而是动的现实主义的一个发展……"（旁点原作者加的）

这真是一句不可解的话。动的现实主义到底是什么东西？这一术语，在该文中前后出现过不少次；象什么"……在文学上是动的现实主义的方法"，"动的现实主义方法，只有更具体的运用到'民族革命战争的大众文学'里……"或什么"'民族革命战争的大众文学'也只有动的现实主义的方法才能够表现出它的伟大……"等（以上旁点引用者加的）。很显然，据作者的见解，动的现实主义明明只是一种方法，一种创作上的方法问题。那么就怪了，为什么动的现实主义这一个创作上方法问题，一发展而竟会成为"民族革命战争的大众文学"这个什么"划期"的整个中国文学的运动呢？在这里，我自然而然地要想起龙贡公在讨厌哪一位爱国诗人之余，替劳动者装着极刁皮的口调所发的疑问："兄弟，你生了什么毛病呀？"

我们还是来引鲁迅的话吧。鲁迅在《论现在我们的文学运动》一文中说："民族革命战争的大众文学，是无产阶级革命文学的一发展，是无产革命文学在现在时候的真实的更广大的内容。"

在这里，便一点也不含糊了。"民族革命战争的大众文学"无疑地只是站在无产大众的立场，当为最能够表现"无产革命文学在现在时候的真实的更广大的内容"的一个口号而被提出来的。

若单单为无产大众，这一口号是对的；然而它却把"不分阶级和党派且不问身份"的联合战线的联合忘记了。如果提出这一口号的人也承认联合战线是正确的一个新的文学运动方针的话，他便应该顾虑到这一口号不能表现各阶级各党派的文学在一个总的目标下，然而根据各自不同的观点所含的各种不同的内容，因之也不能用以号召各阶级各党派的文艺家来形成联合战线这一个致命的缺陷。那么，提出和拥护这一口号的人到底承认联合战线是一个正确的新的文学运动方针不呢？是承认的。

龙贡公说："……各种主义派别的文学活动者，文学青年，文学爱好者，甚至出版家，臂扣着臂构成一个力量雄厚的阵线。"（《夜莺》"特辑"二一四页第十行）

绀弩说："……不管他是什么出身，不管他参加过怎样的派别，不管他有过怎样奇特的见解，甚至不管他曾在文学领域里传播怎样有害的东西——一切不管，从现在起，大家携手起来，向共同的目标进取。"（《夜莺》"特辑"二二〇页第十一行）

奚如说："……他们不了解目前联合作战的客观要求……结果他们无形地击走了广大活跃的友军，替侵略者尽了保镖的任务。"又说："难道孤军作战，被敌人各个击破，才是百分之百的勇敢吗？"（《夜莺》"特辑"二二二页第十五行）

够了罢，大家是都承认联合战线这一新的文学运动方针是正确的。当然，大家非承认这一方针的正确不可；即使有些人起先要怀疑，甚至投以恶意的眼色，终于也非承认它的正确不可：因为它是根据客观现实的要求，而且和现阶段的全运动（整个民族解放运动）取着紧密的连系被提出来的。

既然承认联合战线在文学分野是正确的一个新的运动方针，那么为什么会提出一个不配合这方针而只能够表现无产大众文学的性质的口号来呢？象鲁迅在《论现在我们的文学运动》一文中所指摘那样，因为"糊涂"到，"不懂"到象"托洛斯基的中国的徒孙们"的吗？这显然是不至于的。那么，为着认识无产大众的文学是联合战线中的主要力量，具有"领导责任"这一点，因而要特别把这意义在口号上具体地表现出来的吗？也无此理。谁都晓得联合战线是一个在一个总目标下的极自由的结合，要以自己最前进的文学或意识来影响其他联合者，首先就有赖于为联合战线的忠诚的努力。"左"的口号诚然是响亮的，然而令人望而生畏，联合战线恐怕就无从联起，还说什么主导作用和影响。我想，提出"民族革命战争的大众文学"这一口号的人，不至于糊涂到这点都不懂的吧。

那么，到底为什么呢？莫明其妙。除开因为太性急于想创造一个新口号来代替"国防文学"这一个既成的普遍化了的口号，弄得口头上虽也讲联合战线而实质上把联合忘记了以外，别无理由好说。再不然，再不然……好，还是让我们寻根究底，来检讨一下这口号的首创者胡风的论文再说吧。

四　胡风的葫芦

提出这个不配合现阶段的中国文学运动方针的口号的，是胡风（见《文学丛报》第三期的《人民大众向文学要求什么》一文）。《夜莺》和《现实文学》的两个"特辑"，就是响应胡风的意见产生出来的。现在让我们来看一看胡风到底是怎样地，又为什么要把这口号提出来的吧。先说怎样地。

胡风说："……这个历史阶段当然向文学提出反映它的特质的要求，供给了新的美学的基础，因而能够描写这个文学本身的性质的应该是一个新的口号——民族革命战争的大众文学！"（旁点我加的）

为什么就应该是了呢？为什么有这样的要求，有这样的基础，就是说，有这样的客观现实，就应该是一个"民族革命战争的大众文学"的口号了呢？

我想，这一口号的提错，原因恐怕就在这里了。

很显然，胡风是在认识了客观现实之后，马上就提出口号的。这似乎过早了些吧。他忘记在认识客观现实和提出口号的中间，有个必然要存在的应付那客观现实的运动方针。不依那根据客观现实所采取的运动方针，而只依客观现实马上就来提出口号，常常要犯着部分或甚至完全的错误（何况对于客观现实，胡风并未认识清楚）。因为对同一的客观现实，有可能采取几个运动方针，而这几个运动方针只有一个最对最正确，其余的却是部分的对或甚至完全不对的，因此，在提出口号之前，我们如果能先根据客观现实探讨一个最对最正确的运动方针来，然后再根据这方针来提一个最能够配合它的口号，那便可以万无一失了。

胡风在指出四条现实生活基础作为产生他所提出的口号的说明时，虽然曾漏过："……能够团结和动员一切不愿做亡国奴的不愿做汉奸的人民大众吧。"这种似有可能想起联合战线的口气，然而在全文中却始终没有看到他提过联合战线这个新的文学运动方针（这大概是因为他不知道，或虽知道而不理解不赞成的吧）。也不见另外提起任何方针，而是根据他自己的立场所看到的客观现实就那么天真地，马上提出新口号来了的。我想这是他提出的新口号，不但不能得到他所希望的反应，而且要犯着错误，遭遇着多数人反对的根源。

《夜莺》和《现实文学》两个"特辑"的执笔者，大都是性急地或素朴地认胡风提出的这个错误的新口号为中国文学运动的"划期"的粉线，象引经据典，无批判地引用胡风的文句来展开他们的理论，结果如何，当然是明了的，不必多说。

其次是胡风为什么要提出这个新口号来的疑问。

关于这一点，在我，始终是一个闷葫芦。理由很简单：

在他提出这个新口号之前，早有一个足以号召一切不愿做亡国奴或汉奸的文艺家来构成联合战线的"国防文学"这一口号存在着。

他是为着不赞成联合战线的吗？他不说，我们不知道。

他是为着虽赞成联合战线而觉得"国防文学"这一口号不足以配合它的吗？他不说，我们不知道。

那么为着什么呢？第三个不知道。

这个闷葫芦只有他自己晓得，能够解答我们。

然而他自从别开生面地突然写了《人民大众向文学要求什么》一文，提出一个全新的口号来了以后，便再也不发表关于这口号的一些什么议论意见，好象神龙一样，见首不见尾，咳，难哩！

好在他的葫芦中什么药我们没有知道的必要，因为我们并没有什么病，不想用它来医。

然而拥护他的这个口号的人，虽然也是错误，却好得多了，能够让我们知道为什么要拥护。特别是耳耶痛快，把这个"为什么"直截了当地说出来。现在就让我们来简单地讨论一下这个"为什么"吧。当然，这个"为什么"不能说就是胡风的葫芦中的药——这大概是要终于不可解的？

五 "笼统空洞"吗？

总观拥护"民族革命战争的大众文学"这个口号而完全反对或部

分地反对"国防文学"这一口号的论者的理由，可以用耳耶的意见做代表，是极简单的一个，就是说："民族革命战争的大众文学明确，不会被误会，曲解，且为反动者流所利用；而'国防文学'是笼统，容易被误会，曲解，且为反动者流所利用。"

对的，"国防文学"是比较的笼统，也许可以说是极笼统（其实应该说是普遍），然这不足为病，反而正是它的优点；因为要概括和表现各阶级各党派的文学在一个总的目标（民族解放的斗争——抗敌救亡——防卫国土）下，然而根据各自不同的观点所含有的各种不同的内容，必须一个拥抱力极广大的口号才能够笼之统之，足以号召一切不愿当亡国奴或汉奸的文艺家来构成一条强有力的联合战线。至于说容易被误会等，那更不成为可以反对它的理由；耳耶自己不也是说过的吗："如果有正确的说明……它不难立即动员现中国各阶级各派别的作家……"那么，好，自"国防文学"这口号被提出以后，虽然缺少一篇极详细极完整的说明它的文章，但集合那散见各种报章杂志的对它的说明和解释，也可以说是尽够了的。这样，还有什么不满意呢？至于它的优点，象耳耶自己也承认的什么简单，容易记，适应性大，已经普遍地在被应用着等，在这里是不必再说的了。

反对"国防文学"的人还有这样的意见：太空洞！然而这是故意在字面上找缺点了。其实"国防文学"所包括的内容是非常充实的。"国防文学"不但包括象田军的《八月的乡村》，舒群的《没有祖国的孩子》及《萧苓》这一类的作品，也包括沙汀的《兽道》，欧阳山的《七年忌》，张天翼的《清明时节》，夏衍的《包身工》，尤兢等的《汉奸的子孙》，包括一切从正面或从反面，直接或间接的，一切对于民族解放运动有多少助力和反映而只要不是汉奸的作品在里头。如果有个肉店老板写一篇题为"肉店老板的悲哀"，里面是描写自己因敌人的经济侵略，肉店开不成功，破产，苦闷等的，"国防文学"也可以给予它一个地位。

对，"国防文学"的内容是极充实的，一点不空洞；在"国防文学"这一配合现阶段的中国文学运动的新方针的正确的口号之下统一起来的"联合战线"，是有着一个伟大的，共同的目标而同时极自由的组织；它欢迎上面举出的田军，舒群，沙汀，欧阳山，张天翼……

甚至一个能够写作的肉店老板等的，一切非汉奸的作家来参加作战。

结论：历史的呼声

作为中国现阶段的新的整个文学运动方针的总口号"民族革命战争的大众文学"，是应该撤回的！

"联合战线"！这是时代的要求；"国防文学"！这是历史的呼声。

我希望一切不愿意当亡国奴或汉奸的文艺家都跟着这个要求，听着这个呼声，手挽手，向着共同的目标前进！

1936年8月10日《文学界》第1卷第3号

评两个口号

——附评龙贡公的《抗日文学阵线》

梅　雨

　　关于"国防文学"同"民族革命战争的大众文学"，究竟哪一个方是正确的口号，才是明确地规定了现阶段的中国文学的任务等问题，自从本刊上期发表了那几篇文章之后，问题是渐渐明朗化了。另一方面，在主张以"民族革命战争的大众文学"代替"国防文学"的各理论家之间，现在在理论上也显得极不一致，忽而把"民族革命战争的大众文学"和"国防文学"相对之，忽而说它是包括"国防文学"的总口号，忽而又说这只是"无产阶级文学"到现阶段的一发展，这种步骤的不划一，证明了他们的理论的混乱；实际上，各理论家一直到现在除开说国防文学这名词"在外观上有若干和爱国主义类似之点"之外，对国防文学的理论本身，全没有过积极的批判。现在局势虽然这样，但为着更详尽地显示这两个口号的内容的特质，为着完全廓清一般青年对这问题的疑惑同不安，以及为着在批判反国防文学论者的错误这论争过程中，积极建立起更完整的国防文学的理论起见，我以为，论争还有更加广泛地展开下去的必要。

　　首先我们可以说，胡风先生以及《夜莺》特辑诸执笔者之所以企图以"民族革命战争的大众文学"这一口号来代替"国防文学"这一口号，主要的是因为胡先生等对于统一战线的理论同目前的中国形势还没有深刻的了解。这两个口号本质上差异的一点，就是两者对于民族革命统一战线的态度的不同。"国防文学"是依据目前正在展开着的新形势，也即在统一战线的号召之下，把中国文学与目前伟大的现实配合起来的口号；而就胡风同龙贡公诸先生的文章看来，"民族革命战争的大众文学"对统一战线这一主要的策略却采取着冷淡或甚至侮蔑（指龙贡公先生）的态度。由这一点，这两个口号的内容便有了根本的不同。

今日的中国文学，是不能不接受统一战线的号召的。这是总的路线，在现阶段的半殖民地或殖民地的国家，反帝统一战线是民族革命战争的主要策略。国防文学是统一战线的口号，它要求一切不愿当亡国奴与汉奸的作家到统一战线的阵营里来，它要最大限度地动员文艺上一切有救亡决心的作家，集中文艺上一切救亡的力量，以争取民族的自由与解放。即使是思想落后的作者，我们还是要一面诚挚地批评他，一面催促他为国防创作而努力。然而龙贡公先生却否认有这种可能（其实文学统一战线的形成，目前已不是一种可能，而是一种存在）。首先他曲解了文学统一战线是要撤销参加战线的任何一个作家的思想信仰，是企图把各色的文学作者搅成一锅文学浆糊；而在他，作者的思想是永远不变的，"一种思想更常常地是一个作者终身的东西"，因此他得到如下的结论，统一战线只能招致与文学关系很少，甚至完全没有的肉店老板来参加。我们不晓得龙先生这种恶意的讥讽有什么根据，把各色的文学作者搅成一锅文学浆糊当做与二加二等于五一样的假设是可能的，然而龙先生却以为这是统一战线的倡导者的企图，这完全说明了龙先生对于统一战线的无理解。龙先生企图把现阶段的文学运动与一切被认为落后的，然而又有抗敌救亡的要求的作家隔离，把它安放在一个狭隘的范围内，使之陷于孤立的地位。我们不愿说龙先生是一个什么主义者，然而这种理论却拒绝了一部分作家走进救亡文学的大门。

龙先生完全不了解目前的新形势。现在抗×的高潮不唯推醒了全国的劳苦大众以及农民中最落后的阶层，使之积极参加斗争，而且广泛的小资产阶级群众与知识分子现在也已转入革命的阵营里；就是反动营垒中也发生了动摇与分裂，一部分民族资产阶级同许多乡村的富农小地主，以致一部分军阀，对于目前开展着的新民族运动也有了采取中立以致参加的可能。在这种情势下，代表各阶层的作家，自然也是一样，他们由动摇，不安与疑虑之下而逐渐走到统一阵线中来，成为一个或许是暂时的或许是消极的斗争伙伴。这一形势在目前表现得十分显明，然而龙先生却一手加以抹煞，他否认各落后阶层的作家能够同必须尽他们时代的任务。他没有了解落后阶层的作家的作品，能够部分地发挥国防的作用，也能够对他们的自阶级尽一种指示与教导，使之走到救亡的路上来。这完全是反统一战线的态度。

龙先生认为"没有被大众的感情拥抱着"的知识分子，他们的爱国诗歌，在一个劳动者听来要毛骨悚然，以为他生了什么毛病。这更加表明了龙先生一贯的见解。他不唯注释了"民族革命战争的大众文学"中的大众是工农大众，同时也否认了中间阶层作家的含有国防文学意味的作品的存在。这是多么危险的一种倾向。

现阶段的抗×救亡的文学，须是全民的文学力量的总动员。受敌人的威胁与感受亡国的苦痛者是全体大众，已参加或将参加救国战线，已发动或正发动民族革命战争的也是全体大众，"九一八"以前文学上的中心口号现在不能不随着这政治上的特点而转换了。"国防文学"是全民的文学，并不是"失了中心执着"，也不曾犯了"形而上学的，不从发展的具体的本质上应有的错误"，也没有"抹煞了广大而且主导力量的作用"。这位先生能举出国防文学论者在什么场合把广大而且主导的作用抹煞去了否？

跟龙先生的一样，这些全然是过时了的见解，已没有从发展中去把握现实的必然的结果。而在胡风先生的论文里，也曾说："'民族革命战争的大众文学'应该说明劳苦大众的利益和民族的利益的一致，说明在民族革命中谁是组织者，谁是克敌的主要力量，谁是自觉的同不自觉的民族奸细"，胡先生的论调也同他们一样。现在民族利益不惟与劳苦大众的利益一致，而且是同全体民众的利益相一致。关于这，周扬同艾思奇两先生都说到了，此地不赘。

由以上的例证看来，"民族革命战争的大众文学"同"国防文学"之间有了本质上的差别，已是十分显明的事。在这里，我们不能不郑重指出，凡是反统一战线或有这种倾向的任何一个口号，决不能作为现阶段的中国文学运动的中心口号，它与现实的乖离，就证明了它已完全没有前途。

另一方面，我们可以看到龙先生又是那样害怕踏入"爱国主义的污池"！他不晓得在被侵略与被压迫的任何一个殖民地或半个殖民地国家里，最真正最彻底的爱国主义者是，而且不得不是一个国际主义者。须知争取民族的自由与独立，保持领土国权的完整是过渡到明日新社会的桥梁。然而龙先生却这样说："中国人民大众一向同国家结着最悲惨的关系，他们正在逐渐失掉国家的信仰——这好象连官方的学者都知道而且不加以隐讳。"那些学者们是可以这样说的；因为他们必须撒谎，只有这样才使大众有了罪名。然而作为一个前进的作家的龙先生却不应这样说。难道龙先生完全没有见过，听过，甚至想象过现在正有着无数的民众在为着他们的祖国而战死于疆场，而瘐死于牢狱么？与他们结着最悲惨的关系的是与他们的"主人"，而不是与他们的祖国。龙先生这种言论是犯着严重的政治的错误的。我们国防文学论者不违言爱国，我们以所有的一切献给我们的祖国。世上没有比我们的母亲大地更为亲爱的东西！

此外，在作为规定现阶段中国文学运动的任务的中心口号，"民族革命战争的大众文学"这口号也不够精练与明确。假如我们把我们新兴文学的发展史加以考察的话，我们便可以了然。

自从各帝国主义者开始侵略及压迫中国之后，民族革命战争便在中国的人民大众里面，埋下了它的根据；在事实上的表现，就是从太平天国，义和拳等到"一二八"以及最近一系列的反帝斗争；这一系列伟大的反帝运动，在文学上都找得着它的反映，虽然还是十二分的贫弱，并且有程度上的不同。直到"五卅"事变同一九二五—二七年的大革命以后，由于客观形势的急剧的变换，劳苦大众广泛的觉醒与迅速的成长，在文学上，也产生了以劳苦大众的思想同情绪为主要内容的新兴文学。这文学，以后更伴随着中国新兴革命势力的高涨与扩大而日趋长成，它的内容也不断地保持着反帝与反封建的精神。等到"九一八"同"一二八"等一系列的事件爆发了，由于东方帝国主义者无餍的掠夺与汉奸无耻的出卖，民族危机日趋深刻，许多作家亲身经过了被压迫被蹂躏的生活，间接或直接参与了反帝的民族革命斗争，于是反帝文学达到了它的高潮期，一系列反帝的，鼓吹民族革命战争的作品以矫健的姿势出现于文坛，并且这倾向也成为当时文学运动的主流。由此我们可以说反帝的，反封建的（这两者是有机地互相联系，互相渗透着）也即是鼓吹民族革命战争的作品是早已存在；而这种反帝反封建的，也即民族革命斗争的要求，也成为新兴文学的普遍的同根本的内容，几年来我们的新兴文学便建筑在这基础上面。所以我们说胡风先生所主倡的"民族革命战争的大众文学"，并不能明确地显示出现阶段的文学的特质。

其次，诚如胡风先生所说的一样：从太平天国运动到"一二八"战争的一切伟大的反帝运动，只有从民族革命战争的观点才能够取得真实的评价。因为殖民地或半殖民地的民族解放运动或反帝运动，只有通过民族革命斗争才能够实现。我们可以说：从太平天国起到现在在人民救亡阵线领导下已发动了或正在发动着的一切反帝（在现阶段是抗×）运动，在本质上，全都属于民族革命战争的范畴。但显然的，由于各时代的特定的现实条件的制约，这些民族革命战争也各有不同的性质和意义，历史上没有重复的事件，这是我们所确信的。譬如太平天国的带着农民性的土地革命的要求，义和拳的盲目的排外等等，跟现阶段的民族革命战争都有着显著的差别。所以民族革命战争只是一个概括的名词，在各不同的阶段有着不同的意义与内容。而目前政治形势的基本特点，一面是×帝国主义者对中国无餍的侵略，以及汉奸无限制的出卖，把中国由半殖民地转化为完全殖民地；另一方面，我们也有了抗敌的全民战线的组织。这一特点在中国历史上划出了一个全新的时期，这一时期所发动的民族革命战争，显明地也有着特殊的意义与内容，这是目前这特殊的现实所赋予的。

在"九一八"事变以前，我们反帝运动的主要目标是要求民族的自由与解放，推翻一切帝国主义的统治；现在由于×帝国主义的急迫的侵略，我们失去了东北四省，华北内蒙也名实俱亡，华南同长江流域又同时告急，在这生死存亡的关头，我们主要的敌人是×帝国主义，因此现阶段的民族革命战争的主要目标，已不是推翻一切帝国主义的统治，而是"为祖国的生命，为民族的生存，为国家的独立，为领土的完整，为人权的自由"而展开的抗×反汉奸的斗争。我们当前最迫急的要求，最主要的任务是发动抗×的民族革命战争，来收回我们的失地，巩固我们的国防，保卫我们的民族。我们已有了组织"国防政府"（现在并未改为"民族革命战争的大众政府"）的号召，也有了组织"国防联军"的要求，"国防"是我们现阶段正在展开着的民族革命战争的主要目标。在文学领域上的反映自然产生了国防文学。所以最明确地最不含糊地指出现阶段文学的内容的特质，最明确地最不含糊地指出现阶段作家应努力的方向的，无疑是国防文学。我们要以国防文学的作品去煽动全中国的人民大众来参加为自己为民族的生存抗争，而民族革命斗争也是我们国防文学的主要内容。绀弩先生在《创作活动的路标》一文中因周扬先生等屡次使用民族革命战争这字眼，因此就得意地说："既然在说明国防文学的时候，不能不屡次三番地提到人民大众，屡次三番地提到民族革命战争，现在这个最能说明本质的包含度最大的总口号'民族革命战争的大众文学'的形成，难道不是当然的么？"因此他又说："……现阶段的创作口号，只有叫做'民族革命战争的大众文学'才和新的现实吻合，毫无遗憾。"（见《现实文学》第一期十三页）绀弩先生并未曾想到民族革命战争只是一个概括的名词，它与"新的现实吻合"，也与旧的事实吻合的。假如十年以后，我们还不能脱离帝国主义的羁绊，那时候我们的文学也还以民族革命战争为主要的内容。既然作为一个口号在技术上必须考究，又要不含糊要能够显示出那一阶段的文学的特质，假如我们把各阶段的民族革命战争的主要目标的转换加以考察的话，我想它可以帮助绀弩先生等对于目前的政治现势同国防文学的理解。

由以上各点看来，我以为"国防文学"与"民族革命战争的大众文学"两者极少相似的地方，对于统一战线的态度的差异使两者没有调和的可能。至于认"民族革命战争的大众文学"是一个总的口号，我以为假如改为"民族革命战争的全民文学"，而且在"国防文学"没有被普遍而正确地认识之前提出，那倒是可以承认的。这么说，也绝没有忽视或放弃作为全民的主体的工农大众。这是现阶段政治上最基本的特点，完全不是我们国防文学论者的偏见。在这总的口号之下，作为现阶段文学运动的中心口号依然还是国防文学。只作字眼上的吹求，害怕有引起了误会的可能而因此忘记了一个口号的内容的特点，这是形式主义者的行为。

我们不妨掀开最近出版的小型报道刊物《文化报道》，从那里，我们可以发见"统一战线",即文艺界的联合与"国防文学"的号召,已在北平,东京,厦门,闽南同济南一带发生了极大的影响,这说明了这个口号不是什么派,什么作家私自创造贩卖的,而是全国普遍的要求。这一点,在理论的斗争之外还有力地打击了,警告了那些反国防文学论者。依照目前的形势看来,反对论者只有许多犹豫起来了,这决定的时机,需要我们以诚挚的态度去说服他们。文艺界在一个共同目标之下统一起来,它更能够发挥极大的抗敌作用,是可以预期的。

1936年8月10日《文学界》第1卷第3号

论两个口号

张　庚

　　统一战线的联合，并没有包含丝毫利用的意思。如果有任何人以为统一战线只是某些人想利用多数人的力量来达到他的特殊目的的一种手段，甚至他竟想利用这势力，那我们得告诉他，他错尽错绝了。统一战线，我们应当看做是在一种共同的信念，共同的目标之下的联合，这目标是抗×救国。只要不是汉奸，谁也应当，也会把握住这个信念，站到抗×的旗帜之下来。这里没有这样的问题：谁统一了谁。这里的问题：是谁最忠实彻底地服务于民族的利益，谁就真实地领导了抗敌救亡的统一战线。

　　在文学方面，情形也完全一样。问题是一切文学者是不是都到抗×救亡的战线上联合起来斗争而不是由哪一派哪一派去统一人家。

　　鲁迅先生说："……所谓民族解放斗争，在战略的运用上讲，有岳飞文天祥式的，也有最正确的，最现代的，我们现在所应当采取的，究竟是前者，还是后者呢？这种地方，不能不特别重视。"

　　我想，为了不使一个爱国的中国人站在救国阵线之外，那最正确，最现代的爱国方式我们自然需要，但是，如果岳飞文天祥式的爱国心还存在在一部分人的意识之中，他们也热情地愿意供献给救国阵线，那么我们就去拒绝他，坚决地向他说，"你的方式旧了，没用了，去吧"么？

　　鲁迅先生还说："'左翼作家联盟'五六年来领导和战斗过来的，是无产阶级革命文学的运动。这文学和运动，一直发展着；到现在更具体地，更其实际斗争地发展到民族革命战争的大众文学。民族革命的大众文学，是无产阶级革命文学的一发展，是无产革命文学在现在时候的真实更广大的内容。"

这就是把最正确，最现代的爱国方式反映在文学之中。这是对的，这是现阶段的文学之一种。

但耳耶先生却说："……国防文学，只有以'民族革命战争的大众文学'为内容才能得到正当的解释，也只有在'民族革命战争的大众文学'这个总口号之下才能看出积极的作用。"

这样，问题就非成问题不可了。"民族革命战争的大众文学"既然是"'无产阶级的革命文学'在现在时候的真实的更广大的内容"，至少，我们得承认它是无产阶级的东西，教各阶层，各派别的人都来接受，以便为总的口号，那不是认定了各阶层和派别的所有观点，成为空想了么？耳耶先生既然知道"被号召的是各种阶层各种派别的作家，就不能没有各种对这号召的看法"，为什么却不知道因了看法的不同，他们在文学作品中所反映的，所意识的，所根性地包含在其中的内容绝不能和无产阶级的完全一样，决不能用这口号为总的口号，却非另以更广泛，更自由，更容易被人接受的口号来做总的口号不可呢？

路丁先生更具体地说及耳耶先生认为非是国防文学的内容不可的"民族革命战争的大众文学"道："只有动的现实主义的方法才能表现出它的伟大。"所谓动的现实主义，我相信作者是指社会主义的现实主义。当然具有进步的世界观的作家不难接受和应用这个创作方法，可是在各阶层的作家之中，有多少是不知道，没有听见过，而且也无法了解这动的看法的呢！死去的章太炎，他是一个作家，也有他的读者层，他是一个爱国主义者，为了最近的学生运动还通电抗议过宋哲元，然而他不懂得"动的现实主义"。我们还是放弃了这一类作家，和他的读者群，赶他们在救国阵线之外，仅仅为了他们不用"动的现实主义"的方法去创作么？还有那许多"礼拜六派"的作者，直到现在为止，他们还存在，还拥有读者，但我们谁敢说在这些作者中间没有热心爱国的人？更有谁敢说在他们的读者群中间没有一个爱国者？艾思奇先生说得好："用他们自己的作者去说服他们，是最便利的了。要把各党各派的作者号召起来，意义也就在这里。"

然而在胡风先生所提出的这"民族革命战争的大众文学"的口号之下，一面虽然高调着泛谈联合，一面却不肯放弃左翼的传统，而流于关门主义，在事实上拒绝了与"五四"以来的新文学之外，甚至左翼文学之外的作家的携手，那么所说的联合战线，统一战线，怎样能建立起来呢？

鲁迅先生说："……我以为战线应该扩大。在前年和去年，文学上的战争是有的，但那范围实在太小，一切旧文学旧思想都不为新派的人所注意，反而弄成在一角里新文学者和新文学者的斗争，旧派的人倒能够闲舒地在旁边观战。"

自从"五四"开头一战之后，新文学方面总以为余敌通通肃清了，就再也不去管它，一直到现在为止，忽然发现还有人在反对白话文，才惊奇起来，感到新文学的阵营之外，旧的阵营居然也还存在。在这警觉之中，正是我们去向那新文学阵营之外，即使是最旧的，最保守的角落斗争的时候。我们应当让他们的作家也在救国的口号之下去号召他们的群众，发动他们的群众，来参加这全国一致的救亡运动。我们是不怕他们的保守性的，广泛的口号一经他们中部分人的接受，在他们内部的分化和斗争马上要发生，而动摇了他们的阵线，在救国的同一目的之下，那最旧的营垒决不能停留在旧的阶段之上，他们除了转向就是崩毁。

然而这种文学上的任务，"民族革命战争的大众文学"这口号决不能执行，除了广泛的，更少规范性的口号国防文学之外。

郭沫若先生说："我觉得国防文艺应该是多样的统一，而不是一色的涂抹。这儿应该包含着各种各样的文艺作品，由纯粹社会主义的以至于狭义爱国主义的，但只要不是卖国的，不是为帝国主义作伥的东西。因而，'国防文艺'最好定义为非卖国文艺或反帝的文艺。"

我们把这意见和前面所引用的路丁先生的意见一比较，就知道：要动员全国的爱国作家，国防文学的口号对于"民族革命战争的大众文学"的口号的优越性了。

七月十六日

关于引起纠纷的两个口号

茅　盾

因为生了几天小病，倒有了机会考虑考虑几个问题。想了许久的，就是"国防文学"与"民族革命战争的大众文学"两个口号。

我觉得关于这两个口号的文章大家已经做得很多了，可以说是太多了。所以，我现在也无意于多饶舌。

关于"国防文学"的口号，我自己说过一些话，但我现在多少有些不同的见解了。原因是我看了郭沫若先生的文章（《国防·污池·炼狱》），我以为他的解释最适当。他说：

> "国防文艺最好定义为非卖国的文艺，或反帝的文艺。"

又说：

> "我觉得国防文艺应该是作家关系间的标帜，而不是作品原则上的标帜。"

这两句话，我觉得都很对，所以，我现在想，"国防文艺"这口号，若作为创作的口号，本来是欠明确性的，而过去我们把这口号认为一般的创作口号，也就有关门主义和宗派主义的危险。例如周扬先生说："国防的主题应当成为汉奸以外的一切作家的作品之最中心的主题。"又说："国防文学的创作必须采取进步的现实主义的方法。"

如此说来，则那不能或尚未及采取进步的现实主义的方法的作品，就无法成为国防文学（这事所关尚小），而那不用国防的主题，例如用日常生活，或恋爱为主题的作家，却就会变成汉奸作家，或至少不能站到文艺者救国阵线的旗帜下来，这可所关太大吧？此种意见，在今日以前，却颇普遍，然而这是关门主义和宗派主义！所以，我们如果一定要继续用"国防文学"作为创作的口号，那就应当采取郭沫若先生的解释：

> "应该包含着各种各样的文艺作品，由纯粹社会主义的以至于狭义爱国主义的，但只要不是卖国的，不是为帝国主义作伥的东西。"

然而仍有问题。譬如这里有一部纯恋爱的小说或诗歌，它确不是为帝国主义作伥的，我们自然不能指它为汉奸作品，但倘若说这是国防文学，却也未免有些无谓。又如周木斋先生把《水浒》也引以为"国防文学"，我以为大可不必。我们若把"国防文学"作为文艺界联合战线的创作口号，就有这样难以圆满的缺点，所以，我想来，对于"国防文学"这口号的正确的认识，应当是：

> "作家关系间的标帜，而不是作品原则上的标帜。"

这就是说，不用"国防"的主题的作家，仍可参加民族自救的国防运动！应当是"一切文学者在国防的旗帜下联合起来"，而不是在"国防文学的旗帜下联合起来"；因为后者是束缚人的，是要把一些不写"国防"主题的作家关在国防运动之外去的。

我前次附在鲁迅先生文章后面那封信里的话，现在我也要再加修正了。"民族革命战争的大众文学"可以是创作的口号，但既不是代替国防文学，也不是文艺创作的一般口号，而只是对左翼作家说的（鲁迅先生那文，开头就提到左翼作家联盟）。我觉得"民族革命战争的大众文学"这口号，作为前进文学者的创作的口号，是很正确的。但我们不想也不能对一切文学者作如此的要求，虽然我们可以而且也应当向前进文学者提出这要求！把这口号作为我们向前进文学者要求的创作口号，当然比单提"国防文学"这口号来得明确而圆满。

鲁迅先生那篇文章的主要点似乎就在这里。他是专为给左翼文学者以鼓励与指示而发的！他在叫左翼文学者把斗争更扩大，把题材也更扩大，应当面向现实的战斗，不要尽拘泥于抽象的阶级的空论，而应当站在全民族的抗日战争的前线去。谁能说对前进文学者作这样的要求是不应当的呢？其次，鲁迅先生在那文章的后半段，特别指出了现在前进文学所应有的本质，手法，以及怎样去克服公式主义。这都是很可宝贵的意见，应当为前进的青年作家所记诵的。然而我觉得他也没有要拿这口号去规约一切文学的意思。鲁迅先生一向主张：与其用口号或公式去束缚作家，倒不如让作家多些自由；他主张打破公式，不为口号所束缚。因而现在他提这口号，也无非是鼓励前进的作家们不要忘记自己的任务罢了；而即使对于前进的作家，他接着也就给以不要公式化的警告："也无需在作品的后面有意地插条尾巴，当作旗子……"同时，他也毫无排斥"国防文学"这口号的意思，他说在这口号之下可以再提些别的口号，这是说，可以广泛地提倡救国的文艺，使抗日运动扩大。

然而一些为宗派主义所养大的善于"内战"的朋友们，却有意无意地曲解了鲁迅先生的意思。首先是那位曾在鲁迅先生处听得了这口号的胡风先生，竟拿"民族革命战争的大众文学"这口号来与"国防文学"的口号对立。他把本来只是对左翼作家而发的口号变成了对一般作家，"左"诚然是"左"了，但那道"门"却更关得紧紧的了，因而也是十足的宗派主义的"作风"！响应胡风先生的聂绀弩先生也沿着胡风先生的错误，把这个只对前进文学者讲的创作口号，作为全国文学者抗日联合战线的口号，说"在民族革命战争的大众文学的口号之下联合起来"（《夜莺》）！周扬先生对这口号又说"对于目前形势，估计不足"。在第二期《文学界》的编者的附记里，既已引用鲁迅先生的话，说现在所谓"大众"当然不限于工农大众，可是又接着说"那么，民族革命战争的大众文学这口号是不是能够表现现阶段的意义，是一个值得讨论的问题"——这都是因为把"民族革命战争的大众文学"一口号误为全国文学者抗日联合战线的口号（自然这误认是因为先有胡风他们的曲解而来的），但基于这样杂乱的纠纷而作的"讨论"，我觉得实在很不"值得"！

我再重复我上面的话，来结束这篇短文吧！

1．"民族革命战争的大众文学"应是现在左翼作家创作的口号！

2．"国防文学"是全国一切作家关系间的标帜！

我们所希望的是全国任何作家都在抗日的共同目标之下联合起来，但在创作上需要有更大的自由。

我们对于少数的几个朋友，希望他们即速停止文艺界的"内战"，并且放弃那种争文艺"正统"，以及以一个口号去规约别人，和自以为是天生的领导者要去领导别人的那种过于天真的意念。

七月二十七日

1936年8月10日《文学界》第1卷第3号

46

中国社会科学院
文学研究所 总纂

中国文学史
资料全编

现代卷

「两个口号」
论争资料选编（下）

LIANGGEKOUHAO LUNZHENGZILIAOXUANBIAN

中国社会科学院文学研究所现代文学研究室 编

知识产权出版社

内容提要：

本书选录了 1935 年前后，围绕"国防文学"与"民族革命战争的大众文学"两个口号的论争文章及有关团体的"宣言"凡 220 余篇，包括文学、戏剧、电影、音乐、美术等几个方面。凡是参加讨论和论争的具有代表性及较知名的作家，凡是较有内容的文章都选入了，并且照顾到除论争中心上海之外的各地的反响，具有较高的史料价值。

责任编辑：马 岳　　　　　　装帧设计：段维东

图书在版编目（CIP）数据

"两个口号"论争资料选编/中国社会科学院文学研究所现代文学研究室编. —北京：知识产权出版社，2009. 1
（中国文学史资料全编·现代卷）
ISBN 978-7-80247-364-5

Ⅰ. 两… Ⅱ. 中… Ⅲ. 现代文学—文学史—史料—中国 Ⅳ. I209.6

中国版本图书馆 CIP 数据核字（2007）第 104002 号

中国文学史资料全编·现代卷
"两个口号"论争资料选编（下）
中国社会科学院文学研究所现代文学研究室　编

出版发行：知识产权出版社
社　址：北京市海淀区马甸南村 1 号　　　　邮　编：100088
网　址：http://www.ipph.cn　　　　　　　邮　箱：bjb@cnipr.com
发行电话：010-82000860 转 8101/8102　　　传　真：010-82005070/82000893
责编电话：010-82000860 转 8171　　　　　责编邮箱：mayue@cnipr.com
印　刷：北京市兴怀印刷厂　　　　　　　　经　销：新华书店及相关销售网点
开　本：720mm×960mm　1/16　　　　　　印　张：61.75
版　次：2010 年 1 月第一版　　　　　　　印　次：2010 年 1 月第一次印刷
字　数：910 千字　　　　　　　　　　　　定　价：123.00 元（上、下）

ISBN 978-7-80247-364-5/I · 092（2398）

与茅盾先生论国防文学的口号

周 扬

《文学界》编者把茅盾先生的《关于引起纠纷的两个口号》的原稿给我看，征求着我的意见。关于"国防文学"的问题，茅盾先生和我都曾说过一些话，我们之间原没有什么主张上的分歧。但是在这篇文章里，茅盾先生修正了他的意见，而且批评到我，对于茅盾先生的修正以后的意见我不能同意。这关系目前一个最重要的文学问题，而茅盾先生的言论又最为读者所重视，所以我就觉得我应当趁这机会把这问题提出来和茅盾先生作一商讨。

茅盾先生并没有放弃"国防文学"的主张，只是作了两点的修正：第一、"国防文学"是作家关系间的标帜，而不能作为创作的口号；第二、"民族革命战争的大众文学"可以是创作的口号，却不是文艺创作的一般口号，而只是适应于左翼作家的。

先说第一点。

"国防文学"是作家关系间的标帜，茅盾先生所引用的郭沫若先生的这句话，我完全同意，而且认为这是极精当的见解。本来，"国防文学"的提出并不只是依据于抗敌救亡的现实，而同时也是依据于急遽变化的整个社会关系和力量的对比。绝大多数作家的倾向于民族解放的斗争，使一切作家间的关系起了一个大的变动，原来因为思想派别不同而互相离异的作家，现在都可能团结在一个共同的目标之下了。这就需要有一个重新排列（Re-alignment），需要有一个统一的文学上的口号。"国防文学"首先就是在这个意义之下提出来的。因为"规定口号的意义的不是那口号的作者的企图，而是国家的一切社会层的相互关系"（伊里奇）。从这样的关系上去解释"国防文学"的口号无疑地是正当的。

但是茅盾先生以为"国防文学"只是作家间的标帜，而不能作为创作的口号，这我就不能同意了。我以为"国防文学"的口号应当是创作活动的指标，它要号召一切作家都来写国防的作品。一个文学的口号如果和艺术的创造活动不生关系，那它就要成为毫无意义的东西。文艺上的国防阵线不运用它自己特殊的艺术的武器，就决不能发挥它应有的力量。这是明明白白的事情。

茅盾先生说我要求作家写国防作品是关门主义宗派主义，是要把不写"国防"主题的作家关在国防运动之外去的。对这批评，我只觉得茅盾先生是滥用了"关门主义"等等的名辞。首先我要说，我从不曾主张过作家必须写了"国防"的主题才能参加国防运动，也不曾主张过作家参加了国防运动就必须写"国防"的主题。在《现阶段的文学》里，关于文艺界的团结问题，我就曾这样说过："这个团结不一定马上能够收到国防作品的成效，但无论如何，使国防文学的创作实践有了更广大的动员基础。"这就很明白，"国防文学"的口号对于一般的作家只是一种期待，一种希望，并没有强求的意思，而且，我觉得文艺界的联合战线既不是甚么文艺"纱笼"，而是全民族革命战争中的一个重要的阵列，在参加这个战线的每个作家的身上是课了抗敌救国的义务的，那末希望他们写国防的作品就不能算是过高的要求。固然，一个作家可以用宣言，用行动来服务于民族解放的事业，这些也都是可宝贵的，但是作为一个文艺家，他的有力的武器不能不是艺术的作品，而一个作家的社会活动也决不能和他的作品活动分开。民族革命的斗争成为了一切生活的主流，不被这主流所激荡的作家是没有的吧，除非他和现实之间完全失去了联系。所以把生活的民族革命的真实反映在自己的艺术中，对于一般的作家并不是没有可能的事，虽然他们将会从各种不同的角度去看这个，而且可能把它写在一面歪斜的镜子上。以为只有勤劳大众的文学才是民族革命的文学，这不用说是有害的宗派主义和关门主义，但是如果认为要求一般作家写有国防意义的作品就会把他们关在国防运动之外去，那就有趋于另一极端的危险。我们不要忘记这是一个文艺上的国防阵线呵！

茅盾先生说"国防文学"是束缚人的，而艺术创作却需要更大的自由。这也是不然的。"国防"的主题包含了现实生活的主导的方向和它的各方面，也容许作家的各种不同思想和立场的存在，以及他们的创作手法和表现形式的多样的运用，它的范围决没有窄狭到束缚人的地步。而且并非除了"国防"的主题以外，旁的任何主题都应当摈弃不写。我说"国防的主题应当成为汉奸以外的一切作家的作品之最中心的主题"，所谓"最中心的"自然就不是"唯一的"的意思。为了把一切力量都集中在抗敌除奸的任务上面，为了使文学和现实的潮流相汇合，创作活动应当有一个切合于一切人民的要求的中心，这难道也是宗派主义关门主义吗？茅盾先生自己就曾以《需要一个中心点》为标题写过一篇短论，那里面就有这样的话："种种的题材都必有一中心思想，即提高民众对于'国防'的认识（使民众了解最高意义的国防），促进民众的抗战的决心，完成普遍一致的武力抵抗侵略的行动。这是历史所赋与的我们的作家们在现阶段不可逃避的使命。"这使命不应当由全体中国的作家来完成吗？

创作的自由不是没有限度的，绝对的创作自由的说法是有害的幻想。高尔基很正确地指出了二十世纪欧洲文学之所以陷于创作的无力，就是由于竭力张扬艺术的自由，创作思想的任意，无形中使许多文学者缩小了观察现实的范围，放弃了对现实作广泛的各方面的研究。所以，主张作家可以任意创作，写国防和写纯恋爱都是一样，这就不但会削弱或甚至消解文艺创作的国防的作用，就单单站在创作的本身上来说，也不是贤明的见解。

文艺上的统一战线必须团结最广大的作家，对于用纯恋爱为主题的作家，当然也应招致到这个战线里面来。但是一个作家参加了这个战线，决不是没有义务的，他必需做于民族解放有益的工作。恋爱的琐屑的艺术是只会使读者和伟大的民族解放斗争的现实离开的。要求他写更有意思一点的作品，就不只是为了要加强国防的意义，同时也是为了要使作者自己从创作的琐屑的低劣中解脱出来。统一战线是应当含有教育的作用的。

"国防文学"是文学上的统一战线的口号，我同意郭沫若先生的说法："它应该包含着各种各样的文艺作品，由纯粹社会主义的以至于狭义爱国主义的。"照这样，我说的"国防文学的创作必须采取进步的现实主义的方法"那句话，如果截断了上下文，就的确应当受指摘了。大家总还记得当国防文学提出时第一个挺身起来反对的那位徐行先生吧。他竟把国防文学和进步的现实主义的方法描写成对立的东西，我就不得不辩明两者的应有的关系。然而同时就在那篇文章里，我也并没有忘记指出："向国防文学要求最进步的现实主义的方法是正当的，但国防文学的制作者，却并不限于能运用高级的创作方法的作家，就是思想观点比较落后的作者，也应当使之为国防创作而努力。"

其次，就要说到"民族革命战争大众文学的口号"的问题了。

"国防文学"提出来以后，为广大文艺者所接受，所实践，形成了普遍全国的一个文学的中心的潮流，这是连"国防文学"的反对者们也不想加以掩饰的事实，要提出一个新口号来代替它，那就至少必须先对它下一番批判的工夫，而新提的口号又的确是更能表现现阶段的意义。这是第一点。第二，在"国防文学"的口号之外，不是不能容许别的同类性质的口号的辅助的存在，只要那口号不妨碍文学上统一战线的运动。"民族革命战争的大众文学"就恰恰是在相反的情形之下提出来的。它立刻招惹了批评和责难是全然应该的事情。这个口号引起的纠纷，只有从理论的说服上才能解决。

鲁迅先生说"民族革命战争的大众文学"是无产革命文学在现在的一个发展，茅盾先生也说"民族革命战争的大众文学"是一个只对左翼作家讲的创作口号，那它不能成为现阶段文学上统一战线的口号，是自明的了，"左"的宗派主义者的大言壮语也应该可以敛迹了。问题向着解决之途前进了一大步。

但是作为革命文学者创作口号，"民族革命战争的大众文学"是不是恰当的，也还是值得讨论。我觉得有两点可以提出来商榷一下，第一，"大众"既如茅盾先生所提示是广泛地指"人民大众"，那这口号就并没有表现出我们多少年斗争过来的那革命文学的基本的立场。固然在抗敌救国一点上革命文学者和一切不愿做汉奸亡国奴的作家的立场是一致的，但是也仅仅在这一点上是一致的，同时正因为有这个一致，所以我们不必在"国防文学"的口号之外另提别的口号，自外于文学上的统一战线的运动。第二，"民族革命战争的大众文学"也并不能作为创作方法的口号，它并没有标明作家对于现实的一定的态度。我们应当执拗地为获取进步的现实主义的方法而努力。

以上就是我读了茅盾先生的文章以后的一点感想。

1936年8月10日《文学界》第1卷第3号

国防文学与现实主义

凡 海

一　原始社会中的现实主义与种族利益的统一形态

古代希腊的雕像是人人都知道的一种人体肌肉发达的极其精细的写实。这种雕像是反映希腊社会中竞技的优胜者的肉体以极其惊人的真实反映这种竞技的现实的。这正是最初的市民社会中的现实主义。那时的市民阶级正在昂扬的时期，竞技是市民阶级生活之余的娱乐，这种娱乐，我想在市民阶级还在昂扬的时期，并不是一种单纯的消遣，而是有恢复疲劳与组织生产的意义的，所以这种竞技也成为他们生活斗争的一个手段，正和狩猎社会中的柯罗保罗跳舞一样，纵然没有那么积极的生产作用，但仍然不失为生活斗争的一个手段，那是没有疑问的。在我们的社会中，体育已经堕落为损坏身体与麻醉青年的阴谋，可是在希腊社会中的竞技，因为有组织生产与鼓动生产的效能，实际上是有艺术意义的，这种艺术意义的竞技，对于市民阶级，要以造型艺术，真实地再现此种竞技过程中的肉体美是十分有益的，所以希腊社会中雕像艺术的现实性，全然是以市民阶级的向上的阶级感情为基础的，但这已经是阶级社会即私有财产发生以后的现实主义了，虽然和原始社会中的现实主义离得并不远，然而实际上已经具有阶级社会中的特殊形态，即由于阶级的分裂，希腊雕像的肉体美之再现，同时是具有为市民阶级享乐的意味的，在这意味上，与希腊社会中的多数劳动者反而无缘，这是现实主义的艺术在阶级社会中的变态之一。我们以后再要讲到现实主义在阶级社会中的变化的。现在且回头看看未开化人的艺术：依据南法兰西洞窟中所发现的壁画，我们就已经知道这种壁画是未开化人的狩猎和教育年轻人的手段，即已知道壁画上的野牛和鹿的真实之再现，是一种生活斗争的手段了。这种壁画十分逼真，就是雕在鹿角上的画也都是用简洁的线条再现部分的实在动物的。他们也用一些图案式的曲线来刻石器的柄和用种种不同的图案来饰身，关于这些，外表上好象是有点神秘性地近似德国表现派那种画似的，实际上，他们的曲线与图案，仍然保持本质上的现实意味，在器上的曲线差不多全是劳动的一定律动的反映，而图案式的鹿角上的雕刻和饰身的绘画，几乎没有一种不保持动物的本来形态，这对于他们的生活斗争是非常必要的。原始艺术的现实性就是根源于他们生活斗争上的必要，据弗里契说，原始人饰身有两种意义，第一是为了引诱异性，就是血族继续的意义，第二是为了威吓敌人，有着种族生存的目的，所以在这里，未开化人的现实主义的艺术，在本质上就有一种民族意义之先声的种族意义了。原始人的舞蹈是决定地在一定的时期举行的，比方在狩猎的前后，军队进军的前后或军事终了的时候，或缔结和平的时候。这种舞蹈和前述饰身艺术，洞窟中的壁画同为狩猎时代的东西，不过舞蹈在对行军的作用这一点上，看起来比原始单纯的狩猎又好象进一步，是在一定的大集团下的狩猎种族中起作用的了，但在内的联系上和洞窟中的壁画与饰身艺术仍不过是同一历史阶段上的艺术之两面：就是从壁画与饰身艺术这方面着眼，我们找到原始艺术的现实性这一面的特征，从舞蹈艺术这方面着眼，我们就同时发现原始艺术的现实性之中还露出作为民族与集团意义之先声的种族或群族或氏族意义的特征。但这只是说，在不同的艺术形式上特征地表现出两方面的艺术性格，却并没有说这两方面的艺术性格是存在于两个艺术中的，相反，这两个不同的艺术性格，在原始狩猎社会的任何种艺术中都同时包含着，就从舞蹈本身着眼，为着种族的改良与生存的舞蹈，不但又是物质生活的斗争手段，同时，这种舞蹈的内容是具有切切实实的现实性的。我们现在的跳舞是近于卖淫式的为少数人消闲的肉体之诱惑，而原始时代的舞蹈则完全两样。他们是有现实的斗争意义的。他们舞蹈的主角是男子，而女子则合奏音乐。

普通只一个男子舞蹈，他越是巧妙而不知疲倦地舞蹈，则越见得他是一个武勇的狩猎者与战士，这种舞蹈大体在行军之前夜举行，对于昂扬战士的斗争心是十分必要的。其次，在两个或数个种族缔结和平的时候，舞蹈的内容便又不同了，这时候参加舞蹈的已不是一个种族而是两个或数个种族，舞蹈着和平的联欢之舞，使各种族相互结合，接近起来。所以原始艺术不但是现实的反映，而且是现实主义地通过一定的生活斗争欲求而使现实在无意识中具有推进历史的效能再现出来，与种族的生存及改良完全结合一致的。这时的现实主义与作为民族意义之先声的种族意义是分不开的同一物的二个性能，现实主义与主张民族利益的文学发生分裂的情形，实在是私有财产发生以后的事。

可是原始的现实主义与意识和我们现在的现实主义决不是同一的，这点说在下面。

二 种族利益与艺术的现实主义之关系的发展

我在前面已经提到希腊的雕像虽然是现实的反映，但已经是阶级社会中的艺术形态，这种艺术所反映的现实已经不和原始社会中的一样仅仅是通过生活斗争与种族改善的意识而再现的；它在生活斗争这个含义之内，已经发生本质上的变化，不和原始社会中的生活斗争一样是对自然与他族的，而是以对内部的另一阶级为支配的要素，所以对自然的生活斗争之艺术的现实，此刻把内容变成对他阶级的生活斗争之艺术的现实了。南法兰西洞窟中的壁画以及野蛮人的饰身等所描绘的对象如果是野牛，鹿和其他的自然界动物，则埃及的金字塔完全是人类本身自下而上及至最高一顶点的阶级尊卑之反映，中古雕画上所描绘的也是悠闲的君主，武勇的骑士以及乐命的农民与奴隶；宗教诸神的排列完全以人类阶级的尊卑为其模型。所以当私有财产发生，人类有了阶级，艺术的现实主义以阶级的现实为其支配的元素，而变去现实主义艺术的原始形态；在另一方面，种族也同时渐渐发展为民族艺术的现实主义，也在多数的场合上和民族利益分裂，其情形是这样的：

原来自从氏族社会转入农业奴隶社会以后，人类的生产力发生剩余，从氏族社会中发展下来的酋长便开始利用特权占领他人的剩余劳动，就开始知道利用种族的名义去征取奴隶，于是种族的内部分裂为奴隶与主人两部分，奴隶是只有义务的，种族内的一切权益完全只有主人才能享受，所以这时候的种族完全是被种族中的一部分人所利用的，由此而发展成的国家及民族，在原则上都成了部分人的工具。我们必须要注意，当这种情形开始之后的一个长时期，被奴役的大多数人虽然在极其残酷的压迫下，但无论如何是没有自觉的阶级意识的，更谈不到有自觉的文化，这都是劳工阶级发生以后的事。在劳工阶级发生以前，封建社会中的农奴或奴隶社会中的奴隶，都是在重重苦役之下，而文化与政治的事业，是由治者阶级，特别是文化的发达，差不多全以治者阶级的繁荣为前提。所以当阶级发生以后，被奴役阶级没有觉醒以前，现实主义的艺术对民族利益的关系是这样的：就是当治者阶级向上发达的时候，虽然现实与民族利益的解释都在治者阶级的阶级见解之下出现于艺术之中，但这时治者阶级的艺术还有现实性，包含一定的历史内容，所以现实还有和治者阶级的传统见解之下的民族意义结合的可能，至于对民族利益的解释，被治者阶级是不会来过问他们自己是否被欺骗的；就是说，所谓国家，民族，全是治者阶级神圣的王冠，被治者阶级除了低头受治之外，连思想也是多余的。希腊的雕像便是这个时期中治者阶级的艺术之表现。可是当治者阶级发展到一定的历史限界之后，他们的艺术便开始用阶级的偏见来驱逐威胁他们的现实之发展，于是他们便由逃避现实而在仇视历史推进的阶级偏见之下歪曲现实。这时，艺术的现实主义便开始和他们脱离，但国家与民族的传统观念仍然是他们的工具，强调民族与国家，对于驯服被治者阶级与苟延治者阶级的生命，正是一个老法宝，而被治者阶级这时还没有阶级觉悟，根本不觉醒，从自己的立场来解释民族，所以在这样的场合上，留在治者阶级手中的是一个民族主义的枯壳，而艺术的现实主义也早和那为传统所公认而其实是部分人利用的民族与国家利益分手了。

这不过是最明显的两种形态，在历史舞台上出现的还有各种杂多的中间形态和因此而发生的民族利害对现实主义的各种复杂的关系，但这里为的是探讨初步的问题，就不一一加以缕述，而不能不马上就来说世界上发生了资本主义形态之下的殖民地，和劳工阶级有了自觉的文化意识之后而发生的更深刻的变化。下面一节，就展开这一个课题。

三　现实主义与文学国防意义的统一

首先要说的是弱小民族的国防意义与帝国主义的国防意义对现实的关系。这如果用一句话来说明，弱小民族的国防意义是与现实一致的，而帝国主义的国防意义则恰巧相反，对现实的情势是矛盾的。因为弱小民族在被侵略之下，需要国防，这很浅显的是现实情势的要求，弱小民族中除了国贼之外，全体国民都需要的。可是帝国主义的国防，则不过是侵略的借口，这种侵略是基于帝国主义国内现实的矛盾，而这种矛盾反映为阶级的矛盾，其彻底的解决，必然就是革命，但已有特权的阶级不愿革命，不得不设法延慢这种现实的矛盾，向外侵略便是延慢现实的矛盾之一个方法，然而这件事向前发展，比方由于弱小民族的觉醒与世界被统治阶级对弱小民族的阶级呼应，比如英国一样，国内经济对殖民地的依赖性之加重，就愈益增加此种矛盾，结果，帝国主义国内正眼看或描写这种现实的矛盾的人，便无法同意他们的侵略了。

在劳工的阶级意识没有觉醒以前，奴隶与农奴以及其他的被奴役者并不会知道国家被部分人利用为阶级的工具，所以在这时期现实主义的文学对民族利害的结合或分离，全是在一种睡眠状态中，以历史的现实对统治者命运之离或合的转移为转移的。可是在劳工的阶级意识有了觉醒之后，情形便比前更明显些了。由于资本主义的恩泽，全世界的各隅都有劳工阶级的存在，他们开始觉醒，便一步步认识国家这个东西的本质，一方面在侵略国家内的多数劳工阶级有意识地要扬弃当作敌阶级之工具的民族偏见，这便人力地推进了现实的基础对侵略国内的民族主义的分裂；而另一方面，弱小民族中的劳工也由于阶级意识的觉醒，或国外劳工阶级的思想之煊染，认识了反抗帝国主义的侵略已经是阶级解放的条件，所以民族的国防，在这时候，有了阶级的历史内容而获得合理的存在。所以这时候的国防文学不但是因其现实的基础，统一于现实主义文学之中，而且是意识的，觉醒了的一种明确的认识，并不和原始社会中一样是一种历史的自然形态，而是历史的能动形态了。从原始社会以后，现实主义的文艺与民族利益有过某些场合的结合，但始终没有过象我们现在弱小民族中一样的统一。同一地球上有着这两种不同的情形，是基因于阶级的分裂而有不同的阶级关系的缘故。这种分裂，同为阶级现实的两个侧面，我们也可以看见这两个侧面统一于同一民族中的代表的表现：比方从旧俄时代的俄国劳工阶级对沙皇的日俄战争之攻击，转移到内战时代的苏联国防文学的提起。昨天还是嘲笑王政复古的法兰西写实主义者，却并不鄙视巴黎公社号召全国人民抵抗普鲁士的侵入，就连浪漫主义的雨果，也在他的《九三年》中公平地描写防御英兵侵入的法国革命政府的英雄。这是因为在不同的立场上，民族的意义及其利益有着不同的内容的缘故，而这一定的民族意义及其利益的内容之不同，则基因于阶级关系的不同，而产生同一地球上与同一国度中民族意义及其利益有和客观现实统一或矛盾的两个现象。

所以在我们的这时代，一方面有着现实主义的文学与民族思想分裂的情形，另一方面有着现实主义文学与当作民族生存斗争的国防文学之统一。这情形，使现实主义文学与国防文学的统一，对原始社会的现实主义与种族利益的统一取着两个特征的不同之点：其一是我们这时代的统一形态之中有着阶级的内容，其二是由于阶级意识的觉醒，在我们这时代的统一之中有着意识的能动之力的存在，这是历史的自觉。单是后面这一点，就有使国防文学对现实主义的统一意义与原始社会的现实主义对种族利益的统一意义有着本质上的不同，所以纵使社会发展到消灭阶级的未来阶段，现实主义由与民族利益的统一，再发展到与全人类利益的统一，然而却越是自觉的意识这一点上，现实主义是取着高级的形态的。

七，十二，一九三六

给青年作家的公开信

茅盾

在我们之间，年青的朋友们，至少有一点是共通的罢：我们希望我们这民族不受压迫不受侵略，而我们亦不愿压迫别人侵略别人。

我十分相信，尽管我们对于理想的社会有种种不同的憧憬，尽管我们在文艺上有种种不同的主张，然而关心到我们这民族的运命时，我们的态度总不至于在上述的原则上表现出不一致。自然，也许您要说，有些朋友会嫌这话太平庸，而另有些年青的人们则怀着太"那个"的幻想，以为我们一旦富强了以后应当发挥"大国民"的雄图去"宣扬文明"；哦哦，后者那样的人，即使是最少数中的少数，可是我也相信是有的，让他们爱怎么"想"就怎么"想"罢，但即使是他们，在我们这民族正受着一天比一天厉害的压迫和侵略的现时，我们彼此之间总是有一半的共同：中华民族应当解放，应当自由！

在这最基本的也是最广泛的原则上，作家们已经有了联合的组织。这是发自爱国热情的作家们的自由结合。这对于凡自愿为民族利益而来的任何人都不应有歧视。

不久以前，有一位年青朋友对我说："青年是富于感情的，尤其是文学的青年感情特浓，因此对于感情上不大那个的人们，总有点那个。"又有一位年青朋友则因生性狷介，一想到厕身于无所不包（自然除了汉奸）的组织，便不自在，生恐沾染了浊气。

象这样的意念，年青的朋友们，恐怕我们中间谁都或多或少总有一点儿；我们不用讳言，但我们亦自己明白这样根源于情绪方面而来的泡沫儿总还是时间的力量可以消弭掉的。理性对于人的行动的决定，似乎毕竟是较强些。爱国，是一种极高贵的感情活动；但在爱国的目标下一切作家联合起来——这一信念，却是通过了理性的。理性的风化力终于能将感情的皱褶磨平罢？——我是这样相信。

　　然而我们还有一个从理性发出的信念，客观上会多少阻碍了前一信念之扩大和发展的；这就是在文艺创作方面提出一种规约要求凡愿为民族利益而来的任何作家一致遵守。这里，我并不是说不应该主张或希望爱国的作家们把他们的笔联系到我们民族目前最迫切的要求，——作家们倘能这样办，那是再好没有；然而我以为倘使把创作上的要求作为作家来联合的条件，却也是不应该的。我们过去有些言论都不免会使读者发生了"联合亦有条件"的印象。这印象对于联合战线的扩大和发展会有多大的阻碍，我们虽然不能指见，然而可以推测来一定不很小罢！

　　那么，"联合"起来的作家们将如何而"战"呢？朋友们，这也是我们应有的问题。

　　以前我们对这问题，似乎是这样理解的：作家们是写创作的，作家们应以作品来"战"，所以一个作家就应当取反抗侵略的题材（当然也是广义的）来写作。这样的理解，自然并不错，而且也颇直截痛快，就不过太直线了些。我们不能设想凡有爱国热情而愿联合起来的作家一定也有合于"国防文学"的生活经验；我们同样不能设想凡有爱国热情的作家一定有觅取这种生活经验的环境上的自由；我们也不能设想有了那样生活经验的作家一定就自觉他的题材已经达到成熟而能产生创作的境地——慎重的作家对于未成熟的题材是踌躇不能下笔的；我们不能那样设想，所以我们的直捷痛快的提议虽然主观上似乎能"战"，而客观上并不能即"战"，——总得让人家置备起盔甲，磨砺着刀枪，可不是？

　　我们可以从另一方面去回答"联合"起来将如何而"战"的问题。我以为这应当是要求爱国的言论自由。这不是创作的问题，因而这是每个爱国的作家立即可以出马的。我们现在还没有充分的爱国的言论自由，在有些特殊的地区，简直还没有最小限度的爱国的言论自由！充满了抗敌热情的文学作品并不是能够通行无阻的。在爱国的旗帜下

"联合"起来的作家们应当先为"爱国的言论自由"而战。

我以为这是可以向凡为民族利益而来的爱国的作家们要求的!

一个作家尽管一方面写恋爱诗,写游记,作无关"国防"的考据,而一方面是要求和争取爱国的言论自由的志士,——他并不矛盾,他是对于救国运动有极大的帮助的!

至于创作上的问题,敬爱的年青的朋友们呀,还是随各人的自由罢,倘要在联合战线中定什么规约来要求一般作家,我以为是不应当的。自然,任何人可以发表他的所见所信,因为这也是自由。

1936年8月10日《光明》第1卷第5号

中国新音乐的展望

吕 骥

　　由进步的电影如《大路》、《桃李劫》、《风云儿女》、《新女性》等所提出的一些歌曲作品，使进行得迟缓的中国音乐加速了它的速度，并且转变了一个完全新的方向；中国音乐到这时候是进到了一个新的阶段。这不仅是说这些歌曲本身具有一种新的内容和新的技巧，更重要的是从此中国音乐从享乐的，消遣的，麻醉的园野中顽强地获得了她新的生命，以健强的，活泼的步伐走入了广大的进步的群众中，参加了他们的生活，以至于成为了他们战斗的武器。无疑地，这是中国音乐发展过程中的一个飞跃。

　　在这以前，当民国十五六年的时候，虽然也有人介绍了一些世界新的歌曲进来，因为那时候还没有客观上的准备，所以中国新音乐并不曾因这些新的激刺而萌芽。那种新的歌曲虽然不久受到外力的压迫不能任人高声地歌唱，却潜伏着在一些年青人的心里；它已经成为中国新音乐的种子，只等着萌芽的春天。

　　"九一八"、"一二八"事变以后，也曾产生了一些具有新的面貌的歌曲，不过并没有发展下去，不久就消沉了，停顿了。因为那些作者对于音乐本身并没一种新的认识，同时又远离开群众的生活。他们对于当时的群众生活和社会情况都只有些模糊的认识，表面的理解，更不曾打算要随着群众走到时代的前面去，所以他们只能汲取一些狭义的爱国主义的主题，没有进一步发展到群众生活中心去，自然作不出表现他们的生活，思想，情感，适应他们底要求的歌曲；因此，他们没有获得新的工作，也不能使他们的工作发展到一条新的道路上去。当他们既经把那些狭义的主题写完之后，就感到材料的枯竭，同时对于他们那狭隘的工作也感到厌倦，这必然引导他们后来走向消沉，停顿的终点。

那时期的一些作品里面，歌词多不是口语的，不容易听懂，歌词作者也没有用一种新的创作方法去把握新的主题的中心，这使他们不能把某种特定的思想和情感予以强调，发挥主题的积极性，自然这是使得那些歌曲不能成为有力的作品的一个主要原因；而另一方面，作曲者也没有从这些歌词的本身去寻求一种新的表现方法，依然是拿旧有的技巧和传统的表现手法从事制作。因此，一般地说来，这些歌曲在精神上并没有跟一切其它旧有的音乐不同的地方，虽然主题的内容具有完全不同的质素。他们依然保有为一般群众不能达到的较高的技巧，也依然保有为大多数人完全不熟悉的风格。所以他们也曾企图使他们的作品走到广大的群众中去，结果还是飘流在群众的外面，这原因是群众不能改变他们的生活习惯，观念和情感，来适应他们所创制的歌曲。

在这样情形之下，这些可敬的作者的努力是白费了，主要的是因为他们的新的工作没有获得更深的社会基础，命定地不能获得发展的前途；因此也没有转换中国音乐旧有的道路，所以我们看到当"九一八"、"一二八"事变在时间上渐渐远离我们，当时所受的刺激渐渐淡下来，这些工作者尽过他们的一分责任以后，就渐渐地消沉下来了。而中国新音乐的产生，就不得不再等待几年。

新的音乐之诞生，首先就遭受到各种反对论者的轻蔑，毁谤，他们也常用一种冷笑加以攻击。对于这些可笑的行为我们是毫不惊奇的，一种新的变革之出现，常是遭受着旧有传统势力的无情的轻蔑、毁谤和攻击的事实，我们从历史上看得太熟习了，如 Monteverdi, Rameau, Berlioz, Wagner, 不过这些把戏的重演是第一次出现在中国乐坛。无疑地这些轻蔑，毁谤和攻击都将成为滑稽的悲剧而收场，并不能影响到新音乐之发展。事实上新音乐并没有因此而消灭，反而一天一天获得更多的歌唱的人，一天一天更广遍地传播开去，一直到成了千万人的歌声。

这决定的胜利主要地存在于新音乐不是作为发抒个人的情感而创造的，更不是凭了什么神秘的灵感而唱出的上界的语言，而是作为争取大众解放的武器，表现，反映大众生活，思想，情感的一种手段，更负担起唤醒，教育，组织大众的使命。因此，它放弃了那些感伤的，恋爱的题材，同时也走出了狭义的民族主义的圈套，从广大的群众生活中获得了无限新的题材，从《打砖歌》，《打桩歌》，《码头工人歌》，《打长江》，《义勇军进行曲》到《搬夫歌》，《扮禾歌》，《渔光曲》以至于《牧童歌》，这是有着如何广大的画面，这些歌不仅写出了各种生活的正确姿态，更把各种生活的要求传达到了无数歌唱者和无数听众之前。另一方面，在参加争取民族解放斗争中新音乐也产生了不少的歌曲，如《一二八纪念歌》，《三八妇女节歌》，《三一八纪念歌》，《五卅纪念歌》，《示威歌》，《救亡进行曲》，《民族解放进行曲》，《战歌》，这些歌曲更明白地指出了整个民族解放运动的前途，和我们应当采取的道路，在这漫长的行进当中，这些新的歌曲是作为统一大众的步伐，组织大众的阵线，教育大众，鼓励大众，而被大众接受了的。显然跟那些有意或无意避开现实生活，而只讴歌个人的理想和情爱，欢乐或忧伤，或为了想逃避现实的苦闷而到历史的坟墓里去追求已死的幻梦的音乐有着完全两样的内容和意义。

新音乐的产生不仅在于歌曲作者对于音乐本身具有和传统观念不同的看法，也不仅在作者对于音乐本身的新的看法所获得无限的新题材，实际上，他们对于形式也具有新的认识，表现的方法也完全脱离了旧的传统。一般为传统的思想所征服的作曲家对于歌曲常抱有一种可笑的见解，以为一首普通歌曲如果没有具有他们从教科书上所学过的严格的形式决不可以成为歌曲；他们决不会从一首歌词本身去发现它所特有的形式，对于自由体，他们承认了只是少数天才从事艺术歌曲创作时所享有的特权。新音乐作者虽然反对死板的形式，却并不否认形式本身之存在，他们承认形式只是达到艺术最高目的最经济的手段，所以他们的作品都没有千篇一律的固定的形式，却并不是没有形式；他们也不承认有什么艺术歌曲与非艺术歌曲的存在，只要某种形式能达到艺术的最高目的，就采取某种形式。在这伟大的解放之下，新音乐获得了无限的自由，因此能充分地表现出它优越的才能。

由于新音乐作者的世界观和对于音乐本身之新的认识，以及对于题材的选取使他们在创作方法上也有了改变。虽然现在全部新音乐只包含有不多的歌曲，但在这不多的歌曲之中，已经显露了一种特异的精神，这是在历史上任何作家中所不曾见过的。既不象古典主义者一样，如Mozart或Brahms企求使他们的作品如何典雅，如何庄严；也不象浪漫主义者一样，如Schubert或Schumann要想造成一个崇高的境界，也不象印象主义者一样，如Debussy追求于瞬间所感受的美，也不象旧写实主义者一样，如R. Strauss只作一种纤细的心理的刻画；它们是热情的，然而不是盲目的；它也能给你一个境界，然而并不是不可及地崇高的；是明白易懂的，却又不是庸俗的；是有力的，却又不是狂暴的；它能使你感到这时代活跃的律动，使你愉快地随着这律动而前进：是现实的，鼓励的，具有教育意义的，在这些地方却和现代的Davidenko Knipper，Beley，Szabo等人的作品有一种共通精神，无疑地在这共通精神的后面存在了一个共通的世界观和反映着世界观在他们作品之中的共通创作方法。这新的创作方法在苏联是被称作新写实主义（或译现实主义），在中国新乐坛虽然还没有理论基础的建立，而只是由进步的作者在制作实践中获得的，但我们相信它会随着新音乐的发展坚固地建立起来，也相信只有运用这新的创作方法才能建立中国新音乐强固的基础，才能获得未来更大的胜利。

然而这并不是说中国新音乐就没有缺点，正相反，我们觉得它还具有很重大的缺点：不过决不是如浅薄的技术论者所指摘的新音乐没有和声伴奏。固然，现在存在的中国新音乐大多数是没有和声伴奏的，我们却并不以为是怎样严重的缺点，我们所说的缺点是由于另一事实构成的。

虽然中国新的语文运动已经有了一年多的历史，各地方言也成立了好几个有系统的方案，可是新的音乐跟这伟大的语文运动没有好好地联系起来，所以新的语文运动已经打进了工厂，农村无数文盲群众中，而新音乐依然只流行在学生，店员和少数已有较高教育的工农群众中，大多数说着江北话和别地方言的工农群众对于新音乐完全是陌生的，甚至于还有些疑惧。这将不仅是由于语言的不同所致成的，音乐本身和他们底生活形态的悬殊，也使他们彼此不能很快地熟悉；可是另一方面却看到有无数的工农群众依然是在一些为他们所熟悉的有毒害的地方戏的音乐和小调的影响之下，因此，目前对于大多数工农群众，新音乐运动不能不把一大部分力量致力于整理，改编民歌的工作，不过我们更需要的还是用各地方言和各地特有的音乐方言制作的"民族形式，救亡内容"的新歌曲。我们不要忘了，如果新音乐不能走进大多数工农群众底生活中去，就决不能成为解放他们的武器，也决不能使他们成为民族解放运动的主要力量。可是如果我们的新音乐不能克服上述两个缺点，就决不能走进他们生活中去，所以如果要使新音乐成为解放他们的武器，目前就必须从事于各地民歌的改编和"民族形式，救亡内容"的新歌曲之创制。

中国新音乐的兴起是随着新的电影文化之兴起而兴起的，几乎可以说不是自觉的，可是它已经一步一步地自觉地成长起来，现在已经完全脱离了电影而有了它的单独活动，这只要看近来各地唱歌运动的兴起，和歌曲作品数量的增加就可以明白。当它随着大众参加了民族解放运动以后更迅速地随着全国民众争取民族解放的战线一同强固起来了。

随着其它文艺部门共同负担着国防使命，新乐坛也提出了"国防音乐"的建立问题。国防音乐的提出，具体地规定了新音乐在这一阶段中的主要课题，同时也决定地影响了它的进路。使它更坚定地参加民族解放运动的战斗。这可说是自它脱离电影以后，意识地开始它自己的活动的一个起点，无疑的这是中国新音乐运动开始以后的一个转变点。对于历史所课给新音乐的这一课题，新的歌曲作者马上提出了他们的一些作品；缺憾的是在理论方面没有广遍地展开更深的讨论。我们知道只有透彻地了解了一种理论以后，才能保证在实践中收得更大的效果，也唯有从事理论的研究和讨论，才能获得实践的正确指导，才能纠正实践中的错误。所以如果要建立起强固的国防音乐阵线，还应当重新广大地开展国防音乐之理论与实践的讨论。

前面我说过，"如果新音乐（目前尤其是国防音乐）不能走进工农群众生活中去。就决不能成为解放他们的武器，也决不能使他们成为民族解放运动的主要力量"。可是国防音乐决不会自己走进他们生活中去，这就需要许多传播的人和传播的歌唱队，以及无数工农商学兵妇女儿童唱歌队的组织者和指挥者。现在在少数大都市虽然有了一些能负担起这伟大的工作的传播者，唱歌队，指挥或组织者，但太少了。这必须每个不愿做亡国奴的，能够唱歌，有组织能力的人都来参加这工作，才能保证最后的胜利。

在整个世界新音乐运动中，中国新音乐运动也是主要的一环。虽然在音乐技术上落后得很远，但在民族解放运动实践中它已经毫无畏缩地负担了它应负的重担。从它的发生到现在虽只有两年短促的历史，在这两年当中已经显示了它伟大的才能，同时也选取了它未来的道路。从这里我们坚决地相信，中国新音乐只有成为大众解放自己的武器，在反抗××帝国主义的侵略，争取民族的生存和独立的战斗中才能获得它发展的前途，也只有在这样的发展路线中才能克服一切反对势力——攻击和压迫——坚强地成长起来。

一九三六年七月四日

1936年8月10日《光明》第1卷第5号

关于国防文学的论战

——答艾文君

《读书生活》编者

编辑先生：

现在有几个关于文艺方面的问题，请你们解答一下。

……

1、"国防文学"和"民族革命战争的大众文学"，究竟有何分别？那一个比较好？

我自己觉得是没有什么分别的。目的的相同（都以争取民族解放为目的）固然不必说，就是内容方面，也好象没有多大差别。提倡"国防文学"的人，主张"联合各阶层各党派建立抗敌联合战线"，而提倡"民族革命战争的大众文学"的人，也并无怎样不同的意见。至于这口号的提出者胡风先生虽然说，"'民族革命战争的大众文学'，应该说明劳苦大众的利益和民族利益的一致，说明在民族革命战争中谁是组织者，谁是克敌的主要力量，谁是自觉的或不自觉的民族奸细"，可是在这里他并非推翻联合战线。而是说在联合战线内，只有劳苦大众才是"组织者"，是"克敌的主要力量"。这，就是主张"国防文学"的人，恐怕也不能反对吧。那么它们两者不都是完全一致的吗？可是，理智又告诉我：是不应该有两个口号同时存在的。并且，严格的说，在某一历史阶段里最正确的口号是只有一个的，那么究竟那一个最对呢？

2、在中国文艺家协会成立不久之后，又有另外一些文艺者们，联名发表了一个"中国文艺工作者宣言"。在这个宣言里，有一段是"我们将保持我们各自固有的立场，本着我们原来坚定的信仰，沿着过去的路线，加紧我们从事文艺以来就早已开始了的争取民族自由的工作"。对于这段话，我很有点怀疑。难道那七八十个签名者之中，就绝对没有一个人的思想或"信仰"是错误的吗？比方说，如果那里面有一个虚无主义者，那么要照那段话的说法，他不是将要永远虚无下去吗？但我还不敢就此断定那段话是不对。因为我又恐怕事实是这样：纵是一个虚无主义者，他也许也很愿意努力于"争取民族的自由"的，在目前实行联合战线的时候，只要在抗战的这一大目标之下联合起来就行了，别的任何错误都可不去管它。如果是这样，那么前面的怀疑当然是错的了。可是，事实上究竟应该怎样呢？

3、中国文艺家协会，在目前救亡运动中，是中国文艺工作者唯一的救亡集团，可是，在那个名单上，怎么看不见许多在平日是很前进的作者们的名字呢？并且还有一个特点，就是凡是主张"民族革命战争的大众文学"的作者们的名字，简直找不出一个，那当然是说明他们并未参加了。不过，我总觉得；要救亡，要"争取民族的自由"，凭个人"各自"地去努力是不够的，必须有集团，这样力量才集中，效力也更大。象他们那样前进的人，当然是不会不了解这点的。可是又为何不参加呢？也许是因为主张上的不同（一是"国防文学"一是"民族革命战争的大众文学"）吧？是不是呢？如果是的，可对不对呢？我很担忧，中国的文艺家到那一天才能团结一致呢？

……

艾文

七月二十一日

自从"民族革命战争的大众文学"这口号被提出后，在文艺界，不，甚至在别的文化部门里，已经引起了剧烈的争论了。并且，也似乎引起很多人的不满。尤其是一般赤诚的青年们。我们就曾收到不少关于这一问题的信件。一般的意见：大概都认为，大敌当前的时候，是不该再有"内战"。而这一口号的被提出，也似乎越出了"战友"的诚挚的"自我批判"的范围，觉得这多少是有点浪费的。也有很多的人，的确有点困惑了，他们很晓得不应有两个口号同时存在，可是又不能明确地指出那一个的对或不对。艾文君的意见是比较完整的，我们现在就来讨论他所提出的一些问题吧。

1、照我们的理解认为这件事情的根本，不光是口号本身的问题，而是对整个抗敌联合战线的理解的问题。自从远东帝国主义企图独占中国以来，中国是在一个从半殖民地走向殖民地的过程中了。去年华北事件发生后，一年来已使这一过程发生了新的质的变化。敌人对待我们，已经不是部分的占领，而是整个的吞灭了。到今天，中国已经到了不抗战即灭亡的最后关头了。敌人的军事，政治，经济，文化，各方面的最狠毒的侵略，已经不只危害到劳苦大众的利益，而且也非常厉害地危害到汉奸以外的各阶层各党派的人们的利益。事实说明着：目前的危机，实在不是任何一个阶层，或单独的一个党派所能克服的。非但如此，事实还更说明着，各阶层各党派假如再不联合起来一致抗敌，那么大家都会同归于尽。因此，只要是汉奸以外的各阶层各党派，都已经或多或少地感到抗战的需要。在这样的情势下，"抗敌联合战线"的建立，非但必要，而且绝对可能。事实上，许多阶层的人们，已经或快或慢地走进联合战线里来了。这是当前中国的新的现实。这一新的现实，向文学要求了什么呢？它已经不止要求前进的文学者来说明"劳苦大众的利益与民族利益的一致，说明在民族革命战争中谁是组织者，谁是克敌的主要力量；谁是自觉的或不自觉的民族奸细"，并且，也同样地要求着许多不同阶层不同党派的文学者们，说明每一阶层每一党派的人们，怎样因了民族的危亡，而损害到他的切身利益，怎样渐渐地从彷徨与疑虑中走到联合战线里来，在抗争的过程中发生了怎样的作用，尽了多少力量。……不仅如此，文学不应是现实的尾巴，在这里并且还负有积极的说服和推动每一阶层的落后的，而又可能走上抗争的道路的群众的任务，那么，用各阶层各党派自己的文学者去说服和推动各自的这类群众，不是最有效果，最好的吗？（这里不是说，另一阶层和党派的文学者，就绝对没有说服和推动别一阶层或党派的群众的作用。)这就是要用一个能号召最广大的，包括一切不愿做亡国奴的各阶层各党派的文学者，建立一个文艺界的抗敌联合战线的意义。

诚然，我们主张联合战线的人，并不否认劳苦大众"在民族革命中"是"组织者"，是"克敌的主要力量"。但，这一事实的说明或承认，显然是非常不够的。我们已经不能单单着眼于"劳苦大众"与一些"自觉的或不自觉的民族奸细"，我们也必须以同样的眼光，来注视别的许多的抗敌的或可能抗敌的力量。因此，我们用来做号召的口号，不仅是要能号召所有的前进文学者，而且要能号召汉奸以外的各阶层各党派的文学者。假如我们可以肯定这一论断是正确的，那么，最能克尽这任务的口号是那一个呢？

"民族革命战争的大众文学"，是尽不了这任务的。因为它的任务只是在"说明劳苦大众的利益与民族利益的一致，说明民族革命中谁是组织者，谁是克敌的主要力量，谁是自觉的或不自觉的民族奸细"。很显然，能够克尽这任务的，是只有前进的文学者，而对于不同阶层不同党派的文学者们，还是不够的。事实上，有很多很多的文学者们，他们很愿意抗敌救国，他们也能形成很不小的力量，然而，假如你叫他来尽"民族革命战争的大众文学"的任务，他们大部分是会不愿，甚至吓跑的（他们纵不因此而放弃救亡，但他是不会再同你携手的，顶多也只形成了"各自"的努力）。因此，这口号是不能号召最广大的文学者，不能把捉每一份力量，不能促进这一运动的扩大与发展的。

其次，给了这一口号以更明确的界说的，是鲁迅先生。在他最近发表的一篇《论现在我们的文学运动》里，他说："民族革命战争的大众文学，是无产阶级革命文学的一发展，是无产阶级革命文学在现在时候的真实的更广大的内容。"对于这话，徐懋庸先生在《光明》第四期上说："鲁迅先生的指示倘是真实的，那么，'民族革命战争的大众文学'这口号，仅是现阶段的无产阶层革命文学的口号，而不是统一战线的口号。"

的确，"民族革命战争的大众文学"并不是联合战线的口号。所以，它也并不能联合当前的政治实践，不是以号召最广大的文学者为任务的。

"国防文学"呢？它首先就是文艺界联合战线的口号，它有最大的可能来号召最广大的文学者。现在，就如耳耶先生，他也说，"因为这口号本身简单，容易说，容易记，发生了相当的适用性，不但在文艺领域，就是一般艺术的领域，也正相当地应用着。如果有正确的说明，正当的发展，它不难动员现中国各阶层各派别的作家，从各自的视角来反映新的现实，……这口号是有用的"。耳耶先生的话是不错的，事实上，"国防戏剧"，"国防电影"，"国防音乐"……已经是普遍地被应用着了。并且，它还会更广大地发展下去的。至于这口号的"正确的说明"，是已经有了的。

此外，也还有些人担心这口号有点象狭隘的"爱国主义"，这其实是大可不必的。"爱国"这字眼，在半殖民地的中国，是有着与帝国主义国家的不同的特质的，即：如果他是真正的爱国者，那他一定要抗日反帝反汉奸，而且也正如郭沫若先生所说："他的反帝行动愈炽，对于同站在反帝战线上的邻人（友邦及敌国里的朋友），自会倍觉亲爱，他是一个爱国主义者，同时也就是一个国际主义者。"现在的中国，摆在真心地爱国者的面前的，不是狭隘的爱国主义的道路，而是一条很自然的反帝反汉奸的进步主义者的道路（当然，由于阶层性及其他限制，一定不免仍有很多错误的见解）。所以，前进的人，是大可不必害怕"爱国"的。问题是在于：要怎样在不妨害联合战线的范围内，尽可能地使许多人能够"真正地"爱国，并尽可能的说服和纠正一些错误的见解。

2、你的怀疑是很正常的。我想无论谁也不能担保在他们里面没有一个"虚无主义者"或别的思想错误的人的。不过，你的"在目前实行联合战线的时候，只要在这一个大前提之下统一起来就行了，别的任何错误都可以不去管它"的这一"恐怕"，是错了的。假如真是这样的话，那么联合战线就失去其意义了。因为错误的思想带有破坏联合战线的危险。我们不仅要"管"它，并且决不能放松的。我们必须要用最大的诚恳和努力去纠正和说服那些思想错误的人（当然，也并不是说每一个思想错误的人，都能很好地纠正），不过问题是必须要在不妨害联合战线的范围以内。所以，站在联合战线的（也就是民族的）立场来说，不作内部的斗争是错误的。

3、诚如你所说："中国文艺家协会在目前的救亡运动中，是中国文艺工作者的唯一的救亡集团。"而要救亡，要"争取民族的自由"的文学者，也的确应该参加进来。至于有很多"在平日是很前进的作者们"的未参加是何原因，我们不大清楚。你疑惑他们是因为主张不同而未参加，这我们还不明白。同时我们也承认，这无论如何是很不好的现象。不过，你所担忧的：不知中国的文艺家们"到那一天才能团结一致"？这是大可不必的。我们应该相信：理论上的斗争，是不妨害文学者们的团结的。所有参加这次论争的，大半都是前进的，文学者不是以个人为出发，而是为了整个民族利益的。真理之所在，迟早会使他们密切地合流的。当然，这里还需要不断的恳挚的自我批评，不断的，没有意气用事的理论斗争！

1936年8月10日《读书生活》第4卷第7期

答徐懋庸并关于抗日统一战线问题

鲁　迅

鲁迅先生：

贵恙已痊愈否？念念。自先生一病，加以文艺界的纠纷，我就无缘再亲聆教诲，思之常觉怆然！

我现因生活困难，身体衰弱，不得不离开上海，拟往乡间编译一点卖现钱的书后，再来沪上。趁此机会，暂作上海"文坛"的局外人，仔细想想一切问题，也许会更明白些的罢。

在目前，我总觉得先生最近半年来的言行，是无意地助长着恶劣的倾向的。以胡风的性情之诈，以黄源的行为之谄，先生都没有细察，永远被他们据为私有，眩惑群众，若偶象然，于是从他们的野心出发的分离运动，遂一发而不可收拾矣。胡风他们的行动，显然是出于私心的，极端的宗派运动，他们的理论，前后矛盾，错误百出。即如"民族革命战争的大众文学"这口号，起初原是胡风提出来用以和"国防文学"对立的，后来说一个是总的，一个是附属的，后来又说一个是左翼文学发展到现阶段的口号，如此摇摇荡荡，即先生亦不能替他们圆其说。对于他们的言行，打击本极易，但徒以有先生作着他们的盾牌，人谁不爱先生，所以在实际解决和文字斗争上都感到绝大的困难。

我很知道先生的本意。先生是唯恐参加统一战线的左翼战友，放弃原来的立场，而看到胡风们在样子上尚左得可爱；所以赞同了他们的。但我要告诉先生，这是先生对于现在的基本的政策没有了解之故。现在的统一战线——中国的和全世界的都一样——固然是以普洛为主体的，但其成为主体，并不由于它的名义，它的特殊地位和历史，而是由于它的把握现实的正确和斗争能力的巨大。所以在客观上，普洛之为主体，是当然的。但在主观上，普洛不应该挂起明显的徽章，不以工作，只以特殊的资格去要求领导权，以至吓跑别的阶层的战友。所以，在目前的时候，到联合战线中提出左翼的口号来，是错误的，是危害联合战线的。所以先生最近所发表的《病中答客问》，既说明"民族革命战争的大众文学"是普洛文学到现在的一发展，又说这应该作为统一战线的总口号，这是不对的。

再说参加"文艺家协会"的"战友"，未必个个右倾堕落，如先生所疑虑者；况集合在先生的左右的"战友"，既然包括巴金和黄源之流，难道先生以为凡参加"文艺家协会"的人们，竟个个不如巴金和黄源么？我从报章杂志上，知道法西两国"安那其"之反动，破坏联合战线，无异于托派，中国的"安那其"的行为，则更卑劣。黄源是一个根本没有思想，只靠捧名流为生的东西。从前他奔走于傅郑门下之时，一副谄佞之相，固不异于今日之对先生效忠致敬。先生可与此辈为伍，而不屑与多数人合作，此理我实不解。

我觉得不看事而只看人，是最近半年来先生的错误的根由。先生的看人又看得不准。譬如，我个人，诚然是有许多缺点的，但先生却把我写字糊涂这一层当作大缺点，我觉得实在好笑。（我为什么故意要把"丘韵铎"三字，写成象"郑振铎"的样子呢？难道郑振铎是先生所喜欢的人么？）为此小故，遽拒一个人于千里之外，我实以为不对。

我今天就要离沪，行色匆匆，不能多写了，也许已经写得太多。以上所说，并非存心攻击先生，实在很希望先生仔细想一想各种事情。

拙译《斯太林传》快要出版，出版后当寄奉一册，此书甚望先生细看一下，对原意和译文，均望批评。

敬颂

痊安。

懋庸上。八月一日。

以上，是徐懋庸给我的一封信，我没有得他同意就在这里发表了，因为其中全是教训我和攻击别人的话，发表出来，并不损他的威严，而且也许正是他准备我将它发表的作品。但自然，人们也不免因此看得出：这发信者倒是有些"恶劣"的青年！

但我有一个要求：希望巴金，黄源，胡风诸先生不要学徐懋庸的样。因为这信中有攻击他们的话，就也报答以牙眼，那恰正中了他的诡计。在国难当头的现在，白天里讲些冠冕堂皇的话，暗夜进行一些离间，挑拨，分裂的勾当的，不就正是这些人么？这封信是有计划的，是他们向没有加入"文艺家协会"的人们的新的挑战，想这些人们去应战，那时他们就加你们以"破坏联合战线"的罪名，"汉奸"的罪名。然而我们不，我们决不要把笔锋去专对几个个人，"先安内而后攘外"，不是我们的办法。

但我在这里，有些话要说一说。首先是我对于抗日的统一战线的态度。其实，我已经在好几个地方说过了，然而徐懋庸等似乎不肯去看一看，却一味的咬住我，硬要诬陷我"破坏统一战线"，硬要教训我说我"对于现在基本的政策没有了解"。我不知道徐懋庸们有什么"基本的政策"（他们的基本政策不就是要咬我几口么？）。然而中国目前的革命的政党向全国人民所提出的抗日统一战线的政策，我是看见的，我是拥护的，我无条件地加入这战线，那理由就因为我不但是一个作家，而且是一个中国人，所以这政策在我是认为非常正确的，我加入这统一战线，自然，我所使用的仍是一支笔，所做的事仍是写文章，译书，等到这支笔没有用了，我可自己相信，用起别的武器来，决不会在徐懋庸等辈之下！

其次，我对于文艺界统一战线的态度。我赞成一切文学家，任何派别的文学家在抗日的口号之下统一起来的主张。我也曾经提出过我对于组织这种统一的团体的意见过，那些意见，自然是被一些所谓"指导家"格杀了，反而即刻从天外飞来似地加我以"破坏统一战线"的罪名。这首先就使我暂不加入"文艺家协会"了，因为我要等一等，看一看，他们究竟干的什么勾当；我那时实在有点怀疑那些自称"指导家"以及徐懋庸式的青年，因为据我的经验，那种表面上扮着"革命"的面孔，而轻易诬陷别人为"内奸"，为"反革命"，为"托派"，以至为"汉奸"者，大半不是正路人；因为他们巧妙地格杀革命的民族的力量，不顾革命大众的利益，而只借革命以营私，老实说，我甚至怀疑过他们是否系敌人所派遣。我想，我不如暂避无益于人的危险，暂不听他们的指挥罢。自然，事实会证明他们到底的真相，我决不愿来断定他们是什么人，但倘使他们真的志在革命与民族，而不过心术的不正当，观念的不正确，方式的蠢笨，那我就以为他们实有自己改正一下的必要。我对于"文艺家协会"的态度，我认为它是抗日的作家团体，其中虽有徐懋庸式的人，却也包含了一些新的人；但不能以为有了"文艺家协会"，就是文艺界的统一战线告成了，还远得很，还没有将一切派别的文艺家都联为一气。那原因就在"文艺家协会"还非常浓厚的含有宗派主义和行帮情形。不看别的，单看那章程，对于加入者的资格就限制得太严；就是会员要交一元八会费，两元年费，也就表示着"作家阀"的倾向，不是抗日"人民式"的了。在理论上，如《文学界》创刊号上所发表的关于"联合问题"和"国防文学"的文章，是基本上宗派主义的；一个作者引用了我在一九三〇年讲的话，并以那些话为出发点，因此虽声声口口说联合任何派别的作家，而仍自己一相情愿的制定了加入的限制与条件。这是作者忘记了时代。我以为文艺家在抗日问题上的联合是无条件的，只要他不是汉奸，愿意或赞成抗日，则不论叫哥哥妹妹，之乎者也，或鸳鸯蝴蝶都无妨。但在文学问题上我们仍可以互相批判。这个作者又引用了法国的人民阵线，然而我以为这又是作者忘记了国度，因为我们的抗日人民统一战线是比法国的人民阵线还要广泛得多的。另一个作者解释"国防文学"，说"国防文学"必须有正确的创作方法，又说现在不是"国防文学"就是"汉奸文学"，欲以"国防文学"一口号去统一作家，也先豫备了"汉奸文学"这名词作为后日批评别人之用。这实在是出色的宗派主义的理论。我以为应当说：作家在"抗日"的旗帜，或者在"国防"的旗帜之下联合起来；不能说：作家在"国防文学"的口号下联合起来，因为有些作者不写"国防为主题"的作品，仍可以从各方面来参加抗日的联合战线；即使他象我一样没有加入"文艺家协会"，也未必就是"汉奸"。"国防文学"不能包括一切文学，因为在"国防文学"与"汉奸文学"之外，确有既非前者也非后者的文学，除非他们有本领也证明了《红楼梦》、《子夜》、《阿Q正传》是"国防文学"或"汉奸文学"。这种文学存在着，但它不是杜衡、韩侍桁、杨邨人之流的什么"第三种文学"。因此，我很同意郭沫若先生的"国防文艺是广义的爱国主义的文学"和"国防文艺是作家关系间的标帜，不是作品原则上的标帜"的意见。我提议"文艺家协会"应该克服它的理论上与行动上的宗派主义与行帮现象，把限度放得更宽些，同时最好将所谓"领导权"移到那些确能认真作事的作家和青年手里去，不能专让徐懋庸之流的人在包办。至于我个人的加入与否，却并非重要的事。

其次，我和"民族革命战争的大众文学"这口号的关系。徐懋庸之流的宗派主义也表现在对于这一口号的态度上。他们既说这是"标新立异"，又说是与"国防文学"对抗。我真料不到他们会宗派到这样的地步。只要"民族革命战争的大众文学"的口号不是"汉奸"的口号，那就是一种抗日的力量；为什么这是"标新立异"？你们从那里看出这是与"国防文学"对抗？拒绝友军之生力的，暗暗的谋杀抗日的力量的，是你们自己的这种比"白衣秀士"王伦还要狭小的气魄。我以为在抗日战线上是任何抗日力量都应当欢迎的，同时在文学上也应当容许各人提出新的意见来讨论，"标新立异"也并不可怕；这和商人的专卖不同，并且事实上你们先前提出的"国防文学"的口号，也并没有到南京政府或"苏维埃"政府去注过册。但现在文坛上仿佛已有"国防文学"牌与"民族革命战争大众文学"牌的两家，这责任应该徐懋庸他们来负，我在病中答访问者的一文里是并没有把它们看成两家的。自然，我还得说一说"民族革命战争的大众文学"这口号的无误及其与"国防文学"口号之关系。——我先得说，前者这口号不是胡风提的，胡风做过一篇文章是事实，但那是我请他做的，他的文章解释得不清楚也是事实。这口号，也不是我一个人的"标新立异"，是几个人大家经过一番商议的，茅盾先生就是参加商议的一个。郭沫若先生远在日本，被侦探监视着，连去信商问也不方便。可惜的就只是没有邀请徐懋庸们来参加议讨。但问题不在这口号由谁提出，只在它有没有错误。如果它是为了推动一向囿于普洛革命文学的左翼作家们跑到抗日的民族革命战争的前线上去，它是为了补救"国防文学"这名词本身的在文学思想的意义上的不明了性，以及纠正一些注进"国防文学"这名词里去的不正确的意见，这了这些理由而被提出，那么它是正当的，正确的。如果人不用脚底皮去思想，而是用过一点脑子，那就不能随便说句"标新立异"就完事。"民族革命战争的大众文学"这名词，在本身上，比"国防文学"这名词，意义更明确，更深刻，更有内容。"民族革命战争的大众文学"，主要是对前进的一向称左翼的作家们提倡的，希望这些作家们努力向前进，在这样的意义上，在进行联合战线的现在，徐懋庸说不能提出这样的口号，是胡说！"民族革命战争的大众文学"，也可以对一般或各派作家提倡的，希望的，希望他们也来努力向前进，在这样的意义上，说不能对一般或各派作家提这样的口号，也是胡说！但这不是抗日统一战线的标准，徐懋庸说我"说这应该作为统一战线的总口号"，更是胡说！我问徐懋庸究竟看了我的文章没有？人们如果看过我的文章，如果不以徐懋庸他们解释"国防文学"的那一套来解释这口号，如聂绀弩等所致的错误，那么这口号和宗派主义或关门主义是并不相干的。这里的"大众"，即照一向的"群众"，"民众"的意思解释也可以，何况在现在，当然有"人民大众"这意思呢。我说"国防文学"是我们目前文学运动的具体口号之一，为的是"国防文学"这口号，颇通俗，已经有很多人听惯，它能扩大我们政治的和文学的影响，加之它可以解释为作家在国防旗帜下联合，为广义的爱国主义的文学的缘故。因此，它即使曾被不正确的解释，它本身含义上有缺陷，它仍应当存在，因为存在对于抗日运动有利益。我以为这两个口号的并存，不必象辛人先生的"时期性"与"时候性"的说法，我更不赞成人们以各种的限制加到"民族革命战争的大众文学"上。如果一定要以为"国防文学"提出在先，这是正统，那么就将正统权让给要正统的人们也未始不可，因为问题不在争口号，而在实做；尽管喊口号，争正统，固然也可作为"文章"，取点稿费，靠此为生，但尽管如此，也到底不是久计。

最后，我要说到我个人的几件事。徐懋庸说我最近半年的言行，助长着恶劣的倾向。我就检查我这半年的言行。所谓言者，是发表过四五篇文章，此外，至多对访问者谈过一些闲天，对医生报告我的病状之类；所谓行者，比较的多一点，印过两本版画，一本杂感，译过几章《死魂灵》，生过三个月的病，签过一个名，此外，也并未到过咸肉庄或赌场，并未出席过什么会议。我真不懂我怎样助长着，以及助长什么恶劣倾向。难道因为我生病么？除了怪我生病而竟不死以外，我想就只有一个说法：怪我生病，不能和徐懋庸这类恶劣的倾向来搏斗。

其次，是我和胡风，巴金，黄源诸人的关系。我和他们，是新近才认识的，都由于文学工作上的关系，虽然还不能称为至交，但已可以说是朋友。不能提出真凭实据，而任意诬我的朋友为"内奸"，为"卑劣"者，我是要加以辩正的，这不仅是我的交友的道义，也是看人看事的结果。徐懋庸说我只看人，不看事，是诬枉的，我就先看了一些事，然后看见了徐懋庸之类的人。胡风我先前并不熟识，去年的有一天，一位名人约我谈话了，到得那里，却见驶来了一辆汽车，从中跳出四条汉子：田汉，周起应，还有另两个，一律洋服，态度轩昂，说是特来通知我：胡风乃是内奸，官方派来的。我问凭据，则说是得自转向以后的穆木天口中。转向者的言谈，到左联就奉为圣旨，这真使我口呆目瞪。再经几度问答之后，我的回答是：证据薄弱之极，我不相信！当时自然不欢而散，但后来也不再听人说胡风是"内奸"了。然而奇怪，此后的小报，每当攻击胡风时，便往往不免拉上我，或由我而涉及胡风。最近的则如《现实文学》发表了 O.V. 笔录的我的主张以后，《社会日报》就说 O.V. 是胡风，笔录也和我的本意不合，稍远的则如周文向傅东华抗议删改他的小说时，同报也说背后是我和胡风。最阴险的则是同报在去年冬或今年春罢，登过一则花边的重要新闻：说我就要投降南京，从中出力的是胡风，或快或慢，要看他的办法。我又看自己以外的事：有一个青年，不是被指为"内奸"，因而所有朋友都和他隔离，终于在街上流浪，无处可归，遂被捕去，受了毒刑的么？又有一个青年，也同样的被诬为"内奸"，然而不是因为参加了英勇的战斗，现在坐在苏州狱中，死活不知么？这两个青年就是事实证明了他们既没有象穆木天等似的做过堂皇的悔过的文章，也没有象田汉似的在南京大演其戏。同时，我也看人：即使胡风不可信，但对我自己这人，我自己总还可以相信的，我就并没有经胡风向南京讲条件的事。因此，我倒明白了胡风鲠直，易于招怨，是可接近的，而对于周起应之类，轻易诬人的青年，反而怀疑以至憎恶起来了。自然，周起应也许别有他的优点。也许后来不复如此，仍将成为一个真的革命者；胡风也自有他的缺点，神经质，烦琐，以及在理论上的有些拘泥的倾向，文字的不肯大众化，但他明明是有为的青年，他没有参加过任何反对抗日运动或反对过统一战线，这是纵使徐懋庸之流用尽心机，也无法抹杀的。

　　至于黄源，我以为是一个向上的认真的译述者，有《译文》这切实的杂志和别的几种译书为证。巴金是一个有热情的有进步思想的作家，在屈指可数的好作家之列的作家，他固然有"安那其主义者"之称，但他并没有反对我们的运动，还曾经列名于文艺工作者联名的战斗的宣言。黄源也签了名的。这样的译者和作家要来参加抗日的统一战线，我们是欢迎的，我真不懂徐懋庸等类为什么要说他们是"卑劣"？难道因为有《译文》存在碍眼？难道连西班牙的"安那其"的破坏革命，也要巴金负责？

　　还有，在中国近来已经视为平常，而其实不但"助长"，却正是"恶劣的倾向"的，是无凭无据，却加给对方一个很坏的恶名。例如徐懋庸的说胡风的"诈"，黄源的"谄"，就都是。田汉周起应们说胡风是"内奸"，终于不是，是因为他们发昏；并非胡风诈作"内奸"，其实不是，致使他们成为说谎。《社会日报》说胡风拉我转向，而至今不转，是撰稿者有意的诬陷；并非胡风诈作拉我，其实不拉，以致记者变了造谣。胡风并不"左得可爱"，但我以为他的私敌，却实在是"左得可怕"的。黄源未尝作文捧我，也没有给我做过传，不过专办着一种月刊，颇为尽责，舆论倒还不坏，怎么便是"谄"，怎么便是对于我的"效忠致敬"？难道《译文》是我的私产吗？黄源"奔走于傅郑门下之时，一副谄佞之相"，徐懋庸大概是奉谕知道的了，但我不知道，也没有见过，至于他和我的往还，却不见有"谄佞之相"，而徐懋庸也没有一次同在，我不知道他凭着什么，来断定和谄佞于傅郑门下者"无异"？当这时会，我也就是证人，而并未实见的徐懋庸，对于本身在场的我，竟可以如此信口胡说，含血喷人，这真可谓横暴恣肆，达于极点了。莫非这是"了解"了"现在的基本的政策"之故吗？"和全世界都一样"的吗？那么，可真要吓死人！

其实"现在的基本政策"是决不会这样的好象天罗地网的。不是只要"抗日"，就是战友吗？"诈"何妨，"谄"又何妨？又何必定要剿灭胡风的文字，打倒黄源的《译文》呢，莫非这里面都是"二十一条"和"文化侵略"吗？首先应该扫荡的，倒是拉大旗作为虎皮，包着自己，去吓唬别人；小不如意，就倚势（！）定人罪名，而且重得可怕的横暴者。自然，战线是会成立的，不过这吓成的战线，作不得战。先前已有这样的前车，而覆车之鬼，至死不悟，现在在我面前，就附着徐懋庸的肉身而出现了。

在左联结成的前后，有些所谓革命作家，其实是破落户的漂零子弟。他们也有不平，有反抗，有战斗，而往往不过是将败落家族的妇姑勃谿，叔嫂斗法的手段，移到文坛上。喊喊嚓嚓，招是生非，搬弄口舌，决不在大处着眼。这衣钵流传不绝。例如我和茅盾，郭沫若两位，或相识，或未尝一面，或未冲突，或曾用笔墨相讥，但大战斗却都为着同一的目标，决不日夜记着个人的恩怨。然而小报却偏喜欢记些鲁比茅如何，郭对鲁又怎样，好象我们只在争座位，斗法宝。就是《死魂灵》，当《译文》停刊后，《世界文库》上也登完第一部的，但小报却说"郑振铎腰斩《死魂灵》"，或鲁迅一怒中止了翻译。这其实正是恶劣的倾向，用谣言来分散文艺界的力量，近于"内奸"的行为的。然而也正是破落文学家最末的道路。

我看徐懋庸也正是一个喊喊嚓嚓的作者，和小报是有关系了，但还没有坠入最末的道路。不过也已经糊涂得可观。（否则，便是骄横了。）例如他信里说："对于他们的言行，打击本极易，但徒以有先生作他们的盾牌，……所以在实际解决和文字斗争上都感到绝大的困难。"是从修身上来打击胡风的诈，黄源的谄，还是从作文上来打击胡风的论文，黄源的《译文》呢？——这我倒并不急于知道；我所要问的是为什么我认识他们，"打击"就"感到绝大的困难"？对于造谣生事，我固然决不肯附合，但若徐懋庸们义正词严，我能替他们一手掩尽天下耳目的吗？而且什么是"实际解决"？是充军，还是杀头呢？在"统一战线"这大题目之下，是就可以这样锻炼人罪，戏弄威权的？我真要祝祷"国防文学"有大作品，倘不然，也许又是我近半年来，"助长着恶劣的倾向"的罪恶了。

临末，徐懋庸还叫我细细读《斯太林传》。是的，我将细细的读，倘能生存，我当然仍要学习；但我临末也请他自己再细细地去读几遍，因为他翻译时似乎毫无所得，实有从新细读的必要。否则，抓到一面旗帜，就自以为出人头地，摆出奴隶总管的架子，以鸣鞭为唯一的业绩——是无药可医，于中国也不但毫无用处，而且还有害处的。

八月三—六日

1936年8月15日《作家》第1卷第5号

目前中国文化界的动向

艾思奇

"衣食足而后知荣辱"，这句中国的旧话，曾经被许多人误认做历史唯物论的说明，其实这样的说明，和真正的历史唯物论是离得很远的。"知荣辱"（或者扩大一点说："文化"）虽然和衣食有不可分的联系，而且历史唯物论也必须要承认这联系，这联系多有各种各样的条件和形态，并不是刻板的公式，并不是一定在衣食足的时候就有文化，衣食不足就始终只是野蛮的。事实上常常相反，就目前的世界来说，最不知耻的黑暗的人群，最大的文化的毁灭者，正是要从那衣食太丰足的人们中间去找，而衣食感到恐慌的人群，却往往是前进的生活和文化诞生的基础。自然，这里是有一个例外的，那就是苏联，只有在苏联那生活和文化的提高才常常和衣食丰足的程度形成正比例的发展，因为他们的衣食的丰足，是自己创造得来，而不是从另外的人群或国家掠夺来的。

衣食（或者一般地说：经济生活）和文化确实有密切的联系，人类的经济生活是人类文化的基础，而人类的文化又只是经济生活的上层建筑。但这种联系，并没有证明有钱人一定文明和穷人一定野蛮，这联系只是表现为这样的事实：那怕是在社会上处于被屈辱的地位的人，那怕在这地位上不断地感到经济生活的恐慌和穷乏，如果这恐慌和穷乏是逼着他们向上，逼着他们对屈辱和被掠夺的现状起来反抗时，他们的反抗的努力就是"知荣辱"的表现，他们在反抗的努力中就同时会促进（至少会要求）了文化的向上。反之，对别的国家或人民实行侵略掠夺，或者帮着侵略者掠夺别人，以达到自己的丰衣足食的人，才是真正"不知耻"的人群，是文化的破坏者。

中国的近代史，是在帝国主义的侵略之上发展过来的。在这被侵略的过程中，中国的民众是一天比一天更广泛地陷入屈辱和穷乏的深渊里，同时也就是被迫到不能不起来反抗的境地。而另外的少数人，特别是为要维持丰衣足食的优越生活的人，却不能不一天天地投降到帝国主义的旗下。在这两种极端化的过程中，是存在着许多游动的中间层的，他们可以成为反抗的战士，也可以成为奴隶；然而他们终于是要分化，而在二者中间选择一条道路。这是中国近代史上的内在的矛盾，这使得中国近代社会发展中的一切纠纷都带着民族革命的意义，带着做奴隶者和反抗斗争实行者中间的争斗的内容。做奴隶者在文化上所走的道路是开倒车的路，是毁灭文化的路。只有反抗的战士的道路才是前进的路，才是促进文化的路。

这样的两条路，是在中国近代史一开始的时候就摆列在我们民众的前途上了，但如果不是发展到了目前的阶段，也许这不至于带着这样特别的明显性和触目性而暴露出来的吧。目前阶段的中国历史，是走进了新的形势中，而中国的广大民众，也获得了一种新的觉悟。敌人使中国殖民地化的行动，是在目前的阶段上进展起来，从各国的势力范围圈进入到一国的独占，从间接的政治经济支配到直接的干涉的掠夺（如走私等）。这一切，使得游移的中间层也不能再游移了。做一个保卫国家的战士呢？还是做一个出卖民族的汉奸呢？目前的情势逼着人不能不快快选择一条，然而敌人的直接干涉和掠夺，使得做汉奸的人的活动范围也缩小了。只有反抗才是出路，虽然这也免不了牺牲。要做无耻的汉奸而保持生活的优越，却并不是绝对稳妥的事，所以，目前的形势要我们选择的已不是做奴隶而荣耀，或做战士而难免牺牲的两条路了，目前的中国民族只有一条生路：这就是为国防而战。

为国防而战，是目前中国最广泛的民众所急切需要的行动。这需要是最广泛的（各阶级各党派），因为敌人的新的侵略动摇了最广泛的人民生活的基础，使他们在经济上都感到了恐慌，使他们因此不能不走向"知耻"的道路，这使各阶层各党派的一切知耻的人们不能不团结起来，发动一个联合的抗敌运动，这就是所谓联合战线的客观基础。在文化上，这联合战线就反映成进步的方面，联合战线推动和促进了目前中国文化的运动。

另一方面，在目前的新形势之下，拼命走着死路和出卖民族的汉奸也并没有完全消灭，只是他们所赖以立足的基础都极脆弱，甚至于说不上群众的基础。就是投降敌人，也不得不在表面上揭着虚伪的抗敌幌子，而在群众不受欺骗的时候，就只好更无耻地实行疯狂的压抑。愈是脆弱无力的存在，就愈是猛烈地想维持它自身的生命。在文化上的表现也是一样的。在目前，奴隶的开倒车的文化破坏者和联合战线的文化运动形成了尖锐的对垒，而且是特别明显和暴戾。

联合战线上的文化运动表现着一些什么特征呢？这表现在全文化领域的实践的总动员上，文化运动的联合战线运动是在政治经济和军事方面的联合战线基础上产生的；反过来，这文化运动又要用它的全力去帮助和推动政治经济和军事方面的联合战线，文化领域的实践的总动员，就是为要完成这样的一个任务。目前动员的状况，是集中在两个中心问题上：第一是对于文化的大众化的彻底的关心。文化落后的中国，大众化的运动是切迫地需要着的。尤其因为联合战线运动的最重要的基础是下层联合战线，要巩固下层联合战线，就必须使广大的下层民众更正确地理解联合战线的意义。目前的通俗化运动和新文字运动在这一点上是很重要的，虽然这两种大众化运动的作用并不仅仅限于帮助联合战线运动，然而在目前，它却必须以这为主要的任务。因为它的更高的作用是也得要在联合战线的斗争中去争取，去发挥的。

第二，是文化各部门的国防化的动员。目前文化界已经在热烈地讨论着"国防文学"，"国防科学"，"国难教育"等方面的问题，这是说，文化界各部门的人们现在都在努力着抗敌救亡的组织，他们是要把一点一滴的有用力量都毫不遗漏地使用到救国运动上，他们要宝贵一点一点的力量，所以不论是在文化上所占的部分，派别，凡是愿意站到联合战线上来的文化人，都得把他们的特殊技能贡献给目前的任务。文化的国防化运动，显然和大众文化运动是分不开的：没有大众化运动，国防化运动就不能深入民众，没有国防化运动，大众化运动也只是空洞无内容的东西，大众化的形式，国防化的内容，是目前文化界的实践总动员的完整的姿态。

然而，目前中国文化运动的本质是什么呢？这文化运动是取着爱国主义的现象形态的，而在现象底下包含着的是什么本质呢？通俗点说：同是爱国主义，可以包含着种种的本质：我们的敌人也谈国防，但他们的爱国主义是包含着帝国主义的侵略性质，苏联也谈国防，而这个爱国主义里所包含着的本质是社会主义国家的和平政策的一方面。我们的国防又有什么意义呢？

要解决这问题，先得看一看我们的社会经济的发展是在什么阶段，我们眼前的革命是什么性质。但这需要太长的解释，这样小小的一篇文章里是容纳不下的，现在不能详细讨论，我只想顺便提一下叶青的"外烁论"。因为对于这问题有密切的关联。外烁论对于中国社会的发展有歪曲的见解：第一，它认为中国近代社会的发展全然是受"外力"即帝国主义势力的左右，因此，第二，它主张中国社会的发展是"不会规律的"，它可以"斩断了历史发展的线索"。对于这样的见解，现在也没有篇幅来详细批驳，我们只把正确的见解拿来给它一个对照，就可以现出它的鬼脸：正确的，新方法论指示我们，一切发展都必然有它的规律性，揭着新方法论招牌的叶青，在中国社会问题上突然主张没有规律性，这是什么意义，聪明的读者一定可以猜透。实际上中国社会的发展是有规律的，而且是依着一般社会发展的规律而前进，封建社会经过资本主义的阶段才能达到高级社会，这是一般的规律，因此，半封建的中国社会也必须经过资产阶级的民主革命的阶段，这是第一。其次，中国近代社会的发展受帝国主义的极大影响，这是不错的，然而这只是极大的影响，却并不是中国社会发展的全部根源。这影响是使中国发展的规律性表现出特别的形态，因此中国虽然经过资产阶级的民主革命，却并不一定要形成完整的资本主义社会，才过渡到更高的社会。但这并没有斩断了历史发展的线索，只不过缩短了这线索，甚至于可以说是促进了这线索的发展速率。

民主革命是反封建的，在外力侵略者存在的时候，它同时又是反帝国主义的，爱国主义的。民主革命表现为爱国主义，并不只是从中国今天才开始，欧洲过去已经有过很多例子了。中国的情势和从前欧洲的不同的一点，只是：中国是受着强力的帝国主义的侵略，自己的民族资产阶级简直没有机会生长起来，因此资产阶级自己没有能力来领导这一个民主革命，他们不能够形成这革命的主力。帝国主义支持着中国的封建势力，使他们强化，借此实行他们的侵略和掠夺。然而他们愈更想强化封建势力，却同时愈更促进了民主革命的发展，因为民众在这样的情势之下愈更痛苦，而反封建反帝的要求也愈更强烈。

这样，目前中国联合战线上的爱国主义的本质是很明白的，这就是半殖民地的民主革命，而且是它的最高形态，是决定生死存亡（或是解脱链锁，或是全殖民地化）的最高形态。

爱国主义文化在中国的本质也是民主主义的。它和帝国主义的爱国主义的侵略性质完全不同，因为它是进步的，斗争的，而后者却是破坏的，掠夺的。但它也不是简单的欧美资产阶级民主主义文化的重复，就好象它在政治运动上已经有了更坚强（不是资产阶级）的主力一样，在文化上也吸收了近代科学的最新成果，而有了更正确的理论基础，同时也就有了更正确的策略和战术。

新的文化是在斗争中发展下来的，也要在斗争中走上它的更辽远的前途，在沙发的软垫上想建设新文化，那是空想。因此，最后我要敬告一般迟钝的文化建设家，如果真心要在中国文化界上留一点功绩的话，就该站到国防文化的联合战线上来，明白地揭出战斗的目标，具体地确定策略和战术，忠实地执行下去。

1936年8月16日《现世界》第1卷第1期

关于国防文学的几个问题

黄泽浦

适应着客观环境的需要，半年来我们乃有国防文学的提出。这种运动如果能有相当的成就，则其意义在将来我们编著的中华复兴史上当非浅鲜。我们万分庆幸，这回提出国防文学的作家，已不象往时一样始终只会作空泛的理论，而能脚踏实地努力。长此以往，如能积极前进，则这运动必能成为民族复兴运动中一有力的推动机，中国文学的前途也才能扩张到一个新鲜的伟大的光明的境地。

但是在讨论国防文学各方面的理论中，有不少人仍旧受某种谬误的偏见所蒙蔽，以致到了今日，理论尚未能趋于一致，我们承认理论是实践的指南，当理论纷纭的时候，作家欲将"国防"意义加诸创作中，难免要遇到着笔无从之苦或陷于错误之境地。所以统一理论是目前一个极须要解决的问题，惟理论之确立应该集合多数人的意见，然后加以审慎的捡择和归纳，才能稳健，本着这种意义，所以我愿意将一点意见，公诸热心于此运动的各同志，俾作参考，并供商榷。

首先我们所要讨论的问题是名词意义的检定，这就是说，我们要先弄清楚"国防文学"四个字的意义。确定名词的意义，在一方似乎太嫌琐屑，但在另一方却是十分重要，为的不将名词的意义估定，结果必定会引出鱼目混珠的毛病，如若这样，则国防文学运动又将与过去轰动一时的大众语文学运动一样，归于没有成效的结局。名词的意义确定了，则以后在文坛上出现的作品，谁是真正的国防文学，谁是冒牌的，便可一目了然，决定取舍。

有不少的人秉承着数年前左翼作家的理论，一口咬定今日的国防文学还是一种阶级文学，这就是说国防文学还应该是一种宣传阶级斗争的武器，这样人的脑筋之冥顽，立意之不良，真是不可以理喻。不用怀疑地，我们对这种见解绝对反对。我们对国防文学的承认，是完全以捍卫民族生存，促进民族复兴两个原则为标准，凡与现阶段的民族运动不相适合的东西，我们一起都要予以摒弃，正因为这样，所以我们否认什么阶级文学就是国防文学。

我们认为当前中华民族最大的问题是保持民族生命的延续问题。内部制度的改革只容许在反帝运动中缓缓地局部地开展。主张在目前即宜实行彻底的社会革命的人，乃是眼光短视，只看见历史横的一面，不看见历史纵的一面，须知中国今日的国情跟大革命当年的俄国并不一样，而是跟大战停止期间的土耳其一样，今日世界上强暴的势力尚大尚多，民族的成见仍极浓厚。中国要实行彻底的内部革命，须要先考虑外来暴力的容许与否问题，决不能盲目乱动，否则，国亡且不及旋踵，更何有于社会的变革？

阶级文学在今日所以为我们所反对者就在这一点，因为鼓吹阶级斗争，乃无异捣乱内部的团结：分化内部统一的救亡意识，破坏全体合作的觉悟。这么一来，民族对外的力量必更形薄弱，外力的侵略自可乘机益加紧迫，如此则不但对民族生存无所裨益，且反而有损。

我们今日需要的是一个健全的民族意识，一种紧密的团结力量，一种奋发谅解的合作精神，所以国防文学的意义必以这三种条件为基础。负起统一这种意识，催发这种力量，提高这种精神的任务，应极力避免与这三个原则冲突。

其次，我们所要提出的是国防文学的内容问题。

自然，国防文学的内容当然要与它的意义相吻合，它必需具有健全的民族意识和发扬这种意识的力量，在这种条件的限制之下，我们认为可作为国防文学的题材者，其性质应该有相当的规定。

（一）发扬国民救亡图存的热忱和行动，如义勇军的奋斗，各地民众的救亡运动等等，皆为最佳的国防文学创作题材。

（二）帝国主义侵略我们的种种事实，欺凌我们的种种情形，亦为当前创作的极好材料，因为由此可以使未亲受凌虐的同胞知道中国

人的苦痛和帝国主义者的凶狠毒辣，因此会给引起愤激的情绪而发生
抗战的热力。

（三）揭发汉奸无耻的行动，同时加以嘲讽咒诅，以及说明他们
的不足同情的悲惨结局，以使读者警惕。

（四）暴露国家贫弱的原因，以及阻碍民族革命的各种势力。

（五）指示抵抗敌人的种种方法和步骤。

（六）激发民众的爱国意念及团结精神。

此外，如民族固有的各种优点，在国防文学中亦有随时加以发扬
的必要，为的由此可以加强国民的民族复兴的自信心，使不致为敌国
各种狂言谬论所迷惑而气馁。

再次，我们要说及的是国防文学的形式问题。

关于此，大家的意见还颇一致。多半都主张用报告文学的方式来
处理。因为报告文学的结构较轻便，简单，且能将复杂的事情同时展
开在一个场面上。而描写刻画之深入与用词下语之需要切当犀利，正
可直刺人心，引起感动，诸如这些，恰恰为国防文学所最需要的，所
以大家之同意这一点，当不错误。

至于创作国防文学时，须绝对通俗化，务使所写者能成为每一个
识字的同胞所了解，在各地方面，更应采取该地方言以写作国防歌谣，
使一般不识字的同胞能与识字者同受到教益，使抗战运动能够系住每
一个国民的心，如此，国防文学的前程就不可限量了。

这一切都得靠我们共同来努力完成，愿大家都能把笔杆当作枪
械，一致向敌人进攻，帮同政府完成复兴民族的重任。

八月十日下午

1936年8月19日广州《民国日报》

关于国防文学的几个问题

倪 平

一 从现实里孕生的国防文学

为着积极地从迫切的危机中争取中华民族的生存，为着实践地从帝国主义的铁蹄下获得中华民族的解放；在目前，那具有全民族意义的救亡战线，要在广大的人民大众中间开展开去，要坚固地建立起这一战线的伟大力量的基础；这在任何意义上，已成为了确定了的当前的工作了。但，同时，正伴随着这一工作的实践的进行，也就是在开展救亡战线到全民族这个开头的第一个意义之下；在文学的领域里，也正产生了"建设国防文学"这一问题。这一问题，事实上，作为组织大众意识形态，变革大众生活态度的强有力的手段的国防文学，正因着它本身产生的现实的意义，于是也正决定了它的任务。

二 国防文学和写实主义文学

曾经给与了中国大众的文学以新生命的新写实主义文学，显然的，在现阶段的半殖民地的中国，由于客观现实的演变，将必然地要发展为"国防文学"的形态。由此，作为新写实主义的国防文学，无疑的，它是要面迎着客观的现实前进，充分地发挥文学底动的小的机能，给与大众以强烈的感动和深切的影响，而完成其任务与使命。由此，国防文学的题材与主题要从人民大众在××帝国主义者疯狂的屠杀和压迫下的英勇抗争的诸动态着眼，也要从人民大众在帝国主义经济压榨的铁蹄下的生活挣扎着诸全面着眼，更要从现存社会内部诸矛盾点着眼，示明着必然的未来的发展道途。

三　国防文学和一切流派的文学作家

在"为争取民族生存及解放"这一原则之下，国防文学欢迎着一切文学流派的作者们参加，国防文学邀请着一切文学流派的作家们"面向着现实前进"。因为在本质上，国防文学是全中国人民大众的国防文学，它不属于某一个阶级，也不是拥护任何一个阶级利益的工具。它要在大众中开展，成长，生活……，它是全中国人民大众的。因此，国防文学邀请着所有的作家和文学爱好者，甚至于对那曾经尽过欺骗大众，麻醉大众的任务的民族主义文学，国防文学也伸出了邀请的友谊之手。因为国防文学和民族主义文学虽然是属于完全不同的两个集团的文学，但国防文学对于民族主义文学并无任何歧视，并且非常希望它能和国防文学携手同行，尤其在当前的民族生存已临到了极端迫切危机的现阶段。

四　国防文学的内容和形式

由于国防文学的任务和使命的要求，国防文学的内容不得不是激情的，紧张的画面。无论小说，诗歌，戏剧，都该是一种现实的有机体的机构。因此，国防文学的题材与主题必要从人民大众在××帝国主义者疯狂的屠杀和压迫下的英勇抗争诸动态着眼，也必要从人民大众在帝国主义经济压榨的铁蹄下的生活挣扎诸全面着眼，更必要从现存社会内部诸矛盾点着眼，示明着必然的未来的发展道途。

同样，因着国防文学的运动的中核是在人民大众之中；所以国防文学的形式不得不走向具备着集体意义和通俗意义最大的条件——通俗，简素，明快，正确……在这一个意义之下，国防文学要强调化地要求群众戏剧，小调，诗歌，报告文学，墙头小说诸形式；同时也要求着深刻化的，感动力丰富的纪念碑型的长篇作品。并且另外还特地提出"用新文字写作"，"从利用现在流行民间的旧文学形式底实践中去发展新形式"这两个要点。

五　国防文学向每个作家要求着

国防文学乃是中国人民大众的国防文学，所以在这一意义上，凡是"面迎着现实前进"的作家，凡是愿意为争取民族生存和解放而写作实践的作家，都是国防文学作家。

国防文学因着它本身的任务和使命在向着每个作家要求着——手触生活，把握正确的世界观，努力学习。

"手触生活"的意义不仅仅是在社会的实践，更大的意义乃是在从大众中学习，把自己也融和成为大众中间的一个，用大众的语言，思想，感情，心理，来表现真实的现实。而同时，在认清"真实的现实"这一方面，把握正确的世界观是必要的。而且"用大众的语言，思想，感情，心理来表现"这一方面，努力学习和工作，接受遗产和接受批判都是必要的条件。

六　怎样建设国防文学

1. 向大众中开展

国防文学是属于全人民大众的，它要在大众中开展，成长，生活……所以，国防文学如果脱离了大众，那就是完全失去了它的意义。因此，这就决定了每个国防文学作者不仅仅要组织成立国防文学会，不仅仅要和其他救亡团体取得联系；并且要努力去写作国防文学作品，向大众中推广新文字，在大众里传诵国防诗歌，公演国防戏剧，组织国防文学会。……一句话，从社会的实践中去开展国防文学。

2. 集体研究和学习

随着国防文学的向大众中的展开，随着它的社会意义的伸长开阔；国防文学作家不能不努力充实自己，锻炼自己；不能不走进集体创作生活——理论的探讨、研究和作品的批评，介绍的研究会，座谈会，读书会，……——的内部。就是仅仅只不过爱好文学的人们，也应该组织起来，成立国防文学会。在工厂里，在农村里，在兵营里，在学校里……都成立起来！全国国防文学总会也组织起来！并且，另一方面，每一个国防文学会，都应该有一个发表作品的机关。不管是大刊物，小刊物，报纸副刊，壁报，一页纸……都应该让它出刊。这一出刊，一方面是开展国防文学的一条道路，另一方面也是一种从创作的实践里的学习，这学习对于任何作家，都是必修的课程。

3. 全国作者们联合起来

凡是"面迎着现实前进"的作者们，愿意为争取民族生存和解放而写作实践的作者们，不论是理论家，小说家，戏剧家，诗人，未成名的写作者，爱好文学者，……都请听着：在现在，不是国防文学的呼声在邀请着你们，而正是全中国人民大众的呼声在召唤着你们：在一个总的目标——争取民族生存和解放——之下，坚强地拉起手来吧！

1936年8月20日《今代文艺》第1卷第2期

论国防文学和文艺界联合

辛 丹

在我的心目中；Proletariat 革命，直到成功为止，始终是反资本主义的，而同时因为帝国主义和 Fascist 是资本主义的产物，所以它必然地也为了反对它们而斗争。

其次，我以为 Proletariat 的革命者，是指从事和参加这一革命工作的人，而不是机械地仅仅承认出身自劳苦大众的革命者，才是 Proletariat 的革命者。此外，在 Proletariat 的革命过程中，对于仅仅同情这一革命工作的人，也是不拒绝的。

假如我上面所说的话是正确的，那末在现阶段的中国，Proletariat 的革命文学者提出国防文学这一口号是非常应该的；可是伴着国防文学这口号的提出，他们犯了一个严重的错误——文艺界联合。因为这个错误，便有好多人连国防文学这一口号也怀疑起来；这便是我在本刊四卷一期《悼 Gorki》一文里所以反对"无批判地，无条件地联合所有作家文人成立国防文艺战线"的所由来。关于这一口号的讨论，后来又有好几位加以辩正和补充，使得国防文学提出的意义，有了比较清晰的说明，可是始终没有人正确地指出文艺界联合这口号的错误来，所以依然有好多人在观望在怀疑。

在现阶段的中国，国防文学这口号的提出，为什么是非常应该的呢？这仅仅从联合所有抗×救亡不愿作汉奸的作家文学者，在这一联合中 Proletariat 担任主导作用这些说明上，还不能叫人充分地明白。在讨论第三种人的时候，我们的先进者已经说过，第三种人是并不存在的。作为中间阶级的小 burrzuazia，他们的行为（包括他们底言论）

不是相当觉醒地帮助和同情革命，便是故意地或者盲目地反对革命。对于前者，Proletariat 革命不但始终不拒绝他们，而且时时在组织他们，加强他们的革命意识，促进他们的革命行动，对于后者，如果他们是故意者，革命当然要打击和排斥他们，揭穿他们的面目，暴露他们的丑行；如果是盲目的，那末也是用批判的指示，使他们觉醒。这尤其在文学的领域中反映得清楚。在东洋帝国主义加紧侵略我们的这一客观事实下，为了巩固和扩大反帝国主义这一任务，强调救亡工作，提出国防文学这应时的口号作号召，在这一口号下，利用这危及全民族生存的客观条件，来坚定动摇的和觉醒盲目的小 burrzuazia 到革命的阵营来，这才是这一口号提出的正确意义。然而，这却跟联合不同。联合是有语病的，就是加上"在这一联合中 proletariat 担任主导作用"这一说明，也依然是不清楚的。因为，严格一点说，事实上除了革命者，就是反革命者；反革命者所提出的爱国主义，民族主义，表面上也依然是标榜救亡，骨子里却是欺骗和麻醉，那末我们能跟他们联合吗？就让退一步说，跟他们妥协了（在现阶段的中国，是只有妥协，没有联合），proletariat 能够担任主导作用吗？然而，除去他们以外，这联合又从何说起呢？

我再说一遍，proletariat 的革命任务，是反对资本主义，这并非意味着仅仅反对国内的资本主义，也并不意味着只反对资本主义本身，而不反对现阶段它所支持的封建势力和它所产生的帝国主义和 Fascist。那末是谁把革命的任务局限到只是意味着反对国内资本家买办阶级，而现在提出休止这一斗争，把革命的任务不是强调而是转移到反对帝国主义呢？如果不是这样，则根据正确的理论，革命的任务是一贯的，它在东洋帝国主义加紧侵略的事实下，当然要强调这任务中反帝国主义，尤其东洋帝国主义这一课题。可是，在革命的过程中发生这种现象的时候，并不能因为这一强调而停止其他任务，因为革命的任务是一贯的，而不是可以随便拆开的。更明白点说，反资本主义，也就是间接地反对帝国主义。既是不能停止反对资本主义，那末为资本主义张目的作家们，是可以联合的吗？自然，在目前中国的严重国难中，国内一部分资本家买办，也一样要感到不安，一样可能起来救亡抗×，但我们要认清他们起来救亡抗×的动机不只是脆弱的，而且或多或少地具有着反动意识，他们对国家对民族的观念是反动的，他们所施于爱国和拯救民族的行动，也一样会必然地是欺骗大众的狭义的国家主义和民族主义。具体一点说，他们对帝国主义的仇恨，并不如他们对proletariat的仇恨更大；从而他们也决不会和proletariat联合起来去反对帝国主义！

　　文坛上是直到现在还没有人敢公然而且正确地揭破这为一些小burrzuazia的投机份子在国防文学这一口号下所提出的文艺界联合这一错误，这证明了我们的文坛上多数是些口是心非和并没有把握住proletariat革命文学的正确意义的分子们，他们利用国防文学这一口号，气势凶恶地使得另一些比他们较为认识正确而也没有十分坚定信仰的人们，怀疑地不敢纠正他们，只为他们补充上了一条尾巴："在这一联合中proletariat担任主导作用"。其实，直到现在，依然有人在辩正和解明这一口号，这证明对于这口号的不信任者，还大有人在。而在他们对不信任者底辩驳和解明中，他们虽然没有公开地指明文艺界联合这口号的错误，但也已经逐渐清楚地说明了这一联合其实还是用国防文学这一口号作号召，在东洋帝国主义加紧侵略的客观条件下，觉醒和推动一般小burrzuazia们都统一到革命的阵营里来，而并不是让小burrzuazia中间的盲目者和动摇者依然留在他们自己原来的地位，用这口号把他们联合在一起。因为，只有proletariat革命任务中的反帝国主义，才是正确的，也因为在客观上，东洋帝国主义加紧侵略这一事实，是严重得足以而且正在觉醒一般动摇和盲目的小burrzuazia！相信只有站在这种观点上，国防文学这一口号的提出，才是正当的，而同时所谓联合所有的作家文人，却很显明地是一些投机分子的歪曲！

　　最后我要说，鲁迅先生答复托派的信中，曾经提到，第三国际对中国的革命者有过指令；这指令的内容是怎么样的，我不知道，但反映在文艺界，这指令无论如何不应该是盲目的文艺界联合！同时，如果有人说，现在文坛所以用联合而不用吸取，是恐怕一般小burrzuazia们害怕，故意放这样的烟幕，那我是不说什么的。

一九三六年七月十八日

《北调》第4卷第2期

国防文学与诗歌大众化

蒲 风

国防文学的提出，不消说，最主要的条件就是我们当前的共同目标是救亡的国防。为着中华民族解放，我们集中力量，加强力量。国防文学是跟着中国大众的反帝，反封建，反汉奸的抗敌联合战线的波潮而生长。

国防诗歌，文学之一部门的诗歌，肩起了一切同样的任务。

但是，在民族的危急存亡之秋，在火线上短刀相接的刹那，诚然，我们应如玛耶阔夫斯基之所说，我们应"以我们的武器当我们的歌"；而现今，我们在这里谈论着的暂时还只是以我们的诗歌当武器。虽然，同样是一个战斗的场面，并且为着履行"以我们的诗歌当武器"，不能不同时即"以我们的武器当我们的歌"，这两句话我不愿意机械地的作对立解释。

在这里，我们了解国防文学，国防诗歌，是唯其赖我们了解真正献身于国防的是整个中国大众，才有其存在的意义。因为国防少不了中国大众，中国国防文学只能仅是面对着中国大众。

当我们一想到方块字之难于传达普遍，当我们一想到没有多少大众能够真正了解我们的东西，我们了解许多真正有热情的中国大众还被摒之于写，读，甚至是听或唱的门外，我们应当觉得提出国防文学，国防诗歌是有点心虚。

然而，国防文学却是当前的必要，因噎而废食的是傻子，如果我们有了疥癣，我们只好带着小疾而踏上火线。

在这个地方，我觉得大众化对于国防文学（诗歌）意义之伟大，惟其我们能大众化，国防文学才能更放光辉。

国防文学（诗歌）应是具体的要求的话，它的内容应该最低限度包含这两方面：（一）以反帝及组织民众鼓吹民众锻炼民众为内容；（二）以大众化为唯一条件，作为形式去传达内容。

凡是最有力量的有国防性的文学作品，常是富有大众化性质的歌谣，在外国，我们不难得到证据。成为法国大革命的推动力之一的，是被民众们所爱唱的《马赛曲》《卡尔马纽尔》；革命前后始终被苏俄民众所爱好的是白德内宜的歌谣体。这些，我们都不应忘记。

列宁夫人的列宁回忆录里有一段大众里所流行的歌，虽然那是失地后的亚尔萨斯地方的法人的悲哀心声，你看它是多么疼人心情：

> 他们夺去了亚尔萨斯与罗陵；
> 拿去吧，我们还是法国人；
> 你们能够德国化我们的土地，
> 但是，永远不能有我们的心！

它的流行，连旅客也可以经常听见，你看它是多么通俗化！

在东北，不错，每日都发动着伟大的抗争，但是，最少这种声音也应还在老百姓中漂流着的吧！

唯其能够大众化，在中国，我们的国防诗歌始有伟大的生命与前途的。

1936年8月21日《大晚报》

国防电影小论

怀　昭

一

　　一切艺术的现实基础是由现实生活所筑成的。电影这一时代的艺术，自是更不能例外。因之，在现代电影之制作上，便有了两类极端不同的方向，这方向也大致是由社会运转的巨轮所推进的。

　　其一，是随了现社会的急遽霉腐，荒淫，和走入穷途末路，我们的电影活动，便也有了适宜于这类氛围的目标。这目标便是非常空泛的表面的，发掘这类现象，以麻痹一些浅视的观众。

　　这类电影的所以象乱草那样丛生，也并不是很简单很偶然的事，一方面，它固是由于某类进化的阻碍者在制作或倡导这类的事实；但另一方面，它也很巧妙的和无望的颓废的人民心理相联系。人民在现实生活的土台上发了昏，特别是自华北事变以来，这消极的发昏状态，在部分的人民之间，更来得凶猛了，他们大致是受了这现实的悲惨命运所袭击，而焦灼，而不安，而恐惧，但这一切感情均不能得到正当的发展，以改造成一种可悲的现象，即变成日益失望和颓废了。换句话说，即无形的成了那种霉腐的影片的支持者了。于是《化身姑娘》卖了钱，于是复古的伦理片卖了钱，而《新婚大血案》以及《桃源春梦》之类也卖了钱，但这生意眼上的成功，是否就证明了观众的需要呢？

　　一点也不是的。

观众不过把它当作一杯酒，用来麻醉一下吧了。眼睛即使是吃着冰淇淋，而心里却在顾念着另外的事，并且不久，也就清醒，还要厌烦了。

但什么是观众的需要呢？

那便是我们所谈论的国防电影的摄制。国防电影恰恰是和这类制作方向相背驰的。它是随了民族危机的深入，随了人民大众感情的激动的一正当发展。使得观众那要自救的感情充实并且发展；把一切要自救的现实加以影象化；为了观众的需求，而真实的制作的。

二

但关于国防电影之创作的实践，到现在，却仍是存在着若干误解。如最近明星影片公司新公布的制片方针，则有着这样的痕迹。

国防电影在创作的实践上，是一个统一的口号，并且也是一个普遍的口号。它并不特殊，也不独立，在现形势下，是可以统一一切的题材的。

明星公司忽视了这点，所以便把摄制国防电影这原则和一般的摄制原则分离了。

我们应知道，国防电影这口号的发生，是以民族所遭受的迫害这新阶段作基础的。所以，国防电影的积极任务，自是在救亡这主要的意义上。但同时，与救亡这意义相辅佐相联系的一切题材，也算是国防电影的内容。

倘把电影的题材，着眼于现实生活的基础上，则目前现实生活所发展着的一切纠纷，是算不与"救亡"相关联的。因为"救亡"是现在我们这民族间情感的主流，而敌人所加于我们的一切苛待，侵略，迫害，也全是有形或无形的增加或消灭着我们的国防运动。

国防电影的内容，是决不狭隘得到孤立这种地步的，和这相反，一般的题材，是必须隶属于国防电影这大旗下，才可以寻求它的现实的意义的。

自然，能够积极的表现人民大众救亡的影片，自归是好的。能够选择义勇军的自动抗战这类题材，也是更好的。但此外，所有一切的题材，也全必然的和国防的意义相联系，所以把那题材，加以精密的现实主义的选择和处理，也是好的。

譬如：写妇女生活，不管是取材于职业问题也好，取材于卖淫制度也好，但这妇女职业问题的无出路，以及卖淫制度的大量增长，种种现象，其现实的根源，必然的与社会运转合拍，即受敌人的侵略所影响。写盗匪的抢劫事件，倘搜寻这行为的由来，也必然的会归结于社会生活的穷困，这穷困的主因，也就是受了敌人经济侵略所致。

其他，如封建的复古思想，如严重的失业问题，如农村的急遽溃败，等等，也莫不是与这问题相关联的。它们或是直接的受了敌人侵略，或是间接的辅佐敌人侵略。也全是增长或消灭人民大众抗战的决心或勇气的导流。

但这样说，却并不是要制作者把一切题材全机械的在背后安一条抗战的尾巴。作家可以灵活的处理自己所选择的题材。也无需在作品里突然来一点公式的说明。只要他对于事件的观察，能从现实的基础出发，那结果，是定会与历史的真实性相吻合，定会使得观众感动的。

三

国防电影的制作，能够以大型的作品，给观众以强烈的感应为好，否则以小型的新闻片，来表现救亡运动中的事实和情绪也不错。

新闻片的价值，在苏联是特别被重视的。这原因，就为了它是传达力与美的最有力的形式，他们把它，应用于伟大的建筑上，应用于集体农场上，应用于英勇的民众祭上，因为材料的真实性，而成为了鼓动并启发民众热情的最有效的工具。

我们的国防电影运动，也应使得镜头伸入到每一个民众集会的角落，伸入到金融市场，伸入到广大的农村，伸入到每一社会的黑暗面里去，把那所发生的事，给以精密的真实的纪录的。

并且，这一类的纪录，倘能系统的选择，严密的织接，是不难成为观众最良好的食粮的。

而国防电影的题材处理，和表现手法，也不必一定要公式底的染着浓烈的悲壮情怀。这要视作家所取的材料而分别其性质。以悲剧的方法激动观众那蕴藏的热情，是需要的，但以喜剧的形式，给汉奸们一种有力的讥笑，也一样为我们所爱戴。

国防电影的制作态度，应该是统一的。在这统一的态度下，更该注意到其材料的异同，而分别其形式。

这运动，是应该立刻普遍的为电影制作者所应用，而尽电影在国防上的真实的任务的。

1936年8月30日《大晚报》

统一战线的口号问题

利 青

统一战线不是调和一切立场，停止一切争论的，反而在各个立场对于共同路线所发生的争论之中才更能提炼出精坚的统一来。

现在文艺界中发生了"民族革命战争的大众文学"和"国防文学"的口号底争论。容易受惊的人们在喊着："又起了无谓的争端了！快解和了吧！口号这不过是一句话，有什么了不得呢？"诸位！这是整个战线底总口号，是要写在号召群众，标识营垒的大旗上面的。这是无谓的吗？我们可以在大旗上随便写下"汉奸文学"，"走狗文学"，它也是一句话，作用也和"民族革命战争的大众文学"一样吗？

在《光明》四期上徐懋庸来了一封致耳耶的公开信。这可以算是"国防文学"的口号对"民族革命战争的大众文学"口号的一个最近的抗辩。我们就从最近的事件着手，先来检讨这封公开的信吧：

在这篇中，徐懋庸的理论是那么薄弱——这是不是就代表了"国防文学"口号底理论的薄弱呢？我们当然还不能这样断定——除了很有礼貌的前后一套委婉周到的起结，和"归纳"地引述耳耶原文底大意以外，大半的篇幅，便是解释质问胡风，"辱骂"徐行的理由，以致分辨到周木斋底文字发表的责任，更用耳耶"一直"没有"意见表示"而"现在……才第一次用文字来发表，议论"这个"事实"作为诘难。这些都是离开问题正面的消极的招架，而且来来往往地尽在个人身上兜圈子。我们不管他什么周木斋，什么胡风，耳耶，他们个人底事情怎么都好，我们是没有多大功夫来过问的！因为他们总代表不了整个的统一战线。而徐懋庸这篇"公开"的信却老是注意到这一个人底"态度"，那一个人底"行为"，似乎想从个人底"态度"和"行为"上找到辨别两个口号底优劣的东西！我们觉得是很滑稽而并没有什么兴趣的事。

除了这些，剩下的只有两点是关于本问题的正面接触。一是说，"民族革命战争的大众文学""是现阶段的无产阶层革命文学的口号，而不是统一战线的口号"。一是说，"国防文学"这口号产生"在两年以前"，现在"解释已经是正当的"，"而且既已相当地（其实是普通地）被应用着"（旁圈加注都系原文所有）。

好吧！现在我们就先来答复这第二点：

事情是很容易明白的。只要我们不被争取"王麻子""老王麻子"式的正统老牌的狂热迷住心窍，我们很容易看清楚问题是在什么地方的。就是，现在我们这个联合战线必需有一个统一的口号，我们这个口号应当具备那几种条件呢？我们选定口号的标准应该是什么呢？无疑的，这个口号应当是：第一，最正确的，最能表示出我们这个战线底性质而不被人误解的；第二，最完全的，最能说明我们这个战线底意义底各方面的。

于是，有人提议了：我们应当用"国防文学"，因为这个口号产生很早，而且现在正普遍地应用着。诸位听！这个理由可中肯吗？充分吗？如果产生晚的恰巧比产生早的更有正确性，完全性，我们应当用那一个呢？如果在人们普遍地应用着这一个的时候，而另外又有一个更正确更完全的被提出了，我们又应当用那一个呢？我们这个口号是公司底商标，越老越好吗？是村间的风俗，流行着的就算对吗？"国防文学"和"民族革命战争的大众文学"这两个口号那一个正确，那一个"笼统"？那一个完全，那一个"空洞"？在耳耶底《创作活动的路标》一文中已有淋漓活泼的讨论，这正是本问题最正面的一点，而徐懋庸在"公开信"中对这点竟"沉默"起来，他是不是已承认了"国防文学"口号是比较空洞，笼统的呢？他是不是在争论上正面的主军已经悄悄地投降了呢？我们还要再费什么说明吗？不，我们只再补充几句就够了。

虽然"空洞"和"笼统"是可以用"正当的""解释"来补充的，

但是，连解释都不用直接一目了然不更好吗？

口号底特性就在于一目了然。需用加很多附注的口号，只成了论文的题目了。

产生在前，应用普遍，固然也是口号底一种条件，但在比重上却和正确，完全这两条件差次太多了。"本身简单"的条件也是如此。

现在我们就进到另一个答复。在徐懋庸这封信里，只有第八段还是一个正经的，象那么一回事的抗辩。

"据我所知：'国防文学'是现阶段文艺界统一战线的口号，并不单是左翼革命文学的现阶段的口号。在这里，我觉得鲁迅先生最近所发表的《论现在我们的文学运动》一文里的话，是很该注意的，鲁迅先生说：'民族革命战争的大众文学，是无产阶层革命文学的一发展，是无产阶层文学在现在时候的真实的更广大的内容。'鲁迅先生的指示倘是真实的，那么'民族革命战争的大众文学'这口号，仅是现阶段的无产阶层革命文学的口号，而不是统一战线的口号。所以，胡风先生企图把这口号来替国防文学而作为统一战线的口号，是不行的。"

这里我们要特别地注意。因为这是和统一战线底本身有关系的。

第一，徐懋庸首先把统一战线和无产阶层极严格地区分开来。他这段话就是表示：是无产阶层的，就不可以，不能够，不应该再是统一战线的。统一战线和无产阶层完全是两个东西，他们之间不能有什么共同的关联的东西。"民族革命战争的大众文学"这个口号，让无产阶层用着好了，对不对，正确不正确，完全不完全，我们也不管，但统一战线是非有另一个口号不成的！这个无产阶层也没有权利参加意见！于是，即使无产阶层忠实地站在统一战线底面前，由胡风作代表诚恳地把自己的这个口号（退一万步将错就错说，"民族革命战争的大众文学"是无产阶层自己的口号）不敢独享而贡献于统一战线，以作刍荛之言，以备参考之用的时候，徐懋庸也要严厉地来一个拒绝。拒绝底原因，并不是因为这口号本身有什么毛病，乃是为它是无产阶层的；反之，他赞成"国防文学"这个口号，也不是为的这个口号本身有什么优点，而是为的急于和无产阶层相区别！无产阶层是多么倒霉，多么沾惹不得的东西啊！

第二，"民族革命战争的大众文学"这个口号，果真是无产阶层自己所独有的吗？徐懋庸看见"民族革命战争的大众文学，是无产阶层革命文学的一发展，是无产阶层文学在现在时候的真实的更广大的内容"。这几句话，便得意地喊着："不是统一战线的口号。"这多么可怜啊！他简直不懂"一发展"是怎么一回事，"更广大"又是怎么一回事，而且连他自己也在说着的"现阶段"到底是怎样的阶段，都不知道！"一发展"就是发展到统一战线上去了！"更广大"就是广大成统一战线了！"现阶段"的无产阶层也就是和统一战线不可分割的人民大众啊！而且鲁迅说："要使全民族，不分阶级和党派，一致去对外。"这是多么显明地强调了统一战线的意义。"民族革命战争的大众文学"这个口号底提出，就是作为统一战线的口号而提出的！徐懋庸！你的否认完全无效，你的拒绝是完全落空的啊！

第三，统一战线不但不能把人民大众的无产阶层驱逐出去，而且只有人民大众才是统一战线的主要内容。在龙贡公底《抗日文学阵线》一文（《夜莺》四期）中说得明白："现在要动员全民族大众所能发挥的总力量了，我不知道除了以人民大众底利益做主要的前提之外，还有什么别的可能的措置。一篇作品也许要使一个或十个地主官僚失望，但它却能获得成千成万人民大众底欢心和最热烈的支持，我们底选择还要费什么踌躇吗？"所以，"民族革命战争的大众文学"不但不因为它特别注重大众而犯了无产阶层所独用的嫌疑，却在因为它特别注重大众才比"国防文学"更正确，更完全，更适宜于作统一战线底口号。

好啊！反对"民族革命战争的大众文学"口号的理论，只是这样的吗？不能再有比这个再有力一点的吗？那么，"民族革命战争的大众文学"这个口号是不能动摇的。因为——

他站定了现阶段文学底立场——民族；

他标明了现阶段文学底任务——革命；

他指示了现阶段文学底手段——战争；

他指出了现阶段文学底主力军——大众；

他，而且他表明了现阶段文学的历史的传统——过去民族革命文学，大众文学；

他正确；

他完全；他是一个最好的口号，对于我们的统一战线。

我们应当把他写在我们底大旗上！

一九三六·七·三〇

1936年《散文》

《赛金花》余谭

夏　衍

编者先生：

您出的题目太难了，本来就不敢写，今天看了高尔基的《论戏曲的创作方法》，使我更加不敢写了，那论文里面有下记的一段：

　　"残念的是在我们周围，下面所说一般的事情差不多已经成了习惯。就是：写了一两篇戏曲的年青人，就将自己看作'此道的专家'，很快在报纸上写文章，演讲，讲述自己的创作方法之类，有时候甚至还要写什么'戏曲理论'"……

高尔基很谦逊地说，"我自己不仅写过两篇五篇，大致曾经写过二十篇拙劣的剧本"，但是他还并不以一个戏剧作家而是以一个"一般文学者和剧场观客的立场"，对年轻的作家讲话，那么，很明白，编者先生，象我这样只写了一篇拙劣的戏剧的人，对于您的"征文"还能写些什么？

至于您所说的"作者对于女主人公的态度"，那是我在别一个机会已经犯过一次"不逊"了："对同胞昂首怒目，对敌人屈膝蛇行的人物，——从李鸿章孙家鼐一直到求为一个洋大人的听差而不可得的魏邦贤止，固然同样的是作者要讽嘲的奴隶，就是以肉体博取敌人的欢心而苟延性命于乱世的女主人公，我只当她是这些奴隶里面的一个，我描写一幅以庚子事变为后景的奴隶群象，从赛金花到魏邦贤，都想安置在被写的焦点之内，我不想将女主人公写成一个民族英雄，而只想将她写成一个当时乃至现在中国也还俨存着的包藏着一切女性所通有的弱点的女性。我尽可能以真实地描写她的性格，希望写成她只是因为偶然的机会而在这悲剧的时代里面串演了一个角色。不过，我不想掩饰对于这女主人公的同情，我同情她，因为在当时形形色色的奴隶里面，将她和那些能在庙堂上讲话的人们比较起来，她多少的还保留着一些人性！"

的确，这剧本的女主人公历来就被人描写做一个不值同情的人物，一切赛金花的传记作者，都将她写成一个逾越常轨的淫娃荡妇和"一泓祸水"，这差不多已经是"定论"了，但是，到现在为止，我还相信我同情她的理由的正当。过去批评她的根据，不外是下列的三点，第一，责备她不替洪状元守寡，"主人"死后有了"不检"的行为；第二，责备她不该奇装异服，在京畿招摇过市；第三，责备她不该"夜事夷寝"、"秽乱宫禁"伤害了华国的尊严。其实，第一第二两点，都是封建士大夫见解，到现在已经不值一笑，第三她虽则有可咎的理由，可是在和她同一时代同一事件里面不去责备读书明理、执掌国柄的人物，而一味的要求一个市井妓女去维持民族的尊严，也不能不说是一桩可笑的举动。当时名小说家吴研人的《赛金花传》和樊樊山的《前后彩云曲》里面，的确是"颇有贬辞"，可是对于这种不合理的"贬辞"，难道我们也有"祖述"的必要吗？

赛金花不是一个寻常女子，不仅在妓女里面，就是在清末士大夫中间，也很少有她一般的见识，这决不是"誉辞"，以下面的一二片段的记载中，也可以看到；例如：詹垲著的《花史》里面，讲到庚子事变的时候，她说：

"文忠（李鸿章）与诸大臣惶迫无能为计，有谓傅（玉莲，即赛金花）能办此者，乃召至，许以后酬，被以华服遣之，……瓦帅欣然曰：诺。即日宫禁肃清，文忠喜，酬金，不受，以所被华服饰赠之，亦弗受。无何，车驾回都。"……

同时，有清一代名小说家李伯元在他的《南亭笔记》中，也有下述的一段：

> "苏（按指苏元春）下刑部狱，狱卒乃以杖毙沈荩（革命党人）之处居之，苏见地上血迹斑斓，大为骇异，询知其故，因以银三百两贿狱卒，使迁焉。其后狱卒以待苏元春之法待赛金花，金花毅然曰：'沈老爷我是认得的，为什么要怕他？'狱卒无如何也。夫赛金花一贱妓也，而其胆气竟高出久历戎行之大将，奇哉！"

这一段事实在铁屑所编《中国大运动家沈荩》中也是一样：

> "狱卒牵苏元春入，元春不忍睹，请以三百金别易一室；狱卒又牵南妓赛金花入，赛同时因案被逮故也，赛叹曰，沈公，英雄也。遂自掬其碎肉，拌所灰土，埋之窗下。"

再按刘半农所编《赛金花本事》"所述佥同"（虽则将沈荩误作沈进），可知这并不是捏造的事实，那么，和那"久历戎行"的大将，中法战争中丧师辱国的苏元春比较一下，赛金花对于当时还是地下党的革命党有了如何的观感，单在这一小事里面也可以概见的了。

赛金花不是一个平常的女子，所以我就借用了她的生平，来讽骂一下当时的庙堂人物，说同情，就在这么一点。

大热天，一时想不起要讲的话了。收到这封信，您也许要失望的，因为您所征得的并不是有意义的文，而只是没意思的信了。匆匆即祝编安。

1936年9月1日《女子月刊》4卷9期

《赛金花》的再批评

郑伯奇

　　夏衍先生的剧本《赛金花》，的确是最近剧作界乃至文坛的值得注目的作品。发表以后，引起各方面的赞赏和批评，也是可喜的现象。剧作者协会并开了一次《赛金花》座谈会，作公开的批评讨论，更打破了从来批评方面的个人主义的风气。在这样的情况之下，笔者本可不必多添热闹，不过读了原作，再读了各家的批评以后，笔者觉得还有值得商榷的地方，所以不惮烦地来写这篇拙文。现在，我们先听取各家的批评，其次再参照作者写作时的意见，然后叙述笔者个人的感想。

　　在《赛金花》座谈会上的席上，凌鹤先生下了这样的结论：

　　　　"现在我们可以作一个结论。这个剧本是讽刺清末的官场腐败丑恶。但帝国主义对殖民地的压迫表现得不够。看不见民众反帝的原始反抗情绪和对于义和团的分析不够，表现模糊。对赛金花的给与过多的同情，是值不得的。最后就是整个剧的调子不统一，减少了它艺术上的完整性。"

　　在这样摘发了缺点以后，他紧接着又这样说：

　　　　"除此以外，我们毫不否认的，这剧作是在中国提出建立'国防戏剧'的口号后，第一次收获到的伟大的剧作。我们十分希望努力剧运舞台人，把它演出介绍给中国千万的观众。"

这结论，有褒有贬，似乎非常公正；实际上，却正犯了目前正受严厉批判的公式主义的毛病。公式主义最初步的形态是批评者先有了一种公式，然后用这公式而测定作品而予以评价的。这结论恰恰是这样。这当然不能怪凌鹤先生一个人。在开始讨论时，周钢鸣先生就说：

> "这个剧本我们认为是在建立'国防戏剧'被提出后，第一次收获得一个很成功的作品。为了使得'国防戏剧'的剧作更健全坚实地成长，我们对于《赛金花》这一剧作，应给以严格地和较高的评价。"

在这样的态度之下去"座谈"《赛金花》，座谈会的结论是容易一致的；可是对于作者的写作动机，和写作时的条件，就顾虑不到了。大概，大家对于"国防戏剧"先有了一个固定观念，而《赛金花》却跟这观念有多少距离，于是便在结论上指出了那些缺点。但《赛金花》，毕竟是写庚子事变的，毕竟是一部"国防戏剧"的作品，得"给以较高的评价"，于是，在结论的末尾上得郑重声明：

> "我们毫不否认的，这剧作是在中国提出建立'国防戏剧'的口号后，第一次收获得的伟大的剧作。"

我说犯了公式主义的毛病，这就是一个明证。

大家对于"国防戏剧"的固定观念是怎样呢？在结论里面那列举的《赛金花》的种种缺点自然可以作为反证，但结论只是各种意见的缩型，我们再看看几个比较发挥得充分的意见吧。

凌鹤先生先说：

> "（一）……我很替作者担心，把这过去的历史写出来，怕与读者现实生活不相联，觉得花这样的精力来写现实更有意义。（二）历史剧我觉得是第二重要的。（三）作者想把拳乱作主题，整个剧的结构是在历史事件中。赛金花在偶然的机会中成了一个爱国报国的人物，以至她后来的冷落情形，这对于读者是很感动的。

以八国联军为穿插，出了这样伟大人物；但这剧的罗曼谛克的气味很重的。若是作者从正面来写历史剧，我想给读者的感动力更大。……"

记录也许不完全，但大体的意思是可以了解的。凌鹤先生的意思，若翻译出来，大概是这样的："国防戏剧"应该写目前的民族战争的事实，最好是义勇军及各地民众反×运动。若写历史剧，也应该"从正面来写"。以这样的公式来测量《赛金花》，它当然是不甚合格的。

但这意见是否对呢？最近郭沫若、茅盾及其他各位先生论国防文学的文字中，对于这样的意见已经讲得很多，笔者也不用再噜苏了。

其次，尤兢先生说：

"……不过不够的地方我觉得还有两点：（一）是义和拳的排外运动，但这种排外运动是建立在反帝的基础上。当时这种反帝运动的姿态，反帝民众的情绪是带着一种封建迷信的色彩，一种原始的民族主义运动，这一点作者没有把这一运动的意义充分表现出来。（二）作者在表现八国联军，当时各帝国主义的内部矛盾也不够，虽然在第五场上李瓦外交谈判时有些提示，但是还不够。"

尤兢先生所提出的这两点，大约，也是"国防戏剧"的公式的两个主要的构成因素罢。这样一测量之下，《赛金花》又有落第的危险了，不过平心而论，第二点，作者在这样性质的作品中，可算已经作够了。尤兢先生只看到"在第五场上李瓦外交谈判时有些提示"，所以觉得"但是还不够"；其实第五场只是伏线的点摘，而在第六场却明白地成了重要关键。原文是这样的：

瓦德齐焦灼地登场，好象有什么要紧的话要和克林德夫人讲，二人握手后。

瓦　今天来得好极啦，正有话跟您商量。……（望了望赛再回头对克）您知道……

赛 　（会意）您们谈话，我在这儿不妨吗？

瓦 　唔，不干事。（回头对克，严重地）您知道榆关的事吗？

克 　不知道。

瓦 　俄罗斯这蠢熊，已经先下手啦，关系很重要，现在英公使来
　　商量，已经派哈上校坐军舰赶去啦，看情势，（赛走向火炉）
　　跟李鸿章的交涉，有赶快结束的必要，所以，您的意见。——

克 　方才赛小姐正在跟我说，她有办法，可以叫李鸿章替克林德
　　造一座中国最伟大的牌坊，再要中国皇帝亲自写一篇哀悼的
　　文字雕刻在牌坊上面，同时——

瓦 　（感到兴趣）唔，同时怎样？

克 　给你打断了话头，她还没讲下去啊！

瓦 　（很快地回身扯着赛金花）这样要紧的话，为什么不讲下去呐！

赛 　（笑）同时，在牌坊造成的时候，要中国皇帝亲自设祭，这
　　就算对克大人表示抱歉的意思！

瓦 　唔……（望着克）

克低头沉思。少顷。赛凝视着他们，决然地走近瓦德齐。

赛 　假如克太太能够不坚持以前的要求，那么除了方才讲的之
　　外，德国的要求，李鸿章准备全盘接受！

瓦 　你的话有根据吗？

赛 　（得意）有啊！李鸿章准备答应您的三大要求！

瓦 　这话当真？

赛 　我从不曾讲过假话！

瓦 　（很快地对克）克夫人！现在局势紧急，为着国家的利益，
　　您有让步的必要！

克 　那么克林德的血不是白流了吗？

瓦 　您放心，他的血不会白流，他的血会使德意志帝国在东方的
　　势力伸张，在这未开化的大陆上面建立一个不破的城堡！（和
　　她握手）

克 　（望着瓦，几分伤感）为着国家的利益，就便宜了那老女人
　　吧！

我不嫌烦地引了这么一大段，因为这段的描写是很重要的。这不仅证明了尤兢先生的批评不正确，而且还说明了凌鹤先生所说的"赛金花在偶然的机会中成了一个爱国报国的人物"也是无根据。虽然在原文中，后面紧接着有这样的对话：

瓦　（回头拍着赛的肩膀）你是中国最好的外交官，你是西太后的大功臣，你替中国尽了很大的责任！

赛　（好象卸下了重担子似的）我很高兴，总算替皇上做了一点儿小小的事情。

通观前后，赛金花的自负，明白是一种反语；若是导演得法，演员表演得适当，这一段对话可以成为很有效的讽刺。因为，和议的成功明白写成是各帝国主义矛盾的结果，在这种情形之下，赛金花还代表李鸿章准备全盘接受，这完全是送礼的外交政策。根本上谈不上什么"爱国救国"了。

关于尤兢先生所提出的第一点是颇值得讨论的。在原作者所写的《历史与讽喻》（载《文学界》创刊号）的一文中，关于庚子事变，作者有这样的估价：

"但是，构成历史的各种动因，是复杂而错综的，我们不能将历史的各种动因固定化和一样化起来，我们该从历史的流动过程里去，而把握历史事象的发展。讲庚子事变，它在历史上的意义是中日战争之后的各帝国主义侵略中国的加紧，清朝威势的失坠，外国资本和以宣教师为先锋的帝国主义势力的侵入腹地，政治腐败，教民凭借洋人势力，勾结官厅，压迫民众，于是在满清暴政下面重压着的农民大众，从民族的仇恨，激起了'反清灭洋'的反抗，可是这种运动只是一种原始的农民运动，迷信神权，没有明确的政治思想，所以在它形成了一种群众力量之后，就被封建的统治所在利用，换上了'扶清灭洋'的旗帜，而变成了替几个清室贵族争夺领导权的工具。结果，因为他没有明确的政治主张，没有组织，不懂策略，所以在国内引起了民众的反抗，在国外招致八国联军的攻击，而终于遭遇了惨痛的失败。"

将这一段观察跟尤兢先生的意见相比较，我们不能不承认，作者的态度不失为"从历史的流动过程里去而把握历史事象的发展"的，而尤兢先生的议论却又陷入于公式主义的泥沼中了：尤兢先生以为义和拳"这种排外运动是建立在反帝的基础上"的"一种原始的民族主义运动"；在"反清灭洋"的时代是这样，在"扶清灭洋"的时代也是这样；所以责备"作者没有把这一运动的意义，充分表现出来"。其实，错误是在尤兢先生方面的。

我们再看看，在写作过程里面，作者是决定如何处理远东问题，尤兢先生批评的不得当，就更加明白了。作者说：

> "对于这个问题如何处理，我在写作过程里面惶惑了许久。道路是决定了的，第一，从作者的观点，分出更多的篇幅来分析庚子事变的成因，叙述他的经过，和批判他的错误，第二，那就是简单地说明了义和拳的成因之后，就集中力量来强调事变里面和目前情势有共同感的几个因子，而意识的地避开了对于目前救亡运动没有推动作用的那些。您对于我的希望是前者，而我终于定了后者的路了。"（夏衍：《历史与讽喻》）

我们知道作者对于义和拳的正面描写是有意避开的。因为，他在前一段文章里面说过：

> "我却绝不希望读者从原始的农民暴动联想到目前的民族自卫运动，更不希望读者从那无组织的乌合之众的失败，联想到救亡自卫的前途。"

庚子事变的正面描写，如作者所说的前一种处理方法，自然是可以的，而且是必要的；但决不是《赛金花》这样的题材所能做到的。虽然不必如作者所说，"非从《赛金花》改为《一九〇〇年在北京》不可"，至少应该在义和拳，或当时直接与政治有关的人物或事件中去找题材。譬如以红灯照为主人公就可以了。十多年前，曾在法国《人道报》上读过一篇题为《红灯照》的小说，倒可以作我们的参考，可惜完全忘记了。

在赛金花登场的时代，义和拳已经变成了"扶清灭洋"，为西太后及一班反动贵族所利用的反动势力，而且在国内已经"引起了民众的反抗"了。一个写实主义者自然不能株守着他们初起时候的意义，而歪曲地而当作"民族英雄"去描写。《赛金花》的作者当然没有忘记这一点，也没有忽视义和拳在当时的社会的及政治的影响。在第一场开始，立山和孙家鼐的谈话中，他先假立山的口，说明了义和拳的社会影响和政治作用。在第二场，他又用金荣爵这样一个人物代表当时趋附义和拳的昏庸腐败的官僚。到第三场，作者更进一步相当正面地暴露拳勇的横暴卑劣和民众的愤恨。拳一对拳二的话，虽然幼稚素朴，可是当时义和拳的群众的意识形态恐怕高不出好多。尤兢先生似乎愤慨地说："作为这主要的历史事件的拳乱，我们没有看见几个代表这一方面的人物，却只看见几个混蛋。"其实，这样的愤慨太理想主义了。由"反清灭洋"转变为"扶清灭洋"，从"民族革命"转变为"反动政权的工具"的，这时候的义和拳，就是他们的"代表人物"，恐怕也不免是"混蛋"罢。

再其次是陈明中先生的意见。他说：

> "……在暴露满清官场的腐败是成功的，但表现民众反帝的情绪是没有看见，这是很大的缺点。"

这批评若是说作者没有正面表现民众反帝情绪，那自然是对的。但，在《赛金花》这样的题材里面，这样的表现是否可能，却颇成问题。至少侧面的描写，作者并没有忘记。在第一场中，在第四场中，都有这样的描写。在第五场中，这描写更属明显。请看：

> 程　洋人这一次的声势汹汹，目无中国，卑职的意思倒以为由于给他们看穿了中国的弱点，从天津到保定，从北京到张家口，他们不曾碰到任何的抵抗！（李眸目静听）假使节节都有聂

士成一样的将官，都有宁死不退的兵士，那么即使打败，情形也决不会象现在一样的可怜，现在山陕河南一带民气沸腾，南方……

李　（勃然）民气？你打算靠民气吗？民气这两个字，孙逸仙在南方宣传得还不够吗？（以手击桌）郑弼臣在惠州造反，那是民气！史坚如炸德寿，那也是民气！（用力地）哼！照你说，万事都顺民气，咱们还能在庙堂上讲话吗？

这一段的暴露，非常有力。再看第五场的收尾：

李　（回头对徐）打电报用的护照办好了没有？

徐　已送来啦，不过有很严厉的附带条件，第一是不准打密电，第二是电报内容绝对不准妨碍联军行动。

李　那不妨。立刻打电报给甘陕河南三省巡抚，从严晓喻军民人等，今后绝对不准再与洋人和教民为难，否则军法从事。

徐　是。

李　（提高声音）再用海线电报通知广东巡抚德寿准他便宜行事，彻底弹压同盟会（恐怕是兴中会吧——奇注）乱党活动！

徐　是。

这一段简单的描写是非常冷隽可喜的。作者不仅描写当时民众反帝的情绪，并且将这情绪和统治势力的冲突，及统治势力利用外力压迫民气，都描写得很清楚。但作者还嫌不够，在第七场中，又借赛金花的口，将沈荩死难的事情讲出，而断定"有了沈先生那样的人，看大清的天下是不会长久了"。作者这样顾虑周到，批评者似乎再不必苛求了。

总括以上所指明的几种意见，我们可以看出座谈会的诸君中，颇有不少的人是犯了公式主义的毛病。张庚，章泯两先生的批评，比较有相当中肯的地方，这在后面，我们还要讲到。如今且看了作者的写作动机和写作过程。

作者是以怎样的动机去写《赛金花》的呢？在《历史与讽喻》里

面，他说：

> "去年深秋，我在一个北国的围城里面困处了两个月之久，在当时的那种急迫惶遽，可也点缀了不少喜剧材料的空气里面，使我惊异地发现了李伯元三十年前在《官场现形记》中所描写的人物，依旧还活生生的俨然存在我们的前面；我将这种印象讲给居停的房主人听，他就很兴奋地和我讲述了三十七年之前他所经历过的庚子战后的情景。对于这种毫不思索地可以唤起的'联想'，自不免有了很多的感慨，于是我就想以摘露汉奸丑态，唤起大众注意'国境以内的国防'为主题，将那些在这危城里面活跃着的人们的面目，假托在庚子事变前后的人物里面，而写作一个讽喻性质的剧本。"

这虽然不是章泯先生所指摘的"从前郭沫若他们那种用着旧形式来表现新内容的——旧瓶装新酒的方法"，但作者依然没有忘却历史和现实的对比。这种讽喻性质的历史剧，当然不是正规的史剧；不过在对于观众的影响来讲，它的效力有时比史剧还要来得直截有力。为什么呢？这原因，作者说得很明白：

> "现在这作品的主要目的是在讽喻，而讽喻史剧的性质上就需要着能使读者（观众）不费思索地可从历史里面抽出教训来的'联想'。"

这种"联想"作用是讽喻史剧的强点。为达到这目的，作者"于是避开繁琐的自然主义的复写，而强调了可以唤起联想的，与今日的时事最有共同感的事象"。章泯先生称作者"采取一种批判的态度来整理这历史题材是很成功的"，其原因即在此。

作者自称"这习作只是以反汉奸为中心的奴隶文学的一种"；其实，反汉奸在目前是很重要——甚至可以说是最重要的问题；因之，反汉奸的作品，应该是国防文学里面的一个重要部门。若以为国防文学的作品必须描写积极的斗争，象反汉奸这样消极的——其实仍然是积极的——暴露讽刺的作品，便摈之于国防文学的范畴以外，而另称为"奴隶文学"，这又是一种公式主义的毛病了。

"想插画一幅以庚子事变为后景的奴才群象"，为什么要以赛金花为主人公呢？作者没有说明，我们也无从晓得。也许因为庚子事变中赛金花在北京的活动是非常有名的史实罢。但，既以赛金花为主人公，作者无论在写作态度上或写作方法上都不能不受一番制约。虽然作者说：

> "就是以肉体博得敌人的欢心而苟延性命于乱世的女主人公，我也只当她是这些奴隶里面的一个。"

他又说：

> "我不想将女主人公写成一个'民族英雄'，而只想将她写成一个当时乃至现在中国习见的包藏着一切女性所通有的弱点的平常的女性。我尽可能的真实地描写她的性格，希望写成她只是因为偶然的机缘而在这悲剧的时代里面串演了一个角色。"

然而作者最后不能不告白了：

> "不过，我不想掩饰对于这女主人公的同情，我同情她，因为在当时形形色色的奴隶里面，将她和那些能在庙堂上讲话的人们比较起来，她多少的还保留着一些人性！"

注意这一个！这一种同情心的高扬对于作者的写作的态度和方法是有很大的关系的。后面我们要论到这一点。

关于写作方法，作者这样说：

> "我为着要对那些在危城中活跃的人们投掷最难堪的憎恶，自不能不抓住他们的特征而加以夸张的描写，我要剥去他们堂皇冠冕的欺瞒大众的外衣，而在观众面前暴露他们'非国民'的丑态。"

凌鹤先生对于这写作方法好象不甚赞成，却引《却派也夫》来作反的例证。我以为这引证不适当。《却派也夫》绝对不是讽刺暴露的作品。而且《却派也夫》那样写实主义的态度和最近苏联新宪法中所规定民立制度，在政治上应该是相关联的：都表现新兴势力的稳定。在目前的中国这是不能适用的。

既然分辨了诸家批评的是非，又明白了作者自己的企图，现在应该发表笔者的一得，请求各方面的指教了。

笔者的意见约略如次：

第一，《赛金花》是一部"国防戏剧"，但诚如作者自认，是以"反汉奸为中心"的讽刺暴露的作品。这样的作品在目前是很重要的。我们应该"给以较高的评价"（周钢鸣先生语）！并且"十分希望努力剧运舞台人，把它演出介绍给中国千万的观众"（凌鹤先生语）。但我们却不必以固定的"国防戏剧"的观念去绳它，去作过高的要求（如什么积极性啦，正面表现啦，庚子事变的全面描写啦等等）。

第二，就作品去批评，我以为有几点值得讨论：（一）作者在写作态度上的矛盾，（二）作者写作方法上的矛盾，（三）表现形式在效果上的疑问。

关于第一，前面已讲得很多，现在不须重复；关于第二的三点，下面将分条简单地说明。

作者在写作态度上的矛盾，是一种 feministe 或者 humaniste 对 ironiste 的矛盾。作者要写"以庚子事变为背景的奴才群象"，作者对于女主人公赛金花"也只当作她是这些奴隶里面的一个"；然而，他却"同情她"。他不抛开赛金花个人的故事，而只画了一幅面目不很凸出的以庚子为背景的奴才群象。这剧本的长处短处强点弱点都在作者的这几句自白里面。

张庚先生是看到这一点的一个人。在座谈会上，他说：

"第一，我觉得作者还没有把主题弄清楚，似乎是以赛金花个人作主题，又象是以庚子事件作主题。照现在看，作者是把戏的主题放在赛金花身上，背景是庚子事件，但令人看起来却成了两个主题。……现在这剧本成了赛金花的一段故事，然而不，作者绝不甘心它落到一个女人感伤的历史中去，于是有时候庚子的历史事件又突出在浮雕的背景之前来。……"

这批评是相当接触到这剧本的主要弱点；然而，原因呢？张庚先生在中间一段说：

> "因为在作者处理这题材时就遇到一种困难，还是从严正的历史家的地位来挥动一支史笔呢？或是站在讽刺家的立场来加以笑骂呢？结果作者取了后者。取了后者就必然从另一方面去发展，历史事件就非退到配景的地位不可。因此赛金花这人物出现了。"

这一段话，前半是很正确的。在这困难中如何去处理这问题，作者在《历史与讽喻》里面也讲过。后半的话，我却有点怀疑。为什么取了讽刺家的立场，"历史事件就非退到配景的地位不可"，"赛金花这人物"就"出现了"呢？我反以为"赛金花这人物出现了"，"讽刺家的立场"反不容易保持了。为什么呢？这是作者乃至读者的"精神遗产"（让我暂且用这么一个含混的名词罢）在作祟。

传说中的赛金花已经成了一个悲剧的人物。对于这样的人物要加以讽刺，非最大的勇猛心和最犀利的眼光不可。况且，在庚子事变中，赛金花的活动所包含的喜剧也并不多。虽然象魏忠贤那样的人物可以"轻薄地"嘲笑她："跟红毛子睡觉，要脸吗？"但这只使人感得悲剧的气味。虽然象孙家鼐那样的假道学会骂她："奇装异服，招摇过市，被别人当作国家将亡的妖孽看。"但这反引起别人对她的同情。作者虽然明白宣言："就是以肉体博取敌人欢心而苟延乱世的女主人公，我也只当她是这些奴隶里面的一个。"可是他却也不能不"同情她"，因为"将她和那些能在庙堂上讲话的人们比较起来，她多少还保留着一些人性"。在这样的态度之下写出来的《赛金花》，要成为一部纯粹的讽刺喜剧是不可能的。况且作者的女性崇拜，乃至人道主义的精神还在那里作祟。

作者的女性崇拜乃至人道主义的精神，对于女主人公，表现得很明白。他虽然斥女主人公为"以肉体博取敌人欢心"，可是从第三场起一直到第六场，他把赛金花写成一个崇高的女性，瓦德齐对于她的态度也看不出侮辱的样子。不，在全剧中，作者对于女主人公一点没有戏画化，一点没有讽刺和非难。用剧坛通用的俗话来讲，赛金花在全剧中并不是反派。她被写成了一个活泼，敏慧，刚强而富于反抗心的女性。以这样的女性去作喜剧的主人公，去作讽刺戏画的对象是不可能的。再进一步说，历史上的悲剧人物不能作讽刺喜剧的女主人公，赛金花可算是一个证据了。

作者的写作方法是跟他的写作态度相关联的。赛金花的副题，虽是"悲剧时代中的一个喜剧的插曲"，但作者的写作方法完全是悲剧的型式：这里用的是渐层法。全剧是渐趋高潮的。第六场可说是顶点（Climax），而第七场是悲剧的破裂（Catastrophe）。这跟喜剧的型式是相反的。

张庚先生说：

"第七场没有庚子事件的背景，就多少给人一种不联贯的感觉，但仔细追寻，只能说，在庚子事件这线索上不相属，赛金花故事上却是一个必然的发展。所以看上又象完整，又象多余。"

就全剧的结构讲是完整的。在第一场，作者早已下了伏线，而且在第五场将近高潮的时候，这伏线还提清过。请看原文：

孙……（叹息）唔，不早将这淫贱的东西撵出去，这是我的责任。

这正使人回想第一场孙赛的交涉，并暗示着第七场的被逐。全剧的结构是很完整的。但结构愈完整却愈增加悲剧的力量。就作者的企图讲，这只是增加反效果。

此剧不分幕而分场，也是值得讨论的。张章二先生都讲到此点。张庚先生说：

"作者的写作方法是 Sketch 的……在整个的剧的发展上是没有系统，不集中，不够力量。"

章泯先生说：

"《赛金花》想采用电影手法，不是绝对不可以，但必须要适合于舞台，更有效果，更经济，方可以采用。……在舞台要求绝对要经济，象这样一场一场地处理是不经济的。在舞台一个最精彩的戏，应当用三五幕就可以表现出来。所以这种处理手法用在电影上是不见偷懒，但用在舞台上就现出偷懒来了。"

他们两个的话都是相当正确的。

结论：悲剧的骨干点缀上喜剧的材料，电影的形式装上 Sketch 风的描写：这是《赛金花》剧本的主要缺点。

一九三六年八月十五日

1936年9月1日《女子月刊》4卷9期

关于《赛金花》

阳翰笙

我对于《赛金花》一剧，本有许多意见想发表的，可是这两天因为我的胃病大发，实在没有精神提笔，我只能极简单地说说我的感想。

记得三年前，我在寿昌兄的鼓励下，也曾以赛金花为题材，替艺华公司写了一个电影剧本的，当时艺华的当局很兴奋，听说很愿花一笔巨款，来摄制《赛金花》的，后来因为艺华公司"受难"，《赛金花》也就随之"遭劫"了。

事隔三年，至今我还不无怅怅之感！

数月前，在《文学》上读了夏衍先生的舞台剧《赛金花》，使我感到非常大的喜悦。

我的喜悦，不仅在于此剧在艺术上的相当成功，同时也在于此剧的历史观的正确。

夏衍先生并没有夸大赛金花的历史作用，把她写成是怀大志的巾帼中的"民族英雄"，更没有夸大她的所谓"淫行艳史"，把她写成一个不可一世的"历史妖物"，他只客观的如实的去描绘赛金花的真实，不夸大，也不歪曲，这儿便有着"历史的真实"。

自鸦片战争以来，中国的弱点渐次暴露，甲午战后，各帝国主义者发见其所谓"东方的睡狮"者，实乃"化石的动物"，如是争向东方伸其魔爪，"德占胶州湾，俄占旅顺大连，英索威海卫九龙，并推广上海租界内地商埠，法索广州湾，并侵入沿海之地百余里"（李鸿章奏折中所述）。其军事的侵略，又与经济文化的侵略交相为用。他们把握了中国农民的落后性，拿上帝（God）做盾牌深入内地推行其麻醉殖民地民众的任务，兼替他们的商品（Goods）清道，商品所至，炮舰（Gun-boat）亦随其后，这便是帝国主义的三G政策。而当时直接使民众痛极恨极而无可如何的便是躲在上帝的保护下的教民。他们"假借教会暨领事裁判权之特殊势力，横断乡曲，恶印象直接深印于民间。大者远者有国家危亡之惧，小者近者尤深切肤之痛"。况且"各国在中国传教……民教争讼，地方官时有所偏。畏事者袒教虐民……官无持平办法，民教之怨，愈结愈深"（见光绪"罪己诏"）。这样便酿成那样如火燎原的所谓拳匪之乱！在以瓦德西为统帅的八国联军攻入北京的时候，赛金花居然以特殊的运命，红极一时。现在"赛二爷"老了，而帝国主义对中国的进攻比当时更加深刻猛烈，真已危及中国民族的存在。在这时候《赛金花》的演出，是有绝大意义的。

但我们不是某些先生们那样希望再有一个赛金花出来同"今日的瓦德西"恋爱一番，以能救中国危亡；而是希望中国广大民众再象义和团那样的风起云涌结成一个巩固的，便是更进步的救亡阵线。有人说帝国主义是具有比当时更犀利精巧的武装的，我的反抗运动一定会得到和"拳匪"同样的结果。但是他们不知道现在帝国主义的武器固然进步了，中国民众也比义和团时代进步了。我们不会再相信靠符咒之力可以当洋枪，但我们知道只要团结得象一个人就是窳劣的武器也可以打倒帝国主义。何况就是义和团那样的反抗运动其政治影响也不可厚非。

"……盖在庚子事变以前列强角逐，中国俨被脔割，及庚子事变爆发，美国先有保全中国之宣言，英德继以同样性质之协定，奥，法，义，日，俄，美诸国和之。此固由于攘夺之事难于协调，而亦鉴于此广土众民之国家非可以直接手段谋之。列强从此停止瓜分运动，直至'九一八'事变以前，三十年来，除帝俄已受其教训外，从无公然攫夺中国之领土者！人谓义和团有保全中国之功，或非无见之论。"（见王芸生：《六十年来中国与日本》第四卷，第三十二章，p.2）

那么这影响不是够伟大了吗！

567

庚子事变与赛金花

田　汉

一　暴风雨中的一个女性

昨晚大雷雨。床上忽忆凤子"十五日以前"之约，翻身起来，燃灯，握笔，想写点关于《赛金花》的意见。但遍觅《文学》不得，恐怕是给翰兄携去了，因为他也要写同一文章。无法，只好依旧熄灯，就枕。

然而终是不放心。我的事是这样的忙，而限又是这样的迫。"等明天早上一早写罢。"我想。

今晨，枕上激闻鸟雀喧声。一睁眼，太阳射到手臂上了。望窗外，蔚蓝天空激有几片白云，竟是一个暴风雨后明静的秋晨了。于是决心起来，重复握笔。也等不到看《赛金花》剧本的原文了。姑且就我所晓得的关于赛金花背后暴风雨般发展着的那个时代作一个小小的观察吧，因为赛金花不过是那个狂潮中的一个小小泡沫。

作为"国防文学"来写赛金花，我以为主要的是应该把握庚子事变的本质，那就是得写出义和团这一有反帝意义的农民运动的成因，发展，及其重大而久远的影响。而在戏剧构成上应抓住的要点当然是运动发展到最高潮而且形成不可收拾的局面时，东西各"文明"国家军队的"野兽"般的行为；中国所谓"士大夫阶级"的丑恶的面目；中国良善民众受祸之和抗争之烈！——在这样的要求下，《赛金花》的存在是很有用处的，因为把这个曾经运动于国际舞台而重复沦落风尘中的女性做线索，恰恰足以贯串上述三方面的情形，这便是赛金花所以最为处理这一历史题材的小说家或是戏剧家所欢喜的理由。赛金花真是一个"时代的宠女"！

二　瓦德西伯爵

谈赛金花故事必谈到瓦德西。因为他是庚子八国联军的统帅。攻陷北京时，据说还同赛金花在残破的宫殿里演过一段"璇宫艳史"般的场面，据曾孟朴的《孽海花》的记载在赛金花赴欧滞德的旅途已经是热烈的相思之侣了。这在瓦德西将军不过是在进攻东方半殖民地时做了一个小小的"阿拉伯夜谈"里的梦。但中国一般谈瓦德西的，多只单纯的把他作为赛金花的异国情人，而不十分理解他在欧洲军事政治上重要的地位。

瓦德西伯爵（德音应念"瓦德崔"）生于一八三二年，自幼服务普鲁士陆军，长于谋略。三十四岁时入参谋部受总长毛奇将军的熏陶。一八七〇一七一年普法开战，普胜。明年瓦德西出任第十军团参谋长。四十九岁任陆军监督部总监。一八八八年毛奇将军已是八十八岁了。自惟颓龄，难胜剧任，退居国防委员会长闲职。瓦德西伯爵即继此威望隆重的毛奇元帅复任参谋总长。普法战后毛奇将军的作战计划是东西同时交战。因见法国在大败之后恢复力量意外迅速，他的计划便是先举大军以疾风迅雷之势击破法军于国境线，立即回其锐锋以当其同盟的俄军。其后，法国对德的"钢墙"次第完成，德军自虑攻破此线很费时日。若东方的俄军于此时活动，其同盟的奥国军很难独力当此大敌。所以不如暂对西方取守势，而务于此时举绝大兵力，协同奥军以击破集中缓慢的俄军。这便是所谓"东攻西守计划"。新参谋总长的瓦德西将军就是这一"毛奇计划"的继承者，只是部署上稍有不同了。

但是瓦德西所辅的君主已不是老成谋国的威廉第一，而是英锐恣肆、好大喜功的威廉第二。他乘其产业发展，国力膨胀之际，极力充实武备，建立大海军，进行他的所谓"世界政策"（Welt-Politik），自从甲午之役暴露了中国的无能，德皇随时都想对这老大国家伸张他的侵略铁爪。一八九五年德国既取得天津汉口两地租界，还想得一海口或数岛，为其海军根据地，他们便看中了胶州湾。为谋得俄皇尼古拉第二的谅解，一八九七年八月，威廉二世甚至为此专访俄都。庚子事变起，德公使克德林为乱兵所杀，这使德国得了一个更好的机会，成为"进攻中国的领袖"。他向欧洲各国要求一致行动，组织联军，而使在中国的各国军队都受他指挥。他所派出的指挥官便是瓦德西元帅。但这不是其他国家所十分愿意接受的。英国为着承认瓦德西为联军统帅，曾以取得德国承认扬子江流域为英国势力范围做交换条件。但瓦德西元帅虽有充分资格做联军统帅，却不必有资格做一个诱惑的女性的情人，那时他已经六十八岁，快到古稀之年，其后只隔四年他就下世了。继瓦德西任参谋总长的是希里芬元帅，观察国际关系及其假想敌军容的变化他判断原案已经不适当了，从一八九○年下半期起改为东守西攻。其后作成欧战作战计划的小毛奇将军大体也仍踏袭希里芬计划。今日真正又有所谓"新希里芬计划"，但由于法国马居诺要塞线的完成，由于希特勒德国的主要使命为进攻苏联，而且他们也一再宣言，一贯的做这样的军事的外交的种种准备，可知毛奇——瓦德西的西守东攻计划正与日本军部"南北并进"或"北守南进"的计划一样依旧值得我们严密的注意。

三　中　国　魂

义和团运动被称为"拳匪之乱"了。"汉儿学得胡儿语，又向城头骂汉儿"，是今日的常态。但外国的识者中实在有不少的人能给他们以近于正确的批判，有的看出比太平天国运动更进步的意义。

"拳匪之乱是对于曼捷斯特，利物浦，大阪，孟买，及上海的机器一种绝望的反抗运动。这样的'伟大的拳头，不仅打了外国贸易也打了机器的外国传教师。太平天国还不能理解教会的祭坛、福音书和商业上的打算这样紧密相关，拳匪在这方面却表示了极实际的意义。同时太平天国是积极的南中国民众要求的具观，而拳匪是衰澈了的绝望的北中国农民的代表。"（见沙洛夫著

《中国社会史》）

有的把义和团事变和外国革命史上的某些事象相比：

"……在人民自由派时代虚无党人的行为把沙皇吓坏了。他就故意造成俄国第一次犹太人大屠杀运动，因为沙皇怕民众与革命运动联合了。他设法改变这种运动的方向……在一九〇五年以前工人运动开始的时候便设法把这运动拿到自己手里，诸巴妥夫就干过一次。为什么沙皇能这么办呢？……当时人民境况困难，他们的剥削者是地主，但资本家也使他们破产。而乡村资本家就是小犹太商的代理人。所以农民的反犹运动风起云涌，而引起革命。这种运动是反动的。因为打死许多犹太人，而农民的境遇并不能改良。……可是实在是农民出来反对剥削者，是农民革命运动的初步。同样义和团运动也是中国民众有革命觉悟的初步，他们觉得要怎么办便怎么办。满州贵族怕这种运动的发生反过来要反对朝廷，所以引导他的方向只去反对外国人。俄国的运动……都反过来反对沙皇的。我们知道一九〇五年的流血惨剧在彼得堡的组织是一个受警察帮助的主教做领袖。这组织的原产是在使运动归于一定方向的，而结果出乎意外，引起了无产阶级的暴动。在中国呢，因为外人参与其间，外国资本家使运动陷于血海！所以义和团运动就完全在反动时代便被消灭了。

"这次农民运动决不是暴徒土匪的运动而是旧中国衰败的结果，是以后中国革命的先兆。虽是他们被满洲政府利用了，但还是表示旧中国崩溃的一个伏流的波浪。"（贝拉迭克《中国革命运动史》）

有的从这波浪看出中国民族的真精神：

"这一骚动大体和德川时代的农民暴动相似。在某种意义也可以看作对于中国的将来给了一种暗示的运动。日本人说中国完全没有日本那样的忠君爱国的感情。固然，在所谓士君子阶级充满着自保自足之念，看不出日本那样的猛烈的爱国心，但中国的平民决非尽是对于外国人的跳梁跋扈而毫不愤慨的无志之辈。这事实可见之于中国近世史上屡次发生的教案。……

"谚云'盲人不怕蛇'。又曰：'螳臂当车。'拳匪不明世界大势断行攘夷之举，其无智无谋真乃可怜。但我们却由拳匪运动看出美丽的中国魂。中国的士君子巧于自保之道。他们一逢世难立即隐藏起来了。他们决不使一身一家陷于危险之境，而对于国家社稷的沦亡却可以淡然视之。但这是中国士君子的常态而不必是中国一般劳苦人民的面目。中国一般人民看去似乎对于国事冷淡，而随着教养可以象爱国者一样的死难。拳匪不受政府之禄，不为政府所养。不借政府一兵，不费政府一粟，犹能为攘夷而奋斗。他们连小孩子也拿起刀枪，大伙儿来和外国人战斗。由这我们可知中国的平民，但凡教育得力可以成为很好的爱国者。拳匪是用一种迷信来团结其同党。即令是迷信是妄想，而能使他们甘心乐意为国家而死，其教育的效果不能不算伟大。我们觉得由拳匪的骚动看出了中国人美丽的侧面。……"（见山路爱山著《支那论》）

这一美丽的侧面以为是《赛金花》的作者应该竭力描写出来的。因为今日主张不能抵抗侵略的人们除了"武器不如人"的论调以外，其心理的根据是"中国的人心已死"！由这位日本老论客的看法可知虽则中国的士君子的心有的早已经死了，而中国的"平民"的心竟是没有死的，甚至只要宣传教育得力都可以成为很好的爱国者！

1936年9月1日《女子月刊》4卷9期

"这也是生活"……

鲁　迅

这也是病中的事情。

有一些事，健康者或病人是不觉得的，也许遇不到，也许太微细。到得大病初愈，就会经验到；在我，则疲劳之可怕和休息之舒适，就是两个好例子。我先前往往自负，从来不知道所谓疲劳。书桌面前有一把圆椅，坐着写字或用心的看书，是工作；旁边有一把藤躺椅，靠着谈天或随意的看报，便是休息；觉得两者并无很大的不同，而且往往以此自负。现在才知道是不对的，所以并无大不同者，乃是因为并未疲劳，也就是并未出力工作的缘故。

我有一个亲戚的孩子，高中毕了业，却只好到袜厂里去做学徒，心情已经很不快活的了，而工作又很繁重，几乎一年到头，并无休息。他是好高的，不肯偷懒，支持了一年多。有一天，忽然坐倒了，对他的哥哥道："我一点力气也没有了。"

他从此就站不起来，送回家里，躺着，不想饮食，不想动弹，不想言语，请了耶稣教堂的医生来看，说是全体什么病也没有，然而全体都疲乏了。也没有什么法子治。自然，连接而来的是静静的死。我也曾经有过两天这样的情形，但原因不同，他是做乏，我是病乏的。我的确什么欲望也没有，似乎一切都和我不相干，所有举动都是多事，我没有想到死，但也没有觉得生；这就是所谓"无欲望状态"，是死亡的第一步。曾有爱我者因此暗中下泪；然而我有转机了，我要喝一点汤水，我有时也看看四近的东西，如墙壁、苍蝇之类，此后才能觉得疲劳，才需要休息。

象心纵意的躺倒，四肢一伸，大声打一个呵欠，又将全体放在适宜的位置上，然后弛懈了一切用力之点，这真是一种大享乐。在我是从来未曾享受过的。我想，强壮的，或者有福的人，恐怕也未曾享受过。

记得前年，也在病后，做了一篇《病后杂谈》，共五节，投给《文学》，但后四节无法发表，印出来只剩了头一节了。虽然文章前面明明有一个"一"字，此后突然而止，并无"二"、"三"，仔细一想是就会觉得古怪的，但这不能要求于每一位读者，甚而至于不能希望于批评家。于是有人据这一节，下我断语道："鲁迅是赞成生病的。"现在也许暂免这种灾难了，但我还不如先在这里声明一下："我的话到这里还没有完。"

有了转机之后四五天的夜里，我醒来了，喊醒了广平。

"给我喝一点水。并且去开开电灯，给我看来看去的看一下。"

"为什么？……"她的声音有些惊慌，大约是以为我在讲昏话。

"因为我要过活。你懂得么？这也是生活呀。我要看来看去的看一下。"

"哦……"她走起来，给我喝了几口茶，徘徊了一下，又轻轻的躺下了，不去开电灯。

我知道她没有懂得我的话。

街灯的光穿窗而入，屋子里显出微明，我大略一看，熟识的墙壁，壁端的棱线，熟识的书堆，堆边的未订的画集，外面的进行着的夜，无穷的远方，无数的人们，都和我有关。我存在着，我在生活，我将生活下去，我开始觉得自己更切实了，我有动作的欲望——但不久我又坠入了睡眠。

第二天早晨在日光中一看，果然，熟识的墙壁，熟识的书堆……这些，在平时，我也时常看它们的，其实是算作一种休息。但我们一向轻视这等事，纵使也是生活中的一片，却排在喝茶搔痒之下，或者简直不算一回事。我们所注意的是特别的精华，毫不在枝叶。给名人作传的人，也大抵一味铺张其特点，李白怎样做诗，怎样耍颠，拿破仑怎样打仗，怎样不睡觉，却不说他们怎样不要颠，要睡觉。其实，一生中专门要颠或不睡觉，是一定活不下去的，人之有时能要颠和不睡觉，就因为倒是有时不要颠和也睡觉的缘故。然而人们以为这些平凡的都是生活的渣滓，一看也不看。

于是所见的人或事，就如盲人摸象，摸着了脚，即以为象的样子象柱子。中国古人，常欲得其"全"，就是制妇女用的"乌鸡白凤丸"，也将全鸡连毛血都收在丸药里，方法固然可笑，主意却是不错的。

删夷枝叶的人，决定得不到花果。

为了不给我开电灯，我对于广平很不满，见人即加以攻击；到得自己能走动了，就去一翻她所看的刊物，果然，在我卧病期中，全是精华的刊物已经出得不少了，有些东西，后面虽然仍旧是"美容妙法"、"古木发光"，或者"尼姑之秘密"，但第一面却总有一点激昂慷慨的文章。作文已经有了"最中心之主题"：连义和拳时代和德国统帅瓦德西睡了一些时候的赛金花，也早已封为九天护国娘娘了。

尤可惊服的是先前用《御香缥缈录》，把清朝的宫廷讲得津津有味的《申报》上的《春秋》，也已经时而大有不同，有一天竟在卷端的《点滴》里，教人当吃西瓜时，也该想到我们土地的被割碎，象这西瓜一样。自然，这是无时无地无事而不爱国，无可訾议的。但倘使我一面这样想，一面吃西瓜，我恐怕一定咽不下去，即使用劲咽下，也难免不能消化，在肚子里咕咚的响它好半天。这也未必是因为我病后神经衰弱的缘故。我想，倘若用西瓜作比，讲过国耻讲义，却立刻又会高高兴兴地把这西瓜吃下，成为血肉的营养的人，这人恐怕是有些麻木。对他无论讲什么讲义，都是毫无功效的。

我没有当过义勇军，说不确切。但自己问：战士如吃西瓜，是否大抵有一面吃、一面想的仪式的呢？我想：未必有的。他大概只觉得口渴，要吃，味道好，却并不想到此外任何好听的大道理。吃过西瓜，精神一振，战斗起来就和喉干舌敝时候不同，所以吃西瓜和抗敌的确有关系，但和应该怎样想的上海设定的战略，却是不相干。这样整天哭丧着脸去吃喝，不多久，胃口就倒了，还抗什么敌。

然而人往往喜欢说得稀奇古怪，连一个西瓜也不肯主张平平常常的吃下去。其实，战士的日常生活，是并不全部可歌可泣的，然而又无不和可歌可泣之部相关联，这才是实际上的战士。

八月二十三日

1936年9月5日《中流》第1卷第1期

"创作自由" 不应曲解

茅 盾

　　大约是一个月以前，我写了一点对于目前文学运动的意见（《文学界》，第三期，《关于引起纠纷的两个口号》），提到文艺家救国抗×的联合阵线时期的创作问题时，我说了这样一句话："我们所希望的是全国任何作家都在抗×的共同目标之下联合起来，但在创作上需要有更大的自由。"

　　我这里所谓"需要有更大的自由"是针对周扬先生（也还有别人）所极力主张的凡不是汉奸作家就应当写"国防文学"这话而发的。他把"国防文学"作为文艺家联合起来的创作上的规约，而我则以为文艺家联合起来的规约应当是救国抗×。至于创作问题，"需要有更大的自由"，即是说，不应该以写"国防文学"的作品作为文艺家来联合救国的一种"资格"。我所说"更大的自由"者，即"不限于国防文学"或"非写国防文学不可"之意。在另一处（《光明》第五号，《给青年作家的公开信》），我讲到"争取爱国的言论自由"的必要时，也提到创作上的问题，也表示了同样的意见。

　　然而周扬先生因为"《文学界》编者把茅盾先生的《关于引起纠纷的两个口号》的原稿给"他"看，征求着"他"的意见"时，"觉得应当……和茅盾先生作一商讨"，因而写了一篇《与茅盾先生论国防文学的口号》（也载于《文学界》第三期），却把我说的"希望全国任何作家都在抗×的共同目标之下联合起来，但在创作上需要有更大的自由"截取了一半，而且有了曲解，把我说的"需要有更大的自由"从目前的特殊场合分离，而跳身云端似的说起"创作的自由不是没有限度的，绝对的创作自由的说法是有害的幻想"那样的话来。他并且大引用了高尔基。他却没有想到高尔基那些话原来不是在什么文艺家联合救国抗什么的场合说的。并且"更大的自由"（这是我说的）也和"绝对的自由"（这是他说的）相差不止"十万八千里"罢？

我觉得这样的"商讨"实在太怪了，所以我不能不"再说几句"（见《生活星期刊》一卷十二号革新号）。

昨天有一位朋友将《生活日报·星期增刊》第二号和第七号给我看了，才知道有过一位刘志信先生写过一篇《创作自由论》（《星期增刊》第六号），而又有一位黎觉奔先生写过一篇《创作自由论批判》（《星期增刊》第七号）。

这里，篇幅不容许我来研究刘先生的论点（他那篇文章里包括的问题极多）以及黎先生的"批判"。但是黎先生把刘先生的"创作自由论"比之从前某种人所说的"文艺自由论"，却不免是认题未清。也许在不久会有人也把我现在说的"创作上需要更大的自由"和以前的"文艺自由论"混为一谈，因而有些人要得意，而有些人也要象黎觉奔先生似的来"批判"罢？我觉得应当有几句话先来弄个明白。

黎先生的文章开头就说："创作自由的概念之中，是含有很大的错误的，一九三二年的中国文坛上，已经有过苏汶等提出过"自由文艺"的谬论，经过了一番浪费的战争，历时一年之久，才算平息了。昨看本刊第六号，见有刘志信的创作自由论的大作，也有同样的意见复活着。"

不错，所谓"文艺自由"的"要求"是一九三二年的事了，而现在是一九三六年。时间先生是最无情的，时间先生会把一些人的美丽的面具剥落。谢谢时间先生，我们现在更能明白从前所谓"文艺自由"的"要求"是怎样一回事了。

我的记性不顶坏，我还记得从前"要求"着"文艺自由"的先生们在那时实在很有发表的自由，而那时没有自由的，倒是苏汶先生所视为束缚"文艺自由"的什么"创作纲领"之类。谁曾在那时的公开刊物上见过那所谓"创作纲领"？所以如果真正是要求"自由"，应在彼而不在此。可是当时的"文艺自由论"者写了许多文字却不曾碰到彼方面半句。当时大家热心于搬"理论"，无形中把这一点轻轻忽过。

后来"论争"是过去了，然而旋即听说"文艺自由"的集团中有人高就检查官去了。这一桩无情的事实却叫人这才把过去不久的我们的"文艺自由论"读通了。原来我们是觉得自己的自由还不够而别人的自由还太多呢！

"国防"这名词在我们的"友邦"口里是侵略，在我们却是神圣的自卫；"自由"一名词，一要求，亦复如此！

这是现在的"创作自由"的又一方面的意义。

黎先生把现在的"创作自由"的主张比之于一九三二年的所谓"文艺自由"的"要求"，归根讲来，不免是认题未清。

1936年9月5日《中流》第1卷第1期

对于两个口号的一点意见

唐 弢

　　最近的文坛上，"民族革命战争的大众文学"和"国防文学"，引起了热烈的论争，但这两个口号，实际上是并不相悖的，不但不相悖，而且归根结底，那精神正复是一致。江和海大概是不同的吧，扬子江里的水，恐怕也的确要比海水减些盐味，少些风险，然而它终于还要流到海里去。

　　但是，据说青年们却感到惶惑和不安了，为的是怕它破坏"统一战线"的成立。

　　我想：这其实是杞忧。

　　中国的近年来的现实，是民族革命战争的现实，这是毋庸讳言的，而且这情形大概还要继续到一个相当久长的时期，因此，文坛上的"民族革命战争的大众文学"，也可以说是一个总汇，一切支流，都得向它流去。至于"国防文学"的提出，正如鲁迅先生所说，是一个"随时应变"的口号。它是特别适应于眼前的情形的。——例如抗×和"统一战线"等等。

　　"国防文学"的所以适应于"统一战线"，是因为这口号比较来得简单，来得概括，所以它容易号召，使落后的作家无所恐惧，犹预，勇跃地来参加"统一战线"，结成一个雄厚的力量。这力量结成以后，为了避免使它跌入空洞的爱国主义，浅薄的民族主义的泥潭里去，在这时候，提出一个比较清晰的，具体的，进步的口号来，非但无害，而且是十分需要的。

　　我的所以说要防备那泥潭，并非无视于提倡"国防文学"者的说明，事实上，我自己也就是那说明者之一。然而泥潭还是应该防备的。五个月以前，为了《文学》三月号上角先生的对于"国防文学"的怀疑和质难，在那时候的《每周文学》上，我曾经写过一篇文章，说明"国防文学"的倡导在于要把握现实，并非超出现实，是完全不同于那些浅薄的民族主义文学的。角先生大概不算一位怎样落后的作家吧，然而他还有这样的误会和曲解，那末，由"国防文学"的号召，而来加入的各阶层的作家们中间，那误会和曲解，不是将更多的么？

　　"民族革命战争的大众文学"的提出，是防备着那误会和曲解，而负着弥补和充实的使命的，它可以使"国防文学"更加切实，更加活跃，取得更多更好的效果。

　　"统一战线"所要统一的，是整个的目标。在这个目标的下面，正不妨有几个口号。一九二七年的革命，不是也喊打倒帝国主义，也喊铲除军阀、铲除土豪劣绅么？而其结果，却证明了它们的无碍于战线的统一。

　　我们也无须去惶虑和不安。

　　不过，"国防文学"和"民族革命战争的大众文学"的创导者，拥护者，应该努力发挥其相辅的作用，却还是当前的急务。这两个口号的任何一个，都没有取消或代替另一个口号的企图，鲁迅先生已经说得非常明白。我个人很同意于辛人先生的说法："国防文学"的活动路线是侧重于横的方面，而将来，它一定还要发展到纵的方面——也就是"民族革命战争的大众文学"的一方面去。

1936 年 9 月 5 日《中流》第 1 卷第 1 期

我对于"国防电影"的意见

姚 克

"国防"二字近来很流行的样子。在文坛上，"国防文学"的口号已经掀起了论战的波澜，至今还没有平静。在电影界，最近也有人提出"国防电影"的口号来，并且还举行了一次"国防电影座谈会"；虽然目前仅至"座谈"为止，不久也许要热闹起来的。

我个人对于"国防"是绝对拥护的，而且在"国防电影座谈会"开会的那天，我也是列席的一个。在国难严重的时候，文艺界能注意到国防问题，这果然不能不说是好现象。但喊"国防"的口号是一件事，做实际的国防工作是另一件事。"国防电影"的名目并不是不动听，可是在这动听的口号之下，中国电影界是否能达到国防的实际呢？

在讨论这一点之前，我们先要提出一个问题来：什么是国防电影？

"国防"二字其实是已经用滥了的。我们的"友邦"无时无刻不在想实现《田中奏摺》中的建议，可是它大规模的军备也算是"国防"；墨索里尼把阿比西尼亚蹂躏侵略以膏其馋吻，这在法西斯蒂的帝国主义者看来也是"国防"。不过我们中国的国防当然不能和我们"友邦"或意国的国防相提并论。我们的国防是指对付侵略者所造成的国难而言的。

那么国防电影应该是对付国难的电影了。

这里我们又遇到一个问题了。中国的国难是现在才有的吗？何以到现阶段才提出国防电影的口号呢？

在事实上我们的国难已有了近百年的历史，而我们当前的民族危机也就是这百年来帝国主义者压迫侵略的结果，并不是我们的"友邦"一手造成的。依逻辑而言，我们对付国难的策略唯有加强我们民众反帝的阵线，单单对付一个"友邦"是不够的。可是在目前的时期，别的帝国主义者都自顾不暇，但求保全它们已攫得的利益，暂时并无余力来做进一步的侵略；只有我们的"友邦"在乘机加紧侵略。所以我们现阶段对付国难的策略把"友邦"来做对象也是应时势的需要不得不如此。

根据以上的论断，目前提出的国防电影应该就是抗×电影。否则，这个口号简直就不必提出。因为我们早已有了反帝反封建的口号在先，假使国防电影的"国防"二字并非抗×的代辞，那么不过是标新立异的一个时髦口号罢了。

假使国防电影是抗×电影，那么中国电影界应该无条件接受和实践这口号。鲁迅先生最近在《答徐懋庸并关于抗×统一战线问题》一文中曾说："我以为文艺家在抗×问题上的联合是无条件的。"这句话当然也适用于电影界，因为电影也是艺术。

电影界应该加入抗×的联合战线那是不必说的。为实践抗×意义而提出口号，那也是应当的；用"抗×电影"的口号也好，用"国防电影"的口号也好。不过在目前的环境之中怎样能够摄制抗×的国防电影倒是一个困难问题。

从"一二八"到现在，中国电影界不是没有摄制过这种电影。可是起先几本的公映倒还不成问题，近来的情形可就不同了。例如去年明星公司摄制的《热血忠魂》好容易经过屡次的检查修剪，才领到执照，在上海试映的时候，"友邦"的领事也认为并无不妥之处，但在汉口，重庆，广州等处都遭了厄运，在公映之前，当地友邦的领事就向地方官交涉，要求禁映。为敦睦邦交起见，于是这本影片只得束诸高阁了。自从"亲善""提携"的声浪在空气中荡动之后，情形似乎更来得困难。最近洪深编的《最后一滴血》并不是明目张胆抗×的剧本，但检查的结果竟有六分之五"要不得"。试问一个剧本削去了六分之五还成什么东西？

在这种情形之下，请问国防电影怎么摄制得成？即使摄制成功了，请问怎么能公开的上映而不遭干涉和禁止？

电影不比文艺作品和刊物；它和群众接触的手续和条件比较繁复得多。文艺刊物可以逃避检查而秘密出版，电影虽然也可以秘密开映，但其困难则何止十倍。而且开映既守了秘密，群众就不能看到，岂不是大失摄制国防电影的本意？再从影片公司的立场而言，摄制一部影片是需要许多时间，物力，和金钱的。假使摄制之后不能公映，公司方面就要大受损失。试问在目前中国电影界风雨飘摇，捉襟见肘的时候，那一家公司有余力来从事于摄制不能公映的影片？

以上说的情形未免太悲观了，但现实情形确是如此，并不是我故意使人气馁。我在"国防电影座谈会"曾提出这一层意思，后来讨论的结果如何，我不知道，因为我是在散会之前先走的。但无论如何，中国电影界若要摄制国防电影，非先把上述的种种阻碍扫除不可。否则，国防电影是没有法子可以摄制和公映的，而国防电影这个口号也就落得个有虚名而无实际。

从上述的情形而论，国防电影实在是处于两难的地位：假使要实现这个口号，在摄制和公映两方面都有困难；假使只有口号而无实际，那么我们何必要这个口号？

但有些人说：国防电影的对象不仅是抗×，而是包括一切反帝反封建意识的。假使照这样说法，国防电影的范围果然可以变得广泛些，可是未免太广泛了。中国电影界近年来的产品除少数以香艳肉感相号召的片子之外，大半有一些反帝反封建的色彩。若一切反帝反封建的影片都可以归入国防电影里去，那么大部分的国片岂不是都应该名之曰国防电影？我们岂不是已经有了许多国防电影了吗？

这当然是太笼统了，而笼统的口号是最容易变成滥调的。国防电影的范围既如此广泛，那么甲公司摄一本子女反抗父母定的婚姻的片子可以挂国防电影的招牌，乙公司制一本某外商烟厂工人罢工的片子也可以挂国防电影的招牌。其流弊必至于每张国产电影都变成"国防电影"，而国防的原意反被混淆了。

这是极危险的。因为中国民众的教育水准很低，多半对于国防的观念很幼稚，或者竟是不明瞭。国防电影最重要的使命是使民众对于国防有正确深切的认识。假使国防电影是象前面说过的那样笼统混滥，试问它怎么能完成它的使命？只怕使命不能完成，反而把民众引到牛角尖里去，越弄越糊涂，那是非但无益，只有弊害了。

简括地说，我们假使要有国防电影，那么它的范围不应该太广泛，应该符合目前国防最迫切紧要的需求。同时，我们不要一个空洞的口号，我们要这口号的实际。假使这两层都不能做到，那么我以为国防电影这口号是不必要的。

我们眼前能够做到这两层吗？

1936年9月5日《中流》第1卷第1期

论文学上的联合

——从国际说到中国

列　斯

　　整个的世界，自从被几年来险恶的浪潮袭击之后，在各部门的领域上，立刻发生了急剧的变化。因此，属于文化范畴内的，一些表示着资本主义制度的没落的问题，象资本主义文化的崩溃，知识份子的不安，对人类的强有力的智慧的怀疑，和对于文学感觉到迷茫等等，在最近的数年间，都成为全世界文化上的中心问题。

　　造成这不安的直接的基因，是整个制度的矛盾的发展。这种矛盾反映到文化领域上来，便诱起了严重的危机。

　　在西欧，象秦时的"焚书坑儒"的勾当，不但没有成为历史上的陈迹，而且就在一个以科学夸耀世界的国度里，也公然的正在实行着。对于那些在不久以前，还是他们自己智慧力的代表者，还受着他们自己赞扬和扶助的作家和学者，不管其对于人民的影响如何，也都一概加以无情的驱逐。

　　德国哲学家修宾克拉曾经这样说过：

　　　　"我们处身于无可伦比的，猛烈的火山的喷射物之中。周围全是黑暗。大地震动，熔岩的流质，侵蚀了每个人。

　　这种文化上的野蛮主义者，全都是憎恶文化的野兽。为着要苟且它们的生命，便不得不尽可能地从大众中夺起了一切的文化。我们只要想一想泛系主义的剧作家约斯特那么疯狂地狂嗥着"我一听到文化这字眼，我立刻准备好伯鲁克的手枪（即手枪之一种）来格杀它"的情形，便可以概见一切了吧。

由于政治的经济的矛盾的不但无法调和，反而日益深刻化的缘故，在全世界，已经弥漫着为争市场的第二次世界大战的火药气味了。这种战争的惨祸，在野蛮主义者的眼中，全不算是一回事的。的确，谁也不敢说，这么一个将令世界一切文化同归于尽的残酷的战争不会再发生。口头说着"扩充实力，也并不是毫无思考而在笨的冒险中乱干的"虚伪的和平的独裁者，在暗地里却干着正相反的勾当。

"不以战争打开经济的不安，就别无他途可寻。——"一个西欧的暴力主义者曾经这样说过。他们幻想着拿破仑的美妙的梦，他们为这可以欺骗和牺牲一切。

但是，纵使这种野蛮主义者是如何的蛮横，纵使四周的环境如何的困难，却总阻不住历史的进展，也阻不住一切知识份子的前进。反之，当着几世纪间勤劳阶层所手创的人类文化遭到严重危难的时候，他们毫不蹰躇地奋起护卫它，一切比较落后的分子，也由大时代的感受而参加了这个光荣的工作。

这不是什么"胡言"或"梦呓"。全世界知识分子的急转直下，和国际间文学上统一阵线的广泛地开展，都是这句话的最确切的保证。

在这里，我们不妨看看国际间的实际情形。

一想国际的情形，首先我们将看到那个规模广泛的"巴黎文化拥护国际作家会议"吧。在这会议里，代表28国的二百七八十个作家和学者中间，固然拥有许多进步的作家和评论家，可是同时也包含了在政治意识上比较落后的作家和学者，如赫胥黎、福斯特、V·马尔禺利特、耿痕脱和R·德由丹等等。福斯特出身自英国的资产群里，他声言他还拥护着英国现存的制度。他在演词中，明白地表示过他参加这会议的态度："我不是康姆主义者，我出席这会议，是想来学习的。我不属任何党派，可是，如果我更有点勇气，我将是一个康姆主义者吧。"但他对于英国的虚伪的自由，泛系主义的泛滥，和阻碍文化的战争，却给予一幅残酷的描绘，痛烈地反对着。至于其他诸人，也全是资产阶层的产儿。

分子虽然复杂，但在共同的目标下，他们一样热烈地实行了拥护文化和反泛系主义的文化活动。从去年直到现在，这个会议从未停止活动，最近六月中旬还在伦敦举行第三次的干部会议。在巴黎，差不多每个月都在热烈地开会和活动之中。因此，我们不难理解，在政治上有着辉煌的统一阵线的法国，在文学领域上，同样地发出了灿烂的光辉。

其次值得我们注意的，还有那些遭受了浩劫的，被驱逐的德国的亡命作家群。他们大半分散在世界的各处，过着苦难的生活，可是，他们眼看着他们故国文化的被蹂躏，就从世界的各角落，喊出了为文化的呼声。在亨利希曼主持之下，去年他们出版了亡命文学者的短篇集。这书的执笔者，包括了一切自由主义的作家，虽则这集子还没有做到和"作家同盟系"的作家通力合作的境地。但另一方面，一个仍是这集团所主持而在亚姆斯特丹（Amsterdam）出版的杂志《山姆仑格》，在内容上还是不脱自由主义的范围，但是一点很值得注意：这杂志对于左翼有着积极的善意，对于"作家同盟系"的作家，也容许他们在这里发表文章，同时对于基希（E·E·Kisch）那样的进步作家，也给予非常好意的评论。

另一方面，作家同盟系的作家，在普拉格（Prague 捷克斯拉夫的首都）出版的《新德国评论》的杂志，它的执笔者，广泛地包括了许多的自由主义作家，如格洛特、佛兰克（B·Frank）、资威格（S·Zweig）、托勒（L·Toller）、费希万格（Fechwanger）、资威格（A·Zweig）等等。然而，更值得一说的，是这个杂志在为着打击共同的敌人——纳粹——这一点上，她明确地表明愿意和一切的亡命作家共同合作，实行英勇的共同的斗争。这号召立刻得到了成功，一切的亡命作家欣然地支持和援助她。这只要看一下这个杂志，在去年一再地发行了关于战争问题的专号，就可以了然的。由此，我们也可以晓得，在共同的敌人未消灭之前，德国的比较落后的亡命作家们，也一天天地踏上进步的途径，而在他们之间，更张着一条坚强的联合阵线。

转眼看看那个新大陆吧。在那里，更有着惊人的事迹。这事实虽然惊动了英国的新闻记者，但却不是不可思议的。这事实是什么？那是去年四月在纽约成立的"美国作家联盟"和巴黎的"文化拥护会议"

一样，它不只为一般前进作家所支持，而且被广大的比较落后的作家所拥护。从代表二十六州，人数二百一十六人的这点上来说，它的范围确是非常的广阔。在四十多位最近加入的，用种种不同的形式著作的作家和评论家中间，其中属于"新群众"系的，亦不过高尔德（M·Gold）、达尔堡（E·Dahlbery）、佛利曼（J·Freeman）、休士（L·Hughes）、奥铁斯（C·Odets）、篮普金（G·Lumpkin）、康洛、堡克、密搭司和罗凌司（W·Rol-lins）等几人，至于其他的许多会员，如帕索斯（DosPassos）、德莱塞（Dreiser）、固尔特卫尔和谦姆特卫尔等，都不象前面诸人在最初就有明确地进步的意识，而是和这联盟的委员长法兰克（W·Frank）一同，逐渐发展起来的人物。

尽管人的发展是不同的，复杂的。但在"我们今日直面着二种问题……到处发现泛系主义的危机，无论跑到什么地方，我们都可以看到许多散兵的泛系的组织。……问题就是这样，可是我们怎样才能够最有效地对付这孪生子的威胁的行动呢"的总目标之上，他们统一起来了。

在今年的二月，我们又看到印度进步作家协会的出现。在它的缘起中，它明白地宣言，这会议的组织，仍然是为着适应这个剧变的客观环境，和争取印度民族真正的解放和自由。

日本独立作家俱乐部的倡议，前年（一九三四）台湾文艺联盟的成立，的意义，目的和情形，都和上面的完全相同。前者是痛感非有这样的组织，便不足以应付所谓"文化的统制"。而后者呢，更是由于一九三三年来文学领域上不断地遭受摧残，所以认为有大团结的必要。

综观上面一点不完全的事实，我们可以明瞭在这世界革命和战争决斗的前夜，为了反泛系和战争，为了反对威胁文化的公敌，欧美，远东以及殖民地的作家，都发生了急剧的变化，前所未有地广泛地大规模地连合起来。因为不这样，便无从致敌人于死命。关于这点，美国作家联盟的前身李德俱乐部（John Reed Club），在第二次大会上便指出他们以前所犯的错误：关门主义。"在组织上，它疏远了许多同情他们的，然而还没有完成献身于这一伟大的运动的艺术家。……和一个最落后的个人主义者忽而可以变为勇敢的斗争员等等……"因此，这联盟的成立，就是改正这种错误的正确而且具体的表现。

现阶段的人的变化，确是很快。法国《新法兰西评论》的编者法尔南兑斯给纪德的信中所说的"数年之前，相信右翼意德奥洛基的伦理的可能的我，二月六日的事件（即一九三四巴黎暴动事件）是怎样明白地教训了我，给我指明了那希望是个多么空洞的东西，所谓'右'的一切都是空洞的，在'右'这个大字之后，什么都没有，有的就是贫乏和空虚……"这一段话一点也不足奇。而且可以相信，这情形绝不只是限于法尔南兑斯一个人的。

这种为文化之进步而斗争的战士，是一天天地萌芽和生长，如果不配合这种现实的要求，那确是莫大的损失。因此，国际间的更广泛的连合，绝不是偶然的。关门主义将因实际情形的展开而消灭，这也是必然的发展。

可是，我们的情形怎样呢？

在我们这个危机重重的国度里，除了同样地受到全世界的普遍的厄运之外，在另一方面，还有特殊的患难。自"九一八"以来，自东北四省而华北五省，自华北五省而华中华南——以至全中国，敌人处处都在进行着侵略的工作。这种向完全殖民地化的推移，造成了现阶段政治上的最基本的特征，也使民族危机成为空前未有的严重。这明明白白地告诉我们，我们的境遇比外国更坏上千百倍，我们需要着更大的努力。因此大家联合起来，开展民族的革命战争，不但在政治上已经成为目前最切要的工作，同时也是文学领域上应该立刻反映的现实。

我们的文学界虽则比较落后了一点，但可喜的，它也早就对这工作加以最大的注意，适应非常时期的国防文学的提出，和成立了实际团结作家的组织，都是很好的表现。象这样包含广泛的文学的组织，不能不说是五四以来的新纪录。在这会议里面，和外国一同，它有许多派别、阶层、宗教、信仰都不相同的作家和评论家，然在救亡图存这个神圣的共同的目标之下，他们捐弃已往的种种成见而坚决地携起手来合作。

然而，直到现在为止，却还有许多优秀的作家和学者没有参加这一组织，这无疑的是一种莫大的损失。因为少一个人就少一分力量。

有的人说，这文学上的联合，是"充分表示失去了'主体'的支持力，落在'客体'底后面，被征服了"，或者说："完成走入过去历史上的错误，专门'将就'别人，自己反而成了一个没有定见的配角……"

可是，事实是最大的雄辩，象前面说过的"李德俱乐部"的解散，"德国作家同盟系"的公开号召一切亡命作家合作，以至"国际革命作家联盟"的解散，决不是"主体"失去支持力的表示，也不是落在"客体"后面的"尾巴主义"，更说不上被"征服"。相反地，这种根据客观情形产生出来的大联合，正是"主体"把握住历史发展的法则：它不只不让有利于整个救亡图存的工作的分子失掉，并且它想集合每一个分子的力量来完成这个沉重的任务。所谓"过去历史上的错误"，正是我们今日大联合之最正确的指针。对于历史上教训的机械的理解，那方是真真的"完成了过去历史上的错误"。

以为目前的联合就是"专门'将就'别人，自己反而成了一个没有定见的配角"，这也是错的。如果救亡图存的工作，是每个不愿意做亡国奴的文学从事者都应当负起的任务，那末，硬把这种繁重的工作推在"主体"的身上，这不但是宗派主义的观点在作祟，而且也忘记了救国是人数越多越好的正确的原则。实际上，这"主体"不但没有权利把救亡的责任据为己有，也不能单刀匹马的孤军奋斗，否则，只有白白的牺牲了这个"主体"而已。

那末，在大联合中是不是专门"将就"别人呢？同上面的理由一样，救亡图存是大家的事，任何人有什么好的意见，都尽管可以提供出来，这就是所谓"集思广益"的意思。当然，"主体"决不会从联合起就缄口不言，尾随着别人，要记得"主体"是救亡图存中的最坚决的一分子，它有提供任何意见的权利和义务。同样，别人提出的任何有利于民族解放的意见或方法，"主体"无不赞成。只有每个爱国的分子都拿出这样的"精诚"出来，工作才能够很快地展开，阵线才能够更形广阔和严整。

时间的迫切，是不容许再有所踌躇的。实际上的例子，不但告诉我们文学上的大团结是可能，而且在中国是更加必要。但是重要的事情，不是在口号的字面上的纷纷争辩，而是实际的工作的表现，一切的文学的从事者，应该在文学的救亡工作中联合起来。我希望还是让除已往的成见，平心静气地检查我们各自的错误，大家手拉手地向前。只有这样，才是目前唯一的大路。

　　附记：这篇搁下来已经二个多月了，其中免不了失去时间性。因此，作者只想给读者作一个参考的资料而已。

1936年9月5日《文学大众》第1卷第1期

现阶段的文艺批评

胡　洛

一

　　文艺批评从来便不很发达，这不是说我们没有文艺批评，然而，无可否认的，从来的文艺批评家都是为人轻视着，这是有缘故的，事实上，我们有过公式主义的批评家，也有着为书店老板推广营业的"捧"家，更有村妇骂街式的"漫骂"家……自然，我们也有较好的，较严肃的批评家，但这是太少了。一般创作家，大都讨厌批评家的文章，读者们也厌弃了捧或骂的批评文。文艺批评是落后了，文艺批评的前途也是黯淡得可怕。

　　读者厌弃那些捧或骂的批评文章，却并不是证明读者不需要批评家；创作家咒诅批评文章，也不是压根儿不要文艺批评家的存在。相反的，他们渴望着好的批评家，他们都相信只有在正确的批评指导下，文艺才可以走健全地发展看。在各种报章刊物上，我们都听见这种要求，在"国防文学"提出后，读者更进一步地要建立新的文艺批评。读者们并不满足了原则的建立，他们要求从原则走到实践来。这种要求是对的，这是读者大众的一致要求。

　　拿目前的政治形势来说，我们也急需着好的文艺批评家产生。不仅希望着有信望的批评家们能更进一步负起任务来，而且还希望不断地有新的批评家产生，成为中国文艺批评界的生力军。这种希望并不是凭空的，而是从现实的土壤里生长出来的。中国目前已走到这样一种非抗战不可的形势，同时，全民族的统一阵线几乎成了各阶层，各派别的一致呼声（虽然这其间还有着阻碍，有着汉奸的破坏）。大众要求的是民族解放，大众渴望的文学是民族解放的国防文学。每个觉悟的文艺家，都应负起自己的任务，用自己文艺的武器，推动这民族的解放运动，制作大众所需要的作品。在这当儿，文艺批评便占了极重要的地位。文艺创作脱离了文艺批评，虽然也可以生长，但这种生长必然会成畸形的，走冤枉路的，而且甚至还会走到不通的路上。理论是实践的指标，文艺批评可以领导创作走正确的路，可以清算一切错误，可以提高创作的艺术水准，也可以提高读者的欣赏的水准。譬如我们算清了过去的公式主义，尾巴主义，算清了过去把现实主义与浪漫主义对立的错误，算清过去绝对排斥革命的罗曼蒂克的错误，算清过去把创作过程还原的单纯的世界观的错误，算清作家不写"手触生活"的错误……这不是"杀害"文艺创作的生长，这是帮助了文艺创作走更健全的路。

因为各方面的需要，我们也看到一些零碎的文艺批评作品。但是，大都还偏于原理的批评（自然这也是需要的），很少在作品上做工夫。作品的批评文章，我们也看到一些，象《火炬》的《星期文坛》，《时事新报》的《每周文学》，《读书生活》的《读过的书》（虽然关于文艺的很少），《文学界》的"《赛金花》座谈会"，及其对报告文学的批评，以及其他各刊物的批评文章等。自然，这是很好的现象，这是个开端。可是，我们也不能否认，这毕竟还是太贫弱了。我们不仅需要一切原理的讨论（如现阶段的创作方法等），而且我们还得把这些原理应用到具体的作品中（但不是机械的运用）。可是，这种批评是贫乏的，许多作品我们到现在还看不见较详细的批评，有的简直就没有。如《生死场》，《八月的乡村》（虽有但很少令人满意），《炼狱》（简直没有看到任何批评），此外还有一些诗歌的创作也很少有批评。这是中国文艺批评界贫乏的实况，无可否认的事实。

我们不能等待这种现象延长下去，我们要努力来打破这种恶劣的现象。我们还有着很有能力的文艺批评家（虽然很少），对于他们，我们热诚地希望能负起这重大的使命。此外，我们渴望着新的文艺批评家产生。在新的文艺批评家未产生前，我们不能等待，而应设法使新的文艺批评家如何产生；那末，我们当发掘新人，培植新人，让青年作家，读者有说话的机会，有尝试其能力的机会。我们宁肯看看读者们青年作家们的幼稚的文艺批评文章，我们不能让这文艺批评界荒废着。也许他们是有幼稚的地方，也许他们会犯着很大的错误；但是，他们是有说话的权利，他们可以努力尝试自己的能力，他们可以得着前辈的纠正而更健壮自己。有能力的批评家便应给他们以指导，纠正，给他们以丰富的培植。但绝不能因他们说错了话便给以无情的打击，认为那是"缴械"。

曾有很多人反对"印象"的批评，自然这是对的，但是，在批评贫弱的中国，我觉得印象的批评比根本没有批评还来得高明些。这绝不是说我们应以印象的批评为满足，不是，我们希望能由印象的批评走到更高级的批评。若是读者写出了他的印象的批评，我们应当尊重它，因为它是代表了读者的意见。我们不反对这种浅薄的批评，我们认识到，从贫弱的批评到健全的批评，也只有通过这条浅薄的印象批评。我们没有轻视，反对它的理由，除非我们的批评界是很健全的。在另一方面，有能力的，有修养的文艺批评家们，应当在一旁给以善意地指导，纠正，象高尔基对于青年作家一样，好生地培植这些未来的花朵（绝不是恶意的摧残）。

问题已不在责备文艺批评界如何贫乏，问题应该归宿到如何打破这"贫乏"。自然，一方面现有的文艺批评家应当加倍努力，另一方面也应当培植新的文艺批评家。曾有人提出"读者会"的办法，这是很好的，创作者可以直接听到读者们的意见。除这以外，便是应当在杂志上开辟篇幅，让读者们有机会说话。这倒不是说什么"提拔"青年批评家，这是对作者读者以及整个的文艺前途都是有益的事情。作家可以听见读者大众所要求的食粮是什么，读者也可以练习文艺批评的写作。文坛不是少数作家的，而是多数读者大众的，我们应该让读者有说话的机会，我们应该使读者与作家们紧紧地联系起来。

二

现阶段的文艺批评的基准是什么呢？对于所有的作品，我们应该

595

如何给以评价呢？是不是还象以前一般，拿着很严格的尺来衡量呢？

文艺运动应该与政治的形势相配合，这是无可否认的事实。在这儿，我用不着再重复解说今日的政治运动。但是，我们都似乎听惯了"策略"两字。策略是达到某种目的的正当手段，策略不是死的，各阶段所采取的策略各不相同。我们必需努力完成第一阶段的使命，然后才可以走第二步。有许多人过于看得远，忘掉了目前紧要的任务。现阶段所要求的是什么呢？无疑的是发动民族解放的战争。这阶段中所采的方法是什么？是联合阵线，不分派别，阶层，信仰……只要是有良心，赞成抗×的，都联合起来，发动伟大的神圣的民族解放的战争。联合阵线并不是幻想的产物，而是现实的，因为每个阶层，派别……的人，都共有致死命的敌人，都渴望打倒这共有的敌人。何况发动解放的战争不是任何单独行动所能完成，在历史上任何一个伟大运动或革命的开始，都是联合阵线式的，虽然以后的分化也是必然的。在我们民族的敌人未打倒前，联合阵线是必须采取的手段，只有这样才能保证民族解放运动的胜利，才能完成这一阶段的任务。

文艺界的统一阵线运动，也成了一致的要求。象文艺家协会的组织便是一个证明。那末，在这联合阵营内，我们应当如何进行我们的文艺批评呢？我们该知道，在这样一个思想不同的结合体内（虽然多数均为知识分子，但各人的意识所代表的阶层都是不同的），我们绝不能采用过去的文艺批评的尺度。我们没有权利马上要他们跟前进阶层一样前进，也不能马上要求他们的作品符合高级的理论的和艺术的标准。这个结合体的分子底观念必然是复杂而矛盾的，我们也可以说这复杂与矛盾，正是这社会的复杂与矛盾的必然反映，硬要求他们跟前进阶层一样前进，不仅实际上不可能而且也不合实践的发展过程。若因为他们的作品有不正确的观念，便给以无情而严酷的批评，甚而要把他们踢出阵线之外，这岂不是破坏了统一阵线了么？瞧瞧法国的人民阵线吧，他们有一共同同意服从的纲领，却没有要求大家生长得一样高，说相同的话，法国的康冈党还是拥护新政府，并没有因为新政府没有马上实现社会主义而脱离人民阵线。因为正统派还没有违背人民阵线的纲领，因为共同的敌人还没有完全消灭。因此，在这样一个统一体内，是需要一个暂时的和平，以便使用全部的力量对付那外来的敌人。曾经有人嘲笑着"大度与宽容"，其实"大度与宽容"并不是件坏事。在这统一体内，每个分子都应当大度与宽容些。这种"妥协"（？）是暂时的，只有这统一体才能发生伟大的力量，才能完成民族解放的任务。然而，这不是说我们不需要互相的批评，不，批评是必要的，我们应当更巧妙些，更聪明些去说服我们的友军。譬如，我们尽力避免应用抽象的原理与名词，诚恳而友谊地用事实来证明他们的错误。我们并不过高地提出口号，也不用最高的尺度来批评友军的创作。这是友谊的批评，这批评应当以不破坏联合战线为原则。实际上，这不是"妥协"，而是种更有效的手段。我们得分化敌人，减少敌人，不但要使能统一的统一起来，还得努力使不能统一的中立起来。

根据以上，我们的文艺批评便应当如此地建立起来。对于汉奸的作品（歌颂敌人的，反对抗×战争的，拥护一切准备或三日亡国论，唯武器论……等汉奸理论的……）我们自然应给以严酷的攻击。但对于友军的作品，我们则考察其内容及形式。凡那作品是相当地激发民众抗×的情绪，是暴露了帝国主义的残酷，汉奸的丑恶，半殖民地民众的苦痛……我们都得给以较高的评价。因为在客观上它是尽了推动民族解放运动的任务。我们并不要求他们统统站立同一的前卫的观点来写作，可是虽是由各角度来观察，我们却要求他们写出真实来，在作品中渗透入反帝反汉奸的成分（但不是机械的还原）。我们要求现实主义的作品，但也容许幻想的作品，只要这幻想的作品是建立在现实的基础上。同样，对于的一切事实的斗争的报告文学，虽然艺术性较弱，也应以较高的评价。在另一方面，我们也得努力提高艺术的水准，我们可以批评那作品是否是概念的，人物是否是艺术的典型（非概念的而是活生生的），诗歌的用语是否大众化……

正因为我们认识了这联合体中的复杂性与矛盾性，所以才不得不降低批评的水准。然而，这是不永久的，在不断地友谊批评中，这水准是可以逐渐地提高起来。

1936年9月5日《文学大众》第1卷第1期

今年是第五年了

许 达

"九一八"挂在人们的口头上，今年是第五年了。

五年前的"九一八"，是敌人的炮火把我们苟安的念头粉碎的时候。沈阳城是在一天晚上，给不抵抗的将军在爵士歌舞下葬送的。而今，一般亡省的东北同胞却变成了准亡国奴，或者是流亡的无家者。

国难在"九一八"的枪声弹雨中更推进一步了。

然而，"九一八"到现在的这五年时候呢，国难又不是在汉奸的手上涂了更浓厚的颜色吗？

如果我们还没有完全泯灭了良心，如果我们不是闭着眼睛活着，我们一定很清楚，目前新的形势，已较诸五年前是更严重了，更危险了。

敌人的刀枪已加在我们的头颈上，敌人的"武士道"已侵入到我们的腹地。"九一八"葬送的东三省不去说他，热河失掉也用不着提，大家都很清楚，敌人给我们的礼物是什么。"九一八"以后哩？淞沪之战，虽然有着光荣的民族自卫战的历史，然而在"亲善"和"睦邻"下面是糟蹋了新的民族英雄的光辉。华北伪自治的妥协下面，产生了畸形的组织，现组织是秉承敌人的意志，戕害自家人的傀儡变相。冀东在不要脸的汉奸殷汝耕的手里，地图已变了颜色。近来华北增兵的空气，和走私的紧张已造成全国的最恐怖的局面。北侵南进的结果，福建又成了那无耻的浪人的活动地，势力已从台湾伸进了厦门，福州，泉州，漳州等重要城镇。南边的烽火还没稍炽，西北的绥东又给那在敌人指使下的伪军侵犯了。四面的楚歌，已不容任何的魔手掩着了眼睛，鲜红的血迹是深深地印着在每一个不愿做亡国奴的中国同胞们的心里了。

侵略的加紧，是暴露了野心的军事冒险者的丑恶的面目，同时也撕破了汉奸的假面具。

自"一二九"北平学生奋臂疾呼受了压迫以后，整个中国便给无情的历史划成了两个壁垒。也就是，到了这最后的关头，横在我们的面前的只有两条路——非抗战，即降敌！

降敌的是汉奸。这是我们最近所最看得清楚的那真面目。出卖民众的是汉奸，出卖民众利益的是汉奸，出卖国家的是汉奸，替敌人张胆镇压自家人的是汉奸……总之，时代已不客气地指出了，也用不着去揭破他们的阴私，更不由他们自己躲避。民众们已在深重的国难，生死的关头下面分辨得很清楚了。汉奸的阵营里尽露了狐狸的尾巴。

五年来虽然敌人是占了便宜，可是那切肤之痛已引起了广大的群众的觉悟。因此，我们在纪念"九一八"的五周年不特要明瞭侵略的加紧，同时更应明瞭这侵略的反响也越形坚固和强大。

由于国际间也暴露了侵略阵线的残酷，而和这对立的和平阵线的获得广大的拥护，和弱小民族反抗帝国主义侵略战的英勇的行为，再加以自觉的民主国家的人民阵线的获得普遍胜利，我们这被东邻的加紧压迫下的睡狮，也昂起了头觉醒起来了。

那觉醒的第一炮，便是血的"一二九"学生运动。

很自然地，在抗×运动的怒潮在增涨的时候，从工作经验的必然要求，便有那号召全国不愿做亡国奴的人们，不分党派，不分阶级，在统一的抗×的大前提下面，放弃一切个人的主张，以民族利益，以国家作拥护的目标，而联合成了一个广大的抗×的统一战线。

为了敌人走私的阴谋，连民族资产阶级，甚至洋奴化了的买办阶级也都觉醒起来了。他们也懂得唯有抗×才是出路，才是大家的出路。

同时，正义感的还有些微良心的军阀也起来了。虽然他们的举动有时会引起人的误会，和一向的错误的成见使他们失败。但是，这却很足以证明这广大的抗×统一战线正在一天一天地强大，和证明中华民族已在怒吼了。

反抗敌人的侵略，保卫国家领土主权的完整，这一信念差不多已成为凡是有良心的中国人的普遍的要求。人民大众已把敌和友认得很清楚——出卖民众的便是民众的敌人！

这一新的形势已被千万人认清了，决斗的时日已距离我们不远。

这一新的形势在我们文学大众当中，也起了相当的反响。

不久以前，那正义感的作家提出了文艺上的统一战线便是明显的事实。加强我们的力量便只有联合起一切不愿做亡国奴的人们，向着那同一的目标进发，不要再在自家阵线上纷扰下去。

统一战线是为了"战"的，文艺家的斗争便是他锐利的笔锋。因此，那作为现阶段的文学运动的口号——"国防文学"的被提出，我们认为最正确的。我们要求一切作家们暴露××帝国主义的残酷，撕破汉奸的面具，和更积极地描写义勇军的抗敌战，和广大民众的救亡运动。

在这里有人提出责问了：这样，除了国防的主题，国防文学不是没有了题材了吗？国防文学不还是关门。

不。我们不能这样狭义的解释国防文学。他不是这样狭隘的。当然，国防文学的题材是那些积极的有国防意味的主题。但是，这以外啦，中国人民这半殖民地的奴隶一般生活的描写，难道不就是间接暴露××帝国主义侵略的阴谋吗？便算是个人的私生活也何尝跟这没干系。我们认为这样是对国防文学过累的，国防文学并没有这样制限了他的范围，也没有强拉一般作家来制造那尾巴主义的革命文学。正是一个广大的各阶层的联合，我们才更清楚我们四周的真正的情形，才更明白××帝国主义在各个阶层中，各个角落里的侵略情况。

××帝国主义的魔手已伸入了我们每一个角落里了。除了我们闭上了眼睛，除非我们是一个顺时的奴才，相信谁也觉得了吧！谁也不能忍受到超过了这极限了吧！

"九一八"今年是第五年了！朋友们，我们已再没有可以犹豫的时候，横在我们面前便只有那两条路。而不愿做亡国奴的人们哩，便只有一条——走到抗×联合战线，推动这民族解放的斗争。在这生死关头的前面，我们私人间的仇恨，还算得上什么一回事咧！

历史已推前了一个阶段了，不前进便只有被辗毙在时代巨轮底下。

作家应该从"九一八"之后写些什么

凡　海

　　我们简直是在地狱里。从"九一八"以来，我们只是更加坏了。那一年，东北四省失去的时候，对南方人还似乎是遥远的，可是不要几个月，炮声马上响到上海来了。那时我住在闸北的火线上，一切东西全损失了，所剩下的只是一个人。×帝国主义底侵略激起我另一种憎恨，这便是憎恨汉奸对火线上苦难同胞的加紧的压迫。"九一八"失去东北四省的时候，到底是怎样的情景，我不曾亲眼看到，但从"一二八"的战线上，我们不难知道帝国主义向我们进攻时的种种惨状。有钱的人们逃到租界上去了，租界上的生活立刻提得很高，因此没有钱的人反而要从租界上回到闸北的火线上来。我们的生命算得什么呢！简直象一些等着宰割的落水鸡。有好些人在草棚里挨着饿，为了偷一个包子充充饥，他们有好多人竟因此被枪毙了。在那样的情状里，我们看到什么呢？最令人忘记不了的是我们底兵士虽然愿意葬身疆场，也不能不挥着眼泪后退了。

　　我们底人民，我们底兵士不屈不挠的抗战，同样在"九一八"的时候也是被汉奸出卖了的。那用不着证明，大家都知道。罗烽底一篇小说《残废人》是告诉我们这样的事实。现在还不是一样么？"一二八"的炮声停了之后，失去的东北四省就完全是×帝国主义的根据地了，现在，从这根据地上，直接再威迫到我们底身边。想起我们现在，又不知比"九一八"的时候坏多少倍了。我们底腹、背、甚至心脏里也装进敌人底炮了呢。

我们应该想起蒋光慈这位爱国的革命诗人。他底《鸭绿江上》在以前是描写亡国的朝鲜人底故事，而现在却是我们自己底故事了，我们还觉得《八月的乡村》太少，我们也希望有无数的象《鸭绿江上》一样的东西。现实主义的作家应该伸手过去和各种浪漫主义的热忱的爱国诗人握起手来，用兄弟一样亲切的手去温暖他们被浅见的狭隘的创作见解所苦闷了，逼走了的心。朝鲜底金斗镕在《文学界》上所发表的那篇站在一条战线上所写的朝鲜文化受人摧残的情形，还不是说着我们自己的情形一样么？在我们自己底国土之内写到邻邦底名字为什么总是要用"×"来代替呢？自从新生事件后，邻邦底名字，实际上已成为我们的文字了。纪念"九一八"应该不要忘记我们离开亡国仅仅是一线的间隔了。

朝鲜和台湾底命运，现在已经是我们底命运了。我在这里相信朝鲜和台湾底文学会给我们许多参考，他们底实际情形，他们底现实在文学上的反映，特别是他们国内各种人民对侵略他们的敌国底各种侧面的关系与态度会给我们很多教训。作家的笔，会在纪念"九一八"的时候，知道要求他写出来的东西，已经是非常广泛而杂多了。我们把"九一八"的退兵，一小队，一小队无援的兵士底孤军独战在脑中想一想吧。再把普遍全国的救亡运动想一想吧！再去看看朝鲜和台湾吧！

1936年9月5日《文学大众》第1卷第1期

执行文学上的统一战线纪念"九一八"

陈白尘

第五周年的"九一八"，敌人是以防共统一战线的执行来纪念的。一个文学工作者最低最低限度，也该以执行文学上的统一战线来作为对抗。

但文学上的统一战线被提出以后，执行了没有？

我们文学工作者正在为了一个不很重大的问题论争着。——论争是必要的，但不能忘了自己的任务。两个一同走路的人，论争着各自所提出的路线是可以的，但为了论争而索性坐在三叉路口一步不走，是愚蠢的。这不仅妨碍了自己的进程，而且是放弃对于敌人的进攻。而敌人呢，是毫不放松地攻过来的。

假如是忠实地执行文学统一战线的，便该行动起来：各阶层的作家怎样联合？怎样推动他们走上抗日统一战线？谁能执行起这任务的，谁对。一切非首要的问题，都可以最公开最民主的方式来解决的。——而这问题也只有在实地执行这任务当中才可以有最正当的解决。

一个文学工作者，在纪念今年"九一八"当中，如果不能执行这任务，这纪念是徒然的。

1936年9月5日《文学大众》第1卷第1期

关于国防艺术的话

徐　抗

处在这个混乱的时代里，尤其是处在这混乱时代里的中国，每一个人都是提心吊胆，中华民族已到了生死存亡的最后关头，国家的土地一块一块地给别人强占了，每一个明白时势的人，眼看着自己的国家不久便会灭亡，自然是彷徨危惧起来，想尽匹夫之力以救亡，于是，文学家美术家音乐家戏剧家等等，这些没有枪杆赴前敌的先觉的艺术家们，就想用他们的笔来保卫国家，拯救民族，因此，应时而产生了"国防艺术"，大家怀着这无可怀疑的要求，向着共同的目标前进！

"国防艺术"，不用解释就知道是拯救国家，解放民族的艺术，它在今日最低限度是以"反帝"为中心，不过，"反帝"这名词太狭义了，不如"国防"这名词能包括时代的一切迫切的要求。在这广泛的中心目标下，作品的内容尽可以随意描写农村，都市，自己的情感，大众的行动，只要是有热血奔腾的，予观众或听众以刺激的，奋发向前的或是感觉自身的，能使大众觉悟到民族危机的这些，都是"国防艺术"的内容。

更好的，自然是描写摆在目前的事实，民族领土被侵占，或是大众被杀戮，抑或是流离失所的大众，这些悲惨形势，汉奸的无耻与残暴，义勇军的活跃，以及民族资本的没落，土豪劣绅的无耻，都是没有限制。不管是站在闲逸派，第三种人，幽默家等等的文学立场，或是野兽主义，未来主义，超现实主义，恶魔主义等等的画家，新旧等派的音乐家，只要有心肝，能遵守共同的目标——国防，大家携起手来负起救亡的工作，这工作是需要大家努力的，所以，以前那些狭隘的派别观念，都应该一扫而清，只要不妨碍民族利益，不做汉奸，都可以握紧手，树立起"国防艺术"这面大旗，这面旗上标明着一个伟大的目的——国防，在这目的下的那些前进文学家美术家音乐家等等，联结成统一的国防艺术阵线，因为跟着时代前进的不仅是文学抑是美术，而文学或美术单独行动是力量微弱的，所以，只要属于"艺术"，站在保障民族的利益上都有严重的意义了。为着复兴民族，就需要艺术家们联结起来，建立伟大而有力的国防艺术阵线。

巩固这阵线，自然是艺术家们，可是要阵容展开，救亡运动的力量扩大，那就不能不要整个民族总动员，所以，不只让思想前进，而是要产生前进的作品来推进它，掀动它，要达到这最低的要求，是离不开民族大众的，那吗，前进的作品里是要有我们的民族性的，不然，作品是如何的前进，那是难得民族大众的同情，读不懂，看不懂，听不懂，就失了效用了。

1936年9月9日广州《民国日报》

蒐苗的检阅

郭沫若

　　凡是整饬军备的国家，在太平无事的时候于士兵的寻常操练之外，总要时时作种种模拟战的演习。野外战，市街战，海战，空中战，都是有大大小小的各种规模的演习的。有些国家竟连男女学生都要受军事训练，而且也时时有野外作战。特别象防空演习在那时是要由都市上的各阶层的人来参预的。熄灯，救助，避难，氯气的预防法等等，一律都要在严肃的指令之下演习起来，以为一旦有实战临头时的准备。

　　新式的国家是这样，就是古时，只要在国家成立了的社会里面，有兵备以从事侵略或防卫的社会里面，其实都是这样。例如我们中国的周代，在一年四季里也都是有军事上的操练的，春天的叫着振旅，夏天的叫着拔舍，秋天的叫着治兵，冬天的叫着大阅。这些是被称为"军礼"，在做这些军事上的典礼的时候，全国的壮丁都要受召集；而在受了教练了之后还要举行大规模的田猎，春天的叫着蒐，夏天的叫着苗，秋天的叫着弥，冬天的叫着狩。这些蒐苗弥狩，也就不外是实战的演习，便是模拟战了。稍微有点不同的只是这儿的模拟战是实际把禽兽当成敌人，现代的模拟战是把自己人认成为假想敌而已。

　　想到了这些古时的和现代的模拟战的演习，使我对于目前在中国文坛上的一个相当剧烈的斗争，顿时乐观了起来。

　　中国近年因为受一个狂暴的帝国主义国家的不知满足的得寸进尺的侵略，把全国人民弄得兢兢栗栗，看看便有辽金元时代或索虏时代再来的形势。大家在这时候似乎都觉悟了，觉得非立刻地把阋墙的内战停止，一致起来用全力来对外，中国是会要弄到亡国灭种的。的确的，尤其是灭种！中国的人口尽管多，民族尽管有过长远的历史，然而是经受不住敌人的惨无人道的摧残的：烧夷弹，氯气炮，细菌炮，鸦片烟，海罗英，灭种的工具和办法是日新月异地被发明着，被采用着。

在这样的情形之下，中国人凡是稍微有点头脑的——不必说是良心——都觉得非崛起联合，连自己的身家性命，早迟都会是不能保有了。联合战线的呼声，停止内战的要求，救亡抗帝的运动，弥漫了全国，并横溢到了海外。因此在政治方面便早有国防政府的建议提倡了出来，希望对于全国人民一致联合起来以作救亡抗帝的殊死战的这种普遍的要求，作为实行之而领导之的汽车头，飞机头，坦克车舵把。而在文化方面也有国防文学，国防诗歌，国防戏剧，国防艺术等的姊妹运动一时诞生了出来，与政治方面的建议相呼应着，高调着救亡抗帝反汉奸的意识，以促进人民战线的巩固形成与国防政府之及早实现。这些运动顿时也就如澎湃的怒涛，弥漫了全国，并横溢到了海外。

然而不意在文学界的一隅却起了一种类似离析战线的纠纷，便是在"国防文学"提出了之后，又由胡风个人以"民族革命战争的大众文学"的新口号作为"人民大众向文学界的要求"而提出，并获得了鲁迅先生的支持（初起时表现在外面的情形是如此）。于是乎战线便显然生出了龟裂。大家为这件事情都觉得有点棘手：因为在同一阵营内为着同一的目标，同一的意识，而提出了两个不同的口号，作为对垒的形势，这无论从对内的纪律，对外的影响上说来，都觉得是有点不大妥当的。假使先提出的"国防文学'这个口号是错误，不能切合现实，失掉了大众的同情，要提出一个更确切更能接近大众的新口号来修正，而手续又是经过了适当的诠议，那自然是没有问题，然而所表现出来的事实却不是这样。坦白地说，象"民族革命战争的大众文学"这口号之提出，在手续上说既有点不备，而在意识上也有些朦胧，提出者及赞成者是并没有反对"国防文学"的，其所主张的理论与"国防文学"的理论其实也并无根本上的大差，那吗为什么在"国防文学"已经大众化了之后，一定又要提出这个新的口号来呢？

这个新的口号真真是巧妙，也还没有什么，然而这"民族革命战争的大众文学"十一字长的口号，根本就不"大众化"，拿我自己来说，我为要记忆这十一个字，我实在费了相当的努力（这或者也怕是我自己太低能的原故）。听说这个口号的提供，其重要的理由是在补救"国防文学"的国防两个字的宽泛与不正确的意见的窜入之容易，然而在这些缺点上，这个新的口号却是后来者居上。这个新口号是采用的例举主义：因为这儿有"民族"，有"革命"，有"战争"，有"大众"，有这重重的限制似乎"文学"便可以无可动移了。然而"民族"的解释有问题，"民族革命"的解释有问题，"大众"的解释有问题，"大众文学"的解释有问题，"战争的大众文学"尤其有问题，把宽泛而易被曲解的缺点，至少是增加了五倍。所以我始终觉得这个口号是不大妥当，而且没有必要。

由这个不大妥当而且没有必要的口号的提出既惹出了纠纷，为安置这个口号上大家便好象很费了一些苦心。譬如鲁迅先生曾把这个口号作为"无产阶级革命文学的一发展"，要把它作为总口号，而把国防文学作为分口号；在总与分之间求相安，这是一种排解法。近来茅盾先生又把"国防文学"作为一般的口号而把这新口号作为左翼作家的口号，这依然是一分一总，不过和鲁迅先生的分总恰恰相反。因为鲁迅先生是从时间上立说，茅盾先生是从人物上立说，然而茅盾说是由鲁迅说那儿发展出来的：因为鲁迅先生明明说过"民族革命战争的大众文学是无产阶级革命文学的一发展"。既然是无产革命文学的发展，那当然该作左翼作家的口号，所以茅盾先生的见解，比起鲁迅先生的来似乎是青出于蓝。但是要请鲁迅先生和茅盾先生恕我直愎，我觉得鲁迅先生的"民族革命战争的大众文学是无产阶级革命文学的一发展"，这个解释是有点不正确的。历史昭示我们，无产阶级的革命，是最后阶段的革命，只有各种性质的革命向那儿发展，没有由那儿再向民族革命发展的道理。我们相信历史的人所应有的一切行动也就在促进各种性质的革命进展到最后阶段的革命，政治上乃至文学上，随时有新的口号提出者，其目的即在善于活用眼前的现实以增强主体的外围而减少进展的阻碍。改变了的是透过云彩后的光线，不是太阳！假如"民族革命战争的大众文学"是无产阶级革命文学的"发展"，那吗"民族革命"也就是无产革命的一发展，太阳岂不是"发展"到星云状态去了吗？因此我要再请鲁迅先生和茅盾先生恕我不客气，我觉得鲁迅先生的理论是不大妥当，因而茅盾先生由那儿出发着为安置两个口号的苦心，也似乎是空费了的。容我直憿地说时，我实在不赞成"民族革命战争的大众文学"这个口号，理论已如上述，是不仅只因为它的提出之为"标新立异"而已，既不妥当便只好撤消，这是再爽直也没有的，然而解决的曙光，却一向不容易射出。

据一向的外表上看来，新的口号是由胡风提出，而由鲁迅先生支持的。胡风我本相识，我觉得他似乎是很聪明而又有些霸气的青年，而鲁迅先生更一向是领导着我们的领袖。我们起初感觉着有点棘手，而且对于问题的解决上甚至有些人怀着悲观的，便在这儿。因为青年的意气是不容易挫折而且是不好使他挫折的。大旗既已经打出，要叫人又再行卷起来，这实在是有点难能的事。在初我还只以为鲁迅先生是仅仅出于支持，而鲁迅先生所以要支持大约也就是出于爱护青年的苦心。然而这样却又似乎使问题增加了困难。因为不大正确的旗号要叫其它的青年一律地来容认，那却是愈见困难的事。因此，在我的眼前所摆出来的情势就俨然是"文艺家的内战"（我自己在前说过这样的话）。有好些朋友也向着我吐露出悲观的口吻说"家丑外扬"，又有人在说"使仇方称快"。自然，我们大家都觉得这一次的纠纷是真正的严烈的"内战"了。

然而，待我最近读到了鲁迅先生的一篇文章，我才一旦豁然。原来鲁迅先生是在调遣着我们作模拟战，他似乎是有意来检阅我们自己的军实的。

鲁迅先生这篇文章便是《作家》八月号所载的《答徐懋庸并关于抗日统一战线问题》的那篇万言书。读了那篇文章的朋友，尤其年青的朋友都很愤慨，而且有许多人愈见的悲观，说情形是愈见的严重了。其实我底意见却恰恰是相反。我读了那篇文章之后，我觉得问题是明朗化了，而且我深切地感觉着，鲁迅先生究竟不愧是我们的鲁迅先生。我现在先把那文章中加了圈的几句重要文字，抄录在下边吧。

——"中国目前的革命的政党向全国人民所提出的抗日统一战

线的政策，我是看见的，我是拥护的，我是无条件地加入这战线，那理由就因为我不但是一个作家，而且是一个中国人。

——"我赞成一切文学家，任何派别的文学家在抗日的口号之下统一起来的主张。

——"我以为文艺家在抗日问题上的联合是无条件的，只要他不是汉奸，愿意或赞成抗日，则不论叫哥哥妹妹，之乎者也，或鸳鸯蝴蝶都无妨。

——"我们的抗日人民统一战线是比法国的人民阵线还要广泛得多。

——"作家在'抗日'的旗帜或者在"国防"的旗帜之下联合起来……因为有些作者不写'国防为主题'的作品，仍可从各方面来参加抗日的联合战线。

——"'国防文学'不能包括一切文学，因为在'国防文学'与'汉奸文学，之外，确有既非前者也非后者的文学。

——"我以为在抗日战线上是任何抗日力量都应当欢迎的，同时在文学上也应当容许各人提出新的意见来讨论，'标新立异，也并不可怕。

——"如果它（'民族革命战争的大众文学'）是为了推动一向囿于普洛革命文学的左翼作家们跑到抗日的民族革命战争的前线上去，它是为了补救'国防文学'这名词本身的在文学思想的意义上的不明瞭性，以及纠正一些注进'国防文学'这名词里去的不正确的意见，为了这些理由而被提出，那么它是正当的，正确的。"

这些文句是由鲁迅先生自己加过圈的，自然是重要的地方，故尔我也就抄了出来，就这些文句上看来，我对于鲁迅先生是应当澈底钦佩的，因为他的态度很鲜明，见解也很正确，他对于"国防文学"并没有反对，而对于所谓"民族革命战争的大众文学"，倒还是在有条件的拟议中：因为他说要"如果它是"如何如何，然后才是"正当的"，"正确的"。这"如果"的假设如它不是，那便是不正当，不正确的东西。以那样见解正确，态度鲜明的鲁迅先生，我相信他决不会一意孤行到底，以不正确不正当的口号来强迫青年来奉行的。事实上那"如果"的假设下所列举的项目，却为"民族革命战争的大众文学"这个口号所未能具备，而且还相反。理论很简单，我在上面是已经略略说过的，现在不妨再就鲁迅先生的原语来作一般的商榷吧。

先生说"为了推动一向囿于普洛革命文学的左翼作家们跑到抗日的民族革命战争前线去"才提出了"国防文学"以外的口号，我看这是多事的。"国防文学"之提出正是要叫作家们跑上抗日的联合战线，而提出这口号的都是左翼作家。他们很明白而正确的适应着目前的现实及政治的要求而扩大了向来的组织，他们并没有所"囿"，因而也似乎用不着再拿新的口号来"推动"。若说"国防文学""在文学思想的意义上""不明了"而又有"不正确的意见""注进"，那吗把"国防文学"严密地定义起来是可以"补救""纠正"的，而这"补救"和"纠正"的工夫由许多战友讨论已做了不少，在我是觉得已到完备的地步的，用不着要另起炉灶。假使另起的炉灶是电气炉，旧有的炉灶是煤炭炉子，那我们自当举起两手欢迎，然而事实上却只是几个石块所拼凑起来的烧柴草的行灶。"民族革命战争的大众文学"这在文学思想的意义上不是更加不明瞭，更加容易注进不正确的意见么？我们目前的革命岂只是单纯的民族革命？而这革命的表现岂只是战争？大众在革命期中所要求的文学岂只是战争文学？把这些问题过细考虑起来，总觉得这个口号是不妥当不正确的一个。这个口号既是不妥当不正确，那它的被提出的意义便完全失掉，在这儿用不着苦心孤诣的或总或分，或分或总地去求其安放的位置。照我的意见再来说一遍，这个口号最好是撤回。而且在撤回这个口号上的障碍，由鲁迅先生的万言书之出是已经消灭了的。我们在初只以为那个口号是由胡风提出，而由鲁迅先生支持，故尔感觉着被撤回的困难，纠纷一定要严重到底；因为胡风是有为的青年，他的气锐是不好挫折的，而不赞成那个口号的青年们的气锐也是不好挫折的。然而好了，这层担心已被证明是杞忧了。因为那口号本是由鲁迅先生作主而提出的，先生说：

"这口号不是胡风提的，胡风做过一篇文章是事实，但那是我请他做的，他的文章解释得不清楚也是事实。这口号，也不是我一个人的'标新立异'，是几个人大家经过一番商议的，茅盾先生就是参加商议的一个。"

这个事实的告白便是解决纠纷的曙光，我们怕胡风负气，真真是多余了的事。而且我们鲁迅先生和茅盾先生也并不是要争一个口号的人。鲁迅先生有句话说得最好："问题不在争口号，而在实做。"又说："我和茅盾郭沫若两位，或相识，或未尝一面，或未冲突，或曾用笔墨相讥，但大战斗却都为着同一的目标，决不日夜记着个人的恩怨。"象这样明达事理时常为大局着想的我们的鲁迅茅盾两先生岂肯在大家得到了明白的解决之后，一定要为争执一个口号使纠纷纠纷到底吗？我想这绝不会的。

的确，我自己很抱歉，我和茅盾先生虽然相识，和我们鲁迅先生竟缘悭一面。而且尤使我抱歉的是我们"未尝一面"而时每"用笔墨相讥"，我们的这种态度的确生了不少的恶影响，我临着"大战斗"当前有时都难免要感觉着"为着同一的目标"而"不日夜记着个人的恩怨"的困难。这困难在我是切实也感觉着的，虽然时常都在努力着想克服它。我自己究竟要比鲁迅先生年青些，加以素不相识，而又相隔很远，对于先生便每每妄生揣测。就如这次的纠纷吧，我在未读到那篇万言书之前，实在没有摩触到先生的真意。读了之后我才明白先生实在是一位宽怀大量的人，是"决不日夜记着个人的恩怨"的。因此我便感觉着问题解决的曙光，我才觉悟到我们这次的论争不外是检阅军实的蒐苗式的模拟战。究竟文坛的"赫格摩尼"是在我们的手里，我们一作起理论斗争来，便集中了天下的视听，使"诸侯军皆作壁上观"。我看"家丑外扬"，"仇方称快"的忧虑也是不必要的。如有可扬的"家丑"则当风扬之，吹涤净干倒是快意的事。至于"称快"的那种昧良的"仇方"，在国内或者还象没有；我的感觉反是向来和我们不同路的人倒是为我们所动而有愿意来和我们同路的意思了。

解决的方法究竟是怎样呢？

鲁迅先生的文中已经很明白，他是一再说着"无条件地"赞成国防运动的人，他自己所提出的口号他并不争持——而注重在"实做"，在"大战斗"之前他是"为着同一的目标，决不日夜记着个人的恩怨"。我据这些语句来推想鲁迅先生的意思，大约是在这场纠纷上，要叫胡风诸君委曲一下，让"国防文学"这个口号继续着它的顺当的进展，而从此愈加"实做"起来。假使我这个揣测是不错，我是极端赞成的，我想茅盾先生也不会有甚么不同意。自然，我这样说，不过表达我一个人的意见而已。我是如此希望；而且希望青年的朋友们把我看成为一个同等的一员，我的意见和希望只能算得一票。合乎多数时它可以发生效力，不合乎多数时等于是一张废票。

现在我再来说一说关于"国防文学"的意见吧，我前回在《国防·污池·炼狱》一文中，说过一句话："国防文学应该是作家关系间的标帜，不是作品原则上的标帜。"我说这话的意思是把"国防文艺"，看成为透过云彩后的日光，而不是本身的太阳。因为我们自己的原则是坚定着的，而对外的发挥则随着客观的形势要改换一下阴晴。我说那句话的初心便是这样：究竟有无谬误，还是凭多数去解决。

又时常听见看肖神的人有"拿货色出来"的口号，他们爱说左翼的人只有口号没有货色，从前的普洛是这样，现在的国防也是这样，说这种话的人大抵是不怀好意的，但在我们听来也不失为是一种规戒。不过我有一点意思可作为解嘲的资料，便是有新的口号提出时，是积极地强调着一种客观的现实。口号提出后，在正号方面有优秀的作品产生自然是生了效果，但在负号方面使违反乎现实的作品减少了时，也不失为是有了效果。譬如现在高调着"国防文学"，优秀的作品不能说全无，而写卿卿我我也者之乎之类的作家之笔，我相信比未唱"国防文学"高调以前是要迟钝一些的。自然，这儿并不是根据了什么统计来说话，不过我们可以据自己的心理来推测。别人在焦头烂额地从事着救亡的时候，无论是怎样的佳人才子总不好明目张胆地去哥其妹而妹其哥，鸳其鸯而蝴其蝶。这层消极的作用我们是应该算入的。因此我对于茅盾先生的"创作自由"的一个口号，我觉得还是不提出的好。因为"国防文学"的提倡只是精神上的要求，除在各个人的良心上多少可以生些限制作用外，它对于本是十分自由的作家是并没有绝对的强制力的。如于良心上的那种限制，都想宽大的替作家排解，这结果会消灭了一种运动的在负号方面的效果，该项运动的意义是会要失掉一大半的。这种宽大恐怕会失掉一般大众的同情，因为在大家都无条件地动员起来在从事一种运动的时候，而作家自己在主张他的特权，要求着一个保留的条件。"'在国防文学'与'汉奸文学'之外，确有既非前者也非后者的文学"——这是的确的，这种文学也自有它的存在，不过在目前我们用不着去强调而已。

末了我还想申说几句，便是悔过转向的问题。我觉得中国临到目前这样危殆的时候，便是阋墙的兄弟应该外御其侮的，那些曾经以强迫手段诬蔑自己兄弟的人怕已经自行在悔过而转向了吧。"从前种种如昨日死，从后种种如今日生"，悔者可以悔其悔，转者可以转其转。不把敌人的武器当成武器，是一种武器。

1936年9月10日《文学界》第1卷第4号

把我们的笔集中到民族解放的斗争吧！

俞 煌

"国防文学"和"民族革命战争的大众文学"这两个口号的论争，差不多继续了三个月之久。论争的开始是由于胡风先生在文学上已经有了一般地接受的口号之后，好象全不知道似地提出了"民族革命战争的大众文学"这个新的口号。论争的中心，集中在"在文学界统一战线里面，究竟需要有怎样的口号"？参加论争的人，大多数是在这两个问题上做了文章。

这样的论争是不是有它的意义？有些人以为这是个文坛上的"内战"，有些人以为这是进步的作家间的"火并"，这完全忽视了这论争的内容和意义。同时也有些人将这次论争看得象能解决一切问题一样以为口号问题一解决，统一战线的工作就可以简单地完成。当然，也有些人以为争"口号"的原因是为私人意气，所以实际上只是争"正统"的斗争。这种非原则的过高或过低的看法，结果都将影响到论争的收获和对论争应有的自我批判。

无疑义地，论争中也曾浪费了很多的精力，但是另一方面也使大家对于文学界联合战线的口号有了比较正确，深刻和一致的了解。没有热烈的论争，一般人对于"国防文学"的定义和应有的涵义，也许不会理解得今天一般的明确和深刻，这是谁也不会否认的事情。

这次论争的收获主要的是：

大家一致地同意了郭沫若先生在《国防·污池·炼狱》那篇文章中所提出的关于"国防文学"的见解。这就是：

　　"国防文学"应该是"作家关系间的标帜，而不是作品原则上的标帜。"

　　"凡是不甘心向帝国主义投降的文艺家都在这个标帜之下一致的团结起来，即使暂时不能团结，也不要为着一个小团体或一个小己的利害，而作文艺家的内战。"

　　"国防文艺应该是多样的统一而不是一色的涂抹。这儿应该包含着各种各样的文艺作品，由纯粹社会主义的以致于狭义爱国主义的，但只要不是卖国的，不是为帝国主义作伥的东西。因而，'国防文艺'最好定义为非卖国文艺，或反帝文艺。"

　　说得简单一点，凡是不甘心做亡国奴的文艺家，不管他的作品是不是声声爱国，句句救亡，只要不反映汉奸意识，都该在"国防文艺"的大旗下面团结起来。即使暂时不能团结，也不要反对和阻挠这个团结。

　　大家也一致地同意了在这个口号下的团结，是文艺家的救亡力量的团结。团结的目的是为了希望文艺家参加一般的救亡运动，这一方面可以使文艺家在救亡运动的实践里面锻炼成民族的战士，他方面可以使文艺家在实践里面获得丰富的经验，而产生出更精彩的作品。

　　大家也一致地同意了凡是不甘心做亡国奴的文艺家，都可以和应该参加文艺界的抗敌联合战线。参加联合战线是无条件的。要说参加的条件那也只是"非汉奸"这么一项。所以，"国防文艺"绝对不是参加文艺界抗敌联合战线的条件，参加救亡的联合战线也不必先买一张"国防文艺"的门票。如果是，我们要求有这样一张门票，那无疑的将把许多要救国而不曾写过或还不能写国防作品的作家关在门外。那样，文艺界的抗敌联合战线不成其为联合战线，而缩小成为国防文艺作家的结合。既然不以国防作品为参加联合战线的条件，那当然不需要规定作家的创作方法。

　　大家也一致地同意了在文艺界的抗敌联合战线里面，容许有多种多样的文艺作品，他们既不必要都以国防为主题，也不必要单用一种创作方法。即在同一的国防文艺作品，也不必强求"进步的现实主义"。所以，在"非卖国的文艺"下面，创作的自由是非常的广泛。这里，不但不妨碍前进的作家们宣传"国防文艺"的主张，而且他们自己就首先应该为"国防文艺"的创作而努力。

大家也一致地同意了在文艺家的联合战线里面，前进的作家们除出不该强求一切作家立时放弃各自的创作方法来适合他们的创作方法之外，同时，为着要使"战线"强固有力他们当然也有在作品和批评里面善意地说明"前进的现实主义"的优点和进步性，而希望其他作家也来接受这种创作方法的义务和权利。只是，这儿重要之点是在他们只有"希望人家采用"的自由，而没有"强制人家接受"的权利，对于用着其他的创作方法而来参加联合战线的同志，他们只有用热烈的欢呼来激励和鼓舞他们的义务，而绝没有用疾言厉气来斥责和鄙视他们作战方法拙劣的权利。"联合"才能作"战"，作战里面才能分别战术和武器的优劣，在联合之前先机械地规定武器的标准，这不是联合战线里面所应有的事情。

大家也一致地同意了文艺界的联合战线，不单是作家们意志一致的表现，而更需要有组织的活动。文艺界的联合战线的组织，应该是包括一切非汉奸的文艺作家和文艺团体的组织。这个组织还应该有一个共同行动的目标，而切实的去做救亡的文艺活动。

在论争里面，参加论争的人们，于以上的几个重要问题，已经有了一致的结论。这个一致，奠定了"国防文艺"大旗之下的文艺界联合战线之基础。

当然，我们也不想轻视这次论争的缺点，有些问题不曾展开更深入的讨论，在论争中也有流于意气的争持而忘却了严肃的自我批判。于是，文艺界的汉奸便能利用这论争的机会，来进行挑拨离间，破坏联合战线的工作，他们故意地装做站在论争中的一方，而对他方施行卑怯的攻击，这样的下流策术，可以使严肃的论争变为无原则的内争，而不费气力地破坏文艺界的救亡工作，我们的警戒不够，意气有余，这是深深值得反省的事情。

国难严重，这已经不是一句空口说说的话了，日满军队不但进攻绥东，且已直迫甘陕。华北事实上形成了"中日满三国亲善的理想区域"，内蒙早已变成了日本帝国主义进攻苏联的军事后方，最近的成都北海事件，更有兴师动众，用"保障占领"来威胁政府承认辱国条件的趋势，在这种紧迫的情势之下，一切帝国主义的无耻走狗，必然的要破坏救亡运动，对文化界用更无耻更残暴的压迫手段，爱国的文艺作家在这样的时候，应该在已经得到的共同意见的基础上面，加倍努力，团结一致，去和我们民族的敌人作战。若干意见尚未一致的问题，尽可在推进联合战线的工作里面，继续讨论。至于许多不关重要的意见分歧，应该解消在共同参加的民族解放运动里面。

时机急迫，现在已经是"浪费无用的笔墨就是罪恶"的时候了，不愿亡国的文艺作家，勇敢地担负起历史决定了的使命的时候，已经到了！集合起来——

"把我们的笔集中到民族解放的斗争吧！"

1936年9月10日《文学界》第1卷第4号

关于国防文学的论争

丁　非

"国防文学"已经存在，而且应该存在，这是已为大家所公认了的。我要表明，我也是接受而且拥护这一口号的人之中的一个。那理由是：

第一，因为这口号是依据于目前的新的政治形势，切中着目前的客观需要而产生的。在目前，因为××帝国主义的加紧侵略和压迫，作为世界的一环的中华民族，已到了生死存亡的最后关头。自从东北四省被强占以后，冀东内蒙相继"独立"，整个华北日益危急，华南各地也频频告警，这一系列的事实，是在说明着我们正在由半殖民地逐渐地沦为全殖民地。在这样一个间不容发的时机，当前最紧要的事情，实莫过于国防。我们不愿意当亡国奴，同时还要把已经沦为亡国奴的同胞们从水深火热之中拯救出来，因此我们要保卫未失去的领土，要收复已失去的领土——一言以蔽之：我们要维护民族的生存。这是历史赋予我们的当前最重大最迫切的任务。为了要完成这一任务，所以在政治上，我们要求组织一个强有力的国防政府；在军事上，我们企图组织一支强有力的国防联军；同时在整个文艺的领域内，我们自然也要求创造一种与这基本纲领相配合的能尽国防作用的文艺。"国防文学"的口号，便是这样地被提出来的。

第二，因为这口号是一个组织的口号。我们知道，在策略上讲，要抵抗我们当前的大敌，拯救民族的危亡，孤军奋斗是很容易被各个击破的，必须全民族总动员，形成一条广大的联合战线，才能集中最大的力量，进行持久的战斗而能把握着胜利。而从事实上来看，"抗×救亡"也已经成了各党各派各阶层的民众的一致要求。民族危机的迫切，使全国民众人人自危，知道不先克服这个大敌，大家便要同归于尽。所以年来抗×救亡运动的高涨，不但唤醒了劳苦大众，不但使广大的小市民群和知识分子转入于革命，而且使一部分属于最落后的阶层的资产者，富农，地主以至于军阀等等，都或多或少地同情乃至赞助了这个运动。这是说明联合战线的确立是绝对地无可怀疑的。"国防文学"这口号，便是在文学界上构成统一战线的路标。它要求全国有正义感的不愿意当奴隶的文学家们统一在"抗×救亡"的目标之下。

第三，因为这口号已为广大的群众所理解，所接受，所拥护，而已成为普遍全国的一个文学中心潮流。我们相信，一个口号的提出，如果没有广大的群众做基础，那么它不过是架空的玩意。只有群众是一个口号或一种纲领之最有力的识别者和实践者。"国防文学"动员了广大的作者群和读者群，这是有许多事实可以来证明的。在"国防文学"的号召之下，各地都已发生了极大的影响，我们可以从各刊物上所发表的许多国防作品和一个小型刊物《文化报道》上所登载的许多消息上看得出来。这也就强调地说明了，这口号是基于全民众的要求而产生的。

我并不想讳言"国防文学"这一口号的字面上的缺点。所有的反国防文学论者，便以这一点当作反对和攻击"国防文学"的最大口实，他们说："'国防文学'被当作口号而提出来的时候，嫌笼统，欠明确。"这是只从字面上来把握这一口号的含义的。但我以为，若只从字面上去斤斤较量，那是犯了形式主义的错误。

当然，因为"国防文学"这个口号的字面上的不明确性，很容易招致善意的误会，恶意的曲解，甚至于被无耻者所利用。不过，这都是不能当作否定"国防文学"的理由的。

不错，"国防文学"可能被认为狭义的爱国主义的文学，但这其实并没有什么关系。在目前，除了汉奸卖国贼以外，谁都知道只有爱国才是求生存的办法，他们有爱国的自由，有爱国的义务和权利，因为否则他们就要在强敌的铁蹄之下灭亡。而且，在今日的中国，真正能够爱国的人，必然是反帝的；我们若把眼光放远一点，为了我们的远大的前途，也非先消灭那拦住了我们去路的××帝国主义的强暴势力不可——这便是说，爱国是走向我们的目标去的第一步。我们应当承认，我们首先应当领导全国民众起来爱国，使他们渐渐走上组织之路，形成抗敌力量，待把强敌的势力消灭后，然后继续向前迈进——当然，在那过程中，我们也并不打算放弃领导他们与我们永远同行的奢望。

有人说："帝国主义也有国防，我们也有国防，一样是'国防'，那不是太容易相混吗？"但这话也显然是不成问题的。帝国主义的"国防"和弱小民族的国防在本质上当然不能够一样，因为前者是侵略性质，而后者则是防卫性质的。其实，要是严格地说起来，帝国主义根本就不配谈什么"国防"；他们用了"国防"的名义，做着侵略的事实，这是与国防的本义乖离的。他们的"国防"目的是要无限制地冲破别人的国防，它不过是当作掩饰侵略的一种烟幕罢了。

一个口号，必须在实践上才有价值；事实胜于雄辩，那些假借名义者，是终究会在现实的铁面无私的镜子里边显露出狐狸尾巴来的。所以我们若因为怕被人利用而便否定了这口号，岂不有点近乎"因噎废食"？德谟克拉西的口号，差不多快被资产阶级用烂了，然而有谁相信资产阶级是真的做到德谟克拉西的地步呢？希特勒盗用了社会主义的名词，江亢虎盗用了社会主义的名词，然而真的社会主义还是兀然存在，希特勒江亢虎之流能毁损它的毫末吗？

茅盾先生说得好："口号本身并不是万能的，口号的力量在于给它的解释如何以及它的正确的运用。"（《关于论现在我们的文学运动》）那么，"国防文学"这一口号，虽然有着字面上的缺点，是并不成什么问题的。

如果一定要说"国防文学"这一口号有着某种缺点，那决不在此而在另外一个意义上。关于这一点，请允许我留在下面再谈。

其次，要说到"民族革命战争的大众文学"。

这口号的正式提出者是胡风先生。但据鲁迅先生说："这口号不是胡风提的，胡风做过一篇文章是事实，但那是我请他做的，他的文章解释得不清楚也是事实。这口号，也不是我一个人的'标新立异'是几个人大家经过一番商议的,茅盾先生就是参加商议的一个。"(《答徐懋庸并关于抗日统一战线问题》)

在这里，我以为，胡风先生的态度该受严重的指摘。第一，胡风先生在鲁迅先生请他做的那篇文章（《人民大众向文学要求什么》）中，并没有正式说出这是几个人的共同的意见，却有完全据为己有的样子。第二，他不但没有把参加商议的几位先生的意见解释清楚，而且简直曲解了他们的意思，这是从参加商议的茅盾先生的文中也可以看得出来的，茅盾先生曾经公开地说过："然而一些为宗派主义所养大的善于'内战'的朋友们，却有意无意地曲解了鲁迅先生的意思。首先是那位曾在鲁迅先生处听得了这口号的胡风先生。……"（《关于引起纠纷的两个口号》）第三，他不该对于已经存在而且连参加商议的几位先生也认为应该存在的"国防文学"完全无视，却如茅盾先生所说："胡风先生在《文学丛报》上发表了一篇文章，把'民族革命战争的大众文学'作为现阶段的口号提了出来。然而胡风先生只把这概括的总的口号葫芦提了出来，而没有指明，为了要和现阶段的民族救亡运动的要求相配合，还应当有更具体的口号——'国防文学'。胡风先生那篇文章，显然还有以'民族革命战争的大众文学'一口号来代替'国防文学'一口号的目的。因而他那篇文章就引起了许多责难。"（《关于论现在我们的文学运动》）而当别人纷纷起来责难他的时候，他也始终没有挺身出来解释一个明白。所以因此而惹起了许多的纠纷以及一部分把两口号看作对立的近乎浪费的论争，我将毫无偏袒地说：是应该由一错到底的胡风先生来负责的。

在《论现在我们的文学运动》中，鲁迅先生曾经指明"国防文学"是"随时应变的具体的口号"，而"民族革命战争的大众文学"则"大概是一个总的口号"，既然如此，则正如茅盾先生所说，这两个口号乃是"非对立的而为相辅的"（《关于论现在我们的文学运动》），对于这个方法论的提示，我以为是非常值得注意的。

那么提出这一个总的口号的意义在那里呢？鲁迅先生说："'左翼作家联盟'五六年领导和斗争过来的，是无产阶级革命文学的运动。这文学和运动一直发展着，到现在更具体地，更实际斗争底地发展到民族革命战争的大众文学。民族革命战争的大众文学，是无产阶级革命文学的一发展，是无产革命文学在现在时候的真实的更广大的内容。"（《论现在我们的文学运动》）这说明了这个口号是站在左翼作家的立场上，当作能够表明"无产革命文学在现在时候的真实的更广大的内容"的口号而被提出来的。后来鲁迅先生在《答徐懋庸并关于抗日统一战线问题》一文中，说得更为明白："'民族革命战争的大众文学'主要是对前进的一向称左翼的作家们提倡的，希望这些作家努力向前进……"（旁圈引用者加的）而茅盾先生也说："'民族革命战争的大众文学'可以是创作的口号，但既不是代替'国防文学'，也不是文艺创作的一般口号，而只是对左翼作家说的。"（《关于引起纠纷的两个口号》）

　　但是，站在左翼作家的立场而另提一个口号，问题并不在是不是应该，而在是不是必要。在原则上说，左翼作家也许应该另有一个口号，因为他们除了同意于抗×救亡运动而挺身出来支持并且扩展了这个运动以外，自有其基本的革命立场。但在事实上说，目前左翼作家与民众的要求是完全一致的，除了抗×救亡以外，左翼作家也并无其他的特殊要求，他们不过在这运动中表示得更勇敢更积极罢了。虽然如鲁迅先生所说，他们"决非停止了历来的反对法西主义，反对一切反动者的血的斗争，而是将这斗争更深入，更扩大。更实际，更细微曲折，将斗争具体化到抗日反汉奸的斗争，将一切斗争汇合到抗日反汉奸斗争这总流里去"（《论现在我们的文学运动》）。但既然须"将一切斗争汇合到抗日反汉奸斗争这总流里去"，那么，为了巩固目前抗×救亡的统一力量，为了不自外于联合战线，左翼作家是否有另提一个口号的必要呢，便值得考虑了。据我的意思，以为这是不很必要的。

　　我想，"为了推动一向囿于普洛革命文学的左翼作家们跑到抗日的民族革命战争的前线上去"，（引文见鲁迅先生的《答徐懋庸并关于抗日统一战线问题》）则有了"国防文学"这一口号也就够了，但为了导引已经被"国防文学"这一口号动员了来的一切文学家们（包括左翼作家在内）到更正确的立场上去，却需要另提一个口号。照此说来，这口号对于"国防文学"当然是有辅助性的。这口号必须包含两个概念：一个民族革命的概念和一个进步的现实主义的概念——这是表示在目的上我们现在是为民族革命而努力着，在方法上我们是采取了进步的现实主义方法因而把握住了新的世界观的。这口号也许就是"民族革命战争的大众文学"，也许是另外一个。如果把"大众文学"和进步的现实主义文学同视，那么不妨就采用这现成的口号；否则，为了使现实主义的概念更加明确起见，也不妨另想一个，例如"民族革命的现实主义文学"之类，都没有什么不可以。

现在，我要把讨论转回到"国防文学"上面来。

自从郭沫若先生说了"国防文艺应该是作家关系间的标帜，而不是作品原则上的标帜"（《国防·污池·炼狱》）的话以后，茅盾先生首先表示了赞同，而且给这话作了注释道："这就是说，不用国防的主题的作家，仍可参加民族自救的国防运动！应当是'一切文学者在国防的旗帜下联合起来'，而不是在'国防文学的旗帜下联合起来'；因为后者是束缚人的，是要把一些不写国防主题的作家关在国防运动之外去的。"（《关于引起纠纷的两个口号》）又说："我们所希望的是全国任何作家在抗日的共同目标之下联合起来，但在创作上需要有更大的自由。"（同上）

"国防文学"应该是作家关系间的标帜，这是不成问题的；但说它不是作品原则上的标帜，我以为还有可以商榷的地方，因为这不啻否定了文学之战斗性及其特殊任务。我们如不否认文学本身是一种特殊的武器，那么在民族自救的国防运动之中，便须更广泛地运用它；以发挥它在这运动中之应尽的力量。

如果以为，"国防文学"只是对于作家本身的号召，而否认其在创作上的应用，那么，我们只要用国防运动的口号也足够号召一些作家了，何必要特提"国防文学"呢？特提"国防文学"，便是希望使民族自救的国防运动与文艺上的创造活动密切地连系起来；因此它不妨指明（不是规定）怎样的主题是目前最中心的或最重要的，而要求一般作家来履行这一任务。因为，参加民族自救的国防运动的任何作家们在此刻的可能使用的武器，正如鲁迅先生说的"仍是一支笔，所做的事仍是写文章，译书"（《答徐懋庸并关于抗日统一战线问题》），因此向他们要求写些含有国防意义或对于国防运动间接有利益的作品，是对的，而且是必要的。否则如果仍然让他们写些哥哥妹妹鸳鸯蝴蝶之类的东西，那对于国防运动不但无益而且有害，因为这些带有麻醉性的东西，往往足以消解民族革命的力量。

请允许我引用郭沫若先生的话："'国防文艺'应该是多样的统一而不是一色的涂抹。这儿应该包含各种各样的文艺作品，由纯粹社会主义以至于狭义爱国主义的，但只要不是卖国的，不是为帝国主义作伥的东西。因而'国防文艺'最好定义为非卖国的文艺，或反帝的文艺。"（《国防·污池·炼狱》）我以为这解释是十分精当的。这便是说：作家的世界观虽然可以有"由纯粹社会主义以至于狭义爱国主义"的"多样"，但必须"统一"在"不是卖国的，不是为帝国主义作伥的"这个消极条件和"反帝"这个积极条件之下。这样的文艺，才是"国防文艺"，而这文艺是决不包含哥哥妹妹鸳鸯蝴蝶之类的作品在内的。

如有人问这是为什么？回答很简单：我们全知道，那些赞美王道，赞美大亚细亚主义之类的丧心病狂的文字，是有意识地为帝国主义作伥；但在抗×救亡运动高涨的今日，如果还有人整天拿些哥哥妹妹鸳鸯蝴蝶之类的作品去麻醉群众，去消解民族革命的力量，则即使不是有意识地，难道不能说是无意识地为帝国主义作着伥鬼吗？

我们决不是要把一些没有写过国防主题的作家关在国防运动之外，相反的，我们正要他们都来替国防运动多尽点力。但作为一个文学作家而来效力于国防运动的时候，他必然接受而且拥护"国防文学"，也必然负有写些含有国防意义或直接间接有利于国防运动的文学作品之义务。倘有一个文学作家，被"国防文学"的口号号召了来，说是为国防运动效力，而他却整天以他的可能使用的武器来写些替帝国主义作伥的东西，我们将怎么办呢？无疑，如果他是有意识的，我们不惜关他于国防运动之外，如果他是无意识的，我们便应以战友的资格去纠正他，去指示他，去要求他。这决不是束缚他的创作自由，因为自由是有一定的限度的。

我以为问题是在："国防文学"这一口号对于创作方法没有明确的指示，因而不能导引作家到更正确的立场上去，这就是我上面所说的它的真正缺点。所以我以为它可以而且须要有一个辅助性的口号。因为把各色各样的作家都号召到"国防文学"的旗帜底下，而且向他们要求写些国防作品以后，倘不把他们之中的新鲜生命扶植起来，倘不能导引他们到更正确的立场上去，而仍一任他们去自由发展，结果仍是不很好，有时甚至于是有害的。这些作家必然随带来他们的陈旧的世界观和陈旧的创作方法，而不可忽略的是他们的陈旧的世界观往往足以妨碍对于民族革命之本质的认识，他们的陈旧的创作方法往往足以使艺术得不到正确的反映。因此我们须要有一个辅助性的口号，来强调进步的现实主义的方法，而以不懈的精神去影响他们，说服他们。

我的意见暂止于此。临了，我还不得不说几句另外的话：

第一，自从鲁迅茅盾两位先生指明"国防文学"与"民族革命战争的大众文学"这两个口号是相辅的而非对立的以后，问题是逐渐明朗化了；由胡风先生的曲解所引起的纠纷已成过去，现在的讨论已经进展到另一阶段。这讨论当然还要发展下去，但我们应该理丝有绪地把论点集中，不要再沿着胡风先生的错误而作近乎浪费的争持了。

第二，近来参战诸位之中，不免有人渐渐涉及意气，这是将为亲者所痛而为仇者所快的。我要用了最大的热诚向各位作着这样的期待——希望今后大家都尽量地抑制感情，运用理智，来应付这个讨论。

附记：自从"国防文学"的论争发生以后，北平方面，由北方文艺社主催，若干文艺家和若干文艺团体代表参加，举行过两次座谈会。我是被邀参加的一个，这篇文章，便是由座谈会回来以后写的。它并不是座谈会的正式结论，而其中大部分也只是我个人的意见，所以文责当然由我完全担负。但是最后所说的对于参战诸位的热诚的期待，却是座谈会里的全体朋友们所共的。

八月二十七日

1936年9月10日《文学界》第1卷第4号

国防文学的几个创作实践问题

凡 海

一 序 言

国防文学自被提出之后，至今已产生了不少的作品。——这些作品如果不是纯粹的自然发生的东西，那应该不能否认国防文学在创作上的作用。然而把国防文学认为是联合作家的条件，或把国防文学当作神圣不可侵犯的绝对排他的东西看，那是不甚高明的。国防文学不是一个立法，而是一个理论的东西。而凡理论的东西，都是实践的指示，真理的劝说，决没有强迫的成分存在。接受国防文学与拒绝国防文学的号召，应该是作家底自由。国防文学不拒绝他种文艺主张底存在，国防文学可以在联合的友谊之下批评他们，他们也可以批评国防文学。但这种批评如果流于仇视的形势，那就违反了联合救国的本意，是应该自首的。在目前，国防文学更紧要的工作应该是理论的深入与批评的实践，对国防文学的几多创作加以检讨，该不是无益的吧。

二 国防文学底主题

上海底服装，有所谓"时装"的东西，就是当时流行的服装，这种"时装"，公子哥儿一定是很注意的，至于不甘落后的摩登女郎，更不能不时刻提防"时装"的变动，好趁时裁制流行的服装。流行的服装一流行起来，便到处都看得见这种服装了。

文坛上也难免这种流行症，而时常成为流行病，这种流行病，可以助长保守的文学坚持在一个原点上，而不能帮助进步的文学脱出无形的圈套，反而妨碍了进步文学深入现实底各种各样的侧面，妨碍了进步文学内容的丰富。比方武侠小说，肉麻小说，都是被保守的文学用各种形式反覆又反覆了的，他们如果放弃这些反覆了又反覆的小说，便不能保持原有的地位。可是对进步的文学就不同了：从前的尾巴主义如果没有被批评被扬弃，那进步的文学怎么能进一步呢？革命文学底初期，主题的千篇一律，拘束文学徘徊在一个原圈内。记得我们有些批评家常藉口主题的积极性，把斗争不胜利的作品都认为是无价值的东西。这妨碍许多作家大胆去看现实的部分与暂时的失败，使他们不能不假装胜利了。国防文学也在主题上犯了流行病，这自然不是指全体而言，只是说，大体上，国防文学底主题显然有单调化的倾向。用走私作主题的作品我看见好几个了。其次呢，以东北事变为主题，以华北被侵夺或农村被蹂躏为主题，以福建侵略为主题，或者以学生运动为主题，或者以日本兵士的动摇与同情中国人，日本下层人民仍然得不到侵略的益处为主题，或者以朝鲜、台湾人❶底亡国苦为主题。这些主题都不免被拘束在直接的中日关系上。这当然并不是坏的，但国防文学底内容一定还要更多样些更丰富些才好。我们除了看见中日底种种直接的纠葛之外，还要更进一步去看××底侵略对中国人民的各种角度上的间接的关系。鲁迅和我们说吃饭可以和恋爱没有关系，但吃饭和恋爱都和中国的民族危机有关系（大意如此），就这情形也还不会在我们作家底笔下被具体描写出来，付以一定的形象与活的骨肉。说得更广泛些，我们的现实的各个侧面，都和民族危机有直接间接的因果关系，只看我们的作家肯不肯诚实地去扯开表皮暴露这些现实的本质。

人们唯恐国防文学缩小了作品底题材，这是错误的想头。可是我们底作家，倒在无形中附和这种意见了。我相信，在我们面前，并不是没有更丰富的现实而是我们中了流行症；有的人有某种没有直接的

---

❶　本文发表时，整个朝鲜半岛、我国台湾都在日本占领之下——编者注。

中日关系的题材不敢写出来么？有的人把自身经验得最多，最丰富，最亲切的内地农村或工厂中或小私有者中的题材置之一边，而去勉强描写抽象的直接与××有关系的事情么？那对于国防文学反而是有害的。

三　架空的幻想

不能够写出现实底多方面的错综，而只把某方面的特质过分夸张，这差不多成了目下国防文学的通病。然而这种通病，在一定文学底昂扬的过渡期，不应当受过多的责备，而必须要被责备的是那种以背离现实的幻想，或凭一面的消息扩大其背离现实的幻想，藉以到达主题的文章。

不管所定的主题如何积极，如果用以发挥这主题的内容取了与现实背驰的方向，那文章的效能将转化为主题底反对物。我想在这一点上，应该谈一谈《老沈的儿子》那篇文章。

这篇文章底主题是赞美军事训练，描写一个学生在官方军事训练下的进步，故事用对话的形式，先陈述作者对军事训练的赞美的意见，然后演绎了他底意见该被赞美的证据（这种办法，本来就不是一个好办法）。在这国难期中，军事训练确实是很重要的，象作者所说"最好个个人能够来一手"，可以说是争取民族独立的一个不可畏避的途径，我们没条件的同意作者底这个主题。可是，作者把具体的官方军事训练抽象为军事训练的一般而加以赞美，那便使实际经历过官方军事训练，或已知官方军事训练的黑幕十倍于其好处的人，反而对军事训练一般，也感觉厌恶了。在这地方，《老沈的儿子》转化为主题——赞美军事训练底反对物。

作者有意的不去看官方军事训练底黑暗面，他底意见用如此的对话表现出来："有些人即顾虑了，学生去受军训，会给灌输些不相干的思想进去吗？会给利用去干不相干的勾当吗？"

"那是不会的。"

其实官方的军事训练何止不会这点，还有十倍于这点的黑暗是在严厉禁止泄露下被隐藏着。关于这种情形，不久以前《时代论坛》上有一篇一个从官方军事训练回来的学生底报告，有许多说明。那个报告比一篇抽象的小说还要感动人些，他告诉我们的许多黑暗，简直是我们想象不到的。就军事训练的意义上说，官方对学生的军事训练，大部分是浪费青年底时间与精力，而很少军事的补益。此方早上起床，把被摺得四方四正，为这事，为擦皮鞋，为许多服装的外表，要化去大半个上午，这样的少爷兵就不说对于抗敌毫无补益，而且和我们主张用以救国的真正百折不挠的军事训练隔得太远了：你知道官方军事训练底初期练些什么呢？练些毫无益处的烦琐的对领袖的敬礼。——象这些多方面的非常重要的侧面，《老沈的儿子》毫无所见。这种对军事训练的赞美法，反而变成对官方军事训练的一味捧场了。国防文学底作者应该特别注意他们笔下的真实性，这决不是对作者的苛求。可以说是苛求的，是对作者要求用一定的世界观去观察事物，而所谓表现真实，并不意味着马上把现实十二分正确地反映出来。如果这样想，那么虽然接近现实而尚未能十二分正确地反映现实的作家都要被摈斥于门外了。这是错乱的想头。我们所再三提说的真实性，无非是向没有能好好描写出真实的作家不断地指明接近真实的方向与重要，不但这样，我们同时也可再三指明如何样子去把握真实，真实底本质，应该在那些地方。这是号召各种作家和真实接近的一个指标，而且是在接近真实的一个共同点上，落后的以至于前进的各色各样作家才获得了结合的客观根据。我和《老沈的儿子》也只有在这一个共同点上才有交换意见的可能。就是说，《老沈的儿子》底作者如果和我没有丝毫共同的目标，那我们没有接近的可能。所以在原则上，我相信《老沈的儿子》底作者叶圣陶先生采取主题与创作底方向是为了要表现中国社会现实底一部分，在这一点上，我抽取了《老沈的儿子》中一个积极的侧面。作者沿着这个侧面走，是一件非常可贵的事情，这也是我们所不应该忽视的。

四　拿了高尔基的一个帽子

　　大约读过高尔基底短篇小说的人，一定都知道高尔基不但在他底故事里流贯着一种明朗的音响，他对环境的描写，还有音乐的节奏，而且在他底风景描写里，我们可以听得见万物底实在声音，特别是那五颜六色的光彩，那金色的光芒，蔚蓝的天空，天鹅绒一般的绿色草原，样样都是用新鲜的色彩，现得象一幅图画一样的。在妥斯退益夫斯基里面，我们所看到的是光线不足的房间，苍白的面，或者灯光下一般的苦恼；在屠介涅夫里面，我们看得见轻风细雨，听得见婉啭的莺歌，觉得到拂面的杨柳，而高尔基却不同了，他底淅淅不已的风雨底下常常有些可怜的雨淋鸡一样的无家汉子，这些汉子底脚在泥地上踏下一个个的脚印，雨水马上流入那些脚印里而成为水洼。他总是用金色的强烈的阳光射在早晨的林梢，射照人间，他底图画中的色彩不但有屠介涅夫的美丽，并且比屠介涅夫新鲜，强烈，有时甚至用野兽派一样的笔法在画面上大胆涂下一大笔一大笔的颜色，而又在那颜色里面弹出音乐来。高尔基纵使有妥斯退益夫斯基那样的光线不足的贫民窟与工厂，却并没有灯光下一般的苦恼，很少看得见苍白的面，而是那些报复的恶作剧，反抗的玩笑，追求生活的游戏。

高尔基底这种风景画法相当的传染到中国文坛上来了。中国底进步文学吸收高尔基的健康而强莔的美的表现法，也是当然的。因为中国底进步文学正象高尔基底时代一样是负起历史的责任向前开着强倔步子的时候。高尔基的康健的美对于国防文学是很适宜的。

我们有许多小说已经部分的具有象高尔基的小说中那样的色彩画了。比方《文学界》第三期底小说《依瓦鲁河畔》与《特殊贸易》在开首的描写里面，确是有高尔基那样的绚烂。《特殊贸易》在开首所描写的那车站周围的景色和《依瓦鲁河畔》开首所描写的乡村风景，都是这样，文笔也是坚实而确切的。作者已经获得一种用笔尖去击响大自然，使之发出玲琮回响的方法了。让我把《特殊贸易》和《依瓦鲁河畔》底最先一段分别抄在下面看看：

《特殊贸易》：

"五月的清晨。

"鲜红的太阳，犹如一个人的圆圆的笑脸，低沉沉地嵌在明朗的极为光滑的天壁上。灰白的城头，树林的尖塔，绿色的原野，以及流动的河水……回旋着无定向的微凉的风。"

《依瓦鲁河畔》：

> "依瓦鲁河岸上有一种粗犷而无韵调的歌声，在四月的春风里骚动着，隔岸，辽远的东方，黎明正藏在那边白桦林的云雾之下。而依瓦鲁河的上空，却晴朗得象无边的海，北归不久的小燕儿，在这无边的海里浮着，是那么迅速的。"

前者还没有注意一句中概念应该单纯与明确，后者也还欠熟练，但无论如何，对大自然的这种写法是向前繁荣的充满生气的文学底特征。这特征，不管是从高尔基里学习来，抑还是作者自己底，总之，负担历史任务的国防文学和负担历史任务的高尔基的艺术有共同之点是十分自然的事。

然而非常可惜的是国防文学的作者几乎没有一人能把这种也许可以说是高尔基的方法或美在一篇小说中保持到底。我们都只能在开始的时候把笔杆拿稳，使笔尖充满墨水，可是到了后来，笔尖上的墨水便显出干枯，而笔杆也渐渐软下去了。特别是当他们从自然的描写转到人间底关系上来的时候，他们立即显露了两方面的写法不能调和。他们只是光照地写了自然中的五光十色，而没有把在自然描写中已捕到了的生气，那丰满的音与色带入到人间底关系中。我们可以在和人间割离的自然中看到的，却不能在人间看到了。人间底关系里面，不但和自然一样有粪，有蛆虫等，也有太阳，有白桦林，有绿色的原野，有潺潺的流水，有微风，有粗犷的歌声等等。可是我们底作者很少能够对人间关系上也象对自然一样描写得丰富的。《依瓦鲁河畔》和《特殊贸易》也完全是这样。我们只拿了高尔基的一个帽子，而没有把他的脑袋一起拿来。

五　什么是现实底本质

我一向这样主张：

中国社会非常复杂，从原始的，以至于资本主义的各种成分都有得存在，比方云南，贵州的土人，有些仅仅脱离物物交易的形态，而上海的洋行买办及帝国主义或银行家们，则过着和西欧文明国中一样文明的生活。在此两者之间还有种种复杂的生活形态，那简直是不易想象的。我们常常能够通过某国底几多作品去了解某个国家，可是外国人要想通过中国人的作品来了解中国，就完全不够。中国社会还有许多极为平常的生活面，都不曾在我们底作家笔下出现过，有的甚至完全被忽略了，这起码有两个原因：第一是中国社会太复杂，社会的发展，因地域上的差异而不平衡，一个作者对这些有千差万别，有时直至是相反的现象，不容易统一地把握住，第二是因为中国文坛上底时髦病往往驱使作者盲目地集中于特定的一角，而忘记了还有别的许多侧面也和他们底集中点有关联，就不去写了。后者应该由批评家们负责，因为他们只机械地理解现实底几个特定的侧面和时代的主潮有关联，而没有从统一中去把握现实的整体，结果，他们底心胸变得狭隘，常常驱使作家对集中点以外的生活有时接触了也避开观察，观察了也不敢表现。这样的错误，当然除了使文坛生畸形病之外，决不能和作家们合作着去解决前者，即解决把握千差万别的各种复杂现象的问题。所以我们在检讨了过去的错误之时，更不敢逃避正是过去所不能到达的困难问题。这便是：在反对以部分的现实来代表现实的整体一点上，如何从现实底本质上去把握千差万别的现象。——《中流》创刊号上《主战者》那一篇小说底问题，应该在这一点上。

有些朋友对这篇《主战者》非常愤慨，他们以为这是对主战者的嘲笑。在这个民众一致主张反×的情势下，主张反×战争本来是民众积极情绪的表现，他们以为不应该象《主战者》中那样被漫画化，把一位主战者描写成一个实际的懦汉。这批评，在一时的愤慨之下是不免的，可是仔细一想，我们就觉得问题并不如此简单，也许我可以说，这不过是一种误会。实际上，我相信，《主战者》底作者也是我们平日所欢喜的作家，从他平日的见解中，知道他对反×战争起码是不反对的，那么说他嘲笑主战者，把主战者漫画化，我想未免太忽视了一个作品背后作者底人格。我很相信，把一篇作品和作者平日的言行及其他作品割离开来看是不对的。

《主战者》所以容易引起误会，是因为作者没有从现实底本质上去把握他所写的现象。所谓现实底本质，并不是一个抽象的，空洞而捉摸不住的名辞，我以为一个作家只要从整个的发展过程中去理解一个现象，不要把现象从统一体中割离，一定会多少暗示出一个现象不是单独的存在，结果，这件事情本身就是一种推动力，推动一个作家去追求自己察得的现象与现象总体的关系，结果就不能不把自己察得的现象汇流于现象总体中，我们总不难在这种处所看见现象底本质吧：就是那一条把我们所察得的现象和整个现实连贯起来的红线。《主战者》底作者想描写一个小私有者不澈底的主战，当战争没有来以前，他表示得非常积极，觉得非和"洋鬼子"打战不可，他说：

> "你看那年上海打仗罢：中国老百姓一齐来帮忙，连做工的
> 也上火线。你看！"

可是当他听到真正的战争消息，他骇得屁滚尿流了，据作者描写"以前没有一点要动手的影子，他就想也没想到这些事跟他有切身关系。可是如今——叫他怎么办呢？"作者又描写，"他乡下的田怎么办呢？他乡下的田？"

得了，等他再打听到战争的消息不确时，他又来说大话了："好嘛，我说的嘛：怎么敢打呢！……中国敢跟洋鬼子打仗那倒好了！——真的，打仗倒好了！哼！"——小说就此完了。

有没有这样的现象呢？有的，我也看见过，那还是去年我在北平看见的，救亡学生运动最紧张的时候的大学生，而且不止一个，可以说有一个小小的层次，他们虽然有各种不同的形态，程度也有深浅，但他们那一部分人的倾向确实和张天翼先生所描写的一样，平日高唱中×战争，高唱他们的领袖在那里准备战争，可是学生运动妨碍了他们的年考，或毕业试验，他们竟切齿痛恨，大骂学生救亡运动为无聊了。我们也不能闭起眼睛无视这种现象的存在吧。

可是，你只要把这些现象和现实总体的发展一联系起来，你就会很明白的看得出，这些可笑的小私有者不过是巨流中的一些浮沫，一些被激浪冲往两岸的污渣。张天翼先生的《主战者》，应该放在现实总体的发展中去看，第一，要更无遗漏些写出那位学过法政的小私有者底社会背景，第二，要把真正的主战者，特别是反×的浪潮与群众

底实在面目写出来，才能衬托出这位不能真正主战的主战者底无力与懦怯。只有这样，才能在现实总体底反映下，更见得这阴暗面的无力与羞耻，而这样，我们通过这懦怯的反战者，不但没有埋没了现实的本质，反而更清晰些看见了时代底主潮，使民众生活底中心课题——反×——更加辉煌了。张天翼先生不这样做，把一个懦怯的主战者当做孤离的现象，起码是当作和主战的正面相隔绝的现象来描写，这结果，容易引人误会是十分自然的。

如果说《主战者》底作者把六少爷当作真正的主战者来和这位懦怯的主战者郑退庵对比，那是十分不够的。第一，真正的主战者就不仅仅是这样的社会根源："没有乡下的田地拖累他——就竟巴不得别人遭殃的样子！"象《主战者》中六少爷那样，单是用清淡得近似幸灾乐祸的大胆去向人报告战争的消息，在作者心目中，也许是当作主战者的另一种阴暗面的典型来描写的吧？假如是这样，那么作者是仅把阴暗面强调出来了。这结果，不是用这阴暗面把现实的本质的侧面全遮了么？

作家常常是敏感的，许多人趋炎附势的时候，作家没有放过势和炎底暗面，他要指摘出来。伟大的作家，常常往社会的暗面发掘，暴露出社会底种种丑态，但更伟大的作家，就不仅暴露社会底黑暗面，而且歌颂对这些黑暗的反抗，为着洗刷社会丑态而狂呼。周作人先生就是在这一点上比鲁迅先生渺小，中国底幽默家就因为这原故算不得萧伯讷先生底好学生，然而一个作家能够走到了看穿黑暗的地步，对黑暗要反抗，想刷洗是十分自然的。怕的是醉生梦死，闭起眼睛根本就不看黑白。至于明明看穿黑暗而投降黑暗，那不过是一种不自然的事情，对一个作家应该并不是幸福吧！我希望我们底作家把苦恼集中在黑暗底焦点上，如果我们暴露部分的黑暗，应该抱一个坚决的目的，对黑暗底焦点予以打击！

1936年9月10日《文学界》第1卷第4号

哲学的国防动员

——新哲学者的自己批判和关于新启蒙运动的建议

陈伯达

"理论落后于实际"，在我们中国，尤其是关于哲学这部门。在震撼整个世界的一九二五—二七年的革命过程中，中国人民实际生活经验的丰富，简直一年可以抵当得数世纪。可是在哲学范围内，我们还是贫困。在那时候，只有一二本关于新哲学著作的不甚重要的译本，而且也不大为人所关心。

大革命失败后，许多先进分子从事在理论上重新武装自己。经过革命的再生，"九一八"的事变和华北几次的事变，每次都给了理论以新的充实，新的武装。新哲学同样地也在这艰苦的历程中，确立了自己坚固的阵地。新哲学（新唯物论）在中国到处都已成为不可抵抗的力量。这点就是新哲学的敌对者也是公开承认的。然而，我们新哲学者应该实行自己批判。中国新哲学者虽则已占住了自己坚固的阵地，却还没有很好地利用这个阵地，尽了自己应当尽的任务。比如：第一，对于中国的旧传统思想，一般地缺乏了有系统的深刻的批判，而这种数千年来的统治传统思想，目前却正成为帝国主义者（特别是东洋帝国主义者）和卖国贼用来奴役中国人民意识的有力工具。不和这种外"仁义"而内则极残忍的旧传统思想作无情的斗争；没有看到这种旧传统思想在四万万落后而黑暗的同胞中之鸦片的作用；没有看到这种旧传统思想在当前民族解放斗争中之公开叛卖民族的作用（如郑孝胥及其他样式的郑孝胥所同表现了的）；那末，我们在哲学上的争斗，简直就等于放走了最主要的敌人，同时也简直等于抛弃了最广阔的群众（因为最广阔的群众是根深蒂固地和旧传统思想相固结着）。第二，中国新哲学者，大部分（即使倾向是很好的）关于哲学的写作中，也还没有很好地和现实的政治结合起来，没有很好地用活生生的中国政治实例来阐释辩证法，使唯物辩证法在中国问题中具体化起来，更充实起来（一般说来，《读书生活》是最为努力向这点接近的）。这样子，新哲学就容易变成空谈，而且也最为被人假冒（如叶青的假冒）。这种空洞的，或者只限于拿过去历史当例子的哲学叙述，我们应该承认这是少数派唯心论之在中国的影响（或许是不自觉的）。这种少数派唯心论在中国新哲学者中的影响，使大部分的中国新哲学者不能很好地站在每个具体事变的前头，而提出历史之具体的预见，来向导中国人民之民族的和社会的现实争斗，理论从实际游离出来这就更加强了理论的落后于实际。

我以为：对于上述两点，每个中国新哲学者是应该立即实行自己批判的。新哲学者对于落后的中国，进行理论的介绍和一般叙述，诚然也是一个必要的任务，但并不是自己主要的任务。我们应该永远记住伟大哲人的一句话："哲学家只说明了世界，但任务是在于改造世界。"新哲学家应该面着中国民族的和社会的争斗，应该面着在腥血中，在饥饿中之现实的中国人民大众。这不是要在口头上，而是要在自己的工作范围内努力做到。

当着目前民族大破灭危机的前面，哲学上的争斗，应该和一般的人民争斗结合起来，我们应该组织哲学上的救亡民主的大联合，应该发动一个大规模的新启蒙运动。新哲学者一方面要努力不倦地根据自己独立的根本立场，站在中国思想界的前头，进行各方面之思想的争斗，从事于中国现实之唯物辩证法的阐释；另一方面则应该打破关门主义的门户，在抗敌反礼教反独断反迷信的争斗中，以自己的正确理论为中心，而与哲学上的一切忠心祖国的分子，一切民主主义者，自由主义者，一切理性主义者，一切唯物主义的自然科学家，进行大联合阵线。在上述这一切分子中，不少有对于异民族的奴役思想，对于旧传统思想——旧礼教，怀有仇恨的人；这些人虽则在进行争斗中，不能很彻底，不是很纯粹，虽则时常陷于历史的错误，然而主要的，必要我们能够抓取其一方面——某种积极的一方面（即使这一面也还是稀薄的），而推动我们能够向这积极的方向走去。这些人或许大部分是唯心论者，我们并不能放松和他们的唯心论作斗争；然而当这复古思想和神秘主义的毒素到处散布的时候，如果他们能够保留相当理性主义的残余，这就是我们可以和他们进行联合阵线的起点。事实告诉我们：我们这里的哲学上理性主义者（即使是唯心论的，而且还是片面的理性主义，而且内中有理性主义与非理性主义的矛盾，有极浓厚的非理性主义的倾向），曾是一些较热心，努力，或较倾向于救亡运动的人，而且容易与我们组织一个哲学上的抵抗反礼教的联合阵线，容易与我们共同进行新启蒙运动（不管是暂时的）。

我们这里的旧哲学界中，有些倾向新哲学，而事实上不完全站在新哲学的立场的哲学家（张申府，张季同也是其中之一），对于这些哲学家，新哲学者不应该因为他们的错误，而就干脆地否认了他们；新哲学者应该用善意的批判，来纠正这些哲学家的错误。我们必须注意这些旧哲学家转向新哲学之伟大的意义，这正是反映着时代新陈代谢的朕兆。这些旧哲学家的向新哲学转换和叶青的以"新哲学"名义向旧哲学转换，是绝然不同的意义，因此，我们并且不应当用对付叶青的态度，来对付他们。

去年春天，我在拙作《腐败哲学的没落》一文中，因为对付张东荪及其门徒对新哲学的挑战（而且因为他所编的《唯物辩证法论战》在当时成了官场指定的哲学），曾经无情地加以反击，努力暴露他们的非理性主义。关于这点，已事隔一年多了，虽则我完全不变更我当时批判的立场和意见，但是问题显然已弄得更复杂些。张东荪在哲学上之主要的倾向是非理性主义，这是没有疑问的；但张东荪的哲学意见，在某一个节目上，有理性主义与非理性主义的动摇，这也是不可否认的（参看拙作的摘引）。当民族的和社会的变动，牵连到他们的利益（这或许是他所否认的，是他所不自觉的），而引起他们关心的时候，他这种动摇，他也有可能重新表现出来。最近他曾强调地说他"主张民主主义与自由主义"，而且对于全国大合作，发表过比较"理性"的见地（虽则他还是否认哲学与政治的关联）。在这种场合，我们应该认为只要他（和他们）愿意继续反对异民族的奴役，反对礼教，反对独断，反对盲从，破除迷信，那么，我们目前和他们就有合作的余地。

"五四"时代一批思想界的人物：如"打倒孔家店"，"反对玄学鬼"，在考古学上推翻传统历史的这一切老战士，我们都应该重新考虑和他们进行合作。

毫无疑义的，哲学上之救亡民主大联合运动——也即是新启蒙运动的开展，应该从事于组织上的结合。我以为这个组织可以用"中国新启蒙学会"或"中国哲学界联合会"的名义（前者的名义在思想界包括的范围是更广泛些，我以为这个名义是比较适当的）。这个组织和一般文化界的救国组织，并不相冲突。这个组织在思想界负有自己特殊的任务，参加这个组织的，还是可以参加一般文化界的救国组织，而参加一般文化界的救国组织的人，如没有必要，也就不必参加这个组织。

这个组织的基本纲领，就是：继续并扩大戊戌，辛亥和"五四"的启蒙运动，反对异民族的奴役，反对礼教，反对独断，反对盲从，破除迷信，唤起广大人民之抗敌和民主的觉醒。为实现这一个纲领，应该进行以下的工作：

一、整理和批判戊戌以来的启蒙著作；

二、接受"五四"时代"打倒孔家店"的号召，继续对于中国旧传统思想，旧宗教作全面的有系统的批判；

三、阐发帝国主义者在中国之文化侵略，以及中国旧礼教如何转成帝国主义者麻醉中国人民的工具；

四、有系统地介绍西欧的启蒙运动及其重要的著作；介绍世界民族解放的历史及其理论；

五、大量地介绍新哲学到中国来，并应用新哲学到中国各方面的具体问题上去；

六、在各地经常举行哲学的公开讲演会、辩论会；

七、帮助民间组织广泛的"破除迷信"的组织，组织各种式样的无神会；

八、和世界的文化组织、思想界名流，发生关系，请求他们不断地援助中国民族解放的事业，援助中国人民的新启蒙运动；

九、组织大百科全书的委员会。

以上的各项工作，应该根据运动的每个参加者的能力和兴趣，实行分工合作，而新哲学研究者应该站在这运动的前头。

我希望全体的新哲学研究者考虑我上面提出的意见，给这些意见以批评，补充，或援助，来共同发起这个伟大的新启蒙运动。这是目前救亡运动中的一部分。

1936年9月10日《读书生活》第4卷第9期"国防总动员特辑"

文学的国防动员

杨　骚

　　或许有许多读者对于中国目前的现实情势还有不大清楚的地方罢，为要使读者更深更具体地认识它，我想引用艾思奇先生在《文学界》第一卷第二期发表的《新的形势和文学的任务》中的一段文章介绍给读者诸君；因为在因"国防文学"和"民族革命战争的大众文学"这两个口号的论争而诱导出来的许多关于中国目前的现实情势的分析，艾思奇先生的这一段文章，我认为是说得最具体，扼要，而且最明瞭的。现在抄录如下：

　　第一，敌人是集中一切军事，外交，经济，文化各方面力量来对中国作全面的侵略，侵略的魔手几乎没有一个角落里不伸张到，也就是几乎没有一个角落里的中国人不感到侵略的威胁。

　　第二，驻军的增加，走私的扩大，以及其他新的毒辣的侵略方式，使那些甚至于想做汉奸或想做王道顺民过太平日子的人也感到了威胁，使许许多多的阶层的人都渐渐地感到抗争的需要。

　　第三，因为敌人的侵略已经到了要全灭中国的地步，在全国各党派各阶层的前面显现成一个最危险的大敌，不先克服了这个大敌，大家都要同归于尽。因此，除了极少数甘心做汉奸的人以外，相互间的纷争，都觉得要设法缓和下来，共同联合一致，对付最大的敌人。这就是抗敌联合战线发生的基础，也是新形势中最重要的东西。

中国的整个文学运动，和其他诸分野的民族解放运动一样，采取了联合战线的方针，正是根据上述这个客观现实情势；而"国防文学"这口号，就是适应这一新运动方针产生出来，借以号召各党派各阶层的文艺家来参加作战的。（请读者参照《文学界》第一卷第三号的拙作《看了两个特辑以后》）

最近茅盾先生在《生活·星期刊》的《再说几句》一篇文章中，说："……应当是一切作家在国防的旗帜下联合起来，而不是在国防文学的旗帜下联合起来。"鲁迅先生在《作家》八月号的《答徐懋庸并关于抗日统一战线问题》一文中，也说过"……应当说作家在抗日的旗帜或者'国防'的旗帜下联合起来；不能说作家在'国防文学'的口号下联合起来……"这样的话。

他们的理由是："因为有些作者不写'国防为主题'的作品，仍可从各方面来参加抗日的联合战线……"（鲁语）"……我们不能设想凡有爱国热情而愿联合起来的作家一定也有合于'国防文学'的生活经验，我们同样不能设想凡有爱国热情的作家一定有觅取这种生活经验的环境上的自由；我们也不能设想有了那样生活经验的作家一定就自觉他的题材已经达到成熟而能产生创作的境地……"（茅语，见《光明》第一卷五号《给青年作家的公开信》）

茅、鲁两位先生的这种见解是不错的，因为在目前这样严重的现实情势之下，凡是不愿意当亡国奴和汉奸的中国人，都应该而且不得不在抗×或国防的旗帜下联合起来，向同一的目标——民族解放的大道上走着前进；作为一个中国人的作家，当然也不能例外，应该而且不得不在这个统一的旗帜下，和其他的中国人，如商人，士兵，学生，工人，农民以及其他的各种人等联合起来，手挽着手，共同奋斗下去，谁说作家除开写作国防文学之外，不能参加其他的抗×救国工作呢？作家既可以参加"抵制×货"，"提倡国货"或"缉私"的运动，也可以象茅盾先生所说的那样，是个要求和争取爱国的言论自由的志士。作为一个中国人的作家，在整个的民族解放运动的"抗×"或"国防"这个统一的旗帜之下联合起来，从各方面来参加救国工作，是应当的，不错的。

然而据我的意见，我们似乎有更进一步，在统一之中求差别，划出和统一的整个民族解放运动的联合战线不冲突而各有差别的各部门的联合战线来，给予更适切更能够发挥各部门的特性的各种口号的必要。譬如说，在商人这一部门：应该以"抵制×货"或"提倡国货"这种口号来号召，使其遂行参加民族解放争斗的任务；在士兵这一部门，应该以"枪口向外"作为联合战线的口号，来表现其特殊的性质和任务；其他各部门都有各部门的特性，也应该有个最能够代表和发挥其特性及作用的口号来号召才对；作家这部门，当然也不能例外。作家是以笔墨为武器，以写作做事业的人，因此，我们应该给予一个和"抵制×货"或"枪口向外"这些不同，而能够适切地表现其特性和效用的口号给他们。

只记着统一而把差别忘掉，和只记着差别而把统一忘掉，同样是错误的。因此，据我的意见，应当是一切作家在抗×或国防的旗帜下和一切的中国人联合起来，而作家们本身应当在"国防文学"的旗帜下联合起来的。换句话说，就是当作中国人的作家，应该在抗×或国防的旗帜下联合起来；当作作家的中国人，应该在国防文学的旗帜下联合起来。前者是着重中国人一般，后者是着重作家的特性，而两者并不冲突。我们得理解差别中的统一，同时也理解统一中的差别，然后，能够使各部门在统一的目标——民族解放——之下最有效地发挥其特性及作用。茅，鲁二位先生主张一切作家只应当在抗×或国防的旗帜下联合起来，想来或许是为着要避免"口号之争"，所以索性不提什么"民族革命战争的大众文学"和"国防文学"这两个口号来作为文学界的联合旗帜，而加以讨论孰是孰非了的吧。然而这似乎有点因噎废食之嫌了。因为无论如何，适应文学界联合战线的旗帜是需要的；而"口号之争"，也并不是什么"争正统的内战"，更不是什么"安内攘外的政策"，那个对些，那个适合联合战线些，就用那个算了，不是很简单吗？若说为"是非"争论，因而自然形成两种意见还未能一致而终有可能融合起来的"群"，便目之为"宗派主义"而加以排斥，那么天下事将无往而非宗派主义，什么都不必谈，联合战线也不必联合了；因为在联合战线还未完全联合成功以前，多少总有点"是非"值得大家自由讨论商量呵。当然，若是在讨论的时候，滑开正面的论点脱线到了"个人攻击"的泥沼里去，或是牵连到一些不必再谈起的故事，利用个人或团体过去的一些错误来打击个人或团体，使他或他在群众的面前失掉信用，是极不该的。因为这种态度，对于所谓"革命"总是有害，对于被打击的个人或团体也不会发生什么教育的作用。这种态度我们应该排斥；至于对那些老老实实，诚心诚意在为"是非"争辩，为联合战线的利益商讨的议论，我们不但不应该阻挡，而且，应该促它迅速地发展下去，使问题得早日解决，是非明白，纠纷冰释才对。

但实际上，"国防文学"和"民族革命战争的大众文学"这两个口号之争，现在也无再发展下去的必要了。第一，因为"国防文学"和其他的"国防戏剧"，"国防音乐"，"国防电影"……等一样，已经得到广大的群众的拥护，在各地引起了反应，俨然存在着；第二，因为两口号之争似乎已经脱线地发展到个人攻击的泥沼里去了，若不加以纠正就让它这样一直发展下去，恐怕结果问题只会越加纠纷起来，大家跑进牛角尖里去打架的罢。茅盾先生在《再说几句》这篇文章里，有一段话说得最对，他说："……因为广大读者及大多数作者所要求的，是真切反映现实的好的作品和切实讲到创作上具体问题的好议论；死扭住两个口号作论争，在广大的读者看来只会感到这是两派人在争'正统'。"

不错，现在是不应该再扭住两个口号争执下去了。勇敢地在真理的面前低头和勇敢地为真理奋斗，是同样值得我们赞美的志士。我们应该捐除私见私嫌，毁灭个人主义，大大小小，手挽着手，为民族解放，为抗×救国，为国防的文学，总动员起来！

因此，我希望中国一切非汉奸的文艺理论家，迅速地把国防的文艺理论建设起来，一切非汉奸的作家，努力给我们多多产生一些国防的文艺作品来！

最后是茅盾先生拟定的：

> 救国目标大家一致
> 文艺言论彼此自由

这一对文艺家联合阵营的大门上的门联，我也赞成；但这里的所谓自由，我想应该相当给予解释，就是不能自由到把文艺家联合阵营的意义和效用忘记。如果一位作家跑进文艺联合阵营里来，自由到只要讲情诗写法，或甚至自由到劝别人不要写国防的文学，那怎么行？因此，我也想到"虎头牌"这个不大好听的家伙来了。据我的意见，在强调一个"存在"的意义及其效用上，"虎头牌"也是需要的。

然而这好象是多余的话了。我希望以后一切的文艺家，象茅盾先生所指示那样，多讲些创作上具体问题的好议论！

一九三六，八，三一

1936年9月10日《读书生活》第4卷第9期"国防总动员特辑"

戏剧的国防动员

张 庚

一

自从庚子拳乱一直到今日，中国殖民地化的过程是一直继续着的。然而"九一八"却在这历史的直线上划了一道横的红线，就是说帝国主义进攻中国是有新的发展，从零碎的侵略进到了整块的占领，从经济霸权的争取达到了政治权力的攘夺。在从前，是几个帝国主义的相持不下，现在是帝国主义势力的消长已经分明，老早以前中国人所引为自慰的，帝国主义相持不下，使中国不致马上变成纯粹殖民地的幻想，也打破无余了。

这时的世界，也正是一个剑拔弩张的时代，殖民地人民革命的风潮如火燎原的起来了，列强国内的社会对立也更尖锐化了，如果不用战争来重新分割殖民地，帝国主义就再没有法子苟延它的生命了。为了战争的狂想，为了消灭国内的矛盾，在东方的帝国主义者，首先就以进攻苏联做了它最大的目的，因此，进攻中国的任务不但是想取得经济上的利益，而且是想把中国当做战争时的原料供给地，想把中国的人民做它挡炮的防堵物，把中国的土地当做战场。这种意义，许多人从前不相信的，现在一串有力的事实，使他们不得不去掉了怀疑，而恐怖，而警惕，而觉悟起来了。为什么要奖励华北植棉？为什么要积极向内蒙进攻？除了一个解释，准备进攻苏联之外，没有旁的了。

中国人民站在做炮灰和做主人的分歧点上，历史逼着他们马上决择一条路。只要明白了这种种利害关系，四万万五千万的人民，他们所决定的是哪条路子，那是用不着再说的。

可是这两条路的决择，是要等到问题接触到现实生活之时，才会转变成行动。我们知道，在走私问题没有发生之时，商人阶级对于国难的痛感并不如现在的深切，当帝国主义者的枪弹没有打进农民的身体中时，他们对于那些间接达到他们生活上的影响还不能认识它的来源。在中国，远东帝国主义的侵略程度是不平均的，在某些处所，各阶层对于压迫的痛感已经十分深刻，而在另一些处所却比较淡漠。我们可以说，中国各阶层对于国难和救国的必要已经有了认识，然而这并不是全国性的。

但在这形势之下，却充分给予了全国各阶层联合救亡的可能。那些已经有了觉悟和认识的人当然不会拒绝联合一致，共同对外。然而，联合战线决不能中止在战线的结成上，更紧要问题乃是战线的扩大，乃是争取各阶层中尚未觉悟或觉悟着而仍在怀疑的广大群众。

二

因此，联合战线中文化人的任务，必须是开导并且教育那些落后的群众；整个文化工作应当是一个教育的，宣传的工作。而最初步最有力的教育工具，应当是直接的，形象化的艺术工具，不，应当是直接之中最直感，形象中之最具象的艺术形式，那就是——戏剧。

但在过去的新文化运动中，戏剧并没有显然的战斗功绩，在它周围所聚集的群众，只是少数进步知识分子，想用这种还没有社会基础的工具来争取群众，教育群众是可能收效的么？

不能！在这里，我们应当指出，过去戏剧运动的错误。戏剧对于中国的一般大众并不是不亲切，不被爱好的，恰恰相反，在都市，在农村，存在着戏剧的各种形式，它们都拥有经常的若干观众。皮簧一直到了现在还迷惑着大多数的人，花鼓，滩簧，嘣嘣戏，以及各种地方戏广大地流行在各地的农村，小城市，甚至大都市之中，但是戏剧运动者所给予它们的"批判"是不理。戏剧运动者无视于现实，想在抹杀现实中去否定现实。他们总算得到了很好的教训：行将二十年的话剧运动，结果只是一个零。

在这新的形势和新的任务之前，正给我们戏剧运动者一个很好的反省机会，要怎样才能使戏剧运动成为大众的文化运动，要怎样才能使戏剧不惭愧地担负起它历史的重大使命，在救亡阵线中发挥它本质上最大的效能呢？

旧的戏剧不是抹杀可以消灭的，同时，新的戏剧也绝不会在"唯我可以救国"的态度之下成长起来的。要担负起戏剧的国防任务，戏剧界应当不分新旧，不分高低，广泛地认定一个目标——救亡，来分途工作，才能发挥它在文化国防上的伟大力量。

我知道，马上有人要反驳说，那些旧的戏剧家，对于国难是不关心的，你教他上演国防戏剧，绝对不可能。

这言论是抹杀事实，至少，是对于现实的无知。我们谁敢说，在话剧家之外的许多伶人，其中没有一个有爱国思想，没有一个眼见着国土的沦亡而不痛心的人么？

目前就有上海有名的滑稽戏演员刘春山的一个例子可以举出来。在《大公报》的一篇访问记中，就有下面一段记载：

> "记者知道刘君以前每天读报，而在卖唱之时常以时事作题材，大肆其讽刺与宣传，因是问其近来的情形如何？他感喟似地答着：
> '报每天要看好几种，但是电台播音已不准以时事作题材，场子里有时还这样做……比如关于走私不用东洋货，靠滑稽的效力是很厉害的。'这时他用着唱滑稽的口吻说几种反帝的词曲给我听，我觉得非常好。"

也许有人还不满足，以为这只是"杂耍"，不算正戏。那么好，我还可以举出上海人顶熟悉的麒麟童来，他的戏中有许多新的思想，他是戏剧的改革者，他的戏《明末遗恨》，就是以亡国的惨痛来警惕观众的。

甚至我们还可以举出在戏剧上极其保守的京派中，也有爱国的人存在。而这人，还是京派中的重镇，就是现任北平梨园公会董事长的杨小楼，《大公报》有一篇记载他的文字，其中一段说：

> "小楼之为人，迷信道教，其所居有一小楼，供神龛，四壁贴黄纸条，多释家道教之言，余初疑其人为一宗教家，近乃知其思想所寄，实不失为一爱国主义者。
>
> "当'九一八'变起之年，小楼在天津北洋院登台，余于后台晤之，谈及东北事，小楼愤然作色曰：'使吾处某种地位，唯有出关战死耳。'余当时即深讶伶人中，乃有作此语者。其后当二十三年之秋，小楼再在津春和院特演《坛山谷》与《劫魏营》两剧，皆小楼所编者，描写姜维与甘宁两军人之人格及其誓死报国之精神，皆极有声色。小楼盖欲藉以激起国人，保卫国家，发愤图强，其用心良苦。试观《坛山谷》姜维之说白，有：
>
> '誓拼以一腔热血，定要恢复炎汉疆土，际此兴亡危急之秋，明知战亦死，不战亦亡，大丈夫，唯有向前，焉能退后……某志切收复失地，成败利钝，非所逆料。'
>
> "《劫魏营》中之甘宁更有激昂慷慨之念白，如下：
>
> '国家兴亡之关系，俱在吾辈军人身上，一旦有事，心怀马革裹尸，以战死为荣，……吾辈必要振作精神，力图自强，以雪国耻，倘若一旦再败于曹贼之手，不但东吴九郡八十一州，俱归外人领土，连我辈家小，俱作他人的牛马奴隶，岂不可恨可怜。'
>
> "小楼之《劫魏营》剧中，甘宁对军士训话甚长，此不过略举大要。小楼演毕，余语之曰，此一篇训话，实是爱国主义之演说。小楼率尔对曰：'此固针对今日之国难而发也。'此又可见小楼之爱国思想，为何如矣。"

此外，旧剧的剧评家，也努力在证明旧戏的爱国思想和国防的功能。马二先生就曾经再三做文章说明这点。在这种情势之下，前进的戏剧家如果一定要把这些人关在门外，那真是联合战线上不可恕的罪人了。

649

三

在这个国防戏剧联合战线结成之时，我们必须注意我们的联合只在于国防这一个共同目标之上，对于新旧戏的存废问题，对于各人的思想信仰问题，对于从事戏剧的态度问题，应当不过问。在这个联合战线之中，只有一个约束，就是绝不上演有汉奸意义的戏和可能地上演有国防意义的戏。

也许有人认为这个约束不够，是的，这不够，比方说，关于思想的问题，直接牵涉到对于国难的看法问题。在杨小楼的思想之中所表现出来的就只有单纯原始的爱国思想。但试问，在杨小楼的观众之间，所具有的思想是否可以马上超过单纯的爱国思想以上，他们是否可以马上接受一种极现代，极正确的爱国理论呢？如果在这些观众之中，对于爱国这回事都还不能十分明瞭，对于国家的观念还没有具备的时候，我想问一问，还是杨小楼的爱国思想对于他们的说服有效呢，还是进步的爱国观念有效？

正因为我们所要联合在一条国防阵线之上的是具有各种各样思想的人，是限定在各种特定生活中，具有各种特定看法的人，我们才需要他们自己中间的前进分子去说服他们，用他们所熟悉的戏剧形式去说服他们。只有这样，才能够深深地打动他们，使他们热烈地来参加救国的联合战线。

这样，是不是说戏剧应当放弃了它的改革立场而牺牲于救国事业之中呢？是否从此抛开了戏剧运动的本身发展不谈，而新旧融合呢？

不是的。而且问题就根本不是这样提出的。首先，戏剧运动并不是不顾及到社会实际情形可以做成功的。在中国目前的客观情势之下，新戏剧不配合着救亡运动去发现它的前途，仅仅空洞地在提高演技和舞台技术水准上去工作，那只有一天天丧失了自己的群众，结果归于消亡，和昆曲等的消亡并没有什么不同，也没有什么可惜的地方。反之，新的戏剧要争取广大的群众，倒是在和各种旧戏并肩战斗之中才可能。在广大的实践的救亡工作之中，谁是最具有战斗性的，谁就能获得广大的同情和拥护。

而且，在救亡的实践之中，一切形式的戏剧为了适应它们工作的效能，都不能不随着实际需要而克服它的战斗上的鲁钝性，而把它自己现代化的。不过这并不是说，现在的新兴话剧就是最适合的现代形式，同样，它也得去从实践中学习，洗炼自己的形式和技巧。

在实践之中，必然会发生这样的现象，就是某种戏剧为了不愿意破坏自己向来的规律去适应战斗的效能而被群众所抛弃，在这时候，才是真正达到了那种戏剧形式的末路，它将从此在中国文化上消灭，成为历史上的东西。

新兴话剧在这救亡工作中应当勇敢的参加到战斗的白热点去。它应当毫无成见，无论形式和技巧上的，它应当意识到它是中国戏剧中最年青，最没有规律束缚的戏剧形式之一，它应当了解，只有从实践中才能发现它最正确，最完美的形式和技巧。它应当不拘泥于舞台上，不拘泥于一定剧作形式，它应当坚信，凡是最能发挥国防功能的形式，技巧以至于内容，就是最大众，最有希望的，将来的新戏剧的胚形。

所以，戏剧上的新旧之争，形式之争，不但没有被抛弃，反而是在国防工作的实践之中更其深刻地广泛地展开了。但是，谁要一刻放弃了为国防而斗争的任务，谁就会被抛开。在新的实践之中，各种形式的戏剧都在一个向新戏剧的扬弃过程中，将来新的戏剧生命，就寄托在这一实践之中。

为了开展救亡的工作，为了完成大众的戏剧运动，为了建筑新文化中的戏剧文化的基础，我们应当号召广大的戏剧界站到国防戏剧的旗帜下来！

1936 年 9 月 10 日《读书生活》第 4 卷第 9 期 "国防总动员特辑"

电影的国防动员

凌 鹤

　　文化的国防总动员，在目前成为最重要的任务，乃是用不着再加解释的了。现在单就电影方面提出几点意见，和制片家，电影艺术家，以及从事于电影的工作人员，作为友谊的商榷。

　　说到电影的国防总动员，首先要谈到的便是"国防电影"。关于这一问题的讨论，除了散见于报章杂志的文章之外，还有座谈会的召集。虽说看情形并不十分踊跃，然而也并不能说漠不关心，只是事实上讨论尚未充实。

　　大家都记得，中国电影早已有过不少国防意义的作品，只是因为创作方法的生疏，没有发挥极大的威力。但是那时并未提出"国防"电影的最明确的课题，也不延迟到若干年后再行提出，于是在目前便决定它有着特殊的意义了。也许有人说这是政治的投机，因为中央也在"指导"着要制作国防电影，只差未曾发下明令。我以为这是最幼稚的见解，否则便是恶意的攻击。至于所以在现在提出的原因，以及因其特殊意义而决定其重大的任务，我以为可分作三点来谈。

　　自从去年冬学生运动浪潮高涨以后，一般民众都觉悟的提高了救国抗敌的情绪。同时谁都明白，非统一战线的集合全民的力量，激荡着坚固而广泛的国防运动，不足以言救亡。电影界救国会虽产生不久便被解散，到底还表现了电影界对于敌人的愤恨以及救国的热情。此其一。

　　中国电影自"一二八"血的教训以后，从神怪武侠的陈腐，转为现实主义的抬头，制作了不少三反主义的作品，但是一九三四年下期起，有些电影作家们却离开了现实主义，制作许多无稽与庸俗的影片，使中国电影又没落下去。于是积极的观众愤恨着，或者冷视了中国电影。如欲挽救这种危机，必须重新强调现实主义，制作观众们热烈要求的国防电影，才能挽救此项危机。此其二。

前面说过，国防电影这口号是在非常的时期中提出的。这非常时期的特征：便是我们最大的民族敌人，以军事，政治，经济，文化，外交诸方面更加残酷的加紧侵略，而国内的大小汉奸卖国贼，投降敌人出卖民族利益，表现得更加露骨与无耻。争取民族自由解放最重大的责任必须加担在广大的民众身上。针对着这为奴为主的民族危机而提出了国防电影。这口号的本身，就有着十足的行动性，就是说它和整个的反帝抗敌的国防运动是密切的结在一起不可分离的，在非常时期发挥电影文化的国防力量。此其三。

当然还有其他的原因，不过有了上述的三个主要的意义，使电影作家们在观众的热烈支持之下为保守领土而动员，乃是必然的现象。同时要求各种政见的电影作家们都在"国防"的旗帜之下来努力，因为反帝抗敌是每一个中国人共同的要求，这不象在文学方面以"民族革命战争的大众文学"的口号，使非大众文学的作家们从旁观望；所以"国防电影"是最能广泛的代表每一个电影作家制片家从业员共同的要求，在目前提出是最正确的口号了。

自然，人们不会忘记，几年前曾经有过"大众电影"的口号提出，这一口号曾经有过很好的成绩。但是事到今日，因为敌人的侵略更加深入，汉奸的投降更加无耻，使从来与大众福利站在对立地位的上层社会的人们，也觉醒了和大众共同的反帝抗敌的要求，即是说他们分担了从来所不敢担当的非大众莫属的重大的责任。所以反映到电影上来的决不能再用"大众电影"来号召，因为这口号不易为每一个制片家或作家所接受，只有"国防电影"才是最宽大而且扼要，才能动员所有的从事电影的人们和所有的中国电影观众了。

"国防电影"这口号提出之后，曾经引起了论争，一直到现在还没有得着正确的结论。一方面是范围得过宽，认为凡现实主义的作品都是国防电影，另一方面是拘束得过狭，认为只有直接描写抗争的才是国防电影。其实这两方面都有错误。关于前者，譬如从农村破产中看到蚕丝的贱卖，原因是"友邦"的人造丝的走私倾销；自然，这是现实主义，也是国防电影。但是否每一个作家都能从"现实"中极小的一点上都认出国防的意义呢？例如是否在一个可怜的妓女身上也能看出国防意义呢？可怜的妓女是现实的，但不是国防的。假如从帝国的侵略说到小市民的没落，以致沦为娼妓，那就得非电影艺术的兜一个很大的圈子，否则便是取消国防。所以国防电影是现实主义的，但并非现实主义都为国防。关于后者，《东北义勇军血战史》之类的影片，没有问题是国防电影。但是有战争的前线也有后防。整个的国防运动，决不单靠军事，而经济，政治，文化诸方面都有重要的责任。描写后方，从各个不同的角度上去发挥国防性的任务，使整个的统一起来，才能达到国防的目的。同时汉奸和其他帝国主义的走狗们，为了完成他们的卖国求荣的成功，他们是憎恶国防运动的，不惜用各种方法来破坏摧残。国防电影的范围过小，招致了敌人的打击更加容易。而且大家都在小圈子里寻找相同的题材，必定成为公式主义的重复，以致使观众觉得厌倦。这样，其实质上是取消国防电影，和过宽的"现实主义即国防"是有同样危险的了。只有从各个角度上在现实中追求第一紧要的有积极国防意义的题材而达到国防的主题，才是国防电影。所以我们在讨论国防电影的时候，不能忘掉反对过宽或过狭，和过右与过左作斗争。

提到制作国防电影，许多电影作家们都忧虑着说："现在是否有如此自由的创作环境呢？"的确，目前的创作环境委实太坏了。明星公司的周剑云先生，关于国防电影对新闻记者发表了如下的谈话：

"……在民族危机一天天加深的现在，只要不是甘心情愿做亡国奴，汉奸，卖国贼的人，都应该负起救亡图存的责任来。可是，可是，……有些场合，一个公司真是无能为力。譬如举行电影座谈会的时候，有人在会议中提出了国防电影的口号之后，我就把洪深先生所编的把家庭喻作国家的剧本《最后一滴血》，提出来跟他们商量，他们的回答是只要改动几句对白，通过就可以没有问题了。但是检查的结果，出乎意料之外的，这一个由六个段落构成的剧本，却给删去了五段。全剧的六分之五既去了，剩下的这一点点还拍得成戏么？……此外象《热血忠魂》这类片子，好容易取得中央和租界通过了，可是运到外埠，却又处处发生问题……"

象这样的谈话，真是言者痛心，听者愤慨。在这里，说明国防电影的制作必须争取创作的自由和营业的保障。然而这决不是某一个人和某一个公司的孤军奋斗，可以获得实现，必须群策群力，大家在国防的口号之下团结起来，坚决的争取，这是一定的。可是电影界还是一盘散沙。因为电影界本身难免有汉奸潜伏，救国会的解散使几个领导者不免寒心，然而从过去的失败中获得血淋淋的教训，从迫切的要求中再组织起来，这是每一个从事电影的人所应该注意的。

此外，我想在可能范围中，可以提出几种实际工作，向电影从业员们作为建议。（一）我们应当从跳舞场或回力球场走回自己的工作室，将生活严肃起来，经常的研究政治情势和其他有关于国防的诸问题。（二）从实践中获得理论的根据，譬如参加救国行动，化装演讲之类。（三）拍有关国防的新闻片，随时随地的摄取，作为国防纪录影片。

当然，电影的国防总动员，电影批评家们也该担负重要的任务。这种工作，包括了建立国防电影的理论，和非常友谊的诚恳的批评作品。换言之，用尽一切力量将国防电影建立起来，避免一切可能破坏国防电影的危险性，而他们的立场和要求是和大多数观众完全一致的。

1936年9月10日《读书生活》第4卷第9期"国防总动员特辑"

音乐的国防动员

吕 骥

四个月以前，在我们平静的乐坛有人提出了"国防音乐"，作为号召全国音乐界，组织起来，参加救亡工作的口号（这已经从现实落后得很远了，沈阳失陷到现在已经整整五年了！），到现在并没有获得怎样可惊的成绩，虽然在歌曲创作和传播两方面都有一部分人在努力，并且得到了相当的效果，却并不能令人满意。最缺憾的是直到现在还没有看到曾经在国防音乐上努力过的一些老作家的意见和作品。

这不禁使我们想起当"九一八"，"一二八"事变发生以后的一个时期，那时一向以提倡国语唱歌，以创作灌输儿童以自然知识的歌曲和抒写爱情的黎锦晖先生，前后在《新闻报》，《申报》发表了一些抗敌救国的歌曲，另一方面韦瀚章先生，黄自先生，胡宣明先生，胡周淑安先生也都搁起了他们的抒写情爱和自然美以及对于宗教的礼赞的笔，创作了一些激发精神的救国歌曲，如《旗正飘飘》，《抗×歌》，《抗敌歌》等，而朱英先生也用他那弹拨着自然和人间悲欢离合之音的手指，弹出了他的特色的"一·二八"抗战的史诗。儿童歌曲作者，如沈秉廉先生等也都创作了一些具有国防意义的歌曲，甚至于一些从来不作歌曲的人也都活跃了起来，提出了一些很好的作品。就是时调小曲的作者也创作了《日本强夺东三省》，《义勇军莲花落》，《爱国山歌》等无数小曲。

到现在除了一部分时调小曲作者依然在继续努力以外，新歌曲作者大多数是沉默了下来，这是为什么呢？难道说国难已过去了么？或者说有了那些歌曲已经很够了么？我想谁也明白目前形势之严重是甚过四年前千万倍的，谁也会觉得四年前所产生的歌曲多半已经不很适合目前的形势了，而且当时所产生的这类作品无论在内容上在数量上都很有限，比方，我们想要从那些歌曲当中选出几个给妇女或店员或士兵用的歌曲就简直没有。也许是如我在另一篇文字中所说的是由于题材的枯竭，不过当国防音乐提出来之时，就有人指出了过去取材过于狭隘的错误，同时也示明了题材的范围（请参看《生活知识》一卷十二期国防音乐特辑《论国防音乐》一文），然而我们还没有看见一些老作家对于这一问题的意见，和他们这一方面的作品。

在目前这样的情形之下，我不敢肯定说这是由于他们对于这问题之忽视，或不理解，也许是和文学界一样，原则上是赞同这一口号的，不过各人怀有不同的解释和看法，也许有人根本怀疑这口号；而大家还保有过去一向的态度，隐藏着自己对于这一口号的意见，不肯轻易发表，以致大家无从讨论起。无疑的，要执行这一口号，一定先要大家明白这口号的意义，自然这必须大家热心地从事讨论。在我们乐坛，也许和其它文艺部门一样，已经有了各种不同的解释和意见，不过我不想在这里一一细说，现在只就国防音乐本身提出一点意见供大家参考。

当东北已经失去，华北华南又都在敌人武力威胁之下，国防音乐的提出，只是作为号召全国音乐界一致起来参加救国工作的一个联合口号。在国防音乐的旗帜底下，大家保留着过去对于任何个人的意见，共同从事于音乐的救国工作，除此以外，国防音乐对于任何派别，任何种音乐家都没有更高的要求。自然这是站在民族的生死关头，为了要增大自救抗敌的力量必然产生的一个口号，决不是任何党派，任何个人所能凭空提出的，它的最大目的只是企图借由各种派别的音乐家所产生的各种不同的音乐作品去影响各个音乐家自己所拥有一些群众，即是说透过各种各派的音乐，去教育，鼓励各种群众，使他们一致走上为民族生存而战斗的阵线。

因此，国防音乐在创作上只是在现阶段特别提出来的一个主题，和其他别的主题一样，不同的只是在它们的特殊性和普遍性，其它一般的主题是随着作者生活而异的，而国防音乐对于各阶层的作者在本质上是没有什么不同的。现在之提出，只是希望每个歌曲作者除了选取他自己的生活中所有的主题以外还站在"我是中国人应当救中国"这一点上，也选取些国防题材，创作些教育民众，鼓励民众，组织民众的国防歌曲。在这里要说明的是国防音乐对于每个作者所使用的工具和创作方法是不限制的，不仅不加以限制，为了要适合各阶层的人民的要求，要获得更广大的效果，还要求大家用各式各样的工具和形式，提供各式各样的作品。所以不管作者是用文言也好，白话也好，新文字也好，京戏也好，滩簧也好，时调小曲也好，歌曲也好；在创作方法上不论你是现实主义也好，浪漫主义也好；只要能使唱的人和听的人从他底作品明白目前形势的严重性，和救亡的方法，以及他们应有态度，和大家的出路，或者能提高他们的情绪，坚决他们的意志，使他们走上抗敌的火线。

　　　　　　1936年9月10日《读书生活》第4卷第9期"国防总动员特辑"

对于文学运动几个问题的意见

吕克玉

一　新文学发展的新趋向

我在这里，想参加进来，对现在文学运动的几个问题发表一点意见。但我想首先指出现在文学发展的趋向，因为这是我对问题的看法的出发点。

现在中国新的文学，由于社会环境的急转直下的变迁，也由于新文学运动的本身的发展，毫无问题地将要跨到一个很可庆贺的新的阶段去。这种发展的趋向的本质，鲁迅先生已经指出过一方面，他说："这种文学和运动，一直发展着；到现在更具体地，更实际斗争地发展到民族革命战争的大众文学。……这种文学，现在已经存在着，并且即将在这基础之上，再受着实际斗争生活的培养，开起烂漫的花来罢。"这就是说，新的文学发展到现在，将以那用民族革命战争为内容的文学为主潮，我们的文学将从全民族的生存斗争的热流里得到充实和丰富。这是无疑的。然而这只是一方面，最主要的是我们新文学的地盘和势力有着大大地扩张的趋势和可能。由于新文学历年运动的影响的逐渐扩大，已有了一个既成的基础，在这基础之上，新文学内容的新的充实与丰富必定增加了读者的数量与信仰；但最主要的，是这种以民族革命战争为内容的，和全国人民的热流相交流的文学，必然不翼而飞地扩大它的影响；同时，由于全国人民抗×统一战线这运动对于文学者之间关系的影响，有获得更多的作家到新文学的阵地，并同样带来更多的读者群众的可能。总之，现在的情势是新文学运动可以更广泛的发展新文学的势力能够大大地扩张的机会。在现在，我们的文学运动，很明显的，就是爱国运动；但是，新文学将因为它投入爱国运动，民族解放斗争，而更扩大。新文学应该自动地自觉地去扩大自己的势力，为着民族的使命，为着新文学自己的使命。我以为清楚地明白这一点，把这一点放在我们脑子里面，是万分必要的。

二 关于几个理论者的"关门主义"

根据以上的简单说明了的我的观点，对于几个问题我发表我的意见。主要的我就要指出在一些问题上发见的一些对于新文学发展极不利的关门主义的理论。

当文学界统一战线的问题和"国防文学"的口号提出来的时候，有些人认为放弃阶级立场，又说"将陷于爱国主义的污池"里去，这并不但对于抗×运动是关门，并且对于文学运动同样是关门，是早已有人指摘过，我不用说的了。最近茅盾先生指出周扬等也有关门主义的理论，周扬就反问道：我的关门主义在那里？你茅盾先生滥用关门主义的名辞了。我以为关门主义是有的，并且很浓厚，很根深蒂固，以至于到现在还不自觉，并且不仅存在于周扬等几个人的身上。那原因，我以为是由于不明白新文学发展的新的趋向，以及没有把眼光放大，放到更扩大的运动上去。

关门主义，第一，存在于对于抗×统一战线的狭隘的了解。他们依然把这统一战线的问题看成为单纯的文学上结合新团体的问题，没有看成这和别界的抗×统一战线一样应该是一个爱国的政治上的联合问题；因此，他们的一切理论和办法，至多仍是"半开门主义"；所以茅盾先生说他们规定要"入场券"，鲁迅先生说他们"基本上宗派主义"，是非常正确恰当的指摘。很明显的，如果为了要在爱国运动中去扩大文学运动，则首先不应从文学问题上去求统一，而应从抗×的政治问题上去联合作家，然后在抗×联合的运动中，爱国工作的接触中，使各派的作家和新文学更接近。无论如何，在现在，抗×的联合是完全可能的，也只在抗×的一点上各派各阶级的文学者的联合是完全可能的，但要在文学问题上求统一，则在现在还不可能；如果在抗×联合问题中附以文学上问题的条件，那就大大缩小了抗×的战线，也就不去造成我们要在抗×运动中去扩大文学运动的前提条件与机会。周扬等的关门主义，在于不了解抗×运动和文学运动的有机的关系。周扬说过，文学者之间的关系将有变化。这是对的，将有变化，我们正要看到这一点，我们正要促成他们的变化。然而怎样地变化呢？我们用什么办法去促成他们的变化呢？不是用文学上的咒文，而是用对于问题的有机的理解与切实的良善的实际工作。一般作家，恐怕有些和周扬等不同，不会将文学上的一些咒文看成为那么迷信的东西，倒是会将民族运命看成为更重要的，所以，只有从无文学上的条件地，越广泛越好地在抗×问题的联合上着手，从协同做爱国工作上着手，才能促成文学者之间的关系的变动。

周扬等的关门主义或宗派主义，还更多地表现在其他许多问题的意见上。对于"国防文学"口号的出色的宗派主义的解释，将别的较正确的文学口号指为"标新立异"，即使不算是暴君的态度，也是一副商标主义的市侩的气味，是早经鲁迅先生和茅盾先生的指出，我不用说的了。最近他们又在拒绝"创作自由"一口号的上面表现出来。对于要求"创作自由"的不了解，不但如茅盾先生所说由于他们颠倒的引用高尔基的话，最根本的是由于周扬等不了解或不相信新文学的既成的基础（即所谓主观的力量）和有着大大地扩大的形势，由于他们不了解将怎样地去变动作家之间的关系。无论如何，"创作自由"在现在是适当的，也是迫切的要求。第一，现在没有爱国的文学的创作和发表的自由，我们要争得这自由；第二，为着新文学的发展，要去掉一向的那种不正确的公式主义的批评对于作家们的束缚；第三，如果我们有了创作的自由，能够做到自由竞争，则文学不但能获得多数的读者，并且也一定有别派的作者投入新文学中来。同时，要动员各派作者来从事抗×的新文学运动，也只有在"自由创作"的原则之下，才能以鼓励与提倡的方法使他们自动地来。周扬等拒绝"创作自由"的要求，这正是证明他们对于不自由高压的麻木不仁，也证明他们对于作家们对他们的"那一套"文学咒语的反感的无知觉。难道正因为关在亭子间里做惯了可怜的小小的"土皇帝"，就连感觉都与常人不同了么？

总之，浓厚的关门主义是存在着，为着抗×，为着新文学，都非即刻纠正不可的。

三　抗×文学运动的"三原则"

以下说一说我们应当怎样进行文学运动的步骤罢。

我以为，倘若我们将新文学运动有大大扩大的可能，以及我们应当求得这可能的实现这问题放在我们的脑子里，那么茅盾先生和鲁迅先生的意见，就是对我们很好的指示。我想很可以将他们两位的意见，作成为如下的我们运动的有机的"三原则"：

（一）一切文学家，任何派别与阶级的文学者，大家无条件地在抗×问题上联合起来！将抗×的力量统一起来！

（二）为着爱国的抗×的文学的发展，为着发挥文学对于民族解放应尽的职务，并且也为着各个文学者的自动的，兴趣活泼的工作和多方面的活泼的发展，我们要求我们能够有创作的自由，发表的自由，我们也赞成各个作家自由写作，不受任何主义的束缚。作为一个现在中国人的作家，应当有为国家尽力的自由；也应当得到能够享有自由的信任。（难道周扬们真的以为作家一有自由，就都去做"汉奸作家"了么？这是"奴隶总管"式的病态的思想，是道学先生对女学生的观点，不是对于中国现在形势与民族解放的正确的了解与应有的胜利信心，无怪在周扬们的笔下"汉奸文学"的字眼之多了。）

（三）我们尽量地努力地提倡"民族革命战争的大众文学"或"国防文学"，甚至提倡"现实主义的创作方法"。我们要到处尽可能的提倡这种文学，鼓励大家来写。我们也要把一般爱国的文学运动尽量地扩大。

这是非常明白的，如果照着这样做去，不但抗×的联合战线能愉快地结成，并且新文学运动也一定扩大。周扬们却常常将问题颠倒过来看了。同时，在对于运动的实际问题的了解与态度上，也就遮掩不住那掩盖在"左的空谈"或"大言壮语"下的他们对实际问题的松懈与怠散了……

　　以上所说的"三原则"，不需要再说明，但关于"民族革命战争的大众文学"或"国防文学"可以在这里再说几句。（关于口号的名词的争论应当即刻停止，把"民族革命战争的大众文学"和"国防文学"看成同一内容的东西，在现在是没有什么不可以的，虽然"国防文学"一名词在文学思想的意义上太含混了。）第一，民族革命战争的大众文学，或国防文学，我们应当尽量地提倡，对所有作家提倡，以扩大和充实新文学的内容和势力，这是很对的，因此，它应当尽量将自己的形式和内容的范围扩大与多样化，不要把它规定为很严格的狭隘的东西，使它越与一般爱国文学接近越好。只有这样，它的内容能更和实际生活相连而充实，它才能和更多数的读者大众接近，它才能成为广泛的爱国文学的一个中心。因此，这文学口号，没有能够包括创作方法的意义，并不是它的缺点；因为最好的创作方法是现实主义，我们已经在提倡，这且不必说，最主要的是为了使这种文学成为广大的群众运动，为了去适合更多数人的要求，所以少一种束缚是好的；现实主义的作家来写固然好，浪漫主义作家亦何常不可以来写。也只有在作家们和现实的民族解放的题材接近，在将自己的文学活动和抗×运动接近起来，才能使他们的眼光一同现实化，使他们的创作方法一同现实主义化（关于对现实主义的创作方法的机械的观点，我下面再说到），总之，在现在首先的问题是使抗×文学运动扩大化与使作家容易地和抗×斗争接近起来。周扬以为民族革命战争的大众文学没有包括创作方法，就不能成为前进文学的创作口号，又以为前进文学运动在现在不能提自己的口号，这两点都恰恰烘托出了周扬是一个十足的"空谈家"，对实际问题或"左"或"右"把握不住的。前进文学运动要提明白的自己的口号，但提的口号要不是太难的过高的口号，也不是太低的无前进意义的口号，而是又有前进意义，又人人能做，人人所要求的大众的口号。在这意义上，民族革命战争的大众文学与国防文学两口号，是都还可以用的。第二，大众文学或文学大众化，不但从文学运动本身看来，需要继续的主张和更大的努力，在抗×运动的现在，尤其需要更大的努力和主张。大众文学或文学大众化运动决不能看做某一派或某一阶级的主张，是差不多各派作家都同情或主张的。可以随便举两例说明，我在某书信集中看见陈望道先生致友人信中说，他约了一些朋友研究文学大众化问题，他说可喜的是那次约会的朋友中没有一个"左翼"的分子。这所谓可喜，当然是既没有"左翼"分子在内，则他们研究大众化问题当不会被看作"不法"行为了的意思。又一个例子，是和文学没有关系的金仲华先生，最近在《生活·星期刊》上写了一篇《中国文化界的不平衡发展》，他提出了我们应该注意对广大落后民众的文化运动的许多非常宝贵的意见。这可见大众化运动，不但迫切，而且是广大文学者都感到需要，大家差不多都同意的，尤其在抗×运动全国澎湃的现在。因此，那以为在现在讲联合战线，不能提大众文学的口号，真是昏透了的意见。所以，民族革命战争的大众文学的"大众文学"四个字就要特别注意，即"大众"二字在文学内容上固应"人民大众"之意，在文学形式上就应力求大众化。但在民族革命战争的大众文学或国防文学的面前的一个巨大的任务，是在以知识青年和学生为对象的作品之外，多量的写作唱本，演义，连环图画等等的大众读物。这种作品应当得到很高的评价！我以为"文艺家协会"，既然成立起来了，共同协力制作与出版这种大众读物，就应当是它的最主要的爱国工作之一种！别的真的热心爱国的文学者，也应当着手写一两种。这种工作不但实际地"有功世道"，并且也仍有艺术的价值的。因此，民族革命的大众文学运动，应当把这种大众文学放在很高的地位，应当竭力提倡，劝诱作家们来写作。（在《读书生活》上揭载的《五四演义》，据我看过的一节，觉得很好，我以为这样作品如果单印起来，一定能在小市民和中小学生中间大大地流行。但供给一般大众看，当然还须更浅近。）周扬们忙于反对民族革命战争大众文学的口号，却把这口号所包含的我们现在文学运动的一个重要的意义与任务，完全忘记了。

四　文学理论问题上的机械的观点

以上我大半和周扬们的"关门主义"扯扭，在这里我更想略略指出一两点作为他们的关门主义的所谓"理论的根据"的，他们对于文学理论的机械的了解。这种指出，在平时已属需要，在文学运动应当扩大化的现在，更属需要了。但我在这里只是略略说及，我提议别的从事理论研究的人们来多多注意，将许多问题重新考虑，使我们的理论与我们的运动的发展相适应。

周扬的理论，一方面实在如茅盾先生所说，是东鳞西片地凑拢来的，他实在是一个小钱杏邨。但唯独他的关门主义，他对问题的机械的了解，却能够自成一贯。在"三年前"，周起应论"第三种文学"的时候，曾抱着"非无产阶级文学即资产阶级文学"的见解，当时曾有人给以批评，说这在理论上是机械论的错误，在策略上是左倾宗派主义的错误。最近周扬在论"国防文学"的时候，很明显地是重复着周起应的错误；周起应的错误还情有可原，因为是在"三年前"，奇怪的是在运动发展的"三年后"，周扬不但重复着而且还固执着周起应犯过的错误。他在论"国防文学"一文上，大有在现在非"国防文学"即"汉奸文学"的论断，又在另一个地方说这样的话："象沙汀似的作家，总不能算是汉奸作家吧"（大意如此）。这种理论，实在惊人。如果不是满屋子，满街堂，满天下都是"国防文学"，就是满山，满野，满马路都是"汉奸文学"了，连沙汀这样优秀的前进作家都有被看作"汉奸作家"的嫌疑，不得不请周扬出来辩明。请问大家（周扬自然不在内），究竟谁曾把沙汀和"汉奸作家"两个观念连在一起来想过？我想大家一定说："没有。"这种理论，实在是"凡天下之女人，非节妇即娼妓也"的妙论之化身，然而这却是机械的理论，那根据源仍在于对于文学的阶级性的机械的了解。

其次，周扬们对于"创作自由"要求的拒绝，以及别的人们把这和三年前的"第三种人"的理论相比拟，都似乎振振有辞地有理论的根据。然而这又是"爸爸，你的头发上一条棉被"的有趣故事❶里的蠢儿子似的机械论了，乃是不能将"文学是阶级的党派的，决不是超阶级的自由的东西"这一个原则和实际斗争活生生地联系起来，而只是不聪明地背诵公式的缘故，倘若"文学在阶级社会里是阶级的，党派的"这一原则是正确的，那么我们的文学即应当参加或发动为自由

---

❶ 有这样一个故事：一家人家穷得很，冬天没有被盖，只盖稻草，但父亲很爱面子，生怕儿子出外以实际穷况告诉人家，所以对儿子说，"倘若别人问你盖什么，你就说盖棉被，切不可说盖稻草。"有一天，客人来了，父亲出去陪坐，他的头发上粘着一根稻草，儿子就走去说："爸爸，你的头发上有一条棉被呢。"

的斗争，承认对我们文学有利的自由竞争的办法。在三年前，对"第三种人"说明了"文学的阶级性，政治性"等等的道理，当然是对的，但当时没有积极地联合各派为创作自由而斗争，没有最大限度地在批评上承认"创作自由"，当然是错误的，即在三年后也应当承认的。然而"第三种人"的"坏下去"，决不是"我们骂坏了"，是由于他们自己并不真的要自由，而原意倒是在要剥夺别种作家的自由，这是他们后来的历史事实所证明了的。

周扬，还有别的人，对于理论的机械的观点，还表现在对于"现实主义创作方法"的理论和它在我们文学运动上的运用上。在《现实主义试论》一文里，周扬将"世界观"和"创作实践"分开，并且强调着和重复着"世界观"的老调，是抽象的主观论的机械的创作观点。他抱着作家研究"正确的世界观"，批评家宣传"正确的世界观"，就"保证"使作家走向正确的方向去的见解。这大概就是他相信做几篇"非汉奸即国防"的"国防文学论"，就能够解决一切问题了的根据。然而"正确的世界观"固然是要紧的，但怎样去研究呢？去获得呢？是否买一本"唯物辩证法ABC"来读呢？倘若是的，倘若如周扬似的那样以为"正确的世界观"就在书本上，在亭子间里，那么我们就不能"保证"人能获得"正确的世界观"，因为周扬研究了这么许多年，也仍是连一个小小的"文坛"都看不清楚，何况一个世界！这只是给周扬一类人自己辩解，或者是为了抬高自己，以为能写"正确的世界观"这几个字的批评家，就应当藐视作家指挥作家了。倘若不是这样，那么研究"正确的世界观"，就不能和作家的实践生活与创作实践分开。因为据我的理解，世界观是表现在作家对于现实的关系上的，所以只有在实践上才表现出来。作家和一个人一样，读社会科学书固然是重要的补助，但主要的应当在他的生活上，在他对于历史的和当时的事象的关心和分析上，在他对于例如莎士比亚或巴尔扎克的作品（两人生平都来不及读到马，恩二人的著作）的研究上，在他对于题材的摄取上，在他写作的过程上去获得"正确的世界观"。"正确的世界观"不是一个枣子，可以化一个铜子买来，长久放在袋里的。不是有"没有实践就没有理论"的名言么？为什么呢？就是说，离开了实践，理论就是停止了的，死了的，灰色的东西。因此，周扬的机械的观点，在于一则将"世界观"的研究和作家的实践机械的分开，二则强调抽象地研究"世界观"，将"世界观"看成为抽象的东西。由于这样的不正确的了解，就带来了现实主义创作方法的运用和提倡上的不求和实际运动相并进，以及批评家的高谈式的偷懒和不尽职了。譬如说，我以为在现在的我们的文学运动，使我们的文学和实际生活接近起来，使我们的文学对实际生活的落后的距离减少，是先于一切的比任何事都重要的；因此，说明摄取什么题材，怎样去摄取的问题，如果对照着我们文学发展的现在的程度，则是提倡现实主义的创作方法的首要的一步。然而我们的批评家似乎并不看重题材的问题，陶醉于"题材不重要，重要的是意识，是世界观"的这样的理论，因而对于某些即使在对于现实关系的把握上有一二点不足之处，然而在题材上特别有意义与价值的作品如《子夜》等，也就评价过低了。批评家提倡现实主义的创作方法，系与创作家合作，共同研究；批评家不应象一个"厌烦"的牧师，只把眼睛朝着圣象，说上帝怎样好怎样好，对"善男信女"们的实际问题，理也不理。在我们的文坛上，很少和作家研究具体作品，研究题材，写法等等的关于创作实际工作的批评文字；有的，除了口号之外，就是一些说上帝怎样好怎样好的说教。这虽是高谈，实际上是偷懒与不尽职，因为我们所希望的那种批评工作，是比专讲"世界观"之类的事情艰苦得多了。

五　关于批评家的态度与作风

最后我想提到批评家与作家的关系这个已经存在的问题。但我对于作家没有话说，却想对批评家再添说几句。

我以为批评家在现在竭力克服自己在理论上的关门主义与机械的观点，当然是万分必要，不待我们再说的了。其次，关于批评家的态度与作风，我有如下的几点建议：

第一，我以为批评家从事文学运动，应当不务高谈与空名，而应切实的脚踏实地的所谓"实做"，对于那与文学运动大有关系，却并不为"出名"的工作，不但应该给以适当的关心与评价，并且自己亦应参加与发动。例如，鲁迅先生的印《铁流》与《毁灭》，绍介新作家的作品，印版画，译《死魂灵》，等等，茅盾先生的教育青年作家，收集小说材料，尤其象最近昼夜不息地挥汗编《中国的一日》，等等，郭沫若先生的译《战争与和平》，还有，倘若有人将埋头制作唱本，连环图画等等大众读物，都应当为我们的批评家所看重，将它和我们的文学运动联系起来。又譬如，研究现实主义的理论，与其东抄西袭的做一篇文章，实不如切切实实的译一部理论书过来更为重要；作文提倡说明，固为重要，但如果约几个作家大家来研究一部理论书或某一部作品，也同样重要的。总之，除了可以"出风头"的事应做的以外，那不能"出风头"但于实际却大有关系的事也应当做。即使自己不做，但别人在做，就不能抹杀。

第二，我以为我们的批评不应着重于消极的指摘而应着重于积极的评价分析与对作家的鼓励。过去的那种专对作者的指摘是不对的，何况指摘的未必全是正确。同时，我们可以少说些口号和抽象的理论，而应和作家多谈些实际的问题，多研究具体的作品。

第三，我以为批评家对于作家应当保持着一种同志的亲爱的态度。尤其对于有价值的作家和青年作家，尤其在我们从事批评的人，无论在经验和学力上都还不及一些作家们的现在。在三年前，有一位科德先生曾说过，我们对于作家应当爱护；他又说："马克思对于海涅，列宁对于高尔基的那种亲爱的态度，应该给我们很好的榜样。"因此，我以为如有些人对于鲁迅先生和茅盾先生的态度，都不是我们的好榜样。

又，现在的批评，对于作家们的评价，一般是过低的。举例说，不但对于一般作家和许多新起的作家的评价过低，即对于鲁迅和茅盾的评价也过低。对于青年作家，有的批评家简直不放在眼里。这是由于我们的批评家自己不从事创作，不了解创作的艰苦，也由于我们的批评家缺少社会的经验，常常引不起对于作品的研究的兴趣，又不能把作品和作者出身的社会关系联系起来，尤其不能把作品与我们的文学运动联系起来，所以就发生评价过低或甚至不评价的现象了。

第四，香港有一人在写上海的批评家，说是专靠抄一些名词在吓作家，靠此为生，批评家自己却是写一篇通顺点的文字也不行，所以他叫作家们踢开批评家。其实踢开批评家，并非正当办法；我对于批评家也尝有这种感觉，但我以为批评家可以改正的，即多学习：第一，多学点常识，在生活上多学点社会经验；第二，向作家学习，去了解创作是怎么一回事；第三，多学点文学理论，少叫些口号，文章写得通顺点。

第五，最后批评家在理论论争的时候，应当即刻革除动不动称对手为"反革命"，为什么派，为"汉奸"的那种恶习。理论论争，应以理论制胜，不应以大帽子压人。在好几年前，梁实秋曾以指摘对手为什么党来救济他的文艺批评之穷，鲁迅先生曾指出来这是梁实秋的"乏"。我以为我们不应当学梁实秋，这一点，对于周扬特别重要。

（作者附记） 此文写好后，自己读了一遍，觉得不免有讥笑周扬之处，这要请读者原谅，因为这文是在我听到周扬现在仍不了解自己的理论上的错误，并且说还要对茅盾先生等有无理的表现的时候才写的，这自然就流露了我的不满之情了。但愿周扬会虚心一点，不再胡闹，从理论和工作上来了解问题，那末不但论争能愉快的解决，即大家对他的不满也会即刻消除的。

八，二八，夜

1936年9月15日《作家》第1卷第6号

我们要动员一切的武器

——"国防文学"与"通俗文学"

章　晟

　　"国防文学"是全民族团结救亡运动里面对全民族文笔工作者提出的口号，所以它的含义非常的广泛，它的形式乃至方法非常的自由。一切非汉奸作家所写的对于团结救亡运动有帮助，有推动作用的作品，都可以归入"国防文学"的范畴。只要在抗敌反帝，团结救亡这一个总目标之下，一切形式的文艺都有它国防的意义。从骈体文，旧诗，章回小说，一直到"前进的现实主义"的小说，从京剧，文明剧到进步的话剧，从山歌小调，鼓书弹词一直到《义勇军进行曲》一类的壮歌，只要他愿意，没有一种不能为救亡运动服务。尽管他"意识模糊，词句粗俗，态度轻佻"，事实上，已经有许多"民众艺术家"在那儿服务，而收到了不为"文坛人"所注意的广泛的效果。

　　"国防文学"不仅它可描写的内容非常广泛，而且它所作用的对象也非常的多样。团结救亡非动员全民族大众不可，同样的"国防文学"也不能将它的对象局限在少数能看"新文学"的知识分子，所以，争取落后的大众来参加救亡运动，这是今后文艺工作活动的中心。国防文学的任务非常广大，而民族的危机又是那么急迫，现在，单单靠"新文学"来服务是不够了，我们要"动员一切文学形式，来争取各种艺术水准不同的民众"。小市民看不惯新的话剧，于是在话剧之外我们也要有周信芳《明末遗恨》，工人不能看《光明》和《现实文学》，于是我们应该有"国防文学的连环图画"，农人听不懂《大路歌》和

《义勇军进行曲》，那么我们也应该有"国防文学的民歌"，在神圣的民族解放斗争里面，一切（从最前进的到最落后的）艺术家都有用他自己的工具来参加的权利，周瘦鹃，张恨水先生用章回体小说来写爱国小说，我们能拒绝他们吗？汪仲贤，王美玉先生用文明戏来表演亡国惨痛，我们能不欢迎他们吗？李阿毛先生的"滑稽文学"，刘春山先生的"时事歌曲"，在广泛的小市民里面起了很大的反×作用，我们能抹杀他们的意义吗？他们的参加救亡文艺活动，是民族愤怒的自然爆发，是不甘灭亡的自然流露，前进的文学者没有权利看不起他们，而应该和他们在一条统一了的战线上作战。全民族的救亡战争中，一切武器都要利用，一切武器都不能轻视他特殊的作用，战场上要有大炮，步枪，但是我们能够没有掘战壕的铲，兵战的剑，乃至制造军服的一把剪刀和一根针吗？一根针很小，力量有限，但是它在为战争服务，却和大炮没有两样。大炮不能缝军衣，针剪不能杀敌人，但是它们各有各的职能，各有各的部署，同样的为战争所必要，这是明显易见的事情。

将只有一千个或者一万个读者的"新文学"当作"终身事业"而忽略了有十万百万读者和听众的"通俗文艺"，这不是进步的文学者所应有的态度，不仅不能忽视不能鄙视，而且要积极地鼓励，帮助，使他们的武器变成更加锐利，火力更加集中，艺术的效果更加伟大，这是真正为民众为民族服务的前进艺术家的责任。

1936年9月18日《大晚报》

东北事变与国防音乐

霍士奇

"九一八"是个可纪念的日子,这不只是因为他带来了血腥的炮火,对于我们乐坛,它有着更重大的意义,是从那时起,中国音乐改换了它老旧的面容,使它和民众的生活更加接近了。也可以说是使它从少数人所有归属于大众了。

记得当"九一八"以前一般知识分子口中所哼的歌曲,无非是梦里情人这一类美国电影歌曲,要不然也就只有跟着儿童唱着小小画家之类的儿童歌曲,而工农大众因为素不被人注意,也没有接受洋文化的福气和可能,当然是在哼着七八十年前就已存在了的泗洲调,十八摸的小调,至于大多数小市民如果不能哼洋歌就只好跟着儿童唱些儿童歌曲,或者跟着底下人默唱着十八摸,打牙牌之类的小曲,当然更多的人是在唱着西皮,二黄的戏剧音乐。不论唱的是什么,一到"九一八"就都沉默了下来,这并不是说当时大家是被"九一八"的炮火吓得不敢唱了,也不一定是大家没有唱歌的心情(当然我不否认会没有这样的人),更主要的是由于大家没有适合那时的情形的歌曲好唱,因此一时好象大家唱歌的兴趣忽然莫名其妙地低落了。

虽然近百年来中国人民的生活从来不曾快活过一天,也从来不曾离开过帝国主义,尤其是××压迫的痛苦,但在大家所唱的歌曲当中却从来没有过很多正确的反映,从大家所唱的歌曲当中看来,好象真是国泰民安似的。所以"九一八"一来,大家一放下那些快活的享乐的歌曲,就觉得没有歌可唱了。这就说明了"九一八"以前中国有的是什么样的音乐。

这现象是决不会持久的，所以我们不久就听到了一些适应那时期的大众要求的新歌曲，各阶层的作者差不多是同时地产生了许多抗×救国的歌曲，虽然那时候并没有国防音乐的口号，实际上都是在这要求之下产生的。这有意义的努力是值得我们敬仰的。从这时候起一部分知识分子弃掷了从美国电影中学来的享乐的麻醉的歌曲，其多数工农也唱着时事小曲，救国小调，而大多数小市民也渐渐有了适合他们的歌曲了。直到去年北平学生运动兴起以后，全国民众给予了空前的响应，大家更是万口齐声地高唱着《义勇军进行曲》，以及其他的一些具有教育意义的雄壮歌曲了。

到现在好象全国的音乐运动有着空前的盛况，新的歌曲作者之产生，唱歌队的成立，都有如雨后春笋，在理论方面国防音乐之提出，虽然是作为统一战线在乐坛上的联合口号，可是无疑地加强了音乐之教育意义，由于目前音乐运动之展开，我们确信国防音乐有着伟大的前途。

从音乐的发展史看来，中国民众是从没有音乐的状态中一步一步地获得了他们自己的音乐的，至少是从唱着别人的麻醉的，享乐的歌曲，慢慢地进到唱着自己所创造的具有教育意义的歌曲，促成这进步的，"九一八"事变不能不说是一个主要的客观条件。这不能不使我们相信中国的音乐是只有作为民族解放的武器才能获得发展的前途。中国新音乐的建立是必然和反×密切地联系着的。

"九一八"到今年已经五年了，在地图上我们的失地的范围是一年一年地扩大，这时候难道说不应当利用一切武器去武装全国的民众防卫我们的国土么？从事音乐工作的人们，只有拿出最大的力量来建筑国防音乐，才算是纪念了今年的"九一八"。

1936 年 9 月 18 日《大晚报》

音乐者的新任务

周钢鸣

由于"九一八"这惨痛的历史巨变的展开，已激成中华民族解放运动的新巨潮；它不仅决定中国革命一个新的形势和新策略——反帝抗敌的统一战线，同时它更成为中国新文化运动的一个契机，推动中国新文化运动与历史的变革运动相合拍。

在中国新文化运动中最弱的一环的要算是新音乐运动，在"九一八"前仍是黎派的《毛毛雨》《桃花江》低级趣味色情歌曲，和一些学院式的感伤唯美的调子，在这些歌曲中寻不出一点反映大众生活的节奏和语言，只是为满足一般小有产者们的歇斯迭里的神经麻醉而歌唱的，他们本身是离开大众，同时大众也无缘接近他们。但自"九一八"、"一二八"巨变发生后，曾激动一般有正义感的音乐家们，开始反帝抗敌的主题融合在他们的歌曲里，制作一些抗敌歌曲，在这时期有黄自先生的《旗正飘飘》、《抗敌歌》，胡周淑安先生的《抗×歌》，黎锦晖先生的《向前进攻》、《齐上战场》等歌曲。但这些歌曲在当时并未十分流行，这原因是由于这些歌词的内容所表现的语言不是大众所易于了解的陈语，文言，和他主题表现的只是一些狭义的爱国思想，而没有洋溢着时代的呼声。另一方面在乐曲的形式上有些形式过高深，旋律太枯燥生硬，而不是从大众生活节奏所陶炼出来的。总括一句话，就是他们还没有获得一种新的情感，不能把大众引导到一个壮烈激昂战斗的音乐境界中去。纵然是有抗敌的内容，但他们是跟大众远远地隔离着，他们始终是被自己所固有的传统的形式所限制，因此他的歌曲很快地被遗忘了。但我们不能否认的，就是在"九一八"之后，在中国，他们第一次把反帝抗敌的主题，渗进新音乐运动的歌曲里来。

随着《渔光曲》的出现，是中国新音乐运动一个转变的契机，第一次真实地把大众生活表现出来，接着聂耳的出现，才正确地奠立中国新音乐运动现实主义的基础，他更把反帝抗敌的主题，发挥成为大众的战斗底歌，《义勇军进行曲》已成为我们救亡运动行列进军的喇叭了。沿着这条路发展的救亡歌曲，象《战歌》、《民族解放进行曲》、《救亡进行曲》、《打回老家去》、《中国你还怒吼》、《四十年的愤怒》、《一二八纪念歌》、《射击手之歌》、《中华男儿》、《新女性》、《九一八纪念歌》，已经成为大众解放的呼声，成为现阶段国防音乐的主要作品。这些歌曲的广泛的流行，正证明中国新音乐运动正确的道路，亦即是在这些歌曲中所表现的思想，情感，是具有教育大众，启发大众，组织大众的内容，是表现了大众的生活节奏和要求，是跟目前大众救亡抗战的要求相贴切，所以这些歌曲成为他们自己的呼声。

所以新音乐运动，是要有广大的音乐大众的客观要求，才能推进新音乐的运动，新音乐运动亦只有立基于广大的音乐大众的具体要求上才能正确迅速地发展起来。抛开了音乐大众现阶段的要求而去谈高级形式，那真是"闭门造车"，会把新音乐运动窒息的。由于这两年多来音乐运动迅速发展，就可以得到铁的事实明证了。

但现阶段音乐大众对音乐的要求，无疑的具有国防主题的歌曲，但到现在止，我们所有的国防歌曲还是不够的，特别是在一个新的事变中，我们没有迅速地制造出与新事变有关的歌曲来传播开去，以发挥新音乐的教育意义。象最近的绥东事件，成都事件等等，这不能不说是我们太落后了，不能与救亡运动的新口号很快地反映到我们的国防歌曲里来。

还有当此"九一八"五周年的来临，这失地丧权，国破家亡的惨痛屈辱日子，我们的音乐家们更应当用非常沉痛悲愤的旋律来哀悼我们被惨杀同胞，和唤醒大众的救亡情绪；但到现在止，我们还没有看到我们的音乐家作品出现，这不能不说是怠工了。相反的，侵略我们的敌人，却在我们的国土上建立傀儡政权，庆祝他们的胜利，在演奏侵略主义的"大亚细亚的赞歌"了。新音乐运动者们，我们应当多么沉痛愤愧而自励啊！

1936年9月18日《大晚报》

文艺界的统一战线问题

《新认识》社同人

在一卷五号的《光明》半月刊上，茅盾先生公告一切青年作家道：

"在我们之间，年青的朋友们，至少有一点是共通的罢：我们希望我们这民族不受压迫不受侵略，而我们亦不愿压迫别人侵略别人。

"我十分相信，尽管我们对于理想的社会有种种不同的憧憬，尽管我们在文艺上有种种不同的主张，然而关心到我们这民族的运动时，我们的态度总不至于在上述的原则上表现出不一致。自然，也许您要说，有些朋友会嫌这话太平庸，而另有些年青的人们则怀着太'那个'的幻想，以为我们一旦富强了以后应当发挥'大国民'的雄图去'宣扬文明'；哦哦，后者那样的人，即使是最少数中的少数，可是我也相信是有的，让他们爱怎么'想'就怎么'想'罢，但即使是他们，在我们这民族正受着一天比一天厉害的压迫和侵略的现时，我们彼此之间总是有一半的共同：中国民族应当解放，应当自由！

"在这最基本的也是最广泛的原则上，作家们已经有了联合的组织。这是发自爱国热情的作家们的自由结合。这对于凡自愿为民族利益而来的任何人都不应有歧视。"（《给青年作家的公开信》）

是的，中国的文艺家并不曾忽视民族的危机，并不曾回避救亡的责任，和各界的统一战线的形成一同，文艺界的联合各派的救国阵线，也早已组织起来了。但在这阵线的成立之后不久，我们就看到了一种严重的现象，那就是被一般人认为"争正统"的"内战"的论争。对于这样的一种论争，有很多的人直觉地感到一种失望，以为同一阵营的人，而浪费气力于内讧，实在大背统一战线的原则。然而，我们细读了论争的各方的论文之后，觉得这一次的论争，非但并不如一般人直觉上所感那样的恶劣，并且有很大的价值。这价值存在于下列的诸特点上：第一，这一次论争，正唯其是同一阵营的人，为了同一目标，却因对于战略的意见相左而起的斗争，足见双方都是忠实于同仇的大战斗，都是希望采取一个最有效的战略，而不肯苟且敷衍的。这种认真的精神，实在是统一战线的发展上最所需要的精神。第二，这次的论争，差不多动员了全国所有的前进的作家，贡献最为丰富。著名的老作家，如远在日本的郭沫若先生，大病中的鲁迅先生，领导"文艺家协会"的茅盾先生，都不辞再三指导，务求问题的明朗化，至于青年的理论家创作家们，参加讨论尤为努力。这种热烈的情形，是向来所没有的。第三，这一次参加论争的作家，大部分都能保持冷静的理智的态度，不作人身攻击，不流于意气之争。第四，这一次论争的双方，都能接受对方的合理的意见，而不各自固执到底，结果能使许多问题逐一达到一致的结论。

能够具备上述四种特点的论争，对于一切运动的发展，是有利而无害的。至今为止的文艺界统一战线问题的论争，已经使我们看到不少良好的结果了。譬如，许多有意无意或多或少的宗派主义的理论，已一一克服了。"国防文学"这口号之为统一战线的口号，已经没有异议了，解释这口号的理论上的若干易致误会的缺点，已经一一被提出，被修正了。"民族革命战争的大众文学"这口号，也已经由它的原来的决定者鲁迅先生和茅盾先生重新加以解释，认为并不是拿来代替"国防文学"这口号了。所以，这次的论争，决不能说是浪费的。

这是我们在讨论这问题时，首先要认清的一点。

统一战线的目标问题

我们记得，"国防文学"这口号提出之初，就有一种人发生疑虑，以为这口号会把统一战线的文学运动陷入狭隘的"爱国主义的污池"，同时，另有一种人，则真的主张"国防文学"只应该是爱国主义的文学，不应该加入别的什么原则。这两种意见，现在是已经在许多正确的批评之下消灭了。但是，我们觉得这两种意见所由产生的根源，还可以谈一谈，这个根源倘不廓清，那么类似的错误的意见，将来也许依旧会得发生的。这根源是什么呢？我们以为就是对于统一战线的目标的认识的不足。中国目前的统一战线，是抗×救亡的统一战线，这是一致地承认的。但对于我们所要抗的对象的性质的认识，却并不一致。一般的人，以为日本只是侵略我国的一个强国，所以我们只为爱国而抵抗它，我们的斗争的目标，只是把它的暴力逐出我国国境之外；或更进一步地由我国去征服它，报仇雪耻。所谓狭隘的爱国主义，就是这种认识的产物，而使前进的革命者不满的，也就是这种认识。这种认识，当然是不完全的，因为所谓××，不单是一个侵略我国的强国，它同时是世界的一个帝国主义国家，是一个被法西主义所支配的国家，又是第二次世界大战的发动者。它的所以加紧侵略我国，正是它的法西主义的猖狂的结果，发动世界大战的准备。反过来说，我们的抵抗如果欲其有效，那就非从根本上反对它的法西主义和大战准备不可。所以，中国的抗×救国统一战线，虽最初是在爱国主义的旗帜下集合的，但战斗进行的结果，一定自然而然地会发展到反帝国主义化的资本主义的斗争。在这意义上，中国民众的统一战线的最后目标，是和全世界民众的反战反法西的统一战线相同的。理解了这一点，我们就不必疑虑中国的统一战线会永远停滞于爱国主义，同时当然也不应该主张永远停滞于爱国主义，这在各方面的战线上是如此，在文艺界的战线上也是如此。总之，我们应该把统一战线的工作看作是会进展的，不是一成不变的；"抗×"这总目标之下的许多不同的目标，不是互相排斥的，而是互相联系的：抗×的斗争与反汉奸的斗争相联系，与争取言论自由的斗争相联系，与反法西反战的斗争相联系，……在联系中设定统一，从眼前的工作做起而不忘向最后目标的迈进，这才是最正确的统一和战斗。譬如，茅盾先生曾经说："在爱国的旗帜下'联合'起来的作家们应当先'为爱国的言论自由'而战。"不错，这是初步的战斗，但是，我们还需很快的向最后目标迈进。

领导的问题

整个抗×救亡的统一战线，是一切非汉奸国民的大联合。在文艺上，也是一样，如鲁迅先生所说："文艺家在抗×问题上的联合是无条件的，只要他不是汉奸，愿意或赞成抗日，则不论叫哥哥妹妹，之乎者也，或鸳鸯蝴蝶都无妨。"（《答徐懋庸并关于抗日统一战线问题》）但是，我们看到，在这样的一种联合中，有一个问题，常常被人提起着，那就是统一战线的"主体"或"领导权"的问题。关于这个问题的一般的意见，也有相反的两种，一种主张必须显然标明以最前进的革命势力为"主体"，领导其他各派，另一种意见，则以为在统一战线里面根本不应该有"主体"，不应该由任何人来"领导"。作"主体"，争"领导"，那便是存心利用别人，不是诚意的联合了。这两种意见，我们以为都是偏面的。

我们在巴比赛的《从一个人看一个新世界》一书中，看到一节论全世界反战反法西的统一战线的话：

> "在向着将来进行的世界集团中，种种的事实证明着一切工作者——工人，农人，中等阶级，知识分子——的利益是一致的，一切工作者应该以工人阶级为中心而团结起来。这并不是说，工人阶级是一种高等的分子，应享什么特权，这是说，这是最好的安排，因为在它的组织上，在它的社会的表现上，在它的经验上，在它的理论的和历史的身份上，都是反资本主义的，并且，斗争的最重要的武器，是操在掌握着生产品的人们的手里的。工人无产阶级实在是一支现役的军队。在战争中，现役军队的任务并不是指挥后备军队，而是要和后备军在最困难的战况中合作。"

巴比赛的这话当然是正确的。最前进的革命势力必然的是统一战线的中心，但它的成为中心，"并不是由于它的名义，它的特殊的地位和历史，而是由于它的把握现实的正确和斗争能力的巨大。"（徐懋庸致鲁迅信中语）但是，由于中国的环境的特殊，一般人认识的程度的参差，我们不必把这一层强调地提出来。我们应该更公平地号召：统一战线的"主体"并不是特定的，"领导权"并不是谁所专有的。各派的斗士，应该在共同的目标下，共同负起领导的责任来。如果说得具体点，在不妨害统一战线的发展上，谁的工作努力，谁能更有效地使工作推进，谁就能获得大多数人的拥护，谁也就可以发生领导的作用。

创作口号和中心主题问题

"国防文学"这口号之为文艺界统一战线的口号，已无问题。现在的问题，是发展到这口号应否作为创作口号的问题了。

反对把"国防文学"作为创作口号的人们，是根本反对文艺界的统一战线中有一个创作口号的。譬如茅盾先生，他以为规定了创作口号，就是"联合亦有条件"，这会使得那些专写纯恋爱小说之类的作家裹足不前，不免是阻碍战线扩大和发展的。所以，茅盾先生说：对于"国防文学"这口号的正确的认识，应当是："作家关系间的标帜，而不是作品原则上的标帜。"

茅盾先生这意见，自然是对的。"在国防的旗帜下联合起来"，这不仅是向文学者号召的口号，而且是向全民大众号召的一般的口号。如果某一作家，他能真正参加实际抗敌工作，那他即使满口"哥哥妹妹，之乎者也，鸳鸯蝴蝶"，他也还不失为统一战线内的一员好战士。不过，文学者的武器，大都是文字，在使我们的抗敌工作发生更大的效果这点上，我们要求每个作家都来写"国防文学"的作品，也是应该的。所以"国防文学"如果作为号召文学者创作的口号，实际上与茅盾先生的意见并不发生抵触。甚且，我们不但可以要求每个作家来写"国防文学"，还有要求每个作家来"怎样写"的权利和义务。比方，我们是在军事的战阵上，我们的部队之中，有使用机关枪的，有使用大刀的，也有只能使用锄头和钉耙的战友。机关枪的战斗力和锄头的战斗力，相去是不啻千万倍的。我们对于只能用锄头而热心参战的同志们，固不当加以拒绝或轻蔑，但是也不应当任他们故步自封。我们应该在战斗的过程中，慢慢地说服他们，教育他们，使他们知道使用机械化的武器的好处和使用的方法。至于这些用锄头的同志们，倘若他们真是有杀敌的决心，那他们一定会觉悟锄头的力量的微弱，他们一定是乐于使用进步的武器而向进步的战友学习的。

和创作口号相关联的，是中心主题问题。我们看到，有许多作家，正在反对中心主题的强调，他们以为作家们应该写他们所熟悉的事情，不应该公式地勉强去写有积极的国防意义的主题。这话当然也是有理的。但在事实上，作品的主题的确有中心的与外象的之别，也有积极的与消极的之分。在战斗上，中心的积极的主题的表现的确特别有力，譬如《八月的乡村》和《包身工》之类的报告文学作品的特别感动心魄，也是事实。因此，我们虽不主张限定一切作家都去写中心的主题，却不能不要求有更多的作家去表现中心的主题。而且，一个作家倘若真的参加了积极的斗争，那么许多斗争的中心的事象，也就成为他的身边熟事了。况且所谓中心的主题，并非指若干特定的事实，如义勇军的斗争而言，它是指最能表现反日意义的种种事实而言的。鲁迅先生说："目前中国人的吃饭和恋爱，却都和日本侵略者多少有些关系。"正唯其如此，在吃饭和恋爱上一定也有着反日的中心主题。做菜的海参，调味的白糖，不是有许多是日货么？有一位作家单能从喝一杯红茶的小事上，艺术地描写出一篇暴露"走私"的作品来，也就是表现了中心的主题了。自然，我们不应该要求每一个人在吃西瓜的时候一定要想到我们的国土的被瓜分，但倘是有心的人们在吃瓜的时候，自然而然地联想到国家的破裂，说了或写了出来，我们以为这毕竟于战斗无害，不必加以反对的。

如上所说，在创作上，我们主张设定明确的口号，研究进步的方法，强调中心的主题。但在批评上，我们却不主张拿最高的原则去衡量一切作品。我们对于最进步的作品，固然应给以高度的评价，同时对于落后而意在战斗的作品，也以奖掖为先。倘有在艺术上实臻成功而并无反日意义的作品，我们也不应加以歧视，因为那虽非"国防文学"，却也不是"汉奸文学"，于战斗无妨，或者还稍有助益的。但对于那种有意或无意地诬蔑爱国同志，分散斗争力量的作品，则必须加以不容情的打击，因为那才是"汉奸文学"。

我们的希望

以上是本社同人对于文艺界统一战线的若干问题的一点意见。我们固然承认论争是必要的，但我们希望"文艺家协会"不要因为论争而停止自己的主要工作。我们应该相信，一切纠纷，只有从工作中才能得到解决。从大的方面说，绥东事件，成都事件，北海事件逐一演出，我们应该立即号召全国文学者，与全国救亡力量相配合，起来给敌人的无理要求一个有力的回答。从小的方面说，我们应该更加紧我们的统一工作，使战线一天一天扩大，一天一天强固起来。另外，在这次论争中，有许多文坛上的汉奸，尽造谣挑拨之能事，以图破坏我们的战线，我们也应该立即把他们的假面揭穿来。文艺工作者们，统一起来吧，统一起来战吧！

1936年9月20日《新认识》第2号

文艺联合运动的原则诸问题

孙雪韦

一 "联合"问题的基本理解

国家到了生死关头，人民快都会当起亡国奴来的时候，提出"民族统一联合战线"来，作为全民族抗敌救亡的基本方针，是现实环境绝对要求的，也是一切目前不分阶级不分党派，只要是想保全民族也保全自己的人们别无第二条可走的路。文艺作家，也是民族的一分子，出发于现实利害的要求，这时也需要文艺上的大联合，大家合起力量来与全民族分子共同救亡，这也是谁都会愿意的，大家良心上，道德上，生存权利上的责任！谁要反对呢？就是"言林"上谈"至情文学"的某先生，他也不是说不要救国，或自己爱做亡国奴汉奸，不过是不理解文学上的积极作用，在文学上主张到一面去了而已。说服，是先起来的"善良"的人们的责任；徐行先生，也不是不知道局势的严重，不过是他在自己服膺的理论上想不通，做了反方面的结论。说服和"证明"，也是先起来的善良的人们底责任。生死关头，亡国破家时的自救事业，并不是愉快的事业。更不可想在这当中来做"奴隶的总管"，升地位。在民族的大痛苦下面，衷心的说服，是绝对必要的而且是必须的，倡导者先就必须真心地认清自己。

现在假如有这样的人，他要想在"联合战线"中来起阴谋，弄手腕，梦想这会成功，于他私人有利，其实这是蠢笨的梦想。联合是出发于各人的利害一致，因此从来参加联合的人，希望至少要于他有点益，不愿替别人做白牺牲，是各人明白了的事情。不然他就不会来参加"联合"；联合是出发于某部分人及某一个党团都没有单独行动的能力，因此凡来参加联合的人，力量是互相依靠，工作是互相联系的，这一面实际需要那一面的帮助，丢掉别人，他自己也难免同样遭到毁灭，或者在先就给大家唾弃，等于汉奸，这也是大家明白着的。不然就不会有人需要"联合"；在这样的情形下面，谁还想阴谋独占"联合"，企图在"联合"里施行独裁，那不是发了昏，就是其实并无丝毫救亡要求的，出发于敌人的差遣！文艺家的联合也不两样，哪一个文学派别或帮口想来把持包办"联合"者，任何人也不会容忍的。结果那企图包办的人，除了破坏"联合"以外，别的目的不能到达。自然，也有在"联合"中受拥戴，被人作为模范的人，以及他们的理论和作品。然而这是平等关系中自由发展出来的，是由那人或那理论和作品真正实现了"联合"的精神——替"联合"尽了最大的任务的缘故。所以，要讲"联合"首先必定就要站在共同的利益上来忠实于这"联合"。不然，一切行动将要与正确而光辉的首倡理论相违悖，做的实际与"联合"相反的事，必然要遭致相反的结果，是无疑的。

目前，文艺界里有着许多人在谈文艺作家的"联合"，可是范围却小得很，主要只在"前进"，几乎完全是向称为"左翼"的一面。而且就是这一面，竟也不能得到一致，还在"口号"问题上起着纷争。在大难临头的时候，大家都希望真正联合起来，合力"对外"。

而事实上却仅有些人捎着"联合"的旗子来攻击对于中国文化素来最尽力，最有用的作家和力量。这是根本不合情理的事。因为这联合应当是文艺作家最广泛的联合，凡不做汉奸亡国奴的作家的联合，而实际上这"联合"却不能包容"前进"的作家，不是怪事么？为什么会这样呢？就是首倡文艺界"联合"起来的人们确有着一种恶劣的倾向，想在文艺界里实行一派独裁，"安内攘外"的倾向的缘故。这倾向实际上割了"联合"的真正实践，根本违反了"联合"的原则。不想在"联合"的实际任务上去努力；却在梦想自己要成为"联合"的"权威"，一呼百诺，企图成立新的独裁党派；自己不亲善的来说服别人，在实际工作上做做榜样，却威风凛凛，反向在基本原则上相同的人们发炮，罗织罪状后，加以迎头痛击。这倾向是根根本本错误了的。这些人，目前大多数是"国防文学"理论指导诸家，证据是许多激烈攻击鲁迅，胡风这些人们的文章，《文学界》第三期里的都十足表示这一色，而且正在大呼前进，号召占领对方地盘的样子。结果是完全可以预言的，因为"覆车"之鉴太多了。这结果，若不是将这新生的党派主义者克服，就不外"一帮一派"以外的人吞声忍气，终于连那先前叫嚣着一帮一派也无所作为而覆亡！鲁迅先生说："自然，战线是会成立的，不过这吓成的战线作不得战。"（《作家》——四九页）我则以为，在有着历史经验的目前，连这"战线"也不会成立得起来的，因为它根本就不能容物。目前的事实不就是铁的证据么？

文艺联合战线的目标，既是组织文艺家的抗×救亡，那文艺联合战线的根本精神，就应该是反对帮口派别的私见，特别是反对借"联合"的名义而不真心忠实于"联合"，来达到帮口的私图那种行为。这所以反对，也不在于这些行为的本身，而在于这些行为的结果。这结果是狭隘的分裂运动，真正消灭文艺联合战线的结果。严重的事实提醒了：一切的文艺家们，为了文学的救亡力量的汇合和集中，不管过去互相间起过什么激烈的论争，有过怎样深的仇恨，然而为了抗×救亡的共同要求实现，大家只有放弃过去一切，亲密地握起手来。但在当前，文艺联合战线的任务要求和一切的作家"联合"（国防派，新月派；以至于礼拜六派等等），"国防文学"论者口头上也高呼着这事，而实际上他们却集中火力向声称赞成联合战线，同意抗×救亡的鲁迅，胡风开火，这是不可理解的事。

文艺联合战线要得到真正的实践，绝不是空口宣言，不择目标而乱放炮火所能做到的。一九二八——二九年创造社太阳社等留下的"业绩"，给读者的印象还很深，种下的毒种也还使今天的进步文学运动感到累坠。

一切各式各样的宗派主义不彻底克服；宗派的理论——"法宝"，"精"（？！）于罗织罪状的"公式主义"不根本打销；以及不除去一切取消放弃的观点，真正的联合运动永永远远不会达到目的。而且所谓"宗派主义"，"公式主义"，"取消观点"等等，不是固定的招牌，而是行动的标识；不是它的名称，而是它实践的内容：目前凡是不对着真正主要的敌人攻击的，才真是宗派主义；凡不是在充分的事实基础上来建立理论的，才真是公式主义；凡不是在共同利益的立场上来说话的，才真是取消或投降的观点！在"宗派主义"……等等这一切名称都成了错误头衔的现在，错误者本身是正会拿这些名词来攻击他的敌手的。一个新的正确主张出现，一把抓住当做杀人的大旗，狂挥乱舞者，正是典型宗派主义的本色！因为宗派自私企图，正要漂亮动听的"口号"来"辅助"，不然他就不会成功。可是企图只是企图，"现实"是不会跟着人跑的。只不过扰乱了真正的战线，延长苦难，造成些浪费的血窟而已！

"理论"能不能实现，它的命运决定于"实践"；"理论"是不是正确，它的标识存在于有无"实际的内容"。

二 文艺家怎样"联合"起来

那末，在文艺上应该怎样来实现真正的"联合"呢？问题是要从实际上来解决。

第一：作家的"联合"要用作家的"抗×救亡"号召来实现，不应该用某个文学派别的主张来号召的。"我以为应当说：作家在'抗日'的旗帜或者在'国防'的旗帜之下联合起来；不能说：作家在'国防文学'的口号下联合起来。"（鲁迅：《作家》五期——四三页）什么理由呢？因为在"国防文学"的口号下来"联合"是"宗派"的方式，不会实现真正联合的。为什么是"宗派"方式呢？因为不管"国防文学"的本身是怎样"适合于现阶段的正确"，然而在文艺联合战线形成以前他总是部分人主张的存在（连"文艺作家协会"都没有公开采取以此为决定的写作方针），是派别的存在的缘故，要想用部分人的主张，文学上某一派别的主张来统治"号召"，希望在这派别的主张下实现"一切作家"的联合，是不合理的宗派的幻想！比如除"国防文学"以外，东京有"救国文学"的主张（见《质文》第五六合期）；常熟青年有"救亡文艺"的主张（《现实文学》第二期）；假如"联合"工作做得相当到家点的话，章太炎的信仰者们或将有"爱国文学"之类的主张，鲁迅先生领头的大部分进步作家们已有"民族革命战争的大众文学"的主张（事实上，跟着作家联合工作的真正开展，或会有更多的主张提出）。然而这些人都不会不愿意站在作家立场来参加"抗×救亡"，那末，怎样办呢？是牺牲"国防文学"这同是一派人的主张而成全"文艺界抗日战线的大联合"呢？还是要执着"国防文学"这招牌做"加入联合证"而拒绝"尽量的扩大联合"？"国防文学"论者或许会这样说："内容既和我们一样，你们何必'标新立异'呢？只用我们这一个不好么？"那至少有三问题不能解决：第一个：事实上是不是一样呢？不。同是不反对"抗日救亡"，但各人的中间仍有差别的。如"国防"派与"民族"派，又与"爱国派"（暂作这样的假定）就是。自然，除非说这些都是"汉奸文学"那才可便当解决。可是事实上这更不可解决！第二个：作家住在四方八面，各种主张到处存在，不经过各派的"代表会议"，经过他们自己对象关系上解释——也就是说，不在作家的真正"联合"行动里，谁能够知道"一样"呢？这一派对别一派的解释别一派会无条件的同意的么？不先在"抗×救亡"上实现真正的广泛联合，而先在一派的口号下来企图广泛的"联合"，实际上也是做不到的。第三个：就假定真是"一样"了。但一定会被质问："为什么要保留"你的"而放弃"我的呢？或是"你叫的你去做好了"，于是不参加联合。特别是在作家，和作家"联合"的环境。可见不先经过"联合"的真正实践，最后连这点"小"问题都是不能得到解决的！明明显显：企图用一派的口号来"统一作家战线"的主张，是正牌的宗派主义的主张。不管是"国防"也好，"民族"也好，凡有这样主张的人，都一样的是。上面说过了，"宗派主义"是行动上的标识，不是字面上的牌号。问题的根本在这里。

第二：作家的"联合"，无论在未"联合"之前的"号召"，或在已"联合"之后的组织里，要付以每人基本"原则上"的自由。在未实际加入"联合"之前的作家，只要不是真做了"汉奸"的，也还有"动摇"有"怀疑"，有误会，有早迟的分别。尤其是文艺思想工作的人们，其成份的复杂各所走路径的曲折，比别的人物更要厉害多倍。"联合"的任务既在"救亡"，那先行者尤其要克服鲁莽武断，清晰的分别成分，由衷地分别去影响，说服，这是应有的起码责任。

动不动"汉奸""汉奸"，"只图畅快"的公式主义"那一套"，对真的联合是不会有丝毫帮助的！"联合"的参加，在参加者应该是真心的诚服，这是该赋予人的原则上的自由；其次，在"联合"的里面，大家虽然都接受了"抗×救亡"的原则，但各是不同的来路，各带着不同的主张，各有各不同的生活经验，各有各工作的特别兴趣的。"联合"的基本任务既是在"发挥各成员各种天才的贡献来服务社会于联合的总目的"，那"各成员站在抗日救亡的原则上各依照自己的才能和经验去作各种自己愿意做的工作"，就是各联合成员的基本原则上的自由。自然，"联合"的目的是要加强中心目标的实践。然而，"加强"不是"强逼"，"强逼"也决不能"加强"。这里，"联合"应该与他的成员在基本原则上（只要不拒绝抗×救亡的主张）的写作自由，批评自由，甚至于提出文学口号主张的自由。因为：要这样才能实际上扩大文艺战线上的联合；才能尽量发挥联合的效能。而且，要在这基本的实践下面，才能实际的防止一切宗派公式理论的再抬头！

最后，作家的"联合"不比政治的"联合"，这也是要特别注意的一件事。作家，他本身做着的工作是一种特殊的工作。这工作是艺术的表现；由这工作形成他们一种特殊的生活方式，这方式是通过个人的活动来发生社会的影响；他们的生活习惯适应着他们这特殊的工作环境，这生活习惯一般的带着自由，不严格，散漫等等的特征，由于作家的工作环境和特殊的工作效用，作家的"联合"应该根据这些特殊条件来构成。组织工作上，应该切实防止工作的"政治化"；非真不得已，不要要求作家去做他本身以外的事，也不要用别的不良影响去扰乱他们；组织生活的严格化，严密的纪律化，规则化是有害的，什么会什么会的来牵制一切联合成员，务必每个人应有一项以上的组织固定工作（如"文艺家协会"）也是有害的。

对于文艺抗×救亡联合战线的组成这问题，我主张目前暂时由上海文学各同人团体（尽量要约），推举代表组织"筹委会"，根据作家"抗×救亡"的原则（参考"文艺家协会宣言"和"中国文艺工作者宣言"等材料）拟成意见书，印发全国各地各文学团体，征求他们的意见；其次根据这些意见（或代表或书面的）正式召集会议，建立组织。

三　联合运动的口号问题

看样子，现在文艺联合运动的理论指导者们，中心的工作是在乎"口号"的争夺，而不在乎联合作家的实践。好象"口号"一得承认，自己就是文学的正统，就可发号施令，一切都解决了一样。实在"口号"是不会这样"万能"的。正成为问题的是大家快要做亡国奴；因此作为任务的是"抗×救亡"的实践；"口号"不过是这实践方向的指示而已。一离开任务的实践，"口号"就变了死的躯壳。"因为问题不在争口号，而在实做。"（鲁迅）

文学上的口号，是文学运动的任务的标明，写作主要方向的指示，它是在文学运动的实践中结成，而不在运动的实践以外独立，又运动的实践以前存在的。运动的实践，是口号的母胎，及其生命的源泉。

文学的实践任务，最重要的是他的写作的任务；文学口号的内容，主要也是写作方向的指示号召的内容。在这里否定文学口号的"写作指示内容"的主张，是不合理的。若果某一个文学口号没有了它的写作指示内容，那口号简直是个无用的坠瘤，完全没有存在的必要。我们不赞成"国防文学"论者那样，企图以一派的主张来"统治"文艺的"联合"，因这决不能实现真正的"联合"。但同样，我们也反对"国防文学不是一个写作口号"的否定论。因为这也是巧妙的根本抹杀别人立场的意见，也是不能"联合"人的有宗派色彩的东西。所以也是"宗派"，是由于这说法的背后，同样隐藏着"只有我的有唯一的对"的意识。我们固要制止"国防文学"者"越轨"的宗派的主张。可是站在"联合"要求的立场，我们也应该互相尊重每一部分，每一文学派别的人们的主张和意见。"只要不是一种'汉奸'的口号，那就是一种抗×的力量。"（鲁迅）"国防文学"指示目前作家的写作应向着我们的"国防"那方面。这并不是"汉奸"的口号，就也是一种抗×的力量。否定"国防文学"之写作的实践内容的，是违反了联合文艺家抗×救亡的总原则，也违反了鲁迅先生的原旨。若说"国防文学"单独是"作家关系间的标识"，那这口号，它的本身就应该是"国防文学家"或"国防文艺家"，而不是"国防文学"或"国防文艺"；它的行动号召就应该是"国防文学家起来"或"国防文艺家起来"，而不是"国防文学起来"或"国防文艺起来"。这是一。

文学的口号既是在实践中结成，确定，而不是在实践前及实践外存在的。那在作家抗×救亡的总要求前面，我们就应该用"建立抗×救亡的文艺联合组织"来求"文艺写作口号"的真正建立和实现；而不应该以某些人主张的"文艺写作口号"来排斥异类的作家，空求"文艺联合战线"的实践。因为这不但是违反"联合"原则的，而且是达不到"联合目的"的。在目前，只要是在"抗×救亡"的原则上提出来的文学口号，凡站在同原则上的联合文艺组织，同人团体，或作家个人，都应该对之表示同情，在原则上加以接受。我们所要求的，是这"抗×救亡"的原则上的联合。那只要立脚于这现实上面的，就是伙友，是同志，是该与之握手的。事实上，文学口号主张的不同，这是"文艺联合战线"形成的路程上必有的现象。我们既晓得文艺界里老早就存在着"各种各样"的人，也晓得我们当前的任务是"联合"，"各种各样"的人——只要不是自愿做亡国奴者和汉奸——然而我们却不晓得被联合的人将会有"各种各样"抗日救亡的不同主张，而在"口号"（这"各种各样"的人们底写作主张）上反会来要求"清一色"，这是不能理解的事。如目前"国防文学"主张的一些人所做，一面高呼"我国要联合各种各样的作家"，一面又专对准和他们不"清一色"的人们怒骂。真如鲁迅先生说的，这实在是"左得可怕"。这是二。

文艺写作上的指导口号，若提得太多了，复杂纷纭，就表示文艺写作指导的不统一，因而影响到联合目标的实践，有分裂实践混乱实践目标的危险性。而且为了实践路程的统一，目标的鲜明与一致，在文学口号上我们也有要求其统一结合的必要——这理由可以成立。不过要认明白：只有原则不一致的口号在实践上才会引起分裂的作用，反之，在同一个原则上面的口号是绝不会是这个弊害的。因为当前实践的原则既同，就无从"分裂"起。自然，就在同一个原则上，为了目标清晰，加强当前主要任务的实践，结合一切口号成一个单一的口号，或是在各种各样文学口号之间建立一个基本的联合口号，这也是必要的，然而我们也应该认清，这建立应该是自下而上民主的来建立，不是由某一方来预定或强迫执行的。这应在"组合"组织之内或联合行动中间用和平的同志的方式来讨论，而不是应用无原则的，野蛮武断的"战术"来攻击。宗派主义的公式主义和正确实践的现实主义底分水岭就在这里。总之，文学口号的统一问题，应该是由：用"抗×救亡"这一总的目的来号召作家，形成联合的行动以后的事；而且应以和平的联盟内部的方式来处理。

以上所说的，是"文艺联合战线"的几个实践原则的问题然。而这原则的解决，却是目前消灭一切错误和纷争的关键。"联合战线"提出并实践了一年来的时间，而我们文艺界里还是这般现象，不能说不是一种可羞的事情。时间不早了！内战马上就要爆发，德王已经公开"叛变"，"绥东"也开始了敌人的"大举进攻"，"英国有意迁就日本"（全据《华美晚报》创刊号）。在这样严重危机的目前，特别是乱杀乱斫，兴高采烈的人们，应该多自省一下，深刻从实际效果上来检查自己的行动，不要连自己的基本立场都忘了。

八月十九日夜写完

1936年9月20日《人民文学》创刊号

对于运用文学上统一战线应有的认识

荃　麟

　　历史的事实曾经给予我们过不少惨痛的经验；即是说：一个正确的战略（在政治上，同样在文学上）的运用，因为运用者缺乏充分的理解，或不正确的理解，往往陷入右倾或左倾的机会主义的泥沼中去；结果在历史上遗留下许多悲剧，甚至还阻碍了历史的进展。

　　就拿统一战线的问题来说吧，在中国历史上因为运用的错误，曾经产生了多少可耻而又可惨的结果。这凡是亲历过一九二七年大革命的人，大概是难以忘怀吧。

　　目前的环境——全世界法西斯蒂与革命势力作图持的时代，帝国主义者疯狂般在吞食殖民地的时代，统一战线无疑是全世界被压迫大众为自由而奋斗的最有效而最正确的战略。在法国，在西班牙所收获的光荣的胜利，是事实的铁证。同样，在我们民族危亡的中国，为集中民族力量与帝国主义作决死战，需要以最大努力去执行这一战略，这是谁都不容怀疑的。

　　但是，警惕于过去种种的错误，以及考察国际上这五六年来所累积下的许多宝贵的经验，我们在执行这统一战线的战略时，将怎样用最正确的，最充分的认识与必需的小心，去克服过左过右的种种机会主义倾向，使我们所展开的这一斗争能获得最大程度的胜利与光荣呢？

　　第一，我们必须深刻的了解尼古拉乙给予我们的这一战略的基本意义。这需要用辩证的法则去理解它。统一战线的运用不是呆板的，也不是和其他战术分离的。它不是"妥协"，也不是"默契"——这中间相隔有十万八千里。统一战线的运用中应绝对保住自己的立场与领导者的地位的独立性，并不因统一战线而取消或暂时放弃自己原来基本的口号，并不因此而掩饰或企图掩饰各社会阶层中间的矛盾——这种矛盾是无可掩饰的。

统一战线的运用，并不是降低自己的力量的表现，相反的，是加强显示我们的坚决与英勇精神给群众瞧，因为统一战线并不单是一种理论，主要地应有行动的表现。你要用你的行动表现去证实你的理论和纲领的正确，这是说服群众最好的方法。社会结构——尤其是中国社会结构是复杂而多样的，许多群众是落后的——这些落后，有些固然由于社会阶级意识的关系，而有些则还是由于文化落后的原因，如散处在各内地城市的知识分子与青年作家，他们是缺乏领导者去领导他们。但，这不是说，我们要跑回头去跟他们走，而是要尽量应用一切最灵活的方法，德谟克拉西的方法，要用领导者应有的苦心与忍耐，去鼓励他们跟上来。你不要担心群众会被你吓跑（如象许多人是这样担心的），英勇的行动的表现决不致吓跑群众——虽然，吓跑的也许是他的领袖——反而使他们能更正确的认识你，反而会消除他们对你的误解——由于反宣传而来的误解⋯⋯

每一派文学家，每一个文学家都有他们和他的群众的，在全国爱好文学的读者中间，因为嗜好某一派文学，就无形成为某一派文学家所影响的群众，此外在各县各市更散布了不知若干的青年无名作家，这些群众都是我们统一战线的主要对象，怎样去吸收他们于我们这民族战争的大众文学统一战线上来，是目前我们第一个任务。

第二，我们必须注意于大众领导作用的强调。在统一战线运用上，这一因素的重要已由尼古拉不知给过我们多少教训，"一种运动的群众性质并不减轻，反而加重我们的责任，去建立一个强固而集中的革命分子组织，使其能领导那在准备中的斗争，一切不测的爆发，与最后的决战"❶。这就是说在组织复杂的群众中间，劳苦大众更须去加强它领导的作用。这一个原则在任何环境，任何时间都是百分之百正

❶ 见伊里奇全集英文本第四集六九页。

确的，我们这里再来引英国统一战线理论家特脱（R·Polne Dutt《劳动月报》的主笔）的话看一看。"领导权的原则……在每一方向，不仅在革命运动中间，甚至革命以前或以后，一切时候，一直到全世界资本主义被铲尽了……为止，都是斗争成功的关键！……谁不了解或不拥护这一原则，不管他怎样自以为赞成××主义，赞成革命，赞成……以及一切，他都不能算作一个××主义者，因为斗争的一切最内部的实际现实都包括在这中间的……这个原则在实质上是一切关于'集权主义''无党派的组织的优越地位'，'党的利己主义（Party egoism）''不能容忍二党存在'诸问题的争论的基础"。❶

特脱氏这篇文章是为讨论统一战线问题而写的。他说明统一战线与革命的统一底关系。他告诉我们应有两种任务：第一，是斗争中行动的一致；第二，是革命领导权应表现为群众斗争中主要的部分，以推动斗争的前进，这两者之间有不可分的联系。在我们目前运用统一战线的策略上，这个原则必须牢牢记住的。……

但是关于领导权的解释与运用上，有时会犯了左倾的幼稚病的，这就是宗派主义（Sectarianism），与过分的集权主义（Super centralism）。对于这二者，我们必须用最大努力去克服。宗派主义的问题在现在已经比较小一些了。我们要防止的是过分的集权主义（换句话说，所谓包办主义），要克服这种错误，我们需了解所谓泼奴利泰列亚的德谟克拉西的意义，以及勇敢地去运用它。我们要有说服的精神去代替命令的态度，要用一切民主化方法去代替机械的统制，以使阵线上各个战士都有发表意见的机会。中国文人向来有这种脾气，看见和自己意见不同的文章，便认为没有价值，阻止它有发表机会，而不肯去虚心检查究竟错误属于那方。甚至固执成见，不肯接受批评，这些毛病，在运用统一战线上都应用勇敢的精神去克服。

经过德谟克拉西而建立强固的领导权，这是我们具体的原则。

这里，我要指出屈轶君在《光明》第三期上《从走私问题说起》那篇文章内对于统一战线的一个不正确的观念。他说：

---

❶ 见 R·P·Dutt：united Front&Revoluticnary unity《统一战线与革命的统一》，第十五卷四号英国《劳动月刊（Labcur Monthly）》。

　　"自然，这里我们不忘却劳苦大众的主导作用，而且在实在也没有理由可以忘却。但是因为不使这联合战线一下就起裂痕，而削弱'反帝抗×'的力量，我们在这里似乎不应徒在形式上强调了大众的主导作用。

　　"在事实上只有大众是最积极最本质的反帝的分子。但是在中国被汉奸出卖的现在，各阶层民众，已经到了身家性命财产，什么也没有保障的时候，他们的'反帝抗×'的热情，就成为大众所领导的战线上的一股极大的力量。这中间，大众就得以理性而驾驭之。且因阶级的本质的决定，他们只有依附于大众的领导之下，才能联合起来，巩固起来。所以一定要显明地揭出大众的立场，是不必要的。大众决不会丧失他自己的立场。"

　　这里的错误是：第一，屈轶君似乎以为在目前各阶层的人，在抗日口号下，自然会应附到大众的领导之下来，因为大众的领导权似乎有保证般的必然不会丧失。所以他说"我们不会忘却……""没有理由可以忘却……"。但是这领导权的问题并不只是忘却或记得的事情啊；而是在我们将如何去强调它（当然主要还是在内容上）。强调领导权，并不是机械地由自己来提高自己的地位，而是由于你坚决与英勇的表现，使群众悦服地来推崇你为领导者。这就是所谓我们的德谟克拉西的真谛。了解这一点，自然不会害怕强调领导权会使联合战线起裂痕了。……

　　第二个错误，以为"大众"两字会把群众吓跑。我不知道这被吓跑的会是什么样人？如果"身家性命都没有保障"的人，以满腔"抗×反帝的热情"想来参加这民族革命的战线，看见"大众"两字就逃跑，这未免太矛盾了。而且假如这是"形式上的"，那末，内容上又怎样呢？内容上也许会有比"大众"两个字更可吓跑他们的东西，我们是否将在作品中表现呢？

　　以为加上"大众"两字就是宗派主义的色彩，我不知道宗派主义的意思在这里是作何解？

　　而且在接着下面一段，屈轶君论到国防文学，说在起初时候，因为揭出这口号者的工作不充分，以致"甚而与'某家老店'的招牌混合起来"，但是，这民族革命战争文学恰也有块"某家老店"的招牌在那里呀？❶我们就不怕混合起来吗？

我们是反对形式主义者……

第三，我们不要忘记自己阵线内的矛盾。我们不要幻想以为统一战线的口号一提出，各阶层，各集团，各派别的人就立刻会水乳交融的和谐起来，虽然在同一口号下，但是彼此因社会意识不同所产生的矛盾——纵能尽可能的减轻——并不能完全消除的。在起初也许有些人并不给予你反响（例如在英国提出这请求后，只有 P·T·I·予以答复），也许他们加入这一战线以后，在行动却给予你种种牵制。这种经验在英国德国碰到最多。这时你对于这些机会主义的各派领袖怎么办呢？对他们继续不断的恳求下去呢？还是攻击他们呢？在英国的经验上看来，他们曾经花了许多力量与时间去恳求，去等待他们友军的领袖，但是结果却把许多宝贵的斗争机会失掉了。❷在后来他们批评自己时说，他们的错误是把夺取机会主义的领袖下底的群众一事忽视了。真的，这就是他们把统一战线的基本意义——从底层统一——忘记了。在中国文学界中，我们一定会碰到许多这样的事情。因为宗派主义的观念是中国文人脑子中一种很深的传统观念。小资产阶级的自尊心与个人主义的意识必然会使统一战线内产生许多麻烦的纠纷。当我们在这种情形之下。我们将怎样呢？

第一，我们必须检查这错误是否在我们自己？是否我们的工作方式有毛病？第二，如果错误在对方，我们应用民主的，说服的精神去克服对方不正确的倾向。第三，如果这失效了，而且这些机会主义者已经在行动上对整个广大群众战线作客观上的障碍了，这时我们就应该对他们的群众暴露和指摘他们的弱点与落伍，而把这些群众吸收到前线上来。这里却再无所谓"宽容"了。

这种暴露与指摘绝不是宗派主义。所谓宗派主义（Sectar-ianism）乃是指对于异我者的领袖与群众加以拒绝与歧视，然而这一种暴露与指摘乃是使对方的群众对于民族革命战争阵线有更正确的认识与觉

---

❶ 请参看《现实文学》二期辛人君《当前文学运动的诸问题》第一节。

❷ 见《国际通讯》十三卷三十六号《英国统一战线上的经验》。

悟，我们要用十二分的诚意欢迎他们来和我们整步前进，使我们的共同阵线更强固起来。换句浅明的话说，我们对于走得慢，走落后的人是不惜以最大努力去鼓励他们，引导他们到前线来，但是对于根本不想走，或者想回头跑的人，却要无情地请他们滚出去，我们必须了解所谓"宽容"的意义，主要是对于未觉悟的，半觉悟的人们说，而不是对于无可奈何的开倒车的机会主义领袖们说，例如在德国，有一个社会民主党领袖，在你和他提出统一战线问题时，他却偷偷地跑到法西斯蒂的阵垒里去了，对这种人我们决无"宽容"可说的。

Kontovowicz 说，"这种统一战线可以减少相互间的误解，而在清算了这种误解之后，共同的力量是比部分的力量来得大的"。这是对的，但是我们同时要知道，有若干并不是误解，而并不能清算的，而象"读书救国"之流，他们也感到许会有救国的必要，可是他们只能达到"读书救国"的程度为止了。所以，所谓发展最广泛的民众力量，主要还是在横的方面，而不要把全力注意于纵面。这一点需要特别理解的。

尼古拉乙说，"把一只眼睛常常注意于你同行者的步伐"。❶ 这是一条宝贵的箴条。

第四，我们不要因企图减轻各阶段中间的对立，而在文学创作中掩饰了现实的一部分矛盾。描写帝国主义者对中国民族无理性的蹂躏，汉奸的罪恶，以及民众对于帝国主义者英勇的反抗，这无疑是现代文学上主要的课题。但是帝国主义对殖民地矛盾的尖锐化，这不是一个简单的方式，这中间同时包含了和引起了无数的矛盾——虽然这些矛盾都应归汇于总的矛盾的因素上。譬如说，在×帝国主义猛烈的侵略之下，受痛苦最深刻的是全国最下层的劳苦大众。为什么呢？因为其他阶层把一部分受到的痛苦转移给最下层的劳苦大众身上来了。又如汉奸为什么在中国有大量生产呢？因为帝国主义曾在中国社会中维护了和植立了很雄厚的封建与买办阶级的经济势力，这一些现实都不容我们抹煞的，"民族革命战争的大众文学"的课题范围是非常广泛的。不必一定写大炮飞机的血战，即是最平凡的日常生活中，都

---

❶　见伊里奇：一九○五的革命英译本。

可以反映出帝国赐予我们的痛苦。如象一个最僻远的农村中的农民也能知道物价跌落，失业增多是由于"××人在作吵"。目前中国的一切压迫，饥饿，失业，工资跌落，农村破产等等都无一不是和帝国主义的侵略有直接联系的。一切矛盾都联系于这个总的矛盾。这就是中国现实的全部。文学家的任务即是如何通过这一切日常生活中的现实矛盾，去抉发出它的根源，而指示全国民众去认清他们的当前共同敌人是谁，并且鼓动他们战斗的热情，去和×帝国主义者作战。这不仅在文学上的统一战线起伟大作用，而且在整个的统一战线上有更伟大的意义。

有些机会主义者会想这时去描写社会各阶层中间相互的矛盾是不十分必要的，这不仅是表示他在企图掩饰现实，并且表示他不懂得现实辩证法的发展。

第五，在统一战线的运用中，我们要坚决的反对形式主义。所谓反对形式主义并不是说我们拒绝一切形式，乃是说反对只有形式上各派领袖们的握手言欢，而没有内容上群众的行动与工作。这种错误在欧洲曾经屡屡犯过，在德国有些工人因此反对统一战线发生怀疑。这种形式主义实质上就近乎妥协，这是机会主义的根源，怎样去反对形式主义？这个回答还是"强调统一战线的群众性"与"实际的组织与发动大众"。

在反对形式主义的斗争之中，我们同时要防止利用反对形式主义的口号，而削弱自己领导者的地位。

第六，统一战线要求行动，行动正是反对形式主义，过分的集权主义，宗派主义，以及征取广泛大众的一个具体而有效的武器。没有行动便是没有统一战线。在行动之中，我们要注意两个原则：第一是行动的一致，第二是行动的民主化。所谓行动的一致(unity of action)，即是要抓住各派分子最切迫的共同要求，而提出若干与全体有联系的，具体的行动口号（例如反对走私的口号），使在这些行动口号之下，我们战线能有纪律的向前进展。在这种地方，领导者须特别注意于从宣传的口号到鼓动的口号到行动的口号底科学的运用，避免口号太高与太低的错误。第二，所谓民主化，即是使我们在行动中间，每个人都有尽可能地发展他的创造力底机会。使他们能在行动中间去选出他们真正的领袖。所谓领袖的产生应是自下而上，不是自上而下。这可以使我们的阵线更广泛更坚强的扩张开去。

所谓行动不能机械地指创作，也不仅是指的发发宣言等而已，而需要尽可能的具体化。文学家在笔杆儿以外还有其他重要的任务。我们只看巴比塞，罗曼罗兰，特莱塞，纪德等怎样为斗争而在奔波，就可知道。高尔基在一九〇五时代也常常放下艺术家的鹅毛笔，而去拿新闻记者的斧槌来。在目前中国这生死存亡的关头，每个文学作家都肩着更重大的责任，我们应怎样把工作有组织性的，普遍的分配到每一战斗员身上，我们将怎样利用一切的方法，例如演讲会，戏剧团，小册子，以及其他等等，以发动全国广泛的群众对×帝国主义者作英勇的反抗。

在国际上，这五六年来，由于运用统一战线的结果，显已获得最大的成功。如特莱塞，纪德，肖伯讷，安德逊等等都先后勇敢的前进了。在中国，我们也的确曾获得许多很良好的结果，今后，我们将怎样更正确地运用这一科学的战略，使我们不致再蹈过去的覆辙。我希望参加这一战线的战士们，应该有最大的虚心与学习的精神，有最诚恳与坦白的胸襟，有最坚决的意志与勇气，有对于过去一切失败的警惕，然后，我们才能担负起历史给予我们伟大的任务。

我现在把上述的关于运用统一战线主要的口号，简明的提出于下，以作为本文的总结：

……

反对过分的集权主义——包办主义！

反对宗派主义！

随时注目于你同行者的步伐！

把握现实的全部！

反对形式主义！

反对机会主义！

行动的统一化与民主化！

一九三六，八月七日作

1936年9月20日《人民文学》创刊号

文艺界同人为团结御侮与言论自由宣言

日本帝国主义之侵略，日甚一日，亡国之祸，迫在眉睫，东北四省既早已沦陷，华北五省与福建又危在旦夕。然而我国各派当局，至今犹未能顺应全国民众之要求，从事实上表示团结御侮之决心。

在此时会，我们所愿掬诚为国人告者：对时局，我们要求政府当局加紧全国的缉私运动，竭力援助东北义勇军，严令冀绥当局坚决保持华北各项主权，并尽量资助华北国军物质上的缺乏。我们要求政府对北海事件与成都事件之交涉，不作妥协之让步，对绥东伪军之侵扰与北海日舰之威胁，迅速以实力应援各该地方之爱国军事长官。

我们希望全国民众尽力参加并辅助政府的缉私工作，援助东北义勇军，加紧一切救国运动。

我们是文学者，因此亦主张全国文学界同人应不分新旧派别，为抗日救国而联合。文学是生活的反映，而生活是复杂多方面的，各阶层的；其在作家个人或集团，平时对文学之见解，趣味与作风，新派与旧派不同，左派与右派亦各异，然而无论新旧左右，其为中国人则一，其不愿为亡国奴则一；各人抗日之动机或有不同，抗日之立场亦许各异，然而同为抗日则一，同为抗日的力量则一。在文学上，我们不强求其相同，但在抗日救国上，我们应团结一致以求行动之更有力。我们不必强求抗日立场之划一，但主张抗日的力量即刻统一起来。

为民族利益计，我们又甚盼民族解放的文学或爱国文学在全国各处风起云涌，以鼓励民气，我们固甚盼全国从事文学者能急当前之所应急，但救亡之道初非一端，其在作家亦然。故在文学上我们宁主张各人各派之自由发展，与自由创作。

其次，我们主张言论的自由，急应争得。言论自由与文艺活动的自由，不但是文化发展的关键，而在今日更为民族生存之所系。国民自由发表其救国意见，文学者自由发表其救国文艺，在今日已不仅为人民之权利，亦且为人民应尽之天职。除非不要人民爱国，否则，予人民发表救国意见之自由，在今日应属天经地义，无可怀疑。因此我们要求政府当局，即刻开放人民言论自由；凡足以阻碍人民言论自由之法规，如报纸检查，刊物禁扣等，应立即概予废止。我们深信唯有言论自由，然后能收全国上下一致救国的效果。我们敢吁请全国的学者，新闻记者，作者与读者，一致起而力争言论自由，促其早日实现。

签名者：巴　金　王统照　包天笑　沈起予　林语堂
　　　　洪　深　周瘦鹃　茅　盾　陈望道　郭沫若
　　　　夏丏尊　张天翼　傅东华　叶绍钧　郑振铎
　　　　郑伯奇　赵家璧　黎烈文　鲁　迅　谢冰心
　　　　丰子恺

1936年10月1日《文学》第7卷第4号

旧的口号新的内容

胡 绳

　　每一个口号都是反映了社会的具体形势的变迁和人类努力的方向的。所以在客观形势一发生变动的时候，就要有新的口号来指示人们的行动，调整他们的步伐，规定他们的奋斗的目标。

　　因此，往往一个口号在前一时代中，有着光辉的革命的意义，但到后一时代，却被进步的人看成一钱不值。譬如法国大革命时代的自由，平等，博爱的洪亮的口号，在共和国成立之后，却成功了布尔乔亚剥削劳动者时候的掩饰；再如中国古代的道德：要求"武将"能"忠勇抗敌"，要求"文官"能守"节操"，要能"大义凛然"——这些自然都可以说是当时人们的行为的最高准则。但是五四运动起来之后，这一切封建的道德都被摧毁，而有许多代表德谟克拉西精神的新的口号，以及更进步的口号，摆在一切青年的面前了。

　　但是也有恰恰相反的事，便是已经剥脱了鲜明色彩的口号，会因为时代的变易，而又获得新的意义和新的内容了。这样的例子难道还少么？就象那自由，平等，博爱的口号，固然已经灰黯无生气，但是到了德意和其他各国的法西斯疯狂地进攻仅有的德谟克拉西的时候，摆在各国人民的面前的一个急迫的重大任务，便是保卫民主，反抗法西，于是那样的口号又可以写到各国人民大众的斗争的旗帜上了。在中国，民族生命在敌人侵略下到了最危急的时候，为保卫祖国而"忠勇抗敌"，还不是对于每个中国人的最高的要求么？在我们的眼前又正有许多人，因为酷刑叛变了友人，为利禄出卖了民族的利益；这时候，提出"节操"的口号也不能算是迂腐的吧？——自然，这也并不能使提倡复古的先生们高兴，因为我们并不是要人盲目地"忠"

于某一个人，也不是要人效法那种在敌人来时，悬梁自尽的愚蠢的消极的"节操"。而且也不真是恢复旧的道德，只是因为这几个旧的口号在目前的客观形势下面，又可以发挥出新的积极意义来罢了。

最近几时来，我们在国内外各种杂志报纸上，可以到处看到在这些名义下面的号召：民主，人道主义，和平主义……在国内我们更多听到看到的是"国防"的呼号。

是的，我们不必否认，历史是会明明白白地告诉我们：在现状下的所谓"民主"只是一张空头支票，而和平主义和人道主义，也往往只是动摇的小有产者层的幻想的反映。至于国防呢，也仿佛和被唾弃了的"国家主义"差不多。

但是重提出这些旧的口号决不是退后，倒是向前。因为伴随了新的时代而来的新的客观形势赋予了这些旧的口号以新的内容了。

在战争和法西斯是人类最大敌人的时候，人们还不应该在一个广泛的阵线上联合起一切人来为民主和和平的壁垒奋斗么——所以在这时候，那样的号召便不能说是空想的，不彻底的了，因为它是有着实践的根据，可以保证人类在历史上更进一步的发展的。否则的话，在法西斯和战争的魔手下人类的历史发展，便被活生生地斩断，还能谈得到什么新社会的建立吗？

在前一时代的知识分子可能在和平主义和人道主义的名义下，逃避现实，脱离社会斗争，但是现在不可能了。倘若他真是和平主义和人道主义的保卫者，他就不能不迎面碰到威胁的敌人——战争和法西斯，他就不可能逃避现实，脱离社会斗争了，除非他放弃自己的理想，甘愿做战争和法西斯的牺牲品——所以现在，对于一个真正的人道主义者和和平主义者，我们是不应该加以一丝一毫的讥笑的。

至于国防的口号真和"国家主义"完全相同么？并不——其实，在这民族生命危在旦夕的时候，已经不必管什么主义了。用了各种的手段，把整个的民族在敌人的铁骑下援救出来，这是做任何其他一切事情的先决问题。所以，国防的口号既然能号召广大群众参加民族自卫战，便绝不能因其陈旧而加以忽视，而且现实情势的发展也决不会使它走入狭义的爱国主义的泥沼中去的。

这些都是旧的口号，但在新的时代中间获得了新的意义，发出了新的光辉，在千万大众的面前，成为光荣的斗争的指标了！

但是事实上，在我们周围，还有许多人对于"旧的口号，新的内容"这样的事，不能有正确的完善的理解。

有些仿佛是挂着"左"的招牌的人，对于重新采用旧的口号这样的事，认为是非常可耻。他们完全不知道客观形势的变动，也看不到在这些旧的口号中间的质的改变，他们只是机械地以为提出这些口号在过去既然是不对，现在也还是不对。

这种论调很容易看到。譬如在九月初的世界和平大会开会的时候，中国有个报纸骂它只是"空洞和平主义的喧嚷"，是"国际间流行的装饰品"，并不能保障"反抗侵略的胜利"。但是在全世界千万万人民大众的热烈支持之下的和平运动，难道还是以前的知识分子在书房中的幻想所可比拟的么？

还有许多人仿佛有着非常高贵的"洁癖"，绝对不肯用有过"不好的名誉"的口号。"国防"的字眼不敢用，甚至"联合战线"这样的口号也觉得不便提出——这也是太前进的幼稚病的一种表现。

同时，我们又不能不谨防另一种的错误。那就是出发于妥协，等待机会的看法。这也是只看见旧的口号重被引用，却无视了在这旧的口号中的新的内容。于是他们就照原样地接收了旧的口号，无批判地，甚至无选择地。其实，我们每采用一个旧的口号，都不能不加以审慎的考虑：这口号是不是能号召更广大的群众，会不会引起其他的不好的影响。而且我们也并不是把一个陈旧的口号硬涂上一些进步的色彩便行，而是一定要这口号本身确已在现实生活中获得了新的生命。

这里，我们可以从最近文艺理论的论争中举一个小小的例。譬如因为有人提出文艺创作应该自由这样的话来，我们立刻就想到几年前的"自由人"的论战，跟着，便一口咬定"自由"这口号是要不得的——这种论断方法是有危险的。

总之，口号是指导实践的，也是从实践里面产生出来的。前面举出的两种错误看法，主要的是因为脱离了实践的土台而造成功的。

在联合战线中间，口号的提出是一个很重要的问题，我们不能不对于旧口号重新引用的问题，有更深的理解。

也 投 一 票

唐 弢

　　对于文坛上两个口号的纠纷，我曾经写过一篇短文，发表在《中流》创刊号上，后来就在一张小报里看到了批评，不，是贬词，一共只有两句，说道："至于唐弢和姚克两位的论点虽若公平，其实是十分危险的。"我分得了这十分危险里的一半以后，想了一想，也笑了一笑。想的是我写那篇文章的本意；笑的呢，是这"危险"两字的不可捉摸，和它的高深的程度。

　　这回是看了郭沫若先生的《蒐苗的检阅》，郭先生说他的意见和希望只能算得一票，合乎多数时可以发生效力，不合乎多数时等于是一张废票。我觉得这样倒也好，于是也来投一票。但不禁又笑了一笑，笑我自己还没有被这高深的"危险"所胁服。

　　自从鲁迅先生的《答徐懋庸并关于抗×统一战线问题》发表以后，据郭沫若先生的戏联里说，是"弄得怨声载道"了。这怨声，就上海几张小刊物上的意见看来，大概是的确的。然而却不免使我觉得奇怪。难道鲁迅先生的文章里就只有这些引人怨声的东西么？难道就没有比这更重要的一面了么？鲁迅先生那篇文章的重心是在统一战线问题，而我们也的确可以看到他的对于这一问题的正确的见解，公正的态度，然而，除了郭沫若先生以外，就再没有人提到；那些口口声声不满于鲁迅先生涉及许多私人事件的人们，却大概只看了一点私人事件，而又只在这些私人事件上做文章，摇头叹气。我真的疑心他们已经"忘记了联合"。

关于这些所说私人事件，我曾经向徐懋庸先生提议，以为在目前这样的环境下，倘想答覆，顶好是撇开人事，只讲理论。但徐先生恐怕读者会当他是默认，所以要辩解几句，这在他本人，或者是还说得过去的。一切人事都可以由他个人去解决。旁人却应该着眼到理论的本身——也就是鲁迅先生那篇文章的重要的一面。专在私人事件上摇旗呐喊，咴咴不休，非但无谓，而且还增加了问题的困难。所以，我的第一个希望是：回到理论来！

然而，这理论又必须是不为意气，不囿于宗派的成见，按着眼前的形势，切实地来讨论一番。

鲁迅先生和茅盾先生虽然提出了另一个口号，然而在他们的文章里，却并没有反对过"国防文学"，而且是热烈地拥护着的。"民族革命战争的大众文学"和"国防文学"在本质上的没有多大差别，不但两位先生已经说得非常明白，连双方阵营里的战士，也都承认了。这承认证明它们的可以并存，因为同样是抗×的力量；同样是"透过云彩后面的日光"；虽然有强弱，有久暂，有真假，但同样都朝着"太阳"。"民族革命战争的大众文学"不能作为号召联合战线的口号，这是一看字面，就可以明白的；然而它却可以作为对已经应召而来的战士们的补充口号，因此，我觉得它的提出在"国防文学"以后，并没有犯什么时间上的错误。错误的是这两个口号拥护者的解释，的态度，的"各走极端"。《夜莺》，《现实文学》，《文学界》上的特辑，都只看着一面在说话。他们忘记了这两个口号的共同点，的相辅性；却只把对方的错处拉出来，而又拉得过于感情用事，增加了事情的纠纷。

我以为现在要解决这纠纷，只有让这两个口号并存着。"民族革命战争的大众文学"的存在，并不是要和"国防文学"相对立，而是要弥补它，使它更加泼辣。我不取同意郭沫若先生的"撤回"说，除非他能够保证撤回了"民族革命战争的大众文学"这一个口号，统一战线就可以告成。我相信，我们所要统一的并不是口号，而是实际的工作。如果一个作家因为环境——或者就是生活经验的关系，在作品里特别强调着反汉奸的情绪，在国防的旗帜下特别强调着反汉奸文学的口号，这当然又是另一个了，但我们是没有去消灭它的理由。

在同一目标下不妨有几个口号，主要的是在于能够发挥相辅的作用加强抗×联合战线的力量。这相辅的是它们所包含的本质，并不是苦心孤诣的调和。郭先生是也承认这两个口号的"并无根本上的大差"的。但自然，没有大差别并不就是没有差别。"国防文学"可以作为号召联合战线的口号，而"民族革命战争的大众文学"却不能，这是因为后一个口号在含义上比较明确，比较深刻，而又比较前进，不容易被落后的作家群所接受的缘故。

"国防文学"当前的定义是抗×，进步一点的呢，是反帝；然而"民族革命战争的大众文学"却比较还要前进，所包含的定义还要合于进步的现实主义的方法。所以我前次说："'国防文学'的活动路线是侧重于横的方面，而将来，它一定还要发展到纵的方面——也就是'民族革命战争的大众文学'的一方面去。"我以为"民族革命战争的大众文学"是"国防文学"发展到"××××革命文学"去的一条路线。现在也仍旧这样想。

然而，倘要分析，却顶好不要从人的方面来分析，而应该侧重于作品的内容。我因此也不同意"民族革命战争的大众文学"是专对左翼作家提出的说法，我以为这未免太狭窄。在目前，只要是抗×的，反汉奸的，不管他是什么派别，如果是文学，那就是"国防文学"；抗×的，反汉奸的，而又具有了前进的意识，不管那作者是否左翼作家，如果是文学，那就是"民族革命战争的大众文学"。我仍旧以为"国防文学"要发展到"民族革命战争的大众文学"再由"民族革命战争的大众文学"发展下去。这两个口号并没有根本上的大差别，然而又并非没有差别，这证明了它们有着可以并存的理由。也是我所以不敢赞同郭沫若先生的"撤回"说的缘故。但郭先生在那篇文章里也的确带给了我们许多很好的意见，尤其是关于"创作自由"的一段，郭先生说：

> "'国防文学'的提倡只是精神上的要求。除在各个人的良心上多少可以生些限制作用外，它对于本是十分自由的作家是并没有绝对的强制力的。如于良心上的那种限制，都想宽大的替作家排解，这结果会消灭了一种运动在负号方面的效果，该项运动

的意义是会要失掉一大半的。"

茅盾先生已经在《中流》上说明了他提"创作自由"的立场。我在两位先生的意见里，却看到了主张"国防文学"和"民族革命战争的大众文学"者的意见的缩影。茅盾先生说创作需要更大的自由，是希望能够网罗较多的，环境较为不同的作家，这也就是提倡"国防文学"者的主张；郭沫若先生说不必提，是侧重于联合以后的效果，这也就是提倡"民族革命战争的大众文学"者的主张。我以为，"国防文学"可以作为创作的口号，却不必一定是创作的口号；正如"民族革命战争的大众文学"可以向一般或各派的作家提议，却又不必一定向他们提议一样，这就是说，我们应该要求，却不必强迫！

以上是我的意见，我也并没有"合乎多数"的奢望，写了出来，不过表示没有放弃投这一票的权利而已。

1936年10月5日《中流》第1卷第3期

国防文学的典型性格

北 鸥

　　一般的态度上，对国防文学研究的根本缺点，是缺乏对国防文学创造方法的深刻研究。国防文学研究的中心不能不建树在国防的现实上，不能不建树在新的典型性格的创造上。而更要决定地具体地提出国防文学的构成，主题，语言等问题，我们当渗透到生活的现实里，去理解历史上完全新的诸现象，诸事件，诸实事，而更在这诸现象，诸事件，诸实事中探求解决国防文学的最复杂的诸问题的关键。

　　在这诸问题中，无疑地，成了最基本问题之一的是典型性格的创造。也就是基本的在艺术描写中，永远立在人类现实中的文学的 type。

　　国防文学的提出，在文学的理论上，自然是以社会主义的写实主义为主体或中心力量。社会主义写实主义的方法，同过去的文学比较，它独异的特征是 type 本质的深刻暴露；是基于社会的诸条件渗透出来的感情，热情，行为的指摘。

　　对于现实，国防文学和社会主义现实主义，既是基于同一的调子，所以国防文学当从生活的现实里暴露出"典型诸性格"的历史的特殊性，更当根基艺术作品的具体材料描写新人类。

　　这样，作家首要的是不能不理解现实生活。自己的形象是非从现实里，生活里，汲取不可的。有丰富的生活经验，才能有丰富形象的贮藏。有丰富形象的贮藏，才能为自己的目的创造自己的形象。不知道高尔基的生活，不理解俄国的现实，自然没法理解伟大文豪高尔基。托尔斯泰如果不曾参加巴斯达波尔防御战，没有那样的经验，他不能描写出自己战争的光景的《战争与和平》。伊里奇说托尔斯泰在他自己的创造中是俄国革命的反映，托尔斯泰的艺术是俄国革命的镜子。

国防文学最简单的真意是要求作家描写正确生活和真实。

然而仅仅是现实生活的体验不能创造典型的性格。典型性格的创造不能不注意到现实本质方面的真实的描写。现实本质的真实描写不能不暴露出来作品中人物幻想背后的现实内容。

在文学上不能不描写性格的行动的个性；然而，这形象不能不是典型的性格的形象。费得利夕明确地反对抽象的，图式的，贫血的个性描写。他指出只强调表面个人特征的描写而隐盖了背后本质事情的错误。他认为那决不能称为典型的性格。

艺术的个性是多样个性化的几百万个性的辩证法的统一。在某目的的斗争中能现出几千几万的个性。作家在行动之中具体化了社会生活本质的原理而创造了无数的典型。有强大才能和技巧的作家，要完全地支配了自己的作品，而创造典型性格。

在现实周围描写个性，心理的描写一样是重要，这是当附带提出的。在苏联也曾有过激烈的论争，结果对"文学战线派"非心理描写的主张认为是错误。生动的人类形象自然不能同只有外形的机械人一样。

典型性格的创造是复杂多面的。作家由各样不同的道路到达同一的目的，然而在国防文学口号之下，作家一定要免除抽象的，图式的，贫血的个性描写。

国防文学在中国的诞生，是应着中国人民在现实里必然的要求。那么在国防文学上，我们所要求的典型性格是什么呢？

在半殖民地的中国受着帝国主义重重地侵略。从经济的侵略上，现在更走到土地的夺取和蚕食。中国人民各个却感觉到就只是图生存，也不能不保卫祖国。所以在中国真实的"祖国防卫"上必然的唯一路途是反帝，只有反帝才能防卫祖国。所以防卫祖国的斗争，正也是反帝的斗争。我们在强调我们的爱国心，我们在强调祖国的保卫；然而我们决没有囚在狭义的国家思想里，我们更没忘记了更广远的意识；我们所强调的爱国心，我们所强调的祖国防卫，正是要使我们完成反帝的任务。郭沫若先生说："一个人如是真正的爱国，他必然要强烈地反帝。"我们强调的是这样的爱国心。

中国真实国防任务的完成，必定是帝国主义在中国侵略的清算，必定是在全世界的反帝工作上收到了最大的成果。那不仅仅是中国从危机里的被救起，更是全世界解放的开端。

国防文学担当的任务不仅仅是求民族的解放，更是求全世界的解放。

在中国这样的现实下，我们不能不切要地阐明集团和个人的关系。我们需要理解个人和集团决不是对立的。我们要在发见自己个人自由的现实中创造真实的集团性。卡尔曾说："在真实集团性的根本的诸个人，由于自己的连络，以及这连络的努力才能获得自己的自由。"在国防文学的高唱中，这真实集团性的确认是极必要的。卡尔更说道："个人真实精神的丰满，完全地依存于他的诸关系的丰满。"为了个性的发达必须要创造现实基础。而现实的基础是必须各个人共同地创造。这样集团和个人建树了统一不可分的关系。

在中国，现实"诸性格"独异的特征，是为集团的利害个人英勇的牺牲。在国防文学高唱中这样英勇的牺牲不仅仅是可能，而更是必要。不仅仅是要参加"活的战"，更必须参加"死的战"。我们如果不加强我们所有的能力，我们不能到达我们的目的，完成我们的任务。所以在提倡国防文学中要对我们的英勇牺牲者加以荣誉。描写能得到今日胜利的"典型诸性格"是极必要的。

十月革命在人类发达上，开拓了完全新的时代，根本地改造了社会的经济基础，同时更在技术的领域上转换起巨大的革命。革命把人们卷到旋涡里去，更变化了"本质"，赋与了新的特征，换言之，由于十月革命创造了有和以前完全不同的感情，热情，情绪体验的新人类。更由于这样"典型性格"的创造，在民众里，于是产生了几千几百的才干的人物。这样，客观上，显示出人类极高精神的昂扬。

十月革命获到了巨大的胜利和成功。然而，在这大胜利中创造了伟大的人类的社会主义建设者，当是最大的收获。

在国防文学上，我们当怎样的重视，当怎样的努力从事于典型性格的创造。我们不仅仅要求在中国现实创造典型性格，我们更要求由于"典型诸性格"的创造而诞生了成千上万的国防斗士。

我们的时代是广泛的大众的革命实践的时代，是诞生新人类的时代。在这样历史的事实上——国防文学的出现——显示出我们应当以我们的能力，渗透新的诸现象，诸事件，诸实事，创造出"典型的诸性格"。国防文学是巨大生活的试验，是参加现实的复杂实践，是艺术创造的学习。

人类已经走到了今日的阶段，人类的性格，总是占在艺术的描写之中。今日人类新 type 全价值发达的个性的出现，是描写了人类艺术全价值发达的源泉。普列汗诺夫对事物现实的状态看透了文学发达的真实方法，他说："艺术的胜利要不断地参加人类伟大的前进运动，要有伟大世界思想担当的手，要有诸性格的描写。"

国防文学的特殊性，在现在的状态，以及将来的展望是要继续地出现有伟大世界思想担当的手的个性。

国防文学的特殊性是跟着社会主义现实主义走的一个新阶段，在历史上是受了新人类的描写而变化的国防文学典型诸性格的特异性是文学的 type，是真实人类及其社会相互关系的艺术反映；而在中国特定的社会关系所产生的人类真实性质和特征，指示出艺术描写的特定形式和任务。

我们当认清社会主义现实主义文学负有重大的教育任务。文学决不是以自身为目的。文学是人类材料变革的教育手段之一。我们当把文学看为是有功利意义的。我们的文学功利性和高度艺术性是在不分离的统一中的。思想和形象，在艺术作品的有机体上，是调和一致的。

文学的主要任务是对百万读者的精神，心理，意识的强力教育。国防文学不能不转为这样有强大影响的武器。

约塞夫说："人们意识的发达，是站在事实境遇的后面的。"我们不能不最大限度地促进人类意识的发达。艺术的语言获得最大的意义，而作品的教育影响力才是国防文学的第一要求。

高尔基同文学突击队队员谈话，强调着"我们现实教育的意义"。国防文学的更大任务是国防教育。国防文学的典型性格是教育我们四万万五千万人民最具体的 type，是中国现实急切必须的创造。这样，国防文学典型性格创造的重要性当能了然。

　　国防文学的任务是如何巨大复杂。在国防文学上反映的人类性格和典型是有内的世界观的表现。这样容易地看出国防文学无限大的可能性，国防文学才是展着最广大原野的呢！

　　国防文学不只是在新现实里描写新性格。更要承认过去文学的传统。国防文学不单是现代主题的摄取，文学不仅仅是描写现代事件的；历史的有意义的过去主题的完成同一样是必要。批判地利用过去文学的type创造方法和形式，而占到文学的最高阶段。

　　国防文学有新内容的艺术形象，是现实具体化的，创造的说明，更是帮助作家前进，帮助理解政治过程的，是有现实意义的，对作家更是理解新现实政治最近的门路。我们当尽自己所有的能力，更当联合起来所有的能力，树立起自己优秀的国防文学。可惜的是：在现在，我们还没有创造出可夸耀的典型性格。这是我们当前极切要的任务：创造文学的type，尽量地描写出新的典型诸性格。国防文学由于我们的努力，将要收到更大的成果，将要有更好的开展。

1936年10月10日《光明》第1卷第9号

我所希望于广州文艺界

李 桦

最近广州文艺界渐呈活气，的确比以前活跃得多了。小型文艺期刊象雨后春笋般出现，更不时听到什么文艺团体的活动消息，这些都是很使我们兴奋的。

自"九一八"以后的中国文化，已变了"五四"，"五卅"以来的质。广州既是中国全土之一部，广州文化自然与整个中国文化息息相关，那么，我们也可以从这方面窥见了广州新兴文艺运动的骨干。即是说，最近的广州文艺界之一般活动，都带有很显明的时代的社会的意义，正朝着抗×救亡的光明前途迈进的。

正为着这样，所以我们对于广州文艺界许多热诚的希望。第一我希望每个文艺工作者都要自觉自己在时代上，社会上所负的责任。要从进步的世界观出发，建立起"国防文艺"的营寨。因为已达到更生期的中国，自"九一八"以后，人民大众认得他们的敌人更清楚，而自"一二九"以学生开始的救亡运动，已足表现中国的民族解放斗争已到行动期了。所以，在大战时代前夜里，被认定为大众的最重要的精神粮食之一的文艺，应该以另一种姿态出现。文艺家，再不能躲在象牙塔里，摆出文人臭架子，咬文嚼字，做下与世无关的东西了。跟着文艺工作者的自觉，我们希望有"国防文艺"之产生，同时希望文艺工作者在民族解放运动中，显出自己勇敢的姿态。

其次，我所希望于文艺工作者是在抗争中，不应深存门户，派别之见，更不应再有"文人相轻"之心，去破坏集体的行动。因为门户，派别是一向文艺个人主义时代的现象，我们认为需要集体力量去推进的"国防文艺"运动，再不能分薄自己的力量的。在目前我们希望很迅速地完成一条伟大的文艺联合战线。

最后，我认为在救亡运动中各个势力不应孤立地发展。在文艺领域里固然急切的要组成联合战线，在艺术的一切部门中，也同样的要组成一条更伟大的联合战线。中国的新兴木刻运动，历史虽然还短，但至今已达到实践着它底"国防木刻"的理论行动着。在许多方面我们都承认木刻与文艺实有表里的关系，那么，我很希望木刻与文艺，就能首先握手，完成它们在时代上，社会上的任务。

我们十二分热望最近的广州文艺界能有具体的行动。我们断不致开倒车，在"为艺术而艺术"里兜圈子，但是我们也不能单建立了种种漂亮的理论就算完事，我们最重要的是行动。末了，我希望广州的文艺工作者能从"实践"上工作下去。

一九三六年十月十日

国防文学的需要

陈翔凤

近顷国人都注意到国防文学的问题。我以为这无疑的是在特殊的时代气氛中应有的现象。尤其我国目下的国情里应当急速推行的一件事。

我们老大的国家，自从鸦片战争以来——尤其是"九一八"事件以来，中华民族受着敌人再接再厉的高压，受着敌人得寸进尺的掠夺，已濒于灭亡的线上了。当此严重的关头，整个民族如再不觉醒，总动员的起来，向顽敌周旋，那为人奴隶牛马的日子，就在眉睫了。

我们文学界将怎样来竖起显明的旗帜以参加这全民族总动员的队伍，而尽一份应尽的工作？这无疑的我们文学界自身要有充分的认识，不要再闹什么流派，什么主义，什么第几种人……等等枝节的问题，而要在一个国防文学的旗帜之下，扬弃了一切已有分野的意见，来结成一个坚强的营垒，从事制作我们大众所需要的东西。

我们民族在敌人铁蹄下的血腥，和烙印在我们民族被牺牲了的大众的白骨上的痕迹；过去我们民族许多抵抗敌人的壮烈的光荣的史绩，和一般大众在压迫下的愤怒的呼吼，都是我们这个时代最显明的课题。我们文学作家，应当把握着这些重要的题材，来大量的产生国防文学的作品，给予大众——中华民族一个兴奋的心，和明朗的对于敌人的认识，使能起而负荷起抗敌的重任。

一种文艺思潮的澎湃，总是在一个大时代展开的前夕。因为大时代之能够展开，必然是有那促成的文艺思潮的力量在推动。这事实在中外革命史上都可以找得出来。现在国防文学的民族自卫的思潮在澎湃了，我想中华民族总动员抗敌救亡的大时代一定就在眼前吧！

一九三六年十月十日

广州《努力》月刊第1卷第1期

作家统一起来

厉厂樵

　　努力杂志社陈达人先生，今晚到民国日报社编辑部和我说了一些话，他提出文艺作家联合战线这一问题，征求我的意见。我对于这问题，本想写一篇文字，较有系统地说明我的意见，但因我于日间即须离粤，行色匆匆，没有写作的余裕，所以只能很简略地说一点儿了。

　　文艺作家必须联合，是我向来一贯的主张。从前"海派文人"动不动就闹纠纷，成帮成派，互相攻击，有时并不是理论的争辩，往往借文字以泄愤，这是我所深致不满的。各树旗帜，堂堂出师，从事理论的斗争，捐弃个人的攻击，本来是文坛上应有的现象。然而过去的文坛，有时并不如此。

　　近来在"国防文学"的旗帜之下，各地都有文艺作家协会的组织，只是广州还没有这么一回事，实在是太落后了。我很希望这里也有文艺作家协会，和全国的文艺作家联合成一条很坚固的战线，一致为"国防文学"而努力。

　　尤其希望的是：不要仅叫口号，而要多多地努力于"国防文学"的创作，这文艺作家协会，也不要徒有其名，而要造成一条很坚固的联合战线，每一位作家都能成为为"国防文学"而努力的英勇的忠诚的战士！

一九三六年十月十日

国防文学集谈

郭沫若辑

小　引

　　七月十号，因有朋友回国，朋友们送他到横滨。船开后，大家在一家中国茶馆里吃中饭，在座的连我一道是十个人，都是些爱好文艺的朋友，而且很凑巧地都是质文社的同人。因为这样的关系，大家的谈话，不期然地便集中到了"国防文学"上来。他们谈了相当的长，报告了好些新近的事实，发挥了好些精粹的议论。可惜没有记录，而我自己的耳朵又不大方便，对于他们的话不仅接搭不上来，连听也听不上三成。因此在大家行将分手的时候，我便对他们提出了一个意见，要他们回去之后把各自在今天所谈的关于"国防文学"的报告和意见，自行记录出来，提供给我。纪录尽其直率，尽其快，不要苦心地去做文章，就是片语只辞也好，总要切实。他们都答应了我，而且又要求我也把自己的意见写出来，作为一个结束，这些文字汇集起来，就在《质文》上发表。

　　大家都很热心，仅仅三天工夫，都把稿件交齐来了。其中最特异的是北鸥的一篇。北鸥的记忆力大约很好，他的一篇公然是那天的谈话的纪录。这纪录当然是不完全的，但这不完全处正可以由大家的自记来补充起来，这些实在是很好的资料。我现在就把北鸥的一篇放在前头，以下随着稿到的先后把他们排比下去，而总颜之曰"国防文学集谈"。国内已经有"集体创作"的尝试了，我们这篇文章，倒似乎是名实相符的"集体论文"。

一 陈北鸥的记录

任白戈 国防文学在国内的提出并不是偶然的。我们的文学不能离开政治而独立，文学和政治是有极密切不可分的关系。现在中国的人民生命财产一天一天地被强盗们剥夺着，国内的民众要求保全领土的完整已经是人人切身的要求。在文学上相应着这任务，于是提出国防文学的口号。在创作上象国防戏剧，国防诗歌已经极普遍。另外有一部分人不能看清周围的现实，不能清晰地理解这口号，于是起来反对。竟有人说国防文学是极狭义的国家观念，是不前进的，于是对立了起来，而提出不同的口号，表现自己是进步的，是前进的。这问题并不是小问题，大家应当特别注意。这问题已经在国内引起了大反响。同时，东京各文化团体前天也曾热烈地讨论过。

陈北鸥 （抢了上去）在文学的领域上，我们应当特别地认清国防文学在现在的重要性。

非　厂 （笑嘻嘻地）是的，由于救亡抗敌，在文坛上国防文学这个口号的被提出是应当拥护的。

陈北鸥 （红着脸在喊）我们在深信大家联合到一起的力量，我们相信我们联合到一起能做到一切我们所能做的事，所要做的事。我们更知道现在要救国，唯一的道路只有大家一致地团结起来。文学者不但不能脱离现实更要尖锐地把握着现实。努力地去建树国防文学是文学者对祖国的必然责任，我们应当强调了我们各个人的责任心而努力从事于国防文学的建树。

关于《走私》

郭沫若 （低着头老成地）说到国防文学的建树，那么《光明》上的《走私》，和《文学》上的《赛金花》当然都是好资料。关于《赛金花》，《文学界》上有过座谈的纪录。《走私》想来大家都看过吧，我们现在何妨具体地来读一下这个剧本呢！（停了一下，又问）对了，我想起来了。什么是"毛子"？

陈北鸥　"毛子"是北方话，就是洋人。大概是因为西洋人的头发和东方人不同所以喊毛子吧！

非　厂　（手托着颊）大概是的，所以一般人把汉奸叫作"二毛子"——也有叫"鬼子"的。

郭沫若　日本人称外国人是"毛唐"。（向着北鸥）那么你是毛子了！你头发弯曲曲地，眼睛也象毛子。（大家哄然）

臧云远　象毛子还不要紧，可别象二毛子！（笑声续了起来，周围充满了活泼空气。）

邢桐华　据说《走私》国内禁演，听说到了一千多观众，并且剧场费都已经交了，却没演成。

郭沫若　那是上海，在南京是演了的，报上写的是洪深作。

非　厂　《走私》并不大好，我觉得夏衍的《包身工》那篇报告文学，写得真好！请郭先生为我们讲讲《走私》？

郭沫若　《走私》在技巧上是很成功的作品，毫无合作的痕迹，舞台效果也一定会好。只是所描写的反抗情绪太薄弱，依据《走私》的故事看，主要的描写似乎是在强奸那方面上呢！一些可怜的小二毛子倒把走私那个主题挤到门外去了。

非　厂　《走私》的选材和写的技术上都很灵巧，但并不曾强调了国防文学，并且对大汉奸的罪恶暴露得也太不够。

任白戈　关于《走私》，我以为国防文学走到现阶段，这作品应得最高评价。这是最初的集团创作。不过郭先生所说的缺点我也一样地感到。

陈北鸥　在社会主义国家，殖民地，半殖民地应当强调爱国思想，我们反对的是资本主义社会的狭义的侵略的国家思想。

邢桐华　××政府的头目也能救亡救穷，这点应当特别注意。中国的国防文学的提出决没有狭义的国家思想，苏俄也提出了国防文学那只是重视祖国的保卫，国内的提出国防文学，自然是有救亡和拥护社会主义的意义，是毫无错误的。

臧云远　国防文学这问题，好象已用不着名辞的论争了，我想一个口号的提出决不是一两个人随便那末一提就提了的，它有它的新的意义，它有它在文学新阶段上的重要性和正确性，既不是旧有口号的重提，使一般人抹杀了模糊了它的新的任务，也不是凭空落下的爆弹，使人只看见火花四迸光彩一时，而使文艺园地中了伤，妨碍了文学发展的健康。那末国防文学已得到热烈地欢迎，也得到间接地赞同了，可并没有人公然地说"国防文学"简直要不得，这就是说国防文学的重要性及正确性已得到了公认，也勿容再议了。所以今后的问题是如何地使国防的文学更充实起来，我们要跟理论家要国防文学的理论，跟写作者要新的创作，创作中新的典型。

岳飞式的国防文学

林　林　说到典型问题，国内有所谓岳飞式的典型，好象从前民族主义文学者也曾提出的。不过我们不是狭义的国家主义者。在这民族危机之下，我们爱国主义者的岳飞，我们尤其爱社会主义者的岳飞。在这里，我要提出反对韩光第式的典型。因为他是替帝国主义进攻"以平等待我的民族"苏联。当然，我们的国防文学不应该单以"岳飞式"的姿态出现的。不过在这统一战线之下开初必然有形形色色不同的人，而且甚至有乌合之众的现象。所以凡是站在前面的人，就必需赶快参加到这集团中去。从事领导斗争的工作，使人们都走向正确的方向。

陈北鸥　在统一战线上主要的是要联合一切具有爱国心的人们，而加强集团的力量。在国防文学的建树上，自然，是一样地要联合一切具有爱国心的文学者和作家。换句话说国防文学的建树上是要在文学的特殊性上克服一切残存的宗派主义，也可以说克服岳飞式的国防文学，才真是我们国防文学工作对象之一。一部分人不能简单地理解这点，反在唱起另外的口号，在表面上看，他们似乎也是同国防文学建设者采取同一样的步调，然而在客观上正相反；国防文学建设者在克服一切

723

残存的宗派性,而他却正在自命清高在另树一派,另成一宗。客观地不但是在做分化国防文学建设者的工作,而更同国防文学建设者对立了起来。这一点非使他们自己清楚的理解,理解自己在客观上正形成了比岳飞式的国防文学论者还坏的另一团。这点我们当严重的警告他们。

张香山　在"九一八"以后国内曾提出民族文学过,那时候国内的经济情形,社会环境同现在自然是完全不同,假如把那时候的口号放到现在的时代自然是不会合适的。

国防和土地问题

任白戈　刚才有人谈到救亡救穷,在这里我有一点意见应当提出请大家注意。东京只知道救亡的问题,却不知道国内已经走到了更前一步。大家都知道必须要救国,然而经济问题怎么解答呵!在国内同救亡问题联系到一起已经谈到了救穷问题。那就是说,在救亡当中,大众本身的经济问题亦应当设法解决的。大众决不放弃本身的最低限度的要求,而来饿着肚子救国。所以在救亡中,自然地想到救穷,在这点上,救亡才是和一般资本主义国家叫大众去为国牺牲根本不同之点。要大众牺牲自身的一切利益去为压迫和剥削他们的国家拼命,那是大众所要打倒的国家主义。还有一点需要注意的,国防文学的提出一般人认为不前进,自然,口号的提出决不是为前进者。前进者自己能认清自己的道路,而一般人只能看到眼前,一般人对国家的观念,自然不能和社会主义者完全相同,这点自然是需要领导者的领导。所以口号的提出应当注意到是否是群众的要求,内容是要领导者正确地行使。

"理论家"的面孔

代　石　胡风这人在最近更无聊起来,国防文学的提起自是有政治根据。这人不能认清这口号,而另提起民族革命战争的大众文学,而站在第三者的立场,来嘲笑真实的革命者,事实上这人不承认国防文学也就是不承认国防政府。

陈北鸥　象他所提出的民族革命战争的大众文学，或许能欺骗一两个
　　　　孩子。在光亮的照妖镜下面那个人主义，和英雄主义会象有
　　　　尾巴的狐狸一样地现原形。那样的人自己自命是最进步的最
　　　　正确的并且是永远没有错误的"理论家"，所以一切理论的
　　　　提出如果不是自己见到的，一定没有自己正确，自己进步，
　　　　所以别人提出的口号非要经过自己修正不可。为了表现自己
　　　　是"理论家"的"权威"，有了这样好机会自不肯不抓着大
　　　　出风头。所以这位英雄要死命地高唱民族革命战争的大众文
　　　　学。在这情形下，他决不会顾到在全体国防文学上起的阻碍，
　　　　目光如豆的人只能看到自己。高尔基曾教我们多多讽刺小市
　　　　民的丑恶。我倒觉着我们真应当把在我们周围扩张着的极可
　　　　怜的小市民最忌讳的本质暴露出来，我们要叫他自己都感觉
　　　　轻视，憎恨。如果中国也有位象果戈里那样的伟大剧作家，
　　　　把这位英雄的伟绩，象《视查专员》一样地放到舞台上，当
　　　　是这位英雄最出风头的时候。

拉丁化问题

代　石　在讨论国防文学下，鲁迅先生曾提出拉丁化问题，拉丁化确
　　　　实在中国是国防文学最当采取的手段。

非　厂　提到了新文字，现在鲁迅先生在国内特别唤起大家注意，我
　　　　想着当新文字初流到此地（日本）时，郭沫若先生第一个就
　　　　在《留东新闻》上介绍给大家学习，记得题目就是《请大家
　　　　学习新文字》，这个运动在东京虽没有很好的成绩，但我们
　　　　仍要把它推动展开，以期很快地普遍起来。

郭沫若　普及国防的意识当然要有手段，拉丁化正不失为一个很好的
　　　　手段，我们决不放弃拉丁化，所以我最近的作品集——《豕
　　　　蹄》即将用新旧文字对照着出版。

魏孟克　拉丁化的普遍提倡是极紧要的，这要与当前的政治紧密地连
　　　　系，一同进行，使它变成并非救不得近火的远水。

陈北鸥　关于拉丁化问题我想归纳一下说，没有问题地，对于使拉丁
　　　　化普遍化我们这些朋友里绝对没有一个人反对。尤其在救

亡工作中，应当使拉丁化更普遍，因为拉丁化是救亡的手段之一。

我们欢迎爱国者

郭沫若　我的耳朵不方便，你们的话听不上三成，所以搭不上来。我现在总括地发表一点我的意见。我看口号如果是由高级提出而我们不满，那应作对内的斗争，对外却是要用各种方法去解释。什么"民族战争文学"（有人在旁改正，是"民族革命战争的大众文学"）——这口号我实在说不顺口——如果在国防文学问题的内部提出是对的。如果同国防问题对立起来自然是错的。爱国我看是应该提倡的。真正爱国者目前只能走真实进步的革命者的路，便是彻底的反帝。而真实进步的革命者也就是真正的爱国者。马克思说"工人无祖国"，那是一句反语，是说布尔的祖国没有把工人当人，其实最爱祖国的是工人，最卖祖国的是布尔，无数的事实是摆在那儿的。马克思反对布尔的国家并不是否定一切国家。马克思主义是要以国家来消灭国家，我们现在的国防也不妨说是以国防来消灭国防。

陈北鸥　高尔基曾说史达汉诺夫的成果就是因为发觉了正确的国家意义，感到对祖国工作和行为的责任心的结果。在现在国内的救亡工作最要紧的自然也是要使各个人发觉了正确的国家意义，做一个真正的爱国者，才能救亡。

张香山　我们应当象纪德在巴黎作家大会上似的，直率地说："我们是国际主义者，同时我们也是爱国主义者。"

郭沫若　鲁迅先生把国防文学分为岳飞式与非岳飞式而立在后者的立场，我看这是有点语病的。我们应该分为"真岳飞式"与"假岳飞式"。真正的岳飞我们是应该欢迎的。只要不是挂羊头卖狗肉的爱国者，不管是岳飞是文天祥，我们都应该欢迎的。

林　林　郭先生所说的岳飞和鲁迅先生所说的岳飞不同，我们欢迎郭先生所说的岳飞！

郭沫若　是应当欢迎岳飞的，现在中国不能不谈国防，不只华北化为了边疆。其实中国的内部没一处不是边疆。因而中国的国防，它的范围很广，所谓民族革命文学——我又记错了，"理论家"想编一个口号都活象"理论家"（大家发笑）——所谓"民族革命——战争的——大众文学"自然被包括在这里面，但国防的含义却比这更广，这是反帝战线的"国防"。中国这个"国"如"防"得好，把帝国主义打倒了，他的使命不仅是救济了"民族"，而是救济了人类。我看"国防文学"自然要唤起大众的爱国情绪，巩固联合的救亡战线，而同时也就要唤起爱国的究极意识，扩大救亡的远大目标。我们是二十世纪的赤十字军，我们要在帝国主义这条毒龙的爪牙下把自己的祖国救起来，也把全人类救起来。

二　白戈的自述

"国防文学"这个口号，并不是从那一个人的头脑中凭空想出来的，它一定有它的社会的根据。目前，中国的领土，一切人民的生命财产所系的国土天天都在被人吞食，国防是全民族的神圣的任务。真正的文学，是应当帮助完成这个神圣的任务的，所以便有国防文学的提起。我们知道，这个口号，早已为一般的大众所接受而推行到文学的一切部门去了，最显著的，例如"国防诗歌"与"国防戏剧"这两个口号之接着喊出，而且已有许多具体的作品产生出来了。可见这个口号是适合于一般大众的要求的，同时也是正确的。然而，据说国内竟有人公然反对这个口号的。理由不知道说的是些什么，但那作用在客观上是很显然的。在目前这种需要全民族总动员来完成国防这个神圣的任务的情势之下，除了汉奸以外，谁还应该反对国防呢？一般大众的眼睛是很明亮的，这倒用不着我们多费唇舌。最值得我们担心的，还是那些挂着前进的招牌，并不公然，然而是实际地反对这个口号的人。就我们所见到的来看，如象什么"民族革命战争的大众文学"这个口号之提起便属于这一类。我们姑且不谈这两个口号谁个正确，我们只要知道这个口号是在什么时间喊出便明白它的作用了。当着"国防文学"已为一般大众接受而推行到各方面去了的时候，为什么既无一定的理由，亦不公然地表示反对国防文学，而偏要另喊出一个口号来对立呢？难道是这要大众化些吗？可惜连我们都不容易叫顺口。单从定立口号的常识来说，我们便会相信这个口号的提起者简直连一般大众运动的 ABC 都不懂，要说那是拿来与"国防文学"对抗，使它成为"一家之言"的企图，岂不叫人笑脱牙巴。因为还没有看见他有什么公然反对"国防文学"的理由，我真不了解为什么有另提这个口号的必要。依我想来，大约他觉得"国防"这两个字没有"民族革命战争"那几个字前进和漂亮吧。然而一个口号并不是为几个所谓的进步的爱漂亮的份子喊出的，它一定要以一般的大众的要求及其所能理解和接受的程度作为根据。当着外人在一天一天地侵略我们的领土的时候，我们向一般的大众说我们要用全力保存我们的领土，不要让半寸土地落到外人手里去，换句话说，我们要有国防，不要让外人和内奸来盗国和卖国，这还不够剀切和具体吗？如果一般的大众连这个口号都不能接受，那他们于所谓"民族革命战争"将更不能理解。我以为最主要的一点还是在它是不是与现阶段的客观的情势适合。"国防文学"很显然地是随着现阶段的整个政治路线而来的，凡是不反对那个政治路线的便没有理由反对它。所以我赞成"国防文学"这个口号，反对反对它的一切反对者。

在救亡口号之下再提出救穷，我以为亦并不是几个编杂志的人随着提出来的，我们非加以深切的注意不可。问题应该是在这里找出它的根源：我们的救亡运动既然是要全民族总动员，而全民族中的最大多数人现在已经陷于无衣无食的地步，我们能叫他们饿着肚子，打着赤膊去保卫疆土，让自己的父母妻子在家中饿死冻死吗？我想这个问题一定是会在这个时候提出来的。就是说，一般大众的政治的要求总是不能离开经济的要求的。所以，我以为问题到不在应不应当提出，而是在如何去解决。

我和郭先生的意见一样。《走私》这个戏剧，我以为有两点意义是应该强调的：（一）是集团创作的实践，（二）是国防文学的实践。

它主要的缺点，就在把群众的愤怒集中在那些帮毛子密输的小商人和劳动者身上。汉奸自然是可恶，但一般下层的人之作汉奸，那罪恶不在他们自身，而在那些逼他们去作汉奸的大汉奸。他们不只是被别人将自己的生命拍卖了，同时也被别人将自己的灵魂拍卖了。他们愈是罪恶，我们到愈是感到他们可怜而对于那些逼他们去作汉奸的大汉奸唤起最多的愤怒。有些地方甚至还使人感到他们的本性原来就是很罪恶的，这是一个失败的地方。

三　林林的自述

在中国全民族危机的生死的关头，统一战线应用之下，国防政府提出之下，文艺者联合起来，"国防文学"提出来，这是自然而且必然的。不但是要"国防文学"，而且要国防军事学，国防化学，国防医学，……这样发展下去的。

729

口号的条件，要简单明瞭，正确有力。一句简单的"要面包，自由和土地"，便可吸引无数的大众，这就是最好的一例。口号要大众承认的，喊得出的，才能存在。绝不是理论家的"咬文嚼字"。什么"民族革命战争的大众文学"，人们——包括读一二十年书的留学生在内，——非双手按着三分钟脑袋思索着，就说不出来的。理论家为什么要用新而长得象"典型论"那样的术语，来使"大众"头昏呢。说这口号陈旧吗？但在苏联高尔基也常提过"国防文学"和"国防的主题"这样的话，我们的理论家想必读熟了高尔基的"文学论"的吧。

国防文学这口号，我以为是划时代的最具体的口号，没有别的，它在暴露有"国"而不"防"这事实，就够有力了。"民族革命战争的大众文学"这口号，也许放在印度朝鲜等地方，较为合适，因为他们已无"国"可"防"了。可惜我们的理论家，还生在有"国"字的中国。

同时，好象有些人，避忌"统一战线"这种字眼，另提出"同"一战线来。真怪！有时他们烦恼着国防文学陈旧不正确，而提出所谓"民族革命战争的大众文学"来，但是有时却忘记了"统一"里还有着"对立"和"矛盾"这些含义，而愿意"同一"起来，乌合起来，我不了解这种咬文嚼字，咬嚼到什么地方去。

我们民族的危机，不是从昨天才开始。是的。但是，我们不能否认时到今日，这种危机，更是加深，更是广大。新的条件，要求新的策略，假如还要本什么"固有"（各自的）"原来"和沿着什么"过去"，那就取消了现实的展开，就有"复古"之嫌了。

"国防文学"很具体很丰饶，它和"民族……大众文学"（恕我简写）不同，它要描写"失地"，也要描写将"失"或未"失"的"地"。它要描写不愿当亡国奴和汉奸的大众，也要描写亡国奴和汉奸。它要描写半殖民地殖民地的民族，也要描写帝国主义方面，它要描写现在的题材，也要描写历史上的题材。这些，都是要作家具有正确的世界观，正确的中国观。

在这里，我很希望郭先生，假如要写历史小说，很可以描写一下叫"毛子"做爸爸的石敬塘之类的人物。

听说田汉先生正在搜集中日战争的历史资料，准备写着长篇的国防戏剧《甲午之战》。这是很可庆幸的，并且庆幸有描写八国联军为背景的《赛金花》这类的作品了。也庆幸已有《八月的乡村》，《生死场》这样的作品了。

在这里，我忽然想到一个问题，中国从一八四一年"鸦片战争"以来，便在外力压迫之下过日子，为什么反映在文学上这样淡薄，理由是在什么地方呢，请郭先生和诸位朋友解释一下吧。

我希望我们再重读一遍《质文》中，桐华兄译的《苏联诗论》最后一节，并希望我们要"准备好了抒情诗的火药"。

四　邢桐华的自述

协会应该打破目前的现状——对于联合战线的意见

对于作家们的联合，我完全同意郭沫若先生的意见的。我觉得我这里没有再单独发表意见的必要。为慎重起见，我把郭先生的意见引在下面：

> "作家们在目前应该联合，这是时代所发出来的指令。这个指令，凡是愿和时代精神合拍的作家，谁也不好违背。

> "指令的意义十分明白，我们是为什么，是在怎样的目的意识之下，联合呢？——不是要为反帝国主义？为民族的生存？为消弭割据军阀的内战？为鼓动人们爱真理，爱正义，爱气节的天良？……

> "指令的意义十分明白，我们要叫作家们联合起来，是为要拥护某某一二个人的文坛地位，为要巩固某某一二种刊物的销路？……

> "文学家在自己的作品的创意和风格上应该充分地表现出自己的个性，而在自己的意识和文坛地位上则应该充分地化除个人本位的观点。

> "一切都是进展着的，而且辩证式地。旧的怨嫌可以变为新的惠爱。旧的惠爱可以变为新的怨嫌。

> "怀着个人间旧怨而始终不忘的人，这种人的本身进展，的确是可以怀疑的。"（"鼎"：《质文》五、六合刊第七十四页）

再：

> "作家们自然应该联合起来，但阻障这种联合的个人主义和行帮意识是须得首先清算，而联合指令之逆用与歪曲也须得提防。作家的联合是要在共同的目标之下分头并进地努力实践工作，联合是丰富的多样之朝宗，不是单调的一色之涂抹。联合不必是宽大的同义语，也不必是分化的对蹠语。"（"鼎"：《质文》五、

六合刊第七十六页）

同样鲁迅先生对于"联合战线"的意见——见《救亡情报》芬君的鲁迅访问记——，也是正确的。鲁迅先生说："民族危机到了现在这样的地步，联合战线这口号的提出，当然也是必要的，但我始终认为在民族解放斗争这条联合战线上，对于那些狭意的不正确的国民主义者：尤其是翻来覆去的投机主义者，却望他们能够改正他们的心思。因为所谓民族解放斗争，在战略的运用上讲，有岳飞文天祥式的，也有最正确的，最现代的。我们现在所应当采取的，究竟是前者，还是后者呢？这种地方，我们不能不特别重视。"

鲁迅先生这战略的提起，是非常重要的。我们所谓的民族解放斗争——救亡运动——当然是指的后者：最正确，最现代的斗争的。我们的队伍里，容许有落后的分子；也就是所谓岳飞文天祥式的分子；但他们是必然地要领导在进步的分子后的。因为时代已非岳飞文天祥式的时代；而岳飞文天祥式人物的出路，也只有后者"最正确，最现代的"一条路。我们的斗争是半殖民地民族争取生存权，反帝国主义的斗争：是含有国际性的，正确的革命斗争。它是和一切反帝国主义民族解放斗争站在一条线上的。它和拿帝国主义者，资本家们，法西斯蒂们作死敌的无产阶级站在一条线上。它和社会主义的祖国苏联站在一条线上。

所以"国防文学"的内容，决不是狭义的爱国主义的。它当然更不是法西斯蒂文学。在苏联有"国防文学"OBoronaia literature，把国防的主题推在创作任务的最前列上。在中国也提倡"国防文学"；它的目的在防卫自己民族的生存，在拥护社会主义的联合战线。

"国防文学"是新的创作口号；口号宜于简单而不宜于冗漫。

文艺家协会应该整饬自己的。应该强化自己的工作，扩大自己的影响力。为了这：协会干部的负责人似有再考的必要；不适当者应即早洁身引退，以让贤路。许多有力作家的对协会的旁观，是协会组织工作的重大失败。为了补救这失败，协会若干干部负责人，应引责辞退。特别是一二怨声载道的人，应即早退出干部指导的地位。这恐怕是为了协会的前途，所必须花的最小牺牲吧。

当作家的联合发生了支障的现在；当协会的本身软弱化了的现在；协会为遂行自己本来的目的，为开拓自己广大的前途：应有打破现状的必要。

以上愚见正确与否，尚望大家指教。

一九三六，七，九日

五　代石的自述

关于统一战线，有西班牙和法兰西做实例，没有必要在理论上多说明。中国民族今日的危机，不是以前可比的，统一战线这个战术的运用，更刻不容缓，这也是不待言的。

United front（统一战线）这个名词依照英文的字义翻译做"联合战线"也很适当的。因为是一种广泛的联合，在一张大网中便鱼虾龟鳖都收罗，不只如此，甚至毒蛇也可以混进来的，政治上如此，文学上也如此。不过，文学者和政治家不大相同。政治家每每因为一种策略的关系万事都得吞声忍气，文学家便有点做不到了，所谓"不愿混浊流"也。我个人不算文学家，我就很有这种脾气。这是很不好的。因为统一战线这个战术今日是不能不运用了。运用这个战术我们很知道，参加进来的人花样的很不一致的。所以，在文学的统一战线上，从前（恐怕现在也还如是）是书贾，学棍，市侩之辈都可以混进来，甚至汉奸也可以混进来，只要他们口头声明要救国，不管他们心里怎么打算，在没有以行动表现出来之前，我们没有理由拒绝他们。那么，怎么办呢？事实上我们又不能等到投机主义者表示反动的时候才去打击他，我们不能不在先预防，所谓在先预防无疑地是应当混进总阵营里去监视他们的行动，同时，引导他们向着正路走。假如我们做得好，投机主义者有时会觉得惭愧，痛悔前非，永远跟着我们走的。如果我们不混进去的话，那就危险极了，因为提出来的策略既不能阻止投机主义者们来投机，我们又不能和投机主义者们作战，这岂不是上了投机主义者们的大当，让投机主义者们利用我们的策略大作其投机活动和阴谋，这样前途将不堪设想。我希望全中国的革命文学从业员，在同意"统一战线"这个战术的运用之下，都集在一起，好好把"统一战线"这个战术扩充下去，以期收到更完美的成功。就事实看来，中国的革命文学从业员无论在哪一方面都胜过投机主义者们的，现在无论如何不能分散。所谓"各自的立场"应当在"统一战线"的阵营里运用，不应当离开统一战线而死抱住各人的立场，这将会做出一个怎样的结果呢？！

关于"国防文学"的口号，这个口号是和统一战线保着密切的连系的。在民族危机到了今日这个程度，这个口号并不是什么狭隘爱国主义，在历史的发展阶段上和以前也绝不能有相同的意义的。"国防文学"，是根据"国防政府"的要求，在文学有"国防文学"的反映，这是易明的事理。然而不幸我国有一位所谓"文学理论权威"的理论家，竟而提出了一个"民族革命战争的大众文学"的口号来。这位文学理论家在自己提出了一个口号之后，也并没有切实反驳其他口号的不合理，我真不明白这位理论家是何所居心。我觉得不愿意多说，因为"国防文学"里面是包括着民族革命文学的。然而又不能不说，因为这位理论家我认为已经是无意识地走上取消主义的路了。不是我随便给人家戴上一顶反动的帽子，我们假如把他的理论推广一下，事实便很明白的。这位理论家自己应该是明白"国防文学"的口号是根据"国防政府"的口号而产生出来的吧，那么，这位理论家在文学上既不高兴"国防"这两个字，在政治上当然也不满意"国防"的同样两个字；在文学上他提出"民族革命战争的大众文学"，在政治上他当然也同情于再提出一个"民族革命战争的大众政府"，这位批评家把现在的"国防政府"看做什么东西呢，这样发展下去不是要到破坏了整个的革命战线而后止吗？中国民族到了今日的关头，所谓理论的权威竟然如此不识大体，我不晓得这里头是何道理？

这是我的一点补充的意见，就是关于拉丁化写法运动和"国防文学"的连带性。鲁迅先生最近在《救亡情报》上面对记者再三又提到拉丁化运动不实行，中国必亡的话，我们应当给予最大的注意的。特别是我们作为一个文化人，我们的主要任务是在使中国的民众有文化。做一个科学的二十世纪的人，没有智识是必亡无疑的。我国的大众现在是在怎样的状态里？我不否认我国的民众革命的情绪很高，抗×反帝的要求很浓，但是我不满意我们只喊着"大众的革命情绪很高啦"这句话，而忘记了自己作为一个文化人对于我国民众所应负的责任。我并不是在要求每个文化人都去做拉运的工作，可是我正当要求每个文化人都必须有把文化灌输给大众的工具，这个工具便是拉化写法，现在还有疑问吗？没有这个工具，我们怎样去教育民众呢？民众如果没有智识，纵使我啼泣对他们宣传救亡，在激励的言词里他当然会感动，可是经你宣传过后他们的愤慨之情会维持多久呢？"五分钟的热心"这句话近来似乎少人提起了，可是在这里是必要再提一提的。很缺憾的，郭先生早就在《留东新闻》上发表《请大家学习新文字》的文章，可是至今我们质文社的社员还没有把"新文字"学好！作为文化人而没有教育大众的工具，我们自己是在干什么呢？我们如果回国到乡下去，一个农民拿着新文字报纸来问你的话，你要用什么话去答覆他，除了满颊通红还有什么办法。我说话很率直，在此只有请诸位原谅。完了。

六　香山的自述

由于最近的危迫的情势，使我们深知道祖国的可爱，没有祖国，我们不但无财产生命和生活，甚至没有我们所憧憬的将来！我们不防卫祖国，直接地使自己沦亡，间接地影响全世界的新的时代的驾临。

从亡清末季，资本主义国家利用武力经济侵略起中国以来，便使中国日趋灭亡，但到了最近几年，则更呈现出尖锐的局面。帝国主义直接用武装来占领我们的土地了，中国四万万的民众只有一条道路可走，不是抗战便是灭亡。

在这样国非其国，日趋沦亡的现状中，凡是有点血的，谁不会为这可怜的祖国而奋起，谁不会为祖国而发愤。

所以第一个摆在我们眼前的，即是如何救甲国，如何救这垂亡的中国的这个问题——这问题不但是极重要的，而且是目前唯一的。在这个大课题之前，我想凡是中华民国的国民，凡不是出卖民族利益的中华民国的国民，都须负起这个艰难的课题吧！

因此，在这个前提之下，我们和一切同此目的的人挽起手来，不论对方是属于×派×类×党，只要存有一个救中国的极纯洁的心，都是我们的友伴，都是我们的同路人。这种迫切的客观情势，即是造成了中国目前的统一路线。

文学是现实的反映，把现实给具体地形象化起来；因此目前的急迫的中国情势，必然地反映到文学上来，这就是目前所标帜的"国防"文学的口号的缘起和它的背景。

"国防"绝不是从狭义的乃至似是而非的爱国主义里出发的，我们的爱国主义即是世界主义，我们防卫祖国，即是防卫全世界的新时代的安全。恩得烈，记得在去年法国所举行的全世界文化拥护大会里说："我是个绝对的爱国主义者，同时我是个绝对的世界主义者。"这即是一种最卓越的对国家的一个认识；我们的国防文学在积极方面是抵抗帝国主义，在消极方面是打倒出卖民族利益的汉奸，但二个综合起来，可以说是只是一个课题，即是"救亡"（国防），而究极的目的，即是打倒帝国主义。

随着这个口号以后，就有一个所谓"民族革命战争的大众文学"的口号出现。这个口号，在它的内容上，虽然还抄袭着×××事变以后所标帜的创作口号，但比较还无大疵，然而在其实践与作用上，却是绝对非反对不可。第一它忽视了"口号"的主旨，所谓口号乃是种洁而简，并能包括了整个的课题和使大众立刻理解的东西。试问民族革命战争大众文学这口号，是以大众为对象呢？还是以知识阶级为对象呢？象这种冗繁的口号实非大众所能理解的东西！因此有否定的必要；甚于此，即是此口号在作用上和动机实犯有极大的错误，第一，它扰乱了统一的战线，而独自标奇，第二，它想以英雄主义的色彩，支配各同人志，（见《作家》二期）而出卖其高能，前者是属于这口号所及的影响——是对抗文艺家协会所发的宣言之一团的崛兴——后者只是种个人的取巧，无足道也。

同时随着"国防文学"的口号而起的，乃是报告文学的重新提起：想起"九一八"事变以后的中国，当时也提倡了这"报告文学"，如《苏联工人游欧记》等等都被介绍过来，但不久以后，又渐告衰弱了。

对于一件艺术作品，固然不能割分成政治的价值和艺术价值来评价，而是种综的东西。但报告文学这东西却含着严重的时事性和政治性，报告文学能负起组织当时的群众和武装群众的可能，但它在失了时间性后，即失了部分的作用和功效。报告文学只能在我们目前的中国被认为重要的武器——达到教育，组织群众的工具。但我以为报告文学绝达不到艺术作品的最高峰。象《复活》，莎士比亚的《哈孟雷特》等所达到的境地。

我在二三年前，曾写了一篇《典型与英雄》，当时的企图，乃是针刺中国目前的自然主义色彩的过份浓厚，而只着目于否定方面的描写，对于肯定的人物都毫不注目侧重，因此我提出了强调描写肯定人物的典型，而假名之谓"平凡的英雄"。但当时被人批判为一种左倾的成见。

最近"国防文学"的作品里，又犯了一种旧的倾向，即是着目于否定方面的人物事实，而对现实的正方面却不大注重。

汉奸之类的被当作题材是必须的，但同时肯定方面的人物，也有被十足强调的必要，如此才能带来了新的光明，不堕于自然主义的旧境地。

七　云远的自述

"国防文学"象国防的大喇叭，这声调不独鼓舞着国防的队伍，也穿过敌人的心，是会使他们弃甲舍兵的。至于这喇叭的声调是如何谱下来的，它的重要性必然性，从哪传来又到哪去，想郭先生和别位朋友们，一定已把它的"生命的树"，那长青的生命的真理都分析光了，我只字也写不出来，只拉杂地弄下三片树叶的影子，但愿读者别指责是"灰色的理论"。

（一）国防诗歌——国防诗歌的主题是一个统一诗歌写作的军令，是从自我追求的意识里，从神秘主义的沙笼里，从凄苦悲哀的呻吟里，从个人主义的狂热里，动员一切的诗人们，为了祖国的生命，为了祖国诗歌的生命的飞扬，为了那广义的家乡爱祖国爱在诗歌中成长，请他们写——国防诗歌。

但军令里却并没有说你非写什么才好，写什么就不成。整个祖国的现实是诗的题材，问题是在如何地去写，去处理。所以在国防诗歌提出的同时，不能不希望诗人们去把握现实，体验现实，走入现实。在现实与国防同一的发展中，诗人们逐渐走入现实主义的国防的歌颂，歌讴祖国的被剥去四肢切断胸脯，歌颂祖国英武地抗战，也歌颂理想的现实在抗战中的实现。

一个灿烂的诗的大焰火在等着千百诗人的点放，向着他们的集团微笑，招手呢。

（二）国防戏剧——国防戏剧可以分成两项来谈。

一，各都市话剧运动的国防戏剧化。

二，以街头剧便利的形式深入贫民区，乡间，作为扩大国防戏剧的基础运动。

为了实现并开展国防戏剧的运动，除了希望剧作家们的具体计划和强大的组织而外，是不能不多多提倡写作新脚本的，好在集体的写作已由《走私》开了河，愿这集体写作的洪流，冲激走脚本的不够用吧。国防的喜剧也好，国防的悲剧也好，喜剧本有讽刺的一种，那末就加强这讽刺的技能，讽刺敌人的腐旧和没落吧，悲剧也可以说是歌颂的，那末就歌颂那为祖国的防御，为新社会的建立而英武的牺牲吧。

可是在近年来话剧的运动史上，不能不指出一个特点，那就是田汉先生的话剧与歌乐的溶合，《洪水》便是一个例子，虽然《洪水》里的歌谣在歌谱的音乐情绪的构成上，好象有很多人都不满意，也指出了很多的缺陷，然而单就脚本说却是造成了话剧技术上的一个新阶段。

国防戏剧不只限于话剧，还有音乐剧，舞踊剧，歌剧（这与新旧杂扮的所谓"新歌剧"不同）等。也都在等待着国防旗帜下的剧作家们去开垦，去耕种，然后才能在剧运动的园地里开放出鲜丽的花呢。

（三）国防音乐——在苏联，是诗歌落在现实的后头，而音乐又落在诗歌的后头，但我们可并不能借此比一比或原谅了自已，那是很危险的吧。并不是在这儿来述说音乐对于鼓发一个民族的前进情绪是如何的重要，诗假如变成了歌则又比原来的诗是如何地容易接近大众，这都是被人说过千百遍的常识问题。也并不是要在这儿来反对诗人们利用古民谣的谱子填新诗，而忽略了各个音乐情绪的独特性以及阶级情绪等等，要知道诗假如谱上了谱子，则诗情绪的存在就已经变成了音乐的存在，无论如何响亮的诗句添在"一更里"或几唱几唱的谱子上也唱不响的。但是我们的音乐家为什么不创作新歌谱呢？当然我们也并不能单独责难于音乐家。不过为了适应目前迫切的需求，我们是可以委屈点音乐家们给我们创造：

奋发全人民国防情绪的进行曲，

励发农民与儿童国防精神的民谣曲，

激发全人类真理与正义感的歌曲或乐曲。

至于太长的交响乐，或者是受着客观环境的限制，连在这儿提一提也许都是有点早的，不过假如有人在创作呢，那当然是音乐界最当庆幸的事。说交响乐象叙事诗，或者没有人反对吧，请听听今年最有名的儿童音乐（胡桃人形），作者是如何地把那音乐的形象，由羊，由羊身上的毛，而线，而布，而人形这生产总过程的机器声与劳动的情绪等，作为这乐曲的基本源泉。难道我们伟大的民族抗战，行军的步伐，为了和平为了祖国防卫的冲锋战……等，都不足为乐曲创造的根源吗？

为了物质条件的恶劣，我们的音乐家或者没有象那维耶纳，巴黎，以及莫斯科的剧场，那炫人夺目的大舞台，可是我们有天光的照明，山川田野的自然布景，我们有千万觉醒的人在倾听，在传咏，青年的音乐家呀，这是你绝大的安慰呵，创作出千万人的歌曲，创作出千万人需要的歌曲吧！

八　非厂的自述

由于救亡抗敌，在文坛上"国防文学"这一口号被提了出来，这是应该拥护的。

一个口号之被提出，当然是为了当前的需要，我们善于运用，力求实践，是不怕"贼也呼有贼"的，因为群众看重的是救亡的实践和行动，只利用空话，现在已经骗不了人了。

在统一联合来救亡来图国防的共同要求之下，显明地予一切人们以更始自新的机会：凡是不再帮闲，不愿作汉奸，不甘心当奴隶的都请来吧！救亡之门，是大开着的。

"愿千万人得救，不愿一人沉沦"，相信在今日情势之下，凡真心诚意救亡图存的人，都有这种感情的，可是，我们要处处警醒着处处提防着那些志行软弱的同伴们，免得他们再跌倒了。

我想同时更该明白指出的：凡是向来自私过重的，善好投机取巧的，以及有言无行的，总要拿出最大的决心来和自己的私欲邪念奋斗，万万不可在这个自己和民族存亡关头，把老毛病又犯了，逼着大家不能不舍弃，而自趋于绝路。

还有一个感想：救亡要大众一齐起来才行的，现在显然不是考核品性的时候了，而且，在这种腐朽不堪的社会里，又能成就多少完人呢？巴望我们文坛上德高望重的前辈，把自己的光和热加到集团里来，不要再忍心站在群外，使亲者痛苦使仇者快意才好呢！

总之：文艺工作者之在今日，为了救亡抗敌力量之集中和巩固，只有竭诚拥护"国防文学"而致其全力于"统一战线"。事实昭示我们：作家的笔跟着革命势力挥动，才能尽其最善最大的力量。知识者群参加大众集团，才能显其前哨号筒的任务。否则，脱离了革命势力，站在群体之外，不论主观的见解怎么样，客观上实在等于取消自己的！

还有一点小小意思：大家要力求言和行的统一，不要光在口头上说短论长，必须在实践上表现出救亡的诚意来！洗尽过去的清淡和无行文人的缺点！这点，在我们青年文艺学徒们，尤其应该时时刻刻自我检讨的！

九 孟克的自述

关于"国防文学"这一名词所包含的内容，已早经人们充分地发挥与解释了。我在这里所担心的是它的实践的成绩问题——但目前也有能有一些了，例如《光明》上的集体创作，就不能抹杀它的效果。只是这还是一个起点，我们正需要更大的努力。

有一件事，是不但中国如此的，就是在苏联也似乎正在闹着这事——不少的人们，对于一个新的口号或一种向上的倾向的拥护和实行，总好象不过是一种无法的勉强应付，他并不理解，也无那生活，然而却必须去呐喊和工作，因为不这样，总觉得自己太惭愧，不敢见人。人是都希望站在前面的。由于这原故而演出的结局，是很好看的东西——一种"技巧"，然而那不过是一件镶花的衣服，而且它连御寒的功用都没有。

所以，我感觉得我们的国防文学的提倡者不能忽略的事大略还有：

1，国防创作的实际即具体的理论的建设。

2，国防小说，诗歌，戏剧创作研究会的组织。

3，国防文学指导机关的设立——这是最重要的：它利用各种工具（杂志报章等）征求并奖励全国各地的描写"国防生活"的报告文学（引起作家的创作和研究生活的兴趣）。它解答各方面所提出的疑问，与各方面的人们讨论一切实际的国防文学的实际问题。

现在的文艺家协会是很可负起这些责任来的。

十 我 的 自 述

关于"国防文学"的意见，我自己已经写过两篇东西，一篇叫《国防·污池·炼狱》，一篇是《在国防旗帜下》，大体的意见是赞成"国防"这个用语，觉得字面既简单而包括又广大，最适宜于作为一个统一战线的共同目标。这个用语有些人怕它犯了狭义的国家主义之嫌，因而在尽力反对。这种人，说高尚一点，是太洁癖了，他们完全没有了解到在目前国难紧迫的时候之所以强调"国防"，正是有意要容纳那种真实的爱国者的。因为一个人如是真正的爱国，他必然要猛烈地反帝。只要能反帝的人在目前通是我们的朋友，故而岳飞也好，文天祥也好，陆秀夫也好，张苍水也好，都值得我们欢迎，我们讴歌。自然我们也并没放弃我们更高级的意识和更远大的目标。我们在强调救亡，强调爱国的军号中，同时是要吹奏我们的意识和目标的。我们要使人知道：凡是在反帝的人才是真正爱国的人，凡是真正爱国的人只有走上反帝的路。这反帝的路是救中国的路，而同时也就是救世界的路。中国的"国"如"防"好了，帝国主义只好崩溃。这是历史课与于我们中国民族的使命，这个民族之大而优秀，这个国土之广而丰沃，而且又被置在两个阵线的最前线，前人类历史的幕要由中国人手里来拉闭，是历史的必然的结论。"国防文学"足以包括这些意识，而且要使狭隘的国家主义者化除其狭隘。在目前狭隘的国家主义者（自然要是真货），倒是友军，而狭隘的清算主义者倒是仇敌，这是不得不认识明白的。

关于救亡与救穷的同时提出，我觉得倒不成什么问题。因为救穷的种种是已经被包含在救亡里面的。而事实上是愈穷的人愈能救亡，不穷的人被逼得家丧人亡的时候，他也就会起来救亡了。这两者实在不能分开，而且在提出者也并没有分开，我们只要看看那些救亡的主张和纲领就知道。

关于"报告文学"，我觉得在我们中国目的当注重其为"报告"，而不要责成其必为"文学"。多写"报告"除于政治上为必要，于文学素材之供给上为必要以外，是锻炼出优秀作家的一个极好的法门。写"报告"譬如画家的模特儿素描，这是学画的人所必由的入门之路。初步的作家写的"报告"难成其为文学，优秀的作家所写出来的"报告"，不仅可以有"文学"的价值而且那价值还会很伟大。名画家的素描便是一个倔强的证据。事件的文艺性有时是在文艺作品之上，中国的文艺跟不上现实，也就是这个现象的一个公认的证明。在这点，"报告文学"有加紧提倡要的必要。好的照片要高过恶劣的油画万倍。

中国的文坛对于俄国文坛的应声，有时我觉得过于敏捷了一点。例如"典型论"被一部分的批评家叫得高唱入云，其实典型的制造不必是文学的唯一的要务，而那制造过程并不是任何文学家都可以胜任的，欧洲的大作家要制造一个或一些典型，往往要费毕生之力。还是学习，体验，锻炼的要紧。要当一个文学家，尤其能造典型的，应该是一部或大或小的活的百科辞典。

关于汉奸的写法，我自己有一个腹案。要写一个人并不存心当汉奸，然而为周围的情势等等所迫不能不陷到汉奸的境遇。但当了汉奸也并不自由，或甚至过的是地狱生活，心里也老实在痛悔，甚至日夜以泪洗面，然而终无法自拔，蒙着一个汉奸的烙印而至于狂死或者被虐待死。就这样取着悲剧的形式，或者写来更能够动人。天地间愿意当亡国奴和汉奸的人物怕很少或者径直没有吧？从正面来骂汉奸，骂走狗，不如从侧面来哀怜汉奸，哀怜走狗。目前负着汉奸烙印的人，我不相信他们的生活是自由的。他们委实是可怜到万端的人。我们注眼到这一层去想象汉奸的生活，一定可以得到好些宝贵的教训。在这儿甚至可以强调死或自杀的积极性，因死和自杀给汉奸的生活比较起来，有如天堂和地狱。古人说"死有重于泰山"，就是说的这些场合的死了。在这儿，死却是革命的了。一个人存着必死的决心，我看是怎么也不会沦落于汉奸的境遇的。写汉奸的生活，在这儿怕只好全凭想象，因为一个作家谁也没有当过汉奸的经验，汉奸的生活我们无从去观察，他自己也不会记录下来。这儿可以悟到想象在文学中所演的重要的节目。关于历史上的汉奸人物，待研究就绪时，我也想这样去写。我在这儿可以带着说一句，有些以为写历史的题材便是逃避现实，这是一种浅薄的庸俗的现实主义观。所谓现实主义并不是说要写现在眼前的实境实事。现实主义是和虚无主义之类相对待的，作家以积极的进步的世界观来处理一切的对象，所处理出的成果都有积极的社会价值，那便是我们现在所要求的现实主义。材料倒不问其是历史，或非历史。抱着一枝笔做镜头，不管三七二十一，赶在面前碰着的东西便描写，那种受动的态度，倒往往会流而为虚无主义的。又有人说，写历史用古瓶盛新酒的办法是"幼稚"，这大约又是那一位"幼稚"

的"理论家"所传宣出来的"幼稚"的"理论"吧。以现代的人来写历史作品，根本就是以"古瓶盛新酒"。问题当是古瓶中所盛的是不是"酒"而酒是不是"新"。古瓶盛尿或毒酒，那和新瓶盛尿水或毒酒一样，倒不能问乎瓶的古不古。世间上酿新酒的人，倒没听见说一定要盛之于新瓶的，而有古瓶的人倒也没听见说一定不好拿来盛酒，非打破不可。我可怜大家的新瓶多是盛着走了气的古酒。

林林兄问的："中国从一八四〇年鸦片战争以来，便在外力压迫之下过日子，为什么反映在文学上这样淡薄，理由是在什么地方呢？"——这理由我怕还是中国的现代文艺之一般的落后，而其更鞭擗近里的理由是中国的社会经济之一般的落后。中国的近代文艺仅仅有二十年的历史，而优秀的作家怕还不上两打，一般的主题都反映得淡薄，因而这外力压迫的反映也就淡薄了。近代文艺的母体是近代经济，职业文士是近代经济的产儿。然因中国的经济落后，职业文士的发育也就不能畅茂。上海北平等地能够靠着文学吃饭，而不兼差或用点纵横捭阖之术的人怕没有几个吧？倾向的题材是要多仰仗职业文士来把握的，因为职业文士之发育不能畅茂，题材也就成为了老处女。就把我自己来说吧，我这七八年来很少文艺上的创作，政治上的影响自然是主的外因，而同样主要的是上海滩上的文学饭碗太少，纵横只有那几个碗，而大家都又要吃饭，自然也就难得轮到我名下来了。商品化了的近代文艺同样是逃不脱商品流通上的铁则。需要一少，供统便不能不停顿。生产如过剩，便要发生恐慌。这结果，在我个人，是促成了向着古代的研究。在其他的人上所播的影响，那一定是五花八门了。文坛的纵横捭阖也就产生于这儿，即文学家之生存竞争。文艺家把力量少用于创作，而多用于把持。因而戴帽子的战略便盛行一世。作家间彼此的磨擦愈生热，外压的反映也就不得不愈加淡薄。其在未成名的作家呢，与其说"伟大的作品在字篓里"，无宁说还没进字篓便流产了。象古时候著书不求问世，所谓从事于名山事业的人，我相信是没有的。除非祖宗有点积蓄的人，他所要干的玩意儿却不是这样的了。出版家呢？乘着作家的内战，他们的剥削手段，径直是世界独步。又把我自己来举例吧。象我的书出得最多的是从前的光华与现代两家，他们几年来盗印书籍，积欠版税（几年来一文不付），甚至连本是我自己的纸版都拿去自由拍卖。别的作家对此，是如秦人之视越人的肥瘠。然而对于我所用了的出版家的手段对于其他的作家，虽有程度之差，终竟没有两样。作家在这样的状态之下，你教他怎样去产生伟大的作品，去丰富地反映现实的生活呢？文艺家协会的成立，如以后当事的人明达大体而肯认真，我想在这一方面是可以想些方法来补救的。

正确的历史观和世界观，在我们是有努力去把握而加以普及的必要。近来有人误解了苏联的罗森达里理论，以为正确的世界观在作家是不必要的，举巴尔扎克与哥果里为证。这种见解在目前是有害的。苏俄的社会已经上了正确的轨道，和我们的不同。生在苏联的作家即使意识模糊一点，然而环境是正确的，只要忠实于客观的真实，他自然会达到正轨。所谓"蓬生麻中，不扶自直"。而在我们，则旧式的史观正在加紧地被人播音，能够不为先人见所囿，如巴尔扎克与哥果里那样的天才，在科学家方面如爱因斯坦，究竟能有几人？以例外为正宗，而期许一般的人以天才的特达，这是完全错误。我们现在可以说，没有正确的世界观而能把持着客观真实的人，我们能够容许，但希望他要有正确的世界观，并希望一般的人不要以之为例。正确的世界观是唯一客观真理，这是使我们认识客观世界的明灯，与其在暗中摩索偶然得之，何如大家都掌起这明灯来俯拾即是呢？我们须要知道，我们所处的环境还大有不同，不要忘记了"白沙在泥不染自黑"的教训。

一九三六年七月十三日

1936年10月10日《质文》第2卷第1期

现阶段的文学问题

任白戈

一 文学与现实

人是两手两足的动物，虽然头脑早已朝着天空，然而两足总是踏在实地上的。人，最初全凭有了两足进化成为两手才将自己从走兽中区别出来；然而那区别底最高的标记，却一向烙印在人底头脑上。这就是说：人在开始用手制造工具的时候，他底头脑早就想过制造工具底必要和可能了。换句话说，人是首先想到需要制造什么工具然后才去制造的。不过，那个想头，并不是来自天空，它一定有它底地上的根源。否则便是空想，对于足踏实地的人毫无用处。人不能离开外界而生存，他时时都在向着外界活动，而且所活动的对象还一定是于他有用的。自然，人在活动的过程中，一切外界的事物都得通过他底头脑；而那头脑中所活动的一切，却就是外界的事物底反映。人是只想着他所能解决而且于他有用的问题的。从这点出发，我们便可以给人类底一般的意识形态找得一个现实的基础。文学也是意识形态之一，作为一个形象艺术来看，它是更应该接近于现实的。所以，一切伟大的文学多是现实的文学，一切伟大的作家多是现实主义的作家。

是的，文学是不能离开现实的；它愈是与现实接近便愈是伟大。这样的例证，在一部文学史上就可以找出许多，而且已经成了一种流行的说法，不必再在这儿来旁征博引，事实上，现实这两个字，在一般的文学论著中，差不多已经成为全智全能的上帝了。当耶稣被钉在十字架上的时候，许多人是连上帝二字也不敢叫出口的，然而这时候的上帝却还没有失掉它所代表着的真正的精神；及到那些最反动的，最残暴的家伙亦在教堂里大作其礼拜的时候，这时候的上帝却又变成一个可怕的吃人的象征了。现在，不是一般人都在口口声声嚷着现实吗？无论是高踞在象牙塔里的唯美诗人，无论是飞翔于乌托邦里的虚无作家，现在都在高呼抓着现实了。在这时候，我以为我们应当赶紧确定现实的含义，看看各色各样的人们所说的现实底含义究竟是些什么；同时也就明白了他们是不是真地抓着现实了。

一说到现实，我们马上便会想着横在我们目前的世界及其所有的事物。所以，许多人以为现实就是我们两目所见的一切事物底代名词。以我们两目所见的一切事物来说，不待说我们两目所见的只是一切事物所表现出的现象。所以，有许多人又以为现实就是现象底同义语。其实，都是不妥的。我们所说的现实，自然它并不是我们两目所见的一切事物所表现出的现象之外的东西，不过它还包含着我们两目所不能见的事物底本质。这就是说，它是一个本质与现象底统一体。所谓本质，就是事物发展底内在的合法则性，所有的现象虽然并不直接与它一致，但总是它底表现和显现底形态，如果没有本质这一面底把握，那便连现象那一面也不能十分把握的。要抓着现实，非通过现象底考察达到其本质的一面底分析不可。因为本质与现象就是同一实在的现实之不同的两面，而这两面却就是一个绝对不能分离的统一体。

然而，一般人却不理解现实这两个字底真正的含义，只是空口嚷嚷抓着现实。你说抓着现实，我也说抓着现实，第三者至少也说说不离开现实，结果现实并未抓着，反而到是与真正的现实离得远远的。这就是目前所谓抓着现实底实在情形。如果要老是这样抓下去的话，我想将来文学还会与现实绝缘吧。自然，那时候也就再没有什么文学可说了。单就目前来说，我们底文学实在是与现实并不怎样接近的。许多伟大的历史的事变由我们底目前源源而去，我们底文学从来就没有留下一部纪念碑的作品。目前的逼人的现实，亦只是使我们底作家写出了些印象式的东西。文学落在现实之后太远了！高尔基曾经责备苏联底作家没有描写中国的目前底伟大的现实，日本底文坛亦正在高呼"描写中国"，我们底作家到底又应当怎么办呢？只是空口嚷嚷抓着现实就算了吗？

一个名词或口号之被滥用，自然是有一些危机，但这却也正表示着那个名词或口号底胜利。现实这个名词与抓着现实这个口号，已经被各色各样的人们千遍万次地滥用了，但这正是现实主义已经在文学中成了支配的主潮底表现，为现实的文学奠定了一个最高评价的基础，使那一切明目张胆地说谎的文学不得存在。现实底本身就有一种逼人的动力，它会推进或牵引一般忠于它的作家达到伟大的前途。目前正是人类社会底飞跃的时期，一切的角色和全武行都集中在这最后一场的舞台上，象牙塔和乌托邦早已没有寄托的余地了，一般的作家和诗人至少也得作一个看客。舞台旋转得太快，格斗来得太猛烈，有些神经衰弱者自然是要头昏眼花，不能再看下去；但在一个意志坚强和感情热烈的人，他不但能够硬着头皮，倾着眼光，看清所表演的一切，而且还会跳上舞台去，成为一个表演者。前一种人，他虽然口口声声在嚷抓着现实，其实却连现实也没有看清。然而，这仍然无碍于现实，无碍于他人去抓着。最可怕的，只有那些存心粉饰现实和歪曲现实的人。

然而，真正的现实毕竟是粉饰不了，歪曲不了的。我们曾经说过：文学是不能离开现实的，它愈是与现实接近便愈是伟大。作家如果要粉饰现实或歪曲现实，他在文学上的生命只有死亡。所以，一个有永久的生命的作家，他底主要的条件首先就是忠于现实。

二 中国目前的现实

中国目前一般的作家，我们相信大都是忠于现实的，问题似乎便在是否能够真的抓着这一点上了。那么，中国目前的现实到底是什么呢？

现实底考察，必须通过现实社会各阶层底相互关系与具体实践底考察。因为社会底现实总是显现于各阶层的相互关系与具体实践所表现的斗争之中，而一个人之能否抓着现实却就是由于他在这个斗争中所处的地位来决定的。我们不妨先行考察一下目前中国各阶层底相互关系与具体实践吧。

中国早已就是一个半殖民地的，半封建性的国家，一方面受着帝国主义底侵略与压迫，一方面受着军阀买办底拍卖与摧残，一般的民众无论在经济上或政治上都体验着日益加深的痛苦。帝国主义为了要完全霸占中国，自然必得在中国找着它底走狗；军阀买办为了要永远统治中国，同时亦非找着一个主人不可，于是互相勾结利用，形成了一个共同支配中国的局面。这个局面如果不被打开，中国与一般的民众是绝对得不着独立与解放的。所以，中国底独立与解放运动，一向总是以打倒帝国主义与军阀买办为目的。换句话说，为了独立与解放，中国底民众非进行两重革命不可：一方面是对外的民族革命，一方面是对内的民权革命。这两种革命，一直到目前都还是中国社会各阶层底相互关系与具体实践所表现的斗争底本质，而且是绝对不可分离的。

然而，随着帝国主义底侵略与压迫之深入和加紧，随着军阀买办底拍卖与摧残之露骨和彻底，各阶层底相互关系与具体实践便起了相当的转变。有了这种转变，自然那所显现的现实也就随着不同了。所以，我们可以这样地说：虽然自从鸦片战争以后中国底社会就带有了这两重革命的性质，然而在各阶段中所显现的现实却究竟有相当的不同。主要的是由于各阶层底自身的状态与彼此的配置在各阶段中都不一样。从这儿，我们倒可以看出目前这个现阶段中的现实底特征。

很显然地，中国目前的现实是比以前任何阶段都附有特征的：第一，各帝国主义在中国的势力失掉了均衡，既不能造成象八国联军时代那样一个联合掠夺和瓜分的局面，亦不能造成象奉直战争时代那样一个对立支配和宰割的局面，事实上我们底邻邦便独自直接用飞机和大炮来并吞中国了。结果，整个的江山已经被吞去了半壁，全国的人民都怕随着领土与主权的全部地丧失而马上陷于亡国奴的境地。第二，军阀与买办从新结了水火不灭的魔鬼同盟，采取了一切卑污无耻的手段以竭尽其拍卖和摧残之能事。他们毫无忌惮地将一切不愿做汉奸和亡国奴的人们驱于敌对的地位，不但不及义和团时代底腐朽官僚之有肝胆，甚至连祖先所遗留下来的一点狭义的爱国观念都被清洗罄尽。公然屠杀爱国民众，恬然奉行敌国命令，不久将要使大中华民国变成一个在宪法上订下一条"救国有罪，通敌有功"的明文的国家。

第三，一般的民众已经很广大地联合起来了。他们既不象义和团那样以一般的洋人为仇敌，只激愤地从事于捣毁和打杀；他们亦不象五四时代的知识阶级那样只知道打倒卖国的官僚，反对政府底卖国外交。在"五卅"以后的大革命时代中，虽然已经很明确地高呼着打倒帝国与军阀了了，而且也是实行的联合战线，但在当时的任务却只限于废除一切不平等条约，取消各帝国主义底在华特权。现在，这一个联合战线，不只是它自身的内容与形式都和以前不同，而主要的是在它底任务更比以前重大。它底任务，便是直接用武力收回已往丧失的土地，抵御一切新来的侵略，驱逐所有在华的敌军出境，完成坚实严密的国防。归结起来说，目前所显现于现实中的各阶层底相互关系与具体实践已经转变成了这样：在一切的对立当中，卖国的汉奸与救国的民众是最大的对立；在一切的斗争当中，全民众的抗敌救国和扫除汉奸是最大的斗争。

这种对立和斗争，便是中国日前的现实底轮轴，一卷伟大的现实底画图正在从这儿急剧地展开。从这种对立和斗争中，我们可以看出国土是怎样地丧失；从这种对立与斗争中，我们可以看出主权是怎样地断送。从这种对立与斗争中，我们可以看出一切辱国的事件是怎样地发生；从这种对立与斗争中，我们可以看出一切丧权的官僚是怎样地抬头；从这种对立与斗争中，我们可以看出一切卖国的协定是怎样地成立；从这种对立与斗争中，我们可以看出一切亡国的条件是怎样地接受。从这种对立与斗争中，我们可以看出傀儡底政权是怎样地扩大；从这种对立与斗争中，我们可以看出汉奸底集团是怎样地形成。从这种对立与斗争中，我们可以看出国家底经济资源是怎样地被侵占；从这种对立与斗争中，我们可以看出人民底生命财产是怎样地被掠夺。从这种对立与斗争中，我们可以看出一般救国的言论和行动是怎样地受压迫；从这种对立和斗争中，我们可以看出所有抗敌的军队和民团是怎样地受摧残。从这种对立与斗争中，我们可以看出卖国的汉奸是怎样地受优待，爱国的志士是怎样地受严刑。从这种对立与斗争中，我们可以看出关税是怎样地破产，仇货是怎样地倾销，奸商是怎样地发财，国货是怎样衰败。从这种对立与斗争中，我们可以看出敌军是怎样地横行中国，如入无人之境；从这种对立与斗争中，我们可以看出敌使是怎样地颐指气使，俨然作太上皇。从这种对立与斗争中，我们可以看出敌人是怎样地正在准备新的进攻，汉奸是怎样地正在准备新的拍卖，民众是怎样地正在准备新的流血。从这种对立与斗争中，我们可以看出敌人是怎样地贪婪与残暴，汉奸是怎样地卑劣与横蛮，民众是怎样地英勇与牺牲。而且，从这种对立与斗争中，我们可以看出：在已失的土地上，一般的民众是怎样地呻吟和挣扎；在将失的土地上，一般的民众是怎样地呐喊和奔走。全国各地的救国运动与救国团体的蜂起，全国各界的联合战线与一致动员，所有一切庄严灿烂的情景与场面都吓然显现于这一卷伟大的现实底画图之中。这一卷画图，是非常地广袤而富有光彩的，在色盲的人只会觉着茫然一片，在神经衰弱的人只会感到头昏眼花，但在一位明敏的艺术家却能很精细看出它那庄严灿烂的全貌。

三　我们需要什么文学？

文学是现实的反映。有了这样的现实，当然会有这样的反映。所以随着民族危机底加深与迫切，而反映这样的现实的作品也就日益发展和增多了。现在更进了一步，已经产生了可以作为开路碑的集体创作。

然而，文学往往落在现实底后面，其实这一个反映是非常地淡薄的。既然连反映都不够，文学还能进一步去尽其变革现实的任务吗？人是现实的变革中一个主观的因素，除了虚伪的客观主义者与反动的保守派，以外，谁也会知道变革现实是自己底责任。目前一般的作家都在积极地将文学放到国防底前线上去作为抗敌救国的武器之一，并不是偶然的。

现实底画图就是作家底临本。在这一卷庄严灿烂的画图中，我们底明敏的作家们是会看出其中殷然贯穿着的一根红线的。这一根红线就是全民族底一致动员抗敌的统一战线，一般的作家非首先牵着这一根红线不可。

于是，作家底统一战线构成了，中国文艺家协会便是一个具体的表现。

不待说，随着统一战线底构成，大家在实践上是应该有个统一的口号的。一定要这样，步伐才能整齐；一定要这样，队伍才不涣散。

然而，口号并不是可以随便提出的：一方面，它应该有现实底根据，一方面它应该为群众所接受；具体，明确，单纯，简短，都是它底必要的条件。换句话说，它不但要说出自己底任务，而且要适合于群众底要求。目前，既然"全民族底一致动员抗敌"是一个神圣的任务，亦是一般群众底要求，不待说我们在文学上所提出的口号是应该以这为内容的。问题就在一切所能表示这个内容的同义语中，到底谁才是最具体，最明确，最单纯，最简短，最能为大众所理解的一个。要是不明白了这点，那不但会提出许多使人头昏的口号，而且亦失却了使人选择口号的标准。

在这儿，我们很可以根据这个原则来检讨一下在最近的文学界成了问题的"国防文学"与所谓"民族革命战争的大众文学"这两个口号吧。

"国防文学"这个口号，是在半年以前就提出了的。当它被提出来的时候，亦正是文学界的统一战线这个口号被提出的时候，它与号召和组织全国作家一致动员救国那个神圣的任务实具有一种不可分离性。所以，它是与中国文艺家协会底组织过程同时发展的。这个口号，一提出来马上就得着一般文学界底拥护，不久便被推广到文学底各部门中去了，例如"国防戏剧"和"国防诗歌"等等口号之提出。从此可以见得：这个口号，是适合于群众底要求的，是能为群众所接受的。然而，最近竟又有人提出所谓"民族革命战争的大众文学"这个口号来与它对置底。

现在，我们姑且不管这两个口号到底谁个正确，我们应该首先明白的是在这个时候再提出这个口号来究竟为了什么。

是"国防文学"那个口号不好才提出这个口号的吗？然而在最初提出这个口号的人却连那个口号都没有提起过，好象从来就没有听人说过那个口号似的，当然说不上有什么批判，又怎么说得上那个口号不好呢？

是"国防文学"那个口号无用才提出这个口号的吗？然而就是这个口号底拥护者亦很谦虚地说那个口号"发生了相当的适用性，不但在文艺领域，就是一般艺术的领域，也正相当地应用着"，并无可隐讳地说"这口号是有的"，又为什么一定要抹杀了既存的一个而另外提出一个新的呢？

这只有令人想到最后的一点了：要另外提出一个口号的人一定是另有一个主张和立场，他们是根本反对"国防文学"的，其所以不正面加以批判式否定而只是另提出一个口号来对置，那不过是战斗的一种方式，所谓抹杀而已。因此，一般的文学界，尤其是文学青年都对于"民族革命战争的大众文学"这个口号底提出起了很大的疑惧，以为文学界的统一战线根本不成了。在一个懂得集团的战斗的人，他更加会悲痛地感到这是一个巨大的损失。这种行动，如果出之于一般不了解大势的群众，不懂得集团的战斗的人们，那自然不能只用骂声去回答，说他们是"无耻"；如果出之于素来以前进自居的人们，那就毋宁说是一种罪恶，假使有人要根据先哲底遗言和教训来下一个判断，我想这些人们即使问心无愧亦是难以自解的。

然而，一千个万幸，直到现在为止，根据"民族革命战争的大众文学"底提出者们底言论来看，并不是站在另一个立场上的，而且它底注释者们已经明明说出来了：问题只在两个口号究竟谁比谁好这一点，原则上是没有问题的。这不能不使我们深深地感到：假使在"国防文学"这个口号刚刚提出的时候，"民族革命战争的大众文学"这个口号底提出者，就参加讨论，岂不是早就没有这个问题了吗？到底为什么"民族革命战争的大众文学"这个口号底提出者只知道另外提出一个新的口号而对于"国防文学"这个已经普遍确立了的口号始终取着无视的态度呢？这一点至今我们还是莫名其妙。

好了，我们就着重在这两个口号本身来说吧：

据"民族革命战争的大众文学"底注释者说："'国防文学'，只有以'民族革命战争的大众文学'为内容才能得到正当的解释，也只有在'民族革命战争的大众文学'这个总口号之下才能看出积极的作用。"而那论据就是："国防文学"那个口号"因为过于简单，不免笼统含糊"，所以"在说明国防文学的时候，不能不屡次三番地提到人民大众，屡次三番地提到民族革命战争"。既然别人已经屡次三番地提到而且是以这为内容的，那还有什么另提出口号来的必要呢？如果说凡是"在说明国防文学的时候不能不屡次三番地提到"的名词都比国防文学具体明确，只要一集合起来就"形成"了一个"最能说得本质的包含度最大的总口号"，那应该还有许多总口号可以"形成"吧，结果会成一个什么局面呢？然而，一个口号底"形成"却并不象那样的随便，究竟谁是笼统含糊？谁是具体明确？亦不能象那样的判断的。

其次，那些说国防文学"笼统含糊"的人还有一个主要的论据。他们说："所谓国防，我们知道是指半殖民地反抗帝国主义侵略说的；可是，在另外的场合，例如社会主义国家在被帝国主义进攻的场合，帝国主义国家之间互相冲突乃至帝国主义国家侵略殖民地半殖民地的场合，岂不都可以应用的吗？"是的，不只是可以应用，而且正在被应用着。但社会主义国家底贤明的政治家们并不怕它会变成帝国主义国家底国防，帝国主义国家底奸狡的阴谋家们也不怕它会变成殖民地或半殖民地底国防，所以不只是"苏俄有过这一样的口号"，"目前是连'友邦'政府也在喊'国防'的口号"。难道我们还怕我们底"国防"会变成帝国主义国家底国防或社会主义国家底国防吗？"国防"这两个字底意义，完全是由于国家本身的性质及其所处的地位来决定的，我们的国家既然只是一个半殖民地的国家，又正处在一个被帝国主义武装占领的地位，我们所谓的"国防"自然"是指半殖民地反抗帝国主义侵略说的"，如果我们不顾客观的现实形势，如果我们不顾现实形势中的新的条件，只在辞典上去寻求字义底解释，也许会以为"国防"两个字真的有点"笼统含糊"；然而客观的现实形势及其中的新的条件却告诉我们：事实刚刚相反。

第一，目前我们所说的"国防"，不只是更具体地表示着民族革命战争底全领域的内容，而且亦明确地表示着民族革命战争的现阶段的形式。我们时时说着民族危机到了最后关头，比过去任何阶段都严重，那意思就是说帝国主义底侵略现阶段中已经采取了用武装直接占领中国在全部领土的形式。所以现阶段的民族革命战争底具体形式就是用武装保卫中国底领土：对于已经丧失的应该用武装收回，对于还未丧失的应该用武装捍御。这种保卫领土的任务，在一般的国家都叫做"国防"，而在目前的中国就是神圣的民族革命战争底具体的任务，在应用上实在是比"民族革命战争"要具体和明确些。

第二，"国防"这两个字，正因为到处都可以应用，所以在推行上非常便利。同时在目前这个以抗敌救国为目标的统一战线之中亦可以通行无阻。我们很可以说在这个统一战线之中亦有不赞成民族革命战争这个口号的，例如竭力主张抗敌救国的亲美派或亲英派，但他们并不反对国防，而事实上所谓国防底任务也正是目前民族革命战争底具体的任务，为什么我们不用"国防"这两个字而一定要另外提出"民族革命战争"六个字来？何况大众这两个字根本还成问题呢！

第三，在帝国主义侵略的一切形式中，再没有比用武装直接占领土地给与一般民众的刺激和痛苦更直切的了。民众底一切生命财产都随着土地丧失而丧失，他们是要拼命保卫那保有他们的一切生命财产的土地的。这也就是目前一般民众之勇于救国运动的根据，我们应该抓着这个具体的而且尖锐的事实去号召和组织他们。象"国防"这样的一个叫他们去"保全领土"的口号，是最能号召和组织他们的。同时，也正如"民族革命战争的大众文学"口号底拥护者所说，"因为这个口号本身简单，容易记，容易说"，所以能为群众所接受，"国防文学"一提出来马上就得着了广大的拥护，而采取了无视和反对的态度的都只有几个站在前进的立场上的理论家。

要说到前进的立场，我想那"国防政府"底提出者应该不是落后的吧，为什么他不提出"民族革命战争的大众政府"呢？"国防文学"这个口号，很显然地是随着那个政治的口号而来的，我们的前进的理论家既然知道"我们半殖民地人民大众所要实现的'国防政府'，是为了民族革命战争的需要，是为了争取民族革命战争底胜利的"，为什么就不知道我们所要实现的"国防文学"亦是"为了"这个"需要"和"争取"这个"胜利"的呢？既然"国防政府"都没有为了这个需要而另外提外一个"民族革命战争的大众政府"的必要，为什么又有另外提出一个"民族革命战争的大众文学"的必要呢？

我们固然不能"随便加人以一顶帽子"将其一足踢开去，我们固然希望大家都站在前进的立场上引用先哲的遗言和教训来解决一切问题，但我们更希望大家不要误解和妄用先哲底遗言和教训，尤其是不要忘记这几句话："当一个口号得着了广大的群众拥护的时候，反动派往往不是另外提出一个相似的来对置使其势力分散，便是重新提出一个更高的来僭越使其根本破产。"我们不应该无意识地作了反动派底奉仕者。

根据以上的种种理由，所以我不赞成在"国防文学"已经普遍确立了的目前这个客观的现实形势之下再另外提出的所谓"民族革命战争的大众文学"。在现阶段中，我们所需要的文学必须是"国防文学"，决不能再另外提出什么口号来代替它。

四 国防文学底前途

尽管有人对于"国防文学"还在加以反对或抹杀，但"国防文学"却正在向前发展着。事实的存在才是最高的存在，目前已经产生的许多作品便足以答覆那些反对论者和抹杀论者，我们底理论家和作家们应该赶快将自己底宝贵的笔集中到积极的理论底建设与具体的作品底创作上去。只要这样，国防文学自然会达到它的灿烂的前途；而且也只有这样，国防文学才能达到它的灿烂的前途。

国防文学的前途，由于它底现实基础的深厚，原来就是很坦平的；但又由于它所负的任务底重大，一旦进行起来却也相当的艰难。所以，在达到这个前途的进行中，一开始我们便应该以最大的耐性和努力来解决一些必须遇着的根本问题。关于积极的理论的建设方面，我们已经将它的许多根本问题解决了。现在单就具体的作品和创作方面来说，有几个必须遇着的根本问题便是我们所应该首先解决的：

第一，是创作底主体问题，也就是作品底作者问题；

第二，是作品底主题和题材问题，也就是主题和题材的范围问题；

第三，是创作底方法问题。

关于第一个问题，我们可以这样肯定地说：凡是在统一战线以内的作家都是创作的主体。换句话说，凡是接受全民族一致动员抗敌救国这个主张的作家都是国防文学的作者。不只已经参加到了前线上去的战士是，就连还坐在书斋里的书生亦是。因为国防文学底提出，主要的目的，并不是在作为一部分前进作家的一个创作方向，而是在作为全民族一切作家的一个共通口号。这个口号，一定要全民族一切作家都集中到这下面来一致从事于国防文学的创作才算成功，所有一切拒人于门外的手段和行为都是对于这个口号的背叛。一个真正的前进作家，一方面他自然可以将这作为一个创作方向，在自己底正确的世界观底照明之下，创作一些第一义的国防文学，但在另一方面他决不应该排斥其他比较落后的作家创作一些第二义的乃至于第三义的国防文学。岂止不应该如此，而且还应该领导或帮助他们由第几义的达到第一义的。这才真正是我们所理解的应该站在主导的地位的前进者底立场，否则那前进也许会变成反动。所以，在创作上，我们应该允许中间的乃至落后的作家一般地存在。同时，在批评上我们亦应该有宽大的容量，错误是应该纠正的，但应该好意地指出，而不应该恶意地攻击。

关于第二个问题，我们可以这样肯定地说：国防文学底题材是没有限制的，但所有的主题却不外乎动员全民族一致抗敌救国这一个神圣的任务。帝国主义底侵略，已经深入到我们底每一滴血液，每一个毛孔里去了，我们的一切生活都直接间接受它的影响，我们随便在某一个生活片段中可以抓着国防文学的主题。剀切地说，在中国目前的整个现实之中，帝国主义底残酷的侵略与全民族底一致动员救国这个斗争的内在底合法则性便是最本质的东西，只要抓着了这一点，我们便可以抓着整个真正的现实，所以只要我们以国防文学底主题作中心去处理一切题材，我们总能最大限度地表现出现实底真实性；反之，只要是一个现实主义的作家，他所创作的一切作品一定是最大限度地含有国防文学底主题的。

说到这儿，关于第三个问题，已经算是说着一半了。在一切的创作方法中。现实主义是一个最高的标准，我们的国防文学不待说也是应该以现实主义的创作方法为创作方法的。现实主义的创作方法，不但能使国防文学表现了中国目前的伟大的现实，完成其神圣的任务，而且使那些只能创作第二义的乃至第三义的国防文学的作家达到能创作第一义的国防文学的境地。它不但给与国防文学以最高的价值，而且给与国防文学的作家以前进的能力。有了这种创作方法，国防文学才得了一个向着正确方向发展的保证；有了这种创作方法，国防文学才可以一直发展下去与未来的文学统一。同时，亦要靠着这种创作

757

方法，国防文学的战线才能日益巩固统一起来。

这三个问题一解决，随着国防文学底批评问题也就解决了。批评问题本来是离不开创作问题的，只要知道了那个作品底题材和主题以及创作方法底根源以后，我们对于那个作品底具体的分析便不难做到。其次，创作者与批评者所处的地位亦是很要紧的，因为这可以决定批评者对于那个作品的社会价值的估量和自身底态度。然而这两点都是包括在以上三个问题中的，例如第一个问题便解决了这最后的一点。前面的一点更不待说，所以不必再来专谈国防文学批评的问题。

目前，国防文学还正在一个成长的期间，积极的理论底建设与具体的作品底创作固然是十分必要的条件，但作家自身的团结与统一亦是不可忽视的。一般的作家，应该为了全民族和自身的生存而团结起来；前进的作家，更应该为了全人类和阶级底解放而团结起来；在目前这样一个全民族底利害和各阶级底利害统一的形势之下，前进的作家是应该与一般的作家统一起来的。而这统一底主要的责任便放在前进的作家的身上。所以真正前进的作家，他必然要参加于一般的作家之中，以最高的耐性和最大的容量去与一般的作家站在统一的战线上。这时候，判断一个前进的作家之是否真正的前进，就是以他是否与一般的作家站在一起为标准，即使一般的作家中，有的是毒蛇猛兽也窜入这统一战线中来，然而亦应该为了获得群众而参加于其中。先哲有几个遗言说的好："……'急进主义的'德国康姆尼斯特们恰恰干着这个糊涂的事情。他们根据所谓工会的首脑部底反动的，反革命的性质这个事实而引出一个退出工会，不参加工会中的活动，非再弄一个重新想出来的工人组织的形态不可的结论！！这是不可允许的愚昧，这样的干法简直是康姆尼斯特对布尔乔亚表示最大的奉仕。"我希望我们底前进的作家或理论家将这几句话多读两遍！

只要我们底前进的作家或理论家能将这几句话多读两遍，我们相信国防文学是一定会达到一个灿烂的前途的。那一个前途，不但是国防文学底灿烂的前途，同时也是大众文学底灿烂的前途，但也一定要达到了这个灿烂的前途才能说是国防文学与大众文学底共通的前途。

1936 年 10 月 10 日《质文》第 2 卷第 1 期

半 夏 小 集

鲁 迅

一

A：你们大家来品评一下罢，B竟蛮不讲理的把我的大衫剥去了！

B：因为A还是不穿大衫好看。我剥它掉，是提拔他；要不然，我还不屑剥呢。

A：不过我自己却以为还是穿着好……

C：现在东北四省失掉了，你漫不管，只嚷你自己的大衫，你这利己主义者，你这猪猡！

C太太：他竟毫不知道B先生是合作的好伴侣，这昏蛋！

二

用笔和舌，将沦为异族的奴隶之苦告诉大家，自然是不错的，但要十分小心，不可使大家得着这样的结论："那么，到底还不如我们似的做自己人的奴隶好。"

三

"联合战线"之说一出，先前投敌的一批"革命作家"，就以"联合"的先觉者自居，渐渐出现了。纳款，通敌的鬼蜮行为，一到现在，就好象都是"前进"的光明事业。

四

这是明亡后的事情。

凡活着的，有些出于心服，多数是被压服的。但活得最舒服横恣的是汉奸；而活得最清高，被人尊敬的，是痛骂汉奸的逸民。后来自己寿终林下，儿子已不妨应试去了，而且各有一个好父亲。至于默默抗战的烈士，却很少能有一个遗孤。

我希望目前的文艺家，并没有古之逸民气。

五

A：B，我们当你是一个可靠的好人，所以几种关于革命的事情，都没有瞒了你。你怎么竟向敌人告密去了？

B：岂有此理！怎么是告密！我说出来，是因为他们问了我呀。

A：你不能推说不知道吗？

B：什么话！我一生没有说过谎，我不是这种靠不住的人！

六

A：阿呀，B先生，三年不见了！你对我一定失望了罢？……

B：没有的事……为什么？

A：我那时对你说过，要到西湖上去做二万行的长诗，直到现在，一个字也没有，哈哈哈！

B：哦，……我可并没有失望。

A：您的"世故"可是进步了，谁都知道您记性好，"责人严"，不会这么随随便便的，您现在也学会了说谎。

B：我可并没有说谎。

A：那么，您真的对我没有失望吗？

B：唔，无所谓失不失望，因为我根本没有相信过你。

七

庄生以为"在上为乌鸢食，在下为蝼蚁食"，死后的身体，大可随便处置，因为横竖结果都一样。

我却没有这么旷达。假使我的血肉该喂动物，我情愿喂狮虎鹰隼，却一点也不给癞皮狗们吃。

养肥了狮虎鹰隼，它们在天空，岩角，大漠，丛莽里是伟美的壮观，捕来放在动物园里，打死制成标本，也令人看了神旺，消去鄙吝的心。

但养胖一群癞皮狗，只会乱钻，乱叫，可多么讨厌！

八

琪罗编辑圣·蒲孚的遗稿，名其一部为《我的毒》（Mes Poisons）；我从日译本上，看见了这样的一条：

"明言着轻蔑什么人，并不是十足的轻蔑。惟沉默是最高的轻蔑——我在这里说，也是多余的。"

诚然，"无毒不丈夫"，形诸笔墨，却还不过是小毒。最高的轻蔑是无言，而且连眼珠也不转过去。

九

作为缺点较多的人物的模特儿，被写一部人小说里，这人总以为是晦气的。

殊不知这并非大晦气，因为世间实在还有写不进小说里去的人。倘写进去，而又逼真，这小说便被毁坏。

譬如画家，他画蛇，画鳄鱼，画龟，画果子壳，画字纸篓，画垃圾堆，但没有谁画毛毛虫，画癞头疮，画鼻涕，画大便，就是一样的道理。

有人一知道我是写小说的，便回避我，我常想这样的劝止他，但可惜我的毒还不到这程度。

我观这次文艺论战的意义

莫文华

这次论战的最大意义，我想，是在克服宗派主义或关门主义一点上罢。文坛上的宗派主义，关门主义，现在似乎还没有完全克服掉，但在论战的发展的过程中，很明白的，已逐渐克服了许多了。许多人的错误被批判了，许多人自己纠正了，我们得到的益处实在已很大。所以那些将这次理论上的论争，看成为"内战"，看成为"破坏统一战线"，我想是不正确的观点。自然，我们应当指出，一意坚持着自己的错误的意见，当然不是好的态度；但尤其应当指出的是那种在暗地里的离开了理论的造谣生事，利用小报等捣些没出息的乱子的行为，以及自己不了解论争的中心问题的所在，却来说些"分裂"呀，"攻击私人"呀等等的话，装着一副悲天悯人的面孔，实际上却是正在攻击私人，实行"分裂"政策的，是尤其坏了。但是，跟着论争的发展，尤其跟着文学界以外的抗×运动的开展，论争的基本点也更加明白起来，更加原则化了，这总是可喜的。

在这次论战的开始和在论战以前，在文坛的一角确曾存在着两派，即周扬先生与胡风先生的对立。但因有两个口号的论争以后，形势变了，一边仍是以周扬先生为中心的原来的一些人，而胡风先生等却忽然中途不见了，当周扬先生等人大鸣胜鼓的当儿，却有鲁迅先生茅盾先生，以及后来的吕克玉先生出来给周扬先生等人以重大的批判。把他们的理论完全推翻了，同时也批判了和纠正了胡风聂绀弩诸人的态度。形势就一变而成为新的两种对照：周扬等是主张用"国防文学"口号为联合战线的口号，反对"民族革命战争大众文学"的口号，鲁茅等却是主张抗×联合战线应用抗×的政治的口号，而不应以"国防文学"的口号去限制它的扩大，但并不反对"国防文学"为自由提倡的口号，因此，"民族革命战争大众文学"口号也可用，因为和"国防文学"并不对立的。这里显然是理论上的两派，而不是口号与口号的两派了。我们也就很清楚：鲁先生和茅先生等的意见是正确的，他们提的办法是正当的，适合于现在实际情形的；同时，论争愈发展下来，周扬先生等的意见的错误和宗派主义与关门主义，也完全暴露了，终于因为理论上站不住而是改态度了。这就是这次论争经过的大概情形。所以，这次的论争的意义决不在争口号，而是在克服文坛上的关门主义与宗派主义，因为几篇最正确的论文的中心问题都在这一点上。譬如茅盾先生《关于引起纠纷的两个口号》一文（《文学界》第三期），是自己站在正确立场上，毫不偏倚地为纠正两派人———一派是周扬等，一派是胡风聂绀弩等——的宗派主义而作的；又他的《再说几句》一文是为清算周扬的继续坚持的宗派主义和关门主义而作的。鲁迅先生《关于抗×统一战线问题》的长文（《作家》八月号），也是站在正确立场上非常明确的，深刻的指摘了和解剖了徐懋庸先生和周扬先生等的宗派主义的理论与气质，不但对我们指示了正确的观点与办法，即于一个富有宗派气质的青年的徐懋庸先生的批判，也有着对于我们非常宝贵的教育和辛辣的教训的意义——看那文意，这辛辣的批判是全为了使运动的开展的，这就和理论问题一同涉及了。在那长文中，并没有一点争口号的态度。又如后来的吕克玉先生的《对于文学运动几个问题的意见》的长文（《作家》九月号）更是专对周扬先生的关门主义与机械论的批判，并且更明显地提出了正确的办法，而对于口号问题差不多没有说到。因此，如果以为这次论争是在争口号，那就表明还没有了解到正确的观点，将论争的真义抹杀了。

在现在克服宗派主义，实有很大的必要，例如这次论争延长很久，经历着很多的纠纷，也无非证明宗派主义或关门主义在文坛上非常根深蒂固，有着历史性；我们若从新文学运动历史上去看，则如创造社，太阳社，后来的左联，各个时期都有各色各样的宗派主义的浓厚的表现。并且它有着艺术理论上的根源，即机械论，以及还有着客观的原因——这个宗派主义或关门主义的历史性和客观原因，就证明着我们克服的困难，但同时更证明我们克服的必要了。

克服的困难还有一个原因，就是我们现在的联合战线的运动的确是从来未有过的"开门"，从来没有过的事情；因此，当鲁先生和茅先生等提出开门的办法的时候，我们时常听到有人这样说："开门也不能开到这么地步罢。"但这愈加证明在现在说明和克服关门主义的错误的必要了。我希望这次论争能有更好的开展与结果。

最后因为刚才又读到了郭沫若先生的论文《蒐苗的检阅》（《文学界》第四期），觉得很高兴，但有些意见未能同意，再在这里说几句话罢。郭先生的态度与用心非常好，是使这次论争会有好的解决的表示；他以前发表的《国防·污池·炼狱》一文，我也十分同意，但在现在这篇论文中，郭先生所了解的联合战线，似乎仍是鲁茅诸先生所指摘过的关门主义的主张，譬如他仍主张以一文学口号，并且只可以有一个文学口号，就是这种见解的表示。其次他以为鲁迅先生所说的"民族革命战争大众文学是中国普洛革命文学的一发展"是不妥当的，我则以为妥当，因为鲁先生所说的"普洛革命文学"是指前几年的左翼文学的，鲁先生开头就"左联五六年来——"我以为现在我们的文学无论叫"国防文学"或"民族革命战争大众文学"，都是以前几年文学的发展，我们怎么能切断历史呢？又对于郭先生对于"民族革命战争的大众文学"一名词之"拆字法"的看法，我也不同意，譬如说，现在中国革命的中心任务当然是民族革命，这是无容疑议的；民族革命战争，是一个现成的正确的名词，现在大家都懂得它的意义，我们大可放心的；而"大众文学"，我同意吕克玉先生的解释，是文学大众化的意思居多，因为文学大众化也是我们文学运动的急迫的任务。倘以为这口号有十一个字，太长了，则别人也可以拿"社会主义的现实主义创作方法"一名词来反驳。所以这些理由都不是有力的妥当的理由，反而要使人误解郭先生也在争口号，将论争的中心问题掩起来了，未知郭先生以为然否？

九月二十五日

1936 年 10 月 15 日《作家》第 2 卷第 1 号

非常时文艺与民族阵线

少　青

我对文艺是一个门外汉，但是有一次新华公司招待南京的艺人，席中田汉先生提到我们在这个非常时期的中间，人家已宣言，对中国这个百孔千疮的国家，应该下药呢还是开刀呢的考虑，我们应该做什么样的电影——这个问题提出之后，没有人敢具体的答复。后来有位石先生起立了，对我那天晚上所说的话，谓已经答复了这个问题。其实那天晚上，我因为是门外汉，只说了几句简单的话，也只仅仅提到了，希望文艺界的人们，大家注意把我们过去的一些史料如甲午之战，鸦片之战等作为题材，而共同走民族复兴的路，何尝解答了田先生所提示的那个问题。今天我更把题目的范围扩大了，即是非常时期的文艺问题。希望更有些具体的解答。

要建立非常时期的文艺，当然正因为"非常"，一定更感到许多非常的困难。比如谈到国防电影问题，"译文家"姚克先生即在《中流》这样表示过：

从"一二八"到现在中国电影界不是没有摄制过这种电影，可是起先几本的公映，倒不成问题，后来的情形可就不同了。例如，去年明星公司摄制的《热血忠魂》，好容易经过几次的检查修剪才领到执照。在上海试映的时候，"友邦"的领事也识为并无不妥之处。但在汉口，重庆，广州等处都遭厄运。在公映之前，当地"友邦"的领事，向地方官交涉要求禁映，为敦睦邦交起见，于是这本影片只得束之高阁了，自从"亲善""提携"的声浪空气中荡动之后，情形似乎更来得困难。最近，洪深编的《最后一滴血》并不是明目张胆抗×的剧本，但检查的结果，竟有六分之五"要不得"，试问一个剧本删去了六分之五，那还成什么东西？

在这种情形之下，请问"国防电影"怎么摄得成，即使摄成功了，请问怎样能公开而不遭干涉和禁止？

政府方面，不能让这类的电影，随便的演出，当然也有事实上的原因，可是并不能因此即以为足以阻碍非常时期文艺的建设。要知道文艺作品的意识，并不必拙劣到使人一看即可生出什么直接的兴奋。文艺家要有巧妙的手法，去运用各种题材，展开文艺上的多角的技巧，给予人们一种"印象"，深刻的印象。当然不必是标语口号似的，在题目上面或者文章上面挂上一些有碍"亲善"的招牌。鲁迅先生说："现在我们中国最需要反映民族危机，鼓励斗争的文艺作品。"文艺本来是"精神的食粮"，重在"反映"的展开。做定一个文艺作品，令异邦人，即感到是有碍亲善，而且可以作为"抗议"的口实的时候，那个文艺作品，至少是没有成熟的非常时期文艺作品。因为文艺的印象作用，是多角的，是曲线的，有决不是浮浪性的直线型的。必然的要从技巧方面去做到反映民族危机鼓励斗争，而不要自外表方面去表现。这是建立非常时期文艺的第一义。

其次，文艺作品，当然不是可以机械的统一的，良好的文艺作品，决不能够用圈套式的去统一。尤其在今日的中国，文艺技巧的缺乏，文艺阵线的散漫。如果还依存一些党同伐异之见，如果还争论一些不相干的派别问题，甚至还在那儿做些名义上什么阵线什么阵线的争执。那么，必定互相把个人的努力抵消了，更不容易建立非常时期的文艺。郭沫若先生说得好：

"国防文艺应该是多样的统一而不是一色的涂抹。这儿应该包含着各种各样的文艺作品，由纯粹社会主义的以至于狭义爱国主义的，但只要不是卖国的，不是为帝国主义作伥的东西，因而国防文艺最好定义为非卖国的文艺，或反帝的文艺。"

只要是站在同一战线的文艺以前，即应该互相联合，切忌再来分别彼此，作一种无谓的自相残杀。大家应该联合一致，共同来争取民族的生存。所以非常时期的文艺运动，也可以说是"民族阵线"的文艺运动，只要不是卖国的文艺，不是汉奸的文艺，而能站在争取民族生存线上的文艺，都是非常时期的文艺。这是建立非常时期文艺第二义。

话又说回来，我是一个文艺的门外汉，并不因为写了这篇文章，即是对于文艺本身有什么多的了解。不过是因为现阶段的中国实在太危险了。大家一定要共同放弃一切的不成熟的见解，而共同站在争取民族生存的线上来，才是正当的路线，这个也就是文艺作者的时代任务。假定一个文艺的作者，连这点时代的任务还弄不清楚，那末，他虽然没有准备去作汉奸，事实上和汉奸也必定相差无几。因此，我敢坚决地说，非常时期的文艺运动，民族阵线的文艺运动，是今日文艺界的唯一出路，也是现阶段中国文艺的出路。

1936 年 10 月 15 日《中国社会》第 3 卷第 2 期

克服分裂的倾向

吴　敏

　　每天读了报纸，总会使人充满一肚子的愤恨情绪。"友邦"的华北驻屯军又在塘沽武力圈占长芦盐滩了。丰台将设日本警察。绥东形势岌岌可危。这是国庆日那天一张报纸上偶然发现的几段消息。

　　看起来，好象屠刀已经是放在我们的颈上，只等着号令了。但由现在这时候到最后的那一刹那，也许会是一个相当长的时间，也许还会有各种形形色色的姿态表现出来。这时候，还并不迟，一点也不迟；如果能够抢救得法，努力挣扎，这古老的民族绝对是可以起死回生的。

　　·在近代中国历史上，有许多事实，说明人民的力量可以转移国策的方针。关于"二十一条"的那段的事，不是表示出人民的力量有移山倒海的作用吗？现在的时局比那时候更要危急，现在的民众，也绝不是那时的民众所可比拟。但我们的民众在哪里呢？

　　的确，谁也会感觉到奇怪吧：最近这时期的中日间的紧张空气，搅乱了中国，忙煞了东京，急坏了伦敦，震动了整个世界，但我们的民众在那里呢？我们民众的声音呢？在现代中国史上曾经放过异彩，以后，必然还要在世界史上放射异彩的。中华民族的儿女们，到现在沉默无声，没有任何表示，宛若不存在似的，他们究竟在做什么呢？

　　带着这种焦灼的心境，悲愤的情调，我在四处探访他们的踪迹，寻找他们的活动。

　　我找到了一部分。

　　在报纸的角落上，我看到"业余剧人"与"四十年代剧社"争排

"赛金花"的纠纷。这两个团体，都不是汉奸性质的，都是充满着民族意识的，他们原是一家人，那末，为什么要闹纠纷呢？

从朋友口中，从杂志上，我知道了"国防文学"和"民族革命战争大众文学"两个口号所引起的纠纷。这两个集团都不是汉奸性质的，都是充满着民族意识的，他们原是一家人，那末，为什么要闹纠纷呢？

据说，还有若干别的救国团体，也在闹着这种同样性质的悲喜剧。这些人，都是救亡阵线大旗下的兄弟姊妹，争取着同一的目标，奔赴着同一的途程；那末，这些纠纷究竟有什么意义呢？

敌人带着狰狞的面孔，在奸笑，在拍掌欢呼；纯洁的热血青年在伤感，在悲痛流泪！

这难道就是对于严重到万分的时局的表示吗？这难道就是对于强敌和汉奸把屠刀放在我们颈上的时候的答覆吗？

"统一战线"的呼声响彻云霄。但想叫别人统一，就必须先从自己做起；若是一只手举着"统一"的旗帜，另一只手却在播弄分裂的纠纷，那真是"南辕北辙"，越走越远了。

在这样严重的局面下，这真是对于"救亡阵线"，对于爱国的民众们一个异常重要的痼疾。它会阻止救亡工作的进展，妨害救亡营垒的团结，所以，研求它的发生原因，规定它的克服办法，是一个很重要的任务。

这种现象，应当看成是现阶段救国运动发展的一个反映，救国营垒中的许多缺陷，许多弱点，都在这现象上呈露出来了。

有人说，这些纠纷并不是纯粹的个人意气，这里是有原则意见的分歧的，这话是正确的。不管那种纠纷，那种争论，表面上是人和人的冲突，但仔细检查起来，在骨子里都有意识对意识冲突，原则对原则冲突的成份。要对于这些纠纷有个深刻的了解，必须在原则意见的差别上去着眼，如果只看见人，只看见张三骂李四，李四打张三，那就完全是皮相的看法，不能透入问题的深处了。因此，要根本解决这种纠纷，情感的拉拢，"杯酒言欢"是绝对没有用的。这里必须把争论着的原则问题有一个合理的，正确的解决。说服纠纷的双方，使他们都同意这种解决。但要做到这点，就必须有统一的强有力的领导。当有这种领导的时候，往往随时发生的纠纷极容易得到解决，不会别生枝节，复杂恶化。

　　这样说来，这些纠纷是和救国阵线在现阶段上还没有形成一个统一的，强有力的领导，相关联着的，是后者的反映。

　　有人说，争意气，闹纠纷，是小市民层出身的人们惯玩的把戏；这些人在某种条件下爆发了他们关于"权力"，"地位"的许多腐烂意识，由此，就产生了许多有害的纷扰。这些事情，往往是发生在几个少数人的圈里，真正的广大群众对这些意气，这些纠纷，都不发生兴趣。这话是正确的。救国的群众，只知道要救国，谁的"地位"，谁的"权力"，对他们都没有什么关系，他们对于任何个人没有好恶，也没有恩怨，谁最能领导他们参加救国工作，他们就相信谁，拥护谁。对于群众是只有工作，只有事业，没有个人的。要根本消除这种纠纷，就必须把那狭隘的小市民的圈子溶解到群众的大海里去，在意识上受到群众的熏染，在行动上受到群众的监督。但要做到这点，就必须使救亡营垒的活动完全群众化。当小市民分子整个浸没在，溶化在群众里的时候，往往随时发生的意见分歧极容易得到解决，不会别生枝节，复杂恶化。

　　这样说，这些纠纷是和救国阵线的工作在现阶段上还没有完全群众化，是相关联的，是后者的反映。

　　有人说，小市民出身的分子爱闹纠纷，是因为他们没有兴奋的工作和紧张的斗争，这话也是完全正确的。青年人总是喜欢活动的。当他们来参加某种集团的时候，他们是希望着从这里能得到适合自己心里的活动与工作。所以，一个没有鼎沸般生活的团体一定不能健全，不能发展。这简直是铁一样的定律。当团体生活中没有紧张的，兴奋的工作和斗争时，青年人的力就要寻找别的发泄的机会，就要争意气，闹纠纷了。要根本克服这种纠纷，就要建立起紧张的工作和斗争，使他们的热情和能力都奔放在正当的，合理的轨道上面，没有可能旁流。但要做到这点，就必须使救亡营垒的工作无比的积极起来，活跃起来，把救亡营垒的每个分子都卷入民众救亡怒潮的核心，成为这些民众的"群龙之首"。能做到这点，那末，往往随时发生的纠纷，就会很容易得到解决，不致于别生枝节，复杂恶化。

　　这样说来，这些纠纷，是和救国阵线的工作在现阶段上还没有能够充分的积极活跃，还没有能成为民众救亡情绪的组织的与领导的力量，相关联的，是后者的反映。

认清了这些纠纷现象和分裂倾向的社会根源，认清了它和救国运动发展之间的关系，克服这些有害的倾向，就容易找到办法了。

不过，主张克服这些纠纷，并不是要求对于问题不讨论，不争辩。绝对不是这样的。如果有人这样想，那就是把这种主张曲解了，庸俗化了。因为，一致的行动总是建筑在一致的认识之上的。若是大家对于原则的问题，是黑漆一团的，一笔糊涂账，依然是一塌糊涂，那样，纵然表面上大家都说抛却过去的纷争，结果，必然也不能得到真正的统一。因为，谁曾看见过在黄沙上建筑起巩固的楼阁来呢？

在一切的团体中，人们对问题的意见，总不会完全一致，那末，讨论和争辩都是不可避免的，必需的。不过，这些争论，一定要是有领导的，有纪律的，一定要是和群众在一起进行的，一定要是以工作和斗争作中心的，这样的争论不但不能破坏，不能妨害，而且只能成为我们共同事业的一个推动机。

现在是民族生命最危急的关头，也是救亡的营垒表示力量最迫切的时机。要使这力量能够发生决定的作用，就必须把阵线的圈子无比地扩大，把阵线里的分子，无比地增多。

这一切，都得从克服分裂的倾向，巩固自己的团结做起。

空前险恶的形势，异常艰苦的局面，应当把一切热心救国的人们，更紧密地团结起来，象一个人一样。

1936年10月18日《生活·星期刊》第1卷20号

民族革命战争的大众文学运动当前的实际问题

洪　濛

　　中国民族现时遭逢着空前未有的危机，生死存亡的关头已到来了，一方面是资本帝国主义者，为苟延其残喘，加紧向殖民地或半殖民地掠夺与压榨，尤其是温室下速生的先天不足后天亟待营养的××帝国主义，不得不把中国当成她的牺牲品——营养分。他方面是国内买办资产阶级无耻的投降与出卖，因此中国自觉的民族革命运动便海一样的号叫，洪水一样的横流了。借此力量的爆发，推动，反映在文学上的，是"中国民族革命战争的大众文学"运动的兴起，所以一切新兴的救亡抗×的文艺团体，刊物，杂志，雨后春笋似的长成起来；粉碎了一切门阀，宗教，行帮牢固的势力，摧毁了一切深根蒂固顽梗的意见，激奋了每个火烫的灵魂；除了少数狼心狗肺的贱种，全都汇合到革命的洪流里来了！因而当前文学运动的实际问题第一个是：

文艺界的大联合战线

　　这是"民族革命战争的大众文学"的全国总动员，这是集中常备军，后备军一切文学斗士的战斗力量，同时更是巩固革命文学阵营的铁的基础！这里主要的问题不是仅至使一切人明白这一问题的重要，而是要看我们在各样的团体中如何去取得巨大的紧密的联络。因此凡是负起这一文学运动的斗士们，应在自己的周围随时随地留心发现自己的伙伴，勿论是团体的，甚或是单位的；只要是新兴的人或作品，只要不是狐脸狗尾的东西，即应设法使她走向文艺的大联合战线里来，这里尤其值得注意的是落后的队伍。为这才能使阵线有力量的展开，对这些我们应用友爱的真挚的态度（不是显示出指导的气概），去热情的诱导，在运动的扩展中，我们应吸收尽一切同道的朋友。但务须特别留心的，是我们的朋友当中，我们的周围，是时常潜伏着奸细，和假装正义的奸狡者，和爬进民族革命战争的大众文学阵营里来的阴险敌人，对这我们应毫不容情的施以毒打，撕破它的五脏六腑，暴露出它满腹怀藏着的人类的血腥！这是重要的事，要不，文学的革命运动亦给现实的政治革命扩展一样，不是全面的均衡的发展，不是紧严的铁似的组织，没有广泛的配合现实劳苦大众所需要的力量，终久是一个残废的跛子，不会得自己胜利的前途，而且常时带着路途跌倒的危险！因此我们进而得提出：

扩大理论影响的问题

除了狂妄的莫梭里尼的徒子徒孙们才不要理论，我们就不但要而且重视它珍贵它，为的好的理论，正是实践里产生出来的完整的认识，它可以指示我们的行动，帮助我们的认识的实践。然而这是一句话，在文学的境界里，碰上理论就会碰得头痛，理论大师们这就指着文艺学徒的鼻子瞪眼睛说："修养不够，哼！"可是就修养到提笔做理论了，仍然加倍头眩耳鸣，为的这是死钉死板的八股文章，虽然不是老八股，可是更有加焉的生吞不化的洋八股！句子的拉长，字眼的雕琢，词儿的生编，名词术语的堆砌，机械公式引经据典满纸"……"的排列。乍看是天书似的难懂，精读就愈见糊涂，例如"今夫天下之人"，"凡人生于天地之间……"，"孔子曰"，"孟子云"，"卢拉卡耳夫子云云"，"诚哉斯言也"，这除了东拉西扯满纸废话外，你找不出一件新鲜的东西，就有必是"吾人认识必在宇宙时空一切历史的辩证的发展的能动的诸关系的矛盾对立变化的必然真理中把握出正确的非常的认识"，这样比《易经》系词都还难懂的奇文。为的理论常是在理论家们之间来回逗着圈子，没有离开大门一步，这立在门外的广大的观众，就有探险的本领，也必高攀不上这万层宫墙，何况理论家还关紧了大门，虽然在门里也摇旗喊杀，但杀好杀歹与世人有何干涉？这是文学理论自身的关门主义！如果认识了以前的错误，想把理论透入到广大的劳苦读者层里，先就得改头换面，甚至降低深奥的形式与内容，把正确的理论用活生生的言语辩说出来，好的文章正是能用浅近的言语，明白地说出许多了不得的高深的道理，文章内容的丰富不是用字造句的奇离，这在"民族革命战争的大众文学"的战线上更是绝对的必要！

其次是理论界的批评家们，态度也值得重新考虑一番。过去除了猖狂如阮籍之徒把天地都不放在眼里的，剩下就是浇冷水的角色，仿佛提到批评就非做出阎王似的面孔不可，这自然正经，严肃都够有了。可是默默中大群新进的热心小伙计们，因此也大群的被吓倒，吓跑了！这里且不必硬举出例子来，但此种批评态度如果在"民族革命战争的大众文学"的联合战线上仍然使用起来，就无异向敌人自动解除武装，自己在削弱自己的战斗能力！现在我们需要的批评，决不是骂人，敌视，恐吓；就是犯了错，只要不是汉奸，我们是应得降低要求，不惜善意去指正，劝诱！这样我们的战斗基础才会雄厚起来，我们才有攻不破，打不倒的广大的力量去得到胜利！可是问题最后基点，要使运动踏踏实实的完成它本身的伟大的目的，我们的讨论还得归根到这最后一个问题上：

怎样总动员文学到劳苦大众的队伍里去

这一问题，自"大众文学"被提出以来，现在几乎变成老生常谈了。然而议论得尽管人多嘴杂，甚至笔战到洛阳纸贵，结果直到现在，虽然连年牵群打浪出现的作家，作品，刊物，杂志塞满了书店，书摊，以至公共的，个人的书橱，仿佛真个文章盖世，汗牛充栋样子。可要仔细一打听，洋车夫，庄稼汉，木匠泥水匠，甚至文墨足够精通的商店大管事大师兄等等，仍然做梦也未曾见过名震四外的或其他名气也不算小的诸近代大作里的人物，如果借此我们想断定这大群家伙是天生的缺欠文学鉴赏的蠢货呢，但他们又谁都精通张三爷，花和尚，林黛玉小姐，甚至近代张恨水《啼笑因缘》上的沈凤喜的韵事。这是谁都必得承认的事实，但谁也都忽略了这一事实的严重性。这正是说明我们的文学运动虽然号称"大众文学"的运动，事实早就离开了大众的本身，虽然我们的笔现在都集中到了他们的身上，现在我们都在写着王二抗租，张三失业，李掌柜的生意倒闭诸如此类的题材，但是我们并没有想着这是为他们写的，更未想着这是写给他们去看的。所以谁也就不注意他们怎样才能看到，看懂，而且想看这一紧要的问题了！我们写只是为了自己的名位，文章的出路，书店老板，编辑先生的取舍；就是印行出来，也是为传达给和自己有同样教养，嗜好的人去鉴赏，这样不怕我们"大众化"三字叫得口破流血，然而归根我们文学的本身仍然是贵族化特殊阶级化的东西！虽然这可归结在大众教养的程度问题，而且为解救这一困难，虽然想实现了"新文学运动"，但这到底是百年树人的办法，很难适应时代当前迫切的形势。当前若要文学负起时代的艰巨任务，就得抓住劳苦大众现成的嗜好，切身的要求，马上利用一切为劳苦大众日常习惯的东西，使我们的"民族革命战争的大众文学"运动飞快的马上就要进展透入到劳苦大众的生活层里去！为的问题的实际性，最后我们具体的提出文学的几个主要部门来：

小说　诗歌　散文　戏剧

怎样才能使广大的读者特别是劳苦大众看到，看懂，想看我们写出的东西，就得去研究他的嗜好习惯，先必了解他们看的，懂的，爱好的是如何的文章，如何的体裁。一个放牛娃知道怎样去学会一调情歌，一个打草鞋的婆子记得无旧剧上的传奇故事，只要识得几个字的粪夫，至少他是看过一部《济公传》，或一部《七侠五义》，一部《封神》，不信你请下乡到各村子里去，到酒店茶店里去，就近在城市若你走到了每个劳苦大众人们出没的地方，你可以瞧出有闲工夫他们看的什么，在北平许多车夫，工友，厨子，甚至还搭上许多高贵的绅商，他们没放松过一天小报的屁股，归总接近他们的文学体裁，是章回小说，歌谣的诗，必须大锣大鼓有唱有白的旧剧，讽刺的低级趣味浓厚的散文等等，而且这些多半都是传奇的内容，强烈的罗漫蒂克的作风，如象他们嗜好的烧酒那种单纯的烈性刺激的味道。这些是他们习惯的心爱的东西，如果企图我们的文学要被它们赏识，首先我们必得采去这一切现成的非常接近他们的形式。这不是说要取消现成的文学形式，或抛去新形势内容的创造发展，但为了文学当前的时代使命，为什么我们不赶急写些章回小说，唱白，剧本，歌谣体的诗，大众化的讽刺散文，用他习惯了的，旧式版本印刷出来，以极便宜的价钱销售出去，使我们要说的话顺利的达到他们的耳里心里，而且逐渐在此种基本的努力当中，去求他们的认识和旧形式的逐渐改变呢！为什么我们不制造一些新宋江去代替旧宋江，制造几部新《水浒》去代替旧《水浒》，制造几个新《四郎探母》，《秦桧》，《岳飞》，或《文天祥柴市节》的新剧本配着吹唱拿到旧剧台上去上演呢！记得几年前看过一部外国小说《洋鬼》，最近更看到一个新剧旧排演的改良戏，两种东西都是把现实的内容利用旧的形式使它天才的开展起来，结果两样东西都曾抓去了广大观众的爱戴，这在我只是自己的一个启发，但这在当前文学运动应是一个非常重要的问题，是一个新的同时又是非常艰巨的工作，我们希望这一实际问题能被大伙儿注意起来，而且能用大伙儿的力量从这里来下手！

一九三六，中秋于沪江湾

1936 年 10 月 20 日《草原》第 2 期

国防诗歌应走的路线

雷石榆

在暴风雨中出笋着的中国文化，近来呈现着有生气的现象，不管那现象的本质是差异的，多样的（那正是严重的现实的多面的反映），但一般带有进步性质或反抗精神的东西，至少证明中国文化有血气地成长起来。

“国防文学”便这样在有血气的大众的要求下产生出来，而且为民族图存与解放的运动中抬头了。占“国防文学”一领域的诗歌，我们也可叫他做“国防诗歌”，但怎样分别这种诗歌呢？到现在那质和量怎样呢？这些我不谈它。

不过我们不能机械地规定某种才是真正属于的“国防诗歌”，也不能把观念地空叫几句“不共戴天呀”！“夷敌呀”！“倭寇呀”！之类的调子才算合式，当然也不能说它不该属于“防”的范围，正因为这范围包括着许多阶层——如一般市民阶级，无产阶级，民族主义，国家主义，智识阶级等等——的心理，意识，才最值得我们注意，批判，检讨，和加速向强有力的正确的路线发展。怎样才是向正确的路线走呢？一切进步的艺术家，小说家，理论家和诗人们都知道，而且应该负着纠察和领导的任务作为前卫地去战斗，而且会由孤立的“国”而走到与世界的一切被压迫阶级互相携手起来，由“防”而“攻”了。

在这防线内，现在我们不能不深加注意的，是市民阶级的动摇性；民族，国家主义的安内除外论，智识阶级的唱高调与反动等。

我们要求诗人们表现的，正如我们所周知的许多现实的主题，国内的旱灾水灾会由人事的造成人吃人的惨剧，一切封建骷髅，民族资产阶级，汉奸，军阀跟帝国主义联成一气地残酷地压迫，屠杀，剥削我们的大众，另一方面，我们的革命群众怎样英勇地斗争，世界的进步人类怎样反对帝国主义的战争，弱小民族的解放运动和在血泊中跟侵略者拚命，以及在地球的每个角落交响着使敌人颤抖的互相声援给与我们怎样的安慰与兴奋，多少敌方的兵士叛变，失踪，又比方某国的兵士中不少给与我们义勇军的便利，又比方某国某军官因兵士"不正"而引咎自杀，是有怎样的意义，帝国主义间的矛盾以及在某点利害上互相呼应地加紧殖民地的分割，和分割着我们同时，使我们做着二重的牺牲品，在进攻苏联的炮火下毁灭，这些是该怎样去暴露，反抗？……

总之，在这样血与火交迫下的我们，随时随地可以找到诗歌的主题。最重要的问题只是在于我们怎样去把握和认识现实的本质及其动向，技术的表现和题材的处理是否通过我们正确的世界观。不管各个诗人的经验，技巧，智识，才能等的程度上的差异，不管所取的是叙事，抒情，或是讽刺的不同的形式，但那一切却反映出我们共同的意识形态。也只有用这种步武才能走向正确的路线。提倡"国防诗歌"的诗人们也一定要走向这样的路线，才有唤起民族解放斗争的最高意义和最大的成功！

一九三六，五，二，夜于上海

1936年10月《诗歌杂志》创刊号

关于国防诗歌

袁 勃

国防诗歌的大量制作，是我们眼前的非常时代的对于一切觉悟的诗人的要求！这要求已不仅限于诗人之自发的正义感光明感，而是由民族命运的危殆，社会情势的动荡，以及一切的苟且偷安的局面下，民众自动抗敌的"巴尔底山"的英勇，长江黄河所汇合的"铁流"的刚毅，万千人争自由争生存的呼声中，我们的诗人的渗入于时代的核心的必然的行动。不能丢开描绘"风花雪月"的笔杆；不能停止自我的无病呻吟的歌唱，那不是时代的离弃诗人，那是诗人的对其时代的离弃！

目前一切诗人的创作，自然不能统都限于国防诗歌的范畴，但，每个诗人应尽量创作防卫的前进的歌声，则是谁都不能否认的事。不久以前，王梦野先生在《中国的反帝文学与国防文学》一文里，曾说"提到诗歌作品，我们实在太少听见诗人的哄音与歌人的巨唱了"，我们的诗人，不可以理论去辩解，应当埋首于创作，内心的声音应和了时代的声音，以伟大的事实上的成就，扫除自身的羞愧。

数年以来，白山黑水的为民族沦亡而奋斗的义勇军及人民革命军，在出生入死及水深火热中与敌人厮杀的壮烈的场面，未见有人谱出雄伟的歌声，差幸有过李曼霖的《高粱叶》一集，也嫌过于贫弱，技巧内容均不能使我们满意。其他若只能写一点东北，我的故乡，作异国的回忆，那离我们诗人的时代任务，可说是太远了。试问我们现代的诗人，谁曾经或现在作过有力的表白？

数年以来，敌人的魔手已抓向我们民族的胸腹，而我们民族中的某一部分的卑怯与无耻，某一部分的觉悟与英勇，丑剧与壮剧的伴演，一幕一幕的展开，令人悲愤，令人兴舞。试问我们现代的诗人，谁曾经或现在作过有力的表白？

数年以来，为民族解放而斗争的数十万民众，汇合成一股洪流，向民族的敌人及其清道夫，出卖民族的刽子手，作致死的战斗的史实，试问我们现代的诗人，谁曾经或现在作过有力的表白？

但"一二九"以来，中华的青年孩子，要用热血去洗涤一切的污辱，手举起来了，喉咙喊起来了，冲锋号声响了，巨大的吼声已震破了沉寂的古城，应和了扬子江的潮水。诗人和时代的战斗的有机的切合，即是我们诗人成功的保证。全国诗人的反映这一方面的作品的生产数目的众多及优秀，即知我们预测的非虚。——自然距我们预期的诗歌的伟大前途还远的很。

不过，除了这些，我们还必须把握一切弱小民族解放运动及国际革命运动中的斗争的题材，如巴黎公社的教训，"二月革命"到"十月革命"的歌咏。并且，更不能忘却我们历史上的惨痛，如伟大的长城，在民族生存的场合上，它本身即是一部史诗的集合体，我们的诗人怎能再把它轻轻放弃？

诗人们！请强化你的笔杆吧！纵然，不必叫每个字都变成手枪，炸弹，但至少，自己绝不能再沉淀的时代的尾巴里。要把自己的热情注入时代的洪流，锻炼最高的技艺，在诗的领域里寄托你最伟大的精神，发扬你丰富的想象，使自己的歌唱变做时代的进行曲，抗战的冲锋号。

1936年10月《诗歌杂志》创刊号

国防文学中的诗歌

李 磊

文学不仅是反映现实，它还要推动现实，预言未来。基于此，国防文学的产生便不是偶然的了。除非是汉奸，谁都有抵抗暴敌卫护国土的天责；在敌人加紧用各式各样的方法向我们侵略榨取的当儿，亲善和逃避以及准备空论都是不可能的，大家都已晓得只有发动神圣的英勇的民族解放的革命战争才是中国大众唯一的出路。在这严重的形势之下，站在最前线的文化工作者，文学家们早已没有犹豫的余地了，如果他不是献身于中华民族的解放运动，他便不得不直接间接地投向汉奸的壁垒去。虽然还有人在讥笑或忽视国防文学，可是它却如雨后春笋似的在生长，繁茂了。

国防文学的基本任务，自然是鼓动大众的反帝抗日反封建的斗争情绪，服务于伟大的民族革命战争。作为国防文学的素材的便是现阶段的客观现实，它包含着民族解放的游击战，正面交锋，短兵相接，大众战士的生长，汉奸的丑态，帝国主义和封建势力的血腥的压迫和榨取，国际反战反法西斯运动，殖民地的解放运动，一切为自由平等的呼号……而我们所期望的国防文学之伟大的成就，不仅是现存典型的映绘，而且是新典型的创造，它是在斗争过程中必然产生的新英雄，集团主义的英雄。

国防文学这一范畴虽然是最近才提出来的，可是真正的国防文学早已在"九一八"前后萌芽了；过去虽然还没有什么伟大的收获，可是值得提及的作品倒也不少，例如《上海的烽火》，《子夜》，《万宝山》,《义勇军》,《八月的乡村》,《炼狱》,《生死场》,《右第二章》,《逃避》,《S·O·S》,《长城外》,《乱钟》,《活路》……等等。在诗歌方面,虽然也有散见各刊物的短诗和最近出版的《六月流火》等等,可是一般地说来国防文学中诗歌这一部门还是格外贫弱的。不过,在国防文学的各部门中,诗歌却是最重要的一个部门,"因为诗歌能表现一种热烈的或是沉痛的情感,它最直接也最感动人,它最容易激起大众的共鸣"。平常诗歌已有炸弹和短剑之称,在这斗争尖锐化的现阶段,它的重要性便可想见了。

作为国防文学中一部门的诗歌,自然是必须具备国防文学的一般条件的,我们所要讨论的是它的特殊性。为了篇幅关系,这里不允许我们来详细说明,只好提出重要的几点来说:

第一,我们目前最需要的是可以歌唱的短篇鼓动诗,它的主题是激发抗敌热情,是民族解放的进行曲。

第二,我们也需要长篇的叙事诗,它歌咏伟大的民族战争的各种姿态,记述爱国运动的行进,它还可以描绘敌人恶毒的侵略以及汉奸卖国的事件等等。

第三,因为我们的民族解放运动是不能孤立的,所以必须留意国际间的动向,帝国主义者间的矛盾,殖民地解放斗争……因此,我们要求新闻诗的写作。

第四,大众的一切疾苦的表现以及一切罪恶的暴露,均是诗歌的题材,这是用不着多说的。

第五,我们的诗人必须实际参加民族解放运动的工作,只有把他自己实际的体验和感想歌咏出来,才能真切动人,他决不能依靠天花板或灵感供给题材。写诗只是工作的一面,并不是工作的全部,没有参加民族解放的实际行动,写不出伟大的国防诗歌,这是可以断言的。

第六,诗歌是听觉的东西,它必须接受音乐性和歌谣的长处,进行曲和合唱诗是急切的要求,不能朗读的没有音律节奏的决不会是好诗。表现法一般地自然应该是新写实主义,它必须扬弃神秘的难懂的诗句,通俗化是正当的路向;不过在必要时,我们仍不否认可以应用革命的浪漫主义的手法。

为了担负起诗人底时代所课予的任务,集体的研究和集体的行动也是正当的要求！

我们期待着伟大的诗篇的产生！为了民族解放斗争的最后胜利，希望我们的诗人们站在斗争的最前线！负担起新时代号手的重担！

一九三六年劳动节

1936年10月《诗歌杂志》创刊号

文学界两个口号问题应该休战

陈伯达

　　文学界两个口号的问题,现在应该休战了。争论当然是不可免的,但争论这样长持下去,吃亏的只是自己,得到便宜的是敌人。

　　我认为"国防文学"——这个口号是不可驳倒的。就是那提出"民族革命战争的大众文学"的口号的人,也不能否认这口号的正确性。"国防文学"——这是联合战线的口号。但对于这个口号的态度,并不一定要大家一致。我们的联合战线,本来是包含着各种样式的人,这各种样式的人在"国防"这个共同目标上联合起来。这各种式样的人本来是代表着各种式样的利益,而且还是带着各种式样的利益来参加联合战线的,有的参加国防的联合战线,是为着抗敌来保卫自己的劳动和耕种,有的参加国防的联合战线,是为着抗敌来保卫自己的财产。这各种不同的利益,各种不同的动机,无疑地,在自己的文学作品上,也都会反映出来,这样,愿意站在"国防文学"的旗帜下的,对于国防文学的态度,就不能完全一致。当然,这不能说,我们就不能用"国防文学"的口号来团结一切不甘当亡国奴的作家,而只能用"国防"的旗帜。对于一切不愿意作亡国奴的作家,显然地,我们还是希望和要求他们为国防文学而写作,至少在写作上不妨碍国防的争斗。如果一个作家,赞成救亡或愿意参加救亡的争斗,但在他自己生活上所主要的(或者是唯一的)活动范围内(就是说,在文学范围内),不愿意为"国防"尽力,或者竟至写了有妨碍"国防"的东西,那么,他的所谓"赞成"或"参加",就还是空话。然而,我们的联合阵线,终究是需要争斗的联合阵线，而不是说空话的联合阵线。所以，我认为："国防文学"是作家关系间的标帜，同时也仍可以为一般作品原则的标帜。但是，这绝不是说：必须他有了"国防"的作品，而且非写"国防"的作品不可，我们才允许他到联合阵线来（这样就是宗派主义）。而是说：他既然为了救国而到联合阵线中来，就应当努力使他能自愿多多地为"国防"而写作。

事实上，我们"国防"的意义所包括的范围是很广泛的。反对黑暗和压榨，要求自由，要求改造人民的生活，反对礼教和迷信，——这些同样地是国防的。

因为这些对于动员人民大众来保卫祖国，是完全必要的。我们并不怕没有最广泛的国防文学的题材，而是应当动员各种式样的作家，到各种复杂的民族的和社会的生活范围中，去找取那为自己的天才和习惯所适宜写作的题材。把一个概念看成死的，同时把自己的作品千篇一律地化为概念式的叙述，这无宁说是拙劣的"国防文学"，而且会压煞了许多有自己特殊才能的作家。

一切不愿意当亡国奴的作家，应该在国防文学的口号下联合起来，在"国防文学"上，尽作家自己救国的天职（当然，作家除了尽文学上的天职外，也还有其他很多的工作可做，有的作家同时也还可以做作战的指挥官）。但在他的"国防"作品上，要"怎样写"，"写什么"，都有自己的自由，自己的立场。在联合阵线内，这是不能一致的，因为各人所代表的利益不一致，生活所熟悉的不一致。所以，我们可以归结来说：在我们联合阵线这里，"创作自由"，在"国防文学"以外，这自由还是有限的；"创作自由"，在"国防文学"以内，这自由是无限的。在国防文学战线内否认创作自由，这是宗派主义。

"民族革命战争的大众文学"——这应该是属于国防文学的左翼，是国防文学最主要的一种，一个部分，同时也是国防文学的主力。

"民族革命战争的大众文学"——这是左翼作家在"国防文学"下的自己立场，显然地，这个口号，不是联合阵线的口号。

和"国防文学"相反对的，是汉奸文学。什么是汉奸文学？当然，那主张联敌亲敌的文学是汉奸文学；主张中国不能抗敌的文学是汉奸文学。但是，同时还有一种采取比较掩蔽形态而流毒最广最深的汉奸文学，这种汉奸文学就是那诲淫和迷信的"文学"，特别是那种诲淫的娼妓文学。敌人和汉奸正在利用着这种诲淫和迷信的文学过去在中国下层社会的流毒，而加以扩大，来麻醉中国广大落后人民抗敌的意志。我曾看过许多敌人和汉奸办的报纸，在那里都是充满了那种极污秽的，极下流的"娼妓文学"，那种"娼妓文学"和鼓励"节孝"的文学及消息，在同一报纸上，一起登载着，而发生同一样麻醉的作用。那种娼妓文学的流毒，比起敌人所散布的白面，鸦片，是一样的残酷。所以，我以为：不甘当亡国奴的作家们应该转移目前两个口号的争斗，而集中自己的力量来和这各种式样的汉奸文学，娼妓文学，迷信文学做争斗。用怎样的写法，怎样的题材，才可以把那最广泛最落后的读者，从那汉奸文学，娼妓文学和迷信文学的流毒中夺取过来，这实在是当前一切前进文学家爱国文学家所应当热烈讨论的。展开这种热烈的讨论，才能使国防文学的实践更具体化起来，更普遍化起来，才能尽起那"唤醒和组织广大落后的人民群众到抗敌上来"之文学上的任务。为要尽着这样伟大的历史任务，我以为因两个口号而分裂的作家组织，应该大家牺牲成见，重新统一起来。

选自 1936 年 10 月《国防文学论战》

当前的文艺论争

狄 恩

一个基本理解

适应着中华民族已经到了生死存亡关头的客观现实，中国文坛上掀起了极广泛和极热烈的文艺论争，这当中有两个口号的问题，联合问题，文艺批评公式主义的清算，和创作自由等等。问题的表面虽然复杂，但都是由一个基本理解而出发的。这就是谁都从实生活里感觉到了为了求生存，为了集中力量，无论在那一个阶层或从业的人，都需要一个强固的团结，需要大家联合在一起，为一个目标而努力，当作反映社会现实为职能的文艺工作者，因了他们对现实的敏感性，自然特别地对它感觉到了关切和实践的必要，为了加强和展开文艺这一部门在救亡过程中的特殊机能，自然需要一种理论的建树和创作的实践，所以说当前的文艺论争是有它显明的建设意义的。

这里需要理解的是文艺界的联合也和其他各种社会阶层或从业的联合一样，是以救亡为基础的，离开了救亡就谈不到联合，如果有也仅只是行帮的集合，是有利害关系作条件的，是少数人企图营私的集团，与救亡的联合是不能并论的。在救亡的阵营里，大家的集合是毫无条件，如果有也仅只是为了救亡一点。统一的倡导没有谁利用谁的意思，这种集合仅只是为了一个共同的信念，共同的努力目标。问题不是谁统一了谁，而是大家切实地联合在一起。

统一的救亡阵营中的领导者，不是以甚么地位或资格来取得的，这里不应当确定了只有某一群人才是真正彻底的领导者，如果谁对救亡阵线发生了领导的作用，那只是因为他最能够忠实地为民族利益服务的原故，而不是因为他是某一阶层或某一党派的先天资格。

因而一个人当作联合阵营中的一个积极分子，他不但不应该以个人的利益来代替了民族利益（真正个人的利益当然和民族利益是一致的），同时他也不应该使联合和救亡失掉了联系，联合而不救亡是行帮集团，救亡而不联合是自取失败，都不是一个民族战士所应该采取的。同时需要注意的是我们不仅是在自己主观上有没有妨碍了救亡和联合，同时也需要时刻批判自己是否在客观的表现上发生过不良影响的言论或行动。

中国文艺界的情形就是基于这种对于统一的没有彻底理解而发生的。虽然大家口口声声还是在喊统一，救亡，可是在客观事实的表现上却有意或无意地执行着分裂的运动。在这里友谊的批判变成了对敌人的攻击，宗派行帮仍然高于一切，企图培植自己的特殊地位等现象还仍然存在着，这无疑义地是减少了救亡运动的力量，是在发生着不幸的解体现象，需要积极来克服的。

已得的成果

然而我们仍然不能单纯地把这次论争看做进步作家间的内战，争正统。当然也不是说论争结束就算文艺界的联合完成，论争的结果自然是在求纷乱中的一致，求得一个普遍而正确的结论，现在各种问题虽然还有好多点不能得到一致的结论，但大家所共同同意的原则上的成果是已经产生不少了。这当然是中国文坛的新收获，因为从这里作家可以得到创作活动的真确指标，可以集中力量来共同努力一个新的开始。事实上在这次论争的过程中有许多点大家都还能够客观的就问题本身而言，不至于过分地坚执成见，是一个很进步的现象。希望能够很愉快地结束了这次论争。

截止现在，大家都已经同意了"凡是不甘心向帝国主义投降的文艺家，都在国防文艺这个标帜之下一致团结起来，即使暂时不能团结，也不要为着一个小团体或一个小己的利害而作文艺家的内战"。在这里，"国防文学应该是作家关系间的标帜，而不是作品原则上的标帜"。这样就可以在国防的旗帜下，把文艺包含的范围扩大了。同时"国防文学应该是多样的统一，而不是一色的涂抹。这儿应该包含着各种各样的文艺作品，由纯粹社会主义的以至于狭义爱国主义的，但只要不是卖国的，不是为帝国主义作伥的东西。因而国防文学最好定义为非卖国文艺，或反帝文艺"。作家在国防的旗帜之下联合起来，是"因为有些作者不写国防为主题的作品，仍可从各方面来参加抗×的联合战线"。

这样，参加论战的作家们，对于适合着现实情势的正确原则已经有了一致的理解。简单点说，大家都已经无条件地承认了联合的必要和联合的目标是为了救亡图存。这里不再多考虑唱高调的甚么必须每个作家都有进步的世界观和现实主义的创作方法等等了，这里顾到的只是"此时此地的需要"。

关于具体问题的讨论，虽然我们不能说现在已经得到了一致的意见，但事实上论争现在已经达到的阶段对于论争的结束事实上已经有了很大的帮助，这都是论争已得的成果。

况且现在中国文艺界的联合和努力已经不只是一个空洞的原则，而是具有了事实上的客观存在。中国文艺界为言论自由所发出的通电谁都看出是代表着各方面的作家的，这充分的证明了他们在现阶段利害关系的一致和联合的可能性。同样的情形和组织都还在各地继续地开展，这当然也是一种已得的成果，而且是很大的成果。

论争的成果不但能够使作家向着一个正确的路标努力于创作实践，而且也能促进作家直接地参加了救亡运动。但应当切实注意的是在论争的过程中，一切言论和行动都不能在客观上妨害了救亡和统一。

两 个 口 号

关于国防文学和民族革命战争的大众文学两个口号的论争问题，已经延长了很久的时间，这当中两者都出过特辑，互相攻击过，也是使读者最感到模糊的一个问题。然而简单地说起来，这种责任是要两方作家们底争正统的宗派态度来负责的。鲁迅先生说："我以为在抗×战线上是任何抗×力量都应当欢迎的，同时在文学上也应当容许各人提出新的意见来讨论，标新立异也并不可怕。"这确乎是很重要的一点见解，我们对于文坛上论争的态度也应当以此为标准，如果我们论争的对方并不是敌人或汉奸，那我们就不应该采取格杀勿论的敌视态度，应当努力发挥其为了同一目标的相辅作用。即或对方认识确是错误而又发生不良影响的时候，也应当保持一种友谊的客观评判态度。其实说起来，在本质上这两个口号是原没有甚么大的差别的，一部可以称为国防文学的好作品，在民族革命战争的大众文学者看来，也一定不会错，但这绝不是说两者就完全相同，国防文学这一口号因了它本身所包含意义的笼统，含混，很简洁地号召作家群为了一个单纯的目标而努力，建立了作家间彼此关系的标帜，同时因为它的影响已经在各地起了相当的反应，已经普遍地应用到一切的学术领域，如国防科学，国防音乐等，把它来当做统一阵营里的口号，是有其广大的影响和效用的。它不至使一般落后的作家望而生畏，被摈弃于统一的门外，不明晰不确定固然是一个口号的缺点，但作为号召爱国作家的统一阵线里，这种广泛性和更少规范性的特点反而成了实际应用上的优点了。

关于民族革命战争的大众文学，茅盾先生以为这是为了补救适应于现阶段的具体口号国防文学的未能包涵文艺运动的远景以及创作方法的主要目标的缘故，因了它所标示的明确具体，在现阶段虽不与国防文学冲突，但在现实更向前推进一步时却仍然可以运用。这样看来，民族革命战争的大众文学这一口号在现阶段的具体效用，实际是在推动一向囿于前进自洁的作家们为了促进民族解放的工作而努力的路标。所以国防文学虽然可以解释做仅只是作家关系，而不是作品原则的标帜，但民族革命战争的大众文学却不但在字面上更明确具体，而且还包蕴着进步的现实主义的创作方法。为了文学作品水准的提高和团结力量的加大，我们可以希望一切的作家们都赞同和实践后一口号，但我们适应着统一阵线中各种作家的现实情势，却主张用更广泛的国防文学来做作家间关系的标帜。但同时我们也不能让已经是很坚固的为民族利益战斗的前进作家还原到一般的群众水准，我们希望他们能够巩固统一，但同时我们又希望他们能够坚强地工作。因为这对于整个救亡都是有利的，而我们的一切都是整个地为了救亡，在这种意义上，我觉得今后应该努力的是树立和发挥两个口号的不同的相辅作用，目标既然相同，便不必为了正统而争执，更重要的是怎样促进作家们的救亡工作和文艺作品的创作实践。

批评和批评家

关于批评家的问题，主要地是近来对于文坛上搬弄经典的公式主义批评的清算，批评本身固然没有可以非难的理由，并且在鼓励作家向上的努力中，在促进新文学的成长中，批评都负着很大的责任，但须注意的是批评本身要严格执行它的职务，批评就不仅只是卖弄名词的无识者。批评须要一个完整的艺术理论，并且要能够具体地应用到现实问题上，东鳞西片地乱说固然不是批评，左一句高尔基右一句吉尔波丁地不顾实地情形地渊博也不能算作批评。批评主要是一个客观认识问题，对于每一个批评对象的正确把握并不是一件很容易的事。当然，这里对于一个批评家自然需要成熟的文学教养和理论经验等，但更重要的是实践过程中怎样得到的丰富认识能力。对于某一件具体事物的把握不够，对于某一件事物的机械了解，都会发生极不好的现象，例如最近的作家和世界观的问题，国防文学和汉奸文学的问题等。这种情形当然都是需要来积极克服的，茅盾先生所强调的"此时此地的需要"，每个批评家都应当深切留意，对于现实文艺的动向不只是应该关心和评价，而且自己也需要负担起推进的任务。同时在批评的态度方面，也应当极力地除去一些不正当的漫骂习气。努力地去瞭解作家，而不要站在云端里看不起作家，应当趋重于严肃的批判和评价，却不应当过分地苛求和指摘，更重要地是需要不断地给与作家一种向上的鼓励。这些都是每个批评家所应当留意的事情，我们清算了过去错误的批评并不就是不要了批评，反而是需要建立更完整更严密的批评。

更大自由与绝对自由

"我们所希望的是全国任何作家都在抗×的共同目标之下联合

起来，但在创作上需要更大的自由"。这是针对着不是国防作家就是汉奸作家的机械看法，和把国防文学的作品当作文艺家进联合之门的入场券而发的，来纠正一些"自以为是天生的领导者要去领导别人的那种过于天真的意念"。我们若把创作自由的目标仅只是集中在批评家或理论家方面，我们若把创作自由理解为一九三二年所争论过的文艺自由，认为这是将作家的社会活动和他的创作活动分开，或是对于落后作家的活动应当采取一种自然生长的无视态度，放弃了在统一阵营中所包含的彼此批评的教育作用，这当然是有害的幻想，是一种要不得的见解。

但这是说创作上需要绝对的自由，而不是说创作上需要更大的自由，绝对的自由固然是有害的幻想，但更大的自由却不但可以使暂时不能写国防文学作品的人也可以团结到救亡的旗帜之下，而且也还有它在现阶段的另一面的意义。

这就是在创作自由这口号下面，可以动员更多的作家来积极争取爱国文学的创作和发表的自由，这是文艺家在现实情势下努力的另一条途径，而且现在已经努力在作了。因为只有这样才能使各种作家都自由地致力于新文学运动，而且使一般地文化运动得到很好的成长。同时这也表示着在团结救亡的作家群中，应当不受任何主义的大帽子的公式主义批评，一切有害于实际情形的呓语。

我想这创作自由的另一面的意义——言论和发表自由，将是创作自由的更主要的意义。

文学上的国防动员诚然是一种作家间的自我要求，是一种共同目标和信念的集合。不正确的批评家或理论家固然会发生不良的效果，但创作自由的倡导决不应当单纯地强调在这一方面，这只是微弱的一种意义。但当作言论和发表的自由而强调时，却与一般的文化运动都给以有力地推动了。

鲁迅先生说："问题不在争口号，而在实做。"我想今后中国文艺的路向应当到了实做的时候了，一切救亡和创作的活动实做。

十月二十二日完稿

1936年11月1日《清华周刊》第45卷第1期

鲁迅先生和"抗×统一战线"

黄　玗

　　鲁迅先生在《答徐懋庸并关于抗日统一战线问题》一文里说："中国目前的革命的政党向全国人民所提出的抗日统一战线的政策，我是看见的，我是拥护的，我无条件地加入这战线，那理由就因为我不但是一个作家，而且是一个中国人！"

　　虽然，和过去有一些自命为"前进"的作者曾经给他加上了一个"堕落文人"的头衔一样，这一次，他也曾被几个莫名其妙的人物硬定了破坏"联合战线"的罪名，但他依旧属于"联合战线"，正如他终于没有离开劳苦群众，这一次，他也终于负起了整个中华民族的重任！然而，他死了，他恰死在整个民族需要他的时候！"联合战线"还没有告成，抗×的神圣战争，还没有发动，而他竟在一些民众刽子手的狞笑之前死去！

　　谁说鲁迅先生在助长恶劣的倾向，那将会证明他们才是误入歧途！鲁迅先生一向站在被压迫者群的一面，也永远锐利的分辨着谁是当前的敌人，于是掷出去最有利的武器。虽也曾被一些跟不上步伐的牵扯着后腿，而事后会明白，鲁迅先生一向不为自己，不为少数人！在他伟大一生的经历中，刻划着多少的战死，也刻划着多少的新生。"新青年"时代死去了，但鲁迅活着，那是新生；"文学研究会"时代死去了，但鲁迅活着，那是新生；"左翼作家联盟"时代随着一些"前进作家"死去了，但鲁迅活着，那是新生；但鲁迅先生这一回真的死了，"抗×的统一战线"还在建立中间。而竟有许多人还在为他顶上"左翼作家"的头衔，希望把他"左"回去，"左"到几年以前，无形中给他缩短了一截生命，那才是不该！鲁迅先生确是死在一九三六年的十月，在死的前一分一秒还在为"抗×的统一战线"而努力，并没有显出丝毫的退后。而这"死"尤不足证"鲁迅已经死去"，因为为他所领导建起的"抗×统一战线"是在新生着的！而且他此后仍将永远不断的新生，这原因就是他的奋斗不懈的精神已经适合了任何历史时代的转动，他已经推动了历史，这历史延长到永远，他的原动力也终不会消灭。他的一生便是一个教训："永勿退缩"！这教训适应于任何历史的阶段！

因此，此后听到他不朽的名字，也将不忘他最后一幕的斗争，这斗争便是现在仍在继续着的整个中华民族联合一起的抗×战线的成立。"统一战线"的完成因此是鲁迅先生遗留给我们的严重工作了。要追悼他，莫过于学习他，完成他还未及完成的任务！

十月二十日

1936 年 11 月 10 日《文地》第 1 卷第 1 期

关于国防文学的几个问题

任白戈

经过了多次的论争，国防文学总算是确立起来了。这自然是一个可喜的现象，然而我们却不能因此便忽视那些抹杀和反对国防文学的理论与行动。所以，目前虽然有人主张不必再谈国防文学，企图于反对与拥护之间设立一缓冲地带，我还是以为

争论是必要的。

近几年来，我们底文坛上的确也曾有过多次的论争。而在每次的论争当中，都有人跳出来说这是浪费的，仿佛只要大家抛开论争，哈哈一堂，便将一切论争的问题全部解决了。然而历史底教训却不容许我们背叛，前几年早就论争过的问题，正因为我们论争得太不彻底的缘故，终于又一度一度地复活起来，结果以后的论争才真是浪费的。而且，事实上，只要有一个论争发生了，如果我们不从那个论争中去求解决，即使解决了那个论争也还是依然将所论争的问题留着，这才真是一场浪费的论争。浪费的论争倒是不必要的，但在每次的论争当中，至少我们决不能说双方都是一些无理取闹的家伙，因为闲得发昏才这样一下闹了起来。就以这次关于国防文学的论争来说，我想谁也不会直切地说它是浪费的吧。第一，很显然的，论争的人们差不多都立于一个严正的立场；第二，很显然的，大家都原则地肯定了国防文学这一个口号。现在，主要的问题却已经移到它底具体的内容底规定及其相关的许多问题上去了，我们要保证这个论争不是浪费的话，也

只有更严正地论争下去才是正道。俗话说得好：真金不怕火烧。正确的理论，将来是会从这个论争中得出来的。

所以，我不只以为论争是必要的，而且希望一切作家和批评家都来参加这个论争。因为这不只是一个理论家应该处置的一个理论问题，而且同时是与创作的实践有着密切的关系的。在这儿，我不妨先提出一个最近成为主要论争的问题来说：

国防文学是不是应该作为创作的口号呢？

这个问题，不是与一般站在国防文学旗帜之下的作家有着密切的关系吗？根据最近各个作家所发表的意见看来，也很显然的有了两种不同的意见：一方面说，国防文学只应该是作家关系间的标帜，而不能作为创作的口号，一方面说，国防文学既是作家关系间的标帜，亦应该作为创作的口号。这两种意见，不管它谁是谁非，的确成为了国防文学中一个最主要的问题，如果不能好好地解决，国防文学底前途实在是荆棘丛生的。

谁也知道，国防文学完全是由于客观的现实形势底认识而产生出来的一个文学动员的口号。它不仅为了一个目的将所有的作家都集合起来，而且要使所有的作家都执着自己底武器趋赴到前线上去。否则，不但那个目的将无法达到，就连这种集合也成为无用的了。笔应该是作家底武器。自然，作家亦可以投笔从戎，去从事比创作更直接的斗争；但当其还在执笔作为一个作家的时候，创作的确是他底主要的任务。现在我们既然说是要将所有的作家都集合到国防文学底旗帜之下来，一方面又说国防文学不能作为创作的口号，这到底是一种令人不大容易理解的意见。然而，甚至还有人以为只应当说作家在国防的旗帜之下联合起来，而不能作家在国防文学的口号之下联合起来，我只希望这是一时激于感情而发的话。因为作家虽然不写国防为主题的作品，仍可从各方面来参加联合战线，但目前的联合战线不是正分为许多领域，各有各的一定的集合的地点吗？我们以为：一个作家，如果他是以作家底资格来参加的，最好还是站在文学底旗帜之下来。一定要这样，各个部队才能行列整齐，各执各的惯用的武器前去作战，发挥最大的效能。执笔与荷枪，同是为了一个目的，但我们不必要作家去荷枪，兵士来执笔，虽然他们可以互相交替，这就叫做各尽其所长。如果万一他们自愿互相交替，那时他们集合的地点也就应该互相换位了。作家总不好执着笔参加到兵士底队伍中去，兵士总不好荷着枪参加到作家底协会里来。所以，我以为作家不但应该在国防的旗帜之下联合起来，而且应该站在国防文学旗帜之下；不但应该站在国防文学旗帜之下，而且应该参加国防文学底创作活动。不然，国防文学便成了一个空的口号，在理论上虽然得着赞同，在实践上却到底被取消了。那我们还有什么再说国防文学的必要呢？国防文学正与别的什么文学一样，是不能不有它底创作活动的，我们只可以说它不是一个创作方法的口号，决不能说它不是一个创作的口号。因为这也是偏于说着内容的一个口号，正与辩证法唯物论之不能作为创作方法一样，所以我们说它不是一个创作方法的口号，但如果要以为民族革命战争的大众文学都可以作为创作的口号的话，那我们便可以毫不迟疑地说：国防文学是应该作为创作的口号的。

　　然而，据说国防文学之所以不能作为创作的口号，乃至我们之所以不能说作家在国防文学的旗帜之下联合起来，主要的是因为那是出色的宗派主义，妨害了作家底创作自由。这个理论也是很值得我们讨论的，我不妨先就

创作自由的问题

来说说吧。

　　一说到创作自由的问题，我们便很容易想到几年前的关于文艺自由的论争。这话说起来可太长了，好在当时论争的结果也还为大家所熟悉，我们便可不必再去提到它。只是有一点应当说明，那时口口声声要争取文艺自由的主帅的确是所谓第三种人。目前的形势，自然与几年前完全不同了，因为社会关系底转化与阶层力量底比重起了新的变换，各种关系底编制与一切力量底配置都应该重新来过，但一种正确的文艺底基础理论是并不因此解消的。问题只在如何去运用它。创作自由的问题，我们始终以为是要象"思想言论自由"一样从政治方

面提出才有意义，如果要从文艺底领域中来向连思想言论自由都没有的理论家或批评家提出，那便等于向婴儿要奶吃。自然，这并不是说：作家不应该向理论家或批评家有所抗议，也许真的他们将创作的范围规定得太狭，使作家颇有一点难于下笔之感，但问题就在谁是抗议者及其所抗议的是什么。国防文学，本来是通过各阶层的一个动员作家的口号，并不是哪一党或哪一派所专有的。中国目前全体人民之所以能够联合，能够联合各党各派在一条战线之下，那主要的契机就是一个国防的任务。这个任务，是需要全体人民各就其领域和武器去完成的。武器不妨多样，战线愈大愈好，但目的只应该集中于一点。所以，在文学方面，我们要求所有的作家都集合到国防文学的旗帜之下来从事于国防文学的创作是非常正当的。而且，一点也不会妨害到作家底创作自由。目前，中国人民的确连吃饭，恋爱都和国防有关的了，国防文学底题材互在一切生活的领域内，一个作家，只要他感觉到了国防底重要，在他底感情上起了一个燃烧点，不管他用什么方法去写一些什么，结果都可以成为某种意义上的国防文学。进一步说，正因为要摄取国防文学的主题，这倒使得作家不能不逼视现实，甚至可以将作家底创作方法提高到现实主义的阶段上去，给与作家一种更能自由创作的能力。这是一个非常明白的道理，尤其是前进的作家不应该有所怀疑。如果要提到创作自由的话，目前倒正是所有的作家都应该一致起来争取国防文学底创作自由的时候，否则以前进的作家反而来向国防文学要求创作自由，这未免叫人有点哭笑不得。然而，我相信大家都是为了一个目的，决不能将目前这个论争与以前对第三种人的论争等量齐观，只是希望大家在发言之前首先想想自己底话应该有怎样的影响，不要使一般的人们看为意气之争而对于私人恩惠以上的真理感到失望。个人信仰底丧失还是小事，最怕的是连他所代表的信仰也一并丧失，一般的人们往往是以代表某一信仰的个人作为他所代表的信仰的尺度的，有一些人更是因为信仰了某一个人才连他所代表的信仰也一并信仰的。

其次，应该说到

宗派主义的问题。

在统一战线之下，不待说宗派主义是绝对应该克服的。但我们切不可将这个名词误解和滥用。我看目前似乎就有点误解和滥用的样子。譬如说吧：国防文学这个口号，本来是在宗派主义底清算之下提出来的一个通过各个阶层和各个党派的口号，那时许多彻头彻尾的宗派主义者便说这个口号太不前进，简直是一个污池，而另外提出了一个较"左"的口号，主张要以大众为中心，作领导，并断定大众以外的人都是不可靠的。这一点我们大家都看得非常清楚，到底谁是宗派主义呢？然而，现在却说那个较"左"的口号和宗派主义或关门主义并不相干，倒是国防文学才是出色的宗派主义。在这儿，我们却不能不将宗派主义作一个浅显的解释。

宗派主义是与党派性非常相似而其实却极端相反的一个东西。所以，一个进步的集团，他一方面要时时警戒着党派性底失掉，一方面要时时努力于宗派主义底克服。正因为这两个东西非常相似，所以往往容易误解滥用；也正因为这两个东西极端相反，所以不能不解释清楚。所谓宗派主义，那就是关门主义底本家。自己站在某一个集团之内或某一种立场之上，便以为那一个集团或那一种立场是自己祖宗遗留下来的私产，仿佛此外一切的人们都没有份了似的。这样一来，自然关门主义成功了，自己满可以关在门内做皇帝。然而，凡是前进的集团或立场都得以广大的群众作为基础，而且它所有的思想或理论亦是全人类底文化底积蓄，到底门是不能关的，于是便有了对于宗派主义的清算。不过，在这个清算当中，却不能连自身底党派性也一并清算出去。这就是说，门虽然应该大大地开着，但不能将自己底立场都抛弃了去迎合外人。党派性是一个本体底主髓，宗派主义是一种运用底流弊，一体一用，连各自底范畴也不相同，而主要的问题就在运用的一点上。具体地说：目前的联合战线底结成，并不是由各阶层或各党派放弃了自己底立场和主义而调和妥协起来的，那主要的基石却是大家目前的任务根本就相同。而且，这个相同的任务，还是由于客观的形势所决定的，并不是由于各阶层或党派底主观所决定的。各阶层或各党派只能根据客观的形势来决定自己底任务。因为客观的形势决定了各阶层或各党派底目前的任务相同，所以各阶层或党派便不能不集合在联合战线之下来。要各自放弃根本的立场和主义，事实上也是不可能的。事实上，只有共同订立一个纲领或规约来实现彼此相同的任务，一方面自然大家要严守和执行这个纲领或规约，但一方面大家却各保留着将自己底立场和主义向社会宣扬的权利。因为这个纲领或规约底执行，也就是各阶层或各党派底任务之实现，各阶层或各党派只有严守这个纲领或规约才能完成自己底任务。主要的是在共同执行这个纲领或规约的联合战线之中，谁也不应该提出并非大家所需要的单独的要求，谁也不应该说自己是中心和领导而将别人作为附庸。同时，对于这个联合战线之中的纲领或规约，大家更应该尽可能地推广和强化。只要是在这个纲领或规约的文中的主张或口号，大家亦可以从自己底立场去解释和阐明。

根据这一个见地，我以为目前文坛上所嚷着的宗派主义，有些地方的确是完全误解和滥用了的。就以国防文学来说吧，现在居然有人说它是宗派主义了。

到底国防文学是不是宗派主义呢？

我底答复却是否定的。理由很简单。因为这个口号不但是可以通过各阶层而将所有的作家动员到一个总的任务上去，并且它自身就是从宗派主义底清算中成长起来的。国防文学，并没有说过应该谁作中心，谁又应该除外的话，国防文学只是竭力说着它底内容应当怎样怎样。作为一个作家关系间的旗帜来看，国防文学惟恐参加的作家不广，一向是和那些主张应该谁作中心，谁又应该除外的理论战斗着的，这当然不能说国防文学是宗派主义。作为一个创作的口号来看，国防文学就连单纯的爱国主义的文学也包含在内，只要是一个爱国的作家，不管是现代式的或岳飞文天祥式的，他都可以将笔集中在国防的任务这一点上来创作出各色各样的国防文学，并不象别的主张那样怕堕入单纯的爱国主义的污池里去，当然更不能说它是宗派主义。国防文学只反对一种文学，那就是所谓汉奸文学。正如国防战线底对面有汉奸存在一样，国防文学底对面也是有汉奸文学存在的，而且这也正是国防文学底敌人，难道我们能说国防文学与汉奸文学敌对起来就是宗派主义吗？自然，在国防文学与汉奸文学之外，还有第三种文学存在，

我们不能很武断地说除了国防文学就是汉奸文学。但这是证明在抗战
与投降二者之间还有一点让人喘息的余地。倘若敌人只让我们于这二
者之间决取其一来选定目前的生死，这时一定是没有什么第三种的东
西存在的。目前我们到底是处在一种什么境地中呢？在这样一个情势
之下，我们很可以说文学亦是没有什么第三种的道路好走的。以前的
鸳鸯蝴蝶派不是都在向着国防战线这一方面走吗？即使有人说了将
来的文学不是国防文学就是汉奸文学的话亦不能说是宗派主义。国防
文学之对于汉奸文学，是应该有十足的党派性的。问题并不在只把文
学区分为"国防"与"汉奸"二种，主要的是在区分得适当与否以及
对于具体的作品的判断如何。不以理论与作品为标准，完全以派系和
行邦为绳墨去区分和判断一切，那才是道地的宗派主义。要克服宗派
主义，首先就应该从这点开始。

话说到这儿，也许有人会勃然挺身出来说我就是宗派主义底典型
的。理由很显明：根据以上的一切意见，我是完全站在拥护国防文学
的立场上说话的，既然国防文学与宗派主义有了血统的关系，难道这
还不够称为宗派主义底典型吗？然而，事实上，我之所以要拥护国防
文学，却正是由于反对宗派主义的缘故。从理论上说，宗派主义是不
应该加在我底头上的；从行动上说，宗派主义更是不应该加在我底头
上的。如果要将它一定加在我底头上，我想只有将我也拖入那作为宗
派主义底现形的人事纠纷中去。最近的论争不是颇有化为夹着人事
纠纷的意气之争的危险吗？为了避免这种无意味的人事纠纷，我在这
儿，却不能不有两点

附带的声明：

第一，我远在国外，对于国内文坛的实际情况是不大明白的。因
为作家是用文章来表现他底言行，我当然只能以他们底文章作标准去
认识他们。究竟在他们底文章背后有什么些人事纠纷，我可不管，反
正是非终于是会从事实上表现出来的。同时，又因为是处在一个文化
统制的国土里，就连国内一般流行的读物也不容易得手，也许自己底
认识难免有见木而不见林的毛病。然而，在我底主观上，却是想尽可

能地使我底意见接近客观的真理。只有抛弃一切个人感情或私人关系底计较才能接近客观的真理，所以我毫无顾忌地发表了我自己底意见，也不管我底意见所抵触的就是我一向所敬爱的师友。

第二，在这次的论争中，可以说双方面大都是我一向所敬爱的师友，虽然他们有些理论和行动应该严厉地批判，但我直到现在仍然是将他们作为师友看待。所以，我只将他们底理论提出加以批判，并未将他们底姓名提出。这也不过是一种对事不对人的微意底表现而已。如果大家都能不以人作对象，而只是从理论上来论争的话，我相信这个论争是最容易解决也会得着很好的结果的。

1936年11月10日《质文》第2卷第2期

诗的国防论

林　林

诗 与 现 实

"诗人应该有爱现实和了解现实的心情。"

这是德国诗人哥德早就告诉我们的名言。我们时在今日，已经晓得诗是现实的呼声。美丽的现实，我们诗人，给与歌咏；龌龊的现实，我们诗人，给与愤恨而无容情。诗人愈了解现实，他的诗便愈深奥，愈伟大，诗便是好诗真诗。诗和现实，是紧紧地相联系的。诗是比现实更高的造境和抒情。高尔基曾在《给青年作家的信》上说："艺术文学，不是从属于现实部分的事实，而是比现实更高的。"因此诗人把复杂的现实写成诗，正应有象把粗矿炼成金一样的"炼金术"。诗是从现实抽取，综合，形象出来的精华。

诗是现实的产物，同时又站在比现实更高的地方，而富有变革现实和推进生活的艺术力量。诗要"极忠实于自己的生活感情"而负一定的社会使命。

最近苏联唯一的领袖认为是"最有才能最优秀的诗人"马耶科夫斯基，他要写一篇诗，首先要问"这篇诗负有一种社会使命么？"他认为在作诗的时候，第一必要的条件：是——

　　"一种有凭借诗才能达到的社会任务的存在。所以，诗必须有一种社会的'使命'。"

诗人，没有现实的认识，没有爱与憎的感情，没有崇高的思想水准，要深挚地显示某种社会的使命，是困难的。作为艺术的创造的诗这特性，是最富有直接而迅速地传递感情的机能，——富有鼓舞情绪的机能。因此，它反对已往个人的微弱的呻吟，贵族式的绮辞丽语的奢侈，而将作为集团的，大众的进军的喇叭，高尔基说："艺术本质上就是战斗。"

荡动而又紧张的现实，正如"山雨欲来风满楼"的时节，而我们唯美啄字的诗人，已经不能不从象牙的塔顶，滚落到深渊去。不容他们的惋惜与嗟叹，人民大众的粗大的泥手，已经把他们所梦想所珍爱的月桂树，拔将起来填塞到救亡的防堤上去了。

转换期的现实，非常时的现实，正是诗花怒放的时期，平凡的诗，象小鸟的叫声的诗，是不存在的。俄国是诗的国度，十月革命前后，产生许多伟大的诗人，最近第二次五年计划建设胜利，有斯达哈诺夫运动，在诗坛也有将来斯达哈诺夫运动的情势。中国"五四"，"五卅"的时期，都有许多前进的诗人跃起，辟如创造社，太阳社便是。而且这些诗，都有现实荡动的奔放的感情，生命力丰饶的格调。

现实是一个丰饶的美丽的战场，在这里，有着两种力，奔流冲到崖畔，而跃起绚烂的沫花，铁和岩石互撞的时候，又是火星飞迸。如今，战神的剑已出鞘，吮血鬼与小鬼们，都脱下狞恶的假面了。时代命令诗人，到人民大众的绵长的队伍，锻炼灿烂光辉的诗篇。

现实随着历史的车轮，无停留地进展着，中国的情势更是变的迅速，文学常是落在现实的后头，而诗在文学领域中，更是非常落伍。诗人哟，起来吧，是"感情泛滥"的时节了。如今的现实，正是万紫千红的诗的花园，请诗人进去！

了解现实，反映现实，深入现实啊。

在国防的旗帜之下

我们怎么来了解我们现阶段的现实，同时，怎样在这现实的条件中，产生诗的新战线呢？

自从"最初的欧罗巴之旗"，插在铁门破坏后的中国领土之后，直到现在，百年来中国的人民，处在帝国主义的铁蹄下，度着奴化的生活，整个民族，便沦于殖民地化的半殖民的境地，我们看，"九一八"事件以来，中国更是如何的丧失国土，丧失主权，并且我们的人民大众如何的受惨酷野蛮的刑罚……"天下第一关"的木牌，已作了"友邦"的古物陈列馆的纪念品，而红红的×章旗，不是在我们万里长城上飘扬，黄河扬子江上，不是横飞着"友邦"的飞机，横行着"友邦"的军舰么？

"奴隶呢？起来独立呢？"这揭示，早就挂在每个中国大众的面前。

不愿做奴隶的人们啊，就得起来，起来为民族生存而抗争，为民族解放而抗争！整个的世界已布满了火药的气息了，敌人疯狂的准备战争，我们要消灭这战争，就得准备战争，以正确的战争消灭反动的战争；敌人在煽惑其国民，以杀人的国防，我们就得实行自己的国防，以正义的国防消灭罪恶的国防！

我们站在"国防的旗帜之下"。

诗人，无疑义地要跟一切的作家以及中国人民大众在国防的旗帜之下，来行动，来创作。关于这，高尔基在听了司尔可夫底报告大纲之后，曾指摘苏联诗人，没有注意"国防的主题"。同时，并指摘"没有一个诗人能用讽刺的笔，抽打很多的法西斯蒂坏蛋们"。这句话，不是单对苏联诗人底苛责的吧。

假如中国也有社会主义的写实主义的存在，我们便可能说，社会主义的写实主义，是在国防文学中，可得到具体的切实的划时期的光辉。国防的主题，象一般的光亮（General light），一切的事物，一切的生活，都为它所映照着。国防的主题，在文学领域中占最广大而深入的范围，占在文学前卫的职位。

在今日的条件下，我们从国防文学里，也获得非常具体切实而且大众化的国防诗歌这口号了。国防的诗，就是中国人民大众的诗。在国防诗中，有民族革命战争诗的愤极的一环。

国防的诗，因为它是范围最广大，那么，材料，言语，形式，种类，便极其多样复杂起来。而言语，尤为重要而困难的问题，国防为要取得人民大众的普遍性，就得采用人民大众所能了解的言语。诗体尽可能的简明——即要求学习象普式庚的那种单纯性。这单纯性，并

805

不是降低诗的素质，而是诗人能够达到精炼清真的成果的表现。这是不能不关心的问题。我们在国防诗这口号之下，诗的各部门，叙事诗剧诗，合唱诗，歌谣，弹词以及抒情诗等等，正存有发展的可能性，能够显示高阶段的发展的可能性。在国防的主题，创作的自由，是很广大的，但在国防的范围外，创作的自由便有了很大的限制。我们不能为着要人民大众化的广大作用，而忘却了人民大众的最重要（主要）的主题。

诗人，应该以诚挚的态度，热烈的情绪，以踏破隔江犹唱后庭花，不知亡国恨的商女们的步伐，创造中国人民大众所要求的国防诗。诗为获得反映现实的社会的艺术的力量，就得克服迎合封建性的读者的庸俗性，雕字琢句的观照主义，貌似英勇的空喊的公式主义，以及鸳鸯蝴蝶式的形式主义等等。——由于不断的技术的修养，感情与主题真挚的合一，来取得尽国防的社会使命的艺术价值，用诗创造崭新的巨大的典型和性格。努力到象海涅的诗句似的高度。

象马赛曲一样。

叫我们到实践去！

岳飞是"我们中间的一个"

现实是诗的唯一源泉，一个时代有一个时代的主潮，诗人不能离开阶级的地位，去规定他的世界观。生活实践的认识，扩大世界观的范围，有正确的世界观，更能对于现实的素材，赋与主题的正确。

南宋偏安的时代，给与爱国的诗词，以可纪念的成绩，死于"莫须有"冤狱的岳飞，更表现了一个典型的爱国诗人的性格。直到现在，在这全民族救亡的战线上，还放射伟大的灿烂的光辉。虽是时代不同，然而在那时代的豪迈雄浑的词，那种恢复中原的素志，那种败敌破虏的忠愤，到如今，还可以激励我们。在这里，来录出最为人传诵的词吧。

怒发冲冠，凭栏处，潇潇雨歇，抬望眼，仰天长啸，壮怀激烈。三十功名尘与土，八千里路云和月，莫等闲白了少年头，空

悲切。靖康耻，犹未雪，臣子恨，何时灭？驾长车，踏破贺兰山
阙，壮士饥餐胡虏肉，笑谈渴饮匈奴血。待从收拾旧山河，朝天阙。

岳飞的世界观，是停留在忠君报国上面，但在当时，他确是尽一
个最尖端最积极的任务的，岳飞这伟大性格的诗人，我认为值得目前
救亡战上所崇拜者，有三点。

第一点——反抗性，他抱着"精忠报国"的壮志，始终未尝忘却
了"还我河山"这句标语。这是给无抵抗将军们与议和主义者汉奸秦
桧之流，以莫大的痛击的。

第二点——智性，他在当时看出了敌人"以中国攻中国"（岳飞
语）的奸计，深信抗战的正当，深信自己的胜利。

第三点——他完全和士兵人民大众的利益要求相一致，屡次的
"金牌"都召不回他，而愿彻底作"直捣黄龙"的先驱者。词，不
是个人主义的悲哀的情调，而是充满慷慨壮烈的行动的力。

岳飞因为受那时代的限制，他的世界观，不能超过时代的界限，
因此，精忠报国的精神，已在前引的《满江红》词中的"朝天阙"，和
"归来报明主，恢复旧神州"这诗句上面充分表现着。但这不能取
消了岳飞可纪念的意义。在今日国防战线的了解上，这种"天阙"
应该是人民大众的政府，而"明主"，应该是代表人民大众利益去
抗敌救国的巨大人物。中国已无君可忠，只有国可报，岳飞设生在
今日，他定不会忠于君，是忠于人民大众的吧，他这种真正的爱国
主义，必定是一个彻底的反帝国主义者的。

国防的战线，是一条最确实最广泛的战线，绝不是狭隘的"爱国
的污池"。

在过去的中国，富有国防这主题的诗，当然不只于岳飞一人，中
国这历来"爱和平"的治人阶级，表面上虽是穷兵黩武，但内中却
很脆弱，辟如英明的唐太宗吧，也得派遣自己的长公主与夷敌和亲。
因此，在中国历史上，便产生许多国防诗人，例如唐代有边塞诗人岑
参，卢照邻，骆宾王，王建……南宋时代，岳飞之外，有辛弃疾，刘
克庄，汪元量，陈德武，文天祥，张孝祥，……到了甲午之战，便有
著《人境庐诗草》（卷八）的黄公度，他写了许多悲愤的爱国诗，痛

斥当时腐败的官兵。辟如《悲平壤》，《东沟行》，《降将军歌》，《台湾行》等作品便是。

我们虽举了一大串的爱国诗人的名字，但是没有举出的，还是很多。我们举出的诗人，觉得没有余暇去分析他们的特性了。不过是提起来给我们现代的国防诗人，诗论家，要加以新的观点，重新的评价。在其中，固然他们是有悲观主义个人主义的成分，和陈旧的形式，但是可以寻出和现在的主题的共通点。我们当然是不能机械地袭取和一色涂抹，"旧壶"与"新酒"是该给与区别和渗透的。

欢 迎 拜 伦

"人类灵魂的音乐"这句话，在诗是赋与巨大的意义。人民大众的诗人，跟人民大众的利益，是不可分的关系，侵略或压迫人民大众的利益的对象，便是给诗人以弹出洪亮的仇恨的音乐的内容。诗人与正义家的意义，是难以区分的。

诗人是自由之子，他为正义的追求，真理的发掘，可以取得把美丽的理想，趋于现实的表现的可能性。

伟大的诗人，就是理想与现实合而为一的混血儿。

诗人具有丰富的正义感，而正义感，正常为诗的原动力与生命力。拜伦说："诗就是热情。""热情人的平静，就是地狱。"

我们的环境，我们的条件，全中国的民族的危机，仿佛与受土耳其的摧残掠夺希腊古国相似。在民族革命战争的阵线上，我们不能不想起热情的诗人拜伦。我们有重新认识拜伦的义务。

我们之提起拜伦，并不是希望国外诗人奔来替我们作神圣的抗争，但是拜伦这种为着自由为着正义的追求，而遥遥的飞向外国去，我们本国的诗人，更将受如何巨大的刺戟而奋起呢？

拜伦在诗中表现其对弱小民族的绝大的同情心。在《哀希腊》这首诗里，最为清楚，诗是马君武译的文言体，我在这里录下一段：

一朝宫社尽成墟，可怜国种遂为奴，
光荣忽傍夕阳没，名誉都随秋草枯，

岂无国士坐列岛，追念夙昔伤怀抱，
我今漂泊一诗人，对此犹惭死不早！
吁嗟乎，我为希腊几颦蹙，
我为希腊一痛哭！

我们再看他在《却尔特哈罗特》（Child Harold）充满了教示着沉痛的反抗的呼声：

美丽的希腊！前时光荣的惨痛的残迹！
再也没有了，倾复了；可仍是不朽和伟大！
现今有谁来率领你的涣散的子孙前进，
把这缚束了多年的桎梏解脱，
你的子孙不该象前时那么等待了
应是一种祈死的绝望的战士。
在荒凉的愁目迷离的阴惨的关隘，
啊！有那一个准备恢复国土的英灵，
从欧罗坦的堤岸跃起，把你从坟墓中唤醒？

是的，我们目前谁来率领涣散的子孙前进呢？在荒凉的愁目迷离的阴惨的关隘，有那一个准备恢复国土的英灵啊？哦，拜伦的诗是为我们作的哟！

拜伦哟，你是为弱小民族的人民战线抗争而死的。我们欢迎你！我们纪念你！

海涅怎么没有爱国心

在整个中华民族危机的加深与广大的今日，爱国心存在每个不愿作汉奸亡国奴的大众胸头，汹涌着，奔腾着，国防的主题，正是应动员无数的爱国的人民大众。

爱国这二字，在先还有许多人异议着，但是如果不在形式上计较，而在本质上来区别，那问题就早解决了的。

　　"假如帝国主义的国度或其顺民，他要主张爱国，他所爱的
自然是帝国主义的国，他自己便是一位帝国主义者。……假如是
正在被帝国主义侵略的国家，而那国家又临到岌岌不可终日之势
的时候，大家觉醒了起来要认真地爱国，要来积极地作反帝的斗
争。……他是一个爱国主义者，同时也就是一个反帝国主义
者。……他的反帝的行动，愈炽，对于同站在反帝战线上的邻人
（友邦及敌人里的朋友）自会倍觉切爱。他是一个爱国主义者，同
时也就是一个国际主义者。"

　　爱国主义的本质，这样早为郭沫若先生卓绝地指示过我们了。
　　作为战士，预言家的诗人，不但要有热情，同时也要睿智，海涅，
确是一位富有热情与睿智的诗人。他是在《德国论》上面，提到了两
种本质上不同的爱国主义了。海涅踏破了本国"污池"式的爱国主义，
而唱出人类解放战争的歌曲。

　　海涅是一位犹太人。犹太的民族，在德国却是屡屡受到难堪的轻
蔑的待遇，犹太人不能享受和德国人同等的市民权，这种以人种的差
别，规定决不平等的条约，这是使海涅不能不吐出反抗的火焰来！他
曾写过这样的信给他朋友说："我与这样的人们，是终身不能成为兄
弟的。"并且，是给德国以讽刺的利刃，他也曾这样叫道："呵呵，德
意志呀！樫的国呀，愚蠢的国呀！"

　　天才的诗人，不为自己民族的偏见，来反对德意志的，他认识的
深度，已达到站在劳动者阶级的立场上，以莫大的憎恨，给"中世纪
的蛮风"的封建性的德意志，在他的有名《织工歌》，便可看到。同
时，海涅对于十八世纪法国大革命，也感到"全身是火焰，全身是欢
喜"的兴奋的歌颂。这是大家所知道的。

　　在今日希特拉主义跋扈的时代，标榜大日尔曼主义，犹太人都被
侮辱被驱逐了，诗人海涅的铜像，当然也是给推倒的了。海涅不是日
尔曼精神的，海涅没有爱国心！纪德说：希特拉讨厌海涅，与其说因
他是犹太人，倒不如说因为他的理智，他的卓见的锐敏。

　　海涅在当时分别了德国人与法国人的爱国心，并且批评和指责了
德国人的爱国心。"法国人的爱国心，正在燃烧着，伸展着，扩张着，

它在自己的爱里面，并不只是近亲者，而是包含着全法国，全文化的国家，反之，德国人的爱国心，是好象冰冻的皮肤一样，会使心脏收缩，想抓着欧洲人，世界的人，孵化为单纯的偏狭的德国人。"

他又对法国人尽忠告的说："假使德国国民的半数爱着你们（指法国人），那么这优良的半数，便是真是没有武器的半数，便是他们的友情，对于你们不很中用的半数。"这样看来，便是被希特拉压制，箝口和制御的半数的。

"法国人呀，我忠告你们……你们无论什么时候，应该武装起来，都有高举着手中握着的武器，泰然地防卫你们的哨位的必要。我对于你们常常都是抱着好意的，在最近，听见你们国内的要人们计划着撤废法国的军备，倒使我们感到惊愕。"

海涅这"人类解放的一个士兵"，是没有一滴"保守的血"啊。

邓南遮"可以休矣"

诗的创造，是社会的活动性的一定的情绪和经验的反映。在其中，含有诗人的世界观的要素，诗的真实性，由于世界观的真实性来表现，真实性，是要服从社会的历史发展的合法则性的。没有社会真实性的诗，便失却了感动读者的机能。换句话说，在社会的历史发展的逆法则上，根本就没有诗的存在的价值。

拉狄克在《论世界文学》上面，曾指出："在资本主义垂死的时期，法西斯主义者能破坏文艺，但不能创造伟大的文艺。"这是完全正确的意见。

艺术家，诗人，是没有歪曲现实，而能够歌颂世界帝国主义战争是一种幸福，歌颂帝国主义侵略弱小民族是一种正义的技术的。所以，在目前作为资本主义最后阶段的帝国主义的环境内，便没有产生象莎士比亚这样的人物了，便没有产生象哥德，席勒，拜伦，海涅以及雨果这类的诗人了。

法西斯主义者是战争的赞美者，是战争的鼓动者，他们谓"战争是原则而和平不过是例外而已"。但是这种战争，历史要否定这种战争的一种为和平的战争，他们是不能理解的。所以拉狄克又谓：帝国主义——法西斯主义的甚么"爱国文学"，"英雄文学"都不过是"未来死尸制造所的广告"。

意大利法西斯主义的诗人邓南遮，在欧洲大战争时，举起为祖国，为民族的旗号，而抗拒了奥匈军队宣言阜姆独立，他热血腾空地呼喊着。

> "战士呀！即使是剑折断这也不要离去阵地！飞行士呀！即使机翼破坏了也不要把舵折回！诸君呀，象火炎般的鹰隼的突击呀！时机迫切了！这时候，这夜里，我说过，'阜姆是独立了，这是为了意大利的复兴呀'。我们的真的意大利是美丽的！我们的祖国是美丽的呀！所以，这是值得我们献身牺牲了生命的呀！"

在当时，象这种"意大利呢？死呢？"的叫喊，虽能博得民众的拥护，但是到了法西斯主义疯狂到末梢的时候，墨索里尼的炸弹炸在亚比西尼亚的红十字医院，炸死伤兵，炸死医生，毒害无辜的人民，家畜，草木，田地，湖水，立下了不人道的最高记录的时候，诗人邓南遮还以意大利本位的立场，颂赞墨索里尼的赫赫武功，谓为这是提高野蛮人的黑人的文化水准，象这样作横暴侵略者墨索里尼的御用的"民族诗人"邓南遮还能写出反映真实的情绪的诗吗？即使写出来，那也是讽刺自己的吧。

目前在我们"友邦"中，他们鼓吹着保持"生命线"的战争，鼓吹着帝国的国防，然而要抱着象"希腊人在世界上造出最伟大的战争诗史"的诗人，象邓南遮这样的诗人，怕是不可得吧。

在中国，过去的自命不凡的"民族诗人"，曾创造出韩光第式的典型，喊出进攻俄罗斯的口号，在民族危机到了紧要关头的时候，已听不到一声"中国呢？死呢？"的喊声，"睡狮"也不怒吼了！"黄人的血"也不再流了！不再"愤哭""大上海的毁灭"了！甚而至连"女人的屁股"也"懒得摸"了！

因此，在这里，让我来找一段拉狄克的话：

"谁要希望世界文学得到发展，谁要希望新文学，谁要希望给予人类以最大的享乐，满足多数人民的生活，成为伟大创造的源泉，这人类发展的伟大支柱的文学，发生和发展——必须离开彼岸，在我们这里寻求道路。"

"罗马的苍鹰"的脚爪攫住的诗人哟，你将被送到棺材里去。

"抒情诗的火药"准备了没有

我们在日常的生活中，在理论检讨中，在我们自己的创造中，我们学习着，我们理解神圣的民族革命战争的伟大的意义。

在这次，现阶段的文学论争里面，我们理解了国防文学的自然的必然的因素。而国防诗歌，也这里，年青的跟着跑出来。但是，在获得了这口号之后，诗人不能单在国防的概念上产生诗，我们尤要在国防的实践上产生诗。

国防的主题，要求诗人创造国防诗，同时更要求诗人深入到国防的战线去！在国防的统一的堑壕上，诗的情绪，诗的题材，诗的形象，是无限贮藏着，无限汹涌着，诗人以笔创作，同时也以刺刀创作，我们"以诗和刺刀，防卫我们的祖国。"

在这里让我摘出别得奴伊的诗句吧！

> 今天我们看守的岗位还静，
> 但假如它打起了战争的警钟
> 要我们准备起战斗的行动
> 我们便给敌人以反抗，给朋友以援助。

国防诗，我以为不仅是创作上的标帜，同时，也是诗人实践上的标志。拜伦的《哀希腊》，不是到希腊为弱小民族抗争，才有这样伟大的吗？岳飞的《满江红》，不是由于精忠报国的行动，才有这样雄迈吗？在国防实践上的创作，才有伟大的艺术价值的国防诗吧。

我们的敌人"命里注定没有出路的情况，是不会有的"（伊里奇语），高尔基在逝世之前，曾这样地宣言着："假如对我在它的权力下生活着工作着的这阶级战争爆发起来的时候，那么，我将以一个小兵的资格，投身行伍，我这样做，并不是因我相信这个阶级是会胜利的，而是因为苏联的劳动阶级的伟大而正当的主义，正就是我的主义，我的职责。"

诗人，听了这话，将得如何地感动呢？

中华民族的时机已经紧迫了！在人民大众的解放斗争中，抗敌除奸的斗争中，为着未来胜利的狂欢的祝祭中，诗人不仅是要创造壮烈的光荣的诗篇，而是要壮烈的光荣的诗篇，就是诗人本身。我们无数的年青的诗人哟，将来是谁来战取得战士，诗人的"剑"与"月桂冠"的锦标呢？

一九三六年十一月一日写完

1936 年 11 月 10 日《质文》第 2 卷第 2 期

文艺的驱敌政策

黄　既

就着文学理论的斗争与文学创作的进展来看，在不同的时代，文学是一向用着各项不同的方式和多种题材的处理，尽着它的"驱敌"任务的。过去关于"第三种人"的争论是如此，现今统一战线的提出仍是如此；但其中是有进展的。可惜的是有些人往往忽略了历史的时代性，专门以死的字眼来推敲活的现实。譬如关于"创作自由"的是否需要，就有人还抱着把这种自由当做"第三种人的自由"一样看待的见解，因此他过去是否承认着确有"第三种文学"的存在和现在是否认做"不自由"为必需，连他自己也糊涂起来。

就以"民族文学"来说，过去是曾经有一部分故意和民族为难者反而把它提出，用为和"无产阶级文学"对立的一口号了。那种民族文学的理论是什么，谁都明白。因此，在当时的"民族文学"口号影响之下，并没有一部真正以民族为前提的作品产生，反而有些真实的民族文学作品如《子夜》，如《春蚕》，并不被"民族文学"的理论家所容纳。这就是因为当时的"民族文学"理论者故意把"民族"歪曲，而以"民族文学"的外皮包裹了"统治文学"的骨子，甚至不懂得殖民地国家的"民族文学"第一要义就是在"反帝"，因此一个充实的口号变为空谈，而十足的带有独占的分离的为虎作伥的倾向了。而我们不！我们懂得现阶段中国民族的生存，在乎集合各种不同的"民族实力"，而提出"一切不愿做亡国奴的作家都联合起来，走上抗×的统一战线"这个积极的要求。我们是要集合各方面的实力来建设真正以民族利益为前提的文学的！

可是就有怀疑这口号的提出是否与过去的"民族文学"同调，而更担心着这种毫不严格的要求会招来恶劣的结果的了。其实这种怀疑正是由于不明白如今这口号的提出所以"不会"有恶劣的结果乃是因为它"没有"过去那种民族文学理论以严格性和独占性，而他所以"必会"有"如的结果"是缘于有"一致抗×"性的原故。

所以，"第三种人"的自由论调和我们现在所提出的"创作自由"之间是有着很可观的差别的。"第三种人"的自由是撇掉阶级性撇掉民族性的梦想的个人的自由，而我们所说的自由，是以当前无论那个中国人都会感到的，"民族不自由"为出发的，为联合"不愿做汉奸的所有中国人"而设定的实际的个人自由，所以做汉奸的自由并不在这自由之内。自然，"第三种人"的作者也如"统一战线"所容纳，这容纳倒不是出发于承认"第三种人"的存在，而是因为"第三种人"无论如何不就等于汉奸，在抗×战线上，是极应联合的。

由于这一点，我们才认定在这种新的文学上的驱敌政策当前，丝毫不需要固守过去争论的基点，而应该把这基点放广，广到整个民族上去。就是以前争论所取的方策，也要马上不被采取。因为在"抗×联合"的总目标下，确有多少不同的"救亡见解"在，这些见解由于联合始能渐趋"一致"，而预先计划了一个"一致见解"再来征求同意式的联合方策就不是我们的方策，而是一种"高调"了。

所以，关于创作口号的提出，不论是"国防文学"也好，"民族革命战争的大众文学"也好，都是不能做为统一战线的唯一限制的，不然，就会和过去的一切积极口号一样，说不上"联合"的作用。创作口号的提出无宁说是一种要求，一种"共同行动"的劝勉。所以口号与口号之间的争论也就极不必需，因为联合战线的首要前提是解消一切内战，逐渐加强对外的统一力量。这"解消"自然还需以不断的斗争来实现，但斗争的目的是在"完成"，而不在"肃清"。"肃清"的工作是只能用之于对付敌人对付汉奸的。"内战"与"批判"之间本有一条极易穿通的界限在，稍一不慎，就会以内战的态度来批判自己的战友的。要免除这危险，自然需要时时记在心头，谁是当前的共同敌人，这些批判是否为了共御这共同敌人的便利而出发。

为了"国防文学"和"民族革命战争的大众文学"两个创作口号而引起的争论似乎就有着这一危险的倾向。以两个口号的本身而论，本都是当前最迫切最需要的口号，就是说，都是在驱敌作用的要求下的口号，尤其是所驱者又丝毫不差是共同的一个敌人。以组织作者的作用上讲，"国防文学"比较普遍，比较方便，因为"国防"是大多数作者的中心要求，以这中心要求来要求大家，是很适当的。但在文学的创作作用上讲，则"民族革命战争的大众文学"较之"国防文学"更能包容一切积极的文学创作。但要紧的这"包容"并不是"衡量"，口号的作用是全不在衡量的。以这看来，"民族革命战争的大众文学"在创作要求上，就比"国防文学"富有韧性得多。又如我们为收获更大量的作品，为提起各阶层作者的创作勇气，就是一些谈恋爱谈个人私生活的作品，也都会被这一口号所包括。事实上，我们无须过度担心一些不"积极"的作品会大量的应运而生，这是不会的，客观的生活环境和联合作用比口号更有力量，更会督促作者走上应走的方向。而且口号不过是更加上一层力量，而这力量不能超过客观应有的限度。就是口号本身，也是切合着这客观环境而产生，试想在一个帝国主义国家里，恐怕喊千万个"国防"，也不会产生一部国防的伟作吧？所以郭沫若先生对于"创作自由"的口号一提出会影响口号"负号"方面的作用的顾虑，也是不必需的顾虑了。所可顾虑的倒是把口号要求得或是解释得过于严格，会有些真实作品不能产生不敢产生，反使口号成为"负号"的了。尤其可顾虑的是由于限制了作品而影响到不能共同行动。

既是如此，两个口号就只能互相阐明，而不应主张保留一个，格杀一个了。事实也是如此，象"民族革命战争的大众文学"这样积极的口号都会不容于统一战线，那么统一战线统一的作用是什么呢？那些鸳鸯蝴蝶妹妹哥哥也者，岂不更要望洋兴叹遑遑不敢入了吗？岂不是除去"国防文学"之外，一切文学都被"负号"到统一战线之外去？本是四门大开的统一战线，这样一来，会有重新被关在"国防文学"里的可能。危险的倾向也就在这里了。

然而问题决不在"国防文学"的本身。为要不致颠倒了创作口号的作用和统一战线的作用之间的联系，我们必须认清目前文学的驱敌政策的一新任务。为了应付目前民族的危机，才有联合战线的需要，才有新口号的提出。这不仅是文学本身的问题，而且是与政治相关联的问题。新的口号是过去旧口号的一个继续的发展，可是这一发展和过去一些口号的递换或发展之间有着差别。在政治策略上，目前是一大的改变，大的进展，在文学上的反映也是一样。过去许多口号的修正和变更，都是以无产阶级革命为立场，阶级性的提出了"唯物辩证法的创作方法"或是"社会主义的现实主义"等口号的，口号所代表的范围和要求虽不同，但在当时，都不外是站在无产阶级革命一方面来说，而它的特殊的作用就不包括到别的方面去，和它对立起来的也不仅是帝国主义，就是所谓颓废派性灵派的作家也被看做斗争的对象。但发展到现阶段，不复与现实的社会形势相配合，而是带有极端的关门主义色彩，应该被扬弃的了。以民族革命为前提而提出的"一般性"的文学口号就大不相同了，它不仅仅是过去一些旧口号"文学理论"上的修正，即在"政治基础"上，也已经不再拘泥于无产阶级革命而更广大的扩展到无产阶级革命圈外面去。现阶段文学新口号的提出无宁说是旧口号的一个总的变更，一个总的发展。这一口号的敌人和目标因此也不再是许多不同的文学派别，而更尖锐的更清晰的集中到一个共同的总目标上去了。在此我们不妨说，现阶段的文学驱敌作用含有两项最基本的特征：第一是消解了文学派别之间的论争，发动所有抗×的实力；第二是创作上尽管自由，组织上必须统一。所以除创作口号本身的改变之外，就是从它的提出方法上讲，也不象过去那样拘泥，那样严格的了。

　　也许有人会怀疑："发动所有抗×的实力"和"创作上尽管自由"之间存在有不可宥恕的矛盾，因为颓废派，性灵派，鸳鸯蝴蝶派之类的文学是根本谈不上什么"抗×实力"的，那么这无限制的联合岂不要化为空谈？但这想法是错误的。

　　首先，不是"抗×实力"不一定就是汉奸，非此即彼的说法无宁是给敌人撑腰眼，把抗×资格放得过于高调过于神圣无宁是减损自己的力量，是放空炮。联合的目的就在把有些不抗×的联合在抗×的一起，而使之转化为抗×的一点。

　　所以，统一战线的抗敌工作，除去创作作品之外，尚有许多实际工作可做。我们不能否认颓废派或是鸳鸯蝴蝶派文人尚拥有一部分读者，也就是一部分民众的，说这些作者连民众都根本不受帝国主义的影响想不到抗×，才是误解。就是终日留恋于"吟咏赏玩"的才子名士，也不尽如郑孝胥，大多数反而是能够做为一部分"抗×实力"的。这些人在教育民众宣传爱国等非写作工作上，还能出很大的力。联合了这些作者，也就是影响了在这些作者影响之下的民众。何况已经有不少五七绝律已在歌咏着"民族魂"，章回小说不见得不能谈抗×呢？即使从死人堆里发掘民族的喊叫，中国也还有着极丰富的文学遗产。那怕是最小的力量，也不认做不是力量，才是我们真正的力量！

最后，如果再仔细分析颓废派，性灵派诸多文学派别产生的时代性的根源，那就更明白联合的必要。颓废派的产生是由于作者生活的遭受摧残，抗拒的力量消失，而良心依然存在，所以化反抗为哀吟，转呐喊为哭泣。推其最根本的根源，还不是政治的环境影响到他个人的生活？还不是帝国主义的摧残造成他的没落？至于性灵派，则是一种恶势力下的逃脱，东晋的风行释道是如此，现今的提倡晚明小品也是如此。性灵派的作者也是有良心有志气的，因此并不因畏虎而为虎作伥，而以"王顾左右而言他"的态度遨游于山水之间了。这些都是无意的做了帝国主义政策的牺牲，而并不是有意无意的"尽着汉奸的任务"的。对于这些敌人政策的牺牲者，我们还是化之为敌人呢？还是弃之不顾呢？或者应该引之为友呢？这理由自然是很明瞭的了。他们的颓废和彷徨也正是因为找不到更广大阵容的容纳，因而走向极端的个人主义道路上去。无条件的联合不正是对这些个人主义者一个很好的教育吗？联合就是积极教育，无须再提出更积极更严格的"教条"了。

总括来说，目前文艺的驱敌政策，是首先要认定谁是民族的唯一敌人，要去恢复被敌人消毁了的多少民族的力量，来完成最广大最普遍的力量。认敌做友是莫大的错误，应该马上起来反对；化友为敌也是莫大的错误，也应该马上起来改正。以前，我们曾经犯过这样的错误，如今不再上这个当了。

　　　　　　　　　　　　　　　　　　　　　　　　　八月十日

　　　　　1936年11月10日《文地》第1卷第1期

文艺的标帜

吴绍文

　　整个民族的危机，自近五年来，是一天迫紧一天：尤其自广田三原则提出后，中国民族已是被迫近死亡线上了。这灾难并不是作家们提出来恫吓乡愚及劳苦大众，除了不是准汉奸，不是卖国贼和包丕走私的浪人奸商，谁都可以间接的直接的从每个角落里感到这是真实而且是一天迫紧一天的危机。

　　在这伟大的艰辛的时代里，我们不能忘掉历史给于我们的任务；尤其文艺作家们，站在时代前而负领导社会解造社会的文艺作家，必须更彻底的认识现实的发展，必需拿出坚强的力量与巨响的呼声，来唤醒中华民族中不愿作汉奸作奴隶的人们，挥着万众的铁手，来摧毁敌人给我们这半殖民地的锁链，来消灭残杀和辱躏我们民族最直接的暴敌和汉奸走狗的战伍。

　　新的文艺作家无疑义的是要负掀起民族解放的神圣战争的巨责，在这民族解放战争即发的现阶段里，更要的要深深的记着我们民族的危机不是孤立的及突然的。我们民族危机是世界资本主义总危机的一环。在这资本主义总崩溃到来的末日，对于政治经济造成了两个极巨的变更：在政治方面，造成保障资本主义的帝国主义的形态；在经济方面，造成了通货膨胀与努力国外倾销等形态，这两种形态是相并而行的，其目的都在重分殖民地与剥削大众利益，这一来，中国的都市与乡村，生活的困难必定逼到每个人的面前，一切的福利必然要被这经济恐慌的制造者摧毁得无余；而各国的华侨也是一样的感到灾难的严重是不可幸免的，已经呼着悲惨的呼救声了。自东北事变后，东北地面上方的同胞，生活只有一天痛苦一天，在日帝国主义大兴武装移民政策的今日，大多数的同胞的私有财产与血肉，在这残暴的政策压榨下，只好作了牺牲品了。除了这，还有国内的一些无耻的汉奸也是帮着帝国主义一刀刀来割中国，将中国民族的生命送到断头台上。

在这残暴的帝国主义的政治经济双层压榨之下，中国的每个角落里都感到威胁。然而这弱小民族为了自身生存与自由展发的问题，在这新的形势到未来的危机日子里，他们不能不将各种力量相互关系的发生一种新的变动，这新的变动就是直接的向帝国主义取了一种强硬的反抗。

这普遍的反抗的呼声已传遍了这危机布满的大地。

从东北义勇军及"一二八"的英勇抗战，"一二九"以后的各地学生继续总动员反×运动，劳苦大众武装力量，以及最近成都，北海……等地的事件，这种种都表现了民族解放神圣战争的旗帜是已高高的举在帝国主义的面前，表示着中华民族各阶层在不同的程度上进行着神圣的民族解放的战争。神圣的民族解放斗争必然要取得最后胜利，因为它是为全人类真理而去反抗摧毁真理残杀人类的好战者及帝国主义而战的。

在这连环性的危机中，新的文艺家不要放松了去详细分析现实的任务；尤其不要忽略了我们民族危机的前因后果。有这样的认识，我们才能够配说是真正攫护艺术的人，才能够走上进步的现实主义的路，在这狂风暴雨临头的今日，才能够稳着脚步走上神圣的民族解放战争的途程，才能坚强的握着一竿真理的旗帜引着这半殖民地上的大众向着敌人的战伍冲去，去毁灭间接直接使民族悬于死亡线上的暴力。

在这新的形势之下，中国的文艺家，不能说都已有了觉悟，而大半还是很无聊的拿文艺这东西来作消闲，解闷。视文艺与社会无丝毫关系。

在这里我举出几个例子，在北平出版算一算二的北平××副刊，不断地有这样消闲，解闷的东西出现，我们可任意找两篇来看吧——

雨

蝴蝶花上的哀怨
轻微的
滴滴……
敲着黑角里谁的漠落的心？

窗上挂不住云的风帆
长空中
若有多少远行的航渡？
捻捻剩下的烟蒂
窗下
又游荡起飘忽的梦

梦，是自己喷出去烟吗？
轻轻的随着雨丝
织着我迷离的心壳了

午 梦

绿天深处熟黄粱。一榻风清梦路长。记得小兰花影乱。
卧游曾到午桥庄。

　　这样的诗，与我们任何人有什么关系呢？在这些诗中有半点现实的反映吗？爆发了伟大的壮烈的为民族解放而斗争的学生的抗敌救国的源策的北平，被这些诗把它变成了一座毫没生气的深山内的古刹。危机满布的华北，这些无聊的文艺作者还在那醉生梦死的在那儿作迷梦，到午桥庄。唉！我恐他不是到午桥庄，将来要到敌人的刀上跳舞！！

　　现在我们的国家遭受了空前的劫运，帝国主义杀人的武器早已架上我们每个中国人的颈上，我们还能闭着眼甘甘地将自己的生命送到敌人的刀口上去吗？尤其是文艺作家们，我们是社会的领导者，是民族的中坚，竟然在这危机临头的日子里还作些毫不相干的无聊作品，这是我们忍心做的事吗？除非他是汉奸或甘作顺民，我想他一定要对于现实不致忽略吧！我愿我们生在这块半殖民地上的文艺家——汉奸者在外——不要忘掉了民族的现实，没有生命的没有现实的内容的艺术尽量的把他丢掉，把你们的锋利的笔朝着这新形势下的每个角落里发出的惨状方面去描写罢。并且请来参加擎起抗敌除奸的旗帜之下的这一群，来组成民族解放联合的"国防"战线，争取中华民族的永生！！

是的，当前文艺作家是不应该忽视民族的危机，不应回避救亡的责任，和联络强固的抗敌战线的急务。但是在这战线成立以后，在新进文艺界里发生了一种严重的现象，那就被人认为"争正统"的"内战"的论争。这种论争延长了这么久，一般的人由这论争起了很大的怀疑，以为在一战线中的文艺家，竟相互攻击，无异是故意破坏这联合战线。这是没关系的，我认为有了这次的论争，更表现文坛上很大的价值。文艺界欲在现时的新环境下找出一个最有效的战略，不得不保持冷静的理智的态度，来讨论这个问题。更因为这次的论争各个人都用合理的手段去追寻真理，故所使结果竟获得有利无害。

至今为止，文艺界统一战线问题的论争，使我们看到了很好的结果。如有意无意或多或少的宗派主义的理论，以及想借此机会来破坏我们阵营的麻醉理论，已一一克服了。适应新形势新环境的统一战线的"国防文学"这一口号，已无异议被我们认为这是现时文学运动的一"标帜"，一个新的动向。对于"民族革命战争的大众文学"这一口号，也已经得到它原来的决定者鲁迅先生和茅盾先生反复的加以解释，并且申说"民族革命战争的大众文学"不是以来代替"国防文学"这口号的。这样，故所这次论争实在给了文艺界的一重大益处。并且使我们更对这问题得到适当的了解。

我们为了更进一点的明瞭在现阶段的文学运动撑着"国防文学"的新标帜的理由，再来把这深切的道理说一下：

很清楚的记得"国防文学"这口号提出时，许多人曾经发生过许多疑虑，以为这口号易将此运动堕入狭隘的"爱国主义的污池"，同时还有人以为口号太宽泛易被人误解。这些意见，在许多论争中已经

823

正确的解释了。不过，我们觉得发生这些疑虑的人们，是有一种原因的，这原因是不外乎对于新形势新环境欠缺认识。现在我们还可再来谈一谈，把这错误的原因作一次廓清：倘若这原因不廓清，将来相似的曲解一定会再生的。

中国目前最需要的，是举国一致的统一的抗×战线，同时中国最可虑的，是现在××帝国主义积极的武力侵略整个中国，并且它不仅是中国祸患，也是破坏世界和平的罪魁。因了这，我们起来为我们的民族生存竞争，来对××帝国主义拼命，来消灭这破坏和平的罪魁，这并不是狭隘的"爱国主义"。现在我还记得郭沫若先生在《文学界》一卷二期《国防·污池·炼狱》一文中说得非常恰当，现在我们就用他的话来作解释罢：——

> "然而，假如是生在被帝国主义侵略的国家，而那国家又临到了岌岌不可终日之势的时候，大家醒觉了起来要认真地爱国，要来积极的作反帝的斗争。这样的爱国主义者或者可目为'炼狱'，然而怎好视之为'污池'？
> ......
>
> 炼狱式的爱国主义者，他的'爱国'精神愈真，则他的反帝的行动更愈炽，他是一个爱国主义者，同时也是一个反帝主义者。"

由前一解释，我想对于怕堕入狭义的爱国主义的"污池"的人们，一定不至于再误会了吧。

虽然在今日的中国，狭义的虚伪的帝国主义走狗们的爱国主义者不乏其人，暗地里勾结着军阀帝国主义来消灭真正的"抗敌"与"图存"的分子，可是这些人不是已被事实将他们的假面具剥得精光吗？不信，你可多多的注意到不是准汉奸不是直接间接卖国的各阶层的大众的言语行间及他们的一举一动，不都是在表示着反抗这"污池"式的爱国主义者？不仅此，甚至这些群众已经实地的给了他们的有力的打击。象这样卑鄙的人们，是真实的卖国贼，是为帝国主义作伥的东西，是我们抗日反帝图存战争中的一个战敌，并不是保卫疆土抗敌救国与为民族解放战斗中的伙伴。

对于说是太宽泛，易被误解的话，杨骚先生在《文学界》一卷三号《看了两个特辑以后》一文中也详细的解释过："'国防文学'是比较笼统，也可以说是极笼统（其实可以说是普遍），然这不足为病，反而这是他的优点，因为要概括和表现各阶级各党派的文学在一个总的目标（民族解放斗争——抗敌救亡——防卫国土）下，然而根据各自不同的观点所含有的各种不同的内容，必需一个拥有抱力极广大的口号，才能笼之统之，足以号召一切不要当亡国奴或汉奸的文艺家来构成一条强有力的联合战线。"这解释我认为是很适当的。因为"国防文学"在内容方面是广泛而又充实。"国防文学"不仅是描写抗日的义勇军的生活……，抗日英雄，以及各地的学生的民众的抗日运动与走私等等，他是很广泛的去描写各阶层的生活，社会的罪恶，……因为这些是直接或间接与帝国主义侵略有极重要的关系。象这些与帝国主义者有连带关系的各种矛盾现象都包括在国防文学描写的范围内。不过，我们要知道，"国防文学"这一运动，不是老停滞在它起初发生的那种形态，它是一定的要根据着环境的进展而展开的。

事实明显的开展在我们的面前，新的政治形势也是明显的摆在我们的面前，我们能忽视了这个新的环境吗？不！一定是不能的。这种现实条件下的文艺的发展形态，我们应该撑着"国防文学"这旗帜来开展这新的文艺的前途；把国防文学视为汉奸以外的中华民族全体人民抗敌救国的一种意识领域的武器。

无疑义的，现在我们只有把国防文学的标帜插在这崭新的现时代前，我们才能开展我们的文学运动。因为它是以民族战争中各方面各地带各阶层的行动思想情绪和意志为描写的中心对象；它能给一切人们对于祖国争取自由解放的思想与方法，同时它也能给道德上及情绪上种种的煽动；它能反映着被辱蹦被残杀下的祖国无限的现实的过去和现在。甚至也可以预料到将来，使我们清晰的明瞭祖国所处的地位，使我们很快的能从这急剧变化中的现社会得着一个正确的出路的指标，这样，使文学成为民族解放伟业的一部，使文学成为民族解放战争中的一种新武器。

我已经重复的叙述过了，现在的文艺是应撑"国防文学"这一种标帜。我们希望在这半殖民地面上的作家们，我们应该望着这一个目标前进，把我们的武器——锋利的笔——对着那残酷的侵略主义者瞄准，并且我们希望，我们的每个人的心，合在一起，结成一条坚固的战行，筑成一道胜过万里长城的可以阻障敌人进攻的屏障。更希望尚在迷梦中的一些文艺家赶快猛醒，拿出自己真实的良心参进到举起为民族解放旗帜下的一群中，加强我们联合战线的力量，每个人都沉着心随着这是历史呼声的全国一切作家关系间的标帜的"国防文学"的旗下，听着悲壮的呼声，手挽着手，踏着血的足迹，向着我们共同的目标前进，向着间接直接摧毁我们民族的仇敌战行间冲去，去毁灭他。

一九三六，十，十

1936年11月10日《青年文艺》创刊号

国防文学的理论建设

北 鸥

一 新 的 出 发

中国的文学应着目前客观现实的需要进展到了一个新阶段。在政治上我们要求国防政府，在经济上我们要求国防经济，在科学上我们要求国防科学……同样地，在文学上我们要求国防文学。作家群间尽管有许多意见的不同，尽管有许多派别的差异，但在共同的民族救亡目标之下，在文学领域里，紧密地团结到了一起。

作家在国防文学旗帜之下，做这种团结救亡运动，主要的意义在消灭一切汉奸，在联合具有爱国心的分子，而英勇地担当起文学的伟大的时代使命。

我们的文学在联合战线上，全体地转变了方向进展着。这样说明了文学的思想的指导的任务。注视到文学的现实，我们找到了正确的大路——国防文学。这条大路保证了我们的文学将发达得极广大，宽泛；我们的文学将收到最高成果。

国防文学是这样出发的，所以是含有全民族的解放意义的文学，自然是合乎大众的。说到国防文学的单纯性和大众性的时候，我们彻底地要求国防文学的通俗化，单纯化。作家必须要注意到读者大众的实在的趣味，大众日益增加的文化荒；而使国防文学走向大众最高的要求的道路上。

国防文学是要以大众的斗争生活为内容主体；同时更允许各种出身不同的作家从多方面的观点来描写各式各样的民族英雄。这是我们的文学现阶段的特质，这是我们文学的新出发。

二　宗派主义的清算

在联合战线上的工作，清算宗派主义是一个大前提。这是为了排除今后活动的障害，为了完成共同活动的因素；同时也必要克服消极性和不理解。为了清算宗派主义，不能不注意到新的关门主义发生。我们必须反击关门主义；不攻击关门主义，文学的伟大的教育意义一定要减低的。国防文学，是号召一切不甘心作汉奸走狗的最广泛的作家相互作用的条件。这种相互作用要扩大国防思想的丰富的形式的完成，要增大现阶段文学的力量。

在中国现阶段的基本的主潮上建设国防文学。

在广泛的团结救亡意识之下，在作家起相互作用之下，在文学的干部成长和作家御敌的队伍飞进的条件之下，创造国防文学。

自从一九三二年四月二十三日"拉普"因为组织形态不能适合于广泛的作家，决议解散以后，世界上进步的文坛唯一的重要任务就是在清算宗派主义，与宗派主义作无情的斗争。宗派主义的存在，已经成了今后文学发展的重大妨害。

现阶段文学运动的特殊性，不允许在文学领域上有宗派主义的残存，和戴着假面具的行帮活动。

在联合战线上，我们所清算的宗派主义不是对艺术活动种种见解的清算，不是清算作家个人的特殊性；在国防文学旗帜下，作家的结合，要唤起最广泛地创作的努力。

国防文学表现了在救亡运动开展中文学的新任务。而这任务最首要的是国防文学转化为五万万读者大众的精神以及心理和意识的强有力的教育影响。

三　创　作　方　法

郭沫若先生提出：国防文学是"作家关系间的标帜"，这是我们极同意的意见。我们认为国防文学是号召一切非汉奸的最广泛的作家相互作用的条件；国防文学是作家对内对外一致相互关系的口号标帜；国防文学是组织自己，教育大众的口号。如果有人"把国防文学当作创作方法的口号"，那是错误的。郭沫若先生为了避免一般人的误解，曾接着说："国防文学不是作品原则上的标帜。"这也就是说国防文学不是创作方法的口号标帜。

国防文学既是极广大号召一切非汉奸的，爱国的文学；自没有明确规定或限制创作方法的必要。

在国防文学号召之下，作家可以应用各种不同的创作方法来参加联合战线。

巴尔札克虽是"王党派"；然而他的创作却是写实的。在他的作品里可以一样地看到未来的曙光，革命的力量。国防文学要求作家正确的描写客观的现实，要求作家有丰富的实践，而收到极好的成果。不管一切创作方法和个性怎样的不同；国防文学的创作方法要说明了国防意义的真实，要广泛地在大众的国防意义和教育上创造文学。

然而国防文学的要求不仅仅只是这样。我们必定要使所有一切参加联合战线的作家了解进步的现实主义的创作方法是现代最正确最优秀的方法。我们一定要"在作战里面"显出我们武器的精锐。我们要在"作战里面"使所有参加联合战线的作家，知道只有进步的现实主义的创作方法才是最尖锐猛烈的武器。

国防文学是团结救亡不可分的一部文化的武器，进步的现实主义创作方法，更是国防文学的最锐利的武器。

四 主题和自由

国防文学是现实在文学上的具体化。国防文学的号召，广大地开展了作家的创作个性。更在作家的创造才能上，创造幻想上，开拓了广大的原野。文学是包括生活的合法则性的本质的血和肉的一切事件的形式表现。生活富有综错性的而路程更是极复杂曲折，所以在需要国防的半殖民地的中国，作家能极自由地摄取题材。而每一个题材，又是象恩格斯所说的以同一的主题可以写作几十个不同的作品。

以前的文学只是在事件和人物的描写上破坏了个人主义的轮子。

829

过去的文学，只做了通过个人的个性行动和特征，表现了社会关系的本质和运动的工作。国防文学的提出，动员了一切不甘作汉奸走狗的作家，而转变到大众的国防意识和教育上。

国防文学和神秘化的作风手法是无缘的；然而国防文学是具有强力的多样性。国防文学是"多样的统一，而不是一色的涂抹"（郭沫若《国防·污池·炼狱》）。国防文学包括：史诗，抒情诗，悲剧，喜剧，歌剧，讽刺和幽默，极长的长篇小说和极短的素描，热情的斗争和胜利，伟大的生活力，英勇的牺牲精神，笑和哭，丑恶的暴露，奋昂的情绪，假面的剥开……。

在五万万人的实践上现出了国防的真实。人生的完全的多样性，人类全历史的经验，现阶段大众的骚动问题，对狂暴侵略的抵抗，对民族危机的拯救，一切思想——个人主义苟安主义等的暴露，民族解放思想火样的爆发，过去时代强力的救亡运动，科学的发见和发明，恋爱和集团热情中生活和斗争的一切多样性，都是国防义学的主题。

主题虽是多样性的，然而这却决不是说："这就是说不用国防主题的作家仍可以参加民族自救的国防运动。"在国防文学的旗帜下，就是因在象牙之塔的艺术至上论者，我们也要把他拉下来。在国防文学口号之下，决不把"没有写过国防主题的作家关在国防运动之外，相反的，我们正要他们都来替国防运动多尽点力"。我们冀望"没有写过国防主题的作家"，"写国防主题"。我们不能使"不曾用国防主题的作家"，永远"不用国防主题"而来参加国防运动。在象牙塔上的艺术至上者，我们必定要使他自己来否定文学的纯粹性超然性，可是这不是说国防文学只是描写"民族革命战争"，国防文学决对允许"吃饭小说"和"恋爱小说"的存在，因为"目前中国人的吃饭和恋爱都和××侵略者多少有些关系"（鲁迅《论现在我们的文学运动》）；所以就是在现实里"明目张胆地去哥其妹，鸳其鸯，而蝴其蝶"那也和国防文学"多少有些关系"的。

五　讽刺和建设

在国防文学的论争中，许多作家缺乏政治的诚实，批评自是非要有同创作一样诚实态度不可。对于国防文学的创作的批评，对于国防文学理论的建设，我们的批评家并没有努力。而我们的批评家，只是尽讽刺的能事——或者是俏皮某人，或者谩骂和攻击某人的私生活。国防文学的论争几乎完全成了感情的意气的谩骂和讽嘲。在破坏和暴露上，讽刺是具有象污脏的脸照到镜子就不能不洗去的能力；然而在国防文学上是需要使武器锐利化，是需要暴露敌人的丑恶；如果把自己的武器锋芒放在磨石上磨来磨去，那只有使武器愈来愈迟钝。那才是敌人称快的事。

　　理论的斗争是极必要的，然而不需要泼妇骂街。苏联提出进步的现实主义，萧罗珂夫的回答是《已开拓的处女地》，奥斯托罗夫斯基的回答是《百炼之钢》。国防文学的提出，中国作家并没有给了什么伟大的国防小说，国防戏剧，国防诗歌；批评家的回答却只是俏皮和谩骂。这样缺乏国防文学理论的建设是不能不允许我们青年人严厉指责的。

——二十五年国庆日草于东京

1936年11月20日《新认识》第1卷第6号

论战的新趋向

慕 容

几个月来，在文学界的联合战线下，以"国防文学"和"民族革命战争的大众文学"这两个口号引起的论战，经过了热烈的论争之后，"国防文学"以大多数人的确认和拥护而存在着，甚至于实践了的，民族革命战争的大众文学，却由鲁迅先生在答徐懋庸并关于统一战线一文中"主要是对前进的一向称左翼的作家们提倡的"消极的撤回了。现在，论战的重心是展开到整个文学界的联合战线的理论和行动上来了，就是国防文学的创作实践，和在文学界联合战线上的关门主义诸问题。

推移这个论战的重心的是茅盾先生和吕克玉先生。首先，茅盾先生以为把国防文学作为创作口号，是关门主义或宗派主义，是要把不写"国防"主题的作家关在抗×救国运动之外去的《关于引起纠纷的两个口号》和《再说几句》，所以他要求"创作自由"，并主张"民族革命战争的大众文学"应是现在左翼作家创作的口号！"国防文学"是全国一切作家关系间的标帜！《关于引起纠纷的两个口号》因为前者比后者"明确而圆满"（同上）。我们知道，最初茅盾先生是拥护国防文学，反对民族革命战争的大众文学的，他曾经说过："胡风先生只把这概括的总的口号葫芦提了出来，而并没有指明为了要和现阶段的民族救亡运动的要求相配合，还应当有更具体的口号——'国防文学'。胡风先生那篇文章显然还有以'民族革命战争的大众文学'一口号来代替'国防文学'一口号的目的。"（《关于〈论现在我们的文学运动〉》》）可是，后来因为支持这口号——"民族革命战争的大众文学"的是鲁迅先生，于是他又以"和事老"的资格，煞费苦心的在情和理之间求相安，把"国防文学"作为一切作家关系间的标帜，而把这新的口号作为左翼作家的创作口号，甚至于"葫芦提"的把"国防文学"作为创作口号是关门主义或宗派主义。

我们并不否认"国防文学"是作家关系间的标帜，但是，我以为这个口号既是作为国防运动，同时也作为新文学运动而提出，那么，它也是创作的原则，不然，半年多来的创作事实，已经证明了这点。

关于"创作自由"并没有人把它象茅盾先生所误会的一样的解释。没有人要把不写"国防"主题的作家关在国防运动之外，相反的，国防文学是对左翼的自励，同时也是对一切中间作家的广泛的号召，固然希望他们处理民族解放的中心主题，同时，也并不否认他们的真实的艺术的价值。而且我曾经说过："既然是这条战线上的战友，那作为文学界的联合战线的标帜的'国防文学'这口号，是不会不接受的。……至于一般认识了目前的新的政治形势，和历史所赋与他的在现阶段不可逃避的使命，而尚未参加进来的作家，也决不会因此而被关在国防运动之外。"郭沫若先生说得好："茅盾向周起应请求自由未免呼吁失门。"我们应该晓得，在次殖民地的中国内创作不自由，原因并不是在于主张国防文学的人啊！

继之，吕克玉先生却把问题更推广到整个文艺界的联合战线的理论和行动上来了。他说："关门主义，第一存在于对抗×统一战线问题的狭隘的了解。他们依然把这统一战线的问题看成为单纯的文学上结合新团体的问题，没有看成这和别界的抗×统一战线一样首先应该是一个爱国的政治上的联合问题；……"（《对于文学运动几个问题的意见》）我以为他这是俨然给文学和政治掘了一条鸿沟，和机械地理解文学界的联合战线，我们大家明白，要救中国，先要驱逐×帝国主义出中国，打倒大大小小的汉奸卖国贼。我们要完成这个重大的任务，必须有一个全民族抗×救国的联合战线，这就联合一切爱国的分子、团体、阶级、阶层和各党各派，开展神圣的民族革命战争。可是，我们要怎样的不使一个爱国的中国人不参加到抗日救国的联合战线上去呢？无疑的，只有一个各尽所能的方法，就是使全国人民"有力的出力，有钱的出钱，有枪的出枪，有智识的出智识"，使他们从各个不同的领域之内集合到这一个共同的地点，文学既是其中的一个领域，而且具有它的特殊的武器，为什么不可以在文学领域内建立一个抗×救国的联合战线呢？

新文学运动不是政治口号在文学上机械的应用，也不是"抗×联合问题中附以文学上问题的条件"（吕克玉先生话），我们如果不否认文学和政治应有密切的关系，和要使文学不落后于社会实践，我们就应该严重的在文学领域内提起国防运动问题，并建立文学界的联合战线，集合一切不愿做亡国奴的作家在抗×救国的旗帜之下，把国防文学作为一切有爱国心的作家的创作实践的课题，谁也知道，这个时候，并不是吟咏风月，或什么哥哥妹妹我爱你的时候，和孜孜于"身边琐事"的细腻描写，我们需要把抗×的英勇的战斗的事实，反映在艺术的文学作品里，把这神圣的民族革命的精神去教育群众，鼓起他们的民族的革命热情，使他们积极地参加民族解放的神圣战争，促使全民族的联合战线更扩大更健全起来。

综合以上的说明，我们回答了文学界的联合战线，并不是某些人和用做"结合新团体的组织"，它也没丝毫"缩小了抗×的战线"（吕克玉先生话），恰恰相反，它是应着客观现实的要求，和在一共同的目标之下的联合。它是抗×的民族革命战争的喇叭手，它动员一切不愿做亡国奴的作家带着他们的艺术的武器来参加，来帮助这个神圣的民族革命战争。同时，要很明显的指出吕先生的"在现在，抗×的联合是完全可能的，也只在抗×的一点上各派各阶级的文学者的联合是完全可能的，但要在文学问题上求统一，则在现在还不可能"的"以子之矛攻子之盾"的"左"的关门主义理论。

1936年11月20日《大晚报》

《赛金花》的演出

郑伯奇

编者按： 这篇文章，是在演出以前写的。所以没有关于戏本身的批评，而偏重在剧本的批评。现在已经上演了，希望伯奇兄再写一篇。

"四十年代"剧团的打泡戏是《赛金花》，无疑地，这将成为剧坛的一个刺激。

夏衍先生的剧本《赛金花》，在发表当初，就已一时轰动了。主题的显明，布局的紧凑，讽刺的辛辣，情调的悱恻，单以一个文学作品来讲，已经是年来不可多得的收获。不过，舞台上的演出却有很多困难。第一，剧中那些形形色色的人物便不容易扮演。因为，那些人物大都根据史实，时代又相去不远，人们的记忆尚未完全泯灭，要使每个演员的言语动作都不违背各人已成的印象，这是多么困难的事。演员方面，非有经验丰富的人才决不能胜任而愉快。"四十年代"剧团对于这点该是很有把握的。他们的团员是熔新旧于一炉，集舞台银幕之大成，人才济济，不用观众担心。

至于导演方面，倒有很多困难。我以为这困难可从两方面来观察。试借数年来某时髦理论家的时髦术语来讲，那可以说是，有"右倾的危险"，也有"左倾的危险"。"在两条战线中奋斗"，这倒的确是困难的。

什么是所谓"右倾的危险"？譬如，强调本剧的讽刺性，极力使它大众化，大胆地说罢，那就很容易流为文明戏。噱头固然可以卖钱，但就革命的立场讲，那该是所谓"右倾的"罢。

什么是所谓"左倾的危险"呢？譬如说，魅于剧本的新鲜手法，实行"搬场汽车主义"，那就容易偏重形式，失去原作者的企图。这样"形式主义"的"左倾"也是危险的。

话虽如此，一看导演团的阵容，便知这不过是笔者的杞忧。这种幼稚的时髦理论，诸位先生必定早已见到了。尤其是"戏剧专家"洪深教授，不远千里，告假北上，躬亲导演，以他丰富的经验，使《赛金花》具象化，那一定是成功无疑的呀！

1936年11月20日《大晚报》

剧 作 者 言

夏　衍

编者先生：

宠邀谢谢，戏还没有看过，所以对于演出和演技，我没有意见可以发表，我正很想知道朋友们的高见呢。关于剧本，我觉得有点惶汗，为大概是大家期待国防戏剧太切的原故吧，许多人就加上了这样一个名字，实在，我只打算画一张"汉奸群象"的漫画罢了。用国防戏剧的尺度来看，这是会失望的。据朋友们说，"卖座"很好，我在担心，不知道这样的写法能不能为最大多数的观众所爱好？在等着诸位的意见和指教。匆匆问好。

弟 夏 衍 上

二十二日

1936年11月24日《大晚报》

《赛金花》座评

主催者：大晚报学艺部

剧作者：夏衍

演出者：四十年代剧社

集评者：钱亦石，阿英，沈起予，夏征农，柯灵，郑伯奇，崔万秋

记录者：阿英

日　　期：十一月二十二日

附　　记：本座评全部稿费捐入援绥运动

崔　在国难严重的现在，《赛金花》的演出，是很有意义的。就中国
　　的文化前途，以及整个的民族解放运动上讲，是一件可喜的事。
　　希望大家能给予一些严正的批判，从剧本，演出，和影响三方
　　面，来给以评价。先请各位就剧本方面，自由地发言。

一　剧　　本

沈　自身读剧本，一向是有两种读法，一是作为文学作品看，二是从
　　舞台价值方面看。《赛金花》无论从那一点说，都是极优秀的，
　　是近来少有的剧本，从文学的价值方面说，《赛金花》是用历史
　　的题材，讽喻当前的事实，富有文学的价值，对话写得很好。发
　　表在杂志《文学》（载《文学》六卷四号——英）上的当时，曾

经有过一回座谈会（载《文学界》第一期——英），大家认定此剧的主题，是写庚子前后的变动状态及反应，但写得不够，作者把赛金花强调了。作者当时也曾写过答复。题做《历史与讽喻》，也载在《文学界》上。据我个人的意见，作者确是把重心放到赛金花这人物身上。这当然是具有着客观的原因，使作者不能正面的写许多事，以至有这样反映不够的缺憾。从剧本本身上说，把重心放在赛金花身上，是未始不可的，只要能很好地处理这人物，很真实的从事情境遇种种的方面来发展的写。这方面，在《赛金花》里，显然是写得不够的。只能使人明白是怎么一回事，而不能使人对赛金花有着同情。末幕尤不充分。我们不必一定要求"高潮"，但总要具体印象。最后一幕，赛金花不应有激烈的反抗言词，应该把她写得够一点。给旧势力完全压倒，以增加观众对于官僚的憎恨。如末场赛金花与魏邦贤的对骂，结果是正副相消，结果是在观众方面得不着效果，无酸心的同情。

夏　剧本看过得很久，印象已经不大清晰，就从在舞台上所看到的讲吧。《赛金花》这剧本的演出，在暴露官僚方面，是最成功的。其他的好处也很有。不过在这里，我只想讲一些缺点。主要的，赛金花这人物，就舞台上看，是写成一个爱国志士，这不大好。原本里虽不如此，但也并没有十分写清楚。赛金花在当时替国家服务，她不是意识的，是无意地干下来的。这样的写她才能增加这个人物的真实性。作者没有强调的写这一点。再则，义和拳的被利用，完全是由于慈禧光绪间的矛盾，而发展的结果，在各方面被牺牲的，实际上都是些老百姓。作者没有抓住这一点，来本质地说明义和拳。虽也有一段两个人的对话，但那写得是不够的。应写出并不要等着帝国主义打来，自己内部即已分裂。反帝国主义的意义反映得不够，特别是他们对于中国民众的残酷的杀戮。第三幕所写的义和团，完全是无意识的，实则不然，应该写出他们行动的反帝意义。结尾是否同情赛金花，我的意思，是无多大关系，主要的是要求着官僚暴露，反对出卖民族的外交的效果。

沈　我说对赛金花的同情，是借此以加强对官僚憎恨的意思，并非同情于这个人物。

柯 我看《赛金花》演出，座位不大好，话听不清楚，有些很难说。在主题方面，过去有两种意见，一是未正面写庚子前后，故不够力量，二是太重赛金花了，故事反而变成了背景。现在首先要看，作者要写的究竟是什么？——汉奸的无耻！作者说过，他对赛金花没有同情，也没有把她看作英雄，这是对的，她替国家虽做了一点事，但那都是由于偶然。把她和官僚们比起来她究竟要算是有良心的，便借她的一条线，以暴露官僚的丑态，以完成讽喻的意义，不过，就末场看，作者却不免于有忍不住的对于这人物同情的成分在。反官僚的部分已够，但我还觉得可以发展，如他们出卖民众，杀害民众，是都应该写进去的。大体说，全部都写得很好，惟第三幕相当坏，不知原因是由于剧本还是演出。

钱 我的意思，是背景反映得不够，这许是由于客观的条件的关系。对义和拳本身说明得太少，至少是应令观众能原则的理解的。反帝国主义部分，一是屠戮不够，如当时发生的许多抢案，追究起来，互相推托，都足暴露他们，也没有写到。但表现在胜利的笑声中玩弄中国的民众，如秀才变戏法的事等，却是很好。从李鸿章与瓦德西的对话里，表现帝国主义的矛盾，及瓦的掩饰，也很有力量。瓦因内部矛盾，劝克太太让步，亦不坏，但微嫌不够。全剧最好的部分，是暴露官僚，惟更坏的并未讲到。李鸿章说为保全老佛爷面子一段，表现得很好。但有一点未曾指出，即张之洞等的守中立，实有英国背景，不是以"书生"二字能尽之的。南方有革命，但革命所遭的迫害没有说到。全部看来，有几幕显得弱，那一幕是最高潮，我们简直很难断定。这当然不完全是剧本的原因。

夏 暴露官僚是够的，因强调着这一点，对官僚帝国主义双方压迫民众的残酷事实，遂被忽略掉。

钱 还有当时帝国主义的更大阴谋未加暴露，即瓜分中国，若不是他们内部矛盾，是早已实现了。

夏 因此，应有一幕，具体的拆穿帝国主义的矛盾，汉奸如何的替帝国主义做刽子手，若果有这样可能的话。

阿 《赛金花》剧本最大的成功，是在官僚的暴露上。演出时，也在这一方面，获得了最高的效果。艺术自然是不一定完全符合史实，但《赛金花》却是例外，除很少的一部分外，甚至一句很简单的对白，也有着史的根据，这是应该特别指出的。有人以为把"国防戏剧"四个字加在这上面不相称，这理解是相当机械的，反对卖国外交，暴露汉奸群象，描写帝国主义的侵略玩弄，不是"国防"是什么呢？《赛金花》有一些场合诚然是电影化，但这并不足忧虑，在我个人，反而感到这是话剧向前发展必然的新趋势，且是一种好的开拓。第三场由于主客观的原因，发展的不够，第六场因始终是两个人做戏场面以致松弱，有些部分不能给观众以具体印象，可说是《赛金花》的缺点。最后一场，作者本来写好两种，一是现在的形式，一是法庭的判决。我意采用着后一种，印象是会比现在的一场好，在现在场面里所有的固然可以全部搬场，其他暴露官僚方面事实，还能以反映得更多一些。我希望能有再试验那结束的机会。义和拳的说明确是不够，大体言之，《赛金花》这剧本，是相当的有一些缺点，但它的优秀处，是更值得我们强调。无论在国防讽喻的意义上，在创作方法的新的尝试上，《赛金花》是都有着划时代性的。而从这一回卖座的打破记录上，也可以看到它将有着怎样的影响。

崔　《赛金花》所写的事实很复杂，很难写，加以又不是能连续若干本演下去，因此很难写。我的推测，《赛金花》的写作目的，是通过了赛金花这个人，来反映时代的若干断片，据幕前"灯片"上所说的这是"悲剧时代中的一个喜剧的插曲"，可以知道。许多事都应该反映，原则上可以说，但事实上是有着困难的。义和拳的面貌，反映得不清晰。反帝国主义的部分，应该加强。许多事，对话中应有较详的说明，以帮助一般观众对史实的了解。剧本是很好的，影响将会很大，这些意见，我希望能给作者参考，希望《赛金花》不久有订正的本子出来。

郑　关于《赛金花》剧本，我已有过很详细的意见发表，载在《女子月刊》"赛金花特辑"中。从作者的态度方面说，初意在暴露官僚丑态，反帝国主义的部分，本来就没有打算强调以赛金花作骨干，是由于她较有人性的原因。写历史剧有种种的方法，有的正面写史实，有的强调暴露，有的以中间的一个人物来写。因为作者采用的是后一种方法，因此许多事实遂只有对话，而没有具象化的事实放在观众前面，印象遂不能深。作者的写作态度，相当动摇于汉奸群众与妇女双方中，因此，写作的初意，遂很难完满的达到。关于义和拳，起始的目的是"除清灭洋"，已而被利用，是变成了"扶清灭洋"，到最后的阶段，只是"屠杀民众"。象这些，是只要有一个补叙，就可以补足的，但现在是被忽略。国际间对中国的阴谋，未加暴露。从对话中所说山海关事件，赛金花对克夫人说明了内部矛盾以后，接上"中国对德国的其他条件都承认"，这都足说明两个人全非为国的外交家，他们只是有意无意的在出卖中国！第三幕义和拳的话，颇足表现下层拳党意识，后用顾妈来骂他们只会杀害民众，也是很好，写官僚利用义和拳的地方不够。总之，以赛金花来配合汉奸群众，结果会很少的能感动人。而"高潮"缺乏，也是不能深深动人的理由，这当然仍是基于作者的态度而成。实则，单纯写赛金花，是可以动人的，写汉奸群众也是可以动人的，徘徊于二者之间，遂终难免于失败。由于这原因，赛金花的意识，不难使之更显明的，惟观众的印象，终竟是弱。而且情感，也因各幕距离的时间，不能够连系起来。又却不如一般人所说，这是电影。

二　演　出

崔　现在请再就演出方面，各位继续发言。

郑　对于《赛金花》这剧本的演出，我担心着两种危险，一是文明戏，二是易偏重的形式的新奇。看完戏，觉得这两种都是过虑。如李鸿章，是最容易文明戏化的，但因金山的演技，是丝毫没有。如李瓦谈判，陈设最易走向新奇的，如台子的角度等等，然而也没有。我以前的话，是要自己来取消。

沈　效果不大好，如大炮声，并不能使观众的情绪紧张。情绪的提起，是有赖于效果处理的适宜的。而炮始终是一个声音，也无远近之分。第二幕，赛金花喊人来关窗，结果是不见人来，也不关窗。

三幕群众的人数显然不够。演员，以金山的李鸿章演得最好，"没有斗争，就没有戏剧"，他的成功，也是剧本所促成，这一幕就是两国外交上一个大斗争。老奸巨猾的外交家，身份、动作，都体贴入了微，用过一番功。赛金花在各种不同的环境中，表情应有变化，就我在"预演"里看到的，还做不到这地步，不知往后何如？看金山演戏，使人忘记他是金山，简直以为是李鸿章，这是金山的成功处，而王莹，却不能使我们的脑海中消灭"王莹在演戏"的念头。

夏　效果不好，放炮有如打鼓。第三幕里的难民太少，帝国主义只有二个，义和拳也只有二个，这是不大合理的。魏邦贤夹了痰盂进去，文明戏的气分太重了。演员中，有音调不纯的，遂无力量。宗由的德晓峰做得很好。

沈　这是由于发声法未加学习的原因，演员们往后应该在这一方面加训练。大多数人的发音，都是从喉部而非肺部。从喉发会伤喉，自肺部则能持久，声音低而远。

夏　我要补说，因剧本中的赛金花性格不清晰，王莹的演技就很难说。金山的李鸿章却做得极好。

钱　那个军需报告员话说得太快。磕头的官，头未到地，效果即响了起来。

柯　每幕情节，令人有不足之感，情绪刚由散漫而凝练起来，戏已完了。第三幕太草率，且太文明戏化。

夏　同意这意见。

沈　我也同意这意见。

柯　金山的李鸿章，梅熹的立三，都做得很好。戏初开场，宴会的空气不够。许多地方太疏忽，如喊"拿金兰帖来"，实则帖子早已放在桌上了。赛金花这角色极不易演，在七场中变化甚多，不易于讨好。王莹遂未能获得很好的成功。第三幕很可多写，强调反帝国主义的意义，而现在，只是说明赛金花如何到了瓦德西那里去。

郑　赛金花的导演，许多地方是犯着搬场主义的毛病，倒是很多的，如第二幕："弦子拉起来！"王莹喊了以后，虽有弦子声音，却没有人，这是不合理的，剧本上虽没有写出，导演是应该加以补充的。导演过于忠实于原剧本，遂不能帮助剧本的演出，使之更有力量。效果与灯光是失败的，化装与服装却成功。演员的成分，一部分来自话剧，一部分来自文明戏，在演技上，是多少有些不调和的。双方的人在言语动作双方，都未经过基本的训练。如拿去孙家鼐的王献斋和去李鸿章的金山对比，即是很明白的例。王的文明戏成分，较之过去，已减少得很多，但一与金山对戏，马上就看出不同来了。金山是一点文明戏味也没有。两派的演员能合作起来是极好，但往后还得在调和方面再下一些功夫。最成功的是金山，夏霞演得也很好，只是声音低了一点，但发音却极清楚。一般的说，都演得很好，只有的把台词忘了。现在每天演三次，很多的人因支持不住而打针这是不合理的，以后如再演戏，还应该保持演二场的原则。

阿　在演技方面，第一幕第五幕最好，末一幕，演的也不差，若果把赛金花表演得更弱一些，那效果将会更好。第三幕最草率，第六幕相当的松散。第二幕平平，第四幕的穿插还不坏。演员，以去李鸿章的金山为最成功，表演这人物的好处，我认为有几点。第一，李鸿章虽是弱国的外交家，但在国际上，当时是有他的威严的，《西狩丛谈》诸书里，描写得很是详细。金山能够体贴到这一点，把这精神在与瓦德西的斗争里表现出来，这是最不易的。第二，是在能够表现弱国外交家，在强大者之间，忍辱负重，但仍不肯放弃自己尊严，又不能不争的精神。第三，是老奸巨猾，利用各国内部的矛盾，冀遂其挑拨离间，以期减少外交困难，和只顾"老佛爷"拍卖民族的利益的若干机变表情。第四，是老成持重的一般外交家的风度与老态龙钟的表演。总之，金山对于这个人物的性格，生活，是把握得很牢，再运用他的优秀的演技才能，故能出神入化的，始终如一的表演他。再说作为全剧骨干人物的赛金花，这个人物反映在几十年来文学作品里的性格是不统一的，加以她的一生经过的繁复性，我们很难加以适当的规定。在这里，是只能就《赛金花》剧本所反映的讲。在剧本里，这人物的性格，是揉杂了从下的妓女，到上的曾经到过欧洲的公使夫人的尊严的性格，不能说是完全的属于那那个阶层。象这样的一个性格，而在全戏里，又是那样的多变化，吃重，其表演之难，是谁都能以想见的。王莹对于这个人物，显然的还不能充分的把握得住。但通过她的努力，有一点是很可看出，即是介在妓女与贵族夫人二者之间的性格的综合，部分的被表演出来。大概由于王莹的过于拘谨，当心，怕越轨的关系，有时做得拘束，不自然。在气派上也嫌不够。尤其是在表演时知识阶级气分的流露，常常的使观众意识到这是王莹。几个官僚人物，顾梦鹤的卢玉芳做得最好，台词的激动观众，帮忙了梅熹去立三的成功。王献斋也不差，若能再弃去文明戏的残余会有更好的成就。夏霞很能演戏，不过从这仅仅一幕而性格又单纯的戏里，我不敢再做更高的估价。张毅的瓦德西气派是够的，表演还稍稍嫌弱。此外如何为，孙敏，宗由等，也都相当的好。其他部分，我的意见，和刚才各位说的，无多少的出入。总之，通统的讲，这一回的成绩，是不差的，脚色也相当整齐，服装的色彩，化装的逼真，尤其是值得称赞。

崔　我的意见也是如此，化装与服装非常成功，效果灯光失败。演技金山最成功，已达到炉火纯青境地，表现一老奸巨猾外交家，非常生动。夏霞很自然，不象是在做戏。

三　影　响

崔　请大家再就《赛金花》的影响上发言。

郑　《赛金花》还不够大众化，和前面说的一样，要是只写赛或只写李，都容易大众化的。由于统一性的缺乏，对各方面处理得很理智，对赛金花处理得却情感一些，效果的获得，遂在同情于赛。收场一幕最不大众化，一开幕即可预测其究竟。就观众方面说，知识水准高的，对戏中的暴露得痛快，对低的是对赛金花同情。

夏　和郑的意见差不多，但一部分我认为是已经做到了大众化地步的。因是讽刺剧，很能引起观众兴趣。惟因许多部分的不调和，部分的不合讽刺，如严肃的表演李鸿章，兴趣遂相当的减低。无论是对官僚的嘲笑，抑对赛金花的同情，都是会引起观众的兴趣的。有人对把国防戏剧加上在这戏上面感到疑问，其实，这样的暴露的汉奸，就有很厚的国防意义。许多的观众看了，似乎不相信赛金花能如此，这很可证明我前面说的，作者太强调了她，使人甚至不相信有这么一个人物。

沈　从文艺特殊是戏剧方面说，是因《赛金花》而开拓了一个新天地，即运用史料以写国防戏剧的新天地，而且题材是极其丰富。晚清遭受帝国主义的侵压，中国被帝国主义打破了墙垣而走入以后的许多史实，在新的文艺作品中反映得极少。《赛金花》的成功，是具有不少的先锋和刺激的意义。

柯　以如此题材如此形式来写戏剧，这是第一次，作者的魄力是很大的。作为国境以内的国防文学看，这剧会有很大的效果。而且全剧嬉笑怒骂可谓够痛快，缺点是还不够惹起愤怒，即痛快的成分多，忿怒的成分少。

阿　说到影响，我觉得这一回的成功，是保证了整个的国防戏剧运动的开展，数万的观众的口碑，已经确定了这戏剧的历史价值。问题是，依照现在的形式看，是还不够大众化的。落后的观众，看到中途，遂不免于"抽签"与"打瞌睡"。这是我们应该注意的。

崔　我的意见，和大家的大体相同。这里，我想有几个提议，即是一，希望剧社，戏院双方，能提出一部分钱来，捐给绥远前线的战士，从作为国防意义的《赛金花》的公演上，有这样要求的必要。第二是，为着著作人应得的利益，而一向被忽视了，我们主张从《赛金花》起，各剧团戏院应该相当的给与剧作者以上演税。第三，反对每日三次上演，因为妨害演员的精神与健康。

众　完全同意。

崔　同时今天的讨论整理发表后，我们欢迎剧团以及观众各方面，能参加一些意见。我们不仅要对《赛金花》公演，了解国防戏剧在群众间的影响，它在艺术上的问题，也要想从《赛金花》的经验里，学习往后将如何继续开拓。最后，谢谢诸位参加集评的朋友，谢谢记录的阿英兄。

1936年11月24日《大晚报》

论"国防文学"口号的正确性

季　里

　　凡是提出来一个口号，必须要针对现实，即是说能针对现实而提出来的口号，才是正确的；否则至少就有不正确的倾向。带有不正确倾向的口号是不易为大众所接受的，反之正确的口号定为大众所拥护。这是一个定理，无须乎多说。最近在文学界里，"国防文学"的一口号被明亮地提出来了，这一口号被提出后，马上便得了多数群众的拥护，在好多的文学或其他刊物上都有关于这一口号的阐明文字，极力说明它的正确性。

　　"国防文学"这一口号的正确性究竟何在？

　　待我们慢慢地证明。

　　提出一个口号不能离开现实，其原因方才已经讲过。文学的主要任务为反映和推动现实，当然此一方面工作的口号也必须与现实形势切实地吻合，这是不成问题的。但是我们冷静一下脑筋，观察观察现在的中国：究竟是到了怎样的一个地步了？全中国人民大众所一致积极要求的究竟是什么？关于这，我想任何一个中国人只要能注意到了下面的事实他一定可以得到解答的——

　　第一：自从××帝国主义并吞我东北四省之后，现在又攫去我冀东，蚕食了我内蒙，以及其军事上和政治上的势力已深入了我全国内部，几乎使中国的人民大众没有不受其直接迫害和威胁的；我们的疆土眼见着被一块一块的掠夺去了，我们的同胞天天在被杀死，一切言论，出版，集会，结社等自由一时一刻都有受干涉和摧残的可能，除了甘为人家忠实的汉奸外，所有人都难逃开做人家屠杀宰割的对象。一般人民大众在这种直接的悲惨的屠宰压迫和刺戟之下，都感受到生命的危险和自由之可贵，非牺牲反抗无以逃出痛苦的命运了。

第二：由于近来走私货的充斥和中××经济提携的急进，使几年来陷于严重恐慌状态中的中国经济的机构几于完全崩溃！首先一般小手工业者不得不很快地破产了，其次民族工业也痛遭打击，致寥寥的自营工厂多已关门，其他如银行相继倒闭，商业日趋衰落，现在都呈现着破落凄淡的现象；下自劳苦大众，小资产者以及一部民族资产者无不直接间接受其致命的疮击。因遭受这种剧变，普遍地都感觉生活上的痛苦。但是一追想到这种痛苦的来源，就不能不寄愤于××帝国主义者的身上了。于是各阶层中的人们的心里都激发起了一个报复的思念。

第三：自"九一八"的炮火响起直至现在的过程中，五年间的变迁演进已使广大的人民大众逐步地觉醒起来，挣扎起来了；若干人英勇地挑起了反抗的旗帜，在为民族的生存而浴血牺牲以与敌人作艰苦的永久的搏斗；又有若干人虽一时未能亲身走上前线去和敌人直接接触作殊死的斗争，但他们也都能抛弃了自身的私利以切实地为着大众为着未来的光明而奔走呼号作广为唤醒的工夫。实在，反×的民族革命的情绪已极度地高涨在中国各个的角落里了。因此中国各地的反×民族革命的高涨，不但唤醒了劳动大众，以至于最落后的阶层，使他们积极地参加民族革命斗争，就是广大的小资产者和知识分子也投入了革命的洪流。甚至于一部分民族资产者和若干的富农和小地主，甚至一部分觉悟的军阀都有同情中立以至参加民族解放运动的可能。的确，在"九一八"以后提出来的"武装人民，进行反×的民族革命战争，保卫民族的独立统一和领土的完整"这口号，已被各党各派和全民大众所接受。全国各党各派各阶层都感觉到亡国的大祸压到头来，认为除了积极发动一个抗×的民族革命战争是没有出路的，也只有大家联合起来，集中一切力量去对付主要的敌人才是唯一的办法。

观察以上的事实，我们知道现在的中国是要由各帝国主义的半殖民地变而为××帝国主义的殖民地了，××帝国主义的血口恨不一下将整个中国吞下去才快意；可是，××帝国主义的疯狂的强掠和屠杀，也已催醒了中国的各阶层中人们，因着本身上的一致的利害关系而有一个积极的共同的要求：大家一起抛开各自的私怨，把所有的力量集中，去驱逐××帝国主义出中国，以保住我们的固有的国疆。这该是多么明显的现实啊！

因着实际情形的要求，于是有更具体的普泛的"救亡统一战线"一口号被提出来了。这是全民的一致的要求，除非是汉奸才能反对它。在最近由于这个口号的号召，广大的人民大众多能在一个旗帜——抗×救亡——之下团结起来了，而且其前途蓬勃实无法限量。就在这种全国统一救亡的宏大声浪中，在另一斗争方式内——文学界也提出了它的现实的口号，以为其创作活动的标帜和作家与作家之间的关系之发展与确立的范围。"国防文学"就是其中最明亮的口号之一，它就是根据现时的政治形势和一般大众的要求而产生的。

统一战线是目前中国救亡的总的路线，在现阶段的半殖民地和殖民地的国家，反帝统一战线是民族革命战争的主要策略。"国防文学"就是接受统一战线的口号而在文学界用以号召一切不愿当亡国奴与汉奸的作家联合起来共同走向救亡的路上的口号。"它要最大限度地动员文学界一切有救亡决心的作家，集中文学方面的救亡力量，以争取民族的自由与解放"。并且以这一标帜而写作的作品，一定能够把握住现实，作为一个有力的反映和推动现实的斗争工具。虽然我们也承认文学的任务的多方面性，但主要的不能忘却现实的要求；其实，目前中国现实的情景已尽够照顾的了，谁还有其他的余裕从容想些关于别的无聊的事件？我以为假使他不是过于逃避现实的作家，那么他决不会把最严重的国防问题抛弃开而写些与国防毫无关的东西。固然，在描写的主题上不必都是标示着"国防"，但只要是切实地与现实发生联系曾注意到了中国人民的处境而写作的，那一样是属于"国防"性的东西。就因为现实的要求，是怎样充实国防。

因此我们坚决地认为"国防文学"这一口号在现阶段的形势当中，不但是极正确的组织上的口号而且是创作上的口号。

但是，也许有人认为"国防文学"这一口号有点近于偏狭的爱国"主义"的色彩，关于这，我以为除非他是涉了"左"的机械主义的嫌疑，决不能这样过事顾虑。这种错误观念唯有不能切实地抓住现时

849

的新的政治形势的人才容易犯它。难道为了执行一个策略去动员可能
的多数群众经过一番"爱国"还怕把自己弄蒙了向了么？于是便怀疑
起自己，不知怎样迈动自己的脚步了？同样，口口声声不离开"大众"
而实际上已跑开大众好远好远的人们，他们也很难不为大众所遗弃，
这等人或者是"故意"地把自己闪出在"不平凡"的阶台上，标明自
己地位的崇高，但其结果恐只有使群众望而生畏，裹足不敢前了，所
谓"民族革命战争"单凭这样就可以达到成功么？那么，诚然"门"
不自"开"而亦将被广大的群众所"关"了吧。

最近文学界里因了不同的口号（"国防文学"，"民族革命战争
的大众文学"还有"抗日文学阵线"等）而引起了不断的斗争。我们
觉得这一斗争是必然的，是有意义的，为了发扬真理，为了真理不被
污浑，往往不用斗争简直是不成的：但我们很希望，这个斗争不是意
气从事，即是说不是只为代表个人或某一小集团的颜面问题的争执；
我们觉得处理一个严肃的问题时态度决不能不力求客观，这样才不
至将正当的"斗争"弄成"混斗"了。错误谁都许有，但决不能掩饰
错误，否则一般明白的群众也不能宽容。现在我们除了极力地拥护这
一正确的"国防文学"的口号外，还希望早日廓清这文学界理论上的
混浊现象，同时从速建立起用惟一正确的"国防文学"口号为号召的
联合战线，去强调地执行和领导起目前最紧迫的抗×救亡的民族革命
斗争！

1936年12月1日《黎明》（月刊）第1卷第1期

在国防战线上北平剧人联合起来！

——第三民众教育馆戏剧座谈会纪详

阿　D

九月六日的下午，在第三民众教育馆的礼堂里坐着二十几个青年人，他们不是汉奸的子孙。

这是一个戏剧座谈会，这里虽不完全是剧人，然而没有一个鄙视戏剧的东西。他们知道戏剧是艺术，是武器。

约摸三点钟的时候，天上又满是灰色的云了。这自然是飓风的影响，预示着暴风雨的将临，也好象告诉我们未来工作的艰辛，就在这时候座谈会开始了。

论题是"国防戏剧的联合战线"。

在主席丁一君的领导下开始了热烈的论争。把问题分成了理论与技术的两个方面：一，为什么要建立国防戏剧的联合战线？二，怎样促成联合战线的形成？

一　为什么要建立国防戏剧的联合战线？

这问题的首先发言者是第三民众教育馆剧团的张君，他说因为觉到上海，南京，天津各地戏剧界的活跃，而感到话剧运动的策源地的北平倒来得沉寂，这是非常使人难受的事情；现在北平有若干戏剧团体，然而相互之间没有什么联系，因此希望各剧团在联合战线上一致活动起来。

张君显然没有把握住戏剧的现阶段的特殊性，没有瞭解到戏剧的
联合战线之建立完全为了国防的文化工作之便利。因此紧接着就有人
发表了针对这个缺点的言论。若君很简要地叙述了国防戏剧的联合战
线之必要，他以为自从"九一八"以来民族危机日形紧迫，国防运动
之实践因之不可一日缓慢。戏剧负着唤醒民众的责任，然而剧团之间
因为党派的分别各自为是，这是非常不幸的事情，所以，为了国防运
动之工作的便利，我们认为剧团剧人的联合是非常必要的。

其次，就是乃光先生的发言，他的意见比较详细，他说国防问题
不仅在政治军事上感到重要，在文化的领域里也是一样。我们之谈戏
剧界的联合战线的原因，一，因为各剧团的分立，自己不能走到健康
的道上，因为这个缘故中国剧运不能有非常的活跃；二，在现在民族
危机的时候，中国之戏剧界应急切地联合起来，参加国防运动，但是
目前的各种文化运动，都是以国防问题为一种摩登问题，而不实是求
是地去做，因此国防的各种文化运动都不能广阔地开展，这是我们应
该注意的，我们的国防戏剧运动所以有脚踏实地的做起之必要。

乃光先生发言以后又跟着有好些人申述了对这一问题的意见。无
疑地一致热诚地赞同了建立国防戏剧的联合战线的这一工作。

然而，主席丁一先生为了更进一步，使整个会场对于这一问题"确
认"起见特别发出——

"假使我们组织了联合战线，然而在工作之过程中，如果客观环
境上加以摧残，或者本身有了分化，那么不是全功尽弃了吗？因此我
想为联合战线似乎没有建立的必要"的反面问题。于是马上惹起愤急
的反攻了。对于这一问题的答辩是很多的，其中以其他一位张君的意
见最有系统而确切。他认为我们对于国防戏剧的联合战线的先决问题
是需要不需要。在这民族危机到了最后关头的现在，国防问题自是非
常迫切了。以目前的情形说国防政府之树立，以及其他国防的一切运
动之推进都是民众期待着的事情。自然我们也可以想象得到我们的国
防戏剧的联合战线，或者将遭受到客观环境的摧残，以及我们战线本
身的分化，然而这是组织技术上的问题，我们已经说过先决问题是这
种联合战线是不是需要，我们既已认清它是民族解放运动的一种手
段，那么我们就不应当为了工作前途的困难而退却，我们除了站在国

防的联合战线上（自然包括着国防戏剧的联合战线），谋求生路外就是死亡！

关于丁一君提出的反面问题不消说是含有着汉奸意识的，自然会激起全场的愤怒了，我们中间没有一个愿做奴才，我们中间没有一个汉奸！谁用种种方法来破坏这一联合战线的就是民众的敌人。

二 怎样形成国防戏剧的联合战线？

对于这一问题的讨论的程序，因为"怎样形成"是种技术问题，所以先就各地戏剧运动作一检讨，最后认为北平的国防戏剧的联合战线应有两方面的努力：一，精神的团结，二，形式的团结。其方法一，组织北平戏剧协会，二，出版刊物。因为这一联合战线的工作是民族自求解放的救亡的工作，相信除去我们的敌人与无耻的汉奸外任何人是不会来摧残的，因此必须采取绝对公开的路线。

对于协会的名称在座谈会的最后半点钟内非常经济地也非常慎密地讨论过，最后以某君认为在北平的旧剧的势力非常大，很明显地旧剧的存在性在目前是不可否认的，而且旧剧的从业员也是关怀国家存亡的同胞，相信在国防战线上不会退却，所以国防戏剧运动应当使旧剧界也参加进来，好使运动本身更广阔地开展下去。所以最后决定名称为"北平戏剧协会"，而抛弃了"北平剧学会"，"北平话剧联军"，"北平话剧协会"等名称。

因为要把工作很迅速地发展下去决定先行组织筹委会，担负起筹备一切事宜，并起草协会大纲，宣言，通知各剧团，光明社洪深，黎园公会等之通知书，以待下次大会之通过。最后以口头推选法选出第三民众教育馆剧团，燕大大众剧团，丁一，武力，金若为筹备委员。

至此钟已五响，主席宣告散会。

1936 年 12 月 1 日《黎明》第 1 卷第 1 期

853

我们对于当前文学运动的意见

清 天

现在中国已到了空前未有的最危急的阶段，只要是不愿意做奴隶的中国各阶层，各党派底人都应该无条件地在抗日救国的统一战线旗帜之下联合起来，向着民族的敌人决斗。

在这环境突变的情况之下，我们中国的新文学运动也转向了一个新趋势；这个新趋势以爱国的姿态出现；它最大的任务就是掀起全民族抗日的革命战争。对于这，吕克玉先生说得很对，他说："我们的文学运动，很明显的就是爱国运动，但是，新文学将因为它投入爱国运动，民族斗争，而更扩大。"这就是说，新文学必定要和抗日统一战线统一起来，只有这样新文学才能更广大的向前发展，才能扩大其影响，因为它正是和全国民众的要求相配合着的。

在这文学运动正加速地向前进展的时候，我们以为不应当向作家们提出一个创作铁规似的口号，不服从的便是汉奸；要给他们以创作上的自由，让我们自由地去工作，去发展。

"应说作家们在抗日的旗帜之下，或国防的旗帜之下，联合起来，不能说作家在国防文学的口号之下联合起来"，"任何作家在抗日的共同目标之下联合起来，但在创作上须有绝大的自由"。上面鲁迅先生和茅盾先生的意见，我们完全同意；可是这自由自然不能越出抗日统一战线之外，抗日统一战线是全国不愿做奴隶的人们共同遵守的目标；都要担负起这个伟大的任务，至于文学也是同样的。它只是一种特殊的手段，不能用某一个口号去限制。向作家们提出口号是可以的，也可以尽可能的向作家们提倡，希望作家参加，要求他们参加，鼓励他们努力地去写作，可是这都是自由的，不是强迫的。

"国防文学"和"民族革命战争的大众文学"这两个口号都有存在的必要；这两个口号并没有大的不同，目标都是抗日救国。"国防文学"是向一般作家们号召的；"民族革命战争的大众文学"是向一些前进作家们号召的。不一定以哪一个立为正统，也不能说哪一个是"标新立异"，"破坏统一"。这两个口号都可以向作家们去号召。都有存在的必要。

同时我们希望全国的文艺理论家，文艺批评家们不要再在口号上去争执，不要再向作家们提出些空洞的口号，抽象的理论。要切实地去指导作家们怎样去实践；怎样去抓住这当前伟大的课题；怎样去描写这动乱的社会；怎样去掀动这神圣的革命战争。作家和文艺理论家，文艺批评家要打成一片，互相的研究，讨论，批评，这才能担负起历史所给予的伟大的使命；才能把中国新文学的根基打得更坚固；才能创造出自由的新中国。

为了要完成这伟大的使命，为了增加我们工作的实效，我们还要供献给各个文学工作者一点意见：要把"集体的去工作"强调起来，立即实践，无论研究，批评，创作……都要集体的去干。只有在团体中才能克服个人的错误观念；团体能教育个人，鼓励个人，推动个人。我们这个小团体就是以集体研究，集体创作，集体批判的姿态出现在这滚荡的洪流里。

1936年12月9日《群鸥》创刊号

北平文化动态（Ⅰ）

奂 英

北平虽然号称为文化古都，但在一年以前，却实在可怜得很，文化的门面只有一个除去赠阅的书报之外什么新书都没有的北平图书馆，和百十个大学中学来支撑。一个"文史"也保留不住。新文字运动虽然还活跃，但因为当局的误会，也就不能公开的推行。可是，"一二·九"以后却大大地不同了。

在"一二九"学生运动爆发以后，北平文化界活跃的情形一日千里，在组织方面，教授名流们有了"文化界救国会"，青年们有了"文艺青年救国会"；出版的刊物也多得如同雨后春笋。新文字运动也公开了出来。戏剧运动也抬了头。到了现在，华北形势虽然日渐险恶，日本帝国主义和汉奸的压迫更加厉害，可是，因为民众一天天觉醒，所以文化界活动的范围更加广大了。现在要介绍北平的文化界，至少也要从文艺，社会科学，话剧，新文字，世界语和新闻界等六方面来下手。

一　北平底文艺界

北平文化界最主要的还是文艺方面。北平的文艺团体，前后共有二三十个，可惜困于经济或迫于环境，消灭了不少；虽然这样，现在却也还有十几个。比较活跃的，有：

一，今日文学社。从前本来叫做"浪花社"，出版有《浪花》文艺月刊，可是只出到第二期就被禁止了，现在改为"今日文学社"，接续着《浪花》出版了第三期的《今日文学》；第四期也已经付印，十一月底可以出版。这是一个纯粹的文艺青年团体，社员有三十多个人。除去出版《今日文学》外，并组织有理论，创作，和翻译等三个研究会，来教育社员，增进文艺修养。

二，文学导报社。过去在张露薇主持下，出版有八开大本的《文学导报》，但内容不调和，又常脱期。现在张露薇已和该社完全脱离关系，由六七个努力文艺的青年在各救国团体的扶助下来支持。最近出的第四五两期合刊是国防文学创作专号，比较过去已经有了一个新的姿态。第七期起改为十六开本，最近可出版。

三，清华文学会。过去曾出版过四期《国防文学》，停刊后改出《新地》，现在已出到第三期。

其它还有"文地社"和"黎明社"，都是新近组织的，《文地》文艺月刊创刊号已经于十一月内出版，《黎明》文艺月刊形式和《光明》一样，最近可创刊。至于"燕大一二九文艺社"，"中大现代文艺社"，成立虽久，但不大活跃。"榴火社"虽还存在，但第一期《榴火》出版后，现在已寂无声息。

在诗歌方面。有北平"黄沙诗歌会"，"呼哨诗歌会"，和天津"草原诗歌会"，青岛"诗歌出版社"，广州"诗歌生活社"，湖州"飞沙诗歌社"等联合组织的"诗歌杂志社"，出版了第一期的《诗歌杂志》。第二期约在十二月内出版。

以上的九个文艺团体，为了紧密联系和统一步调，联合组织了"北方文艺协会"；该会会报《文艺动态》已在十一月十六日创刊，内容注重评论，介绍，和文艺界之情报。第一期并发表了纪念鲁迅先生的文章十篇。

至于"北平作家协会"，本来已经筹备了很久，可是因为北平的环境特殊，进行很困难。但是，由于国难日益深重，作家间需要一种组织，以便配合整个救亡运动，"北平作家协会"终于在十一月二十二日成立了。会员有杨丙辰，顾颉刚，陆侃如，冯沅君，曹靖华，孙席珍，高滔，澎岛，王余杞，黎锦明，李何林，李辉英，周金，张楠，魏东明，金肇野，亚苏，林火，魏伯，江篱等共九十人。选举结果，孙席珍，曹靖华，高滔，王余杞，管舒予，李何林，杨丙辰，顾颉刚，李辉英，澎岛，谭丕谟等11人当选为执行委员。并在会议席上决定三个议案：一，追悼鲁迅先生，因绥东形势日急，无法举行扩大追悼会，只好除去以工作与努力纪念鲁迅先生外，并于大会席上全体起立静默三分钟，以示哀悼。二，参加北平市各界绥东后援会；以北平作家协会名义通电全国，请援助绥远抗日战士；印刷告前方将士书，或抗敌小册子等。三，至于出版刊物事，由出版委员会办理。

"北方文艺协会"和"北平作家协会"，无疑的都是文艺界联合战线的成功；只要看他们都是号召文艺作者在"国防"的旗帜下联合，就可以明了。自然，这还只是北平文艺界救亡联合战线第一步的胜利，还需要不断的努力来实际推动救亡工作。

在救亡运动的开展中，北平的文艺界是会活跃起来的。

至于北平社会科学，话剧，新文字，世界语和新闻等各界的动态，因为篇幅关系，只好等到下一期了。

一九三六，一一，三十写于北平

1936年12月9日《群鸥》第1卷第1期

鲁迅灵前答客问

郑伯奇

鲁迅先生的死，不仅使我们悲痛，还使我们想到一些重要的问题，虽然就哀悼的情感来讲，这也许不甚纯粹；但这正是表示鲁迅先生的伟大和他对于中国文化关系的密切，因此，在鲁迅先生的灵前，谈到一些哀悼以外的话，识者也许不会见责吧。

我在灵前默默地坐着，有人轻轻地拍了我一下。

是从前在"文新"干过的一个青年，现在据说是从事教育了。

他急急忙忙地问我："你对于两个口号的论争，有什么意见？"

在这样的时候，提出这样的问题，我觉得是太不慎重的，我含糊地应了一声："唔。"

"你是站在哪一方面的？"他再逼上了一句。

"我没有发表过意见。"我想逃开。

"你的朋友都是国防文学派，你怕也是赞成国防文学的吧。"

他居然给我下了断语了，这我可不得不说几句话。

"我给你说，我没有发表过意见。到现在，我也还不想发表意见。不过你既然这样问我，我无妨讲几句话。我以前没有发表意见，并不是模棱两可。这有两个原因：第一，你也有点觉得国防两个字，意义太觉得狭隘，并且太觉得政治的；第二，我很想听听两方面年轻理论家的意见。所以，双方论争开始的时候，我希望这论争能够正当地发展下去。老实说，从前太没有公开讨论的机会了，因此反惹起许多无聊的纠纷，可是，第一个特辑出来了，看了使人大大地失望，这不是讨论，这是小组织的意气之争。郭沫若先生的几篇文章发表之后，国防文学得到了正确的解释。我所想讲的话，他都讲到了，而且我自己再讲不到那样透彻周密，我便缄默了。后来，鲁迅先生的文章也出来了。所谓'民族革命战争的大众文学'的由来和意见，也得到了真实的说明，两个口号的论争，有了郭鲁两先生的文章，似乎可以告一个段落了。现在情势这么紧张，整个国家民族的存亡就迫在眼前，从事文学运动的人们应该马上去做进一步的工作。你看，戏剧方面在准备公演，诗歌音乐方面组织了歌咏团，写文章的朋友若要固执着继续以前已经解决了的论争，那将要引起民众的怒骂了。"

有几个朋友关心文学运动的将来，便不期然而问道：

"你看将来文坛怎样？是不是还会更加混乱？"

作预言，我可不敢，何况我又是坛外的人。

我当时只能这样回答：

"这可说不定，也许会更混乱，也许会澄清。不过目前的纠纷决不是片面造成的原因，我们不能归罪任何一方面，因为有从前许多复杂的不幸原因，所以才有目前这样的局面。我总希望这混乱有澄清空气的作用。"

过了一会儿，我坚决地说：

"这样局面是历史造成的，跟青年作家毫无关系。青年作家是无党派的。他们还讨厌这些党派。他们只想从事文化工作，他们只想发表自己的创作或意见，只要把文坛的门户大加开放，一切混乱都会自然消灭的。"

看看鲁迅先生的遗象，看看瞻仰遗象的无数青年，我回顾我的朋友，低声说："鲁迅先生最喜欢跟青年做朋友，最喜欢介绍青年作家。他为此吃过许多苦头，可是他并不灰心。这种精神是值得佩服，当然象这样的人，在中国文坛上决不止他一个，可是谁都没有他这样历史长，谁都没他经过的变化多。从高长虹，算算看，有多少人？这也可算是他一生的特长了。"

话又不知不觉地转到鲁迅先生的轶事上去了。

1936 年 12 月 10 日《好文章》第 3 期

中国青年作家协会宣言

我们的祖国究竟是到了一个什么样的地步了，这用不着我们来说，大家都早已知道得很清楚。可是，我们这些青年人，这些在忧患和灾难之中成长起来的青年人，却不只是以很清楚地知道我们的祖国究竟到了什么样的地步为满足，而是要更进一步，问一问我们的祖国为什么和怎么样到了这样的地步，要问一问如何才能使我们的祖国从帝国主义者的剥削与压迫及其走狗买办阶级的统治和宰割之下解放，要问一问我们自己在这解放的过程中能够尽多么大的力量，并且应该怎么样地去尽我们的力量。这是我们对于我们自己的最急切的要求，同时，也是我们对于同道的伙伴们的最大的期望。

我们的路是很显然的，是很艰难的，是为我们的伟大的时代所决定的。我们永远不会从这条充满了火热的斗争的路上逃走，也永远不会在火热的斗争之中颤抖，哀哭，或者退缩。那世界上最伟大的战士高尔基先生曾经告诉我们说："战斗是快乐的！"同时，他又说："退路便是死路，后边早已被人截断了！"——他的话我们完全相信，因为：这伟大的战士正是我们的领导者，正是我们的先师，正是我们的父亲！我们要永远承继着他的伟大的战斗的精神！

我们是什么也不畏惧的，而且我们也无可畏惧。我们是年青的人，我们有着年轻人所特有的丰富的勇气，丰富的力量和丰富的热情。我们要以我们的勇气，力量和热情，去为我们的祖国服务，去战胜劳苦大众的敌人，去参加民族解放的革命的斗争。我们从来不曾承认我们自己的勇气是不够的，力量是微薄的，热情是稀少的，我们知道我们是未来的世界的主人，是创造这未来的世界的先锋队。我们什么也不怕，我们的唯一的信仰是：战斗！只有战斗之中才能寻得我们的生活的意义和我们的精神的食粮。

但战斗并不是一件非常容易的事情，这我们知道。也就是因为如此，我们这些充满了勇气，力量和热情的年轻的人们才很急迫地感到有联合起来的必要。我们现在是拉起手来了，是紧紧地拉起手来了，我们成了一个伟大的集团。而一个伟大的集团呢，我们很坚确地相信，一定是会表示出一种更伟大的力量的。这力量将要将铁棒磨成花针，将要把钢板捣成碎粉；我们能够忍耐，能够进取，我们绝对相信自己：我们不怕我们的整个民族的顽强的敌人！

是的，我们是成了一个集团了，就从今日起，在民族解放革命的斗争的阵营里又增加了一批最健壮，最勇敢，最有战斗力的生力军了。我们，在斗争的阵营里，不但要永远不畏惧，不退缩，不投降于我们的敌人；就是对于那些爱畏惧的，爱退缩的，有投降于敌人的可能的人们，我们也要绝对义务地担负起来鼓舞，劝导和警告的责任。谁敢投降于敌人，谁就是我们的敌人，我们先要捉住他，让他到他应该到的地方去。我们相信：凡是阻止我们的，妨碍我们的，努力来减少我们的战斗力的人都是汉奸，我们对于汉奸是绝对不会宽容的，因为汉奸也是我们的敌人。话还是干脆的一句：我们什么也不怕，我们相信战斗是一种最高的快乐！

同时，我们更相信一切年青的朋友们都会了解我们，帮助我们，甚至跑到我们的阵营里来。我们的阵营的门永远是为那些有良心的，有热情的，绝不愿意去做奴隶的青年朋友们开着的。我们知道有些人会把自己的偏见认为真理，会把个人的私情看成宇宙，会把集团的活动当做盲从，这些人，年纪虽轻而已经变为老成，他们的行径我们也是不能赞同的，我们也要尽我们的力量，拿着我们的枪来和他们搏斗，使他们从那孤独的，无聊的恶梦里惊醒。这也是我们当前的任务之一，我们是绝不会放弃的！

总之，我们认为我们的具体的敌人一共有三个：一是帝国主义和法西主义；二是直接出卖民族利益的汉奸；三是封建主义。我们将永远站在前线上为我们的祖国的和全世界的被压迫的民众做最勇猛的斗争，我们什么也不怕，我们要在斗争之中找寻我们的最高的快乐。我们仍然得对着整个的世界来说：我们有极丰富的勇气，极丰富的力量，极丰富的热情，我们要为我们的祖国服务，要做全世界的被压迫的民众的喉舌，要给那就要灭亡了的资本主义撞最后一次的丧钟。

在现在，我们的枪口是更要特别对准我们的祖国的最大的敌人，这敌人正在施展着鬼祟的伎俩侵略我们，正在想尽方法来散布它的毒雾。可是，我们的民众已经觉醒了，甚至连向来是喜欢忍辱，喜欢委曲求全的民众的仆人也开始强硬，开始抵抗了，这正是可欣喜的，这正是我们所期待的。然而，我们却要更兴奋起来，更振作起来，我们要坚持着我们的斗争。谁要问："现在你们为什么而斗争呢？"我们的回答是："我们要保卫我们的祖国！"假若他再问："为什么要保卫你们的祖国呢？"我们又是一个了当的回答："因为我们是中国人，我们要爱中国！"怎么样保卫？这需要艰苦的斗争！

因此，我们就喜爱斗争，斗争便是我们最大的信仰。

我们要在斗争之中争取那未来的幸福与光明！

丁 夫	丁幼林	丁云厂	于一平	于彬士
王玉泉	王业澎	王一民	王新吾	王俊恩
王乃光	王莲士	王道平	王化南	王恩熙
王鲁雨	王庆昌	王次云	王连芳	王明知
王冰帆	王俊哲	王干一	王 增	王同级
王振林	王福亭	王巍山	王若哲	王大中
王警众	王雪芷	王树华	王蓬舟	王世和
王冰之	王子扬	王一青	王一德	王 勃
王筱农	王璧光	王鸿鹄	王德新	王晓漠
王博习	王树良	王伯明	王颖华	王萍泊
孔昭深	孔锡福	牛永和	牛书元	方允敏
方行子	毛光涛	文怀朗	尤 其	左 立
左 亮	左襄华	田 心	田 畴	田一鸿
田兆英	田益荣	田旭光	白 华	白静划

申屠笏	同世俊	司全兴	朱野蓁	朱幼华
朱 紫	朱光庭	朱仲琴	朱广钧	朱萃野
朱 剑	朱耀庭	朱震华	朱仲波	朱新亚
朱 瑛	朱学祖	朱子厚		

1936年12月14日《文学导报》新1卷1期

文学与救亡

夏明夷

　　到现在谁还要固执地说将文学当作利器使用在旁的目的上便是无视了艺术的美的话，不是因为他根本就无视了文学的存在，便是他已经施了巧妙的魔术将乌云笼罩着崩了东北角的国土看成满天青下面一块乐园；因为在现在国土之上所奔流着的唯一的文学潮流——民族革命战争的大众文学以致国防文学，他根本就不会把它认为是文学的的东西；而且他也不会把"五四"时代的反封建文学，"五卅"时代的反帝文学，以及后来为大众而斗争的大众文学认为是文学的东西；更广大的说，他也不会把古典文学，浪漫文学，以及写实文学认为是文学的东西；因为这些东西都在或明或暗或强或弱地维系着或抗拒着某些人的生活，换言之，都是当作利器使用在旁的目的上，都是在战争。

　　实际上，也就没有不当作利器使用在旁的目的上的文学；倒反是文学常常是作为斗争的最锋锐的利器在使用；有人虽然让步地承认文学有其自身以外的目的，然而一定要说其力量究竟有限，比如说：文学反映现实，它也不会反映出"既成"现实以上的某物，总是被动地跟着现实喊喊叫叫而已。假如文学果真如此地"反映"现实，确也是该被咒骂的赘疣；其实，如此的"反映"，只是不增不减的死的镜子里面的鉴形，决非文学的实象地表现了某种前进思想似的反映。文学不仅要反映既成现实，更重要的是要抓着既成现实当中必然要演进到未来社会的枢纽而给以显示出来，换言之，文学不仅是被动地反映社会，更其要主动地领导社会，这领导社会的工作，便是文学的伟大处，也是文学的最终目的。

因为在领导社会，必然地，第一个和旧势力斗争的便是文学。以现在的现实情形看来——××的加紧的迫害，汉奸的加紧的卖国，和人民大众大体的无知识无组织的十足以颠覆祖国的现实情形看来，文学是担负了异乎寻常的重大责任，换言之，在抗拒迫害的工作上面，文学一定要发挥它的最重大的对于民族解放应尽的职务。最可喜的是：以目前的情势看来，文学也确是随着现实环境的恶劣的演化进展到一个新的阶段而和热烈的爱国运动及民族革命战争运动合流了。而且因着困难情形的日益加深，人民大众的救亡运动的日益扩大，如虎添翼的新文学运动也在新的力量的激励之下迅速地发展开去了。这新的文学运动不管是民族革命战争的大众文学抑或是国防文学，总之，在目前这危急的现实情势之下，它——新文学运动——是和爱国运动决无二致地走着同一的路线的。它是在全民的联合救亡的战线上，担负了很不易的文学救亡工作。

新文学运动既是和救亡运动密切地联系着，而且相辅而行；很明白的：新文学运动的更充实的更有力的更前一步的进展，也只有在救亡运动的更充实的更有力的更前一步进展当中；同时，文学也要抓着既成救亡运动当中必然要演进到更进一步的枢纽而给以显示出来而指导一个更扩大更前进的救亡运动；因此，在发展途程当中的新文学运动，一则要依靠救亡运动的滋养，再则还要时刻不忘了自己本身的奔赴更远大的前程努力。要一和救亡运动撒手，新文学便抛开营养而失却一切活力而僵直地颠扑下来，再也不会进前一步。因此，新文学运动或民族革命战争的大众文学运动，其实就是一个民族革命战争运动；只有在民族革命战争当中，才有它的生命，才有它的进展。谁要是劈开民族革命战争运动来作新文学运动，其决定的失败是无论何种巧妙的魔术手腕也无法挽救的。

在目前万分迫切的现实情况之下，文学救亡同其他救亡工作同样是万分迫切的需要，我们要不浪费一个字一滴墨地加紧和加强我们的民族革命战争；在以民族革命战争为内容以全民大众为对象的努力中去尽量发挥文学对于民族解放的力量。

1936年12月15日《文艺》新1卷第1号

一九三六年的小说创作

——丰饶的一年间

立 波

一 这 一 年

对中国民族解放运动寄予了无限同情的史沫德莱，在她今年出版的一本关于中国的书的封面上，刊印了一个少年的照片。少年站在山头上，手握着一面旗子，旗上不大工整的写着下面几个中国字："中国正在斗争中！"

在这一句概括了中国现实的简单的词句里，包含着多少苦难和希望，多少浴血的奋斗，和民族敌人的多少残酷和巧妙的进攻！

在今年，全国不愿意做奴隶的人们，发起了统一救亡的运动。东北义勇军不只是继续的存在，而且在继续的成长。抗敌的暗潮普遍了全国，深入了乡村城市军队和学校，激动了国民的各个阶层的大多数分子，到年末，上海和青岛的某国纱厂的工人发生了罢工，由他们自身的经济要求出发，对异族的厂主的压迫企图给与一个实际的回答，这种行动，突破了产业工人在救亡阵线上的一年来的沉寂的空气。到年末，我们又看到了绥东战事的爆发；绥省的士兵和将领，拿着并不精良的武器，正在冰天雪地里，和卖国叛徒搏战，和民族的死敌直接的对敌。现在援绥运动已经象潮水一样流泛了全国，这证明了中国人民大众对侵略者的反抗，已经进到了一个新的阶段，爱国的呼声已经化为有效的行动了。

但是，种种爱国救亡的行动和思想，这一年来也遭遇了不少的困难。首先，当然是某侵略国家和傀儡汉奸的种种进攻。但我们早已把这两类人当做了我们民族的生死敌人，我们斗争的主要的对象，他们的行为，不足惊异。可憾的是还有少数妄想偏安的绅士，还没有放弃如抗敌民众相异的立场。人民大众从去年起所呼吁的停止内战的要求，没有充分得到满足。人民的抗敌的行为和思想，还是继续的遭受了不应有的阻挠和制压。全国一致抗×尚未实现。最近敌人纱厂的罢工，也没有能够很好的转化为抗敌的政治的力量。反之，敌人的经济秘策，打击我民族资本，毒害我国民经济的走私，猖獗全国，我们并没有用有效的办法，加以制止。华北敌军的大小演战，演成了历史的丑态和奇观，领土的主人在自己的领土之内作了敌军壁上的光荣的观客，这些观客中的华北农民的田园庐舍，妻儿身命，早蒙了不战之战的军礼与"皇"恩。在华北，敌人为了巩固他们既得的阵地，倡导了"经济提携"，看米成效已经不少。浪人活动普遍了华北和内蒙并且深入福建了。而樽俎之间，又谁知道有多威迫和谦让呢？

在这种种形式的侵略和公开暗地的投卖之下，我们开始经历全国性的灾难，全国性的国亡种灭的危机，东北四省的相送，已经不足多言。而"收复失地"的口号，依旧是多年的空话。

投降？作战？现在应该是思想慎重的绅士们考虑终结的时候了。要么，死心塌地的准备做舒群所描写的受尽了屈辱和灾难的"穷高丽棒子"，要么，象《碉堡风波》里面的那位敏感的英文教员，听说某国兵快要来了，就关起门来赶紧学日文。除掉这条做奴隶和奴才的路以外，对于全中国各种阶层的人们，就只有一条路了，那就是抗战的路。

继着抗敌统一阵线的提倡，听说有人建议了全国一致抗敌的具体方案。各派的人统一救亡。这是应该的，我们应该集中全国的人力物力财力，发展一个全国规模的抗敌的战争，把神圣的不可灭亡的我们的祖国，从凶残的敌人的多年蹂躏和荼毒之下永远解放，把光荣的不可断绝的国祚，延续于无穷。

"中国正在斗争中！"这句话包含多少眼泪和苦难，多少喜悦和希望！而这个就是我们的现实。我们的新旧创作家们都或多或少的，意识的或无意识的从自己的生活的体验和独特的社会的观察中，看到了它，而是把它有力的反映了出来，造成了今年一种多方面的丰富的文学。

今年的文学，是现实的一面光芒四射的镜子，同时也可以说是国防文学的初步的胜利。伴着国防文学论争的开展，旧的作家发挥了巨大的精力，新的作家干部，不断的产生。旧作家的质量的丰富，新作家数量的众多，是今年的一个特色。象鲁迅，郭沫若，茅盾，巴金，张天翼，靳以，沈起予，沙汀，艾芜，夏衍，欧阳山，丽尼，齐同，屈轶，卢焚，蒋牧良，萧军等，都在创作活动上尽了他们最善的努力。沙汀的《在祠堂里》把夜间的各种幽凄的音响，注入了一个四川女性的悲剧里，在字里行间造成一种凄厉的氛围气，这是中国文学一种新的成就。夏衍的《包身工》是今年关于产业工人的一篇材料丰富，情意真挚的报告文学，在报告文学刚刚萌芽，工人文学非常缺乏的现在，它有双重的重大的意义。

因为塞外的抗战，以及内地农村破烂和骚动，在今年的文艺领土上，特别产生了许多新的收获。象端木蕻良，荒煤，舒群，宋之的，罗烽，姚雪垠，王西彦，吴奚如，刘白羽等，都有很高的成就。端木蕻良的《遥远的风沙》和《鴜鹭湖的忧郁》，荒煤的《长江上》，舒群的《没有祖国的孩子》，宋之的的《□□□纪念堂》，罗烽的《狱》等，在艺术的成就上和反映时代的深度和阔度上，都逾越了我们的文学的一般的水准。凭着这些新的力量的活动，一九三六年造成了文学上的一个新的世代。

一九三六年发生了国防文学的空前盛大的论争，却同时又有着创作上的这么精力丰富的活动。而影响力最大的作品，往往是国防文学的作品，国防的题材，在今年有着巨大的优越性，而题材的优越，常常可以救济作家的艺术表现力的有时的穷乏，而在读者群众间引起的思想的效果，拣取优越题材的作者有时要超过表现力强大，题材落后的作家。这一点是值得一切不愿意把艺术本身的成就当作唯一目的的人们的深长考虑的。这一点，对于那把国防文学误会为"空谈"的人们，是一种有力的回驳。国防文学的理论，有着充分的创作实践的意义。

今年的文学反映了全中国人民的生活的各种方面。游击队的斗争生活，塞外的风沙，华北农民的苦况，一天一天破烂了的长江的忧郁，南国的寂寞，女性的苦难，学生救亡爱国的热忱，工人的凄苦，以及几万里长远的西征的英雄的业绩等，作家反映现实的多方面，作家接触现实的角度的分歧，并不弱于国防文学提倡之前的程度。这是可以告慰担忧国防文学的提倡，将使创作受到障碍的人们，使他们不再忧惧。而我们都是现实主义者，我们的现实，是怎样的现实？是抗争和国难的现实。根据这种现实出发，国防文学者向作家提议写国防的题材，绝非无理。而接受这提议，作家也决不会狭小他的创作的范围，反而会使他更加认清现实，使他的创作的源泉更加丰富起来。今年许多接受了国防文学创作口号的作家们的创作力的丰富，充分的证明了这点。

今年，风花雪月，哥哥妹妹的文学，在我们的文学的主潮里，差不多不大看见。这并不是国防文学提倡者的"暴君"式的命令的罪过，而是现实中没有存在这些的地盘。在全中国最大多数的人民救亡救死的不暇的时候，虽然不免有一二高人雅士，有这么多的闲情风趣要发泄，他的读者也必然的是非常零落的。当然，我们也看见了《书淫艳异录》一类的杰作，而鸳鸯蝴蝶也大部分还是鸳鸯蝴蝶，但那或是意识的要麻醉别人，或是无意识的自己没有进步，对于这些有害的或是落后的文学，我们"应该保持批判的完全自由"。我们有着促使它们改良和进步的权利和义务。而且，既然有文学批评的存在，批评就应该有个准则。哪一种描写，于民族解放关系最深，哪一样次要，哪一样是不必要或竟有毒，我们可以和作家商量，而且有这个必要。许多误解联合战线的人，以为谈联合，就是放任，就要藏垢纳污。不这样，就是"关门主义"。他们对于国防文学批评也作了这种同类的要求。这是不对的。为了提高我们的文学的质，同时为了扩大并巩固文学阵线，我们需要规范和严正的批判。

吕克玉先生在一篇文章上似乎很轻视艺术上的意识和"正确的世界观"的作用，这是不对的。今年的许多优秀的创作家的实践证明了他的不对。许多优秀的青年创作家并不是没有脑筋。许多创作家的成功的优异，意识的明确正是一个不可忽略的原因。随便举个例，罗烽的《特别勋章》里的那位"满洲国"的官，自己的儿子投到了义勇军，他把他捉回来杀了，自己得了一颗特别勋章，这勋章在罗烽的笔下是一种兽性的标记，但是如果有一个忠于满洲国的作家来写这故事，他会把它写成一个皇恩鼎盛之下的精忠的记录的。意识不容人们的忽视。

不错，意识和世界观要和生活实践，创作实践联系，吕克玉说"没有实践就没有理论"。但是他恰恰忘记了另外一句话："没有革命的理论，就没有革命的行动。"

说到这里，联想到夏目漱石在一本研究英国古典文学的书里说过，一切伟大的艺术家差不多都是伟大的思想家。这句话相当的对。中国的艺术家，中国的现实主义，似乎不大注重思想的成份。中国创作家的气魄的欠雄伟，创作寿命的很短暂，也许不只是题材的关系，深刻的思想的欠缺，也是原因之一罢。

但是今年的文学，已经在离开浮游与肤浅的门路，已经开始透进人类灵魂的门户了。它不只是描写着苦难的表面的光景，它还能够摄住苦难所蒸发的时代的忧郁。看了荒煤的《长江上》，对于长江轮上的水手，你会透过他们的污浊的生活的表皮，看到他们的灵魂的深底，那里面充满着人性，也充满着由生活所引起的浓厚的忧郁。再看端木蕻良的《鹭鸶湖的忧郁》吧，北方农民的忧郁，是象作者所描写的晚雾一样，笼罩在田间湖上。沙汀和艾芜的作品里也有时有些这样的气氛，不过沙汀能够自持，而艾芜是比较的显露。夏衍的赛金花但愿做个太平时代的百姓的叹息，是充满了时代的凄味的，而她的结局又是那么阴暗。茅盾的《儿子去开会去了》反映着中国革命的长期性，流露着一种不能自禁的伤感的情愫，而象丽尼这样纯知识分子的作家，差不篇篇都怀着一种不能排遣的伤痛。"整个的世界变成了黑暗，新的希望是一个艰难的生产"。而忧郁成了我们时代的深浓的阴影。

可是，在阴影之间，有苦长的新生。新的希望的生产是艰难，但究竟早在开始。因此，明朗，顽强，满怀着希望的欢喜，是我们文学里和忧郁的阴影同在的性格。看郭沫若的《痛》吧，这位精力丰富的文学上的战士，对于生活真象泰纳斯·巴斯巴一样的顽强。痛使他感到有丢命之虞，使他感伤得要潸潸流泪，但是，"妈的，我努力一辈子，就这样便要死了吗？"不相信。后来，负着"一扯一扯"的剧痛的痛，"横冲直闯的"写起文章来。

这是在新希望生产的艰难的途中所需要的精神，不相信什么注定的命运。创造我们的命运！

希望与喜悦充满了今年许多新作家的作品，象舒群，罗烽，姚雪垠这样的作家，一方面怀着他们的故乡的土地的香气，一方面流露着一种明朗的欢悦的气息。当然，把文学里的忧郁和喜悦两种色彩截然分开，是不可能的。许多的作者同时怀着两种不同的情愫，象宋之的就是这样，在他的《罂粟花开的时候》的三娃子的洋铁锹附着报复者的乐观的力和自信。而在《□□□纪念堂》里的另外一个三娃子的吹着老平的葬歌的笛子，却带些阴郁。

"中国正在斗争中！"这是一个阴郁的时代。这是一个多望的时代。

二 对于几个最活跃的创作家的活动 倾向的几点私见[①]

在这里，我并不批评今年所有一切的新近最活跃的创作家，也并不打算给我将要提到的创作家一种全般的决定的评价。我不过是说出对于他们的主要的倾向的我的认识。

今年创造力最丰富的新作家是舒群。在《文学》5月号发表了他的《没有祖国的孩子》以后，立刻被许多的人认识了。他描写失掉了祖国的被蹂躏，被歧视的人们的生活，描写游击队和蒙古人反抗和作战的故事，"九一八"以后的东北学生的爱国行动，狱中的生活。他的人物很单纯，很直率，勇敢；有着独立的人格，倨傲的心情，这和亡国奴相的"恐日病者"的心理，恰恰是一种对置。他的人物的另一特性是对于一切加于民族和自身的压迫，不能忍耐，这和我们许多同胞对于异族的任何迫害和侮辱怀着奴性的容忍的特性又完全不同。争取解放的中国民族，正需要这样的人物，舒群的小说得到许多读者的

[①] 这里立论所根据的材料，除了很少几本单行本以外，其余都散见于今年的《光明》，《文学》，《作家》，《文学界》，《中流》，《文季月刊》等杂志的各期，所收集的材料有限，论证的挂一漏万，是一定不免的。

爱护，决不单单是因为他的明快，新鲜，大部分是因为他描写了现在正需要着的这种民族解放运动的动力的缘故。

舒群亲历了亡国的痛苦，目击了土地丧失人民流离的情景和敌国汉奸的残暴的行动，以及许多亲友的战死，他的爱国的思想和情愫，是在他的生活和斗争中滋长起来的，非常自然，而又带着大的感彻力。在《没有祖国的孩子》里，孩子们看见中国的旗子换上了"满洲国"国旗的时候，他们对祖国的旧旗感到了无限爱惜和怀念，竟扑到储藏室的玻璃窗上去看那丢在角落里的旗子。这种情绪象本能一样的自然，而又很使人感慨。

舒群的风格很明朗，朴素，却缺少含蓄，并不深湛。他最注意情节，忽视习惯和心理的仔细描写，他的结构带着传奇式的色彩，常常把全篇的焦点放置在最后，有许多短篇，要是去掉它的最后一句，全篇常常会变得没有意思，或是变成一种和存留着末句时完全两样的意思，象《已死的与未死的》、《独身汉》都是这样。他的这种经营是费了苦心的。但是一味注重这一方面的发展，而放松生活细节的描写，是不够反映生活的。而且为了要把生活装进一个框子里，常常会把它写成种种奇遇和巧合，奇遇和巧合在人生中当然可以发生，却常常不是普遍的，描写它，很难创造时代的典型。

最近，我觉得舒群的作品还有一个小小的缺点，他有几篇小说，带着几分Erotic的倾向，象《农村姑娘》，《萧苓》，甚至于《蒙古之夜》，都患着这种毛病，这是要妨碍他的社会主题的明确性的，他应该把主题抓得更紧，减少一些和主题发展没有关系的关于女人的挑拨的描写。

听说舒群在写中篇和长篇了。我很希望他能够写出一首义勇军游击战的日常生活和战斗的伟大叙事诗，把义勇军的宝贵经验和教训，把它的活动的种种困难和克服这种种困难的方法描写出来，使作品成为美丽的歌，也成为教育群众怎样去战斗的有力的工具。

另外一位描写东北社会的新创作家罗烽，和舒群有着不同的风格，如果说舒群是明朗，那么罗烽就是沉着。他没有舒群的锋芒，有时却比较的深刻。他描写的范围很广阔，火车站附近的人们和狱里的人们写得最真切。他的《呼兰河边》是敌军蹂躏之下的一个牧童的悲

873

剧。这个悲剧的构成，牧童的小牛起了很大的作用。敌军在惧怕义勇军行将进袭的恐怖中，把牧童和牧童的小牛胡乱捉来，囚在他们驻扎的火车站，小牛被系在火车站附近，挨着饥饿，车站上的职员听了小牛的饥饿的哀鸣，怜悯它，给了一点草它吃，作者把小牛吃草的光景，以及职员们看着它吃草时所感到的愉快的情状描写了出来。继着是敌人把小牛杀了。这里显露了一般人的人性和敌人的过分的残暴，后来职员们在草丛里发现小牛的骨骼的旁边躺着牧童的尸身的时候，悲剧完成，而敌人的残暴，被作者更深一层的暴露了。

这个故事的一切情节都很自然，职员们同情哀号的小牛，是很平常的事，小牛的被杀，也不算奇特，就在这种平凡不过的关键里，作者煽动了读者对于被杀的小牛的同情与哀惜，这种对于"牲畜"的同情与哀惜又很自然的转移到同时被杀的"人"的身上，转移到被害的"人"的哀哭的母亲身上。而敌军的残酷，有力的被表现了。

罗烽大约是目击了或身受了敌人的残酷的待遇吧，他常常悲愤的描写敌人的残酷。《第七个坑》也是这种主题，不过，他在那篇上面的成功，不是他的关于敌人残忍的描写，而是他描写皮鞋匠耿大的恐怖心理的很少的几笔，和他反映"九一八"以后的沈阳的乱离的情状。《第七个坑》的情节不大合情理，过于奇特。奇特的情节，不仅是不容易普遍，而且不容易逼真，只有用生活和争斗的近于情理的事件的细节，才可以构成生活和争斗的真实的图画，才可以造成悲剧和恐怖。作者的《狱》的成功，也证明了这点。

《狱》的结尾是很凄厉的。犯人们期待中秋节的到来，他们希望在中秋节稍稍打破一下监狱生活的沉郁生活，吃一点列巴（面包）和素波（菜汤），在这期待的期间，来了许多别处移来的新犯人，是义勇军，在八月十五，当他们期望了很久的列巴素波快要到来的时候，新犯人被提出去枪决，送这些新朋友出去的歌声是多么的悲壮和凄厉，就在这个歌声里。

"停吧！停吧！……列巴，素波，来了！"监门外这样地叫。

这是一个动人的故事，而且很忠实，凡是中国的监狱，都可能发生这样的故事。作者又把监牢的生活和犯人的心理，用许多普遍的变故表现出来，而老犯人和新犯人的对话，犯人和狱卒的对话，以及狱卒为了犯人的小小的喜庆的事感到高兴的人情味，都是非常真实的。《狱》就是用这种真实的情景写成了一个动人的作品。

罗烽的描写"满洲国"官员荒淫和卑鄙（《到别墅去》），描写铁路工人的被损害的生活（《岔道夫李林》），也相当成功。不过，他和舒群一样，有点过于乞巧于故事的奇异，《第七个坑》，《特别勋章》等，都有这种毛病。他的人物的对话，和中国的许多作家一样，大部分和人物的身份不大相称。但《狱》以及他和舒群合作的《过关》的剧本中的对话，却是例外。《过关》用北方土白，成功的反映着关内关外的劳苦群众的没有出路以及没有出路的生活的烦虑。虽然未必能够上演，它的价值，是不能忽略的。

再其次是宋之的，他今年发表的作品虽不多，但已经显露他的稀有的进步。他的《□□□纪念堂》是一个工人抗敌的故事，他的《一九三六年春在太原》是一篇轻松明丽的报告，他的《罂粟花开的时候》是北方农民的一首阴郁而又带着反叛的诗歌，《赐儿会》里面的桃花林的鲜艳，和孩子们的轻松，活泼，交织着乡绅和"鬼子"的种种侵略与迫害，是轻快之中带着忧愁的一幅北方风俗画。

《□□□纪念堂》中泥水匠们的爱国的斗争，是从他们的切身的体验出发的一种行动。泥水匠们修造着纪念堂，费了他们一年的血汗，纪念堂落成的时候，鬼子来了，命令毁掉纪念堂上的"九一八"的题额，于是工人斗争了，因为"一年来，他们为了'九一八'流着汗，他们熟习这纪念堂每一块砖，每一粒土。他们残踏着，抚摸着，甚至亲吻着纪念堂的每一角落。而现在，现在是鬼子……"换句话说，他们保护纪念堂是为了回护他们自己劳作和血汗和鬼子搏战。这是带着一点象征的意味的。

在这里，作者大概是想找出工人抗敌的动机吧。作者知道，没有政治觉悟的工人不会为了抽象的爱国观念起来斗争的，工人的抗敌，一定是他们的切身需要，是他们从生活的逻辑中得到的结论。于是作者为这个行动找了一个拥护他们自己的"血汗"的缘因，但虽然是他们自己的"血汗"，却已经不是他们自身生活的利害，而是公共建筑物的利害，在这私有财产的社会里，把工人斗争的缘因放在他们自身生活的利害上，会比较更深刻，更能动人点。

正和舒群罗烽以及其他许多作家一样，宋之的的《□□□纪念堂》避免了斗争的正面的描写。斗争的场面难写，而且需要大的篇幅来对付，这是真的，可是描写斗争的光景，和斗争过程中所遇到的种种困难以及解决那种种困难的方法，最富于教育的意义，我们希望有着这一方面的成功的描写。

可是象《罂粟花开的时候》里的三娃子的那种安那其式的反抗，又不必要，三娃子的行动虽然很自然，但是他把一个横蛮无理的禁烟委员杀死了，给了读者一种道德上的满足，冲淡了读者对三娃子所受的剥削与压迫的同情，凡恶人，在我们的小说里，总不如让他活着，让读者去憎恶他，反抗他。而且这也是现实的真实，在我们现实中，恶人总容易活着的。《罂粟花开的时候》里的禁烟委员和姚雪垠的《碉堡风波》里的碉堡委员是同样的人物，但我们也许更恨碉堡委员，因为他还活着，还可以作无穷的恶。

由这里又联想到许多小说喜欢拖个胜利的尾巴的事。罗烽的《旗手》和《到别墅去》都是这样。在我们，是悲剧比乐剧更为有用，描写失败比描写胜利更多训谕的。

宋之的的《一九三六年春在太原》，虽然不是短篇小说而是一篇报告文学，但它却是和《碉堡风波》一样，企图独创新的风格的。《碉堡风波》是国防前线的乡村剥削者们趁火打劫的情景的反映，《一九三六年春在太原》是"剿匪"前线的统治者恐怖的反映。在两篇小说的对照中，可以看出我们国家的风度。

《长江上》的作者荒煤，是今年很有荣誉的创作家。《长江上》是一幅成功的艺术品。这里面的情节很平凡，一个名叫独眼龙的从前当过码头工的退伍兵在长江轮船上跟着做茶房的他从前的老伙伴住在一块。作者就是描写他住船上的一段生活和他的身世的回忆，以及他周围几个人的日常生活和习惯。就在这种平凡的人物的平凡的生活里，作者唱出了他所不能不唱的"忧郁的歌"。看那些长江轮上惯见的茶房吧，在他们那种污浊的环境里的污浊生活的表皮下，有多少由生活所掀动的灵魂的风浪，多少人性呵。独眼龙以前是一个"硬朗的汉子"，现在，经过了多年的漂泊，多年行伍的生活，家已经没有了，老婆孩子不见了，身子弄坏了，希望成了空无，而眼前的生活，而"一天一天破烂了"的长江都引起了他的悲感。他的眼泪，他的咳嗽，他所吐的血，织成一种那么阴郁的悲凄时代的阴影。独眼龙是一个真正的悲剧的人物，如果作者没有告诉我们，他从前是一个"硬朗的汉子"，如果作者没有把他写成一个要强和精明的人，悲凉的气氛，也许要减少一点。但这是很平常的人物，他的命运也很平常，长江上，全中国有着许许多多的独眼龙遭遇着独眼龙的命运：出门去寻求较好的生活，带回的是一个更坏的境况。在船上永远临不到太阳照耀的下舱里，他又要走了，"他不惯于平凡而充满了污浊的生活"。但是他到什么地方去呢？作者没有告诉我们。独眼龙到什么地方去呢？许许多多的独眼龙到什么地方去呢？我们要问这个社会和时势。

伴着独眼龙的凄凉的命运的开展，作者穿插着长江船上伙食老板私贩烟土的故事，这情景是他另外一个私贩烟土的故事《抛包》的反复。但是并不嫌重复。作者对于长江水手的生活，了解很深，他熟悉他们的生活习惯和用语，他们的梦想和他们间的关系，从这些上面，他发现了创作的富富的源泉。从《长江上》的描写上，读者不只是认识了长江水手的生活，而且可以根据它去透视一般"污浊"的下层者的灵魂。

在《长江上》，作者带着非常沉郁的忧愁。但是作者把这种忧愁，当作了社会结构的毛病，而且有着新社会的隐约的展望。船过另一省界的时候，独眼龙指着那里的山头，说那里的兵都不肯打了，这是意味深长的暗示。

除了下层的人群，作者关于小有产阶级的阴暗生活和怯弱动摇的心理，也写得很好。《弱者》和《泥坑》都很成功。《弱者》里面那位在大风浪里的小姐的怯弱，写得非常的真切。荒煤写失业工人就远不及写前面两种人物的成功。在《黑子》里面，工人们的习惯和用语不象上海工人，而作者也不得不借重奇异，去补救他的描写之穷了。

写上海工人生活的作品，王西彦的《曙》比荒煤的《黑子》更逼真一点。人们也许会非难他那里面的男女纠葛的描写，但是上海工人的确常常为了男女间的纠葛闹得很糟，物质生活愈苦恼，男女间的关系，也愈多烦厌的。

埋没了三年的端木蕻良，今年有着出色的成就。《遥远的风沙》

描写察绥一带收编土匪的队伍的行动。塞外的景色被作者鲜明的涂染在纸上了，作者的尽忠于地方色彩，青年作家中，恐怕只有沙汀可以比拟。也许是不成文的土语用得太多，使行文多少带些暗晦，但这不是很大的毛病，作者描写的新鲜和观察的深，可以掩去这种小瑕。

收编土匪，成了中国解放运动一样重要的工作，而这工作的困难，也是革命所遇到的无数困难中一种困难。过去我们缺乏这种方面描写，《遥远的风沙》就是填补这种缺乏的第一个成功的作品。

在《遥远的风沙》里，作者不但是描写了塞外的景色和风习，沙漠里的鸟啼和马啸，大自然寥落的风响，和荒野里的古人的遗迹，这一切引起人的追怀和遐想。最使人难忘的，是作者创造了一个在中国文学里不常出现的土匪的典型的性格。黑煤子是一个带领收编的人们去收编土匪队伍的土匪。他的平常个性很强，到了一个下宿的地方，他的土匪的脾气，就要发作，打人，强奸妇女，抢东西，把队伍"艰难缔造的纪律变成双倍的无耻"。可是他很能干，而且出色的勇敢，队伍碰到危难的时候，他就挺身而出，作者带着愉悦地写着，这位在平常那么自私和胡闹的土匪"很老练而漂亮的"应付队伍所经历的急变，终于，队伍没有遭受其他打击，单单牺牲了黑煤子，到末尾，有着土匪性格，无恶不作的黑煤子焕发着殉难者的圣洁的光辉是怎样令人怀念呵。

这是一个活生生的人物，有许多的缺点，却又有莫大的力。他的打人，强奸和抢劫的坏处，是他的土匪生活所铸成的习惯，他的应变和殉难也是习惯。他的一切性情，都是他的生活所铸造，都是那末自然的东西。中国小说中的人物的性格，常常很单纯，《遥远的风沙》的作者创造了一个复杂的典型的性格。

端木蕻良另外一篇作品，《鹭鸶湖的忧郁》反映着东北小农的苦恼忧郁，和他们相互间的同情。他们的苦恼和忧郁，是东北伪政和敌人榨取的结果，是"满洲国"的劳动力没有出路，农民的粮食不值钱的结果。他们的苦恼和忧郁是"人民三千万，无苦无忧"的"满洲国"国歌的有力的驳斥。这是非常深刻和有力的国防文学的作品。胡风在一篇批评这小说的文章里，他指摘它没有"适当的反映"社会情势。这是很机械的见解。农民的生活的忧郁和透过这深浓的忧郁所看到的

"满洲国"社会的不景气和敌国汉奸的榨取的苛重，这不是社会情势是什么呢？难道还有离开民间生活的独立的社会情势吗？难道写东北的社会，一定要写了敌人的枪炮和汉奸的投卖等等直接的光景，才算是"适当的反映了那里的社会情势"？

作者在《鸥鹭湖的忧郁》中，写着一种幽凄悲郁的夜色，使两个忧郁的农民，在这样的夜色里更显得忧郁。自然和人的情绪，显得非常的谐和。

《爷爷为什么不吃高粱米粥》是写东北下层平民亡国之后的苦难和情绪的。鲁迅先生批评她的开头使人如坠五里雾中，是很对的。许多现实主义者都不爱用 Suspension。在需要经济手腕的短篇里，更应该减少不必要的悬疑，把篇幅让出来，好仔细的描写情节和种种过程。

《爷爷为什么不吃高粱米粥》里的马老师是一位强颜为笑的人物，在他的强笑里含着多少亡国遗民的苦泪。"遗民泪尽胡尘里，南望王师又一年"。马老师反复着这一句诗明确的说出了他们生活的凄苦和他们期盼祖国拯救的殷切。

当我们读完今年许多新创作家的作品，同时想到许多旧人努力的成绩的时候，我们觉得今年的文学，并不"枯燥无力"。相反的，今年的文学，是中国新文学发展途中稀有飞跃的一年。自然，我们也用不着掩饰我们的许多缺点，我们更不能以今年收获的丰富作为我们的文学的最大的胜利。现实替我们安排了产生更佳的花果的沃土。我们期待着斗争中的中国的更伟大的叙事诗。

1936年12月25日《光明》第2卷第2号

谈《赛金花》

茅 盾

　　《赛金花》，先被称为"国防戏剧"，后来又说不是了，而是"历史的讽喻"。"历史的讽喻"，这名词大概是新造的吧？可是也费解。《赛金花》的"故事"取材，主要是《孽海化》，但《孽海化》本非严格的历史小说，《赛金花》剧本不自居为历史剧，这是对的；又《赛金花》剧本中虽有些讽刺，但又不全是讽刺，所以也不能称为讽刺剧。历史与讽刺两者各取一点，也就是"历史的讽喻"这一名号之所由来吧？

　　然则《赛金花》的政治的意义实在也就颇觉"微妙"了。剧本的最后评价须待上演以后，而《赛金花》是公演过的，现在就从我看了这剧公演时观众对于"历史的讽喻"这"微妙"的作用所起的感应如何，先说几句话。

　　我去看的那一晚，是公演的第四或第五夜，上座极盛，演员很卖力，——有几位演员实在能做戏，给这剧本生色不少。然而自始至终，大多数观众对于那"微妙"的"历史的讽喻"似乎未能领会。我记得那晚上观众座充满了笑声的，凡二三次。这都是在第四场开头。秀才打起调子背《阿房宫赋》时，观众笑了；俘官（魏邦贤）连磕响头时，观众大笑；两位封疆大吏（直隶布政司和按察使）争辩互讦的时候跪在那里甩着马蹄袖私相诉评，也引起了若干笑声。那晚上又有两次鼓掌。一次是在第三场末了，赛金花愤然对德军官说："不准动我的手！这只手，握过你们飞特丽皇后的手的。"又一次在第七场末了，刑部差官（即前记之魏邦贤）查抄赛金花财物时，赛金花骂他是

"不要脸的狗"，魏即反口道，"跟红毛子睡觉，要脸么？"后一次掌声比前一次又响又久。

观众那两次哄笑，显然因为秀才摇头摆尾背文章和仵官磕响头是近于"低级趣味"的所谓"噱头"。从笑声中，我感到剧作者所自居的"讽喻"到了观众这边却完全变了质。至于那两次鼓掌，我听了简直有点骇然。但是我也能够了解观众的鼓掌的心理：他们是来看"赛金花"的。

我又问过别人，"结论"也大同小异；第四场开头那些小动作似乎竟是公演时期大多数观众所最赏识的东西。这是因为观众的程度太低呢，还是因为那所谓"历史的讽喻"实在太"微妙"了一点？

据我的观察，根本原因大概是在剧作者写作之前对于这剧的主题自己也未把握到中心。他写作的当时，大概是打算以赛金花为中心写成"国防戏剧"，但是越写越"为难"了，——因为把赛金花当做"九天护国娘娘"到底说不过去，于是眼光又转到李鸿章的"外交"上去。他虽然想避免赛金花帮助外交的那种太滑稽的说法，而在第五场中写出李鸿章之利用帝国主义自伙里的矛盾；然而他在这方面的研究太不充分，以写得不够，而至在第六场写赛金花劝克林德夫人，依然又忘不了赛金花的"九天护国娘娘"的身份。结果是：要从赛金花身上解释出"历史的讽喻"来，自然太滑稽，只好另外去找了；赛金花公演期间我看见过一篇文章，似乎说"历史的讽喻"是指汉奸误国，那么，全剧的中心又到了主角赛金花以外，而第五场又成了全剧的枢纽了。

明明白白的，这一篇"捉摸不定"的太"微妙"的剧本，给予观众的感应就只能是第四场开头的笑料，以及对于赛金花个人运命的关心而起的掌声而已。

然则《赛金花》剧本究竟有没有"历史的讽喻"呢？一定要找，自然也能找得，不过太零碎了些。例如第三幕中魏邦贤说"奴才只会叩头，跟洋大人叩头"。又如第五场末李鸿章吩咐打电话给甘，陕，河南，广东等省巡抚"指示机宜"。这些灵碎的对话要解释为"历史的讽喻"也勉强可以，但是这些灵碎的警句式的"讽喻"须得敏感的（而且也须是前进的）头脑方能领会，大多数观众漠然无动。不从动作上去表现而乞灵于零碎的"警句"式的"讽喻"，是不能挽救全剧的气运的!

有人指出《赛金花》剧本给观众一个极不好的印象,就是把义和团写成杀人放火的"拳匪"。这一点太明显了,此处不必多论。有人又以为《赛金花》既以庚子事件为背景,似乎不应完全不写到义和拳的民族意识及其风靡的原因。这一点,可以从剧作者准备时期的参考资料方面来说明。

《赛金花》剧本发表于《文学》时,剧作者附记着他的参考资料;看他那书目,就知道他是在研究"赛金花"而不是"义和拳"或"庚子前后"。这篇剧本受胎的时候就已经如此,还能有什么办法呢?

用赛金花为题材,倘使不是受了记赛金花的小说的迷,便是企图以这昔年名噪南北官场的女人作为号召观众的幌子。单写赛金花,或用赛金花为主角,并不是不可以;然而要在"国防文学"的旗帜下以赛金花为题材,终于会捉襟露肘。如果一定舍不得"赛金花",那么,我们应当以写庚子事件为主而以赛金花作为点缀。

我觉得义和团起后,清廷的王公贵人赞成义和团的,固然也有借此拍马随声附和的人,但也有真想反抗帝国主义顺应"民气"的人;后者的毛病是知识太欠,误信大师兄们的法术真有灵验。另一方面,反对义和团的贵官中既有洋奴性十足的媚外者,但也有颇具民族意识而不能相信邪教可以抵御枪炮的正人。"史料"尚未全逸,细心地研究可以找到这四方面的代表。如果从这里下手写一部关于庚子事件的作品,那么庶几乎在表现汉奸意识及民族的大悲剧构成的根因上都能切切实实说几句,即使要做成"历史的讽喻"吧,也不至于"微妙"到捉摸不定。

1936年12月30日《中流》第1卷第8期

《现阶段的中国文艺问题》后记

杨晋豪

　　这本小册子，是在六七月的大暑天中写完成的，当时的心境，为了"国防文学"和"民族革命战争的大众文学"间的论战，而非常地兴奋，深感到有把中国现阶段的文艺问题，须更扩大而踏实地予以讨论的必要，因此挥着汗水尽心地整理出了这些论题。

　　它原是想编进"大众文化丛书"中去的，所以写成之后，因见篇幅太多，而删削了不少。但是删削之后的篇幅还是多出了一万多字，同时又觉得读者应该直接看到关于现阶段中国文艺问题论见的原文，所以又选了几篇比较重要一点的文字，附在书后，而当在排印中，又临时添了几篇新刊载的文字，把它编在"新型文艺丛书"里面。

　　现在，据说文艺上的口号问题，已经告一段落；"国防文学"已经被大众普遍地理解。但是我却仍很怀疑，在忙于生活的劳动大众，是否已经懂得文艺，更是否已经懂得"国防文学"这个名词，这是不能因为有了"国防音乐"，"国防戏剧"等的名词出现，和几个作家与杂志的孤断而就能肯定了的。而且"国防"两字，虽适用于政治的口号，但套在文学的头上，总有点儿勉强。政治口号有的果然可以应用于文艺头上，但最好它在习惯上原是适用于文艺口号的才行，如普罗政治与普罗文学等；但是不问它是否适用于文艺口号而就机械地拉用（说好听一点是强调）过来，那较之不拉亦能用，不强也能调的口号，总要差些吧。譬如我们只听得有"苏维埃政府"，而不听得有"苏维埃文学"，这是因为"苏维埃"三个字虽然适用于政治口号，而对于文艺口号则似乎拉而不能用，强而不能调的缘故。我们能说不赞成"苏维埃文学"这一口号，就是反对"苏维埃政府"么？

为了使现阶段的中国文艺运动，能有一个更自然，更正确而且更通俗的文艺口号起见，所以我特在已存两个口号——"国防文学"和"民族革命战争的大众文学"——之外，另又提出了"抗战文艺"这一口号。

但是有人说，"国防文学"和"抗战文艺"在英文中都是 Defence Literature，意义相同，所以是用不着另提新口号的。但是，我们为什么不把 Defence Literature 译成通俗易解的"抗战文艺"，而定要译成文绉绉的"国防文学"呢？"国防"和"抗战"在中文的意义上显然是很有出入的。前者是对于正在侵略进来的敌国外患作防御，而后者是指对于已经侵略进来的敌人以及压榨的人们立即作反抗的战争；前者是局限于一时间性一国家性的，而后者则是有延续性与国际性的；为了这一点意义，我另提出了"抗战文艺"这一新的文艺口号，大概不至于被人误认为是故意标新立异吧！

因为"国防文学"论战的发展，而又论及了"创作自由"的问题，茅盾先生的《关于引起纠纷的两个口号》这篇文章，是要求创作要有更大的自由的发端，从而对于关门主义和宗派主义有了更深刻的清算，这是有益的。关于这一问题，我在《文艺创作的题材问题》中已经说及，现在不必再说。但我又觉得，作家们光是在文章上排斥"宗派主义"或"关门主义"是很少用处的，如果我们冷眼观察一些作家们对于异己者——甚至是一致者——的无理的谩骂攻击，和一些主编对于朋友以外的作品的歧视埋没，那才要叹息这些"行帮"之"包办"的怪态了；如果这一点劣根性不克服，中国文艺的发展是不会飞速起来的，——即使他们在嘴巴上说得如何好听。

当"一二八事件"结束不久，我在南京江东门的病中，曾经写了一篇很短的文艺论见——《中国文艺界往哪儿走》，里面提出了在现阶段中，应该提倡和发挥全民族一致的抗战文艺运动。这篇文章后来发表在陈民耿先生主编的《时事月报》上。可是，不幸得很，谁也不注意它，谁也不理睬它，也许这些"前进"的理论家看了之后，还要嗤之以鼻呢！他们不知道，中华民族的危机，在那个时候，早已与过去的状态，起了质的变化，早已需要全民族一致的抗战运动了。

不过，华北事件发动以后，由于我国民族危机的更加显露，因而全民族总动员的文艺运动，到底是蓬勃起来了，这是很可欣幸的；我们必需坚持它，扩大它，直到中华民族有了翻身的日子！

这册小书是快要出版了，我极愿聆教有正确理论和事实根据的批判！

最后，愿我赤诚而真挚的战友们，刻苦而踏实地去干一点真正有益的工作——在这里，也可以说是文艺上的活动，因为这是一册讨论"文艺问题"的东西。

1936年11月10日，在上海

宗派主义和阴性的斗争

姚 克

> 许多青年作家厌恶这种精神上的欺骗，宁愿踟蹰着，因为他们不知道要向那一面转向，因为他们不知道一条出路。其余的人重新退到宗派的集团中去寻求救药，因为这个世界吓了他们；他们于是用着武断的理论来给他们的恐怖穿上盔甲。
>
> ——E·托勒

一九三六年六月十九日国际作家会在伦敦开会时，托勒（Ernst Toller）在开幕辞中曾说过上面引的话。这几句话虽然是针对着在欧洲独裁者统治下的青年作家而讲的，但似乎也能适用于我们乌烟瘴气的中国文坛。

在客观的观察者的视野中，我们的文坛是可怜而又可笑的。宗派和门户之见都是根深蒂固地栽在每个作家的心头，牢不可拔。宗派主义的小集团东一个西一个地散布着，各自打着一面旗号，各自以为自己是对的。不管线路是否相同，不管主义上有没有冲突，只管是否和自己是同一个宗派。若是同一个宗派的，那么不管作品的内容如何，便一味地给它狂吹乱捧；若然宗派不同，那么不管它的意识如何正确，内容如何优美，总要把它批评得一个大钱不值。关于文艺的理论和口号，宗派主义的毒害也处处可见。因理论或口号而引起的论争往往不在它的大前提上发展，却歪到宗派或个人的问题上去，甚至于不惜破坏共同的战线或采用卑劣的"人身攻击"的手腕。

这种褊狭的宗派主义的抬头是我们文坛上最可悲的事。在眼前这样恶劣的客观环境中，我们的文坛决不能再容宗派主义者肆无忌惮地捣乱，闹得大家乌烟瘴气，连战线都看不清楚，方向都辨不明白，昏头昏脑地互相揪着"火并"。我们应该想一想我们的时代和我们对于这时代的重大的使命；我们应该明了我们的现实环境和在这环境中奋斗的意义；我们应该把目光注视到我们当前的战线，认清我们的敌人和友军。

我们万万不可陷在宗派义主的深渊里，抬起头来只看见自己头上一块狭小的天，自以为"只此一家，别无分出"这种意识的毒害，在宗派主义者自己也许不觉得，但在事实上它比敌人所放射的毒气弹更可怕。譬如我们把去年文艺界提出的"国防"口号来举例。鲁迅先生曾说："我以为文艺家在抗日问题上的联合是无条件的"。但我们若用"国防"的口号来笼罩一切或抹煞其他前进的主张，那就是中了宗派主义的毒了。

让我先来解释一下：我没有反对或看轻"国防"口号的意思，我不过是把它来做个实例。文学要有"国防文学"，戏剧要有"国防戏剧"，电影要有"国防电影"，艺术要有"国防艺术"——这我都很赞成。但有一种人却以为除"国防"的文学，戏剧，电影，艺术之外，其余都要不得——这是我不敢赞同的。可是这样主张的人却似乎很多！

我们须知战斗不能只靠前方的战士，同时也要有在后方做别种工作的人。譬如把医师来举例：在前线担任救护工作的医师果然是可敬，可是在后方给民众医病的医师也是需要的，不能因为他不到战线上去做救护工作便把他抹煞或骂他"落后"（当然，在战争时期中还在那里鼓吹美容术或出卖春药的医师是不在此例的）。

文艺界的战斗也可以这样观察。写"国防"的文艺果然是很好，但写别种前进的或暴露的作品也是很需要的。须知中国目前刻不容缓的事不仅是一件。若把目光专注于某一件事而忽略了其他方面，那就是偏于浅薄褊狭的宗派主义的泥潭里了。

宗派主义不但是浅薄褊狭的病态，也是卑劣懦怯的心理的流露。托勒所说的"退到宗派主义的集团中去寻求救药，因为这个世界吓了他们；他们于是用着武断的理论来给他们的恐怖穿上盔甲"，那是最深刻之论。何以见得宗派主义者是卑劣懦怯呢？最简单的答案就是：他不是真正的战士。真正的战士是决不硬拉别人来壮他的胆的。他当然也希望别人加入他的队伍，一块儿去冲锋，但别人若不愿和他同去而喜欢和另一队的战士杀向前去，他决不会和他吵架或倒转枪口来向他；他一定自顾领着自己的队伍向敌人杀去。

在这种场合，一个被前线的炮声震吓得心胆俱裂的"伪战士"是决不这样做的。他一定要破口大骂，甚至于动手打这不愿和他同去的人，借此来掩饰他自己内心的畏怯，同时还可以在伙伴面前显出他是多么义勇的一个战士。但一旦敌人真真杀过来时，他就是第一个弃甲丢兵，抱头鼠窜，甚至于向敌人磕头饶命都说不定。

明白了这种心理状态，我们就可以知道为什么宗派主义者最喜欢攻击自己的宗派以外的人，同时也可以明白为什么他的理论往往是武断而抹煞其他一切的。原因是："因为这个世界吓了他们"了。

从卑劣怯懦的心理状态下产生的宗派主义和真正前进的斗争的主义是绝对不同的。前者处处都显露着褊狭，歪曲，和浅薄；虽则它很会在自己的阵地里向伙伴耀武扬威，其实它是个"银样蜡枪头"，见不得大阵仗的。真正前进的斗争的主义却不然；它是宽大，正确，而深刻的。它能容纳同一目标的别种主张，它把敌和友分辨得很清楚，对于友军有阔大的同情和宽容——有时也要加以诚恳的批评或纠正——但对于敌人却绝不宽贷，逃避，或投降。

宗派主义的流毒往往能引起无聊的自己伙伴中的斗争。我们偶一不慎便很容易卷入这种"阴性的斗争"的漩涡。因为宗派主义把其他一切都抹煞，所以它很容易把不服气的人激怒；双方反唇相讥，结果就形成了自相残杀的局面。反抗宗派主义的人们往往自己被逼得组织另一个宗派，这是很平常的事。这也是宗派主义最可怕的毒害和最具破坏性的特点。

×　　　　×　　　　×

宗派主义者大半都是偏见最深，心胸最狭的人，一时是没有法子可以促他们醒觉和忏悔的。我们只能劝告真正前进的战士们把他们的搦战置之不理，使他们自己觉得无聊。这样也许可以使他们渐渐地觉悟，同时也可以避免"阴性的斗争"。

"置之不理"四个字其实并不是难于实践的。拿我自己的经验来做例子：前几天有一个朋友告诉我："×报在造谣骂你，说你年轻美貌，手指甲修得很尖，并且还涂蔻丹呢。我觉得你非打他们一下不可。"这位朋友当然是好意。他觉得我是受了侮辱了，他觉得我应该报复。但我却只能辜负他的好意而以一笑了之。其实我并不是能"唾面自干"的大量君子；我很懂得这种话的侮辱性，我也会愤怒，我也知道"以牙报牙，以眼报眼"的手段。可见我还是以一笑了之。

难道我是情虚吗？不，我很可以声辩一下。畏怯吗？我想我还不至于这样胆小。免生是非吗？在必要的时候我是第一个不怕麻烦的人。这些都不是我"以一笑了之"的理由。我只觉得这样的事太渺小了。假使我把它郑重其事的来一个辩答，那么我未免把自己看得太无聊——不从大处落墨反在"阴性的斗争"中挣扎。

阴性的斗争当然不是"建设的"而是"破坏的"。斗争当然免不了要有破坏，但我们应该认清有意义的破坏性斗争和无聊的破坏性斗争，并且给它们一个明白的区别。前者例如新文学运动初期的攻击旧文学的论争；后者例如去年由"两个口号"而引起的文坛宗派主义的暗斗和嫉视，和最近关于文坛领袖问题的许多废话和"人身攻击"。

这种无聊的骚攘，因为眼前没有适当的名词，姑且称之曰"阴性的斗争"，其实把它叫做"斗争"是不配的。人家骂我手指修得很光并且还涂蔻丹；假使我给他来一个答辩，声明我把指甲留长是因为指甲仁生得太向后，每天在打字机上工作若无指甲拥护，指头肉常要作痛，而且我并不涂蔻丹云云……这种答辩可以算是斗争吗？假使这种都可以算是斗争，那么流氓寻衅，泼妇骂街都可以算是斗争，斗争的意义未免太幼稚太无聊了。

真正的战士是不肯滥用他的精力和武器的。他沉着地站在战线上，眼睛所注视的是他对面的敌人。在炮火之下，他只知道自己应该目不转瞬，手不停发，随时遇到机会就冲杀过去。他的伙伴中间有时也有一二个和他有些睚眦之怨，但他决不肯丢下了敌人，在自己的阵地里和伙伴口角或打架。他也最宝贵他的武器，决不肯把手榴弹浪费地向乱吠的野狗投掷，或者用机关枪扫射在他耳边嗡嗡得怪讨厌的蚊蝇。他并不是聋子，他的耐性也未必比别人好，但因为他把自己斗争的意义和目标认得太清，把自己的武器和精力看得太重，所以他不肯做无聊的事和无意识的举动。

中国目前文坛的混乱，一般的意见都归罪于客观环境之恶劣。但我们若平心静气的想一想，我们自己实在也不能辞其咎。冷眼的观察者只见得中国文坛上收获少而骚攘多。空话说了一大堆而实际的成就却是说也惭愧。避难就易，自己不肯发傻劲做实在的工作，只会发一通似是而非的时髦议论出出风头，偏又不准别人开口，偏说别人不做事只唱高调。而且门户之见和宗派观念都是牢不可破，放下了敌人不打，却扭住了自己阵地里的人打一个你死我活，或躲在背后而向自己人放冷箭。等到敌人掩杀过来，倒连挣扎都没有，只会弃甲丢兵作鸟兽散。

这样的斗争还不如安分守己地在家里伴着黄脸婆去谈天，不要钻到外边来给中国文坛丢脸！这种阴性的斗争我们应该立刻把它停止，而停止的方法只有把无聊的攻击置之不理。

一九三七年已来临了。在一年的开始，检讨过去的种种，我们自己应该觉得惭愧。假使我们是有良心的，我们应该自己向自己忏悔，走上一条新的路去。

阴性的斗争是阻止我们走上新路的最顽强的障碍物。我们先要把它消除，才可以见到光明。我们要把目光放得远大，注视着敌人的阵地；我们要把枪口向外，瞄准着敌人的要害；我们对于同一战线的人要宽容，谅解，同情，而且还要互相扶助；我们要宝贵我们的精力和武器，万万不可轻易把它们浪费，尤其不可向自己人横肆攻击。

我们若能一方面避免和宗派主义者冲突，一方面用"忍耐"来消灭阴性的斗争，那么一九三七年的中国文坛一定会有较多的收获和较好的气象。那不比"自相残杀"好得多么？那不比阴性的斗争较有意义么？

朋友，你说怎么样？

1937年1月15日《中流》第1卷第9期

在民族的旗帜下统一起来！

——大题小述之一

胡春冰

一九三六年，绥东除奸的抗战爆发；西班牙的一个角落，也燃起了世界大战的烈火。在这种现实下，中华民族为了自己的生存，必要经过更苦难的搏斗。在搏斗中，中国文化界的战士，尤其是文艺作家，必须尽其积极的任务，参加精神国防的前线！

因此，在去年一年之中，中国的文艺界，为了创作口号，曾有"国防文学"与"民族革命战争的大众文学"的论争。而实际上大家的要求是一致的。到了现在民族危机日益急迫的时候，文艺作家更应该集中在一个民族解放的目标之下共同努力，才可以求得民族的自由平等。

韦明先生在《文艺的时代的使命》一文中说："我们最近看到过去提倡阶级文艺的一部分作家，现在提出了'民族革命战争的大众文学'和'国防文学'，'联合战线'等口号，似乎他们都认识了民族危机的急迫，知道非用全民族的力量来努力民族解放的运动，是不足以救亡图存的。要是真有这样的认识，原是最可喜的现象。可是我们把讨论'民族革命战争的大众文学'或'国防文学'的论文拿来观察一下，可以看到不少作家，是认定这些都是无产阶级文学之一种发展。而且在名为'民族革命战争的大众文学'或'国防文学'的作品里，也有些依然是充满着阶级意识的。有些作家虽然主张不分阶级，一致对外，但同时却又认定了阶级立场。其实，团结全民族的力量一致从事救亡图存的工作，原是全民族的责任，而且显然应以民族的利益为前提，而由民族的立场出发的。如果把这个前提和立场歪曲到了阶级利益和阶级立场，那末民族的团结力就被破坏了，又怎样可以一致对外，挽救民族的危亡呢？还有一点，文艺作家如果感到民族危机的急迫，当然会同时感到民族意识的重要。代表这种意识的文艺是什么呢？就是民族文艺。因此，现在的文艺运动也应该是民族文艺运动。至于国防的意义，原是达到民族解放的一种手段，不能概括其全部的工作，而文艺上的国防意识，也就是民族文艺必有的一部分意识。所以另立种种名称是不必要的，我们现在急迫需要的是文艺运动的统一动向。"

是的，"民族文艺"才是一个总的口号；才是一九三七年文艺运动的指标。

至于"民族文艺"的本质，如徐北辰先生在《新文学建设诸问题》中所说："真正的民族主义文学，并不如一般反对者所说，是'狭义的爱国主义'，是'救国主义的泥沼'，甚至是国家主义军国主义等等，真正的民族主义文学，据我看来，和目下一般人替国防文学所下的解释，所下的研究正复相同，它们同样是以唤醒民族意识，激发抗敌情绪，促成联合战线，要求民族生存为其首要任务，首要目的。因之，我可以说，无论是国防文学也好，民族革命战争的大众文学也好，它们都是从民族文学转变而来的。但为适应目前形势，容易使作者读者获得深刻的印象起见，我赞成仍旧把'民族文学'作为现阶段新文学运动的口号。"

为了反抗我们最大的敌人，为了清除匪奸，为了争取民族的自由解放，我们的文艺作者必须一致地努力，才不至于使阵线溃散，而予反民族的"封建文艺"及"汉奸文艺"以抬头及侵入的机会。因此，我们这样呼召——

作者们，在"民族文艺"的旗帜下统一起来！

1937年1月20《努力》第1卷第4期

在诗歌的联合战线上

雷石榆

我写这篇短文的动机，有如下三点：（一）为使我在《申报》发表了的《新诗人应有的运动》不致引起个人或团体之间的某点误解，因为有些朋友太神经质地以为我是生意气，恐会引起诗人们的行动的对立或意见的分歧。那是不对的，我没有半点个人主义的利益观念，我是站在全中国的大众要求诗坛之新的发展的意义上发言的，也是我站在诗坛的肃然的边疆上为同伴者作哨兵的呐喊。（二）为补充《诗歌杂志》创刊号的我那篇《国防诗歌应走的路线》的不足。在那篇文章中，没有阐明在民族的千钧一发存亡关头，除了一些汉奸诗人和愿颓废以终的悲观歌者以外，一切有正义感，有抗敌救亡意志的诗人，歌人，作曲家都应该怎样的互相联络，向着一个共同的目标迈进。其次，容易被认为错误或片面的理由，恐怕是"智识阶级的唱高调与反动"，"民族资产阶级……跟帝国主义联成一气地残酷的压迫"等句子吧？是的，前者是小部分的情形，本来在我国的革命过程中智识阶级是负过颇重大的任务的，而且现在也是这样，就是我们的诗人群中，几乎全是智识分子的。但智识阶级的唱高调与反动是不能不深加注意的，譬如曾为"五四"运动的一位领袖，不但向主子献媚地唱高调而甚至投到主子的婊子的裙下大吹反动的法螺了。至于"民族资产阶级"也有其两面性，即民主主义运动的当初，它是反封建和反帝的主流，但欧战告终以后，各帝国主义再伸出魔手抓住它们的咽喉时，有的在残喘中挣扎，也有的投到帝国主义的膝下干着"买办"的勾当，中国大革命失败以后，它们表现得更加明显。现在×帝国主义以"走私"的魔法跟枪炮双管齐下当中，在残喘的挣扎中的它们更显得可怜的破产，在这时候，不是投入"汉奸"之流，并是参加到民族解放的联合战线上来，所以那种投靠主子的民族资产阶级，我们要深加注意和排击的。（三）"中国诗歌作者协会"在进行组织当中，我以做一个参加者的资格敢向全中国的诗歌作者和诗歌团体请求声援和共同集合在这诗歌的联合战线上一致奋斗。

在民族解放运动的文化斗争中，诗歌是警钟，是喇叭，是战鼓，是战斗机，是机关枪……。

为使诗歌站在文学火线的最前线，为使诗歌从过去的轻视与压迫中飞跃出来，为使诗歌在"国防"的旗帜下集中起来，武装起来，和总的动员，为使诗歌的战线更加广大更加坚固，凡"汉奸"以外的一切诗人，作曲家都该联合起来！

在这样急激的客观的要求下，作为诗歌的联合战线的"中国诗歌作者协会"的产生是非常有意义而且必要的。

中国的诗人们啊，如有过去的个人恩怨和狭义的派别的对立，都请消除吧！正在诗坛活跃着或要向诗坛活跃的一切诗歌作者诸君呵！请在诗歌的联合战线上携手吧！

一九三六，十，十一

1937年2月《诗歌杂志》第2期

谈"差不多"并说到目前文学上的任务

光 寿

一 文坛上"差不多"的现象是否存在

几年来中国的新文化运动，的确有了巨大的进步。在文化的各领域内，已经产生了不少的专门家，收到了许多新的成果。关于社会科学方面，暂不谈它，单就艺术领域内来讲：即如演剧运动，目前正大踏步地向前开展，在这方面，我们已经有了许多新的优秀人材。我们的电影，已经在国际市场上出现，并且博得了不坏的声誉。我们已经有了许多有为的木刻家与漫画家，特别是从旧的国画圈里，走出了好几位独创的民众画家，把向来为文人墨客所玩弄的国画，解放给大众，从而将垂危的国画救援出来，付之以泼刺的新的生命。新的音乐，虽然还在萌芽时代，然而我们已经有了好几位新的作曲家，演奏家，声乐家；产生了不少的新的歌曲，这在目前民众救亡运动中，收了伟大的效果。至于文学方面，几年来不能否认我们已经有了几部优秀的作品，几位前途有望的青年作家，读者范围已扩大到店员学徒当中去。大批的青年，正在那里努力学习写作。这都是铁一般的事实。这些事实，在象我一样隔离了中国社会六七年的人看来，更是明显。我初初回到这社会来的时候，甚么都高兴，什么都满足；我对这几年来那些在艰难困苦中，在最不利的条件下努力奋斗的文化人，表示甚深的敬意与感谢。

然而在我的高兴与满足中，近来从各方面听来看来读来的结果，却立刻又感到了有些地方，有点"不妥"。同朋友见面的时候，也不免要谈到"国防文学"，"公式主义"，"创作自由"等等的名词，因此也渐渐形成了自己的一些意见。前两天在《大公报》的文艺副刊里，看到了"反差不多运动"的几篇文章，这就刺激了我也来说几句话。

首先我们要问：文坛上"差不多"的现象，是否存在？

我大胆地回答：是存在的！这表现在对于理解文学与政治的关系的机械上，表现在题材范围的狭隘上，表现在作家对于社会，人，生活的理解的肤浅上，表现在作家仅能以头脑来组织材料，而不能以全人格来创作上，表现在批评的公式主义上。

这"差不多"的现象，不独文坛为然，其他的艺术部门，或多或少，也是如此。譬如许多新的歌曲吧，听起来也有点"差不多"。绘画吧，也大概"差不多"。即以最近出版的许多杂志来说，其形式"差不多"，其内容"差不多"，写文章的人，也"差不多"。这些事实，不容我们不承认。

然而我们绝不为这些"差不多"所唬倒，这"差不多"里面，我们可以看出两种事实：第一，是我们作品的量的增加。如果我们没有许多作品来比较，就决不会感觉着"差不多"来。第二，内容的"差不多"，正表现了作家们的世界观之一致。这两样都是我们多年来努力的结果，也可以说是文学运动必经的阶段；谁要是因为看到了"差不多"的现象，便否认过去的一切，便唬得后退，那他真不足与言文学运动。

"差不多"一方面虽然也包含着进步的意义，然而我们决不能以"差不多"自豪，"差不多"的确成为目前文学运动的主要危险；如果我们不能将"差不多"及早克服，我们的文学运动将不能向前进展一步。

为得要有效地克服"差不多"，我们必须找出它真正的来源。

二　差不多的来源及其克服

1、对于"文学与政治"关系理解的机械　炯之先生说："为作家设想，为作品的自由长成而能引起各方面的影响设想，我认为一个政治组织固不妨利用文学作它争夺'政权'的工具，但是一个作家却不必需跟着一个政治家似的奔跑。"我想：除了少数出卖灵魂的人以外，大多数有血性的青年，绝不甘心替人作工具的。如果单为争夺"政权"，则文学绝不是最有力的"工具"，它远不如"暗杀""飞机大炮"之直截了当。如果许多青年，不是为了自己，为了同胞与人类的幸福，不是为了文化健全的发展，为了热爱艺术起见，他为什么要来苦苦地玩"文学"这劳什子呢？炯之先生认为这是"跟着……奔跑"，"人云亦云"、"庸俗"、"虚伪"，未免对于青年太不理解了。炯之先生把目前文坛上"差不多"的现象，完全归罪于政治，以为只要文学与政治绝缘，作品便会"自由长成"，然而事实并不这样简单。几千年的文学史上，我们就不曾看到文学与政治完全绝过缘的。这一点许多人已经无数次地重复说过，炯之先生也不是完全不知道。然而目前许多的青年作家，把文学与政治的关系，理解得那么机械，看得那么简单，往往企图在作品中直接做出政治的结论来，这就容易使我们的作品，变成单纯的说教。这的确也是形成目前"差不多"现象的主要原因之一。说教固然必要，然而为使得人们更容易接受这些教义起见，许多的基础工事更是必要的。譬如已经病萎了的心，应该使它健康起来，麻痹了的感觉，应该使它灵敏起来，枯燥了的感情，使它莹润起来，堕落的使它高尚，污秽的使它净化，浅薄的使它深刻，轻浮的使它真挚，陈腐的使它新鲜，流于沉滞者，给之以昂扬，安于现实者，给之以想象，习于丑恶者，给之以美！这些在政治上不能直接达到的目的，我们的文学就应该负担起这任务来。我们只有通过艺术的特殊性，从人的最深处去打动读者的感情，情操，想象，以达到意识，人生观，行动的改变。政治与文学的关系，是经过了这么多的曲折，这么多的层次，绝不是那样单纯，直接，机械的东西。

2、对于国防文学的不正确的理解　一部分的人，又以为目前文坛上"差不多"的现象，要由国防文学来负责，这是不公平的。国防文学必须提倡，在目前提出国防文学这一口号，并不错误，只有我们把国防文学理解为目前文学运动上总的口号时，才是错误。我们必须明白认识！"国防文学"只是文学上一个独立的范畴，它决不能包括文学上的一切。这一点曾经有许多人感觉到，因此将"国防文学"解释得非常广泛，以为目前什么都有国防的意义，似乎"国防文学"也可以作为统一的总的口号。但是"国防文学"必须是"国防文学"，如果将穿衣吃饭，大小便利，都解释为国防（虽然也未尝不可），那"国防文学"将失其独立存在的意义。我们虽然重视"国防文学"，却并不轻视或反对其他范畴的文学，我们并不主张有"国防文学"专家，他今天写了"国防文学"，明天仍可以写恋爱。写了《最后的一课》的都德，他也写《沙浮》那样的作品。我们更不主张有专门"国防文学"的杂志，因为即是在国防期中，人们对于文学的要求，仍是多方面的。更就整个文学运动来说吧，如果认为目前是"国防文学"的阶段，那么象《雷雨》及《大雷雨》那样的作品，究竟是不是"国防文学"呢？如果不是的话，那我们就应该关起一道门来，把它摈拒于现阶段文学之外，就不应该拿来上演。如果我们硬起头皮，也把《雷雨》及《大雷雨》解释作"国防文学"，那么现在所提倡的"国防文学"，将变成毫无意义的　句废话？"国防文学"将失去其独立存在的意义。这是把"国防文学"理解为总的口号的人们，在理论上不能自拔的矛盾。在事实上，因为"国防文学"既为现阶段的文学，那么我们的题材，就不得不选择与国防有关的，这就限制了作家们对于题材的自由选择，形成了在题材上在内容上的"差不多"，我们必须明白地告诉一切的作家们，"国防文学"并不是一个总的口号，它只是文学上一个特殊的范畴，我们希望有许多优秀的"国防文学"作品产生，然而不要忘记，在"国防文学"以外，你们还有广大的自由活动的天地！

3、借来的意识　又有一部分人，以为束缚作家的创作，驯致目前"差不多"现象的，是那什么"世界观"，"意识"等劳什子，这些名词，听来觉得甚为可厌。我想这也不是公允的。事实上，目前许多作家的"意识"，还是从书本上借来的死的概念，还没有通过他的生活，成为他的血与肉，成为他真正自己的东西，甚至于这借来的"意识"与他自己的生活分裂对立起来。因此，一提起笔来，这"意识"不免就要从中作梗，只好把自己真正的生活，放在一边，把许多听来的或在报纸上看到的材料，用头脑来组织一下，就算完事。这还要最聪明的人，才能做到，那些老实一点的作家，简直就无法动笔。当然用头脑来组织材料，并不是什么坏事，可是，如果被组织的人物与事件，不能用我们自己的生活体验去充实它，那些人物将变成死人，事件的进展，将变成概念的堆积，作品将变成冷冰冰的，无感情的东西。所以，如果作家的"意识"不是从实生活中得来，或是他从书本中借来的"意识"还没有通过他的生活，真正变成自己的东西以前，他在创作上的确要感到一种束缚的。然而这束缚他的不是任何别人，而是他自己，不是外来的，而是内面的。当然，我们也不能忘记批评家无理解的打击，将给作家们在创作心理上一种掣肘；然而这只能对于那些尚无自信的作家们有点影响，有把握的作家，绝不会因为批评家的一两句话，就会感觉创作不自由的。如果有人感到创作不自由，这就不是任何别人剥夺了他的自由，而是他还没修养到自由地创作的本领。创作本来是自由的，我觉得从来没有任何权威发表过一道命令：禁止"创作自由"！即或有了这样一道命令，仍然可以"创作自由"，至多不能发表而已。所以创作的不自由与发表的不自由完全是两回事，要争取发表的自由，尽可直接了当地争取言论自由好了，不必牵涉到创作上来。第二，我们就承认是不正确的公式主义的批评，束缚了作家们的自由吧，那么，我们积极地纠正这种批评好了，而批评终归是需要的。我们试想，怎样才是彻底的"创作自由"呢，那只好是禁止"批评"，叫一切的批评家们不准作声，不然，他一开口，便会被别人捏告为"妨碍自由"了。那时候我们还要不要批评家呢？还要不要批评呢？"创作自由"的提倡，必然会走到批评的否认。如果"创作自由"是向批评家们提出的，那么，反过来，批评家们也有要求"批评自由"的权利。你说我妨碍了你的自由，我也说你妨碍了我的自由，试问将来的"妨碍自由"的官司，何日了结！第三，退一步讲，假如我们就向一切的作家们宣布，现在是"创作自由"了（其实本来是自由的）！作家们是否就能产生优秀的作品呢？问题没有这么简单，那时候恐怕有人又要感到自由的不自由了。问题是我们怎样想出一些具体办法来，解除那些外来的或内面的束缚，这样作家们才有实际的帮助；不然，只给他一个"创作自由"，其实等于什么也没有给他。所以"创作自由"的提倡，不惟于实际无补，还会引起许多无谓的混乱。第四，说用"创作自由"来动员其他各派的作家吧，他们本来就比你自由得多了，并不稀罕你这点自由。目前各派的文学家，在文学上还有许多各自不同的见解，这些见解，一时也无法一致。所谓作家的大联合，也只能先从政治上入手。然而将来走向文学上一致的预备条件，是有了的。第一，中国目前的社会，没有使与新文学对立的任何文学滋长繁荣的基础。第二，在政治上的共同行动中，在我们的文学实践上，许多作家们将慢慢地会理解我们在发展文化上的真挚的努力，会理解我们才是真正忠于艺术的，尊敬艺术家的人，会理解新文学运动才是文学自由发展的康庄大道。将来文学上的接近甚至于一致，都是可能的，但目前想用文学上的一个口号来动员一切作家，还未免过早。所以我想，"创作自由"从解除作家们的束缚上，纠正文学的"差不多"上着想，都甚为无力；我们必须指出，束缚作家的，首先是他自己借来的意识。

4、公式主义的批评　公式主义的批评，的确也给作家们以外面的束缚，特别是给那些初学写作的青年们以不好的影响。这不独影响到作品的"差不多"，同时也形成了批评的"差不多"。文学上一般原则的问题，不是不应该讲，但我们还要注意到那些具体而微的事实。我们不要拿出不变的尺度来，度量一切。我们不独应该理解社会的机构，还应该理解人的机微。不独应该理解既成的作品，还应该理解创作的过程。特别是在目前的情形下面，许多作家是在不断地转变与进步之中，不要轻易就给人盖上一颗烙印。应该从作家前后作品的关联上去理解他的发展。应该在文学运动上有远大的眼光，不要有丝毫帮帮或个人意气的偏见，缺点应该指出，小的进步也应该重视。为得提高批评的水准，为得克服公式主义，我提议我们可以来一个"批评的批评"。譬如我们在每天的报纸杂志上，常常看到许多关于某一作品，戏剧，电影的批评，不妨将这些批评来批评一下。这样不独使我们对于某一作品有比较更深更正确的认识，同时在别人批评的研究中，更能提高自己的批评眼。目前文学上"差不多"的现象，各方面都有点责任，绝不能专归罪于我们的批评家。几年来批评家在各方面的努力与成绩，丝毫不能否认。我们的批评家，不要因为有人指出了过去的公式主义，就把笔搁下。过去的缺点，也只有在今后我们的批评实践中才能克服。目前的评坛，在电影戏剧方面，似乎活泼一点，在文学上就不免有一点消沉了。目前文坛上许多问题还没有解决，许多新书报须得介绍，许多新的作品须得批评，我希望今后的评坛，有划时期的活跃！

关于目前文坛上"差不多"现象的主要来源，我举出了上面几点；现在我们除了在运动上，在批评上努力来解除对于作家的外的束缚以外，还向一切的作家们，贡献以下几点意见：

1、希望一切的作家们，打进社会生活的各领域中去，在实际生活中去，把你那从书本中借来的意识，变成真正自己的意识。在实际生活中，去摄取无尽藏的材料。等到你的体验感情渐次地贮蓄丰富起来，忍无可忍自然而然泄出为作品的时候，那作品一定是优秀真实的作品，你也将感不到任何的束缚。因此，我对于一切的作家，首先劝他做一个"人"，做一个真挚的"人"。我觉得这一点也没有危险，因为他如是一个真挚的"人"，在目前的中国，必然是一个民族解放的战士。做"人"才是做一个作家的先决条件，一个伟大的作家，必然地是一个伟大的"人"！

2、假若你一时尚无办法跳进实生活中去，那你的畸形的亭子间生活，须知道也是一种生活。你的社会生活虽然贫乏，你仍可以丰富你的内面生活。应该凝视你自己，发掘你自己，在你的最深处，你一定能发现与宇宙人类社会一脉相通之点。你不必一定要去写那些你不熟习的伟大的题材，你的身边杂事也未尝不可以写，只要不是一篇琐事的流水账，而是在一微尘中能反映大千世界的精深的作品。这就要看你的态度是否真挚，反省与分析是否深刻了。

3、研究社会固然必要，你尤须进一步去在那些大师们的作品感想语录中去研究"人"，研究许多创作上的技巧。

我想作家们经了这些锻炼以后，他一定能自由地创作，他的作品绝不是"差不多"的了。

三　目前文学运动的任务

炯之先生的《作家间需要一种新运》的原文，我不曾读过。在他的《一封信》中，虽然有许多意见我不能苟同，然而他所同意的《大众知识》的一段话，我也完全同意。

"联合实具有解放的意义，因为既联合了，既在一个广大范围中联合了，至少从此以后一般刊物中，消极的，我们可以不必再读一些属于私人的吵嘴，肉麻的批判，不会再见到左翼的'双包案'，更不用使许多青年学生，把兴趣集中到观战一件事情上，向大小刊物去收集文坛消息。积极的，我们还可以希望作家各自努力来制作那种经典：真的对于大多数人有益，引导人向健康，勇敢，集群合作而去追求人类光明的经典。同时尚留下一点机会，许可另外一种经典也能够产生，就是那增加人类的智慧，增加人类的爱，提高这个民族精神；丰富这个民族感情的作品产生。正因为这些作品，是在某一时为少数人嘲讽，却也必然为当前与将来那些沉默无言的多数人所需要的。它的内容也许不是革命，不是义勇军，不是战争，不是中学生和大学生的读物。但是我们只要想一想，除了学生以外，支持这个社会的中坚分子还有多少人；便是学生，除了文法科以外，尚有多少在实验室的，在工场里的，以及先前是学生，现在已离开学校，在种种事业上直接参加这个国家建设工作的人（尤其是身在边地僻县服务的人），工作之余，还有不有一点需要，从一本书上得到一点有合于心的快乐！得到一点忘却寂寞与疲劳的安慰，得到一点向上的兴奋，就明白那些作品如何重要了。（《大众知识》第3期）

这一段沉痛恳切的话，的确代表了各阶层的读者对于目前文学的要求了，满足这些要求，是目前文学上的任务。我们为完成这任务，必须巩固目前既得的成果，对于那些否认过去一切的倾向，坚决地加以反对；一方面勇敢地承认自己的缺点，尤其是目前"差不多"的现象必须克服。在这基础上，不断地努力求得质的提高，同时应采取一切可能的办法，求得更进一步的大众化。

1937年3月10日《光明》第2卷第7号

我对于民族文艺的一点意见

丘正欧

最近因环境的要求，国人都一致的举起"民族文艺"的旗帜并且纷纷的提倡，研究，讨论，预备建设一个新的文艺园地，栽培新的文艺花果，辅助民族复兴的伟大工作。在今日国人思想纷乱，文艺界呈现极度复杂衰微的时候，民族文艺的提倡，确为对症良方，值得我们欢欣快慰的一件事！

今天我来贡献一点关于民族文艺的意见。

我觉得民族文艺有两个目标或意义，一个是近的，临时的，一个是远的，永久的，第一个是在纠正目前文艺界思想上的错误，扫除一切不纯正文艺作品，而指示出一条民族统一的大道；第二个是在培养和发扬民族意识，树立国家万年不拔之基。这两个目标或意义，就是提倡民族文艺的人们应该确定的路线，也就是研究讨论民族文艺者必须注意的地方。

当这国难极端严重，民族生存时受威胁的时期，我们国民的一切工作，都应集中在如何复兴民族方面去努力。文艺界自然也不能例外。复兴民族的根本要件，就是国家的统一，所以我们的一切努力，都应当在维护和巩固国家的统一。文艺是感人最深的东西，它的宣传力量是极其伟大的。我们文艺界当知目前是"一切为民族"的时期，而"国家的统一"又是目前民族生存复兴的第一主要的条件：因之，凡从事于文艺的人们，都不能离开民族统一的立场而有的写作；一切文艺作品都应是"为民族的"拥护和巩固国家统一的；凡其他一切反民族，破坏国家统一的文艺，都不能让其存在，我们应积极的发扬民族统一的精神，纠正其他文艺思想的错误，而使全国文艺界一致在统一的阵线之下，向民族复兴的途径迈进。这是民族文艺的第一个目标或意义。

其次，民族文艺还有一个远的，永久的目标，就是：培养和发扬民族意识。

中国民族意识的薄弱，这是谁都知道的；而民族意义的发达，是民族生存复兴的必要条件，这也是大家所公认的；文艺对于民族意识的养成和发扬，是具有最大力量而且易于收效，这又是我们所同意的。就是现在所有一切反民族，破坏国家统一的思想和企图，都由缺乏民族意识而来。所以，我们文艺界，除了努力上述的第一件工作之外，还应积极担负这第二个使命——培养和发扬民族意识，而且这是民族文艺的根本工作，民族文艺有无收获，然看这个根本工作能否做到。

不过民族意识的养成，并非短时间所能达到，也非少数人所能完功；必须我们文艺界全体总动员，而且继续不断地去努力，始能收效。此外，关于民族文艺的题材，我们亦应注意。

我觉得要养成国人的民族意识，第一要使他们明了中华民族的危险，第二要使他们觉得中华民族的可爱。关于第一点，我们应从帝国主义对于中国的军事，政治，经济，文化各种侵略方面，去显示出中华民族的危险；关于第二点，我们应从中华民族过去的光荣伟大，中国地方的肥美，中国人民的优良等等方面，去表现出中华民族的可爱，和前途的光明，而第二点尤较第一点为重要。的确，中华民族有五千年长久的历史，我们的祖先有过许多的发明和创造，造成中国最古最高的文化，这种光荣伟大的史实，是我们所不能忽略的。至于中国地方呢？世人都一致公认是"地大物博"，"得天独厚"。的确，我们试往中国各地旅行，到处都看见：山清水秀，土沃田肥，风景优美，物产丰富；这块偌大的好地方，是我们应当注意到的。讲到中国人民呢？"勤俭朴实"，"刻苦耐劳"，素为世界人士所景仰；"出入相友，守望相助，疾病相扶持"，历为史乘所称誉，这也是我们所必须发扬的。总之，我们应从中国土地，人民历史各方面去显示出中华民族的光荣伟大，优秀卓越，而使"中华民族可爱"的观感深深印入每个中国人的脑筋里，而民族意识，自然而然就由此发荣滋长，开花结果了。

　　以上就是我对于民族文艺的一点意见，希望抛砖引玉，使这新建的文艺园地开辟一条光明前途，树立一个巩固基础，培养出许多鲜花美果来！

1937年4月1日《努力》第1卷第6期

中国诗歌作者协会宣言

"九一八"事变以后，在我们的国土里起了一个划时代的变革。几年来从半殖民地往殖民地推移的过程中，××帝国主义者的侵略与屠杀，汉奸的出卖与投降，已使不愿做亡国奴的中国人警醒起来，走上向敌人展开神圣的民族革命战争的道路。随着敌人的加紧进攻，侵略与抢夺，全民族救亡的联合战线已广泛的展开。

在这抗×除奸的高潮中。在文学的战野上已经树起"国防文学"的指标，号召着一切站在民族解放战线上的作家。

在中国的诗坛上"国防诗歌"这口号很久以前就有人提出，但是在诗歌作者中间还没有一个统一的团体把大家联系起来。

我们需要团结，我们需要一个统一的团体：我们——任何一个诗歌作者——必须在抗敌的旗帜之下联合起来共同携手，造成广大的诗歌作者的联合战线，为了和平，为了自由，为了争取中华民族解放的胜利，担负起诗歌的新的历史的任务来。

我们恳切地要求全国诗歌作者无条件的合作，我们愿意听取民族解放战线上一切诗友们的宝贵的意见与善意的指导，我们企望爱好歌的朋友，在制作战学习制作的朋友，紧握着我们的手行进，向着我们共同的指标，不论你

呐喊抗敌的怒火或吐诉反战的热情，
诅咒人间的不平或讴歌真理与光明，

不论你是从史册里发掘国防诗歌的资料也好，抑在围绕你的一般的事态里探求诗歌体裁也好，只要忠实于历史的使命，适应于民族解放的条件，表现了明确的时代的概念和展望，

> 你可以写反抗的黑手，
> 你可以写怒吼的洪流，
> 你可以写铁蹄下惨痛的呼声，
> 你可以写炮烟里大众的抗争，
> 你可以写露自己传统的脆弱，
> 你可以倾吐难抑的热情……

一切，一切，我们都可以写，都可以歌唱。

亲爱的诗友们！在新诗歌诞生短短的十余年后的今日，它已走上更繁荣的阶段，在争取民族解放的过程中，我们应该给诗歌建筑更伟大的前途！

诗友们，时代的号手，英勇的兵丁，暴风雨中的海燕，忧郁森林里的苍鹰，来吧，交错的紧握住我们的手，整齐我们的步调，向前迈进！

发起者：

草原诗歌会	黄沙诗歌会	诗歌出版社
诗歌生活社	呼哨诗歌会	飞沙诗社
洪流诗社	海风诗歌小品社	联合诗歌杂志社

发起人（以笔划多少排列）

今	及	木以圭	王亚平	王博习	王超敏	王及昌
天	佑	白 羽	白 莹	白 炎	田 间	石 代
史	轮	江 蓠	任 人	邵冠祥	邱 乾	吴 泽
李三郎	李兴华	余 震	李 磊	李华飞	李 雷	
林 林	林 熙	季 里	金 风	长 风	岳 浪	
芬 君	周 行	周 波	周而复	孟 英	英 英	
柳 倩	施巴克	袁 勃	高 原	郭纯才	黄 河	

项 军	悠 颖	张文麟	张普寿	张会川	张振乾
张茵海	温 流	彭 泊	彭 澎	简 戎	赵一萤
蒲 风	雷石榆	焕 平	梦 萍	苇 贤	万湜思
驼骆生	冀 春	卢思化	魏 晋	魏精忠	溅 波
萧竖琴	钟 铎	晓 瞕	虹 飞		

1937年5月《诗歌杂志》第3期

诗歌的新启蒙运动

孟英　袁勃

　　几千年来，中国是被黑暗势力统制着，被封建势力毒害着；人民在传统的不合理的制度下，在种种非人的束缚中过着他们黑暗的愚昧的生活。击破这坚固的镣铐而使中国社会走上新的历史阶段，那就是自"戊戌变革"，"辛亥革命"以致"五四"运动，新文化启蒙运动不断地展开的结果。提起"五四"，当时在政治上反映出来的是打倒封建势力，建立布尔乔亚的民主政治；在文化上便随行着科学和文学革命这两个新的运动的广泛的展开。但是在这一新文化运动的开端，新诗是最先开放的一朵花。这朵花，因了遗产的贫弱，先天不足，和旧的传统不易剔除，却表现得非常萎弱，没有广泛的充实的内容，没有接近大众的生活，缺乏唤醒大众的新力量和新因素。甚至大部的诗人竟是布尔乔亚的犬儒，讴歌布尔乔亚的恩德，以及麻醉大众（康白情的《草儿》中，有《女工的歌》是一显例）。可是新诗是文学革命的先锋这一点，实是不容否认的事实。

　　从"五卅"到一九二五——一九二七年大革命的时期，中国社会在帝国主义压迫下有了急剧的变动，启蒙运动有了新的进展，人民大众有了新的觉醒，同时，作为时代的反应的文学，在主题上便又增添了反帝的任务。尤其自"九一八""一二八"帝国主义的炮声响在我们的身边以后，诗歌上紧随着就有了内容与形式相并的新的转变，明显的把握住抗×反汉奸的主题，表现了崭新的精神，差不多完全粉碎了旧诗的传统，扬弃了所有不必要的弱点，运用大众能懂的语言向诗歌的通俗化上努力。因之，新诗的基础才算建立了起来，渐臻于健康的境界。

不用说，现在新启蒙运动的提出，是具有着新的历史意义的。一方面是感受了应意识地向最正确的道路走去的教训，另一面也是感受了我们的民族由不抵抗主义所招致来的恶果是异常的深，因而形成文化向前突进一个极必要的新的运动。这个运动，是民族教育运动，也是社会教育运动民众教育运动，同时更是文化上的抗敌运动。它的表现方法是要思想上的解放；它的主要任务，是使民众从被压榨被麻醉的境地中解脱出来。无疑的在新启蒙运动中国防诗歌要能真正作到救亡运动的喇叭筒。

因为目前的中国是处在××帝国主义及汉奸最狠毒最卑鄙的蹂躏之下，虽然人民大众有的已经觉醒，然而在这民族危亡的最后关头，大多数落后的民众仍沉溺在黑暗中受着种种的麻醉的迷濛，复古，读经，尊孔……封建残余正在制造着，翻新着；救亡的神圣工作正被大小各样的汉奸戕贼着，破坏着。处在这种情形之下，把"五四"启蒙运动时未完成的口号重新提出是非常重要的，而且相对的更有着积极的意义。

这一个新的启蒙运动，是由"一二九"学生救亡运动进展到"双十二"事件的积极发展的成果！但我们要怎样唤起广大的群众，推动全力向集体的救亡工作努力呢？谁也不会否认文化是最重要的武器之一。

作为文学一部门的诗歌，以其本身能作到口头流传的优点，更是推动救亡运动的良好工具。"九一八"以来，现实迫着诗人走上救亡图存的道路，——自然还有一部分忽略现实的诗人还在玩弄莫名其玄妙的魔术——作成民族解放的战斗员，建立起诗歌上的"国防"；用他们战斗的笔，写出反抗的黑手，怒吼的洪流，铁蹄下惨痛的呼声，敌人的恶毒的侵害……。

在国防诗歌提出以后，最近在诗歌刊物上以及各种杂志和报章上，我们可随时随地发见带有国防性的诗歌作品，这不是使我们很乐观的事实吗？尤其是在最近一年来，救亡的歌声（《救亡进行曲》，《救中国》，《救国进行曲》，《保卫我们的祖国》，《五月的鲜花》

等），象泛滥的洪流，由城市传到了乡村，鼓起万千人抗敌自救的热情。这也是证明了，在目前，诗与歌不能分家，我们应更加紧致力诗与歌的合流，这是诗歌的新启蒙运动的主要条件之一。

诗歌是民族生命的感召，也是集合，进军的号筒，歌声所到的地方，救亡的种子便在那里扎下了根。

作者的技巧，尚谈不到成熟，现象化的成分充满全部诗篇，文字上很流利，并非造作，这是不可讳言的事实。读起来，令人感到快慰，叫读者获得一清晰的概念，这是此集的好处，但平淡与无战斗性为其大大的缺点。读者难得到精神上推动的力量。恰象一杯淡味冷水喝进腹中，得不到偌大的反响。当然这不单是技巧问题，在内容与形式上，作者亦未能适当的运用。

总之，作者离现实较远，未把握住时代的洪流，唱出大众的吼声，未与国家危亡的现阶段取得密切的关联，写出民族解放的战歌，无疑的这是作者工作不够的地方。论及作者的修养与生活经验亦不充足，诗中缺乏魄力，表现得不尖锐，尤其鲜少战斗性。

我们作一中国现阶段诗运推动者，先决的要把握住现实，并且诗人必得还是一积极的活动的实践家，从现实生活里，提取诗的题材，当然不能脱离开民族解放斗争的立场，具体的写出“国防诗歌”，这才是中国诗人伟大的历史任务。希望关露女士往这方面多多的努力。

1937年5月《诗歌杂志》第3期

附 录 一

中国现阶段的文艺运动

史 痕

　　自从染有洁癖的"左派神仙"们，好象在昨天才开始感觉到×帝国主义者有积极侵略中国这事实，逼迫着他们不得不放弃定形性的洁癖，慨然投身"污池"，加入到民族斗争的阵营，肩膊上兴高采烈地扛着一面民族主义文艺运动的大旗，异常认真地呼号民族解放，呐喊国防文艺以后，这久已消沉了的中国文坛，忽然又热闹起来了。

　　就在这一个月内，我们看到同性质的文艺定期刊物继续不已的生长（这些刊物，照例是为刚刚死去的高尔基腾出全书三分之二以上的篇幅，发表了些象讣告样的作品，如秋田雨雀的那篇关于高尔基的短文，竟同时刊登在四种杂志之类。此外就是集团的章程，命名的意义，藉壮声势的一般大作家的尊姓和大名），以及每一个文艺大集团的非常明朗化的宣言，以及各个集团的首领似乎在事前未曾征得同意，因此，使提出的口号在字面上有些不一样（其实仅是在字面上不一样而已），大家好象还是放心不下，深恐混乱了附和者的趋向与步骤，酿成笔尖向内的危险，于是各派的巨头，都在信使往还，函电纷驰，把各自的意见，尽可能地让步，尽可能地接近等情形，便足够证明那些"左派神仙"们确确实实是有着一种说不出的苦衷，不得不另换一面比较容易号召的旗帜，周旋于中国有血性的青年们之间了。

我们对于这些新生的刊物所提供给我们的爱国主义的作品，是用着全般的热忱与注意倾聆着的，不过，我们总觉得在作品中故意放进爱国主义和故意放进所谓阶级意识，是同样的难于讨好的事情；要不是写作者真有着必须要写作的热情与至诚，而仅是遵奉着一定的刻板的公式，填满公式里所指示着的空隙，象这样的东西，在艺术上的成就，一定是极少，作品而缺乏最低限度的艺术上的成就，根本就够不上作为一件工具来应用，因此，赖以感人的力量，也就非常的稀薄了。

虽然被先生们所选取的题材，有很多是新发生的不幸的事实；但，先生们所号称为前进的意识，我的固执的陋见在逼着我这样说："好象都是七八年前曾经被先生们所讥剌为落后的老调。"诚然，在现代的中国，是决不会有真正的新东西产生的。一件用旧了的装璜品，过了些时候，再拿来应用，大家因为分别了好久的缘故，看上去，也会同新发明的东西一样的。譬如，在二十年前大家就认为不成问题的语体文，到了去年，一般人感觉到无话可说，再把语体文这问题提出来谈谈，也都是很起劲，好象这问题才从去年初发生似的。正同妇女们的新装束一样，其实，都是旧装束隔开些时候，再来应用而已；所以，在最近的一个月中所能发见到的意识前进的作品，老实说，我们几乎在疑心把从"九一八"以来所刊载过的作品，再来翻印一遍的东西。因此，在约莫六七年前正当先生们在另一个口号下号呼呐喊的时候，象这一类型的作品，已经被先生们讥剌为狗彘不如的民族主义的作家们，写下很多了，凡短篇，长篇，诗歌，戏曲，散文，随笔等等，只要是包含着反帝，反封建，反汉奸的内容的，就在"九一八"事变刚刚发生的一礼拜之内，如果，要搜集一千万字的汇编的话，我敢断言，无论如何不是一件困难的事情。不过，说起来真是凄惨之至，这些也算是作者们的心血的结晶，就给先生们的冷讥热嘲，明诮暗骂，被打入了四马路巷口的旧书摊，受着一折九扣的酷刑了。我们如果再翻开过去的旧账，清算一下先生们的态度，就在敌国积极进攻的前夜，先生们好象宁可不要民族的存在，而太上文化机关的敕令，是不能不服从的；宁可一律同归于尽，而"左派神仙"的洁癖，始终不能损毁毫末的。到今天，我们拜读了先生们所发表的各个文艺集团的宣言，都在忏悔过去之余，特别地说明今后的方向，应该是为民族整个的生存而努力，同时，并号召所谓前进的作家们，都得站在民族的大旗下面，挥发所有的力量，争取民族的光荣。象这样的勇于改过的新觉悟，我们站在希望中国民族终于可以得救的民众的立场，实在不能不对先生们的新觉悟，表示一百二十万分的敬意。同时，过去的许多作家们为了民族的生存，不顾先生们的讥谤讽刺所写出的成千累万的反帝，反封建，反汉奸的作品，曾经被先生们的洁癖所掀动的赤色的洪流，卷入到狭窄的阴沟里的作品，想不到仍旧是从先生们所高呼的口号下面，同样的接受到一顶"前进作家"的桂冠，另换了一副光荣的面目，出现在读者们的案头与手头！

记得在先生们群中有一位曾经这样喊叫过了："从前的那些民族主义的作家们，现在到那里去了？为什么噤若寒蝉，默不作声了呢？"我不明白这位先生是什么用意？老实说，从前并没有专于挂着民族主义的招牌，从事于写作民族主义作品的作家。关于含有民族主义的作品，虽然出产得很多，但并没有人开设过只此一家别无分设的老店。即使到今天有人看见这一类的作品，读者众多，生意兴隆有些眼红起来，而必欲另创新的局面，另换新的商标，也决没有人站起来提起公诉，警告冒牌，劝诱顾客们认清商标。以前的作家群中，诚然是有不少人为着整个的民族命运而写作的，但多是出于一种天良的激发，并没有预先招兵买马，象计划了很久，到了时机成熟，才运用着示威的姿态出现于文坛；所以，不会造成波潮，转变空气的；也不会因为人马的众多，吓倒一切的。但是，现在既有先生们这一群肯投身"污池"，扬弃"洁癖"，承当着现阶段的文艺的使命，那些落后的没出息的作家，当然要看看前进的作家们在作品里所告诉我们的是些什么了！

同是一样的公式主义的作品，实际上是没有什么东西可以多所发挥的，效忠于某一阶级而写作，与夫故意为着暴露爱国主义而写作，其所应用的字汇都不外乎是手枪炸弹，眼泪鼻涕，拳打脚跌；至于要别出心裁，从历史里翻材料，象郭沫若先生之流，就能把爱国主义这名辞，分析为狭义的与广义的两种，疑心那样的写作，是近于狭义的爱国主义，所爱的"国"，是资本主义的"国"，而不是社会主义的"国"。如果专门写写上海之战，长城之役，又会觉得单调乏味，有千篇一律之感。所以，正因为这一类的题材，比较得难写，又比较得不够丰富，那些被谥为落后的作家，既经在这些枯窘的题材中，早在先生们之前翻过跟斗，竖过蜻蜓，这一次，承蒙先生们肯出而效劳，也是大可不必把曾经写出来的东西，再来复写一遍的。

反正所谓"落后"与"前进"，都是写出自先生们的笔尖，发出自先生们的喉管，一般聪明的读者，都看得很清楚，决不至于在这些封号与称谓上，破工夫来研究的。事实的答覆最明显，如果，在这刻附和着先生们的口号，才开始写写爱国主义的作品，算是前进；那么，在以前的作家们——被谥为没出息的民族主义的作家们，所写出的同是一样类型的作品，在读者们的眼光里，就决不会看作是落后。反之，先生们到今天才开始觉得国非爱不可，民族的生存非争取不可，究竟算是前进呢？还是落后呢？那就又当别论了。

本来在口号文学支配着中国文学界的现阶段，仅是为着口号不统一所引起的纠纷，由于几位巨头间的默契，已有水乳交融的可能了。突然地跳出一位胡风先生在《文学丛报》上大肆咆哮之下，又自作聪明地提出了一个"民族革命战争的大众文学"的口号，并且还有龙贡公这一派的先生们击鼓助威，在《夜莺》上来了一个特辑。于是，口号愈喊愈复杂，会使各派的意见愈走愈纷歧的，假使先觉的巨头们不亟起匡救的话。所以，逼着鲁迅先生虽在病中犹不获安宁，而不得不将老成谋国的意旨，从病榻上呻吟出来了。不过，这一般年青的小伙子，对于老头子的叮嘱告诫，能不能发生一点效果，在这刻还是极难预测的。其实，在我们观来，"国防文学"也罢，"国难文学"也罢，"民族革命战争的大众文学"也罢，……总之都是一样的东西，我们并看不出有丝毫不同的意义来；至少，就在此刻还不曾把这些口号编入王云五的字典里，有着确凿不变的定义的。仅是因为在先生们以前，有些人已经写下了些关于鼓动民族抗争的作品，而先生们觉得即使现在所写出的都是同性质的东西，但在口号上非叫得更响亮，更新颖，不足以号召的缘故，因此，便不得不先在口号上煞费考量的苦心了。幸而，先生们所提出的几个口号，以前的人，确实连做梦都没有想到过，在先生们虽然还觉得不够满意，可是，在我们看来，已经是非常新鲜的了。凭着先生们那种制造口号的天才，无论以前与今后，决不会有雷同的忧虑的；所以，关于口号的论争，我们为着急于要看看先生们的货色，也就不得不以第三者的立场，奉劝先生们不必把这种论争再延长下去了，可以中止还是中止的好。

在去年，我们知道了苏联的"拉普"被宣告解散了以后，同时在苏联的中央委员高尔基先生的领导之下，组织了一个"全苏文艺作家协会"，把苏联过去的文艺政策作一次再检讨，而确定了今后苏联的文艺国策以后，我们早就预料到这种新的对策所能掀起的新的洪涛，也许会使中国一向肯定不移的文坛，起一点小小的波澜吧！有些逢时叫鸣的应声虫，将会振起他们的羽翼，和苏联的文坛起着共鸣的吧！我们尽是在等候着！到了最近的一个月，这波澜果然来了，美中不足的，就是已经响应得太迟了些；但在我们看来，还算正得其时呢！因为×帝国主义者的野心，不把次殖民地的中国整个地吞咽下去，是永远不会满足的，这时候有了一大批生力军，自告奋勇地参加民族文艺的阵营，为民族的生存而努力，再也不能容许我们计较过去的恩怨与嫌隙了，即使先生们认为我们是落后，我们的脚步，即使是追不上先生们的尘头；但我们在共同为民族求生存找出路的观点上，我们不能不表示全般的热忱，欢迎我们的同路人！

现在，我们对先生们所提出的若干种口号，无论是哪一种，我们没有不表示一百二十万分的赞成的，至于每一种口号的内涵，都是"反封建，反帝，反汉奸"，这个，我们除了双手合十以外，更是无话可说。反封建，反帝，反汉奸，凡是不甘心做亡国奴，不甘心被踏着在人家铁蹄下呻吟辗转的中国人，终是人同此心，心同此理的。而且，我们觉得所谓汉奸的范围，更应该扩大一些，我们所要反对的汉奸，决不仅是海藏楼的大名士郑孝胥，以及屈膝称臣的殷汝耕，凡是盲目地崇奉外国过了时的主义和思想，而企图把这些主义和思想生吞活剥地混淆国民的视听，分离民族的团结，动摇立国的根本思想的人们，这可说是思想上的汉奸；还有把握着国民一般的欲望，投其所好地提出一种似是而非的态度，高唱着不顾实际环境的高调，策动群众上屠场，作无意义的无代价的牺牲，使仅存的一点力量——所赖以维持最后的国脉而不至于立刻中绝的力量，不及补充与准备，即被逼迫着作孤注的一掷，而那些人到了极度的危难时，不但不踊跃赴难，反是暗暗地储蓄着另一副力量，到必要时便竖起一面漂亮的旗帜来混水摸鱼，趁火打劫的人们，这可说是行动上的汉奸。属于这二类的汉奸，其足以斩灭中国民族的生机，隔断中国民族走向光明的路线，和郑孝胥殷汝耕之流的奴颜婢膝，自甘沉沦，可说是完全一样。我们不得不本着文艺家的良心，把是非真理辩一辩清楚，揭开他们掩蔽的假面具，使无法逃避国民的严厉的制裁，自动地销声匿迹，不至于成为中国民族的绝大的隐患。

我们看到×帝国主义者的把捉了世界经济不景气的机会，以及许多强有力者的外强中干自顾不暇的弱点，便尽量地向中国肆行其兼并侵略的毒计，我们为着发泄一时的愤恨，的确的，除了孤注一掷和×帝国主义者拼一个死活，是没有较善于此的出路的。但我们又看到苏联当局的忍辱负重，屡次变更自己的国策，祈求国联的谅解；屡次向×帝国主义者表示让步，甚至已有好几次非火并不可了，而他们仍旧是悬崖勒马，宁可放弃中东路，以与他们的敌人结一时的好感；一方面，便趁此时机，加速地完成一次又一次的五年计划，尽可能地准备他们的实力。象他们那样的对于敌人的重视，不敢轻易把一万五千万的生命浪掷于虚牝，而必得要自信有充分的把握，才肯出于一战的情形，实在又深切地给予我们一个重大的教训。这就是说；真的要和敌人拼一拼高低，把敌我的一切，作一次比较具体的估量，而立刻定下切实有效的计划来，指定最短的时间，容许迟早是要蹈上最前线的国民，作一次最低限度的准备，使军事，经济，外交……种种方面的准备，与敌人相差的程度，不至于过分的辽远，而能确实在战争的时候，不至于专靠鼓动民气来维持，无论如何总是非常应该，非常必要的。反封建，反帝，反汉奸，既被"国防文学"的提倡者采取为惟一的必得要设法表现的意识，不能不算是现阶段的文艺运动所急迫的需要：但，这意识的充分地暴露，仅能增加民众抗斗的"勇气"，而尚不能加增民众抗斗的"实力"，勇气而缺乏实力做后盾，是不能持久的，逢着超过意外的极大的打击，就得被压伏着无法伸展而终于松散的。

中国感受了将近百年的国际帝国主义的宰割，及二十余年来深中着封建思想的余毒，使一般地域军阀逞着个人的英雄主义，酿成割据称霸的局面，以至于新兴的工业不能摆脱了苛捐杂税的限制而得到抬头，农村经济的崩溃，已日趋于尖锐化，前年去年两次的大灾荒，农作物的损失何止在二十亿元以上，全国一万万以上的灾民，在此刻还在饥饿线上号呼，今年，×帝国主义者又进一步的握住了我们海关的咽喉，国家所赖以生存的要素，几乎已到达悲惨的极限！在此刻，我们的文艺家对于这些摆在眼前的事实，足以阻碍国防斗争的极大的障碍，是不能漠不关心的，是不能充耳无闻的，如果，抛开了这些实际的问题，而仅仅是天天在呐喊着："我们要斗争呵！要斗争才能找出路呵！只有斗争才能使中国工业化呵！"可怜我们的大众，不但没有感觉到这意义的重要，他们连自身的存在，早就看得朝不保暮了。所以，一年以来，呐喊尽管呐喊，而合拍的回应竟至于听不到似的稀少，这原因，是由于我们未能加重与×帝国主义者迟早是无法避免决斗的必然性；而一面又未能竭其全力督促当局有一个具体的生产的计划，策动群众蹈上生产建设的路；更未能在作品中尽可能地站在集体生产的战线上，以劳动服务的精神，实现生产的总动员。我们一向的文艺的工作，只能在一筹莫展的情形下，尽彷徨呐喊之能事，的确是中国文艺界一个无容讳言的缺陷！

苏俄的五年计划，老实说，也就是一个国防计划，在这计划的见于具体的实行的此刻，他们对于文艺的各部门，是充分地利用着的。他们的企图，确实是希望把文艺的各部门必须要在国防战斗上发挥其至大无比的功能的。他们的民众，都是接受政府所发出的命令，站在同一的"生产战线上"活动着，奋斗着；而文艺家就在这时候，加紧制作关于鼓励科学研究，鼓励大众的军事训练，以及改进生产技术的作品，奋发大众的情绪，凝聚大众的信仰，策动大众的步伐，向着他们预定的必得要实现的目标，勇敢地前奔。在目标的未能如期实现以前，他们都非常放心有政府担当着一切的困难，他们依然埋头苦干着，依然是忍耐着一切的痛恨与耻辱，等候新局面的展开，他们从来不作无益的叫嚣，他们都是国防战斗中的一员，一切的失败与成功的关键，都认定是寄托在大家的肩膊上，从来不彼此推诿，互相怨望，减轻自己的责任的。文艺在苏联，就是用了这样特殊的力量，显示给大众的一种教育和指导。在每一个电影院的幕前的警语，都是非常兴奋而诚挚地告诉观众们说："生产战线上的伙伴们！你们到艺术战线上争斗的同志们那里去完成你们的教育吧！"

现在，苏联的文艺运动，确实是收了具体的效果了，在中国一般从事于文艺工作的劳动者——尤其是有洁癖的"左派神仙"们，既然一切都是盛称苏联，什么都是苏联的好，为什么这种积极的文艺的精神，不能认真地学习呢？

在已蹈着死亡线上盲目地乱撞着的中国，可怜的很，我们希望从民众们日常生活的动态中，以及朝野上下的一切措施与行为，看出一点对于切实的生产建设，象是在准备似的比较具体的有计划的工作，还是非常渺茫的！因此，我们不能不向中国从事于文艺工作的劳动者们，发出一个切实的要求：就是，我们国防文艺的内涵，仅仅是尽了反封建，反帝，反汉奸的能事，依然是绝对的空虚，绝对不能充实国防的战线，使国防的斗争发生具体的力量的。我们必得要使文艺的几近全部的功能，努力于生产建设运动的策励，绝对地站在发展整个民族利益的立场，抱最大的决心，于最大期间，充分推动劳动服务的精神，有计划地实现全民生产的总动员，解救我们的民生，充实我们的国防。所以，中国现阶段的文艺运动，应该是积极地提倡"民族经济的建设运动"，这是谁也不能否认的。如果，能由于文艺界的努力，唤醒了熟睡着的大众的意识，因而激动朝野的注意，使能具体的计划了一个经济建设的计划，大家如期实现我们必须要实现的目标，那就真正地救了我们的民族，真正地充实了我们的国防，也就真正地从乌烟瘴气笼罩着的思想的领域里，救出我们的文艺了。

1936年9月1日《文艺月刊》第9卷3期

国防文学与民族意识

孔　均

　　这一月以来，国难越发逼近眉头了，眼看中华民族已经走到生死存亡的关头。国内的军人政客及各党派均似乎有相当的觉悟，高唱集中力量，整个团结，在中央指导之下而努力抗×工作，承愿放弃个人的割据的思想，及私利，以及什么主义。这不能不说是中华民族前途上的一线生机。在这个时候，洪深在上海便提出"国防文字"。他的目的：认为国难当头，不要再论党派，再谈主义。应当站在争民族自由平等的立场上，充实我们的国防。只要站在这个目标下，先前普罗文学派，民族文学派，第三种人，均可以连络起来。集中文艺界上的力量，共同去发扬国防文字。与暴×相挣扎。这不能不说是文艺界上的最大觉悟。

　　"国防文学"的中心，当然就是民族意识之发扬。近几年来，中国文坛上最大的错误，便是忽略中国的环境及民族性。而硬拿泊来的外国货来用在中国的社会内。什么大众文学？什么无政府主义派文学？满口高唱，实际上中国民族并不需要它们，也不适用于中国环境。所以弄来弄去都失败了。中国所处之环境，是处在帝国主义包围之环境内。一般民族受尽帝国主义之压迫和虐待，平素充满了民族意识。所以"复兴民族"是救中国危亡的一剂妙药。发扬民族意识建设国防文学，也是目前所必需要的。先前有人提倡民族文学，却也很合这原则，但为什么一般民众不十分注意呢？我认为要喊出一个口号，便要把口号解释明白，要找出它的理论上证据来。喊民族文学口号的人们，始终也没有把民族文学的理论阐扬出。这次洪深等要以民族意识去建国防文学，和先前以民族文学固然没有什么分别，但比较容易惹人注意的。更进一步希望大家多发扬国防文学的理以坚定民众之信仰。

在这国防文学口号下，忽然鲁迅老头子又提出民族意识的大众文学，和国防文学又成了两道防线。以前的辩论尚向大处下笔，现在闹成私人攻击讽刺了。不过鲁迅老头子他也承认了文学上面要加上民族意识，也认为文学必须民族化。这也是他的觉悟的地方，不过，他觉悟太迟了，而且他也死掉了。国难已经到了生死关头，他还忘不了"大众"两字，还要强分什么派别？殊属不顾大体。我试问民族是什么？难道还离开大众吗？既然承认文学在目前不需要阶级化，那么偏要加上"大众"是何用意？我希望一些做迷梦的作家，赶快觉悟，先确定了民族意识，然后再去建立国防文学吧。

1936年11月15日《文艺战线》第5卷第1期

民族危机与国防文学

孔 均

自×内阁某氏，奏折决定的步骤，有华北为特别区，沿海为亲善区，西北为绥靖区后。这不但是帝国主义的威吓的方法。而逐渐把×内阁奏折所立的步骤实现了。有人日日高唱×方系亦主张不用战争而取得华北的利益，不用战争而亡中国，所以出兵，暴动，一切动威吓，系引起中国军人的恐×病。其实这是最大错误。×方对中国的侵略，固然以不用牺牲若干兵力而达到他的决立的步骤为佳。但×方亦很清楚，要亡中国，并不只是拿到了华北，把华北特殊化了。把沿海亲善化了，把西北绥靖化了，就算把中国屈服得如高丽一般。他也知要亡中国必需用武力，用火药气味和血腥臭气不足以扫灭中华民族。最低限度也要用意大利进攻阿比西尼亚动员千百万兵士，用一年半载的工夫。所以×方正在准备未妥不敢轻启战端则有之，而说他只是用恫吓手段则非也。

中×的战争的前一夕，便是中华民族最后的关头，也就是中华民族的危机。现在×方因要求华北特殊化和共同防共两问题而不得要领，仍帮助匪伪军进攻绥远了。将来说不定侵占绥远又要下山西，因此绥晋为自卫计不能不誓死抵抗，中央为整个中华民族想，不能不持强硬态度。国内爱国运动当然应当联合起冲破敌人的防御线的阶段，而达民族斗争的阶段。在这个时候，我们文学可应当喊在出国防文学的口号来。不过，我们所提倡的国防文学并不同于苏联。苏联防卫文学。密尔斯基所说："并不是资本主义国家的资产阶级所热知狂妄的

'爱国文学'它和大战后的和平主战的文学也不相同。它的任务是于防卫社会主义国家，保障世界和平。"萌笔行证他如此解释。我们所倡导的国防文学，不依苏联对国防卫工农的伟大的建设的，对外保障和平。我们认为国防文学，纯粹以民族意识为基础，他是解放民族一种武器，是反抗国外敌人的一种工具。有人认为国防文学与民族主义文学的民族主义绝不相同。这是个错误的。因为在一个半殖民地的国家，要想在国际求得自由平等，必须把侵略我们敌人打出去，谋国家的独立，疆土的完整，民族的生存。它不是反帝国主义极端破坏者，也不是绝对只保其国家生存就算完事。它是民族主义的，总理说：所谋求国际地位平等，并联合世界弱小民族，共同奋斗，去实现世界大同。所以国防文学的提倡，必需站在民族主义的立场上。

国防文学的真谛，已经解释明白，在国防文学组织之下，当然要删除什么宗教的色宗和思想的气味，凡是中华民族，决不偷降赤白两色帝国主义，而甘心当汉奸，做亡国奴，及出卖国家民族的人，而保障中国领土之完整者，均是国防文学的战友。

1936年12月1日《文艺战线》第5卷第2期

社评：文学与民族精神之关系

文学之为用，在个人为传达思想，求得知识的工具；在国家即为民族精神所寄托。

昔南宋偏安，放翁多从军之咏，蒙元入主，文山有指南之集。他如拜伦之哀希腊歌，德人之祖国诗，法人之马赛曲，苏俄之船夫曲，无不慷慨激昂，淋漓悲壮，虽千百世后读之令人兴奋激励，固不仅唤起民众，收效于一时已也。故有丹德之《神曲》，而后意大利有今日之复兴；有卢骚之《民约论》，而后法兰西才有人权革命；有莎士比亚之《威尼斯商人》，而后使英国造成利率轻微之工商帝国；有史陀活夫人之《黑奴吁天录》，而后引起美国的南北战争；有辛克莱之《屠场》，而后有芝加哥屠宰检查委员会之组织。至于吾国国民革命之发生，由于先有三民主义之宣扬，更为目前最明显之事实。所以国家民族之复兴，必先要有优美，雄伟，悲壮，慷慨之文学，以发扬其民族精神，然后足以抵抗异族的侵略，以卓立于世界。

中国有数千年悠久的历史，土地遗产，虽有一部分被"国际盗匪"掠夺，而文学遗产，屹然居于优越地位，为我国家民族独立生存之宝筏。过去屡亡于异族，而卒能光复旧物，还我河山，使侵略者为我所同化，实由于文学上所收的效果。

近年以来，出版界虽有云龙风虎的盛况，但是求其"不废江河万古流"的著作，却是很少。如左翼作家所倡导的"国防文学"，及"民族革命战争的大众文学"，与所谓"人民阵线"，均系以宣传抗敌为烟幕，以挑拨人民对政府发生恶感为手段，以鼓吹阶级斗争为目的，其毒害人心，为祸社会，良非浅鲜。

我人须知道医药可以救人，然庸医可以杀人。书籍有益于人，坏书亦可害人。错误的不正当的知识，比毒药还要厉害。庸医下错了药方，不过毒坏人的身体，坏书简直毒坏人的心灵。一包毒药不过害死一个人，一本坏的著作，可以害死无数的人，以至摧残整个民族精神。

或有人以为现当资本主义行将没落的时代，布尔乔亚文艺之后，当然是普罗文艺代之而兴。而且思想的作品，不是政治力量可以禁得往的，愈是禁的书，大家愈觉它神秘，愈要设法找来读。殊不知中国并没有大资本家，只有大贫小贫的分别。那么，左翼作家矫揉造作的著述，根本不是描写中国的现实，不过是鼓动流氓地痞去干杀人放火的勾当。那班有武装的共党，直接以刃杀人；鼓吹阶级斗争的作家，间接以笔杀人！如此抹煞中国环境，分散国家抗敌力量，危害民族前途的文人，我们应该在文坛上予以严正的抨击。

思想是国家活动的灵魂，中国思想界的路线，的确到了一个关系存亡的歧路口头，从前杨朱墨翟之言乱天下，得孟子正人心，息邪说，距诐行，放淫辞，而中国思想界乃得统一于孔子，现在中国之环境与时代，惟有孙中山之遗教能继承此领导，三民主义的信徒，应当以今日之孟子自任，而有阐扬孙先生遗教，提倡民族文学，挽救危亡，肃清汉奸，消灭赤匪，发扬民族精神，激发爱国热忱，为文学中心理论，如此，则中国思想界，方不致为左翼作家所摇夺，国民革命方易于成功。

1936年12月14日《浦声周刊》第82期

"国防文学"访问记及其它

吴漱予

因为所谓第三国际提出了"人民阵线"的要求,于是乎反映在文学上的,是斧头镰刀的"普罗列塔利亚文学"被"奥伏赫变"了;可是,在事实上,义人是富有"烟士披里纯"(?)的,所以不久,代之而兴的,就是埋藏了十万两无烟火药的"国防文学"。

从口号的字面上,这所谓"国防文学"也者,较之什么"普罗列塔利亚文学"是要言简而意赅的;别的例子,用不着详细去列举,只谈买飞机吧,我们就看见了不少的标语和口号,譬如"充实空防即是充实国防"和"国防即空防"等等。所以,在今日的中国,被叫做为新口号的"国防文学",也可以叫做为"空防文学"的。假如觉得这样的运用太笼统,不切实,还应该具体的个别运用的时候,那在纵的方面,譬如咱们明儿攻下商都要发起募捐运动,就可以叫做"募捐文学",后儿要买大炮或者施行粮食统制的时候,也可以叫做"大炮文学"或者"粮食统制文学"。至于在横的方面,那可以运用的,就是什么"启发国防意识"呀,"鼓吹国防解放"和"激励国防英雄抗战"之类呀!

象这样广泛的运用,虽然是很好,但是在字面上,好象总有点欠妥似的;关于这一点,虽则郭沫若先生曾郑重的说明"纵使用BCD或者丁丙乙,都是不妨事的"的时候,这里却仍然是"妨事";原因是象"空防"之类的字样,会有"取消主义的错误"之嫌呀!而这个嫌疑,一经成立,难保不遭"官僚"——不,"干部"先生们的"逮捕"，"审讯"和"处决"之危的。

幸好后来不知是在那一个杂志上面，看见周扬先生的解释，说是"革命文学应当是救亡文艺中的主力，它不是基尔特文学，而是广大勤劳大众的文学"；这一段简单的解释里，虽没有明白指出"革命文学"是代替了"国防文学"，然而在上下文的字里行间，就密布了不少的"国防阵线"，"国防的主题"和"国防文学"等类的字样，而题目又是《关于国防文学》，自然这里的所谓"革命文学"是代替了"国防文学"，那也就千真万确而毫无疑义了。不过，在这里，依周扬先生的解释，说是"国防文学"是"广大勤劳大众的文学"；虽是言简，而意却并不赅，为了寻根究底，又不能不多方去打听，去访问。

最初，在一个清晨，会见了一个挨门叫卖水果的小贩，我问他"广大勤劳大众的'国防文学'是什么"，他回答我说"不知道"；但是后来一想：叫卖水果的小贩，虽也是"大众"，但他有他做小买卖的"本钱"；有了"本钱"，那就是"小资产阶级"。谈到"小资产阶级"，他是有他的"劣根性"的，譬如你问他"广大勤劳大众的'国防文学'是什么"，不说是"不知道"，即使知道也会要"意识歪曲"的。

后来走到十字路口，看见一个正在打盹的黄包车夫，又问他"广大勤劳大众的'国防文学'是什么"的时候，他以为我是雇车的，慌得把车子拉拢来，后来经我加以说明，他才气愤愤地说："肚里饿，我只知道得拉车换钱来吃饭，干脆就没有闲功夫同什么大众小众混在一起，提倡过什么劳什子！"我茫然，茫然中又感悟到：这个黄包车夫虽然是"大众"里面的一份子，但是他此刻在打盹而不拉车，那就已不"勤劳"，而在"勤劳大众"里面，也只有被"奥伏赫变"而不知道了。

可是，当我再从十字路口走过来，又遇着一个正在奔驰的黄包车夫，这回不管他高兴不高兴，就堵住他的去路详详细细的盘问他，可是结果呢？他所回答我的，仍然是"不知道"。这使我又更茫然，而在茫然中就不能不怀疑这些"前进的"（？）作家们的论调有点不太可靠；原因是"前进的"（？）作家们说"'国防文学'是广大勤劳大众的文学"，而"广大勤劳大众"自身并不知道呀！

我茫然地走回来，茫然的躲在屋子里读鲁迅先生的《而已集》；因为我这时候的心情，也颇有点如鲁迅先生一样，"只有'而已'而已"！

927

在《而已集》里，我读到"在现在，有人以平民——工人农民——为材料，做小说做诗，我们也称之为平民文学，其实这不是平民文学，因为平民还没有开口。这是另外的人从旁着见平民的生活，假托平民底口吻而说的"的时候，我才恍然大悟：原来"前进的"（？）作家们所倡导的"广大勤劳大众的'国防文学'"，也同鲁迅先生所说的平民文学一模一样，是"广大勤劳大众"还没有开口，由"另外的人"假托"广大勤劳大众"底口吻而说的，那就无怪乎再三访问"勤劳大众"而结果仍然是"不知道"了。但是在这里，仍然是免不了有疑问的，是"另外的人"既然假托了"广大勤劳大众"底口吻，为什么这假托以后的口号，不直捷了当的叫做"广大勤劳大众文学"或者就沿用早已提出的"普罗列塔利亚文学"，而一定要走曲线兜圈子叫做"国防文学"呢？这事情说来虽是话长，然而简单明瞭的解答，不能不说是没有的；譬如前几年震动中国文坛的"徐何事件"的主角何家槐先生，他就说过这样的话："难道在我们这个'全民任务'和'阶层任务'紧相连结着的国土里，在目前这样迫切需要总动员抗敌的时候，可以乱七八糟的提出'无祖国'的那种号召来？"原来是目前的策略，因为有了"人民阵线"就已经改变为"'全民任务'和'阶层任务'紧相连结"，所以就不象先前"乱七八糟的提出'无祖国'的那种号召"了。不过，在这里的问题，还有值得研究的，那就是"总动员"；在目前，只要是熟悉国际情势的人，就可以悟到这"总动员"所包涵的深意的，不然，既明明白白的宣告不再"乱七八糟的提出'无祖国'的那种号召"以后，就应该是"民族文学"或者"爱国文学"呀！不信，在立波先生的《非常时期的文学研究纲领》里，就会有事实来证明的。

"'国防文学'原是一九三〇年，苏联组成的'赤卫海陆军文学同盟'（简称'洛卡夫'）所倡导的一种文学。……

'洛卡夫'有四个关系杂志。'洛卡夫'的作家参加军队的生活。组织讲习会，研究会，来探讨创作方面的防御的课题。他们的批评家更指出：为了军队的建设，军队技术的获得，军队的教育等等的斗争，和赤卫军一切英雄的描写，都应当是'国防文学'的主题。而世界战争的经验，对劳动者农民建设的号召，对世界勤劳大众防卫苏联的号召等，都应当是'国防文学'的中心任务。……"

够了，已经抄了不少，不妨带住吧！只是在这里，我们终于明白"前进的"（？）作家们所以提倡"国防文学"的深意，是因为苏联的"洛卡夫"已经提倡在先，所以就不得不如此了；同时还把我们整个民族带便出卖给苏联，叫我们也同苏联自己一样去"防卫苏联"。幸好莫索里尼和希特勒还远在欧洲，对中国方面，并没有派遣大军或者是别动队；不然，法西斯蒂和布尔塞维克一经接触，我们也就得跟着"前进的"（？）作家们离开中华民族的立场而一变为"防卫苏联"的盾牌，那岂不有点"不知死所"之感吗？

访问已毕，带便又来谈谈"国防文学"这个口号在现中国的存在性吧！

实在的，在现阶段的中国，为了唤起民众的救亡图存，在文艺的领域里，要提出一个口号来完成它的任务，一方面，那就得针对现实顾到它的时代性，同时在另一方面，又还得要有它的普遍性和永久性；这就是说：在中国的土地上，不论是现存的土地或者已经丧失的土地，都能够普遍的接受适用而且包涵明日的远景。作为一个新口号提出的"国防文学"，是不是具备了这些必要的条件，我们检讨吧！

第一，在中国，自从一八四〇年鸦片战争起，中间经过中法，中日，庚子以及一九二九的中苏一直到"九一八"以后的五年，我们的国土，是一天一天的割裂丧失，我们的国防线就跟着国土的割裂丧失，又已经是一天一天的在缩小，到现在已经缩小到"国防第一线——绥远"的时候，是不是只要固守绥远不问其他就算了事的？！所以"国防"，在它的涵义上，不管你是怎样的解释，也不过是军事上执行防御工作时的一个用语，并不能把它当作口号或政策来概括一切的。即使退一步想，我们要勉强它来概括一切而作为最高指导方策的话，那就得从一八四〇年的鸦片战争开始，因为那时候的国土没有丧失，同时也没有不平等条约的束缚，那时候的国防，才是我们真正的国防，固守真正的国防，才是我们把它定为最高指导方策的意义呀！

可惜的是这个时代已经过去，我们眼前并没有方法把它再拉回来。虽然中国人的哲学，是有"亡羊补牢，尚未为晚"的说法，但在现阶段的中国，我们却又不能不百尺竿头更进一步的，那就是在"补牢"以后，我们还得继续做找寻"亡羊"的工作；豺狼把羊吃了，看不见羊而只看见豺狼，虽然是免不了一番悲哀和愤怒，但唯一的办法，就是把豺狼打死它，这不仅只限于单纯的复仇的行为，而且是保证以后没有豺狼再来吃"亡羊"的有效办法。现在中国已经失去了的土地是"亡羊"，"亡羊"被"豺狼"拿去了，在"补牢"以外，我们还得继续做找寻"亡羊"的工作，只要"亡羊"是被"豺狼"拿去而没有吃得无影无踪，我们虽不一定唱高调要打死"豺狼"，但起码的工作，"亡羊"是要拿回的，因为它是我们民族与主权完整的生命线。因此在现阶段的中国，作为新口号的"国防文学"，在它的涵义与作用上，也不过只限于上面所说的"补牢"的办法，而没有包涵继续找寻"亡羊"的深意，虽"未为晚"，却也是下策。

第二，"国防文学"，在缩小的国防范围以后，虽然能够尽点"补牢"的责任，但是在已经丧失了的土地上，如东四省，外蒙，台湾，朝鲜，安南……就不能够使其普遍的接受与适用，甚至因此而引起相反的结果的。因为这些已经丧失了的土地，所谓"国"，在事实上已经早已不是中华民国，假如有所谓"防"，这"防"的是谁？不是"防"我们要收复失地吗？而况在另一方面，这些已经丧失了的土地，如朝鲜，外蒙……因为距离同时间的长远久暂，即使如我们的期望，接受我们的"国防文学"的口号而实行"防"××或苏联……的时候，不说别人，也许连我们自己也会惊讶，而同时又鄙视他，如××人鄙视溥仪殷汝耕之流一样。

其次，是我们自己内在的危机也不能不顾虑到的，那就是汉奸群。在这里，一些现在还没有显明冲突的帝国主义者所豢养的汉奸，我们暂搁置不谈，只谈××帝国主义者所豢养的汉奸吧！在国内，从殷汝耕之流一直到沪战时的所谓江北汉奸，异常的活跃着；所以我们的一举一动，不劳××人亲自出马，都可以"瞭如指掌"而又"百事遂意"的。自然，象这样的汉奸群，只要是力所能及的话，我们可以严厉的制裁他，但这也只限于较为显明的一群；至于那些并不显明的，制裁既不可得，防范就又不胜其防了。你说同他谈"国防"或者"国防文学"吧，他根本已不是中华民国的国民，而同时我们所得来的结果，也不过是象殷汝耕李守信王英之流一类的行为。

第三，关于明日的远景的问题，前面也曾约略的谈到过。在现阶段的中国，我们要固守这已经缩小的国防，"前进的"（？）作家们就倡"国防文学"；到明天，要收复失地或者在收复的失地上加以整理的建设工作的时候，是不是这个口号还能概括或者又得"因时制宜"随时改换口号呢？这的确是一个值得考虑的问题。可是在这里，当我们开始考虑的时候，我们不妨把茅盾先生所说的话拿来参考一番。

"这个口号的缺点除了笼统含混（在文艺思想的意义上）而外，尚嫌未能包涵我们文艺运动的'远景'以及创作方法的主要目标；我们觉得一方面固然需要一个适应于现阶段的具体的口号，但是另一方面也不可不有一个在现实形势更推进一阶段时能够运用的口号"。

这里，不用说，茅盾先生是说得异常清楚透澈，用不着再来多费纸笔；但是奇怪的是已然"笼统含混"和"尚嫌"，而又感到"不可不有一个在现实形势更推进一阶段时能够运用的口号"以后，为什么不及时纠正，而仍然提出"国防文学"的口号呢？这大概是因为苏联尚且在提倡"国防文学"，所以破难危亡的中国，也就只有跟着来提倡"国防文学"了。其实，在现在的中国，同现在的苏联，完全是两样的，苏联的国家，是国土没有丧失而中国则恰恰相反呀！象这样不问事实就"搬场"，不是有意蹈吉尔波丁所说的"一切宗派主义不可避免地会招致和现时的政治任务的隔离"的错误来粉碎中国的前途么？

根据以上的理由和眼前的钢铁般的事实，我们深深的感觉到：要挽救中华民族的危亡和在危亡中杀开一条血路，那被作为最高指导方策的决定，是要针对现实而又概括一切的，因为我们的敌人，是策动军事，外交，经济，文化等各个部门，来侵略我们，来灭亡我们；那我们的对策，也就得有概括一切的最高指导方策去迎战。而反映在文学上的，不是狭义的"国防文学"，而是广义的"民族文学"；并且得把它扩散到文艺的各个部门，统称之为"民族文艺"。至在题材方面，不限于单纯的抗战和汉奸群的清除，连政治军事经济文化种种建设工作以及一切致力于民族复兴的基础事业，都广泛的包涵在内。必如此，然后中国才能得救，而中华民族百年来所受的一切桎梏，亦才有解除的可能！

一九三六，十二，十一午夜

1937年1月1日《文艺月刊》第10卷第1期

新文学建设诸问题

徐北辰

一　新文学的诞生

中国在前只有出之于士大夫手笔的文章，却没有现在一本正经的所谓文学；就是文章，也并不为一般人所注重，孔子说过："行有余力，则以学文。"足见文章仅是实生活里面的装缀的东西，并不重要。至于目下在文学部门中占中坚位置的"小说"，尤为人所轻视；人们往往把不足凭信的东西，称之曰"小说家言"，年来文坛上所闹的"真实性"与"现实主义"等等，从前根本就没有这一回事。班固在《艺文志》里面替小说下定义说：

> "小说家者流，盖出于稗官，街谈，巷语，道听，途说者之所造也。孔子曰：'虽小道必有可观者焉。致远恐泥，是以君子弗为也。'然亦弗灭也。闾里小知者之所及，亦使缀而不忘。如或一言可采，此亦刍尧狂夫之议也。"

古代的小说虽没有多大意义，然总算不曾被圣人禁绝，流传至今，倒成了小说这一名词的滥觞。

周作人先生讲中国新文学运动说是发源于明末公安派与竟陵派，似专指抒写性灵与摆脱传统的束缚而言，实在不能算是定论。个人以为：我们与其说是新文学的"诞生"，倒还不如说是"移植"，比较来得妥当。因为事实是很明显的，纯粹的新文学，在"五四"前后，方始从西洋陆续移植过来；当然，这是指形式而言，内容大部份自然已是中国式的了。

当时写短篇小说有人知道学莫泊桑与契诃夫，写长篇小说有人知道学托尔斯泰与屠格涅夫，写戏剧有人知道学莎士比亚与易卜生，写诗的人也都知道歌德与荷马，甚至已有人试写十四行诗。文学理论，除陈独秀曾有过一篇《文学革命论》，虽不正确，还略略保持独立性之外，以后的理论，便完全是从东西洋抄袭过来的了。

所以，我们毋须讳言，中国的新文学是完全受了外来的影响；但这并不可耻，一国有一国的长处，一国有一国的短处，舍短取长，去旧迎新，本是极合理的举动。所该留意的，就是我们不能以模仿始，以模仿终；换言之，即是要在自己的土地上，种出自己的花果，如若忘记了国家的本位，而惟以模仿为务，是创造不出伟大的作品来的。

二　进步的迹象

在新文学运动开始的时候，一切都属草创，作品水准非常低下，但却受了读者热烈的欢迎，足证当时青年人进取精神的蓬勃。然我们试把初期的文学作品拿来一读，则又不免哑然失笑者，盖内容，技术，一无足取，所可宝贵者，仅是一般朝气而已。那时作者固幼稚，读者更幼稚，故也能凑成一时的热闹。书铺主人见有利可图，竞相拉稿，遂致阿猫阿狗，也是作家，似通非通，都算文集，发表过作品的千余作家，试问到现在还能延续其创作生命的能有几人？所以，作者的大胆尝试，出版家的滥予发行，也都是促使创作水准低下的一个原因。

然而在目前，情形恰正相反：读者的鉴别力和判断方都加强了，因之创作的水准也适应着客观的需要而提高了。内容空虚，技术拙劣的东西，即使出版家能够刊行，也不会有人过问。这就整个新文学的前途言，总不能不说是一个好现象，盖如新文学自身能不断成长，进而取得多数人的同情与爱护，则一般复古派的骸骨迷恋者，便无从施其阻碍与破坏之技了。

但又不幸得很，年来由于农村经济的破产，都市工商业的崩溃，读者购买力显得非常的薄弱！除了极少数的例外，出版界都陷于浓重的不景气之中；即使是很优秀的作品，书铺主人也没有勇气接受下来发行了。这种现象，我们是希望能够伴随着国民经济建设运动的展开而消除掉的。

不过新文学在它成长的历程上，却也有进步的迹象可寻：开始是所谓浪漫主义派的恋爱小说及身边琐事小说，张资平，郁达夫，郭沫若以及其他许多受创造社影响的作家均属此类。接着又有所谓自然主义派的人生小说，叶绍钧，许钦文等均属此类。此外更有所谓唯美主义象征主义表现主义等等，大都只是模拟提倡，当作一种新兴思潮介绍，即有作品，影响也极小。自一九二七年以后，作家们受大革命风暴之激荡，作风显有转变，于是革命文学之说，又盛极一时。但是所谓革命文学，与胡适之陈独秀等的"文学革命"固然不同，就是在同一名词下面，也因政治立场的相异而露出明显的分歧。先前的"文学革命"是新文学革旧文学的命，而后此的革命文学又遽尔分为民族主义文学与无产阶级文学两派。是事实，偏激的主张容易煽动青年人的情绪，左倾前进等一类字跟，也容易获得读者的好感，所以在一九二七至一九三五那八九年中间，所谓普洛文学是几乎压倒了民族主义文学的。这一方面固然由于前期民族主义文学者对于民族主义文学缺乏详明的解释与良好的贡献，致予胡秋原辈以误解的机会；而同时，左翼作家联盟背后有政党在暗中策动，也是造成这一形势的主要原因。

东北四省失陷以后，华北也朝不保夕了。在这危急存亡之秋，国民心里，当然只有一个国家，一个民族，那里还有闲空闹什么阶级斗争呢？何况在我们只有大贫与小贫之别的国家，阶级本来就没有形成？

可贵的是一般素称左倾的作家也有些觉悟了，他们已转而提倡"国防文学"与"民族革命战争的大众文学"，虽然他们抢做主体的宗派观念还没有矫正，但就国家民族的立场言，他们的转变，总是一大进步。

三　民族主义文学与国防文学

实际上，民族主义文学与国防文学原是相差不远的东西，用最浅显的道理说：中华民国是由汉满蒙回藏五个主要的民族组合成功的，其他还包括若干苗黎等未开化的落后民族。在五大民族中，汉族人数最多，势力最大，而责任亦最重。汉民族既居领导地位，则在文化上必须作两项努力：一是把自己较高的文化尽量灌输给异民族，并多方设法使其接受。二是从旁协助，使异民族有独立性质的文化（文学即文化中之一部门，当然同一道理）。然在对外关系讲，凡是中国人，都属于大中华民族，初无何项自私的区别。因之，我们可以说，民族主义文学即国防文学，它的目的，使命，以及题材等等，都是一样的。但是国防文学者为什么不提民族主义文学或甚至以提到民族主义文学为耻呢？那也没有别的，只以他们在前曾大骂民族主义文学，故而现在讳言民族主义文学吧了。

而在目前，左联的许多先生们自己也还不曾搅清楚。有人提倡"国防文学"，有很多人出来响应，但不多时候，又有人出来提倡"民族革命战争的大众文学"了，也同样有很多人出来响应，并且还相互间攻讦着，非难着。运动的开始本是以联合战线相号召的，现在自家淘里还在各立门户，互争领导，倒使许多纯正的作家望而却步了。

最近又有人提出调和的意见：把"国防文学"与"民族革命战争的大众文学"这两口号并存，以前者为附庸，以后者为"总的口号"，不过按之实际，也还是有着成见在内的。我们如单就字义上讲，则民族革命战争的大众文学与民族主义的文学更相类似，更相同调，盖先前他们把"大众"两字是解释作"工农大众"的，而现在他们已自动修正改为"人民大众"了。虽然"人民大众"四字是由目下流行法西的人民战线这一口号蜕化而来的，名词的本身，总还带有一些宗派性的偏激意味，但既不专站在阶级的立场讲话，对于举国一致的抗敌阵线，多少总是有些裨补的。

其次，我还得指明：真正的民族主义文学，并不如一般反对者所说，是"狭义的爱国主义"，是"救国主义的泥沼"，甚至是国家主义军国主义等等；真正的民族主义文学，据我看来，和目下一般人替国防文学所下的解释，所下的研究正复相同，它们同样是以唤醒民族意识，激发抗敌情绪，促成联合战线，要求民族生存为其首要任务，首要目的。因之，我可以说，无论是国防文学也好，民族革命战争的大众文学也好，它们都是从民族主义文学蜕变而来的。但为适应目前形势，容易使作者读者获得深刻的印象起见，我赞成仍旧把"民族文学"作为现阶段新文学运动的口号。

四　民族文学与现阶段的需要

我们现在为着要复兴民族，所以需要充实国防；所以我们需要民族文学。

国防可以分成两种：一是物质国防，如炮台，堡垒，军备，粮食，军用品等均是。一是精神国防，积极言之，即如何养成人民的国家观念，如何唤起人民的民族意识，俾个个人能参加壮烈的民族解放战争，为不屈不挠的抗敌之主力。消极言之，即在如何扑灭汉奸，根除汉奸。物质与精神是相互为用的，分离不开的，假如单有飞机大炮，而没有坚忍卓绝的民族战士，那末飞机大炮由降将军和汉奸们之手移转到敌人那里，反而可以用我们自己的器械，来毁灭我们自己的生命，试问我们有了物质设备又有什么用？反过来说，假如单有了坚忍勇敢的民族战士，而没有一切飞机大炮等新式武器，那末以血肉之躯去同炮弹炸弹相搏，悲惨的结果是避免不掉的，过去我们就受够了这一种教训。

所以，讲到国防，精神与物质的建设是应该并重的，如有偏废，就不是万全之策。民族文学的产生，便适应了这一需要，它要把那迟早要爆发的民族解放战争的各方面的情形，也可以说是全貌，详详细细的告诉大家，告诉全体民众，特别在准备时期，有着教育性与重要性！

诚如一般人所说，民族文学的内容是非常广泛的，它不单描写几个民族英雄便算完事（描写民族英雄的轰轰烈烈的事迹当然也重要），凡是与民族存亡，民族解放战争有关的，都是国防文学极好的题材。譬如汉奸的活动，敌人的暴行，关外义勇军的勇敢，进关以后流亡在各地的流浪者的悲哀，走私的实在情形，小学忧国出亡的可歌可泣，以及军用马路的开辟，粮食的储藏，军用材料的搜集，壮丁，学生，教员等的训练。他如有产阶级的颓废享乐，腐化官僚的为歹作恶，个人主义者的反集团行动，均可用对比的笔法衬托出来，使大家了然于自己国家的阵线，而思有以纠正，有以改善，所谓"知己知彼"，民族文学也要在这上面尽一份很大的力量。

诗句不能当做炸弹抛掷，小说不能当做大炮开放，所以，民族文学的本身是属于精神国防方面的。但如全国作家一致努力，把文学作品易于接近民众的特殊效用充分发挥出来，则在民族解放战争的胜利把握上，文学所尽的力量，决不会下于血肉之躯的战士或钢铁制造的炮弹。因为牺牲几个战士和施放几枚炮弹是有形的，文学在民众之间所尽的力量是无形的，假如多数民众能因文学作品的鼓励激动而下决心，而准备，而参加战争，而获得中华民族最终的胜利，那末你说，文学的力量大不大？

所以，在举国一致，从事抗敌准备的现阶段，是十二万分需要着民族文学的！

五　领导权之争

实实在在说，互争领导权是一种最不好的现象，因为一经争夺，阵线便不免紊乱，实力便不免减损，终而陷于分裂的状态，长此"内战"不息，又那里谈得到对外呢？更可惜的，是同在所谓左的阵营里的人，自己也在互争领导，一边提倡国防文学，另一边则提倡民族革命战争的大众文学，本来问题的本身没有什么大讨论，但是中国人的脾气发作，明枪暗箭，你来我往，两派人终于弄到揭开假面，奋身肉搏，这种离开题目的私人攻讦，虽则毫无意义，然双方当事者却还是面红耳赤，各不相让。归根结蒂，在他们心目中，似还只有个人名利的小我小组织观念，而没有国家民族这大我大集团的观念。

他们一方面自己争，一方面还要跟别人争，他们要争做全中国的主体，全中国的领导者。许多策略与作用，在他们互相论争的中间都显露出来了。有些人说；这文学上的联合，是充分表示失去了"主体"的支持力，落在"客体"底后面，被征服了。有些人说：完成走人过去历史上的错误，专门"将就"别人，自己反而成了一个没有定见的配角。有些人说得更明白：这样让许多作家都自由自在地进来，我们七八年来所辛苦缔造的主体地位不就白白丢掉了吗？另一方面的人便出来答覆，大意是：请你们切勿误会，欢迎别人参加，只是志存利用而已，主体是无论如何不会失掉的。有些人的话还讲得较近情理："如果救亡图存的工作，是每个不愿意做亡国奴的文学从事者都应当负起的任务，那末，硬把这种繁重的工作推在主体的身上，这不但是宗派主义的观点在作祟，而且也忘记了救国是人数越多越好的正确的原则。实际上，这主体不但没有权利把救亡的责任据为己有，也不能单刀匹马的孤军奋斗，否则，只有白白的牺牲了这个主体而已。"他们始终不肯在大处着眼，而死拉住主体——即领导权不放，在我们旁观者清的眼睛里，实在是颇为滑稽的。

笔者以为：领导权是无需手抢的，而且也根本不是抢的东西。谁有力量，谁能得到大众一般的信任，谁能担负起救亡图存的重荷，谁便应该受人尊敬，受人拥护，谁便是领导者。照目前的情形看，中央政府及蒋委员长，是事实上的领导者，无论政治，经济，军事，外交，教育，文化，都应该在整个计划之下分头努力，以期达到民族复兴的目的。否则你争我夺，纷扰无已时，争固然没有争到，而仅存的一点元气，倒又要弄得四分五裂，乌烟瘴气了！

目下统一功业差幸告成，军事上的内战是有绝迹的希望了；文坛上的内战，我们也极愿意它能因桂局解决这一宝贵之启示而终止。因为联合阵线本用以对外，长此纷争，终不免是一个损失；而团结御侮，也只有在中央政府领导之下，同心协力，埋头苦干，前途才有胜利的把握！这一点是凡是现在高唱联合战线的人都应该认识清楚的。

六　新文学应完成教育的使命

就中国的情形言：新文学既然从死气沉沉的传统的束缚中解放出来，而挣得了今日在文化部门中重要的地位，则对于社会，对于国家，自不能不有相当的贡献。就是一般略受教育的民众，他们也已懂得文学是反映现实，批判现实，指导现实的学科，而不以"小说家言"视目下许多长短篇创作了。这一错误观念的纠正，对于新文学发展的前途是非常有利的，希望我们从事于文学运动的人，要不放过目前这一契机才好。

文学作品是非常富有煽动性的。现在一般人都把文学看做没有实际的学问，以为文学是一种不切实用的奢侈品，有也不为多，无也不为少。其实文学是很有贡献的东西，不仅具有潜移社会默化人心的伟力，而且还会发动惊天动地的风潮。例如柏拉图的《理想国》，卢梭的《天赋人权论》，美国的独立宣言，法国的《马赛曲》，在当时都不过是一部小说，一篇文章或一首歌，但后来便都成为政治革命社会革命的原动力，这便足以说明文学影响的伟大。而且在我们中国由于人民的教育程度一般的低下，要把各种知识利用通俗化或大众化的文字，灌输到许多人的脑子里，也惟有文学作品最为可能，也唯有采用文学的形式始有把握。因为比较地说起来，文学作品是属于软性的，而其他如社会科学自然科学则是属于硬性的。软性的文章描写生动，富有趣味，所以容易引人入胜，而硬性的东西，则除了从事专门研究者之外，在普通人是多数会感觉到枯燥无味的。所以利用文学作品的形式以灌输科学常识这一运动，在目下已渐渐有力，所谓"科学小品"与"历史小品"以及"通俗讲座"等等，便都是这一方面可贵的尝试。

讲到文学影响的伟大，有一个重要条件还必须指明：即读者领域的广泛是。我们知道，地质学书籍只有研究地质学的人读，气象学书籍只有研究气象学的人读，其他如哲学，心理学，论理学，当然也只有研究教育或社会科学的人读，惟有文学书籍，它的读者就不限于研究文学的人，医生，看护，会计师，店员，军官，工程师，大学生，中学生，小学教员，新闻记者，电影从业员，律师，工厂练习生，有许多都是文学爱好者，文学书籍的读者。他们是在本身职业之外来找精神上的安慰与调剂的，但如作品非常圆熟，非常有力，在他们的心理上与情绪上，便都会发生良好的影响。

文学既然拥有那么大的读者层，而且还具有特别容易接近民众的特点，就教育的意义上说，人们是实在不应该对它取无视的态度的。固然，文学没有电影那么简捷，广播那么迅速，但它却有着非常广大的潜伏性与传播性，试想一个人化了几毛钱买一本创作集，将来辗转借阅，将会有多少读者（僻藏在图书馆的读者当然更多）？再则，在电影广播还不能普遍到穷乡僻壤的今日，文学在教育上的功用，尤其不应该被忽视。

要完成教育的使命，文学的本身应是一具有机体，要与时代的呼吸息息相通，要与国家民族的安危发生紧密的联系，譬如现阶段的需要是抗敌御侮，文学便应在这上面充分表现，充分发挥；将来如果立国的大前提是建设，那文学工作者也便应在建设工程上给予鼓励，给予助力。这是说，文学是伴随着时代前进的，绝不是永远可以停滞在一个地方的。所以文学运动的口号，主题，目的，也都应该适应着客观事实的需要而随时更变，盖非如是，便不足以言有机体，不足以言对国家民族的贡献，不足以言教育的使命！

1937年1月1日《文艺月刊》第10卷第1期

由民族主义谈到国防文学

孔 均

现在世界上一切的问题，都以"经济"两字作解决的中心。但一切问题的发生及其目的，都是直接求个人的生存，间接求民族的生存。所以扩大民族斗争的口号，无论那一党那一派也不敢把它放弃不谈。因为世界上永不会消灭了民族，自然保护民族利益的国家，也不会打破，所谓形成无国界无族界的只有有阶级观念的社会主义那样谈。其实永不会实现的。

民族之形成，总理告诉我们说："民族之形成，自然不能不归功于血统，生活，语言，宗教和风俗五种力量。"民族既然由这五种力量而形成。是一种天然的形成，有它的坚固不拔的根源。因此由民族而建立国家，所以一个国家的兴衰，由于其民族的精神是否强盛？或者颓败？而作一判定。故欲亡人国者，不在用兵力征服其疆域，而在用文化统治其民族。概民族精神已软化了，国家便根本存在不住。所以总理说："……我们的地位最为危险，如果再不留心提倡民族主义，结合四万万人成为一个坚固的民族，中国便有亡国亡种之忧。"所以民族主义，也就是救国主义。

从民族主义我们再谈到国防文学，国防文学许多人把它误解了，认为国防文学便是"以勤劳大众和他们的斗争生活为内容的主体，以勤劳大众的文化做前锋的一种新文学"。其实他们因为自己所信仰的是社会主义，而又因为环境的需要，忘不了国家及民族，不能不去提倡反×，不能不因喊叫扩大民族斗争，乃硬将国防文学去解为含有社会色采的大众的文学。其实国防文学，在中国的解释，便不同于在苏联。

中国的社会，没有显殊阶级。可以说全民族均在帝国主义的压迫中。全民众都在土豪劣绅贪官污吏的剥削中。所以总理告诉我们要对内：铲除土豪劣绅，贪官污吏，对外打倒帝国主义，求国际上自由平等。国防文学，便是以民族斗争为中心，而去争取国际上的平等自由，丝毫无阶级观念，它是全中国民族的文学，它要描写英勇抗敌的民众，它要描写敌人的凶暴，它要描写毁家纾难的人们。所以建设国防文学，首先要靠民族主义的信仰者，以恢复中国固有的文化及复兴中国民族的意识两原则下，而培养国防文学的长成。至于一方面反对中国固有的文化；一方面否认民族，而以社会主义为基础，而谈国防文学的，那根本就不明了中国国情及中国民族性，更不明瞭国防文学是什么东西呢。

1937年5月1日《文艺战线》第5卷第11期

人民阵线与中国

孔　均

　　我常说中国人好将外国的把戏搬在中国耍，也不管与中国国情合不合，需要不需要，就象共产主义，中国根本谈不到是一个工业化的国家，也算不得贫富阶级成为壁垒的国家。硬要把中国弄成苏俄，可谓割足就鞋，自然痛苦莫甚。现在又要将什么"人民阵线"也搬来中国耍耍，又是一套不适合国情的把戏，并且所遗下的痛苦，恐比共产主义耍过后尤甚。我不晓得唱"人民阵线"的人们，是何居心？难道说非把中国耍到亡国而后可？

　　"人民阵线"的发源，由于法兰西，当一九三四年十月二十四日法国急进社会党在那都开大会时共产党书记长脱莱兹（Mawuee·T-hosey）氏曾演说中，说明法国当时深受国内法西斯主义的威胁。为防卫人民大众起见，实有与中等阶级组成"为自由劳动，和平而斗的人民阵线"。由此证明法国的"人民阵线"之产生，实由于德义法西斯的膨胀的影响。中国的"人民阵线"的产生，却不由法国运来，乃是中国共产党接受第三国际命令而拿来作文化中国统一的工具。前谈及人民阵线既在法国得了势力，第三国际乃决心利用它去策动反抗法西斯之运动。一九三五年七月二十五日至七月三十日第三国际大会中对于利用"人民阵线"问题中，乃有以下种种的讨论与决议。如："关于共产党国际执委会之活动"问题，则决议"对于共产国际执委会及参加第三国际之各党，则皆付以确立民族的及国际的统一战线之义务"。如，"关于帝国主义的世界战争之准备"问题，则决议"在殖民地及半殖民地的共产党员，其重大之任务，则为结成反帝国主义的人民阵线"。而在该决议案中，关于中国，则更特别提到如左：

> "在中国，为求苏维埃运动之扩大，及共产军斗争之强化起见，必须于全中国展开并结合反帝国主义的人民阵线，反帝人民阵线运动对于帝国主义强盗尤其是日本帝国主义及其走狗的争斗，必需人民武装在所谓民族革命战争的口号下遂行之。"

由此观之，则第三国际特别注意中国，目的是一方为苏俄侵略外蒙新疆作掩护，一方是对于他的大敌人日本，概第三国际目的就是为苏俄打算。中国共产党，当然是第三国际之支部。他们只知出卖祖国。如何去欢迎祖国苏俄啦。去保卫马德里的口号都唱出来了。况且他的匪军又受政府军追击，在各处乱窜，穷困流浪，几不亡于待尽者几希矣。所以必需改变口号，以图惹起民众的拥护。如是中国共产党乃于一九三五年即民国二十四年十二月二十五日关于"策略路线"有以下之决定：

> "不问什么人，什么派别，什么武装部队，什么阶级，皆有反对日本帝国主义及其走狗的必要，为驱逐日本帝国主义，打倒其走狗的中国统治，争取中国民族之彻底的解放，及保持中国之独立及领土之完整起见，必须一致团结起来，发展神圣的民族革命战争，只有最广泛的抗日人民统一战线，才能战胜日本帝国主义及其走狗。……一切爱国的中国人，不可不参加反日战线。"

从此中国乃负了"人民阵线"这个名词，中国为什么产生了"人民阵线"显明的是中国共产党接受第三国际的阴谋，把一装破坏中国统一的把戏，硬拿到中国耍。中国共产党，既然自己不要祖国，出卖祖国，硬要把爱国的美名加在头上。想着用爱国的美名其攫出民众之拥护，想着以抗战的美名缓和政府军之追击，这一套把戏，早被老百姓揭穿了，谁还同他同流合污呢？人民阵线在中国所提出的口号，便是"停止内战，一致对外"，这个口号多冠冕堂皇，但开一看，则无非是一种缓和政府军的追击匪军，而使中国共产党得苟延残喘的一种烟幕弹吧。我们何尝不赞成中国不再有内战，但铲除共匪，并不是内战。他们欢迎祖国苏俄，便是出卖祖国。是赤色汉奸，铲除共匪，乃是救亡的根本工作。况且中国共产党之杀人放火，乃是土匪行动，直等土匪，剿匪何得而为内战。中国共产党最怕政府走向统一路线，极愿演成国内的割据。因此看清楚国内的军阀并不删除，乃一方面唱出停止内战，一致对外的口号。一方面却将反动力量加以团结为人民阵线，"反抗中央，以文化统一力量"。所以说"人民阵线"是中国统一的障碍，也可说是中国共产党亡中国于苏俄一付毒瓦斯。

1937年7月1日《文艺战线》第5卷第15期

附 录 二

"两个口号"论争资料编目

顺序号	篇 名	作 者	发表日期	发表报刊	出版地点
1	"国防文学"	企	1934.10.2.	《大晚报》	上海
2	民族危机与民族自卫文学	萌华	1935.11.1.	《文艺群众》	"
3	关于"国防文学"	立波	1935.12.21.	《时事新报·每周文学》	"
4	民族自卫运动与民族自卫文学	梦野		《客观》第1卷第10期	"
5	"国难文学"与"国防文学"	永修	1935.12.28.	《时事新报·每周文学》	"
6	国防文学的内容	梅雨	1936.1.11.	《时事新报·每周文学》	"
7	作家在救亡运动中的任务	何家槐	"	"	"
8	国防戏剧与国难戏剧	田汉	1936.1.15.	《中国社会》第2卷第3期	南京
9	一种新型的文学	梅雨	1936.1.20.	《生活知识》第1卷第8期	上海
10	电影界救国任务	梦野	"	"	"
11	新文化需要统一战线——代发刊词	新文化社同人	1936.2.1.	《新文化》创刊号	"
12	一个新文学运动的建议	叔子	"	"	"
13	国防文学的建立	胡洛	1936.2.5.	《客观》第1卷第12期	上海
14	"国防文学"和民族性	张尚斌	1936.2.9.	《大晚报·火炬·星期文坛》	"
15	非常时期的文学研究纲领	立波	1936.2.10.	《读书生活》第2卷第7期	"
16	希望于文学者们——反对谩骂要求团结	立波	"	《大晚报·火炬》	"
17	我们坚决要求建立文坛上的联合战线	孙逊	1936.2.14.	"	"
18	民族危机与国防戏剧	周钢鸣	1936.2.20.	《生活知识》第1卷第10期"国防戏剧特辑"	"
19	怎样使国防戏剧运动深入民间	一柯	"	"	"
20	国防戏剧的题材和题材处理	张庚	"	"	"

顺序号	篇 名	作 者	发表日期	发表报刊	出版地点
21	国防戏剧底现阶段的意义	旅冈	"	"	"
22	国防戏剧之敌——汉奸戏剧	力生	"	"	"
23	从国防戏剧谈到《铁甲车》	金鉴	"	"	"
24	九一八以来国防剧作编目	编者	"	"	"
25	谈国防文学	于必	"	"《泡沫》第1卷卷终号	北平
26	文学在当前的任务	未辰	"	"	"
27	评国防文学	徐行	1936.2.22.	《礼拜六》第628期	上海
28	我们需要"联合战线"	耶戈	1936.2.22.	《礼拜六》第628期	上海
29	中国文艺之前途	徐懋庸	1936.2.23.	《社会日报》	"
30	作家们联合起来	鼎	1936.3.1.	《文学》第6卷第3号	"
31	所谓非常时期的文学	角	"	"	"
32	战争文学简论	曾道生	1936.3.1-8	《大晚报·火炬·星期文坛》	"
33	谈"国防文艺"	灿颖	1936.3.5.	《新潮》第1期	北平
34	所谓非常时期文学	梅雨	1936.3.8.	《大晚报·火炬·星期文坛》	上海
35	当前文艺应有的动向	梅魂	1936.3.11.	《中心评论》第7期	南京
36	"国防文学"的感想	风子	"	《时事新报·每周文学》	上海
37	我们要执行自我批判	狄克	1936.3.15.	《大晚报·火炬·星期文坛》	"
38	敬向倡导国防文学者进一言	亢德	1936.3.16.	《天地人》第2期	"
39	"汉奸文学"的标本	周钢鸣	1936.3.17.	《时事新报·每周文学》	"
40	前记	编者	1936.3.20.	《生活知识》第1卷第11期 "国防文学特辑"	"
41	文艺界的统一国防战线	力生	"	"	"
42	建立"国防文学"的几个前提条件	周楞伽	"	"	"
43	国防文学与弱小民族文学	梅雨	"	"	"
44	中国的反帝文学与国防文学	王梦野	"	"	"
45	国防文学的特质	宗珏	1936.3.20.	《生活知识》第1卷第11期 "国防文学特辑"	上海
46	《对马》对于我们的意义	辛人	"	"	"
47	电影在国难教育中的作用	章茶	"	《生活知识》第1卷第11期	"
48	国防文学和文学国防	张仲达	1936.3.24.	《时事新报·每周文学》	"

顺序号	篇 名	作 者	发表日期	发表报刊	出版地点
49	苏联的国防音乐	先河	1936.3.31.	"	"
50	再论所谓非常时期的文学	角	1936.4.1.	《文学》第6卷第4号	"
51	向新阶段迈进	波	"	"	"
52	论奴隶文学	横	"	"	"
53	中国文艺的前途是衰亡么	"	"	"	"
54	悲观与乐观	"	"	"	"
55	论国防电影	剑尘	"	《电影画报》第28期	"
56	国防文学与社会主义的写实主义	丹昉	"	《火星》(半月刊)第1卷第1期	北平
57	国防文学论	力野	"	"	"
58	文学座谈第一回:国防文学问题	何家槐等	1936.4.5.	《文学青年》创刊号	上海
59	一个疑问	周楞伽	"	"	"
60	再谈非常时期的文学	梅雨	"	"	"
61	国防音乐特辑:前言	编者	"	《生活知识》第1卷第12期	"
62	论国防音乐	霍士奇	"	"	"
63	国防音乐必须大众化	巍峙	1936.4.5.	《生活知识》第1卷第12期	上海
64	"国防戏剧"与音乐	沙梅	"	"	"
65	追记与预示	胡洛	"	《文学青年》创刊号	"
66	通讯·报告文学	梦野	"	"	"
67	批评的落后	道生	"	《大晚报》	"
68	关于《夜莺》创刊号	列斯	"	"	"
69	关于作家的团结	余铭	"	"	"
70	国防剧作的新收获——《赛金花》	张庚	"	"	"
71	也是文学管见	狄克	1936.4.11.	《立报》	"
72	书报评价:《生死场》	石	1936.4.12.	《清华周刊》第44卷第1期	北平
73	终止无谓的论争	旅冈	1936.4.14.	《时事新报·每周文学》	上海
74	现阶段中国文学必然之倾向	柳丹	1936.4.15.	《忘川》第1期	北平
75	请看今日的"民族文学理论"	胡玉虎	1936.4.19.	《大晚报》	上海
76	国防文学的社会基础	永修	"	"	"

顺序号	篇 名	作 者	发表日期	发表报刊	出版地点
77	书报评价：《八月的乡村》	陈星	1936.4.19.	《清华周刊》第44卷第2期	北平
78	国防文学与民族解放	谷人	1936.4.20.	《众生》第1卷第4期	″
79	国防文学批评的建立	式加	1936.4.21.	《时事新报·每周文学》	上海
80	国防文学不是符咒文学（答苍苔先生）	羡盖	″	″	″
81	又是冷水	张弦	1936.4.21.	《时事新报·每周文学》	上海
82	关于《生死场》	涛	1636.4.22.	《新潮》第1卷第2期	北平
83	略论国防电影	由径	1936.4.24.	《大晚报》	上海
84	谈谈报告文学	立波	1936.4.25.	《读书生活》第3卷第12期	″
85	我们现在需要什么文学	徐行	1936.4.29.	《新东方》第2号	″
86	兰苹将演《赛金花》（见闻偶记）	么哥	″	《时事新报·新上海》	″
87	需要一个中心点	波	1936.5.1.	《文学》第6卷第5号	″
88	对于中国文艺衰亡论的一点说明	徐懋庸	″	″	″
89	《中国文艺之前途》的原文	徐懋庸		《生活知识》第2卷第1期	″
90	国防电影与电影国防	烟桥	1936.5.1.	《明星半月刊》第5卷第2期	″
91	谈国防演剧的实践	章泯	1936.5.1-2	《大晚报》	″
92	五四纪念杂感	列斯	1936.5.3.	″	″
93	战争时期中文学衰弱吗？	李之零	1936.5.4.	《社会日报》	″
94	文艺座谈第二回：文学上的统一战线问题	周楞伽等	1936.5.5.	《文学青年》第1卷第2号	″
95	解答几个问题：一、"国防文学"等等	M·I	″	″	″
96	作家与五月	先河	1936.5.5.	《文学青年》第1卷第2号	上海
97	艺术的典型	胡洛	″	″	″
98	在五月前	″	″	″	″
99	国防音乐之建设	罗明	1936.5.7.	《大晚报》	″
100	"荒谬"的"驳斥"	旅冈	″	″	″
101	在血腥的国耻纪念日我们要求"国防电影"的生产	孙逊	1936.5.8.	″	″
102	附启		1936.5.8.	《大晚报·火炬·星期影坛》	上海

顺序号	篇　名	作　者	发表日期	发表报刊	出版地点
103	文学者的五月	郑伯奇	1936.5.10.	《社会日报》	"
104	文坛时评（二）	于华德	1936.5.10.	《大晚报》	"
105	国防文学声中的诗歌	任钧	1936.5.11.	"	"
106	话匣剪影		1936.5.12.	"	"
107	我们现在需要什么文学	徐行	1936.5.	《新东方》第2期	"
108	国防电影诸问题	孟公威	1936.5.15.	"	"
109	论"剧本荒"的原因	林彬	"	"	"
110	我们需要创作剧本	岛健	1936.5.16.	"	·"
111	学生运动与国防戏剧	旅冈	1936.5.17.	"	"
112	应当注意的两点	逸群	"	"	"
113	非常时期中的"儿童文学"	白兮	1936.5.17.	《新东方》第2期	上海
114	《没有祖国的孩子》（书报月评）	列斯	"	"	"
115	话匣剪影		"	《大晚报》	"
116	不要忘了戏剧的武器性	张庚	"	"	"
117	国防音乐的剩余问题	沙梅	1936.5.19.	"	"
118	国防文学否定论的根源	廉岸	"	《时事新报·每周文学》	"
119	你们的眼睛在那里	胡牧	1936.5.20.	《书报展望》第1卷第7期	"
120	读了《中国文艺之前途》以后	徐文村	"	《民国日报》	广州
121	五月之话	容城	1936.5.22.	《大晚报》	上海
122	奴隶电影与国防电影	孟公威	"	"	"
123	谈国防电影的实践	孙逊	"	"	"
124	为什么不拍国防新闻片	莫志	1936.5.22.	《大晚报》	"
125	国防电影的"生意"（银色杂笔）	之尔	"	《时事新报·新上海》	"
126	歪曲的论调	慕斤	1936.5.24.	《大晚报》	"
127	一个提议	应嘉	"	"	"
128	文艺时评		"	《大晚报·火炬·星期文坛》	"
129	不是空嚷，也不是标语口号	义梧	1936.5.26.	《时事新报·每周文学》	"
130	"国防电影"我见	曹聚仁	1936.5.29.	《大晚报》	"
131	海员国防戏剧的发现	陈顾生	1936.5.29.	《大晚报》	上海

顺序号	篇名	作者	发表日期	发表报刊	出版地点
132	五卅杂感	敏	1936.5.31.	〃	〃
133	再评国防文学	徐行		《礼拜六》第638期	〃
134	人民大众向文学要求什么	胡风	1936.6.1.	《文学丛报》第3期	〃
135	有原则的论争是需要的	横	〃	《文学》第6卷第6号	〃
136	进一解	惕	1936.6.1.	《文学》第6卷第6号	〃
137	现阶段下文学的内容和形式	波	〃	《火星》（半月刊）第1卷第6期	北平
138	关于"星期实验小剧场"	列斯	〃	《大晚报》	上海
139	文学界联合问题我见	何家槐	1936.6.5.	《文学界》创刊号	〃
140	关于国防文学	周扬	〃	〃	〃
141	《赛金花》座谈会	张庚、凌鹤、尤竞、章泯、贺孟斧、周钢鸣等	〃	〃	〃
142	历史与讽喻	夏衍	〃	〃	〃
143	《水浒传》和国防文学	周木斋	〃	〃	〃
144	想到什么就写什么	茅盾	〃	〃	〃
145	创作月评（舒群：《没有祖国的孩子》	梅雨	〃	〃	〃
146	中国文艺家协会的成立	望平	1936.6.7.	《大晚报》	上海
147	向文艺家协会提议	苏达	〃	〃	〃
148	介绍《文学界》	潘之美	〃	〃	〃
149	中国文艺家协会成立	本报特写	1936.6.8.	〃	〃
150	"人民大众向文学要求什么"	徐懋庸	1936.6.10.	《光明》创刊号	〃
151	中国新文学的一个发展	立波	〃	〃	〃
152	社语	同人	〃	〃	〃
153	中国文艺家协会宣言		〃	〃	〃
154	中国文艺家协会简章		〃	〃	〃
155	已入本会会员名录		〃	〃	〃
156	中国现阶段文学之诸问题	石夫	1936.6.10.	《榴火文艺》创刊号	〃
157	《八月的乡村》（书评）	金刃	〃	《榴火文艺》创刊号	〃

顺序号	篇名	作者	发表日期	发表报刊	出版地点
158	今后中国文学的路向	蒋平	"	《新地》创刊号	北平
159	影坛随感	虎太	1936.6.12.	《大晚报》	上海
160	鲁迅将对"统一战线"发表意见书	本报消息	1936.6.13.	《社会日报》	"
161	《光明》诞生	周钢鸣	1936.6.14.	《大晚报》	"
162	关于公式主义	岳昭	"	"	"
163	从文艺家的联合说到剧作者协会	陈楚云	"	"	"
164	几个重要问题	鲁迅	1936.6.15.	《夜莺》第1卷第4期"民族革命战争的大众文学特辑"	上海
165	抗日文学阵线	龙贡公	"	"	"
166	创作口号和联合问题	绀弩	"	"	"
167	文学底新要求	奚如	"	"	"
168	急切的问题	龙乙	1936.6.15.	"	"
169	抗日声中的演剧运动——关于"星期实验小剧场"	胡风	"	"	"
170	树立救国文学 创造新的典型性格	川北鸥	"	《质文》第5-6号	东京
171	国防文学的理论与实践	柳林	"	《浪花》第1卷第1期	北平
172	"国防文学"与作家的联合战线	洛底	"	"	"
173	国防文学与民族主义文学	未白	"	"	"
174	我们所需要的文学	左宏宇	1936.6.16.	《青年生活》第1卷第17-18合刊	上海
175	近百年中国国防文学史自序	阿英	1936.6.17.	《大晚报》	"
176	《光明》半月刊（书报介绍）	田训	1936.6.19.	《时事新报·青光》	"
177	谈国防戏剧	洛赛蒂	1936.6.20.	《大晚报》	"
178	为什么禁演爱国戏?		1936.6.24.	"	
179	现阶段的文学 文艺家协会成立之日:	周扬	1936.6.25.	《光明》第1卷第2号	上海
180	青年与老人	夏丏尊	"	"	"
181	希望更多的人参加	郑伯奇	"	"	"
182	一种力量	许杰	1936.6.25.	《光明》第1卷第2号	"
183	大家拿出诚意来	陈子展	"	"	"
184	感想	艾思奇	"	"	"

续表

顺序号	篇 名	作 者	发表日期	发表报刊	出版地点
185	偶感	关露	〃	〃	〃
186	希望	梅雨	〃	〃	〃
187	一种特殊的空气	傅东华	〃	〃	〃
188	一个有历史意义的会合	李兰	〃	〃	〃
189	作家们!更进一步的握手吧	唐友耕	1936.6.27.	《永生》第17期	〃
190	国防文学的基础是什么	济翔	1936.6.29.	《大晚报》	〃
191	答托洛斯基派的信	鲁迅	1936.7.1.	《现实文学》第1期 《文学丛报》第4期	〃
192	论现在我们的文学运动	〃	〃	《现实文学》第1期 7.10. 《文学界》第1卷第2号	〃
193	创作活动的路标	耳耶	1936.7.1.	《现实文学》第1号	〃
194	现实形式和民族革命战争的大众文学	路丁	1936.7.1.	现实文学》第1号	上海
195	一点意见	张天翼	〃	〃	〃
196	今后戏剧运动的路	艾淦	〃	〃	〃
197	中国文艺工作者宣言	鲁迅、巴金63人	〃	《文季月刊》第1卷第2期	〃
198	在国防的旗帜下	郭沫若	〃	《文学丛报》第4期	〃
199	为"国防文学的民族性"问题答周楞伽先生	张尚斌	1936.7.5.	《生活知识》第2卷第4期	〃
200	从走私问题说起	屈轶	1936.7.10.	《光明》第1卷第3号	〃
201	国防·污池·炼狱	郭沫若	〃	《文学界》第1卷第2号	〃
202	新的形势和文学的任务	艾思奇	〃	〃	〃
203	关于《论现在我们的文学运动》	茅盾	〃	〃	〃
204	国防文学在苏联	黄峰	〃	〃	〃
205	关于国防诗歌	关露	〃	《大晚报》	〃
206	论"国防文学"	李田意	〃	《人生与文学》第2卷第2期	天津
207	一封来信	廖仲容	1936.7.12.	《大晚报》	上海
208	论国防绘画	渠明然	1936.7.14.	〃	〃
209	一点意见	孟公威	1936.7.19.	《大晚报》	上海
210	"粗制滥造"与"精心杰构"	胡之铎	〃	〃	〃
211	论聂耳和新音乐运动	周钢鸣	1936.7.20.	《生活知识》第2卷第5期	〃
212	非常时期与国防文学(座谈记录)	罗白等	1936.7.22.	《清华周刊》第44卷第11、12期合刊	北平

顺序号	篇　名	作　者	发表日期	发表报刊	出版地点
213	最近文学的论争	曹泅	〃	〃	〃
214	关于"国防文学"	史栖	1936.7.23.	《时事新报》	上海
215	对于国防文学的意见	郭沫若	1936.7.25.	《东方文艺》第1卷第4期	〃
216	理论以外的事实——致耳耶先生的公开信	徐懋庸	〃	《光明》第1卷第4号	〃
217	中日战争在文学上的反映	张若英	〃	〃	〃
218	什么是国防文学	史栖	〃	《时事新报》	〃
219	讨论国防诗歌底建立	似雯	1936.7.31.	《民国日报》	广州
220	关于"国防文学"与"民族革命战争的大众文学"的论争	苏林	1936.8.1.	《浪花》第1卷第2期	北平
221	人民大众对于文学的一个要求	柳林	1936.8.1.	《浪花》第1卷第2期	〃
222	我们的"国防"	一谷	〃	〃	〃
223	民族革命战争与报告文学	劲秋	〃	〃	〃
224	论当前文学运动底诸问题	辛人	1936.8.1.	《现实文学》第1卷第2期	上海
225	国防电影的题材问题	郁文	〃	《明星半月刊》第6卷第2期	〃
226	战争文学·反战文学·国防文学	阜东	1936.8.3.	《大晚报》	〃
227	民众需要哪一种曲子?	思秋	1936.8.6.	《民国日报》	广州
228	民族的坚强的性格	屈轶	1936.8.7.	《申报》	上海
229	再论"国防电影"（上）	孟公威	1936.8.9.	《大晚报》	〃
230	读"国防电影的摄制问题"有感	由径	〃	〃	〃
231	国防文学是不是创作口号	荒煤	1936.8.10.	《文学界》第1卷第3号	〃
232	我对于国防文学的一点浅见	征农	〃	〃	〃
233	关于国防文学	艾芜	1936.8.10.	《文学界》第1卷第3号	〃
234	国防文学的任务等等	魏金枝	〃	〃	〃
235	我对于国防文学的意见	罗烽	〃	〃	〃
236	国防与国防文学	林娜	〃	〃	〃
237	我的意见	舒群	〃	〃	〃
238	对于国防文学的我见	戴平万	〃	〃	〃
239	国防文学的随感二则	叶紫	〃	〃	〃

顺序号	篇　名	作　者	发表日期	发表报刊	出版地点
240	一点意见	沙汀	〃		〃
241	新的形势和文学界的联合战线	黄俞	〃	〃	〃
242	看了两个特辑以后	杨骚	1936.8.10.	《文学界》第1卷第3号	〃
243	评两个口号	梅雨	〃		〃
244	论两个口号	张庚	〃		〃
245	关于引起纠纷的两个口号	茅盾	〃		〃
246	与茅盾先生论国防文学的口号	周扬	〃	〃	〃
247	国防文学与现实主义	凡海	〃	〃	〃
248	给青年作家的公开信	茅盾	〃	《光明》第1卷第5号	〃
249	中国新音乐的展望	吕骥			
250	关于国防文学的论战	编者、艾文	〃	《读书生活》第4卷第7期	〃
251	戏剧与救亡运动	张庚	〃		〃
252	兄弟妹妹的精神	小亚	〃	《大晚报》	〃
253	文学青年社致中国文艺家协会的祝贺信	文学青年社	〃	《青年习作》	〃
254	回到文坛上来	李伟文	1936.8.13.	《民国日报》	广州
255	答徐懋庸并关于抗日统一战线问题	鲁迅	1936.8.15.	《作家》第1卷第5号	上海
256	文艺的任务	许杰	〃	《浙江青年》第2卷第10期	杭州
257	目前中国文化界的动向	艾思奇	1936.8.16.	《现世界》第1卷第1期	上海
258	建设完善的民众歌咏团	笑天	1936.8.17—18.	《民国日报》	广州
259	"中国音乐之出路"底商榷	许侃	1936.8.18.	〃	〃
260	关于国防文学的几个问题	黄泽浦	1936.8.19.	〃	〃
261	鲁式头子笔尖横扫五千人	未名	1936.8.20.	《社会日报》	上海
262	关于国防文学的几个问题	倪平	〃	《今代文艺》第1卷第2期	北平
263	论国防文学和文艺联合	辛丹	〃	《北调》第2卷第4期	天津
264	PLEXANOF 与艺术	穆梵	〃	〃	〃
265	国防文学与诗歌大众化	蒲风	1936.8.21.	《大晚报》	上海
266	再说几句——关于目前文学运动的两个问题	茅盾	1936.8.23.	《生活星期刊》第12号	〃
267	论友谊——寄徐懋庸先生的一封信	曹聚仁	〃	《社会日报》社论	〃

顺序号	篇 名	作 者	发表日期	发表报刊	出版地点
268	我在创作上达到的见解	沈起予	1936.8.25.	《光明》第1卷第6号	〃
269	关于国防文学	李韵	1936.8.30.	《大公报》	〃
270	每周杂谈	西苓	〃	〃	〃
271	统一战线底口号问题	利青	1936.	《散文》	〃
272	国防电影小论	怀昭	1936.8.30.	《大晚报》	〃
273	鲁迅访问记	芬君		《救亡情报》，并收入《论现在我们的文学运动》	上海
274	《赛金花》余谭	夏衍	1936.9.1.	《女子月刊》第4卷第9期	〃
275	赛金花的再批评	郑伯奇	〃	〃	〃
276	关于赛金花	阳翰笙	〃	〃	〃
277	庚子事变与赛金花	田汉	〃	〃	〃
278	表演《赛金花》的方法研究	洪深	〃	〃	〃
279	关于赛金花的小说与戏曲	凤子	〃	〃	〃
280	庚子之际的赛金花	张若英	〃	〃	〃
281	一封真的想请发表的私信	徐懋庸	〃	《社会日报》	〃
282	"国防电影"及其他	余进、编者	〃	《明星半月刊》第6卷第4期	〃
283	中国现阶段的文艺运动	史痕	〃	《文艺月刊》第9卷第3期	南京
284	国防剧运中的一个经验(蚌埠演剧纪实)	张之湘	1936.9.4.	《中央日报》	〃
285	国防戏剧在蚌埠	公孙秋鸿	1936.9.4.	《中央日报》	〃
286	茅盾的枪花	吴逢	1936.9.5.	《辛报》	
287	"这也是生活"	鲁迅	〃	《中流》第1卷第1期	上海
288	"创作自由"不应曲解	茅盾	1936.9.5.	《中流》第1卷第1期	上海
289	对于两个口号的一点意见	唐弢	〃	〃	〃
290	我对于国防电影的意见	姚克	〃		〃
291	论文学上的联合	列斯	〃	《文学大众》第1卷第1期	〃
292	现阶段的文艺批评	胡洛	〃	〃	〃
293	今年是第五年了	许达	〃	〃	〃
294	作家应该从九一八之后写些什么	凡海	〃	〃	〃
295	执行文学上的统一战线纪念九一八	陈白尘	〃	〃	〃

顺序号	篇　名	作　者	发表日期	发表报刊	出版地点
296	南昌文艺界的国防热	熊子梁	1936.9.6.	《社会日报》	″
297	银弦断续	由之	″	《大晚报》	″
298	病中杂写	孟公威	1936.9.6.	《大晚报》	″
299	介绍《中流》	静之	1936.9.7.	″	″
300	关于国防艺术的话	徐抗	1936.9.9.	《民国日报》	广州
301	蒐苗的检阅	郭沫若	1936.9.10.	《文学界》第1卷第4号	上海
302	把我们的笔集中到民族解放的斗争吧	俞煌	″	″	″
303	关于国防文学的论争	丁非	″	″	″
304	国防文学的几个创作实践问题	凡海	1936.9.10.	《文学界》第1卷第4号	上海
305	哲学的国防动员	陈伯达	″	《读书生活》第4卷第9期	″
306	文学的国防动员	杨骚	″	″	″
307	戏剧的国防动员	张庚	″	″	″
308	电影的国防动员	凌鹤	″	″	″
309	音乐的国防动员	吕骥	″	″	″
310	联合战线与领导权之争	吴逢	1936.9.13.	《辛报》	″
311	国防戏剧在广州	荷子	″	《民国日报》	广州
312	访《桃李劫》作者应云卫先生	叶蒂	″	《大晚报》	上海
313	再论国防电影	李韵	″	″	″
314	梅雨以大义责鲁迅	维新	″	《社会日报》	″
315	答徐懋庸并谈西班牙的联合战线	巴金	1936.9.15.	《作家》第1卷第6号	″
316	对于文学运动几个问题的意见	吕克玉	″	″	″
317	从国防文艺谈起	朱还	″	《社会日报》	广州
318	我们要动员一切的武器——"国防文学"与"通俗文学"	章晟	1936.9.18.	《大晚报》	″
319	从今天说到文艺界的联合战线	蔡磊	″	″	″
320	国难和戏剧	容城	″	″	″
321	东北事变与国防音乐	霍士奇	1936.9.18.	《大晚报》	上海
322	音乐者的新任务	周钢鸣	″	″	″

续表

顺序号	篇 名	作 者	发表日期	发表报刊	出版地点
323	文艺界的统一战线问题	新认识社同人	1936.9.20.	《新认识》第1卷第2期	"
324	文艺联合运动的原则诸问题	孙雪韦	"	《人民文学》创刊号	"
325	对于运用文学上统一战线应有的认识	荃麟	"	"	"
326	还答鲁迅先生	徐懋庸	"	《今代文艺》第1卷第3期	"
327	我的希望	懋庸	"	"	"
328	戏论鲁迅茅盾联	郭沫若	"	"	"
329	〔郭沫若戏论鲁迅茅盾联〕后识	金祖同	"	"	"
330	"国防电影"声中访孙瑜先生	叶蒂	"	《大晚报》	"
331	关于小报的种种	徐懋庸	"	《社会日报》	"
332	国防艺术与艺术家的联合战线	黄茅	1936.9.23.	《民国日报》	广州
333	从艺术工作者协会成立会归来	陈士廉	"	"	"
334	救亡声中文学与艺术的任务	陈桁	"	"	"
335	剧作家动员起来	舒非	1936.9.25.	《大晚报》	上海
336	国防音乐杂谈	沙梅	"	"	"
337	文艺界同人为团结御侮与言论自由宣言		1936.10.1.	《文学》第7卷第4号	"
338	旧的口号新的内容	胡绳	1936.10.4.	《生活星期刊》第1卷第18号	上海
339	反帝反封建及国防电影	付彦	"	《大公报》	"
340	也投一票	唐弢	1936.10.5.	《中流》第1卷第3号	"
341	谈最近的文坛现象	矛盾	1936.10.10.	《大公报》国庆25周年特刊	
342	国防文学的典型性格	北鸥	1936.10.10.	《光明》第1卷第9号	"
343	拥护统一的文化缘	陈达人	"	《努力》第1卷第1期	广州
344	我所希望于广州文艺界	李桦	"	"	"
345	我们所要求的统一文化线	屈英	"	"	"
346	国防文学的需要	陈翔凤	"	"	"
347	作家统一起来	厉厂樵	"	"	"
348	论统一战线与目前的中日关系	樊仲云	"	《文化建设》第3卷第1期	上海

顺序号	篇　名	作　者	发表日期	发表报刊	出版地点
349	国防文学辑谈	郭沫若辑	″	《质文》第2卷第1期	东京
350	现阶段的文学问题	任白戈	″	″	″
351	中国目前的文化运动	艾思奇	1936.10.11.	《生活星期刊》第1卷第19期	上海
352	半夏小集	鲁迅	1936.10.15.	《作家》第2卷第1号	
353	我观这次文艺论战的意义	莫文华	″	″	″
354	非常时〔期〕文艺与民族阵线	少青	″	《中国社会》第3卷第2期	南京
355	文艺的大众化与大众文艺	许杰	″	《浙江青年》第2卷第12期	
356	认清了出路	丁丁	1936.10.16.	《明星半月刊》第7卷第1期	上海
357	克服分裂的倾向	吴敏	1936.10.18.	《生活星期刊》第1卷第20号	″
358	从"到自然去"的批评谈到国防电影的建立	未名	1936.10.18，25.	《大公报》	″
359	民族革命战争的大众文学运动当前的实际问题	洪濬	1936.10.20.	《草原》第2期	
360	用诗和刺刀防护我们的祖国	胡洛	″	《诗歌生活》第2期	″
361	怎样纪念鲁迅先生	陈子展	1936.10.23.	《大晚报》	
362	提倡集体创作的意义——答李建汶、陈志敏	李建汶、陈志敏、编者	1936.10.25.	《读书生活》第4卷第12期	″
363	精忠报国杂志	旅冈	1936.10.27.	《大晚报》	″
364	喊口号还是表现	黄人	″	《民国日报》	广州
365	论争的流弊——作为文学论战者的态度的检讨	柳林	1936.10.30.	《大晚报》	上海
366	国防诗歌应走的路线	雷石榆	1936.10.	《诗歌杂志》创刊号	
367	关于国防诗歌	袁勃	″	″	
368	国防文学中的诗歌	李磊	″	″	
369	文学界两个口号问题应该休战	陈伯达		直接收入《国防文学论战》	″
370	现阶段的中国文艺运动纲领	杨晋豪	1936.10.	《青年界》第10卷第3号	上海
371	张苍水的满江红词	陈友琴	1936.10.31.	《时事新报》	
372	国防电影与影评人	陈毅	1936.11.1.	《大晚报》	″

959

顺序号	篇名	作者	发表日期	发表报刊	出版地点
373	当前的文艺论争	狄恩	〃	《清华周刊》第45卷第1期	北平
374	现代文艺社发刊宣言		1936.11.1.	《现代文艺》创刊号	上海
375	鲁迅和徐懋庸交恶的原因	肖叔讷	〃	〃	〃
376	伴奏与国防音乐	古焕	1936.11.5.	《大晚报》	
377	电影时评	孟公威	1936.11.8.	〃	
378	《光明》（书评）	西风	1936.11.10.	《人生与文学》第2卷第3号	天津
379	悼鲁迅	严吉	〃	《青年文艺》创刊号	武汉
380	文艺的标帜	吴绍文	〃	〃	
381	鲁迅先生和"抗×统一战线"	黄既	〃	《文地》第1卷第1期	天津
382	关于国防文学的几个问题	任白戈	〃	《质文》第2卷第2期	东京
383	诗的国防论	林林	〃	〃	
384	文艺的驱敌政策	黄既	〃	〃	
385	国防文学大众化的实例	柳林	1936.11.13.	《大晚报》	上海
386	国防文学与民族意识	孔均	1936.11.15.	《文艺战线》第5卷第1期	北平
387	皖北小戏与国防剧	徐险阻	〃	《大公报》	上海
388	道高一尺魔高一丈	冯佑	1936.11.15.	《大晚报》	上海
389	电影从业员访问记	刘章	〃	〃	
390	业余剧人协会报告排演《赛金花》的纠纷	田丰	1936.11.18.	〃	
391	国防文学的理论建设	北鸥	1936.11.20.	《新认识》第1卷第6号	
392	论战的新趋向	慕容	〃	《大晚报》	
393	《赛金花》的演出	郑伯奇	〃	〃	
394	《赛金花》给我们的教训	白尘	〃	《时事新报》	
395	捧《赛金花》么?	荒煤	〃	〃	
396	《狼山喋血记》的制作	费穆	1936.11.21.		
397	电影从业员访问记	斐章	1936.11.22.	《大晚报》	
398	《狼山喋血记》观后感	尘无	〃	《大晚报》	
399	观《赛金花》后	叶蒂	〃	〃	
400	我们的意见	李一等32人	〃	〃	
401	我们的态度（其一、推荐《狼山喋血记》）	李一等	〃	《时事新报》	〃

顺序号	篇　名	作　者	发表日期	发表报刊	出版地点
402	剧作者言	夏衍	1936.11.24.	《大晚报》	″
403	《赛金花》座评	钱亦石、阿英等7人	″	″	″
404	我们迫切地要求"国防歌剧"的产生	聋柏华	1936.11.29.	《大公报》	上海
405	读《赛金花》剧本后	庸	1936.11.30.	《中央日报》	南京
406	论"国防文学"口号的正确性	季里	1936.12.1.	《黎明》月刊第1卷第1期	北平
407	在国防战线上北平剧人联合起来	阿D	″	″	″
408	民族危机与国防文学	孔均	″	《文艺战线》第5卷第2期	″
409	谈《东北之家》	余师龙	1936.12.4.	《中央日报》	南京
410	方言小调和国防音乐	孙慎	″	《大晚报》	上海
411	看戏杂抄	一知	1936.12.8.	″	″
412	我们对于当前文学运动的意见	清天	1936.12.9.	《群鸥》创刊号	北平
413	北平文化动态	奂英	″	″	″
414	鲁迅灵前答客问	郑伯奇	1936.12.10.	《好文章》第3期	上海
415	《赛金花》公演小评	若英	″	《电影·戏剧》第1卷第3期	″
416	论中国共产党与其最近的转变	李建芳	″	《文化建设》第3卷第3期	″
417	我在音乐上所走的道路	吕骥	″	《新知识》第1卷第1期	″
418	文学与民族精神之关系（社评）		1936.12.14.	《浦声周刊》第82期	南京
419	文学与救亡	夏明夷	1936.12.15.	《文艺》新1卷第1号	成都
420	《赛金花》观后感	罗曼	1936.12.18.	《大公报》	上海
421	漫话"明星"	郭沫若	″	《大晚报》	″
422	也是"漫话"	陈阜	″	″	″
423	关于沫若的戏联	若英	1936.12.21.	″	″
424	读《〈赛金花〉观后感》后	黎明	″	《大公报》	″
425	一九三六年的小说创作——丰饶的一年间	立波	1936.12.25.	《光明》第2卷第2号	″
426	一九三六年的戏剧——活时代的活记录	张庚	″	″	″

顺序号	篇 名	作 者	发表日期	发表报刊	出版地点
427	一九三六年的诗歌——历史的呼声	杨骚	〃	〃	〃
428	一九三六年的音乐——伟大而贫弱的歌声	吕骥	〃	〃	〃
429	谈《赛金花》	茅盾	1936.12.30.	《中流》第1卷第8期	〃
430	中国青年作家协会宣言		1936.12.	《文学导报》新1卷第1号	〃
431	国防电影	何可人	〃	《新华画报》第1年第7期	上海
432	谈国防文学	肖三	1936.	《全民月刊》（中文）	莫斯科
433	"国防文学"访问记及其他	吴漱予	1937.1.1.	《文艺月刊》第10卷第1期	南京
434	文艺的时代的使命	韦明	1937.1.1.	《文艺月刊》第10卷第1期	南京
435	新文学建设诸问题	徐北辰	1937.1.1.	〃	〃
436	中国诗歌作者协会宣言	草原诗歌会等九团体	1937.1.10.	《海风》第4期	天津
437	现阶段的中国文艺问题	杨晋豪	〃	北新书局出版	上海
438	《现阶段的中国文艺问题》后记	〃			〃
439	宗派主义和阴性的斗争	姚克	1937.1.15.	《中流》第1卷第9期	〃
440	目前文艺界应有的觉悟	矛章	1937.1.16.	《礼拜六》第674期	〃
441	在民族的旗帜下统一起来！——大题小树之一	胡春冰	1937.1.20.	《努力》第1卷第4期	广州
442	希望于国防电影	贾如珍	1937.1.25.	《时代电影》第2年2月号	上海
443	鲁迅与高尔基	魏伯	1937.1.28.	《群鸥》第1卷第2期	北平
444	"差不多"说开去	梁雷、冷雪、曹焰等	〃		〃
445	在诗歌的联合战线上	雷石榆	1937.2.	《诗歌杂志》第2期	上海
446	编辑部启事		〃	〃	〃
447	谈"差不多"并说到目前文学上的任务	光寿	1937.3.10.	《光明》第2卷第7号	〃
448	响应《光明》的号召（集体讨论）——向北平作家协会及《北方文艺》的编者一个具体的建议	梁雷、冷雪、曹焰等	1937.3.15.	《群鸥》第1卷第3期	北平

续表

顺序号	篇　名	作　者	发表日期	发表报刊	出版地点
449	我对于民族文艺的一点意见	丘正欧	1937.4.1.	《努力》第1卷第6期	广州
450	提倡文艺理论重工业运动	编委会	1937.4.10.	《文艺科学》创刊号	日本
451	苏联文学运动方向转换的考察	许修林	〃	〃	〃
452	编完了	编者	〃	〃	〃
453	评《赛金花》	沙雁	1937.5.1.	《文艺月刊》第10卷第4-5期合刊	南京
454	由民族主义谈到国防文学	孔均	1937.5.1.	《文艺战线》第5卷第11期	北平
455	一九三七年中国戏剧运动之展望	易蕾	1937.5.16	《戏剧时代》创刊号	上海
456	我对于国防诗歌的意见	万湜思	1937.5.	《诗歌杂志》第3期	〃
457	关于国防诗歌的一个问题	林火	1937.5.	《诗歌杂志》第3期	〃
458	诗的语言	江漓	〃	〃	〃
459	国防诗歌的几个要件	史轮	〃	〃	〃
460	新文学与国防诗歌	渥丹	〃	〃	〃
461	与"纯诗人"戴望舒谈国防诗歌	江漓、一钟、方殷	〃	〃	〃
462	谈国防诗歌	曲他	1937.5.	《诗歌杂志》第3期	上海
463	浅薄的意见	路滴	〃	〃	〃
464	走上国防诗歌之路	曹镇华	〃	〃	〃
465	也是国防分内的事	今及	〃	〃	〃
466	关于国防诗歌的情绪	李朴	〃	〃	〃
467	我对国防诗歌的观点	魏精忠	〃	〃	〃
468	我对国防诗歌的一点意见	邵冠祥	〃	〃	〃
469	关于国防诗歌	紫阳	〃	〃	〃
470	两个意见	白尖	〃	〃	〃
471	关于国防诗歌	欧阳文辅	〃	〃	〃
472	北平文艺青年协会成立宣言		〃	〃	〃
473	中国诗歌作者协会宣言		〃	〃	〃
474	诗歌的新启蒙运动	孟英、袁勃	〃	〃	〃
475	现阶段的诗歌（大纲）	温流	〃	〃	〃
476	中宣部长和熊佛西氏谈禁演《赛金花》之辩论忆记	A记者	1937.5.25.	《光明》第2卷第12号	〃

顺序号	篇　名	作　者	发表日期	发表报刊	出版地点
477	话剧界的团结问题	田汉	1937.6.16.	《戏剧时代》第1卷第2期	″
478	电影与时代	仇泊	1937.6.25.	《时代电影》第2年7月号	″
479	人民阵线与中国	孔均	1937.7.1.	《文艺战线》第5卷第15期	北平
480	平津文化界统一运动	明	″	″	″
481	电影工作人协会开会讨论进行救亡事宜议决参加文化界救亡协会致函各公司请摄国防影片	本刊报导	1937.8.6.	《电声》第6年第31期	上海
482	非常时期的电影界		1937.8.6.	《电声》第6年第31期	上海
483	文学上的新启蒙运动	方极盦	1937.9.15.	《金箭》月刊第1卷第2期	成都
484	边区的国防文艺	元留	1938.3.20.	《战地》第1卷第1期	
485	陕北文艺运动的建立	Z.Insun.	1938.7.8.	每日译报丛书（Ⅳ）：《陕北特区特写》	
486	陕北的戏剧运动	″	″	″	

《中国文学史资料全编·现代卷》总目

1	冰心研究资料	范伯群　编
2	沙汀研究资料	黄曼君　马光裕　编
3	王西彦研究资料	艾以　等编
4	草明研究资料	余仁凯编
5	葛琴研究资料	张伟　马莉　邹勤南　编
6	荒煤研究资料	严平　编
7	绿原研究资料	张如法　编
8	李季研究资料	赵明　王文金　李小为　编
9	郑伯奇研究资料	王延晞　王利　编
10	张恨水研究资料	张占国　魏守忠　编
11	欧阳予倩研究资料	苏关鑫　编
12	王统照研究资料	冯光廉　刘增人　编
13	宋之的研究资料	宋时　编
14	师陀研究资料	刘增杰　编
15	徐懋庸研究资料	王韦　编
16	唐弢研究资料	傅小北　杨幼生　编
17	丁西林研究资料	孙庆升　编
18	夏衍研究资料	会林　陈坚　绍武　编
19	罗淑研究资料	艾以　等编
20	罗洪研究资料	艾以　等编
21	舒群研究资料	董兴泉　编
22	蒋光慈研究资料	方铭　编
23	王鲁彦研究资料	曾华鹏　蒋明玳　编
24	路翎研究资料	杨义　等编
25	郁达夫研究资料	王自立　陈子善　编
26	刘大白研究资料	萧斌如　编
27	李克异研究资料	李士非　等编

28　林纾研究资料　　　　　　　薛绥之　张俊才　编

29　赵树理研究资料　　　　　　黄修己　编

30　叶紫研究资料　　　　　　　叶雪芬　编

31　冯文炳研究资料　　　　　　陈振国　编

32　叶圣陶研究资料　　　　　　刘增人　冯光廉　编

33　臧克家研究资料　　　　　　冯光廉　刘增人　编

34　李广田研究资料　　　　　　李岫　编

35　钱钟书　杨绛研究资料集　　田蕙兰　马光裕　陈珂玉　编

36　郭沫若研究资料　　　　　　王训诏　等编

37　俞平伯研究资料　　　　　　孙玉蓉　编

38　六十年来鲁迅研究论文选　　李宗英　张梦阳　编

39　茅盾研究资料　　　　　　　孙中田　查国华　编

40　王礼锡研究资料　　　　　　潘颂德　编

41　周立波研究资料　　　　　　李华盛　胡光凡　编

42　胡适研究资料　　　　　　　陈金淦　编

43　张天翼研究资料　　　　　　沈承宽　黄侯兴　吴福辉　编

44　巴金研究资料　　　　　　　李存光　编

45　阳翰笙研究资料　　　　　　潘光武　编

46　"两个口号"论争资料选编　　中国社会科学院文学研究所现代文
　　　　　　　　　　　　　　　学研究室　编

47　"革命文学"论争资料选编　　中国社会科学院文学研究所现代文
　　　　　　　　　　　　　　　学研究室　编

48　创造社资料　　　　　　　　饶鸿竞　等编

49　文学研究会资料　　　　　　苏兴良　等编

50　鸳鸯蝴蝶派文学资料　　　　芮和师　等编

51　左联回忆录　　　　　　　　中国社会科学院文学研究所《左联回
　　　　　　　　　　　　　　　忆录》编辑组编

52　中国现代文学总书目·散文卷　贾植芳　等编

53　中国现代文学总书目·诗歌卷　贾植芳　等编

54　中国现代文学总书目·小说卷　贾植芳　等编

55　中国现代文学总书目·戏剧卷　贾植芳　等编

56　中国现代文学总书目·翻译文学卷　　贾植芳　等编

57　中国现代文学期刊目录汇编　　　　唐沅　等编

58　抗日战争时期延安及各抗日民主　　刘增杰　等编
　　根据地文学运动资料

59　老舍研究资料　　　　　　　　　　曾广灿　吴怀斌　编

60　文学的"民族形式"讨论资料　　　徐廼翔　编

61　陈大悲研究资料　　　　　　　　　韩日新　编

62　刘半农研究资料　　　　　　　　　鲍晶　编

63　曹禺研究资料　　　　　　　　　　田本相　胡叔和　编

64　成仿吾研究资料　　　　　　　　　史若平　编

65　戴平万研究　　　　　　　　　　　饶芃子　黄仲文　编

66　丁玲研究资料　　　　　　　　　　袁良骏　编

67　冯乃超研究资料　　　　　　　　　李伟江　编

68　柯仲平研究资料　　　　　　　　　刘锦满　王琳　编

69　李辉英研究资料　　　　　　　　　马蹄疾　编

70　梁山丁研究资料　　　　　　　　　陈隄　等编

71　马烽　西戎研究资料　　　　　　　高捷　等编

72　邵子南研究资料　　　　　　　　　陈厚诚　编

73　沈从文研究资料　　　　　　　　　邵华强　编

74　司马文森研究资料　　　　　　　　杨益群　司马小莘　陈乃刚　编

75　闻一多研究资料　　　　　　　　　许毓峰　等编

76　萧乾研究资料　　　　　　　　　　鲍霁　等编

77　徐志摩研究资料　　　　　　　　　邵华强　编

78　袁水拍研究资料　　　　　　　　　韩丽梅　编

79　周瘦鹃研究资料　　　　　　　　　王智毅　编

80　苏区文艺运动资料　　　　　　　　汪木兰　邓家琪　编

81　文艺大众化问题讨论资料　　　　　文振庭　编